THEA LICHTENSTEIN

Maliande
Der Ruf des Drachen

W0292591

Buch

Maliande – das ist eine kristalline Flüssigkeit, welche die Magie von Rokals Lande in sich trägt. Bislang kannte nur der Verbund von Olomin das Geheimnis der Herstellung, aber nach dem Verschwinden des mächtigen Dämonenbeschwörers Resilir brechen neue Zeiten an: Die Menschen erforschen das Maliande, dessen Macht sie kaum begreifen, und herrenlos gewordene Orks streifen brandschatzend durch die Lande. Inmitten dieser Wirren sucht das junge Ordensmitglied Nahim einen eigenen Platz. Als es ihn und seine Gefährten in ein namenloses Tal verschlägt, weiß Nahim noch nicht, wie eng sein Schicksal mit dem Geheimnis des Maliandes verbunden ist. Ein früher Wintereinbruch verhindert die Weiterreise der Freunde, doch das Glück führt sie zu der Bauernfamilie Trubur, die ihnen in den kommenden Monaten Unterschlupf gewährt. Nahim verliebt sich auf den ersten Blick in Lehen, die älteste Tochter der Familie, versucht aber aus Schüchternheit seine wahren Gefühle zu verbergen. Auch Lehen fühlt sich zu dem schweigsamen Mann mit den seltsam dunklen Augen hingezogen, verleugnet aber ihre Zuneigung, da sie ein Geheimnis hütet. Während der langen Winterabende lauschen Lehen und ihr jüngerer Bruder Tevils, die ihr Tal bisher nie verlassen haben, den wundersamen Erzählungen Nahims: Geschichten aus dem mächtigen Westgebirge, dem Reich der Dämonenbeschwörer und wehrhaften Elben, aber auch von Drachenreiterinnen aus dem wilden NjordenEis und einem Orden, der sich der Sache der Menschen angenommen hat. Nichts wünscht sich Lehen mehr, als diese phantastische Welt kennenzulernen. Doch weder sie noch Nahim ahnen, dass ihr aller Leben längst in großer Gefahr schwebt: Horden von Orks, die unter dem Bann des Maliandes stehen, fallen in das wehrlose Tal ein und hinter ihnen schließt der Winter die letzte Pforte des Tals …

Autorin

Thea Lichtenstein schreibt ihre Fantasy-Romane unter Pseudonym. Sie lebt mit ihrer Familie in Norddeutschland und arbeitet derzeit an der Fortsetzung ihres Debütromans »Maliande – Der Ruf des Drachen«.

Thea Lichtenstein

Maliande

Der Ruf des Drachen

Roman

GOLDMANN

FSC
Mix
Produktgruppe aus vorbildlich
bewirtschafteten Wäldern und
anderen kontrollierten Herkünften

Zert.-Nr. SGS-COC-1940
www.fsc.org
© 1996 Forest Stewardship Council

Verlagsgruppe Random House FSC-DEU-0100
Das für dieses Buch verwendete FSC-zertifizierte Papier
Soper Snowbright liefert Hellefoss AS, Kokksund, Norwegen.

1. Auflage
Originalausgabe August 2008
Copyright © 2007 by Thea Lichtenstein
Copyright © dieser Ausgabe 2008
by Wilhelm Goldmann Verlag, München,
in der Verlagsgruppe Random House GmbH
Dieses Werk wurde vermittelt durch die
Literarische Agentur Thomas Schlück GmbH,
30827 Garbsen.
Umschlaggestaltung: Design Team München
Umschlagcollage: Hanka Steidle und Anne Stokes / Uwe Luserke
Redaktion: Kerstin von Dobschütz
NG · Herstellung: Str.
Satz: DTP Service Apel, Hannover
Druck und Bindung: GGP Media GmbH, Pößneck
Printed in Germany
ISBN: 978-3-442-46711-2

www.goldmann-verlag.de

Für Siegrun – mit Liebe

BUCH I

There is a feeling I get
When I look to the West
Led Zeppelin

Seit jeher überlassen die Mächte der Südlichen Achse das Grenzgebiet Rokals Lande seinem eigenen Schicksal: ein unbedeutender Landstrich, zerklüftet durch unwegsame Bergketten und Küsten, überschattet von der alten Macht des Westgebirges, dem Verbund von Olomin. Selbst die Magie des Landes scheint in diesen Tagen zu schwinden, und die Drachen, einst die Verkörperung dieser Macht, geraten in Vergessenheit.

Während die verschiedenen Clans von Olomin darin verfangen sind, einander zu belauern und in Schach zu halten, geht die am Rande des Westgebirges gediehene Burgfeste Achaten von ihnen unbeachtet ein Bündnis mit dem fernen Previs Wall im kargen Norden von Rokals Lande ein. Denn die Magie ist nun nicht länger dem Verbund von Olomin vorbehalten: Die Menschen haben einen Weg gefunden, um ebenfalls an das Maliande – Form gewordene Magie – zu gelangen, das in den glühenden Tiefen des Westgebirges verborgen ist.

Obwohl es den Menschen mit Hilfe des Maliandes lediglich gelingt, die Zauberkraft der alten Völker nachzuahmen, zielen Achaten und Previs Wall auf eine Neuverteilung der Rollen in Rokals Lande. Immer weiter drängen die Menschen ins Westgebirge ein, dorthin, wo sich der Goldene Staub aus dem NjordenEis mit der Magie zum Maliande verbindet.

Und während die Menschen von Rokals Lande dem Maliande seine Geheimnisse entlocken, bricht auf der Südlichen Achse ein neues Zeitalter an.

Rokals Lande
Ein Grenzgebiet der Südlichen Achse
Achaten
Handelsroute Talemis
Montera
Sahila

EHEMALIGES
TERRITORIUM
DES VERBUNDS
VON OLOMIN
WESTGEBIRGE
ISKENLAND
TAL UNTER
TREVORIMS PFORTE
BREVE
KOHEMIS' HAUS
INSELRING
NJORDENEIS
PREVIS WALL
HANDELSROUTE
BALEVI
OZEAN
Hancock

Prolog

Resilir war so sehr in Gedanken versunken gewesen, dass er gar nicht bemerkt hatte, wie er die Anhöhe hinaufgeglitten war. Nun fand er sich auf einem schmalen Felsenvorsprung wieder. Zu seinem eigenen Erstaunen lächelte er. Als ob seine Füße es nötig hätten, auf ebenem Grund zu stehen!

Nun, es ließ sich nicht leugnen: Während sein Geist unablässig das eben erst Gesehene wiederholte, hatte sein Körper bereits mit einem Spiel begonnen. Er spielte Mensch. Gut, dachte Resilir sich, warum auch nicht. Er ließ seinen Blick umherschweifen, und ihm war, als würde er die unterirdischen Hallen, die ihm seit einer Ewigkeit als Wirkungsstätte dienten, zum ersten Mal sehen.

Die zerklüfteten Felsenwände waren vom Ruß wie mit einem schwarzen Lack überzogen, über dessen Oberfläche das Glutrot des flüssigen Gesteins in den Tiefen der Hallen tanzte. Gleich Inseln im Meer ragten einzelne Felsen trotzig aus der Hitze des Abgrundes heraus. Ihre Spitzen waren durch Taue und versengte Bohlen miteinander verbunden, mühsam errungene Pfade, die regelmäßig den Feuerzungen zum Opfer fielen und nicht selten einen der Orks ins Verderben rissen. An einigen Stellen stieg silbriger Nebel auf, quoll zwischen den Felsen empor und bildete bizarre Muster. Die Decke der Hallen bestand aus einem dichten Netz von Stalaktiten, so dass der Anschein erweckt wurde, als wäre das Gewölbe in diesem Reich genauso gefährlich wie der feurige Grund.

Resilirs Hallen waren ein Ort der Schaffenskraft, ein gierig pochendes Herz. Und doch hatte er es so lange nicht mehr schlagen hören.

Einem plötzlichen Drang folgend, legte er die Macht wie einen Mantel ab und ließ die Empfindungen auf sich einströmen. Augenblicklich breitete sich in seinem Kopf ein Druckgefühl aus, und die flimmernde Luft drohte die Atemwege zu versengen. Zischen, Grollen, Orkgeschrei erfüllten seine Ohren. Die Atmosphäre verdichtete sich bedrohlich, legte sich wie ein elektrisierender Film auf die Haut.

Das also hatte dieser Mensch gefühlt, wie wunderbar.

Resilir hatte ihn ganz genau beobachtet, selbst immer noch unter dem Bann des Machtbeweises stehend, den dieses zerbrechliche Wesen erbracht hatte. Dieser Mensch war gewandelt, wahrhaftig! Erschöpft von der Magie, die durch seinen sterblichen Körper gerauscht war, hatte er auf dem nackten Boden gekauert, in der Hand noch die Phiole, in der das Maliande eingefangen gewesen war. Kaum dass er in den Hallen erschienen war, hatte er auf den Boden gespien. Aber das hatte den Eindruck, den seine Gabe bei Resilir hinterlassen hatte, nicht im Geringsten geschmälert. Der Dämonenbeschwörer wusste nur allzu gut, welchen Preis man für den Einsatz der Magie zu zahlen hatte.

Resilir lächelte unwillkürlich. Dieses Wesen, das nur aus einem Haarwust und aufgerissenen Augen zu bestehen schien, hatte sich augenfällig darum bemüht, sich die Furcht nicht anmerken zu lassen, die Resilirs Anblick ihm einjagte. Und doch war er unfähig gewesen, auch nur ein einziges Wort hervorzubringen. Dabei hatte er in diesem Moment Resilirs Welt auf den Kopf gestellt. Die Brust des Jungen hatte sich im schnellen Wechsel gehoben und gesenkt, denn die Lungen der Menschen waren nicht für diese Tiefen gemacht. Die allgegenwärtige Hitze hatte seine Wangen rot gefärbt und ihm eine glänzende Schicht auf Stirn und Lippen gezaubert.

Resilir war immer noch hin- und hergerissen. Was hatte ihn nur mehr berührt? Der Anblick eines Sterblichen in seinen Hallen oder der unleugbare Beweis, dass die Magie von Rokals Lande im Wandel begriffen war? Nun, so oder so – es lief aufs Gleiche hinaus: Die Tage des Verbundes von Olomin waren gezählt, die Magie beschritt einen neuen Weg. Viel zu lange hatten die einzelnen Clans sich an ihren magischen Fähigkeiten ergötzt wie ein Haufen verwöhnter Kinder an ihrem Spielzeug. Ein jeder raffgierig das Seine belauernd. Unfähig, einen Blick in die Zukunft zu tun.

Erneut atmete Resilir tief ein und bemerkte fasziniert, wie seine Lungen von einem schmerzenden Stich zerschnitten wurden. Ja, die Spanne der Vorherrschaft war erschöpft, und er würde der willige Helfer der Magie sein, der das Rad der Zeit beschleunigte. Der Verbund von Olomin würde ohne seine lenkende Hand zerfallen, so wie er es dem Orden vorhergesagt hatte, nachdem er das Ausmaß der menschlichen Magie gesehen hatte. Aber dabei würde Resilir es nicht bewenden lassen …

Als ein aufdringlicher Geruch in Resilirs Nüstern stieg, drehte er den Kopf leicht zur Seite. In seinem Schatten stand Brat, der Anführer seiner Orkmeute.

»Und, hast du unseren Besucher und das Geschenk, das ich ihm mitgegeben habe, wohlbehalten bis an die Grenzen meines Reiches begleitet?«

Zur Antwort erklang lediglich ein Grunzen.

Stur starrte die niedere Kreatur auf den Gewandsaum seines Meisters, der unerklärlicherweise den Boden berührte. Resilir konnte die zäh fließenden Gedanken hinter der verhornten Stirn lesen: Bedeutet ein auf dem Boden stehender Meister Schwäche? Könnte Brat ihn mit einem tückischen Tritt dorthin, wo er die Fußgelenke vermutete, zum Straucheln bringen? Wie würde Brat sich als Meister dieser Hallen machen? Im nächsten Augenblick schon zuckte der verwachsene Ork schuldbewusst zusammen und zog den Kopf zwischen die knochigen Schultern.

Allerdings zeichnete sich auf Resilirs Gesicht nicht etwa Zorn über die verwerflichen Gedanken seines Sklaven ab, sondern nur aufrichtiges Erstaunen. Ein Tag voller Neuigkeiten, und nach so langer Zeit des Stillstands taten sich auf einmal Wege auf, die zwar noch verborgen waren, aber Resilir, der mächtigste Dämonenbeschwörer des Westgebirges, würde sie ohne Zögern beschreiten. Heute hatte er den ersten Schritt getan, nun würde er zu einem Sprung ansetzen, der Rokals Lande in seinen Festen erzittern lassen würde.

»Brat, du solltest deine Meute zusammentrommeln und zusehen, dass ihr eiligst die Hallen verlasst.« Erfüllt von kindlicher Begeisterung schenkte Resilir dem Ork ein Lächeln, das diesen zitternd zurückweichen ließ. »Ich werde die Kraft meiner Magie beschwören und in eine Form gießen. Ich glaube nicht, dass diese Hallen so bald wieder der passende Ort für einen Ork sein werden, dessen Haut und Klauen sich der reinigenden Kraft des Feuers nicht zu widersetzen vermögen.«

Mit einem viehischen Quieken landete Brat auf seinem Hinterteil, doch rasch wie eine Spinne hatte er seine Gliedmaße wieder geordnet und krabbelte davon.

Währenddessen ließ Resilir ein letztes Mal seinen Blick über die unterirdischen Hallen gleiten, die ein Zuhause und zugleich ein Gefängnis gewesen waren, wie er nun erkannte. Dann schloss er die Augen, atmete tief ein und stieg in jene Regionen hinab, in denen die Magie beheimatet war.

TEIL I

Kapitel 1

Dichter Nebel lag im Tal unter Trevorims Pforte. Der Herbst hatte in diesem Jahr früh Einzug gehalten und das Laub dunkel verfärbt. Unter dem steten Regen der letzten Tage bogen sich die langen Arme des Farns, der die Ausläufer des Waldes säumte. An vielen Stellen hatten Hagelkörner Gras und Blattwerk niedergedrückt.

Nahim brachte sein Pferd hinter Vennis' Tier zum Stehen. Der hagere Mann war bereits abgesessen und streckte sich ausgiebig nach dem langen Ritt.

Rechts von ihnen bot eine Scholle mit schwarz verkohlten Weinreben einen kläglichen Anblick: Obwohl zwischen den Rebenstümpfen das grelle Gelb des Ziegenkrauts wucherte, das sogar neben den Kratern der südlich liegenden Ebene gedieh, lag der Brand wohl erst eine kurze Zeit zurück.

Hoffentlich sind die Reben erst nach der Ernte zerstört worden, dachte Nahim angesichts der guten Lage des Feldes. Seine Familie besaß einige wunderbare Weinberge, weshalb ihn der Anblick besonders schmerzte. Plötzlich jedoch stutzte er. Der Schaden beschränkte sich fast ausschließlich auf dieses Stückchen Erde, während der angrenzende Wald kaum in Mitleidenschaft gezogen war. Brandstiftung, schoss es Nahim durch den Kopf. Aber wer könnte einen Vorteil daraus ziehen, mitten im Nirgendwo Weinreben niederzubrennen?

Ein Zucken ging durch die Zügel in seiner Hand, an denen er ein Pferd hinter dem seinen herführte. Brill, der dritte Mann im Bunde, saß zusammengesunken im Sattel, das Kinn auf die Brust gesenkt. Für einen Moment hob er den Kopf und sah Nahim aus glasigen Augen an. Nahim nickte ihm zu, doch Brill reagierte nicht. Stattdessen fuhr er sich mit dem Mantelärmel über die schweißbedeckte Stirn und ließ den Kopf wieder nach vorn sinken.

»Was denkst du, wie weit ist es noch bis zum nächsten Dorf?«, fragte Nahim und starrte missmutig ins Tal hinab, als Vennis' Antwort auf sich warten ließ. Doch weiter als einige hundert Meter reichte die Sicht nicht, denn die kalte und dunstige Luft bildete eine Wand, die selbst der starke Nordwestwind, der ihnen unablässig ins Gesicht wehte, nicht aufzulösen vermochte.

Trotzdem schwelgte Nahim im Anblick der herbstlichen Berglandschaft, nachdem sie wochenlang die eintönige und stickige Steppe durchquert hatten. Er genoss es, dass wieder vielfältige Geräusche und Gerüche auf seine Sinne einströmten. Seine Augen folgten Bewegungen im Unterholz und saugten die Spiegelungen in den Pfützen auf, weil sie eine schiere Ewigkeit lang jeglicher Abwechslung beraubt gewesen waren.

Die herbe Luft aus Nordwesten gab Nahim das Gefühl eines Neuanfangs. Zuletzt hatte ihm die Reise durch nicht enden wollendes ockerfarbenes Land zunehmend zu schaffen gemacht. Bilder von der Ebene flammten zum wiederholten Mal auf, und die Erinnerung erzeugte einen staubigen Geschmack in Nahims Mund.

Tag um Tag waren sie durch niedriges Buschwerk und über vor Trockenheit aufgeplatzte Erde geritten. Gelegentlich schob sich der Boden zu einem Krater auf, aus dem übel riechende Dämpfe sickerten. Obwohl man den dringenden Wunsch verspürte, diesen Landstrich so schnell wie möglich hinter sich zu lassen, waren sie nur langsamen Schrittes vorangekommen, damit keins der Pferde versehentlich in eine der von Totenholz bedeckten Bodenspalten trat.

Während der ganzen Zeit sehnte sich Nahim nach klarem Wasser, das in der Ebene jedoch eine Seltenheit war. Stattdessen durften sich die Männer über jedes trübe Wasserloch glücklich schätzen, das sie auf ihrem Weg kreuzten. So manches Mal starrte Nahim ungläubig auf die gelbliche und stinkende Jauche, mit der sie ihre Trinkbeutel auffüllten. Doch Vennis zeigte auf die Spuren von Maderhörnchen und anderen Tieren der Steppe neben der Wasserstelle. »Wenn das Steppenvieh das verträgt, vertragen wir es auch«, sagte er und ignorierte die Leidensmiene des jüngeren Mannes. Aber nicht einmal Vennis wollte sich das Gesicht mit dem schwefelhaltigen Wasser waschen.

Die ferne Gebirgskette, die den gesamten Westen von Rokals Lande überzog, begleitete sie auf ihrem Ritt gen Nordosten wie eine dicke schiefergraue Grenzwand zwischen Ebene und Himmel. Nach einem langen Ritt zeichnete sich endlich ihr nördlichster Ausläufer ab, wobei die Bergwände, die Trevorims Tal umgaben, zunächst durch Dunst verborgen geblieben waren. Doch je näher sie kamen, desto deutlicher traten die schroffen Gebirgskonturen hervor.

Vennis deutete auf eine Einbuchtung am südlichsten Punkt des Bergs, den so genannten Breiten Grat, der verheißungsvoll grünlich schimmerte. Dort würden sie das Gebirge überqueren, die einzige gangbare Stelle in diesem zerklüfteten Meer aus Fels und Schluchten, das sich im Süden einer felsigen Brandung gleich bis zur Küste hin auftürmte.

Während am Horizont die nördlichen Gebirgsumrisse stetig an Form gewannen und die Hufe der Pferde unablässig Staub aufwirbelten, versuchte Nahim, die Zeit mit Tagträumerei totzuschlagen. Aber nicht einmal altbewährte Fantasien konnten ihn fesseln, so dass seine Gedanken ziellos umherschwirrten und eine bislang unbekannte Unzufriedenheit schürten.

Selbst wenn Brill, der ein Stück voranritt, in Plauderstimmung geriet und wilde Abenteuer zum Besten gab, die er als junger Mann gemeistert hatte, verlor Nahim ungewöhnlich schnell das Interesse. Schon nach kurzer Zeit verwandelte sich das unablässige Auf und Ab von Brills markanter Stimme in seinen Ohren in ein monotones Rauschen, übertönt vom gleichbleibenden Hufgetrampel, und Nahim brütete wieder dumpf vor sich hin.

Saßen die drei Männer dann abends um ein Feuer aus knisterndem Totenholz, das mehr Rauch als Wärme verströmte, schnaufte Brill abfällig. Es wollte ihm nicht in den Kopf, dass Nahim sich offensichtlich an keine seiner Geschichten erinnern konnte. Worauf Vennis die beleidigte Miene seines Freundes zum Lachen brachte und sagte: »Ist auch gut so«, so dass Nahim sich mit einem schiefen Lächeln und Schulterzucken aus der Affäre ziehen konnte.

Bei ihrer Reise durch die Ebene entdeckten die Männer Bodenfallen sowie andere Spuren von Orks, bekamen jedoch nie eine der widerwärtigen Kreaturen zu Gesicht. Siskenland nannten die hier heimischen Orks die Ebene. Nahim vermutete, dass sich auch hinter diesem, wie bei jedem anderen ihm bekannten Orkwort, eine hässliche Bedeutung verbarg.

Auf Vennis' Drängen hin schlugen sie jedes Mal einen Umweg ein, sobald sie Orkbehausungen zu sehen glaubten, auch wenn ihnen jede zusätzliche Wegstunde durch dieses triste Land zuwider war. Und obwohl die Ebene weithin einsehbar war, schienen die Reiter überraschenderweise nicht das Interesse von umherziehenden Orkbanden geweckt zu haben.

Brill erklärte sich die ausbleibenden Schwierigkeiten damit, dass sie bei Tag ritten und Orks nun einmal wie Diebe in der Nacht umherschlichen. Man habe sich wahrscheinlich einfach verfehlt, mutmaßte er. Aber Nahim kam es vielmehr so vor, als würden die Ebenenorks sie regelrecht meiden, worin sie sich sehr von den gewöhnlichen Biestern unterschieden hätten. Was Vennis darüber denken mochte, behielt er, trotz Brills unermüdlichen Fragens, für sich.

Ungeachtet aller Umsicht landeten sie dennoch einmal direkt vor einem Orkstollen, der gleichwohl seit einiger Zeit leer zu stehen schien. Sofort kam es zwischen Brill und Vennis zu einer Auseinandersetzung.

»Es ist doch Blödsinn, sich die Nächte um die Ohren zu schlagen, obwohl weit und breit nicht ein verdammter Ork zu sehen ist!«, dröhnte Brill mit zornesrotem Gesicht. Gleichzeitig versuchte er, einen Stützbalken des niedrigen Stollens mit seinem Stiefel wegzutreten, um den Höhleneingang zum Einsturz zu bringen. »Falls sich tatsächlich ein paar von diesen Dummköpfen hier herumtreiben sollten, dürften wir schon früh genug auf sie aufmerksam werden. Schließlich veranstalten die beim bloßen Versuch, sich unauffällig anzuschleichen, mehr Lärm als eine Horde Betrunkener auf dem Nachhauseweg!«

Vennis lächelte nur beschwichtigend und ließ sich auf keine weiteren Diskussionen ein. Mitten in der Nacht weckte er Brill zur Wache. Dieser schimpfte zwar leise vor sich hin, wickelte sich aber eine Decke um die Schultern und starrte mürrisch in die Dunkelheit. Denn obwohl Brill beinahe im selben Alter wie Vennis war und auch schon so manche gefährliche Reise überstanden hatte, ordnete er sich dessen Entscheidungen unter.

An einem Tag, der sich durch nichts von den vorherigen unterschied, beschloss Nahim, den beiden anderen Männern die Jagd auf Maderhörnchen zu überlassen. Dieses Tier war der ungekrönte König der Ebene, weil ihm vertrocknetes Gras und Gestrüpp schmeckte und es leidenschaftlich gern im festen Erdreich verworrene Stollensysteme anlegte.

Nahim war es leid, stundenlang mit einer ausgerichteten

Armbrust auf dem Bauch zu liegen und auf eines der unzähligen Erdlöcher zu zielen, während ihn ein Dutzend Maderhörnchen aus Nebeneingängen beobachtete und wütend anpfiff. Der Jäger hatte nur einen Schuss frei. Denn ganz gleich, ob der Pfeil das Tier niederstreckte oder nicht, so rasch würde sich kein gewitztes Maderhörnchen mehr blicken lassen.

Nach einem missglückten Schuss hatte Brill einmal in einem Wutanfall versucht, einen der Stollen auszuheben. Doch außer Geschnatter in der Tiefe und einer stumpfen Messerklinge hatte es ihm nichts eingebracht.

Nachdem ihr Essen nun schon seit Wochen aus Wurzelstrünken, im gelblichen Wasser aufgekochten Haferflocken und fade schmeckenden Maderhörnchen bestanden hatte, stand Nahim der Sinn eindeutig nach Abwechslung. Vennis' Rufe ignorierend, schlenderte er zu einem der verkrüppelten Bäume, die gelegentlich die Gleichförmigkeit der Ebene durchbrachen, weil sie sich ein Stück über die kahlen Dornengestrüppe erhoben.

Zu Nahims Erstaunen barg der Baum zwischen fingerlangen Dornen und mit Wachs überzogenen Blättern Trauben von rot glänzenden Beeren. Ohne weiter nachzudenken, streckte Nahim die Hand nach den Beeren aus und steckte sie sich in den Mund. Unter ihrer harten Schale verbarg sich säuerlich-süßes Fruchtfleisch, das in der Nase kitzelte.

Nachdem er den Baum fast vollständig abgeerntet hatte, zog sich Nahims Magen plötzlich schmerzhaft zusammen. Kalter Schweiß brach ihm aus allen Poren, und gerade als er beschloss, möglichst schnell zum Lager zurückzukehren, verkrampfte sich sein Magen erneut, und er musste sich übergegeben. Verunsichert blickte Nahim auf den rotweißen Schaum vor seinen Füßen, dann wurde ihm schummerig, und er ließ sich auf seinen Hintern fallen. Als Vennis und Brill kurze Zeit später zu ihm stießen, hatte sich Nahims Magen nur leidlich beruhigt, und eine Vielzahl scheußlich juckender Pusteln überzog Gesicht, Hände und Körperstellen, die er lieber nicht benennen wollte. Bei seinem Anblick wäre Brill, von einer Lachattacke geschüttelt, fast vom Sattel geglitten. Aber Vennis begann mit finsterer Miene, seinem Pferd das Zaumzeug abzunehmen. Ein deutliches Zeichen dafür, dass sie den Rest des Tages hier lagern würden.

»Ein mit leuchtend roten Früchten beladener Baum in dieser kargen Gegend, und du stopfst dich gedankenlos voll«, schimpfte er in einem ungewohnt scharfen Ton. »Man könnte meinen, dass du in den letzten Jahren nichts dazugelernt hast! Warum, glaubst du wohl, meiden sämtliche Viecher diese Leckerbissen?«

Einige Tage später, als es Nahim wieder besser ging, erreichten die Männer den Ausläufer des Gebirges. Dort begrüßte sie ein schmaler Fluss. Obwohl das Wasser eiskalt war und ein scharfer Wind am Breiten Grat entlangzog, nahmen die Männer begeistert ein Bad. Auf allen vieren hockend, tauchte Brill seinen Kopf unter, um eine Fontaine Wasser in die Höhe zu spucken, während funkelnde Tropfen von seinem roten Haar perlten.

Gegen Nachmittag gewann der Wind an Stärke und jagte Wolkenberge über die hohen Bergketten des Westens. Als dann Regen losbrach, freuten sich die Männer zunächst, aber schon bald waren sie bis auf die Knochen durchnässt, weil der Wind den Regen bis unter die Buche trieb, unter der sie Zuflucht gesucht hatten.

In der darauffolgenden Nacht ließ der Regen zwar nach, aber der eisige Nordwestwind begleitete sie weiterhin bei ihrem Aufstieg zum Kamm des Breiten Grats. Unablässig pfiff er durch ihre klamme Kleidung und ließ die Hände, die das Zaumzeug hielten, schmerzhaft steif werden. Brills Augen liefen rot an, und er legte sich eine Decke um die Schultern, obwohl sie ihn beim Reiten behinderte. Dass es nicht gut um ihn bestellt war, wurde Nahim erst bewusst, nachdem Brill seit einigen Wegstunden schon keine Zote und kein Trinklied mehr von sich gegeben hatte. Als der rothaarige Mann anfing, auf dem Weg zurückzubleiben, zeigte auch Vennis' Gesicht Sorge. Schließlich verließen sie den schmalen Pfad, der am spärlich begrünten Grat entlangführte, und ritten zwischen Wald und Wiesen in Richtung Tal hinab. Sie kamen an einigen Almen vorbei, die um diese Jahreszeit jedoch bereits verlassen waren. Weit und breit war kein Mensch zu sehen.

Als Vennis nun verdrossen auf die Reste des verbrannten Weinfelds starrte und gelegentlich mit der Stiefelspitze in der Erde herumscharrte, wurde Nahim zunehmend nervöser. Hinter sich hörte er Brills raschelnden Atem. In ihm keimte allmählich der Verdacht, dass ein geheimer Ruf alle Menschen und Orks von ihren Höfen und Stollen weggelockt habe und sie nun die einzigen sprechenden Lebewesen im Umkreis von vielen Meilen waren.

»Ich kann schwer einschätzen, wie weit es noch bis ins Tal hinab ist«, antwortete Vennis schließlich. Nahim zuckte zusammen, weil er seine Frage schon längst vergessen hatte. »Ich kenne das Tal unter Trevorims Pforte auch nur von vagen Landkarten und aus Maherinds Erzählungen, der es vor langer Zeit einmal durchreist hat. Offensichtlich unter besseren Bedingungen, denn seine Erzählungen klangen nach einer vergnüglichen Wanderung und nicht nach Wind, Nebel und Regen.«

In Nahims Gesicht war keine Regung auszumachen. Ohne ein weiteres Wort abzuwarten, trieb der junge Mann sein Pferd an.

Balam Trubur pflügte seit den späten Morgenstunden ein Feld, das viele Jahre lang brachgelegen hatte, und warf dabei gelegentlich einen Blick auf seinen Sohn Tevils. Der Junge würde im Neujahr dreizehn Jahre alt werden und überragte schon jetzt seinen Vater an Größe. Tevils leuchtend braune Haare standen, trotz der dunstigen Luft, wirr zu Berge, und die schmalen Lippen waren fest aufeinandergepresst. Genau wie Bienem beim Bohnenputzen, dachte Balam mürrisch. In den letzten Monaten hatte Balam immer wieder feststellen müssen, dass sich die Gemeinsamkeiten zwischen Mutter und Sohn nicht in solchen Kleinigkeiten erschöpften.

Erst vor einigen Tagen hatte Tevils zum wiederholten Male die Befürchtungen seines Vaters bestätigt: Er hatte einen Handkarren, auf dem zwischen Stroh Weinflaschen gebettet lagen, nicht, wie verabredet, auf dem Hof seines Cousins Lasse abgeliefert. Stattdessen hatte der Junge einige feuchtfröhliche Tage bei einer Gruppe Ziegenhirten verbracht, die ihm im betrunkenen Zustand das Präparieren von Tierfallen beibringen wollten. Dass Tevils noch alle Finger sein Eigen nannte, grenzte an ein Wunder. Tevils Mutter war ebenso eine große Verfechterin jeder Art von Vergnügungen und hatte für Balams Beharren auf Verbindlichkeit lediglich ein Schulterzucken übrig.

Während Balam so seinen trüben Gedanken nachhing, suchte Tevils geschäftig nach den letzten Pilzen des Jahres auf den anliegenden Wiesen. Dass sein Vater das Mittagessen schweigend eingenommen hatte, war Tevils nicht weiter aufgefallen. Noch immer war er hypnotisiert von den Geschichten, die die Ziegenhirten zum Besten gegeben hatten. Ganz deutlich konnte er sich selbst sehen, lediglich in ein Fell gehüllt und mit einem Stock bewaffnet. Im Dämmerlicht trat der König der Wölfe aus seiner Höhle heraus und forderte ihn mit einem überheblichen Knurren zum Kampf heraus. Dass der Wolfskönig offensichtlich nicht zwischen Beute und Jäger unterscheiden konnte, sollte ihm nun zum Verhängnis werden …

Als Balam die drei Reiter bemerkte, die über den dunstigen Hang kamen, konnte er bereits deutlich ihre Umrisse erkennen. Und etwas stach ihm sofort ins Auge: Zumindest einer der Reiter trug ein Schwert an seiner Seite. Ohne lange zu überlegen, rammte Balam den Pflug in die Erde, so dass dem alten Ochsen ein überraschtes Schnaufen entfuhr. Er rief laut nach Tevils, während er zu dem Rastplatz lief, wo er seinen grob gehauenen Wanderstock zurückgelassen hatte.

In dem Moment, als Balam den Pflug niederlegte, setzte der Bewaffnete zu einem leichten Galopp an und kam auf ihn zugeritten. Aus den Augenwinkeln nahm Balam wahr, dass sein Sohn über die Wiese auf ihn zulief. »Tevils, geh zu den Bäumen und bleib da«, schrie Balam den Jungen an. »Na los, tu endlich, was ich dir sage!«

Doch Tevils blieb einfach stehen und starrte in einer Mischung aus Furcht und Neugier die Fremden an. Einer von ihnen war von seinem großen Reittier abgestiegen und ging das letzte Stück zu Fuß auf seinen Vater zu. Dabei spreizte der Fremde die Arme vom Körper ab, um seine friedlichen Absichten zu betonen. Trotzdem stieß Balam den Wanderstab in die aufgeschwemmte Erde und baute sich mit gespreizten Beinen dahinter auf.

»Nun«, sagte Balam. »Mein Name ist Trubur, und dies hier ist mein Land. Wer seid Ihr? Und warum reitet Ihr auf ihm entlang?«

»Wir kommen über die Südlichen Höhen und wollen ins Tal«, antwortete der Fremde mit einer gepressten Stimme.

Balam biss die Zähne fest aufeinander, als der Fremde drei Schritte vor ihm stehen blieb. Der Mann war fast zwei Köpfe größer als er, und an seiner Seite schwang bei jedem Schritt die Scheide eines langen Schwertes mit. Das dunkle Haar und die olivfarbene Haut waren für das Tal genauso ungewöhnlich wie die markanten Gesichtszüge. Etwas im Gesicht des Fremden zuckte auf, und er warf einen flüchtigen Blick zu seinen beiden Begleitern, die sich bislang nicht weiter gerührt hatten.

»Warum seid Ihr dann nicht dem Weg gefolgt, der vom Pass hinunter ins Tal führt? Ihr müsst doch an der Quelle vorbeigekommen sein, wo er beginnt. Ist schließlich nicht zu übersehen«, hakte Balam nach.

»Das stimmt«, gab der Fremde zu. »Aber einer meiner Freunde ist auf der Reise erkrankt, und wir haben stattdessen den Weg zu Frau Witt eingeschlagen, der vom Pass wegführt. Allerdings haben wir ihre Hütte niedergebrannt vorgefunden.«

Balam atmete aus, dann trat er neben seinen Stab. »Ihr kennt Frau Witt?«

Der Mann nickte bekräftigend.

»Nun, Frau Witt ist ins Tal zu ihrer Enkelin gezogen. Die Südlichen Höhen sind nicht mehr sicher für eine alte Frau. Außerdem hatte man von ihrer Hütte aus einen guten Blick über den gesamten Hang. In unserer heutigen Zeit ist es nicht unbedingt von Vorteil, immer zu wissen, wer alles unterwegs ist.« Als Balam Ungeduld in den Augen des Fremden aufflackern sah, setzte er hastig hinzu: »Was hat Euer Freund denn?«

»Der Regen hat uns vor einigen Tagen am Fuß des Breiten Grats überrascht, und seitdem steigt das Fieber unaufhörlich. Ist es weit bis zum nächsten Dorf?«

Nachdenklich zupfte sich Balam am Ohrläppchen. Erneut musterte er den Mann vor sich: Das lange Haar und der Bart, die sonderliche Kleidung, aber vor allem die Anwesenheit von Schwert und Pferden trafen bei Balam auf den Argwohn eines Hangbauern, der die Einsamkeit gewohnt war. Letztendlich jedoch gewann seine Gutmütigkeit die Oberhand, für die er sich schon so manches Mal selbst gescholten hatte.

»Böses Fieber, sagt Ihr? Nun, ins Westend sind es über drei

Stunden von hier, wenn man gut zu Fuß ist und den Kletterpfad kennt. Allerdings werdet Ihr mit den Pferden wohl einen Umweg nehmen müssen, so dass es mindestens doppelt so lange dauern wird.«

Wie auf ein geheimes Zeichen hin setzten sich die beiden anderen Reiter in ihre Richtung in Trab. Balam konnte sehen, dass der eine Mann tief vornübergebeugt im Sattel saß, während der andere sein Pferd führte. Plötzlich erklang hinter Balams Rücken ein leiser Schrei, und er musste verärgert feststellen, dass Tevils noch immer in der Mitte der Wiese stand.

Der Fremde nickte Balam flüchtig zum Dank zu und wollte gerade zu seinem Pferd zurückkehren, als der Bauer ihn am Ärmel fasste. »Mein Hof liegt gleich dort unten hinter dem Eibenwald. Eine meiner Töchter hat Heilkunde bei Frau Witt gelernt. Viele Leute aus dem Tal hier tun das, weil die meisten Höfe sehr einsam liegen. Vielleicht kann sie Eurem Freund helfen?«

Die Gesichtszüge des Mannes entspannten sich ein wenig, und er fragte: »Könnt Ihr reiten?«

»Nein«, antwortete Balam. »Aber Ihr könnt meinen Sohn Tevils mit aufsitzen lassen. Er wird Euch den Weg zu unserem Haus zeigen und meiner Tochter Lehen alles erklären. Schließlich hat er die ganze Zeit über bei uns gestanden, anstatt zu den Bäumen zu gehen, wie es sein Vater ihm gesagt hat.«

Balam warf dem immer noch versteinerten Tevils einen Blick zu, woraufhin dieser herbeieilte und sich von dem Anführer auf das große Pferd helfen ließ. Der Mann saß hinter dem Jungen auf, und sofort sprengten sie über die Heuwiese hinweg auf die Bäume zu.

Überrascht stellte Lehen fest, dass Borif draußen auf dem Hof bellte. Aber es war kein kurzes Bellen, mit dem er für gewöhnlich Tevils und den Vater begrüßte. Das Bellen klang dumpf, als ob der Nebel, der sich den ganzen Tag über zwischen den Bäumen gehalten hatte, es nicht tragen wollte. Nachdem es noch einige weitere Male erschallt war, stellte Lehen die Teigschüssel beiseite und lief mit mehlbestäubten Händen hinaus.

Der Hof lag verlassen da. Der milchige Dunst hatte sich wie ein Schleier über alle Farben und Geräusche gelegt. Nur von den Ställen drangen dumpfes Scharren und Gackern herüber. Lehen pfiff nach ihrem Hund, doch Borif war nirgends zu sehen. Sie pfiff noch einmal einen hellen melodiösen Ton, doch es ließ sich kein Hund mit wild wedelndem Schwanz blicken.

Wind fegte über den Hof. Er brachte Nässe und den ungewöhnlichen Geruch von Salz mit sich. Lehen zog die Stola fest um ihre Schultern, als Lärm vom nebeligen Weg her erklang, der in den Wald hineinführte. Plötzlich erschien eine Gruppe Reiter zwischen den Bäumen, und Lehen sah, wie der massige Borif neben einem der Pferde herlief und es vollkommen fasziniert ankläffte.

Ohne ein Wort des Grußes saß der vorderste Reiter ab und half ihrem jüngeren Bruder Tevils beim Abstieg, der ihr, übers ganze Gesicht strahlend, zuwinkte. Während Lehen auf die merkwürdige Gruppe zuschritt und überlegte, wo wohl ihr Vater war, glitt einer der Reiter von seinem Tier. Die beiden anderen Männer griffen ihm unter die Arme und schleiften ihn ins Haus. Dort legten sie ihn auf das Bett ihrer Eltern in der Nähe des Ofens. Lehen brauchte nur kurz in das Gesicht des halb bewusstlosen Mannes zu blicken, und sie wusste, dass dieser innerlich brannte.

Nachdem die beiden Fremden geholfen hatten, den Kranken in das Haus zu tragen, brachten sie ihre Pferde notdürftig im Stall unter und blieben dann auf Lehens Wunsch draußen auf dem Hof. Während der Ältere sich ganz und gar seiner Pfeife widmete, strich der jüngere Mann über Borifs dichtes, kurzes Fell. Der Hund quittierte die Streicheleinheiten mit einem tiefen Seufzen.

Lauthals schimpfend, setzte Lehen auch ihren Bruder vor die Tür: »Stellst du dich absichtlich so dumm an? Egal, was man dir sagt, du machst es verkehrt. Du bist ein elender Tollpatsch, Tevils Trubur! Du kannst von Glück sagen, dass ich zu beschäftigt bin, um dich mir richtig vorzunehmen.«

Tevils schüttelte die Schimpftiraden wie eine Gans das Wasser ab und gesellte sich zu den beiden Männern. Da er sich nicht traute, eine der unzähligen Fragen zu stellen, die ihm durch den Kopf schossen, versuchte er, das Schweigen mit einer Kostprobe seiner Jonglierkünste zu brechen. Als Tevils anstelle von Applaus nur schräges Grinsen und Kopfnicken erntete, verzog er sich enttäuscht zu den Pferden in den Stall.

Da es im ganzen Tal bis auf einige wenige Kaltblüter nur Esel und Ochsen als Lasttiere gab, erschien Tevils die Gegenwart der schönen Tiere fast genauso reizvoll wie die der abenteuerlich aussehenden Fremden. Zudem konnte er sich bei den Pferden rasch beliebt machen, indem er sie mit Maiskolben fütterte, die eigentlich zum Trocknen unters Dach gehängt worden waren.

Borif hatte bald genug von den Streicheleinheiten und schleppte ein Wurfholz an, das er seinem neuen Freund mit einem unüberhörbaren Grunzen auf den Schoß spuckte. Derart charmant aufgefordert, warf der Mann das Stück Holz quer über den Hof und rannte dem grobschlächtigen Rüden hinterher, um es ihm wieder abzunehmen. Als beide von ihrer wilden Jagd ganz außer Atem waren, hockte sich der junge Mann neben Borif, der das Holzstück genüsslich in seine Einzelteile zerlegte, auf den Boden und schaute sich in Ruhe um.

Dem Trubur Hof ging es sichtlich gut. Die Wände des Hauses bestanden aus einem Geflecht aus Holzbalken und

Lehm, das sorgfältig mit heller Farbe getüncht worden war. Das große Fenster auf der Frontseite setzte sich aus verschiedenfarbigen Glastücken zusammen, die ein von Weinreben umranktes Fass zeigten. Jemand hatte das Bild einem Mosaik gleich zusammengesetzt und mit Blei eingefasst. Auch die Eingangstür aus harter Schiefereibe wies handwerkliches Geschick auf: Kunstvoll war eine stilisierte Eibe hineingeschnitzt, und die Rillen waren mit rötlichem Ocker nachgezogen worden. Vor dem Haus stand eine ebenfalls verzierte Holzbank neben den bereits winterfest gemachten Blumenbeeten. Die Sträucher und Stauden waren sorgfältig zurückgeschnitten und die Rosenstöcke mit Stroh ummantelt worden.

Im Westen wurde der Hof durch lang gezogene Stallungen, Schuppen und den Waldsaum umrandet. Auf der anderen Seite bildete ein reißender Gebirgsfluss die Grenze. In den Fluss ragte ein schmaler Steg hinein, der im Sommer wahrscheinlich malerisch von den ausladenden Ästen einer Kastanie überschattet wurde. Weiter aufwärts säumten nun teils kahle, teils mit Wintergemüse bepflanzte Beete sowie mehrere Obstbäume das Ufer. Außerdem folgte dem Fluss ein breiter Weg, der ins Tal hinabführte.

Dem Hof der Truburs wohnte eine alte Ordnung inne, alles war wohlgestaltet und liebevoll gepflegt. Doch in die friedvollen Gedanken des jungen Mannes mischte sich das Bild eines verbrannten Weinfelds und der alten Frau Witt, die jemand gewaltsam aus ihrer Hütte verjagt hatte. Das dürfte nicht allzu leicht gewesen sein, mutmaßte er. Den verkohlten Resten und dem mittlerweile verwilderten Garten nach hatte dort Jahrzehnte lang jemand gelebt, der mit seiner Umgebung verschmolzen war und sie entsprechend geprägt hatte. Sicherlich hat diese Frau Witt ihr Zuhause nicht kampflos aufgegeben, schloss er seine Überlegungen mit einem mulmigen Gefühl.

Kurz nachdem Balam mit dem alten Ochsen am Strick über

den Waldweg auf dem Hof eingekehrt war, rief Lehen die Männer ins Haus. Während Tevils Geschirr, Tee und schließlich eine Schüssel mit Kohlsuppe auf den Tisch stellte, erzählte Lehen von dem Zustand des Mannes, dessen Namen sie noch immer nicht kannte.

»Sein Hals ist fast ganz zugeschwollen und schlimm vereitert. Es ist kaum möglich gewesen, ihm etwas einzuflößen. Das linke Ohr ist ebenfalls böse entzündet, und das Fieber steigt stetig. Er ist sehr erschöpft und scheint seit einigen Tagen viel zu wenig getrunken zu haben.« Mitten in ihrer Rede hielt sie inne und warf ihrem Vater einen verunsicherten Blick zu, bevor sie weitersprach. »Außerdem habe ich mehrere Narben unterschiedlichen Alters gefunden. Eine besonders tiefe Schnittwunde am rechten Oberschenkel würde ich auf ungefähr sechs bis acht Wochen schätzen. Wer immer sie behandelt hat, wusste genau, was er tat.«

Keiner der Männer sagte etwas, und Lehen ließ ihren Blick über die beiden Fremden wandern, die ihr direkt gegenübersaßen. Groß und hager waren sie, dunkle Augen, dichte Bärte und dunkles Haar, das der Jüngere von ihnen nachlässig im Nacken zusammengebunden hatte. Der kranke Mann hingegen war von bulliger Statur und trug das kupferfarbene Haar kurz geschnitten, so wie es auch bei den Männern im Tal üblich war.

Lehen überlegte, ob die beiden Männer vor ihr am Tisch wohl miteinander verwandt waren. Vielleicht Vater und Sohn? Obwohl sie in ihrem Äußeren und in der zurückhaltenden Art einander ähnelten, so war sie sich letztendlich doch nicht sicher. Etwas unterschied diese beiden Männer voneinander, etwas, das Lehen nicht in Worte fassen konnte. Während der Ältere lediglich ihre Neugierde weckte, brachte der Jüngere etwas in ihr zum Klingen, als sei sie ein Musikinstrument, das von ihm berührt worden war. Der Gedanke hatte so etwas Irritierendes an sich, dass Lehen das Blut in die Wangen schoss. Plötzlich schaute der Jüngere ihr direkt in die Augen. Dunkle Augen wie zwei Kohlestücke – so etwas hatte sie noch nie zuvor gesehen. Verwirrt wandte Lehen den Blick ab.

Er hatte ein Schwert über den Rücken gegürtet getragen, dessen Griff mit einem breiten Lederband umwickelt war. Die Schwerter der Männer sowie zwei Wurfbeile und eine kurze Lanze lagen nun, in eine alte Decke gewickelt, unter der Bank vorm Haus. In einem Gespräch unter vier Augen hatte Balam Tevils eindringlich verboten, auch nur einen Zipfel der Decke zu lüften. Lehen war ebenfalls nicht wohl beim Gedanken an die Waffen. Sie schienen ihr wie unheimliche Boten aus einem fremden Reich.

»Wann denkst du, wird er wieder reiten können?«, wurde Lehen von dem älteren der beiden Männer gefragt.

»Das kann ich nicht genau sagen.« Lehen rührte in ihrer mittlerweile kalten Suppe herum. »Außerdem stellt sich zunächst einmal die Frage, ob er die Krankheit überleben wird. Aber auch das kann ich nicht beantworten. So gut kenne ich mich mit solchen Dingen nicht aus.«

Der Ältere blickte verdrossen zum Krankenlager hinüber, auf dem sich der rothaarige Mann, unter einem Berg von Decken und Ziegenfellen begraben, seit langem nicht mehr gerührt hatte. Schließlich sagte er: »Wir müssen Trevorims Pforte durchqueren, bevor der Winter sie schließt.«

»Nun, Herr Wie-auch-immer«, entgegnete Balam gereizt. »Es mag sein, dass der Winter es dieses Jahr besonders eilig hat, aber Euer Freund wird wohl seine Zeit brauchen. Anders zu denken, wäre dumm. Und wenn Ihr nicht ohne ihn reiten wollt, dann werdet Ihr wahrscheinlich bis zum Frühjahr hierbleiben müssen. So sieht das aus, Herr Sonstwie!«

Balam Truburs Reaktion hatte dem jungen Mann ein Lächeln ins Gesicht gezaubert. Auch der Ältere schmunzelte, griff in den Beutel zu seinen Füßen und holte einen Weinschlauch hervor. Während er mit dessen Resten die Gläser füllte, rutschte dem jungen Mann beim Anblick des Weins eine leise Verwünschung heraus. Dieser Beutel hätte die Ewigkeit in der Ebene gewiss verkürzt.

»Nun, so oder so, Herr Trubur. Mein Name ist Vennis, das hier neben mir ist Nahim, und unser kranker Freund heißt Brill. Wir können nicht ohne ihn reiten, da Nahim und ich lediglich sein Begleitschutz sind. Es wird uns also nichts anderes übrig bleiben, als auf Eure Gastfreundschaft zu hoffen und Frau Witt als Leumund anzugeben. Wenn sie hört, dass wir im Auftrag Maherinds reiten, wird sie das sicherlich gerne tun.«

Balam nahm ein wenig unsicher das Glas entgegen, sah auf die tiefrote und samtene Flüssigkeit und dachte wehmütig an sein verbranntes Weinfeld am oberen Hang. Dieses Jahr würden nur wenige neue Fässer verheißungsvoll im Kellerschacht unter seinem Haus darauf warten, dass ihr Herr sie zu Festen im Westend und auf den Brennburger Markt bringen würde. Er hob das Glas und sah seine Tochter an. Die anderen taten es ihm gleich, und Lehen stand auf und sagte ein wenig verhalten: »Auf den Wein und auf das Leben.«

Kapitel 2

Die nächsten Tage verliefen ruhig. Balam wanderte zusammen mit Vennis ins Tal, um Frau Witt einen Besuch abzustatten. Die alte Frau war schweigsam wie eh und je und gab neben verschiedenen Tontöpfen mit Kräutermischungen und einer Salbe samt Rezept für Lehens Sammlung ihre besten Grüße für Herrn Maherind – »den alten Nichtsnutz«, wie sie sagte – mit auf den Weg.

Nahim machte sich am Stall zu schaffen, in dem während des Winters Ochse und Ziegen standen und nun auch ihre Pferde untergebracht sein würden. Mit einigen Balken und Brettern zog er eine zweite Ebene unter dem Dach ein, auf der Vennis und er während ihres Aufenthalts im Tal schlafen konnten.

Nur am zweiten Tag musste Lehen unter Balams wüsten Schimpftiraden ihrem heulenden Bruder den linken Arm schienen, da er beim Versuch, heimlich auf Vennis' großen Wallach zu klettern, gestürzt war.

Nahim und Vennis ritten aus und kehrten mit einem erlegten Wildschwein zurück, das mit seiner heraushängenden dunklen Zunge Übelkeit bei Lehen auslöste. Widerwillig sah sie den Männern zu, wie sie das tote Tier im Hof zerlegten und verarbeiteten. Sie hatte ihnen zu ihrer Überraschung verboten, es auf dem derben Holzklotz in der Küchenecke zu zerlegen. Als Nahim mit einer Schale frischer Innereien und Blut ins Haus trat und sie fragend ansah, deutete sie nur knapp auf die gusseisernen Töpfe, die seitlich neben dem großen gekachelten Ofen aufgetürmt standen, und raffte, ohne ein weiteres Wort, Brills nass geschwitztes Bettzeug zusammen.

Während all dieser Tage schlief Brill einen unruhigen Schlaf, und auf seinen glühenden Wangen platzten feine Äderchen, während Lehen ihn einen Kräutersud schlucken ließ und ihm in der Nacht immer wieder die nassen Wickel wechselte. Seine Lippen sprangen auf, und aus seinem einen Ohr floss gelbliche Flüssigkeit. Sein Atem ging unstet, und unter den geschwollenen Lidern rasten die Augäpfel unaufhörlich hin und her. Am Ende des dritten Tages wachte Brill endlich auf und schlug Lehens Arm zur Seite, die ihm gerade eine bittere Paste auf die belegte Zunge streichen wollte.

Brill erholte sich schneller als erwartet. Trotzdem stellte er sich, sehr zu Lehens Leidwesen, als ungeduldiger Patient heraus. Obwohl er nach wie vor stark fieberte, bestand er darauf aufzustehen und stieß mit seiner heiseren Stimme vielerlei Flüche aus, als die Beine ihm nach ein, zwei Schritten den Dienst versagten. Er beschwerte sich unablässig über die ihm erteilte Behandlung sowie das zerstoßene Essen, das Tevils ihm verunsichert servierte. Auch wollte er nichts von der Schwere seiner Erkrankung wissen und fragte Vennis und Nahim jedes Mal, sobald sie ihren Kopf zur Haustür hineinsteckten, wie sich das Wetter innerhalb der nächsten Tage entwickeln würde und wo – »Verdammt noch mal!« – sein Schwert und die Äxte seien.

Während Vennis auf derlei Fragen mit einem trägen, gelangweilten Blick reagierte, geriet Nahim in Bedrängnis. Einerseits glich Brills Temperament dem eines ungestümen Kindskopfs, andererseits war er ein kräftiger und erfahrener Mann, dem sich Nahim nur bedingt gewachsen fühlte. Deshalb bemühte er sich redlich, dem schlecht gelaunten Rotschopf nicht allein in die Hände zu fallen. Was hätte er Brill auf seine Fragerei auch antworten können? Dass offensichtlich jeder in diesem Haus außer ihm selbst begriffen hatte, wie schlecht es um ihn bestellt stand, und dass seine geliebten Waffen im Augenblick mindestens so sehr von Nutzen waren wie ein Eiszapfen im Schneesturm? Lieber hätte Nahim sich die Zunge abgebissen.

Durchgefroren kehrte Nahim an einem Nachmittag zum Haus zurück, nachdem er vergeblich versucht hatte, das Dach des Stalls abzudichten. Der stetig pfeifende Herbstwind ließ ihn nicht schlafen, einmal davon abgesehen, dass ihm ständig die Nasenspitze abzufrieren drohte. Noch bevor er die Haustür öffnen konnte, wäre er fast von einem flüchtenden Tevils überrannt worden. Der Junge schenkte ihm ein nervöses Lächeln und verschwand um die Hausecke.

Vorsichtig linste Nahim am Türrahmen vorbei. Brill saß auf seinem Lager, eingehüllt in seinen Decken und Ziegenfellen. In der Hand hielt er eine Schale, deren Inhalt seinen Unmut hervorzurufen schien. Zumindest war sein Gesicht mit Zornesröte überzogen, und seine Kiefermuskeln arbeiteten deutlich unter den Bartstoppeln. Als ein Windhauch ihn berührte, blickte er zur offen stehenden Tür.

»Kartoffelbrei mit zermatschten Möhren«, zischte er durch die geschlossenen Zähne hindurch, die Stimme immer noch brüchig und heiser.

Nahim nickte vage, traute sich aber nicht einzutreten. Offensichtlich zogen es auch alle anderen Bewohner vor, sich während Brills Mahlzeiten trotz der Kälte außerhalb des Hauses aufzuhalten. Er schien der einzige Dummkopf zu sein, der diese unausgesprochene Regel nicht begriffen hatte. Unschlüssig blieb er im Türrahmen stehen.

Brill stöhnte theatralisch auf, bevor er die Schale unsanft auf den Boden stellte. »Nun komm endlich herein und sieh zu, dass du mir etwas Anständiges zu essen besorgst.«

Nahim kaute auf der Unterlippe herum. Der Gedanke an eine strafend dreinblickende Lehen, die ihn zur Rede stellen würde, wenn er Brills Wunsch nachkam, war eindeutig unangenehmer als Brills schnell verfliegender Zorn.

Mit einem Ruck machte Nahim auf der Stelle kehrt und zog die Tür hinter sich zu. Doch nicht schnell genug: Der schwere Eisenlöffel, den ihm Brill hinterhergeworfen hatte, traf ihn an der Schulter. Und auch die Worte »elender Verräter« fanden noch ihren Weg hinaus ins Freie.

Sich die schmerzende Schulter reibend, schlenderte Nahim ziellos über den Hof. Schließlich folgte er dem Weg, den Tevils zuvor eingeschlagen hatte, doch seitlich des Hauses gab es nur ein paar winterfeste Beete und Büsche zu sehen. Zögernd blieb Nahim stehen, aber als ihm die Kälte durch die Stiefelsohlen kroch, wollte er umdrehen und in den Stall zurückkehren. In diesem Augenblick steckte Tevils seinen Kopf mit dem stets zerwuschelten Haarschopf zum Fenster hinaus.

Der Junge grinste keck und winkte ihm zu. Mit einigen langen Schritten war Nahim beim Fenster und kletterte ins Innere einer kleinen Kammer.

»Brill hat eine ganz schön große Klappe, was?«, sagte Tevils verschwörerisch, während er das Fenster wieder schloss.

Nahim grinste und nickte. In der Kammer war es wunderbar warm, und es duftete nach einer Blumensorte, die er nicht kannte. »Eigentlich sollte Lehen ihn mit gebratenem Wildschwein und Wein abfüllen, dann hätten wir wenigstens einmal unsere Ruhe.«

»Hoffst du darauf, dass ihm etwas Wildschwein im geschwollenen Rachen stecken bleibt? Dann hätten wir tatsächlich unsere Ruhe vor ihm.«

Nahims Blick flog zu dem Bett hinüber, von dem die Stimme gekommen war. Dort saß Lehen, eingewickelt in eine Wolldecke, und hielt ein Buch in ihren Händen. Zu seinem Unbehagen schenkte sie ihm kein Lächeln wie Tevils, sondern sah ihn lediglich prüfend an. Nahim schluckte hörbar.

»Wenn du die Stiefel und den Mantel ausziehst, kannst du dich mit zu uns aufs Bett setzten. Wir harren hier so lange aus, bis wir Balams oder Vennis' Stimme im Wohnraum hören. Aber dann benutzen wir nicht die Zimmertür, sondern gehen durch den Haupteingang ins Haus. Wir wollen ja nicht, dass Brill auf die Idee kommt, wir könnten uns im Nachbarraum verstecken.«

Mit steif gefrorenen Fingern begann Nahim, seinen Mantel zu öffnen. »Kann er uns denn nicht hören, wenn wir uns unterhalten?«, fragte er und stellte verlegen fest, dass seine Stimme beschlagen klang. Er führte sich tatsächlich auf wie ein schüchterner Junge.

Lehen machte eine abwehrende Handbewegung. »Selbst wenn du Brill ins rechte Ohr ›Schnaps für alle!‹ brüllen würdest, würde er nur ein Rauschen hören. Vollkommen zugeschwollen. Und ums andere Ohr ist es auch nicht unbedingt besser bestellt.«

Da Tevils kicherte, versuchte sich Nahim ebenfalls an einem Lächeln, doch Lehen hatte sich bereits wieder ihrem Buch zugewandt. Sie machte den beiden Platz auf dem Bett, ohne die Augen von den Seiten zu lösen.

Unbeholfen hockte sich Nahim aufs Bett und schob seine Finger zwischen die Oberschenkel, in der Hoffnung, dass sie bald wieder warm sein würden. Anscheinend ging die junge Frau davon aus, dass er hinsichtlich seiner Unterhaltungskünste eher zu Tevils als zu ihr passte. Hielt sie ihn vielleicht für langweilig oder gar für unreif? Überrascht fiel Nahim auf, dass ihm diese Einschätzung zu schaffen machte.

Tevils knackte einige Walnüsse und hielt Nahim die Kerne hin. Kauend dachte Nahim darüber nach, womit er Lehens Meinung ändern konnte. »Euer Tal hat etwas von einer versteckten Welt«, sagte er schließlich an Tevils gerichtet.

Tevils verzog das Gesicht und machte: »Hä?«

»Ich meine, es liegt weit ab von allen interessanten Orten in Rokals Lande«, bemühte sich Nahim, rasch nachzusetzen. »Das war ein ordentlicher Ritt von Achaten im Westgebirge über die Ebene bis hierher. Und bis nach Previs Wall im Norden ist es ja auch nicht gerade ein Katzensprung.«

»Mit Achaten, meinst du da diese Stadt im Fels? Hast du sie mal gesehen?«, fragte Tevils neugierig. In seinem Gesicht lag ein Ausdruck vollkommener Faszination, und selbst die Nüsse waren mit einem Mal vergessen. Auch Lehen blinzelte über den Rand ihres Buchs. Nahim warf einen flüchtigen Blick auf den Einband – *Relens kleine Gartenkunde* war dort zu lesen. Na, da hatte er doch etwas Besseres zu bieten.

»Achaten, die Burgfeste, ist tatsächlich in den Stein des Westgebirges gehauen, obwohl nicht alles von Menschenhand geschaffen worden ist. Dafür wäre das Höhlennetz im Fels hinter der Feste wohl auch zu kolossal und zu weitläufig. Es heißt, dort haben vor Urzeiten Drachen genistet, als der Himmel noch hell erleuchtet war von ihrem Feuer.«

»Eine Kindergeschichte«, merkte Tevils mit beleidigtem Ton an, während Lehens Nase wieder zwischen den Buchseiten verschwand.

Nahim stutzte, offensichtlich waren die Talbewohner wirklich vom Rest des Landes abgeschnitten. »Wie kommst du denn darauf? Drachen nisten in Höhlen, wenn sie denn einmal nisten.«

Tevils machte ein schnodderiges Geräusch mit den Lippen. »Drachen sind Kindergeschichten. Wenn schon Geschichten, dann möchte ich lieber etwas über berühmte Krieger und ihre Kämpfe hören.«

»Gut«, entgegnete Nahim betont gleichgültig. »Wenn Präae das nächste Mal in meiner Nähe landet, werde ich ihr erzählen, dass sie eigentlich gar nicht existiert. Dass ein rotznäsiger Bengel in einem namenlosen Tal mitten im Nirgendwo das ganz genau weiß. Obwohl ich befürchte, dass sie davon nicht sonderlich beeindruckt sein wird. Drachen sind nämlich so ziemlich die eigensinnigsten Geschöpfe, die mir jemals begegnet sind. Und seitdem ich an Vennis' Seite Rokals Lande durchwandert habe, ist mir schon so einiges unter die Augen gekommen. Aber das kümmert hier ja keinen, so wie es aussieht. Ich kann auch ein paar von Brills Räuberpistolen zum Besten geben …«

»Du willst Tevils doch bloß vorführen, nicht wahr?«, fragte Lehen belustigt. »Wir mögen hier im Tal tatsächlich etwas abgelegen leben, aber Drachen …?«

Obwohl Lehen ein spöttisches Lachen von sich gab, glaubte Nahim, auch einen Funken von Neugierde in ihren Augen wahrgenommen zu haben. Deshalb schüttelte er langsam den Kopf, wie er es sich von Vennis abgeschaut hatte, wenn dieser die Aufmerksamkeit in einer geselligen Runde auf sich ziehen wollte.

»In Rokals Lande mögen die Drachen sehr selten geworden sein, aber es gibt sie nach wie vor. Heutzutage leben die Drachen im NjordenEis, weit weg von ihrer ursprünglichen Heimat, dem Westgebirge. Sie sind nicht wie wir sterblichen Wesen, sie gehorchen nicht den Gesetzen, denen wir unterworfen sind. Deshalb scheren sie sich nicht um uns Menschen oder um unsere Belange. Im Gegensatz zu uns: Wer das Glück hatte, in seinem Leben einmal eines Drachen ansichtig geworden zu sein, wird dieses Erlebnis niemals vergessen. Sie sind herrlich und schrecklich zugleich, voller versengender Macht, und doch so unschuldig und verspielt wie ein kleines Kind. Es heißt, sie seien der letzte Beweis dafür, dass Rokals Lande vor langer Zeit einmal von etwas Magischem berührt worden ist.«

Mit Genugtuung stellte Nahim fest, dass seine beiden Zuhörer nun gebannt an seinen Lippen hingen. Einen Augenblick lang schloss er die Augen und beschwor das Bild eines Drachen vor seinem inneren Auge herauf. Mit einem Schlag vergaß er das kleine, angenehm warme Zimmer, in dem er saß. Sein Geist ließ das Tal hinter sich, das Gebirge und seine Ausläufer, bis er auf die Weiten des NjordenEises zueilte – dieses von der Magie geküsste Land, aus dem die Vorfahren seiner Mutter abstammten und das zu ihm auf seltsame Weise sprach. Die schier endlos aufgetürmten Schichten aus blauweißem Schnee und Eis verschmolzen am Horizont mit einem grauen Sturmhimmel, der plötzlich von gleißenden Smaragdfarben durchschnitten wurde: Ganz gleich, wie weit der Himmel war, die Spanne eines Drachenflügels war weiter. Der Verstand mochte es leugnen, doch das Herz wusste es besser.

Drachen waren magische Wesen, und was sie einem zeigen wollten, entschieden sie selbst. Sie konnten mit ihren Schwingen einen Sturm erzeugen oder lautlos landen. Sie konnten ihren Gesang hoch oben über den Schneewolken aufs NjordenEis sinken lassen, so dass die Eisschollen zu beben begannen, und doch hörte sie nur derjenige, für den das Lied bestimmt war.

Die Magie von Rokals Lande, das erkannte Nahim in diesem Moment, mochte sich einfangen lassen, wenn es ihr gefiel. Aber sie entzog sich trotzdem dem Willen der Menschen, ließ sich nicht bezähmen – wie auch ein Drache sich nicht zähmen ließ. Vielmehr bestimmte die Magie die Regeln, obgleich es auf den ersten Blick nicht zu erkennen sein mochte.

Die Matratze bewegte sich, und Nahim öffnete wieder die Augen.

Tevils zog augenblicklich die Hand zurück, die er gerade nach ihm ausgestreckt hatte, als wolle er ihn wachrütteln. Die Ohren des Jungen leuchteten rot, und Nahim kam sich wie ein Märchenonkel vor, der kurz vor dem Ende der Geschichte ungebührlich lange innehielt, um die Spannung zu steigern.

»Es heißt«, fuhr er deshalb schnell fort, »bevor die Menschen über die Erde wandelten, sei Magie in den steinigen Grund von Rokals Lande gesickert und habe dabei das ewige Eis zum Schmelzen gebracht. Das Herz dieser Magie ist das Westgebirge. Wer dort in die Tiefen hinabsteigt, wo Stein sich in flüssiges Feuer verwandelt, der kann es einfangen.«

»Wie kann man denn Magie einfangen?«, fragte Lehen, um deren Mund erneut ein höhnischer Zug lag. Nur der Ausdruck in ihren Augen sprach eine andere Sprache – niemand konnte sich dieser Geschichte entziehen, das wusste Nahim allzu gut.

Die magisch begabten Geschöpfe des Westgebirges mochten über die Mischung aus Neugierde und Furcht der Menschen vor der uralten Zauberkraft von Rokals Lande abfällig lachen. Schließlich offenbarte sich ihnen diese Macht, deren Kinder sie waren, unmittelbar. Aber diese Selbstgewissheit war in den letzten Jahren überraschend verloren gegangen …

Nahim sah Lehen unverhohlen in die Augen. »Man fängt die Magie, indem man ein Netz aus Goldenem Staub gebraucht. Darin verfängt es sich, nimmt eine Gestalt an, in der sie uns Menschen ihre Geheimnisse offenbaren kann. Maliande ist Form gewordene Magie.«

In diesem Moment dröhnte vom Nachbarraum her Balams Stimme. Außergewöhnlich laut und deutlich sagte er: »Ich glaube, es ist jetzt Essenszeit. Wäre wohl das Beste, wenn nun alle zusammenkommen würden. Auch die Kinder. Die sollten sich wirklich sputen, sonst bleibt nichts übrig.«

»Unser Stichwort«, sagte Tevils und sprang mit einem Satz vom Bett. Ganz gleich, wie sehr ihn Nahims Worte auch gefesselt haben mochten, von einem Moment auf den nächsten war der Zauber wie fortgewischt. Mit knurrendem Magen eilte der Junge aufs Fenster zu, sich hastig einen Schal um den Hals wickelnd.

Schon wehte die kalte Luft vom Fenster herein, und Nahim richtete sich ungelenk auf, da seine Knie vom langen Hocken steif geworden waren. Lehen umfasste seinen Ellbogen, und für einen Moment glaubte er, sie wolle ihn lediglich stützen. Doch dann bemerkte er den ernsten, fast ehrfürchtigen Ausdruck auf ihrem Gesicht.

»Maliande, sagst du …« Ihre Stimme war leicht heiser, und sie sprach so leise, als würden sie ein Geheimnis miteinander teilen. »Woher kennst du diese Geschichte?«

»Es ist keine Geschichte«, erwiderte Nahim sanft. »Maliande existiert, und wir Menschen sind das erste Mal in der Geschichte dazu in der Lage, es uns anzueignen. Ich habe das Maliande mit eigenen Augen gesehen und an meinem eigenen Körper zu spüren bekommen. Die Magie wird alles verändern.«

Kapitel 3

Der erste Frost des nahenden Winters hatte die Landschaft in der Nacht mit einer hauchdünnen Eisschicht überzogen und den Bäumen das letzte Laub genommen.

Nahim kauerte neben einem schmalen Bach, der weiter abwärts in den Fluss mündete, der am Truburschen Hof vorbei ins Tal führte. Er hatte seinen Zeigefinger in das schnell dahinfließende Wasser getaucht und das Symbol eines Sterns in den weißlich schimmernden Eismantel eines aus dem Flussbett herausragenden Findlings gemalt, als er hinter sich das leise Zerbrechen eines gefrorenen Astes wahrnahm. Langsam wischte er die nasse Hand am Hosenbein ab und steckte sie in seinen weiten Mantelärmel, um sie zu wärmen. Einen Augenblick lang schaute er noch auf das Wasser, dann sagte er, ohne sich umzudrehen: »Denkst du darüber nach, ob du mit einem Sprung hinter mir sein könntest, um mich ins Wasser zu stoßen?«

»Nein, eigentlich nicht«, antwortete Lehen wahrheitsgemäß und schaute amüsiert zu, wie Nahim aufsprang und ihr mit einer Mischung aus Überraschung und Verlegenheit zur Begrüßung zunickte.

Borif, den sie neben sich hatte Sitz machen lassen, stürmte sofort auf Nahim zu, als seine Herrin ihn einen Moment lang nicht beachtete. Voller Freude sprang er an Nahim hoch und legte ihm die Vorderpfoten auf die Schultern, so dass dieser beinahe sein Gleichgewicht verloren hätte und in den Bach gestürzt wäre.

»Tevils sucht weiter oben am Hang nach Fijenholz. Wenn er dich nicht in der Nähe des alten Hochsitzes vermutet hätte, würdest du jetzt wahrscheinlich wirklich mit deinem Hintern im Wasser sitzen und fluchen«, fügte Lehen hinzu, da Nahim seine Unsicherheit immer noch nicht überwunden hatte und schwieg.

Sie legte das Bündel aus feinen, frisch geschnittenen Zweigen neben sich, zog einen heraus und hielt ihn Borif hin, der augenblicklich von seinem stocksteif dastehenden Freund abließ und genüsslich anfing, das Fijenholz zu zerknabbern.

Ohne die junge Frau weiter zu beachten, hockte Nahim sich zu dem Hund auf den Boden und zog ihn zärtlich an den zu klein geratenen Schlappohren. Doch Lehen sah es gar nicht ein, sich von diesem zurückhaltenden Benehmen abschrecken zu lassen. Stattdessen kniete sie sich ebenfalls nieder und kitzelte ihren Hund an der Seite, wobei dieser ein grunzendes Geräusch von sich gab, ohne dabei vom Fijenholz abzulassen.

»Was machst du hier am Bach? Soll dir dein Spiegelbild im Wasser ein Geheimnis verraten? Vielleicht, warum ein bärtiger Mann wie der andere aussieht?«, sagte Lehen neckend.

Unwillkürlich fasste Nahim an seinen dichten Bart, der ihm bis zum Schlüsselbein reichte, und durchfuhr ihn mit seinen Fingern. Er mochte das Gefühl, das wellige, leicht raue Haar zu durchpflügen, aber er ließ die Hand sofort wieder sinken, als er sich Lehens Lächeln bewusst wurde. Mit vor der Brust verschränkten Armen richtete er sich auf und ließ sich mit einer Antwort Zeit, was Lehen jedoch nicht im Geringsten zu verunsichern schien.

»Gibt es an Bärten etwas auszusetzen?«, fragte er mit gleichgültiger Stimme.

»Nein, jedenfalls nicht, wenn man froh ist, sein Gesicht hinter einem zotteligen Vorhang zu verstecken und großzügig Suppenreste darin zu verteilen.«

Nahim zog die Augenbrauen hoch, aber Lehen winkte lediglich mit einer schwachen Geste ab. »Ich weiß, wovon ich spreche, schließlich sitze ich dir beim Essen gegenüber. Außerdem stört es mich, wenn man das Lächeln eines Menschen nur in den Augen sieht. Es ist so, als würde die Hälfte des Gesichts gar nicht existieren. So etwas finde ich unhöflich.«

»Ich finde einen Bart in erster Linie praktisch, schließlich hält er Wind und Sonne ab. Außerdem möchte ich mir nicht jeden Tag mit einer Klinge im Gesicht herumfuhrwerken müssen.«

»Du bist also einer von der ganz bequemen Sorte«, gab Lehen mit einem schnippischen Ton zurück, der Nahim ein Zischen entlockte. »In der Wildnis mit ihren wechselhaften Witterungen mag so ein Gestrüpp ja angehen, aber bei uns auf dem Hof wirkt es unangebracht.«

Allmählich fragte sich Nahim, was sie mit ihrer Rede wohl bezwecken wollte. Wollte sie ihn vielleicht nur aufziehen? Entgegen seiner sonstigen Art, um Frauen einen weiten Bogen zu machen und sich auf kein Geplänkel einzulassen, blieb er neben Lehen stehen. Ihre herausfordernde Art sprach ihn halt an, versicherte er sich.

Verstohlen betrachtete er sie. Das Haar verbarg sie unter einem weichen Schlapphut, über das knöchellange Kleid hatte sie eine Strickjacke aus Schafwolle gezogen, und die Füße steckten in groben Stiefeln, die den Eindruck erweckten, eigentlich Balam zu gehören.

Nahim war die Gesellschaft von Frauen gewohnt: Die Mägde auf dem Gut seines Vaters, die schillernd zurechtgemachten Besucherinnen von Festen oder die erhabenen Kriegerinnen aus dem Norden. Obwohl so manche seine Instinkte und seine Neugierde geweckt hatte, hielt er sich jedoch stets an die Umgangsformen, die Vennis ihm vorlebte. Er blieb höflich, aber zurückhaltend und suchte so schnell wie möglich das Weite. Der Unterschied zwischen den beiden Männern, der Nahim allerdings nicht bewusst war, bestand darin, dass Vennis bereits eine Gefährtin hatte.

Als Nahim nun neben Lehen unter den kahlen Laubbäumen stand und ihrem gefrorenen Atem nachsah, verspürte er den Wunsch zu bleiben. Er wandte sich ihr zu, was sie dazu veranlasste, ihm einen prüfenden Blick zuzuwerfen und das Kinn leicht vorzuschieben.

»Mir ist der Bart gleich«, sagte Nahim, um einen ruhigen Ton bemüht.

»Na dann«, erwiderte Lehen und deutete auf einen der größeren Findlinge am Flussufer.

Während Nahim sich ungelenk hinsetzte, ließ er Lehen nicht aus den Augen. Sie zog ein Messer aus dem Holzbündel hervor, packte eine dicke Bartsträhne und setzte unbeirrt die Klinge an. Nahim legte seine Hände flach auf die Knie und blinzelte kurz, als er das kratzende Geräusch vernahm, mit dem Lehen den Bart abschnitt. Sie streckte den Arm von sich und öffnete die Hand, so dass eine Strähne aus dunklem Haar auf die Steine fiel.

»Sicherlich kann das jemand für den Nestbau gebrauchen«, sagte sie, wobei nicht klar war, ob sie nun zu Nahim oder Borif sprach.

Es dauerte noch eine ganze Weile, bis Lehen ihre Arbeit abgeschlossen hatte. Nahims Hintern war in der Zwischenzeit taub gefroren, doch er war zu aufgebracht, um es zu bemerken. Lehen hatte sein Kinn umfasst, damit er den Kopf nach hinten bog, während sie schweigend die letzten gröberen Büschel mit der nassen Klinge abschabte. Sie hatte sich weit über ihn gebeugt, so dass ihr Kleid seine rot gefrorenen Hände streifte. Etwas Warmes ging von dem Stoff aus. Unwillkürlich kniff Nahim die Lippen aufeinander, und Lehen machte ein schnalzendes Geräusch, als wolle sie ein aufgeregtes Pferd beruhigen.

Nahim fürchtete sich nicht davor, dass sie ihn schneiden könnte. Obwohl Lehen sehr umsichtig arbeitete und die Klinge ausgesprochen scharf war, hatte sie ihm einige feine Schnitte zugefügt, aus denen kaum mehr als ein Blutstropfen hervorquoll. Nahim fürchtete sich vor dem nackten Gesicht, das nun jede seiner Regungen verraten würde. Seit die ersten Haare über seiner Lippe und in der Einkerbung unter dem Mund gesprossen waren, hatte Nahim sie stehen lassen, obwohl sein Vater mehr als ungehalten darüber gewesen war. Faliminir teilte Lehens Einstellung, dass ein dichter Bart etwas Unkultiviertes an sich hatte.

Mit einem knappen Nicken gab Lehen ihm schließlich zu verstehen, dass sie fertig sei. Sie kniete sich neben den Bach, um das Messer zu säubern und es danach mit dem Kleidersaum trocken zu reiben.

Nahim setzte sich zu ihr und schaute ins Wasser. Doch der Lauf des Gebirgsbachs war zu unstet, um ein Spiegelbild erkennen zu können. Stattdessen sah Nahim nur Teile seines Gesichts aufflackern, die sich mit der Spiegelung von Lehens Gesicht vermischten. Rasch tauchte er seine Hand ein, so dass sich die Abbilder ihrer beiden Gesichter in einem vielschichtigen Mosaik auflösten.

Mit einem Ruck stand Lehen auf und pfiff nach Borif, der auf einem Laubhaufen döste. Nur widerwillig öffnete der Hund die rot unterlaufenen Augen. Lehen griff nach dem Bündel mit Fijenholz und, ohne sich noch einmal umzudrehen, sagte sie: »Ich habe einen kleinen Handspiegel, den leg ich dir auf den Tisch.«

Dann ging sie fort.

Am Nachmittag fand Nahim das Haus verlassen vor. Nur Brill schlief zusammengerollt und mit einem Kissen über dem Kopf in seiner Ecke. Nahim nahm sich eine Schale mit lauwarmer

Brühe und setzte sich neben den Ofen. Da seine Kleidung klamm und Hände und Füße steif vor Kälte waren, zog er die Knie bis unters Kinn und presste sich so dicht wie möglich an den vom Feuer erwärmten Stein heran.

Nachdem Lehen ihn verlassen hatte, war Nahim noch eine Zeit lang neben dem Wasserlauf sitzen geblieben, aber er suchte nicht wieder nach seinem Spiegelbild. Als die Kälte ihm allmählich seinen Körper taub werden ließ, rang er sich zu einer Wanderung in Richtung Westen durch, da er ein Zusammentreffen mit den anderen vorerst vermeiden wollte.

Die Gedanken trieben Nahim wirr durch den Kopf, während er durch den immer dichter und dunkler werdenden Wald streifte, ohne Sinn für die ihn umgebende Landschaft. Er lief an alten Bäumen vorbei, deren Wurzelwerk tiefer und weiter reichte, als ihre ausladenden Kronen ahnen ließen. Er beachtete nicht die Flecken, an denen das Erdreich nach einem starken Regenguss aufgerissen worden war und nun vielfarbiges Gestein freilegte. Er hatte weder Augen für die Bärenhöhle noch für die immergrünen Parasiten in den hohen Wipfeln, die vorgaukelten, dass so mancher Baum noch nicht sein Laub verloren habe. Er bemerkte nicht, dass seine Schritte durch eine dicker werdende Laub- und Moosschicht abgefedert wurden, über die sonst nur Dammwild, Wildschweine und Hasen liefen. Und er kümmerte sich nicht um das dichte Unterholz, das ihn immer häufiger am raschen Ausschreiten hindern wollte.

Es war der ferne Schrei eines Tannengrünadlers, der ihn schließlich aufschrecken ließ. Nahim legte den Kopf in den Nacken, um einen Blick auf den schönen Vogel zu werfen, doch das undurchdringliche Astwerk verwehrte ihm die Sicht. Nur für einen kurzen Moment konnte er den Raubvogel ausmachen, der am Himmel seine Kreise zog. Trotzdem stand er noch eine Zeit lang da und lauschte, wie sich ein weiterer Schrei des Adlers mit seinem eigenen raschelnden Atem mischte, dann kehrte er um.

Wie er nun am Ofen im Haus der Truburs saß, schossen mit der Wärme auch das Leben und damit der Schmerz in Nahims Fingerspitzen, die er unnachgiebig massierte. Auf dem Tisch lag, wie versprochen, Lehens Spiegel, ein unscheinbares kleines Ding, das in Birkenholz eingefasst war. Nahim stellte beide Füße auf den Boden, umschloss mit den Händen die Kante der Ofenbank und legte den Kopf leicht in den Nacken. Schließlich gab er sich einen Ruck und holte den Spiegel.

Vennis verbrachte den Vormittag damit, den Kletterpfad ins Westend sowie die nähere Umgebung zu erschließen. Eigentlich hatte er vorgehabt, diese kleine Expedition zusammen mit Nahim zu unternehmen. Doch der junge Mann war den ganzen Morgen über ausgesprochen in sich gekehrt gewesen. Gemeinsam hatten sie die Tiere versorgt und einige Arbeiten auf dem Hof verrichtet, dann war er ohne ein weiteres Wort verschwunden.

Nachdem Vennis auf den verlassenen Hof zurückkehrt war, setzte er sich auf die Bank neben der Eingangstür und zog sich schnaufend die dreckverkrusteten Stiefel von den Füßen. Er streckte die Beine aus und wackelte mit den Zehen. Die Nächte wurden zusehends länger und vor allem kälter, so dass er mittlerweile nicht mehr damit rechnete, Trevorims Pforte noch in diesem Jahr zu durchqueren. Während er gedankenverloren dasaß und seine von groben Socken umspannten Zehen beim Wackeln beobachtete, landete ein Rabe in einem von Lehens kahlen Jasminsträuchern. Mit seinen schwarz glänzenden Augen verfolgte er die Bewegungen des Mannes und sprang dabei geschickt von Zweig zu Zweig.

Der Rabe gehörte zur Art der Graukragenraben, deren fransiges Federkleid den Eindruck erweckte, als sei es mit einer feinen Staubschicht überzogen. Hätte Vennis den Vogel bemerkt, wäre er sicherlich sehr überrascht gewesen, denn die Heimat dieses schlauen Tieres lag eigentlich in den weiten Steppen des Westens. Aber dieser Rabe war in einem gradlinigen Flug von den Südlichen Höhen herabgeglitten und stattete dem Trubur Hof einen kurzen Besuch auf seinem Weg ins Westend ab. Bevor Vennis sich aufraffen konnte, ins Haus einzutreten, war der Vogel bereits mit einigen kräftigen Flügelschwüngen zur Weide hinter dem Haus hinübergeflogen, wo er einige Kreise drehte und dann in Richtung Steinhaag abzog.

Der Wohnraum des Hauses lag bereits im Dämmerlicht. Auf dem Esstisch und auf dem Regal über der Küchenzeile brannten Öllampen, die ein diesiges Licht verbreiteten. Nahim hantierte am Herd herum, und auf Vennis' Frage, ob er Hilfe gebrauchen könnte, gab er lediglich ein knappes Nein zurück, ohne sich zur Begrüßung umzudrehen. Vennis schaute noch kurz nach Brill, der jedoch tief schlief, und setzte sich dann zum Stopfen seiner Pfeife an den Tisch.

Als Nahim schließlich eine Schüssel mit Eintopf auf den Tisch stellte und sich setzte, versuchte Vennis, sich sein Erstaunen beim Anblick des jungen Mannes nicht anmerken zu lassen. Stattdessen begann er, von der morgendlichen Wanderung zu berichten, wobei er ausführlicher als nötig auf Pflanzenwelt und Lage des Steinhaags einging. Obwohl er bemüht war, seinen Blick stur auf die weiterhin randvolle Suppenschale vor sich zu richten, kam Vennis nicht umhin, immer wieder das nackte Gesicht seines Freundes anzustarren. Nahim, dem diese Beobachtung natürlich nicht entging, sah Vennis herausfordernd an, nachdem die erste Verlegenheit verflogen war.

Letztendlich nahm Vennis seine Pfeife zur Hand, legte sie jedoch gleich wieder zur Seite und räusperte sich umständlich. Nahims Gesicht kam ihm verblüffend jung vor, auch wenn es nur noch wenig mit dem Jungengesicht gemeinhatte, das vor ein paar Jahren von einem struppigen Bart überwuchert worden war. Die dunklen Augen wurden durch die hellbraune Haut besonders hervorgehoben, genauso wie der schöne Schwung der Wangenknochen. All das hatte Nahim eindeutig von seiner Mutter Negrit geerbt, wie Vennis mit einem Anflug von Trauer feststellte. Alle drei markante Merkmale des Volkes aus dem NjordenEis, von dem ihre gemeinsame Mutter abstammte – nur dass diese Wurzeln bei Negrit viel ausgeprägter gewesen waren als bei Vennis, so dass seine jüngere Schwester ihm oftmals wie ein fremdes schönes Wesen erschienen war.

»Lehen hat ihren eigenen Kopf«, sagte Vennis schließlich in die Stille hinein.

»Daran gibt es nichts auszusetzen.«

Erneut griff Vennis nach seiner Pfeife und kaute auf dem Mundstück herum. »Das wollte ich damit auch nicht sagen.«

Kapitel 4

In den frühen Morgenstunden des achten Tages nach Ankunft der drei bewaffneten Männer, als der Hof der Truburs noch im Dunkeln lag, ging jemand eiligen Schrittes auf das Haus zu. Aber noch bevor er die Klinke der Eibentür herunterdrücken konnte, wurde ihm ein Arm auf den Rücken gedreht und eine Messerklinge an die Kehle gehalten.

Bienem Trubur, Balams Frau, schrie vor Entsetzen und Empörung laut auf und verhedderte sich in ihren Röcken, als sie versuchte, dem hinterhältigen Angreifer Paroli zu bieten.

Nun saß Bienem mit vor der Brust verschränkten Armen nahe der Eingangstür und starrte Nahim an, der sich vor ihrem wütenden Blick in Sicherheit zu bringen versuchte. Borif hingegen hatte den Kopf im Schoß der aufgebrachten Frau vergraben und brummte zufrieden.

Lehen nahm einige der Tontöpfe von dem breiten Bord über ihrem Bett und tat etwas vom Inhalt in bestickte Baumwollbeutel. Eilig lief sie in dem düsteren Raum auf und ab, der lediglich von einigen Öllampen beleuchtet wurde.

Am vorangegangen Tag war Vennis in Begleitung von Tevils zum Brennburger Markt aufgebrochen, um vorsorglich Getreide und andere Vorräte für den sich ankündigenden Winter zu besorgen.

Regelmäßig fand der größte Markt des Tals zu Füßen von Trevorims Pforte in Brennburg statt, wo das ganze Jahr über allerlei Handwerk, Waren und Tiere feilgeboten wurden. Da er jedoch einen ganzen Tagesritt vom Trubur'schen Hof entfernt lag, würden Vennis und der Junge, der beim Abschied überglücklich hinter ihm auf dem Pferd saß und sich mit nur einer Hand leicht an dessen Taille festhielt, erst im Laufe des nächsten Tages zurückkehren.

»Ist Allehe mit den Wehen nicht ein wenig früh dran?«, fragte Balam, der seine Frau vom Ofen aus unglücklich ansah, während er kochendes Wasser in die Teekanne füllte. Er hatte zuvor ein gusseisernes Gefäß mit Wasser aus der Glut geholt und sich dabei aus Unachtsamkeit den Daumen verbrannt.

»Was sind das für Kerle, die du neuerdings in unser Haus einlädst?«, hielt Bienem dagegen. »Du hast eine ungebundene Tochter hier, bist du dir dessen überhaupt bewusst? Der dort drüben hat mich auf meinem eigenen Hof mit einem Messer bedroht. Er hat es mir tatsächlich ganz dicht an den Hals gehalten, Balam Trubur!« Mit einem Nicken deutete sie in Nahims Richtung, der sich noch tiefer in eine dunkle Ecke zurückzog.

Balam biss sich unwillkürlich auf die Lippe und nahm sich mit einer Antwort Zeit, bis er Bienem eine Schale mit zu dünn geratenem Tee anbot, die sie jedoch ignorierte.

»Ich habe dir gesagt, dass Allehe noch zu jung für eine Verbindung ist, und nun liegt sie viel zu früh in den Wehen. Aber du interessierst dich ja nicht für meine Meinung«, sagte Balam und schaute in den aufsteigenden Wasserdampf vor sich.

Bienem schnaufte laut. »Wenn du hier nicht so weit abseits hausen würdest, wüsstest du, dass deine jüngste Tochter schon seit Wochen so aussieht, als hätte sie einen von Frau Witts berühmten Muskatkürbissen verschluckt.«

»Da sie trotz alledem erst im siebten Monat schwanger ist, sollten wir uns wohl besser beeilen«, warf Lehen ungeduldig ein.

Die betretenen Mienen ihrer Eltern vernachlässigend, schulterte sie einen schweren Beutel und trat dann zu Brill ans Lager, der sich die Decke bis zur Nase hochgezogen hatte und sich trotz des lauten Streits schlafend stellte.

»Und du solltest bis zu meiner Rückkehr liegen bleiben und auch ansonsten tun, was ich dir gesagt habe.«

Als Brill sich nicht rührte, legte Nahim ihr kurz eine Hand auf die Schulter und sagte: »Er wird tun, was du gesagt hast. Schließlich will er Trevorims Pforte noch in diesem Jahr sehen, und zwar möglichst in unserer Begleitung und in der seines Schwertes.«

Lehen küsste ihren unglücklich dreinblickenden Vater zum Abschied auf die Wange und nickte Nahim noch freundlich zu, bevor sie in die Dunkelheit hinauslief, gefolgt von Borif und ihrer Mutter, die für keinen der Männer ein Abschiedswort übrig hatte.

Allehe Trubur war stets das Lieblingskind ihrer Mutter gewesen. Sie war ein temperamentvolles und eigenwilliges Wesen mit wild gelocktem Blondhaar und einem herzförmigen Gesicht.

Noch auf dem vergangenen Frühjahrsfest hatte Bienem ihr, der Tradition für Mädchen an der Schwelle zur Frau gehorchend, Wildröschen ins Haar geflochten. Doch in den Blumengebinden lag die einzige Gemeinsamkeit zwischen Allehe und den anderen Mädchen des Westends. Während diese nämlich verlegen an den Rockzipfeln ihrer Mütter hingen oder sich in kleinen Gruppen in der Nähe der Tanzfläche herumtrieben, durchtanzte Allehe die warme Frühjahrsnacht mit Damir, dem Schmied des Westends.

Entgegen Lehens Befürchtungen war die Geburt schnell und unkompliziert vonstattengegangen. Als sie schließlich das Neugeborene in den Händen gehalten hatte, stellte sie erleichtert fest, dass das Kind voll ausgereift war. Im nächsten Augenblick versetzte ihr diese Erkenntnis einen Stich: Allehe und Damir mussten also schon viel früher zueinandergefunden haben. Ein weiterer quälender Verrat, mit dem sie zu leben hatte.

Nun drehte Allehe ihr abrupt den Rücken zu, denn sie versuchte erneut, ihr das rothäutige und verschrumpelte Mädchen in den Arm zu legen, das sie gerade erst unter großen Anstrengungen und noch größerem Geschrei zur Welt gebracht hatte.

»Nein!«, jaulte Allehe auf, als ihre Schwester sie unsanft an der Schulter packte. »Nimm dieses widerliche Balg weg, und mach, dass du rauskommst.«

»Lass sie los, Lehen!«, jammerte Bienem. »Lass deine Schwester doch in Ruhe. Wir holen Milch von Frau Fenbur gegen Münzen, das habe ich Allehe versprochen. Du siehst doch, dass sie das nicht kann. Ein Kind ist halt noch nichts für so ein junges Ding.«

Aber Lehen gab nicht nach. Sie drehte die sich heftig wehrende Allehe auf den Rücken und starrte sie zornig an. »Hör zu, Allehe, du wirst dich jetzt zusammenreißen. Denn wenn du glaubst, dass ich mit einem Neugeborenen durch die kalten Straßen laufe, weil dein Interesse am Muttersein erst einmal abgekühlt ist, dann hast du dich geirrt. Du wirst jetzt sofort mit dem Schmollen aufhören und dich um dein Kind kümmern. Es ist mir vollkommen gleichgültig, ob du das abstoßend findest oder nicht.«

Ein paar Wuttränen liefen Allehe über das Gesicht, und um Hilfe heischend schaute sie zu ihrer Mutter. Aber sie musste feststellen, dass Bienem zwar weiterhin hinter Lehens Rücken klagte, aber nicht wagen würde einzugreifen. Die Unterlippe kindlich vorschiebend, nahm Allehe schließlich das kleine Mädchen entgegen und sagte: »Aber ihr dürft mir dabei nicht zuschauen.«

Am Abend darauf fand Tevils Lehen und seine Mutter in der weitläufigen Stube des alten Rog-Hauses vor, wo sie beharrlich schweigend nebeneinandersaßen und Tee tranken. Borif lag ausgestreckt vor dem Ofen und wedelte nur kurz einmal mit dem Schwanz, als der Junge die Tür aufriss und hereinstürmte.

»Vennis ist mit Nahim auf Orkjagd gegangen!«, schrie er begeistert und schlug Lehen mit dem geschienten Arm auf die Schulter. »Und sie wollen mir eine Trophäe mitbringen, wenn sie diese miesen Pferdediebe erwischen. Ein Ohr oder vielleicht sogar ein paar Reißzähne, wer weiß!«

Allem Anschein nach war es den Orks gelungen, einen Weg durch die westlichen Wälder bis zum Steinhaag auszukundschaften. Bislang hatten sich ihre Schandtaten auf die Südlichen Höhen begrenzt, weil sie von dort aus am schnellsten in die Ebene zurückkehren konnten. Während Wanderer der menschlichen Art Siskenland mieden, fühlten sich die Orks in der Ebene ausgesprochen wohl. Dort hausten sie in Horden in Stollwerken, die sie tief ins Erdreich trieben. Über die Bergkette wagten sie sich nur vereinzelt, da ihnen eine Landschaft, in der ihnen das felsige Erdreich keine Sicherheit vor der Sonne garantierte, nicht geheuer war.

Doch in den letzten Monaten hatten sich Orkspäher Stück für Stück die Südlichen Höhen erschlossen, indem sie nach Höhlen suchten und mit Leder bespannte Unterstände bauten. Sie drangen in die Gebiete der Talbewohner vor, raubten Weidetiere und überfielen einsam gelegene Almen. Immer wieder gelangten neue Geschichten über Orktaten bis ins Westend und verängstigten die Menschen dermaßen, dass so mancher Almbauer und Ziegenhirte nach dem letzten Winter nur mit Unbehagen auf die Südlichen Höhen zurückgekehrt war.

In der Nähe seines Hofes hatte Balam Trubur ein Stück Weide eingezäunt, auf der von Frühjahr bis Herbst der alte Ochse stand und den Ziegen beim Grasen zuschaute oder stur durch die kleine Schar von Gänsen trottete, die aufgeregt zur

Seite flatterte. Die Ankunft der drei Pferde hatte er ebenfalls stoisch hingenommen.

Die Weide hinter Balams Hof folgte einem sanften Hügel und stieß weiter abwärts auf den Beginn von Deens Steinhaag. Die steil abfallende Böschung, die sich bis zum Saum des Dorfes Westend erstreckte, bildete eine Landschaft aus schroffen und zerklüfteten Felsen. Sie war mit Schiefereiben bewachsen, deren knorrige Wurzelfinger sich in den bloßen Stein zu graben vermochten. Vielerlei seltene Kräuter wuchsen in ihrem Windschatten und in den unzähligen Felsspalten, so dass Lehen und einige der anderen Westendler wiederholt gefährliche Kletterpartien auf sich nahmen.

Linker Hand wurde die Weide auf natürliche Weise durch den Verlauf des Grünstroms begrenzt, der trotz seines recht schmalen Bettes nur an wenigen Stellen zu überqueren war, da er im rasanten Tempo dem Tal und der dortigen Mühle entgegenstürzte.

Vor einigen Tagen waren Nahim und Vennis auf diese Weide gegangen, um den Unterstand auszuweiten und gegen den kräftigen Westwind abzuschirmen, damit die Tiere möglichst lange im Freien stehen bleiben konnten. Der Stall von Truburs Hof bot mit seinen engen Verschlägen nur wenig Platz, da er in erster Linie auf das Kleinvieh ausgerichtet war. Aber die Männer hatten sich dagegen entschieden, die Tiere bei einem der größeren Höfe im Westend unterzubringen, da sie die Hoffnung noch nicht aufgegeben hatten, vor dem endgültigen Wintereinbruch weiterreiten zu können.

Balam wollte am frühen Morgen nach den Pferden sehen, um ihre samtenen Nüstern zu streicheln und sie mit Leckereien zu füttern, und musste feststellen, dass das Gatter aufgebrochen worden war und zwei Pferde fehlten. Nahims gescheckter Hengst Eremis lief nervös am Flussufer entlang, und als Nahim später auf ihn zutrat und ihm beruhigend zuredete, scheute er zunächst. Um seinen Hals lag eine grobe Schlinge, und das Fell des schönen Tieres zeigte deutliche Spuren, dass jemand versucht hatte, es mit Gewalt zu bändigen.

Nachdem sich der Hengst von seinem Herrn hatte einfangen und in den Stall bringen lassen, holten Vennis und Nahim ihre Waffen sowie ein wenig Proviant, denn sie wollten rasch aufbrechen, um der Spur der Diebe zu folgen. Allerdings unterließen sie es wohlweislich, ihren Freund Brill über ihr Vorhaben zu unterrichten.

»Ihr versteht nicht, diese Orks mussten sich hier ausgekannt haben!«, rief Balam den beiden Männern hinterher, während er versuchte, mit ihnen Schritt zu halten. Zwischenzeitlich drehte er sich um und schimpfte mit Tevils, der ihnen beharrlich folgte, anstatt ins Haus zurückzukehren, wie sein Vater es bereits mehrmals gefordert hatte.

»Ihr werdet sie nicht finden, denn die Höhen sind steinig, so dass kein Orkfuß eine Spur hinterlässt.«

»Das ist nicht die erste Orkspur, der wir folgen«, gab Vennis zurück.

»Aber bei Tag, da werden sie sich verstecken. Niemand findet einen Ork am Tag. Und wer will ihnen schon bei Nacht begegnen? Sie haben Augen wie Luchse und jede Menge krummer Säbel und gezackter Messer bei sich.«

Nahim blieb neben dem schwer atmenden Balam stehen, während Vennis weiter voranpirschte. »Es sind unsere Pferde, und wir brauchen sie. Wer weiß, was diese Kreaturen mit ihnen vorhaben?«

Kurz bevor er sich zum Weitergehen abwenden konnte, sah Nahim die Sorge in den Augen des Bauern. »Wir sind sicherlich schon in ein paar Tagen mit den Pferden zurück«, fügte er deshalb hinzu. »Und mit ein paar Orktrophäen. Die kann Tevils dann über der Eibentür aufhängen.«

Der von seinen Freunden zurückgelassene Brill brauchte nicht lange, um Balam mit seinem Fluchen und Schimpfen über die untreuen Freunde und seinen widerwilligen Körper dazu zu treiben, Tevils trotz der vielen anstehenden Arbeiten ins Westend zu schicken, damit er Lehen zurückhole.

Der Wind hatte vom Norden her aufgefrischt und trieb den ersten feinen Schnee mit sich, doch Tevils macht sich freudig auf den Weg. Am nächsten Abend kehrte er zusammen mit Lehen und Damir Rog, Balams Schwiegersohn, auf den Trubur-Hof zurück.

Damir hatte vor einigen Jahren die Schmiede seines Vaters übernommen, nachdem der Alte Rog sich bei einem Sturz unglücklich den Arm gebrochen hatte, mit dem er sonst den Hammer führte. Mit viel Geschick und Ehrgeiz hatte der junge Mann innerhalb kürzester Zeit seinen Wirkungsbereich bis nach Brennburg, dem größten Handelsort des Tals, ausweiten können.

Damir hatte sich kurzerhand entschlossen, die beiden Trubur-Kinder zu begleiten. Nach der Aufregung in seinem Haus konnte er gut und gerne einen Becher Wein vertragen. Schließlich wurde der Weinkeller seines Schwiegervaters bis weit über die Grenzen des Westends hinaus sehr geschätzt.

»So weit sind die Orks bislang noch nie bergab vorgedrungen! Sie müssen auf den Südlichen Höhen einen Unterschlupf gefunden haben, da sie das Gatter mitten in der Nacht eingerissen haben.« Erregt gestikulierte Balam mit dem Weinbecher in der Hand, während Tevils gebannt an seinen Lippen hing. »Das Ganze ist und bleibt mir rätselhaft«, fuhr er fort. »Was wissen denn Orks schon von Pferden? Was können diese kurzbeinigen Gesellen nur mit ihnen wollen, dass sich die Mühe lohnt, so weit vorzudringen und die Tiere dann den ganzen Weg zurück durch den dichten Wald in die Höhen zu führen? Der Hunger wird sie wohl kaum dazu getrieben haben, denn auf den Höhen gab es doch bis zum Almabtrieb jede Menge Ziegen und Schafe und sogar einige Milchkühe bei den Sjensurs. So haben sich die Orks bislang doch immer schadlos gehalten! Wären da nicht so viele eindeutige Spuren gewesen, nie im Leben hätte ich auf einen Orküberfall getippt.« Balam schaute betrübt in seinen leeren Becher.

Brill hatte sich, in Decken gewickelt, mit an den Tisch gesetzt und verzog bei jedem Schluck Wein vor Schmerzen das Gesicht. Trotzdem war er nach dem dritten Becher zugänglicher geworden und hatte Balam sogar zur Geburt seines ersten Enkelkindes gratuliert.

»Orks sind dummes Pack«, ließ er nun verlauten. »Wer weiß schon, was diese Schwachköpfe getrieben hat? Irgendeiner von ihnen hatte Appetit auf Pferd, und schon wälzt die ganze Horde bergab. Hinterlässt eine Spur wie eine Lawine. Man braucht ihnen bloß hinterherzuspazieren und schneidet ihnen die dreckigen Hälse durch, während sie noch hektisch mit ihren schartigen Waffen herumfuchteln. Tevils könnte es mit diesen hirnlosen Kreaturen aufnehmen. Sogar ein von Krankheit geschwächter Mann könnte es, wenn seine angeblichen Freunde ihn nicht einfach schlafen ließen, während sie zur Jagd aufbrechen.«

»Ihr solltet so etwas nicht vor Tevils sagen«, entgegnete Balam gereizt. »Der Junge ist eh schon viel zu angetan von euch Männern mit euren Schwertern und Pferden und eurer unzugänglichen Art. Der Ork ist ein gefährliches Wesen mit Klauen und giftigen Fängen, mit denen er sogar einen Bären töten kann.«

»Woher hast du denn diesen Unsinn?«, fragte Brill und schenkte sich erneut Wein ein, bis der bauchige Becher überlief. Sein Gesicht war so rot wie die Flammen im Ofen, aber Lehen hielt sich zurück, da ihr Patient zum ersten Mal, seit er die Augen im Haus der Truburs geöffnet hatte, an einer Unterhaltung teilnahm.

»Warum Unsinn?«, schaltete Damir sich ein, der das Gespräch bisher schweigend verfolgt hatte.

Lehen war aufgefallen, dass er Brill den ganzen Abend lang beobachtet hatte, so als wolle er sich einen genauen Eindruck von diesem seltsamen Gast verschaffen. Außerdem hatte Damir einen Moment genutzt, in dem Balam und sie beschäftigt gewesen waren, um sich von Tevils das zurückgelassene Schwert unter der Bank zeigen zu lassen.

»Jeder weiß, dass man im Kampf gegen Orks keine Chance hat und von ihnen geraubtes Vieh besser gleich aufgibt«, fuhr Damir in dem für ihn so eigentümlichen selbstsicheren Ton fort. »Die Nacht macht sie nahezu unbesiegbar. Außerdem ist es gefährlich, ihnen über den Grat zu folgen, weil sie dort überall Fallen aufgestellt haben. Wer auf sie tritt, verschwindet auf Nimmerwiedersehen im Erdreich.«

Brill wischte sich mit einem Deckenzipfel über seine laufende Nase. »Ach was«, sagte er. »Orks sind stinkende Kerle, die mir gerade bis zur Brust reichen. Man muss auf ihre langen und kräftigen Arme aufpassen, denn mit denen können sie verflucht gut ausholen. Und es stimmt schon, sie beißen gern. Darum sollte man ihnen auch die Hälse durchschneiden, bevor sie einem zu nahe kommen. Fallen bauen, in denen Menschen verschwinden, ha! Ich habe einige ihrer Maderhörnchenfallen in der Ebene entdeckt. Ich frage mich, wie dieses Pack bisher überleben konnte. Dumm und böse sind sie, mehr nicht.«

»Ihr seid offensichtlich ein Krieger, der schon viel gesehen hat und sich mit Waffen und Verteidigung auskennt«, entgegnete Damir. »Aber hier, südlich von Trevorims Pforte, leben Bauern und Hirten. Keiner von uns zieht bei Nacht durch die Berge mit nichts als einem Wanderstock bewaffnet, um eine

Ziege zu retten. Und woher wollt ihr wissen, dass die Orks der Südlichen Höhen nicht so gefährlich sind, wie es bei uns heißt?«

»Ork ist Ork. Es gibt keinen besonderen Ork aus der Ebene, wie du sagst. Das sind alles Rumtreiber, denen ihr Feiglinge anscheinend keinen Einhalt gebietet.« Brills Stimme war lauter geworden, und er schaute Damir abschätzig an. Ein Blick, auf den Damir mit Verblüffung reagierte. Ein solches Verhalten war er schlicht nicht gewohnt, doch er hatte sich schnell wieder unter Kontrolle.

»Und wer sagt uns, dass du so mannhaft bist, wie du vorgibst?«, mischte sich Lehen ein, die Brills Spitze nicht ungesühnt hinnehmen wollte. »Du sitzt hier in Decken gehüllt auf dem besten Platz beim Ofen und willst uns erzählen, wir sollen Bestien bekämpfen, über die grausame Geschichten die Runde machen.«

Nach einem Moment des Schweigens legte Brill den Kopf in den Nacken und stieß ein bellendes Lachen hervor, das nahtlos in einen Hustenanfall überging.

»Vielleicht solltet ihr euren Frauen die Schwerter überlassen, so wie beim NjordenEis-Volk. Oder Frau Lehen redet mal ein ernstes Wörtchen mit den wilden Scharen. Ihr Kerle bleibt ja lieber zu Hause und fürchtet euch, während die Sisken-Orks euch Höfe und Felder abfackeln.«

Brill griff nach der Korbflasche mit dem Wein und schwankte zu seinem Lager, wo er sich unter einem Stapel von Decken vergrub.

»Nun«, sagte Damir. »Wir werden sehen, ob seine mutigen Freunde erfolgreich zurückkehren.«

»Gewiss werden sie zurückkehren«, sagte Lehen bestimmt, wich aber Damirs nachdenklichem Blick aus.

Entgegen all den schrecklichen Geschichten über Orks hatte sie vom ersten Moment an geglaubt, dass Nahim und Vennis wussten, welcher Gefahr sie sich stellten. Die Orks stromerten nur in kleinen Gruppen durch die Berge, und die beiden Männer kannten sich zweifelsohne mit ihren Waffen aus. Trotzdem wünschte sie sich, dass die Jagd bereits vorbei sei und die Männer wieder wohlbehalten am Tisch saßen. Und sie wünschte sich, dass der Westwind mehr Schnee mit sich bringen möge, viel mehr Schnee und Kälte.

Als Lehen am nächsten Morgen die Eingangstür öffnete, um den Hund rauszulassen, entdeckte sie voller Begeisterung, dass sich ihr Wunsch erfüllt hatte: Der im Dämmerlicht liegende Hof war mit einer dünnen Schneeschicht überzogen, und noch immer rieselten vereinzelte Flocken herab.

Balam und Tevils machten sich unter viel Gestöhne auf, um die Tiere zu versorgen, während Brill noch tief schlief, nachdem er die Hälfte der Nacht den Wein wieder von sich gegeben hatte.

Kaum dass Lehen mit einem Korb voller Hühnereier in die Stube zurückkehrte, trat Damir dicht neben sie und sah ihr eine Weile lang schweigend dabei zu, wie sie das Frühstück vorbereitete.

Seit jeher hatte Lehen Damirs stolzes Wesen geliebt, obwohl seine Neigung zur Überheblichkeit nicht von der Hand zu weisen war. Aber er war für sie immer etwas Besonderes gewesen, denn im Vergleich zu den anderen Männern des Westends verriet allein schon sein Auftreten beeindruckende Überlegenheit. Seine Worte und Taten waren verblüffend zielgerichtet, denn Ehrgeiz war im Tal eine eher unbekannte Eigenschaft. In all den Jahren hatte für Lehen kein anderer Mann neben Damir bestehen können. Bei jeder sich bietenden Gelegenheit hatte sie sein Haar bewundert, das sie an den dunkelgoldenen Honig erinnerte, den ihre Bienen aus den Blüten am Hang zauberten. Wie gebannt hingen ihre Augen an seinen elegant geschnittenen Gesichtszügen und der ungewöhnlich geraden Nase. Jedem, der es hören wollte, hatte sie von seiner Klugheit und Charakterstärke vorgeschwärmt.

Seit dem gestrigen Abend musste sie sich jedoch eingestehen, dass sein Anblick sie seltsam unberührt ließ und seine gewohnte Selbstsicherheit Argwohn in ihr weckte.

»Diese fremden Männer bringen nur Schwierigkeiten«, sagte Damir zu ihr, als sie ihm gerade den Rücken zudrehte und in einer großen Keramikschale Eier verquirlte. »Reiter mit Schwertern und Lanzen passen nicht ins Westend. Männer, die nur zu zweit Jagd auf Orks machen. Wenn ein solches Vorgehen wirklich notwendig sein sollte, dann sollten wir Westendler gehen und keine Fremden, von denen man nicht weiß, welcher Wind sie hergetragen hat. Dass dein Vater sie hier beherbergt, ohne ihnen einige wichtige Fragen gestellt zu haben, halte ich für keine kluge Entscheidung. Wer weiß schon, ob sie nicht mit den Orks unter einer Decke stecken?«

Die letzten Sätze hatte Damir Lehen leise ins Ohr gesprochen, aber bevor sie ihm antworten konnte, schlug Borif an und sprang an der Eingangstür hoch. Lehen riss die schwere Eibentür auf und sah, wie Vennis und Nahim den verschneiten Waldweg heranritten.

Offensichtlich hatten die Orks den Pferden nicht übel mitgespielt, denn von ihrem Raub war ihnen nichts mehr anzumerken. Ohne zu scheuen, ließen sie sich von den Männern abreiben und in den Verschlag führen.

Während Vennis den Kampf unbeschadet überstanden hatte, war Nahim eine tiefe Wunde an der Schulter zugefügt worden. Unter Brills feixenden Bemerkungen streifte er Mantel und Hemd ab, um die Wunde, die an den Rändern bereits gerötet war, von Lehen untersuchen zu lassen.

»Ja, ja, die Orks sind ein dreckiges Pack! Wer kann schon wissen, wo diese Lanzenspitze zuvor gesteckt hat. Du hättest ihr ausweichen sollen, Nahim. Dann bliebe dir nun der Dienst dieser strengen Frau erspart, und das Rasieren würde dir auch keine Probleme bereiten«, rief Brill noch über die Schulter, als er auf Lehens Geheiß hin zu den anderen Männern an den Ofen zurückkehrte.

Lehen gab dem schweigsamen Nahim mehrere Gläser Wein zu trinken und half ihm dabei, die kniehohen Stiefel auszuziehen. Dann nahm sie ihn mit in ihr Zimmer, wo er sich seitlich auf das Bett legte. Er richtete seine Augen auf die gegenüberliegende Wand, als sie begann, die Wunde vorsichtig zu reinigen. Lehen spülte feine Späne und Dreck heraus, hielt eine gekrümmte Nadel ins Feuer und machte sich daran, den klaffenden Schnitt zu schließen.

Bei jedem Stich, den Lehen ausführte, zog sich ihr der Magen zusammen, und sie schaute prüfend in Nahims Gesicht, der stur geradeaus starrte. Allerdings biss sich Nahim während der Prozedur so sehr auf die Unterlippe, dass sie noch eine Woche später mit Schorf bedeckt war. Nachdem Lehen die Wunde vernäht hatte, bestrich sie sie mit einem Tonikum und umwickelte Arm und Schulter mit Baumwollstreifen. Nahim fieberte leicht, so dass Lehen ihm erlaubte, auf ihrem Bett liegen zu bleiben. Als sie eine fein gewebte Decke aus der Holztruhe nahm, die Balam im letzten Winter als Geschenk für seine älteste Tochter geschreinert und mit Schnitzereien verziert hatte, war Nahim bereits eingeschlafen.

»Der zweite kranke Fremde in eurem Haus«, merkte Damir, ungeniert provozierend, mit seiner voll klingenden Stimme an, als Lehen kurz darauf in den Wohnraum trat, um frisches Wasser zu holen. »Die Abreise der Orkjäger scheint in immer weitere Ferne zu rücken.«

Obwohl sich Balam heftig beschwerte, brachte Vennis unter Tevils' wachsamen Augen eine abgeschlagene Klaue neben der Eibentür an.

»Jeder Ork wird es sich künftig genau überlegen, ob er seine Pfoten nach dem Trubur Hof ausstrecken will«, gab Vennis zu bedenken und rammte die gebrochene Lanze, die Nahim seine Wunde beigebracht hatte, in die gefrorene Erde neben dem Weg, der an Obstbäumen und den Feldern mit Wintergemüse entlang zum Hof führte.

»Sicherlich sollte man diese Biester abschrecken«, sagte Balam und drohte Tevils, der mit einem Stock die baumelnde Klaue anstieß. »Aber nun werden meine Familie und ich Tag ein, Tag aus an die Gefahr erinnert, die von diesen stromernden Horden ausgeht. Unser Hof ist kein Ort für derlei Scheußlichkeit.«

Als Lehen sich später an den langen Tisch in der Stube setzte, verkündete ihr Tevils sogleich voller Stolz, dass nun eine Klaue zur Abschreckung angebracht worden war und er selbst gedenke, ein berühmter Orkjäger zu werden. Balam stöhnte auf und scheuchte seinen Sohn mit dem Auftrag vor die Tür, Holz für den Ofen im Schuppen zu spalten und sich, falls er anschließend nicht den ganzen Abend lang Möhren schrubben wolle, von Klaue und Lanze fernzuhalten habe.

»Ich befürchte, ihr werdet euch wohl an solche Scheußlichkeit gewöhnen müssen.« Vennis war mittlerweile ebenfalls ins Haus gekommen und setzte sich mit an den Tisch. »Wie es mir scheint, haben sich diese Kerle bestens in den Wäldern eingerichtet. Die Spur der Pferdediebe führte uns zu einer kleinen Lichtung auf den Südlichen Höhen, die sie für ihre Zwecke zu einem Lager umgebaut hatten. Auch wenn wir nur sieben dieser Kreaturen dort angetroffen haben – die offensichtlich nicht mit unserem Besuch rechneten –, so hätte der Unterschlupf leicht die dreifache Anzahl von ihnen beherbergen können.«

»Wir haben hier auf den Südlichen Höhen schon seit jeher mit räuberischen Orkbanden zu tun«, mischte Damir sich ein. »Sie stehlen gelegentlich ein paar Ziegen, und als sie nun die Pferde sahen, freuten sie sich vielleicht über ein wenig Abwechslung.«

Lehen warf dem Schmied einen misstrauischen Blick zu, bevor sie einwarf: »Du hast Recht, Damir. Orküberfälle sind für uns hier nichts Neues. Aber in den letzten Jahren haben ihre Übergriffe zugenommen, und es ist längst nicht bei kleinen Diebstählen geblieben, wie du gestern selbst betont hast. Man hört immer häufiger, dass sie brandschatzen und Almbauern auf ihren Höfen angreifen. Denk an den Hirten Mehl Tunur, der mit seiner Herde seit diesem Sommer verschollen ist. Außerdem haben sich die Orks nie weit vom Grat fortbewegt. Orks hier am Hang, das hat es bislang nicht gegeben.«

»Und was sollen wir deiner Meinung nach dagegen unternehmen?«, fragte Damir gereizt, wobei er sich unangenehm tief über Lehens Schulter beugte. »Vielleicht ein paar Krieger anwerben, damit sie sich dieses Problems mit ihren Schwertern annehmen? Und womit werden wir sie dann entlohnen? Vielleicht mit einigen Weinflaschen oder gar mit einer von unseren Töchtern?«

Erschrocken über die Schärfe, die Damir seinen Worten verlieh, blieb Lehen ihm eine Antwort schuldig. Stattdessen lehnte sich Brill in seine Richtung über den Tisch und sagte: »Du bist wohl einer von denen, die so lange abwarten, bis der Ork nachts an die eigene Tür klopft. Aber bis unten ins Westend ist es ja schließlich noch ein ganzes Stück Weg, nicht wahr?«

»So habe ich das nicht gemeint«, entgegnete Damir mit fester Stimme. »Schließlich leiden wir alle auf dieser Seite des Tals unter den Orkübergriffen, denn wenn die Almen leer stehen und die Hirten die Höhen meiden, dann wirkt sich das auch auf die Menschen im Westend aus. Bisher waren die Schäden jedoch nie von solchem Ausmaß, dass wir Dorfbewohner bewaffnet in die Berge ziehen mussten. Nun, da ihr damit begonnen habt, werden wir wohl gleichziehen müssen. Schließlich gelten Orks als sehr rachsüchtig, und es wird ihnen kaum gefallen, wenn sie ein zerstörtes Lager voller getöteter Gefährten entdecken.«

»Ich bezweifle, dass in diesem Jahr noch mit weiteren Orküberfällen zu rechnen sein wird«, sagte Vennis. »Die Horde, die wir gestellt haben, befand sich bereits auf dem Rückzug. Auf den Höhen liegt inzwischen tiefer Schnee, und die Orks werden sich in die warme Ebene zurückziehen, denn in gefrorener Erde lässt es sich schlecht graben. Ihr werdet den Winter über Zeit haben, um euch zu überlegen, wie ihr ihnen entgegentreten wollt.«

»Nun«, warf Balam beschwichtigend ein, »wir wissen nicht, warum die Orks in den Hang eindringen. Schließlich hat es ihnen immer gut in der Ebene gefallen. Vielleicht werden wir schon im nächsten Jahr keinen einzigen dieser garstigen Kerle mehr zu sehen bekommen.«

»Was mich nicht zur Ruhe kommen lässt, ist das tote Geäst, das sie inmitten des Lagerplatzes in den steinigen Boden getrieben hatten. Darunter lagen gräuliche Rabenfedern. Dabei habe ich hier im Tal nur Kohlraben gesehen. Und dann die Heuballen in einem der Verschläge …«, überlegte Vennis laut, während er seine Pfeife erneut stopfte. »Man könnte meinen, dass der Pferderaub geplant gewesen sei. Aber ich habe noch nie von einem Ork mit einem Plan gehört.«

Die halbe Nacht lang lag Lehen wach neben dem unruhig schlafenden Tevils, dem es zusammen mit seiner Schwester eindeutig zu eng auf der schmalen Pritsche war. Nach einer Weile stand der Junge auf und machte sich murmelnd, mit einer Decke unterm Arm, zu den Ställen auf.

Trotzdem fand Lehen keine Ruhe und ging ein ums andere Mal durch, was sie über Orks wusste. Sie kannte vielerlei Geschichten über grausige Taten und geheime Mächte, die die Orks unbesiegbar machten. Dem hielt sie eine Aufzählung von Orküberfällen aus der Nachbarschaft entgegen, deren Kunde zum Trubur Hof durchgedrungen waren: Diebstähle und gemeine Schandtaten, Brandstiftung und verängstigte Bauern, die nach einer Nacht voller Lärm und Gekreische schrecklich zugerichtete Tierkadaver vor ihrer Tür gefunden hatten.

Wie passte das alles zusammen?, fragte sich Lehen.

Am nächsten Morgen verließ Brill starrköpfig das Haus, um das erste Mal seit seiner Krankheit wieder auszureiten. Trotz Balams deutlichem Widerwillen führte auch Vennis sein Pferd auf den Hof und setzte einen überglücklichen Tevils mit seinem geschienten Arm hinter sich. Missmutig schaute der Bauer den Reitern hinterher, als sie den Flusslauf entlangtrabten.

Damir war noch am Abend nach der Auseinandersetzung aufgebrochen, sein unterdrückter Zorn stand ihm deutlich ins Gesicht geschrieben. Kurz bevor er das Haus verlassen hatte, hatte er erneut versucht, Lehen zur Seite zu drängen, als sie ihm ein Geschenk für Allehe und das Neugeborene mit auf den Weg geben wollte. Doch sie hatte sich schnell zurückgezogen, eine Ablehnung, die den Schmied zusätzlich verärgerte.

Als Nahim sich, noch benommen von der Nacht, zu Lehen an den Tisch setzte, schreckte sie hoch, so sehr war sie in Gedanken vertieft gewesen. Plötzlich geschäftig werdend, legte sie Nahim eine Decke über die gesunde Schulter und wickelte sie ihm um den nackten Oberkörper, weil sein verletzter Arm in einem zur Schlaufe gefalteten Tuch steckte.

Vorsichtig versuchte Nahim, den heilen Arm zu befreien, ohne dass die Decke hinabrutschte, und rieb sich die geröteten Augen. Borif hatte sich vor seine Füße gelegt und döste geräuschvoll.

Da der schweigsame junge Mann Lehen nervös machte, holte sie ihm einen Becher mit verdünntem Met und eine Schale Haferflocken, für die er lediglich ein Nasenrümpfen übrig hatte. Während sie sich daranmachte, runzlige Äpfel zu schälen und in Stücke zu schneiden, berichtete sie Nahim von der gestrigen Auseinandersetzung.

»Vielleicht hat euer Freund Damir Recht, wenn er sagt, dass die Orkplage von den Talbewohnern gelöst werden sollte. Habt ihr denn eine Art Gemeinschaftsrat hier im Westend?«, gab Nahim zu bedenken, als Lehen mit ihrer Erzählung abgeschlossen hatte. Er war zum Herd gegangen, um sich aus dem emaillierten Topf einen weiteren Becher des warmen Mets zu holen.

Der Herd, dessen grüne Kacheln Tiere und Bäume zeigten, nahm in der Küche viel Platz in Anspruch: Er war in den Boden gemauert, und eine schmiedeeiserne Pforte schloss seinen Bauch. Einmal in der Woche schob Lehen dort die Brotlaibe hinein, und im Herbst trocknete sie auf einem Rost Obst, Nüsse und Pilze, so dass es im ganzen Haus wunderbar duftete. Die klobigen gusseisernen Töpfe standen auf der Herdplatte halb in der Glut, die von einem eigenen Feuer beheizt wurde. Das Abzugsrohr war von einem ebenfalls mit Kacheln bekleideten Sims umgeben, auf dem Tevils sich an Regentagen immer noch gern auf dem Schaffell zusammenrollte und döste, nachdem er die Katzen von ihrem Lieblingsplatz verscheucht hatte.

Anerkennend fuhr Nahim mit dem Zeigefinger den kunstvoll geschmiedeten Messingbeschlag entlang, mit dem Balam mühsam das Herdfeld ummantelt hatte. Unvermittelt durchfuhr ihn ein Gefühl von Geborgenheit. Dann setzte er sich wieder zu Lehen.

Einen Moment lang betrachtete Lehen sein Profil: Ein wenig seitlich wurde sein Haaransatz von einer hellen Narbe geteilt, die Nase musste mindestens zweimal gebrochen gewesen sein, und auch die Oberlippe wurde durch einen längst verheilten Schnitt verzogen. Nahims Lippen waren schmaler als die von Damir, aber schön geschwungen.

Ohne darüber nachzudenken, sagte Lehen: »An Damirs Worten scheint mir etwas merkwürdig zu sein. Er ist einfach kein Drückeberger, und mir ist auch nicht klar geworden, worauf er eigentlich abzielte. Vennis und du, ihr habt das Orklager ohne Schwierigkeiten entdeckt und sieben dieser Kreaturen erschlagen.«

»Worauf willst du hinaus?«, fragte Nahim und zupfte hilflos an der Decke, die ihm über die Schulter zu rutschen drohte.

Lehen zerschnitt noch zwei weitere Äpfel, bevor sie ihm antwortete: »Damir war sehr wütend, und ich kann mir nicht erklären, warum. Es war euer gutes Recht, die Pferde zurückzuholen. Außerdem sollten wir hier im Westend froh sein, endlich zu wissen, dass wir den Orks nicht vollkommen hilflos ausgeliefert sind.«

»Kennst du Damir gut? Brill sagte, euer Umgang miteinander sei sehr vertraut.« Schon während er die Frage stellte, bereute Nahim seine Neugierde. Dass sich auch ein eifersüchtiger Ton eingeschlichen hatte, mochte er sich nicht eingestehen.

Lehens Gesicht verschloss sich augenblicklich, und sie begann hastig, die verstreut umherliegenden Apfelschalen und Kerngehäuse zusammenzuwischen.

Rasch setzte Nahim zur Entschuldigung an. »Es tut mir leid. Ich weiß nicht, warum ich das überhaupt gefragt habe.«

Doch bevor er weitersprechen konnte, sagte Lehen: »Früher hat Damir unsere Familie sehr oft besucht. Er war als Junge eng mit meinem Cousin Lasse befreundet, dessen großer Hof oberhalb dem unseren liegt. Ich habe für Damir geschwärmt, genau wie viele andere Mädchen im Westend. Er strahlt etwas Überlegenes aus, und außerdem ist er ausgesprochen gut aussehend. Aber im letzten Sommer hat sich Damir dann sehr überraschend für meine jüngere Schwester Allehe entschieden. Wer kann ihm das schon verdenken? Hätte er noch ein weiteres Jahr gewartet, dann hätte er sich wohl einer gewaltigen Konkurrenz stellen müssen.«

Nahim, der nur ahnen konnte, wie viele verletzte Gefühle bei dieser Erzählung mitschwangen, nickte lediglich stumm. Für einen Augenblick sah er eine Lehen vor sich, die jahrelang dem guten Freund der Familie Wein und Essen hingestellt hatte, während sie gebannt an seinen Lippen hing. Stets genährt von der Hoffnung, dass dieser eine Besuch nicht nur um der Freundschaft willen stattfand. Und dieser Mann hatte letztlich ihre noch kindliche Schwester zu sich ins Haus genommen.

Nahim bedauerte nun, dass er bei seiner gestrigen Ankunft keinen Blick für den Schwiegersohn des Hangbauern übrig gehabt hatte. Nur zu gern hätte er gewusst, welche Art Mann die kühl und überlegen wirkende Lehen so zu berühren vermocht hatte.

Kapitel 5

Am nächsten Tag wandelte sich das Wetter. Der milde Wind von der Küste verscheuchte die Wolkendecke und brachte trockene und warme Luft mit sich, so dass am Nachmittag nur noch Spuren von der feinen Schneeschicht übrig blieben. Balam stand auf dem kleinen Steg beim Fluss, um Wasser zu schöpfen, als Brill zu ihm trat und nach Südosten zeigte.

»Wenn wir morgen aufbrechen würden, würden wir Trevorims Pforte noch geöffnet vorfinden, oder wird das Eis sie schon verschlossen haben, was denkst du?«

Balam stellte den vollen Eimer ab, steckte sich die klammen Hände unter die Achseln und blickte ebenfalls eine Zeit lang nach Südosten, wo sich das hohe und schroffe Gebirge erhob. Das Tal war vom Hof aus nicht zu sehen, dafür jedoch die fernen, ewig schneebedeckten Spitzen, zwischen denen die Pforte eingelassen war.

Zwar hatte Balam schon oft den Brennburger Markt besucht, um dort seinen feinen Wein und andere Hangspezialitäten anzubieten, die mit dem Zeichen einer Eibe verziert waren. Doch er hatte sich nie für den breiten Pfad interessiert, der ins kahle und steile Massiv führte.

Nur selten verirrten sich Fremde über diesen Weg ins Tal, die sich für die dort lebenden Menschen und deren Waren interessierten. Und kaum jemand versuchte, vom Norden her durch das Tal in die südliche Ebene vorzudringen. Es bedurfte vieler beschwerlicher Tagesreisen, bevor man dort auf menschliche Zivilisation stieß. Wer in die schönen Länder des Südens wollte, nahm den Wasserweg, anstatt sich durchs Gebirge und die orkverseuchte Ebene zu quälen.

»Ich kann dir nicht sagen, wie es um Trevorims Pforte bestellt ist. Ich weiß nur, dass sie sich zu Winterbeginn schließt und somit auch das Tal versiegelt, um es im Frühjahr mit jedem einzelnen Sonnentag wieder ein Stück mehr freizugeben. Die Südlichen Höhen werden, wenn du mich fragst, die nächsten Tage gewiss schneefrei bleiben. Wir haben hier selten Wind von der Küste, aber wenn, dann hält er immer eine Zeit lang an. Wollt ihr euer Glück wirklich noch in diesem Jahr versuchen?«

»Warum nicht?«, gab Brill mit einem Schulterzucken zurück. »Ich finde, wir sollten unsere Chance nutzen, wenn wir hier nicht den ganzen Winter lang eingemachtes Obst vor dem Ofen essen und im Kreis dieselben Abenteuermärchen erzählen wollen.«

Lehen fand Nahim im Stall bei den Pferden. »Ich halte nichts von diesem übereilten Aufbruch!«, rief sie ihm schon beim Eintreten zu. »Ich habe mich um Brill und dich gekümmert, und ich sehe nicht ein, dass meine ganze Arbeit ruiniert wird, nur weil ihr nicht noch ein paar Tage länger warten könnt! Wenn euch in den Bergen der Schnee überrascht, kann sich dein Freund gleich zum Sterben hinlegen.«

»Es war doch nicht anders zu erwarten«, gab Nahim zurück, ohne die Arbeit zu unterbrechen. »Brill hält sich im Sattel, also brechen wir auf.«

»Und deine Wunde? Sie wird durch das Reiten und die Kälte bestimmt wieder aufbrechen. Was ist denn so dringend, dass es nicht bis zum Frühjahr warten kann? Was soll aus dem Wildschweinschinken werden, der mir den Weg im Kellereingang versperrt?«

»Du wirst Brill fragen müssen, was so dringend ist. Ich kann es dir leider nicht sagen.« Obwohl Nahim bedrückt klang, lächelte er Lehen an, die kurz vor ihm stehen geblieben war.

»Ich möchte nicht, dass du schon gehst«, entgegnete Lehen leise und zuckte verlegen zusammen, als Nahim sich den Zeigefinger auf die Lippen legte und mit dem Kopf in Richtung Dachboden deutete. Dort oben, auf einer der Holzbalken, saß Tevils mit herabbaumelnden Beinen. Sein verquollenes Gesicht war immer noch mit Tränenspuren benetzt.

»Hast Recht«, stimmte der Junge ihr zu. »Die Männer könnten ruhig noch ein Weilchen bleiben. Während des Winters ist es hier immer besonders langweilig.«

Die Stube duftete an diesem Abend nach Fijenholz. Balam hatte ein paar Späne dieses seltenen Holzes, das seine Kinder vor ein paar Tagen mühsam zusammengeklaubt hatten, in den Ofen geschmissen. Ein prickelnder, leicht harziger Duft stieg all denen in die Nasen, die sich zum Abschied noch einmal gemeinsam am langen Holztisch eingefunden hatten.

Balam hatte Weinkrüge aus dem Keller geholt und sogar einige Geschichten aus seiner Jugend zum Besten gegeben, aber erst der für seine belebende Wirkung bekannte Duft des Fijenholzes vermochte die Stimmung zu heben. Schließlich trug Vennis mit tiefer Stimme ein Trinklied aus dem Norden vor, das von den Erfahrungen eines jungen Mannes mit den wundersamen Getränken einer Wasserfrau erzählte.

»Und auch wenn Masurin in jede Schenke des Nordens trat, nie wieder fand er auf und hinter der Theke dasselbe Vergnügen, das ihm im sprudelnden Strom von Lomis begegnet war«, beendete Vennis das Lied und sah in vor Verlegenheit gerötete, aber lachende Gesichter. Er deutete eine leichte Verbeugung an und freute sich sichtlich über den Applaus. Beeindruckt blickte Tevils ihn an und fragte, ob es denn tatsächlich Wasserfrauen geben würde.

Brill lachte laut auf. »Das versuche ich auch schon seit Jahren herauszufinden. So wie der gute Masurin: von einer Schenke zur nächsten wandernd, den Blick immer fest auf den Busen der Wirtin gerichtet.«

»Was passiert eigentlich, wenn ihr in den Norden zurückgekehrt seid?«, fragte Tevils, dessen Mund deutliche Spuren vom gebackenen Kürbis aufwies. »Werdet ihr gleich in anderen Angelegenheiten weiterreiten?«

»Das wird sich zeigen«, antwortete Vennis. »Aber unser Freund Brill wird wohl weder Schenken sehen noch weiterhin viel durch die Lande reiten. Seine Frau Saris war nicht sonderlich begeistert, als Brill noch einmal einen Auftrag angenommen hatte. Und so weit, wie das Jahr fortgeschritten ist, dürfte ihn zu Hause bereits sehnsüchtig der jüngste Spross seiner Sippschaft erwarten, um endlich seine Bekanntschaft zu machen.«

Brill winkte betont lässig ab. »Saris hatte schon immer ihren eigenen Kopf, aber sie wird sich mittlerweile beruhigt haben. Sie wusste schließlich genau, auf wen sie sich einließ, als sie mir damals auf dem Neujahrsfest nicht einen einzigen Tanz ausschlug. Wenn wir durch Torburg kommen, werde ich ein schönes Schmuckstück besorgen. Eins aus grünem Amarant. Das wird sie schon wieder besänftigen.« Allerdings schienen Brill seine eigenen Worte wenig zu überzeugen, denn er betrachtete seine Gefährten, die einander verschwörerisch zulächelten, mit einem finsteren Blick. Dann machte er sich ausgiebig an seiner Pfeife zu schaffen, die Lehen ihm an diesem Nachmittag zurückgegeben hatte.

Auch Vennis' Gesicht wurde wieder ernst. »Balam«, sagte er unvermittelt. »Willst du dir vielleicht überlegen, ob dein Sohn nicht eine Zeit lang mit uns reiten sollte? Tevils ist ein aufgeweckter Junge, der die Chance, die Welt außerhalb des Tals zu sehen, sicherlich gerne nutzen würde. Ich würde bestimmt gut für ihn sorgen.«

Obwohl Balam selbst schon der Gedanke gekommen war, zögerte er nun. Ihm waren die Neugierde und Begeisterung, mit der Tevils jeden einzelnen Schritt der Fremden verfolgte, nicht entgangen. Wenn Balam seinen letzten Rundgang über den nächtlichen Hof gemacht hatte, dachte er seit einiger Zeit stets darüber nach, wie sehr das jüngste Kind der Familie nach Bienem schlug. Wie sie liebte er Herausforderungen und Abwechslung.

Der Bauer dachte an seine Frau, die sich, ohne einen Gedanken zu verschwenden, mitten in der Nacht aufmachte, um nur mit einem Öllämpchen ausgestattet den Steinhaag herunterzuklettern. Immer wieder war Bienem für Wochen und Monate zu Verwandten und Freunden ins Tal gezogen, weil ihr die Einöde des Trubur Hofs zuwider war. Taub für die Wünsche ihres Mannes und sorglos gegenüber den mannigfaltigen Aufgaben des Hofs und der Familie.

Als Allehe dann im letzten Jahr zu Damir ins Haus ziehen wollte, war es schließlich über Tage hinweg zu Auseinandersetzungen zwischen Balam und Bienem gekommen. Balam hatte seiner Frau vorgeworfen, die Liebesbeziehung zwischen dem Schmied und Allehe hinter seinem Rücken gefördert zu haben, so dass ein anderer Entscheid irgendwann nicht mehr möglich gewesen war.

Bienem hatte jedoch darauf hingewiesen, zu keinem Zeitpunkt einen Hehl daraus gemacht zu haben, den begehrtesten Junggesellen des Westends zum Schwiegersohn haben zu wollen. Dass Bienem bei all ihrer Begeisterung für die rasch erblühte Liaison nicht mitbekam, wie sehr ihre ältere Tochter unter der Situation litt, machte Balam zusätzlich zu schaffen.

So kam es schließlich, dass Allehe von ihrer Mutter ins Westend begleitet worden war. Abgesehen von einigen spontanen Besuchen am Vormittag, wenn Balam auf den Feldern arbeitete, hatte sich Bienem nicht wieder auf dem Hof blicken lassen.

Balam war sich seit dem Eintreffen der drei Männer schmerzhaft bewusst geworden, dass Tevils von einem Leben außerhalb des Hofs träumte, vielleicht sogar von einem Leben außerhalb des Tals. Wahrscheinlich, so dachte Balam, bot sich ihm nun die Möglichkeit, seinem Sohn zu dessen Glück zu verhelfen, bevor dieser sich eines Nachts ohne Abschied vom Hof schleichen würde. Da das Thema angesprochen war und man ihm eine Entscheidung abforderte, fielen Balam jedoch nur all die Gründe ein, die einem Fortgehen entgegenstanden.

»Wie könnt ihr gut für meinen Sohn sorgen, während ihr mit ihm durch orkverseuchte Gegenden zieht? Was können ihn die großen Städte des Nordens mit all ihren Schenken schon lehren? Reiten, Schlagen und Kämpfen, das braucht mein Kind nicht zu können. Und wer weiß, vielleicht bringt euch der nächste Auftrag an die Küsten des Südens – oder sogar darüber hinaus? Ich kenne euren Herrn nicht, und ich kann mir auch keinen Auftrag vorstellen, der es rechtfertigen könnte, zu Trevorims Pforte zu reiten, obwohl der erste Schnee des Jahres bereits gefallen ist.«

Erschöpft von seiner heftigen Rede sank Balam gegen die Rückenlehne, allerdings nicht, ohne Tevils zuvor mit einer harschen Geste zum Schweigen gebracht zu haben.

»Ich verstehe, dass es eine schwere Entscheidung für dich ist«, sagte Nahim plötzlich, nachdem er während des Abends schweigsam und zurückhaltend wie immer neben Vennis gesessen hatte. »Ich war bereits ein paar Jahre älter als Tevils, als Vennis das Gut meiner Familie aufsuchte. Wahrscheinlich war mein Vater letztendlich sogar froh, als ich mich nach vielen Diskussionen durchgesetzt hatte, um Vennis auf seinen Reisen begleiten zu dürfen.«

»Aber Tevils ist kein aufsässiger Junge, den ich aus den Augen haben will«, unterbrach ihn Balam. »Ich liebe meinen Sohn und will ihn nicht in Gefahr wissen.«

Nahim ließ sich nicht aus der Ruhe bringen: »Das wird dir die Entscheidung sicherlich schwerer machen. Ich bin einer neben vier anderen Söhnen und zwei Töchtern. Mein Vater war damals genug damit beschäftigt, meinen ältesten Bruder in die Geschäfte des Guts einzuweihen. Er war erleichtert, die Verantwortung für sein jüngstes Kind an Vennis weiterreichen zu können, den er gut kennt und sehr schätzt.«

»Nun, dein Vater mag Vennis gut kennen, so dass es ihm leichtfiel, seinen störrischen Sohn, der ihm über den Kopf zu wachsen drohte, ins Ungewisse zu schicken. Aber ich weiß nichts weiter über Vennis, Brill und dich, als dass ihr euch auf einen Namen berufen könnt, den Frau Witt zu schätzen weiß. Und dass ihr einen Auftrag habt, zu dem ihr euch nicht äußern könnt. Der euch aber Gefahren aussetzt.«

Balam spürte, dass seine freimütigen Worte Nahim verletzt hatten, aber in diesem Moment war es ihm gleichgültig. Er sah nur das schmale Gesicht seines Jungen und dachte an die grausige Klaue, die neben seiner Eingangstür angeschlagen war. »Warum sollte ich das zulassen?«

»Das weißt du doch, Balam«, sagte Lehen.

Auch sie hatte Vennis' Vorschlag nicht überrascht, aber sie war bislang zu sehr mit ihren eigenen Empfindungen und Gedanken beschäftigt gewesen, um sich mit den Hoffnungen ihres Bruders auseinanderzusetzen. Obwohl sie die Bedenken ihres Vaters teilte, so verstand sie doch Tevils' Wunsch, eine Welt zu sehen, die nicht von Berggipfeln umkreist war. Sogar seine Sehnsucht nach Abenteuern war ihr nicht fremd.

»Du kannst nicht von Tevils erwarten, dass er das Leben auf dem Hang so sehr liebt wie du.«

Wütend schlug Balam mit beiden Fäusten auf den Tisch

und weigerte sich, in die Runde zu schauen. »Du willst deinen Bruder mit diesen Männern zur Pforte schicken? Ist das dein kluger Ratschlag für mich, Lehen?«

»Balam, wir würden Tevils nicht um diese Jahreszeit mitnehmen«, antwortete Nahim. »Außerdem haben wir nur drei Pferde, und Tevils' Arm ist noch nicht vollends geheilt. Ich könnte versuchen, schon im nächsten Sommer zurückzukehren, um zu hören, wie deine Entscheidung ausfällt. Mir gefällt das Tal, und ich würde es gerne erleben, wenn alles grün ist.«

»Ja«, sagte Balam nach einigen Minuten angespannten Schweigens. »So könnten wir es machen. Ich muss auch mit Bienem über diese Angelegenheit reden. Aber Nahim, du darfst dich nicht beschweren, diese Reise umsonst unternommen zu haben, wenn ich dir Tevils dann doch nicht mitgeben werde.«

Nahim zuckte nur leicht mit der Schulter und setzte ein undurchdringliches Gesicht auf. »Ich komme gern zu euch zurück.«

Am nächsten Morgen, als noch einige der klar leuchtenden Sterne am Himmel zu sehen waren, brachen die drei Reiter über den Weg entlang des Flusses auf. In ihrem Gepäck befanden sich einige Flaschen und Beutel, auf denen eine Eibe abgebildet war. Lehen war am Ofen sitzen geblieben und tröstete den winselnden Borif, der den Blick stur auf die Eingangstür gerichtet hielt.

TEIL II

Kapitel 6

Vorsichtig tastete einer der echsenhaften Steinplattler mit seiner langen Zunge das Innenleben eines Risses im Gestein ab, als er plötzlich eine Vibration im Boden spürte. Sofort vergaß er die vielversprechende Beute, die seine sensible Zungenspitze soeben ertastet hatte. Nur eine verhornte Braue zuckte nach oben, während der Rest des grauen Körpers erstarrte.

Zu seinem Entsetzen musste das Reptil feststellen, dass das Geräusch schnell näher kam: ein rhythmisches Klopfen und Klappern, das immer eindringlicher aus der Tiefe unter ihm ertönte. Der Steinplattler wollte nicht abwarten, was das undurchdringliche Gestein in solch heftige Bewegungen versetzte, sondern entschied sich zur Flucht. Bei dem Versuch, die Zunge ruckartig zurückschnellen zu lassen, verfing sich diese jedoch in der scharf gezackten Felsspalte. Panisch riss die kleine Echse mehrmals den Kopf hin und her und tänzelte um die Spalte herum, während das Poltern stetig zunahm. Schließlich löste der Steinplattler vor lauter Verzweiflung eine Pfote nach der anderen vom Stein und hing, dank der Schwerkraft, frei in der Luft. Doch die verfangene Zunge schnellte immer noch nicht zurück, obwohl der Fels ringsumher bereits erzitterte. Schließlich ergriff die Echse die letzte sich bietende Möglichkeit: Die Zungenspitze gab die Beute frei und sprang schon im nächsten Augenblick aus der Spalte heraus. Voller Furcht sah sich der Steinplattler in die Unendlichkeit stürzen, und als er an einem riesigen Felsen vorbeifiel, nutzte er die Gelegenheit und krallte sich an ihm fest.

»Dämliches Echsenpack!«, schimpfte der alte Mann, der eine der steinfarbenen Echsen vom Mantel zu lösen versuchte. Doch das Tier hatte sich fest mit seinen wurzelartigen Zehen im Gewebe verkrallt und stellte sich tot. »Sitzen in jeder verdammten Steinspalte und sind vor lauter Staubfresserei so verblödet, dass sie von den Wänden fallen!«

Nahim sah zum breiten Steinbogen über ihnen hinauf, von dem gerade ein weiterer der zahlreichen Steinplattler auf seinen Begleiter herabstürzte.

»Sie mögen deinen Mantel halt gut leiden, Maherind. Könnte mir vorstellen, dass es an der grauen Farbe liegt.«

Der alte Mann knurrte hörbar und zerrte dann noch einige Male an der Echse auf seiner Schulter, allerdings ohne Erfolg. »Kein Wunder, dass es niemanden in Trevorims Tal verschlägt. Tagelang sieht man nur Felsenspitzen, die sich eintönig aneinanderreihen. Fels, Spalte, Fels, Spalte. Nächster, gefährlich gezackter Fels, Spalte, tiefe Spalte. Kein Baum, kein Strauch, nicht einmal ein Blümchen. Nur Felsen, der mit diesen lästigen grauen Biestern gespickt ist.«

Erneut begann er, an den einzelnen Zehchen einer Echse herumzuzupfen, doch sie ließen sich nicht aus dem groben Stoff herauslösen.

»Nur zu, beschwer dich ruhig laut und ausdauernd. Deine letzte Schimpftirade ist ja schon Ewigkeiten her«, sagte Nahim im gleichgültigen Ton. Und dann leise, dass nur er selbst es hören konnte: »Meckere ruhig noch einmal über das langweilige Wetter, den ekelhaft blauen Himmel oder darüber, wie sehr dir der Hintern vom vielen Reiten schmerzt.«

Nahim überhörte das wüste Gemurmel in seinem Rücken und fing an, eine jener fröhlichen Melodien zu pfeifen, die weder Anfang noch Ende kennen. Keinen halben Tagesritt mehr, und sie würden Trevorims Pforte durchqueren.

Keinen einzigen Gedanken wollte er mehr an den mühevollen Abstieg im letzten Winter verschwenden, bei dem sie fast die Pferde hatten zurücklassen müssen, da das Geröll des Weges mit einer Eisschicht überzogen gewesen war. Vennis' Wallach war ins Stolpern geraten und hatte sich den Vorderlauf gestaucht, so dass sie nur noch langsam vorangekommen waren. Schließlich hatte sie ein eisiger Schneesturm auf halber Höhe gezwungen, einige Tage in einem der zugigen Verschläge zu verbringen, die ziehende Händler auf ihren seltenen Reisen in Trevorims Tal zur Übernachtung nutzten. Im Windschatten der Pferde hatten sie sich eng an eng zusammengekauert, mit Brill in der Mitte, dessen Fieber glücklicherweise nicht wieder aufflammte. Doch Nahims Wunde brach, wie befürchtet, wieder auf, und als sie endlich im *Roten Topf*, einer schäbigen Herberge am Fuß des Nordgebirges, angekommen waren, hatte Vennis sie ausbrennen müssen, so dass eine breite Narbe zurückgeblieben war.

All dies drängte Nahim nun beiseite, denn er wollte die warme Sonne und die Vorfreude genießen. Er stellte sich einen blühenden Hang mit duftenden Wäldern und Wiesen vor. Gerade als er sich eine wundersame Szene unter den Obstbäumen ausmalte, die bei Truburs Hof den Lauf des Grünstroms zierten, schloss Maherind neben ihm auf.

Vor ihnen lag Trevorims Pforte.

Es heißt, dass weit vor Beginn der Menschheitsgeschichte auf der Zinne des Nordgebirges eine kräftige Quelle entsprungen sei, die zu beiden Seiten des Berges ein Flussbett ausgehoben hatte, das die Menschen noch heute als Pfad ins Tal benutzen. Einem Vulkanausbruch gleich war das Wasser dem Stein entsprungen, hatte ihn zum Bersten gebracht, so dass die vielen Felssplitter sich in den Boden rammten und dem Nordgebirge sein heutiges Gesicht verliehen.

Der Sage nach durchwanderte in diesen Tagen vom Süden

her der Riese Trevorim die Welt. Als er nach einem Schlaf in der südlichen Ebene erwachte, die die später dort verstreut lebenden Orks Siskenland nannten, hatten ihn die zu dieser Zeit noch aus der Erde heraussickernden Dämpfe benommen und durstig gemacht. Doch keiner der kleinen Gebirgsflüsse, die in der Ebene versickerten, vermochte seiner trockenen Kehle Abhilfe zu schaffen. Fast wahnsinnig vor Durst, kletterte Trevorim über das südliche Gebirge und rutschte auf seinem Hintern ins Tal. Auf allen vieren krabbelte der Riese auf die sprudelnde Quelle des Nordens zu, ohne sich um die Felssplitter zu scheren, die ihm dabei die Pranken zerschnitten. Gierig stülpte er sein gigantisches Maul über die Quelle und begann zu trinken.

Trevorim setzte erst wieder ab, als die Quelle versiegt war, und schenkte den Menschen somit einen Weg in das kleine, aber fruchtbare Tal, ohne sie den Qualen der südlichen Ebene auszusetzen. Dann erhob sich der Riese, machte einen mächtigen Sprung über das Gebirge und setzte seine Wanderung in Richtung Osten fort. Auch an der dortigen Küste, wo die Wellen hart an das von Klippen gesäumte Land schlagen, weiß man sich Geschichten vom Riesen Trevorim zu erzählen.

Trevorims Pforte glich einer tiefen Kerbe, die in die stolze Zinne geschlagen worden war, so dass der Eindruck entstand, der Krone des Nordgebirges würde ein Zacken fehlen. Steil und hoch ragten die beiden Säulen, die Trevorims Pforte säumten, in den Himmel. Sie strebten vom Boden her voneinander fort, näherten sich in der Höhe jedoch wieder an, wobei die östliche Säule ein wenig tiefer mit einem scharfen Schnitt abbrach. Ihre Oberflächen waren glatt, farblos und wölbten sich leicht nach innen, während das restliche Gestein unter dem Schnee schartig und grau war. Auch der Grund der Pforte wies ein ebenmäßiges Gestein auf, so als hätte der Riese bei seinem letzten Schluck heiße Lava aus dem Innersten des Berges heraufgesogen. Keine einzige Schneeflocke hatte diesen Boden je berührt.

Nebeneinanderreitend durchquerten Nahim und Maherind Trevorims Pforte, als die Sonne im Zenit stand. Auf der anderen Seite erwartete sie ein kleines Plateau, das einen Blick über das ganz Tal bot.

Obwohl ein leichter Dunstschleier die Senke bedeckte, so waren doch alle drei Ortschaften zwischen Feldern, Wiesen und Wäldern bestens zu erkennen: die wild gemusterten, schwarzroten Dächer Brennburgs mit dem einsam aufstrebenden Bürgerturm inmitten des dichten Netzes bunter Häuserzeilen, die den gleichnamigen Markt umkreisten, das weitläufige Dorf Westend und das kleine Wordensen mit seinen unscheinbaren Schieferhütten am Ausläufer des mächtigen Tannengrünwaldes, der das gesamte westliche Gebirgsmassiv überzog.

Von hier oben, von Trevorims Pforte aus, bot sich eine einzigartig umfassende Sicht auf das von Stein umgebene trichterartige Tal mit breitem Grund. Während das schroffe Gestein östlich, beim so genannten Minja-Stieg, von allerlei Gebirgsflüssen und durch Kargheit geprägt war, flachte es im Süden mit seinen weichen Hängen ab, um schließlich wieder in die dunkelgrünen Höhen des Westens anzusteigen, die sich unbezwingbar bis tief in Rokals Lande zogen.

Die beiden Männer saßen ab, und Nahim versorgte die Pferde mit Futterbeuteln, die von der kleinen Stute getragen wurden, welche an ein Seil gebunden hinter Nahims Pferd hergelaufen war. Danach setzte er sich zu Maherind auf einen der großen Steine, die das Plateau säumten, reichte ihm den Wasserschlauch und packte anschließend den Proviant aus. Während Nahim mit einem Messer Streifen vom rohen Schinken schnitt, deutete Maherind auf den steil abfallenden Weg, der in wirren Serpentinen ins Tal führte.

»Wenn ich mich recht erinnere, dürften wir morgen Abend in Brennburg ankommen. Dort gibt es einen bemerkenswerten Gasthof, das *Goldene Dreieck*. Die Wirtschaft ist dafür bekannt, das großartige Brennburger Bier mit Hochprozentigem anzumischen. Das Verhältnis ist geheim und hat eine ganz wunderbare Wirkung.«

Der alte Mann ließ seine Beine über den Abhang baumeln, steckte sich die Pfeife zwischen die Zähne und blinzelte Nahim zu.

»Bier und Korn – auf solche Ideen kommt man wohl zwangsläufig, wenn man am Fuße eines so unfreundlich aussehenden Gebirges wohnt. Wir werden uns nach einer Nacht in diesem Dreieck kaum mehr auf den Pferden halten können«, sagte Nahim. Er hatte sich auf den Rücken gelegt und konnte Maherinds Gesicht nicht sehen, das im blauen, nach Fijenholz duftenden Rauch verschwand.

»Dann sollten wir einfach nicht am nächsten Morgen aufbrechen und am besten auch nicht am darauffolgenden. Bleiben wir ruhig ein paar Tage und schauen uns den Brennburger Markt an.«

Bei diesen Worten des alten Mannes setzte sich Nahim abrupt wieder auf.

»So hart wie der Winter war, so prächtig wird der Sommer in diesem Jahr, wenn du mich fragst«, fuhr Maherind lächelnd fort, als er den aufkeimenden Unwillen in Nahims Gesicht bemerkte. »Wir liegen gut in der Zeit, und Vennis erwartet dich nicht unmittelbar zurück, oder? Auf dem Brennburger Markt bekommst du alles, was Trevorims Tal zu bieten hat: Neben dem berüchtigten Bräute- und Gauklermarkt, der sich hinter zerfleddertem Grünzeug verbirgt und sich Blumenmädchenplatz schimpft, gibt es Leckereien aus dem prächtigen Süden und Edelsteine, Metall und gepökelten Fisch aus dem Westen. Wer weiß, vielleicht finden wir auf dem Markt etwas Schönes, vielleicht sogar ein Gastgeschenk, um uns beliebt zu machen?«

Nahim lächelte Maherind an und legte sich dann wieder hin. Hoch über ihnen, im wolkenlosen Himmel, sah er einen Adler kreisen. »Ja«, sagte er, »ein Gastgeschenk wäre gut.«

Brennburg war ringförmig angelegt Das Bild des äußersten Kreises war von allerlei Verschlägen und Lagern geprägt. Hier war der Fuhrverkehr am stärksten und der Geräuschpegel am lautesten, denn es wurde mit Getreide, Holz und Tieren gehandelt. Die Besucher bahnten sich ihren Weg zwischen angepflockten Ziegen, Körben voller Küken und Käfigen mit Tauben. Es gab Bottiche mit Aalen sowie Verschläge mit Kaninchen und Schweinen. In den schmalen Gassen musste man stets auf der Hut sein, um nicht von einem schlecht gelaunten Esel getreten zu werden, der mit allerlei Gütern beladen war.

Auf dem angrenzenden Obst- und Gemüsemarkt ging es dagegen manierlicher zu, obwohl das zu einem lauten Summen verschmelzende Anpreisen der vielen Händler so manchen Hangbauern und Fischer aus den einsamen Gegenden des östlichen Minja-Stiegs halb um den Verstand brachte.

Den nächsten Ring bildeten schließlich die Steinhäuser von Brennburg mit ihren berühmten schwarzen Dächern, die mit einem dunkelroten Muster durchzogen waren. Die schwarzen Schindeln wurden aus einem nahe gelegenen Steinbruch gewonnen und nach einem geheimen Rezept in einer Brennerei mit roten Mustern versehen und dann glasiert. Neben der Arbeit im Steinbruch waren die Brennburger Familien in vielen Gewerben tätig, die für die ländlichen Gebiete des Tals untypisch waren: Es gab gut geführte Gasthäuser, Geschäfte und Handelshäuser sowie eine rege Organisation zur Vermietung von Ställen, Lagern und Verkaufsständen.

Das bekannteste Bauwerk der Stadt war das *Goldene Dreieck*, dessen Eingangstür seit Menschengedenken zu jeder Tages- und Nachtzeit offen stand. Nur als vor einigen Generationen die Beulenpest im Tal gewütet hatte und der Markt verwaist war, war die Familie Kelem gezwungen gewesen, die Tür zu schließen. Man hatte hierzu die alten Angeln abschlagen müssen und die schwere Holztür vor den Eingang gelehnt. Als man sie ein gutes Jahr später wieder an die Seite stellte, war es das Zeichen, dass das Tal die Pest überwunden hatte.

Im bunten Zentrum des Marktes führten Akrobaten ihre Kunststücke vor, Männer und Frauen boten ihre Arbeitskräfte und Händler ihre Waren an. Es gab Pyramiden von dickwandigen Gläsern mit eingemachtem Obst und Gemüse, Fässer und Flaschen, die mit Wein, Bier und Bränden gefüllt waren und von ihren Besitzern mit Argusaugen bewacht wurden. Es gab robust verarbeitete Harken und Schaufeln, Nägel und Fuchsfallen. In Ecken stapelten sich gebrannte Ziegel, verschiedenfarbige Fliesen und Geschirr aus den Brennburger Öfen. Die Handwerker aus Wordensen zeigten ihre schöne Glas- und Schmuckkunst sowie Messer und andersartige Klingen, während nebenan ein Händler aus dem fernen Süden von Rokals Lande seine kupfernen und gusseisernen Töpfe ausbreitete und darauf beharrte, seinen Stand bis über den Grenzstein hinaus auszuweiten.

Einige der Gaukler und ziehenden Händler kamen von außerhalb des Tals. Sie legten auf ihren Reisen gen Norden eine kurze Pause in Trevorims Tal ein, nachdem sie in den östlichen Steinhäfen an Land gegangen und ein Stück in Richtung Süden zurückgewandert waren. Doch ihre Zahl war gering, denn zum einen war das im östlichsten Ausläufer des Gebirges versteckte Tal weithin unbekannt, und zum anderen war es mit vielen Gütern gesegnet und der Bedarf an kostbaren Stoffen und Kriegshandwerk gering.

Maherind war bei einer Bude stehen geblieben, die allerlei Heilmittel anbot. Der Lederbeutel, der ihm über die Schulter hing, war bereits prall gefüllt. Sorgsam begutachtete er Bündel von getrockneten Kräutern und Gräsern, Schlangeneier, kristallartige Salze und Gläser mit in Öl konservierten Veilchen. Er schnupperte an strohenden Blumenköpfen und Pilzen, die in geflochtenen Körben und Schalen lagen, und ließ sich Destillate vorführen und erklären.

Energisch stopfte die stämmige Händlerin einiges in Maherinds Beutel, und manches, was sie ihm erwartungsvoll entgegenhielt, musste sie auch wieder zurücklegen. Ausgiebig stritt sich Maherind mit ihr über den Preis für in Honig eingelegte Bastalwurzeln und verspottete die Frau für die gedörrten Rinderhoden, die ihr ein Händler aus dem südlichen Purin mit vollmundigen Versprechungen angedreht hatte.

Schließlich kehrte Maherind zu Nahim zurück, den er vor gut einer Stunde im Schatten hockend zurückgelassen hatte. Der junge Mann hatte die Knie bis ans Kinn gezogen und lehnte mit dem Rücken gegen eine der Delikatessbuden, deren Pächter bereits mehrmals gereizt um die Ecke geschaut hatte. Maherind beugte sich zu ihm herunter und hielt ihm einen Napf mit dunklem Brei hin.

»Nein, lass nur. Ich kann nichts essen«, wehrte Nahim ab und wischte sich mit einer fahrigen Bewegung über die aufgequollen Lippen. Sein Gesicht war unter der Sonnenbräune bleich, und trotz der Wärme schien er zu frieren. »Ich will nicht einmal daran denken, jemals wieder etwas in den Magen zu bekommen. Sonst wird mir sofort wieder schlecht.«

»Jeden verdammten Morgen dieselbe Jammerei, seit wir in Brennburg angekommen sind«, entgegnete Maherind voller Ungeduld. »Deine Sinne müssen noch von der letzten Zecherei benebelt sein, sonst hättest du dich wohl kaum neben *Samms Innereienköstlichkeiten vom Schwein* gesetzt.«

Maherind warf Nahim einen gereizten Blick zu, als dieser sich verzweifelt die Faust gegen den Mund presste und die Augen zusammenkniff.

»Außerdem ist das kein Essen, was ich dir mitgebracht habe, sondern ein hervorragendes Allheilmittel für junge Burschen wie dich: besteht größtenteils aus Mohnkapselextrakt und zerriebenem Fijenholz. Das wird deinen Magen ruhigstellen.«

Zuerst vorsichtig, dann deutlich wagemutiger löffelte Nahim den Napf leer.

»Ich werde heute Abend keinen Fuß ins Kellergewölbe des *Goldenen Dreiecks* setzen«, sagte er zwischen den einzelnen Bissen. »Irgendetwas stimmt dort unten nicht, es ist wie verhext! Gestern Abend wollten wir doch nur etwas vom Spanferkel essen. Aber das Letzte, woran ich mich erinnern kann, ist, wie ich völlig von Sinnen mit einem fremden Kerl Arm in Arm in einer riesigen Bierlache sitze und versuche, einen dieser verrückten Südküstenwitze zusammenzubekommen. Währendessen hockst du Pfeife rauchend neben dem Kamin und schaust amüsiert zu. Dabei würde ich auf den Hintern meiner Mutter wetten, dass die meisten Krüge auf deine Kappe gingen.«

»Bist du dir sicher, dass es eine Bierlache war?«, erwiderte Maherind mit hochgezogenen Brauen, woraufhin Nahim mit einem Stöhnen den Kopf auf die Knie sinken ließ. Nach einiger Zeit packte Maherind ihn unterm Arm und zog ihn auf die Füße.

»Nun, mein Freund«, sagte er, »da drüben bei den tönernen Götzenstatuen erzählt jemand wilde Geschichten darüber, wie Orks einigen Bergarbeitern des Westgebirges aufgelauert haben sollen. Und auch über die Sicherheit des Handelswegs zwischen Westend und Brennburg sind merkwürdige Gerüchte im Umlauf. Was denkst du, versucht hier jemand, den Preis für seine Waren hochzutreiben? Von Orks auf den Südlichen

Höhen war jedenfalls nicht ein einziges Wort zu hören. Eigenartig, nicht? Ich denke, wir sollten morgen früh bei Sonnenaufgang in Richtung Westend aufbrechen. Es sei denn, du betrinkst dich wieder hemmungslos mit deinem neuen Kumpan.«

Maherind schmunzelte beim Anblick von Nahims entsetztem Gesichtsausdruck.

»Wie ist es nun um das Gastgeschenk bestellt? Welches der tausendundeins Dinge auf deiner Liste soll es nun werden?«, schloss er seine Rede und klopfte dem jungen Mann auf den Rücken, woraufhin dieser von einem Schluckauf heimgesucht wurde.

»Ich habe mich noch nicht endgültig entschieden«, antwortete Nahim. »Am besten wäre es vielleicht, jedem Familienmitglied ein eigenes Geschenk zu machen. Vielleicht ein Klappmesser für Tevils, eine Schmucktafel, in die der Name *Trubur* eingebrannt ist, für die beiden Familienoberhäupter, und irgendwas nach Aas stinkendes für den Hund.«

»Ach, und die junge Frau willst du lediglich mit deinem Anblick beglücken? Wie hieß sie noch einmal, Dehen?«, fragte Maherind mit einem unschuldigen Lächeln im Gesicht.

»Aber sicher doch«, gab Nahim ungewöhnlich forsch zurück. Dann wandte er sich von seinem Begleiter ab, um einige Stapel Bodenmatten aus Flachs zu begutachten. Auch wenn die Opiate des Breis Nahims Zunge gelockert haben mochten, so hatten sie trotzdem sein Reaktions- und Urteilsvermögen beeinträchtigt. Reichlich benommen stand er da und kratzte ausgiebig das Kinn, das mit schwarzen Stoppeln übersät war.

»Wie dem auch sei«, sagte Maherind nach einiger Zeit und schubste Nahim zum nächsten Stand weiter, bevor der Händler sie in ein Gespräch verwickeln konnte. »Hatte sie denn keinen einzigen interessanten Zug an sich, der dich ein wenig inspirieren könnte, damit die Sucherei endlich ein Ende findet?

Vielleicht denkst du ja an einen hübschen Kochlöffel, wenn ihr Bild vor deinem inneren Auge aufflackert, weil ihr Haferbrei einfach wunderbar war?«

Obwohl er Nahims wütenden Blick zu bemerken schien, fuhr Maherind sogleich fort: »Oder wie wäre es mit einem seltenen und interessanten Heilmittel? Du erwähntest doch ganz nebenbei, dass sie in der Heilkunde bewandert ist.«

»Ja, das stimmt«, antwortete Nahim ein wenig verunsichert. »Aber wäre das nicht ein wenig zu unpersönlich?«

Maherind lag eine passende Antwort auf der Zunge, die er nur schwerlich für sich behalten konnte. Aber da ihn das selbstquälerische Grübeln seines jungen Begleiters allmählich mürbe machte, schlug er ein Schmuckstück vor.

»Wenn du den Monat kennst, in dem sie gezeugt worden ist, dann könnten wir einen entsprechenden Stein aussuchen. Den könnte sie dann an einer Kette um den Hals tragen. Eine schöne Sitte aus dem Norden von Rokals Lande.«

»An etwas Ähnliches habe ich auch schon gedacht.« Nahim verharrte mitten in einer Bewegung und begann, an seiner Unterlippe zu kauen. »Aber wer weiß, was sie dann von mir denkt? Diese Art von Steinen tragen doch immer so anzügliche Namen wie *Rot leuchtende Perle des Mais.* So ein Geschenk möchte ich ihr nicht unbedingt in Gegenwart ihrer Eltern übergeben müssen. Vor allem, da mich Bienem Trubur für einen ausgemachten Sittenstrolch hält.«

»Du übertreibst! Was soll das Mädchen denn schon denken, außer ›vielen Dank für das nette Mitbringsel‹? Ich habe schon jede Menge Zeugesteine verschenkt und immer ein freundliches Lächeln dafür erhalten«, sagte Maherind mit einer ausdrucksvollen Geste.

Doch Nahim, ganz in Gedanken versunken, steuerte bereits auf einen Sänger zu, der nachlässig an seiner Laute zupfte und die vorübereilenden Passanten musterte.

Sie waren am Blumenmädchenplatz angekommen, auf dem sich zwischen Blumen- und Weinständen, Dichtern und Wahrsagerinnen auch die berüchtigten Kupplerinnen herumtrieben. So mancher einsame Almbauer hatte hier schon mit einem Gänseblümchenstrauß die Aufmerksamkeit der entsprechenden Damen auf sich gezogen.

Der Sänger war ein schlaksiger Mann in grellbunter Kleidung, wie sie all die anderen Musiker, Dichter und Schauspieler trugen, um sich vom Gewühl des innersten Rings abzuheben. Obwohl er Nahim nicht weiter zu beachten schien, der sich im zerknitterten, aus der Hose hängendem Hemd und den hohen Reiterstiefeln dicht neben ihn gestellt hatte und den Musikanten mindestens einen Kopf überragte, begann er, auf schöne Weise zu spielen.

»Ich möchte gern ein Lied haben«, sagte Nahim und rieb sich ausgiebig die geschwollenen Augenlider. »Nichts Anspruchsvolles, sondern eins, das ich bei Gelegenheit selbst vortragen kann.«

Der Sänger sah den jungen Mann immer noch nicht an, wechselte aber zu einer fröhlichen Melodie, die Maherind, der sich mittlerweile zu ihnen gesellt hatte und nicht schlecht über Nahims Wahl staunte, die nächsten Tage während ihres Ritts durch das Tal begleiten sollte.

»An was habt Ihr dabei gedacht?«, fragte der Sänger, ohne die Augen von dem belebten Platz abzuwenden. »An ein Kneipenlied vielleicht, mit dem Ihr die Freunde bei Bier und Korn beglücken könnt?«

Einen Augenblick lang schaute Nahim verdutzt drein, dann nahm er selbst den eindringlichen Geruch war, den seine Kleidung seit dem gestrigen Abend verströmte. Angeekelt sah er an sich herab und erwiderte schließlich: »Es soll für eine Frau sein. Nein, nicht das, was Ihr denkt!«, wiegelte er sogleich ab, als der Liedermann spöttisch die Lippen spitzte. »Das Lied sollte von etwas Unverfänglichem handeln, vielleicht vom klingenden Plätschern eines Flusses oder von Vögeln, die sich ein Nest bauen. Ich meine, das Thema sollte ein harmloses sein und in erster Linie gefällig klingen.«

Kapitel 7

Bienem Trubur kletterte schon seit dem frühen Morgen in den Obstbäumen herum und legte vorsichtig eine pralle Kirsche nach der anderen in einen Holzeimer, den sie neben sich an einen Zweig gehängt hatte. Der Südliche Grat zeichnete sich an diesem Frühjahrstag klar am Himmel ab, der in einem kräftigen Blau erstrahlte.

Das Jahr hatte es bislang gut gemeint mit den Menschen am Hang: Die Felder standen in voller Pracht, regelmäßige Gewitter hatten Wiesen und Laub ein sattes Grün verliehen, die Ziegen führten stolz ihre Jungen an ihrer Seite, und Balam mochte nur noch über seine üppig beladenen Weinranken am unteren Hang reden. Wenn der Herbst im wohlgeratenen Wechsel von Sonnenschein und Regen genauso großzügig werden sollte, wie das nun langsam ausklingende Frühjahr, dann würde sein Keller den Verlust des oberen Weinbergs in diesem Jahr verschmerzen können.

Gerade als Bienem sich nach einigen abseits hängenden Kirschen reckte, die ihrer Meinung nach ganz außergewöhnlich dunkelrot und glänzend aussahen, raste Borif freudig bellend am Baumstamm vorbei in Richtung Fluss davon.

Obwohl der breite Weg, der entlang des Grünstroms ins Westend führte, wegen der dichten Baumreihe nicht einsehbar war, schwenkte Bienem in freudiger Erwartung auf den nahenden Besuch so heftig den Kopf zur Seite, dass sie beinahe das Gleichgewicht verloren hätte. Erst im letzten Moment fand sie Halt im dichten Blattwerk über sich, musste jedoch den vollen Eimer Kirschen verloren geben, der mit einem dumpfen Geräusch auf den Erdboden schlug.

Ohne weiter über den Schrecken nachzudenken, kletterte Bienem die Leiter hinab, löste ihre hochgesteckten Röcke und folgte Borif, der bereits außer Sichtweite war. Als sie jedoch an den Weißdornbüschen neben dem Steg vorbeieilte, blieb sie abrupt stehen und verschränkte die Arme vor ihrer Brust.

»Wenn ich gewusst hätte, dass du hier heute aufkreuzt, dann hätte ich mir ein großes Messer in den Gürtel gesteckt«, rief sie den beiden Reitern als Begrüßung entgegen.

Liebevoll presste Nahim sein Gesicht in Borifs dichtes, dunkel gestromertes Fell und knetete ihm gleichzeitig die fleischigen Schultern und Rippen durch. Borif war ein massiver Hund, der Lehen fast bis zur Hüfte reichte. Er hatte einen riesigen Schädel mit Hängelefzen und kleinen, eng anliegenden Ohren.

Balam erzählte gerne und voller Stolz, dass Borif, den er Lehen vor einigen Jahren vom Brennburger Markt mitgebracht hatte, mit seinem breitem Brustkorb zwar sehr dem Bullen auf der Weide gleiche, vom Gemüt her jedoch ein Lämmchen sei. Aber, und an dieser Stelle warf Balam stets einen vielsagenden Blick in die gesellige Runde, das würde nur für Freunde der Familie gelten.

»Und Freunde der Familie zeichnen sich für Borif dadurch aus, dass sie einen verlockend duftenden Korb bei sich tragen«, hatte Rameus Bregir unten im *Roten Haus* gesagt und höhnisch lachend mit dem Bierkrug gegen den Tischrand geklopft. »Deine Lehen hat aus diesem riesigen Köter einen Schoßhund gemacht, der selbst einen Ork mit Schwanzwedeln begrüßen würde.«

Aber Borif verstand es sehr wohl, einen Freund zu erkennen. So bewies er Nahim seine tiefe Zuneigung, indem er keine Gelegenheit ungenutzt verstreichen ließ, um ihm mit seiner großen Zunge abwechselnd über Hände und Gesicht zu fahren. Es störte den Hund auch nicht im Geringsten, dass Nahim jedes Mal ein angewidertes Gesicht machte und die betroffene Stelle ausgiebig mit dem Hemdsärmel abwischte.

Maherind hatte Bienem in ein munteres Gespräch über den Brennburger Markt verwickelt, als Balam mit seinen beiden Kindern vom Feld zurückkehrte. Tevils hatte Nahims neben dem Hauseingang stehendes Schwert als Erster entdeckt und war, wohlweislich den aufsteigenden Freudenschrei in der Gegenwart seines Vaters unterdrückend, vorgelaufen.

Lehen machte sich indessen eilig zum Fluss auf, um sich zu waschen. Danach kletterte sie durch ihr Zimmerfenster ins Hausinnere, aber erst, nachdem sie sich einige Male sorgfältig umgeschaut hatte, dass niemand sie beobachtete. Nachdem sie sich umgezogen und das vom Strohhut platt gedrückte Haar frisch hochgesteckt hatte, setzte sie sich noch einen Moment auf die Truhe neben dem Bett und atmete mehrmals tief durch. Erst dann ging sie in die Wohnstube zu den anderen.

Ein wenig abseits des Tisches hatte sich Maherind platziert, die Hände in die breiten Ärmel seines Mantels gesteckt, und betrachtete die Runde. Das aufgeweckte Gesicht von Tevils und dessen Freude über Nahims Wiederkehr gefielen dem alten Mann. Schmunzelnd hatte er sich von Tevils vorführen lassen, wie dieser mit seinem ehemals gebrochenen Arm einen vollen Wassereimer mehrmals hintereinander hochheben konnte. Dann hatte Bienem den Jungen in die Küche abgeordert, damit er etwas zu essen auf den Tisch bringen möge.

Frau Trubur schien mindestens genauso glücklich über den Besuch zu sein wie ihr Sohn, denn sie schickte Balam, obwohl es gerade erst später Nachmittag war, in den Keller, um einen Begrüßungsschnaps zu holen. Dann gesellte sie sich wieder zu

Maherind, in der Hoffung auf den neusten Klatsch, den das Tal zu bieten hatte.

Lehen hatte die beiden Männer nur kurz begrüßt und war dann zu Tevils gegangen, um ihm bei den Vorbereitungen zu helfen. Tevils stellte ihr unablässig Fragen, während er das Brot in unregelmäßige und viel zu dicke Scheiben schnitt, bis Lehen ihm das Messer wegnahm.

»Warum sollte ich mich darüber freuen, dass die beiden Männer da sind?«, fragte sie mürrisch. »Was bedeuten schon ein paar Tage ihrer Gesellschaft, wenn sie dich anschließend mitnehmen werden. Ihr werdet bald fort sein, und ich sitze hier allein in diesem Steinkessel fest.«

»Das stimmt doch gar nicht!«

Tevils war verblüfft über die Traurigkeit in der Stimme seiner Schwester. All die vergangenen Monate lang hatte Lehen ihn in seiner Abenteuerlust bestärkt und Balam gegenüber ihre Meinung wiederholt, dass es für Tevils nur gut sein konnte, das Tal zu verlassen. Immer wieder hatten sich die beiden Geschwister gemeinsam ausgemalt, wie es wohl sein würde, wenn Nahim den Grünstrom entlangritt, um Tevils abzuholen.

Sobald der Schnee geschmolzen war, war Bienem auf den Hof am Hang zurückgekehrt, da sie nicht die schönste Zeit des Jahres mit dem Wechseln von Windeln und einer brummigen Allehe verbringen wollte. Sie hatte sich der Meinung ihrer Kinder angeschlossen, auch wenn sie nicht sonderlich erfreut darüber war, dass der messerschwingende junge Bursche ihren Sohn abholen würde.

Balam hatte auf die einheitliche Front gegen sich zuerst verärgert reagiert, doch als Tevils' Begeisterung im Laufe des Winters nicht erlosch, stellte er sich schließlich seinen Ängsten und erklärte sich bereit, seinen Sohn für zwei Sommer bei den Männern zu lassen.

»Mama und Papa gehen doch nicht mit weg«, versuchte

Tevils, Lehen zu trösten, die mit viel Getöse Teller hinter allerlei Bechern und Schalen hervorzerrte. »Und Allehes neues Baby ist doch auch bald da. Dann kannst du den Winter über im Westend bleiben, dich um die Kinder kümmern und am Abend ins *Rote Haus* gehen. Du wirst ganz bestimmt nicht einsam sein!«

Behutsam stellte Lehen den Geschirrstapel vor sich ab und strich ihrem Bruder übers wirre Haar, wobei sie sich ein wenig merkwürdig vorkam, da Tevils sie mittlerweile an Größe beinah eingeholt hatte. Vorsichtig warf sie Nahim einen Blick aus den Augenwinkeln zu, der sichtlich angespannt neben einem verdrießlich dreinblickenden Balam saß, und sagte leise: »Lass dich nicht von mir ärgern, Tevils. Heute ist ein schöner Tag.«

Nach dem Essen setzte sich die Gesellschaft vors Haus. Es wurden randvolle Weinbecher und Schalen mit Obst und Nüssen auf ein wackliges Tischchen gestellt. Maherind steuerte ein Glas mit in Rum eingelegten Weintrauben bei, das er auf dem Brennburger Markt ersteigert hatte. In der immer noch warmen Luft der Dämmerung verströmten Lehens Rosen einen wunderbaren Duft, der sich mit dem der Jasminsträucher vermischte. Ein Schwarm Raben zog seine Runden über dem Hof, doch niemand schenkte den dunklen Vögeln Beachtung.

Nahim streckte die langen Beine aus und schloss für einen Moment die Augen. Neben ihm schimpfte Bienem leise, warum der Kerl Tevils ausgerechnet ein Messer habe schenken müssen. Balam hingegen, der eine der Schmuckfliesen in den Händen hielt, setzte Maherind in einem Vortrag die Brennburger Töpferkunst auseinander. Träge stiegen Maherinds Rauchkreise in die Höhe, und der prickelnde Duft des Fijenholzes kribbelte in Nahims Nase. Bevor er jedoch eindösen konnte, schreckte ihn Tevils' schrill klingende Stimme auf.

»Ein Geschenk fehlt noch«, sagte der Junge und rammte

mit konzentriertem Gesichtsausdruck das Messer in die Tischplatte.

»Himmel!«, fauchte Lehen ihn an. »Such dir doch ein Stück Holz zum Schnitzen! Oder geh und spitz die Latten des Weidengatters an, dann bist du wenigstens einmal von Nutzen.«

»Das ist doch kein Schnitzmesser, Lehen!«, gab Tevils beleidigt zurück. »Außerdem hat sogar Borif etwas zum Kauen gekriegt. Warum solltest du also leer ausgehen?«

Noch bevor Nahim etwas sagen konnte, stand Lehen auf und verließ die gesellige Runde. Er fand sie unter den Obstbäumen am Fluss wieder, wo sie verstreut umherliegende Kirschen aufklaubte.

»Es ist nicht so, dass ich auch ein Geschenk erwartet habe«, wehrte sie sogleich ab. »Nur die Art, wie Tevils es angesprochen hat, war mir unangenehm. Er entwickelt zurzeit ein regelrechtes Talent darin, mir auf die Füße zu treten. Ich bin wirklich froh, dieses Plappermaul bald los zu sein.«

Aufgebracht schnappte Lehen sich eine Hand voll Kirschen, die jedoch zwischen den fest zugreifenden Fingern zerplatzten. Der rote Saft lief ihr über die Haut. Unwirsch rieb sie die Handfläche am hellgrünen Stoff ihres Kleides trocken, ohne auch nur einen Gedanken daran zu verschwenden, dass das Kleid damit ruiniert war.

»Es ist ja auch nicht so, dass ich kein Geschenk für dich habe«, entgegnete Nahim. »Es ist nur noch nicht so richtig fertig …« Zu seiner Erleichterung sah Lehen ihn neugierig an, und obwohl es ihm schwerfiel, hielt Nahim ihrem direkten Blick stand. »Es ist etwas Besonderes, und ich weiß nicht, ob es dir gefallen wird.«

Sichtlich erleichtert schenkte Lehen ihm ein Lächeln. »Wenn du noch Zeit brauchst, dann bleibt doch einfach da. Der Frühling hier am Hang ist immer ganz wunderbar, und in ein paar Tagen wird es ein großes Fest unten im Westend geben, um den Sommer zu begrüßen. Mit Musik und Tanz unter unzähligen Lampions – jeder im Süden des Tals ist dann auf den Beinen! Bienem und Balam beherbergen dich und deinen Freund sicherlich gerne, zumal seit eurer winterlichen Orkjagd keine dieser Kreaturen mehr auf dem Hang ihr Unwesen getrieben hat. Somit hättest du genug Zeit, um fertig zu bekommen, was du dir vorgenommen hast. Oder erwartet dich jemand ganz dringend zurück?«

Nahim schüttelte leicht den Kopf, dann griff er nach dem Eimer voller zermatschter Kirschen und kehrte mit Lehen auf den Hof zurück.

Ein Rabe, der in einem der abgeernteten Kirschbäume saß, pickte missmutig an einer grünen Kirsche. Heute Abend noch würde er etwas viel Besseres zu fressen bekommen, dachte er sich und breitete seine fransigen Schwingen aus.

Am nächsten Morgen molk Lehen gerade die Ziegen auf der Weide, als Borif, der bislang faul ausgestreckt neben ihr gedöst hatte, ein leises Knurren von sich gab und zugleich mit dem Schwanz zu wedeln begann. Umsichtig zog Lehen den Eimer unter der emsig grasenden Ziege hervor und folgte Borifs Blick in Richtung Deens Steinhaag. Als leiser Gesang erklang, wollte der Hund losstürmen, doch Lehens scharfes »Bleib!« ließ ihn in der Bewegung innehalten.

Mit einem flinken Griff löste Lehen ihre Schürze und legte sie als unauffälliges Knäuel neben den Schemel, auf dem sie mit durchgedrücktem Rücken saß. Nachdenklich fuhr sie einige Male mit dem Zeigefinger durch die warme gelbe Milch und betrachtete ihre mit Grasflecken übersäten Füße. Schließlich stand sie auf, verhakte die Hände hinterm Rücken und wartete, bis der Besuch auf dem schmalen Pfad zwischen den Felsen von Deens Steinhaag sichtbar wurde.

Die Begrüßung zwischen den beiden Schwestern fiel so

kühl wie eh und je aus, aber auch ihrem Schwager Damir gegenüber legte Lehen eine ungewöhnliche Zurückhaltung an den Tag. Falls Damir sich dessen bewusst war, so ließ er es sich nicht anmerken. Er gab Lehen einen Kuss auf die Wange und nahm ihr den Eimer mit der Ziegenmilch ab, mit dem sie ihn beharrlich auf Abstand hielt.

Der dritte Gast beobachtete die Begrüßung aus einigen Metern Distanz. Rameus Bregir, dem die Mühle unten am Fluss gehörte, war ein kräftiger Mann, dessen Augen tief in ihren Höhlen lagen, so dass sie stets mürrisch wirkten. Wie üblich begnügte er sich damit, Lehen gegenüber ein Nicken anzudeuten.

Mühsam verkniff sich die junge Frau die Bemerkung, dass Balam von Rameus' Anwesenheit gar nicht begeistert sein würde. Der Hangbauer hatte noch nie einen Hehl daraus gemacht, dass er sein Korn lieber den langen Weg nach Brennburg karrte, anstatt es bei diesem Halsabschneider mahlen zu lassen.

Als sie auf dem Weg zum Haus an den Blumenbeeten vorbeikamen, brach Allehe eine der fein aufgefächerten Pfingstrosen ab. Dabei richtete sie den Blick fest auf Lehen, die augenblicklich vor Wut die Lippen aufeinanderpresste.

Allehe winkte ihrer Schwester mit der Blüte zu und sagte: »Die kann mir Mama doch später ins Haar einflechten, oder was denkst du? Oh, wie dumm von mir! Für derlei Tand hast du ja keinen Sinn. Für Lehen sind der einzige Schmuck, der eine Frau wirklich kleidet, die Schwielen an ihren Händen.«

Lehen schnaubte verächtlich, doch da Damir seiner Frau ein nachsichtiges Lächeln schenkte, fiel es ihr schwer, die stolze Miene aufrechtzuerhalten. Diese Art Spielchen prägten schon seit Kindertagen das Verhältnis der beiden Schwestern, und obwohl Lehen die Ältere war, hatte sie stets Niederlagen hinnehmen müssen.

Wo Bienem die Lebensfreude und das hitzige Temperament ihrer jüngeren Tochter lobte, da sah Lehen nur Ungeduld und Oberflächlichkeit. Sowohl Allehes früh erblühte Schönheit als auch ihr Witz und ihr Charme hatten in Lehen stets ein Gefühl der Unzulänglichkeit hervorgerufen, auf das sie nur mit stumm unterdrückter Wut zu reagieren wusste.

Am meisten jedoch machte es Lehen zu schaffen, dass ihre Schwester diese sorgsam versteckte Schwäche erkannt hatte und ihre Überlegenheit sichtlich genoss. Dermaßen herausgefordert ließ Lehen keine Gelegenheit aus, es ihr heimzuzahlen: Obwohl sich die widerspenstige Klette in Allehes Haarspitzen verfangen hatte, schnitt sie die dicke Lockensträhne knapp über der Kopfhaut ab. Oder sie erzählte dem Mädchen, als es die ersten feinen Haare an seinem Körper entdeckte, dass es sich allmählich in ein Wolfskind verwandeln würde.

Trotzdem litt Lehen unter ihren Rachezügen, denn die bestätigten ihr nur schmachvoll die eigene Unterlegenheit. Sie fühlte sich jedes Mal schäbig, während Allehe alles mit einem lässigen Schulterzucken abtat. Schließlich konnte die Jüngere sich stets sicher sein, im Mittelpunkt der allgemeinen Aufmerksamkeit zu stehen, während Lehen allerhöchstens mit Lobpreisungen für ihre schönen Blumenbeete von ein paar alten Weibern oder mit der stillen Liebe ihres Vaters rechnen konnte.

Dass Damir sich, wenn auch überstürzt, für Allehe entschieden hatte, war in dem damaligen Frühjahr keine große Überraschung mehr für Lehen gewesen, obwohl der Verrat sie lange Zeit geschmerzt hatte. Es hätte sie wohl eher verwundert, wenn Damir die allgemeine Bewunderung im Westend für die hinreißende junge Tochter der Truburs nicht geteilt hätte.

Nicht einmal Balam hatte dem Schmied einen Strick daraus gedreht, dass er bei Lehen so lange Hoffnungen geweckt und dann plötzlich die jüngere Schwester hofiert hatte. Nur dass Damir nicht bereit gewesen war, wenigstens einen Sommer zu warten, bevor er sich Allehe näherte, hatte Balams Wut geschürt. Doch der resolute Damir hatte auch diesen Zweifel ausräumen können.

Als sie Maherind und Nahim auf dem Hof begegneten, schmiegte sich Allehe ausdrücklich an die Seite ihres Mannes. Mit einer verspielten Geste strich sie den Stoff ihres Kleides glatt, um ihren geschwollenen Bauch zu kaschieren, wie Lehen mit Argusaugen beobachtete. Dann schickte sie sogleich ihr einnehmendes Lächeln hinterher, aber Lehen wagte nicht zu überprüfen, ob es bei Nahim Wirkung zeigte.

Zu Lehens Erstaunen ließ Damir keine Bemerkung darüber fallen, dass Nahim verfrüht ins Tal zurückgekehrt war. Selbst sein wiederholt geäußerter Missmut über Balams Entschluss, Tevils den Fremden mitzugeben, schimmerte heute nicht durch. Allerdings begrüßte er die Männer nur knapp und zog dann eine neugierig über die Schulter zurückblickende Allehe ins Haus, wo Bienem mit saurem Gesichtsausdruck Grünzeug kleinschnitt.

Da es zur Mittagszeit draußen warm war, beschlossen die Truburs, die noch ausstehenden Arbeiten auf die späteren Stunden zu verschieben und den seltenen Besuch aus dem Westend zu genießen. Man fand sich unter der alten Kastanie am Steg ein, deren mächtige Krone, die alle anderen Bäume an Höhe übertrumpfte, immer noch in voller Blüte stand. Der rasche Lauf des Wassers fing das Sonnenlicht auf und warf es glitzernd zurück.

Doch Damir war mit schlechten Neuigkeiten den Steinhaag hinaufgestiegen: In den frühen Morgenstunden war Rameus zusammen mit einem verstörten Boten, den er am Pass bei der Mühle aufgelesen habe, in die Schmiede gekommen. Orks hätten eine Gruppe von Ziegenhirten unweit des Hangs überfallen. Von Toten und Verletzten sei die Rede gewesen.

Die Herde mit zahlreichen Jungtieren hätten die siegreichen Orks fortgetrieben und niemand habe es gewagt, ihnen zu folgen. Damir wollte daraufhin sofort seinen Schwiegervater aufsuchen, um ihm wegen der erneuten Gefahr Hilfe anzubieten.

Während Damir die Erzählung des Boten mit knappen Worten wiedergab, saß Rameus mit unbewegtem Gesicht an seiner Seite und taxierte ungeniert die beiden fremden Männer, die sich ebenfalls unter der Kastanie eingefunden hatten.

Balams Unwille gegenüber Rameus war ihm deutlich anzumerken, aber in Gegenwart seines Schwiegersohns bemühte er sich um Gelassenheit. Lehen teilte die Einschätzung ihres Vaters, dass Rameus ein unnahbarer Mensch war, der nur seine eigenen Interessen verfolgte. Die Art, wie er die Mühle führte, war hierfür Beweis genug. Trotzdem waren Damir und Rameus seit ihrer Kindheit die engsten Freunde, ein ungleiches Paar, das viel Staunen hervorrief: auf der einen Seite der allseits bewunderte Schmied, auf der anderen der verschrobene Müller.

»Wie konntest du nur Allehe mit hierher bringen, wenn Orkbanden kurz davor sind, den Hang einzunehmen, Damir?«, fuhr Bienem ihren Schwiegersohn an. »Dein Verstand funktioniert doch ansonsten recht gut. Hast du vielleicht in den letzten Tagen versehentlich deinen Kopf auf den Amboss gelegt und dann kräftig zugehauen?«

Ihr Gesicht war gerötet vor Zorn, als sie Damir hart am Arm packte. Doch der reagierte lediglich mit einem Schulterzucken.

»Es ist schließlich helllichter Tag, da lässt sich bekanntlich kein Ork blicken. Außerdem kennst du deine Tochter doch selbst am besten. Als sie hörte, dass wir zu euch hochsteigen wollten, da kam ihr plötzlich in den Sinn, nach Wochen des Schmollens ihre Mutter wiedersehen zu wollen. Was hätte ich tun sollen? Sie in der Küche einschließen, damit sie das gesamte Westend zusammenschreien kann? Außerdem ist sie erträglicher, wenn sie kräftig geklettert ist.«

Weder das abfällige Schnaufen seiner Frau noch der unbarmherzige Griff seiner Schwiegermutter schienen Damir zu beeindrucken. Stattdessen blieb er an Nahims Blick hängen, und seine Augen zuckten kaum merklich, als dieser schließlich sagte: »Wenn der Überfall genauso abgelaufen ist, wie der Bote ihn geschildert hat, dann müsste der Angriff am späten Morgen, wenn nicht gar zur Mittagszeit stattgefunden haben. Ein Orküberfall im strahlenden Sonnenschein?«

Damir sah Nahim verärgert an, doch bevor er etwas erwidern konnte, kam ihm Rameus zu Hilfe, der bislang konzentriert seine obere Zahnreihe mit einem Strohhalm gereinigt hatte.

»Woher sollten wir aus dem Tal denn wissen, warum Nachtwesen angreifen, wenn die Sonne im Zenit steht? Vielleicht werden die Biester ja zusehends tollkühner, oder der Rabenmann ist beim Erzählen durcheinandergeraten, schließlich war auch er nur ein Übermittler der schlimmen Neuigkeiten und kein Zeuge.«

Beim Erwähnen des Rabenmanns gab Balam ein wütendes Schnauben von sich, und Damir ergriff abermals das Wort: »Das Wichtigste ist doch, dass die Orks wieder vorgedrungen sind und brutaler als je zuvor zugeschlagen haben. Es ist also nur eine Frage der Zeit, bis sie auch deinen Hof erneut heimsuchen werden, Balam. Und dieses Mal könntest du mehr verlieren als nur ein paar alte Reben. Darum möchte ich dir vorschlagen, einen meiner Gesellen zum Schutz aufzunehmen. Du weißt ja, dass seit einiger Zeit Männer von mir auf Almen und auch schon auf dem einen oder anderen Hof postiert sind. Bienem und Lehen können mit in mein Haus kommen, da sind sie sicher. Und Tevils sollten deine beiden Freunde hier unter diesen Umständen möglichst bald fortbringen.«

»Ich weiß nicht so recht«, erwiderte Balam nachdenklich, dem das alles viel zu schnell ging. »Nachrichten, die der Rabenmann überbringt, stehe ich grundsätzlich skeptisch gegenüber. Er lässt sie sich mit Münzen bezahlen, heißt es. Warum weiß er nicht, um wessen Herde es sich handelt? So viele Leute treiben ihr Vieh nun auch wieder nicht über die Höhen. Außerdem, wie stellst du dir das vor, auf unabsehbare Zeit auf einen deiner Gesellen zu verzichten?«

Sichtlich widerwillig antwortete Damir: »Da werden wir beide uns ganz gewiss einig. Alles in allem verspricht dieses Jahr schließlich eine großartige Ernte, aber lass uns darüber ein anderes Mal unter vier Augen reden.«

»Du sprichst davon, dass die Truburs dir einen Teil ihres Gewinns abtreten sollen, und dafür spaziert dein kampferprobter Schmiedgeselle über ihr Land und wartet auf einen Angriff des Feindes?« Maherind machte ein erstauntes Gesicht. »Man sollte meinen, es sei im Interesse des gesamten Westends, dass der von der Natur reich beschenkte Süden nicht der Willkür irgendwelcher niederen Kreaturen zum Opfer fällt.«

»Es ist so einfach, die Probleme anderer Leute zu lösen, wenn man nicht lange genug an einem Ort bleibt, um die Folgen kennen zu lernen«, erwiderte Damir kühl. »Ich verzichte gern auf die Arbeit meiner besten Männer, wenn ich weiß, dass der Schutz des Trubur Hofs gewährleistet ist. Wenn ich dafür einen Ausgleich brauche, ist es ungerecht, mich als berechnend hinzustellen.«

»Es geht doch nicht darum, dir Eigennutz unterstellen zu wollen«, mischte sich Nahim ein und kam somit einem verwirrten Balam zuvor, der gerade das Wort ergreifen wollte. »Maherind hat Recht, wenn er sagt, dass die Orkübergriffe alle Menschen in dieser Gegend betreffen. Es kann nicht angehen, dass die einzelnen Bauern und Hirten allein für den Schutz der Südlichen Höhen aufkommen. Wie sollte das auch langfristig funktionieren, wenn nur einzelne Höfe, die es sich leisten können, geschützt werden würden, und der Rest den Orks zum Opfer fiele?«

Schweigen breitete sich in der Runde aus, bis Balam schließlich durch ein angedeutetes Nicken Lehen aufforderte, ihre Meinung zu äußern.

»Wir sollten nicht vergessen, dass es der Rabenmann war, der diesen Disput ausgelöst hat, mit einer wirren Geschichte von Raub und Mord. Er ist ein verlogener Taugenichts, ein Geheimniskrämer, der sich auf den Südlichen Höhen herumtreibt. Seine Geschichte scheint mir nicht so recht Hand und Fuß zu haben. Wer weiß, was dort oben wirklich passiert ist? Eins ist zumindest sicher: Der Rabenmann sitzt gerade gemütlich in eurem Haus und plündert die Vorratskammer. Dein Angebot ist mehr als großzügig, Damir. Aber ich denke, wir sollten abwarten, bis weitere Neuigkeiten den Hang erreichen, so dass wir uns ein genaues Bild von dem Ausmaß der Gefahr machen können.«

»Das kluge Schlusswort gehört wie immer meinem Schwesterherz«, sagte Allehe, und ein süßes Lächeln umspielte ihren Mund. »Und wir anderen können uns nun wie eine Horde Dummköpfe vorkommen, weil wir aus Sorge hier hochkamen und überflüssige Hilfestellung anboten.«

Am Nachmittag fing Lehen ihre Schwester in der Küche ab und packte sie fest am Oberarm, als diese Anstalten machte, auf den Hof hinaus zu ihrer Mutter entwischen zu wollen. Unsanft drängte Lehen sie in ihr Zimmer und schloss die Tür hinter sich.

»Her mit der Blume«, zischte sie Allehe an.

Einen Moment lang schaute das Mädchen verstört drein, dann riss sie sich die Pfingstrose aus dem Haar und warf sie auf den Boden.

»Das ist doch lächerlich, Lehen. Was willst du von mir?«

Ohne ihre Schwester aus den Augen zu lassen, hob Lehen die bereits welke Blume auf und legte sie auf die Fensterbank. Dann rieb sie sich mit beiden Händen über das vor Wut gerötete Gesicht.

»Ich weiß auch, dass das hier lächerlich ist. Aber du musst ja jedes Mal wieder mit diesem Spielchen anfangen. Dieses Aufgesetzte, diese Koketterie. Was versuchst du, damit zu verbergen? Vielleicht, dass du nicht ganz so naiv bist, wie alle denken?«

»Das ist wieder einmal typisch«, gab Allehe aufgebracht zurück. »Du versuchst, mir ja nur dein Problem in die Schuhe zu schieben! Aber falls du weiterhin Papas kleine Ratgeberin spielst, darfst du dich auch nicht wundern, wenn der gute Nahim dir kameradschaftlich auf die Schulter klopft und anschließend das Bett einer anderen Frau aufsucht. Darum geht es dir doch, nicht wahr? Aber Lehen, ein nettes Kleid bei der Arbeit anzuziehen, wird kaum ausreichen. Du bist trotzdem so sinnlich, wie Borif gefährlich ist.«

Obwohl Lehen es verzweifelt versuchte, sie konnte ihre Bestürzung nicht verbergen.

Allehe setzte mit siegessicherem Lächeln fort: »Wenn du möchtest, komm vor dem Sommerfest zu mir, und dann erzähle ich dir ein wenig über die Männer. Vielleicht bringe ich dir sogar ein paar Tanzschritte bei.«

Mit diesen Worten schnappte sich Allehe die Pfingstrose und marschierte aus der Kammer, ohne ihre Schwester eines weiteren Blickes zu würdigen. Erschöpft ließ sich Lehen auf ihr Bett sinken und vergrub das glühende Gesicht in den Kissen.

Kapitel 8

Beim ersten Donner, der über der Südlichen Höhe erklungen war und dessen mächtiger Schall bis weit hinein ins Tal dröhnte, hatte Tevils' junge Stute Lele – er hatte ihr trotz vielerlei Protests den Kosenamen seiner Schwester gegeben – vor Schreck in ihrem Gatter ausgetreten. Seit dem Orküberfall im Herbst trieb Balam die Tiere jeden Abend zurück in die Stallungen, obwohl diese zusätzliche Mühe seinen ohnehin arbeitsreichen Tag verlängerte.

Es hatte vieler beschwichtigender Worte und einiger Äpfel bedurft, bis Maherind und Nahim das verängstigte Pferd so weit beruhigt hatten, dass es nicht mehr Gefahr lief, sich selbst zu verletzen. Nachdem Maherind sich vergewissert hatte, dass Lele sich nur einige Abschürfungen zugefügt hatte, nahm er einen Schluck aus der kleinen Flasche, die stets an einem Band um seinen Hals hing, und kletterte mit steifen Bewegungen die Leiter zum Schlaflager hoch.

Nahim hingegen schob das Scheunentor ein Stück weit auf, so dass er sich hinauszwängen konnte, und lehnte sich mit dem Rücken dicht an die Holzwand. Die ganze Nacht über schon hatten ihn wüste Träume geplagt, die das heranziehende Unwetter befeuert hatte: Bilder von brennendem Gestein, das zu einem Furcht einflößenden Anlitz zusammenfloss, hatten ihn hochschrecken lassen. Nahim kannte diese Träume nur allzu gut, und wie immer versuchte er, sie alsbald nach dem Aufwachen zu verdrängen. Doch sie hinterließen einen seltsamen Geschmack in seinem Mund.

Sturmböen trieben über den Trabur-Hof, und der Regen peitschte den Boden auf, der sich innerhalb von Augenblicken in eine Blasen schlagende, zähe Masse verwandelte. Lärmend entlud sich das Gewitter über dem Tal, und die Blitze erleuchteten einen bleischweren Wolkenhimmel.

Als die ersten kalten Tropfen durch sein dünnes Hemd schlugen, presste sich Nahim näher an die Scheunenwand. In nassen, leicht gewellten Strähnen legten sich ihm Haare um Gesicht und Hals. Da der Wimpernkranz den schneidend herabfallenden Regen nicht abzuhalten vermochte, blinzelte Nahim, während ihm die Tropfen direkt in die Augen liefen.

Doch obwohl das Haus auf der anderen Seite des Hofes durch den dichten Regenvorhang kaum zu sehen war, war Nahim sich sicher, dort eine helle Gestalt erkennen zu können, die ebenfalls still dastand und zu ihm herüberschaute.

Als Balam am nächsten Morgen die Scheune öffnete, konnte er kaum aus seinen noch schlafgetrübten Augen blicken und stieß deshalb fast mit seinen beiden Gästen zusammen, die bereits im Aufbruch begriffen waren.

Die ersten Sonnenstrahlen brachen durchs dichte Laubwerk, und der Waldboden dampfte nach dem nächtlichen Gewitter. Maherind hatte sich seinen so genannten *Gierigen-Beute-Beutel* umgehängt, den er rasch mit allerlei Grünzeug gefüllt hatte, deren Bedeutung er Nahim unablässig auseinandersetzte. Beim zweiten Anlauf gelang es Maherind schließlich, einen mistelartigen Parasiten mit langen Luftwurzeln von einer Astgabel zu schneiden. Demonstrativ hielt er ihn Nahim vors Gesicht.

»Für Lele, wenn sie das nächste Mal zu nachtschlafender Zeit die Nerven verlieren sollte.«

Beim Gehen holte Maherind weit mit seinem Wanderstab aus, während sie sich ihren Weg durch das Dickicht der westlichen Wälder suchten. Fröhlich sang er Lieder über *Nesselkraut und Binsengrün,* zwei in ganz Rokals Lande bekannte Schufte, pfiff die Melodie eines schlüpfrigen Volksliedes, das Nahim normalerweise dazu brachte, über sein Erröten zu erröten, und wechselte dann zu einem Unsinnsgedicht, das er während ihrer Reise durch Trevorims Tal erfunden hatte.

Weil Nahim ihm wider Erwarten lediglich ein aufgesetztes Lächeln gönnte, anstatt eilig einige Schritte voranzulaufen und dabei zu schimpfen, dass er diesen Wortsalat nicht mehr hören könne, schlug Maherind eine Pause vor.

»Dieses Bauernleben, das hat schon etwas für sich, oder was meinst du?«, sagte er nun zu Nahim.

Maherind spießte mit einem Messerchen ein Käsestück auf und hielt es Nahim hin.

Der kaute erst einmal auf dem Stück herum, bevor er zu einer Antwort ansetzte.

»Als ich noch auf dem Gut meines Vaters gelebt habe, gab es für mich nichts Schlimmeres als dieses von der Jahreszeit abhängige Tagesgeschäft. Alles war festgelegt: Wenn du im Winter deine Füße am Ofen wärmtest, wusstest du bereits genau, mit wem du drei Monate später über die Aufteilung der Felder reden würdest, welcher Pächter wieder einmal Schwierigkeiten machen würde und wann es an der Zeit ist, den Knechten ihren Winterschilling zukommen zu lassen. Die einzige Abwechslung bestand in Bauerntöchtern, die beim rauschenden Jahresfest zu viel Wein tranken.«

»Du kennst dich mit betrunkenen Bauerntöchtern aus?«, erwiderte Maherind mit gespielter Fassungslosigkeit. »Nahim, der Ehrenhafte, der im schönen Brennburg keinen Blick für das beeindruckende Hinterteil der Unterhaltungsdame übrig hatte, obwohl sie ganz reizend und unübersehbar in seiner unmittelbaren Nähe damit wackelte? Wie war doch gleich ihr Name?«

»Troh Péz«, antwortete Nahim, ohne nachzudenken.

Die beiden Männer blickten sich an und begannen zu lachen. Schließlich wischte sich Maherind mit dem Mantelärmel über die tränenden Augen und steckte sich die Pfeife zwischen die Zähne.

Entspannt blickte Nahim den Rauchschwaden hinterher, die bedächtig in der warmen Luft emporstiegen, um dann im Sonnenlicht aufgerieben zu werden. Langsam wanderten seine Augen umher, genossen das Schattenspiel des Laubdachs und den Flug einer Biene, deren Hinterbeinchen mit schwerem Blütenstaub beladen waren. Seine Gedanken streiften zu Lehens Bienenstöcken am Hang und den mit flüssigem Gold gefüllten Gläsern auf dem Küchenbord und weiter zu ihrem Zimmer… Aber bevor er einzudösen drohte, holte ihn Maherinds tiefe Stimme zurück.

»Das Leben auf einem Gut in Montera ist mit dem Leben auf einem Hof, wie dem der Truburs, wohl kaum zu vergleichen. Die Aufgaben deines Vaters bestehen doch ausschließlich im Verwalten: Die Keller und Ställe der Familie Faliminir werden zwar mit den Früchten ihres Landes gefüllt, aber ihre Hände berühren sie schon lange nicht mehr. Trevorims Tal hingegen ist ein schöner und großzügiger Ort, der einer Familie viel zu bieten vermag.«

Nahim warf dem alten Mann einen fragenden Blick zu, doch der schaute nicht von der Glut seiner Pfeife auf. »Worauf willst du hinaus, Herr? Denkst du darüber nach, dich hier zur Ruhe zu setzen?«

»Ich? Zur Ruhe setzen? Wohl kaum!« Maherind hatte seine Starre abgeworfen und schmunzelte amüsiert. »Aber ich denke, ich werde den Sommer hier verbringen und vielleicht sogar den Herbst. Das Tal gefällt mir: Felsen und Bäume, Wein,

Honig und Ungereimtheiten, in denen raffgierige Orks eine nicht unwesentliche Rolle spielen. Ja, ich werde mir eine Auszeit gönnen. Warum auch nicht? Aber wie steht es mit dir, Nahim? Du bist nun ein Mann. Wie willst du dein Leben verbringen?«

»Bist du nicht zufrieden mit mir?«, fragte Nahim bestürzt, doch Maherind winkte mit einer beschwichtigenden Geste ab.

»Nicht zufrieden mit dir? Wohl kaum, schließlich bist du das Schmuckstück unseres Ordens! Du weißt doch, wie sehr ich schätze, was du für uns getan hast …, aber eigentlich hast du kein Lob verdient, nach allem, was wir für dich getan haben.« Maherind blinzelte dem Jungen zu, doch der schniefte nur beleidigt.

»Als junger Bursche warst du unerträglich. Du konntest nicht einen Moment still sitzen, und jeder verdammte Satz musste mit wildem Herumgestikulieren unterlegt werden. Dabei hast du mir sogar einmal einen Krug *Velankis Besten* aus der Hand geschlagen. Du hast dein Pferd und Vennis' guten Willen mit deiner Ruhelosigkeit bis aufs Blut gequält. Und dein grenzenlos überraschtes Gesicht, als du dir beim Springen vom Aussichtsturm in Cebris das Bein gebrochen hast, bringt mich bis heute zum Lachen.«

Maherind lächelte versonnen. »Schlimmer als ein Kobold bist du gewesen, eine Nervensäge! Der kleine Tevils ist lediglich ein schwacher Schatten des jugendlichen Nahim. Und nun? Ich kann mich nicht recht entsinnen, wann dieser Wandel eingetreten ist. Mit einem Mal reitet ein junger Mann neben mir, der nicht mehr als Erster um jede Ecke blicken muss oder trotz aller Warnungen versucht, auf beeindruckende Weise Vennis' viel zu langes Schwert zu schwingen, bis er eine böse Zerrung im Oberarm davonträgt. Ich würde direkt behaupten, dass du ein wenig schüchtern geworden bist. Vor allem hast du dir – ich preise den Tag deiner Erleuchtung! – es abgewöhnt, die Sätze anderer einfach nachzuplappern. Ich hege sogar den Verdacht, dass sich unter dem Wust von Locken der ein oder andere originelle Gedanke verbirgt.«

Maherind legte eine Pause ein und sah Nahim eindringlich an. Der hatte sich einen Zweig geschnappt und gab vor, mit voller Konzentration Muster in den bemoosten Waldboden zu zeichnen. Doch Maherind kannte den jungen Mann gut genug, um zu wissen, dass er zuhörte. Allerdings schien ihm das Gespräch äußerst unangenehm zu sein, denn er mied beharrlich den Blick seines Gegenübers.

»Du wolltest damals fort von deiner Familie, weil du deine Rolle nicht akzeptieren konntest. Ich frage mich, was du jetzt willst?«

»Sicherlich nicht die Münzen meines Vaters zählen!«

»Das sage ich ja gar nicht, Nahim. Nur, wie soll es weitergehen? Willst du auch künftig durch Rokals Lande reiten? Du weißt, dass Vennis das vielleicht noch ein oder zwei Winter tun wird, um seine Aufgaben zu Ende zu bringen. Dann wird er Mia zu sich holen und mit ihr zusammen ein Stück Land suchen. Möchtest du an seine Stelle treten, oder wirst du stattdessen eine eigene Familie gründen? Du bist nun kein unbesonnener Junge mehr, der nicht weiß, wohin mit seiner Kraft, sondern ein junger Mann mit Bedürfnissen, die herzlich wenig mit Wanderungen und Raufereien zu tun haben. Oder liege ich da etwa falsch?«

Jäh stand Nahim auf. Mit langen Schritten überquerte er die Lichtung, auf der sie ihren Rastplatz aufgeschlagen hatten. Dann kehrte er zurück, ohne jedoch ein Wort von sich zu geben.

Maherind betrachtete ihn eingehend und stellte frohgemut fest, dass Nahim seine schwer zu bändigende Energie immer noch nicht vollends unter Kontrolle hatte, was ihm sichtlich unangenehm war. Kurz gönnte sich der alte Mann die Erinnerung an eine amüsante Situation, in die der Junge dadurch geraten war. Doch angesichts Nahims aufgewühlter Stimmung unterließ er die Anspielung, die ihm bereits auf der Zunge lag.

Obwohl Nahim nun mit gedankenzerfurchter Stirn dasaß, war Maherind sich sicher, dass er längst eine Entscheidung getroffen hatte, auch wenn es ihm noch nicht bewusst war.

»Du brauchst mir jetzt keine Antwort zu geben. Du wirst deinen Weg schon finden«, unterbrach Maherind schließlich das Schweigen. »Und nun lass uns ein wenig Fijenholz sammeln gehen. Ich will schließlich nicht umsonst mit den Hühnern aufgestanden sein.«

Die nächsten Tage vergingen schnell: Trotz der vielen Arbeiten, die auf dem Hof anfielen, nahm Balam sich Zeit und führte seine Gäste über die Felder und Weinhänge. Maherind angelte am Fluss und spazierte durch den angrenzenden Wald, während Nahim Tevils erst auf dem Hof und dann auf den in Blüte stehenden Hängen das Reiten beibrachte.

Sooft es ihr möglich war, begleitete Lehen die beiden bei ihren Übungsstunden. Sie setzte sich auf einen Baumstamm am Wiesenrand und hielt eines von Maherinds in Leder gebundenen Büchern auf dem Schoß. Langsam glitt ihr Zeigefinger über die einzelnen Zeilen, und ihre Lippen formten stumm die Worte nach, die zu entziffern ihr so viel Mühe bereitete.

Doch je besser Tevils sich auf seiner Lele hielt, desto schneller glitt Lehens Finger über die Seiten, die von großen Schlachten auf dem Meer, die in einer fernen Vergangenheit ausgefochten worden waren, von verwirrenden Liebesreigen und einsamen Wanderungen durch Moorlandschaften ohne Wiederkehr erzählten.

Nahim verfluchte währenddessen still den Moment, an dem er sich dazu hatte hinreißen lassen, dem Jungen einige Schwertübungen zu zeigen. Seitdem folgte Tevils ihm wie ein zweiter Schatten, der sich einfach nicht abhängen ließ. Vielmehr schien er Nahims verzweifelte Versuche, ihn wenigstens für einen Augenblick abzuschütteln, nicht zu bemerken.

An einem Vormittag entdeckte Nahim Lehen, wie sie Wäsche am Steg wusch. Er und Tevils schleppten gerade neues Brennholz über den Hof, um es neben dem Ofen zu stapeln. Als sie die Küche betraten, machte sich Bienem an einer riesigen Teigschüssel zu schaffen. Dabei schimpfte sie unentwegt mit Borif, der sie anbettelte, rumjaulte und mit der Nase anstieß. Schließlich scheuchte sie den Hund vor die Tür, wo dieser laut heulend Stellung bezog.

Sobald der Holzhaufen fertig aufgerichtet war, kehrten Nahim und sein treuer Begleiter eiligst in den Schuppen zurück, bevor Bienem sich weitere Aufgaben für sie einfallen lassen konnte. Mit einer mürrischen Miene machte Nahim sich daran, noch mehr Holz zu spalten. Dabei wies er Tevils ein ums andere Mal an, nicht hastig nach jedem Stück zu greifen, kaum dass es den Boden berührte.

Als Nahim sah, wie Bienem eiligen Schrittes zum Hühnerstall lief, hielt er plötzlich inne. »Wenn du dich beeilst, könntest du uns ein paar übrig gebliebene Pfannkuchen vom Frühstück holen. Bienem scheint im Stall noch nach Eiern zu suchen, die sie in der Früh übersehen hat. Also mach besser schnell«, forderte er den Jungen auf.

Kaum trat Tevils wieder vors Haus, hielt er die Pfannkuchen triumphierend in die Höhe. Nahim machte eine Geste, dass der Junge sich sputen solle, und sah mit einem zufriedenen Lächeln, dass Tevils in seiner Hast die Eingangstür offen stehen ließ. Mit einem Satz war Borif im Haus verschwunden.

Nahim überließ Tevils seine Beute und machte ein überraschtes Gesicht, als Bienems Wutschrei über den Hof schallte, gefolgt von einem angstvollen Aufjaulen des Hundes. Voller Schrecken stopfte sich Tevils den letzten Pfannkuchenfetzen in den Mund und schluckte mühevoll, während seine Mutter in den Schuppen gerauscht kam.

»Wer von euch beiden hat die Tür sperrangelweit offen stehen lassen? Dieser gierige Köter hat sich den gesamten Teig einverleibt! Tevils, du Nichtsnutz, mach, dass du in die Küche kommst! Du wirst schon sehen, wie mühsam es ist, stundenlang zu rühren, bis einem der Arm steif wird.«

Bevor Nahim einen schwachen Protest einbringen konnte, stampfte Bienem mit dem Fuß auf, und Tevils stürzte zum Stall heraus.

»Und von dir will ich kein Wort hören, Herr Nahim. Wenn du auf die Anwesenheit deines Schützlings Wert legst, dann musst du halt besser auf ihn Acht geben.«

Scheinbar verdrießlich zog Nahim eine Augenbraue hoch und wartete kurz, bis Bienem verschwunden war, um dann zum Steg zu spazieren.

Lehen hatte den grellen Aufschrei ihrer Mutter ebenfalls gehört und war nicht überrascht, als Borif einen Moment später mit eingeklemmtem Schwanz angelaufen kam und sich hinter ihr zu verstecken versuchte. Als sie jedoch Nahim auf sich zukommen sah, überlegte sie kurz, ob sie ihn vielleicht ignorieren und ins Haus flüchten sollte. Das Kleid hing nass und schwer an ihr hinunter, ihr Gesicht war vor Anstrengung gerötet, und Allehes Worte klangen ihr in den Ohren. Doch da winkte er ihr bereits zu und beschleunigte seinen Schritt.

»Was ist denn passiert?«, fragte Lehen, als Nahim sich anschickte, ihr beim Auswringen der Wäsche zur Hand zu gehen.

»Klang so, als hätte Borif sich zu einer zweiten Mahlzeit verholfen.«

Nahim vermied es, Lehen direkt in die Augen zu sehen. Stattdessen legte er eilig nasse Laken zusammen. Verstohlen löste Lehen das Tuch, das bislang ihr Haar zurückgehalten hatte, und wischte sich damit über das Gesicht.

»Es kann einem beim Wäschemachen ganz schön heiß werden, obwohl der Fluss im Sommer eiskaltes Wasser führt.«

Zu ihrem Leidwesen warf Nahim ihr einen fragenden Blick zu, so dass ihr die Überflüssigkeit der dahingeplapperten Bemerkung umso mehr bewusst wurde. Rasch versuchte sie es mit einem neuen Thema: »Wo ist denn Tevils? Hat er deine Spur verloren?«

»Er hilft deiner Mutter bei irgendwelchen Arbeiten«, erwiderte Nahim mit tonloser Stimme.

»Tatsächlich? Bienem muss Gewalt angewendet haben, so unzertrennlich wie ihr beiden die letzten Tage gewesen seid.«

Hastig biss sich Lehen auf die Unterlippe, weil sich auf Nahims Gesicht, anstelle des erhofften Lächelns, tiefe Schamesröte ausbreitete. Unschlüssig schaute sie ihm noch eine Weile dabei zu, wie er sich an der Wäsche zu schaffen machte, dann setzte sie sich unter die Kastanie und rief ihn zu sich.

Ihre schmutzigen bloßen Füße ließ sie unter dem Kleidersaum verschwinden und die vom Wasser aufgequollenen Hände hinter dem Rücken, den sie ungewohnt gerade hielt. Im letzten Augenblick entschied sie sich gegen den Versuch, Nahim mit einem Blick wie Allehe durch die gesenkten Wimpern zu bedenken. Er würde ihn wahrscheinlich eh nur mit einem Schulterzucken abtun, sagte sie sich betrübt.

»Ich fürchte, es ist meine Schuld, dass Tevils einer zornigen Bienem ausgeliefert ist«, sagte Nahim plötzlich. Es war ihm deutlich anzumerken, wie schwer ihm dieses Geständnis fiel. »Ehrlich gesagt, habe ich ihn reingelegt, weil ich dich am Steg besuchen wollte und er sich einfach nicht abschütteln ließ. Da habe ich mir einfach Borifs grenzenlose Gier auf Kuchenteig zu Nutze gemacht …«

Lehen brach in ein schallendes Gelächter aus, in das Nahim dankbar einfiel. Nach kurzer Zeit musste sie sich vornüberbeugen, da ihr Bauch vor Lachen zu schmerzen begann, und Nahim strich ihr verstohlen über den bebenden Rücken.

Als Lehen sich wieder aufrichtete, liefen ihr Tränen über die Wangen, und sie musste merklich schniefen. Ohne zu zögern, nahm sie Nahims Hand und legte sie sich auf den Schoß. Vorsichtig fuhr sie mit dem Zeigefinger über den dunkel behaarten Unterarm bis hinauf zum hochgekrempelten Hemdsärmel, der vom Wasser durchnässt war. Dabei stieß sie auf eine Tintenspur, drehte den Arm langsam um und zeichnete das komplizierte schwarze Muster auf dessen heller Innenseite nach.

»Es erzählt von den Wegen, auf denen ich meinen Herrn begleitet habe, von den Dingen, die wir gemeinsam erlebten und bewältigten. Jedes Mal, wenn wir wieder zurückkehren, wird eine weitere Linie hinzugefügt«, erklärte Nahim mit leiser Stimme. Er hielt seinen Mund dicht an Lehens Ohr, so dicht, dass eine Haarsträhne von ihr seine Nasenspitze berührte. Verstohlen hielt Nahim inne und atmete tief ein. In diesem Moment war er sich sicher, sich nie wieder rühren zu können. Alles in ihm erstarrte vor Verzauberung.

»Von welchem Herrn sprichst du? Von Vennis?«, Lehen riss ihn unwissentlich aus seiner Entrücktheit.

Leicht benommen schüttelte Nahim verneinend den Kopf. Aber bevor er ihr antworten konnte, kam Tevils auf den Steg zugelaufen und ließ sich laut schnaufend neben Nahim auf die Bank sinken.

»Ich habe dich gesucht!«, stieß der Junge vorwurfsvoll hervor. »Glücklicherweise sind Mama die Eier ausgegangen, und da hat sie mich tatsächlich mit dem Besen aus der Küche gejagt. Nur weil ich aus Versehen den Sahnekrug umgestoßen habe. Wir beide sollen ihr in nächster Zeit nicht mehr unter die Augen treten, hat sie gesagt. Und ich finde, das ist auch gut so.«

Ohne die Verlegenheit der beiden anderen zu bemerken, legte Tevils seinen Arm um Nahims Schulter und zeigte auf die Tätowierung auf dessen Unterarm, den Lehen augenblicklich losließ.

»Was ist das? Bekomme ich das später auch?«, fragte Tevils mit leuchtenden Augen.

Allmählich näherte sich der Tag des lang herbeigesehnten Sommerfestes, zu dem sich all die weit versprengt lebenden Bewohner des Südlichen Tals einfanden. Während einer wundervollen Nacht würde die Festwiese, auf der ansonsten die wertvollen Rinder vom Bürgermeister Wenzig weideten, von Feuern und Lampions erhellt, zu Tanz, Spiel und Völlerei einladen.

Auch auf dem Trubur-Hof begannen die Vorbereitungen, und niemand wurde geschont, denn Bienem hatte den Ruf zu verteidigen, der großen Festtafel die raffiniertesten Leckereien beizusteuern. Am Tag vor dem Fest überredete sie Maherind dazu, ihr beim Erdbeerenpflücken Gesellschaft zu leisten, indem sie ihm ein Fläschchen seltenen Pfefferminzlikör in Aussicht stellte. Ihre beiden Kinder wurden mit einem penibel ausgearbeiteten Zeitplan in die Küche abkommandiert, und ein unwilliger Nahim wurde mit dem Auftrag losgeschickt, Weinranken, Ähren und anderes Blattwerk für den Wagenschmuck zu besorgen.

Während Bienem mit zielsicherem Griff die Weidekörbchen mit Früchten füllte und dabei unablässig über die verschiedenen Familiensippen des Westends schwätzte, saß Maherind mit konzentriertem Gesichtsausdruck auf einem Holzschemel und ertastete die hinter Blattwerk verborgenen Früchte. Gelegentlich rieb er sich die Nase oder strich sich über den langen, welligen Bart – alles Zeichen, die Nahim sofort als Anspannung zu deuten gewusst hätte.

Nach einiger Zeit legte Maherind den Kopf schief, schloss das linke Auge und lehnte sich immer weiter nach hinten über, bis er vom Schemel zu fallen drohte.

»Diese Beeren sind zum Pflücken noch viel zu klein«, verkündete er ungehalten. »Die sieht man ja kaum mit dem bloßen Auge.«

Bienem reagierte nicht auf Maherinds Bemerkung, sondern klärte ihn weiter über die Umtriebe der frühreifen Schneidertochter Mürre auf.

Unterdessen belud Balam den Ochsenkarren mit allerlei guten Dingen, die der Trubur Hof zu bieten hatte. Später am Nachmittag begleitete er Bienem und Lehen ins Dorf. Im letzten Moment schloss sich auch Maherind der kleinen Gruppe an, nachdem er sich von Bienem hatte überzeugen lassen, dass die ganzen Suppen, Pasteten, Aufläufe, Kuchen und Pralinen, die es für das Fest vorzubereiten galt, auch fachmännisch vorgekostet werden mussten.

Allzu sehr musste sie ihre Überredungskunst allerdings nicht auf die Probe stellen, denn seit Maherind ein Stück Mohntorte mit Cassiscreme nach Bienems Geheimrezept probiert hatte, die der Auswahl von Truburschen Leckereien in diesem Jahr die Krone aufsetzen sollte, wich er Bienem nicht mehr von der Seite.

Innerhalb kürzester Zeit hatte Maherind sein Pferd gesattelt und es neben dem Karren zum Stehen gebracht. Der Gedanke, bei der Wärme ins Westend hinunterlaufen zu müssen, erschien ihm reichlich unerfreulich. Aber Bienem hatte ihm sofort zugesichert, dass er das Tier problemlos auf einer der

Weiden, die das Dorf umgaben, würde unterbringen können. Schließlich würde sich jeder Westendler freuen, ein so schönes und seltenes Tier aus der Nähe betrachten zu können.

Mit Körben voller Obst und Gemüse, getrockneten Kräuterstauden und Öltöpfchen, Gläser mit buntem Gelee und bauchigen staubübersäten Flaschen, die Bienem während ihres Abstiegs scharf im Auge behielt, würden sie bis zum Fest bei Damir und Allehe bleiben.

Balam hingegen kehrte noch am selben Tag wieder auf den Hof zurück, um mit Tevils und Nahim den Karren mit Weinfässern zu beladen und in einen bunt geschmückten Festwagen zu verwandeln.

Kapitel 9

Der Tag des Sommerfests brach an. Die Sonne wärmte die Luft bereits zur frühen Stunde und brachte das Fell des Ochsen zum Glänzen, unter dem sich die Stränge der Nackenmuskeln gleichmäßig bewegten. Der Karren holperte den schmalen Weg neben dem Grünstrom entlang, und bei jedem größeren Stein, den die mit Eisen beschlagenen Holzräder nahmen, flogen ein paar Gänseblümchen in die Luft.

Nahim, der hinter dem Karren herschlenderte, fing ein paar der Johannisbeeren auf und ließ sie zwischen Zunge und Gaumen zerplatzen.

Tevils war beleidigt vorausgelaufen, nachdem Nahim es abgelehnt hatte, bei ihrer Einkehr ins Westend das imposante Schwert zu tragen. Auf Tevils' Erklärung hin, man könnte schließlich von Orkscharen überfallen werden, die es auf Balams berühmte Weinfässer abgesehen hatten, hatte er lediglich eine Augenbraue hochgezogen. Diese verächtliche Geste hatte ausgereicht, um Tevils zu verletzten. Aber ein eingeschnappter Tevils war Nahim an diesem Morgen ganz recht, denn sein Kopf war mit anderen Dingen beschäftigt.

In der letzten Nacht hatte Nahim wach dagelegen und versucht, sich das Lied des Brennburger Sängers in Erinnerung zu rufen, um es vielleicht ein wenig interessanter, wenn nicht sogar passender zu gestalten. Doch die nächtlichen Geräusche der übrigen Stallbewohner, die pieksenden Strohhalme und die stickige Luft unterm Dach hatten ihn zu sehr abgelenkt. Das redete er sich jedenfalls ein.

Sobald er die ersten Worte des Liedes aneinanderzureihen versucht hatte, hatte er Lehens Gesicht vor sich gesehen und war ins Stocken geraten. Immer wieder.

Nun, an diesem hellen Sommermorgen, richtete er die Augen auf den Wasserlauf des Grünstroms und sprach ein ums andere Mal die Zeilen des Liedes leise vor sich hin. Die Melodie des Stückes hatte er vor Aufregung längst vergessen.

Allmählich wurde das Flussbett breiter, und der Weg wandelte sich in eine gut gepflegte Allee, die immer häufiger von Trampelpfaden gekreuzt wurde, die von den Almen und Höfen herabführten. Als sie an der großen Mühle von Rameus Bregir vorbeikamen, für die Balam lediglich einen abschätzigen Blick übrig hatte, fanden sie sich inmitten schwer beladener Hangbewohner wieder, die auf dem Weg zum Festplatz waren.

Als die Allee schließlich mit dem Breiten Pass von den Südlichen Höhen zusammenstieß, kam es zu einem fröhlichen Gedränge, und Nahim schaffte es nur mit Mühe, eine scheinbar herrenlose Herde von Bergziegen daran zu hindern, den Wagenschmuck aufzufressen. Während Balam in alle Richtungen grüßte und winkte, hatte sich Tevils mit bewegungsloser Miene wieder an Nahims Seite eingefunden.

»Hey, Tevils Trubur, bist du taub?«

Ein rothaariger Junge zerrte Tevils am Arm. »Weißt du nicht mehr, wer ich bin? Ich bin Herris vom Hauff-Hof. Wir haben doch letztes Jahr auf dem Fest heimlich Erdbeerbowle getrunken und dann so lange getanzt, bis deine Mutter dich am Ohr weggezerrt hat.«

Tevils' Gesicht lief rot an, und er warf Nahim, der sich das Lachen nur schwerlich verkneifen konnte, einen verlegenen Blick zu.

»Kann mich gar nicht dran erinnern«, nuschelte er schließlich, als der Junge keine Anstalten machte, ihm von der Seite zu weichen.

»Ich hab da eine großartige Idee: Dieses Mal bringen wir einigen der Mädchen Bowleschalen!«

Mit einem Schlag hatte der rote Herris Tevils' Aufmerksamkeit gewonnen.

»Geh nur, und amüsier dich ein wenig mit deinem Freund!«, sagte Nahim lachend und biss sich schon im nächsten Moment auf die Zunge, weil Tevils' Gesicht wieder den betont würdevollen Ausdruck annahm.

Mit einer vor lauter Ernsthaftigkeit tief gewordenen Stimme verkündete Balams Junge: »Nein, für solche Kindereien bin ich schon viel zu alt. Ich werde an deiner Seite bleiben und mir in Ruhe das Treiben auf dem Fest ansehen, Nahim.«

Das Westend war ein weitläufiges, doch übersichtliches Dorf, dessen Antlitz durch die kleinen, weiß getünchten Häuser geprägt war, die dem Trubur-Haus vom Stil her nicht unähnlich waren. Liebevoll gepflegte Gemüse- und Obstgärten und umzäunte Weiden vervollständigten das Bild eines Ortes, der zwar keinen Reichtum kannte, dafür aber allgemeinen Wohlstand.

Weiter oberhalb des Dorfes, dort, wo keine Häuser mehr standen, erblickte Nahim die Ausläufer von Deens Steinhaag. Nur einige verfallene Holzschuppen und undurchdringliches Gestrüpp von Heckenrosen waren an seinem Fuße zu erkennen.

Sobald sie den kreisförmig angelegten Marktplatz überquerten, der an diesem Tag voller Menschen, Karren und Tiere war, wies Balam auf ein imposantes Kaufmannshaus, über dessen Eingangstür ein messingfarbenes Schild mit Amboss und Hammer hing.

»In die eigentliche Schmiede gelangt man über eine Seitengasse«, erklärte Balam. »Damirs neues Haus gehörte bis vor Kurzem der Kaufmannsfamilie Mehle aus Brennburg, die seit Generationen Stoffe und allerlei feine Güter hier im Ort vertrieben hat. Aber nachdem die Geschäfte in der letzten Zeit gelitten hatten – man munkelt, dass Mehles Lieferungen aus

Brennburg nur noch selten ihren Weg ins Dorf gefunden haben –, haben sie das Haus schließlich Damir überlassen. Ein Schmied mit einem prachtvollen Haus direkt am Marktplatz, der Junge hat wirklich einen Sinn fürs Geschäft.«

Entschlossen hielt Balam Nahim am Ärmel fest, weil dieser sogleich auf das Haus des Schmieds zusteuern wollte.

»Wir werden später auf dem Fest auf die Frauen treffen. Und auch auf Maherind, falls er dann noch durch die Tür passen sollte. Weißt du, Junge, es ist besser, Bienem aus dem Weg zu gehen, wenn sie mit ihrer alljährlichen Kocherei und Backkunst in den letzten Zügen liegt. Außerdem müssen wir zuerst die Weinfässer auf die Festwiese schaffen. Also zeig einmal, dass du ein ganzer Kerl bist, und bring diese sturen Westendler mit ihren Handkarren und ihrem Zeugs dazu, uns den Weg freizugeben. Wir sind schließlich ein Glanzpunkt der Festparade!«

»Damir ist ein elendiger Kerl«, sagte Allehe mit einem Mal, als sie Lehen rosa Zuckerguss aus den Haaren kämmte, den diese sich beim Verzieren der dreistöckigen Torte vor lauter Anspannung hineingerieben hatte.

»Ich will ein Kindermädchen«, klagte Allehe weiter in einem angriffslustigen Ton. »Aber er sagt, wir könnten uns das im Moment nicht leisten, weil wir ja unbedingt dieses riesige Haus haben mussten. Mehr als die Hälfte der Räume steht leer, weil die Mehles all ihre schönen Möbel mit nach Brennburg geschleppt haben. Und der Alte Rog bekommt jedes Mal einen Wutanfall, wenn Damir etwas aus dem alten Schmiedshaus herüberbringen will. Also hocken wir jeden Abend hoheitlich auf klapprigen Holzstühlen vor dem Kamin. Nein, das heißt: Ich und das ewig quengelnde Baby sitzen hier fest. Damir treibt sich währenddessen sonst wo herum, weil er sich um furchtbar wichtige Angelegenheiten kümmern muss. Anstelle eines Kindermädchens hat er mir gestern ein neues Kleid für das Fest gekauft. Da habe ich ihm gesagt: Ich will kein verfluchtes Kleid, Damir! Ich will jemanden, der auf dein Balg aufpasst, damit ich auch einmal einen Schritt vor die Tür tun kann. Ich bin es leid, in diesem leeren Haus mit seinen hohen Wänden, die bei jedem verdammten Geräusch ein Echo zurückwerfen, eingesperrt zu sein. Ich will meine Freundinnen sehen, beim Bäcker Zuckerhörnchen kaufen und meine Füße in den Grünstrom stecken. Und ich will mich auf dem Sommerfest amüsieren, unterhalten und tanzen. Weißt du, was er darauf geantwortet hat?«

Lehens schmerzerfülltes Stöhnen und Fußstampfen überhörend, riss Allehe mit einer weit ausholenden Bewegung den letzten rosa Zuckerklumpen aus einer Haarsträhne.

»Er hat gesagt, am besten würde es ihm gefallen, wenn ich mein Haar offen trage. Offene Haare, das wäre doch genau das Richtige für das schöne Sommerfest. Und das Mädchen könnte ich doch ruhig mitnehmen. Macht doch keine Arbeit. Kannst du dir das vorstellen?«

Lehen murmelte als Antwort etwas Unverständliches und tastete mit den Fingerspitzen den Haaransatz nach möglichen kahlen Stellen ab. Doch da bemerkte sie im Gesicht ihrer jüngeren Schwester den Ausdruck tiefer Verletztheit. Einen Moment lang zögerte Lehen, dann setzte sie sich dicht neben Allehe aufs Bett. Es schien ihr plötzlich so, als würde sich nach all der langen Zeit der Ungleichheit und der Wut zwischen ihnen beiden etwas wandeln.

Zum ersten Mal glitt Lehens Blick über das Gesicht ihrer Schwester, ohne dass sie einen nagenden Schmerz spürte. Sie bewunderte die feinen Züge, die schön geschwungenen Lippen, das außergewöhnlich blonde Lockenhaar und das üppige Dekolletee. Ganz unvermittelt war Allehe nicht mehr der lebende Beweis für die eigene Durchschnittlichkeit und für die Überzeugung, zu einem trostlosen Leben verdammt zu sein.

Und das erste Mal beneidete Lehen die jüngere Schwester nicht um deren Leben.

Sie hatte stets geglaubt, dass Allehe sich für Damir interessierte, weil ihre große Schwester es auch tat. Doch nun erkannte Lehen, dass Allehe, trotz all der ihr eigenen Leichtigkeit, verliebt war und unter Damirs gezielter Herabsetzung litt. Offensichtlich wollte er seine Frau genauso herausputzen wie das Messingschild an seinem neuen Haus. Kein Wunder, dass Allehe vor Wut und Kummer außer sich war.

»Lass es gut sein«, sagte Lehen ruhig und umfasste den kleinen Finger ihrer Schwester, die daraufhin laut aufschluchzte. »Wir nehmen die Kleine mit aufs Fest, kosten von Bienems Mohntorte und schauen zu, wer sich bei diesem Sommerfest auf eine Liebelei einlässt und wer sich vor lauter Trunkenheit den Kopf einschlägt. Was meinst du?«

Unbeherrscht weinend ließ sich Allehe auf den Schoß ihrer Schwester fallen. Lehen erstarrte, aber schließlich nahm sie Allehe in den Arm und wiegte sie sanft, bis diese sich beruhigt hatte. Einen Moment lang krallte sich Allehe noch an ihr fest, dann setzte sie sich aufrecht und musterte Lehen, während sie sich das Gesicht mit dem weiten Kleiderärmel trocknete.

»Wie dem auch sei«, sagte sie überraschend energisch, obwohl die Stimme noch ganz heiser vom Weinen war. »Jetzt putzen wir dich erst einmal raus! Dem guten Herrn Nahim sollen heute Abend die Augen übergehen, wenn er dich sieht. Wir stecken dich in das Kleid, das Damir dem großen Auftritt der Schmiedsgattin zugedacht hatte. Ich stecke es dir enger ab, damit es auch richtig anliegt. Und ob du willst oder nicht, ich mache etwas mit deinem Haar, damit es nicht so fad herunterhängt.«

Bevor Lehen sich versah, hatte Allehe angefangen, ihr das mit Mehl bestäubte, fleckige Kleid am Rücken aufzuschnüren.

»Und in die Küche gehst du heute auch nicht mehr. Denn

wenn du auf dem Fest auch nur ein wenig Eindruck schinden willst, dann müssen wir jetzt sofort mit der Verschönerung beginnen. Mama kann ihren Ehrgeiz ruhig allein ausleben. Soll ihr doch dieser alte Kerl zur Hand gehen, schließlich hat er schon die Hälfte von dem ganzen Zeug vertilgt.«

Lehen setzte zu einem schwachen Protest an, aber Allehe drückte ihr einen dicken Kuss auf die Wange und zog ihr lachend das Unterkleid über den Kopf.

Der Festplatz war von Eichen gesäumt, unter deren mächtigen Kronen man Tische und Bänke aufgestellt hatte. Davor waren Decken ausgelegt, auf denen sich Kinder und Dorfhunde gemeinsam tummelten. In der Mitte des Platzes, unter einer festlich geschmückten Eiche, war die Tanzfläche mit bunten Lampions und Blumengirlanden abgesteckt worden, und allmählich fanden sich die Musiker auf einer grob gezimmerten Bühne ein. Es gab eine lautstarke Diskussion um die noch fehlende Tuba, die das letzte Mal bei einem zünftigen Trinkspiel gesichtet worden war. Der Fiedelspieler hingegen rannte gehetzt über den Festplatz, da er im Trubel der Einzugsparade sein Instrument bei einem der Festwagen vergessen hatte.

Nachdem Balam, Nahim und Tevils die Einkehr der Festwagen überstanden und die Weinfässer an ihrem Bestimmungsort abgeliefert hatten, gab Balam ihnen frei, weil er einige Bekannte gesichtet hatte. Zu seinem eigenen Erstaunen gelang es Nahim innerhalb kürzester Zeit, Tevils im Gedränge zu entwischen.

Doch obwohl Nahim jeden Winkel des Festplatzes durchforstete, konnte er Lehen nirgendwo finden. Er ärgerte sich darüber, dass Borif auf dem Hof zurückgelassen worden war, denn der Hund hätte den Weg zu seiner Herrin auch im größten Gedränge gefunden.

Einmal stieß Nahim inmitten von redenden und kauenden

Westendlern auf Bienem, deren angriffslustiger Blick ihm geradezu einen Schrecken einjagte. Als sie mit dem Finger anklagend auf ihn zeigte und mit dem Kopf deutete, dass er sofort herzukommen habe, winkte Nahim ihr wie zur Begrüßung zu und ließ sich von der ausgelassen feiernden Menge weitertragen. Schon im nächsten Moment war er untergetaucht.

Schließlich traf er Maherind bei der Festtafel an, der sich einen erbitterten Zweikampf mit einem jungen Kerl um die letzte gebratene Keule eines Perlhuhns lieferte. Nachdem Nahim dem alten Mann die Hand auf die Schulter gelegt hatte, fuhr dieser mit einer überraschend geschmeidigen Bewegung herum. Er verpasste Nahim einen kräftigen Stoß, als gelte es, einen gefährlichen Gegner auf Distanz zu halten.

Maherind wollte schon zu einer Entschuldigung ansetzen, da machte sich sein eigentlicher Kontrahent aus dem Staub, die Keule fest zwischen die Zähne gesteckt. Ohne den verdutzten Nahim weiter zu beachten, stieß Maherind lauthals ein »Verdammter Hühnerdieb!« aus und setzte dem Mann nach, der sich geschickt zwischen den Feiernden durchschlängelte. Bevor Maherind jedoch die Verfolgung aufnehmen konnte, stieß er mit einer üppigen Bäuerin zusammen, die ihm Erbseneintopf auf Bart und Mantel kippte. Stöhnend stemmte er sich mit den Händen auf den Oberschenkeln ab und würgte einige Male äußerst geräuschvoll. Erst danach ließ er sich von Nahim zu einem der Tische führen, wo er schwer atmend niedersank.

Die Dämmerung war bereits angebrochen, so dass die ersten Feuer angezündet wurden. Kinder liefen mit Laternen umher, an denen die auf den einzelnen Tischen bereitgelegten Kerzen angesteckt werden konnten.

Missmutig starrte Maherind auf den unebenmäßigen Tonbecher vor sich, aus dem zartgrauer Dampf aufstieg. Aus den anderen Bechern, die auf dem blanken Holztisch versammelt waren, stieg kein Dampf auf. Stattdessen schwappte Bierschaum über den Rand, oder es liefen einige rote Tropfen an ihnen herunter, wenn zu eifrig Wein nachgegossen wurde.

»Du hast selbst gesagt, dass frisch aufgebrühte Blaunuss bei einer Magenverstimmung hilft.« Nahim schnipste ein Eichblatt vom Tisch und ließ erneut den Blick über die Festwiese schweifen.

»Stimmt ja auch«, gab Maherind verdrießlich zu. »Blaunuss hilft bei Magenbeschwerden aller Art. Aber sie verschließt auch den Magen, lässt einfach nichts mehr rein.« Vorsichtig betastete er seinen geschwollenen Bauch, um sofort wieder ein schmerzverzerrtes Gesicht zu machen.

»Das kann dir doch vollkommen egal sein, die Tafel ist ohnehin bereits leer gegessen«, warf Nahim gereizt ein.

»Und was ist mit dem Wein und den Bränden? Mit dem für später angekündigten Kuchenspektakel und dem Mitternachtsgulasch? Ein halbes Rind aus dem Stall des Bürgermeisters soll da drinstecken!«

Ohne eine Spur von Mitleid sah Nahim den alten Mann an, der verhalten in die hohle Faust rülpste und schließlich am Becher mit Blaunuss schnupperte. Ungeduldig trommelte Nahim mit den Fingern auf dem Tisch, doch Maherind machte keinerlei Anstalten, den Sud zu trinken.

»Soll ich dir was verraten? Da kommt Unterhaltung auf uns zu«, verkündete Maherind nach einer Zeit voll peinlichen Schweigens. Mittlerweile umklammerte er wieder seine kugelige Leibesmitte, als befürchte er, er würde sonst durch die Sitzbank hindurchbrechen.

Für einen Augenblick verharrte Nahim vor lauter erwartungsvoller Aufgeregtheit, dann blickte er langsam über Maherinds Schulter, nur um Damir direkt in die Augen zu sehen. Der Schmied schob seine Daumen unter den breiten Ledergürtel und nickte den beiden Männer am gut besetzten Tisch zu.

Mit einer einladenden Geste wies Maherind auf einen freien Platz ihnen gegenüber. Damir sprach noch kurz mit seinem stoisch dreinblickenden Freund Rameus, der ihn bislang begleitet hatte, bevor er der Einladung nachkam. Für einen Moment glaubte Nahim, dass der Schmied sein Gleichgewicht verlieren würde, als er sein Bein über die Sitzbank schwang, aber dann saß Damir auch schon mit einem breiten Grinsen vor ihnen, das bei Nahim heftige Abneigung hervorrief.

»Lass mich raten«, ergriff Maherind das Wort. »Die Brezeln sind dein persönlicher Beitrag zur Festtafel gewesen: Diese ungenießbaren Dinger müssen von Amboss und Hammer in Form gebracht worden sein, anders kann ich mir den Stein in meinem Magen nicht erklären.«

Damir grinste die beiden Männer weiterhin weinselig an. »Einen bleibenden Eindruck zu hinterlassen, ist meine Spezialität. Und, genießt ihr beiden unser Fest auch in vollen Zügen?«

»Nun ja, diese verdammte Brezel bringt mich um, und Nahim kann Lehen in der tobenden Menge nicht finden.«

Nahim warf ihm einen entgeisterten Blick zu, Maherind zuckte jedoch lediglich mit der Schulter. Dabei schien Damir gar nicht recht zugehört zu haben. Er spielte mit dem Becher vor sich, und als sich durch seine Ungeschicktheit eine rote Lache ausbreitete, nahm er kurzerhand sein Halstuch ab und wischte sie damit nachlässig vom Tisch, wobei ihm der Wein auf Hose und Stiefel lief.

»Das hier ist doch nur ein schlichtes Bauernfest: riesige Fresstafel und Tanz auf einer Weide. Lauter Pack, deren Urgroßeltern sich schon gegenseitig beim Wettpinkeln zwischen den Eichen übertrumpft haben. Ihr seid sicherlich ganz andere Feste gewohnt. Ein anderes Leben –«

»Nein«, unterbrach Maherind ihn. »Bei vernünftigen Festen

geht es immer nur ums Fressen und Tanzen und dunkle, einsame Plätze unter Bäumen für Verliebte. Wie gesagt, die Frauen fehlen. Du hast sie nicht zufällig gesehen, als du die vollen Krüge auf jedem Tisch durchprobiert hast? Nein? Außerdem scheint unglücklicherweise ein Gewitter aufzuziehen …« Maherind deutete auf den sternenklaren Nachthimmel.

Überrascht von diesem Themenwechsel hielt Damir inne und warf dem alten Mann einen irritierten Blick zu, als dieser, um seine Aussage zu unterstreichen, einige weitere Male mit dem Daumen in Richtung Himmel wies.

Sichtlich entnervt beschloss Damir, direkt zum eigentlichen Anliegen zu kommen. »Wann werdet ihr denn nun mit Tevils aufbrechen? War die Mittsommerwende nicht ursprünglich zur Abreise vorgesehen?«

Obwohl er ihn scharf anvisierte, gelang es Maherind nicht sofort, den Becher mit der ranzig schmeckenden Blaunuss zu ergreifen. Als er ihn allerdings in der Hand hielt, leerte er ihn in einem Zug. Doch bevor er zu einer Antwort ansetzen konnte, die den scheinbar gar nicht so betrunkenen Damir auf elegante Art in seine Schranken weisen würde, ergriff Nahim mit Wut in der Stimme das Wort.

»Es kann dir doch eins sein, wann wir abreisen. Trevorims Pforte wird sich schließlich erst im späten Herbst wieder schließen. Welche Rolle spielt das also?«

»Nun, so wie ich das Vorhaben verstanden habe, soll Tevils im übernächsten Sommer pünktlich zur Ernte wieder ins Westend heimkehren. Für länger wollte sein Vater ihn ja nicht freigeben«, erwiderte Damir und schaute Nahim dabei voller Unschuld an. »Mir ging einfach nur durch den Kopf, dass Balam es sich vielleicht noch einmal anders überlegen könnte, wenn ihr nicht bald abreist. So wie es aussieht, steht den Bauern eine hervorragende Ernte ins Haus, da wird jede helfende Hand gebraucht. So ein Geisteswandel Balams wäre doch sehr bedauerlich, besonders da Tevils sich nichts mehr wünscht, als mit euch in die Fremde zu gehen.«

Nahim ließ die Schultern sinken, als ihm bewusst wurde, dass Damir Recht hatte. Balam hatte sich darauf eingestellt, dass Tevils nur noch bis zum Frühsommer auf dem Hof sein würde. Er hatte den Jungen von vielen Pflichten entbunden, damit Nahim ihm das Reiten beibringen und auch ansonsten Zeit mit ihm verbringen konnte.

Schon bald nach dem Sommerfest würde ein Knecht, den Balams Neffe Lasse ihm für die beiden folgenden Ernten überlassen würde, die kleine Schlafnische im Stall beziehen. Auch Bienem hatte versprochen, bis zu Tevils' Wiederkehr Allehe lediglich für einige Wochen nach der ausstehenden Niederkunft zu unterstützen und ansonsten auf dem Hof zu bleiben.

Mit jedem Tag, an dem Nahim länger mit dem Jungen im Westend blieb, stieg die Wahrscheinlichkeit, dass Balam seinen Entschluss ändern könnte. Außerdem erwartete Vennis Nahim und den Jungen bald auf dem Gut der Faliminirs, von wo aus sie gemeinsam in Richtung Osten weiterreiten wollten.

»Du hast Recht«, sagte Nahim mit belegter Stimme. »Der Aufbruch wird in den nächsten Tagen stattfinden.«

Nahim stieß zwar kurz mit dem von Damir hingehaltenen Becher an, als dieser ihnen eine wundervolle Reise durchs grüne Tal im herrlichen Sonnenschein prophezeite. Aber er trank nicht, da sein Blick bereits wieder über die Menge der Feiernden wanderte.

Ein kühler Wind war aufgekommen und fegte die Schwüle des Sommerabends fort. Behutsam betastete Lehen die kunstvoll hochgesteckte Frisur und wickelte eine Haarsträhne um den Finger. Als sie bemerkte, dass Allehe sie amüsiert beobachtete, räusperte sich Lehen und legte demonstrativ die Hände in den Schoß.

Während die ältere der Trubur-Töchter an diesem Abend als herausragendes Beispiel für weibliche Putzsucht herhalten konnte, war die Jüngere so unauffällig zurechtgemacht, dass sie allein dadurch die Blicke der Dorfbewohner auf sich zog. Im letzten Augenblick, bevor der große Aufbruch zur Festwiese stattfand, hatte Allehe sich ein schlichtes Umstandskleid übergeworfen und die Haare zu einem Zopf geflochten. Zu mehr wäre ihr allerdings auch beim besten Willen keine Zeit geblieben, weil sie sich zuvor um ihre widerspenstige Schwester gekümmert und gleichzeitig Bienems Schimpftriaden die Stirn geboten hatte.

Lehen war erstaunt darüber, mit welcher Vehemenz ihre jüngere Schwester das Vorhaben durchgeführt hatte. Schließlich war Allehe für ihre wechselhaften Launen und ihr Bedürfnis nach Aufmerksamkeit bekannt. Dass sie Lehen nun – wenn auch auf ihre ganz eigene Art – darin unterstützte, Nahims zurückhaltenden Avancen auf die Sprünge zu helfen, war mehr als erstaunlich.

Allehe schaukelte ihre Tochter auf dem Schoß und redete pausenlos über ihre geschwollenen Füße und Essensgelüste, während sie sich von ihrer Freundin Ele mit Mohntorte füttern ließ.

Ele, Allehes liebste Gefährtin seit frühen Kindheitstagen, schaute ihr währenddessen gebannt auf den gewölbten Bauch. Sie selbst konnte heute Nacht allenfalls darauf hoffen, einen ersten scheuen Kuss in einer der gut versteckten Lauben zu ergattern.

Nachdem sie Ele unter dem großen Festbaum in der Mitte des Platzes getroffen hatten, waren sie eine Zeit lang kreuz und quer über die Wiese geschlendert, stets auf der Hut vor Bienem, die sie einmal wutschnaubend von Weitem hatten vorbeiziehen sehen. Doch obwohl Lehen ihren Blick immer wieder hatte hin und her wandern lassen, so dass sie bereits Eles

Neugierde geweckt hatte, konnte sie den hochgewachsenen Nahim nirgends entdecken. Schließlich setzten sich die jungen Frauen abseits des Trubels auf eine Bank nahe dem Wäldchen. Sie wollten eine Verschnaufpause einlegen, weil Allehe über Erschöpfung geklagt hatte und das Kind allmählich zu schwer wurde.

Lehen beschloss, noch ein wenig sitzen zu bleiben, ehe sie sich allein auf die Suche nach Nahim machen wollte. Bei dem Gedanken an ein Zusammentreffen mit ihm zog sich ihr Magen vor freudiger Erregung heftig zusammen. Nervös spielte sie an dem goldenen Halskettchen, das Allehe ihr zu guter Letzt noch umgelegt hatte. Es war ein altes Erbstück, das Bienem ihrer jüngsten Tochter vermacht hatte, als diese zum Schmied ins Tal gezogen war.

Während Lehen dem Gespräch lauschte, fiel es ihr zunehmend schwerer, sich Allehe als eines der unreifen Mädchen vorzustellen, die aufgeregt neben der Tanzfläche standen und auf die Einkehr der Musiker warteten. Dabei war sie doch im gleichen Alter ... Allerdings machte Allehe mit dem Mund voller Creme gerade ein ekelhaft schmatzendes Geräusch, um eine Zote wirkungsvoll zu unterstreichen. Dabei prustete sie selbst so herzlich über den eigenen Spaß, dass Lehen sich jede Menge Cremeflocken vom tief ausgeschnittenen Dekolletee wischen musste. So viel also zur Reife ihrer jüngeren Schwester.

Lehen zwickte Allehe in die Seite, so dass diese spielerisch nach ihrer Mutter brüllte, als plötzlich Damir vor ihnen stand. Sein ansonsten zurückgekämmtes Haar stand wirr ab, und in der Hand hielt er seine zerknüllte Jacke, die ihm langsam aus der Hand glitt und unbeachtet auf dem Boden liegen blieb. Irritiert stellte Lehen fest, dass Damir auch kein Tuch um den Hals trug und das schlichte Hemd so einen Blick auf seine Brust freigab. Außerdem verströmte er den scharfen Geruch von Branntwein.

Ohne ein Wort der Begrüßung musterte er Lehen und seine Frau ausgiebig, wobei sein Gesicht keinerlei Regung verriet.

»Ach, Schatz! Bist du gekommen, um mich beim Kinderhüten abzulösen? Wie passend, da doch gleich die Musik zu spielen beginnt.« Allehe schenkte ihrem Mann ein aufgesetztes Lächeln und deutete auf seine Tochter, die im Korb zu ihren Füßen schlief.

Bevor Allehe es sich versah, hatte Damir ihr einen harten Schlag ins Gesicht versetzt. Ele gab einen schwachen Schrei von sich und floh in Richtung Festwiese.

Mit einem Satz war Lehen auf den Beinen, aber ehe sie etwas ausrichten konnte, hatte Damir sie bei den Haaren im Nacken gepackt und hielt sie am ausgestreckten Arm von sich weg. Sofort richtete er seinen ausdruckslosen Blick wieder auf die erstarrte Allehe.

»Mach, dass du nach Hause kommst«, sagte er mit einer gefährlich ruhigen Stimme und bedeutete ihr, das Kinderkörbchen aufzunehmen.

Allehe schluckte einige Male, wobei es ihren Körper jedes Mal durchzuckte. Schließlich nahm sie ihre Tochter an sich und ging mit gesenktem Blick an Lehen vorbei, die sich fluchend Damirs Griff zu entwenden versuchte.

Kaum war Allehe außer Sichtweite, zog Damir Lehen an sich heran und zwang sie, ihm direkt ins Gesicht zu sehen. Mit der anderen Hand umfasste er ihre Hüften und setzte einen überraschten Gesichtsausdruck auf, weil Lehen sich heftig gegen seine Umarmung wehrte.

»Was denn, Mädchen? Wolltest du im Kleid meiner Frau etwa nicht meine Aufmerksamkeit erregen? Nun, es ist dir gelungen! Also hör gefälligst mit dem widerwilligen Gezappel auf, schließlich hast du auf solch einen Moment Jahre lang gehofft.«

Damirs Tonfall klang amüsiert, doch es schwang auch eine unüberhörbare Drohung mit, die in Lehen Panik aufsteigen ließ. Er hatte ihr Haar qualvoll fest um seine Faust gewickelt, und sie spürte, wie bei jeder ruckartigen Bewegung feine Strähnen herausgerissen wurden. Der Schmerz zog bis in den Rücken, und sie vermochte – trotz der demütigenden Situation und ihrer Angst – kein einziges Wort herauszubringen. Mit beiden Händen versuchte Lehen, den Griff im Haar zu lösen, doch außer ein wenig Kratzen und Zerren konnte sie nichts ausrichten.

Erstaunt bemerkte sie, dass eine Windböe ihre Röcke erfasste und Damir Blätter ins zerzauste Haar trieb. Als eine Trompete, trotz des aufkommenden Sturms, den *Südlichen Reigen* als Eröffnungslied für den abendlichen Tanz anstimmte, glitt Damirs Blick kurz über ihre Schulter, und Lehen hoffte, er würde dort jemanden entdecken und von ihr ablassen. Stattdessen schlich sich ein zufriedenes Lächeln in sein Gesicht.

»Alle beim Tanz«, sagte Damir und schaute bekümmert drein. Mit einem einzigen Ruck riss er Lehens linken Arm herum und machte einige Tanzschritte mit ihr, während er sie weiterhin im Nacken gefasst hielt.

»Bist du verrückt geworden? Lass mich los, verdammt!«, keuchte Lehen endlich auf und begann verzweifelt, Damirs Finger einzeln aus ihrem Haar zu biegen. Doch gegen die Kraft der Schmiedshände kam sie nicht an.

Mitten in einer Drehung hielt Damir abrupt inne. Seine Augen verengten sich vor Wut, und Lehen konnte sehen, wie sich seine Kiefermuskeln unter der Haut abzeichneten.

»Warum sollte ich denn von dir ablassen?«, knurrte er sie mit rauer Stimme an. »Verpasst du etwa eine Verabredung mit diesem dahergelaufenen Hurensohn? Ein Rendezvous in der Dunkelheit zwischen den Bäumen?« Erneut verstärkte er den Griff in Lehens Haar, so dass es ihr Tränen in die Augen trieb.

»Glaubst du, ich würde nicht mitkriegen, was du dummes Miststück dir für heute Abend vorgenommen hast? Was für ein Pech für Nahim, dass ich ältere Rechte an dir habe.«

Ungläubig starrte Lehen ihren Schwager an, doch ehe sie etwas entgegnen konnte, presste er seine Lippen auf ihren Mund und zerrte mit der freien Hand an dem Ausschnitt ihres Kleides. Lehen glaubte zu hören, wie etwas mit einem scharfen Geräusch riss, und spürte, wie das goldene Kettchen von Allehe einer Schlange gleich an ihrem Hals hinabglitt. Voller Entsetzen weiteten sich Lehens Augen, als sie Damirs raue Hand auf ihrer nackten Haut spürte.

Plötzlich schien die Szenerie grell ausgeleuchtet: Ein ungeheuerer Blitz durchkreuzte den Nachthimmel, gefolgt von Bersten und Donnerschlag.

Lehen stemmte sich gegen den abgelenkten Damir und schaffte es, sich mit einem beherzten Schlag gegen dessen Hals zu befreien. Sich den getroffenen Kehlkopf haltend, sank Damir auf die Knie. Rasch machte Lehen einen Schritt zurück und trat einmal blindlings zu, wobei sie jedoch lediglich Damirs Hüfte traf.

Ohne über einen weiteren Fußtritt oder Schlag nachzudenken, drehte Lehen sich um. Sie wollte nur noch fort von Damir, doch in dem Moment, in dem sie loslaufen wollte, stolperte sie über die Bank, stürzte der Länge nach hin und schlug dumpf mit dem Gesicht voran auf dem Boden auf.

Das Pochen in ihrem angeschlagenen Schienbein ließ Lehen fast ohnmächtig werden, während die Luft aus ihren Lungen qualvoll langsam entwich. Als sie ihren Kopf wieder hochheben konnte, sah Lehen aus den Augenwinkeln, dass der prächtig geschmückte Baum inmitten des Festplatzes lichterloh in Flammen stand: Der Blitz hatte in ihn eingeschlagen.

Obwohl sie am liebsten liegen geblieben wäre, zwang Lehen sich, einige Mal tief durchzuatmen. Dann krabbelte sie auf allen vieren weiter. Unter großer Anstrengung versuchte sie, auf die Beine zu kommen, aber da packte Damir sie von hinten an der Fessel, so dass sie erneut zu Boden fiel. Verzweifelt schluchzte Lehen auf, während Damir sie grob an der Schulter herumriss, so dass sie hart mit dem Rücken aufschlug.

Ein weiterer Blitz erhellte den Nachthimmel, dann setzte mit einem Mal ein Platzregen ein. Innerhalb kürzester Zeit sammelten sich unzählige Wasserlachen zwischen den Grashalmen und schlugen Blasen.

Damir wuchtete sich über Lehen und drückte sie mit der ganzen Kraft seines Körpers nieder. Überrascht nahm Lehen wahr, wie ihr der Regen in den zu einem stummen Schrei aufgerissenen Mund strömte. Sie blinzelte verstört, als sich in Damirs wutentbranntes Gesicht, das so unerträglich nah über ihrem war, ein frustrierter Ausdruck einschlich. Jäh richtete er sich auf und half auch Lehen mit einem rohen Ruck auf die Füße.

Kaum dass sie stand, taumelte Lehen auch schon einige Schritte zurück, um sich inmitten panischer Westendler wiederzufinden, die, von Blitz und Donner verfolgt, in den Wald hineinstürmten. Für einen Augenblick sah Lehen noch einmal in Damirs vor Zorn verengte Augen, dann ließ sie sich von der schreienden Menge mitreißen, die quer durch den Eichenwald in Richtung Dorf flüchtete.

Schon seit geraumer Zeit stand Nahim zusammen mit Maherind neben den Trubur'schen Weinfässern. Dort füllte Balam unermüdlich Weinkrüge nach, ohne dabei die Unterhaltung mit seinem Neffen Lasse versiegen zu lassen. Allerdings hatte sich ein gereizter Ton eingeschlichen.

Einige Mädchen und Jungen, die im Auftrag ihrer Eltern für Nachschub sorgen sollten, hatte Balam kurz zuvor mit verdünntem Cidre abgefertigt. Schließlich hatte er angenommen, dass die Kinder den Wein für den Eigengebrauch zusammengaunern wollten. Daraufhin hatte Borke Nebil, ein riesiger Almbauer von den Südlichen Höhen, ihm Schläge angedroht. Borke war nämlich von seinen Kumpanen ausgelacht worden, nachdem er generös einem jeden von ihnen den angeblich großartigen Hangwein eingeschenkt hatte.

Seit diesem Vorfall schnauzte Balam vorsorglich jedes Kind an, das sich näher als zehn Schritte an seine Fässer heranwagte.

Bienem hatte die Wiese erst vor Kurzem verlassen, nachdem das Fest einen für sie würdigen Abschluss gefunden hatte: Sie hatte sich für ihre kulinarischen Leistungen feiern lassen – wobei einige der Gratulantinnen bei ihren erzwungenen Lobpreisungen ein sauertöpfisches Gesicht gemacht hatten – und wollte gerade zu einer zweiten Runde durch die Reihen ansetzen, als sie die Füße ihres Sohnes Tevils unter dem Leinentuch vorblitzen sah, das die Festtafel abdeckte.

Vor den Augen der anerkanntesten Vertreter des Westends, die überwiegend dem weiblichen Geschlecht angehörten, gesellschaftlichen Ehrgeiz sowie Töchter und Söhne im heiratsfähigen Alter ihr Eigen nannten, riss Bienem das Tuch beiseite. Dort fand sie zu ihrer maßlosen Entrüstung einen betrunken Tevils vor, dessen Kopf im Schoß der Schneidertochter Mürre gebettet war. Begleitet vom empörten Aufschnauben der Zuschauer, zog Bienem ihren Sohn unter dem Tisch hervor und trieb ihn unter Schimpfen und Schlägen zurück ins Dorf.

Maherind dachte ebenfalls darüber nach, das Fest zu verlassen. Nachdem er nun zwangsweise Trinken und Essen entsagen musste, langweilte er sich zusehends. Aber dann stieß er auf einen Fischhändler aus dem westlich gelegenen Wordensen und begann eine lebhafte Unterhaltung über dessen gepökelten Fisch. Dabei zeigte sich der Mann zunehmend verwundert, da Maherind zwar alles über den Geschmack dieses einzigartigen Gebirgsfisches erfahren wollte, sich aber strikt weigerte, auch nur einen Happen davon zu probieren.

Schließlich versuchte Maherind, das Gespräch auf die Orkübergriffe in dieser Gegend zu lenken, von denen er in Brennburg gehört hatte. Aber ehe sich der plötzlich zurückhaltende Händler zu einer Äußerung verleiten ließ, mischte sich ein sichtlich angetrunkener Rameus in die Unterhaltung ein. Der grobschlächtige Müller baute sich vor Maherind auf und stierte ihn aus verquollenen Augen herausfordernd an.

»Neugierige Kerle von sonst woher und Orks, das ist keine gute Mischung«, ließ er Maherind wissen. »Im ganzen Dorf erzählt man sich von den Unruhestiftern, die letzten Winter zur Orkjagd aufgebrochen sind. Wir hier im Westend halten nichts von derlei aberwitzigen Unternehmungen. Können nur froh sein, dass die Orks das Interesse an Beutezügen auf den Südlichen Höhen verloren haben. Wer weiß, wohin dieses Durcheinander sonst noch geführt hätte!«, dröhnte Rameus und fuchtelte Maherind dabei mit einem vollen Bierkrug vor der Nase herum.

Daraufhin trat Maherind ihm versehentlich mit seinem schweren Stiefel auf den Fuß, so dass der Müller mit einem Aufschrei schnellstmöglich ein wenig Abstand zwischen sich und dem alten Mann suchte.

Maherind überlegte kurz, die Rede des Betrunkenen gänzlich zu unterbinden, doch dem Gesichtsausdruck des Fischhändlers zufolge würde er keine Neuigkeiten mehr erfahren. Darum fragte er mit einer Unschuldsmiene, was denn einem Mann vorzuwerfen sei, der räuberische Orks tötete.

»Ihr Pack wollt euch doch nur wichtig machen«, bekam er als Antwort von Rameus zu hören. »Hat ja auch geklappt, wie man so hört. Nehmt den Trubur-Bengel mit und im nächsten Jahr wohl auch die spröde Lehen. Die besten Weinfelder am Hang, eine Schande!«

»Und was denken du und dein Freund aus dem Schmiedshaus, warum die Orks, trotz ihrer Niederlage im letzten Winter, so plötzlich ihr Interesse an einer Heimsuchung dieses friedliebenden Tals verloren haben?«, entgegnete Maherind.

Rameus zuckte gleichgültig mit der Schulter. »Ist ein guter Sommer. Wird wohl überall genug zu fressen geben.«

Mit diesen Worten torkelte der Müller davon, und Maherind gesellte sich zu Nahim, dessen Anblick ihn jedoch zutiefst bedrückte. Offensichtlich hatte Nahim die Suche nach seiner Angebeteten aufgegeben. Keines der anderen Familienmitglieder war Lehen begegnet, nachdem sie sich zusammen mit ihrer Schwester gegen Abend zur Hintertür des Schmiedshauses hinausgeschlichen hatte. Nun tat Nahim so, als würde er einem Bauern und dessen Ausführungen über die Schweinezucht lauschen.

Da auch noch das schiefe Tröten der von Maherind seit jeher verachteten Trompete erklang und der aufziehende Sturm sein langes Haar zerzauste, war es mit seinem guten Willen vorbei. In dem Moment, in dem er Nahim zum Abschied auf die Schulter klopfen wollte, überraschte ihn das gleißende Licht des einschlagenden Blitzes, das ihn unwillkürlich zusammenzucken ließ. Er fuhr herum und sah die geborstene Eiche in der Mitte des Platzes. Innerhalb von wenigen Augenblicken fingen die Papiergirlanden Feuer, und die vielen Öllämpchen zwischen den Ästen zerbarsten in scharfkantige Scherben und gossen einen Feuerregen auf Musiker und Tanzende.

Rasch streckte Maherind seine Hand nach Nahims Arm aus. Der junge Mann jedoch schüttelte sie ab, weil er zu dem Unglücksort laufen wollte.

»Verflixt, Junge, du musst mir helfen!«, fuhr Maherind ihn an. »Sonst stolpere ich noch über meine eigenen Füße, da doch kaum etwas zu sehen ist. Macht einen Heidenqualm, diese verdammte Eiche!«

Einen Augenblick lang zögerte Nahim, dann griff er Maherind unter den Arm.

Die meisten Westendler waren unter großem Geschrei auf die Bäume zugerannt, und nur wenige Zurückgebliebene versuchten, mit Füßen und Tischdecken die versprengten Feuer zu löschen.

Während des Laufs löste Maherind seinen Umhang, um sogleich den erstbesten Flammenherd zu ersticken, der gierig über das niedergetrampelte Gras der Wiese leckte. Doch als er einen Musiker entdeckte, der von einem der herabstürzenden Äste getroffen worden war, drückte er den Umhang Nahim in die Hand. Hastig zog er den Bewusstlosen unter dem brennenden Geäst weg, um anschließend den getroffenen Schädel vorsichtig zu betasten.

Nahim hingegen schlug mit dem Umhang und schließlich mit seiner Jacke auf die Flammen ein und stieß fluchend einen Betrunkenen zur Seite, der das sich schnell ausbreitende Feuer mit dem Inhalt seiner Schnapsflasche löschen wollte.

Als der Platzregen mit brachialer Wucht einsetzte und innerhalb kürzester Zeit von dem Brand lediglich ein Glimmen des entzündeten Lampenöls zurückließ, waren Nahims verrußte Hände bereits mit Blasen überzogen und die Augen rot unterlaufen. Die Haare auf seinen Unterarmen waren angekohlt und verbreiteten einen beißenden Gestank. Hustend ließ er sich neben Maherind in der Hocke nieder, der im prasselnden Regen die verletzte Wange eines weinenden Mädchens untersuchte. Neben ihnen stand Balam, der mit einer Laterne ein wenig Licht spendete und nervös von einem Fuß auf den anderen trat.

»Mach, dass du zum Schmiedshaus kommst«, sagte Maherind, nachdem er einen kurzen Blick auf Nahim geworfen hatte. »Das Feuer ist gelöscht, und darüber hinaus hat es nur einige kleine Verletzungen gegeben: Schnitte, Verbrennungen, das übliche Zeug. Ich komme mit Balam auf dem Wagen nach, sobald er seine geliebten Fässer und noch ein paar verwundete Westendler aufgeladen hat.«

Nahim machte keine Anstalten aufzubrechen, deshalb schnauzte Maherind ihn gereizt an: »Hör auf, dich wie ein Geier umzusehen, Junge! Lehen ist bestimmt schon längst mit den anderen ins Dorf zurückgekehrt und braucht jetzt eine starke Schulter, an der sie sich nach diesem Schrecken anlehnen kann.«

Nachdenklich leckte Nahim sich über die aufgeplatzten Lippen, während Maherind sich wieder dem Mädchen zugewandt hatte und es anfuhr, endlich mit dem Plärren aufzuhören. Schließlich schnappte sich der junge Mann eine der Öllaternen, die überall für das Fest aufgestellt worden waren, murmelte noch ein Abschiedswort und verschwand im Wald, um unter dem schützenden Laubdach ins Westend zurückzukehren.

Genauso unvermittelt, wie der Regen eingesetzt hatte, hörte er auch wieder auf und hinterließ eine nass glänzende Nachtwelt. Ferne Blitze beleuchteten noch das Bild des zerstörten Festes, doch Nahim richtete seinen Blick stur auf den Boden vor seinen Füßen, um keine Zeit mit einem Sturz über umgeworfene Bänke und Tische zu verschwenden. Außerdem war es nicht einfach, zwischen Bäumen den richtigen Weg zu finden.

Fast wäre Lehen ihm zwischen den Schatten der Bäume und des Gestrüpps entgangen, da der Lichtschein seiner Laterne nicht weit reichte. Aber Nahim hörte das Knacken eines Zweiges, und ehe Lehen hinter einem Baum in Deckung gehen konnte, rief er ihren Namen, obwohl er sich nicht sicher sein konnte, dass sie es auch wirklich war.

Nur widerwillig löste Lehen sich aus der Dunkelheit und trat auf den Lichtkegel zu. Erst glaubte sie, dass Nahims Gesicht in Schatten gebettet sei. Dann wurde ihr bewusst, dass es mit Ruß beschmiert war. Für einen kurzen Moment lang war sie versucht, ihm über die rotschwarz leuchtende Wange zu streichen, aber Bilder ihres schrecklichen Erlebnisses mit Damir schossen ihr durch den Kopf, und sie blieb mit herunterhängenden Armen vor ihm stehen.

»Was ist passiert?«, fragte Nahim zaghaft und deutete auf den tief eingerissenen Ausschnitt des Kleides.

Verständnislos blickte Lehen an sich herab und sah zu ihrem Entsetzen, dass die linke Schulter und der Ansatz ihres Busens freilagen. Mit beiden Händen versuchte sie, den klaffenden Stoff zusammenzuraffen, doch es wollte ihr nicht gelingen. Als Nahim ihr sein Halstuch reichte, zuckte sie unwillkürlich zurück. Und erst nachdem sie das nasse, klebende Tuch notdürftig drapiert hatte, setzte sie mühsam zu einer Antwort an.

»Es muss eingerissen sein, als ich gestürzt bin ... Was für ein schrecklicher Abend.« Sie lachte leise auf, aber in Nahims Ohren klang es wie ein Schluchzen. Dann redete sie ohne Luft zu holen los. »Dabei hatte das Fest so schön begonnen: Allehe und ich sind mit der Kleinen über die Wiese geschlendert, wobei wir die Festtafel weiträumig gemieden haben. Bienem hätte uns beide wahrscheinlich öffentlich ausgepeitscht, weil wir einfach weggegangen sind. Ich denke, wir dürften so ziemlich alles gesehen haben, was das Sommerfest zu bieten hatte. Wir haben den Akrobaten und Zauberern aus Brennburg zugeschaut, haben Erdbeerbowle getrunken, und Allehe hat sich die Zukunft aus Tierknochen lesen lassen. Den Unsinn, der dabei herausgekommen ist, wollte sie allerdings nicht erzählen. Wir haben uns sogar das Ende von Bürgermeister Wenzigs Eröffnungsrede angehört.«

»Ich kenne den Anfang«, unterbrach Nahim sie sanft, als er bemerkte, dass sie nicht recht fortzufahren wusste. Unter all seinen Fantasien, wie sie einander wohl auf dem Fest begegnen würden, war keine vorgekommen, in der sie beide nass bis auf die Knochen und verwirrt im nächtlichen Wald stehen würden.

»Als der Bürgermeister anfing, seinem Vetter dritten Grades für den frisch geharkten Weg vor dem Platz zu danken, überkam mich der dringende Wunsch, die gegenüberliegende Seite der Festwiese kennen zu lernen. Vielleicht sollten wir dieses rhetorische Meisterwerk gemeinsam zusammenfügen?«

Nahim nahm Lehens versteinertes Gesicht wahr und wünschte sich augenblicklich, das eben Gesagte zurücknehmen zu können. Er hatte gehofft, dass eine alberne Bemerkung die unerklärliche Fremdheit zwischen ihnen überwinden würde, so dass dieser unglückselige Abend nun doch noch den herbeigesehnten Abschluss finden möge. Aber Lehen zog sich immer weiter von ihm zurück.

Unbeirrt setzte sie ihre stakkatohafte Erzählung fort: »... und dann sind wir auf einer Bank gesessen, um einen Moment lang aufatmen zu können. Dort hat uns Damir gefunden, der sehr aufgebracht war, da es doch schon dunkel war und er so lange nach Allehe gesucht hatte. Und dann hat der Blitz eingeschlagen, und alle sind fluchtartig zum Ausgang geströmt, und ich bin gestürzt, und ich glaube, jemand hat mich bei den Haaren hochgezogen. Ich weiß selbst nicht, warum ich in den Wald gelaufen bin, anstatt den anderen ins Schmiedshaus zu folgen.«

Lehen lachte kurz heiser auf, und dabei hallten ihr die eigenen Worte im Kopf nach, begleitet vom kindlichen Lachen ihrer Schwester Allehe. Unwillkürlich begann sie zu schluchzen, und ihr Brustkorb hob und senkte sich rasch. Doch zu ihrem eignen Erstaunen liefen ihr keine Tränen über die Wangen. Im Gegenteil, ihre Augen fühlten sich wie ausgebrannt an.

Behutsam stellte Nahim die Laterne auf einem Baumstumpf ab. Er schien ganz in Gedanken versunken zu sein, obwohl er sie gerade noch prüfend angesehen hatte. Dann machte er vorsichtig einen Schritt auf sie zu und nahm ihre Hände in die seinen.

Unwillkürlich dachte Lehen an den zerrissenen Ausschnitt des Kleides und an das Haar, das ihr strähnig an der Stirn klebte. Vor ihrem geistigen Auge erschien das Bild einer Puppe, die jemand achtlos auf dem vom Regen aufgeweichten Boden zurückgelassen hatte: eine Puppe, der ein kleines Mädchen zuvor liebevoll das Haar gekämmt und ein hübsches Kleid angezogen hatte.

Plötzlich stimmte Nahim eine Melodie an, und Lehen zuckte zusammen. Aber er lächelte entschuldigend, beugte sich vor und begann, ihr Verse ins Ohr zu flüstern, die mit dem Lied des Brennburger Musikanten nichts mehr gemeinhatten.

Lehen machte den Versuch, sich von Nahim und seinen schönen Worten zu lösen. Sie konnte seine Nähe nach dieser Nacht kaum ertragen. Bevor sie sich aber abwandte, blickte sie von der Seite in Nahims Gesicht, dessen Züge nun entspannt waren und in dessen Augen eine Ruhe lag, die Lehen nie zuvor aufgefallen war.

In diesem Augenblick traf Lehen eine Entscheidung.

Sie atmete tief aus und ließ ihre Stirn auf Nahims Schulter sinken. Sie spürte seinen warmen Atem dicht an ihrem Hals, und da er mit einer ruhigen Bewegung die Arme um sie legte, dachte Lehen plötzlich an frisch gefallenen Schnee, der an einem Morgen den Hang bedeckt. Dann sah sie nur noch reines Weiß und fühlte nichts als Nahims liebevolle Umarmung.

Kapitel 10

Am nächsten Morgen trat Balam, noch außer Atem vom hastigen Aufstieg über Deens Steinhaag, vor sein Haus und schaute unglücklich auf die klammen, von Ruß gezeichneten Kleider, die jemand aufgehängt hatte. Eine Zeit lang stand er reglos vor der Eingangstür und horchte nach möglichen Geräuschen. Schließlich schob er die Tür einen schmalen Spalt weit auf und linste in die dämmerige Stube.

Zu seiner großen Überraschung fand er Nahim allein vor. Mit übergeschlagenen Beinen und in eine Decke gewickelt, saß er neben dem Ofen, in dem ein kleines Feuer brannte. Das frischgewaschene Haar lag ihm offen auf den bloßen Schultern, und das vom nächtlichen Brand immer noch gerötete Gesicht wies keinerlei Rußspuren mehr auf. In der einen Hand qualmte eine langstielige Pfeife, und mit der anderen balancierte er ein aufgeschlagenes Buch auf dem Knie, wobei er sorgfältig darauf achtete, dass die von Brandblasen gezeichnete Haut nirgends anstieß. Neben seinen nackten Füßen lag Borif auf der Seite und wedelte lahm mit dem Schwanz.

»Guten Morgen, Balam«, begrüßte Nahim den Bauern, der auf der Türschwelle stand und sich anscheinend nicht dazu durchringen konnte, einzutreten. »Der Tee auf der Herdplatte ist gerade aufgebrüht, also bedien dich bitte. Wenn ich gewusst hätte, dass du so früh am Morgen hier heraufsteigen würdest, hätte ich mir nicht die Mühe gemacht, die Ziegen allein auf die Weide zu treiben und das Kleinvieh zu versorgen.«

»Wo ist meine Tochter?«, erwiderte Balam mit gereizter

Stimme. Seine Augen suchten hektisch das Zimmer nach Anzeichen ab, die den Verdacht bestätigen sollten, der sich während des mühsamen Aufstiegs zunehmend verdichtet hatte.

Bienem hatte nur müde abgewinkt, als er sie kurz vor der Dämmerung geweckt und ihr erzählt hatte, dass weder Lehen noch Nahim im Schmiedshaus eingekehrt wären und er bereits laut rufend im Eichenwald nach ihnen gesucht habe. Die von Bienem im Halbschlaf ausgesprochene Vermutung, die beiden jungen Leute hätten es sich sicherlich in Lehens warmen Bett gemütlich gemacht, hatte seine Furcht zusätzlich geschürt und ihn den Hang hochgetrieben.

Mit der Pfeifenspitze wies Nahim auf die geschlossene Tür, die zu Lehens Kammer führte. Dabei schaute er den immer noch schnaufenden Bauern nachdenklich an, als dieser ihn anfuhr: »Darf ich fragen, warum ihr nicht ins Schmiedshaus gekommen seid, sondern mitten in der Nacht den Steinhaag hochklettert?«

»Du brauchst dir keine Sorgen zu machen. Wir haben auf Maherinds Pferd den Flussweg genommen. Lehen wollte unbedingt zurück auf den Hof, und weil sie sehr erschöpft und auch ein wenig verwirrt von den Geschehnissen der Nacht war, hielt ich es für das Beste, ihr den Wunsch zu erfüllen. Ich wäre schon bald hinunter ins Westend geritten, um euch Bescheid zu geben. Es tut mir leid, wenn du dir Sorgen gemacht hast.«

Während Nahim dies sagte, goss er Tee in einen Becher, rührte kräftig Zucker unter und hielt ihn Balam hin.

Balam kratzte sich kurz am Hinterkopf und zog dann leise die Eingangstür hinter sich ins Schloss. Als er den dampfenden Becher entgegennahm, nickte er Nahim zum Dank zu, vermied es jedoch, ihm direkt in die Augen zu sehen. Er setzte sich zu ihm an den Ofen, und beide schwiegen eine Zeit lang.

Schließlich räusperte sich Balam und sagte: »War ja eine schöne Bescherung, als der Blitz in die Eiche einschlug. Hast du diesen Ton gehört, der Pelip vor Schreck aus seiner Tuba herausgerutscht ist? Soll ich dir mal sagen, woran mich das erinnert hat?«

Mürrisch saß Maherind auf dem rumpelnden Ochsenkarren, während er, Bienem und Tevils am Nachmittag zum Trubur-Hof zurückkehrten. Mit hängenden Schultern war er vor der Weide am Dorfeingang gestanden, auf der weit und breit keine Spur von seinem Pferd Faneos zu sehen gewesen war. Tevils' Behauptung, die Orks hätten offensichtlich wieder zugeschlagen, wies er lediglich mit einem Grunzen von sich und zeigte auf das wohl verschlossene Gatter.

Zuerst hatte Bienem noch einige Tage bei Allehe im Schmiedshaus bleiben wollen, doch ihre Tochter war auffallend stumm und zurückhaltend gewesen, was Bienem auf die fortschreitende Schwangerschaft geschoben hatte. Also hatte sie einen von Übelkeit geplagten Tevils zur Festwiese geschickt, damit er das heil gebliebene Geschirr zurückhole. Dann hatte sie eigenhändig den Ochsenkarren eingespannt und den Hang hinaufgeführt.

Den Abend über beobachtete Bienem, wie vertraut Lehen und Nahim plötzlich miteinander umgingen: wie sie sich gegenseitig neben dem Ofen etwas zuflüsterten, dicht nebeneinander bei Tisch saßen oder gemeinsam zu einem kurzen Gang zum Wasserholen aufbrachen.

Bei der erstbesten Gelegenheit lehnte sie sich zu Maherind hinüber und raunte ihm zu: »Wurde ja höchste Zeit mit den beiden! Mir gefällt der Gedanke an Enkelkinder mit so schönen dunklen Locken, wie Nahim sie hat, ausgesprochen gut. Es wird mir eine große Freude sein, die beiden jeden Winter zu besuchen – wo immer sie auch leben werden.«

Unter dem dichten Schnurrbart verzog sich Maherinds Mund zu einem herzlichen Lächeln, während er an seinem Wasser nippte – die Blaunuss hielt seinen Magen weiterhin in Schach, und angesichts des aufgewärmten Gemüseeintopfs, der auf dem Essenstisch stand, war er auch nicht traurig darüber.

An diesem Abend, als alle beisammensaßen, teilte Nahim ihnen mit, dass er in zwei Tagen mit Tevils aufbrechen werde. Für einen kurzen Moment erwachte Tevils aus seiner vom Rausch bedingten Lethargie. Maherind nickte zustimmend und sagte, dass er sie allerdings nur ein kurzes Stück begleiten werde, da er noch den Westen des Tals besuchen wolle. Er habe den ganzen Sommer über, schon in Brennburg, immer wieder von Orkübergriffen in dieser kargen Landschaft gehört, und außerdem interessiere er sich für den dortigen Fischfang, nachdem er die gepökelten und eingemachten Delikatessen bewundert hatte.

»Ich möchte gern noch etwas anderes sagen«, unterbrach Nahim nach einiger Zeit die lebhafte Unterhaltung. »Wie ihr wisst, werden wir uns mit Vennis auf dem Gut meiner Familie im Süden von Rokals Lande treffen. Ich möchte diese Gelegenheit nutzen, um mit meinem Vater darüber zu sprechen, ob ich nicht wieder meinen angestammten Platz in der Familienhierarchie übernehmen könnte. Sobald Trevorims Pforte im nächsten Frühjahr Durchlass gewährt, werde ich wiederkommen, um Lehen zu holen, das heißt, wenn ihr damit einverstanden seid.«

Balam ignorierte das freudige Aufjauchzen seiner Frau und ließ den Kopf hängen. Von all seinen Kindern fühlte er sich Lehen am nächsten. Ihre umsichtige, kluge Art war ihm immer eine große Stütze gewesen, und über viele Dinge sprach er als Erstes mit seiner ältesten Tochter, seit sie angefangen hatte, die Beete in Gemüse- und Blumenrabatte einzuteilen und die Vorräte festzulegen. Er dachte an die vielen Abende, an denen er mit Lehen vor dem Haus gesessen hatte, während Allehe und Tevils auf dem Hof spielten und Bienem entweder beleidigt in ihrer Kammer hockte oder auf dem Weg zu Verwandten war.

Wie oft hatte Bienem in all den Jahren Allehes Schönheit und Lebendigkeit gelobt, während ihr schon die zwölfjährige Lehen mit ihrer Ernsthaftigkeit nichts als Verdruss bereitet hatte. Ihrer Meinung nach neigte das Mädchen schlicht und ergreifend dazu, sich um das eigene Vergnügen zu bringen. Aber wenn Bienem sie einmal zu einer Gruppe gleichaltriger Mädchen aus dem Dorf gescheucht hatte, hatte Lehen mit einer Miene herumgestanden, als gelte es, eine Strafe abzusitzen. Lehen hatte einfach nie zu jenen Kindern gehört, die sich achtlos im Dreck vergnügten oder Frösche zum Platzen brachten.

In all der Zeit hatte Balam stillschweigend den Verdacht gehegt, dass Bienem zugunsten ihrer eigenen Freiheit bei der ersten sich bietenden Gelegenheit Lehen die Verantwortung zugeschoben hatte. Da Lehen ein gutes Kind war, wie Balam nicht müde wurde zu betonen, zögerte sie auch nicht, die Rolle der Hofherrin zu übernehmen.

Schließlich riss Balam sich von den Gedanken los und blickte seine Tochter an, die Nahim gerade liebevoll eine einzelne Locke hinters Ohr strich.

Vielleicht hatte Lehen nicht ein so anziehendes Naturell wie ihre Schwester, dafür hatte sie zu viel von der sperrigen Art ihres Vaters geerbt. Aber sie ist eine junge Frau, sagte Balam sich im Stillen, und sie hat es verdient, glücklich zu sein. Obwohl sich alles in ihm dagegen sträubte, führte er sich Lehens trauriges Gesicht vor Augen, als Damir vor gar nicht langer Zeit Allehe vom Hof geholt hatte.

»Glaubst du denn, dass dir der Süden des Landes gefallen könnte?«, fragte er deshalb leise, so dass die Zärtlichkeit in seiner Stimme kaum hörbar war. »Du weißt, dass du deine Familie nur selten zu Gesicht bekommen wirst, weil die Reise sehr lang ist.«

»Sie dürfte einige Wochen in Anspruch nehmen, wenn man gleich ein Schiff findet, das einen nach Sahila bringen kann«, fügte Maherind hinzu.

Lehen nickte. »Ja, das weiß ich.«

»Ich könnte euch auch ein Stück Land überlassen, wenn ihr beiden nicht zusammen mit mir den Hof bewirtschaften möchtet. Die alten Stallungen am oberen Hang könnten leicht zu einem schönen Haus umgebaut werden, und nur einige Schritte davon entfernt gibt es auch eine kleine Wasserquelle.«

Doch Lehen schüttelte den Kopf. »Nein, ich habe mit Nahim über diese Möglichkeit gesprochen, weil er das Westend gut leiden kann. Aber ich möchte fort aus Trevorims Tal.«

Balams Gesicht verzog sich schmerzverzerrt, aber er nickte. Dann stand er auf und verließ das Haus.

Einen Moment lang war Lehen versucht, ihm nachzulaufen, doch Maherind drückte sie auf die Bank zurück und ging ihm selbst nach. Er fand Balam neben einem hohen Gatter mit Bodenranken, wie er in den südlichen Himmel blickte.

»Megras Waches Auge«, sagte Maherind und zeigte auf einen rötlich schimmernden Stern. »Wenn du in einer sternenklaren Nacht auf Faliminirs Gut stehst, scheint es dir zum Greifen nah.«

»So weit weg«, antwortete Balam.

Den letzten gemeinsamen Abend verbrachten sie vor dem Haus. Der Tag war warm und klar gewesen, so dass die Nachtluft den Heliotrop und den Jasmin zum Duften brachte. Mottenartige Birgen, deren silberne Flügel das Kerzenlicht vielfach reflektierten, surrten über den Hof.

Lehen und Nahim saßen ein wenig abseits von den Übrigen, die Maherinds Geschichten aus dem viel umschwärmten Süden von Rokals Lande lauschten und das Paar nicht weiter zu beachten schienen.

Aus dünnen Lederstreifen hatte Lehen ein Band geflochten, an das sie eine kleine silberne Glocke hängte. Balam hatte seiner Tochter vor einigen Jahren eine Hand voll dieser Glöckchen geschenkt, nachdem er sie an den jungen Frauen in Brennburg bewundert hatte, die sie sich zum Tanz ins Haar flochten. Aber Lehen hätte so viel Aufmerksamkeit, wie sie das helle Geräusch hervorrief, nur schlecht ertragen können.

Nun band sie Nahim das Glöckchen ums linke Handgelenk und sagte: »Damit du mir nicht verloren gehst.«

Nahim lächelte sie an. Nachdem er mit einem flüchtigen Blick festgestellt hatte, dass die anderen weiterhin den Geschichten aus dem Olivenhain zuhörten, nahm er ihre Hand und küsste sie. Dann lehnte er sich mit dem Rücken gegen die noch warme Hauswand und betrachtete Lehens Gesicht, während ihre ineinander verschränkten Hände zwischen ihnen lagen.

Der nächste Morgen brachte Bodennebel mit sich, so dass Lehen sich ein Tuch um den Kopf wickelte. Gemeinsam mit Balam und Bienem blickte sie an der Flussgabelung den Reitern hinterher. Sie hatte die Hände in die weiten Ärmel ihres Kleides gesteckt und stand noch am Fluss, als das Hufgeklapper schon lange verklungen war. Als Balam einen Arm um die Schultern seiner Tochter legte, spürte er, wie sehr sie zitterte. Er zog sie dichter an sich heran und ging mit ihr zusammen zum Hof zurück.

TEIL III

Kapitel 11

Nachdem Nahim und Tevils Trevorims Pforte durchquert hatten, ritten sie zunächst ein Stück in Richtung Norden, und Tevils sah zum ersten Mal in seinem Leben einen gradlinigen Horizont. Denn schon kurz hinter dem Saum des Gebirgsausläufers flachte das Land zunehmend ab und ging in ein ebenes, leicht abfallendes Gelände über. Seen und Weideland bestimmten hier die Landschaft.

Tevils hatte schnell feststellen müssen, dass ihm die Überschaubarkeit des Bodens Unbehagen bereitete. Sein Auge redete ihm unablässig ein, dass jemand einen entscheidenden Bestandteil des Landes getilgt haben müsse.

Sie verließen einen gut ausgebauten Handelsweg in Richtung Norden und schlugen einen gewundenen Pfad ein, der mit feinem Kiesel bedeckt war. Nahim mutmaßte, dass sich die wenigen Händler, die an der unwegsamen Ostküste unterwegs waren, ein ausgetrocknetes Flussbett zu Diensten gemacht hatten, auf dem es sich einigermaßen gut reiten ließ.

Je näher sie der Küste kamen, desto mehr rundliche Findlinge mischten sich ins Bild und umso karger wurde die Umgebung. Der Gürtel der Steinhäfen bestand aus grünschwarzem Gestein, das mit seiner wellenartigen Formation das nahe Meer vorwegnahm. Die Oberfläche dieser abgeschliffenen Kanten war mit feinen Löchern versehen, die Nahim an die Schwämme erinnerte, die an der südlichen Küste feilgeboten wurden.

Mit Anbruch des zweiten Tages in diesem ungastlichen Land

begann Tevils damit, hinter jedem Stein einen mit Speer und Axt bewaffneten Ork zu vermuten.

Doch Nahim schüttelte lediglich mit dem Kopf. »Die einzigen Wegelagerer, mit denen wir in dieser Steinwüste zu tun bekommen werden, sind die Wirte der hiesigen Herbergen. Und ich befürchte, wir werden uns ihnen ergeben müssen. Es sei denn, du hast in der letzten Zeit Interesse an Schlangenragout entwickelt und schläfst gern hockend auf einem dieser Felsbrocken.«

Tevils hielt trotzdem an seinem Verdacht fest und informierte Nahim unablässig über jeden strategisch günstigen Angriffspunkt und jeden möglichen Stolleneingang. Schließlich riss Nahim der Geduldsfaden, und er zerrte den Jungen auf einen der aufragenden Gesteinsbrocken. Er hielt ihn unsanft am Arm fest. »Schau dich einmal gründlich um, Tevils. Und dann erklärst du mir bitte, wie, verdammt noch einmal, Orks in diesen felsigen Boden einen ihrer Stollen hineintreiben sollten?«

Einen Moment lang war Tevils verlegen, doch dann erinnerte er sich an die Orkbande, die durch die westlichen Wälder bis auf den Hof der Truburs vorgedrungen war, auch ohne Stollen auszuheben. Gereizt massierte sich Nahim immer wieder den Nasenrücken, während Tevils ihm allerlei Möglichkeiten auseinandersetzte, wie die Unterkünfte der Orks beschaffen sein könnten.

»Und was denkst du, worauf Orks hier lauern sollen?«

Tevils blickte ihn mit vor Ungeduld zusammengekniffenen Augen an. »Na, auf die Händler natürlich, die diesen Weg nehmen und weder nach links noch nach rechts fliehen können.«

»Du meinst also, dass das Interesse der Orks an Stoffen und Kupfertöpfen groß genug ist, um hier wochenlang auf einem Stein auszuharren?«

Tevils zuckte gleichgültig mit der Schulter. »Ja, warum denn nicht? Schließlich sind Orks gierig und böse.«

»Das stimmt«, entgegnete Nahim. »Wenn sie sich nicht gerade gegenseitig tyrannisieren, sind Orks zu jeder Zeit darauf bedacht, sich auf Kosten anderer zu amüsieren. Aber für Dinge, die für uns Menschen von Wert sind, haben sie nur wenig übrig. Sie sind vollends damit zufrieden, im dunklen Erdreich zu hocken und bei Gelegenheit einem zappelnden Lebewesen die Kehle aufzuschlitzen. Hauptsache Lebewesen, verstehst du? Du kannst mir ruhig glauben, dass bei den Steinhäfen des Ostens noch nie ein Ork gesehen worden ist. Die paar Übeltäter, die in den Südlichen Höhen auf Raubzüge gehen, sind die Reste einer uralten Vorhut, der es einfach gut gefiel, in der roten Erde von Siskenland zu buddeln und es sich in den Erdspalten gemütlich zu machen. Aber im Süden und Norden von Rokals Lande wirst du sie nicht antreffen, denn dieses Land gehört seit jeher den Menschen.«

Mit diesen Worten beendete Nahim zwar die Diskussion, aber nicht Tevils' Fantasien, denen er sich den Rest des Weges schweigend hingab. Nahim hingegen genoss die plötzliche Stille und ließ seine Gedanken zurück in Trevorims Tal gleiten. Oder er schmiedete an den Sätzen, mit denen er seinen Vater überzeugen wollte, ihm einfach nur ein Stück Land zu überlassen.

Wenn man von Trevorims Pforte aus in den Süden von Rokals Lande gelangen wollte, dann musste man den Seeweg auf sich nehmen, um so das ungangbare Gebirge zu umschiffen. Die bedeutendste Handelsroute, die die natürliche Grenze zwischen den beiden Hälften von Rokals Lande überbrückte, lag zwischen dem großen Hafen Previs Wall im Norden und der Hafenstadt Sahila im Süden, von wo aus eine breit gepflasterte Straße nach Westen führte.

Da der schmale und schwach besiedelte Landstrich hinter Trevorims Pforte kaum Aufmerksamkeit vor den Großen der Welt fand, waren die wenigen natürlichen Häfen an der Ostküste ebenfalls unbeachtet geblieben. Ein weitläufiger Inselgürtel, der die Fahrt durch die Gewässer erschwerte, und die steile Felsenküste hatten das ihrige hinzugetan.

In Breve, einem der kleinen Steinhäfen des Ostens, gingen Nahim und Tevils an Bord. Zu ihrer großen Freude hatten sie innerhalb von zwei Tagen ein Schiff gefunden, das sie trotz der beiden Pferde mit nach Sahila nehmen konnte. Ein Glück, denn Breve war ein öder Ort inmitten der Felsenwüste, dessen natürlicher Hafen nur wenige Anlegestellen für Schiffe bot.

Zuerst war Tevils vom Anblick der Küste und der vor Anker liegenden Schiffe begeistert gewesen, und Nahim verbrachte viel Zeit damit, dem Jungen alles Wissenswerte über das Meer und die Schifffahrt zu erzählen. Doch als das Schiff nach zwei Wochen umständlichen Kreuzens durch den dichten Gürtel von spitz aufragenden Inseln endlich Kurs aufs offene Gewässer nahm, wurde Tevils beim Anblick des weiten Meeres schlagartig übel.

Den Rest der Überfahrt verbrachte er würgend und verängstigt unter Deck. Jedes Mal, wenn Nahim ihn verließ, um kurz nach den Pferden zu schauen oder etwas Essbares heranzuschaffen, drückte Tevils sein Gesicht ins Kissen, während um ihn herum alles in Bewegung war und die Außenwände sich aufgrund der Wassermassen nach innen zu dehnen schienen.

Stets fand Nahim bei seiner Rückkehr einen vor Furcht nass geschwitzten Tevils vor, der sich sogleich an ihm festkrallte, als würde er zu ertrinken drohen.

Schließlich waren sie bei Sonnenaufgang in Sahila, der großen Hafenstadt des Südens, an Land gegangen. Das rote Licht des Morgens hatte die vielstöckigen und verwinkelten Sandsteinbauten zum Leuchten gebracht, und Tevils konnte sich an den unzähligen Fenstern und Türen nicht sattsehen. Er versuchte, sich vor Augen zu führen, wie viele Menschen wohl gerade die blau gestrichenen Holzläden aufstießen, um das warme Sonnenlicht hereinzulassen, während sie ihr Teewasser erwärmten und Pfannkuchenteig anrührten.

Tevils kannte den Brennburger Markt, wo die Menschen dicht an dicht wohnten und ihre Häuser teilweise drei Stockwerke hatten. Balam hatte seinen Sohn gern dorthin mitgenommen, denn im Gegensatz zu seinem Vater konnte Tevils sich für den dort herrschenden Trubel begeistern.

Aber hier in Sahila zogen sich die Häuser den Abhang hinauf bis an den Horizont, und in der Bucht selbst lagen neben unzähligen Schiffen auch Hausboote. Tevils bemerkte sie erst nicht, und als Nahim ihn schließlich darauf aufmerksam machte, vermochte er seinen Augen kaum zu glauben: Menschen, die auf ein paar Holzplanken auf den schaumbedeckten Meereswellen lebten!

Obwohl Tevils liebend gern in Sahila geblieben wäre, entschied Nahim nach kurzem Zögern, die Reise gleich fortzusetzen. Immer wieder hatte er sich in den letzten Tagen auf dem Meer, als Tevils zusammengekauert unter einer Decke in seiner Koje gelegen hatte, die Rückkehr auf das Gut seiner Familie vorgestellt. Er hatte seinen Vater vor vielen Jahren das letzte Mal gesehen, und der Gedanke, sich Faliminirs musterndem Blick aussetzen zu müssen, weckte eine alte Wut in ihm. Je eher er sich dem Gespräch mit dem Herrn von Montera stellte, umso besser. Außerdem freute er sich auf das Zusammentreffen mit Vennis.

Tevils greinte noch eine Weile, als sie Sahila den Rücken zuwandten. Aber er ließ sich zuletzt von dem Versprechen besänftigen, dass Vennis sich bestimmt Zeit nehmen würde, um mit ihm in die lebendige Hafenstadt zurückzukehren. Außerdem heiterte Nahim den Jungen auf, indem er für sie beide Muschelketten kaufte: kleine perlmuttfarbene Häuser, die kunstvoll in sich gedreht waren. Die Steine im Hafen waren voll von diesen Muscheln, mit denen sich die Sahilaner üppig schmückten.

Tevils war sichtlich stolz über diese weitere Gemeinsamkeit, die ihn mit Nahim verband. Er ritt auf einem Pferd durch fremde Lande, trug ein Klinge am Gürtel, und um seinen Hals hing nun sogar derselbe Schmuck wie bei dem hochgewachsenen Mann neben sich, dem die Sahilaner selbst auf den überfüllten Straßen Platz gemacht hatten.

Nicht mehr lange, dachte Tevils verträumt, und er würde ebenfalls eine dunkle Zeichnung wie die von Nahim auf seinem Unterarm tragen. Dann würde er ein ganzer Mann sein, der nur gelegentlich ins Tal unter Trevorims Pforte zurückkehrte, um beim Wein Abenteuer zum Besten zu geben.

Im Süden von Rokals Lande schien die Sonne den ganzen Tag lang, so dass die Luft zur Mittagszeit vor Hitze flimmerte. Tevils atmete jedes Mal kräftig durch, wenn sie nach einem Ritt über Felder wieder zwischen Schatten spendenden Laubbäumen ritten, die einen Großteil der von sanften Hügeln bestimmten Gegend bekleideten. Wie bei einer schönen Frau, hatte Nahim gesagt und gelacht, doch Tevils wusste mit dem Vergleich nichts anzufangen.

Montera war der Name dieses Landes, die Heimat der Olivenhaine. Diese Bäume waren von zierlichem Wuchs, so dass ihre Laubkronen voller silbern schimmernder Blätter beinahe Tevils' Haare berührten, wenn er auf Lele zwischen ihnen hindurchtrabte. Die Sonnenstrahlen, die durch das lichte Blätterdach fielen, zauberten ein vibrierendes Muster auf den mit Moos und niedrigen Sanddornsträuchern bedeckten Boden. Dort, wo das Grün ein Stück Erde freigab, schimmerte es in einem weichen Orange, das mit roséfarbenen Kristallen durchsetzt war. Wenn Tevils das lebendige Lichtspiel zu ausdauernd betrachtete, machte es ihn schwindlig, und doch genoss er das Gefühl.

Eine Vielzahl von Singvögeln und bunt schillernden Insekten schwirrte in der Luft, nährte sich an Oleander und Hibiskus, die entlang der streng geometrisch angelegten Ährenfelder in dieser sorgfältig geordneten Landschaft blühten.

Die sanft auf- und absteigenden Hügel Monteras unterschieden sich so sehr von dem mit spitzem Fels durchwirkten Steinhaag oder den mächtigen Tannenwäldern des Westgebirges, deren seit Urzeiten aufgeschichtetes Totenholz und tiefe Schluchten jeden Wanderer zur Umkehr zwangen. Die Fauna des westlichen Gebirges wucherte dermaßen üppig, als gelte es, einen grünen Schutzwall gegen den Menschen zu errichten. Die Felder des Südlichen Hangs waren zwar ausgesprochen fruchtbar, aber es kostete die Bauern auch viel Zeit und Mühe, die Übergriffe der Natur abzuwehren.

Nur allzu gut waren Tevils die Stunden in Erinnerung, die er leidenschaftlich fluchend mit Unkrautjäten und Steinesammeln hatte zubringen müssen, wobei die schwere Erde sich an seinen Sohlen festsaugte. Seitdem er die Bekanntschaft von Nahim und den anderen Männern gemacht hatte, war er sich vollkommen sicher, dass er seine Berufung außerhalb des Tals finden würde.

Außerdem kam ihm der Gedanke an das gerade vergangene Frühjahr, in dem Damir Tevils für kurze Weile in die Schmiede geholt hatte. Damir hatte Balam erklärt, er würde dem Jungen ein anderes Leben zeigen. Eines, dessen Sinn nicht darin bestehe, tagein und tagaus für einen randvollen Vorratskeller im Winter vorzusorgen.

Balam war von Damirs Wortwahl überrascht gewesen, denn er sah die Aufgabe eines Bauern nicht auf das bloße Überleben beschränkt. Das Land zu bestellen, war für Balam eine ehrwürdige Aufgabe, der er sich mit Liebe widmete. Die Früchte des Hangs ernährten die Truburs nicht nur, sie gaben ihrem Leben auch eine Form. Balam war untröstlich, weil Lehen sein einziges Kind war, das den Hang mit denselben Augen zu sehen vermochte wie er.

Eine solche Sichtweise war Damirs Wesen vollkommen fremd, doch er hatte sich mit weiteren Äußerungen zurückgehalten. Stattdessen hatte er erklärt, dass für Tevils, wenn er schon keinen Gefallen am Bauerndasein fand, ein Handwerk vielleicht genau das Richtige sei. Man sollte es auf einen Versuch ankommen lassen, bevor man ihn der Obhut von Fremden überließ. Aber schon nach ein paar Wochen hatte Damir den Jungen zurück auf den Hof am Hang geschickt.

Tevils selbst war ausgesprochen froh gewesen, als er mit seinem Beutel über der Schulter den Steinhaag wieder hinaufgeklettert war. Der lauernde Ausdruck seines Schwagers war Tevils nicht geheuer gewesen, wenn er beim Abendessen Geschichten vom Besuch der fremden Männern und ihrer Taten zum Besten gab. Auch die Schmiede selbst hatte ihn nicht begeistern können, weil dort nur Haushaltskram und Werkzeuge für die Landwirtschaft hergestellt wurden.

Einmal hatte Damir ihn beim Herumstöbern in einem verfallenen Lagerschuppen erwischt, und er hatte zur Strafe die riesige Feuerstelle mit einer Wurzelbürste schrubben müssen. Ein recht sinnloses Unterfangen, das für viel Spott unter den Gesellen gesorgt hatte. Aber Damir hatte kein Mitleid für seinen gehänselten Schwager gezeigt. Als Tevils, einem Wutanfall nahe, dem Eimer mit Laugenwasser einen Tritt versetzt hatte, hatte er den Jungen am Hinterschopf gepackt und ihn vor die Schmiede gezerrt.

»Ich habe genug von dir«, hatte er mit wutentbrannter Stimme gebrüllt, während Tevils vor Scham und Schmerz die Tränen in die Augen gestiegen waren. »Du kannst deinem Vater ausrichten, dass du nichts weiter als ein bockiger Taugenichts bist. Der alte Balam kann froh sein, wenn er dich bald los ist. Diese großspurigen Kerle werden genau die richtige Gesellschaft für dich sein!«

Mit diesen Worten hatte Damir Tevils freigegeben und war in die Schmiede zurückgegangen, ohne den Jungen eines weiteren Blicks zu würdigen.

Nachdem Tevils sich wieder gefangen hatte, hatte er seine Habseligkeiten aus dem Haus am Marktplatz geholt. Dabei hatte er sorgfältig darauf geachtet, seiner Schwester nicht über den Weg zu laufen. Er war sich sicher gewesen, dass Allehe ihrem Mann vorbehaltlos zustimmen würde, dass Tevils ein Tagedieb war, der seiner Familie nur Kummer bereitete. Deshalb war er, ohne ein Wort des Abschieds, gegangen. Geblieben war ein nagender Zweifel an sich selbst.

Obwohl die ungewöhnliche Landschaft von Montera Tevils mit ihrer Anmut durchaus gefiel, begann er, sich schon bald zu langweilen. Das unablässige Auf und Ab von Wald und Ähren drohte in Gleichförmigkeit abzugleiten.

Die Erde hier war lehmartig und duftete trotz ihrer Trockenheit würzig. Zudem musste sie ausgesprochen fruchtbar sein, denn obgleich es nicht regnete, gedieh alles aufs Beste. Dieser schimmernde Boden muss wohl den Regen für die trockene Jahreszeit aufbewahren, sagte Tevils' anerzogener Bauernverstand. Aber er mochte sich nicht über Böden und die trockene Wärme dieser Gegend Gedanken machen.

Auf ihrer Reise begegneten sie immer wieder Feldarbeitern, aber zu Tevils' Unzufriedenheit trieb Nahim sie stets weiter, bevor ein Gespräch entstehen konnte. Nur gelegentlich sahen sie von fern Höfe, deren quadratisch angelegte Haupthäuser aus orangefarbenen Steinquadern zusammengesetzt und deren Dächer mit dicht aneinandergereihten Holzplättchen gedeckt waren.

Nur bei einem der Höfe, der direkt auf ihrem Weg lag, klopfte Nahim an die Tür und bat um Unterkunft für die Nacht, da ihnen das Essen auszugehen drohte und Tevils' Jammern unerträglich wurde. Als Nahim seinen Namen nannte, bat der Hausherr sie sofort herein.

Obwohl Tevils sich vor einem mit Speisen beladenen Tisch und später in einem gemütlichen Bett, statt in einem Heuschober, wiederfand, wunderte er sich nicht über die außergewöhnliche Gastfreundschaft des ansonsten zurückhaltenden Bauern. Welche Bedeutung Nahims Familienname in Montera haben könnte, darüber dachte der Junge nicht nach.

Tevils bemerkte, dass die befremdliche Sprachmelodie, die er auch bei Nahim wahrgenommen hatte, hier viel stärker ausfiel als noch in Sahila. Erstaunt stellte er fest, dass er den Sinn der Gespräche lediglich erahnen konnte. Als er Nahim darauf ansprach, nickte dieser und erklärte, dass die Menschen in Rokals Lande alle dieselbe Sprache sprechen würden.

»Je nach Landstrich haben sich aber die verschiedensten Mundarten herausgebildet, die teilweise schon an eine neue Sprache denken lassen. Im abgeschirmten Tal unter Trevorims Pforte spricht man allerdings noch unverfälscht die Alte Sprache. Ein Umstand, der Maherind übrigens sehr begeistert. Allerdings haben die meisten Menschen eine Idee von der Alten Sprache, so dass man sich in der Regel überall im Land einigermaßen miteinander verständigen kann.«

Kaum dass Nahim mit seinen Ausführungen geendet hatte, stellte er fest, dass Tevils munter mit der Rute eines Olivenbaums auf nahe stehende Baumstämme eindrosch. Wahrscheinlich hatte er die Aufmerksamkeit des Jungen schon nach dem ersten Satz verloren. Nahim konnte jedoch nicht umhin, über sich selbst zu schmunzeln. Noch vor zwei oder drei Jahren hätte er es selbst für unmöglich gehalten, einen Vortrag über die Alte Sprache zu halten.

An diesem Abend hatten sie weder eine Herberge noch einen Hof gekreuzt, so dass sie ihr Nachtlager unter freiem Himmel einrichteten. Nun, da Tevils wieder festen und ansteigenden Boden unter seinen Füßen spürte, war auch sein kurzweilig erlöschter Tatendrang wieder aufgelebt. Unter vielen Mühen entlockte er dem mundfaulen Nahim einige Räubergeschichten sowie dessen mehrfach wiederholte Zusicherung, dass auch Montera nicht von Orkscharen heimgesucht wurde. Nachdem er seine Lele und Nahims gescheckten Hengst Eremis versorgt hatte, gab Nahim ihm mit einem Wink zu verstehen, dass er das Feuer und die Zubereitung des Abendessens übernehmen würde. Kurzerhand beschloss Tevils, zu einem kleinen Erkundungsgang aufbrechen.

Tevils stromerte in der Nähe des auflodernden Lagerfeuers herum, wobei er leicht gereizt mit seiner Rute silbriges Laub von den Ästen schlug. Der sandige Boden unter seinen Füßen schürte seine Unzufriedenheit. Noch mehr machte ihm Nahims Einsilbigkeit zu schaffen, die mit jedem Stück, das sie dem Landsitz seiner Familie näher kamen, schlimmer wurde. Der Gedanke, mit diesem liebeskranken Langweiler am Feuer zu sitzen und geschmackloses Weißbrot und in Öl eingelegtes Gemüse zu essen, während ein paar späte Vögel ein Nachtkonzert gaben, war Tevils aufs Tiefste zuwider. Auf Abenteuer, da war er sich ganz sicher, würde man im schönen Montera gewiss nicht stoßen. Hier ließ ihn, zu seinem großen Kummer, sogar seine ansonsten stets lebhafte Fantasie im Stich.

Plötzlich entdeckte er eine für den hiesigen Waldboden ungewöhnliche Ansammlung loser Zweige und stocherte sofort mit der Rute darin herum. Zum Vorschein kam eine grob geschusterte Falle, in der ein haselnussbrauner Hase gefangen saß. Ohne weiter nachzudenken, machte Tevils einen Schritt auf die Falle zu.

Im nächsten Moment stürzte er samt Zweigen, Falle und

Hasen in eine tiefe Grube. Kaum dass sich Tevils nach seinem Sturz aufgerappelt und festgestellt hatte, dass noch alle Glieder funktionierten, versuchte er halbherzig, sich an den steilen Erdwänden hochzuziehen, da er den Rand der Grube nicht erreichen konnte. Doch das Erdreich war zu locker: Wohin er in der Hoffnung auf Halt auch griff, sofort rieselte es ihm in dicken Brocken entgegen. Schließlich gab Tevils auf, legte den Kopf in den Nacken und brüllte lautstark nach Nahim.

Als endlich Schritte neben dem Erdloch erklangen, schickte Tevils seinen Rufen ein schrilles »Hol mich endlich hier raus!« hinterher. Da erschien auch schon Nahims erschrockenes Gesicht über dem Grubenrand.

»Sei jetzt still und komm«, forderte er den Jungen flüsternd auf. Dann legte er sich flach auf den Bauch und streckte ihm die Hand entgegen. Tevils deutete auf den gefangenen Hasen, aber Nahim winkte ungeduldig ab. Trotzdem schnappte sich Tevils die kleine Falle und hielt sie ihm entgegen.

»Das ist unser Abendessen! Schließlich will ich nicht umsonst auf den Hintern gefallen sein«, sagte er trotzig.

Nahim starrte ihn kurz verständnislos an, dann ergriff er die Falle und stellte sie achtlos neben sich ab. Schließlich ließ sich Tevils hochziehen, wobei er sich unter lautem Gestöhne mit den Füßen von der Grubenwand abstieß. Mit einem gezielten Ruck beförderte Nahim den Jungen aus dem Loch.

Tevils landete mit Gesicht und Oberkörper auf dem aufgewühlten Boden, und sofort packte ihn eine Pranke am Kragen und riss ihn hoch, so dass seine Stiefelspitzen gerade noch den Boden berührten.

Er blickte direkt in eine grinsende Fratze.

»Hab dich«, sagte der Ork.

Gerade als Nahim einen seiner Stiefel ausgezogen und den losen Absatz begutachtet hatte, hörte er Tevils gellend nach ihm rufen. Fluchend probierte er, sich den Stiefel wieder überzuziehen, doch er verhedderte sich im weichen Schaft. Da Tevils Schreie nicht abrissen, warf er den Stiefel beiseite, griff nach seinem Schwert und lief los.

Schon von Weitem war Nahim klar, dass es sich bei der Grube um eine schlichte Orkfalle handelte. Aber Orks in Montera? Das war doch nicht möglich ... Doch ganz gleich, wer auch immer dieses tiefe Loch ausgehoben haben mochte, er schien nicht in der unmittelbaren Nähe zu sein. Und Nahim verspürte auch nicht das geringste Verlangen, dieses Rätsel mit Tevils an seiner Seite zu lösen.

Rasch legte er sich an den Grubenrand und zog erst eine Hasenfalle aus schlecht verarbeitetem Eisen und dann einen lärmenden Tevils hervor, der sich der gefährlichen Lage nicht im Geringsten bewusst zu sein schien.

Noch während er den Jungen hochhievte, drang das Getrampel von schweren Füßen in Nahims Ohren. Er rollte sich auf den Rücken, griff nach dem Schwert neben sich und versuchte hastig, auf die Füße zu kommen. Doch kaum stand er, da verpasste ihm ein von der Seite kommender Ork einen Schlag vor die Brust, so dass er gleich wieder auf dem Hintern landete. Das Schwert fiel dabei in die Grube, und Nahim sah ihm fluchend hinterher. Dem Tritt des Orks, der sogleich folgte, konnte er nur knapp ausweichen. Auf allen vieren floh Nahim ein Stück am Grubenrand entlang, den knurrenden Ork dicht hinter sich, der offensichtlich Vergnügen an der Jagd nach seiner Beute hatte.

Taumelnd kam Nahim wieder auf die Beine, und inzwischen brachte der Ork, ein besonders krummbeiniges Exemplar, seine Lanze in Position. Bevor sie seine Schulter durchbohren konnte, setzte Nahim zu einem Sprung über die Grube an. Auf der anderen Seite schlug er hart auf, seine Handballen wurden vom verstreuten Geäst aufgeschnitten, und seine Knie drohten über den losen Grubenrand zu rutschen. Doch Nahim griff nach einem kopfgroßen Stein, der tief in der Erde zu stecken schien, und riss sich nach vorn. Als der Stein nachgab, lag Nahim schon sicher auf der Seite und sah den Ork wieder auf sich zukommen. Ohne nachzudenken, schleuderte er der geifernden Kreatur den Stein an die Stirn, worauf diese mit einem leisen Ächzen zu Boden ging.

Hastig schaute Nahim auf der Suche nach Tevils über die Schulter. Er biss sich auf die Lippe, als er entdeckte, wie zwei weitere Orks den heulenden Tevils vor sich auf dem Waldboden krabbeln ließen. Mit gezielten Tritten und Speerschlägen hielten sie ihn in Schach. Dass von dem verängstigten Jungen keinerlei Gefahr ausging, hatten die Orks mit dem Instinkt eines Raubtieres sofort erfasst. Und so wollten auch sie sich noch einen kleinen Spaß gönnen, bevor sie das Frischfleisch aufspießten.

Als die beiden Orks jedoch den schrillen Schmerzensschrei ihres Gefährten hörten, wandten sie sich überrascht um und konnten gerade noch beobachten, wie Nahim den auf dem Boden liegenden Ork mit dessen eigener Lanze pfählte.

Zu Nahims Leidwesen blieb die Lanze im Brustschild des Orks klemmen und ließ sich beim besten Willen nicht wieder herausziehen. Notgedrungen ließ er von der Lanze ab. Eine Wurfaxt flog dicht an seinem Kopf vorbei, und sofort zerrte er die Waffe aus dem Baumstamm, in dem sie stecken geblieben war.

Laut brüllend rannte Nahim auf die beiden Orks zu, die den am Boden kauernden Tevils vor lauter Verwunderung vergessen hatten. Die Orks wichen einige Schritte zurück, bis ihnen klar wurde, dass der Mann vor ihnen lediglich eine Wurfaxt in der Hand hielt, während sie beide mit Lanzen und einem Krummschwert ausgerüstet waren. Nun begannen sie ihrerseits zu brüllen und zückten ihre Waffen, doch schon im nächsten Augenblick traf die Axt die Kehle eines der beiden Orks. Der andere stürmte auf Nahim zu und führte einen Streich mit dem Schwert aus, dem Nahim sicherlich zum Opfer gefallen wäre, wenn er nicht zufällig über die Kaninchenfalle gestolpert und auf die Knie gefallen wäre.

Verblüfft sah der Ork dem davonhoppelnden Hasen nach.

»Lockvogel?«, krächzte er und folgte dem Tier.

Diesen Moment nutzte Nahim, um Tevils auf die Beine zu ziehen.

»Los, mach dich nützlich«, schrie Nahim ihn an, worauf Tevils sofort panisch den Kopf zu schütteln begann. Nahim sah in die vor Schreck geweiteten Augen, dann verpasste er dem Jungen einen Stoß, so dass dieser erneut in die Grube stürzte.

Nahim warf einen flüchtigen Blick in das Loch, um sich zu vergewissern, dass Tevils unversehrt gelandet war. Dann hastete er zu dem Orkkadaver mit der Lanze hinüber. Bevor er nach der Waffe greifen konnte, hatte sich der letzte Ork, der sich eines Besseren besonnen und die Jagd auf den Hasen wieder eingestellt hatte, jedoch vor dem Leichnam aufgebaut. Angriffslustig knurrte er Nahim an.

Nahim sah in die kleinen gelben Augen seines Gegners und dachte an den Krummsäbel, der zwischen ihnen beiden in Position gebracht worden war. Der Ork machte längst nicht mehr den Eindruck, spielen zu wollen. Deshalb trat Nahim ihm kurzerhand mit dem bestiefelten Fuß gegen das Knie und lief weg.

»Tevils«, schrie er. »Wirf das Schwert aus der Grube!«

Doch bei einem eiligen Blick in die Grube sah er den Jungen zusammengekauert dasitzen. Tevils hatte sich die Finger in die Ohren gesteckt.

»Das verdammte Schwert, Tevils! Oder ich verprügele dir später den Hintern«, setzte Nahim verzweifelt nach, aber Tevils rührte sich nicht.

Dicht hinter sich konnte Nahim das Schnaufen des Orks hören, weshalb er mitten im Lauf plötzlich eine Kehrtwende machte, die ihn selbst zu Fall brachte. Beherzt trat er erneut nach den Beinen des Orks, schrie jedoch vor Schmerzen auf, als sein bloßer Fuß den metallenen Beinschutz traf. Der Ork beugte sich über ihn und verzog seine Fratze zu einem Grinsen. Dann setzte er zu einem Hieb gegen Nahims Hals an.

Im letzten Moment zog Nahim die ruinierte Falle vor sein Gesicht, wehrte den Schlag ab und schleuderte sie dem Ork anschließend entgegen. Schnell stand er auf, griff nach der Nase der Kreatur und zog den Ork so ein Stück zu sich herauf. Dann legte er ihm einen Arm um den Nacken und drückte mit der anderen Hand gegen das Kinn. Mit einem enormen Kraftaufwand brach er dem Ork das Genick.

Erst nach langem Zureden konnte Nahim ein weiteres Mal Tevils aus der Grube ziehen, der sich jedoch weigerte, ihn anzusehen oder ihm gar direkt in die Augen zu schauen. Schweigend kehrten sie zu ihrem Nachtlager zurück und sattelten die Pferde.

Als sie eine Weile durch die nach Lorbeer duftende Dunkelheit geritten waren, setzte Nahim zu einer Erklärung an. Es tat ihm im Nachhinein leid, Tevils so angefahren zu haben. Schließlich konnte er sich noch bestens an seine eigene erste Begegnung mit streitlustigen Orks erinnern. Zwar waren Vennis und er in diesem Fall vorbereitet gewesen und hatten ihre Waffen einsatzbereit vor sich getragen, aber trotzdem hatte ihn der Anblick dieser Kreaturen erstarren lassen.

Die Orks in Rokals Lande waren von kleinerem Wuchs als die Menschen, verfügten aber über nicht zu unterschätzende Kräfte in ihren langen Armen. Ihr muskulöser Körper war mit einer ledrigen Haut überzogen, und den krallenartigen Nägeln und Reißzähnen wich man lieber aus. Orks galten im Allgemeinen als dumm, was sie jedoch als Gegner im Kampf nicht ungefährlich machte. Denn ihre Tumbheit glichen sie mit Kampfeslust und Furchtlosigkeit aus.

Bevor Nahim seine Gedanken in Worte fassen konnte, fing Tevils zu sprechen an und sagte mit einer hohen, leicht schrill klingenden Stimme: »Ich war mit einem Orkfluch belegt. Ich habe davon gehört, dass sie einen in eine Starre fallen lassen können.«

»Und wie erklärst du dir dann, dass drei Orks tot sind und wir noch leben?«, erwiderte Nahim.

Tevils hatte sich auch hierfür bereits eine Erklärung bereitgelegt: »Du bist quasi immun dagegen. Schließlich hast du schon oft gegen Orks gekämpft. Das nächste Mal wird mir das nicht noch einmal passieren, und dann können die Biester was erleben! Mit diesen Grubengräbern werde ich ganz allein fertig, wart's nur ab.«

Ehe Tevils sich in Rage reden konnte, fuhr Nahim ihn scharf an. Allmählich spürte er die vielen wunden Stellen an seinem Körper, seine Muskeln schmerzten, und der vergangene Schrecken ließ seine Hände zittern. Er war einfach nicht in der Stimmung, sich die Ausreden eines Bengels anzuhören, der sich die eigene Furcht und Feigheit nicht eingestehen wollte.

Als die Morgendämmerung anbrach, legten sie eine kurze Pause neben einem Weizenfeld ein, an dessen Rand langstielige Disteln mit lilafarbenen Strohblüten blühten. Nahim fand im Unterholz des angrenzenden Hains einen mitteldicken Ast, den er sich unter den linken Arm klemmte und das eine Ende über das angewinkelte Knie legte. Dann begann er, ihn mit energischen Bewegungen anzuspitzen. Dass der Ast dabei zusehends kürzer wurde, befriedigte ihn zutiefst.

Tevils saß ihm gegenüber, stocherte gelegentlich in der Glut des kleinen Lagerfeuers und betrachtete Nahims verbissenen Gesichtsausdruck und die unablässig aufblitzende Messerklinge durch den aufsteigenden Rauch. Einige Male hatte er den

Versuch unternommen, wieder ein Gespräch in Gang zu bringen, doch stets hatte Nahim ihn mit einem zischenden Laut zum Schweigen gebracht. Unglücklich rutschte er nun auf der Decke hin und her, die er sich zusammengeknüllt unter den Hintern geschoben hatte, um ein wenig weicher zu sitzen. Trotzdem spürte er jedes einzelne Steinchen.

Die Sonne stand im Zenit, als sie endlich das Gut der Faliminirs erreichten. Ein von Pinien und Lorbeerhecken gesäumter Weg führte einen langsam ansteigenden Hügel hinauf. Zu beiden Seiten erstreckten sich Felder und Olivenhaine, so weit das Auge reichte.

Als Nahim den Glockenturm neben dem Haupthaus erblickte, biss er sich auf die Unterlippe. Sieben Jahre lang hatte er Montera gemieden, obwohl Vennis so manches Wort mit ihm darüber geführt hatte. Und nun kehrte er wie ein frisch verprügelter Herumtreiber in Begleitung eines Bauernjungen in sein Geburtshaus zurück. Nahim schalt sich selbst für diesen Gedanken, denn er wusste, dass es eigentlich Faliminirs gnadenloser Blick war, den er wieder auf sich spürte.

Kapitel 12

Den Mittelpunkt des Faliminir'schen Guts bildete das alte Haupthaus, an dessen rechte Seite sich der von der Ferne sichtbare Glockenturm anschloss. Das dreistöckige Haus, unter dem sich ein weit verzweigtes Kellersystem erstreckte, war von Nahims Familie vor vielen Generationen aus zu Quadern geformter Erde erbaut worden. Im Sonnenlicht leuchtete das Haus in dem gleichen warmen Orangerosé wie das Erdreich von Montera. Die schmalen Dachschindeln und die gleichmäßig eingefügten Fensterrahmen mit der nach außen gebogenen Oberkante waren aus silbrigem Olivenholz.

Im Laufe der Zeit waren neben den Stallungen und Speichern auch immer mehr kleinere Wohnhäuser entstanden, in denen das Gesinde lebte. Die Häuser gruppierten sich um den Platz, der sich vor dem Haupthaus erstreckte. Da das Gut Faliminir in den letzten Jahrzehnten unter dem Zeichen des gedeihenden Wohlstands stand, konnte Nahims Vater vom Glockenturm aus nicht nur über reichlich bestelltes Land, sondern auch auf eine wachsende Gemeinde zu seinen Füßen blicken.

Die Begrüßung auf dem Hof war verhalten ausgefallen. Für einen kurzen Moment schloss Faliminir seinen Sohn in die Arme, um dann sogleich wieder auf Abstand zu gehen. Die Hände ließ er auf den Schultern ruhen, und Nahim widerstand dem Bedürfnis, sie abzuschütteln. Während Faliminir ungeniert den Mann betrachtete, den er das letzte Mal als Jungen gesehen hatte, riskierte Nahim lediglich einen flüchtigen Blick auf seinen Vater.

Überrascht stellte er fest, dass die Zeit Faliminir offensichtlich nur wenig anhaben konnte. Stämmiger war er geworden, was ihn aufgrund seiner Körpergröße noch imposanter erscheinen ließ. Das dunkle Lockenhaar, das von wenigen grauen Strähnen durchzogen war, hatte er Nahim mitgegeben. Doch im Gegensatz zu dessen wilder Mähne, die nur mit einer Schnur zu bändigen war, lag Faliminirs Haar in wohl geordneten Wellen an. Nahim nahm den zarten Zitronenduft wahr, der seinen Vater immer umgab, und verzog unwillkürlich das Gesicht.

Faliminir senkte langsam die Arme und sagte: »Du siehst zerschunden aus. Vielleicht ist es das Beste, wenn du dich erst einmal auf dein Zimmer zurückziehst. Deine Familie erwartet dich dann am Abend in der Halle.«

Nahim setzte zu einer Antwort an, aber Faliminir war bereits auf dem Weg zum Eingangstor, dessen massige Flügeltüren silbern glänzten. Ein wenig verlegen sah er zu Vennis, der ein Stück abseits mit einem überglücklichen Tevils beisammenstand.

Vennis war ihnen auf dem Weg entgegengeritten, und Tevils hatte vor Begeisterung laut aufgeschrien, als er ihn erkannt hatte. Seitdem hatte er den Mund nicht einmal mehr geschlossen. Unentwegt sprudelte es aus ihm heraus, und als sie den Hof betraten, berichtete er gerade lauthals, wie Nahim auf allen vieren vor einem Ork geflüchtet war. Faliminirs Gesicht, der sie neben dem Brunnen stehend erwartet hatte, verriet nicht, ob er die unrühmliche Geschichte gehört hatte.

»Du kennst doch deinen Vater«, sagte Vennis. »Außerdem ist deine Rückkehr nach so langer Zeit für ihn genauso schwierig wie für dich. Also, was hältst du davon, wenn du schon mal vorgehst. Ich zeige Tevils sein Zimmer und komme dann anschließend zu dir. Dann können wir noch ein wenig unter vier Augen reden, bevor du den Rest deiner Familie wiedersiehst.«

Nahim nickte lediglich. Mit einem Mal fühlte er sich sehr müde und erschöpft. Vorsichtig streichelte er die Nüstern seines Pferdes Eremis. Wenn er mit dem Tier allein gewesen wäre, hätte er dessen muskulösen Hals umarmt und sein Gesicht Trost suchend in der Mähne vergraben.

Das Fenster des Zimmers, das Nahim zuletzt in dem großen Haus bewohnt hatte und das ihm nun wieder zur Verfügung stand, zeigte auf den Hof hinaus. Als Junge hatte er diese Aussicht geliebt. Wenn sein Vater ihn wieder einmal für einige Tage auf sein Zimmer verbannt hatte, hatte es zumindest immer etwas zu sehen gegeben. Außerdem grenzte der Raum an den Glockenturm, mit dem Nahim seit jeher ein Gefühl von Freiheit verband.

Nachdem Nahim die Fensterläden aufgestoßen hatte, wünschte er sich mit einem Mal, ein Zimmer zu haben, das zum Garten auf der Rückseite des Hauses ausgerichtet war. Der Blick auf den wachsenden Reichtum seines Vaters sprach ihn wenig an – im Gegensatz zu den Blumenbeeten, die seine Mutter angelegt hatte. Nahim beschloss, den Garten zu besuchen, sobald sich ihm die erste ruhige Minute bot.

Das Zimmer selbst war so spartanisch eingerichtet wie die übrigen Wohnräume des Hauses: Es gab ein geschmiedetes Bett, neben dem ein Nachttisch stand, eine Kleidertruhe und einen Waschplatz, über dem ein blanker Messingspiegel hing. Einen Augenblick lang dachte Nahim an Lehens Schlafzimmer, das die gleiche Anzahl von Möbeln aufwies, und lächelte.

Auf dem Bett lag frische Kleidung bereit, wie sie in Montera zu tragen üblich war.

Nahim goss Wasser in eine Holzschale und fing an, sich zu

waschen. Dann holte er aus einer der Satteltaschen sein Rasierzeug hervor und stellte sich vor den Messingspiegel. Er ärgerte sich über dieses alte Ding, das sein Abbild leicht gewellt und mit einem goldenen Anstrich zeigte. Außerdem hing der Spiegel ein ganzes Stück zu tief, so dass er den Rücken krümmen musste.

Gerade als er sich das Gesicht eingeseift hatte, trat Vennis ein. Er stellte sich mit seiner kalten Pfeife neben das offene Fenster und beobachtete Nahim dabei, wie dieser vorsichtig die Klinge über Gesicht und Hals führte.

»Die Rasiererei hast du also beibehalten«, stellte er knapp fest. »Und nicht nur die, wenn man Tevils' Reden Glauben schenken darf.«

Da Nahim sich nicht von seiner Tätigkeit ablenken ließ, begann Vennis, seine Pfeife in aller Ruhe zu stopfen und anzuzünden. Er betrachtete Nahims aufgeschlagene Knie und Ellbogen, die tief violettfarbene Prellung unterhalb des Hüftknochens und die mit Blutergüssen übersäten Unterarme.

»Ihr seid also tatsächlich in Montera auf Orks getroffen. Als Tevils mir diese wüste Geschichte erzählte, dachte ich erst, es wären wohl einige Wegelagerer gewesen, die ihm eine Heidenangst eingejagt haben.« Nachdenklich rieb Vennis sich das Kinn. »Allerdings gab es in den letzten Wochen schon Gerüchte über mysteriöse Überfälle. Du kennst deinen Vater: Er hat natürlich gedacht, einige Bauern würden sich vor der Lehnspacht drücken wollen. Als wären sie mutig genug, Faliminir eine solche fantastische Lüge aufzutischen. Ich wünschte, er hätte mir vorher davon erzählt. Sieht ganz so aus, als wären einige der Orks nach dem Zerfall von Olomin in Bewegung geraten. Daran hat keiner der klugen Ratgeber gedacht. Orks auf der Suche nach neuen Pfründen. Das wird uns noch viel Ärger bereiten.«

»Du kannst dir sicherlich vorstellen, was für eine Überraschung es für mich gewesen ist, diese hässlichen Fratzen zwischen Olivenbäumen auftauchen zu sehen«, sagte Nahim, nachdem er sein Gesicht von Seifenresten befreit hatte. »Es machte ganz den Eindruck, als hätten sich die drei Kerle hier schon bestens eingelebt. Es dürften also mehr als ein oder zwei Gerüchte sein, die Faliminir zu hören bekommen hat. Aber was nicht sein darf, kann nicht sein.«

Nahim begutachtete die Kleidung, die auf dem Bett lag, und nahm sich ein weißes, fein gesponnenes Hemd. Es war gerade geschnitten und eng anliegend, wie Nahim unangenehm berührt feststellte. Es hatte einen schlicht bestickten Einschnitt auf Höhe der Brust, so dass er es sich über den Kopf ziehen konnte, und weite, offen endende Ärmel. Mit einem Seufzen griff Nahim nach den breiten Lederbändern, die säuberlich zusammengerollt dalagen, und begann, sie um die Ärmelenden auf Höhe der Handgelenke zu wickeln.

»Es will mir einfach nicht in den Kopf, warum es eines solchen Aufwands mit den Hemden bedarf«, beschwerte er sich leise. »Überall sonst in Rokals Lande sind die Ärmel enger geschnitten oder mit einer Kordel versehen. Nur hier schmückt man sich noch mit Lederstreifen wie ein Höhlenmensch.«

»Es würde dir gut bekommen, wenn du die Traditionsliebe deines Vaters endlich akzeptieren würdest. So schürst du nur deinen eigenen Widerwillen, der dir den Besuch hier in Montera verderben wird«, setzte Vennis dagegen und schimpfte sich selbst im nächsten Moment für den gereizten Unterton in seiner Stimme.

»Wenn mein Vater das Althergebrachte so andächtig liebt, warum weitet er dann ständig die Grenzen des Guts aus, anstatt die von seinen Vorvätern gesteckten beizubehalten? Die Regeln hier funktionierten schon immer nach Faliminirs Geschmack, das weißt du ganz genau.«

»Bist du vielleicht hergekommen, um ihm das zu sagen? Willst du endgültig mit ihm brechen?«, fragte Vennis mit ungewohnt lauter Stimme.

»Nein«, gab Nahim verhalten zurück.

Mit den Fingern fuhr er sich durchs nasse Haar und strich es sich aus dem Gesicht. Vorsichtig schnupperte er an einer verzierten Tonflasche, die neben der Holzschale stand, und verzog das Gesicht zu einer Grimasse.

»Ich habe es immer gehasst, wenn meine Mutter mir dieses Zitronenöl ins Haar gerieben hat. Den Geruch konnte ich noch nie leiden.«

Vennis nahm ihm die Flasche ab und roch ebenfalls daran. Sein Gesicht hingegen nahm einen weichen Ausdruck an, und für einen Augenblick verharrte er in dieser Haltung. Dann verrieb er ein wenig von dem Öl zwischen den Handflächen und fuhr Nahim damit durchs Haar, bevor dieser den Kopf wegziehen konnte.

»Negrit hat den Duft von Zitronen immer geliebt«, erzählte Vennis mit einem verträumten Lächeln auf den Lippen. »Bereits als kleines Mädchen hat sie unsere Mutter angebettelt, ihr ein Fläschchen davon zu schenken, obwohl Citrus ein Männerduft ist. Whelis, deine Großmutter, hatte für ein solches Ansinnen nur ein Kopfschütteln und ein paar Ohrfeigen übrig. Da deine Großmutter aus dem NjordenEis stammte, war sie über jedes Maß darauf bedacht, die Regeln Monteras einzuhalten. Da konnte sie sehr kleinlich sein … Böse Zungen haben sogar behauptet, dass Whelis mehr Monteranerin war als alle Frauen der ältesten Familien dieses Landes zusammen. Dass Negrit sich weigerte, sich ebenso sklavisch an die Regeln zu halten, bestärkte nur den Verdacht unserer Mutter, dass Negrits Wesen, trotz aller Bemühungen und Bestrafungen, im schändlichen NjordenEis verwurzelt war – womit sie gewiss auch Recht hatte. Deine Mutter hatte nichts mit den gutmütigen, fürsorglichen Frauen Monteras gemeinsam. Sie hatte ihren eigenen Kopf und war ausgesprochen sinnlich veranlagt. Whelis hatte stets ein Auge auf deine Mutter, das kannst du mir glauben. Negrits ganzes Wesen kam ihr verdächtig vor.«

»Negrit hatte einen Blick für das Schöne«, sagte Nahim nachdenklich. Er sah das Bild seiner Mutter vor sich, das ihn durch seine Kindheitstage begleitet hatte: ein helles Gesicht mit dunklen Augen und einem schön geschwungenen Mund. Nahim erinnerte sich an die Weichheit ihres Körpers, wenn er auf ihrem Schoß saß und an ihrem Busen lehnte. Oft hielten sie sich auf einer Steinbank im Garten auf, und es duftete nach Citrus und Lorbeer.

»Ja«, sagte Vennis fast nicht mehr hörbar. Nach all den Jahren verspürte er immer noch eine tiefe Trauer bei dem Gedanken an seine schöne, unerschütterliche Schwester. »Negrit war etwas Besonderes, deshalb hatte Faliminir sie auch unbedingt für sich gewinnen wollen, obwohl sie aus einer besitzlosen Familie stammte und die beiden so gut zusammenpassten wie Feuer und Eis. Darum gelingt es dir auch so spielend leicht, ihn in den Wahnsinn zu treiben, obgleich er dich bei sich haben will: Du bist deiner Mutter in vielerlei Hinsicht ähnlich.«

Die große Halle war das Zentrum des Haupthauses, und in ihr spiegelten sich die Klarheit und Eleganz, die ganz Montera zu Eigen war. Der geölte Lehmboden war spiegelglatt, und die Wände waren mit dem strukturstarken Olivenholz verkleidet, das aufgrund seines Alters eine silberne Patina angesetzt hatte. Die hohen Flügeltüren mit ihren milchigen Scheiben waren immer geöffnet, wenn Faliminir sich in der Halle seiner Vorväter aufhielt.

Von dort aus blickte man auf einen Platz, der sich über die gesamte Rückseite des Hauses erstreckte. Der Platz endete in einem kunstvoll gefertigten, hölzernen Vorsprung mit einer abgerundeten Spitze, unter dem der Hügel sanft abzufallen begann. Von diesem erhöhten Punkt aus konnte man über Faliminirs weites Land blicken: Olivenhaine und Weizenfelder setzten sich wie ein Schachbrettmuster säuberlich zusammen, ein Wechselspiel aus Gold und Silber.

Den einzigen Bruch stellte ein dunkler See in der Senke zwischen den Hügeln dar. Meist war die Oberfläche des Sees glatt und spiegelte das Grün des Schilfs, das ihn umgab. Nur in der kühlen Jahreszeit vermochte der Wind ein aufgeworfenes Muster aufs Wasser zu zaubern, das die meisten Monteraner allerdings als schlechtes Zeichen deuteten. An seinem linken Ufer stand ein zerfallener Wachturm gleich einer Mahnung, dass Montera nicht immer ein friedliebender Ort gewesen war, wenn auch in einer fernen Vergangenheit.

Zur linken Seite des hölzernen Stegs hatte Nahims Mutter, gegen den Willen ihres Mannes, den Garten angelegt. Eine Lorbeerhecke grenzte den Saum des Abhangs ein und vermittelte ein heimeliges Gefühl. In Negrits Garten standen Rosen, Hibiskus, Oleander und Zitronenbäume. In den überwucherten Beeten fanden sich Figuren aus orangefarbenem Lehm, und auf kniehohen Säulen thronten Schalen mit Efeuranken und bemoosten Vogeltränken. Neben einem steinernen Zierbrunnen befand sich eine Bank, umrahmt von Blumenstauden und Kräutern. Dort hatte seine Mutter am liebsten gesessen und auf das bunte Durcheinander vor sich geschaut.

Seit Negrits Tod vor mehr als zehn Jahren schien sich in ihrem Garten nichts verändert zu haben: Dort, wo sie Erdbeeren gepflanzt hatte, standen auch jetzt Erdbeeren, und der üppige Sternenflor schien nicht mehr gewachsen zu sein. Faliminir hatte den einst lebendigen Garten erstarren lassen, so als wolle er eine späte Rache an dem Eigensinn seiner verstorbenen Frau üben.

Am frühen Abend betrat Nahim zusammen mit Vennis die Halle, in der sie die restlichen Familiemitglieder schon auf ihren Plätzen sitzend vorfanden. Am Kopf der langen Tafel thronte Faliminir, und zu seiner Rechten saß sein ältester Sohn, der der Tradition entsprechend zwar denselben Namen trug, aber von allen nur Lime gerufen wurde.

Dieser Spitzname war bei Lime nicht gut gelitten, da er jedoch von seiner Mutter Negrit eingeführt worden war, benutzten ihn selbst die Lehnsbauern. Nahim hatte als Kind die Beobachtung gemacht, dass sein gut vierzehn Jahre älterer Bruder nahezu panisch auf jede Neckerei reagierte. Noch immer fielen ihm auf Anhieb eine Hand voll alberne Wortspiele zu Lime ein, die er als Junge im Beisein der Familie vorgetragen hatte.

Die Hände zu Fäusten geballt, hatte Lime dann seinen kleinen Bruder, der die Aufmerksamkeit sichtlich genoss, wutentbrannt angestarrt. Aber er hatte stets jede Äußerung vermieden, war er sich doch ängstlich bewusst, dass er den selbst von seinem Vater akzeptierten Zweitnamen nicht würde abschaffen können und dass das Aufbrausen seiner Wut nur als Beweis von Schwäche ausgelegt würde.

Dass Lime den Namen seines Vaters trug, entsprach den Sitten der Familie Faliminir. Die Plätze an der uralten Tafel selbst trugen die traditionellen Namen der Familie, und dass so mancher leer blieb, hatte Nahim von jeher das Essen in dieser Halle verlitten.

Ohne ein Wort zu verlieren, nahm Nahim seinen Platz ein, denn er wusste genau, dass sein Vater vor der Abendeinkehr keine Begrüßung gutheißen würde. Wie immer ging Nahim voller Widerwillen durch den Kopf, wie viele vierte Söhne der Familie Faliminir mit dem Namen Nahim es schon vor ihm gegeben hatte. Er konnte nur hoffen, dass es seinen Vorgängern leichter gefallen war, sich in ihre zugedachte Rolle einzufinden. Denn der Eigensinn, für den der jüngste Spross dieser Generation bekannt war, stieß auf wenig Zustimmung.

Vennis hatte sich links neben Faliminir niedergelassen, auf Negrits Platz. In Montera hat alles seine Ordnung, dachte Nahim. Der Stuhl von seiner Schwester Palia war verwaist, denn sie lebte bei der Familie ihres Mannes. Ebenso der ihres Zwillingsbruders Galimir, der als Kind im See ertrunken war.

Faliminir hatte seinen jüngsten Sohn mit knappen Worten willkommen geheißen und der Familie die Möglichkeit gegeben, ihm kurz zuzunicken. Dann wurde das Essen aufgetragen, und das Gespräch folgte der gewohnten Ordnung: Der Rangordnung nach wurde von den Ereignissen des Tages berichtet, wobei die Sprechdauer von der Wichtigkeit für alle Anwesenden abhing. Als Nahim an der Reihe war, sagte er lediglich: »Nun bin ich also wieder hier.«

Kurz bevor die Dunkelheit vollends hereinbrach, stand Nahim auf dem spitz zulaufenden Steg draußen vor der Halle und ließ seinen Blick über das Land seines Vaters streifen. Weizen- und Leinenfelder, Tomaten- und Kürbisbeete, alles fein säuberlich aneinandergereiht. Montera tat gut daran, seine Fruchtbarkeit auszuschöpfen, denn es galt als die Speisekammer des westlichen Landes. Mit der wachsenden Bedeutung der Menschen im Westen war auch der Bedarf an den Früchten des Südens gestiegen. Eine Entwicklung, die Faliminir früher als alle anderen erkannt und entsprechend gehandelt hatte.

Weiter unten im Tal spiegelten sich bereits vereinzelte Sterne auf dem See, als Nahim den Gedanken an den Reichtum und die Macht seiner Familie beiseiteschob. Unwillkürlich stieß er das Glöckchen an seinem Handgelenk an und genoss den Schauer, den der silbrige Ton ihm über den Rücken jagte.

Neben ihm ertönte ein verhaltenes Lachen. Anisa hatte sich

mit einem kleinen Mädchen auf dem Arm zu ihm gesellt, das sich nach Leibeskräften nach seinem Handgelenk streckte. Nahim hielt ihr die Glocke hin, so dass die Kleine sie zum Klingen bringen konnte.

»Das ist meine Tochter«, sagte Anisa verlegen. »Sie wird von allen nur Fleur gerufen, und ich glaube, der Name passt ganz gut zu ihr.«

Obwohl Nahim noch vier weitere Geschwister hatte, war Anisa, das älteste von Faliminirs Kindern, ihm immer die Liebste gewesen. Für eine Frau war sie sehr groß, und ihre Stimme war voll und tief. Aber vom Wesen her kam Anisa nach ihrer Mutter Negrit: Auf den ersten Blick wirkte sie in sich gekehrt, beinahe eine wenig scheu. Doch wer sie kannte, wusste, dass sie ein leidenschaftlicher und humorvoller Mensch war.

Dass sie nun eine Tochter hatte, überraschte Nahim. Anisa hatte bereits in jungen Jahren ihren Mann verloren. Trotz des unermüdlichen Drängens ihres Vaters hatte sie sich auf keine weitere Bindung mehr eingelassen, und Nahim glaubte nicht, dass ihre Zurückhaltung auf Liebe zu dem Verstorbenen zurückzuführen war.

Nahim führte sich noch einmal vor Augen, dass der linke Platz neben Anisa genauso leer wie der neben ihm gewesen war. Dann nahm er Fleur auf den Arm und überbrückte so das unangenehme Schweigen, das sich nach Anisas Geständnis ausgebreitet hatte. Einen Augenblick lang ließ die Kleine sich das gefallen, weil sie begeistert mit Nahims großer Nase spielte, doch dann wollte sie heruntergelassen werden. Auf wackligen Beinen lief sie in Richtung Garten davon.

»Sie macht ihrem Namen wirklich alle Ehre«, sagte Nahim lachend und bot Anisa den Arm an, um dem Kind zu folgen. Dann besann er sich eines Besseren und umarmte seine Schwester. Einen Augenblick lang versteifte sich Anisa, dann erwiderte sie die Umarmung und genoss sichtlich die Warmherzigkeit, die von Nahim ausging. Während sie zum Garten schlenderten, warf Nahim einen Blick in die Halle. Dort saßen noch immer seine beiden Brüder Lime und Drewemis, die sein Nicken ausdruckslos erwiderten.

Fleur hatte sich neben dem Brunnen hingehockt und stopfte sich gerade eine Hand voll Blätter der Zitronenmelisse in den Mund, als die beiden sie einholten. Anisa beäugte ihre Tochter kritisch, sagte aber nichts und setzte sich auf die blankgescheuerte Steinbank. Nahim ließ sich neben ihr nieder. Weiße Strähnen durchzogen Anisas Haar, das früher genauso dunkel wie sein eigenes gewesen war. Auch ihr Gesicht und ihre Hände zeigten die ersten Spuren des Alters. Die braungebrannte Haut vermochte eine tiefe Erschöpfung nicht zu übertünchen.

Als hätte sie seine Gedanken erraten, sagte Anisa: »Meine Fleur habe ich wohl zur rechten Zeit bekommen. Wer weiß, ob es einen Sommer später noch möglich gewesen wäre.«

Bevor Nahim darauf reagieren konnte, drehte sie ihr Gesicht verlegen zur Seite. Einen Moment lang verharrte Nahim unschlüssig, wie er zu der Situation stand. Vennis hatte ihn stets über den Familiennachwuchs seiner Geschwister unterrichtet, aber von Fleur hatte er nichts verlauten lassen. Dass sein Vater Anisa sicherlich nicht mit Verständnis und Wärme behandelt hatte, brauchte sich Nahim nicht erst erzählen zu lassen. Er zupfte ein Lorbeerblatt ab und zerrieb es zwischen seinen Händen.

»Du kannst froh sein, dass du sie hast«, sagte er schließlich. »Ich freue mich für dich.«

Kapitel 13

Am nächsten Morgen machte sich Vennis zusammen mit Tevils und einigen von Faliminirs Männern auf, um einen genauen Eindruck vom Ort des Orküberfalls zu gewinnen.

Eigentlich hatte Nahim mitreiten wollen, doch sein Vater hatte nur mit dem Kopf geschüttelt und gesagt, dass es ihm lieber wäre, wenn er seine Brüder Lime und Drewemis bei dem Besuch einiger umliegender Höfe begleiten würde.

Zuerst hatte Nahim entgegnen wollen, dass Tevils nicht in der Lage sei, einen vernünftigen Bericht zu erstatten. Doch dann gestand er sich ein, dass Vennis sich den Hergang allein würde erklären können und er nicht gleich an seinem ersten Tag eine Auseinandersetzung mit seinem Vater herbeiführen sollte.

Nahim redete noch kurz auf Tevils ein, ermahnte ihn, aus dem Überfall kein Märchen zu spinnen, dann ging er rasch zu den Stallungen, wo seine beiden Brüder sich bereits für ihren Ausritt fertig machten. Trotzdem entging ihm Vennis' nachdenklicher Gesichtsausdruck nicht.

Die Nachricht, dass eine Gruppe von Orks bis ins Herz von Montera vorgedrungen war, hatte große Unruhe auf dem Gut ausgelöst. Als der Trupp die letzten Vorbereitungen traf, nahm Faliminir Vennis beiseite und sagte zu ihm: »Ich muss dir nicht erzählen, wie wichtig Ruhe und Sicherheit für das Gedeihen von Montera sind, Schwager. Es sollte sich möglichst zügig herausstellen, dass diese drei Orkkreaturen die Einzigen waren, die durch den Schutzring hindurchgekommen sind.«

»Es dürfte schwer sein, den heimatlos gewordenen Orks des Westens langfristig Einhalt zu gebieten, nachdem der Verbund von Olomin aufgelöst wurde. Über kurz oder lang wirst du dich dem Gedanken stellen müssen, dass Achaten auf seine besondere Beziehung mit Montera künftig verzichten könnte. Es zeichnet sich ein Ungleichgewicht ab, und niemand kann den Ausgang im Moment deuten.«

»Mir scheint, du unterschätzt die Tatsache, dass der Mensch nicht von Tannenzweigen und Moosen leben kann. Und etwas anderes wächst auf den Höhen des Westgebirges nicht, wie jedes Kind weiß«, entgegnete Faliminir heftig, so dass Tevils, der Lele bislang äußerst konzentriert Zöpfe in die Mähne geflochten hatte, erschrocken herüberschaute.

Bevor Vennis antwortete, sah er den aufgebrachten Faliminir prüfend an. »Es ist deine Aufgabe, die Zukunft von Montera richtig einzuschätzen. Der Reichtum und der Einfluss von Achaten sind unvergleichbar schnell gewachsen, und nun steht der Burgfeste nur noch ihr langjähriger Verbündeter Previs Wall im Wege, das sich dem einsamen Ruhm des Westens entgegenstellen könnte. Warum sollte Achaten für etwas zahlen, das es sich einfach nehmen könnte? Was könnte Montera entgegenhalten?«

»Du bist ein Unruhestifter, Vennis.« Faliminirs Stimme hatte wieder einen ruhigen Klang angenommen, und er entspannte seine Hände, die er eben noch zu Fäusten geballt hatte. Bevor er sich umdrehte und ins Haupthaus zurückkehrte, sagte er noch laut und deutlich, so dass alle Umstehenden es hören konnten: »Es macht mich traurig, dass du schon bald aufbrechen wirst, um diesen Jungen in euren Orden einzuführen. Wir werden deine einzigartige Sichtweise sicherlich vermissen.«

Vennis machte sich nicht die Mühe, Faliminir ein Abschiedswort hinterherzurufen. Stattdessen strich er Tevils kurz durch das borstige Haar, als dieser ihm die Zügel seines Pferdes hinhielt. Die Überraschung, dass es jemand wagen konnte, Vennis Widerworte zu geben, stand dem Jungen deutlich ins Gesicht geschrieben.

»Du kannst nicht über etwas bestimmen, das dir nicht gehört«, sagte Vennis mehr zu sich selbst, als er Nahim zuwinkte, der mit seinen beiden Brüdern einen Weg in Richtung Süden einschlug.

»Was zum Teufel ist in dich gefahren, mit den Augen zu rollen, als ich den Bauern nach der Mitgiftshöhe für seine Schwiegertochter gefragt habe? Dieser Mistbock hat sich danach nur noch von einer Lüge zur nächsten gehangelt!« Lime hatte eine lange Wegstrecke nach dem Aufbruch von dem Hof zurückgelegen müssen, ehe er seiner Wut endlich Ausdruck verleihen konnte.

Aber Nahim blieb ihm eine Antwort schuldig, obwohl ihm eine passende Entgegnung auf der Zunge lag und darauf drängte, ausgesprochen zu werden. Gereizt trieb er sein Pferd an, um ein wenig Abstand zu Lime zu gewinnen. Doch Lime tat es ihm gleich und blieb auf seiner Höhe.

Nahim hatte den ersten Tag auf dem Gut seiner Familie damit zugebracht, seine beiden schlecht gelaunten Brüder dabei zu beobachten, wie sie die verschiedensten Pächter einer Überprüfung unterzogen. Dass dabei stets der stumme Verdacht des Betruges über jeder Unterhaltung schwebte, hatte den Begegnungen innerhalb kürzester Zeit den Beigeschmack eines Verhörs verliehen.

Schließlich packte Lime Nahim barsch am Arm und zwang ihn so, ihm endlich ins Gesicht zu sehen. »Willst du mir wohl eine Antwort geben?«, fuhr er seinen Bruder an.

Nahim machte sich nicht die Mühe, die schmerzhaft zugreifende Hand abzuschütteln. »Gib endlich Ruhe, Lime. Dein

Verhalten war unmöglich. Als Nächstes wäre wohl die Frage nach der Geschlechtsreife der jüngsten Tochter dran gewesen, damit du deren noch ausstehende Mitgift aufrechnen kannst. Als würde dein kleinlicher Habitus nicht reichen, hast du dich auch noch aufgeführt, als würden dir diese Menschen gehören.«

»Das tun sie auch, du Trottel! Hast du das immer noch nicht verstanden? Der Boden, über den du reitest, gehört Faliminir. Und alles, was sich auf ihm befindet, gleichfalls. Deine Unfähigkeit, das Gefüge der Dinge in Montera anzuerkennen, entlockt dir weiterhin dasselbe dumme Benehmen wie eh und je. Vater wird begeistert sein, wenn er von deinem neusten Fauxpas hört. Ich werde ihm vorschlagen, Vennis einen Sack voller Pinienkerne und noch ein paar Flaschen Wein anzubieten, wenn er dich nur wieder mitnimmt.«

Nahim legte den Kopf in den Nacken und atmete tief durch. Für einen kurzen Augenblick überkam ihn das überwältigende Bedürfnis, schallend loszulachen. Lime wirkte wie eine Karikatur seines Vaters, ein aufgeblasener Rechthaber ohne eine Spur von Humor oder Leichtigkeit. Aber Nahim wusste auch um Limes Furcht, lächerlich gemacht zu werden.

Ein Blick auf Drewemis verriet ihm, dass dieser sich nicht in ihre Unterhaltung einmischen würde. Seit jeher hatte sich der mittlere der drei Brüder bei jeglicher Auseinandersetzung zurückgehalten. Nicht einmal wenn Nahim und er als Kinder ins gemeinsame Spiel vertieft gewesen waren, hatte Nahim ihm ein persönliches Geheimnis entlocken können. Jeder Witz und jede noch so harmlose Stichelei waren mit einer ausdruckslosen Miene quittiert worden. Nahim war es nie gelungen, Drewemis einschätzen zu lernen.

Im Gegensatz dazu hatte Nahim seit seiner Rückkehr schon nach einigen kurzen Unterhaltungen gewusst, dass sich an Limes berechenbaren Wesen nichts geändert hatte. Allerdings musste er sich eingestehen, dass ein gewonnener Wortwechsel mit Faliminirs direktem Vertreter ihn ein ganzes Stück von seinem eigentlichen Ziel abbringen würde. Wer konnte ahnen, welche Schlüsse sein Vater aus seinem widerspenstigen Verhalten ziehen würde? Niedergeschlagen biss sich Nahim auf die Unterlippe.

»Du hast Recht, es war nicht klug von mir, dich vor einem Bauern zu kritisieren«, sagte er schließlich und hoffte, dass seine heisere Stimme nicht seinen Widerwillen verraten würde. »Es wird mir nicht noch ein Mal passieren.«

»Es wird dir ganz bestimmt nicht noch ein Mal passieren, weil ich mich weigern werde, dich ein weiteres Mal mitzunehmen. Du widersetzt dich nämlich, den Sinn dieser Unterfangen zu akzeptieren. Soll Vater dich doch in den Ställen beschäftigen, dort kannst du beim Mistschaufeln wenigstens kein Unheil anrichten. Offensichtlich haben Vennis und seine Gefährten dir nichts beibringen können, was für unsere Familie von Nutzen sein könnte.«

Obwohl Lime sich immer noch bemühte, aufgebracht zu klingen, spürte Nahim sehr wohl, dass seine Entschuldigung den Bruder durcheinandergebracht hatte. Schließlich löste Lime sogar den Griff um Nahims Oberarm.

Trotzdem konnte Nahim sich nur schwerlich dazu durchringen, Limes Wut endgültig zu zerstreuen. In seinem Rücken glaubte er, Drewemis' lauernden Blick zu spüren. Letztendlich setzte sich der Gedanke an Lehens Wunsch, ein gemeinsames Leben weit fort von Trevorims Pforte zu beginnen, durch.

Nahim vermied es sorgfältig, seinen ältesten Bruder direkt anzusehen, als er sagte: »Wie es aussieht, werde ich wohl noch viel von dir lernen müssen, bevor ich meine Rolle in Montera so spielen kann, wie sie dem Interesse der Familie entspricht. Schließlich liegt mir daran, euch zufrieden zu stellen.«

Bei Limes selbstgefälligem Schnaufen zog sich Nahim der

Magen zusammen. Gleichzeitig bemühte er sich, dass ihm sein Ekel nicht anzusehen war. Während Faliminirs drei Söhne den Rest der Strecke schweigend zurücklegten, suchte Nahim Trost in der Erinnerung an Lehens Duft, den ihre nasse Haut im nächtlichen Eichenwald verströmt hatte.

Seit zwei Tagen hatte es ununterbrochen genieselt. Dampf stieg von der warmen Erde auf, so dass Wassertröpfchen eine feine Tauschicht auf Lehens Strickjacke aus Schafwolle hinterließen. Gelegentlich perlten einzelne Tropfen träge ab. Lehen hatte die Jacke als Schutz vor der Nässe übergezogen, aber nun heizte sie ihr mächtig ein. Gegen Mittag schließlich zog sie die Jacke aus und warf sie achtlos über ein Pflanzgestell aus gebogenen Weidenruten.

Als die Bewohner des Trubur-Hofs beim Frühstück die Aufgaben des Tages besprochen hatten, war das Gespräch auf das wuchernde Unkraut gekommen. Balam wies beharrlich darauf hin, dass sich Unkraut bei Nässe besonders einfach ziehen ließe. Er selbst würde allerdings zwei Jungziegen, die für ein Tauschgeschäft bestimmt waren, ins Westend treiben. Sverde, der neue Knecht, sollte sich um das lecke Scheunendach kümmern. Mit einem Seufzen hatten die beiden Frauen zugestimmt, sich der Beete anzunehmen.

Nun war Bienem jedoch schon vor Stunden zurück ins Haus geflohen. Lieber würde sie die gesamte Küche putzen und wienern, bevor sie sich von diesem trüben Wetter mürbe machen ließe, hatte sie ihrer Tochter noch über die Schulter zugerufen. Borif hatte sich, Lehens Ruf ignorierend und mit eingekniffenem Schwanz, kurzerhand Bienem angeschlossen. Und so war Lehen allein zwischen den Tomaten, Strauchbohnen und Paprikastauden zurückgeblieben und schaute voller Unbehagen auf die Unkrautkaskaden, die dank des günstigen Wetters ebenfalls prächtig gediehen.

Obwohl Lehen sich standhaft gegen das Gefühl wehrte, kam sie sich von Minute zu Minute mehr ausgenutzt vor. Da kniete sie nun, von allen verlassen, im Schlamm und zupfte verdrossen an Quecke, Löwenzahn und anderen grünen Quälgeistern, während der Rest der Sippschaft weitaus angenehmeren Aufgaben nachging.

Als sie eine Pause auf einem der Findlinge am Feldrand einlegte, betrachtete sie mürrisch die dicke Lehmschicht unter ihren Holzschuhen. Sie griff nach einem Messer und begann, langsam die dicke Kruste von den Sohlen zu schaben. Die Füße waren ihr dadurch zentnerschwer vorgekommen. Außerdem war sie wegen der glitschigen Sohle einmal zur Seite ausgeglitten und hatte dabei eine Bohnenstaude mit sich gerissen. Während sie in einem Nest aus Weidenruten und geknickten Ranken gehockt hatte, war sie einem Wutausbruch nahe gewesen. Nur mühsam konnte sie dem Wunsch, wahllos alles um sich herum niederzureißen, widerstehen.

Wie um ihre trübsinnige Laune noch anzufachen, dachte sie an den Roman *Festens großer Handel*, den sie zurzeit abends am Küchentisch las. Maherind hatte ihn ihr vor seiner Abreise überlassen und gesagt, dass die Geschichte zwar in dem Mythenreich Bahenmileses spiele, die Landschaft aber durchaus an Montera erinnern würde.

Nun schwirrten Lehen Sätze durch den Kopf, die von klarem Licht und funkelnder feiner Erde erzählten. Ein weiches Auf und Ab von Hügeln, die zum Lustwandeln einluden. Die Luft erfüllt von einem wohl riechenden Duft, den sie bislang nur in ihre Fantasie kannte.

Aber *Festens großer Handel* erzählte auch von Frauen mit feuerroten Haaren, deren Lebenssinn offensichtlich darin bestand, eine betörende Wirkung auf die Männerwelt auszuüben. Da sich Maherind nicht geäußert hatte, ob die Frauen von Montera hier ebenfalls die Inspiration des Schreiberlings beflügelt hatten, verfolgte Lehen nun hartnäckig die Vorstellung, was für ein Bild sie wohl neben einer solchen weiblichen Erscheinung abgeben würde.

Wenn Montera tatsächlich von derlei Frauen bevölkert sein sollte, dann war Nahims Zuneigung zu ihr gewiss nur dem einsamen Ritt durch die Südliche Ebene zuzuschreiben, sagte sich Lehen und fühlte besorgt dem Stich hinterher, den ihr dieser Gedanke versetzte. Sogleich schalt sie sich für eine derartig alberne Idee und machte sich wieder energisch an die Arbeit.

Als Lehen am späten Nachmittag Sverde auf dem Hof begegnete, schmerzte ihr Rücken, und die Hände waren blasig und zerschrammt.

»Na, Lehen«, begrüßte Sverde sie gut gelaunt, als sie in lehmverschmierten Kleidern und nassen Haaren an ihm vorbeihumpelte. »Was sagst du zu dem wunderbaren Sprühregen? Balam reibt sich von morgens bis abends die Hände, so großartig wird die Ernte in diesem Jahr ausfallen. Einen Sommer wie diesen hat es hier im Tal schon lange nicht mehr gegeben. Als wäre er dem Tagtraum eines Bauern entsprungen.«

Sverde war ein großer, stämmiger Mann, und obwohl er erst seit einigen Wochen auf dem Hof der Truburs arbeitete, kam es Lehen bereits so vor, als wäre es nie anders gewesen. Die Abende waren erfüllt von Sverdes und Balams Debatten über Weinreben, Ungezieferbefall der Birnen- und Apfelbäume und der Tatsache, dass der Hangbauer Hilm Nevös sich tatsächlich eine Milchkuh angeschafft hatte.

Wenn die beiden Männer beim Abendbrot sich unentwegt berieten, dachte Lehen sich oft, dass Lasse tatsächlich ein Abbild seiner selbst als Ersatz geschickt hatte. Sie mochte Sverde sehr und freute sich darüber, dass er den schmerzlichen Verlust von Tevils wenigstens etwas wettmachte. Obwohl Tevils oft ein recht anstrengendes Kind gewesen war, das immerzu nach Abwechslung gierte, liebte Lehen ihren Bruder, und sie vermisste seine Gesellschaft. Die Tage des Wartens wären in Tevils' Gesellschaft einfacher zu überstehen gewesen.

Auch Bienem litt nur allzu offensichtlich unter dem Mangel an Unterhaltung und Abwechslung. In den wenigen gemütlichen Stunden am Abend setzte sie sich stets ein wenig abseits und gab zischende Laute von sich, die ihren Überdruss an den immer gleichen Gesprächsthemen betonen sollten. Unlustig werkelte sie an einer Näharbeit herum und warf Lehen gelegentlich einen Blick zu, bei dem sie mit den Augen rollte.

Kurz nachdem Nahim und Tevils abgereist waren, hatte Bienem eine Cousine im unteren Teil des Westends besuchen wollen. Die spektakulären Neuigkeiten zerrissen sie beinahe, doch Balam hatte auf ihrem Versprechen bestanden, dass sie während der Erntemonate auf dem Hang bleiben und bei der Arbeit helfen würde. Damals, als Vennis' Offerte heftig diskutiert worden war, hatte Bienem bereitwillig ihre Zustimmung gegeben. Dass ihr Sohn Rokals Lande durchreisen und mit unglaublich vielen Geschichten zurückkehren würde, war ein Angebot gewesen, das sie unmöglich hatte ausschlagen können. Aber nun, da Tevils fort war und die Aufgaben mit jedem Tag eintöniger wurden, war Bienems alte Unruhe zurückgekehrt.

An diesem Abend war ihre Anspannung nicht länger zu ignorieren, zu laut schimpfte sie vor sich hin und stampfte wütend mit den Holzschuhen auf, wenn sich die Unterhaltung einem weiteren Aspekts der Ackerbeschaffenheit zuwandte. Sverde, der Bienems Temperament noch nicht richtig einzuschätzen wusste, war im Laufe des Abends immer unsicherer geworden und flüsterte seine Beiträge nun beinahe schon.

Schließlich riss Bienem der Faden, weil sie zu verbissen an ihm herumgezerrt hatte, und sie warf das halb fertige Hemd quer durch die Stube und einen ihrer Schuhe gleich hinterher. Die Holzpantine landete inmitten der bereits abgeräumten Becher, und einer von ihnen zerschellte mit dumpfem Klacken auf dem Holzboden.

Lehen hörte, wie Sverde vor Überraschung laut nach Luft schnappte, und ihr Blick glitt über das erstarrte Gesicht ihres Vaters. Bienem hatte das Kinn auf die Brust gesenkt und die Arme demonstrativ verschränkt. Unter zusammengezogenen Brauen blickte sie herausfordernd in die Runde.

Wie eine Hitzewelle spürte Lehen den alten Zorn auf ihre Mutter in sich aufsteigen. Immer wieder hatte sie sich vorgestellt, wie friedlich ein Leben ohne Bienems Hunger nach Unterhaltung sein würde. Sie dachte an die Verzweiflung ihres Vaters, wie er Familie und Arbeit allein zu stemmen versuchte, während Bienem eine Verwandte nach der anderen besuchte, um nur nicht in die Einsamkeit des Hangs zurückkehren zu müssen.

Lehen hatte unter der Unberechenbarkeit ihrer Mutter und unter dem Gefühl der eigenen Unzulänglichkeit gelitten, seit sie alt genug war, deren Fluchtversuche als solche zu verstehen. Nun, da sie selbst nur noch auf den Tag harrte, an dem sie Trevorims Pforte durchschreiten würde, empfand sie die Last des Gebirges, das sie wie undurchdringliches Mauerwerk umgab, besonders deutlich.

Mit einem Ruck stand Lehen auf, so dass der neben ihren Füßen dösende Borif ein erschrockenes Bellen von sich gab. Ohne ihn zu beachten, griff Lehen nach einer Öllampe und winkte ihre Mutter zu sich heran. Bienem warf ihr einen misstrauischen Blick zu.

»Was hältst davon, wenn wir beide auf mein Zimmer gehen? Ich glaube, ich habe dort etwas Passendes für dich«, schlug Lehen lächelnd vor. Nach all den Jahren der Hilflosigkeit hatte sie vielleicht soeben ein Heilmittel für ihre Mutter gefunden.

Ein Geschenk, das sie ihrem Vater noch machen konnte, bevor sie ihn für immer verließ.

Kaum im Zimmer angekommen, ließ Bienem sich aufs Bett fallen und machte sich daran, den Zopf zu lösen, den sie während des Tages hochgesteckt trug. Das dunkelblonde Haar fiel ihr schnurgerade über die Schultern, und Lehen dachte, dass sie zumindest eine Sache von ihrer Mutter geerbt hatte.

Lehen stellte die Lampe auf dem Fenstersims ab und wühlte in der Truhe neben dem Bett herum. Mit einem freudigen Aufschrei zog sie schließlich eines von Maherinds Büchern hervor und schwenkte es mit Begeisterung. Bienem zuckte gleichgültig mit der Schulter und begann, sich das Kissen in den Rücken zu stopfen.

»Ich habe nie viel fürs Lesen übrig gehabt«, ließ sie ihre Tochter wissen, die sich neben ihr auf dem Bett ausstreckte. »Nichts als eine öde Ansammlung von Zeichen, die davon berichten, was die Steuerbehörde in Brennburg von einem will und warum Erdbeeren und Rhabarber zusammen ein wunderbares Kompott ergeben. Reine Zeitverschwendung, wenn du mich fragst.«

»Das sagst du nur, weil du noch keine richtigen Bücher kennen gelernt hast«, entgegnete Lehen mit einem siegessicheren Ton in der Stimme. Sie schlug das Buch auf und versuchte, die eng beschriebenen Seiten möglichst nah an den Lichtkreis der Lampe zu bringen.

»Dieses Buch hier heißt *Brennende Fluten unterm besternten Nachthimmel*, und es erzählt die Geschichte von Olrin und Venohome. Olrin war ein junger Krieger aus dem Norden, der in der Klippenfestung von Kindery gefangen gehalten und gefoltert wurde. Als er Jahre später an der Schlacht teilnahm, die zu Kinderys Untergang führte, nahm er Venohome, die Tochter des Tyrannen, als Entgelt für seine Dienste. Es ist eine der größten Liebesgeschichten, von denen man in Rokals Lande zu erzählen weiß.«

Mitten im Satz hielt Lehen inne und blickte fragend über den Buchrand hinweg. Bienems Hände spielten mit einer Haarsträhne, und in ihre Augen hatte sich ein fiebernder Glanz geschlichen. Lehen konnte sich offensichtlich ihrer vollen Aufmerksamkeit gewiss sein.

Als ihre Tochter immer noch stockte, forderte Bienem sie ungeduldig auf: »Ja, und weiter?«

Kapitel 14

Am Morgen bat Faliminir seinen jüngsten Sohn zu sich ins Arbeitszimmer. Schon beim Betreten des länglichen Raumes fühlte Nahim eine vertraute Beklommenheit in sich aufsteigen. Er schob das Gefühl auf die Ungewissheit, wie sein Vater auf die Auseinandersetzung zwischen Lime und ihm reagieren würde. Außerdem verunsicherte ihn die Kahlheit des Raumes, in dem Faliminir viele Stunden am Tag mit seinen Geschäften zubrachte. Nicht eine Insignie wies auf die Persönlichkeit des Herrn von Montera hin, der an einem steinernen Tisch saß. In seinem Rücken loderte Feuer, das zu jeder Jahreszeit im Kamin brannte. Denn trotz der Wärme Monteras war es in diesem Raum immer empfindlich kühl.

Faliminir wies Nahim an, auf einem mit Wildschweinleder bespannten Lehnstuhl ihm gegenüber Platz zu nehmen. Er ließ den Blick über das jüngste seiner Kinder gleiten, und soweit es die äußere Gestalt betraf, war er durchaus mit dem Anblick zufrieden. Zumindest fürs Erste.

In all den Jahren der Abwesenheit hatte Nahim sich zu einem vorzeigbaren Mann entwickelt: Er hatte eine beeindruckende Körpergröße erreicht, und seine Haltung zeugte von Kraft und Eleganz. Allerdings zeigten Nahims Gesicht und Hände unübersehbar Negrits Züge. Sosehr Faliminir die eigentümliche Schönheit seiner Frau bewundert hatte, es freute ihn wenig, dergleichen bei seinem Sohn zu entdecken. Besonders da Nahim nicht nur in Äußerlichkeiten seiner Mutter ähnlich war. Faliminir schob diesen Gedanken beiseite, als er den lauernden Blick in Nahims Augen bemerkte. Betont langsam faltete er die Hände und legte sie vor sich auf den Tisch. Er war sich mittlerweile sicher zu wissen, worauf diese Unterhaltung hinauslaufen würde, und er freute sich über die Aussicht, dass sich letztendlich doch noch alles so fügen würde, wie es seinen Vorstellungen entsprach.

»Ich habe mich während all der Jahre, in denen du mit Vennis geritten bist, sehr darüber geärgert, dass du meinen Wunsch, nach Montera zurückzukehren, stets ausgeschlagen hast«, sagte er mit der gelassenen Stimme eines Siegers. »Wie ich meinen Schwager allerdings einschätze, war er wahrscheinlich auch nicht sonderlich überzeugend als Überbringer dieses Wunsches. Schließlich hat er ein eigenes Interesse an dir.«

Da Nahim an dieser Stelle weder zu einer Erklärung noch zu einer Entschuldigung ansetzte, fuhr Faliminir fort: »Ich denke, du hast den richtigen Zeitpunkt gewählt, um wieder in den Kreis deiner Familie einzutreten. Wie du selbst sehen kannst, blüht und gedeiht Montera zum Wohl aller, und deine Brüder werden dir deine Unterstützung danken. Was deinen Platz hier auf dem Gut angeht, so kennst du ihn ja. Es ist immer noch derselbe, den du als Junge so leidenschaftlich abgelehnt hast. Aber mittlerweile dürftest du die Notwendigkeit der traditionellen Strukturen anerkennen, die unsere Familie zu dem gemacht haben, was sie heute ist: Faliminir ist Montera.«

Nahim nickte zustimmend und ignorierte beharrlich das beklemmende Gefühl in seiner Brust, das von Faliminirs deutlichen Worten ausgelöst wurde. Er wunderte sich sogar ein wenig, denn schließlich hatte er nichts anderes erwartet, als er das Arbeitszimmer seines Vaters betreten hatte. Er erwiderte den auffordernden Blick seines Vaters, indem er sich mit den Ellbogen auf dem Tisch aufstützte und sagte: »Der Grund, warum ich nach Montera zurückgekehrt bin, ist der, dass ich eine Familie gründen werde.«

»Das ist sicherlich die richtige Entscheidung, und wir werden dich darin unterstützen, eine passende Frau zu finden«, unterbrach ihn Faliminir eifrig. Die Unterhaltung entwickelte sich besser, als er gedacht hatte. Er hatte mit einigem Widerstand gerechnet, wenn er Nahim mit seinen Zukunftsplänen konfrontieren würde.

Angesichts des zufriedenen Lächelns seines Vaters entschied Nahim, dass es an der Zeit war, die Karten offen auf den Tisch zu legen: »Das ist sehr großzügig von dir, aber ich habe bereits eine Frau. Ihr Name ist Lehen, und sie stammt aus einem kleinen Tal im Niemandsland, das sich zwischen der östlichen Küstenregion und dem nördlichen Reich erstreckt. Auch Tevils stammt von dort. Um genau zu sein: Die beiden sind Kinder eines Hangbauern, der für seinen hervorragenden Weinkeller berühmt ist. Wenn du mir einen Platz in der Familie zusicherst, werde ich Lehen umgehend nachholen und mit ihr zusammen hier in Montera bleiben.«

Faliminirs eben noch erfreute Miene wurde zu einer ausdruckslosen Maske. Nahim war sich bewusst, dass sein Vater über diese Neuigkeit wenig erfreut war, aber seine Haltung hierzu noch nicht festgelegt hatte. Darum beeilte er sich hinzuzufügen: »Als ich Lehen kennen lernte, dachte ich eigentlich gerade darüber nach, eine feste Rolle in Maherinds Aufstellung einzufordern. Die Idee, mein Leben innerhalb einer Familie zu sehen, habe ich erst nach meiner Begegnung mit Lehen in Erwägung gezogen. Ohne Lehen an meiner Seite würde es wenig Sinn ergeben, mich an einen Ort zu binden.«

»Ist dein Bund mit dieser Frau schon gefestigt?«, fragte Faliminir scheinbar gleichgültig.

»Ja«, entgegnete Nahim knapp und hoffte, dass sein Vater ihm die Lüge nicht ansehen würde.

Als Nahim Vennis später im Stall aufsuchte und von der Unterredung berichtete, schnaubte Vennis lediglich ungehalten und drehte ihm den Rücken zu. Eine Zeit lang blieb Nahim noch verunsichert stehen. Aber da Vennis keinen Zweifel daran aufkommen ließ, dass er einer Unterhaltung mit Nahim aus dem Weg gehen würde, drehte der junge Mann sich schließlich um und ging ohne ein weiteres Wort.

Tevils, der die ganze Zeit über geschäftig mit der Mistgabel herumhantiert hatte, beobachtete, wie Vennis sich auf den Boden hockte und den Kopf hängen ließ. Ungewöhnlich leise setzte sich der Junge neben ihn und legte ihm die Hand auf den Arm. Ob dieser fürsorglichen Geste musste Vennis lächeln, doch es änderte nichts an seiner Traurigkeit.

Die wuchtige Tafel in Faliminirs Halle war mit allerlei Leckereien aus Montera beladen: Neben dem kulinarischen Höhepunkt, einem glasierten Wildschwein, stapelten sich Schalen mit Lorbeerkartoffeln und gegrilltem Gemüse. Aus einer auf Hochglanz polierten Terrine stieg verlockender Duft auf, und die Weinkaraffe machte zum wiederholten Male die Runde. In einer Ecke neben dem Kamin standen zwei Musikanten mit Flöte und Geige, die traditionelle Weisen des Südens spielten. Dennoch wollte auf Vennis' Abschiedsessen keine heitere Stimmung aufkommen. Als Faliminir die Runde endlich aufhob, atmete Nahim erleichtert auf.

Vennis schlug die Einladung seines Schwagers aus, ihn auf seinem abendlichen Gang über den Hof zu begleiten. Stattdessen winkte er Nahim zu sich und stieg mit ihm auf den Glockenturm.

Die Wendeltreppe des Turms bestand aus einem Holz, das Nahim keinem der hiesigen Bäume zuordnen konnte. Die Planken waren vom Alter her rissig und ausgetreten, trotzdem wiesen sie noch immer einen honigfarbenen Glanz auf, dem die Zeit nichts anhaben konnte. So manches Mal hatte Nahim sich gefragt, wie viel älter der Turm wohl sein mochte als das

Haupthaus. Unten am See stand noch die Ruine eines weiteren Turms, dessen ursprüngliche Aufgabe jedoch nicht mehr zu erkennen war.

Als Kinder hatten er und seine Brüder oft Geschichten darüber gesponnen, in denen die beiden Türme von Waffen tragenden Männern bevölkert waren, die das weite Land im Auge behielten. Ernste, vom Leben zerfurchte Gesichter, die auch bei Nacht neben den aufgestellten Feuern ausharrten, damit ihnen ja kein Feind entging. Ein bedrohtes Montera, das sich wehrhaft zeigte, war der verbotene Traum der verwöhnten Jungen gewesen, denen das Leben Wohlstand und Frieden im Übermaß geschenkt hatte.

In den heutigen Zeiten bestiegen nur noch wenige Menschen den hohen Glockenturm, da dieses Recht ausschließlich den Mitgliedern der Familie Faliminir vorbehalten war. Die Gesamtheit der Felder und Wege zu überblicken, war ein wohl gehütetes Privileg. Die festgebundene Bronzeglocke umgab eine schmale Plattform, die von keinem Geländer eingezäunt war.

Normalerweise setzten sie sich und ließen ihre Beine über die Plattform baumeln. Doch dieses Mal blieb Vennis stehen, und Nahim tat es ihm gleich. Obwohl die Sonne bereits untergegangen war, war das Land noch mit einem rötlichen Glimmen überzogen, und die Luft flirrte von der Hitze des Tages. In einem schmerzhaften Moment wurde Nahim klar, dass er das letzte Mal von Gleich zu Gleich neben Vennis stand.

Als hätte er seine Gedanken erraten, wandte sich der ältere Mann ihm zu. »Ich wünschte, du hättest dich mit mir über deine Pläne beraten, anstatt mir nur das Ergebnis zu präsentieren. Warum diese Eile?«

Obwohl es unsinnig war, fühlte sich Nahim von dieser Anschuldigung in die Ecke gedrängt. Er ignorierte die Erschütterung, die Vennis' Stimme verriet, als er, ohne abzuwägen, entgegnete: »Ich mag dir viel schuldig sein, aber ich habe stets auch versucht, es dir zu entlohnen. Wenn ich allerdings weiterhin deinem Weg folgen würde, müsste ich auf das Zusammensein mit Lehen verzichten. Und das will ich nicht.«

»Sei nicht so verflucht überheblich!«, fuhr Vennis ihn an, so dass Nahim einen Schritt zur Seite wich. »Du kleiner Mistkerl bist mehr als nur einer meiner Schüler: Du bist Negrits Sohn, und ich fühle mich dir verpflichtet. Aber du hältst es ja nicht einmal für nötig, mir zu erklären, warum ihr nicht einfach auf dem Trubur-Hof leben werdet, wenn ihr es schon so verdammt eilig habt. Erwartet Lehen bereits ein Kind von dir?«

»Nein«, erwiderte Nahim verunsichert. Er brauchte einen Augenblick, um sich wieder zu fangen. Eine so unbeherrschte Reaktion sah Vennis nicht ähnlich, und dass er verletzte Gefühle verriet noch weniger. »Wir wollen einfach nur beisammen sein. Aber sie sagte, sie könne das Tal nicht mehr ertragen.«

»Und warum nicht? Hat sie plötzlich Bienems Unternehmungslust in sich entdeckt, oder warum drängt es sie hinaus in eine vollkommen unbekannte Welt?«

»Das kann ich dir nicht sagen«, gestand Nahim unumwunden ein. Lehens Wunsch war ihm ebenfalls merkwürdig vorgekommen, aber er hatte ihn nicht in Frage gestellt. Jetzt, da Vennis diesen Punkt angesprochen hatte, wunderte sich auch Nahim, denn Lehen und der Hof am Hang waren wie füreinander gemacht.

»Es überrascht mich, dass du zumindest nicht auf eine Erklärung gedrängt hast. Schließlich bist du auf das Land deines Vaters zurückgekehrt, um dich und deine Kinder als Leibeigene anzubieten. Ich frage mich, warum du all die mühsamen Jahre an meiner Seite auf dich genommen hast, nur um dich am Ende doch dem Willen und Wohlwollen deiner Brüder zu unterwerfen? Denn darauf läuft dein Platz in dieser Familie hinaus: Nichts in Montera gehört dir, und dein einziger Nutzen besteht darin, nach Faliminirs Pfeife zu tanzen. Und warum? Weil du dich nicht noch ein paar Jahre von Lehens Schenkel fernhalten willst.«

»Du bist ungerecht, Vennis! Du solltest nicht so tun, als ob meine Dienste unter Maherind frei von Vorschriften und hohen Anforderungen gewesen sind, die mir übrigens auch nicht immer geschmeckt haben.« In Nahim brannte der Wunsch, seine Furcht angesichts der Erwartungen, die Maherind und die anderen Ordensmitglieder unentwegt an ihn gestellt hatten, in noch viel drastischere Worte zu fassen. Doch nicht nur der Respekt gegenüber Vennis hielt ihn zurück: Tief in seinem Inneren wusste Nahim, dass sich ein Teil von ihm auch genau nach dieser Herausforderung sehnte, dass in ihm eine Unruhe und Sehnsucht wohnten, die nicht leicht zu befriedigen waren. Ein Erbe seiner Mutter, das ihn nicht ausschließlich mit Stolz erfüllte. Darum atmete er jetzt auch erst einmal tief durch, bevor er weitersprach.

»Das Wohl des Menschengeschlechts in Rokals Lande zu wahren, mag das hehre Ideal des Ordens sein, aus dem man viel Kraft beziehen könnte. Aber man wird ja nicht nur unentwegt Zeuge, wie sich die magischen Völker des Westgebirges diesem Wunsch entgegenstellen, sondern auch, wie die Menschen selbst mit ihrem Hang zur Habgier ihr Wohlergehen gefährden. Niemand weiß so gut wie du, Vennis, dass der Orden einem vieles abverlangt, schließlich ist sein Geschäft die Diplomatie. Wie oft hast du darüber geklagt, dass es dir an den Nerven zerrt, stets ausgleichend zu wirken, wo du am liebsten mit der Faust auf den Tisch hauen wolltest. All diese kleinlichen Machtspiele zwischen Achaten und Previs Wall, dieses ständige Geschachere um alles und nichts ... Und wir mittendrin, ohne wahren Einfluss, nur unsere Worte und Kenntnisse ... Vielleicht halte ich die Ordensangelegenheiten so gut aus, weil ich in dieser machtverliebten Familie aufgewachsen bin. Aber selbst wenn ich Faliminirs Willkür nur schlecht ertragen kann, so bin ich doch ein Teil von Montera und liebe dieses Land.«

Verstohlen warf Nahim seinem Onkel einen Blick zu, doch der wandte kurzerhand das Gesicht ab, so dass es im Schatten verborgen lag. Während Nahim nach Worten rang, die Vennis seine Haltung verständlich machen könnten, tastete seine Hand behutsam das Lederband ab, das die Hemdsärmel an den Handgelenk zusammenhielt. »Was der Orden mir gezeigt hat … die Berührung mit dem Maliande … mag sein, dass mir das besser liegt, als ein Feld zu bestellen, aber …«

»Das möchte ich meinen«, unterbrach Vennis ihn grob und funkelte ihn aus zornigen Augen an. »Du weißt, wie wertvoll du für den Orden bist!«

Verdrossen ob solch einer Reaktion, wich Nahim einen Schritt zur Seite. »Lass es gut sein, Vennis. Ich weiß nur allzu gut, worin mein großer Wert für den Orden besteht, in dieser einen seltsamen Fähigkeit – aber diese Karte ist doch bereits ausgespielt!« Das bittere Lachen war aus seiner Kehle heraus, bevor Nahim sich dessen überhaupt bewusst war. »Als ich mit Maherind im Sommer durchs Tal gestreift bin, hat er mich sogar ermuntert, ein Leben an Lehens Seite zu beginnen. So furchtbar bedeutend scheine ich für ihn also nicht zu sein, wie du vermutest.«

Vennis stutzte. »Maherind hat dich ermutigt, eine Familie unter Faliminirs Herrschaft zu gründen? Unser alter Herr wird tatsächlich immer seltsamer.«

»Was ist daran seltsam, dass Maherind akzeptiert hat, dass Lehen sehr wichtig für mich ist? Außerdem hat er, im Gegensatz zu dir, begriffen, dass es für mich an der Zeit ist, meine eigenen Entscheidungen zu treffen«, erwiderte Nahim hitzig. »Wenn die einzige Möglichkeit neben der Unterwerfung unter die Ordnung von Faliminir darin besteht, auf ein Leben mit Lehen zu verzichten, dann ist das nicht besonders überzeugend. Wie lange wartet Mia schon auf dich und auf die Gründung einer Familie?«

Vennis maß den jungen Mann vor sich mit einem verächtlichen Blick. Trotzdem versuchte Nahim, ihm standzuhalten. Als Vennis' Züge wieder weicher wurden, atmete er jedoch hörbar aus. Während sich der ältere Mann niedersetzte und die Beine über die Plattform hängen ließ, sagte er: »Du bist eigentlich alt genug, um zu wissen, dass Mias und meine Kinderlosigkeit nichts mit Keuschheit zu tun hat.«

Vennis gönnte sich ein Schmunzeln, als er die Verlegenheit in Nahims Gesicht sah, nachdem dieser sich neben ihn gesetzt hatte. Seine Beziehung zu Negrits jüngstem Kind war immer schon von besonderer Innigkeit gewesen. Er liebte die Klarheit und Wärme in Nahims Wesen, die keine der verschiedenen Altersstufen vom Kind zum Erwachsenen zu überdecken vermocht hatten. Der Gedanke, dass Nahim sich gezwungen sah, sich dem Willen seines leiblichen Vaters zu unterwerfen, machte Vennis mehr zu schaffen, als sein Neffe zu erahnen vermochte.

Doch Vennis war sich im Klaren darüber, dass er ihm in dieser Situation nicht zu helfen vermochte. Er selbst war als Sohn einer mittellosen Familie aufgewachsen, deren Mutter mit dem angeblichen Makel behaftet war, aus dem wilden NjordenEis abzustammen. Deshalb würde Vennis erst jetzt im reiferen Alter in der Lage sein, zusammen mit seiner Frau ein selbstbestimmtes Leben zu führen.

»Wenn Lehen noch kein Kind in sich trägt, warum wartet ihr nicht noch zwei, drei Jahre und lebt dann mit Mia und mir zusammen? Faliminir verzichtet nur deshalb auf eine standesgemäße Verbindung, weil er diesen Preis für deine Unterwerfung zu zahlen bereit ist.«

Obwohl Nahim bei diesen Worten sichtlich zusammenzuckte, fuhr Vennis fort: »Ich habe es dir schon einmal gesagt: Lehen ist eine eigensinnige Frau. Das ist eine der Eigenschaften, die dein Vater nicht zu schätzen weiß. Es ist mir rätselhaft, wie du dir das Zusammenleben der beiden unter einem Dach vorstellst. Du musst dir doch nur anschauen, wie Faliminir mit Anisa umspringt. Möchtest du der Frau, für die du deine Freiheit aufzugeben bereit bist, wirklich ein solches Leben zumuten?«

Inzwischen war es Nacht, und lediglich die Umrisse der Hügel und der glitzernde See zu ihren Füßen waren noch erkennbar. Die beiden Männer saßen noch lange, in Schweigen gehüllt, beisammen, bis Vennis schließlich aufbrach. Während die Sonne im Osten gemächlich ihren Weg beschritt, beobachtete Nahim den größer werdenden Abstand zwischen Vennis und Tevils und dem Gut Faliminirs. Obwohl er sich an den Worten festhielt, die er mit Lehen vor seiner Abreise ausgetauscht hatte und die sich so richtig anfühlten, spürte er dennoch Verzweiflung in sich aufsteigen. Das Band zwischen Vennis und ihm war durchschnitten. Er war fortan auf sich allein gestellt.

Seit dem Sommerfest hatte Lehen weder ihre Schwester noch ihren Schwager wiedergesehen. Allehe versteckte sich hinter der fortgeschrittenen Schwangerschaft, und Lehen nahm die reichlich anfallende Arbeit auf dem Hof als Vorwand, dem Westend fernzubleiben.

Da die Bewohner des Trubur-Hofs tatsächlich vom Morgengrauen bis zum späten Abend mit Arbeit eingedeckt waren, fiel es weder Bienem noch Balam weiter auf. Fanden sie doch selbst kaum Gelegenheit, ins Tal hinabzusteigen, denn in diesem Sommer drehte sich alles nur um die bevorstehende Ernte. Eine Jahrhunderternte, wie Balam nicht müde wurde zu betonen. Noch nie war ihnen das Westend so fern gewesen.

Lehen hatte die verwirrende Begegnung mit Damir auf dem Sommerfest so gut wie irgend möglich verdrängt. Wenn die Erinnerung wie ein heißer Strahl in ihre Brust zurückzukehren drohte, klammerte sie sich an das Versprechen, das Nahim ihr in der Nacht im Wald zugeflüstert hatte. Allerdings machte es Lehen zunehmend zu schaffen, den Liebesschwur gleich einem Bannspruch einsetzen zu müssen. Es kam ihr vor, als würde Damir dadurch auch in diesen wertvollen Bereich ihres Lebens eindringen.

Schließlich kam die Zeit, in der Tomaten und Kürbisse eingeweckt, die Bohnen zum Trocknen aufgehängt und die späten Äpfel und Birnen gepflückt wurden. Es wurde Heu geschnitten und das Korn von den Feldern eingeholt. Rückblickend kamen Lehen all diese Wochen wie ein einziger Tag vor, so voller Arbeit, dass ihr nicht ein Moment zum Nachdenken blieb. Wenn sie abends übermüdet ins Bett fiel, dachte sie noch kurz an Nahims Gesicht, das von dunklen Haaren umrahmt war, und dann schlief sie auch schon ein.

Der Herbst sandte die ersten Zeichen seines Einzugs: Die Abende waren merklich kühler, und das Grün der Bäume hatte einen tiefen, satten Ton angenommen. Trotzdem hielt die Wärme weiterhin an, so dass der Spätsommer den von der Ernte erschöpften Menschen des Tals noch einige friedvolle Tage gönnte.

An einem schönen Morgen traf überraschend einer von Damirs Gesellen auf dem Trubur-Hof ein. Balam, der nach all den mühsamen Wochen der Feldarbeit nun endlich die Muße fand, sich ganz und gar der Pflege seines Weinfeldes hinzugeben, hatte den Hof zusammen mit Sverde schon vor Stunden verlassen.

In abgehackten Sätzen und sichtlich unwillig berichtete der Knecht Bienem und Lehen, dass Allehes Sohn in der letzten Nacht zur Welt gekommen war. Ein wenig zu früh, gewiss.

Damirs Frau habe ganz plötzlich über heftige Schmerzen geklagt, und dann sei alles sehr schnell gegangen, habe der Alte Rog gesagt. Er hätte es einfach nicht fertiggebracht, das Mädchen allein zu lassen, um Hilfe zu holen.

Obwohl Bienem den verstockten Mann in ihrer Verzweiflung wortreich wegen der spärlichen Neuigkeiten beschimpfte und mit unsinnigen Konsequenzen bedrohte, war keine weitere Auskunft aus ihm herauszubringen.

»Dieses Mal ist es viel zu früh. Das kann nicht gut gegangen sein«, murmelte Lehen. Ihr Gesicht war kreidebleich, und sie begann, verschiedene Heilmittel in einen Beutel zu packen. Als nichts mehr hineinpasste, griff sie nach dem Arm ihrer Mutter und stürzte zur Tür hinaus.

Borif, der die Szene voller Unruhe beobachtet hatte, wollte sich ebenfalls mit hinausdrängen. Allerdings kam er vor lauter Eile Bienem zwischen die Beine, die ihm einen gehörigen Tritt verpasste und ihm die Tür vor der Nase zuschlug. Borif stimmte ein empörtes Winseln an und kratzte an der Tür, doch seine Herrin konnte ihn nicht mehr hören. Sie lief bereits zur Weide hinter dem Haus.

Die Fenster in Allehes Kammer waren mit groben Decken verhängt, und die Luft roch säuerlich und verbraucht. Trotz der angestauten Wärme lag Allehe zusammengerollt unter einem Berg schwerer Daunendecken. Nur ihr Gesicht, das im Sonnenlicht grau und eingefallen aussah, und das zu einem Zopf gebundene strähnige Haar waren von ihr zu sehen.

Lehen schob einen der provisorischen Vorhänge beiseite, um das Fenster zu öffnen, und ein Lichtstreifen fiel auf ihre jüngere Schwester. Bienem, die im Türrahmen stehen geblieben war, stöhnte bei dem Anblick ihrer Tochter qualvoll auf. Obwohl Lehen selbst nur mühsam die aufkeimende Verzweiflung unterdrückten konnte, zischte sie ihre Mutter an, Ruhe zu geben.

Das Letzte, was Allehe in dieser Situation gebrauchen konnte, waren aufgelöste Frauen an ihrem Wochenbett.

Als sie im Haus am Marktplatz eingetroffen waren, hatte sie der Alte Rog in Empfang genommen. Damir werde in der Schmiede gebraucht, und man habe ohnehin nicht gewusst, wie schnell die beiden Frauen eintreffen würden, erklärte ihnen Damirs Vater verlegen. Lehen machte sich nicht die Mühe, diese augenscheinliche Ausflucht zu hinterfragen.

Ein Blick auf den Alten Rog sagte ihr, dass die verfrühte Geburt bereits ein Opfer gefordert hatte. Das Gesicht des alten Mannes war verquollen und wies deutliche Spuren von Übernächtigung auf. Obwohl Allehe selten ein Wort für Damirs Vater übrig hatte, konnte der Alte Rog seine einzige Schwiegertochter gut leiden. Lehen hatte so manches Mal beobachten können, wie Allehes ungestüme Art dem zurückhaltenden Mann ein Lächeln entlockt hatte. Für einen kurzen Moment fragte sich Lehen, wie es um Damir bestellt war. Ob er genauso litt wie sein Vater? Aber sie verdrängte den Gedanken augenblicklich.

»Weißt du, warum es so früh zur Geburt gekommen ist? Hat Allehe sich vielleicht zu sehr aufgeregt? Oder ist sie zufällig gestürzt?«, fragte sie den Alten Rog, als der ins Stocken geriet.

Der Mann schüttelte den Kopf. »Es geschah ganz unvermittelt am frühen Abend. Ich war zu Besuch vorbeigekommen, weil Damir außerhalb des Westends zu tun hatte und erst spät zurück sein würde. Allehe und ich spielten gerade *Pack den König*, als das Mädchen plötzlich vor Schmerzen aufstöhnte. Mir blieb nicht einmal die Zeit, Hilfe zu holen.« Der Alte Rog machte eine kurze Pause und rieb sich mit beiden Händen über das Gesicht. »Als der Junge herauskam, war er schon tot. Bestimmt ist es auch besser so, sonst hätte er seine Mutter noch mit ins Grab genommen.«

Lehen setzte sich neben ihre Schwester aufs Bett und streichelte ihr vorsichtig über die Wange, die ungewöhnlich kühl war. Allehe öffnete die Augen und starrte vor sich hin. Wieder schluchzte Bienem im Hintergrund laut auf, doch sie traute sich nicht näher an ihre leblos wirkende Tochter heran.

»Allehe, wie fühlst du dich?«, fragte Lehen, aber ihre Schwester reagierte nicht. Nach einigen weiteren vergeblichen Versuchen, ihr ein Wort zu entlocken, schob Lehen die Decken beiseite und begann mit den Untersuchungen. Dabei wurde ihr von Minute zu Minute unheimlicher zu Mute, da weder ihre Worte noch die schmerzhafte Behandlung bei Allehe eine Reaktion hervorriefen.

Als Lehen später mit ihrer Mutter am Brunnen im Hinterhof stand, um das blutige Bettzeug auszuwaschen, begann sie mit einem Mal zu weinen. Bienem tat es ihr sofort gleich und versuchte, ihre Tochter zu umarmen, doch Lehen versetzte ihr einen Stoß. Während ihr die Tränen übers Gesicht flossen und das Schluchzen ihr den Atem zu rauben drohte, hieb sie auf die nassen Laken ein.

Bienem und Lehen waren bereits seit fünf Tagen im Schmiedshaus, als sie Damir das erste Mal zu Gesicht bekamen. In der Zwischenzeit war ein aufgelöster Balam eingefallen, den die Frauen sofort wieder auf den Hof zurückgeschickt hatten. Denn außer der verzweifelten Frage, wie so etwas nur habe passieren können, war von Balam nichts zu erwarten gewesen. Stumm starrte er seine vom Fieber benommene Tochter an und war vor lauter Furcht nicht einmal im Stande, ihr das glühende Gesicht mit einem Tuch abzuwischen.

Lehen hatte überlegt, Bienem ebenfalls zur Rückkehr auf den Hof zu bewegen, weil sie Balam in seiner Trauer und Sorge nur ungern allein ziehen ließ. Aber noch mehr fürchtete sie sich davor, bei der ersten Begegnung mit Damir allein zu sein.

Wahrscheinlich hätte sich Bienem ohnehin nicht zu einer Abreise überreden lassen. Denn ihre über alles geliebte Allehe in diesem apathischen Zustand zu wissen, brachte sie fast um den Verstand. So wurde Bienem abwechselnd von Wutanfällen und Weinkrämpfen geschüttelt. Beiden Zuständen Einhalt zu gebieten, gelang Lehen oftmals nur mit scharfen Worten, die sie entsetzlich viel Kraft kosteten.

Nachdem er einige Tage lang wie vom Erdboden verschluckt gewesen war, stand Damir an einem Vormittag plötzlich in der Küche. Lehen, die am Ofen saß und Allehes kleines Mädchen in den Schlaf wiegte, bemerkte ihn als Erste. In dem Moment, in dem sich ihre Blicke trafen, schnürte sich ihr augenblicklich die Kehle zu, und ohne es selbst zu bemerken stand sie zitternd auf und wich einen Schritt zurück. Damir stand lediglich da und schwieg. Sein ausdrucksloses Gesicht verbarg jedes Gefühl.

Bienem hingegen warf bei seinem Anblick mit einem zornigen Aufschrei eine Möhre nach ihm, dann umarmte sie ihn stürmisch. Lehen nutzte den Augenblick, um den Tisch zwischen sich und Damir zu bringen. Obwohl sie beinahe zwanghaft darüber nachgedacht hatte, wie sie sich bei ihrer ersten Begegnung nach dem Sommerfest verhalten würde, war sie nun doch vollkommen hilflos. Anstatt beherrscht und mit einer verächtlichen Miene aufzutreten, wäre sie am liebsten Hals über Kopf geflohen. Nur mit viel Mühe konnte sie sich dazu zwingen, seinen herausfordernden Blick zu erwidern. Denn trotz Bienems heftiger Attacke – sie war mittlerweile zu einer vehement vorgetragenen Klagerede übergegangen, die mit einem erneuten Tränenfluss endete –, verlor er Lehen keinen Moment lang aus den Augen.

»Ich bin froh, dass ihr beiden hier seid«, sagte Damir schließlich. »Ihr werdet doch bleiben?«

Bienem nickte eifrig, während sie sich mit einem Tuch das

Gesicht trocken rieb. »Wir können so lange bleiben, wie du möchtest. Soll Balam sich doch Hilfe von Lasse holen. In solchen Zeiten muss die Familie zusammenhalten. Und Nahim wird Lehen erst im nächsten Frühjahr holen kommen. Wenn nötig, können wir den ganzen Winter über bei euch bleiben.«

»Ich werde Balam drei meiner Männer schicken«, versicherte er Bienem, die sich heftig die Nase putzte. »Sie werden auf dem Hof nach dem Rechten schauen, da musst du dir keine Sorgen machen.«

Dann wandte er sich wieder Lehen zu, die noch immer vollkommen versteinert dastand. Damir nahm ihr das schlafende Kind ab, beugte sich vor und flüsterte ihr ins Ohr: »Du hast Recht, wenn du Angst vor mir hast. Du schuldest mir nämlich noch etwas.«

Kapitel 15

Nahim blinzelte, da ihn die Sonne blendete. Trotzdem wusste er den Angriff seines Gegners richtig einzuschätzen. Er trat einen Schritt zur Seite, so dass Lime vom Schwung seines Schlages nach vorn gerissen wurde.

Mit einem Ächzen stolperte Faliminirs ältester Sohn zwei Schritte vor. Schweiß perlte ihm von der Stirn, und das dichte Lockenhaar stand wirr in alle Richtungen ab, als er das Schwert zu Boden sinken ließ, um einen Moment zu verschnaufen.

Dass Nahim in der Zwischenzeit in einer entspannten Pose verharrte und ihn nicht attackierte, deutete Lime als pure Herablassung. Wenn sein jüngerer Bruder ihn allerdings trotz seiner Erschöpfung angegriffen hätte, wäre Lime erst recht zornig geworden.

Schließlich hob Lime mit schweren Gliedern das Schwert wieder an, riss es unnötig weit in die Höhe und ließ es direkt auf seinen Bruder niederfahren.

Obwohl der Streich vorhersehbar gewesen war, machte Nahim sich dieses Mal die Mühe, ihn zu parieren, anstatt Lime erneut ins Leere laufen zu lassen. Limes Verbissenheit und aufkeimende Wut auf die eigene Plumpheit mahnten ihn zur Vorsicht. Sein Bruder mochte weder ein geübter noch ein talentierter Schwertkämpfer sein, aber Nahim würde keinen Vorteil daraus ziehen, wenn er ihn wie einen dummen Jungen dastehen ließ.

Erneut schwang Lime das Schwert auf Schulterhöhe und

führte einen diagonalen Streich aus. Nahim hielt kräftig dagegen, so dass Lime die Waffe aus der Hand glitt und mit einem dumpfen Klang in den Staub fiel. Einen kurzen Augenblick sah Nahim seinen Bruder verdutzt an, während er auf eine Reaktion wartete. Lime stand schwer schnaubend da und starrte auf das Schwert, als könne er sich die gegenwärtige Lage nicht erklären.

Lime war zwar etwas kleiner als Nahim, dafür jedoch erheblich kräftiger gebaut. Dessen war sich Nahim durchaus bewusst, denn er hatte jeden einzelnen Schlag, den er im Laufe des kurzen Übungskampfes abgewehrt hatte, deutlich in seinen Schultern zu spüren bekommen. Aber Lime wusste seine Kraft nicht gezielt einzusetzen und reagierte auf seine fehlgeschlagenen Angriffe mit Wut und Gedankenlosigkeit.

Schließlich hob Lime den Blick und sagte: »Diese Übung ist müßig, wo ich jetzt doch dich habe, der auf mich aufpasst.« Mit einem gehässigen Unterton setzte er hinzu: »Entspricht ja auch der vorhergesehenen Aufteilung der Aufgaben: Ich kümmere mich um das Gut, und du kümmerst dich um mich.«

Mit einem kurzen Nicken wies Lime noch auf das am Boden liegende Schwert, bevor er sich zum Gehen abwandte. Auf dem Weg ins Haupthaus kreuzte er Anisas Weg, deren Gruß er geflissentlich übersah. Sie zuckte ob des barschen Benehmens ihres Bruders gleichgültig mit den Schultern, ehe sie Nahim einen Kuss auf die erhitzte Wange gab.

Aber Nahim war sich sicher, einen verletzten Zug in ihrem Gesicht wahrgenommen zu haben, obwohl Anisa sichtlich geübt darin war, die Geringschätzung ihrer Familie klaglos hinzunehmen. Auf ihrer Hüfte trug sie Fleur, die einen schläfrigen Eindruck machte.

Es war Nahim nicht schwergefallen, in Erfahrung zu bringen, dass Anisa gezwungen war, ihre Tochter allein zu umsorgen. Faliminir verweigerte ihr die Hilfe einer Kinderfrau, so wie er sich weigerte, seine Enkelin überhaupt zu bemerken.

Nahim bückte sich, um Limes zurückgelassenes Schwert aufzuheben, aber dann stach ihm der mit einem breiten Lederband umwickelte Griff ins Auge: Das Leder war durch die Nässe von Limes Hand dunkel eingefärbt. Da Nahim sich nicht dazu durchringen konnte, es zu berühren, packte er die Klinge knapp unterhalb des Griffs. Feiner orangefarbener Sand rieselte vom Blatt, als Nahim die Schwertspitze so tief in den Boden rammte, dass es senkrecht stehen blieb.

»Wie ich sehe, schenkt Lime dir nichts«, sagte Anisa mit einem schmalen Lächeln. »Ein Schwertkampf mit einem Mann, der seit Jahren nur seine Zunge in Wortgefechten schwingt, deren Sieg ihm von vornherein sicher ist, erfordert bestimmt viel Geduld.«

Im ersten Moment war Nahim über Anisas Direktheit überrascht, dann lächelte er jedoch angesichts der Möglichkeit, selbst kein Blatt vor den Mund nehmen zu müssen: »Statt bissige Bemerkungen über den künftigen Herrn von Montera zu machen, solltest du mir lieber zu meinem neuen Posten als Leibwächter gratulieren. Es obliegt nun meinen Kampfeskünsten, die Rechen und Mistgabeln rebellischer Bauern abzuwehren.«

»Was wohl nichts anderes bedeutet, als dass du tagein, tagaus hinter Lime hertrotten wirst. Da ihr kaum als die gefürchteten Drei übers Land ziehen werdet, vermute ich einmal, dass Drewemis nun auf sich allein gestellt ist. Hältst du das für eine gute Idee, wo er doch sein Leben lang hinter Limes Rücken verbracht hat?«

Nahim streckte sich, schüttelte seine schmerzenden Arme aus und nahm ihr die müde Fleur ab. Das Mädchen blickte ihn kurz aus halb geschlossenen Augen an, dann fiel ihr Köpfchen wieder zur Seite.

Sie setzten sich in den Schatten, den der Brunnen warf, und wo Nahim seine Schwertscheide zurückgelassen hatte. Als er die Kühle des Mauerwerks durch sein Hemd am Rücken spürte und den gleichmäßigen Atem des schlafenden Kindes hörte, war Nahim versucht, selbst ein wenig zu dösen und sich auf diesem Weg in Trevorims Tal zu träumen.

Stattdessen begann er, Anisa vom Tal zu erzählen: »Kannst du dir Felswände vorstellen, die so hoch sind, dass du den Kopf in den Nacken legen musst, um zu sehen, wo sie mit dem Himmel verschmelzen? Wenn man von einem solchen Ring aus massivem Stein umgeben ist, dann spürt man einen Druck auf der Brust, als wäre man ein Niemand, ein Nichts. Trotzdem fühle ich mich zu diesem Ort hingezogen. Es gibt schmale Wasserläufe, über denen ein feiner Dunstschleier liegt, weil sie mit solcher Gewalt ins Tal herabstürzen. Und alte Tannenwälder, zwischen deren Stämmen ewiges Zwielicht herrscht, und von Moos überzogene Steilwände. Aber inmitten dieser Wildnis findest du plötzlich kultiviertes Land: Felder und Wiesen und schöne Häuser.«

Mit einem Mal hielt Nahim inne. Gedankenverloren starrte er auf seine Stiefelspitzen, die von der Sonne beschienen wurden.

Als hätte sie seine Gedanken erraten, fragte Anisa: »Was ist deine Lehen denn für eine Frau?«

Nahim lachte leise, bevor er antwortete. »Ich wüsste überhaupt nicht, wo ich mit einer Beschreibung beginnen sollte, und wahrscheinlich würde ich sowieso nur dummes Zeug erzählen.« Anisa erwiderte nichts, und Nahim setzte hinzu: »Aber ich denke, du wirst sie sehr gerne mögen, ihr habt nämlich viele Gemeinsamkeiten.«

»Ich hoffe für sie, dass du dich – was die Gemeinsamkeiten betrifft – irrst. Wer möchte schon so ein Leben führen wie ich. Nun mach nicht so ein verdattertes Gesicht, Nahim. Du verstehst mich ganz genau. Was ich jedoch nicht verstehe, ist, warum ihr beiden nicht in diesem kleinen Tal leben wollt. Deine Kampfübung mit Lime muss dir doch deutlich vor Augen geführt haben, dass Montera dir kein frohes Leben zu bieten vermag.«

»Dieselbe Frage hat mir Vennis vor seiner Abreise ebenfalls gestellt«, erwiderte Nahim mit leiser Stimme, während er über Fleurs feines Haar strich. »Aber ich weiß nicht, warum Lehen Trevorims Tal hinter sich lassen möchte. Es war ihre einzige Bedingung, und da ich meine Liebste kenne, habe ich akzeptiert. Wir werden uns also mit dem Leben, das Faliminir für uns vorsieht, abfinden müssen. Warum sollte es mir besser gehen als dir?«

Anisa legt ihrem Bruder eine Hand auf die Schulter und drückte sie leicht. Dann lehnte sie sich ebenfalls mit dem Rücken an den Brunnen und schloss die Augen. Nur noch wenige Augenblicke, und die Sonne würde im Zenit stehen. Dann würde der letzte Schatten der Mittagshitze weichen, und sie würde zusammen mit ihrer Tochter wieder in das Haus ihres Vaters zurückkehren, das ihnen beiden kein Heim war.

Die letzten Wochen hatte Lehen in der Kammer ihrer Schwester verbracht, während Bienem sich um ihre kleine Enkeltochter kümmerte. Es hatte Lehen große Mühen gekostet, das Fieber einzudämmen. Erst nach einem Besuch von der altersschwachen Frau Witt war es vollends besiegt worden. Aber Allehes Körper war durch den Blutverlust stark geschwächt, und sie brachte keinerlei Willen auf, sich zu erholen. Die meiste Zeit über schlief sie oder starrte an die Wand. Die Kräutermixtur, die Frau Witt zur Anregung der Lebensgeister empfohlen hatte, weigerte sie sich einzunehmen.

Lehen bestand auch nicht weiter darauf, da es ihr genug zu schaffen machte, ihre Schwester zum Essen zu bewegen. Weder sanftes Zureden noch Schimpfen zeigten eine Wirkung auf die verstummte Allehe. Nur in der Nacht, wenn Lehen eng an den schmal gewordenen Körper ihrer Schwester geschmiegt schlief, wurde sie gelegentlich von einem leisen Wimmern geweckt, das zeigte, dass Allehe nicht so teilnahmslos war, wie sie sich gab.

Damir stand, wenn er sich einmal im Krankenzimmer blicken ließ, am Fußende des Bettes und starrte seine junge Frau an. Allehe reagierte auch auf ihn kaum, ließ bestenfalls ein unbestimmtes Murmeln auf Fragen nach ihrem Befinden folgen. Trotzdem verharrte Damir jedes Mal, bis sich Allehe die Decke über die Nase zog und sich schlafend stellte.

Wenn Damir sich im Schmiedshaus befand, schlich Lehen durch die Gänge und war stets darauf bedacht, sich in Gesellschaft aufzuhalten. Doch bislang hatte Damir keine Anstalten gemacht, sie allein abzufangen. Vielmehr kam es ihr vor, als würde er bewusst ihre Nähe meiden. Vielleicht war er aber auch nur ein seltener Gast im eigenen Haus geworden.

Da die Weinernte abgeschlossen und die Trauben gekeltert waren, hatte sich Balam zu einem Besuch im Westend eingefunden. Schwere Wolken trieben über den Himmel, als Lehen sich mit ihm auf den Hinterhof setzte. Der Wind trug kalte Luft und den typisch würzigen Duft des Herbstes mit sich, so dass Lehen sich eines von Allehes eleganten Wolltüchern um die Schultern gelegt hatte. Zwischen den Knien balancierte sie Alliv, die bereits erste Stehversuche unternahm. Nachdem ihre Eltern es in den letzten Monaten nicht für nötig gehalten hatten, dem kleinen Mädchen einen Namen zu geben, hatte Lehen diese Aufgabe übernommen und war mit ihrer Wahl zufrieden.

»Und, wie geht es auf dem Hof?«, fragte Lehen nach einem längeren Schweigen. »Haben sich Damirs Knechte gut bei der Weinernte gemacht?«

Balam zog die Stirn kraus. Es war ihm deutlich anzusehen, dass er fieberhaft überlegte, was er seiner Tochter erzählen konnte und was er besser für sich behielt. Letztendlich flüchtete er sich ungeschickt in einen Themenwechsel: »Borif vermisst dich sehr. Er hat uns so lange die Ohren vollgeheult, bis ich ihn nachts zum Schlafen in deine Kammer gelassen habe. Ich hoffe, du nimmst es mir nicht übel, aber er schläft jetzt auf deinem Bett … auf deiner alten Strickjacke.«

»Warum hast du ihn denn nicht mitgebracht, so wie ich dich gebeten hatte?«, fragte Lehen. Zu gern hätte sie ihre Arme um Borifs muskulösen Nacken geschlungen und den vertrauten Geruch wahrgenommen, der von seinem Fell aufstieg. Bei dem Gedanken daran konnte Lehen beinahe sein zufriedenes Schnauben hören, das aus den Tiefen seines Brustkorbes drang. Langsam stieg wieder die Traurigkeit in ihr auf, die sie in der letzten Zeit viel zu häufig heimgesucht hatte.

Selbst Balam, der nach langer Zeit endlich ungestört mit seiner Tochter auf einer Bank hockte, vermochte daran nichts zu ändern. Wie sollte er auch? Keine der Fragen, die sie rund um die Uhr beschäftigten, waren für seine Ohren geeignet. Außerdem machte ihr Vater selbst den Eindruck, den Kopf voller Sorgen zu haben.

»Nun«, setzte Balam an und stockte. Erneut wich er an diesem Tag dem Blick seiner Tochter aus. »Damir meinte, es wäre besser, wenn Borif auf dem Hof bleiben würde. Wahrscheinlich hast du es noch nicht gehört: Die Orks sind plötzlich wieder über den Südlichen Grat hergefallen und bedrohen nun sogar die Höfe auf dem Hang. Weißt du, Borif ist ein gescheiter Hund. Er wird anschlagen, wenn diese Kreaturen auf unseren Hof eindringen sollten. Da ihr hier im Westend in Sicherheit seid, macht es dir doch bestimmt nichts aus, wenn ich ihn da behalte?«

Wie eine Flutwelle schlug die Neuigkeit über Lehen zusammen. Ihr Mund ging auf, aber die vielen Fragen, die hinauswollten, blockierten einander. Unruhig rutschte Balam auf seinem Platz hin und her. Seine älteste Tochter sprachlos zu erleben, trug nicht zu seiner Entspannung bei, so dass er Zuflucht im Reden suchte.

»Eigentlich hatte ich Damir versichert, nichts von diesen Dingen zu erwähnen. Er hält es für unnötig, deine Mutter und dich zu beunruhigen.« Bevor Lehen zu einem Protest ansetzen konnte, fuhr er rasch fort: »Und er hat auch vollkommen Recht damit. Die Männer, die er mir zu Hilfe geschickt hat, kommen aus dem Osten des Tals, und sie geben gut Acht.

»Lürre Blix und seine Sippschaft weiter oben auf dem Hang wollten nicht auf Damir hören, als er ihnen ein Angebot unterbreitete. Denen haben die Orks mitten in der Nacht Scheune und Speicher in Brand gesetzt. Nun fragen sich die Blixes, wie sie ohne Vorräte den Winter überstehen sollen. Lürre hat sein Vieh zum Brennburger Markt treiben müssen, und seine Frau weint sich vor Verzweiflung die Augen bei Verwandten im Westend aus. Wir können von Glück sagen, dass Damir ein Mann ist, der weit herumkommt. Woher sonst hätten wir Hangbewohner in einer solchen Not Hilfe herbeiholen können? Von uns weiß doch keiner, an welchem Ende man ein Schwert hält.«

Nach Zustimmung heischend, schaute Balam seine Tochter an. Obwohl er seine Worte voller Überzeugung vorgetragen hatte, konnte Lehen Unsicherheit in seinen Augen erkennen. Ihr Vater wusste offenbar selbst nicht, was er von der unerwarteten Lage halten sollte. Um ihn nicht weiter zu bekümmern, bemühte sich Lehen um eine feste Stimme, obwohl ihr der Kopf vor Aufregung schwirrte.

»Die Orks sind also doch wieder zurückgekehrt«, setzte sie zögernd an. »Man muss schon sagen, dass sie sich keinen günstigeren Zeitpunkt aussuchen konnten für ihre Beutezüge. Die

Keller und Speicher sind nach dieser Jahrhunderternte bis zum Bersten gefüllt und die Ställe mit gesundem Jungvieh bevölkert. Wer hat die umherziehenden Horden denn schon zu Gesicht bekommen?«, fragte Lehen betont beiläufig.

»Ich selbst«, sagte Balam, und in seinem Gesicht breitete sich Entsetzen bei der Erinnerung aus. »Es dämmerte bereits, als wir die letzten Trauben von den Reben pflückten. Sie tauchten plötzlich im Schatten des Waldrandes auf, vier oder fünf Gestalten, schrecklich anzusehen. Ein schartiges Wurfmesser verfehlte nur knapp mein Gesicht, und bevor ich mich versah, stürmten sie schon unter lautem Gebrüll auf uns zu. Damirs Männer stellten sich ihnen entgegen, während Sverde und ich hinter den hohen Pflückkörben in Deckung gingen. In meinem ganzen Leben habe ich noch nie solch eine Furcht verspürt. Obwohl es nun schon Tage her ist, zieht sich mir beim Anbruch der Dunkelheit die Kehle zusammen. Ihnen stehen Hauer aus dem Maul wie bei einem Wildschwein, und ihre Pfoten sind mit Klauen bestückt! Wie man sich einer solchen Kreatur entgegenzustellen vermag, ist mir ein Rätsel. Aber trotzdem ist es Damirs Männern gelungen, die Bestien in die Flucht zu schlagen. Wahrscheinlich hatten sie nicht mit Gegenwehr gerechnet.«

Lehen traute ihren Ohren kaum: Auf das Land ihrer Familie sollten wirklich Orks eingedrungen sein? Erneut suchte sie in Balams Gesicht nach einer Spur, dass er ihr eine gemeine Lügengeschichte auftischte. Aber sie fand nur blankes Entsetzen. »Wenn die Orks bewaffnet gewesen sind«, fragte Lehen deshalb mit brüchiger Stimme, »was haben Damirs Männer ihnen denn entgegensetzen können? Oder haben die bei der Weinernte etwa Waffen getragen?«

Balam nickte eifrig.

»Ja, das haben sie. Ich hatte deswegen sogar einen bösen Streit mit Damir gehabt, weil seine Männer mehr mit ihren

Schwertern herumfuchtelten, als uns bei der Arbeit zu helfen. Zwar hatten uns schon Gerüchte von erneuten Überfällen erreicht, aber ich hielt sie für genauso abwegig wie beim letzten Mal, als der Rabenmann die Geschichte von raubenden Horden ins Westend mitgebracht hatte. Wie dem auch sei, Damir wird die drei Männer erst einmal auf dem Hof lassen. Und das, obgleich er nun von überall her Anfragen bekommt. Alle fürchten sich und sind nur allzu bereit, Damir seine Unterstützung entsprechend überschwänglich zu danken.«

Eigentlich wollte Lehen ihren Vater nach der Art des Dankes fragen, doch ein Blick auf sein Gesicht verriet ihr, dass Balam sich in Ausflüchte retten würde. Wahrscheinlich hatte Damir besonders bei diesem Punkt auf Verschwiegenheit gedrängt. Aber was kümmerte sie der Preis, da doch ihr Vater und Sverde gerettet worden waren. Wenn sie den Orks ohne Hilfe entgegengetreten wären, hätte der Kampf ganz gewiss nicht so ein glückliches Ende genommen.

Auf einmal stand Lehen die Abgeschirmtheit deutlich vor Augen, in der sie die letzten Monate gelebt hatte. Weder die Entwicklungen auf dem Hang noch die Veränderungen in der Schmiede, wenn nicht sogar im Westend, waren bis zu ihr vorgedrungen. Orks suchten die Südlichen Höhen und den Hang heim, und Damir hatte Männer aus dem Osten des Tals zu sich geholt, die mit dem Umgang mit Waffen vertraut waren.

Damirs Neid auf Vennis und seine Begleiter, die gegen die Orks gekämpft hatten, die für einen Schmied so untypisch weiten Reisen, die vielen fremden Gesichter, denen Lehen gelegentlich auf den Fluren des Schmiedshauses begegnet war – all das ergab plötzlich einen Sinn.

Damir hatte den Sommer genutzt, um selbst eine Gruppe von Männern zusammenzustellen, die sich des Orkproblems unter seinem Befehl annehmen konnten. Dass Damirs Gruppe aus Männern bestand, deren Heimat im unwirtschaftlichen

Osten des Landes lag, wunderte Lehen nicht. Schließlich waren die verstreuten Hang- und Höhenbewohner während des Sommers viel zu sehr damit beschäftigt gewesen, die reichen Geschenke der Natur zu empfangen. Und nun würden sie alle für ihre Unbesonnenheit zahlen.

Unbewusst sprach sie einen Gedanken laut aus: »Wenn Damir nun über bewaffnete Männer befehligt, warum lässt er sie die Orks nicht vertreiben?«

»Nun, diese Frage haben ich und die anderen Bauern ihm ebenfalls gestellt. Aber weißt du, Lehen, so viele Männer stehen noch nicht in Damirs Diensten. Im Augenblick konzentriert er sich darauf, einige der mittelgroßen Höfe zu schützen und weitere Ostler anzuwerben. Bislang haben die Orks große Höfe, wie Lasses, stets gemieden. Zu viele Leute, zu viele Hunde, inmitten von gut befestigten Häusern, das mögen diese heimtückischen Gesellen nicht. Um uns Familien mit den vollen Kellern geht es, sagt Damir. Wir müssen zuschauen, dass die Orks hinter dem Kamm bleiben. Und so wie es aussieht, müssen wir uns beeilen! Sverde hat breite Trampelpfade am Hang entdeckt, die bis weit nach Westen reichen. Hat es sich schon richtig heimisch gemacht, diese Höllenbrut. Ich mag gar nicht daran denken, wer den Sommer über des Nachts um Haus und Hof geschlichen ist. Wir können von Glück sagen, dass der Sommer so großzügig gewesen ist, denn nun können wir jeden Liter Wein und jedes Zicklein gebrauchen, um die Verteidigung des Hangs und des Westends auszubauen«, schloss Balam voller Eifer.

»Ich vermute, auch hier hat Damir schon einen Plan, dem ihr nur zu folgen braucht«, hakte Lehen nach.

Verdrossen stellte sie fest, dass ihr Vater den leisen Vorwurf, der bei ihren Worten mitschwang, nicht bemerkte. Stattdessen nickte er eifrig, während er mit unverhohlener Begeisterung fortfuhr: »Damir ist der richtige Mann für diese Sache, und wir können uns voll auf ihn verlassen. Selbst Nahim und Maherind haben uns geraten: Das Tal muss sich selbst helfen!«

Balam griff nach Lehens Hand und drückte sie. Waren seine Augen zuvor noch unstet über den Hof gewandert, so befand sich jetzt ein Leuchten in ihnen. Sogar ein leises Lachen kam von seinen Lippen.

Wenngleich ihr nicht danach zu Mute war, rang Lehen sich ebenfalls ein Lächeln ab. Ihr Vater, der bei den letzten Besuchen immer von Kummer bedrückt worden war, strahlte nun Zuversicht aus, und sie wollte ihm in diesem Augenblick keinen unnötigen Stich zufügen. So behielt sie den Gedanken, dass Nahim unter der Selbsthilfe des Westends sicherlich keine bezahlten Söldner aus dem Osten des Tals gemeint hatte, für sich.

Mit einiger Mühe schob Lehen die schwere Wäschetruhe aus Eichenholz vor die Tür des Baderaums. Obwohl die Türen im Schmiedshaus mit verzierten Messingschlössern und -griffen ausgestattet waren, existierten so gut wie keine Schlüssel mehr. Die Häuser am Marktplatz zählten zu den ältesten des Westends, weshalb das auch nicht weiter verwunderlich war.

Es war bereits spät am Abend, als Lehen ihrer Mutter und dem Alten Rog bleierne Müdigkeit vortäuschte und vorgab, ins Bett gehen zu wollen. Stattdessen befeuerte sie unten im Keller den Ofen und ließ sich ein Bad ein.

Warmer Wasserdampf breitete sich in dem kleinen Raum aus und zauberte den Kerzen einen dunstigen Heiligenschein. Erschöpft saß Lehen eine Zeit lang auf dem Rand des Badezubers und bewegte mit ihrer Hand getrocknete Kamillenblüten kreisförmig im Wasser. Nach und nach lullte sie die gleichförmige Bewegung ein.

Vor einigen Tagen hatte sie Allehe am geöffneten Fenster

vorgefunden. Es war das erste Mal gewesen, dass Allehe das Bett verlassen hatte. Mit nackten Armen und Beinen war sie dagestanden, und der kräftige Herbstwind hatte ihr rote Wangen verliehen, während sie wie gebannt auf den verwaisten Marktplatz hinuntergestarrt hatte. Lehen hatte die Fenster wieder zugezogen und ihrer Schwester ein Wolltuch umgelegt, als diese keine Anstalten gemacht hatte, ins Bett zurückzukehren.

»Ich bin so froh, dass es dir besser geht«, hatte Lehen mit einem Mal vor lauter Glück gesagt und ihre Schwester umarmt, deren Körper sich jedoch sofort versteifte.

»Wo ist Damir?«, hatte Allehe kaum hörbar gefragt.

»Das weiß ich nicht. Vielleicht auf dem Hang oder in der Schmiede … Er meldet sich nicht bei mir ab. Vergiss Damir, möchtest du nicht lieber dein Mädchen sehen?«

Mit einem Ruck hatte sich Allehe aus der Umarmung befreit und weiter aus dem Fenster gestarrt. Verblüfft hatte Lehen die Arme sinken lassen.

»Ich will wissen, wo Damir steckt.« Allehes Stimme hatte tonlos und brüchig geklungen und nicht im Geringsten an die lebendige junge Frau erinnert, die sie im Sommer noch gewesen war. Ohne eine Antwort abzuwarten, war sie mit dieser Litanei fortgefahren, bei jeder Wiederholung ein wenig lauter und schriller. »Wo ist mein Mann? Ich will sofort wissen, wo mein Mann ist! Wo ist er?«

Lehen hatte sich dabei erwischt, unsinnige Sätze zu nuscheln, die ohnehin ungehört in dem anschwellenden Geschrei untergegangen waren. Erneut hatte sie Allehe an den Schultern gepackt, doch diese war ihrer Gegenwart nicht mehr gewahr gewesen. Ihr Gesicht war dunkelrot angelaufen, und die Augen waren aus den Höhlen hervorgequollen. Mit Entsetzen hatte Lehen bemerkt, wie Allehes Nägel sich krampfhaft in ihre Unterarme gekrallt und blutig unterlaufene Spuren hinterlassen hatten. Mit einem Mal war das Geschrei abgebrochen. Die Beine waren unter ihr weggesackt, und sie hatte Lehen mit sich zu Boden gerissen.

Seit dieser Szene hatte Allehe zwischen Wutanfällen und völliger Apathie geschwankt. Aber mit jedem weiteren Tag, den Damir nicht das Haus betreten hatte, hatten die Zornesausbrüche zugenommen. An diesem Vormittag hatte Allehe beim Anblick ihrer Tochter so lange geschrien, bis ihre Stimme versagt hatte, wofür Lehen sehr dankbar gewesen war. Sie war nur noch damit beschäftigt gewesen, aufzupassen, dass ihre Schwester sich nicht selbst Schaden zufügte.

Bienem hatte das Krankenzimmer gemieden, seit sie zum ersten Mal Zeugin eines solchen Anfalls geworden war. Anfangs war sie schuldbewusst in der Tür stehen geblieben, aber dann hatte sie sich in die Küche geflüchtet, wohin die gellenden Schreie sie trotzdem verfolgt hatten. Wenn Lehen sich seither schließlich erschöpft auf die Bank bei der offenen Feuerstelle in der Küche sinken ließ, musste sie sich auch noch die Jammerei ihrer Mutter anhören.

An diesem Nachmittag hatte Lehen Allehe dabei erwischt, wie sie nur mit einem Nachthemd bekleidet und einem wirren Gesichtsausdruck zur Haustür hinauslaufen wollte. Lehen hatte ihr eine schallende Ohrfeige verpasst und sie die Treppe heraufgeschubst. Auf dem Zimmer war es zu einem Gerangel gekommen, und Lehen war zu entkräftet gewesen, um sich auf eine längere Auseinandersetzung einzulassen. Als Allehe ihr einen schmerzhaften Biss in den Oberarm zugefügt hatte, hatte Lehen nach einem Wollschal gegriffen und die Hände der geschwächten Allehe kurzerhand an den Bettpfosten gebunden. Dann hatte sie sich auf einen Stuhl gesetzt und gewartet, bis ihre Schwester nach langer Raserei endlich vor Erschöpfung eingeschlafen war. Lehen hatte das Zimmer verlassen, ohne die Fesseln zu lösen.

Hinter Lehens Stirn pochte es unentwegt, als sie den träge im Wasser treibenden Kamillenblüten zusah. Ganz gleich, in welche Richtung sie ihre Gedanken treiben ließ, nichts vermochte ihr Trost zu spenden. Das erlösende Frühjahr schien unerreichbar fern, während sich um sie herum alles in Chaos aufzulösen drohte. Am liebsten hätte Lehen geweint, doch ihre Augen blieben fiebrig trocken.

Schließlich raffte sie sich dazu auf, ihre Kleider abzulegen und in den Zuber zu steigen. Sobald das warme Wasser sie umgab, entspannten sich ihre Muskeln, und sie atmete tief aus. Langsam ließ sie den Kopf nach hinten sinken, bis er auf dem Zuberrand zu liegen kam. Mit den Fingerspitzen massierte sie Stirn und Schläfen, und für einen kurzen Augenblick schloss sie die Augen.

Mit einem lauten Knarren wurde die Wäschetruhe von der sich öffnenden Tür beiseitegeschoben. Vor Schreck rutschte Lehen in dem Zuber hinab, und noch ehe sie sich wieder gefangen hatte, war Damir bereits durch den schmalen Spalt geschlüpft und schob die schwere Truhe zurück vor die Tür.

Zu ihrem Entsetzen entwich Lehen ein leiser hoher Schrei, während ihre Augen die Entfernung zu den Kleidern maßen. Aber schon saß Damir auf dem Stuhl, auf dem die Sachen lagen. Er schlug die Beine elegant übereinander und lächelte sie an. Lehen sank bis zum Kinn ins Wasser.

»Was treibst du hier unten, anstatt bei deiner Frau zu sein?«, fauchte sie ihn gespielt angriffslustig an, dabei klang diese Anschuldigung selbst in ihren Ohren lächerlich. Dennoch fühlte sie sich außer Stande, die Unangemessenheit dieser Situation selbst anzusprechen. Krampfhaft suchte sie nach einer Fluchtmöglichkeit, während sie gleichzeitig versuchte, sich das nicht anmerken zu lassen.

»Da bin ich schon gewesen«, entgegnete Damir und fing in aller Ruhe an, die Ärmel seines Hemdes hochzukrempeln. »Sie wirkte hervorragend vorbereitet für die Nacht. Dasselbe kann man übrigens auch von dir behaupten.«

Lehen gab vor, den letzten Satz überhört zu haben, obwohl sie beinahe erneut aufgeschrien hätte. »Deine Frau hat uns fast wahnsinnig gemacht, weil du dich tagelang nicht hast blicken lassen. Du solltest dich schämen, Damir.«

Er schenkte ihr einen überraschten Blick, und als Lehen zu einer Erklärung ansetzen wollte, begann er zu lachen. Er rutschte ein Stück auf dem Stuhl nach vorn und stützte das Kinn auf dem Handrücken ab. Es war nur allzu offensichtlich, dass er die Situation genoss und keinen Grund zur Eile sah. Er würde Lehen noch ein wenig im Wasser zappeln lassen und sich darüber amüsieren, wie sie verzweifelt nach einem Ausweg suchte.

»Mach, dass du rauskommst«, schrie Lehen ihn an. »Mach, dass du zu deiner Frau kommst!«

»Was soll ich denn da, meine Liebe? Die gute Allehe liegt gefesselt im Bett und gibt nur ein Krächzen von sich. Hier bei dir im Keller gefällt es mir da sehr viel besser.«

Entsetzt beobachtete Lehen, wie Damir sich daranmachte, seine Stiefel auszuziehen. Mit einem Satz sprang sie aus dem Zuber und lief auf die Tür zu. Doch bevor sie die im Weg stehende Truhe auch nur berühren konnte, hatte Damir sie von hinten gepackt. Dabei gab er sich nicht die Mühe, sie zum Stillhalten zu zwingen. Locker hielt er sie in der Taille umfangen und gab ihr so die Möglichkeit, sich kräftig mit Händen und Füssen zu wehren. Als Lehen das Spielchen begriff, hielt sie unvermittelt still.

Für einen Augenblick standen sie beide wie erstarrt da, dann gab Damir sie frei. Sofort wich Lehen zur Seite aus und griff nach einem Tuch. Damir gab ihr einen leichten Schlag auf den Po, so dass sie strauchelte. Wutentbrannt drehte Lehen sich um und gab dem Stuhl einen Tritt. Aber anstatt Damirs Beine zu treffen, kippte der Stuhl einfach nur um. Damir verschränkte die Arme und lachte sie aus.

»Es freut mich, dass du dich so prächtig amüsierst«, sagte sie mit heiserer Stimme, die ihre Demütigung kaum verbergen konnte. Dann schlang sie sich das Tuch um den Körper.

»Nun ja«, entgegnete Damir, der keine Anstalten machte, ihr zu folgen. »Es gefällt mir allerdings viel besser, dich anzuschauen, wenn du nichts trägst. Also sei brav, und gib mir das Tuch. Oder ist es dir vielleicht lieber, wenn ich es mir holen komme?«

Lehen verkniff sich eine Antwort, während sie langsam einen Schritt nach dem anderen zurücksetzte, bis sie den Zuber hinter sich zu fassen bekam. Eilig huschte sie um ihn herum, so dass er zwischen ihr und Damir stand, der sich immer noch nicht bewegt hatte.

»Was soll das Ganze, Damir?«, fragte Lehen, ohne jedoch eine ernsthafte Antwort zu erwarten. »Du hast doch Allehe, du wolltest sie doch unbedingt haben. Ist dir das nicht genug, verdammt?«

»Du siehst das falsch: Ich habe jetzt zwei Frauen. Wenn man es genau nimmt, sogar drei, wobei die gute Bienem am besten in der Küche aufgehoben ist. Eine wirklich gute Köchin.«

In Anbetracht dieser Dreistigkeit entglitten Lehen die Gesichtszüge, was bei Damir erneut ein Schmunzeln auslöste. Da er sich während ihres Geplänkels jedoch nicht auf sie zu bewegt hatte, sprach Lehen umgehend weiter: »Wenn dir eine Frau nicht genügt, dann nimm doch was von dem Geld, das du den Hangbauern abgenommen hast, und versuch dein Glück im *Roten Haus*. Es dürfte dir leichtfallen, dort passende Gesellschaft zu finden.«

Für einen kurzen Moment breitete sich Zorn auf Damirs Gesicht aus, aber es wich sofort einem anzüglichen Lächeln: »Die Unterhaltung in meinem eigenen Haus bekomme ich doch kostenlos. Warum sollte ich mir also die Mühe machen? Komm schon, Lehen. Sei ein liebes Mädchen, und gib mir das Tuch, ja?«

Als wolle er sie reizen, machte er einen Schritt auf sie zu und streckte den Arm aus. Lehen starrte ihn mit einer Mischung aus Furcht und Ekel an. Sie konnte den Gedanken kaum ertragen, sich jemals zu Damir hingezogen gefühlt zu haben. Jahrelang war er der aufregendste Mann in ihrem Leben gewesen, und niemals hätte sie sich träumen lassen, dass sie eines Tages vor Abscheu aufschreien könnte, weil er sie berührte.

Mit einer raschen Bewegung langte Damir über den Zuber hinweg und griff nach dem Tuch. Doch Lehen hielt es mit beiden Händen fest und schwankte zurück, wodurch Damir aus dem Gleichgewicht geriet. Er knallte mit dem Schienbein hörbar gegen den Zuber, ohne jedoch von Lehen abzulassen. Kaum hatte er sich wieder gefangen, kletterte er einfach über den Zuber und drängte Lehen gegen die Wand. Sie zog ein Knie hoch, um ihn auf Abstand zu halten, doch er stieß es zur Seite und presste sich dicht an ihren Körper.

»Warum versuchst du es nicht mit ein wenig Schreien«, bot Damir ihr an. Sein Atem war dicht an ihrem Ohr, während er mit viel Geduld Lehens verkrampfte Finger aus dem Tuchstoff löste.

Aber Lehen schwieg. Ihre Schreie würden oben im Haus kaum zu hören sein. Sie würde höchstens Damirs Befriedigung beflügeln. Außerdem würde, wer immer ihr auch zu Hilfe kommen mochte, die Lage nur verschlimmern. Bilder von einem von Orks bedrohten Balam und einer vor Sehnsucht verrückten Allehe schossen ihr durch den Kopf.

Nachlässig ließ Damir das Tuch neben sich sinken, dann fuhr er mit den Händen einmal über Lehens Körper, ehe er sich plötzlich zum Gehen abwandte. Lehen blieb erstarrt an die kalte Wand gedrückt stehen, als er die Truhe beiseiteschob. Und in dem Moment, in dem sie langsam in sich zusammensank, drehte Damir sich noch einmal um und begutachtete sie.

»Das wird ein wunderbarer Winter, das weiß ich ganz genau«, sagte Damir und schloss die Tür hinter sich.

Kapitel 16

Vor einigen Tagen war ein Reiter bei den Faliminirs mit der Nachricht eingetroffen, dass es im Osten Monteras zu einem erneuten Orkübergriff gekommen sei. Lime schickte Nahim mit dem Auftrag los, die Angelegenheit zu überprüfen.

Nahim nahm die Anweisung dankbar an. In den letzten Wochen war er Limes herausfordernden Blicken zu oft ausgewichen und hatte den Boden angestarrt, während er seine Ohren für den gezielten Spott taub machte. Er war mittlerweile der festen Überzeugung, dass sein Kopf zerbersten würde, wenn er sich noch einmal zum Schweigen zwingen müsste.

Während seiner Reise mied er die umliegenden Höfe und schlug sein Lager im Freien auf. Die Haine standen noch im vollen Grün. Nur die abgeernteten Felder und die früh anbrechende Dämmerung kündeten davon, dass der Herbst auch in diesen warmen Landen bereits Einzug hielt.

Immer wieder versuchte Nahim, seine Gedanken frei zu machen von allem, was ihn zunehmend bedrückte, damit Monteras liebliche Landschaft eine heilsame Wirkung auf ihn haben möge. Doch die Mühe war umsonst. Andauernd stellte er sich dieselben Fragen, die in seinem Innersten zu nagen begannen.

Auf dem Hof der Delimors brachte Nahim in Erfahrung, dass der Überfall auf eine Rinderherde von zwei halb verhungerten Orks verübt worden war. Glücklicherweise waren die Unholde von Knechten gestellt worden, bevor sie ernsthaften Schaden hatten anrichten können.

Es folgte eine harsche Auseinandersetzung zwischen Nahim und dem Großbauern Delimor, der den Osten des Landes für Faliminir verwaltete. Dass der als Despot verschriene Bauer sich weigerte, Waffen an seine gemeinen Knechte auszugeben, konnte Nahim nachvollziehen. Trotzdem würde sich eine Aufrüstung im Grenzland von Montera kaum vermeiden lassen. Die Burgfeste Achaten mochte durch ihren Sieg an Macht hinzugewonnen haben, aber es reichte nicht aus, um die Grenzen des Landes lückenlos zu schließen. Nach dem Fall von Olomin würden dunkle Kreaturen Rokals Lande auf der Suche nach einer neuen Heimat durchstreifen.

Eigentlich hatte Lime seinem Bruder einen Aufenthalt von mehreren Tagen auf dem Hof von Delimor eingeräumt, um diesen Landstrich besser kennen zu lernen. Aber da der aufgebrachte Gutsherr nicht einen Deut nachzugeben bereit war, beschloss Nahim kurzerhand zum Haus seiner Familie zurückzukehren, um die Angelegenheit mit seinem Vater und Lime zu besprechen.

Nahim war klar, dass sein Verhalten nicht Limes Wünschen entsprach, der eine außergewöhnlich gute Beziehung mit dem Großbauern pflegte. Doch Delimors Sturheit stieß Nahim ab, und die Verkupplungsversuche von Frau Delimor vermochte er spätestens seit dem zweiten gemeinsamen Abend nicht mehr mit Humor zu nehmen. Man hatte ihn überraschend mit zwei jungen Töchtern allein gelassen, und es hatte eine ganze Weile gedauert, bis Nahim schwante, dass niemand anderes aus der Familie in die Stube zurückkehren würde.

Als er, einige Tage später, an einem Abend wieder die südliche Hügelkette überquerte und sich der dunkle See in der Senke vor ihm ausbreitete, zog sich sein Magen schmerzhaft zusammen. Obwohl Nahim sich bei seiner Reise viel Zeit gelassen hatte, würde er noch vor dem verabredeten Tag zurückkehren, und Lime würde schon die rechten Schlüsse daraus ziehen.

Nahim hatte Eremis abgezäumt und laufen lassen und saß nun gegen einen Baumstamm gelehnt da und zeichnete mit einem Zweig unablässig Muster in den orangefarbenen Boden. Er hatte absichtlich einen dicht bewaldeten Rastplatz gewählt, der ihm lediglich eine Aussicht auf die nächstliegende Baumgruppe gewährte.

Plötzlich rauschte ein mächtiger Schatten über das Laubdach der Olivenbäume und zwang das Lichtspiel der silbrigen Blätter für den Bruchteil eines Augenblicks zum Innehalten.

Dass der Drache, der pfeilschnell über ihn hinweggeflogen war, mehrere formvollendete Schleifen über diesem Teil des Landes drehte, durfte man gewiss dem Eigensinn dieser Kreaturen zuschreiben. Denn er kam aus dem Norden, und sein Ziel musste Faliminirs Hof sein. Vielleicht reizte den Drachen auch das rötliche Licht der untergehenden Sonne, oder er mochte den Anblick seines Schattens, der über das silbrige Dach der Haine glitt. Jedenfalls kreiste er mehrmals über dem Wald, bevor er schließlich aus Nahims Sichtfeld verschwand. Mit einem Satz war Nahim auf den Beinen und verfluchte seine Bummelei.

Mitten in der Nacht traf er schließlich auf Faliminirs Gut ein. Eremis hatte nach dem schnellen Ritt Schaum vorm Maul und musste vom Stallburschen kräftig mit Stroh abgerieben werden. Die Tanzmusik kam Nahim bereits in der Halle entgegen sowie einige betrunkene Gäste. Einem von ihnen nahm Nahim bei einer überschwänglichen Begrüßung den Weinbecher ab, den er sogleich in einem Zug leerte. Auf seine Frage, was denn gefeiert würde, bekam er lediglich die Antwort »Montera!«

Als Nahim nach einigen weiteren Begrüßungen den Saal seines Vaters betrat, hatte er bereits einen guten Krug Wein im Magen und den festen Entschluss gefasst, dass dieser nicht lange allein bleiben würde. Von allen Seiten prosteten ihm die Bewohner des Guts zu.

Drewemis sah ihn als Erster und gab Lime ein Zeichen, während Nahim durch die tanzende und feiernde Menge zum Kamin vordrang. Lime stand mit zwei Verwaltern von Delimor ein wenig abseits und war sichtlich in ein unangenehmes Gespräch verwickelt, wie seine Körpersprache verriet. Wild fuchtelte er mit den Armen herum, so dass die Sehnen an seinem Hals hervortraten. Da er nicht fortkonnte, warf er Nahim lediglich einen finsteren Blick zu und formte mit den Lippen die lautlose Drohung »morgen«.

Nahim zuckte gleichgültig mit der Schulter. Heute Nacht würde er sich nicht von Lime tyrannisieren lassen, sondern sich unterhalten, wie er es schon seit Wochen nicht mehr getan hatte.

Auf einer niedrigen Bank in der Nähe des Feuers saß Lalevil, eine Drachenreiterin aus dem hohen Norden von Rokals Lande. Genau wie Nahims Gesicht war auch ihres von den hohen Wangenknochen und der hellen Haut der Njordener geprägt. Allerdings kamen bei ihr noch die mandelförmigen Augen und das typische struppige schwarze Haar hinzu, das sie oft in unzähligen Zöpfen trug, um es wenigsten ansatzweise unter Kontrolle zu bringen. Trotz der Hitze hatte Lalevil ihren bestickten Mantel anbehalten, und der Gürtel mit dem Schwert war locker um ihre Hüften gebunden. In der einen Hand hielt sie einen der schwarzen unregelmäßigen Zigarillos aus gewickeltem Tabak, deren Gestank sogleich in Nahims Nase brannte.

Als sie ihn zur Begrüßung umarmte, tätschelte sie nebenher seinen Hintern und sagte: »Mir gefällt die Art, wie ihr Männer euch in Montera kleidet. Kein anderes Volk trägt so eng anliegende Hemden und Hosen. Du bist ja ganz verschwitzt, mein Lieber!«

Hätte zu diesem Zeitpunkt nicht schon der Wein Wirkung gezeigt, wäre Nahim durchaus verlegen ob Lalevils charakteristischer Direktheit gewesen. Doch er lachte nur und zwängte sich zwischen sie und Drewemis, der unfreiwillig zur Seite rückte.

»Du solltest mein Pferd sehen. Das arme Tier hat so einen gemütlichen Sommer verlebt, dass der heutige Ritt fast sein letzter gewesen wäre. Wo ist denn Faliminir? Eigentlich fällt ihm doch die Aufgabe zu, den Ehrengast zu unterhalten.«

Lalevil zuckte mit der Schulter. »Dein Vater scheint es nicht lange in der Gesellschaft von Frauen auszuhalten. Ich bin die reinste Pest für ihn, wenn ich seinen Gesichtsausdruck bei meiner Ankunft mit Präae richtig gedeutet habe. Und soll ich dir was sagen? Anisa hatte nicht einmal die Gelegenheit, mich zu begrüßen, so schnell hatte er sie samt Kind aufs Zimmer abkommandiert. Dabei hatte ich mich bei meinem letzten Besuch sehr gut mit ihr verstanden. Aber vielleicht war das ja auch der Grund für Faliminirs Eile.«

Bevor Lalevil weitersprechen konnte, gab Nahim ihr das Zeichen, kurz innezuhalten. Er lehnte sich über Drewemis Schoß, um nach einer Weinflasche zu angeln. Drewemis gab ein empörtes Schnauben von sich, und Nahim schenkte ihm ein Zwinkern, dann hatte er die Anwesenheit seines Bruders bereits wieder vergessen.

»Lalevil zieht allein mit einem Auftrag durch Rokals Lande, der die stillen Monteraner zur Tollheit anstiftet. Verdammt, du bist bestimmt zwei Jahre jünger, als ich es bin. Hat Brill sein Gehirn verloren, dass er dir jetzt schon so viel Freiheit lässt?«

Allein die vertrauten Namen auszusprechen, ließ Nahim strahlen. In Lalevils Gegenwart konnte er das erste Mal seit Langem wieder frei durchatmen, auch wenn er dazu jeden Gedanken an seine gegenwärtige Lage vollends beiseiteschieben musste.

»Das kannst du laut sagen. Wer hätte gedacht, dass die Auflösung des Verbunds von Olomin so seltsame Blüten treiben würde?«, meinte Lalevil, während Nahim ihren Becher vollschenkte und dann selbst direkt aus der Flasche trank.

»Brill hockt in Previs Wall und jammert Saris die Ohren voll, während Vennis damit beschäftigt ist, seinen Nachlass zu regeln. Du kehrst zu deiner Familie zurück, noch bevor sich die Möglichkeit ergibt, selbst eine erste große Aufgabe zu übernehmen, und unser Herr zieht eine Wanderung durch unbekannte Lande jeglicher Ruhmpreisung vor. Es ist in der letzten Zeit ganz schön einsam um mich herum geworden, du alter Pferdequäler.«

»Willst du dich etwa beschweren, Lalevil? Schließlich eröffnet dir Vennis' Rückzug die Freiheit, nach der du immer gelechzt hast: Auf deinem Drachen von Previs Wall bis nach Montera zu reisen, war dir doch vorher nicht erlaubt gewesen. Oder sehe ich das etwa falsch?«

Lalevil winkte leichthin ab. »Ein Sieg ohne wahre Konkurrenz ist kein Sieg. Außerdem ist Präae nicht mein Drache, genauso wenig, wie ich ihr verdammter Mensch bin.«

»Erzähl doch mal, wie lange die gute Präae für die Reise nach Montera gebraucht hat«, hakte Nahim nach, wobei er sich um eine Unschuldsmiene bemühte. Als Lalevils Antwort auf sich warten ließ und sie unruhig neben ihm hin und her rutschte, konnte er ein Grinsen kaum unterdrücken.

Schließlich antwortete Lalevil mit gepresster Stimme: »Ich habe längere Zeit auf einer abgelegenen Insel mit dem Rösten von lilafarbenen Kartoffeln und anderem Wurzelzeugs zugebracht, weil Präae nicht genug davon bekam, sich kopfüber in die Wellen zu stürzen. Sie ist der Auffassung, dass ich mich nicht beklagen darf, solange für mich genug Menschenfutter vorhanden ist. Dass meine Lebensspanne nur ein kurzes Weilchen im Vergleich zu einem Drachenleben andauert, scheint ihr nicht klar zu sein. Anschließend haben wir dann, ganz kurzfristig, einen Umweg entlang der südlichen Küste gemacht. Hinter Sahila ist es mir allerdings gelungen, deinem Vater eine Nachricht zukommen lassen.«

Sie warf Nahim einen warnenden Blick zu, so dass er sich lieber eine Bemerkung darüber verkniff, dass ein Bauer auf einem Eselskarren von Previs Wall aus schneller Faliminirs Haus erreicht hätte als Lalevil auf der mächtigen Präae.

Lalevil schien jedoch Nahims Gedanken zu erraten, zumindest sagte sie ausweichend: »Letztendlich hat die Reise nur ein wenig länger gedauert, als wenn ich ein Schiff genommen hätte. Ein gewisses Maß an Eigenwillen muss man bei Drachen eben berücksichtigen.«

Nahim konnte das Lachen nicht länger unterdrücken. »Verfluchtes Drachenpack«, sagte er und fiel fast von der Bank, weil Lalevil ihm den Ellbogen in die Rippen bohrte. Er legte der großen Frau kameradschaftlich den Arm um die Schultern und goss ihr erneut Wein nach.

Wie immer konnte Nahim sich bestens über Lalevils Empfindlichkeit amüsieren, wenn es um Drachen ging. Hier zeigte sich ein Sprung in ihrem ansonsten so robusten und gradlinigen Wesen, den zu berühren es Nahim immer wieder reizte. Schließlich stimmte Lalevil in sein Lachen ein, obwohl sie es nur der Freundschaft halber tat.

Zu Vennis' Unmut konnte Lalevil Präae nicht aufgeben, obwohl bislang jeder Versuch, den Drachen sinnvoll einzusetzen, gescheitert war. Doch Maherind hatte Lalevil ihren Eigensinn gelassen, denn trotz allem gelang es der jungen Frau, ihre Aufgaben seinen Anforderungen entsprechend zu erfüllen. Vennis gegenüber hatte Maherind seine Entscheidung mit dem Hinweis begründet, dass es schließlich schon einigen Drachenreitern in der Menschheitsgeschichte gelungen war, eine dauerhafte Symbiose mit ihren Drachen einzugehen.

»Ja«, hatte Vennis knurrend zurückgegeben, der jeglicher Form von Magie, wie die meisten Menschen in Rokals Lande, skeptisch gegenüberstand. »Aber die Symbiose bestand immer darin, dass der Mensch sich dem Drachen angepasst hat. Das wäre wohl kaum in unserem Sinn.«

Daraufhin hatte Maherind Vennis einen Blick zugeworfen, als hätte er wieder einmal das berühmte Haar in der Suppe gefunden, und die Diskussion um Lalevils Drachenliebe war damit beendet gewesen.

Nahim hegte den Verdacht, dass Maherind den Anblick des schillernden Drachen viel zu sehr genoss, um ihn der schlichten Ratio zu opfern. Außerdem hätte es Maherinds Einstellung widersprochen, die Möglichkeit einer zugänglichen Präae von vornherein auszuschließen. Während eines gemeinsamen Ritts hatte Maherind ihm gegenüber einmal angedeutet, dass es nur Lalevil möglich sein würde, das Meer zu überqueren, wenn die Häfen von Previs Wall und Sahila eines Tages ihre Pforten schließen sollten. Einige der Vertrauensleute, bei denen Vennis manchmal einkehrte, hatten in den letzten Jahren hinter vorgehaltener Hand Maherinds Furcht vor einem Konflikt zwischen den beiden großen Festungen der Menschen belächelt. Doch mittlerweile schien ein solches Szenario erschreckend nah.

Normalerweise interessierten sich die Drachen der Südlichen Achse nicht für die Angelegenheiten der Menschen, so wie ihnen die Menschen im Allgemeinen vollkommen gleichgültig waren. Nur einige Angehörige des Volkes aus dem NjordenEis besaßen eine Gedankenstimme, auf die Drachen reagierten. Dann jedoch flog ein Drache gelegentlich an der Höhle eines solchen Menschen vorbei und stieß dabei einen markerschütternden Gesang als Gruß aus, dass es Eiszapfen von der Decke regnete.

Lalevil hatte ihren Drachen das erste Mal als Kind getroffen, während sie auf der Jagd nach einer Wehengemse an einer Steilwand aus Eis gehangen hatte. Nachdem Präae ihren Flug erst einige Zentimeter vor Lalevil abgebremst hatte, um sie ausgiebig beschnüffeln zu können, wäre das Mädchen vor Panik angesichts der brennenden Nüstern fast in die Tiefe gestürzt. Schließlich hatte Präae abgedreht und sich senkrecht in den Himmel geschraubt, bis die schneeschwere Wolkendecke sie vollends verschlungen hatte. Ein paar Tage später war der Drache zurückgekehrt. Präae hatte sich dermaßen zu Lalevils innerer Stimme hingezogen gefühlt, dass sie das Mädchen zu einem gemeinsamen Flug einladen wollte. Lalevils Mutter und Geschwister hatten sich bäuchlings zu Boden geworfen, während der Drache auf der vereisten Meeresdecke zur Landung angesetzt und den frischgefallenen Schnee aufgewirbelt hatte. Als der leise Gesang des Drachen dann Lalevil erreicht hatte, hatte sie begriffen, dass sie für ihr Volk für immer verloren war.

Trotz der engen Bindung zwischen Präae und Lalevil blieben dem Drachen menschliche Pläne und Interessen vollkommen gleichgültig, so dass Lalevil zwar auf Drachenschwingen dahingleiten konnte, sich aber nie sicher war, wo sie später wieder abgesetzt werden würde.

Lalevils überraschender Besuch in Montera kündete von wichtigen Neuigkeiten aus der Hafenstadt Previs Wall, der größten Stadt des Nordens, wo sie direkt unter Brills Kommando stand. Dass Lalevil mit dringenden Nachrichten angereist war, die für Monteras und somit für Faliminirs Wohlergehen von Bedeutung waren, konnte Nahim sich leicht zusammenreimen. Denn Previs Walls Vormachtstellung im kargen Norden beruhte auf seinem Zugang zur Handelsroute Balevi. Nur über Balevi gelangte der Goldene Staub, mit dem das wertvolle Maliande gewonnen wurde, auf die Südliche Achse.

Einen Augenblick lang war Nahim versucht, Lalevil nach der Botschaft zu fragen, die sie überbringen sollte. Eine Nachricht, die von solch wundervoller Bedeutung war, dass Faliminir ein Fest gab und seine Untergebenen durch die Hallen seines Hauses tanzen ließ. Nahim schob den Gedanken beiseite und berichtete Lalevil stattdessen von Trevorims Tal, in dem Maherind zurzeit auf Wanderschaft war und wohin Nahim sich sehnlichst zurückwünschte.

Für Nahims Liebesgeschichte interessierte sich Lalevil kaum, aber Nahim hatte nichts anderes von ihr erwartet. Allerdings staunte Lalevil nicht schlecht, als sie erfuhr, dass ihr Herr plötzlich einem Tal Beachtung schenkte, dessen Namen sie nur flüchtig aus Brills Erzählungen kannte. Offensichtlich eine Episode, dachte sich Nahim, die Brill gern übersprang, wenn er allabendlich einen Schwank nach dem anderen zum Besten gab.

»Was, verflucht noch einmal, sucht Maherind abseits der Schauplätze? Die Stimmung in Previs Wall wird zunehmend gereizter, und aus dem Westen ist auch nichts Gutes zu hören. Wenn du mich fragst, spitzt sich die Situation allmählich zu, während unser alter Herr sich eine Auszeit nimmt, um die Einheimischen eines vergessenen Tals zu erforschen.«

Nahim zuckte mit den Schultern und setzte die Weinflasche an, die er eben erst einem vorbeieilenden Diener abgenommen hatte. Während er einige Schlucke hintereinander nahm, ohne dabei abzusetzen, dröhnte ihm ein altes Lied durch den Kopf. Maherind sang es immer spät nachts am Feuer, wenn er alle anderen schlafend glaubte. Das Lied erzählte von den Gefolgsmännern eines Königs, die in eine längst verlorene Schlacht ritten. Woher weiß man, dass eine Schlacht verloren ist, fragte sich Nahim und ließ seinen bereits leicht verschwommenen Blick durch die Halle schweifen.

Lime hatte seinem Gegenüber vertraulich die Hand auf die

Schulter gelegt. Der Mann verzog deutlich das Gesicht, duldete die indiskrete Geste aber. Wie es schien, war soeben eine Vereinbarung getroffen worden.

»Vielleicht ist es langsam an der Zeit, dass Maherind seinen Aufgaben von einem Ort aus nachgeht«, unterbrach Lalevil seine Beobachtung. »Das Reisen ist schon lange nichts mehr für ihn. Soll er doch endlich in das Haus von Kohemis ziehen. Gerade jetzt, da sich der Beginn eines neuen Zeitalters abzeichnet, droht unser Orden durch sein Fernbleiben zu zerfallen.« Gedankenversunken rollte Lalevil den halb vollen Becher zwischen ihren Händen hin und her.

Es dauerte eine Zeit lang, bis die Worte zu Nahim durchdrangen, doch mehr als das Gesagte berührte ihn ihr konzentrierter Gesichtsausdruck. Vor langer Zeit hätten Lalevil und er eine solche Nacht genutzt, um die Welt auf den Kopf zu stellen. Wohl wissend, dass der nächste Tag eine Konfrontation mit einem übellaunigen Vennis zur Folge haben würde, der von Schonung und Mitleid nichts wissen wollte. Und nun saßen sie nah beim Feuer, während sich der Wein in ihren Mägen bereits zu Essig verwandelte, und zeigten eine Klarsicht, die keinem von beiden etwas nutzte.

Für einen Augenblick fühlte Nahim sich wie eingekeilt, als würde die Vorstellung von seinem künftigen Leben ihm die Luft zum Atmen nehmen. Er biss sich kräftig auf die Unterlippe und suchte mit der Zungenspitze nach einer Spur von bitterem Blut. Dicht an seinen Oberarm gelehnt, spürte er Lalevils Schulter, und es war ihm, als würde ihr Körper durch die Dichte des Stoffs hindurch eine Wärme ausstrahlen, die sogar seine Haut erreichte.

Sie starrte ins Leere.

Nahim öffnete den Mund, doch er fand nicht ein Wort, das dem Gefühl der Nähe, die er in diesem Augenblick empfand, hätte Ausdruck verleihen können. Während er sie noch stumm anstarrte, gab Lalevil einen zischenden Laut von sich. Dann schlug sie sich beherzt auf den Oberschenkel und hielt Nahim den Becher zum Anstoßen entgegen.

»Diese Grübelei ist nicht mehr wert als Pferdepisse«, sagte sie mit klarer Stimme, und Nahim musste einige Male blinzeln, bevor er ihr Lächeln erwidern konnte.

Lalevil riss eine dreckige Zote, und als Nahim ein lautes, aber verwirrtes Lachen ausstieß, umfasste sie mit einer zielsicheren Bewegung seine Schultern. Mit einem Ruck hatte sie ihn an sich gezogen und biss ihn spielerisch in den Nacken.

Umständlich strampelte sich Nahim frei und rückte ein Stück von ihr ab. Dabei war ein feines silbernes Klingeln zu hören. Lalevil griff nach seinem Handgelenk und betrachtete mit einem spöttischen Geschichtsausdruck das kleine Glöckchen, das dort am Lederband baumelte.

»Sieht ganz so aus, als würden wir zwei Hübschen brav dem Locken anderer folgen«, sagte Lalevil, und Nahim war sich nicht sicher, ob er sie verstand. »Sei's drum!«

Bevor Nahim es sich versah, war Lalevil schon auf den Beinen und zu den weit offen stehenden Flügeltüren hinaus. Ein aufgekratztes Lachen entstieg völlig unvermittelt seiner Kehle, das ihm einen irritierten Blick von Drewemis einbrachte.

Nun, dachte sich Nahim vergnügt, das ist immerhin mehr, als ich erwartet hatte. Dann machte er sich ebenfalls daran, die große Halle zu verlassen.

Kaum dass Nahim vollkommen außer Atem die Plattform des Glockenturms erreicht hatte, sah er Lalevil auch schon den schmalen Pfad entlanglaufen, der zu der Ruine am See führte.

Der Vollmond stand am Himmel, und sein Leuchten wurde von keiner einzigen Wolke verschleiert. Wie eine bleiche Scheibe spiegelte er sich auf dem leicht wogenden Wasser, bis sie mit einem Mal von dunklen Rissen durchfurcht wurde und auseinanderbrach. Innerhalb von Augenblicken verwandelte sich der stets glatte Spiegel des Sees in einen brodelnden Kessel, in dem Wasserfluten aus der Tiefe mit einer unglaublichen Gewalt heraufgepresst wurden. Ein Schauder lief Nahim über den Rücken, als er – hoch oben auf dem Turm stehend – hörte, wie Wellen mit Getöse gegen die mit Schilf bewachsenen Ufer schlugen.

Gruppen von Vögeln stoben in den Nachthimmel davon.

Plötzlich waren die dunklen Wasser des Sees mit einem silbrigen Muster durchzogen: Etwas tauchte auf, etwas von ungeheueren Ausmaßen und strahlend heller Hülle. Nahim traute seinen Augen nicht, als sich unter dem Wasserspiegel die Silhouette eines Drachen abzeichnete: Mit weit ausgebreiteten Schwingen ließ Präae sich hinauftreiben.

Der See glich einem Gemälde, auf dessen dunklem Grund mit irisierenden Farben der Umriss eines gewaltigen Drachenleibes gemalt war. Auch wenn es nicht der Wahrheit entsprach, so kam es Nahim vor, als würde Präae den See vollkommen ausfüllen – so mächtig und überwältigend war ihr Anblick.

Mit unendlich langsamen Bewegungen erhob sich der Drache aus dem Wasser, das in silbernen Strömen von ihm herabfloss. Im Mondlicht glänzte die Drachenhaut wie eine mit Lack überzogene Perle. Am Ufer senkte Präae das Haupt, so dass Lalevil auf ihren Rücken klettern konnte. Dann erhob sich der Drache in die Höhe, und das Schlagen seiner Schwingen zerschnitt mit einem peitschenden Geräusch die Luft.

Bevor Nahim sich versah, stieß er einen Begeisterungsschrei aus und schwankte gefährlich weit nach vorne. Im letzten Moment packte Faliminir seinen taumelnden Sohn im Nacken und riss ihn zurück. Überrascht von dem kräftigen Griff seines Vaters, stand Nahim mit verwirrtem Gesichtsausdruck und herabhängenden Armen da.

»Du bist ja vollkommen betrunken, Sohn!«, stellte Faliminir

mit empörter Stimme fest, und Nahim kam sich schlagartig wie ein beschämtes Kind vor. »Wir werden morgen früh miteinander sprechen. Und nun mach, dass du mir aus den Augen kommst.«

Mit diesen Worten gab Faliminir den Nacken seines Sohnes frei und wandte sich ab. Nahim stand regungslos da und starrte verlegen auf den Rücken seines Vaters. Dann kam er dessen Wunsch nach.

Am nächsten Morgen, als Nahim sich vor dem Schreibtisch seines Vaters wiederfand, gelang es ihm kaum, aufrecht zu sitzen. Nur mit Mühe und Not riss er sich zusammen und ließ seine zitternden Hände unter den Oberschenkeln verschwinden. Faliminir hatte ihm den Rücken zugedreht und suchte etwas in einer Lade.

Einerseits hoffte Nahim, dass sein Vater ihn möglichst umgehend für sein gestriges Verhalten zurechtwies, damit er bald wieder ins Bett zurückkehren konnte. Andererseits wünschte sich ein kindlicher Teil in ihm, dass Faliminir den unartigen Jungen in seinem Arbeitszimmer über die Suche hinweg vergessen würde.

Doch Faliminir hatte ihn nicht vergessen, so wenig wie Limes Erzählung über Nahims verfrühte Wiederkehr und würdeloses Verhalten während des Festes.

»Ich habe beschlossen, dass Lime persönlich Konsequenzen aus dem gestrigen Zwischenfall ziehen soll. Vielleicht wirst du es dir künftig verkneifen, die Autorität deines Bruder und des künftigen Herrn von Montera anzuzweifeln, wenn er über deine Bestrafung verfügt«, sagte seine Vater überraschend gleichgültig, bevor er sich Nahim direkt zuwandte.

»Ich möchte jetzt über etwas anderes mit dir reden …«, Faliminir hielt kurz inne, als suche er nach den richtigen Worten. »Du hast gestern Abend neben der Drachenreiterin aus dem

NjordenEis gesessen, die zu meiner großen Verwunderung mittlerweile als rechtschaffenes Ordensmitglied auftreten darf. Der alte Maherind scheint in der Tat immer wunderlicher zu werden, wenn du mich fragst. Aber letztendlich hat er schon immer Freude an seltsamen Weggefährten gefunden.«

Nahim wollte zu einer zornigen Erwiderung ansetzen, doch Faliminir gebot ihm mit einer Geste zu schweigen. »Ich habe nicht vor, weder heute Morgen noch an einem anderen Tag, mich auf Streitgespräche über den Orden einzulassen. Du kennst meine Haltung zu diesem überflüssigen Verbund aus Stromern und Besserwissern allzu gut. Was ich eigentlich von dir wissen möchte: Hat dir diese NjordenEis-Frau in ihrer Funktion als Botschafterin aus Previs Wall etwas über ihre Mission erzählt?«

»Ich bin davon ausgegangen, dass Nachrichten aus Previs Wall mich genauso wenig angehen wie auch die anderen gemeinen Bewohner des Guts.« Sofort bereute Nahim seinen trotzigen Ton, aber zu seiner Verwunderung schien Faliminir heute keine Freude an Maßregelung zu verspüren. Stattdessen stellte er eine lackierte Holzschatulle auf den Tisch und holte eine schmalen Kristallflakon hervor, der in ein Samttuch eingeschlagen war. Zwischen Daumen und Zeigefinger geklemmt, hielt Faliminir das Gefäß auf Augenhöhe und blickte seinen Sohn herausfordernd an, der mit einem Schlag Übelkeit und Kopfschmerzen vergessen hatte.

»Maliande«, sagte Nahim.

»Ja, tatsächlich.«

Vorsichtig breitete Faliminir das Samttuch auf dem Schreibtisch aus und legte die Flasche darauf ab. Der kunstvoll geschliffene Flakon wies vier Längsseiten auf, die sich nach unten hin verjüngten. Die Flüssigkeit im Inneren war klar und schimmerte in einem hellen Goldton.

»Warum hat Lalevil dir das Maliande überbracht, wo sie

doch Brills Kommando in Previs Wall zugeteilt ist? Man sollte meinen, dass die Prälatin der Burgfeste solch ein wertvolles Geschenk von einem eigenen Botschafter überbringen lässt … Warum dieser taktisch unkluge Umweg über Previs Wall?«

Faliminir ließ sich mit einer Antwort Zeit. Langsam drehte er den Flakon um dessen eigene Achse. »Es ist typisch für dich, sich nicht zuerst nach dem Verdienst und dem Nutzen dieses machtvollen Geschenks für Montera zu erkundigen«, erwiderte er mit ruhiger Stimme.

Nahim schnaufte herausfordernd auf, aber auch diese Unart ließ Faliminir ihm durchgehen, so dass er sich provoziert fühlte, seine Meinung offen heraus zu sagen. »Es dürfte der Doppelspitze von Previs Wall kaum gefallen haben, die Rolle des Laufburschen aufgezwungen zu bekommen.«

»Das denke ich auch.« Faliminir lächelte spöttisch. »Aber im Gegensatz zu dir deute ich es als ein gutes Zeichen. Achaten, die Burgfeste, demonstriert uns damit ihre Verbundenheit. Previs Wall liegt im fernen Norden, und sein einziger Nutzen für Rokals Lande liegt darin, die Handelsroute Balevi und somit die nördliche Küste zu kontrollieren. Eine Stadt voller Krieger und Seeleute, aber ein Land ohne Bauern. Nichts als Eis im Hinterland. Um Achaten selbst ist es nicht besser bestellt: Das Gebirge mag von der Magie berührt sein und damit das Geheimnis der Macht in sich bergen. Aber einen vollen Magen bekommen wir Menschen von der Magie nicht. Die Burgfeste braucht Montera, um die eigene Vormachtstellung auszubauen und Previs Wall unter seine Herrschaft zu zwingen.«

Im letzten Moment gelang es Nahim, ein demonstratives Kopfschütteln zu unterdrücken. »Noch vor ein paar Jahren hätte die Doppelspitze von Previs Wall die Burgfeste inmitten des Westgebirges verkümmern lassen können. Stattdessen hat sie das aufblühende Achaten nicht nur geschützt, sondern ihm auch zum erfolgreichen Widerstand gegen den Verbund von Olomin verholfen. Ohne Krieger und Schiffsladungen voll Goldenem Staub aus Previs Wall wäre das kaum möglich gewesen. Der Gedanke hinter diesem Abkommen war der zweier Reiche, die einander nicht nur zu Macht, sondern auch zu Beständigkeit verhelfen würden. Es sollte der Schritt sein, den Lebensraum der Menschen in Rokals Lande zu festigen. Ich kann mir nicht vorstellen, dass dieses Ringen um Herrschaft einen Vorteil in sich birgt. Besonders, da der Verbund von Olomin vor nicht einmal zwei Jahren zerfallen ist.«

Faliminir sah seinen Sohn prüfend an.

»Du bedienst dich eines falschen Blickwinkels. Du solltest rasch lernen, immer zum Wohle Monteras zu denken. Ich bin dir gegenüber so nachlässig, weil ich weiß, wie lange Maherind und seine Anhänger dein Denken geprägt haben. Diese Bande von Dummschwätzern, der es gelungen ist, das Ohr der Mächtigen in Rokals Lande zu erschleichen!«

Mit einem Schlag waren sämtliche Muskeln in Nahims Gliedern zum Zerreißen angespannt. Aber es gelang ihm, den Wunsch aufzuspringen oder mit den Fäusten auf den Tisch zu schlagen, zu unterdrücken. Offensichtlich zeigten Vennis' jahrelange Bemühungen, Nahims unvermittelt hervorbrechendes Temperament zu zügeln, endlich Früchte. Dafür verspürte Nahim einen solchen Druck in der Kehle, dass er sich mehrmals räuspern musste, bevor er Faliminirs Angriff etwas entgegensetzen konnte. Faliminir beobachtete ihn unterdessen mit einem Interesse, als wäre er ein Hund, der gerade ein beeindruckendes Kunststück vorführte.

»Dafür, dass du dich so abfällig über den Orden und seinen Auftrag äußerst, hat Montera aber sichtlich von seinem Wirken profitiert. Schließlich war es der Orden, der die Lager der Menschen in Rokals Lande zusammengeführt hat. Würden Maherind und die anderen nicht unentwegt herumstromern, wie du es nennst, und zwischen diesen Lagern vermitteln, dann wäre die Familie Faliminir heute nichts anderes als eine Bauernfamilie, die ausschließlich für den eigenen Vorratskeller die Felder bestellt. Wir wären unbedeutend – so wie alle anderen Familien auch.«

Faliminir lächelte, als habe Nahim ihm soeben einen Gefallen erwiesen, ohne es beabsichtigt zu haben. »Ich bin erstaunt, mein Sohn. Offensichtlich ist Vennis doch nicht ganz ein so großer Taugenichts, wie ich immer angenommen habe. Zumindest hat er dir beigebracht, deinen Verstand und nicht nur dein Mundwerk zu nutzen. Nun ist es aber an der Zeit für eine weitere Lektion: Du bist jetzt kein Heimatloser mehr, Nahim, sondern ein tragender Pfeiler der Familie Faliminir. Ich erwarte von jetzt an, dass du deinen Verstand zu unserem Nutzen einsetzt.«

»Und wie sieht dein Plan aus? Sämtliche Haine abholzen, um Montera in ein einziges großes Feld zu verwandeln, damit zwei ferne Reiche die Muße haben, ihre Kräfte miteinander zu messen?« Nahim hatte sich vornübergebeugt und mit beiden Händen den Rand der Tischplatte ergriffen. Das ausdruckslose Gesicht seines Vaters vermittelte ihm die Gewissheit, dass all seine Worte wirkungslos abprallten.

Tatsächlich ließ Faliminir sich von derlei Worten und Gesten nicht provozieren. Als würde er zu einem trotzigen Kind sprechen, sagte er: »Wenn du einmal mit offenen Augen durch unser Land gehst, wirst du feststellen, dass Montera für diese Aufgabe geschaffen wurde. Es ist, als würden wir es aus einem langen Schlaf befreien.«

Erneut nahm Faliminir den Flakon in die Hand und betrachtete die goldene Flüssigkeit. »Maliande ist ein Zaubertrank, und wir Menschen wissen noch nicht viel über die Möglichkeiten, die er uns zu bieten vermag. Aber wir erkunden sie nach und nach, unterwerfen ihn unserem Willen. Wir sind nicht länger ein machtloser Spielball in den Händen von

Kreaturen, denen die Magie im Verlauf der letzten Jahrhunderte den Verstand verdreht hat. Wir nehmen das Maliande und benutzen es, um die alten Mächte des Westgebirges zurückzudrängen. Das Zentrum von Rokals Lande wird sich mit unserer Hilfe verlagern: fort vom Gebirge, hin zu den Ländereien. Den Menschen gehört die Zukunft dieses Landes, mein Sohn. Dieser Flakon mit Maliande ist ein Sinnbild für diese Verlagerung der Macht. Schließlich ist es nicht länger ein Privileg der Elbenstämme, die Gedanken miteinander auszutauschen zu können. Denn die Elben, dieses arrogante Volk, haben mit dem Zerfall von Olomin nicht nur die Hoheit über einen Großteil ihrer Gebiete verloren, sondern auch ihr bedeutsamstes Geheimnis.«

Faliminir hielt inne und betrachtete seinen Sohn, dessen Gesicht jedoch nichts über seine Gedanken verriet. Nahim schien ganz im Bann der goldenen Flüssigkeit zu stehen, was Faliminir allerdings kaum überraschte. Hatte er doch selbst den letzten Abend in diesem Zimmer verbracht und den kunstvollen Flakon zwischen den Fingern gedreht. Wie wunderbar hatte sich das Kaminfeuer im Maliande gespiegelt: rotgoldene Schlieren, die ihn fesselten. Ein Schatz, so klein, dass er ihn in seiner hohlen Hand verschwinden lassen konnte. Doch je länger er auf ihn hinabgestarrt hatte, desto gewaltiger und gebieterischer war er ihm erschienen. Es kostete Faliminir Mühe, sich von dieser Erinnerung loszureißen.

»Ich weiß, du hast unter Maherinds Obhut einiges über die Geheimnisse des Maliandes erfahren. Du warst im Njorden-Eis, wo der Goldene Staub herstammt. Und ich weiß von Vennis, dass deine Reisen dich auch nach Achaten geführt haben. Vielleicht hast du der Prälatin von Achaten sogar gegenübergestanden. Wahrscheinlich weißt du mehr über das Maliande, als ich auch nur erahnen kann.«

Faliminir machte eine Kunstpause. »Ein Mensch kann seine Gedanken und Pläne dem Maliande anvertrauen und sie auf diesem Wege einem anderen Menschen übermitteln. Viel komplexer, als Wort und Schrift es jemals könnten. Dieser Flakon vor dir gehört der Prälatin, die über die Burgfeste herrscht. Ich weiß nun, wie die Zukunft von Rokals Lande aussieht.«

Augenblicklich riss Nahim seine Augen von dem Flakon los, denn Faliminirs Worte brachen den Zauber, denn die goldschimmernde Flüssigkeit ausübte. Sein überraschter Gesichtsausdruck entlockte Faliminir ein Lächeln oder vielmehr ein Zucken der Mundwinkel. Einen Atemzug lang genoss Faliminir die ungeteilte Aufmerksamkeit seines Sohns und kostete die Wirkung dieser Nachricht aus.

Dann fuhr er mit ungerührter Stimme fort: »Seit gestern Abend weiß ich nun, dass die Prälatin der Burgfeste im Westen beschlossen hat, uns Hilfskräfte zu senden, damit wir unseren Auftrag auch erledigen können. Sie werden im nächsten Frühjahr hier eintreffen.«

»Wer wird hier eintreffen?«, fragte Nahim, und die eigenen Worte hallten ihm in den Ohren.

»Sklaven, die nach dem Zerfall von Olomin unter die Herrschaft der Burgfeste gefallen sind. In Montera selbst leben zu wenige Familien, um eine Aufgabe von solchen Ausmaßen zu erfüllen. Außerdem gilt es, das umherziehende Orkpack abzuwehren. Soll es sich doch im Norden von Rokals Lande eine neue Heimat suchen.«

Obwohl Nahim seit jeher mit dem taktischen Denken und dem Autoritätsgehabe seines Vaters vertraut war, spürte er Verbitterung darüber, dass schon alle Entscheidungen für die Zukunft Monteras getroffen worden waren.

»Und Lime stimmt diesen Plänen zu?«

Für einen Augenblick zögerte Faliminir, dann sagte er ohne eine Spur von Verlegenheit: »Lime ist damit beschäftigt, Montera zu verwalten. Du kennst deinen Bruder und weißt deshalb genauso gut wie ich, dass er kein vorausschauender Mann ist, der die Interessen Faliminirs über das Zählen von Saatgut hinaus zu wahren vermag. Darum ist es mir wichtig, dass du schnell lernst und deinem Bruder künftig eine Stütze bist. Es ist an der Zeit, Nahim, dass du mir nach all den Jahren endlich von Nutzen bist. Und der Nutzen kann nicht darin bestehen, auf Lime aufzupassen. Ich möchte, dass du auf Montera Acht gibst. Maherind wird dir hoffentlich das Handwerkszeug dafür mit auf den Weg gegeben haben.«

Nahim streckte die Hand nach dem Flakon aus, und Faliminir ließ ihn gewähren. Vorsichtig löste er den Stöpsel und roch an der goldenen Flüssigkeit. Ein schwacher Geruch nach frischgefallenem Schnee stieg ihm in die Nase. Bilder, die von der Zukunft erzählten, entstanden vor seinem inneren Auge, und keines davon überraschte ihn.

Kapitel 17

Trotz des vorangeschrittenen Jahres waren die Tage in Montera noch voller Licht und Wärme. Erst im Laufe der nächsten Wochen würden die Regenfälle einsetzen und das Land mit einem grauen Schleier überziehen, den nur die Sonnenstrahlen des Frühjahrs bannen konnten.

Während des Vormittags war es Nahim gelungen, eine Begegnung mit Lime zu vermeiden, obwohl er sich darüber im Klaren war, dass der Zorn seines Bruders dadurch noch mehr geschürt wurde. Er hatte einige Stunden mit Anisa im Garten verbracht und Fleur dabei zugesehen, wie sie einer Lavendelstaude in aller Seelenruhe die blauen Blumenköpfe abknickte. Anisa saß vor sich hinsummend und in eine Handarbeit vertieft neben ihm, so dass er ungestört seinen Gedanken nachhängen konnte. Sie hörten Lime, wie er durchs Haus tobte und lauthals nach Nahim rief. Doch niemand von ihnen reagierte auf die Schreie.

Als Bedienstete damit anfingen, die lange Tafel in der Halle für die Mittagszeit zu decken, entschloss Nahim sich zu einem kleinen Ausritt. Aber auf dem Weg zu den Stallungen stellte Lime ihn. Drewemis stand im Rücken des ältesten Bruders, als wäre er sein Schatten. Doch dann wandte er sich plötzlich ab und ging ruhigen Schrittes auf das Haupthaus zu. Lime kümmerte sich nicht darum. Zielstrebig ging er auf Nahim zu.

Nahim machte sich nicht die Mühe, seinen Bruder anzusehen, denn er konnte sich auch so genau ausmalen, wie er sich wutentbrannt vor ihm aufgebaut hatte.

»Ich verstehe dich einfach nicht, du Spatzenhirn«, eröffnete Lime seine Rede. »Nicht nur, dass du den festgelegten Ablauf eines Besuchs willkürlich abänderst und betrunken ein Fest stürmst, dann versteckst du dich auch noch wie ein dummer Bengel, anstatt dich den Konsequenzen zu stellen. Wenn du nicht mein Bruder wärst, würde ich dir jetzt deinen verdammten Widerwillen aus dem Leib prügeln.«

Ohne auf Lime beruhigend einzugehen, rieb Nahim sich mit beiden Händen übers Gesicht und ließ den Kopf kreisen. Er litt noch immer an den Nachwirkungen des Weins, und die über dem Hof stehende Sonne machte es nicht besser. Bevor er einen klaren Gedanken fassen konnte, versetzte Lime ihm einen kräftigen Stoß gegen die Schulter, als befürchtete er, er könnte ihn vergessen haben.

»Hast du heute schon mit Vater gesprochen?«, fragte Nahim und blickte sehnsüchtig zum Stall hinüber. Wenn Eremis ihn nach dem wilden Ritt des letzten Tages schon nicht freudig begrüßen würde, der Schatten des Gemäuers würde es gewiss tun.

»Vater hat gesagt, dass du mir gehörst, verstehst du? Er weiß genauso gut wie ich, dass du unwillig bist, dich deiner Rolle entsprechend unterzuordnen. Dieser Auftrag war lediglich ein Test, um zu sehen, wie weit es um deine Folgsamkeit bestellt ist, die du in den letzten Wochen so brav vorgeführt hast. Nachdem Vater dir all die Jahre über deinen Eigensinn gelassen hat, werde ich nun, wenn auch verspätet, deine Erziehung nachholen. Wenn du künftig nicht genau das tust, was ich dir sage, wirst du kein glückliches Leben in Montera führen, das verspreche ich dir.«

»Und was hast du dir ausgedacht, wie du mit meiner Erziehung beginnen willst?« Nahim fühlte sich zunehmend wie ein Komödiant in einem Schmierenstück. Im Hintergrund fanden sich immer mehr Schaulustige ein, und Lime stand mit hochrotem Gesicht und geballten Fäusten da, als würde er die öffentliche Zurechtweisung seines störrischen Bruders genießen.

»Zuerst wirst du zu Delimor auf den Hof zurückkehren und dich für deine unschickliche Eile entschuldigen. Dann wirst du die Anzahl der Tage dort verbringen, wie ich sie ursprünglich vorgesehen hatte. Nach deiner Wiederkehr werden wir dann weitersehen.«

»Du meinst, ich soll mit Delimors beiden Töchtern zusammenhocken? Seit wann gehört es zu deinen Aufgaben, Kuppler zu spielen?«

Nahim hatte den letzten Satz kaum ausgesprochen, da verpasste Lime ihm schon eine dröhnende Ohrfeige. Zu seiner Überraschung beließ Lime es bei diesem einen Schlag, und als Nahim ihn endlich ansah, musste er feststellen, dass sein Bruder die Auseinandersetzung tatsächlich genoss.

»Eine Sache sollte ich vielleicht jetzt gleich klarstellen«, griff Lime wieder seine Rede auf. »Wenn du tatsächlich glauben solltest, dass du im Frühjahr auf Reisen gehen wirst, um ein Bauernmädchen in das Haus unserer Familie zu bringen, dann bist du ein Narr.«

»Faliminir selbst hat meine Bindung zu Lehen akzeptiert. Für wen hältst du dich eigentlich?«, gab Nahim knurrend zurück, dem allmählich der Geduldsfaden zu reißen drohte.

Lime schenkte ihm ein selbstgefälliges Lächeln. »Du wirst hierbleiben und deinen Aufgaben nachkommen, so wie es sich gehört. Meinetwegen kannst du einen der Leibeigenen losschicken, um diese Frau zu holen. Aber sie wird nicht mit unserer Familie zusammen an der Tafel in der großen Halle sitzen. Verstehst du mich?«

Nahim machte einen raschen Schritt auf seinen Bruder zu und packte ihn am Hemd, doch bevor er etwas erwidern konnte, ertönte Faliminirs Stimme.

»Seid ihr zwei völlig von Sinnen, eine solche Auseinandersetzung hier im Hof auszutragen, wo jeder an dem unrühmlichen Schauspiel teilnehmen kann, wie die Familie Faliminir sich untereinander die Köpfe einschlägt? Ich will euch Streithähne umgehend in der Halle sehen. Und bis ich euch wieder zu sprechen erlaube, werdet ihr schweigen, und zwar alle beide!«

In der Halle wies Faliminir Nahim an, die offen stehenden Flügeltüren trotz der Mittagswärme und des bereits aufgetragenen Essens zu schließen. Dann schenkte er sich betont langsam ein Glas Wein ein. Als Nahim die Türen schloss, entdeckte er Anisas hohe Gestalt hinter der Lorbeerhecke. Schnell öffnete er ein kleines Buntglasfenster neben dem Kamin und schob einen Krug vor den Spalt. Lime, der damit beschäftigt war, den Rücken seines Vaters anzustarren, schenkte Nahims flinken Bewegungen keinerlei Beachtung.

Faliminir ließ sich Zeit damit, seinen Platz am Kopf der Tafel einzunehmen. Und als er saß, machte er kein Zeichen, dass sich seine beiden Söhne ebenfalls setzen durften. So blieben sie notgedrungen stehen, wie zwei gewöhnliche Flegel, die eine Strafpredigt über sich ergehen lassen mussten.

Nahim bemerkte, dass Lime die Wut auf ihn und die demütigende Geste seines Vaters kaum zu unterdrücken vermochte. Angesichts des zu erwartenden Ausbruchs bemühte sich Nahim um eine ausdruckslose Miene und versuchte unauffällig, ein Stück hinter ihn zu gleiten. Ein kurzer Blick seines Vaters machte ihm jedoch deutlich, dass es ihm nicht gelingen würde, Limes Dummheit allein die Bühne zu überlassen. Doch bevor Lime sein erzwungenes Schweigen zu brechen wagte, begann Faliminir zu sprechen. »Es ist mir ein Rätsel, warum ich mit zwei dermaßen dummen Söhnen geschlagen bin. Der Erbe von Faliminir hält es für angemessen, vor allen Bewohnern den Namen seiner Familie durch den Schmutz zu ziehen.«

Limes vor Selbstbeherrschung entstellte Züge entglitten nun völlig. »Wie kannst du so etwas sagen, Vater? Nahim ist es, der unseren Familienamen bei jeder sich bietenden Gelegenheit in den Schmutz zieht! Die Angelegenheit eben mag zwar ein wenig unangebracht gewesen sein. Aber ich denke, es können ruhig alle wissen, dass ich mir nicht von meinem jüngsten Bruder auf der Nase herumtanzen lasse.«

Faliminir hob die Hand und brachte Lime damit augenblicklich zum Schweigen.

»Es ist eine bittere Enttäuschung für mich, dass du immer noch außer Stande bist, eine Situation vernünftig einzuschätzen. Da du offensichtlich unfähig bist, deinen kindischen Groll gegenüber Nahim zugunsten der Familieninteressen im Zaum zu halten, werde ich ihn deiner Befehlsgewalt entziehen.«

»Aber heute Morgen sagtest du doch –«

»Du hast mein Vertrauen enttäuscht, Sohn. Aus diesem Grund werde ich auch einige Befugnisse, die ich dir im Laufe der letzten Jahre zugestanden habe, wieder aberkennen. Du hast heute den eindeutigen Beweis dafür geliefert, dass du den in dich gesetzten Erwartungen noch nicht gewachsen bist.«

Lime machte einen schwerfälligen Schritt auf seinen Vater zu. Seine Augen waren weit aufgerissen, und sein Gesicht war vor Wut rot glänzend angelaufen.

»Das kannst du nicht machen«, stieß er hervor. »Die Familientradition steht über deiner Entscheidungsgewalt. Die Befugnisse stehen mir zu, weil ich der älteste Sohn der Familie bin, und nicht, weil du sie mir großzügigerweise überlassen hast. Dazu gehört auch, dass Nahim sich meinem Willen zu unterwerfen hat.«

»Auch das wird sich ab sofort ändern. Ich werde nicht zulassen, dass ein missglückter Sohn den anderen mit ins Verderben reißt. Nahim wird wieder auf meine Anordnungen hören.«

»Ich bin also ein missglückter Sohn?«, schrie Lime schrill auf und stürzte sich mit weit ausgestreckten Händen auf seinen Vater. Faliminir machte eine abwehrende Bewegung, aber Lime legte bereits seine Hände um den Hals seines Vaters.

Ohne zu begreifen, was sich tatsächlich vor ihm abspielte, versetzte Nahim Lime einen Haken in die Nieren, aber dieser stöhnte nur kurz schmerzerfüllt auf und drückte noch härter zu. Fassungslos stellte Nahim fest, dass sein Bruder vollkommen von Sinnen war. Noch mehr verblüfften ihn jedoch Faliminirs Augen, in denen keine Spur von Furcht zu finden war. Ohne Anzeichen für weitere Gegenwehr saß der massive Mann da und wartete ab, was wohl als Nächstes passieren würde.

Nahim umkreiste seinen rasenden Bruder und schlug ihm mit der Faust ins Gesicht. Er konnte deutlich hören, wie Limes Nasenbein brach. Blut schoss hervor, und Lime taumelte benommen zurück. Um kein Risiko einzugehen, schob sich Nahim zwischen seinen Bruder und den weiterhin regungslosen Faliminir. Er war schwer erschüttert über Limes gewalttätigen Ausbruch und wollte gerade das Wort an seinen Vater richten, als Lime sich wieder auf sie zubewegte.

Zielsicher legte Nahim seinem Bruder den Arm um den Nacken und boxte ihm kräftig in die Magengrube. Lime machte ein Geräusch, als würde seine Lunge mit einem Mal die ganze Luft freigeben. Dann sackte der eben noch unter enormer Spannung stehende Körper leblos in sich zusammen. Vorsichtig ließ Nahim seinen keuchenden Bruder zu Boden gleiten und sah verstört zu seinem Vater.

Als wäre dieser eben nicht Opfer eines Angriffs durch seinen ältesten Sohn und Erben geworden, erhob Faliminir sich selbstsicher wie immer von dem Stuhl und sagte: »Damit wären die neuen Positionen wohl hinlänglich geklärt.«

Nahim steuerte gerade auf die Tür seines Zimmers zu, um es zu verlassen, als sie von außen ein Stück weit geöffnet. Anisa schlüpfte hinein, schloss behutsam wieder die Tür und lehnte sich mit dem Rücken dagegen. Ohne ein Wort zu sagen, starrte sie auf den Beutel, der Nahim über der Schulter hing.

»Du willst mir jetzt doch wohl keine Rede übers Davonschleichen halten, Anisa«, sagte Nahim gereizt. Um seine Worte zu unterstreichen, machte er einen Schritt auf seine Schwester zu. Doch Anisa rührte sich nicht. Unter ihren Augen lagen tiefe Schatten, und ihre Gesichtszüge wirkten außergewöhnlich scharf.

»Viel zu packen hast du ja nicht. Einen Augenblick später, und ich hätte dich wohl verpasst«, entgegnete sie.

In ihrer Stimme schwang neben Traurigkeit auch eine Spur Enttäuschung mit, die Nahims Angriffslust sofort dämpfte. Er warf den Beutel aufs Bett und setzte sich daneben. »Nein«, sagte er, »du hättest mich nicht verpasst, weil ich mich von dir und deiner Tochter noch verabschieden wollte. Vermutlich hast du vom Garten aus dem Gespräch folgen können?«

Anisa nickte bedächtig. Deutlich konnte Nahim sehen, wie ihre Kiefermuskeln unter der feinen Gesichtshaut mahlten. Er hatte bereits beim Verlassen der Halle überlegt, wie er Anisa sein Fortgehen erklären sollte. Nun, da sie ihm direkt gegenüberstand und unter einem großen inneren Druck zu leiden schien, entflohen ihm die wohl gewählten Worte wieder. Unbewusst fing er an, den frischen Schorf von seiner Unterlippe abzukratzen.

»Es tut mir wirklich leid, dass ich nicht bleiben kann. Aber was soll ich denn tun?«

Für einen Moment lang glaubte Nahim, dass Anisas Augen aus den Höhlen hervorquellen würden, so sehr drückte sie die Kiefer aufeinander. Und gerade, als er meinte, dass sie in Tränen ausbrechen würde, presste sie hervor: »Du könntest Fleur und mich mitnehmen.«

Nahim schnappte laut nach Luft und schüttelte sofort heftig den Kopf. Anisa ließ sich neben ihm aufs Bett fallen und wollte nach seinen Schultern greifen, doch Nahim packte beide Hände und hielt sie von sich fern. Seine Schwester schluchzte auf, und als er fragte: »Wie stellst du dir das vor, Anisa?«, brach ihm beinahe die Stimme.

Anisa war nicht in der Lage, ihm eine Antwort zu geben. Sie weinte und suchte zugleich verzweifelt seinen Blick. Schließlich nahm Nahim seine Schwester in die Arme, bis sie sich wieder beruhigt hatte. Während seine eine Hand immer wieder tröstend über ihren Rücken strich, wurde ihre Atmung allmählich gleichmäßiger. Dann machte sie sich von ihm los und richtete sich auf. Ihr langer, dunkler Zopf glitt ihr über die Schulter und schwang einige Male über dem Schoß.

Zu Nahims Unbehagen machte sich Anisa nicht die Mühe, ihr nasses Gesicht zu trocknen. Verlegen wanderte sein Blick durch den Raum.

»Warum sollten wir dich nicht auf einem Pferd begleiten können?«, fragte sie matt. »Du weißt doch, dass ich eine sehr gute und ausdauernde Reiterin bin. Faliminir wird sich nicht die Mühe machen, Fleur und mich zurückzuholen.«

»Aber mich wird er nicht kampflos ziehen lassen. Das weißt du ganz genau, nachdem du das Gespräch heute Mittag mit angehört hast. Wenn ich erst einmal gegangen bin, muss ich mich beeilen, Montera zu verlassen. Wenn du allein wärst, Anisa, würde ich dich sofort mitnehmen. Aber mit einem Kind ist eine solche Reise einfach unmöglich.«

»Begreifst du denn nicht, dass es mir gerade um meine Tochter geht? Was für ein Leben kann sie hier in diesem Haus schon erwarten. Faliminir duldet mich unter seinem Dach, aber Fleur existiert für ihn nicht. Glaubst du, dass Lime hier vielleicht nachsichtiger entscheiden wird, wenn er eines Tages der Tafel in der großen Halle vorsitzt? Lime, der so ausgesprochen ängstlich darauf bedacht ist, dass niemand seinen Führungsanspruch anzweifelt? In sein Weltbild passt meine Fleur noch weniger als in Faliminirs.«

»Aber all das hast du dir doch schon denken können, als du das Kind empfangen hast!«, gab Nahim barsch zurück.

Anisa zuckte, als hätte Nahim ihr eine Ohrfeige gegeben. Mit einem Satz war sie auf den Beinen und flüchtete aus dem Zimmer. Nahim gab einen unterdrückten Wutschrei von sich und warf mit aller Kraft den Beutel gegen den Messingspiegel, der mit einem lauten Scheppern zu Boden ging.

Am frühen Abend bat Faliminir Nahim zu sich ins Arbeitszimmer. Sein Sohn machte einen außergewöhnlich gefassten Eindruck, und zu seiner Freude las Faliminir aus Nahims Augen, dass dieser eine Entscheidung gefällt hatte. Der stämmige Mann lehnte sich zurück und umfasste genießerisch mit beiden Händen die glatt geriebenen Enden der Stuhllehnen. Dann gab er einer sperrigen Mappe aus dunklem Leder vor sich auf der Tischplatte einen energischen Stoß, so dass sie Nahim entgegenglitt.

»Karten und Namen. Schau dir an, was ich skizziert habe, und sag mir, auf welchem Weg wir meine Wünsche am besten umsetzen können.«

Mit der linken Hand zupfte Nahim die Schnüre auf, mit der die Mappe zusammengehalten wurde, und bog den Deckel zur Seite. Im Inneren lagen Zeichnungen von den einzelnen Landstrichen und vielgliedrige Familienstammbäume, aber auch solche, die Handelsbeziehungen der Güter und Höfe von Montera nachzeichneten. Es gab Verzeichnisse über die Ernten der letzten Jahrzehnte, wie viel die Bauern für sich selbst einbehalten, wie viel sie bei Faliminir abgeliefert und wie viel sie zum freien Verkauf feilgeboten hatten. Aber Nahim besah auch Schuldscheine und Handelsabkommen mit den wenigen freien Bauern.

Ganz zuunterst fand Nahim schließlich ein zusammengefaltetes Papier, das entwirrt die Hälfte der großen Tischplatte für sich in Anspruch nahm. Es handelte sich um eine Karte von Montera, in deren Zentrum der Turm der Faliminirs stand. Die Haine, Korn- und Maisfelder, Häuser und Straßen, alles war fein säuberlich eingezeichnet. Und wie eine zweite Haut lag eine rotfarbene Zeichnung über der Karte: Montera, wie Faliminir es in der Zukunft sah.

Vorsichtig fuhr Nahim die neue Einteilung des Landes mit der Fingerspitze ab. Dann konzentrierte er sich auf ein willkürlich ausgewähltes Gebiet und zog die entsprechenden Papiere heran, die ihm Einblick in die dort lebenden Familien, ihre Stellung und ihr Land gaben.

Als die Dämmerung das Zimmer in Dunkelheit tauchte, entzündete Faliminir die beiden mehrarmigen Kerzenleuchter, die den Schreibtisch schmückten. Dann machte er es sich wieder in seinem Stuhl bequem und langte nach der Essensplatte, die ein Diener hereingetragen hatte. Er verharrte noch einige Stunden an seinem Platz und betrachtete seinen jüngsten Sohn, der die verschiedensten Papiere wie ein kompliziertes Puzzle vor sich ausgebreitet hatte.

Manchmal verschob Nahim eine Notiz, auf der die Berechnung einer Ernte angestellt wurde, oder korrigierte vorsichtig an Faliminirs roten Grenzziehungen. Über sein Werk verteilte er Papierschnipsel mit hastig niedergeschriebenen Notizen. Doch die meiste Zeit über saß er mit halb geschlossenen Augen da und betrachtete das Muster, aus dem in naher Zukunft ein neues Montera entstehen sollte.

Schließlich erhob sich Faliminir von seinem Platz und verließ, ohne ein Wort zu verlieren, das Zimmer. Es war bereits späte Nacht, und Nahim stand auf und öffnete die Fenster weit. Ein frischer Wind wehte herein und zerstob die vom Kaminfeuer aufgebrauchte Luft. Der eindringliche Geruch von Regen stieg Nahim in die Nase. Das Zettelwerk geriet durcheinander, aber es kümmerte ihn nicht.

Er blieb noch eine Weile vor dem Fenster stehen und rieb sich ausgiebig die überanstrengten Augen, bevor er sich zum Kamin wandte und die Glut neu entfachte. Neben einigen frischen Holzscheiten begann er, das Feuer nach und nach mit den Papieren zu füttern, die er zuvor so kunstvoll auf dem Schreibtisch ausgebreitet hatte. Dabei hockte er auf dem Rand der Tischplatte und aß in aller Ruhe die Reste, die sein Vater zurückgelassen hatte.

Als er damit fertig war, holte er die Schatulle mit dem Flakon voll Maliande aus der Lade hervor. Er zerbrach die Verriegelung, steckte sich den Flakon in den Hosenbund und warf die leere Schatulle ebenfalls ins Feuer. Dann verließ er mit einer Öllampe in der Hand das Arbeitszimmer seines Vaters. Leise schloss er die Tür hinter sich.

Noch war die Morgendämmerung nicht angebrochen, als Nahim von den Ställen zurück über den Hof ging. Erschrocken nahm er einen Schemen nahe dem Brunnen wahr. Doch dann tat er entschlossen einen Schritt darauf zu, die Lampe mit ausgestrecktem Arm weit vor sich hertragend.

»Drewemis«, sprach er seinen Bruder an. »Hoffst du auf einen Kuss von der Brunnenfrau, oder warum hockst du hier im Dunkeln?«

»Weißt du, Bruder«, gab Drewemis mit seiner typisch ausdruckslosen Stimme zurück. »Ich mag deinen Gaul. Ich würde ihn gern einmal reiten, wenn du nicht mehr da bist. Was sagst du dazu?«

Nahim starrte Drewemis noch einen Moment lang an,

dann wandte er sich ab und ging eiligen Schrittes ins Haus zurück. In der Eingangshalle kreuzten bereits die ersten Bediensteten seinen Weg. Ein alter Mann, der für die Feuer in den Zimmern zuständig war, warf ihm einen befremdlichen Blick zu, als Nahim mit einem Schritt zwei Stufen nehmend die Treppe hinaufstürmte. In seinem Zimmer zog er sich hastig seinen alten Mantel über, griff nach Beutel und Schwert und war im nächsten Augenblick schon wieder auf dem Gang.

Anisa schlug in dem Moment die Augen auf, als Nahim ihr Zimmer betrat. Er verriegelte die Tür und holte die schlafende Fleur unter einem bestickten Laken hervor. Lärm drang vom Flur herein.

»Zieh dich an«, sagte Nahim atemlos, während er das Mädchen in eine Decke wickelte und einige Kleidungsstücke in seinen Beutel stopfte. Kaum dass Anisa ein Leinenkleid über den Kopf gezogen und Schuhe an den Füssen hatte, drückte Nahim ihr das Kind in den Arm. Lautes Klopfen und Rufen erklangen von der Tür. Nahim blickte seiner Schwester fest in die Augen.

»Kannst du dich noch daran erinnern, wie ich dir vom Tal erzählt habe?«. Anisa nickte stumm. »Gut, dann leg jetzt einen deiner Arme fest um mich und stell es dir vor, und zwar so gut, wie du nur kannst.«

Nahim hob die Arme über ihre Köpfe und zerschlug den Maliandeflakon an seinem linken Handgelenk. Ein silbriger Klang breitete sich in dem Raum aus, während sich das Maliande wie ein goldener Sprühregen über ihnen ergoss.

Als es Faliminirs Männern schließlich gelang, das Türschloss zum Bersten zu bringen, fanden sie eine leere Kammer vor, die vom Licht einer Öllampe erhellt wurde.

In der Zwischenzeit durchstreifte Maherind, nach seiner Abreise aus dem Westend, die nähere Umgebung, quartierte sich in den seltenen Gasthäusern des Tals ein und stattete Frau Witt einen Besuch ab.

Aus der wissbegierigen jungen Frau, die Maherind einst auf seinen Reisen kennen gelernt hatte, war eine taube Alte geworden. Die Enkelin, bei der sie in einer kleinen Kammer hauste, drängte Maherind entschlossen aus dem Zimmer hinaus, nachdem er – notgedrungen brüllend – Gedanken zur Zukunft des Westends geäußert hatte. Man wolle keine Schwierigkeiten, zischte Frau Witts Enkelin ihm durch zusammengebissene Lippen zu, bevor sie ihm die Tür vor der Nase zuschlug und das Schloss zusperrte.

Im Spätsommer schließlich erreichte Maherind den Westen des Tals. Gemächlich wanderte er am Fuße des mächtigen Westgebirges entlang und genoss den imposanten Anblick des Tannengrünwaldes.

Im Vergleich zu den hiesigen steilen Höhen glich der südliche Gebirgswall einem sanften Hang. Das kleine Wordensen war die letzte menschliche Bastion, bevor sich Fels auf Fels türmte und eine unpassierbare Barriere bis weit hinein in Rokals Lande bildete. Schier unbezwingbare Höhen lösten sich mit Schluchten ab, die reißendes Wasser mit sich führten. Weder Mensch noch Ork war es jemals gelungen, in diese Wildnis vorzudringen. Der Tannengrünwald war das Reich der gewaltigen Adler. Niemals würde es ihnen streitig gemacht werden.

Abends setzte sich Maherind in der Gaststube zu den Leuten an die Tische, hörte sich ihre Geschichten an und gab nach ein paar Gläsern Wein selbst welche zum Besten. Maherind besaß die seltene Gabe, sich in jede Gesellschaft einzufinden, ganz gleich, ob er an der fürstlichen Tafel von Previs Wall oder auf einer Holzbank unter Bauern saß. Um seine Offenheit und seinen Humor hatte Vennis seinen Herrn immer bewundert, der sein zurückhaltendes Auftreten nie hatte ablegen können.

In der letzten Zeit hatte Maherind zudem festgestellt, dass sein hohes Alter ihm in gesellschaftlichen Belangen zugute kam: In Gegenwart eines alten Mannes, dessen graues Haar ihm in Flechten über die Schulter hing, erzählte man viel freimütiger, als wenn ein junger Kerl von sonst woher mit am Tisch gesessen hätte.

Auf diese Weise erfuhr Maherind viel vom Dorftratsch in Wordensen.

»Der Bock war das zahmste Vieh, das ich je gesehen habe. Stand da und ließ den Kopf hängen. Und weißt du, warum? Das Tier hatte eine Branntweinfahne wie Halle Brafils nach der Mittsommerfeier. Vollkommen betrunken! Dem Müller sein Söhnlein hat den Bock schließlich gekauft, der Trottel. Als das Vieh auf dem Weg zur Mühle allmählich nüchtern wurde, hat er dem Burschen einige kräftige Stöße verpasst und sich dann aus dem Staub gemacht. Wer sich mit den ziehenden Händlern aus Brennburg einlässt, kann am Ende nur als Dummkopf dastehen.«

»Seine eigenen Kameraden haben ihn zu dieser Schnapsidee ermutigt, stell dir das einmal vor! Bei Vejnjes jüngstem Mädchen ein Ständchen unterm Fenster zu bringen. Mitten im Sommer, wenn alle Fenster offen stehen. Vejnjes hat alle fünf Köter auf ihn gehetzt, und am schlimmsten war der Biss von dem zotteligen Etwas in die Wade. Man soll's kaum glauben.«

Es drangen auch andere Gespräche zu Maherind durch, solche, die hinter vorgehaltener Hand geführt wurden. Wenn er ganz still dasaß, mit halb geschlossenen Augenlidern und den Becher Wein fest mit beiden Händen umschlossen, hörte er Satzfetzen, die die Worte Ork und Raub und Tod enthielten.

Anfangs gefiel Maherind die Ruhe, die diese Gegend verströmte. Er verbrachte so manchen Tag damit, seine im Wasser tanzende Angel zu beobachten, ohne auch nur den Hauch von Ehrgeiz zu entwickeln, zumindest einen Fisch herauszuziehen. Das überließ er lieber den Wordensenern, die dieses Fach seiner Meinung nach meisterlich beherrschten. Nach einigen Wochen der Muße spürte Maherind jedoch eine vertraute Unruhe in sich aufsteigen. Er war sich nicht sicher, aber das Wort Ork schien immer häufiger den Weg in sein Ohr zu finden. Außerdem ertappte er sich dabei, den anderen Gästen bei jeder sich bietenden Gelegenheit einen tauben und leicht vergesslichen Maherind vorzuspielen, der gern ein Nickerchen im Sitzen hielt.

Die Menschen im Westen waren ein zurückhaltendes Volk, das sich seit jeher in Wordensener und Tannengrünwäldler unterteilte. Die beiden Gruppen grenzten sich misstrauisch voneinander ab, und nur der notwendige Handel vermochte sie zusammenzuführen. In Wordensen lebten die Familien der Handwerksmeister und Händler in dicht aneinandergedrängten Schieferhütten, während die Fischer in den einsamen Höhen ihr Auskommen fanden. Die eisigen Wasserläufe aus dem unerreichbaren Gebirge führten nicht nur Fisch, sondern auch Edelsteine und -metalle mit sich. Beides allerdings selten genug, um kein großes Interesse am Westen aufkommen zu lassen.

Da nichts offen ausgesprochen wurde, ärgerte sich Maherind so manches Mal über die tuschelnden Wordensener, während ihm die Beine vom langen Stillsitzen einschliefen. Aber nach einigen Abenden konnte Maherind sich zusammenreimen, dass sich bis Wordensen selbst nur Gerüchte verbreitet hatten. Verabredete Lieferungen aus den Bergen waren nicht eingetroffen, Handelspartner nicht zu Treffen erschienen, oder sie hatten nur minderwertige Ware und kaum eine Erklärung zu bieten gehabt. Misstrauen hatte sich während des Jahres breitgemacht.

An einem Abend bemerkte Maherind schließlich einen schmächtigen Mann mit eingezogenen Schultern, der allein in der Nähe des Kamins saß und in die Flammen stierte. Nachdem Maherind die Schankwirtin dabei beobachtet hatte, wie sie ihm zum siebten Mal den Weinbecher nachfüllte, gesellte er sich zu ihm. Zunächst reagierte der Mann lediglich mit einem Grunzen, als Maherind sich neben ihn setzte und seine Füße in Richtung Feuer ausstreckte. Doch nach kurzer Zeit stellte er sich als ein Wordensener Händler vor.

Während er sich selbst mit der schon vielfach verwendeten Floskel vorstellte, betrachtete Maherind das Haar mit seinem außergewöhnlich blassen Farbton und die gelbstichige Haut des Händlers. Auch die Sprache wies einen Einschlag auf, der Maherind aufhorchen ließ.

Nachdenklich rieb der Mann sich das Kinn, und irgendwann wich ihm ein Seufzer von den schmalen Lippen.

»Kummer?«, fragte Maherind den Mann mit vertraulicher Stimme.

Erst nach einiger Zeit antwortete der: »Sieht Vlogil überhaupt nicht ähnlich, am Lauten Donnerstag nicht in den Ort zu kommen. Keine Metalle und Steine, kein Getreide – so sieht das aus.«

Er warf Maherind einen flüchtigen Blick zu, doch dann entschied er sich, weiter seinen Becher anzustarren. »Ich weiß, hier kümmert es ja keinen, aber die Vlogils sollten sich langsam dranmachen, ihre Steine gegen Wintervorräte einzutauschen, wenn du verstehst, was ich meine. Dort oben kommt der Winter schneller, als man denkt. Kann mir sein Fernbleiben einfach nicht erklären.«

Maherind murmelte zustimmend. Er wartete ab, bis der Mann seinen Becher leer getrunken hatte, und sagte dann: »Ich will morgen zum Angeln hinauf in die Berge. Wenn du willst, beschreib mir den Weg zu den Vlogils, und ich werde ihnen einen Besuch abstatten.«

Der Mann machte ein erstauntes Gesicht, aber bevor er sich

nach dem Grund für dieses Angebot erkundigte, überlegte er es sich anders und erklärte Maherind, wie er zu der Fischerfamilie gelangen konnte.

Am nächsten Morgen beglich Maherind seine Zeche in dem kleinen Gasthaus und machte sich auf den Weg ins Gebirge. Gemächlich erklomm sein Pferd Faneos den verschlungenen Pfad, der von gigantischen Tannen gesäumt war. Gras und Farne am Wegesrand waren bereits gelblich verfärbt und vom nächtlichen Regen niedergedrückt worden. Gierig zog Maherind die nach Moos duftende Luft ein. Während er leise vor sich hin summte, durchwühlte er seinen Beutel und beförderte schließlich Pfeife und Tabak ans Tageslicht.

Maherind rechnete nicht damit, die Hütte der Fischerfamilie Vlogil vor dem nächsten Tag erreichen. Er schaute auf die Karte, die er nach der Wegbeschreibung des Wordenseners angefertigt hatte. Wahrscheinlich würde er sogar erst spät im Laufe des nächsten Tages dort eintreffen, denn obwohl die Beschreibung des Wordenseners erstaunlich detailliert ausgefallen war, wusste Maherind nicht allzu viel mit ihr anzufangen. Er konnte bei all den Fels- und Baumformationen des Tannengrünwaldes kaum Unterschiede entdecken. Deshalb würde er sich wie immer auf seinen Instinkt verlassen, um ans Ziel zu gelangen. Mit dieser Herangehensweise, sagte sich Maherind, bin ich ja bestens vertraut.

Als Maherind am darauffolgenden Abend das mit Schiefer gedeckte Dach der Hütte entdeckte, breitete sich ein flaues Gefühl in seiner Magengegend aus. Trotzdem übte er einen leichten Druck auf die Flanke seines Pferdes aus, das daraufhin weitertrabte.

Das Mauerwerk der flachen Hütte bestand aus kindskopfgroßen Steinen, und das kleine Gehöft machte einen schlichten Eindruck, wie es dort eingekeilt zwischen einem reißenden Gewässer und dem Tannengrünwald lag. Auf dem verwilderten Vorhof liefen ein paar abgemagerte Hühner umher und suchten zwischen den Steinspalten nach Essbarem.

Mit einem schlecht unterdrückten Ächzen schwang sich Maherind aus dem Sattel und überließ sich noch einen Moment den Eindrücken. Dann rief er laut und deutlich: »Hallo! Ist jemand da?«, ohne jedoch eine Antwort zu erwarten.

Ein Rabe, der auf der Dachrinne hockte, beobachtete interessiert, wie Maherind sein Pferd an einem morschen Pflock festband. Neben dem Haus gab es einen niedrigen Verschlag, der zu einer anderen Zeit als Stall gedient haben mochte. Nun hing die Pforte schräg in den Angeln und bot einen Blick in das verwaiste Innere.

Behutsam stülpte Maherind den Futtersack über Faneos' Maul und tätschelte liebevoll dessen Hals, bevor er in das verlassene Haus eintrat. Als seine altersschwachen Augen allmählich die Dunkelheit im Inneren durchdrangen, war Maherind sich plötzlich nicht mehr so sicher, ob es in diesem Fall das Beste gewesen sein mochte, seinem Instinkt zu folgen.

TEIL IV

Kapitel 18

Es war kalt.

Etwas Kantiges und Scharfes schnitt in Nahims Wange. Außerdem pochte in der Schulter, auf der er lag, ein wütender Schmerz. Trotzdem konnte er sich nicht bewegen. Für einen Augenblick driftete Nahim erneut in Bewusstlosigkeit ab, bevor ein ruckartiges Zusammenkrampfen seines Magens ihn endgültig in die Gegenwart holte. Gerade noch rechtzeitig stemmte er sich auf den Ellbogen, bevor ein heißer Schwall aus dem Mund herausschoss.

Heftig rang Nahim nach Luft. Dieses elende Gefühl, wenn die in Unordnung geratenen Organe in seinem Körper nach dem Wandeln wieder an ihren ursprünglichen Ort zurückkehrten, war Nahim nur allzu gut in Erinnerung geblieben. Er glaubte, das Schlimmste bereits überstanden zu haben, da stieg es schon wieder brennend die Kehle hinauf, und hinter den Schläfen entstand ein Druck, dass er befürchtete, gleich müsste der Schädel bersten.

Doch das Wandeln hatte noch etwas anderes als den Brechreiz heraufbeschworen: Erinnerungen, die Nahim verbannt geglaubt hatte und die nun mit einem Schlag so lebendig wurden, dass sie mit der Wirklichkeit verschmolzen.

Bruchstücke von glühendem Gestein blitzten vor Nahims innerem Auge auf, gepaart mit dem Geruch nach frischgefallenem Schnee. Der Druck auf seiner Brust nahm so rasant zu, dass es ihm kaum gelang, ausreichend Luft in seine schmerzenden Lungen zu saugen. Das Herz pochte gegen den Brustkorb und brachte den Magen erneut in Aufwallung. Zusammengekrümmt lag er da, der Boden war brennend heiß und kalt zugleich.

Jemand befand sich in seiner Nähe … etwas Körperloses … und doch war er sich sicher, dass es ihn gestreift hatte … In Nahim stieg eine Furcht auf, die so stark war, dass sie ihn sogar die Übelkeit vergessen ließ. Widerwillig öffnete er die Augenlider, und sogleich drohte die lodernde Hitze in den Hallen, sie zu versengen. Nur eine Armlänge von ihm entfernt zeichnete sich ein Schatten vor der rötlich schimmernden Steinwand ab: eine Silhouette, die, während Nahim sie entsetzt anstarrte, ihre Form wandelte.

Nahim unterdrückte einen Schrei und grub die Hände in den steinigen Boden. Doch es konnte nichts Steiniges sein, was da geschmeidig zwischen seinen Fingern hervorquoll. Wo auch immer er sich gerade befand, es waren nicht die Hallen des mächtigen Dämonenbeschwörers, in die der Orden ihn geschickt hatte.

Erschöpft ließ Nahim sich auf den Rücken sinken, die Steine ignorierend, die sich wie spitze Finger durch die Kleidung bohrten. Etwas Kühles streifte sein heißes Gesicht und hinterließ eine klamme Spur. Als Nahim endlich die Augen öffnete, blickte er in einen von dunklen Wolken behangenen Himmel. Ein Tannengrünadler kreiste weit über ihm, bevor er im Steilflug herabstürzte.

Es dauerte eine Zeit lang, bis Nahim begriff, wo er sich befand. Obwohl er sich sehr langsam aufrichtete, überkam ihn sofort wieder die Übelkeit, und er musste mühsam würgen. Mit einer zitternden Hand wischte er sich über den Mund.

Neben ihm lag zusammengerollt Anisa, mit blassem Gesicht und geschlossenen Augen, als würde sie schlafen. Hastig schaute Nahim sich um und seufzte erleichtert auf, als er Fleur einige Schritte entfernt zwischen verdorrten Grasbüscheln hocken sah. Ihre Gesichtsfarbe war rosig, und sie machte einen vollkommen unversehrten Eindruck. Sie schob sich gerade einen Kieselstein in den Mund und spuckte ihn nun schuldbewusst wieder aus, weil sie seinen Blick spürte.

Vorsichtig zog Nahim den Kopf von Anisa auf seinen Schoß und strich lose Haarsträhnen zurück. Plötzlich schlug Anisa beide Augen auf und starrte ihn feindselig an. Doch ihre Gesichtszüge wurden sofort weicher, und sie richtete sich auf.

»Ist dir vielleicht auch übel?«, fragte Nahim vorsorglich, aber Anisa schüttelte den Kopf. Fleur war zu ihnen gekommen und kletterte auf den Schoß ihrer Mutter. Anisa drückte das Kind fest an sich, dann sah sie sich um. Nahim war es nicht möglich, ihre Miene zu deuten. Sie schwankte zwischen Entsetzen, Neugierde und Erschöpfung.

»Es hat also funktioniert«, sagte Anisa schließlich mit brüchiger Stimme.

»Ja, das Maliande hat uns fortgebracht.«

»Dass so etwas möglich ist –« Anisa stockte, »nicht, dass ich allzu viel über die Geheimnisse des Maliandes weiß. Aber ich dachte immer, Menschen könnten mit seiner Hilfe allenfalls die Fähigkeiten der magischen Völker von Rokals Lande nachahmen. Wer von ihnen beherrscht denn die Kunst zu wandeln?«

Nahim zuckte mit der Schulter und machte ein ausdrucksloses Gesicht. Das eben erst vollführte Kunststück, welches Anisa eine Sorgenfalte zwischen die Augenbrauen trieb, stürzte ihn jedes Mal in einen Schwindel, aus dem er wie eine leblose Marionette wieder ausgespuckt wurde.

»Ach, Anisa, wer kann schon sagen, wer sich alles in den Tiefen des Westgebirges verbirgt. Es ist nicht so, dass die magischen Völker den Menschen artig eine Auflistung ihrer Fähigkeiten ausgeliefert hätten. Es wird schon irgendwer in einer verfluchten Schlucht hausen und das Geheimnis, wandeln zu können, sein Eigen nennen.« Nahim bemühte sich, die Worte leicht dahinzusagen, damit seine Schwester sich wieder beruhigte. Doch er erzielte nur einen geringen Erfolg, wie er an ihrem Gesicht ablesen konnte. Er war schon immer ein schlechter Lügner gewesen. »Wenn es um das Maliande geht, so weiß man nie, welche Fähigkeit in welchem Menschen schlummert«, setzte er schwach nach. »Vennis vermag übrigens auch zu wandeln.«

»So wie du?«

Die Frage kam geradeheraus, und Nahim blinzelte einige Male verlegen, bevor er zu einer genuschelten Antwort ansetzte. »So in der Art, würde ich sagen.«

Anisa blickte ihn lange prüfend an, wie sie es mit ihm zu tun gepflegt hatte, als er ein quirliger Junge gewesen war, der beim unbeherrschten Treiben das Mobiliar zerstört hatte. Zu Nahims Erleichterung zog Fleur ihre Mutter an den Haaren, um ihre Aufmerksamkeit zu erlangen, so dass Anisas Verhör für einen Augenblick unterbrochen wurde.

Nahim nutzte die Chance: Mit wackeligen Beinen stand er auf und schaute sich um. Zu seinem Entsetzen stellte er fest, dass er die Gegend nicht wiedererkannte. Sie saßen auf einem schmalen Felsvorsprung inmitten einer steil aufragenden Gebirgswand, und ein scharfer Wind jagte ihnen vereinzelte Schneeflocken ins Gesicht. Über ihnen türmte sich das Gestein scheinbar bis in den Himmel, und schmale Wasserfälle stürzten mit solcher Gewalt herab, dass sie in feinen Dunst gehüllt waren. Als Nahim über den Vorsprung hinablugte, konnte er ein Aufstöhnen nicht unterdrücken.

»Was ist denn, Nahim?«, erklang Anisas besorgte Stimme hinter ihm.

Nahim überlegte kurz, ob er ihr die Wahrheit über den vor ihnen liegenden Weg verschweigen sollte. Doch sogleich schalt er sich wegen dieses lächerlichen Gedankens. Anisa würde niemals zögern, auf dem einmal eingeschlagenen Pfad weiterzugehen. Davon abgesehen hatte sie auch keine andere Wahl.

Bevor er jedoch antwortete, suchte Nahim noch einmal den Himmel ab, dessen bedrohliche Wolkenkaskaden zum Greifen nahe waren. Seine Vermutung bestätigte sich, als der Tannengrünadler sich wieder aus den Tiefen des Kiefernwaldes erhob. Mit mächtigen Flügelschlägen zog er an ihnen vorbei, und Nahim beobachtete, dass der Adler einen erlegten Hirsch in seinen Fängen trug.

Widerwillig löste Nahim seinen Blick von dem rasch aufsteigenden Greifvogel und sagte: »Weit unter uns liegt der Saum eines Tannenwaldes, der sich in der dunstigen Tiefe verliert. Ich vermute, wir sind im Westen des Tals gelandet. Und viel zu weit oben im Gebirge, wie es aussieht. Außerdem fängt es an zu schneien.«

»Zu schneien?«

Irritiert blickte Anisa auf die weißen Tupfen, die auf ihrem Kleid hängen blieben und sogleich schmolzen.

»Verdammt!«, sagte Nahim. »Es würde mich nicht überraschen, wenn es nicht weit von hier eine Silbermine gibt.«

Anisa setzte zu einer Frage an, doch Nahim winkte ab.

»Wir müssen jetzt gleich aufbrechen, bevor der Schneefall richtig einsetzt und uns den Abstieg verwehrt. Ich trage Fleur auf meinem Rücken.«

Als die Dämmerung sie schließlich zwang, die qualvolle Wanderung zu unterbrechen, fanden sie in einer kleinen Höhle Unterschlupf. Mit viel Mühe gelang es Nahim, ein Feuer anzufachen, das ihnen ein wenig Wärme spendete. Am frühen Nachmittag hatte der Schneefall eingesetzt, doch sie waren zuvor so gut vorangekommen, dass sie nur noch dessen Ausläufer zu spüren bekamen. Am nächsten Morgen würden die Höhen des Westgebirges in Weiß getaucht sein und vom anbrechenden Winter im Tal künden.

Gleichgültig betrachtete Anisa ihre zerschundenen Hände im schwachen Feuerschein. Einige Stellen des Weges hatten ihnen waghalsige Kletterpartien abverlangt. Zu Nahims großer Verwunderung hatte Anisa weder Furcht noch Erschöpfung gezeigt. Sie schien ganz und gar auf das Ziel bedacht zu sein, ins Tal zu gelangen. Dieser Gleichmut übertrug sich auch auf Fleur, die trotz Kälte und unbequemer Haltung auf Nahims Rücken nur ein gelegentliches Grummeln von sich gab.

Schweigend verstaute Nahim die übrig gebliebenen Vorräte wieder in seinem Beutel. Obwohl der Tag außergewöhnlich anstrengend gewesen war, hatten sie kaum etwas gegessen. Nahim litt immer noch unter den Nachwirkungen des Maliandes, und Anisa war viel zu sehr in Gedanken versunken, um Hunger zu verspüren. Vielleicht ist ein Teil von ihr noch nicht im Tal angekommen, dachte Nahim. Schließlich schoben sie ein wenig Laub als Lager zusammen und legten sich eng aneinandergeschmiegt zum Schlafen, ohne ein weiteres Wort miteinander zu wechseln.

Am dritten Tag ihres Abstiegs sahen sie endlich Rauch zwischen den dicht an dicht stehenden Nadelbäumen aufsteigen. Der Wind hatte stetig zugenommen und ließ ihre Hände klamm werden und die Nasen rot anlaufen. Zu ihrer großen Erleichterung war das Gelände zwischen dem Tannenwald so gut begehbar, dass sie wenigstens nicht mehr ihre Hände zu Hilfe nehmen mussten. Nahim hatte ihnen zudem Wanderstöcke geschnitzt, die ihre schmerzenden Beine entlasteten.

Nachdem Nahim das Zeichen einer menschlichen Behausung entdeckt hatte, schlich sich zum ersten Mal seit der Rückkehr ins Tal ein vorsichtiges Lächeln in sein Gesicht. Beim nicht enden wollenden Anblick des Waldes waren ihm Stunde um Stunde mehr Zweifel daran gekommen, ob ihnen der Abstieg wohlbehalten gelingen würde. Sie brauchten dringend Wärme und Essen, denn die wenigen Vorräte, die Nahim ursprünglich nur für sich selbst eingepackt hatte, waren bereits aufgezehrt. Außerdem waren Anisas feine Lederschuhe schon an vielen Stellen durchgelaufen. Trotzdem entschied sich Nahim zur Vorsicht. Wer konnte schon einschätzen, wer dort in dieser Hütte neben einem reißenden Gebirgsfluss lebte?

Obwohl Anisa einen erschöpften Eindruck machte, widersprach sie Nahims Wunsch nicht. Sie ließ sich auf einen von Moos überwucherten Stein sinken und wickelte sich und ihre Tochter in Nahims klammen Mantel.

Nahim betrachtete die beiden einen Augenblick lang und legte dann sein Schwert neben Anisa ab. Als Anisa fragend die Augenbrauen hochzog, erwiderte er: »Es würde mich wahrscheinlich nur behindern. Und wer möchte hier in dieser Einöde einen bewaffneten Gast einladen?«

Nahim blieb an eine Silbertanne gelehnt stehen und betrachtete zwischen den mächtigen Stämmen hindurch die Rückseite des Hauses. Das Haus war aus massiven Steinbrocken erbaut worden, und das Schieferdach berührte auf der dem Wald zugewandten Seite fast den Boden. Darunter stapelten sich sauber aufeinanderliegende Scheite. Aus einem seitlichen Fenster, das Nahim von seiner Position aus nicht direkt einsehen konnte, drang gedämpftes Licht. Der Kamin spie eine gräuliche Rauchsäule in den dunkel werdenden Himmel.

Nahim umrundete das Haus und wollte schon den Vorhof betreten, da hörte er das Getrampel von Pferdehufen. Vielleicht war es der Gedanke, dass Reiter im Tal und dieses schlichte Steinhaus nur wenig zusammenpassten, der Nahim verharren ließ.

Dem Geräusch nach zu urteilen, handelte es sich um zwei Reiter. Die Tür schwang auf, und eine schneidende, aber leise Männerstimme sagte: »Ihr habt lange gebraucht. Stellt eure Tiere zu den anderen beiden und kommt rein.« Die Reiter ließen nur eine gemurmelte Zustimmung vernehmen und kamen der Aufforderung nach.

Nahim schaute vorsichtig um die Ecke und konnte sehen, wie zwei Männer ihre Reittiere in einen flachen Verschlag führten, der seitlich vom Haus stand. Im nächsten Moment fiel ein heller Lichtschein neben ihn, weil jemand einen Vorhang beiseitegeschoben hatte. Das Fenster wurde geöffnet, und ein paar Arme kamen zum Vorschein. Sie packten die hölzernen Außenläden und zogen sie mit einem Knall zu.

Nahim fühlte sich wie ein Narr, der, den Atem anhaltend, in der Dunkelheit lauerte, anstatt an die Türe zu klopfen und um Obdach für die Nacht zu bitten. Welcher verrückte Teil von ihm glaubte bloß, dass mitten im Nirgendwo des Westgebirges von ein paar Fischern Gefahr drohen könnte? Wahrscheinlich fiel gerade ein ausgehungerter Bär Anisa und Fleur an, während er sich hier die Beine in den Bauch stand.

Diesem lebhaften Zwiegespräch zum Trotz verweilte Nahim, bis er sich sicher war, dass die beiden Reiter ebenfalls im Haus eingekehrt waren. Dann schlich er über den Vorhof, der nun fast im nächtlichen Dunkel lag. Leisen Schrittes steuerte er auf den Verschlag zu und warf einen Blick hinein. Dort standen dicht an dicht vier Pferde. Während Nahim noch nachdachte, was er damit anfangen sollte, wieherte eins der Tiere zur Begrüßung.

»Faneos?«, fragte Nahim mit leiser Stimme und konnte seinen Ohren kaum trauen, als er ein bekanntes Grummeln zur Antwort bekam. Immer noch ungläubig drängte Nahim sich in die nach Heu duftende Dunkelheit des Stalls zwischen die Tiere und strich über die Flanke des Pferdes, bis er Maherinds Brandzeichen ertastet hatte.

Einen Moment lang war Nahim versucht, laut rufend auf die Hütte zuzustürzen. Aber dann drängte sich ihm ein Gedanke auf, der ihn zögern ließ: Schließlich hatte sein Herr den

Westen des Tals wegen einiger Ungereimtheiten aufgesucht, die seine Neugierde geweckt hatten. Deshalb würde er nicht an die Tür dieser Hütte mit ihren verriegelten Fenstern klopfen, sondern zusehen, dass er sich zuerst ein Bild von den Vorgängen im Inneren machte. Auch auf die Gefahr hin, einen zufriedenen Maherind vor dem Feuer anzutreffen, der sich herzlich über den nervösen Nachwuchs lustig machte.

Nahim tätschelte noch kurz Faneos' Kruppe, dann schlich er aus dem Schuppen und sah sich um. Die zum Hof weisenden Fenster waren ebenfalls mit Läden verschlossen, so dass Nahim lediglich ein Murmeln wahrnahm. Darum entschloss er sich, sein Glück auf der Rückseite zu versuchen. Dort kletterte er auf das Dach hinauf, stets darauf bedacht, keine der locker aufeinandergeschichteten Schieferplatten ins Rutschen zu bringen. Er setzte sich neben den Schornstein und lauschte angestrengt. Wie erhofft, brachte der Schornstein nicht nur Rauch, sondern auch Gesprächsfetzen in die kalte Nachtluft.

»... ist doch eine längst beschlossene Sache! Ich habe mich nicht mit ihm abgeplagt, nur damit ihr nun kurzen Prozess mit ihm macht«, sagte die Stimme, die Nahim zuvor schon auf dem Hof gehört hatte.

»Kannste drehen, wie du's willst, Regne«, entgegnete eine männliche Stimme, die Nahim sofort mit einem grobschlächtigen Kerl verband. »Mit den Gäulen fallen wir viel zu sehr auf. Außerdem ist es bis rüber in den Süden ein langer Ritt, und wir fragen uns, wozu das Ganze?«

»Kannst dich fragen, so viel du willst, Schachre, solange du nur machst, was ich dir sage. Glotz nicht so blöd! Ihr nehmt den alten Kerl und schafft ihn rüber.«

Beim letzten Satz hielt Nahim den Atem an, doch es folgte nur noch ein verhaltenes Fluchen. Nahim verharrte in seiner Position, unsicher, wie er das eben Gehörte zu deuten habe. Soviel er wusste, waren mindestens drei Männer unten in der Hütte, die ihm nach dem eben Gehörten kaum ihre Gastfreundschaft anbieten würden. Ob der alte Kerl, wie dieser Regne ihn genannt hatte, in der Lage war, ihm beizustehen, wenn er einfach ins Haus eindrang? Vielleicht wäre es das Beste, erst einmal zu Anisa zurückzukehren, überlegte Nahim. Dann wären sie zu zweit, und er hätte außerdem sein Schwert zur Hand.

Nahim blickte zum Himmel hoch. Die Sterne und der Mond verbargen sich auch in dieser Nacht hinter einer schweren Wolkendecke. Es erschien ihm sinnlos, durch die Dunkelheit zu stolpern, nur um auf engem Raum mit einer überlangen Klinge herumzufuchteln. Außerdem würde er sich ohne Anisa im Rücken freier bewegen können, die im Augenblick wahrscheinlich friedlich mit ihrer Tochter im Arm schlief.

Auf jeden Laut bedacht, fing Nahim an, Dachschindeln beiseitezuschieben, bis er eine ausreichend große Öffnung freigelegt hatte, durch die er ins Haus gleiten konnte. Trotzdem hätte er beinah Gepolter verursacht, als er seinen Fuß blindlings auf eine Ansammlung von Einweckgläsern setzte. Der niedrige Dachboden war vollgestopft mit allerlei Kram, wie Nahim missmutig feststellte. Bevor er sich den Weg zur Bodenluke ertastete, zog er deshalb die Stiefel aus. Die Bodenklappe gab ein leises Quietschen von sich, als Nahim sie ein Stück weit anhob, so dass er sie vor Schreck fast wieder hätte zuschnappen lassen.

Da die Luke im vorderen Bereich des Hauses eingefügt worden war, bot sich Nahim eine verhältnismäßig gute Einsicht in die Kammer, die offensichtlich die gesamte Hütte ausmachte. Allerdings wurde sie durch das Glimmen des Kamins, der in der hinteren Hälfte stand, nur spärlich ausgeleuchtet. Direkt vor dem Feuer befanden sich zwei Männer, wovon der eine sich bereits zum Schlafen hingelegt hatte. Der andere saß mit dem Rücken zu Nahim und starrte in die Flammen. Zu seinem wachsenden Unbehagen erkannte Nahim Schwertscheiden, die griffbereit neben ihren Besitzern lagen. An der einen Wand, größtenteils von Schatten bedeckt, konnte Nahim ein weiteres Lager ausmachen, unter dessen Decken die Umrisse einer liegenden Gestalt zu erkennen waren. Der Rest des Raums hinter dem Kamin lag in völliger Dunkelheit.

Unter Anstrengung gelang es Nahim, nach einem seiner Stiefel zu greifen, ohne dabei die Luke erneut zum Quietschen zu bringen. Mit der freien Hand rollte er den Stiefel so gut wie möglich zusammen und stopfte ihn in den Spalt. Dann legte er sich flach auf den Bauch, verschränkte die Hände übereinander und stützte sein Kinn darauf ab. Er überlegte, ob er den Boden vielleicht nach einer geeigneten Waffe absuchen sollte, doch dann verwarf er den Gedanken wieder. Das Risiko, dabei ein entlarvendes Geräusch zu machen, war zu hoch.

Das Feuer im Kamin war bereits weit heruntergebrannt, und der davorsitzende Mann machte noch immer keine Anstalten, sich neben seinem Gefährten hinzulegen. Nahim verlor langsam die Geduld. Seine Augen brannten vor Müdigkeit und Überanstrengung, und seine Glieder waren bereits steif vor Kälte. In den letzten Stunden hatte sich niemand mehr in dem Raum unter ihm bewegt, so dass er immer noch nicht wusste, ob die Gestalt auf dem Bett nun der dritte Mann im Bunde oder Maherind war.

Ein Stöhnen unterdrückend, ging Nahim in die Hocke und streckte sich so gut wie möglich aus, ohne dabei versehentlich einen der kunstvoll aufgetürmten Fangkörbe neben sich zum Einsturz zu bringen. Mit einem schmerzhaften Kribbeln schoss das Blut wieder in Finger und Beine und ließ Nahim die bleierne Müdigkeit vergessen.

Mit einem kräftigen Schwung stieß er die Luke auf und

glitt in einer einzigen Bewegung hindurch. Kaum auf dem Boden angekommen, sprang er auch schon zu dem Lager an der Wand und zog die Decke zurück. Maherinds graue Augen öffneten sich im selben Augenblick, in dem Nahim bestürzt den Knebel im Mund des alten Mannes wahrnahm.

Der Mann vorm Feuer war von dem hohen Quietschen der Luke aus seinen Gedanken gerissen worden, aber schlaftrunken, wie er war, brauchte es einige Zeit, bis er schwerfällig auf die Beine kam. Bevor er die Lage auch nur annähernd erfassen konnte, war Nahim schon bei ihm und schlug ihm hart ins Gesicht. Der Mann strauchelte über seinen gerade erwachenden Kumpan und stürzte zu Boden. Nahim nutzte die Gelegenheit und schlug seinen Kopf auf den Steinboden, bis er leblos liegen blieb.

In der Zwischenzeit hatte sich der zweite Mann von der Decke befreit, in die er eingerollt geschlafen hatte, und ein Schwert gezogen. Nahim wich ihm aus und fixierte sein Gegenüber. Obwohl der Mann mit Schrecken wach geworden war, waren seine Glieder noch steif vom Schlaf, so dass Nahim seinem ungelenken Angriff ohne Weiteres entkommen konnte. Er schlüpfte geschmeidig unter dem Schwertarm des Mannes hindurch und fand sich neben einer Kochstelle wieder. In schneller Folge warf Nahim einige Tontöpfe nach seinem Gegner. Mit einem wütenden Schnauben hielt sich der Mann schützend den freien Arm vor das Gesicht, während er in einen Nebel aus Mehl getaucht wurde. Er machte zwei unbeholfene Schritte auf Nahim zu, doch der hatte nur auf den Moment gewartet, in dem der Mann sein Schwert sinken ließ. Mit einem Satz sprang Nahim auf ihn zu. Nach einem kurzen Gerangel gelang es ihm, seinem Gegner das Schwert zu entwinden, obwohl der Mann sich in seiner Verzweiflung mit aller Kraft daran festkrallte. Als Nahim das kurze Schwert in beiden Händen hielt, schlug er, ohne zu zögern, zu.

Während der Mann lautlos zu Boden sank, stürmte Nahim zum Lager an der Wand. Mit einigen Schnitten durchtrennte er Maherinds Handfesseln, die dieser ihm mit schmerzverzerrtem Gesicht entgegenhielt. Sogleich riss Maherind sich selbst den Knebel aus dem Mund und keuchte heiser: »Drüben! Regne!«

Nahim wirbelte herum und ließ dabei vor Hast das Schwert fallen. Aus dem Dunkel hinter dem Kamin war eine schmale Gestalt hervorgetreten, die eine gespannte Armbrust vor sich hielt. In den Augen des Mannes namens Regne war eine Mischung aus Furcht und Wut zu sehen. Aber noch etwas anderes blitzte in ihnen auf, was Nahim zu größter Vorsicht mahnte. Regne war schlau.

»Ich möchte, dass du die Arme nach oben streckst und langsam von dem Lager weggehst«, dirigierte er Nahim, während sein Blick immer wieder zu Maherind wanderte.

Nahim schüttelte den Kopf. »Du hast nur einen einzigen Schuss, und so wie du die Waffe hältst, bist du sicherlich kein geübter Schütze. Es wird wohl das Beste sein, wenn du machst, dass du wegkommst.«

»Wenn ich dich nicht treffen sollte, dann erwischt es vielleicht den alten Mann hinter dir.«

Nahim antwortete nicht und versuchte, Regnes Blick möglichst ausdruckslos zu erwidern. Zu Nahims Unwillen ließ Regne sich Zeit, seine Möglichkeiten abzuwägen. Als er sich endlich zu einer Entscheidung durchgerungen hatte, sagte er: »Ist mir zu ungewiss, euch beide hier zurückzulassen. Also mach, was ich dir gesagt habe, oder lass es drauf ankommen.«

Bevor Nahim reagieren konnte, schwang die Tür auf, und Anisa stand auf der Schwelle. Mit beiden Händen hielt sie Nahims Schwert umfasst. Die Schultern hatte sie hochgezogen, und ihre Augen waren angstvoll geweitet. Aber selbst Regne wurde bei ihrem Anblick klar, dass sie nicht davor zurückschrecken würde zu handeln.

»Nun gut«, sagte er krächzend und ließ ein irritierend hohes Lachen hören. »Dann werde ich mich besser zurückziehen. Sag dem Weib, sie soll die Tür freigeben.«

Nahim dachte nach.

»Ich werde zuerst das Schwert aufheben, und dann wird Anisa zur Seite treten. Falls du beim Rausgehen auf dumme Gedanken kommen solltest, ist es mir lieber, die Waffe schon in den Händen zu halten, mit der ich deinen verdammten Kopf abschlagen werde.«

Regne gab ein verächtliches Zischen von sich, nickte aber zustimmend. Betont langsam griff Nahim nach dem Schwert und gab seiner Schwester ein Zeichen. Kaum dass Anisa sich mit erhobener Waffe hinter die Eingangstür zurückgezogen hatte, hastete Regne auch schon durch sie hindurch und zog sie mit einem Knall hinter sich zu. Sie hörten, wie er die vier Pferde auf den Hof trieb und mit einigen spitzen Schreien davonstürmte.

Sofort eilte Anisa hinaus.

Maherind rief ihr hinterher: »Nicht Mädchen, den erwischst du nicht mehr, und vielleicht bricht er sich das Genick bei seinem Ritt durch die Dunkelheit.«

Nahim legte ihm beruhigend die Hand auf die Schulter: »Sie will nur ihr Kind nachholen.«

Maherind schaute ihn überrascht an. »Anisa hat ein Kind? Wie auch immer, jetzt schneid mir endlich die Beinfesseln durch, damit ich nach Faneos rufen kann. Wenn es sich bei den beiden anderen Tieren um Stuten handelt, werden die schon mit ihm zusammen zurückkehren.«

»Das muss noch einen Augenblick warten. Ich will Anisa helfen.«

Maherind hielt ihn an der Schulter fest: »Das kann nicht

warten! Ich bin zu steif, um mir selbst die Fesseln zu durchschneiden. Außerdem …, wenn ich noch länger auf diesem Lager verharre, werde ich mich selbst benässen. Die Blase eines alten Burschen ist nämlich nicht besonders geduldig, mein Lieber.«

Aber in dem Moment trat Anisa bereits mit ihrer Tochter auf dem Arm ins Haus. Sie wickelte Fleur in die zurückgelassenen Decken vor dem Kamin und machte sich an dem fast verloschenen Feuer zu schaffen. Dabei übersah sie geflissentlich die beiden leblos am Boden liegenden Körper.

Nahim half dem heftig humpelnden Maherind vor die Tür und musste ob des wilden Fluchens, das von viel Gestöhne unterbrochen wurde, lächeln. Obwohl der Schrecken Nahim noch kräftig in den Knochen saß, dass ihm die Knie schlackerten und seine Augen in der Dunkelheit zwischen den Bäumen nach dem Aufblitzen einer gespannten Armbrust suchten, fühlte Nahim eine große Erleichterung in sich aufsteigen. Ganz gleich, wo sie sich im Tal auch befinden mochten und welche Umstände Maherind gefesselt auf ein heruntergekommenes Lager gezwungen hatten, Nahim hätte laut lachen mögen, so gelöst fühlte er sich in diesem Augenblick.

Nachdem Faneos und mit ihm die beiden anderen Pferde auf Maherinds Pfeifen und Rufen hin zurückgekehrt waren und Maherind sich von seinem Hengst nach vielerlei Liebesbekundungen lösen konnte, kehrten die beiden Männer ins Haus zurück.

Anisa hatte sich nur kurz vom Feuer entfernt, um die umherliegenden Waffen in ihrer unmittelbaren Nähe zu horten. Ein zu allem entschlossener Ausdruck war in ihr schmales Gesicht gemeißelt. Nahim musste erst die Leichname nach draußen zerren und Maherind mehr schlecht als recht die zurückgeblieben Blutlachen aufwischen, bis sie sich ein wenig entspannte. Allerdings ließ sie die Eingangstür nicht einen Moment lang aus den Augen.

Erschöpft sank Nahim neben ihr auf die Decken, während Maherind bei der Kochstelle nach Essbarem suchte. In einem der ganz gebliebenen Tontöpfe entdeckte er schließlich Haferflocken, die er, in Wasser eingeweicht, übers Feuer hängte.

»Ich schlage vor, dass ihr beiden nun schlaft. Bevor die trockenen Biester genießbar werden, dauert es noch ein wenig. Ich bin ausgeruht wie der junge Morgen, nachdem ich einige Tage lang verschnürt dort drüben an der Wand verbringen durfte. Werde hier ganz ruhig hocken und die Tür im Auge behalten.« Er zwinkerte Anisa kurz zu, dann begann er, leise summend in dem gusseisernen Topf zu rühren, wie um deutlich zu machen, dass er nicht mit einer Widerrede rechnete.

Anisa schenkte ihrem Bruder ein zaghaftes Lächeln, dann schlüpfte sie zu ihrer Tochter unter die Decken, und Nahim folgte ihr kurz darauf. Als er die Augen schloss, überkam ihn noch das Bedürfnis, Maherind zu sagen, wie froh er war, ihn zu sehen, aber da war er auch schon in einen tiefen, traumlosen Schlaf gefallen.

Am nächsten Morgen wurde Nahim von Fleurs vergnügtem Jauchzen geweckt. Anisa hatte Wasser erwärmt und schrubbte das kleine Mädchen vor dem hell lodernden Feuer gründlich von oben bis unten ab.

Offensichtlich hatte Anisa das Steinhaus nach Kleidung durchsucht. Gerade machte sie sich daran, ihrer Tochter einige fremde Kleidungstücke über das Nachthemd zu ziehen. Die zu langen Ärmel eines Wollhemdes krempelte sie zu einem dicken Wulst um und wickelte die Kleine anschließend mehrfach in ein grobes Tuch. Ihrer Bewegungsfreiheit beraubt, ließ Fleur sich auf den Hintern plumpsen und begann zu greinen. Anisa selbst hatte sich eine Strickjacke und eine kastanienfarbene Hose unter das Leinenkleid gezogen, und ihre nun dick besockten Füße steckten in groben Holzpantinen.

Anisa bemerkte Nahims belustigten Blick und zuckte entschuldigend mit den Schultern. »Ich weiß, es sieht lächerlich aus, aber mir ist in meinem ganzen Leben noch nie so erbärmlich kalt gewesen. Egal, wie sehr das Zeug auch kratzen mag, ich werde es erst wieder bei brüllend heißer Hitze ausziehen. Es gibt doch einen Sommer in diesem Tal, nicht wahr?«

Nachdem Nahim seiner Schwester zwischen ein paar Löffeln klebriger Haferflocken versichert hatte, dass das Tal auch eine schöne Jahreszeit kannte und nicht nur Wind und Schnee, ging er vor das Haus, um nach Maherind zu sehen. Der alte Mann stand im schneebedeckten Hof und machte einige einfache Schwertübungen.

»Ich werde mir diesen verdammten Regne schon deshalb schnappen, weil er mit meinem Tabaksbeutel verschwunden ist«, verkündete Maherind, als er schließlich eine Pause einlegte. »Was soll man von einem Kerl halten, der Pfeife und Tabak eines anderen Mannes klaut, aber ein im Westgebirge gearbeitetes Schwert achtlos zurücklässt? Ich weiß nicht recht, ob ich mich freuen oder beleidigt sein soll.«

Nahim rieb sich die klammen Hände. »Was sollen wir mit den beiden Leichen anstellen? Vergraben?« Sein Blick glitt über den von Steinen gesäumten Vorhof. Auch die Wurzeln des Tannenwaldes würden es ihnen unmöglich machen, eine tiefe Grube auszuheben – vom aufziehenden Frost einmal ganz abgesehen.

»Nein«, sagte Maherind. »Wir werden dasselbe tun, was Regne mit den Bewohnern dieser Hütte getan haben wird: sie dem Fluss überantworten. Der kräftige Strom wird sie forttragen. Mit ein wenig Glück verwandeln sie sich in Fischfutter. Wir sollten schnell aufbrechen und zusehen, dass wir ins Westend gelangen.«

Eilig entledigten sie sich der Leichen und gingen ins Haus zurück.

Nahim konnte nun nicht mehr länger an sich halten und fragte Maherind unumwunden: »Wie ist es eigentlich diesem Regne gelungen, dich hier festzusetzen?«

Der alte Mann schaute verlegen drein. »Der hat sich meine Neugier zu Nutze gemacht. Irgendetwas stimmt hier im Tannengrünwald nicht, aber außer Andeutungen und Wortfetzen habe ich einfach nichts zu fassen bekommen. Die Wordensener sind ein eigenbrötlerisches Volk, das kann ich dir sagen. Als Regne mich dann auf eine Spur lockte, konnte ich einfach nicht widerstehen. Obwohl es mir schwerfällt, es mir einzugestehen, so bin ich doch nicht mehr der Jüngste, und meine Augen taugen nicht mehr viel. Trotzdem werde ich es ihm heimzahlen, verlass dich drauf! Nachdem er mich nun einmal in seiner Gewalt hatte, ging er allerdings sehr umsichtig zu Wege. Stellte nur ein paar Fragen zu dem, was ich eigentlich täte und was außerhalb des Tals vor sich ginge. Für wen auch immer er im Süden arbeiten mag, er hat ihn nicht verraten.«

Nahim leckte sich die Lippen und tauschte einen Blick mit Anisa aus, die dem Gespräch verwirrt gefolgt war. »Was passiert deiner Meinung nach im Süden?«, fragte er.

»Ich habe nur eine Vermutung, nichts Handfestes. Als Vennis, Brill und du das Tal zum ersten Mal besucht habt, drehte sich auf dem Hang alles um Orküberfälle. Offensichtlich hatten sie auffallend zugenommen. Aber in diesem Sommer herrschte Ruhe, zu meiner großen Überraschung. Bis auf einen Zwischenfall, wenn du dich erinnerst: Ein gewisser Rabenmann erzählte im Westend von einem brutalen Überfall von Orks, der sich auf den Höhen ereignet hatte. Das Ganze wurde als Lügengeschichte abgetan und vergessen. Trotzdem kursierten auf dem Sommerfest Gerüchte. Gerüchte, die ihren Weg aus dem Tannengrünwald des Westens in den schönen Süden gefunden hatten. Die Orks der Ebene haben ihre Schandtaten nicht eingestellt, sondern haben sie verlagert und verbergen sie besser.«

Nahim sah den alten Mann verwirrt an, und Maherind nickte ihm zustimmend zu: »Ich weiß, Orks sind nicht dazu in der Lage, umsichtig vorzugehen. Aber wenn jemand sie lenkt –«

»Das passt alles nicht zusammen«, unterbrach Nahim ihn aufgeregt. Bei dem Gedanken an ein von Orks heimgesuchtes Tal war sein Mund mit einem Schlag wie ausgetrocknet. Deutlich spürte er den verunsicherten Blick seiner Schwester auf sich. »Die Ebenenorks sind ein wildes Volk, das sich gerade mal für ein paar Ausfälle über die Südliche Höhe gewagt hat. Und nun sollen sie bis in den fernen Westen des Tals eingedrungen sein und unter einem Kommando stehen?«

»Als der Verbund von Olomin entmachtet wurde, hätte allen klar sein müssen, dass es damit nicht getan ist«, erwiderte Maherind mit ruhiger Stimme. »Achaten mag noch so umsichtig sein und möglichst viele der plötzlich freigelassenen Kreaturen des Westgebirges aufgreifen und unterwerfen. Aber niemand kann sich einbilden, dass ein solch massiver Eingriff ins Gleichgewicht von Rokals Lande nicht unabsehbare Veränderungen mit sich bringen würde.«

»Maherind hat Recht!« Anisa hatte ihren Bruder am Ärmel gepackt und zerrte ruckartig daran. »Orks aus dem Westgebirge ziehen durchs Land. Schließlich sind sie mittlerweile selbst bis nach Montera gekommen.«

Angesichts dieser Neuigkeit klappte Maherind für einen kurzen Moment der Kiefer nach unten, doch er fing sich sofort wieder.

»Worauf willst du mit deinen Vermutungen hinaus?«, fragte Nahim, dessen Stimme vor Aufregung ganz heiser war. Dabei hatte er die Antwort längst erraten. Rote Flecken breiteten sich auf seinen Wangen aus, und nur mühsam konnte er dem Drang widerstehen, sich auf eins der Pferde zu schwingen und in Richtung Süden davonzupreschen.

»Die Orklegionen, die dem Verbund unterstanden, waren aufs Gehorchen gedrillt«, erklärte Maherind. »Nachdem die Clans auseinandergefallen sind, sind einige von ihnen auf der Suche nach einer neuen Heimat den uralten Spuren durch die Ebene gefolgt. Ich vermute, dass sie am Fuße des östlichen Gebirgsausläufers auf jemanden gestoßen sind, der sich ihrer angenommen hat. Jemand, der die Führung übernommen hat. Jemand, der schlau genug war, diesen wunderbaren Sommer in Ruhe abzuwarten und im Hintergrund die Fäden zu ziehen.«

Bei diesem Satz war Nahim auf den Beinen.

»Wir brechen sofort auf!«

Da die paar Vorräte aus dem Fischerhaus kaum für die vor ihnen liegende Strecke ausreichen würden, nahmen sie denselben Weg zurück, den Maherind vor einigen Tagen den steinigen Pfad heraufgekommen war. Unterwegs stießen sie auf eine Gruppe Tannengrünwaldhändler, deren misstrauischer Blick über die Pferde und Anisas Aufmachung glitt. Daraufhin entschieden sie, Höfe und Gasthäuser zu meiden, auch wenn der anbrechende Winter die Reise erschwerte. Jedoch verspürte keiner von ihnen das Bedürfnis, neugierige Fragen beantworten zu müssen.

Beim Anblick des Grenzpfahls von Wordensen beschlossen Nahim und Anisa, eine Pause einzulegen, während Maherind vor Einbruch der Dunkelheit noch einige Nahrungsmittel herbeischaffen wollte. Als er später mit wunderbar duftendem Reiseproviant zurückkehrte, fand er den Rest der kleinen Gruppe im Windschatten einiger abgestorbener Baumstämme. Nahim war es trotz des eisigen Windes gelungen, ein Feuer zu entfachen. Maherind tätschelte ihm anerkennend die Schulter und drückte ihm eine Flasche in die Hand.

»Holunderschnaps«, sagte Maherind, dessen Nase bereits verdächtig rot leuchtete. »Es gibt nichts Besseres gegen Kälte. Außer dicht zusammenzurutschen, so wie die Gäule es tun.«

Mit diesen Worten ließ er sich neben Anisa plumpsen und zog Fleur auf seinen Schoß. Das Mädchen packte ihn sofort mit einem entschlossenen Griff am Bart und zog daran. Mit einem Knurren griff sich Maherind ebenfalls eine von Fleurs dunklen Haarsträhnen. Statt verängstigt zu reagieren, schenkte das Kind ihm ein hinreißendes Lächeln, das den alten Mann kurz aus der Fassung brachte.

»Schlaues kleines Ding«, sagte er zu Anisa, die das Spiel mit unsicherer Miene beobachtet hatte.

Nahim nahm nicht an dem Lachen teil, mit dem die beiden anderen Fleurs Faxen begleiteten. Während er den vom Wind zerstobenen Rauch hinterherschaute, war er mit den Gedanken auf den Südlichen Höhen. Jedes Mal, wenn er an den einsam gelegenen Hof der Truburs dachte, tauchte eine verzerrte Orkfratze vor seinem inneren Auge auf. Vor Sorge fühlte sich Nahims Magen mittlerweile an wie ein glühendes Stück Kohle, und trotz der Kälte begann er zu schwitzen.

Schließlich rang er sich dazu durch, die Frage auszusprechen, die ihn so sehr quälte: »Was denkst du, wird uns im Süden wohl erwarten?«

»Das kann ich genauso wenig abschätzen wie du«, sagte Maherind mit ungewohnt sanfter Stimme. »Es hängt von dem Menschen ab, der die Orks aus dem Westgebirge befehligt. Wir kennen sein Ziel nicht und haben auch keine Ahnung, über wie viele Diener des zerfallenen Bundes von Olomin er gebietet.«

»Ich frage mich unentwegt, wie er auf die Neuigkeiten reagieren wird, die Regne ihm vielleicht schon überbracht hat«, gab Nahim zu bedenken. »Er wollte, dass du zu ihm gebracht wirst, Maherind! Es dürfte ihm nicht schwerfallen herauszufinden, wer dich im Sommer auf den Südlichen Höhen beherbergt hat. Niemand im Westend würde sich wundern, wenn er um diese Jahreszeit nichts mehr von den Hangbauern zu hören bekäme.«

Sie saßen ein Weile schweigend beisammen, bis Anisa das Wort ergriff: »Offensichtlich wäre es doch sehr unklug, die Höhen hinaufzusteigen, ohne zu wissen, was uns dort erwartet. Warum reiten wir nicht erst ins Westend und fragen dort nach Hilfe?«

Nahim kratzte unbehaglich Schorf von seiner Wange. Obwohl ihm der Gedanke, Damir um Hilfe zu bitten, zuwider war, musste er Anisa doch Recht geben. Der Schmied verfügte über Einfluss im Westend, außerdem würde er ihm seine Unterstützung schlecht abschlagen können. Mit einem kaum sichtbaren Nicken stimmte Nahim zu. Trotzdem änderte sich nichts an dem festen Griff der Angst, der von ihm Besitz genommen hatte.

Kapitel 19

In einem Nebel aus glitzerndem Dunst schlug das Meer mit Tosen gegen die Klippen. Unermüdlich rollten die Wellen heran, um am grauen Stein zu zerbersten: eine herbsttrübe Wasserflut, durchzogen mit Schaumkronen, die mit dem wolkenbehangenen Himmel am Horizont verschmolz.

Wie gebannt starrte Vennis in die Tiefe, die Hüfte gegen den Steinwall gelehnt, die Arme zum Schutz gegen den Wind um den Körper geschlungen. Tevils saß neben ihm auf dem Wall, mit baumelnden Beinen, und pulte unermüdlich Mörtelkrümel mit den Fingern aus den Fugen. Die Brocken wurden vom Wind erfasst und in die Tiefe gerissen.

Der Anblick des tobenden Meeres war dem Jungen nicht geheuer. Das bewegte Element schien einen unwiderstehlichen Sog auszuüben, als wolle es alles verschlingen und seinem dunklen unendlichen Bauch einverleiben. Tevils war darum bemüht, den Blick fest auf seine wippenden Stiefelspitzen zu richten, während er die Augenblicke zählte, die er an diesem Abgrund mit dem nicht müde werden wollenden Lärm verbringen musste. Eigentlich hätte er hoch zum Haus laufen und dem Verwalter beim Füttern der Welpen zur Hand gehen können. Tevils war sich sicher, dass Vennis ihm ein Lächeln schenken würde, wenn er sich deshalb verabschieden würde. Vennis hatte sogar angedeutet, dass er sich einen der Hunde aussuchen dürfte. Wenn er daran dachte, färbten sich seine Wangen rot vor Verlegenheit, weil er auf dieses Angebot mit einem verkniffenen Gesicht reagiert hatte.

Wahrscheinlich kann Vennis mein nächtliches Heulen unter der Decke hören und glaubt nun, alles würde besser, wenn ich einen Vertrauten an meiner Seite hätte, dachte er gereizt.

Obwohl der Junge es sich nicht eingestehen wollte, so ließ sich nicht überspielen, dass er seine Familie und das Tal schmerzlich vermisste. Manchmal, wenn er glaubte, Lehens Haare riechen oder Borifs Bellen hören zu können, verspürte er einen Druck im Kehlkopf, der sich einfach nicht herunterschlucken lassen wollte. Obwohl diese neue Welt aufregend und berauschend war, verspürte Tevils doch den dringenden Wunsch, sich bei jemandem anzuschmiegen wie ein kleines Kind. Ein Bedürfnis, das er im Tal nie kennen gelernt hatte. Außerdem machte ihm der Gedanke zunehmend zu schaffen, dass Vennis ihm derlei Bedürfnisse ansehen könnte. Ja, vielleicht sogar befürchtete, mit Tevils den falschen Fisch an Land gezogen zu haben …

Nachdem Tevils eine Zeit lang diesen trüben Überlegungen nachgehangen hatte, wanderten seine Gedanken die Ereignisse der letzten Wochen ab. Wie Nahim es versprochen hatte, waren Vennis und sein neuer Begleiter auf ihrem Weg durch die Hafenstadt Sahila gekommen, und inmitten dieser vor Lebendigkeit überschäumenden Stadt hatte Tevils dann das erste Mal diesen Stich verspürt, der ihn seitdem nicht mehr losgelassen hatte. Da der Junge sich, entgegen seiner großen Vorfreude auf Sahila, nicht so recht begeistern konnte, beschloss Vennis bald, sich in Richtung Osten von Rokals Lande aufzumachen. Nach einer weiteren schrecklichen Schiffsreise waren sie in einer Einbuchtung an Land gegangen, die von steilen Klippen umsäumt war.

Eingebettet in eine Heidelandschaft hoch über dem Meeresspiegel, lag das Haus von Kohemis, gebaut aus Stein und leuchtend rotem Holz. Die Tage bei Kohemis waren erfüllt von wilden Ritten, Kampfübungen und abendlichen Stunden vorm Kaminfeuer, in denen Tevils der Unterhaltung der Erwachsenen beiwohnte. Diese Abende waren alles andere als ein Vergnügen, denn sosehr sich Tevils auch bemühte, stets verflüchtigte sich seine Aufmerksamkeit, und er versank in Fantastereien. Schon nach kürzester Zeit hatte Vennis einen Sinn für Tevils' Träumereien entwickelt und rief ihn gnadenlos zur Wachsamkeit auf. Er solle zuhören und verstehen lernen, worüber unentwegt debattiert wurde. Doch Tevils konnte sich all die Namen und Orte nicht merken, da sie für ihn nicht mit Leben gefüllt waren. Was kümmerte es ihn, wer mit wem ein Bündnis einging, wenn Mias Nackenlinie rötlich im Feuerschein schimmerte?

Als Vennis ihm Mia voller Freude als seine Gefährtin vorgestellt hatte, konnte Tevils seine Verwirrung nur schwerlich verbergen. Fortwährend wanderte sein Blick zwischen Mia und Vennis hin und her, doch es wollte seinem Verstand einfach nicht gelingen, die beiden als Liebespaar zu akzeptieren. Tatsächlich verstörte es Tevils, wenn er die beiden vertraut miteinander umgehen sah. In seiner Vorstellung gab es in Vennis' Leben keinen Platz für eine Frau. Ein Leben, das sich ausschließlich um Schwerter und abgeschlagene Orkköpfe zu drehen hatte.

Mia war eine ruhige Frau, die ihr helles Haar kunstvoll geflochten und hochgesteckt trug. Der tiefe Klang ihrer Stimme löste bei Tevils heftige Erregung aus, und dieses Gefühl wollte nicht mit der mütterlichen Fürsorge zusammenpassen, die Mia ihm angedeihen ließ. Immer wieder schalt er sich dafür, mit seinen Augen magisch an ihrem Dekolletee hängen zu bleiben. Trotzdem konnte er sich nicht beherrschen und ließ keine einzige Gelegenheit ungenutzt verstreichen, in der er sie – wie zufällig – berühren konnte. Gleichzeitig reagierte er äußerst abweisend auf ihre Versuche, ihn zu verhätscheln.

Als Mia einmal Vennis ausschimpfte, er würde den Jungen

bei den Kampfübungen zu hart rannehmen, hatte Tevils vollkommen unvermittelt einen Tobsuchtsanfall erlitten. Seither traute er sich kaum noch in ihre Nähe, und die gemeinschaftlichen Abende wurden zu einer einzigen Willensprobe.

Der Vierte im Bunde bei den abendlichen Runden war Kohemis selbst, der Herr des Hauses am Klippenrand. Dieser Mann, dessen Figur an einen Schilfhalm erinnerte, so schlank und biegsam, wie er war er, schien über alles und jeden in Rokals Lande unterrichtet zu sein, obwohl er nach eigenem Bekunden sein Haus seit Ewigkeiten nicht mehr verlassen hatte. Als Tevils auf diesen Widerspruch hindeutete, zog Kohemis nur eine seiner zurechtgestutzten Augenbrauen hoch und überging den Jungen in der ihm typischen überzogenen Art.

Es fiel Tevils ausgesprochen schwer, sich einzugestehen, dass Kohemis eine einschüchternde Wirkung auf ihn ausübte. Tevils, der in den letzten Monaten enorm gewachsen war, überragte den zierlichen Mann um fast eine Haupteslänge. Und obgleich Kohemis älter war, als sein graues Haar und die pergamentartige Haut verrieten, schätzte Tevils ihn instinktiv als einen überlegenen Gegner ein.

Es ist ähnlich wie bei Maherind, dachte Tevils, als sie wieder einmal beisammensaßen und über das Kräfteverhältnis von fernen Mächten sprachen. Nur dass Maherind das Alter wie eine Verkleidung trägt, während dieser eitle Kerl von ihm unangetastet bleibt und etwas Zeitloses an sich hat.

Tevils staunte nicht schlecht über seine eigenen Gedanken und schaute Kohemis ungeniert an. Als könne Kohemis das neugierige Augenpaar spüren, drehte er langsam den Kopf und quittierte Tevils' Blick mit einem herablassenden Kräuseln der Lippen. Tevils erstarrte, als hätte er soeben eine harsche Zurechtweisung erfahren, während ihm die Hitze mit glühenden Fingern ins Gesicht kroch.

Plötzlich wurde Tevils von einem überraschten Aufkeuchen

aus den Gedanken gerissen, das Vennis' Kehle entsprungen war, und er wurde an den tiefen Abgrund erinnert, der unter ihm klaffte. Der Wind hatte mächtig an Fahrt gewonnen und jagte Tevils Haarspitzen in die Augen. Es war inzwischen dermaßen stürmisch, dass Tevils glaubte, von der Mauer gerissen zu werden.

Im nächsten Moment packte Vennis ihn bei den Schultern und zog ihn nach hinten von der Mauer herunter. Ohne Widerstand zu leisten, glitt Tevils neben Vennis auf den Boden, während ihm der Sturm die Luft zum Atmen raubte. Tevils spürte einen Druck, als würde sein Trommelfell zerbersten, und er krallte sich verzweifelt an Vennis fest, der den Arm um ihn gelegt hatte. Tevils konnte sehen, dass Vennis beruhigend auf ihn einredete, doch die Worte erreichten ihn nicht. Voller Verwunderung stellte er fest, dass Vennis ausgesprochen vergnügt aussah.

So unmittelbar wie der Sturm aufgekommen war, so schnell war er mit einem Mal wieder vorbei. Sogleich machte Tevils sich von Vennis los und richtete sich auf. Bevor Vennis ihn warnen konnte, hatte Tevils auch schon den riesigen Drachen erspäht, der sich auf dem Mauerwall neben ihnen niedergelassen hatte. Der panische Schrei blieb Tevils im Hals stecken. Er torkelte zurück und stieß gegen Vennis.

»Darf ich vorstellen?«, fragte dieser lachend. »Präae. Und mit ihr reist die getreue Lalevil. Welch günstiger Wind hat euch bloß hierher geweht?«

Tevils' Augen, die bislang gebannt auf das Maul des Drachen gerichtet waren, wanderten den geschuppten Hals hinauf, bis sie an einer Frau hängen blieben. Der Anblick traf ihn noch unvorbereiteter als der des Drachen. Das waren die dunkelsten Augen und die üppigsten Lippen, die Tevils je gesehen hatte. Vennis verpasste ihm einen Stoß mit dem Ellbogen und zischte: »Weiteratmen.«

Während Lalevil am Hals herabglitt, pflückte Präae mühelos Steinbrocken aus dem Mauerwerk und ließ sie in die Tiefe fallen. Gebannt starrte der Drache Tevils an, während die Steine in der Tiefe für alle Ewigkeit vom tosenden Meer verschlungen wurden. Vennis deutete vorwurfsvoll auf den rasch anwachsenden Krater im Wall, doch Lalevil zuckte nur mit der Schulter.

»Da kann man nichts machen«, sagte sie lapidar.

Kohemis war äußerst pikiert, während er auf dem Balkon stand und mit dem Finger auf den eingerissenen Wall deutete. »Tzz«, machte er zum wiederholten Male. »Tzz.«

Lalevil stand schon seit einer geschlagenen Stunde neben ihm und war es sichtlich leid.

»Kohemis, warum machst du so einen verfluchten Aufstand um ein paar Steine? Du solltest vielmehr froh sein, mich zu sehen, und begierig den Neuigkeiten lauschen, die ich mitgebracht habe.«

»Ein paar Steine?«, Kohemis klang, als hätte ihn jemand aus einem Traum gerissen. »Diese paar Steine hatten ihren Platz seit mehreren Jahrhunderten dort in der Mauer gefunden. Das soll also vollkommen bedeutungslos sein, sagst du?« Seine Stimme hatte mittlerweile wieder zu dem gewohnt scharfen Ton zurückgefunden. »Deine Worte sprechen eindeutig für deine Kurzsichtigkeit, junge Frau. Dieser verfluchte Drache ist ein einziges Ärgernis. Nicht einen Funken Respekt vor den Werken der Menschen, so sieht das aus!«

Lalevil musste sich beherrschen, wie die hervortretenden Adern auf ihren Schläfen verrieten. »Es ist nur eine mürbe alte Mauer und nicht mehr. Warum machst du es mir so schwer? Ich kann deine Haltung nicht nachvollziehen, besonders da du ganz genau weißt, wie sehr Maherind Präae schätzt.«

Wie immer hatte der Name Maherind eine besondere Wirkung auf Kohemis' Haltung: Seine Züge entspannten sich, und ein weiches Schimmern trat in seine Augen.

»Hast du Maherind getroffen?«

»Nein, aber Nahim. Er erzählte mir von Maherinds absonderlicher Reise …«

Bevor sie weitersprechen konnte, wurde sie von Vennis unterbrochen, der sich bisher still im Hintergrund gehalten hatte: »Du warst in Montera?« Mit einer Handbewegung brachte er Kohemis' Protest zum Schweigen.

Lalevil blickte die beiden kurz irritiert an, dann sagte sie: »Gut, der Reihe nach.« In einem ausführlichen Bericht erzählte sie von ihrem Auftrag, für Achaten einen Flakon mit Maliande zu Faliminir nach Montera zu bringen, und die Diskussionen, die dieser Auftrag in Previs Wall ausgelöst hatte. Sie schilderte die Stimmung in Faliminirs Haus und ihr Zusammentreffen mit Nahim.

»Was für einen Eindruck hat Nahim auf dich gemacht?«, fragte Vennis, der seine Erregung nur schwerlich verbergen konnte.

Kohemis gab einen zischenden Laut von sich und setzte dann eine arrogante Miene auf. »Müssen wir uns also erst im Detail über den Seelenzustand deines Neffen ergehen, bevor ich mehr über den Aufenthaltsort meines Gefährten erfahre?«

»Bitte entschuldige unsere Ungeduld. Natürlich steht es dir zu, mehr über Maherind zu erfahren«, mischte Mia sich in die Unterhaltung ein.

Vennis deutete ein Nicken an, aber sein Gesicht sprach eine andere Sprache. Trotzdem gab sich Kohemis mit dieser Höflichkeitsbekundung zufrieden und forderte Lalevil auf, weiterzuerzählen.

Doch Lalevil stockte. Eine pechschwarze Haarsträhne, die sich aus dem Zopf gelöst hatte, erregte ihr Aufsehen, und sie strich sie mit einer energischen Geste hinters Ohr. Tevils, der sich abseits niedergelassen hatte, so dass er Lalevil ausgiebig bewundern konnte, saugte auch diese kleine Geste gierig mit den Augen auf. Entgegen ihrer ansonsten so direkten Art wog Lalevil ihre Worte ab und tastete sich vorsichtig an ihre Sätze heran.

»Es ist schwer zu sagen, wie es ihm ging, da Nahim schon betrunken gewesen war, als er in der großen Halle auf mich stieß. Stand etwas neben sich, sozusagen. Ich vermute mal, dass die Beziehung zu seinen beiden Brüdern immer noch nicht die beste ist.»

»Wer könnte auch auf die Idee kommen, dass sich je etwas daran ändern würde?«, warf Kohemis gelangweilt ein.

Lalevil nickte zustimmend. »Nahim stand sichtlich unter Druck, betrunken hin oder her. Wenn du mich fragst, Vennis, wird das nicht lange gut gehen. Er ist einer von uns. Er ist nicht dafür gemacht, mit seinem Weib an Faliminirs Tafel zu hocken und über Limes dumme Witze zu lachen. Aber das weißt du wahrscheinlich selbst am besten.«

Vennis griff nach Mias Hand. »Ich werde mir den Jungen zurückholen«.

Über dem Westend hatte sich ein Nebel ausgebreitet, der jedes Geräusch und jeden Umriss verschluckte. Wie eine zweite Haut legte sich der Dunst auf die nackten Gesichter der Reisenden.

Wasser stand in großen Pfützen auf dem Breiten Weg, so dass Nahims Stiefel durchnässt waren. Die Sicht reichte gerade mal einen Schritt weit. Vorsichtig führte er die Fuchsstute hinter sich her, immer darauf bedacht, dass der Weg plötzlich in einem Graben statt auf dem Marktplatz enden könnte. Ungeduldig starrte er in die Nebelwand, doch außer dunklen Schemen war nichts zu erkennen.

Sei's drum, dachte Nahim gereizt und beschleunigte gegen

alle Vorsicht seine Schritte. Er ignorierte Maherinds scharfes Schnaufen hinter ihm. Es drängte ihn, endlich das Schmiedshaus zu erreichen und damit Klarheit zu erlangen.

Als die Häuser höher wurden und dichter beisammenzustehen begannen, lichtete sich der Nebel ein wenig. Trotzdem wäre Nahim fast über den menschenleeren Dorfplatz hinaus geeilt. Kaum dass er seinen Fehler bemerkt hatte, machte er fluchend kehrt und rannte im Laufschritt auf das Haus mit dem Schmiedewappen zu, sich nicht darum scherend, ob die anderen ihm auch folgen konnten.

Zu seiner Überraschung bewegte sich der Messingknauf der Eingangstür nicht, als er an ihm herumzerrte. Abgeschlossene Türen im Westend, dröhnte es ihm alarmierend durch den Kopf. Mit beiden Fäusten hämmerte er auf die Tür ein, doch nichts geschah.

Nahim spürte, wie Panik in ihm emporkroch und ihn fast dazu brachte, auf die Fuchsstute zu springen und die Höhen hinaufzupreschen. Das Pochen seines Herzens drohte ihn in den Wahnsinn zu treiben.

Schließlich öffnete sich die Tür einen Spalt weit, und Nahim stolperte unbeholfen nach vorn. Vor ihm stand Lehen und sah ihn verwundert an. Ihre Ärmel waren bis zu den Ellbogen hochgekrempelt, und sie trocknete ihre Hände gerade an einer Schürze ab. Ehe Nahim sich wieder fassen konnte, hatte Maherind sich bereits an ihm vorbeigedrängelt und sagte: »So weit, so gut.«

Obwohl der Alte Rog ihm Pfeife und Tabak zur Verfügung gestellt hatte, war er sich nicht sicher, ob er dem grauhaarigen Alten auch über den Weg traute. Misstrauisch beobachtete er Maherind unter seinen buschigen Augenbrauen, wie der mit eleganten und doch gehetzten Bewegungen Tabak mit einem Span entzündete.

Mit meinen steifen Fingern wäre das so fix nicht möglich, dachte der Alte Rog. Außerdem ... auch wenn ich wollte, ich kann schon lange nicht mehr so aufrecht dasitzen. Als ob Maherind diese Gedanken gehört hätte, sank er augenblicklich in sich zusammen und stieß einen genüsslichen Seufzer aus.

Der Tabak verbreitete den süßlichen Duft von Kirschholz, und durch die bläulichen Rauchschwaden hindurch betrachtete Maherind, wie Nahim versuchte, Lehen zur Hand zu gehen und dabei wenigstens ein Mal ihre Finger zu streifen. Obgleich Nahim gewiss erleichtert war, Lehen in Sicherheit vorgefunden zu haben, stand ihm die Enttäuschung über die verunglückte Begrüßung ins Gesicht geschrieben.

Die junge Frau allerdings schien für Empfindsamkeiten im Augenblick keinen Sinn zu haben. Sie war viel zu sehr damit beschäftigt, Essen für die unerwarteten Gäste auf den Tisch zu bringen. Trotzdem schaute sie immer wieder zur Tür, durch die Bienem zusammen mit der fremden Frau und dem Kind verschwunden war, um ihnen frische Kleidung zu geben. Allmählich beschlich Maherind der Verdacht, dass Lehen viel dafür gegeben hätte, wenn ein anderer Hausbewohner die Tür geöffnet hätte. Dann wäre sie sicherlich heimlich zur Hintertür hinausgeflüchtet, um sich erst einmal einen Plan zurechtzulegen, wie sie mit Nahim umgehen sollte. Was war der jungen Frau nur zugestoßen?, rätselte Maherind, während ihn der Tabakrauch in der Nase kitzelte. Ein plötzlicher Wandel des Herzens war nichts Ungewöhnliches, aber zu einer charakterstarken Frau wie Lehen passte es einfach nicht. Maherind grummelte etwas Unverständliches in seinen Bart und zuckte zusammen, als er den fragenden Blick des Alten Rog bemerkte.

Verzweifelt suchte Nahim nach Worten, die mit einem Schlag die Mauer niederreißen würden, die plötzlich zwischen ihm und Lehen stand. Es war, als würden sie einander wieder unter nassem Eichenlaub mitten in der Nacht treffen. So, als hätte er nur eine einzige Chance, sie davon überzeugen, dass sie zusammengehörten. Doch Nahim war zu aufgewühlt, um sich dieser Herausforderung zu stellen. Ihm schien, als würde Lehens abweisende Art ihm den Boden unter den Füßen wegziehen.

Als Lehen Nahim das erste Mal seit dem Zusammenstoß in der Eingangstür einen Blick aus den Augenwinkeln zuwarf, war sie über sich selbst verblüfft. Während all der letzten Wochen hatte sie sich nichts sehnlicher gewünscht, als dass Nahim plötzlich vor ihr stehen möge. Doch nun, da er direkt neben ihr Brotscheiben abschnitt, hätte sie sich am liebsten draußen im Nebel versteckt.

Verhalten betrachtete Lehen sein Profil: die markante Nase mit der Bruchstelle, die hohen Wangenknochen und das dunkle Haar, das sich wie ein Rahmen um sein Gesicht legte. Aber sie bemerkte auch den verstörten Zug um seinen Mund und das Zittern seiner Hände.

Er spürt, dass etwas nicht stimmt, schoss es Lehen durch den Kopf. Gleich wird er mich darauf ansprechen, und was werde ich dann sagen? Wenn ich ihm Damirs Übergriff verschweige, wird immer ein Geheimnis zwischen uns stehen. Aber wenn ich es verrate, was wird er dann von mir denken? Wird Nahim mir glauben? Wie ein Blitz traf sie die Erkenntnis, dass ihr kein Geständnis über die Lippen kommen würde. Ihr Stolz bildete eine unüberwindbare Barriere. Ich schäme mich so sehr!, dachte Lehen und konnte ein Aufschluchzen nicht unterdrücken.

Nahim schenkte ihr ein überraschtes Lächeln, dann legte er das Messer beiseite und nahm sie in die Arme. Mit aller Gewalt kämpfte Lehen gegen einen Gefühlsausbruch an, als der Geruch seines warmen Körpers in ihre Nase stieg. Mit zitternder Hand strich sie Nahim eine Strähne hinters Ohr und sagte: »Wir werden essen und reden. Alles wird wieder gut werden.«

Lehen hatte keine Ahnung, wie lange Damir schon in der Tür stand und die unerwartete Szenerie in der Küche beobachtete. Er hatte sich das vom Dunst dunkel und schwer gewordene Haar nach hinten gestrichen, und unter seinen verschmutzen Stiefel breitete sich eine Pfütze aus.

Wie immer zeigte sein Gesicht keine Spuren von Überraschtheit oder gar Unmut. Jede Regung war wie fortgewischt. Lehen kannte diesen Ausdruck von früher, als sein Anblick sie noch um den Verstand gebracht hatte. Unendlich viele Gefühle und Gedanken hatte sie in dieses leere Gesicht hineingelesen. Mittlerweile mahnte es sie zur Vorsicht.

Unauffällig sah sie sich nun um, wen Damir wohl mit dieser Miene beobachten mochte. Doch schon im nächsten Moment erwiderte er ihren Blick und brach damit Lehens Starre. Mit einem Satz war sie auf den Beinen und krächzte Damirs Namen. Mit großen Schritten trat Damir auf den Tisch zu. Dabei streifte er den schweren, mit Lehm beschmutzten Mantel ab und drückte ihn Lehen in die Hand.

»Ich denke, die liebevolle Umarmung zur Begrüßung überspringen wir dieses Mal, Schwägerin. Ich bin nämlich von oben bis unten durchnässt«, sagte Damir und gesellte sich zu Maherind auf die Sitzbank.

Lehen blieb wie versteinert stehen. Als ihr jedoch die Schamesröte in die Wangen stieg, nutzte sie die Gelegenheit, den Mantel beim Ofen aufzuhängen.

»Haben du und deine Kumpanen einen Sinn dafür entwickelt, wann es im Tal Schwierigkeiten gibt? Oder wie soll ich mir euren Besuch um diese Jahreszeit erklären?«, wandte sich Damir prompt an Nahim.

Nahim schenkte ihm ein aufgesetztes Lächeln. »Es ist wunderbar, wieder im Westend zu sein. Dort drüben sitzt übrigens meine Schwester Anisa mit ihrer Tochter Fleur. Damir ist hier der Hausherr und lebt mit Allehe, der anderen Tochter der Truburs, zusammen.« In einem entschuldigend klingenden Ton fügte er hinzu: »Ich glaube, ihr seid euch bislang noch nicht vorgestellt worden, oder?«

Damir gönnte Anisa lediglich ein kurzes Nicken. »Ganz wunderbar«, sagte er und blickte Nahim herausfordernd an. »Nun, meine Anwesenheit sollte euch natürlich nicht vom Essen abhalten. Ich hoffe, ihr fühlt euch wohl in meiner warmen Küche.« Mit einem erstarrten Lächeln im Gesicht stand Damir wieder auf und packte Lehen am Arm, die reglos neben dem Ofen stand. Doch bevor er sie hinter sich her auf den dunklen Flur ziehen konnte, war Nahim schon an ihrer Seite.

»Das ist mein Haus«, flüsterte Damir drohend, weil Nahim ihm den Durchgang versperrte. Mittlerweile konnte er seine Wut kaum mehr unterdrücken.

»Das weiß ich, und es tut mir wirklich sehr leid, dass wir dich zur Gastfreundschaft nötigen, Damir. Ich kann dir nur versprechen, dass wir morgen früh so schnell wie möglich zu den Höhen aufbrechen werden.«

Damir schloss für einen kurzen Moment die Augen und kniff sich ins Nasenbein. Lehen, die dicht neben ihm stand, konnte ihn deutlich ausatmen hören. Es fiel dem Schmied sichtlich schwer, die Beherrschung zu bewahren.

»Die nächsten Tage werdet ihr nicht auf die Höhen kommen«, sagte er schließlich in einem ruhigen Ton, der die innere Anspannung jedoch nicht überspielen konnte. »Der Regen hat wieder eingesetzt und den Fluss über sein Bett hinausgetrieben. Der Weg in die Berge ist überschwemmt, und daran wird sich so bald nichts ändern. Außerdem kann Allehe im Moment nicht auf die Hilfe ihrer Schwester verzichten. Du und dein Gefolge, Nahim, seid also in meinem Haus willkommen, bis wir eine andere Lösung gefunden haben. Aber ich erwarte von euch, besonders von Maherind, dass ihr euch nicht in meine Angelegenheiten einmischt.«

Nahim zog die Augenbrauen zusammen, so dass sich eine steile Falte abzeichnete. »Was könnte an deinen Angelegenheiten denn so außergewöhnlich interessant sein?«

»Das war nicht die Antwort, die ich mir wünsche«, erwiderte Damir, der sich nun nicht mehr die Mühe gab, den gereizten Unterton zu verbergen. »Solange der alte Mann und du im Westend seid, bleibt ihr im Haus und starrt meinetwegen Löcher in die Luft. Denn dieses Mal können wir hier im Tal nämlich gut und gern auf die Hilfe von Fremden verzichten.«

Obwohl Damirs letzter Satz Nahim einlud nachzuhaken, verkniff er sich eine Entgegnung. Stattdessen zuckte er mit den Schultern und kehrte mit Lehen an der Hand zum Tisch zurück, von dem aus die anderen das Schauspiel atemlos beobachtet hatten. Damir hingegen verschwand grußlos zur Tür hinaus.

Allehes Atemzüge gingen ungewohnt gleichmäßig. Lehen, die neben ihrer Schwester lag und deren Rücken betrachtete, zählte jeden einzelnen mit. Unablässig prasselte der Regen gegen die Fensterläden, und die Kerze auf dem Nachttisch flackerte trotz des schützenden Glasschirms.

Mit einem Seufzen ließ Lehen sich in die Kissen sinken, griff nach Allehes geflochtenem Zopf und spielte damit. Schließlich stand sie auf und legte sich ein Tuch aus gewebtem Stoff um die Schultern. Doch die Kälte kroch sogleich an ihren nackten Beinen hinauf unter das Nachthemd und ließ sie frösteln. Ehe Lehen das Zimmer verließ, überprüfte sie noch einmal die Fesseln an den Handgelenken ihrer Schwester.

Langsam stieg sie die Treppe hinab, stets damit rechnend,

dass plötzlich ein verschlafenes Gesicht in einem Türspalt auftauchte. Doch niemand wurde durch das laute Schlagen ihres Herzens geweckt.

Als sie die Küche betrat, sah sie Nahim vor dem heruntergebrannten Feuer kauern. Er hielt eines von Maherinds in Leder gebundenen Büchern aufgeschlagen und versuchte, den unsteten Feuerschein möglichst gut auszunutzen. Am anderen Ende des Raums waren Maherinds Umrisse zu erkennen, der unter einem Haufen Decken abwechselnd hustete und schnarchte.

Nahim lächelte sie zurückhaltend an. »Er lässt mich einfach nicht schlafen. Dabei ist er schon nach hinten gekrochen, aber sein Keuchen hallt durch den ganzen Raum. Bevor ich ihm vor lauter Verzweiflung ein Kissen aufs Gesicht drücke, habe ich mir lieber etwas zum Lesen gesucht.«

Zuerst spielte Lehen mit dem Gedanken, sich auf eine Bank zu hocken, doch dann entschied sie sich anders und setzte sich neben Nahim aufs Lager. Mit einem Augenzwinkern griff er sich einen ihrer kalten Füße und wärmte ihn zwischen den Händen. Unwillkürlich schielte Lehen zu Maherind hinüber.

»Der wacht nicht einmal mehr auf, wenn ihm ein Ork ins Ohr brüllt«, beruhigte Nahim sie. Ein hoffnungsvolles Lächeln hatte sich auf seinem in rötliches Licht getauchtes Gesicht ausgebreitet. »Maherind hat eine halbe Flasche Wacholderschnaps gegen seine Erkältung getrunken. Du brauchst dir also keine Sorgen zu machen.«

Vorsichtig zog er Lehen an sich heran und vergrub sein Gesicht zwischen dem Tuch und ihrem Hals. Während er mit einer langsamen Bewegung das Tuch beiseiteschob und seine Lippen über das Schlüsselbein weiter hinabglitten, spannte Lehen jeden einzelnen Muskel im Körper an. Sogleich hielt Nahim inne und legte, ohne aufzublicken, seinen Kopf auf ihre

Schulter. Die Hände stemmte er dicht neben ihren Hüften auf den Boden, so als würden sie von nun an für alle Zeiten dort verweilen.

Überrascht stellte Lehen fest, dass sein kampfloser Rückzug ihr eine empfindliche Enttäuschung bereitete. Aber als ihr klar wurde, was dieses Gefühl bedeutete, schlich sich ein Lächeln auf ihr Gesicht.

Wie mit einer zufälligen Berührung fuhr sie über Nahims gekrümmten Rücken, griff nach dem zurückgebundenen Haar und löste es. Bewundernd sah sie, wie sich die dunklen Strähnen auf seinen Schultern ausbreiteten. Während sie einer im Lichtschein des Feuers schimmernden Locke folgte, breitete sich ein warmes Feuer in ihrem Innersten aus, das ihr bis zur Kehle loderte und die Fingerspitzen kribbeln ließ. Verstohlen sog sie Nahims warmen Geruch ein.

»Ich habe dich unendlich vermisst«, sagte Nahim leise, das Gesicht immer noch an ihrem Hals verborgen.

Ehe Lehen etwas erwidern konnte, dröhnte ein lautes Stöhnen aus der gegenüberliegenden Ecke herüber. Maherind kam unsicher auf die Beine und raffte seine Decken zusammen.

»Junge«, sagte Maherind, wobei er den Blick in Richtung Kamin vermied. »Mir ist nicht gut von diesem verflixten Schnaps. Ich schlafe besser im Stall, bevor ich hier noch alles vollspucke.« Und mit diesen Worten war er auch schon zur Tür hinaus.

Nahim, sichtlich bestürzt, wandte sich wieder Lehen zu, die ans andere Ende des Lagers gerutscht war. Langsam machte er den Mund auf und schloss ihn dann wieder.

Lehen hielt sich die Hand vor den Mund, um ein Lachen zu unterdrücken. »Ich hätte mir am liebsten die Decke über den Kopf gezogen«, sagte sie kichernd.

Aber Nahim sah noch immer verlegen aus.

Auf allen vieren krabbelte Lehen wieder zu ihm und zeichnete mit dem Finger den tiefen Ausschnitt seines Hemdes nach. Sie schob den Stoff ein wenig zur Seite und berührte die bloße Haut mit ihren Lippen. Obwohl Nahim den Atem anhielt, spürte Lehen, wie das Leben wieder in seinen Körper zurückkehrte. Ohne nachzudenken, kletterte sie auf seinen Schoß und hielt ihm ihr Gesicht hin. Als seine Hände ihre Taille umfassten, schloss sie ihre Augen und vergaß die letzten Wochen.

Kapitel 20

Damir kehrte erst am nächsten Abend in sein Haus zurück. Wie am Tag zuvor traf er die Gesellschaft in der Küche vorm Kamin an, wo sie Zuflucht vor dem eisigen Wind suchte, der den Regen dröhnend gegen die Fensterläden jagte. Obwohl Gesicht und Hände vor Kälte rot angelaufen waren und ihm das nasse Haar strähnig vom Kopf hing, machte Damir einen viel gelasseneren Eindruck als noch beim missglückten Wiedersehen.

In seinem Schatten stand Rameus, der Müller. Während Damir den Raum mit großen Schritten durchquerte, lehnte sein bester Freund an der Wand neben der Tür, ohne auch nur ein Wort des Grußes von sich zu geben. Zwischen Strähnen nassen Haars hindurch ließ er den Blick ungeniert von einem zum anderen wandern, bis er Anisa gewahr wurde, die neben Bienem saß. Dreist starrte er die fremdländisch aussehende Frau an.

Damirs Auftritt und Rameus' Anwesenheit ließen Lehen aufschrecken. Sie kannte ihren Schwager mittlerweile gut genug, um seine gute Stimmung deuten zu können. Damir ist zu einem Entschluss gelangt, der alles zu seinen Gunsten wenden soll, dachte sie. Was auch immer er sagen wird, es wird Folgen für uns alle haben.

In der Art, wie er sich mit einem aufgesetzten Lächeln zu Bienem setzte und ihr vertraulich den Arm um die Schultern legte, glaubte Lehen ihre Vorahnung bestätigt. Anisa fühlte scheinbar dasselbe, denn sie stand unvermittelt auf und machte sich beim Spülstein zu schaffen. Nahim, mit dem Lehen gemeinsam vor einem Brettspiel saß, bemühte sich darum, Damir nach einer knappen Begrüßung zu ignorieren.

Damir wechselte ein paar Höflichkeiten mit Bienem, die von seiner Aufmerksamkeit sichtlich geschmeichelt war. Hingebungsvoll tätschelte sie das Knie des Schmieds und plauderte, bis Rameus' volltönende Stimme auch den letzten Anschein eines gemütlichen Beisammenseins fortwischte.

»Sag, was zu sagen ist, und dann lass uns wieder gehen, Damir. Es ist nicht die Zeit für Freundlichkeiten.«

Damirs Gesicht verfinsterte sich schlagartig. Er rieb sich das Kinn, so als wolle er Zeit schinden. Dann sagte er mit heiserer Stimme, wobei er sich zu Bienem herunterbeugte: »Dieser nicht enden wollende Regen hätte sich keinen ungünstigeren Zeitpunkt aussuchen können, um uns von den Höhen abzuschneiden. Ein kleiner Trupp meiner Männer hat es gerade noch ins Westend geschafft, bevor der Fluss den Weg unter seinen Wassermassen begraben hat. Leider brachten sie keine guten Nachrichten mit.«

Bienem gab ein dumpfes Stöhnen von sich und griff nach Damirs Händen. »Was sagst du denn da? Ich dachte, es wäre den Schutzmännern aus dem Osten gelungen, diese Höllenbrut in Schach zu halten. Du musst deine restlichen Männer sofort den Steinhaag heraufjagen, damit sie nach Balam sehen!«

Ehe Bienem hysterisch werden konnte, packte Damir sie an den Schultern und schüttelte sie kurz durch. »Sei doch vernünftig! Kein Mensch kann bei diesen Regenfluten den Haag besteigen. Außerdem wissen wir doch nichts Genaues.«

Als hätte sie nur auf diesen Einsatz gewartet, fragte Lehen: »Und was wissen wir?«

»Dass sich eine Zusammenrottung von Orks an der Grenze zum Westwald abzeichnet. In den letzten Wochen hatten sie noch einmal verstärkt in der Nähe von Wordensen zugeschlagen, doch nun scheint es so, als würden sich diese Kreaturen sammeln. Bislang war einzig und allein das Westend von ihren Überfällen verschont geblieben. Auch wenn sich bis heute noch kein räuberischer Trupp hierher gewagt hat, so haben wir doch schon die Spuren ihrer Späher gefunden. Im Moment sind es nicht die Hangbauern, um deren Leben wir fürchten müssen, sondern um unser eigenes hier im Westend.«

Schweigen breitete sich aus, während der Wind ungebrochen an den Fensterläden zerrte. Langsam löste sich Maherind aus dem Schatten neben dem Ofen, wo er gedöst hatte. Er setzte sich neben Lehen und betrachtete mit großer Konzentration das Brettspiel.

»Ich denke, du wirst es nicht länger hinauszögern können, Nahim den tödlichen Stich zu verpassen, Mädchen«, sagte Maherind in einem mitfühlenden Ton, der Lehens Herz für einen Schlag anzuhalten schien. »Du beschämst ihn nur unnötig, wenn du den Vielfraß oben rechts nicht endlich einsetzt. Nahim war schon immer ein schrecklicher Bra-Spieler, er ist das Verlieren gewohnt und wird es tragen wie ein Mann.«

Nahim zog die Brauen hoch und machte ein überraschtes Gesicht. Dann beugte er sich über das Brettspiel, wobei er mit den Lippen lautlose Worte formte, als würde er sich einige Züge vorsagen. Schließlich sah er auf und verzog das Gesicht vor Entrüstung. Doch Lehen konnte in seinen Augen etwas anderes lesen.

»Maherind hat, verdammt noch mal, Recht«, sagte er und zeigte vorwurfsvoll auf das Spiel. »Du hältst mich absichtlich hin!«

Nahim hatte die letzten Worte noch nicht vollends ausgesprochen, da bekam er einen derartigen Schlag auf den Hinterkopf, dass er sich schmerzhaft auf die Zunge biss. Bienem hatte sich wutentbrannt hinter ihm aufgebaut und holte zu einem weiteren Schlag aus, den Nahim gerade noch abwehren konnte. Mit einem raschen Griff packte er die vor Zorn bebende Bienem an den Handgelenken.

Die Augen weit aufgerissen, knurrte sie ihn an: »Wie könnt ihr herzlosen Mistkerle es nur wagen, über Spielstrategien zu reden, während unser aller Leben in Gefahr ist? Was bildet ihr euch eigentlich ein, wer, zur Hölle, ihr seid? Wir bieten euch ein Dach über dem Kopf, Essen und unsere Gastfreundschaft, und ihr dankt es uns mit Kaltschnäuzigkeit?«

»Aber, meine liebe Bienem, ich muss doch sehr bitten«, ergriff Maherind das Wort, da Nahim die aufgebrachte Frau nur stumm anstarrte. »Schließlich ist es dein eigener Schwiegersohn, der uns so inständig gebeten hat, dass wir uns aus allem heraushalten sollen, was das Westend betrifft.«

»Lass diese dummen Spielchen, Maherind!«, keifte Bienem, ehe sie zu schluchzen begann. Unbeholfen tätschelte Nahim ihre Schulter und zog sich sofort zurück, als Lehen zu ihrer Mutter eilte und sie in die Arme schloss. Beschämt schaute Nahim zu seiner Schwester, doch Anisa stand wie erstarrt mit einem schmutzigen Teller in der Hand da.

»Das Westend wird seine Probleme schon selbst meistern«, entgegnete Damir, doch seine Stimme klang längst nicht mehr überzeugend. »Wir kennen den Plan der Orks und haben ausreichend Zeit, um uns auf einen Überfall vorzubereiten. Ich habe damit gerechnet, seit diese Kreaturen im Spätsommer wieder aufgetaucht sind. Das hier ist mein Dorf, und ich habe die Verantwortung für seine Verteidigung übernommen.«

»Verstehe ich das richtig, dass du abwarten willst, bis die Orks mitten in der Nacht über das Dorf herfallen?«, fragte Maherind.

»Orks sind wilde Bestien. Sie werden im Pulk und mit viel Lärm dem Tal entgegenstürmen, so dass wir sie einkesseln und einen nach dem anderen abschlachten können. Das ist mit Abstand das Klügste, was wir machen können. Wenn einer von euch zwei Aufschneidern glaubt, ich würde meine Männer nehmen und den Orks auf den Höhen entgegenziehen, dann hat er sich geirrt. Das werde ich nämlich nicht tun, um ein paar Hangbauern zu schützen.«

»Das beweist nur, dass du dich mit Orks nicht sonderlich gut auskennst«, sagte Maherind, darum bemüht, nicht allzu belehrend zu klingen. »Diese Banden würden nicht solch einen Erfolg feiern, wenn nicht jemand hinter ihnen stehen und sie führen würde. Wer auch immer klug genug war, die Höhen unter seine Kontrolle zu bringen, wird nicht wie ein ausgemachter Dummkopf ins Tal poltern. Es wäre besser, diesen jemand zu kennen, bevor er an die Tür klopft.«

Mit einem Sprung war Rameus bei ihnen. Mit beiden Fäusten stemmte er sich auf dem Tisch ab und funkelte Maherind an.

»Das klingt ja gerade so, als wärt ihr zwei wie geschaffen für diesen ausgesprochen gescheiten Plan. Wir hier im Westend haben schon davon gehört, wie ihr solche Schwierigkeiten angeht. Eurer Meinung nach braucht es wohl immer nur ein, zwei Männer, um derlei Probleme aus der Welt zu räumen?«

»Ich würde das durchaus auch Frauen zutrauen«, gab Maherind mit einem Lächeln zu bedenken.

Rameus blinzelte den alten Mann irritiert an. Er setzte noch einmal zum Sprechen an, doch sein Mund schloss sich sofort wieder, da ihm hierzu keine passende Entgegnung einfiel.

Damir verdrehte die Augen. »Lass es gut sein, Rameus. Das ist nichts weiter als das Gequatsche eines alten eitlen Kerls, der eine Niederlage nicht eingestehen kann. Diese beiden haben uns nichts zu bieten, was wir nicht selbst hätten und wüssten. Da ihr als Gäste mein Haus betreten habt, haben wir doch vereinbart, dass ihr euch dieses Mal aus allem heraushalten werdet. Wenn der Überfall stattfindet, könnt ihr zwei den Leuten aus dem Westend gern zur Seite stehen. Aber ansonsten erwarte ich, dass ihr diesen Blödsinn für euch behaltet. Es gibt keinen geheimnisvollen Fadenzieher im Hintergrund. Es gibt nur eine Schar räuberischer Orks, der wir schon bald den Garaus machen werden – und zwar ohne die Hilfe von euch Helden.«

Und zu Lehen gewandt setzte er hinzu: »Du solltest dich besser um deine Mutter kümmern, als dich hier aufwiegeln zu lassen. Sie hat in der letzten Zeit schon genug durchgemacht.« Mit diesen Worten verließen Damir und sein Kumpane den Raum.

»Wenn ich es nicht besser wüsste, würde ich tatsächlich glauben, dass Damir nichts besser passen würde, als dass wir uns zu den Südlichen Höhen aufmachten«, sagte Maherind, während er in Gedanken verloren über seinen Bart strich.

Nahim warf ihm einen fragenden Blick zu, doch anstelle einer Antwort blinzelte Maherind.

Die letzten Tage hatte es weiterhin ununterbrochen geregnet. Bienem lief angriffslustig durchs Haus und schaffte es, die ohnehin schon bedrückte Stimmung noch zu verschlechtern. Wann immer sie die Möglichkeit fand, fauchte sie Nahim an und drohte ihm mit der Faust, bis er sich schließlich wortlos in die Stallungen zurückzog. An Maherind, der in Decken gehüllt seine Erkältung auskurierte, wagte sich Bienem hingegen nicht heran. Aber sie belauerte ihn unentwegt und nuschelte bei jeder Gelegenheit Unverständliches, wenn er mit dem Alten Rog zusammensaß und über die Leute im Westend tratschte.

Lehen litt darunter, dass ihre Wiedervereinigung mit Nahim unter solch einem unglücklichen Stern stand. Innerlich fühlte sie sich zerrissen, einerseits getrieben von der Sorge um ihren Vater und der Frage, was wohl passieren würde. Andererseits verspürte sie eine enorme Erleichterung, Damirs Willkür nicht länger ausgeliefert zu sein. Das nagende Bedürfnis, die Welt auszusperren und Nahim nahe zu sein, kostete sie allerdings viel Kraft. Seit der Nacht vorm Feuer hatte sie keine Gelegenheit mehr gehabt, mit Nahim allein zu sein.

Die Zeit schien Lehen durch die Finger zu rinnen. Besonders da Bienem sich vor lauter Sorge außer Stande sah, auch nur eine Arbeit zu Ende zu führen. Die Leute im Schmiedshaus stolperten über stehen gelassene Putzeimer, nasse Wäsche moderte in einer Kellerecke, und auf dem Herd kochten regelmäßig die Töpfe über.

Schließlich riss Lehen der Geduldsfaden, als sie die beschmierte Alliv sich selbst überlassen neben einem Napf Haferschleim vorfand. Nach einer hitzigen Suche, die von lautstarken Verwünschungen begleitet wurde, stellte sie Bienem in der Waschküche. Der aufgelöste Gesichtsausdruck ihrer Mutter ließ in Lehen die alte Wut hochkochen. Bevor Bienem die Geistesgegenwart aufbringen konnte, sich in Sicherheit zu bringen, hatte Lehen den randvollen Waschbottich umgestoßen. Laugiges Wasser schwappte der verdutzten Bienem über Rock und Füße und flutete den Steinboden. Außer sich vor Rage gab Lehen dem umgestülpten Trog noch einen Tritt, so dass er kreiselnd davonschlitterte.

»Jetzt reicht es!«, schrie Lehen. »Glaubst du denn, du wärst die Einzige, die nicht weiß, wo ihr der Kopf vor lauter Sorgen steht? Statt dass wir zwei uns gegenseitig unter die Arme greifen, führst du dich auf wie ein aufgescheuchtes Huhn. Ich bin es so leid, dass meine Familie wie ein Stein um meinen Hals hängt, während ich mit dem Kopf schon unter Wasser bin. Am liebsten würde ich einfach mit Nahim fortgehen, ehe der Winter uns hier einschließt!«

»So etwas darfst du nicht sagen«, schluchzte Bienem. Als sie mit weit ausgestreckten Armen und Tränen in den Augen auf ihre Tochter zustürmte, brachte diese sie mit einem Knurren von einer Umarmung ab. Daraufhin krallte Bienem ihre Hände ineinander und drückte sie gegen den Schoß.

Dass die Unterlippe ihrer Mutter bebte und sie mit einem Mal alt und verletzlich aussah, ließ in Lehen Mitleid auflodern. Aber sie wollte sich diesem Gefühl nicht hingeben, so dass sie auf dem Absatz kehrtmachte und Bienem allein in der dampfenden Waschküche zurückließ.

Das saugende Geräusch ihrer nassen Schuhe ignorierend, lief Lehen an der verlegen dreinblickenden Anisa im Kellerflur vorbei, hinaus zur Hintertür und durch den prasselnden Regen hinüber zu den Ställen.

Der strenge Geruch von Heu und Tieren schlug ihr entgegen, während sie das Scheunentor mit einem Knall hinter sich zuzog. Ihre Augen brauchten einen Moment, um sich an das diesige Licht zu gewöhnen. Als Nahim aus einer der Pferdeboxen heraustrat, umschlang sie ihn so fest, als wäre sie vom Ertrinken bedroht. Nahim erwiderte die ungestüme Umarmung und lachte leise.

»So eine Begrüßung hätte ich mir gewünscht, als ich ins Westend zurückgekehrt bin«, sagte er, als Lehen ihm wieder Luft zum Atmen ließ. Sie setzten sich eng nebeneinander auf einen der Heuballen, und Lehen legte sogleich wieder die Arme um Nahims Nacken.

»Du bist mir zuvorgekommen, weißt du«, flüsterte er ihr ins Ohr. »Sobald ich mit den Ställen fertig gewesen wäre, wollte ich dich nämlich besuchen kommen.«

Er küsste Lehen auf Wange und Lippen, als wollte er das zu Sagende noch einen Moment lang hinausschieben. Lehen ging auf diese Verzögerung ein, obwohl sie bemerkte, dass Nahim etwas belastete. Aber sie war noch nicht bereit, sich der nächsten Widrigkeit zu stellen, wollte sich stattdessen lieber an Nahim wärmen.

Seine klammen Finger glitten in ihren Halsausschnitt und

streichelten über die warme Haut ihres Nackens. Lehen genoss die Berührung, obwohl sich augenblicklich eine Gänsehaut ausbreitete und ein leichter Schauder sie durchfuhr. Sie öffnete Nahims Mantel und schob ihn mit einer hastigen Bewegung über seine Schultern. Stürmisch drängte sie ihren Körper gegen ihn, bis Nahim seine Zurückhaltung ebenfalls überwunden hatte, und es ihr mit einem Lachen gleichtat. Sie rangen spielerisch miteinander, wobei es Lehen darauf anlegte, Nahim trotz der Kälte das Hemd abzustreifen. Als es ihr schließlich gelungen war und sie den hellen Stoff herausfordernd über den Kopf hielt, packte Nahim sie bei der Hüfte und zog sie mit sich zu Boden.

Später, während sie sich voneinander lösten, spürte Lehen deutlich, dass Nahim sich nicht nur körperlich von ihr zurückzog. Rasch suchte sie ihre Sachen in der Gewissheit zusammen, dass er ihr etwas Unangenehmes mitteilen wollte. Solange er sich verlegen den Nacken massierte und ihren Blick mied, wappnete sie sich innerlich. Der Moment der Glückseligkeit war eindeutig vorüber.

»Es wird wohl das Beste sein, wenn Maherind und ich uns auf den Höhen ein wenig umsehen, wenn der Regen aufgehört hat und die Wege wieder frei sind«, sagte Nahim, wobei seine ganze Aufmerksamkeit darauf gerichtet schien, das Hemd zu schließen.

»Du meinst, ihr wollt nach Balam sehen?«, entgegnete Lehen beunruhigt.

»Nun, das natürlich auch. Aber ich denke, wir sollten uns oben einfach einmal umhören. Maherind meint, wenn wir Antworten finden wollen, nutzt es uns wenig, im Westend zu hocken. Wir müssen zu den Südlichen Höhen, wo der Wandel letzten Sommer seinen Anfang genommen hat. Außerdem sind wir zu dem Entschluss gekommen, dass die beiden Männer, die Maherind verschleppen sollten, aus eurer Gegend stammen müssen. Es war unverkennbar der weiche Zungenschlag des Westends. Der Ursprung des Komplotts muss also irgendwo auf den Südlichen Höhen verborgen sein.«

Lehen sah ihn verwirrt an, aber er konnte auch deutlichen Unwillen darin erkennen. Er hatte damit gerechnet, dass sie seinem Plan nicht gewogen war, besonders da sich die Lage auch im Westend zu verschlimmern drohte. Doch nun, da er ihr gegenübersaß, rang er mühselig nach Worten.

»Du hast doch auch gehört, was Maherind über den Rädelsführer der Orks gesagt hat. Wenn wir ihn kennen würden, wüssten wir ihn auch einzuschätzen. Oder man könnte ihm gleich den Hals umdrehen. Damir hat zwar die Verantwortung übernommen, aber er denkt überhaupt nicht daran, den Spieß umzudrehen und selbst anzugreifen.«

»Was redest du bloß?«, entgegnete Lehen unwirsch. »Nach dem, was du mir erzählt hast, ist es nicht besonders schwierig, die Absichten eines Orks einzuschätzen. Ich glaube vielmehr, dass du Damirs Herrschaftsanspruch nicht ertragen kannst. Du musst losziehen, um zu beweisen, dass ihr Recht habt und dass nur ihr Abhilfe leisten könnt. Ich hätte nicht gedacht, dass du Damir in seiner Machtversessenheit so ähnlich bist!«

Nahim griff nach Lehens Händen, als sie von ihm fortrutschen wollte. Er konnte deutlich die Ablehnung in ihren Augen sehen. Trotz ihrer scharfen Worte erkannte er, dass Lehen auch von Furcht getrieben wurde. Furcht, ihn wieder ziehen lassen zu müssen, ihn zu verlieren. Dennoch fiel es Nahim schwer, seine verletzten Gefühle zu unterdrücken. Wie konnte er Lehen nur klarmachen, dass, wenn ihre gemeinsame Zukunft im Westend liegen sollte, er nicht gewillt war, sich Damirs Führungsanspruch zu unterwerfen? Allein der Gedanke an diesen selbstherrlichen Schmied machte Nahim rasend. Doch diese Schwäche mochte er einer aufgebrachten Lehen gegenüber nicht eingestehen.

»Die Dinge in Rokals Lande sind längst nicht mehr einfach. Vieles ist in Bewegung gekommen, und das bekommt nun auch das Tal zu spüren. Seine Abgeschiedenheit kann es nicht länger vor den Geschehnissen auf der Südlichen Achse bewahren.«

Mit einer fahrigen Bewegung wandte Lehen sich ab und begann, Streu von ihrem Rock zu zupfen. In dem behaglichen Stall schien ihr Rokals Lande unendlich weit weg. Was kümmerte sie die Unordnung in der Welt dort draußen, wenn sie sich kaum gegen die vor ihrer Tür zu helfen wusste. Nahim wollte nach ihrer Schulter greifen, doch sie schüttelte ihn ab. Ehe sie zum Scheunentor hinausging, sagte Lehen noch: »Es fällt dir niemals schwer, mich zurückzulassen. Vielleicht solltest du dich einmal fragen, ob ich wohl immer da sein werde, wenn du zurückkehrst.«

Hinter sich konnte sie Nahim scharf die Luft einziehen hören. Lehen wusste, wie ungerecht ihre Worte waren, und ihre Wangen glühten auch vor Reue, aber in diesem Moment wusste sie sich nicht anders zu helfen.

Anisa streckte sich, bis ihre Fingerspitzen einen der Steinguttöpfe zu fassen kriegten, die oben auf dem Küchenregal thronten. Kaum dass sie den Deckel abgeschraubt hatte, erfüllte ein frischer Duft den Raum: Sommerminze, gemischt mit Honigpollen. Behutsam schaufelte sie ein wenig von der grüngelben Mixtur in einen Stoffbeutel, den sie zum Rest des Proviants in eine der Satteltaschen steckte.

»Wie viel Zeugs willst du denn noch reinstopfen? Wir wollen den Hang schließlich hochreiten und nicht die Pferde wie Lasttiere hinter uns herzerren.« Nahim hatte sich zu seiner Schwester gesellt und beobachtete sie mit einem mürrischen Geschichtsausdruck.

Anisa sah die Schatten unter seinen Augen und die fahrigen

Gesten, darum erwiderte sie gleichmütig: »Maherind schnieft immer noch wie ein Walross. Du wirst froh sein, wenn er abends einen Tee anstelle dieses Holunderschnapses trinkt. Hast du dich schon von Lehen verabschiedet?«

Nahim winkte unwirsch ab. »Sie war gerade dabei, Allehe zum Essen zu bewegen, die wieder einmal ein Geschrei veranstaltet hat. Ich bin mir nicht sicher, ob Lehen wirklich mitbekommen hat, dass ich mich verabschiedet habe. Am liebsten würde ich diese Frau packen und schütteln, bis alles in ihrem Kopf wieder den richtigen Platz eingenommen hat.« Einen Augenblick lang schaute Nahim verlegen drein. »Ich meine natürlich, dass ich Allehe gern durchschütteln würde.« Da Anisa nicht sonderlich überzeugt wirkte, fügte er ein abgehacktes »nicht etwa Lehen« hinzu.

Die letzten Worte blieben im Raum hängen, bis Anisa Mitleid mit ihrem Bruder bekam. »Es ist schon erstaunlich, was deine Lehen alles leistet. Ihre Familie macht es ihr wirklich nicht leicht, und sie wird dich sicherlich sehr vermissen. Umso wichtiger ist es, dass du schnell wieder zurückkehrst … und vor allem in einem Stück. All das hätte sie dir sicherlich gern gesagt, wenn ihre Schwester gerade keinen Zornesausbruch gehabt hätte und Lehen selbst nicht so wütend auf dich wäre.«

»Das ist ja wirklich tröstlich.«

Gegen Anisas Willen begann Nahim, die prall gefüllten Taschen zu inspizieren. Neben Broten, mehreren Würsten und einem Stück Käse, das schwer in seiner Hand wog, stieß er auch noch auf Kekse und Bonbons, die in ein Leinentuch eingeschlagen waren. Er erwog kurz, seine Schwester anzufahren, dass sie keinen Ausflug planten, auf dem sie gesellige Abende am Lagerfeuer verbringen würden. Aber er war sich bewusst, dass sein Unmut einen anderen Ursprung hatte. Wie zur Bestätigung hallte Allehes kehliger Schrei durchs Haus.

Also raunte Nahim ein »Danke« und stopfte die Vorräte wieder in die Taschen zurück.

»Was hat denn der Hausherr zu euren Plänen gesagt?«, fragte Anisa, die noch ein paar Laugenstangen aus dem Brotkorb herausangelte.

Unwillkürlich biss Nahim sich auf die Unterlippe. Die Unterredung mit Damir war erstaunlich einträchtig verlaufen. Nahim hatte den Schmied in dem Stall getroffen, in dem Damir seit dem Sommer selbst ein Pferd hielt. Einen schönen dunklen Wallach, für den er auf dem Brennburger Markt sicherlich einiges an Gold hatte hergeben müssen. Entgegen Nahims Sorge konnte Damir sehr gut mit dem Tier umgehen. Maherind lachte trocken, als Nahim ihm von dieser Einsicht erzählte.

»Ich würde meinen Bart darauf verwetten, dass es dem Gaul nicht sonderlich gut ergehen würde, wenn jeder gemeine Westendler sich ebenfalls einen halten könnte. Damirs Charakter glänzt doch nur, wenn er durch etwas Herausragendes zum Glänzen gebracht wird.«

Als Damir auf dem Hof aufgekreuzt war, um bei seinem Pferd nach dem Rechten zu sehen, hatte Nahim ihm in einem Satz unterbreitet, dass er mit Maherind noch am Mittag zu den Höhen aufbrechen würde.

Damir hatte ihm daraufhin nur einen undurchdringlichen Blick zugeworfen und gesagt: »Wenn die Orks euch beiden die Hälse durchschneiden, habe ich wenigstens meine Ruhe. Sagt Balam, er soll sich zusammen mit meinen Männern auf seinem Hof verschanzen. Die Orks werden kaum über den Steinhaag ins Tal herabklettern, sondern den direkten Weg wählen, der von der Südlichen Höhe ausgeht. Trotzdem soll er nach eurer Ankunft einen Boten runterschicken, damit die Frauen wissen, dass es ihm gut geht.«

Zum Aufbruch bereit, steckte Nahim sich eine Laugenstange in den Mund und hängte sich die Taschen über die Schulter. »Es scheint dem guten Damir ganz recht zu sein, dass wir uns aufmachen, um nach dem Unbekannten Ausschau zu halten. Nach dem ganzen Theater, das er gemacht hat, war er nämlich ganz schön einsilbig. Hat mehr über Balam geredet, als über unsere ungewünschte Einmischung zu zetern.«

»Wie beurteilt Maherind denn diesen plötzlichen Sinneswandel?«, fragte Anisa.

»Da bin ich mir nicht sicher«, sagte Nahim. Tatsächlich empfand er Maherinds Verhalten verwirrend. Der alte Mann hatte nur vergnüglich vor sich hin geschmunzelt, als Nahim ihm von der Begegnung mit Damir auf dem Hof erzählt hatte.

»Ich vermute mal, dann werden wir besonders gut auf unsere Hälse aufpassen müssen«, hatte er leichthin gesagt und war dann Nahims Frage ausgewichen, ob Damir ihnen Schwierigkeiten bereiten würde. Nahim erschien die Ausgangssituation auch nicht mehr ganz so überschaubar wie noch vor ein paar Tagen: ein bevorstehender Angriff räuberischer Orks, die von einem Unbekannten angeführt wurden, und ein ehrgeiziger Schmied, der die Lage ausnutzte, um seine Vormachtstellung in einem kleinen Dorf auszubauen. Das schienen längst nicht mehr die einzigen Größen zu sein, die es zu beachten galt.

Aber Nahim fand nicht mehr die Zeit, diesem Gedanken nachzugehen. Außerdem machte ihm der Streit mit Lehen, den er nicht mehr hatte aus dem Weg räumen können, zu schaffen.

Er wollte seine Schwester zum Abschied umarmen, aber Anisa hielt ihn mit der Hand auf Abstand. »Ich weiß, ich bin erst seit einigen Tagen in diesem Haus, trotzdem möchte ich dich vor Damir warnen. Es ist doch merkwürdig, dass er nach dem Gebell nun so plötzlich einlenkt. Man sollte meinen, dass er euch im Westend behalten will, wo er doch nun jeden Tag mit einem Überfall der Orks rechnet, sobald der Regen aufgehört hat. Stattdessen scheint er froh darüber zu sein, dass er euch endlich aus dem Haus hat.«

Nahim sah seine Schwester überrascht an. Sie hatte in Worte gefasst, was ihn in Form von wirren Gedanken und Ahnungen gequält hatte. Aber auch Anisas Klarsicht konnte das verflochtene Netz nicht auflösen, das sich über das abgeschiedene Tal gelegt hatte.

»Sei so lieb und steh Lehen zur Seite«, sagte er, bevor er sich zum Gehen abwandte.

Das ist doch lächerlich, schalt Lehen sich selbst, als sie durch das Fenster auf den Platz hinausblickte, auf dem Nahim und Maherind sich gerade anschickten, auf die Pferde aufzusitzen. Sie verbarg sich halb hinter einem der Vorhänge, und ihre Finger krallten sich in der Borte fest. Doch die hilflose Wut, die sie verspürt hatte, als Nahim von seinen Plänen berichtete, ließ sich nicht erneut schüren. Darum wandte sie sich aus Furcht ab, sie könnte zu guter Letzt wie eine Verrückte das Fenster aufreißen und ihrem Liebsten schluchzend hinterherwinken.

Lehen setzte sich neben ihre Schwester auf die Bettkante. Nach einem ihrer Tobsuchtsanfälle lag Allehe nun vollkommen leblos da. Unter den halb geöffneten Augenlidern starrte sie an die Decke, während ihre Brust sich kaum sichtbar hob und senkte. Mit einigen geübten Griffen löste Lehen die Bänder, mit denen Allehes Arme am Bettgestell befestigt waren, damit diese sich in eine angenehmere Stellung betten konnte. Erschöpft ließ sie die Schultern sinken und gab sich trüben Gedanken hin. Sie streifte die Pantinen von den Füßen und wollte sich ebenfalls hinlegen, als sie Allehes zornigen Blick einfing.

»Nicht schon wieder«, seufzte Lehen, bevor sie jedoch reagieren konnte, hatte Allehe sie schon an den Schultern gepackt, so dass sie strampelnd auf dem Rücken landete. Obwohl Allehe nur noch aus Haut und Knochen bestand, entwickelte sie in ihrem Zorn eine enorme Kraft, und mit einer erstaunlichen Leichtigkeit gelang es ihr, sich auf ihre Schwester zu hocken und mit den Knien ihre Arme herunterzudrücken. Allehe griff ihr an die Kehle, und Lehen konnte gerade noch ein lautes »Nein« ausstoßen, bevor ihr die Luft wegblieb.

Eine Zeit lang verharrte Allehe in dieser Haltung, vollkommen darauf konzentriert, ihre Hände immer enger um den Hals ihrer Schwester zu schließen. Dann sagte sie mit ihrer heiseren Stimme: »Du Miststück treibst dich nachts herum und denkst, ich merke es nicht. Aber ich weiß genau, was ihr plant.«

Die Worte drangen kaum zu Lehen durch, denn ihr Kopf schien zu bersten, wenn nicht zuvor ihre Lungen verbrannten. Die Augen drohten aus den Höhlen hervorzutreten, als sich die Hände plötzlich lockerten. Sofort sog Lehen gierig Luft durch ihre pochende Kehle, und zu ihrer größten Überraschung nahm sie ein schmerzliches Aufflackern in Allehes Augen wahr. Doch schon im nächsten Moment wurde Allehe von ihr heruntergezerrt und schlug mit einem dumpfen Knall auf dem Boden auf.

Mühsam kam Lehen hoch und schnappte in einer Mischung aus Vorsicht und Gier nach Luft. Anisa hatte die wild strampelnde Allehe überwältigt und zähmte sie mit ein paar gezielten Schlägen, bis diese die Gegenwehr aufgab.

»Ich kann kaum glauben, was ich gesehen habe«, sagte Anisa, und der Schrecken stand ihr deutlich ins Gesicht geschrieben. »Diese Verrückte wollte dich tatsächlich erwürgen.«

»Stimmt doch gar nicht«, jaulte Allehe in einem Ton, der eher an ein kleines Kind als an eine junge Frau erinnerte. Sie war in sich zusammengesunken und heulte hemmungslos. »Sie treibt es mit meinem Damir! Sie hat es verdient, bestraft zu werden.«

Lehen schüttelte zaghaft den Kopf, als sie Anisas verwirrten Blick einfing. Unsicher kam sie auf die Beine und ging dann, ohne zurückzublicken, aus dem Zimmer. Auf dem Hof angekommen, begann ihr ganzer Körper zu zittern, aber die Kühle und der offene Himmel taten ihr gut. Sie zog am Brunnen einen Eimer mit Wasser hoch, tauchte ihre fahrigen Hände hinein und klatschte es sich ins Gesicht.

Kapitel 21

Maherind und Nahim blieben nicht lange auf dem Trubur-Hof, nachdem sie Balam und seinen Gehilfen Lasse wohlbehalten vorgefunden hatten. Seit dem Zusammenstoß mit einigen Orks im Herbst hatte Balam keine einzige dieser Kreaturen mehr gesehen. Trotzdem versetzte ihn die Neuigkeit von einem anstehenden Orkangriff auf das Westend in helle Aufregung. Gäbe es nicht Damirs strikte Anweisung, auf dem Hof zu bleiben, wäre er sicherlich schnurstracks den Steinhaag herabgestürzt. Aber dem Willen des Schmieds mochte Balam sich nicht widersetzen. Und so brach er über seine innere Zerrissenheit in Jammern aus.

Maherind und Nahim saßen verlegen an seiner Seite und tätschelten gelegentlich die Schulter des verzweifelten Bauern, wobei sie ungeduldige Blicke miteinander wechselten. Außerdem trugen Damirs Schutzmänner nicht zur Verbesserung der Stimmung bei: Mit finsteren Mienen und verkniffenen Lippen bildeten sie eine Mauer, die den beiden Männern ihre Ausgegrenztheit körperlich vor Augen führte. Somit war es kein Wunder, dass ihr Aufbruch überstürzt stattfand.

Borif, der sich bei Nahims Anblick vor Freude kaum hatte beruhigen können, schaute misstrauisch zu, wie sie sich von den Hofbewohnern verabschiedeten. Der Hund lag an einer langen Kette, an der er wild zu zerren begann. Balam lief auf ihn zu und versuchte, ihn mit halbherzigen Worten zu beruhigen. Doch Borif zeigte ihm kurzerhand die Zähne und stimmte ein Klagelied an.

Nahim konnte das Geheul und Gewinsel kaum ertragen. Er hockte sich noch einmal neben den Hund, um ihn kraulen, und bemerkte dabei, wie knochig Borif geworden war und dass sein Fell ein räudiges Aussehen angenommen hatte. Härter als beabsichtigt, sagte er zu Balam: »Du solltest Borif wirklich nicht an die Kette legen, dafür ist er nicht gemacht. Außerdem gehört an Lehens Seite.«

»Nun«, gab Balam gereizt zurück, »in Zeiten wie diesen können wir hier ganz gut ein wenig Schutz gebrauchen. Außerdem meinte Damir, Borif solle auf dem Hof bleiben. Er kann Hunde nicht ausstehen, musst du wissen. Vor allem nicht die anhängliche Sorte wie Borif. Er regt sich jedes Mal darüber auf, dass der Hund Lehen auf Schritt und Tritt folgt. Einen eifersüchtigen Liebhaber nennt er ihn. Gut, nicht?« Balam setzte ein schiefes Lächeln auf, das ihm jedoch sofort wieder verging, als er in Nahims finstere Miene blickte.

Ohne Balam eines weiteren Blickes zu würdigen, löste Nahim die Kette und pfiff sicherheitshalber, damit Borif ihm auch folgte. Doch diesen Pfiff hätte er sich sparen können, denn der Hund überschlug sich beinahe vor Eifer. Maherind sprach noch einige Abschiedsworte und tätschelte Balam beruhigend den Rücken. Dann verschwanden die beiden Männer zwischen den Bäumen.

Auf ihrem Weg kreuzten Maherind und Nahim einige der größeren Höfe in der Hoffnung, von den Bewohnern Hinweise auf Stützpunkte der Orks zu erhalten. Doch jedes Mal, bevor sie auch nur von ihren Pferden absitzen konnten, wurden sie stets von Damirs Männern in Empfang genommen. Als sie zum wiederholten Male von einer Gruppe Schutzmänner aus dem Süden mit Floskeln abgefertigt worden waren, riss Maherind der Geduldsfaden.

»Es kann doch einfach nicht sein, dass uns nicht ein verfluchter Ziegenhirte über den Weg läuft. Wie ist es diesem arroganten Trottel Damir gelungen, seine Meute so gründlich einzuschwören, obwohl wir sofort aufgebrochen sind, als der Fluss den Weg wieder freigegeben hat? Jedenfalls habe ich es gründlich satt, verschlossene Türen einzurennen. Bevor ich mir noch ein verkniffenes Gesicht anschauen muss, gebe ich lieber auf.«

Nahim warf ihm einen überraschten Blick zu, hielt es dann aber für besser, sich erst einmal zurückzuhalten. Maherinds Temperamentausbrüche waren ihm nicht unbekannt. Sein Herr benutzte sie, um von einem Plan zum nächsten umzuschwenken.

»Also, was können wir tun?«, fuhr Maherind auch schon an sich selbst gewandt fort. »Unsere Zeit damit verschwenden, Damirs Garden zum Trotz auf einem der Höfe um Gastfreundschaft für die Nacht zu bitten? Sinnlos. Wir fänden uns gewiss mutterseelenallein vorm Kamin wieder, während der Rest des Haushalts ungewöhnlich früh zu Bett gehen würde. Ins Westend zurückkehren und auf den Einfall der Orks warten?«

Obwohl Maherind hier eine Kunstpause einlegte, brauchte Nahim nicht aufzusehen, um zu wissen, wie es weiterging.

»Lieber verzieh ich mich für den Rest meines erbärmlichen Lebens auf die Südlichen Höhen und friste ein Eremitendasein, statt Damir diese Freude zu bereiten. Junge, weißt du, was wir nun tun werden? Wir greifen uns einen Ork und pressen eine Antwort aus ihm heraus. Wir reiten gen Westen!«

Es dauerte nicht lange und aus den Wegen wurden Pfade, bis auch diese sich zwischen den hohen Tannen und blankem Fels verloren. Im westlichen Teil des Südtals gab es keine Höfe mehr, und es verirrten sich auch keine Hirten in diese Gegend, die dicht von Baumriesen bestanden war. Obwohl sie bereits weit ins westliche Gebiet eingedrungen waren, hatten sie noch keine einzige Orkspur ausmachen können. Gewiss wäre es naiv gewesen, sich sofort eine erfolgreiche Spurensuche im unbekannten Westwald zu erhoffen. Trotzdem wurde Nahim von Stunde zu Stunde misstrauischer. Damir hatte gesagt, die Orks würden sich sammeln, und eine Meute von Orks dürfte eigentlich nicht zu übersehen sein – oder vielmehr zu überhören.

Es dämmerte bereits, als Maherind auf einer kleinen Lichtung sein Pferd anhielt und den Kopf zur Seite senkte. Nahim kam ein Stück hinter ihm zum Stehen, Borif, ausgiebig hechelnd, neben sich. Über den dichten Wald brach die Dunkelheit schneller herein als im Tal. Außerdem verfingen sich Nebelschwaden zwischen den Baumstämmen und Farnen. Der Nebel und die dicke Nadelholzschicht auf dem Boden tilgten jedes Geräusch.

Zuerst dachte Nahim, Maherind horchte einem Laut hinterher, der seine Aufmerksamkeit erregt hatte. Aber dann sah er Maherind nach seinem Pfeifenbeutel tasten und vermutete, dass die Lichtung wohl als Lager dienen würde. Gerade als er zu Maherind aufschließen wollte, explodierte ein grelles Licht vor ihm. Zu seinem Entsetzen sah Nahim nur Weiß und griff sich instinktiv an die Augen. Im selben Augenblick bäumte sein Pferd sich mit einem markerschütternden Wiehern auf, und ehe er es sich versah, stürzte er rücklings hinab. Er landete mit dem Oberkörper auf einem der weitfächrigen Farne, während der Aufprall seiner Beine vom Waldboden abgefedert wurde. Trotzdem schlug er schmerzhaft mit dem Schulterblatt gegen die Schwertschneide auf seinem Rücken, so dass er sicherlich ein weiteres Aufblitzen gesehen hätte, wenn seine Augen nicht bereits geblendet gewesen wären. Betäubt blieb er auf dem Rücken liegen, während er neben sich das Stampfen von Füßen und Hufen sowie Maherinds Rufe hörte, der den aufgebrachten Faneos zu beruhigen versuchte.

Eine kräftig zupackende Hand griff Nahim vorn am Mantel und wollte ihn auf die Beine reißen, als sie – von einem derben Grunzen begleitet – plötzlich wieder von ihm abließ. Wer immer sich auch über ihn gebeugt haben mochte, in dessen ausgestreckten Arm hatte sich nun Borif verbissen.

Nahim konnte zwei miteinander ringende Silhouetten erkennen, wobei die eine erschütternd groß zu sein schien. So schnell er konnte, rappelte er sich auf und riss sein Schwert aus der Scheide. Dabei durchfuhr ihn erneut ein scharfer Schmerz im Rücken.

»Borif, zu mir. Wird's wohl!«, schrie er.

Verschwommen konnte er erkennen, dass der Hund von seinem Gegner abließ, und er führte einen Schlag auf Bauchhöhe aus, der jedoch ins Leere ging. Trotzdem wich das schwer keuchende Gegenüber einen Schritt zurück. Undeutlich konnte Nahim einen weiteren Schatten auf sich zukommen sehen, weshalb er ebenfalls in diese Richtung hieb. Als Nahim mit dem Rücken anstieß, entfuhr ihm ein Schrei. Bevor ihm bewusst wurde, dass er gegen einen Baumstamm gestoßen war, hatte er auch schon ausgeholt und die Klinge in der Rinde versenkt.

Im nächsten Augenblick ging ein wild knurrender Borif neben ihm erneut zum Angriff über, trotzdem wurde Nahim am Nacken gepackt, bevor er sein Schwert befreien konnte. Er stieß aufs Geratewohl mit seinem Ellbogen zu und hörte, wie jemandem die Luft aus den Lungen wich. Dennoch ließ der Griff in seinem Nacken nicht nach, so dass Nahim erneut ausholte, bevor sein Gegner sich wappnen konnte.

Kaum freigegeben, brachte er sich stolpernd hinter dem Baum in Sicherheit und rieb sich verzweifelt die Augen. Rot leuchtende Punkte tanzten auf und ab. Mühsam öffnete er sie wieder und schaute direkt in ein Gesicht, dessen schwarze Augen beinahe unter der vorgewölbten Stirnplatte verschwanden. Der enorme Kiefer bot ausreichend Platz für die hervorstehenden Hauer, und an den Seiten des mächtigen Schädels zeigten sich fleischige, angenagt aussehende Ohren.

Während Nahim vor Verwunderung wie gebannt dachte, dass dies der größte Ork sein musste, den seine Gattung je hervorgebracht hatte, versetzte dieser ihm eine Ohrfeige, die seinen Kopf zur Seite kippen ließ. Mitgerissen von dem Aufprall des Schlages taumelte er einen Schritt nach hinten und sank in die Knie. Im rechten Ohr hörte er ein Klingeln, das alle anderen Geräusche überlagerte. Der Ork packte ihn an beiden Armen, riss ihn hoch und schüttelte ihn, so dass seine Füße den Kontakt zum Boden verloren. Nahim nutzte die Gelegenheit, zog beide Beine nach oben und trat den Ork mit aller Kraft in die Körpermitte. Schlagartig ließ der Ork ihn los, und es gelang Nahim, unsicher auf den Beinen zu landen.

Sofort schwenkte er zur Seite und wäre beinahe in einen anderen riesigen Ork hineingelaufen, der bereits seine kräftigen Arme nach ihm ausstreckte. Nahim schlug einen gewagten Haken und lief fast an einem Ork vorbei, der Borif am Nacken gepackt hatte und mit der Schnauze zu Boden drückte. Mit einem Satz sprang Nahim ihm auf den Rücken und trat auf den riesigen Schädel ein. Borif nutzte die Gunst des Augenblicks und schnellte mit einem Satz zur Seite, bevor der Ork benommen in seine Richtung sackte.

Das Schrillen in Nahims Kopf war mittlerweile so laut, dass sein Schädel zu platzen drohte. Trotzdem lief er zurück auf die kleine Lichtung, wo Nebel, der scharf wie Schwarzpulver roch, noch in der Luft hing. Gerade scheute Faneos vor einer Gruppe Orks mit Fackeln, die ihn und Maherind, der das Pferd am Zügel hielt, eingekreist hatten. Ein Ork griff nach Maherinds Arm, woraufhin dieser das Gleichgewicht verlor und zu Boden stürzte. Dort blieb er liegen und rührte sich nicht mehr.

Nahim verharrte im Lauf und stierte auf den leblos daliegenden Körper seines Herrn. Er wartete auf ein Aufbäumen oder zumindest ein Zucken. Doch Maherind blieb liegen, wie er gefallen war. Als der Ork sich zu ihm herabbeugte und Anstalten machte, ihn zu berühren, löste sich Nahim aus seiner Erstarrung. Doch bevor er auch nur einen Schritt tun konnte, erhielt er einen Schlag gegen den Hinterkopf. Einen Moment lang glaubte er noch, sich aufrecht halten zu können, dann versank er endgültig in dem dröhnenden Sog, der von ihm Besitz ergriffen hatte.

Wenn die Menschen im Westend sich vor Angst nicht in ihren Häusern verkrochen hätten, wären ihre Augen wohl unablässig auf den Hang gerichtet gewesen. Die Weiten der Südlichen Höhen waren verwaist, nachdem sich auf Damirs Anordnung hin alle Hirten und Bauern auf den großen Höfen versammelt hatten, zu deren Schutz einige wenige Männer aus dem Osten zurückgelassen worden waren.

Der Rest der bewaffneten Schar war ins Westend gezogen und harrte nun der Dinge. Trotzdem schwand mit jedem Tag, an dem man auf den Überfall der Orkschar wartete, zunehmend der Mut der Dörfler. Solange nur die Höhen betroffen waren, hatte man die Leiden der dort Ansässigen bedauernd wahrgenommen, aber erst jetzt, da sie selbst direkt bedroht waren, wurde den Westendlern die seit Langem lauernde Gefahr aus der Ebene bewusst.

Damir hoffte zwar, den Angriff abwehren zu können, widersprach jedoch den Hoffnungen, dass die Orkschar vernichtend geschlagen werden würde. Vielmehr wurde er nicht müde, den aufgescheuchten Westendlern zu versichern, dass sie froh sein konnten, wenn sie mit einem blauen Auge davonkommen sollten. Wenn das Westend diesen Angriff überstand, müsse man noch viel mehr Ostler anwerben, um langfristig wirklich Sicherheit garantieren zu können.

Auch Bienem hatte sich von der aufsteigenden Hysterie anstecken lassen und schätzte mit dem Alten Rog die Zahl der Ostler ab, die durch die Straßen zogen, auf die sich längst nur noch einige junge Westendler trauten. Das Schmiedshaus stand im Zentrum des Geschehens, und auf dem sonst so belebten Marktplatz tummelten sich nur noch Männer mit Waffen.

Wenn Lehen am Fenster stand, schien es ihr mehr und mehr, als wäre das Westend bereits besetzt. Die Stimmen von Damir und Rameus hallten nun Tag und Nacht durchs Haus, da die Räume der unteren Etage zur Kommandobrücke bestimmt worden waren. Obwohl Damir darauf gedrängt hatte, dass die Frauen des Schmiedshauses sich um das Wohlergehen der ein- und ausgehenden Männer kümmern sollten, hatte Lehen sich zusammen mit den Kindern in eines der oberen Zimmer zurückgezogen und Bienem und Anisa allein das Schlachtfeld überlassen.

»Wenn du willige Dienstmägde brauchst, die sich ihr Hinterteil betatschen lassen, quartier dich mit deiner Meute doch im *Roten Haus* ein«, hatte sie Damir entgegengehalten, als dieser sie mit bedrohlich ruhiger Stimme zur Rede gestellt hatte. »Schankwirt Geraldin steht sicherlich so in deiner Schuld wie jeder andere Westendler auch. Alle wissen, dass es etwas kostet, wenn man sich in seinem Keller verbarrikadiert und Schmied und Müller die Sicherheit für Haus und Hof überlässt.«

Sie hatte ihren Satz noch nicht ganz ausgesprochen, da hatte Damir ihr mit der flachen Hand ins Gesicht geschlagen. Obwohl es mehr eine demütigende Geste als ein richtiger Schlag gewesen war, waren Lehen sofort Tränen in die Augen gestiegen. Instinktiv hatte sie die Hand gehoben, um Damir ebenfalls eine Ohrfeige zu verabreichen, doch der hatte ihr Gelenk bereits umfasst. Daraufhin hatte er ihr ein Lächeln geschenkt, das sie entsetzt hatte zurückweichen lassen.

»Ich hätte nie gedacht, dass deine widerwillige Art mich so sehr ansprechen könnte, Lehen. Wenn ich nicht so verdammt beschäftigt wäre, dich und deine Sippschaft zu schützen, könnte ich das jetzt direkt genießen. Aber ich befürchte, wir müssen erst eine kleine Unterhaltung darüber führen, wo der Hurensohn dich überall angefasst hat, nachdem er sich unter meinem Dach eingenistet hatte. Dann vergessen wir die ganze Sache und machen da weiter, wo wir zuletzt im Baderaum aufgehört haben.«

Obwohl Damir ihr Handgelenk mit festem Griff gepackt hielt, hatte Lehen versucht, zur Seite auszuweichen. Aber Damir hatte sich bereits dicht an ihren Körper gepresst. Während sie seinen raschen Atem im Nacken gespürt hatte, hatte Lehen Fleurs verstörten Blick eingefangen, die sich in einer Lücke zwischen Bett und Wand versteckt hatte. Bestürzt hatte sie innegehalten und geflüstert: »Anisas Kind sieht zu«, doch Damir hatte ihre Worte nicht beachtetet. Stattdessen hatte er in einem anzüglichen Ton weitergesprochen, dass Lehen innerlich aufgeschrien hatte.

»Genau diese eigensinnige Art war es, die dich erst richtig interessant gemacht hat! Normalerweise gibst du dich immer so beherrscht, als könnte dich nichts ins Wanken bringen, aber das macht dich letztendlich berechenbar. Ich mag den Gedanken, dass die stolze Lehen sich mir selbst ausliefert, weil sie nicht anders kann. Es ist wunderbar, wie du deine Rolle spielst, während alle Brücken um dich herum zerbrechen. Wie weit kann man dich wohl noch treiben?«

Nachdem Damir endlich von ihr abgelassen hatte, hatte Lehen erst die schlafende Alliv in Allehes Zimmer gebracht, dann war sie zurückgekehrt, um Fleur nachzuholen. Doch das Mädchen war verschwunden gewesen, und Lehen hatte sie schließlich in der Küche vorgefunden. Anisa hatte ihre Tochter auf dem Arm gehalten und Lehen einen aufgebrachten Blick zugeworfen. Lehen hatte sofort kehrtgemacht und war die Stufen hinaufgeflüchtet. Seither hatte sie das Zimmer ihrer Schwester nicht mehr verlassen und kein Wort mehr mit jemandem gewechselt.

Seit Tagen kam es bei Allehe zu keinem Wutausbruch mehr. Stattdessen wirkte sie sehr ruhig, wenn nicht sogar in sich gekehrt. In manchen Momenten jedoch suchte sie die Nähe ihrer Schwester, indem sie sich bei ihr anzulehnen versuchte oder deren Hand streifte.

Noch vor Kurzem wäre Lehen über eine derartige Veränderung überglücklich gewesen, doch nun mied sie Allehes suchenden Blick und unterband jede vorsichtige Annäherung sofort.

Es war an einem frühen Nachmittag, als Allehe auf dem Bett hockte und die nackten Zehen wackeln ließ, nach denen ihre Tochter voller Begeisterung griff. Dann nahm sie das Kind auf den Arm und stellte sich neben Lehen ans Fenster, deren Blick ins Leere zielte. Zu den einzelnen Schneeflocken hatten sich mittlerweile viele andere gesellt.

Es ist Winter, dachte Allehe überrascht. Ihre Augen suchten den Marktplatz ab, auf dem sich zu ihrer maßlosen Verwirrung lauter fremde Menschen tummelten. Nach einer Weile räusperte sich Allehe verlegen, und ihre Stimme klang brüchig, als sie sagte: »Da kommt der schmierige Rabenmann.«

Die Apathie der letzten Tage wie einen Schleier abstreifend, stürzte Lehen die Treppe hinab. Am Ende des karg beleuchteten Flurs stand Damir inmitten seiner Männer. Seine Hand lag auf der Schulter eines Mannes, in dem Lehen Damirs Boten aus den Südlichen Höhen wiedererkannte. Oder vielmehr den Mann, dem zuvor kein Westendler für alles Gold der Welt über den Weg getraut hätte.

Der Rabenmann wirkte klein und mager, doch Lehen hatte stets den Verdacht gehegt, dass er seine wahre Größe hinter eingezogenen Schultern und einem krummen Rücken verbarg. Er hatte die Kapuze seines Umhangs in den Nacken geschoben, und in den Haarsträhnen, die ihm wirr ins Gesicht hingen, schimmerten Schneeflocken.

Sein Blick traf Lehens in dem Moment, als sie außer Atem direkt vor ihm zum Stehen kam, und Lehen glaubte, etwas wie Vorfreude in seinen Augen lesen zu können. Mit was für Nachrichten ist er von den Höhen zurückgekehrt?, fragte sie sich. Ihr Brustkorb zog sich schmerzhaft zusammen und ließ keinen Raum mehr zum Atmen. Zu ihrem Entsetzen hörte Lehen, wie sie einen gequälten Seufzer ausstieß.

Wie immer in diesen Tagen stand Rameus wie ein drohender Monolith an Damirs Seite. Seit es galt, einen Orkangriff auf das Westend abzuwehren, hatte Rameus sich zu einer Art General emporgeschwungen. Wenn sein jetziger Herr und engster Freund Damir nicht zugegen war, oblag es Rameus, Befehle zu bellen und die Ostler spüren zu lassen, dass sie für ihren Gehorsam schließlich bezahlt wurden. Der Müller kam dieser Aufgabe mit einer Leidenschaft nach, die Lehen zutiefst anwiderte. Es war nun auch Rameus, der Damir mit einem Knurren auf Lehens Anwesenheit aufmerksam machte.

»Geh wieder nach oben«, zischte Damir sie knapp an.

Er drängte den Rabenmann in einen Nebenraum, aber bevor er die Tür hinter sich zuziehen konnte, war Lehen auch schon durch den Spalt hindurchgeschlüpft. Rameus packte sie wie ein Kaninchen im Nacken und wollte sie wieder hinauszerren, doch Damir winkte ab.

»Lehen, du weißt, dass das ganze Westend im Augenblick einem Pulverfass gleicht. Wenn du hierbleiben willst, musst du mir versprechen – ganz gleich, wie sehr dich die Botschaft auch quälen mag –, kein Sterbenswort weiterzuerzählen.«

Als Lehen zustimmend nickte, starrten ihre Augen wie gebannt auf das Gesicht des Rabenmanns, in dem sie die Nachricht zu lesen versuchte, ehe er sie aussprach. Sie wurde kaum gewahr, wie Damir noch ein paar schnelle Worte mit Rameus wechselte und dieser daraufhin den Raum verließ.

Der Rabenmann betastete seinen hervorstehenden Adamsapfel und sagte dann zu Damir gewandt: »Das ist doch die Braut von einem der Kerle, nicht wahr? Du solltest sie besser wegschicken. Wird ihr nicht gefallen, was ich zu berichten habe.«

In diesem Moment verlor Lehen das letzte bisschen Selbstbeherrschung. Schluchzend sackte sie in sich zusammen. Damir nahm sie grob an den Armen und zerrte sie zu einem Stuhl. Mit geübtem Griff packte er ihr ins Haar und erzwang ihren Blick.

»Wenn du es nicht wissen willst, warum bist du dann heruntergekommen? Du hättest dich doch weiterhin oben verkriechen können, also jammere jetzt nicht herum. Nahim war ein Idiot. Ich habe ihm gesagt, er soll bleiben. Wir hätten hier im Westend gut noch zwei zusätzliche Krieger gebrauchen können, aber er ist ja ein Held, nicht wahr? Folgt seinem Instinkt. Also hör, verdammt noch mal, mit dem Heulen auf! Was der Rabenmann zu erzählen hat, wird unter uns bleiben. Das ganze Westend surrt schon wie ein Wespennest. Verstehst du mich?«

Aber all das herrische Geschrei zeigte keine Wirkung auf Lehen. Ihre Finger krallten sich in den Stoff ihres Kleides, während ihr Atem immer schneller und lauter ging. Tränen flossen zwischen den zusammengepressten Augenlidern hervor, und Damirs rüde Worte drangen kaum durch das dumpfe Pochen ihres Herzen hindurch. Als Damir sah, dass ihr Mund hilflos nach Luft schnappte, gab er ihr wutschnaubend eine schallende Ohrfeige.

Mit klammen Fingern betastete Lehen den rasch dunkel anlaufenden Abdruck in ihrem Gesicht. Als sie ihn aus rot unterlaufenen Augen anstarrte, wünschte Damir sich das erste Mal seit Langem, etwas rückgängig machen zu können. Mit einem Wink gab er dem Rabenmann zu verstehen, seine Geschichte zu erzählen. Doch der Anblick der plötzlich ruhig gewordenen Frau ließ den Rabenmann stocken. Erst als Damir einen Schritt auf ihn zumachte, begannen die Worte aus ihm herauszusprudeln.

»Es ist nicht viel von den beiden Fremden übrig geblieben, was unsere Späher hätten bergen können. Wie es scheint, sind sie direkt in eine Vorhut der Orks hineingelaufen, soweit sich die Zeichen überhaupt deuten lassen, nun, da der Schneefall eingesetzt hat. Wir haben einen der Gäule eingefangen und ein Schwert sowie ein paar andere Waffen und Kleidungsfetzen gefunden. Möchtet ihr sie sehen?«

Zur Verwirrung des Rabenmanns brach Lehen nicht erneut in Tränen aus, als er die Sachen vor ihr auf dem Boden ausbreitete. Mit leblosem Gesichtsausdruck betrachtete sie Nahims Schwert und Maherinds Beutel, der ihm immer über der Schulter gehangen hatte. Da beschloss der Rabenmann, sie noch ein wenig weiter in den Abgrund blicken zu lassen.

»Leider konnten wir die Leichen nicht bergen. Wenn wir Glück haben, werden wir im Frühjahr einige ihrer Knochen finden. Orks fressen ihre Opfer, weißt du? Sie versprechen sich Stärke aus dem Fleisch ihrer Gegner.«

Unendlich langsam beugte Lehen sich hinab. Bevor der Rabenmann es verhindern konnte, griff sie nach Nahims Schwert und nahm es an sich, ohne ihn dabei aus den Augen zu lassen. Als sie sich wieder aufrichtete, gefiel es dem Rabenmann nicht, wie sie ihren Rücken durchstreckte und die Waffe senkrecht vor sich hielt. Allerdings konnte sich Damir, der sich auffällig im Hintergrund gehalten hatte, ebenfalls nicht zum Eingreifen durchringen.

Gebrochene Frauen sollten sich eigentlich nicht dermaßen aufrecht halten, dachte der Rabenmann.

»Ich kann die Orks gut verstehen«, sagte Lehen, ehe sie sich zum Gehen abwandte.

Kapitel 22

Mit einem weißen Tuch wischte Kohemis die Mischung aus Blut und schwarzer Farbe von Lalevils bloßem Schulterblatt.

Tevils, der die Prozedur mit einer Mischung aus Entsetzen und Erregung verfolgte, beugte sich vor, um das verschlungene Muster auf Lalevils Rücken besser betrachten zu können. Er kannte diese Art von Tätowierung bereits von Nahim und war froh, nicht nach ihrer Bedeutung fragen zu müssen. Andernfalls hätte er gewiss mit einer von Kohemis' beißenden Antworten rechnen müssen, die ihm jedes Mal das Gefühl gaben, der dümmste Bauernjunge von Rokals Lande zu sein.

Unter großer Anstrengung widerstand Tevils dem Impuls, die Hand auszustrecken und das Geflecht aus schwarzer Farbe zu berühren, ein Wirrwarr aus verschnörkelten Linien und Symbolen. Allein der Gedanke an Lalevils nackte Haut brachte ihn schier um den Verstand. Als sie aufstand und sich wieder das Hemd über den Kopf zog, verließ Tevils fluchtartig den Raum.

Er fand Vennis und Mia in der großen Halle vor, wie sie, sich an den Händen haltend, beisammensaßen und eindringlich miteinander berieten. Vennis' angespanntes Gesicht verriet Tevils, dass ihr Gespräch um Nahim kreiste. Obwohl er für Nahim Bewunderung empfand, wünschte er sich insgeheim, dass Vennis keine Lösung für sein Problem finden möge. Nur ungern wollte er Vennis' Aufmerksamkeit teilen. Außerdem graute ihm vor einer weiteren Reise übers Meer.

Schnell schob Tevils diesen beschämenden Gedanken beiseite und stürmte auf seinen Lehrmeister zu. »Vennis, ich wünsche mir auch eine Tätowierung, und zwar auf dem Arm, so dass jeder sie sehen kann.«

Im letzten Moment stoppte Tevils vor der Sitzbank und blieb dort wie angewurzelt stehen, obwohl Mia auf den Platz neben sich deutete. Ihr feiner Geruch stieg ihm nämlich in die Nase, und das war mehr, als er ertragen konnte. Vennis, der Tevils rüdes Verhalten nicht bemerkte, schenkte ihm ein breites Lächeln. Aber bevor er etwas erwidern konnte, erschall Kohemis' stets gereizte Stimme.

»Und wovon sollten diese Zeichen wohl künden? Die Geschichte eines Bengels, der sich vor lauter Furcht vor ein paar schäbigen Orks in einer Grube verkriecht und anderen das Kämpfen überlässt, ist nicht der geeignete Gegenstand für ein erzählendes Zeichen. Es werden nur Taten auf der Haut verewigt und keine Märchen, Tevils.«

»Du solltest nicht so hart mit dem Jungen ins Gericht gehen«, mischte sich Vennis ein. » Ich glaube, kaum jemand weiß von einer heldenhaften ersten Begegnung mit einem Ork zu berichten. Es ist keine Schande für Tevils, sich erst einmal zurückgehalten zu haben.«

Tevils spürte, wie sich sein Gesicht bis zu den Ohren rot färbte. Dabei schockierte ihn nicht so sehr Kohemis' Anklage als viel mehr Vennis' Vertrauen in ihn. Mit einem Schlag wurde sich Tevils der Auswirkung bewusst, die seine Variante des Orküberfalls in Montera mit sich brachte. Vennis hielt ihn für einen wagemutigen Kerl, der sich beim Kampf lediglich vornehm zurückgehalten hatte, um Nahim nicht im Weg zu stehen. Ehrlich gesagt, hatte Tevils diese Geschichte mittlerweile selbst zu glauben begonnen. Nun, da Kohemis ihm die Flunkerei unter die Nase hielt, wurde ihm zum ersten Mal auch die damit verbundene Demütigung klar: Er war ein Feigling, und nicht mehr lange, dann würde auch Vennis das herausfinden.

»Die Furcht vor einem Ork verliert man am besten, in dem man ein Schwert in seinen Bauch rammt«, ertönte eine samtige Stimme.

Lalevil hatte Tevils eine Hand auf die Schulter gelegt und blickte ihn lächelnd mit ihren mandelförmigen Augen an. Ohne das Lächeln zu erwidern, wich Tevils einen Schritt zur Seite und ließ den Kopf hängen. Noch jemand, der auf seine Täuschung hereingefallen war.

»Nun, da wir geklärt haben, dass Tevils nicht der Schwachkopf ist, für den ich ihn halte, können wir uns den wichtigen Fragen widmen: Hast du dich zu einer Entscheidung durchgerungen, Vennis?«, fragte Kohemis.

Vennis nickte langsam.

»Ich werde nach Montera zurückkehren und noch ein Mal mit Nahim sprechen. Ich kann nur hoffen, dass ihm die letzten Wochen unter Faliminirs Dach vor Augen geführt haben, dass seine Rechnung nicht aufgehen kann. Falls er nicht einwilligen sollte, mit mir zu gehen, werde ich mir etwas einfallen lassen. Auf jeden Fall werde ich nicht ohne Nahim hierher zurückkehren.«

»Das habe ich mir gedacht«, sagte Kohemis und legte etwas vor Vennis auf den Tisch, das in ein gelbes Seidentuch eingeschlagen war.

»Das kann ich unmöglich annehmen.« Doch das plötzliche Aufglimmen von Hoffnung in Vennis' Augen erzählte etwas anderes.

»Was ist das?«, fragte Tevils.

Statt einer Antwort gab Kohemis ihm einen Klaps auf die ausgestreckte Hand. Tevils quiekte vor Überraschung kurz auf, was ihn noch zusätzlich beschämte. Ein hastiger Blick auf Vennis' Gesicht verriet ihm allerdings, dass dieser die Demütigung nicht mitbekommen hatte. Denn mit den Gedanken – das sah Tevils ihm an – war Vennis bereits in Montera.

Tevils schauderte. Eine schreckliche Schifffahrt würde ihnen beiden bevorstehen. Aber dann dachte er: Vielleicht geht Vennis allein, weil ich ihm so nützlich wie ein Klotz am Bein bin. Er wird mich hier in der Obhut dieses alten Mistbocks zurücklassen, und der wird mir dann voller Genuss von morgens bis abends vor Augen führen, was für ein Feigling ich bin.

»Da du offensichtlich tun musst, was dir dein Herz gebietet, halte ich es für das Klügste, wenn du dich damit wenigstens nicht allzu lange aufhältst«, sprach Kohemis unterdessen weiter. »Nach dem, was Lalevil uns berichtet hat, werden schon sehr bald Schwierigkeiten an unsere Tür klopfen, und da möchte ich auf deinen Rat nicht verzichten müssen. Besonders da es Maherind nicht besonders eilig zu haben scheint, in diese Hallen zurückzukehren. Also, geh und hol deinen Jungen, wir können sowieso mehr mit ihm anfangen als Faliminir, dieser Despot. Insofern handelt es sich bei dieser Gabe auch um kein sentimentales Geschenk. Ich hasse verschwendetes Talent, und dass Nahim über ein besonderes verfügt, das wissen wir alle. Du kannst es also ohne Skrupel annehmen.«

Vennis starrte auf das gelbe Tuch, ohne jedoch Anstalten zu machen, es zu lüften. Stattdessen schob er die verdeckte Gabe zur Seite und sah Kohemis verunsichert an. »Du weißt, dass ich nicht Nahims Talent besitze, weite Strecken zu wandeln oder gar jemanden mitzunehmen. Wenn ich damit reise, dann kann Tevils mich nicht begleiten.«

Kohemis winkte entrüstet ab. »Dann bleibt er eben hier, was macht das schon?«

Mehr brauchte Tevils nicht zu hören. Seine schlimmsten Befürchtungen bewahrheiteten sich also. Er folgte der Unterhaltung nicht weiter, sondern stierte auf das gelbe Tuch auf dem Tisch. Da keiner der Erwachsenen ihm Beachtung schenkte, streckte er erneut seine Hand aus und ließ sie unter den glatten Stoff gleiten. Er bekam ein Behältnis zu fassen, und bevor er sich versah, hatte er auch schon die Halle verlassen und bahnte sich seinen Weg nach draußen. Mit beiden Händen umschloss er den Gegenstand, ohne auch nur einen Blick darauf zu werfen.

Als er die Eingangstür erreichte, zögerte Tevils. Wohin sollte er gehen? Wenn Kohemis herausfand, dass er das geheimnisvolle Gebilde an sich genommen hatte, würde er ihm sofort wutentbrannt folgen. Soll er doch, dachte sich Tevils grimmig. Aber so einfach würde er es Kohemis nicht machen. Sein Blick glitt zur Küste. Dort unten bei der Brandung würde ihn so schnell niemand vermuten.

Der Sand war noch feucht vom Regen, der ein gesprenkeltes Muster auf der Oberfläche hinterlassen hatte. Trotzdem setzte Tevils sich hin und starrte eine Zeit lang auf das ihm verhasste Meer. Sein Blick wanderte nach Osten in Richtung der Steinhäfen, von denen aus ein Pfad in das Gebirge führte, hinter dessen Steinwänden sich sein Tal verbarg.

Der Gegenstand in seinen Händen war kühl und glatt. Bevor Tevils sich dazu durchringen konnte, ihn zu betrachten, spürte er das Aufkommen eines Luftzugs, der entgegen der Windrichtung verlief. Er sah auf und erblickte Präae, die dicht über dem Meeresspiegel dahinglitt. Obwohl der Drache neben ihm zur Landung ansetzte, machte Tevils keine Anstalten zu fliehen. Er war viel zu verzweifelt, um dem imposanten Geschöpf die nötige Ehrerbietung zukommen zu lassen.

Präae schien von seinem Gleichmut angetan. Sie zog mit einer fließenden Bewegung die Flügel ein, hockte sich auf die Hinterläufe und griff mit ihrer Vorderpfote in den Sand. Tevils sah dabei zu, wie der Sand zwischen den Krallen hervorrieselte. Dann öffnete sie die emporgehobene Klaue und drehte sie um. Gebannt beobachtete der Drache, wie der herabrieselnde Sand auf dem vom Regen verkrusteten Boden aufschlug.

Überrascht stellte Tevils fest, dass der Drache ihm verschwörerisch zublinzelte. Allein ihr Schädel ist mindestens so groß wie Vaters alter Ochse, schoss es Tevils durch den Kopf, als Präae ihr Haupt senkte und an seinem Schoß schnüffelte. Von dem Sog ihrer Nüstern wurden seine Finger zum Flattern gebracht und gaben einen Glasflakon frei, in dem eine goldfarbene Flüssigkeit schimmerte. Präae gab ein tiefes, zufriedenes Grummeln von sich und blinzelte Tevils erneut mit ihren brunnentiefen Augen zu.

Die Luft in dem Verschlag war heiß und stickig. Der Qualm vom offenen Feuer zog nur unvollständig durch die Öffnung im Dach ab. Nahims Kehle brannte, und seine geschwollene Zunge klebte am Gaumen fest. Er brauchte dringend einen Becher Wasser. Oder besser noch eine Schale voll Wasser, in die er sein ganzes Gesicht eintauchen konnte.

Er wollte sich aufsetzen, doch sein Körper verweigerte ihm den Dienst. Es war, als würde er unter seiner vor Durst schreienden Kehle enden, zumindest spürte er keine seiner Gliedmaße. Mühsam versuchte Nahim, seine Augen zu öffnen, aber nur das linke Lid ließ sich ein Stück weit hochziehen.

Auf der Seite liegend, starrte er eine Wand aus rohen Holzplanken an, die im Feuerschein rötlich schimmerten. Fremdartige Stimmen drangen gedämpft zu ihm durch. Mit einer Bewegung, die ihm unendlich viel Kraft und Konzentration abnötigte, gelang es Nahim, sich auf den Rücken zu drehen und sich ein Stück weit hochzustemmen.

Ein rasender Schmerz durchfuhr seinen Kopf, und schwarze Flecken raubten ihm die Sicht. Mit einem lauten Stöhnen sank er zurück auf sein Lager. Während er eine aufsteigende Übelkeit unterdrückte, hörte er Borifs Winseln. Im nächsten

Moment schon fuhr ihm der Hund mit der feuchten Zunge über Wangen und Mund. Aber Nahim war zu schwach, um das Gesicht abzuwenden. Außerdem hatte sich noch jemand neben ihm niedergelassen.

»Bleibst besser liegen. Grefil sollte nicht den Kopf hauen, aber der Köter hat gebissen, und du hast getreten. Kann man Grefil nicht verübeln.«

Nahim schielte den Ork aus seinem unverletzten Auge an. Er versuchte zu sprechen, doch die Stimme verweigerte sich. Der riesige Ork stierte ihn eine Zeit lang fragend an, dann griff er nach einem Becher hinter sich und flößte Nahim Bier ein, bis dieser fast daran erstickte.

Nach viel Räuspern und Husten gelang es Nahim endlich zu sprechen: »Wo ist Maherind? Wo ist der andere Mensch?«

»Vom Pferd gefallen. Liegt da und rührt sich nicht.«

Erneut wollte Nahim sich aufrichten, doch der Ork drückte ihn ohne viel Mühe nieder. Er wartete, bis Nahim seinen Widerstand aufgegeben hatte. Dann erst sprach er weiter. Dabei bemühte der Ork sich darum, die einzelnen Worte klar und deutlich auszusprechen. Immer wieder versicherte er sich mit kurzen Pausen, ob Nahim ihn auch wirklich verstanden hatte.

Nahim konnte sich nicht erinnern, jemals mehr als zwei zusammenhängende Worte von einem Ork gehört zu haben, die nicht nach »Gedärm raushacken« klangen. Außerdem wirkte dieser Ork unnatürlich beherrscht, wenn nicht sogar besonnen. Zusammen mit seinen ungewöhnlichen Körperausmaßen irritierte Nahim das so sehr, dass er dem Ork, trotz aufsteigender Panik, zuzuhören gewillt war.

»Tumpe hat ihn angeguckt und sagt: Entweder er macht die Augen wieder auf oder nicht«, erklärte der Ork lakonisch. »Du bleibst heute liegen, sonst quillt das Hirn durch die Ohren raus. Das hat Tumpe gesagt. Der kennt sich aus mit kaputten Köpfen. Aber benutzen kannst du dein Hirn, nicht wahr?«

Nahim riskierte ein vorsichtiges Nicken. Dann drehte er seinen Kopf leicht in die Richtung, in die der Ork gezeigt hatte, als er von Maherind sprach. Der Ork lehnte sich zur Seite, so dass er freie Sicht auf Maherinds maskenartiges Gesicht hatte. Obwohl es in dem Verschlag dunkel war, glaubte Nahim, ein leichtes Beben von Maherinds Nasenflügeln erkennen zu können. Der alte Mann lag nahe beim Feuer und war, wie er selbst, bis zum Kinn in eine grobe Decke gewickelt.

Mit einem Mal setzte das Schrillen in Nahims rechtem Ohr wieder ein, so dass es ihm, trotz der dröhnenden Stimme des Orks, schwerfiel, alles zu verstehen.

»Ist nur noch wenig Zeit, also schließen wir Pakt. Und zwar jetzt.«

Sprachlos stellt Nahim fest, dass der Ork seine Mimik beobachtete und Schlüsse aus dem Gesehenen zog. Das kann doch nicht wahr sein, dachte Nahim. Orks denken nicht, und sie schmieden schon gar keine Pakte.

»Er will euch zwei Menschen. Unbedingt. Er wartet. Vorher dürfen die Truppen nicht ausrücken. Ins Tal hinab. Wir Orks kauern unter Bäumen und warten auf seinen Befehl. Es schneit.«

Aus all dem konnte sich Nahim keinen Reim machen. Seine Gedanken rasten hin und her, und er musste seine Wut in Zaum halten. Maherind war bewusstlos und er selbst an Händen und Beinen gefesselt, wie er frustriert bemerkte. Ihm blieb nichts anderes übrig, als sich mit dem schlammhäutigen Koloss auseinanderzusetzen, der ihn offensichtlich auf eine bestimmte Spur locken wollte. Doch bevor Nahim eine angemessene Entgegnung auf das eben Gehörte gefunden hatte, sprudelte es aus ihm hervor: »Es ist Winter, was soll's?«

Der Ork winkte mit der Pranke ab. »Orks mögen keinen

Schnee. Keine Kälte. Aber die Kammern und Schuppen sollten voll sein. Vorher lohnt sich der Beutezug nicht, sagt er. Korn und Gold, unnützes Zeug für einen Ork.«

Erneut blickte der Ork Nahim erwartungsvoll an. Diesem dämmerte allmählich, worauf das Gespräch abzielte. Mit einer unvermittelten Bewegung, die der Ork nicht verhindern konnte, richtete Nahim sich auf. Obwohl der dumpfe Schmerz sofort wieder aufflackerte, blieb er aufrecht sitzen. Erschöpft lehnte er sich gegen die Bretterwand.

»Von wessen Beutezug sprichst du?«

Das Gesicht des Orks verzog sich zu einem breiten Grinsen. Er füllte den Becher mit Bier auf und drückte ihn Nahim in die zusammengebundenen Hände.

»Du weißt es also nicht. Das ist gut.«

Nahim beschloss, dem Ork das Reden zu überlassen. Während er zuhörte, nippte er zaghaft an dem Bier. Der Ork rutschte in einen Schneidersitz und ließ die überlangen Arme seitlich schlaff auf den Boden hängen. Zuvor schob er noch Borif zur Seite, was der Hund mit einem Knurren quittierte und seine Position dicht neben Nahim sofort wieder einnahm. Der Ork scherte sich nicht weiter darum.

»Gibt nicht viele Orte wie's Westgebirge. Orte, wo ein Ork bleiben kann. Dunkel und warm soll's sein. Siskenland ist gut: Lehmboden. Kann man großartig Stollen bauen. Warm und dunkel ist es im Siskenland. Aber wir waren spät dran. Er war schon da. Hatte schon seinen Weg gefunden zu den Sisken-Orks. Ganz einfache Regel: Ein Ork unterwirft sich, weil ein Ork nicht führen kann. Ein Ork ist stark und will kämpfen. Aber ohne Anführer hockt er nur im Erdloch rum. Wo es Führung gibt, muss der Ork sich unterwerfen. Oder er muss gehen. Wir Olomin-Orks wollen aber nicht weg von Siskenland. Also unterwerfen wir uns. Flüsse und Bäume und Kälte für Korn und Gold. Ein Ork kämpft, aber für Korn und Gold?«

Der Ork machte eine Pause, und sofern Nahim in einem solchen Gesicht lesen konnte, glaubte er, einen Anflug von Scham zu erkennen. Plötzlich musste Nahim auflachen.

»Ihr Kerle plant eine Meuterei! Was, verdammt noch mal, hat der Verbund mit euch Orks im Westen angestellt? Den Stein im Schädel gegen ein arbeitendes Hirn ausgetauscht? Du riesiger Fleischklumpen willst doch tatsächlich die Führung über die Meute aus der Ebene übernehmen. Wie könnte wohl der Führungsstil eines Orks aussehen: Wenn du nicht willst, dann Kopf ab!«

»Was ist daran dumm?« Sofern man aus der steinernen Mimik eines Orks lesen konnte, zweifelte dieser offensichtlich an Nahims Verstand. »Wir sind Orks, wir hausen zusammen, und wenn's drauf ankommt, kämpfen wir. Aber Schnee und Bäume sind nichts für Orks. Vor allem nicht, wenn der Lohn in noch mehr Schnee und Bäumen besteht. Wie groß ist das Tal? Wie groß ist das Land hinter dem Tal?«

Nahim blieb das Lachen im Hals stecken. Verwundert starrte er den Ork an. Maherind und Vennis hätten gewusst, welche Fragen es nun zu stellen galt. Wieder einmal zeigte sich seine Unzulänglichkeit. Er war ein wenig wie ein Ork: besser im Ausführen von Befehlen als im Erteilen.

»Du willst mir also nicht verraten, wer euch führt?«, fragte er unsicher.

Nun war es an dem Ork, ein glucksendes Lachen von sich zu geben.

»Wir machen Pakt! Er will euch. Hat Regne geschickt, aber Regne hat versagt. Er will euch. Unbedingt. Wenn's sein muss, tot, hat er gesagt. Wir sagen: Ihr seid tot. Er wird die Leichen sehen wollen. Wir sagen: Wir haben euch aufgefressen. Kriegerblut ist gut!«

Der Ork lachte über seinen Witz so laut, dass Nahim zusammenzuckte.

»Wenn ihr nicht mehr unter seiner Führung dienen wollt, zieht euch doch einfach nach Siskenland zurück«, schlug Nahim vor, nachdem der Ork sich wieder beruhigt hatte. »Was kümmert euch dieser Mensch und sein Wille, wenn ihr in euren Höhlen hockt und euch euren Angelegenheiten widmet?«

»Er wird uns kaum lassen«, entgegnete der Ork. »Sind mehr Sisken-Orks als Olomin-Orks. Die Sisken-Orks ordnen sich seiner Führung unter. Sind halt gewöhnliche Orks. Glauben an Stärke. Ihr Menschen kennt seine Schwäche. Deshalb will er euch.«

»Wie sieht der Pakt denn aus, den du mir vorschlagen möchtest?«

Anstelle einer Antwort griff der Ork nach einer kurzen Klinge, um die als Griff ein Lederband gewickelt war. Damit durchtrennte er Nahims Fesseln. Unter Schmerzen bewegte Nahim die Gelenke. Dann langte der Ork nach Nahims linker Hand, und ehe dieser sie zurückziehen konnte, schnitt er in den Handballen wie auch in den eignen. Anschließend presste er die beiden Wunden aufeinander.

»Bin Blax von Olomin«, sagte der riesige Ork.

Nahim dachte nach, während er glaubte, fühlen zu können, wie das dickflüssige Orkblut in seine Wunde eindrang und sie zum Brennen brachte. Am liebsten hätte er seinem Instinkt gehorcht und seine Hand mit einem Ruck der Pranke entzogen, die sie nun locker umschlossen hielt. Aber er besann sich eines Besseren.

»Nahim von Montera«, sagte er mit ruhiger Stimme.

TEIL V

Kapitel 23

Die Dämmerung brach an diesem Tag früh herein und tauchte das Westend in eine sternenlose Dunkelheit. Am Nachmittag hatte es angefangen zu schneien, wobei sich der Schnee zunächst mit dem aufgeweichten Erdreich zu einem zähen Brei vermischt hatte, der durch die einbrechende Eiseskälte zu einer unebenen Oberfläche gefror. Rasch breitete sich eine feine weiße Schicht über dem Boden aus, die beständig in die Höhe wuchs.

Anisa stand am Fenster, den wärmenden Ofen im Rücken, und beobachtete das faszinierende Schauspiel, das die vom Wind getriebenen Schneeflocken boten. Obwohl ihr die Kälte im Tal zu schaffen machte, dachte sie trotzdem, wie schön es wäre, würde Montera während des Winters ebenfalls mit diesem weißen Zauber überzogen sein. In ihrer Heimat regnete es während der Wintermonate ununterbrochen, und der sonst so warm schimmernde Boden sog sich mit Feuchtigkeit voll, bis er dunkel und unansehnlich war. Der Gedanke an Montera ließ Anisa zusammenzucken. Unwillkürlich sah sie sich nach Fleur um, wohl wissend, dass die Kleine zusammen mit Allehes Tochter im Obergeschoss unter Bienems Aufsicht schlief.

In den letzten Tagen hatte Anisa sich immer wieder gefragt, ob die überstürzte Flucht wirklich die beste Lösung für sie und das Kind gewesen war. Seit sie den Fuß in dieses Tal gesetzt hatte, schien sie von einem Unglück ins nächste zu stolpern. Trotzdem versuchte sie, die bohrende Sorge beiseitezuschieben. Nahim war ein guter Bruder und lieber

Freund, tröstete sie sich. Außerdem hatte ihr das Leben noch nie etwas geschenkt, alles hatte sie sich erkämpfen müssen. Nun musste sie darauf vertrauen, dass sich alles zum Besten wenden würde.

Vielleicht, sagte sich Anisa, wäre es einfacher, wenn ich in Lehen eine Vertraute und Freundin finden könnte.

Als sie in das Schmiedshaus eingekehrt waren, hatte sich die junge Frau mit dem ernsten Gesichtsausdruck unerwartet zurückhaltend, wenn nicht sogar abweisend, verhalten. Wie ein Eindringling hatte sich Anisa am ersten Abend im Schmiedshaus gefühlt, ein Eindringling in abgerissenen Kleidern, der dem Wohlwollen Fremder ausgeliefert war. Außerdem hatte sie der verwirrte Gesichtsausdrucks ihres Bruders geschmerzt. Seither hatte Anisa Lehen oftmals beobachtet, aber sie war noch immer unschlüssig, ob die junge Frau nun eine Getriebene oder vielleicht doch nur eine eigensüchtige Person war. Obwohl sie gewillt war, Lehen Vertrauen entgegenzubringen, hielten sie die Vorwürfe der verrückten Allehe und Damirs offensichtlich eifersüchtiges Benehmen zurück.

Auch Fleurs Erlebnis fügte sich nur allzu gut ins Bild einer fremdgehenden Lehen, wobei nicht klar geworden war, ob das Kind nun Zeuge eines Handgemenges oder einer stürmischen Umarmung geworden war. Letzten Endes jedoch überzeugte Anisa das verzweifelte Aufflackern in Lehens Augen, als sie dabei gewesen war, ihre verstörte Tochter zu trösten.

Vielleicht, dachte Anisa, während sie mit der Fingerspitze die ersten Eisblumen auf der Fensterscheibe zum Schmelzen brachte, sollte ich ihr einfach vertrauen. Wir sollten zusammenhalten, anstatt …

Ehe sie den Gedanken zu Ende bringen konnte, wurde Anisa von lautem Stimmengewirr in die Gegenwart zurückgerissen. Die Männer, die sich eben noch um den Esstisch geschart hatten, strömten auf den Flur zu ihren anderen Kameraden hinaus. Sie wollte ihnen hinterhereilen, jedoch wurde ihr der Weg von Rameus abgeschnitten. Ohne ein Wort zu sagen, versetzte der grobschlächtige Müller ihr einen Stoß gegen die Schulter, der sie einige Schritte zurückstolpern ließ.

Rameus kreiste sie mit dem Blick eines Raubtiers ein.

Intuitiv wich Anisa weiter zurück, ohne zu wagen, das Wort an ihn zu richten. Erst als er die Tür schloss, wurde Anisa schlagartig gewahr, dass sich außer ihnen beiden niemand mehr in der Küche befand. Panisch sah sie sich um – ob nach einer Waffe oder einer Fluchtmöglichkeit wusste sie in diesem Moment selbst nicht.

Rameus ließ ihr die Zeit, die sie brauchte, um sich in ihre Furcht hineinzusteigern. Ihm hatte diese Frau mit dem dunklen Lockenhaar und den ungewöhnlich schwarzen Augen vom ersten Moment an gefallen. Aber ihm war auch sofort klar gewesen, dass sie das Interesse nicht erwiderte. Deshalb verspürte er jetzt auch kein schlechtes Gewissen, sie mehr als nötig zu quälen. Schließlich packte er Anisa und drückte sie auf eine der Bänke herunter. Zu seiner großen Befriedigung gab sie lediglich ein ängstliches Stöhnen von sich. Er baute sich direkt vor ihr auf, so dass sein massiger Körper ihr gesamtes Gesichtsfeld ausfüllte. Dann umfasste er ihr Kinn, wobei die unteren Finger mit einer Mischung aus Drohung und Zärtlichkeit ihre Kehle streiften, und zwang sie, das Gesicht anzuheben, damit sie ihm in die Augen sehen musste.

»Damir will, dass du hier unten bleibst«, erklärte er ihr. Dabei betonte er jedes Wort einzeln, gerade so, als würde er mit einem kleinen Kind sprechen. »Die Orks sind im Anmarsch, und er will kein Durcheinander im Haus.«

Es dauerte tatsächlich einen Augenblick, bis Anisa den Sinn der Worte begriff. Rameus' unerwarteter Übergriff hatte sie um ihre Gefasstheit gebracht: Wie eine Maus fühlte sie sich, die von einem Kater in die Ecke gedrängt wird. Dieser Mistkerl war also von Damir geschickt worden und nutzte die Gelegenheit, ein wenig mit ihr zu spielen.

Wut trat in Anisas Augen, als sie ihn mit gepresster Stimme anfuhr: »Ich will nicht hier unten bleiben. Ich will in die Kammer zu meinem Kind.«

Rameus verpasste ihr einen erneuten Stoß gegen die Schulter, der sie vor Überraschung und Schmerz aufschreien ließ. Aber Anisas Schrei ging folgenlos im vielstimmigen Durcheinander unter, das immer noch den Flur hinter der geschlossenen Küchentür beherrschte.

Rameus war deutlich anzusehen, dass er sich nur leidlich zurückhalten konnte, Anisa für den unverhohlenen Widerwillen büßen zu lassen. Auch ihre Weigerung, ihm den verdienten Respekt entgegenzubringen, forderte ihn heraus. Doch die Zeit drängte, so dass er es sich einfach nicht leisten konnte, die dunkelhaarige Frau zu bezwingen, so verführerisch der Gedanke daran war. Während Anisa trotzig seinem Blick standhielt, gab er sich jedoch selbst das Versprechen, das so bald wie möglich nachzuholen. Dann zwang Rameus sich, seine zu Fäusten geballten Hände hinterm Rücken zu verschränken, damit er sie nicht doch versehentlich einsetzte.

»Wenn Damir sagt, du bleibst hier in der Küche, dann bleibst du auch in der Küche. Hat dir noch niemand beigebracht zu gehorchen?«, zischte er zwischen den Zähnen hindurch. Mit diesen Worten drehte sich Rameus um und verließ den Raum.

Anisa starrte ihm feindselig hinterher und massierte ihre schmerzende Schulter. Spätestens morgen würde dort ein dunkelblauer Fleck zu sehen sein, der sie an das Spiel des Müllers erinnerte. Dabei hätte allein das gierige Funkeln in seinen Augen gereicht, um Anisa klarzumachen, dass ihr Leben im Tal noch unsicherer geworden war.

Gerade als sie glaubte, Rameus sei weit genug entfernt, so

dass sie die Treppe hinauflaufen könnte, trat einer der Ostler ein und setzte sich schweigend auf einen Stuhl nahe der Tür. Sein Kopf war geschoren, und er trug eine Augenklappe, wie Anisa verblüfft feststellte.

Anisa traute ihren Augen nicht: Welchen Grund konnte Damir haben, eine unwichtige Figur wie sie gefangen zu halten, während sich ein Überfall auf das Westend anbahnte? Notgedrungen verbrachte sie den ganzen Nachmittag, wie geheißen, in der Küche.

Recht bald stattete ihr eine am ganzen Körper schlotternde Bienem einen Besuch ab, um etwas Essbares für sich und die Kinder zu holen. Aufgeregt plapperte sie über die Ostler, die die breite Allee bei der Mühle und Deens Steinhaag besetzt hielten, weil die Orkscharen wahrscheinlich in dieser Nacht ins Westend eindringen würden. Dort sollten sie entsprechend in Empfang genommen werden, so dass sie es möglichst nicht bis in den Ort schaffen würden.

»Und die jungen Kerle aus dem Westend«, keuchte Bienem atemlos in Anisas Ohr, »die, die Damir in seine Truppe aufgenommen hat, diese Kerle sollen durch die Straßen patrouillieren und Orks stellen, die die Absperrung durchdringen. Glaubst du, dass es einem Ork gelingen wird, da durchzukommen?«

Bevor Anisa eine Antwort geben konnte, redete Bienem bereits in hohem Tempo weiter, als gelänge es ihr auf diese Weise, die Anspannung der letzten Stunden abzuschütteln.

»Diese jungen Kerle sind doch alles nur Bauernlümmel. Wen können die schon groß verteidigen? Aber im Schmiedshaus sind wir doch in Sicherheit, nicht wahr? Überall brennt Licht, und die Ostler gehen aus und ein. Kein Ork wird so dumm sein und sich gerade bei uns nach Beute und Kehlen zum Durchschneiden umsehen wollen. Aber bei einer Bestie kann man das nie wissen, oder? Außerdem hat Damir verordnet, dass heute Nacht in allen Häusern Licht brennen soll, weil draußen auf der Straße nicht die Hand vor den Augen zu sehen ist. Außerdem heißt es, Orks lieben die Dunkelheit. Und wenn das nun nicht stimmt?«

Es kostete Anisa einiges an Geduld, die aufgebrachte Frau zu beruhigen. Mühselig brachte sie aus Bienem heraus, dass mit der Kunde vom bevorstehenden Angriff keine Neuigkeiten von Nahim und Maherind ins Tal durchgedrungen waren. Seit die beiden Männer den Hof der Truburs in Richtung Südliche Höhen verlassen hatten, herrschte Schweigen. Anisa wusste nicht, ob sie darüber glücklich oder beunruhigt sein sollte.

Bienem winkte ungeduldig ab, als sie Anisas besorgtes Gesicht sah. »Wegen dieser beiden Drückeberger musst du dir nun wirklich keine Sorgen machen. Auf den Südlichen Höhen treibt sich im Moment doch kein einziger verfluchter Ork herum. Wenn ich von Herrn Maherind nicht so eine hohe Meinung haben würde, weil er ein feiner Herr ist, könnte ich tatsächlich glauben, dass die beiden sich mit voller Absicht aus der Kampflinie gebracht haben.«

Anisa lag eine passende Entgegnung auf der Zunge, die sie gerade noch zurückhalten konnte. Stattdessen fragte sie Bienem, wo denn Lehen sei. Diese Frage war der sonst so redseligen Frau sichtlich unangenehm. Sie wand sich regelrecht unter Anisas aufmerksamen Blick.

»Du wirst selbst schon bemerkt haben, dass das Mädchen augenblicklich nicht ganz bei sich ist. All der Kummer der letzten Wochen war zu viel für sie. Wen wundert es auch, da sich Nahim schon wieder aus dem Staub gemacht hat, anstatt hier zu bleiben und uns zu verteidigen.«

»Er hat sich in der Hoffnung aufgemacht, dass dieser Kampf überhaupt nicht stattfinden muss!«, entgegnete Anisa scharf.

Bienem bedachte sie mit einem Blick, der zu sagen schien: Das glaubst du doch wohl selbst nicht.

Anisa ging jedoch nicht darauf ein, sondern fragte erneut nach Lehen.

Da war er wieder, der verschämte Ausdruck in Bienems Gesicht, den Anisa nur allzu gern zu deuten gewusst hätte.

Schließlich gestand Bienem: »Ich weiß nicht genau, wo sie im Moment steckt. Damir hat mir gesagt, Lehen ginge es nicht gut, und es wäre deshalb besser, wenn sie woanders sei. Die Kinder sind schon genug durcheinander, und Allehe scheint es gerade etwas besser zu gehen. Lehen hätte sich wirklich keinen schlechteren Zeitpunkt aussuchen können, um die Nerven zu verlieren. Nun hängt mal wieder alles an mir, aber ich will nicht klagen.«

Ehe Anisa auch nur ein Wort über die Lippen bringen konnte, hatte Bienem das beladene Tablett geschnappt und durchquerte bereits den Raum, um zu den Kindern zurückzukehren. Anisa eilte ihr zwar ein paar Schritte hinterher, aber als sich der Ostler drohend von seinem Platz neben der Tür erhob, wich sie sogleich ängstlich zurück.

Es war schon spät in der Nacht, während Anisa auf einem Schemel in der Küche saß und die tuschelnden Ostler beobachtete, die sich über den bevorstehenden Angriff unterhielten. Sie hatten sich am großen Holztisch versammelt, um hastig etwas Essbares herunterzuschlingen, bevor sie zum Steinhaag zurückkehrten. Die Männer hatten sich nicht die Mühe gemacht, Mäntel und verdreckte Stiefel abzustreifen. Um ihre Hüften hingen Waffen aus Damirs Schmiede, und es erstaunte Anisa, dass ein Schmied, der eigentlich auf Werkzeug und Eisenwaren für die Küche spezialisiert war, derlei hervorbringen konnte. Damir verfügte anscheinend über viele Talente.

Die in der Luft liegende Spannung machte es ihr unmöglich, auch nur einen klaren Gedanken zu fassen. Außerdem lastete das Eingesperrtsein auf ihr wie ein böser Traum. Sie musste sich dazu zwingen, den Wachmann an der Tür nicht unentwegt anzustarren. Zu ihrem großen Unglück hatte er bislang nicht einmal Anstalten gemacht, seine Stellung auch nur für einen kurzen Moment aufzugeben. Der Rest der Ostler schien von Anisas Gefangenschaft jedoch nichts zu bemerken, wie sie zu ihrer Erleichterung feststellte.

Plötzlich durchbrach lautes Gebrüll vor dem Haus die Stille, und ein aufgelöster Mann schrie zur Tür herein: »Sie greifen an! Die Orks! Sie greifen an!«

Mit einem Schlag leerte sich der Raum, sogar der beharrliche Wächter gab seine Stellung auf. Als Anisa sicher war, dass niemand zurückkehren würde, griff sie nach dem derben Mantel, den sie aus dem Westen mitgebracht hatte, und huschte auf den Flur hinaus. Vor der Treppe, die ins Obergeschoss führte, stand immer noch eine Gruppe Männer, die in einer hitzigen Diskussion vertieft war, aber der Weg zum Hinterhof war frei.

In dem Moment, in dem Anisa die Tür öffnen wollte, packte ein bärtiger Mann sie am Oberarm. »Du willst doch nicht etwa raus? Kaum der richtige Zeitpunkt für einen nächtlichen Spaziergang, da die Orks auf dem Weg ins Westend sind.«

Anisa versuchte, den Griff abzuschütteln, aber es gelang ihr nicht. Der Mann legte seinen Kopf schief, und sie bemerkte, dass die Lippen des Mannes von der Kälte eingerissen waren und die Gesichtszüge müde herabhingen.

Sie spürte Bedauern, dass sie ihn nun auch noch mit ihrem Eigenwillen belasten musste, aber sie konnte es keinen Augenblick länger in der Enge der überheizten Küche aushalten. Die wirrsten Gedanken und Vermutungen quälten sie. Sie wollte allein in der Nacht stehen, damit die klirrende Kälte die Unruhe wie Fieber senken konnte.

Mit einer um Weichheit bemühten Stimme sagte sie: »Ich

will doch nur auf den Hinterhof, ein paar Mal durchatmen und die Ruhe genießen.«

»Dort draußen gibt es heute Nacht keine Ruhe«, seufzte der Mann.

Trotzdem gab er Anisas Arm frei, und sie schlüpfte augenblicklich zur Tür hinaus. Draußen schlug ihr Schnee ins Gesicht, und die vom Frost durchwirkte Luft brannte in ihren Lungen. Obwohl sie eine solche Kälte noch nie zuvor erlebt hatte, genoss sie diesen Moment.

Der Hinterhof lag verlassen da. Gelegentlich trieb der Wind einen Schrei und Stimmengewirr über die hohen Mauern herbei. Auf den Straßen des Westends waren in dieser Nacht Männer mit Fackeln unterwegs, die versuchten, in der Dunkelheit einen umherschleichenden Feind zu entdecken. Doch der dichte Schneefall würde diese Bemühung erschweren, denn er verschleierte alles und dämpfte jeden Schritt.

Warum greifen die Orks ausgerechnet in einer Nacht wie dieser an?, fragte sich Anisa, die einen schmalen Eiszapfen von einer Fensterbank abgebrochen hatte und daran zu lutschen begann. Bienem hatte Recht, Orks waren Geschöpfe der Nacht. Aber auch sie konnten kaum etwas in diesem steten weißen Schleier ausmachen.

Plötzlich glaubte Anisa, aus den Augenwinkeln eine Bewegung in der Nähe der Ställe wahrzunehmen. Sie beschirmte mit der Hand die Augen, um besser sehen zu können, und in diesem Augenblick legten sich gewaltige Pranken über ihren Mund und um ihre Hüften.

»Brav sein«, knurrte der Ork sie an, während eine kleinere Ausgabe dieses Monsters ihr einen Knebel in den Mund stopfte und ihr die Hände auf den Rücken band. Dann warf sich der Riese die hilflos zappelnde Anisa über die Schulter und lief erstaunlich leise über den Innenhof entlang der Stallungen bis zu einer abgeschiedenen Gasse. Dort wartete bereits eine

Gruppe aus mindestens sieben oder acht dieser Kreaturen, wie Anisa aus vor Angst geweiteten Augen sah, die sich sofort um sie scharte und sich dem Tempo anpasste.

Der Trupp hielt im Laufschritt auf den Markplatz zu. Einer der kleinen Orks, der direkt hinter dem Riesen herlief, warf ihr einen listigen Blick zu. Mit einem Griff riss er ihr plötzlich den Knebel aus dem Mund, und Anisa nutzte die Gunst der Stunde, indem sie sogleich aus vollem Hals schrie.

Wie auf ein Signal hin brach auf dem eben noch verlassenen Platz der Tumult aus. Eine Gruppe Westendler, die beim Brunnen Position bezogen hatte, stürmte auf sie zu. Doch die ungeübten Männer konnten den kampflustigen Orks nichts entgegensetzen und behinderten den Lauf nur unwesentlich.

In einigen der erleuchteten Fenster glaubte Anisa, Schemen von Gesichtern zu erkennen. Westendler, die trotz ihrer Furcht die Neugier nicht unterdrücken konnten und nun Zeuge ihrer Verschleppung wurden. Aber warum raubten die Orks sie? Anstatt das nur schwach bewachte Schmiedshaus zu stürmen und auszuplündern, vor allem da sie praktisch zur Hintertür eingeladen worden waren? Warum machten die Orks sich die Mühe, eine lauthals zeternde Frau mitzunehmen?

Sie müssen mich verwechselt haben, wurde es Anisa schlagartig klar. Bestimmt hatten sie es auf Damirs Frau abgesehen, als Lösepfand, und nun soll das Westend sehen, wer sie geraubt hat und wie leicht es für sie gewesen ist. Maherind hat Recht, hinter all dem muss ein Mensch stehen. Keine dieser Kreaturen kann sich solch einen Plan ausgedacht haben.

Der Trupp lief die gut beleuchtete Straße entlang in Richtung Osten, eine Gegend, die Anisa noch nie zuvor betreten hatte. Immer wieder begegneten sie Wächtern, jungen Männern aus dem Westend, doch viele von ihnen waren bereits in Kämpfe mit Orks verwickelt. Die finsteren Seitengassen spuckten immer mehr von den mit derben, aber doch wirkungsvollen Waffen ausgestatteten Biestern aus, die Haustüren eintraten und Ställe in Brand setzten.

O Himmel hilf!, dachte Anisa. *Sie müssen die Barriere durchdrungen haben!*

Schließlich verließ der Trupp das Dorf und lief eine breite Allee entlang. Der Ork, der Anisa wie einen Sack über der Schulter trug, schlug ein wesentlich schnelleres Tempo an, so dass ihr durch das Auf und Ab übel wurde. Sie kniff die Augen zusammen und bemühte sich, das Geschehen auszublenden und ihren Magen zu beruhigen.

Als der Ork mit einem Mal Halt machte und sie unsanft auf den Boden gleiten ließ, dauerte es einen Moment, bis sie ihren Körper wieder unter Kontrolle hatte. Langsam kehrten ihre Sinne zurück, und sie hörte, wie die Orks in ihrer grobschlächtig klingenden Sprache einen Streit ausfochten, der damit endete, dass die Gruppe der kleineren Kreaturen wieder in Richtung Westend davonstob. Neben ihr standen weiterhin wie zwei Baumstämme die Beine des Orks, der sie verschleppt hatte.

Vorsichtig hob Anisa ihren Kopf und ließ ihren Blick schweifen. Sie fand sich vor einer Mühle wieder, deren mächtiges Windrad vom Schein einiger Lagerfeuer beleuchtet wurde. Männer standen vor den gegen den Schneesturm ankämpfenden Feuern und wärmten ihre Hände. Sie beachteten die Neuankömmlinge nicht.

Plötzlich trat Rameus aus der Mühle und winkte sie zu sich. Der Ork packte sie unterm Arm und zerrte sie hinter sich her. Am Fuß der Treppe, die zur Mühle führte, ließ er von ihr ab.

Rameus, dessen Blick auf Anisas schreckensbleiches Gesicht gerichtet war, sagte mit freundlicher Stimme: »Ich habe dir doch gesagt, du sollst in der Küche bleiben. Aber es kann nur von Vorteil sein, wenn ich dich unter meiner direkten Aufsicht habe, nicht wahr? Und du, Ork, mach, dass du zum Steinhaag kommst. Misch die Männer dort ruhig kräftig auf, sie sollen schließlich Schreckliches von euren Taten zu erzählen haben.«

Mit einem gutturalen Laut, der Anisa zusammenfahren ließ, drehte der Ork sich um und verschwand in der Dunkelheit. Voller Widerwillen stieg sie die Treppe hinauf, wobei sie auf jeder Stufe, die sie nahm, zu begreifen versuchte, was eigentlich vor sich ging. Wie ein höflicher Gastgeber deutete Rameus eine Verbeugung an, als sie an ihm vorbei in das Innere der Mühle schritt. Mit einem deutlichen Knall zog er die Tür hinter sich ins Schloss. Obwohl Anisa seinen Atem in ihrem Nacken spüren konnte, wagte sie es nicht, auch nur einen Schritt weiter in die schwach beleuchtete Stube vorzudringen.

»Darf ich vorstellen?«, fragte Rameus, während er von hinten seine Hände um ihre Schultern legte. »Regne, der Rabenmann. Aber ihr seid einander ja schon begegnet, wie ich gehört habe.«

Nachdem sie Hals über Kopf aus dem Haus gestürmt war, war Lehen, Nahims Schwert fest umklammernd, in Richtung Deens Steinhaag gerannt. Doch weit war sie bislang nicht gekommen: Nicht nach rechts und links blickend, wäre sie beinahe in zwei bewaffnete Wachen hineingelaufen, die Stellung am Ortsrand bezogen hatten. Gerade noch rechtzeitig brachte sie sich im Schatten eines Seiteneingangs in Deckung.

Natürlich, dachte Lehen, während sie sich mit dem Rücken gegen die eisige Mauer presste. Sie bereiten eine Begrüßung für die Orks vor, der gesamte Fuß des Steinhaags und wahrscheinlich auch die Allee neben dem Grünstrom werden von Damirs Männern besetzt sein. Die jungen Burschen aus dem Westend, die unbedingt mitwirken wollten an der Verteidigung, lässt er im Dorf herumlaufen, weil er hofft, die

Orks gleich hier zurückzutreiben, bevor sie Schaden anrichten können.

Das Schwert wog schwer in ihren klammen Händen, und mit einem Mal übermannten sie wieder die Worte, die von Nahims Tod berichteten. Aber sie wollte die Geschichte des Rabenmanns nicht glauben. Sie würde sich zusammenreißen, die Höhen hinaufsteigen und sich selbst ein Bild machen. Es konnte nicht sein, dass Nahim von ein paar dahergelaufenen Orks abgeschlachtet worden war. Wahrscheinlich war er verletzt worden und schleppte sich gerade durch den verschneiten Wald. Nein, sie würde jetzt nicht weiter darüber nachdenken, sondern zusehen, dass sie an den Männern vorbeikam, bevor die Dämmerung anbrach und der Schnee einen Aufstieg unmöglich machte.

Eiligen Schrittes hastete Lehen auf das Ende der Gasse zu, und als die Wachen ihr die Köpfe zudrehten, rief sie auch schon: »Damir sagt, ich soll dieses Schwert zu Rameus bringen. Sofort!«

Verwirrt dreinblickend, versperrten ihr die Männer den Weg.

»Wie dem auch sei, Mädchen«, entgegnete ihr der eine, der seinen Arm abwehrend ausgestreckt hatte. »Aber hier wirst du Rameus nicht finden. Falls er das Schmiedshaus verlassen hat, musst du zur Mühle beim Grünstrom. Dort wird er mit seinen Männern nämlich Stellung beziehen.«

»Nein«, hielt Lehen in einem bestimmenden Ton entgegen. »Damir hat ihn mit ein paar Männern zum Birkenpfad geschickt, der im verwilderten Land zwischen Grünstrom und Hang verläuft. Der schmale Weg, der ebenfalls zu den Höhen führt, ist bei der Planung völlig übergangen worden. Ihr Ostler kennt euch nicht aus. Also, lass mich ihm entgegenlaufen, damit er heute Nacht mit seiner Waffe in den Kampf ziehen kann.«

Mit stur geradeaus gerichtetem Blick ging Lehen an den beiden Männern vorbei, ehe denen auch nur der Hauch eines Einwands einfallen konnte oder sogar einer auf die Idee kam, sie zu begleiten. Wohlweislich lief sie in Richtung Osten, da das Gebiet dort unübersichtlicher war und sie hoffen konnte, dadurch weiteren Wachposten zu entgehen. Wie es schien, waren die Männer damit beschäftigt, Feuer in Gang zu setzen und andere Vorbereitungen zur Verteidigung zu treffen. Einige Male hätte Lehen trotzdem fast das Blickfeld eines von ihnen gekreuzt, während sie von Busch zu Busch schlich. Doch meistens schlug sie einen Vorteil daraus, dass der Blick der Männer unentwegt auf den Hang gerichtet war, damit ihnen nicht das erste Anzeichen für den herannahenden Feind entging.

Abseits im östlichen Viertel jedoch fand Lehen sich allein wieder, denn hier war der Ausläufer des Steinhaags dermaßen steil, dass die Angreifer kaum diesen Weg wählen würden, um zahlreich ins Westend vorzudringen. Obwohl Lehen der versteckte Pfad ins Gebirge vertraut war, war ihr bei seinem Anblick unheimlich zu Mute. Zögernd stand sie vor der Felsspalte, hinter der der Weg steil bergan führte. Zum ersten Mal seit ihrem überstürzten Aufbruch stellte sie sich die Frage, was aus ihr werden würde, wenn sie einem Ork begegnen sollte.

Die Dämmerung brach herein, und der Schneefall nahm zu. Je höher sie käme, desto schwieriger würde es für sie werden, sicheren Tritt und Halt zu finden, vor allem, da sie Nahims Schwert auf keinen Fall zurücklassen konnte. Während sie dastand und spürte, wie die Nässe durch ihre Filzschlappen drang und Schneeflocken sich auf ihrem Haar einnisteten, wurde sie von einem Gefühl der Hilflosigkeit übermannt. Aber bevor ihr Tränen über die Wangen laufen konnten, schritt Lehen durch die Spalte. Ganz gleich, was sie auf dem Hang erwarten mochte, sie würde diesen Weg gehen. Es war der Gedanke daran, eine Entscheidung getroffen zu haben, der sie letztendlich vorantrieb. Später würde sie nie sagen können, was ihr die Kraft verliehen hatte, nicht zu verzweifeln.

Während des gesamten Aufstiegs stieß Lehen nicht auf eine Orkspur. Anfangs glaubte sie, gelegentlich ein primitives Grunzen und Blöken zu hören, so dass sie verharrte und damit rechnete, sich augenblicklich mit einer gezückten Klinge konfrontiert zu sehen. Aber schon bald hatte der nahende Grünstrom jedes andere Geräusch geschluckt. Auch der Schneesturm, der jeden ihrer Schritte gefährdete, hatte sein Gutes: Er machte Lehen unsichtbar. Schon bald verschwendete sie keinen Gedanken mehr an die Gefahr, die in ihrer Umgebung lauerte, sondern erklomm Stück um Stück Deens Steinhaag.

Der Aufstieg war mühselig und zeitraubend. Immer wieder verlor Lehen den Halt, schlug sich Knie und Ellbogen auf, während die Nägel schmerzhaft einrissen und die rot gefrorenen Hände den Dienst aufzugeben drohten. Auf dem letzten Stück tastete sie sich durch tiefste Finsternis voran, bis die ersten Kastanienbäume ihr die Nähe des Trubur-Hofs ankündigten.

Der Hof lag in vollkommener Dunkelheit, als Lehen sich am Grenzpfahl vorbeischleppte. Dass die abgeschlagene Orkpranke, die mittlerweile verwest war, noch neben der Eingangstür hing, deutete sie als ein gutes Omen. Auch, dass die unversehrte Tür von innen verrammelt war. Mit einer letzten Kraftanstrengung hämmerte sie gegen das Eibenholz und rief den Namen ihres Vaters. Als Balam die Tür schließlich öffnete, fiel ihm seine vor Kälte zitternde und vollkommen aufgelöste Tochter um den Hals.

Kapitel 24

Am nächsten Morgen schob Balam entgegen seiner sonstigen Vorsicht die äußeren Läden auf. Lediglich graues Licht sickerte durch die vereisten Fenster in die Stube. Der Schneefall hatte in der Nacht zwar aufgehört, aber der Himmel hing weiterhin voller dunkler, drohender Wolken, die das Licht des Tages bannten. Trotzdem pfiff Balam leise vor sich hin, als er das Feuer im Ofen kräftig schürte und den Wasserkessel aufhängte.

Ein von der Nacht zerknautschter Sverde schob sich an ihm vorbei, hinaus zu den Ställen, um das Vieh zu füttern. Vorsorglich rüstete sich der Knecht für den kurzen Weg mit einem selbst geschnitzten Speer und einer Handsense.

Obwohl ihr ganzer Körper vor Kälte und Überanstrengung geschlottert hatte, war Lehen in der letzten Nacht sofort in einen tiefen Schlaf gefallen, der auch durch das morgendliche Rumoren in der Küche nicht gestört werden konnte. Zuerst war sie enttäuscht gewesen, Borif nicht anzutreffen, aber als Balam ihr knapp berichtet hatte, dass der Hund Nahim gefolgt war, war sie beruhigt gewesen. Wenn Nahim etwas passiert wäre, dann wäre Borif sicherlich zum Hof zurückgelaufen, dachte sie sich. Lehen wusste nicht viel über Orks, aber sie war sich sicher, dass sie keine Hunde fraßen. Bei diesem tröstreichen Gedanken war sie das erste Mal seit Wochen in ihrem eigenen Bett eingeschlafen.

Balam hatte Eier und Zwiebeln zusammen mit einer großzügig bemessenen Scheibe Speck gebraten. Mit den Kompott-

und Honiggläsern, dem Brotkorb und einem Viertel vom Käselaib machte der Frühstückstisch einen außergewöhnlich üppigen Eindruck. Außerdem hatte sich Balam zur Feier des Tages dazu hinreißen lassen, einige kostbare Kerzen anzuzünden, um dem trostlosen Morgen ein wenig Glanz zu verleihen. Als seine älteste Tochter sich, in Decken gehüllt, mit laufender Nase und aufgeplatzten Lippen endlich an den Tisch setzte, war dies für Balam der wunderbarste Morgen seit einer Ewigkeit.

»Also hat Damir dich im Stich gelassen, oder wo versteckt sich sein Gesindel?«, fragte Lehen, während sie ihren Teller mit einer Brotscheibe blitzblank wischte.

Balam hingegen pickte lustlos mit der Gabel in den Eierresten herum. Seine gute Laune hatte mit jeder von Lehens Fragen merklich abgenommen. In ihrer gründlichen Art hatte sie ihm auch die letzte Auskunft über Nahims und Maherinds kurzen Besuch aus der Nase gezogen und seinem Widerstand dabei keinerlei Rücksicht gezollt. Missmutig stellte er fest, dass sich die Rollenverteilung zwischen ihnen verkehrte. Ob sich Bienem damals auch so komisch vorgekommen war, als ihre älteste Tochter daheim das Zepter übernommen hatte?

Sverde hatte das Frühstück hinuntergeschlungen und sich umgehend mit der Ausrede davongemacht, er wolle das Tageslicht für einige Arbeiten draußen auf dem Hof nutzen. Die Treulosigkeit seines Knechts hatte Balam zusätzlich betrübt, und er war fest entschlossen, Sverde seine Meinung zu sagen, sobald Lehen die Inquisition für abgeschlossen erklärt hatte.

Doch noch war kein Ende in Sicht. Ungeduldig auf eine Antwort harrend, klopfte Lehen auf den Tisch und starrte ihren Vater an, gerade so, als würde er aus purem kindlichem Trotz ihre Zeit stehlen. Balam konnte einen Seufzer nicht unterdrücken. Dass Damirs gut entlohnte Schutzmänner ihn im Angesicht größter Not allein zurückgelassen hatten, machte ihm mehr zu schaffen, als er sich eingestehen mochte. Dieses Deuten auf seinen wunden Punkt ist typisch für Lehen, dachte Balam gereizt.

»Nun ja, Damirs Männer haben sich plötzlich zum Aufbruch fertig gemacht und sind den Hang hinunter, wo nun wohl ein großer Kampf zwischen den Orks und Damirs Männern stattfindet«, antwortete Balam, darum bemüht, sich möglichst gewählt auszudrücken. »Sie waren großzügig genug, Sverde und mir zu versichern, dass wir vollkommen ungefährdet seien. Zum Plündern würden die Orkscharen auf ihrem Weg ins Tal kaum Gelegenheit haben, haben sie gesagt. Ich hingegen glaube eher, dass diese Brut sich bei uns mittlerweile so prächtig auskennt, dass sie bessere Wege als unsere schmalen Kletterpfade kennt, um ins Westend zu gelangen. Sollen sie mal ruhig! Das haben diese arroganten Dörfler davon, da sie sich so lange Zeit nicht an der Verteidigung beteiligen wollten. Das wird sich nun ändern, wenn der Ork erst einmal seinen Kopf durch ihre Tür gesteckt hat.«

Lehen nickte nachdenklich, als plötzlich Sverdes dröhnender Angstschrei sie zusammenfahren ließ. Mit einem Satz war sie auf den Beinen und zur Eingangstür hinaus, so dass dem ängstlich dreinblickenden Balam nichts anderes übrigblieb, als ihr hinterherzulaufen.

Der Anblick, der sich ihnen bot, ließ die beiden Talbewohner erstarren. Der Schnee, der noch am Morgen den Hof in ein friedliches Weiß getaucht hatte, war von einem plötzlich aufgekommenen Sturm emporgerissen worden und wirbelte nun in wilden Böen umher. Sverde lag auf dem Boden und war in diesem Durcheinander kaum mehr zu erkennen. Lehens offenes Haar, das ihr weit über die Schultern hing, wurde erfasst und wie ein Segel emporgehisst. Balams Mund schnappte nach Luft, doch sie wurde ihm fortgerissen, bevor sie seine Lippen passieren konnte.

Doch so unvermittelt, wie der Sturm aufgezogen war, so jäh endete er auch. Wie auf einen Befehl hin fielen die eben noch wild zirkulierenden Schneemassen zu Boden und begruben Sverde unter einer dicken Schicht. Balam, der sogleich zu seinem Knecht laufen wollte, wurde von seiner Tochter am Arm zurückgehalten.

»Lass mich, Lehen! Was willst du denn?«, keifte Balam gereizt.

Stumm wies Lehen zum Grünstrom Richtung Steg, und was Balam dort sah, ließ ihn an seinem Verstand zweifeln. Auf der kahlen Krone einer mächtigen Kastanie hatte sich ein Drache niedergelassen. Sein smaragdgrünes Schuppenkleid schimmerte vor dem grauen Himmel, als würde er von einem einzigen gebündelten Sonnenstrahl beschienen. In einer geschmeidigen Bewegung legte der Drache seine Flügel an und richtete die nachtfarbenen Echsenaugen auf das Haus der Truburs. Unter ihm knackte das Geäst.

Die Kastanie ist zur Geburt meiner Großmutter gepflanzt worden, und dieses Ungetüm hockt darauf wie ein exotischer Vogel auf einer Stange, schoss es Balam durch den Kopf. Instinktiv hielt er sich beide Hände vor den Mund, um ein hysterisch klingendes Kichern zu unterdrücken. Drachen gibt es nur in Kindergeschichten, also können sie nicht auf Bäumen von Hangbauern kauern und mit ihren leuchtend orangefarbenen Nüstern wittern wie ein Gaul, der es auf eine Möhre abgesehen hat.

Als wollte der Drache Balam eines Besseren belehren, legte er den Kopf in den Nacken und stieß einen Schrei aus, der die bunten Glasscherben im Bleifenster zerbersten ließ. Mit schmerzverzerrtem Gesicht hielten sich Balam und Lehen die Ohren zu und sanken auf die Knie. Der Schrei des Drachen war längst verebbt, doch das Gebirge trieb sein Echo voran, bis in die tiefen Schluchten des Westgebirges, wo sich längst versteinerte Felsentrolle auf einmal wieder so lebendig fühlten wie zu den Zeiten, als der Riese Trevorim noch durch Rokals Lande wanderte. Verzweifelt versuchte Balam, seine Tochter ins Haus zu ziehen, doch Lehen schüttelte seinen Griff kurzerhand ab.

»Schau doch!«, rief sie mit einer Stimme, die wie geborstenes Glas klang.

Balam zog noch einmal mutlos am Arm seiner Tochter, bevor er ihrer Anweisung folgte. Er wollte nicht den Rest seiner Lebenszeit damit verschwenden, einem Monster dabei zuzusehen, wie es von seinem Ausguck beim Fluss zu ihnen herübersegelte, um ihnen allen den Kopf abzureißen. Trotzdem schaute er zu dem Drachen und entdeckte etwas, was den bisherigen Irrsinn noch überbot: Aus einer Bauchfalte des Drachen kletterte eine menschliche Gestalt hervor, die sich durchs Geäst hangelte und am Baumstamm herunterkletterte.

Ehe Balam sich auch nur annähernd fassen konnte, lief Lehen bereits mit ausgestreckten Armen über den Hof.

»Tevils, es ist Tevils!«, schrie sie.

Das letzte Stück ließ der Junge sich vom Baum fallen und berührte kaum den Boden, als er fast von seiner Schwester umgerissen wurde, die ihn überschwänglich in die Arme schloss. Sie bedeckte seine Stirn und Wangen mit Küssen, streichelte ihm übers lang gewordene Haar und zog ihn immer wieder hastig an sich, als würde er ansonsten davonlaufen.

Normalerweise hätte Tevils eine solche Begrüßung unwirsch abgelehnt, doch in diesem Moment genoss er Lehens Zärtlichkeiten viel zu sehr, um sich Gedanken über Männlichkeitsgehabe zu machen. Erst als ein großer Zweig neben ihnen auf den Boden krachte, löste sich Lehen ausgesprochen widerwillig von ihrem Bruder.

»Wir sollten besser in Deckung gehen«, sagte Tevils mit einem verlegenen Lächeln.

Balam, der vor dem Haus stehen geblieben war, winkte den Jungen mit wild fuchtelnden Armen zu sich. Ein verwirrt dreinblickender Sverde hatte sich zu ihm gesellt und klopfte sich geistesabwesend den Schnee von den Kleidern.

»Was hast du da bloß angeschleppt?«, fragte Balam mit vorwurfsvollem Ton, als sie schließlich in die Stube eingekehrt waren.

Durch das Muster der Bleifassungen hindurch, die nun nackt den Fensterrahmen ausfüllten, konnten sie den Drachen beobachten, der seinen Kopf unter eine der Schwingen gesteckt hatte und ein Schläfchen hielt.

»Es war wohl eher umgekehrt«, gab Tevils zurück, der viel zu aufgeregt war, um Balams unfreundliche Begrüßung zu beachten. »Präae hat mich gegriffen und in ihren Bauchbeutel gesteckt. Das war sicherlich auch das Klügste, denn auf ihrem Rücken wäre ich entweder erfroren oder hätte mir vor lauter Übelkeit die Seele aus dem Leib gespuckt. Ich hasse das Fliegen fast noch mehr als die Schifffahrt. Aber Präae ist ein Drachenweibchen, und in ihrem Beutel ist es dunkel und warm. Ich musste da nur drinbleiben und einfach an etwas anderes denken, zum Beispiel an festen Boden unter den Füßen.«

»Du sprichst in Rätseln, Sohn«, merkte Balam gereizt an.

An Lehen prallten alle Worte ab. Mit entrücktem Blick betrachtete sie ihren Bruder, der sich in den wenigen Monaten, in denen er fort gewesen war, so unglaublich verändert hatte. Das erste Mal in ihrem Leben musste sie zu ihm aufschauen, wenn sie sich gegenüberstanden, und sein tiefer Bariton war die Stimme eines Fremden, den sie noch nie zuvor gehört hatte. Außerdem staunte sie über die sorgfältig gepflegten Koteletten, die Tevils' Gesicht nun zierten und sie an Nahim erinnerten. Dass er genau in dieser schlimmen Zeit auf einem

Drachen zurückkehrt war, erschien ihr wie ein Wunder. Nur schwerlich konnte sie das Bedürfnis unterdrücken, ihn mit Liebesbekundungen und Zärtlichkeiten zu überschütten.

Tevils atmete tief durch und versuchte, seine Aufgeregtheit zu zügeln. Es kostete ihn unglaublich viel Kraft, seine Geschichte geordnet und möglichst wahrheitsgetreu zu erzählen. Als er schließlich zu dem Punkt kam, um von seinem schmerzenden Heimweh zu berichten, verfärbten sich seine Ohren tiefrot, und er legte geschwind den Flakon auf den Tisch, der noch zur Hälfte mit der goldenen Flüssigkeit gefüllt war.

»Was immer das auch ist, Präae mag es sehr gern. Sie hat nur ein Mal daran geschnuppert und tatsächlich dabei die Hälfte des Zeugs eingeatmet. Es riecht nicht einmal besonders, irgendwie so klar, als würde einem die Nase zufrieren. Jedenfalls muss es eine eigenartige Wirkung auf Präae gehabt haben, so als könne sie plötzlich meine Gedanken lesen und damit sogar etwas anfangen. Ihr müsst wissen, dass Drachen für ihre Unzugänglichkeit bekannt sind. Sie lassen sich nur äußerst selten auf Menschen ein, und wenn sie es tun, heißt das noch lange nicht, dass sie sich auch für die Gedanken dieses Menschen interessieren. Lalevil kann ein Lied von der Eigensinnigkeit der Drachen singen.«

Mit Lalevils Namen spürte Tevils sofort ein Verlangen in sich aufsteigen, das er schleunigst wieder unterdrückte. Aber ein hastiger Blick aus dem Fenster zeigte ihm, dass Präae offensichtlich nicht sogleich aufgesprungen war, um ihn zum Ort seines Begehrens zu bringen.

»Du meinst, diese riesige Kreatur dort draußen ist dir zu Willen, solange du sie mit diesem Zaubersaft ködern kannst?«, fragte Lehen.

Mit raschen Worten erzählte sie von den Veränderungen im Tal und dem Orküberfall, der in der letzten Nacht im Westend stattgefunden hatte. Sie berichtete ihm auch davon, dass

Nahim und Maherind verschollen waren, was Tevils besonders überraschte, da er Nahim immer noch im fernen Montera vermutet hatte.

Innerhalb kürzester Zeit hatte sich das friedliche Westend also in einen brodelnden Kessel verwandelt, in dem Söldner und Orks die Klingen kreuzten und waffengewandte Krieger nicht mehr von den Südlichen Höhen zurückkehrten. Tevils wusste nicht, was er von dieser Entwicklung halten sollte. Schließlich war er in die Welt hinausgezogen, um Abenteuer zu erleben. Dabei hatte er jedoch im Hinterkopf, jeder Zeit ins weltvergessene Tal zurückkehren zu können, wenn ihm die Abenteuer eines Tages nicht mehr schmecken sollten. Und nun hatte er die letzten Wochen in Gesellschaft eines alten Griesgrams verbracht, während sich in seiner Heimat die Ereignisse überstürzten und sich jeder Bauernlümmel als Held beweisen durfte.

Lehen warf ihrem Bruder einen Blick zu, der nur allzu deutlich verriet, dass sie bereits jede mögliche Verwendung von einem folgsamen Drachen durchdachte. Offensichtlich malte sie sich bereits aus, wie Präae sich auf die Orks stürzen und jeden einzelnen dieser Dreckskerle, die es gewagt hatten, Hand an ihren Liebsten zu legen, in der Luft zerriss.

Verunsichert begann Tevils, seine besockten Füße aneinanderzureiben, und verfluchte sich für sein Heimweh. Wäre er nicht so ein Feigling gewesen, dann würde er jetzt an Kohemis' Tafel sitzen und Lalevils sinnlichen Anblick genießen. Stattdessen musste er sich mit seiner auf Rache sinnenden Schwester auseinandersetzen. Als er Lehens hoffnungsfrohen Blick kreuzte, schämte er sich sogleich für diese Gedanken. Offensichtlich wurde dieses ewige Wechselbad der Gefühle ein wesentlicher Bestandteil seines Lebens.

»Ich glaube eigentlich nicht, dass man bei Präae von ›zu Willen sein‹ reden kann«, sagte er kleinlaut. »Ich vermute vielmehr, dass sie dank des Zaubertranks meinen Kummer gespürt hat und mir helfen wollte. Weißt du, Lehen, sie hat von mir das Steinchenspiel abgeschaut. Und seitdem ist sie meine Freundin, insofern man bei einem Drachen von Freundschaft reden kann.«

Nachdem Nahim und Blax ihren Pakt besiegelt hatten, erzählte der Ork ihm die Geschichte, wie Rameus, der Müller des Tals, mit der tatkräftigen Unterstützung des Rabenmanns die Sisken-Orks Stamm für Stamm unterworfen hatte. Sie hatten einfach die Ahnungslosigkeit der verwilderten Kreaturen ausgenutzt, indem sie sie mit geschickt gelegten Feuern in ihren Stollen auszuräuchern drohten. Rameus hatte seine Begabung als Brandleger schon immer findig einzusetzen gewusst. Von da an war der Weg der Orks hinauf zu den Höhen, auf den Hang und hinab ins Tal vorgezeichnet gewesen.

Nahim saß wie vom Donner gerührt da und brachte lediglich ein Keuchen hervor. Alles passte zusammen, und er schalt sich selbst einen Dummkopf, nicht früher darauf gekommen zu sein.

Nachdem Blax seinen in spärliche Worte gekleideten Bericht zu Ende gebracht hatte, verfiel der Ork in eine Starre, und Nahim stellte erleichtert fest, dass offensichtlich nicht umgehend eine Antwort von ihm erwartet wurde. Mit zittrigen Fingern füllte er den Becher mit Bier voll und vergegenwärtigte sich noch einmal das eben Erfahrene. Wie bei einem Puzzle legte er im Geiste die einzelnen Stränge zusammen, und als er sich das Ergebnis anschaute, gab er ein freudloses Lachen von sich.

Ich sitze schon wieder in einer Falle, schoss es ihm durch den Kopf. *Aber dieses Mal kann ich nicht einfach davonlaufen.*

Er verfluchte die Orks, die Faneos aufgescheucht hatten,

ohne sich darum zu kümmern, dass er die Worte laut aussprach. Doch Blax schenkte ihm nur einen flüchtigen Blick. Nahim bedauerte diese Zurückhaltung, denn zu gern hätte er seiner Verzweiflung Luft gemacht. Er konnte sich nicht vorstellen, diesen Knoten zu zerschlagen. Dazu brauchte es die Gewitztheit eines Maherinds oder den Scharfsinn von Vennis. Wahrscheinlich wäre sogar Brill, der für seine Direktheit bekannt war, geeigneter gewesen. Ins Tal und auf alles einschlagen, was sich einem in den Weg stellt, wäre gewiss die Devise gewesen. Dieser Gedanke schenkte Nahim ein wenig Trost.

Doch welchen Schritt sollte er nun als Nächstes tun? Wie konnte er als einzelner Mann eine Meute Orks von seinem Führungsanspruch überzeugen, bevor sie ihn bei lebendigem Leib auffraßen? Selbst wenn ihm dieses Kunststück gelingen sollte, gab es im Westend immer noch eine Horde bewaffneter Söldner, die ihrem Herrn folgen würde, egal, gegen wen er sich wandte. Auf Rückhalt aus dem Westend brauchte er nicht zu zählen, so viel war Nahim klar. Er hatte keine Beweise, man würde ihn davonjagen wie einen Hund. Ganz gleich, wie Nahim es drehte und wendete, ihm fiel kein geeigneter Plan ein.

Obwohl sein Kopf zu bersten drohte, kroch Nahim zu Maherinds Lager. Borif folgte ihm auf den Schritt und drängte sich eng an ihn. Ohne sich dessen bewusst zu sein, tätschelte Nahim den Kopf des Hundes. Das Feuer war mittlerweile kaum mehr als schimmernde Glut, die die Szene in unwirkliches Licht tauchte.

Ausgiebig betrachtete Nahim seinen Herrn auf der Suche nach einem Zeichen. Er konzentrierte sich auf Maherinds Wesen in der Hoffnung, eine Antwort darauf zu finden, wie Maherind in dieser verwickelten Lage entschieden hätte. Nahim war so vertieft, dass er nicht bemerkte, wie Blax das Feuer wieder zum Lodern brachte und dann die Hütte verließ.

Nahim hatte jegliches Zeitgefühl verloren. Er saß in der Hocke neben Maherinds Lager und besah sich dessen lebloses Gesicht. Die Wangenknochen waren wie von einer dünnen Wachsschicht überzogen. Der Mund stand einen Spalt weit offen, störrische Schnurrbarthaare ragten hinein. Es machte Nahim ganz verrückt, in diesen schwarzen Schlund zu starren. Vorsichtig drückte er mit dem Daumen gegen den Unterkiefer, der keinen Widerstand leistete. Nahim glaubte, das Aufeinanderklacken der Zähne zu hören. Kaum dass er den Daumen zurückzog, klafften die Lippen wieder auseinander, ganz langsam, so als würde jemand die Zeit zum Gerinnen bringen. Maherinds Augen lagen tief in den Höhlen, und unter den papierenen Lidern rasten die Augäpfel hin und her. Nur das und das kaum merkliche Beben der Nasenflügel verrieten, dass in diesem Körper noch Leben steckte.

Wenn wenigstens einmal die Mundwinkel gezuckt hätten oder die Stirn kraus gezogen worden wäre, hätte Nahim sich einreden können, dass Maherind in einem tiefen Schlaf lag und jeden Augenblick aufwachen konnte. Stattdessen drängte sich ihm der Verdacht auf, dass sein Herr ein Gefangener in einem finsteren Labyrinth war und wie ein Wahnsinniger nach einem Ausgang suchte. Aber anstelle eines Hoffungsschimmers fand er am Ende des einen Gangs nur einen weiteren, während die Finsternis zunehmend an Dichte gewann.

Trotzdem hoffte Nahim unverdrossen, dass der alte Mann die Augen aufschlagen und ihm sein berüchtigtes Lächeln schenken würde. Das Lächeln, das sagte, dass alles im Leben nur ein Spiel ist und man letztendlich schon auf der Seite der Gewinner stehen wird. Maherind hatte stets ein Vertrauen in den Lauf der Welt gesetzt, das Nahim in diesem Moment vollkommen unbegreiflich war.

Immer wieder hatte Blax während der Nacht in die Hütte geschaut und mit einem verhaltenen Knurren den Vorhang zugezogen, der den eiskalten Wind kaum zurückzuhalten vermochte. Als die Sonne im Zenit stand, trat er schließlich mit gekrümmtem Oberkörper ein und sagte: »Wir treffen Entscheidung jetzt. Dann gehen wir.«

Der wutentbrannte, von Verzweiflung genährte Blick, den Nahim in seine Richtung abschoss, prallte wirkungslos an dem Ork ab. Er winkte einen ebenfalls riesigen Kumpan herein, der sich direkt neben Maherinds Lager kauerte und Nahim durch den Einsatz seiner puren Körpermasse zur Seite drängte.

»Tumpe kümmert sich«, erklärte Blax.

Wie es schien, war für den Ork mit diesen drei Worten alles geklärt, denn er verließ die Hütte, bevor Nahim zum Protest ansetzen konnte. Borif, der bislang tapfer neben ihm die Stellung gehalten hatte, folgte dem Ork mit gesenkten Schlappohren. Obwohl Nahim wusste, dass der Hund lediglich einem Bedürfnis folgte, kam er sich mit einem Mal sehr verlassen vor. Die Zeit drängte, und am Krankenlager war Nahim wenig von Nutzen. Trotzdem war ihm der Gedanke unerträglich, den bewusstlosen Maherind in der Obhut eines orkschen Feldarztes namens Tumpe zurückzulassen. Wer konnte schon sagen, was diesem mächtigen Klumpen Fleisch durch den Kopf ging, wenn die Nacht lang war und er plötzlich feststellte, dass er getrocknetes Ziegenfleisch reichlich satthatte?

»Ich weiß genau, wie viele Finger und Zehen Maherind hat. Sollte bei meiner Rückkehr auch nur das kleinste Stückchen an ihm fehlen, werde ich dich auseinandernehmen. Wortwörtlich. Und komm nicht auf die Idee, ihn aufzufressen und mir dann zu erzählen, er sei schon tot gewesen, und es sei doch schade, etwas Gutes verkommen zu lassen. Du kannst mir ruhig glauben, dass ich dich auf sehr unangenehme Art und Weise zur Strecke bringen werde. Wenn es um so etwas geht, bin ich fantasievoller, als die Dämonenbeschwörer von Olomin es jemals gewesen sind. Hast du meine Warnung verstanden, Aasfresser?«

Tumpe, der Nahim mindestens um eine Haupteslänge überragte, zeigte keinerlei Reaktion. Er hatte seinen Schädel zwischen den beiden massiven Schultern eingezogen und stocherte mit einem klauenartigen Nagel in der Glut herum.

Bei dem Geruch von verkohltem Horn zog sich Nahims Magen zusammen. Er holte Schwung, so gut er konnte, und trat gegen den Unterarm des Orks, so dass dieser die Klaue zurückzog. Zum ersten Mal richtete Tumpe den Blick auf Nahim. Doch anstelle von Respekt erblickte Nahim in den gelblichen Augen einen Ausdruck, den er von sich selbst kannte, wenn er versuchte, einen kläffenden Straßenköter abzuschütteln.

Mit an Unverschämtheit grenzendem Gleichmut sagte Tumpe schließlich: »Wenn wieder bist hier, der ist immer noch ein Stück Baum. Menschkörper taugt nie nicht viel.«

Nahim deutete einen weiteren Angriff an, und Tumpe seufzte mit einem Laut auf, als würde eine Steinlawine in einen Bergsee stürzen. Mit einem raschen Griff, den Nahim nicht abwehren konnte, packte er ihn am Mantelkragen. Der Ork zog ihn dicht vors Gesicht, so dass Nahim die Vielzahl der kreuz und quer stehenden Hauer bewundern konnte, die aus dem Maul herausragte.

Instinktiv war Nahim geneigt, sich zur Wehr zu setzen. Und obwohl sein Körper bereits die Muskeln spannte, um zu treten und zu schlagen, wurde Nahim etwas bewusst, was ihn innehalten ließ. Hierbei ging es um ein Kräftemessen, das er schon längst gewonnen hatte, auch wenn der Ork keinen Zweifel daran aufkommen ließ, dass er Nahim so wenig fürchtete wie eine Schmeißfliege. Tumpe ließ sich zu dieser Unterhaltung nur herab, weil er den aufgebrachten Burschen endlich aus der Hütte haben wollte, bevor Blax ihn bereuen ließ, dass der

Mensch immer noch nicht draußen war, um die Marschrichtung vorzugeben.

»Kriegst ihn wieder ganz«, schnaubte Tumpe, als er Nahim freigab. »Alte Burschen schmecken schlecht.«

Nahim trat ins Freie, und sein Blick richtete sich unweigerlich gen Himmel. Wolken von derselben Farbe wie das vom Sturm aufgepeitschte Meer hatten sich dicht an dicht gereiht, so dass es bereits zur Mittagszeit dunkel war. Nahims Atem verwandelte sich in Dampf, und er verbarg seine Hände in den Mantelärmeln.

»Verflixter Schnee«, knurrte Blax hinter ihm.

Nahim nickte ihm zu und versuchte gleichzeitig, sein unentschlossenes Gesicht unter Kontrolle zu bringen. Er musste eine Entscheidung fällen, und zwar jetzt. Doch statt einer Lösung drängten sich ihm nur weitere Fragen auf.

Am liebsten wäre er ins Westend aufgebrochen, um wenigstens die in Sicherheit zu bringen, an denen sein Herz hing. Auch wenn er sich dazu durchringen könnte, den Pakt mit dem Ork zu brechen, so würde er niemals rechtzeitig im Westend ankommen. Der Überfall würde sich auf keinen Fall mehr verhindern lassen.

Doch nach dem, was Blax ihm erzählt hatte, würden die Orks keinen großen Schaden im Dorf anrichten, denn der Überfall war mehr ein Warnschuss als ein echter Beutezug. Die eigentliche Beute – das Westend selbst – würde erst später eingeheimst werden, das war ihm nun klar. Ich kann es drehen und wenden, wie ich will, dachte Nahim und beschloss deshalb, einfach das Nächstliegende zu tun: »Wir greifen uns Regne, wenn er nach dem Überfall auf die Höhen zurückkehrt. Ich habe noch eine Rechnung mit ihm offen, außerdem dürfte er uns nützlich sein.«

Mit einem einzigen dumpfen Schrei scheuchte Blax seine Männer zusammen, sechs mächtige Orks aus dem Westgebirge, die angeblich im Kampf gegen die beiden fremden Krieger gefallen waren. Sie waren mit grobschlächtigen Waffen ausgerüstet, die den Eindruck erwecken sollten, als wären sie von ungeschickten Orkhänden gefertigt worden: plump und rostig, was sie jedoch nicht weniger gefährlich machte. Diese Horde trug Waffen, die auf Handwerkskunst hinwiesen, obwohl sie nicht das Zeichen einer Schmiede und keinerlei Verzierung schmückte. Diebesgut?, fragte sich Nahim.

Einer der Orks zerrte einen bockenden Faneos am Halfter hinter sich her. Behutsam sprach Nahim auf das Pferd ein, dessen Ohren eng am Kopf anlagen und das die Vorderlippe drohend kräuselte. Es gelang Nahim zwar, Faneos derart zu beruhigen, dass er aufsitzen konnte. Allerdings zeigte sich in Faneos Bewegungen ein Misstrauen, welches das Pferd Zeit seines Lebens nicht wieder verlieren sollte. Nervös tänzelte er umher, so dass Borif eilig einen Sprung zur Seite tat.

Ohne ein weiteres Wort zu verlieren, brachen sie in Richtung Südliche Höhen auf.

Kapitel 25

Regne, oder der Rabenmann, wie er im Westend genannt wurde, war ein Vorbote für die anbrechende Epoche in Rokals Lande gewesen. Vor einigen Jahren, als sich der Konflikt zwischen der Burgfeste Achaten und Olomin zuzuspitzen begonnen hatte, hatte er einen Pfad übers Westgebirge ins Tal unter Trevorims Pforte gefunden und sich im behaglichen Süden niedergelassen.

Die Bewohner des Westends und der Südlichen Höhen hatten mit einem Misstrauen auf den Fremden reagiert, das weit über das gewöhnliche Maß hinausging. Die geheimnisvolle Vergangenheit des Rabenmanns hatte sie verunsichert, so dass es nicht lange gedauert hatte, bis er im Ruf eines Unruhestifters stand. Einer, der im Tal umherzog, ohne ein Ziel vor Augen zu haben, und deshalb kritisch beäugt wurde. Trotzdem war der Rabenmann geblieben, als würde er vom ruhigen und wohlhabenden Westend angezogen werden wie eine Motte vom Licht.

Entgegen den allgemeinen Vermutungen hatte Regne ein Ziel vor Augen gehabt. Und so hatte es nicht lange gedauert, bis er nicht nur die Westendler, sondern auch die Orks in der Ebene ausspioniert hatte. Denn mit diesen Kreaturen kannte er sich im Gegensatz zu den Talbewohnern bestens aus. Zweierlei hatte er in der Zeit herausgefunden: dass die Orks in der Ebene führerlos waren und dass die Menschen im Tal sich vor ihnen zu Tode fürchten. Regne hatte als Erster die Möglichkeiten erkannt, die diese Mischung bot.

Aber er wusste noch etwas über Orks, das er aus seiner dunklen Vergangenheit mit ins Tal gebracht hatte: Orks glaubten an Stärke. Und Regne erging es ähnlich. Er brauchte jemanden mit Machtwillen. Jemanden, der die Orkbrut unterwerfen würde und sie an seiner Leine laufen ließ. Jemanden, der gewillt war, Regne an seiner Seite zu dulden. Es war Regne nicht schwergefallen, diesen jemand zu finden. Es war, als müsse man mit verbundenen Augen in einer Kiste Kartoffeln die einzige schlechte heraussuchen: Man folgte einfach dem Geruch.

Nahim hatte Frau Witts niedergebranntes Haus das erste Mal gesehen, als er gemeinsam mit Vennis und Brill über den Südlichen Grat gekommen war. Es stand auf einem Plateau, das einer Art Ausguck hoch über den Wipfeln glich. Von hier oben aus konnte man einen wunderbaren Blick über die Höhen und bei klarer Sicht sogar bis weit in den Hang hinein genießen. Selbst jetzt, an diesem diesigen Morgen, konnte er die schemenhaften Umrisse einiger Höfe erkennen, die unter dem Schnee begraben lagen.

»Man muss schon sagen, dass Regne weiß, was er tut. Auf den gesamten Höhen dürfte es keinen Ort geben, der eine bessere Aussicht bietet. Frau Witt kann froh sein, dass sie mit dem bloßen Leben davongekommen ist«, sagte Nahim, wobei das Aufeinanderschlagen seiner Zähne nicht zu überhören war. Die Kälte steckte ihm hartnäckig in den Knochen, und der Schlafmangel tat ein Übriges.

Im Gegensatz zu seinem ersten Besuch stand Nahim nun vor keiner Ruine. Dort, wo der Brand die Mauer hatte einstürzen lassen, war neues Mauerwerk hochgezogen worden. Die gesprungenen Fenster waren sauber mit Brettern vernagelt, und das Dach war neu gedeckt worden.

Es kostete Nahim einige Mühe, die Eingangstür zu öffnen.

Auf den ersten Blick machte sie zwar einen zusammengezimmerten Eindruck, aber wie sich rasch herausstellte, war sie sehr stabil, und beim Vorhängeschloss handelte es sich um ein äußerst raffiniertes Exemplar. Außerdem erschwerten seine vor Kälte erstarrten Finger die Arbeit. Trotzdem lehnte es Nahim ab, als Blax anbot, die Tür mit Gewalt zu öffnen. Er wollte einen ahnungslosen Regne hereinspazieren lassen. Ihm gefiel der Gedanke, dass der tückische Rabenmann selbst in eine Falle tappen würde.

Verbissen hantierte Nahim am Schloss und fragte indessen den Ork: »Wie kannst du dir eigentlich so sicher sein, dass Regne nicht mit einem Trupp Sisken-Orks hier auftaucht?«

»Regne kommt auf'm Gaul, wenn's fertig ist. Orks laufen auf ihren Füßen. Will bestimmt seine Drecksviecher füttern, weißte. Blöde Drecksviecher, hocken auf jedem Baum und glotzen.« Blax gab ein verächtliches Schnauben von sich.

»Sie glotzen?«

»Ja! Federvieh gehört in die Pfanne. Sind elende Verräter, diese Drecksviecher. Glaubste, Regne hockt in Siskenland und spioniert? Waren seine Drecksviecher gewesen!«

Während der Ork noch wüst vor sich hin schimpfte, sprang mit einem sanften Klang das Schloss auf, und mit einem Mal wurde Nahim klar, wie in all der Zeit ein Austausch zwischen dem Westend und der Südlichen Höhe hatte stattfinden können, ohne dass ein auffälliger Bote vonnöten gewesen wäre. Der Rabenmann trug seinen Namen zu Recht.

Im fahlen Licht des Nachmittags funkelten Nahim schwarz glänzende Augenpaare vom bloßliegenden Dachgebälk an. Er trat einen Schritt ins Innere des Hauses und starrte zurück.

»Das sind Graukragenraben«, sagte er zu Blax, ohne sich umzudrehen. »Sie leben normalerweise im Westgebirge. Sie gelten als außergewöhnlich schlau und leben gern in der Obhut von Menschen. Mein Vater hält sich ein solches Tier, ein wertvolles Geschenk aus Achaten.«

Noch während Nahim diese Worte sprach, löste sich ein Schatten aus der Dunkelheit und schnellte auf ihn herab wie eine angreifende Schlange. Der granitfarbene Schnabel hackte nach den Augen des jungen Mannes, aber es gelang Nahim gerade noch, seine Hand zum Schutz hochzureißen. Eine rote rechteckige Wunde leuchtete auf dem Handrücken auf wie ein Warnsignal.

Erst als der Angreifer in einem Gewirr grauer Federn untergetaucht war, kam Nahim ein überraschtes Ächzen über die Lippen. Die schweigsame Rotte blickte ihn herausfordernd an. Vorsichtig machte er einen Schritt nach hinten und zog die Tür wieder zu. Er wandte sich zu Blax, den das Geschehen nicht im Geringsten aus der Ruhe gebracht hatte.

»Es dürfte das Beste sein, Regne abzufangen, bevor er in die Nähe der Hütte kommt. Ich will nicht, dass diese Biester ihn frühzeitig warnen. Einer deiner Orks soll mit einem gespannten Bogen Position beziehen und aufpassen, dass sich kein Rabe aus dem Staub macht. Aber eigentlich glaube ich nicht, dass sie ein Schlupfloch haben. Das Haus scheint eine Art Vogelbauer zu sein.«

»Habe eine Idee: Drecksviecher ausräuchern?«, schlug Blax mit einem gierigen Leuchten in den Augen vor.

Zuerst wollte Nahim abwinken, denn schließlich befolgten die Raben nur die Wünsche ihres Meisters. Aber dann änderte er seine Meinung. Wenn Regne bei seiner Rückkehr mit Brandgeruch und Vogelkreischen konfrontiert werden würde, würde er sicherlich alle Vorsicht fahren lassen. Nahim wollte auf jeden Fall verhindern, dass dem Rabenmann im Handgemenge ein Unglück passierte. Er wollte Regne als lebenden Beweis, als Zeuge und Anstifter in einer Person.

Sobald das erste spärliche Tageslicht seinen Weg ins Tal gefunden hatte, jagte Regne bereits den Pass auf die Südlichen Höhen hinauf. Er war viel zu aufgebracht, um sich von der frostklaren Luft schrecken zu lassen, die ihm ins Gesicht peitschte.

Das Pferd nahm die nur schlecht unterdrückte Wut seines Reiters voller Furcht wahr und gab sich redliche Mühe, seinen Wünschen gerecht zu werden. Eis und Schneewehen missachtend, folgte es den reißenden Zügeln. Als das Tier schließlich am späten Vormittag auf das Plateau einbog, hatte es Schaum vor dem Maul und war dermaßen von Sinnen, dass es trotz seiner feinen Nüstern den Geruch des Brandes nicht wahrnahm.

Regne hingegen hörte das panische Kreischen seiner Raben, noch ehe er den durch die Dachschindeln quellenden Rauch entdeckte. Er gab dem Pferd die Sporen, doch anstatt es vorwärtszutreiben, verzögerte sich der Lauf des Tieres. Es gelang Regne gerade noch abzuspringen, bevor es zusammenbrach.

Benommen richtete Regne sich auf und verharrte, bis das Lärmen der Vögel erneut zu ihm vordrang. Seine Raben waren wahnsinnig vor Angst. Rauch breitete sich aus, und es gab kein Entkommen. Ohne einen Gedanken zu verschwenden, rannte Regne auf die Hütte zu. Vor der Tür hieb er in seiner Not mit den Fäusten gegen das Holz, bevor er sich besann und den Schlüssel hervorzerrte, den er an einem Band um den Hals trug.

In dem Moment, in dem das Schloss aufschnappte, wurde er der Klinge gewahr, die zur Drohung einen feinen Schnitt direkt neben seinen auf- und abhüpfenden Adamsapfel setzte.

»Nun, mein Freund«, zischte Nahim dem Rabenmann ins Ohr. »Man trifft sich immer zwei Mal im Leben. Du kennst die Regeln, also sei folgsam.«

Regne erstarrte, hielt sogar den Atem an, aber als Nahim

nach dem Waffengürtel tastete, packte er dessen Hand und drehte sie blitzschnell nach außen.

Trotz des überraschenden Schmerzes riss Nahim sich so weit zusammen, um die Klinge nicht in den Hals seines Gegners zu treiben. Stattdessen holte er mit dem Messer aus und rammte den Knauf des Griffs in Regnes Oberarm, woraufhin dieser von ihm abließ. Nahim schleuderte den Rabenmann an der Schulter herum. Gerade noch rechtzeitig sah er das Auffunkeln einer Klinge und sprang instinktiv zurück. Bevor er dem Rabenmann die Waffe aus der Hand schlagen konnte, erschall jedoch der markerschütternde Ruf eines Drachen. Vielfach verstärkt durch Fels und Tal, betäubte er Nahim für einen Moment den Verstand. Er ließ von Regne ab, presste die Fäuste gegen die Ohren und stieß einen Schrei aus, um den qualvollen Druck im Kopf loszuwerden. Er wankte und sank auf die Knie.

Als sich der vibrierende Nebel hinter seiner Stirn lichtete, fand Nahim einen zusammengekrümmten Regne vor sich. Selbst noch benommen, griff er nach Regnes Handgelenken, führte sie hinter dessen Rücken zusammen und fesselte sie sorgfältig.

»Und meine Raben?«, fragte Regne schwach.

Nahim zerrte den halb betäubten Mann auf die Beine und verpasste ihm einen Stoß, so dass er gegen die Hauswand torkelte. Dann riss er das Schloss beiseite und versetzte der Tür einen Tritt. Einen Atemzug später schossen die Raben wie schwarze Blitze ins Freie und jagten kreuz und quer davon.

»Wenn der Kaminschacht wieder freigelegt und das Haus gelüftet ist, werden wir beide uns hübsch vors Feuer setzen und unterhalten«, sagte Nahim mit heiserer Stimme. »Das heißt, du wirst singen wie ein Vögelchen.«

Dann lehnte er sich ebenfalls gegen die Hauswand und fuhr sich mit einer zitternden Hand über den Mund, um festzustellen, dass seine Nase zu bluten begonnen hatte. »Verfluchtes Drachenpack«, sagte er zu sich selbst und beobachtete, wie Blutstropfen den Schnee besprenkelten. Währenddessen tappte ein betäubt wirkender Borif auf ihn zu, gefolgt von den Orks, und Nahim genoss das entsetzte Krächzen von Regne, als dieser der Überläufer gewahr wurde.

»Vielen Dank für die rührende Unterstützung, die ihr mir während des kleinen Zweikampfs habt angedeihen lassen. Dass du und dein Haufen so hinter mir stehen, beruhigt mich ungemein«, gab Nahim schlecht gelaunt von sich, als Blax sich zu ihm gesellte.

Doch die Ironie prallte wirkungslos an Blax ab. Mit gerunzelter Stirn blickte er den jungen Mann an, dessen Wangen sich vor Zorn rot verfärbt hatten. Es dauerte eine Zeit lang, bis der Ork zu einer Antwort ansetzte.

»Hast gesagt: Bleibt hinter den Bäumen. Hast gesagt: Orks haun auf Köpfe, obwohl streng verboten. Regnes Kopf bleibt heile, so lautet der Befehl. Also stehen wir Orks hinter Bäumen. Haste so gesagt, oder?«

Misstrauisch blickt Nahim dem Ork ins Gesicht, doch außer geduldigem Abwarten konnte er keinerlei andere Regung darin lesen. Darum zuckte er nur mit der Schulter und tätschelte dann ausgiebig Borifs Kopf. Er brauchte einen Moment der Ruhe, um nachdenken zu können. Um zu verstehen, was dort eben seine Ohren zum Klirren gebracht hatte.

Es gelang Lehen rechtzeitig, Tevils am Kragen zu packen, als dieser durch die Eingangstür verschwinden wollte. Dazu musste sie ungewohnt weit oben zugreifen, wie sie erstaunt registrierte. Tevils ächzte und machte sich mit einem Ruck wieder frei. Trotzdem wagte er es nicht, auch nur die Hand in Richtung Türklinke auszustrecken. Stattdessen setzte er sich grummelnd an den Tisch, wobei er jedoch demonstrativ den Mantel und die Fausthandschuhe anbehielt. Lehen setzte sich direkt neben ihn auf die Bank, so dass er ihr nicht entkommen konnte.

»Du wolltest dich also klammheimlich aus dem Staub machen, obwohl Balam es dir deutlich untersagt hat«, sagte Lehen und stieß Tevils mit der geballten Faust gegen den Oberarm.

Obwohl der Knuff größtenteils am dichten Stoff des Mantels abprallte, jammerte Tevils kurz auf und rieb sich die Stelle. Als ihm klar wurde, dass er sich wie ein kleiner Junge benahm und auch so behandelt wurde, warf er Lehen einen bitteren Blick zu. Nicht nur, dass Lehen und sein Vater ihn ohne den gebührenden Respekt behandelten, der ihm als weitgereister Drachenreiter zustand, ihm war der Streit mit seiner Schwester äußerst unangenehm. Er hatte erwartet, nach seiner Rückkehr wie ein Held oder zumindest wie ein Mann behandelt zu werden, doch Lehen sprang mit ihm um wie eh und je.

»Ich verstehe nicht, warum du mich zurückhältst«, hielt er ihr vor, wobei er versuchte, würdevoll zu klingen. Doch wie immer in der letzten Zeit, wenn er unter Druck stand, spielte ihm seine Stimme einen Streich. »Wenn Papa nicht in der Lage ist, ins Westend herunterzusteigen und Mama Schutz zu bieten, dann werde ich das eben übernehmen. Anstatt mich zu unterstützen, hältst du mich zurück, als wäre ich ein dummer Junge.«

»Tevils, du bist nicht mehr als ein dummer Junge, dem jemand ein Schwert in die Hand gedrückt hat. Hat Vennis dir in den letzten Monaten nicht beibringen können, wenigstens ansatzweise deinen Verstand zu benutzen?«

Tevils schnappte empört nach Luft, doch bevor er seinem Missmut Ausdruck verleihen konnte, sprach Lehen schon weiter.

»Dein wohl durchdachter Plan besteht darin, den Orks entgegenzustürmen, um Bienem beizustehen, die im bestbehüteten Haus des Westends sitzt. Damir und seine Ostler haben ausreichend Zeit gehabt, sich auf den Angriff einzustellen. Ich will nicht sagen, dass dieser Kampf ohne Verluste ausgehen wird. Aber ich glaube kaum, dass es den Orks gelingen wird, das Westend zu überrennen. Wir hier auf dem Hang tun gut daran, darüber nachzudenken, was die Orks nach dem Beutezug unternehmen werden.«

Lehen konnte ein Schmunzeln nur schwerlich unterdrücken, als sich plötzlich ein Einsehen in Tevils Gesicht schlich, das sich zugleich mit Kampfgeist mischte.

»Sie machen sich auf den Rückzug! Wir können sie uns vornehmen, wenn sie den Steinhaag hochklettern, einen nach dem anderen. Wir werfen ihnen Steine auf die Köpfe und treten ihnen auf die Finger. Die Kerle werden nicht wissen, wie ihnen geschieht!«

»Ich glaube nicht, dass sie über den Steinhaag kommen werden. Es hat die ganze Nacht geschneit. Der Aufstieg würde vielleicht einem geübten Kletterer gelingen, der den Weg bestens kennt, aber keiner Horde Orks, die mit Beute und Waffen behangen ist. Wenn du mich fragst, werden sie alle zusammen den Weg am Grünstrom nehmen, um sich in die Berge zurückzuziehen. Eine andere Möglichkeit gibt es nicht.«

»Sie werden an unserem Hof vorbeimarschieren!«

Tevils starrte seine Schwester entsetzt an. Mit einem Schlag war jeglicher Funke an Kampfeslust in ihm gestorben. Die Orks werden aufgebracht oder siegestrunken sein, schoss es ihm durch den Kopf. Aber ganz gleich, sie werden kaum einen Hof unbeachtet lassen, der auf ihrem Weg liegt.

»Lehen, wie kannst du so ruhig dasitzen? Wir müssen in die Wälder fliehen, solange uns noch die Zeit dafür bleibt.«

Tevils wollte aufspringen, doch Lehen hielt ihn am Arm

zurück. Unsanft plumpste er wieder auf die Holzbank. Seine Schwester packte ihn am Kinn und zwang ihn, ihr direkt in die Augen zu sehen.

»Warum denkst du nicht nach? Was hockt dort draußen auf der Kastanie und hält ein Nickerchen? Ganz gleich, wie viele Orks den Grünstrom heraufziehen und welche Waffen sie bei sich tragen werden, sie werden einem Drachen nicht widerstehen können. Es kann doch kein Zufall sein, dass du ausgerechnet jetzt mit diesem magischen Wesen in unser Tal zurückgekehrt bist. Wir werden die Orks vertreiben, Tevils!«

Zuerst wollte Tevils seiner Schwester widersprechen, ihr erklären, dass Präae keine Wunderwaffe sei, die er seinen Wünschen entsprechend einsetzen konnte. Aber dann erinnerte er sich an den Moment, in dem Präae an der goldenen Flüssigkeit geschnuppert hatte.

Ein Drache erschüttert uns nicht nur durch seine imposante Gestalt, dachte Tevils. Er bringt etwas in uns zum Schwingen. Vielleicht macht dieser Zaubertrank, dass wir Menschen auch etwas in Präae zum Schwingen bringen, so als würden wir ihr plötzlich unsere dringlichsten Wünsche zuflüstern. Er schluckte, als er den Flakon aus der Manteltasche hervorholte. Die schimmernde Flüssigkeit wogte durch die Berührung sanft hin und her und hinterließ eine ölige Spur an den Glaswänden. Mit einer hölzernen Geste hielt Tevils das Behältnis Lehen hin, die jedoch energisch abwehrte.

»Das ist Maliande, nicht wahr?«, hauchte sie atemlos. »Nahim hat einmal davon erzählt: Es ist Form gewordene Magie. Das kann ich nicht annehmen.«

»Doch, du musst es nehmen. Präae wird nämlich in dich hineinhören, wenn dieses Zeug in ihre Sinne eingedrungen ist. Ich kann natürlich nicht garantieren, dass sie deinen Wunsch erfüllen wird, so wie sie es für mich getan hat. Aber wenn sie es tun sollte, dann werden diese räuberischen Dreckskerle ihr

Wunder erleben. Du kennst die Geschichten über Drachen, die in den Kampf ziehen.«

Ein aufgesetztes Lachen kam von Tevils' Lippen, das ihm fremd in den eigenen Ohren klang. Lehens Gesicht war kreidebleich geworden, und sie hatte die Hände hinter dem Rücken verschränkt, damit ihr Bruder keine Gelegenheit fand, ihr das gläserne Behältnis zuzuschieben.

»Das kann ich auf keinen Fall tun, Tevils«, sagte sie mit brüchiger Stimme. »Du musst zu dem Drachen gehen und ihn bitten, uns zu helfen.«

Tevils schüttelte energisch den Kopf und starrte auf seine Hände, die immer noch den Flakon umklammert hielten. Das unvermeidliche Geständnis trieb ihm vor Scham und Wut Tränen in die Augen. Trotzdem war er froh, dass es Lehen war, die Zeugin seiner Niederlage wurde, und nicht etwa sein Vater oder gar Vennis. Lehen würde ihn, trotz allem, nicht für einen Nichtsnutz halten.

»Doch, du musst es tun. Wenn Präae in mich hineinschaut, wird sie dort nicht einen Wunsch, sondern tausend verschiedene im selben Augenblick sehen. Bei mir im Kopf geht doch alles hin und her, da ist kein klarer Gedanke drin. Das ist deine Aufgabe, Lehen. Niemand anderes wird ihr den Wunsch, die Orks vernichtend zu schlagen, so gut vermitteln können wie du. Ich werde Papa und Sverde überzeugen, sich mit mir in den Wäldern zu verstecken. Das ist doch auch eine enorme Herausforderung, denn Papa wird dich nicht allein zurücklassen wollen.«

Während Lehen ihre klammen Finger um den Glasflakon schloss, spürte sie, wie sich etwas Neues in ihre Gefühle für ihren jüngeren Bruder einschlich. Obwohl Tevils sich in diesem Moment nichts sehnlicher zu wünschen vermochte, als im Erdboden zu versinken, weil er auf die Möglichkeit, sich als Held zu beweisen, verzichtete, so erkannte sie, dass er mit dieser Entscheidung einen neuen Lebensweg eingeschlagen hatte. Schweigend blickte sie ihm hinterher, als er zur Tür hinausschritt.

Lehen ging auf ihr Zimmer, wo Nahims Schwert auf dem Bett lag. Sie schlüpfte in Stiefel und Mantel und band sich ein Tuch um den Kopf. Dann griff sie nach der Waffe und kletterte durch das Fenster ins Freie, gerade als Balam laut nach ihr rufend in die Stube eilte. Sie versteckte sich hinter einem Holzverschlag, von dem aus sie den Weg neben dem Grünstrom im Auge behalten konnte. Hier würde sie warten, bis Tevils zusammen mit den beiden Männern zwischen den Bäumen verschwunden war und genug Vorsprung hatte.

Ein leichtes Schneetreiben hatte wieder eingesetzt, als Lehen einige Zeit später den Steg am Grünstrom betrat. Nur noch einen Moment, dann würde auch das restliche trübe Licht, das seinen Weg durch die Wolkendecke fand, verschwunden sein. Der eisige Wind aus Nordwest trug Geräusche mit sich, die von stampfenden Füßen und wilden Flüchen kündeten.

Der Drache schien sich seit dem letzten Mal, als Lehen am Vormittag einen prüfenden Blick auf ihn geworfen hatte, nicht mehr bewegt zu haben. Wie zu Stein erstarrt, hockte er schlafend auf der Krone der Kastanie. Zweifel beschlichen Lehen und brachten ihr Herz zum Rasen. Was wäre, wenn der Drache sie trotz des Zaubertranks nicht beachten sollte? Schließlich hatte Tevils erzählt, dass der Drache ihm freundlich gesonnen sei, weil er ihm ein Spiel beigebracht hatte. Sie war lediglich eine fremde Frau, die Rache im Herzen trug. Und ein wenig Hoffnung, berichtigte Lehen sich. Aber was blieb ihr auch anderes übrig, als zu hoffen?

Obwohl die Olomin-Orks vorangingen und so die Schneedecke, die den Pass bedeckte, niedertraten, kamen sie für Nahims Empfinden eindeutig zu langsam voran.

Nach dem Gespräch mit Regne, der sich äußerst redselig gegeben hatte, surrte es in Nahims Kopf wie in einem Bienenkorb. Die Sorge um seine verschleppte Schwester Anisa mischte sich mit der Frage nach dem unerklärlichen Drachenschrei. Außerdem irrte Lehen mit seinem Schwert bewaffnet durch die Wälder, auf der Suche nach dem Feind, während sich die Orks auf dem Rückzug aus dem Westend befanden und somit zwangsläufig den Trubur Hof kreuzen würden.

Nahims kleiner Trupp näherte sich dem oberen Hang, aber er hegte kaum Hoffnung, Balam noch zur Seite stehen zu können. Hoffentlich war der Bauer schlau genug gewesen, in die Sicherheit der Wälder zu fliehen.

Es herrschte das Zwielicht einer Dämmerung, denn die schweren Wolken der letzten Tage hatten sich verzogen, und blasses Sternenlicht beleuchtete den Weg. Blax, der sich den an Händen und Füßen gefesselten Regne über die Schulter geworfen hatte, tappte mit einer Fackel in der Hand neben Nahim her, der auf Faneos ritt. Immer wieder warf der Ork einen kritischen Blick auf das Feuer, ließ aber ansonsten kein Murren hören. Borif verfolgte Blax auf Schritt und Tritt und knurrte gelegentlich, wenn er der Meinung war, dass der Ork zu dicht aufschloss.

Schon bald würden sie den Weg der Sisken-Orks kreuzen, die sich nach dem Überfall auf dem Rückzug auf die Südlichen Höhen befanden. Immer wieder spähte Nahim in Blaxes Gesicht, um dort nach den ersten Spuren von Zweifel zu suchen. Doch der Ork wirkte gelassen, wodurch Nahim nur noch mehr verunsichert wurde.

Erneut ging Nahim in Gedanken den Plan durch, den er in Frau Witts Hütte auf die Schnelle zusammengeschustert hatte: Sobald die Sisken-Orks in Sichtweite wären, würde Regne auf Faneos gesetzt werden und Nahim sich, mit einem Bogen bewaffnet, zwischen die Bäume verziehen – für den Fall, dass der Rabenmann auf dumme Gedanken kommen sollte. Regne würde den Orks als rechte Hand von Rameus erklären, dass er eine Botschaft von ihrem Herrn erhalten habe. Offensichtlich seien diese braven Olomin-Orks in seiner Begleitung in eine Falle gelockt worden. Regne solle mit ihnen ins Westend zurückkehren, während der Rest des Trupps sich unverzüglich in die Ebene verziehen und auf weitere Befehle warten solle.

Bevor er es sich versah, hatte Nahim sich auf die Unterlippe gebissen und saugte den bitteren Geschmack von seinen Lippen. Dann wischte er sich hastig mit dem Handrücken über den Mund, ehe er Blax einen wiederholten Blick zuwarf. Offensichtlich war er der Einzige, der diesen Plan für absurd hielt. Entweder würde Regne sie schnurstracks verraten oder die Sisken-Orks würden dem Rabenmann schlicht nicht über den Weg trauen und ihn zusammen mit den wiedergefundenen Kumpanen aus Olomin als willkommenes Abendessen ansehen. Er musste völlig von Sinnen sein, einen Kriegstrupp mit solch einem schnöden Trick überlisten zu wollen. Ein vernünftiger Mann würde seine Liebsten zusammensuchen und sich schleunigst aus dem Staub machen.

Während ihn unablässig all diese Ungewissheiten quälten, führte Nahim beharrlich Faneos talabwärts, bis das Pferd mit einem Mal wie zur Salzsäule erstarrt stehen blieb. Als Nahim den Blick hob, sah er zu seiner Verwunderung, wie eine Welle strahlend grünen Lichts vom Tal aus zwischen den Bäumen hindurch auf sie zurollte. Die Nacht war plötzlich hell erleuchtet, und Nahim legte sich instinktiv eine Hand über die Augen, um nicht geblendet zu werden. Mit der anderen Hand fasste er sich an die Brust, da es ihm so schien, als würde dort ein kaltes Flammenmeer auflodern, das jede Zelle seines Körpers ausleuchtete. Er hörte die Orks vor Panik aufschreien und sich zu Boden werfen. Trotzdem verspürte Nahim keine Furcht.

Einen Augenblick später war der Zauber vorbei.

Mit viel Gestöhne rappelten sich die Orks wieder auf, und Nahim hielt Ausschau nach dem Rabenmann, den Blax unsanft hatte fallen lassen. Regnes Gesicht verriet dieselben Gedanken, die auch Nahim gekommen waren: Im Tal hatte es einen Drachenangriff gegeben.

Offensichtlich kannten sie beide die Geschichten, die sich um das grüne Feuer der Drachen rankten. Die dringlichste Frage war nun, was sie vorfinden würden, wenn sie im Tal ankamen. Drachenfeuer war eine alles verzehrende Kraft, die sich mühelos durch Stein und Wasser fraß.

»Auf geht's, und zwar rasch!«, rief Nahim den Orks zu und spornte den verwirrten Trupp an. Das Herz schlug ihm in der Kehle, doch er verbannte jegliches Bild, das seine Fantasie ihm aufzuzwängen versuchte. Er konzentrierte sich ganz auf Faneos, damit der verängstigte Hengst wieder zur Ruhe kam und den vor ihm liegenden Weg meistern konnte.

Einige Zeit später hielt Nahim unvermittelt an, und Blax ließ den Trupp stoppen, ohne eine Frage zu stellen. Angestrengt lauschte Nahim. Bevor er jedoch etwas sagen konnte, schwoll das Geräusch so sehr an, dass auch die Orks es vernehmen konnten.

Auf Kommando schlug der Trupp sich in die undurchdringliche Dunkelheit zwischen den Bäumen, die den Pass auf der einen Seite säumten, während auf der anderen der Grünstrom floss. Nahim gab Blax noch ein Zeichen, gut auf den strampelnden Regne Acht zu geben, und platzierte sich dann selbst nah am Wegesrand, damit er in Augenschein nehmen konnte, wer dort lärmte.

Nahim musste nicht lange warten. Als würde ein Drache sie scheuchen, jagten Scharen von Orks an ihm vorbei: kleine Orks und gelegentlich ein Riese aus dem Westgebirge, alle mit entsetzten Gesichtern und Schaum vorm Maul. Manche hielten noch eine Waffe in der Hand, aber nicht zur Verteidigung, sondern weil sie dermaßen von Sinnen waren, dass sie vergessen hatten, den Ballast abzuwerfen. Manche schritten so weit aus, dass Nahim dachte, es müsse sie in der Mitte zerreißen. Wann immer sich die Gelegenheit bot, einen Vordermann beiseitezudrängen, wurde sie genutzt, und keiner von den Flüchtenden wagte einen Blick zurück.

Als die Schar vorübergezogen war, wartete Nahim noch eine Zeit lang, damit auch kein Nachzügler überraschend auftauchte, dann rief er nach Blax, und sie setzten ihren Marsch ins Tal schweigend fort. Ihr Tempo allerdings hatte sich erheblich verlangsamt.

Im Zwielicht der anbrechenden Dämmerung, kurz bevor sich die Sonne über den südlichen Gebirgsrand schob, brachte Nahim das letzte Stück Weg hinter sich, das ihn vom Trubur Hof trennte. Überall lagen Speere, Krummschwerter und allerlei Klingen, welche von den niedergedrückten Orks gelegentlich aufgeklaubt wurden. Nahims Kopf war frei von Gedanken. Das Einzige, was er wahrnahm, war ein klebriger Geschmack im Mund, weshalb er unablässig mit der Zunge am Gaumen entlangrieb, bis es ihn fast in den Wahnsinn trieb.

Doch der Anblick, der sich ihm nach der letzten Kurve bot, war kein Bild der Zerstörung. Soweit Nahim erkennen konnte, hatte der Pass einige Spannen an Breite hinzugewonnen. Seine schneefreie Fläche war makellos glatt und spiegelte die verblassenden Sterne wie ein See. Ein Großteil der Hecken und Bäume, die den Wegesrand geziert hatten, waren spurlos verschwunden, und das Ufer des Grünstroms war an diesen Stellen eingeschmolzen. Das Wasser jedoch bahnte sich bereits wieder einen Weg, indem es den Pfad streckenweise überschwemmte. Als Nahim das Pferd dort hindurchführte, drohte es beinahe auszugleiten, so blank war der Grund.

Während sie in den friedlich daliegenden Hof der Truburs

einkehrten, konnte Nahim deutlich das Murren der Orks hören, die sich hinter ihm scharten wie eine Horde verängstigter Kinder. Nahim konnte es ihnen nicht verübeln. Der Anblick eines Drachen hatte schon ganz andere Wesen in die Flucht geschlagen. Auch er konnte sich gegen das berauschende, zugleich beklemmende Gefühl nicht wehren, das ihn nach all der Zeit immer noch durchflutete, wenn er Präae erblickte. Er stieg von Faneos ab und verneigte sich bedächtig vor dem Drachen, der sich in der gewaltigen Krone einer Kastanie niedergelassen hatte. Präae blinzelte ihm kurz zu, dann steckte sie ihr Haupt unter einen der Flügel, als würde sie die Neuankömmlinge nicht weiter interessieren.

Nahim konnte den Blick nicht vom gleißenden Schuppenkleid des Drachen lösen, obwohl Borif neben ihm laut aufkläffte. Lehen stand inmitten des Hofs, einen Korb mit Eiern in der Hand, und starrte den Trupp mit weit aufgerissenen Augen an.

Kapitel 26

Lehen konnte sich nicht sattsehen an Nahim, wie er mit den Händen gestikulierte, Luft durch die rot gefrorene Nase zog und seinen klammen Mantel achtlos in die Ecke warf. Das Paar hatte mehr Umarmungen und Liebkosungen denn Worte ausgetauscht, und als sie endlich nebeneinander am Tisch saßen, war Nahim bereits nach ein paar Sätzen vor Erschöpfung eingeschlafen. Eigentlich hatte er nur kurz den bleischweren Kopf auf der Hand abstützen und die Augen schließen wollen, aber dann hatte er die Wärme, die Lehens Körper so dicht neben ihm ausstrahlte, und dem beruhigenden Gefühl von Sicherheit nicht widerstehen können. Furcht und Zweifel, die in den letzten Tagen ständige Begleiter gewesen waren, waren wie fortgewischt.

Obwohl es viel zu besprechen gab und die Zeit drängte, konnte Lehen sich nicht dazu durchringen, ihren Liebsten zu wecken. Zärtlich fuhr sie ihm durch die verfilzten Locken und betrachtete sein müdes Gesicht, den dunklen Bluterguss um eines seiner Augen und die verschorften Lippen. Sie musste sogar darüber schmunzeln, wie er mit dem halben Oberkörper auf der Tischplatte lag, als handelte es sich um ein weiches und gemütliches Lager. Sie war dermaßen in ihre Beobachtung vertieft, dass sie die Anwesenheit des riesigen Orks und des Rabenmanns beim Ofen vollkommen vergessen hatte.

Als Tevils die Tür öffnete und durch den Spalt hineinlinste, traute er seinen Augen kaum, denn das Erste, was er erblickte, war ein im Sitzen dösender Ork. Erschrocken sprang Tevils zurück, wobei er seinem Vater auf die Zehen trat, der sich sogleich lautstark beschwerte. Nachdem der Junge umständlich das Schwert aus der Scheide gezogen hatte und ins Haus getreten war, fand er sich vor einem mittlerweile wachen und aufgerichteten Ork wieder. Zu seinem Entsetzen musste Tevils den Kopf in den Nacken legen, um den Blick des Riesen einzufangen. Er hatte Orks deutlich kleiner in Erinnerung. Das Schwert schwankte vergessen in seiner Hand.

»Das war der schlechteste Überraschungsangriff, den man sich überhaupt vorstellen kann«, erschall Nahims feixende Stimme im Hintergrund. »Blax, nimm dem Jungen das Schwert ab, bevor er es sich auf den Fuß fallen lässt. Aber bitte vorsichtig!«

Der Ork nahm ihm die Waffe ab, und erst da gelang es Tevils, seine Erstarrung abzuschütteln. Mit einem verärgerten Schnaufen versuchte er, nach dem entrissenen Schwert zu greifen, doch der Ork hielt es außer Reichweite. Tevils trat ihm gegen das Schienbein, aber als sein Gegner nicht einmal ein Zucken vernehmen ließ, wandte er sich verbittert ab.

»Wie schön, dass du noch lebst«, sagte er trocken zu Nahim, der sich das Gesicht rieb, in das sich die Holzmaserung des Tisches gedrückt hatte.

Nachdem Nahim Balam und Sverde davon überzeugt hatte, dass von Blax und seinen im Stall lagernden Kumpanen keinerlei Gefahr ausging, saßen sie nun alle am Tisch und tauschten ihre Geschichten aus.

Balam, der sich in eine Ecke gequetscht hatte, beobachtete zuerst voller Argwohn den Ork in der Nähe seines Ofens, bis sein Blick schließlich von Nahim gefesselt wurde, der einen Arm um die Schultern seiner Tochter gelegt hatte und ihre Hand hielt. Derart in Anspruch genommen, mokierte Balam sich nicht weiter über Rameus' Verrat. Stattdessen räusperte er sich mehrmals eindeutig, doch der junge Mann schien das Zeichen nicht deuten zu können, denn der Arm blieb, wo er war.

Tevils hingegen staunte mehr als genug über die Geschehnisse, die sich in dem Teil des Tals zugetragen hatten, in dem er aufgewachsen war. Vor seinem geistigen Auge spielten sie sich äußerst lebendig ab. Als Lehen schließlich davon berichtete, wie Präae sich der Orkschar angenommen hatte, unterbrach er sie frühzeitig.

»Aber warum hat Präae diesem Haufen von Strolchen nicht sofort den Garaus gemacht? Das wäre doch ein Leichtes für sie gewesen und hätte auch deinem Wunsch entsprochen. Jetzt ist kein Zaubertrank mehr da, und wir müssen selbst zusehen, wie wir diese Plage endgültig loswerden.«

Blaxes Knurren brachte den Jungen zum Schweigen, so dass Lehen weitersprechen konnte.

»Nachdem Präae den Trank gierig aufgesogen hatte, betrachtete sie mich, als würde sie in einem Buch lesen. Ich habe mich in meinem ganzen Leben noch nie so ausgeliefert gefühlt. Ich hätte sie nicht abweisen können, selbst wenn ich es gewollt hätte. Trotzdem ist ihr eindringlicher Blick nicht unangenehm gewesen. Es war, als würde man jemandem all seine schmutzigen Geheimnisse verraten, der nicht begreift, warum es überhaupt Geheimnisse sind. Der Geist des Drachen wirkt sehr rein, unbefleckt vom menschlichen Denken und Wollen …«

Einen Augenblick lang entglitt Lehen die Kontrolle über ihre Gesichtszüge, so dass sie abwesend und seltsam verzaubert wirkte. Dann schien ihr plötzlich wieder einzufallen, dass sie nicht länger vor der Kastanie am Fluss stand und mit einem der mächtigsten Wesen von Rokals Lande eine stille Unterhaltung führte. Umständlich räusperte sich Lehen, ehe sie fortfuhr.

»Obwohl ich hörte, wie die Orks immer näher kamen, konnte ich mich kaum von Präae abwenden, geschweige denn, etwas sagen. Ganz plötzlich erhob sie sich mit einem einzigen Flügelschlag. Kein Schrei und keine Warnung, nur das Rauschen ihrer Schwingen war zu hören gewesen. Wahrscheinlich haben die Orks fast den Verstand verloren, als sie plötzlich hinter ihnen in der Dunkelheit aufgetaucht war. Ich sah sie jedenfalls wie von Sinnen davonjagen, verfolgt von einem dicht über dem Boden gleitenden Drachen. Schillernd wie ein Edelstein.«

»Aber Präae muss Feuer gespuckt haben«, warf Nahim irritiert ein. »Wir haben den Nachhall noch auf den Höhen zu spüren bekommen, und der Pass ist auf eine ganze Länge eingeschmolzen.«

Aber Lehen schüttelte den Kopf. »Das hat sie aber nicht. Als die Orks an unserem Hof vorbeirannten, schnaubte Präae einmal kurz wie zur Warnung, bevor sie wieder in Richtung Kastanie abdrehte.«

»Sie hat also lediglich … geschnaubt?«

Nahims Gesicht wurde blass, als Lehen bekräftigend nickte.

Wohin würde wohl der Wert von Maliande steigen, wenn bekannt würde, dass damit die bislang verschlossene Tür zu den Drachen aufgestoßen werden konnte? Drachen, die sich für die menschlichen Geschicke interessierten, würden das Machtgefüge in Rokals Lande vollkommen aus dem Lot bringen. Aber bevor er diesen Gedanken weiterspinnen konnte, wurde er von Lehens Stimme zurückgerissen.

»Wir wissen zwei Dinge von dem Rabenmann: Anisa ist in der Mühle gefangen, und nach dem Orküberfall wird im Westend eine Versammlung stattfinden. Dort wird Damir darauf drängen, dass die Bewohner des südlichen Talgebietes alle erdenklichen Mittel zur Verfügung stellen, damit weitere Ostler angeworben und Waffen hergestellt werden können. Die

Westendler werden ihm, ohne zu zögern, zustimmen, und schon bald wird Rameus über so viel Macht verfügen, dass er den bedrohlichen Schatten der Orks nicht mehr brauchen wird.«

Lehen hielt kurz inne und schaute in die Runde, als hoffte sie, dort eine Lösung zu finden. Stattdessen fiel ihr noch ein weiteres Problem ein: »Aber wie ist es eigentlich um die Ostler bestellt, sind sie alle in Rameus' Plan eingeweiht? Das Volk, das am Minja-Stieg im Osten des Tals lebt, führt zwar ein entbehrungsreiches Leben, aber ich kann nicht glauben, dass sie sich auf einen solchen Betrug einlassen würden.«

Regne, der immer noch an der Seite von Blax hockte und schweigend Haferflocken in sich hineingelöffelt hatte, ließ ein gehässiges Lachen vernehmen.

»Wozu sollte es denn gut sein, wenn man die ganze Horde aufklären würde? Es reicht doch völlig, wenn es eine Hand voll williger Helfer gibt, die über den Rest der Bande gebietet. Und diese willigen Helfer findest du immer und überall. Aber wenn Rameus wankt, werden sie ihre Loyalität vergessen und sich dem neuen Herrn vom Westend unterwerfen. Darauf kommt es doch an, nicht wahr, Mädchen?«

Lehen beantwortete die Frage des Rabenmanns nicht, sondern lehnte sich zurück und blickte ihn prüfend an. Schließlich brach Nahim das Schweigen.

»Wir halten also an unserem ursprünglichen Plan fest: Zuerst befreien wir Anisa und werden dann zusammen mit ihr und Regne der Versammlung im Westend einen Besuch abstatten. Regne ist unser lebender Beweis für Rameus' Verrat. Er wird seine Geschichte brav vor dem Westend wiederholen, denn sonst werden wir ihn dem Mob und nicht Damir ausliefern. Blax, du sorgst weiterhin dafür, dass Regne keinen Unfug anstellt.«

Der Ork zog seine Oberlippe hoch und zeigte eine ganze Fülle an verwitterten Hauern, was wohl einem Lächeln gleichkommen sollte. Dann richtete er sich auf, wobei er den Kopf zwischen die Schulter zog, um nicht gegen die Decke zu stoßen, und packte Regne am Kragen. Der schmächtige Rabenmann schrie auf und tänzelte auf den Zehenspitzen. Nahim, der ebenfalls schon auf den Beinen war, tippte Lehen auf die Schulter, um sie zum Aufstehen zu drängen, doch sie blieb ungerührt sitzen.

»Woher wissen wir eigentlich, dass Anisa wirklich in die Mühle verschleppt worden ist und der Rabenmann uns nicht in eine Falle locken will? Ich verstehe nicht, warum Rameus sich die Mühe machen sollte, Anisa zu rauben. Schließlich wusste sie nicht, dass es sich bei Regne und dem Rabenmann um ein und dieselbe Person handelt.«

Regne ließ mit einer Antwort auf sich warten, bis Blax ihn kurz schüttelte. Trotzdem kamen die Worte nur zögerlich hervor: »Früher oder später wäre sie eine Gefahr geworden, genau wie Nahim und der alte Mann. So wären wir mit einem Schlag alle neugierigen Fremden los gewesen. Das ganze Westend hätte bezeugen können, dass die Frau ein Opfer der Orks geworden ist.«

»Aber dann verstehe ich nicht, warum ihr Anisa nicht gleich umgebracht habt. Darauf muss ein solcher Plan doch schließlich hinauslaufen, oder?«, hakte Lehen unerbittlich nach.

Dieses Mal musste Blax den Rabenmann so heftig durchschütteln, dass man das Aufeinanderklappern der Zähne hören konnte, bevor er weiterzureden gewillt war. Regne presste die Worte zwischen den verkniffenen Lippen heraus, dass sie kaum zu hören waren.

»So sah der Plan ursprünglich auch aus, aber dann wollte Rameus nicht. Er wollte sie behalten, würde schon auf sie aufzupassen wissen. Der Schwachkopf! Lebend werdet ihr die Frau also auf jeden Fall vorfinden, aber auch gut bewacht.

Und jetzt soll der Grobian mich gefälligst wieder herunterlassen.«

Nahim war über Regnes Worte so schockiert, dass er erwog, kurzen Prozess mit dem Rabenmann zu machen. Es war Lehens Hand, die ihn beruhigte, als sie sich auf die seine legte. Er atmete tief durch, dann sagte er: »Wir brechen jetzt auf, Tageslicht hin oder her.«

Nachdem der Müller Anisa voller Hohn dem Rabenmann vorgeführt hatte, machte er sich nicht die Mühe, ihre Fesseln zu lösen. Er schubste sie lediglich in den dunklen Raum und beobachtete mit seinen tief liegenden Augen, wie Regne sich vor ihr aufbaute und die verwirrte Frau an sich riss. Vollkommen reglos sah der Müller zu, wie der Rabenmann ein Messer zückte und es Anisa an den Hals hielt.

Sofort begann die Ader unter der feinen Haut hektisch zu pochen, so dass der Klang Anisa durch den Schädel dröhnte und jeden Gedanken verdrängte. Sie wagte kaum zu atmen, so dicht schwebte die Klinge vor ihrer Kehle. Erst als der Rabenmann lautstark ihren Kopf einforderte, entwich ein stoßartiges Keuchen ihren Lippen. Sogleich ritzte die Klinge die Haut ein, und als sich der Schnitt langsam rot füllte, schlich sich ein genießerisches Lächeln auf die Lippen des Müllers.

»Ich bringe sie um, gleich hier und jetzt!«, behauptete der Rabenmann, wobei ihm vor Eifer Speichel aus den Mundwinkeln lief.

Erst im letzten Moment sprach Rameus die entscheidenden Worte aus, die den Rabenmann mitten in der Bewegung erstarren ließen: »Lass es! Sie gehört mir.«

Unbeholfen befreite Anisa sich aus Regnes plötzlich willenlos gewordenem Griff und torkelte zurück, bis sie den Vorbau des Kamins zu fassen bekam, an dem sie sich heruntergleiten ließ und leblos sitzen blieb.

Regne fluchte, schimpfte und drohte, aber Rameus stand nur da und sagte immer wieder, dass das Weib in seinem Haus ihm gehören würde. Anisa konnte die Mordlust in den staubfarbenen Augen des Rabenmanns sehen, aber sie war sich nicht sicher, wem er nun lieber die Kehle zerschnitten hätte: ihr oder dem Müller, der sich über seinen Anspruch hinwegsetzte.

Schließlich wurde der Streit von einem der Ostler unterbrochen, der die Mühle ohne anzuklopfen betreten hatte. Es war der Mann mit der Augenklappe, der Anisa im Schmiedshaus bewacht hatte. Augenblicklich verspürte sie den dringenden Wunsch, die Klappe wie ein kleines Mädchen zu lüften, um zu erfahren, was sich unter ihr verbarg. Ein Kichern kam ihr über die Lippen, gegen die sie sofort den Handrücken presste.

»Alles läuft wie vereinbart«, erklärte der Mann, dessen Gesicht übermäßige Erschöpfung verriet. »Der Morgen graut bereits, so dass sich die Orks sammeln und über den Pass auf die Südlichen Höhen zurückkehren werden.«

Rameus nickte ihm zu. »Regne wird sie begleiten. Ihn zieht es ohnehin zu seinen Liebsten zurück, nicht wahr?«

Regne ließ sich nicht zu einer Antwort herab. Er lief zum Ausgang hinaus, wobei er einen weiten Bogen um Rameus machte, was dieser mit einem hochmütigen Lächeln zur Kenntnis nahm. Dann wandte sich der Müller erneut dem Boten zu.

»Hör zu, Engelan. Die Kerle sollen sich beeilen und alles in die Lager schaffen, bevor hier noch jemand Unerwarteter aus dem Westend auftaucht, um nach dem Rechten zu sehen. Es wäre doch schade, wenn nach all der Mühe zuletzt durch Dummheit alles auffliegen sollte.«

Engelan nickte, dann rieb er verlegen seine Hände gegeneinander und sagte: »Ein paar von den großen Orks haben tote Kameraden angeschleppt und machen nun Ärger, weil sie die nicht am Wegesrand verrotten lassen wollen. Du hast aber gesagt, dass wir hier Orkkadaver brauchen, damit die Kampfspuren am Pass echt aussehen.«

Rameus starrte den Mann an, als würde er ihn für diese unangenehme Wendung persönlich verantwortlich machen. Letztendlich begnügte er sich jedoch mit einem mürrischen Knurren und ging zu Anisa hinüber, die sich instinktiv noch mehr zusammenkauerte. Unsanft kontrollierte er, ob die Fesseln an ihren Händen richtig saßen, und band sie hinterrücks an den Kamin.

»Ich sage dir jetzt noch einmal, was ich dir gestern Nacht schon gesagt habe: Du bleibst hier, du rührst dich nicht von der Stelle. Und dieses Mal wirst du tun, was ich dir sage. Ich habe nämlich keine Lust, dich mit Drohungen gefügig zu machen. Außerdem habe ich nicht genug Männer, um dich rund um die Uhr bewachen zu lassen. Wahrscheinlich kannst du dir denken, was ich mit dir veranstalten werde, wenn du mir trotzdem weglaufen solltest. Es wird dir nämlich niemand zu Hilfe kommen. Dein Bruder und der Alte sind tot, verstehst du? Die Orks haben sie gefressen, als sie auf den Höhen herumgeschnüffelt haben. Also bleibst du hier und wartest, bis ich wiederkomme.«

Genau das tat Anisa: Sie kauerte starr neben dem offenen Kamin, unfähig, auch nur zu blinzeln. Von draußen drangen Schreie und der Lärm vieler Füße herein, die Tür schwang auf und zu, die Nacht brach herein, und das Feuer im Kamin brannte herunter, es wurde still, und ein unwirkliches Licht drang durch die steinerne Wand und erleuchtete den Raum, aber Anisa rührte sich nicht.

Obwohl in ihren Beinen kaum noch ein Gefühl war, konnte sie sich nicht dazu durchringen, sie zu bewegen. Eine Stimme tief in ihrem Innersten versuchte vergeblich, sie wachzurütteln, sie dazu zu überreden, einen Plan zu fassen. Doch in Anisas Kopf schrien viel zu viele Stimmen durcheinander, als dass die eine sich hätte Gehör verschaffen können.

So bemerkte sie auch nicht, wie die Tür zur Mühle zum wiederholten Male aufgestoßen wurde und Lehen mit einem suchenden Blick den Raum betrat. Auf Höhe der Brust hielt sie ein Krummschwert mit so festem Griff, dass das Handgelenk weiß hervorstach. Balam trat hinter ihr ein, mit Speer und Sichel bewaffnet. Mit dem Rücken zur Wand schlich Lehen zu einem der Fenster und öffnete behutsam die Läden, während Balam neben der Tür Stellung bezog.

Lehens Blick suchte unablässig den Raum nach Bewegungen ab. Zuerst glitt er dabei über Anisa hinweg, doch dann begriff Lehen, dass sie gefunden hatte, wonach sie suchte. Als Anisa nicht auf sie reagierte, ließ sie sich neben ihr auf dem Boden nieder. Sie durchtrennte die Fesseln mit einem Messer, das sie sich in den Gürtel gesteckt hatte, und massierte die leblosen Hände und Unterarme der seltsam in sich gekehrten Frau.

»Alles wird gut werden, Liebes. Alles wird gut«, sagte Lehen immer wieder in der Hoffnung, zu Anisa durchzudringen und ihr Trost zu spenden. Aber Anisa gab lediglich ein leises Jammern von sich.

Erst als Nahim zusammen mit einem blutbeschmierten und entrückt aussehenden Tevils vor ihnen stand, brach Anisa in einen befreienden Weinkrampf aus. Erschrocken schloss Nahim seine Schwester in die Arme. Als ihr Zittern schließlich nachließ, löste er vorsichtig ihre Finger, die sich durch den Stoff seiner Kleidung hindurch tief ins Fleisch gegraben hatten. Dann trat er einen Schritt zurück. Das Gesicht seiner Schwester war zwar vom Weinen verquollen, und sie fürchtete sich noch sichtlich, trotzdem glaubte Nahim, dass sie nun in der Lage sei, ihm zuzuhören.

»Es tut mir leid, aber wir müssen uns beeilen, Anisa. Das Westend versammelt sich noch vor der Dämmerung, um sich zu beratschlagen. Wir haben Regne in unserer Gewalt, der uns alles erzählt hat, und ich denke, das ist unsere einzige Chance, den Betrug aufzuklären. Soll Balam vielleicht mit dir in der Mühle bleiben, damit du dich erholen kannst?«

Aber Anisa schüttelte eindringlich den Kopf.

»Nein, du musst mich mitnehmen!«, erwiderte sie verblüffend energisch. »Die Menschen im Westend haben gesehen, wie ich von den Orks verschleppt wurde. Der verdammte Regne wird nicht ausreichen, sie zu überzeugen. Und wer weiß, ob er nicht augenblicklich zu lügen beginnt, wenn er seinen Herrn auf der Versammlung sieht? Vielleicht wäre es das Klügste, Fleur zu holen und einfach zu fliehen.«

Nahim zögerte einen Moment, bevor er antwortete. »Das wird kaum möglich sein. Trevorims Pforte ist längst von Eis und Schnee verschlossen. Wohin sollten wir auch fliehen? Wir werden es auf ein Kräftemessen ankommen lassen müssen, wenn wir hier im Tal eine Zukunft haben wollen.«

Als sie in das kalte Licht des Tages traten, verwirrte Anisa der Anblick, der sich ihr bot, zutiefst. Im niedergetrampelten Schnee sah sie die noch immer schwärenden Reste eines großen Scheiterhaufens, aus dem Knochen und Schädel herausragten. Auf Speeren, die schief in den Boden gerammt dicht nebeneinanderstanden, hatte jemand Orkköpfe aufgespießt. Aber Anisa sah auch die leblosen Körper einiger Ostler, unter denen sich Blutlachen im grauen Schnee ausbreiteten.

Einer dieser Leiber gehörte Engelan, dessen Gesicht selbst im Tod noch eine Spur von Fassungslosigkeit zeigte. Seine Kehle war durchschnitten worden, und die klaffende Wunde lag wie ein dunkles Tuch um seinen Hals. Die Augenklappe verbarg weiterhin ihr Geheimnis, doch Anisa verspürte nicht länger das Bedürfnis, es zu lüften.

Beschämt wandte sie ihren Blick ab und entdeckte die Horde Orks, die im Schatten der Mühle kauerte. Riesige Kreaturen von derselben Art wie ihr Entführer. Panisch schlug sie die Hände vors Gesicht.

Lehen, die neben sie getreten war, legte ihr den Arm um die Schulter. »Du brauchst dich nicht zu fürchten, Anisa. Auch die Orks sind betrogen worden, und nun stehen sie nicht mehr auf der Liste der Helfershelfer.«

Nahim gesellte sich zu Blax, der gleichmütig einen sich windenden Regne am Schlafittchen hielt, und sagte: »Blax, nachdem ihr die Knochen eurer Toten zusammengesucht habt, werden du und dein Trupp ins Siskenland zurückkehren, und zwar mit folgender Botschaft: Es gibt einen neuen Herrscher im Tal, der über Drachen gebietet. Die Orks haben im Siskenland zu bleiben und dürfen niemals mehr einen Fuß ins Gebirge setzen. Denkst du, der Befehl ist für einen Ork deutlich genug formuliert?«

»Gehst allein ins Dorf? Brauchste nicht. Wir halten dir den Rücken frei, falls die Ostler frech sind. Rameus' Ostler sind nämlich frech. Machen wir Orks gern, den Ostlern die Hälse umdrehen. Blödes Pack.«

»Ich weiß dein Angebot zu schätzen, aber ich denke, dass unsere Chancen, Gehör zu finden, größer sind, wenn wir ohne Waffen schwingende Orks im Ort auftauchen. Außerdem sind wir quitt, und unser Pakt ist somit erfüllt.«

Der Ork verzog das Gesicht zu seinem erschreckenden Grinsen, dann verpasste er Regne einen Stoß, so dass er Nahim geradewegs in die Arme taumelte. Blax brüllte einige Befehle in der den Orks eigenen Sprache, und der Trupp setzte sich in Bewegung, ohne einen weiteren Blick auf die Menschen zu verschwenden.

Nahim legte den Kopf in den Nacken und sah zum Himmel empor. Die bleiche Sonne hatte gerade ihren höchsten

Stand erreicht und wärmte Gesicht und Hände. Doch mit dem aufgefrischten Nordwind zogen schwarze Wolkenberge heran, die von einem erneuten Schneefall kündeten.

»Lasst uns aufbrechen. Die eigentliche Schlacht steht noch aus«, sagte er und winkte die anderen zu sich heran.

Doch niemand setzte sich in Bewegung.

Anisa, deren Beine vom langen Verharren beim Kamin wacklig waren, krallte sich an Lehen fest, und Tevils, dessen entsetzte Gesichtszüge nach wie vor von den Erlebnissen vor der Mühle erzählten, schien sich hinter seiner Schwester verstecken zu wollen. Selbst Borif verharrte jaulend am Rocksaum seiner Herrin.

Nur Balam reckte angriffslustig das Kinn vor. »Ich kann nicht glauben, dass du die Orks fortgeschickt hast! Dabei sollten wir froh sein über jedes Schwert, das auf unserer Seite steht. Rameus wird uns seine Getreuen auf den Hals hetzen, lange bevor du mit deiner Anklage überhaupt beginnen kannst. Wer sind wir schon? Nur ein zerschundener Haufen aus Hangbauern und Fremden. Ich halte es für das Klügste, sofort auf den Hof zurückzukehren. Dort können wir uns wenigstens sinnvoll betätigen. Rameus' Macht wird auch ohne unser Zutun zerfallen, jetzt, da die Orks fort sind. Wenn die Gefahr erst verblasst ist, wird auch niemand aus dem Westend mehr hohe Schutzgelder zahlen wollen.«

Nahim setzte einen Fuß auf die Treppe. In seinen Augen funkelte die Wut auf den engstirnigen Bauern, der sich weigerte, den Gedanken weiterzuspinnen, nur weil ihm die unausweichliche Antwort nicht gefiel. Trotzdem unterdrückte Nahim das Bedürfnis, Balam durch gezieltes Anschreien einzuschüchtern, obwohl ihm jeder Augenblick dieses unfruchtbaren Streits zuwider war.

»Rameus' Einfluss ist bereits viel zu weit gediehen, und er wird ihn zu nutzen wissen – mit oder ohne Orks«, erklärte er stattdessen mit heiserer Stimme. »Die Westendler haben Damir die Verantwortung zugeschoben und werden ihn dafür reichlich entlohnen. Rameus, der Damirs rechte Hand bislang äußerst überzeugend gespielt hat, wird sich bestimmt etwas einfallen lassen, damit die Westendler sich niemals mehr in Sicherheit wiegen können. Wenn wir in diesem Tal ein selbstbestimmtes Leben führen wollen, dann bleibt uns nichts anderes übrig, als uns bei der Versammlung Gehör zu verschaffen.«

»Aber was ist mit den Ostlern?«, entgegnete Balam, dessen Widerwille ungebrochen war. »Die paar Ostler, die die Mühle bewacht haben, machten doch nur einen Bruchteil des eigentlichen Schutztrupps aus. Die Orks hätten uns den Rücken stärken können. Das ganze Westend hätte bei ihrem Anblick gezittert.«

»Sie hätten uns alle umgebracht!« Lehen warf ihrem Vater einen aufgebrachten Blick zu, der ihm die Röte ins Gesicht trieb. »Außerdem glauben die meisten Ostler tatsächlich, dass sie hier sind, um gegen Orks zu kämpfen. Falls du dich nicht damit abfinden kannst, dass wir uns Rameus jetzt entgegenstellen müssen, dann bleibst du halt zurück. Wir werden jedenfalls nicht weiterdiskutieren, während der Müller seine Ernte einfährt. Tevils, hilf mir, Anisa zu stützen!«

Daraufhin eilte Balam ihnen zwar kurzatmig hinterher, aber er hatte noch immer keine Entscheidung getroffen. Seine Beine reagierten lediglich auf den bestimmenden Ton seiner Tochter. Nachdem die Mühle in ihrem Rücken immer kleiner wurde, gestand er sich zumindest ein, dass er es kaum gewagt hätte, allein auf den Hang zurückzukehren. Der Gedanke an die Leichen im zertretenen Schnee ließen ihn schaudern, und er hielt Speer und Sichel fest umklammert.

Kapitel 27

Die letzte Nacht hatte im ganzen Dorf Spuren der Verwüstung hinterlassen: Türen und Fensterläden waren eingeschlagen worden. Der hölzerne Dachstuhl des Rathauses war in Flammen aufgegangen und hatte die nahe stehenden Ställe in Brand gesetzt. Es hatte unendlich viel Mühe gekostet, das Feuer zu löschen, denn die Orks hatten zuvor ein Standbein des Wasserspeichers gefällt, so dass sich die Wassermassen nutzlos über den Marktplatz ergossen hatten und dort zu einer gefährlichen Eisschicht gefroren waren. Nun galt es, Verletzte zu betreuen – vor allem junge Männer aus dem Westend, die dem unerwarteten Ansturm der vom Norden her ins Dorf eindringenden Orks nicht gewachsen gewesen waren. Einige Familien hatten sogar Tote zu beklagen.

Die Westendler hatten die Entscheidungen, wie erwartet, rasch getroffen und Damirs Vorschlägen und Forderungen vorbehaltlos zugestimmt. Die Menschen waren verstört, aber nicht nur wegen des Überfalls und des zurückbleibenden Chaos. Ein ohrenbetäubender Schrei und eine unerklärliche Welle grünlichen Lichts, das selbst durch Häusermauern drang, wurden als unerklärliches und sicherlich Unheil verheißendes Omen gedeutet. Die einst beschauliche Welt des Westends schien außer Rand und Band.

Nun standen die Menschen beisammen, um sich gegenseitig Trost zu spenden, während sie sich gleichzeitig mit gehetzten Blicken über die Schultern sahen. Es wurde still geweint, und man flüsterte miteinander, als gälte es, jegliche Unruhe zu vermeiden. Das Unheil würde erneut sein Haupt über das Westend erheben, man musste es nicht noch herausfordern.

Trotzdem entging es Damir nicht, dass die Frage die Runde machte, wie die Orks unbemerkt einen Weg über den Westwald hatten finden können, so dass eine Horde von ihnen ungehindert ins Dorf eingedrungen war. In seinen Ohren klang das verdächtig nach Schuldzuweisung.

Damir spähte genau in dem Augenblick zum Himmel hinauf, als sich die erste schwere Wolke vor die Sonne schob und den Marktplatz in fahles Licht tauchte. Ein unwillkürliches Zucken ging durch die Versammlung, so, als hätte sich ein kalter Schleier über sie gelegt.

Es soll ruhig anfangen zu schneien, damit sie alle miteinander schleunigst wieder in ihre Häuser verschwinden, dachte Damir, dessen Geduld sich allmählich dem Ende zuneigte. Der zu Matsch zertretene Schnee hatte ihn bis zur Hüfte eingesudelt, und sein Magen knurrte unaufhörlich. Nun, da sich alles seinen Wünschen gemäß gefügt hatte, spürte er zum ersten Mal eine tiefe Erschöpfung, die sogar seiner Selbstzufriedenheit den Glanz raubte.

Ausgiebig tätschelte Damir ein weiteres Mal die Schulter von Kane Blieben, die den Verlust einer ganzen Hühnerschar zu beklagen hatte, während er sich unauffällig nach Rameus' bulliger Gestalt umsah. Er würde einfach damit beginnen, sich von den Leuten zu verabschieden, und dann ins Schmiedshaus zurückkehren. Sollte doch Rameus den Hartnäckigen unter den geschwätzigen Westendlern klarmachen, dass sie sich nach Hause verziehen sollten. Die Ostler, die während der Versammlung an den Rändern des Platzes lagerten, würden an diesem und an den folgenden Tagen bei Einbruch der Dunkelheit patrouillieren, und niemand sollte ihnen das Geschäft erschweren. Damir war jede Form von Neugierde und Einmischerei reichlich über. Niemand würde mehr seine Nase ungestraft in seine Angelegenheiten stecken, dafür würde er schon sorgen.

Als Damir den Müller schließlich in der Menge ausmachte, ließ ihn dessen Gesichtsausdruck aufmerken. Während er den Westendlern seine Forderungen vorgetragen hatte, damit er den Süden des Tals künftig vor Übergriffen schützen könne, hatte der an seiner Seite stehende Rameus eine Zufriedenheit ausgestrahlt, die angesichts der verstörten Menschen geradezu anstößig wirkte. Doch nun war das satte Strahlen einer versteinerten Miene gewichen, und Damir fragte sich, wer den Unwillen des Müllers auf sich gezogen hatte.

Als er Rameus' Blick zur Mitte des Platzes folgte, erkannte er sofort, was die Aufmerksamkeit des Müllers erregt hatte. Damir kam nicht umhin, einen lauten Fluch auszustoßen, als er Nahims hochgewachsene Gestalt erkannte, die gerade auf den Brunnenrand kletterte und ein schmächtiges Etwas neben sich hinaufzog. Doch im nächsten Moment wurde Damirs Fluch von einem spitzen Schrei übertönt, der die Köpfe der Anwesenden herumfahren ließ. Alle Blicke waren auf den Brunnen gerichtet.

Nahim hatte dem Rabenmann, der kreidebleich und schlotternd neben ihm auf dem Mauersims stand, das Handgelenk verdreht. Gerade genug, um den mitgenommenen Mann aufschreien zu lassen. Regne schickte ein beleidigtes Krächzen hinterher, und Nahim war sich sicher, dass der Rabenmann sich nur allzu gern für diese Demütigung an ihm gerächt hätte. Doch zuerst würde er Rameus zu Fall bringen, dessen Hochmut er diese missliche Lage zu verdanken hatte. Nahim hegte keinen Zweifel daran, dass Regne die Macht, so fragil und kurzweilig sie auch sein mochte, durchaus genoss.

Lehen, die sich neben Nahim auf den steinernen Brunnenrand gestellt hatte, löste den Schal von ihrem Haar, so dass jeder Westendler sie erkennen konnte. Als alle Blicke auf sie gerichtet waren, holte sie tief Luft und hoffte inständig, dass ihre Stimme fest klang.

»In der letzten Nacht ist auf dem Hang etwas geschehen, das unseren Ängsten und Sorgen ein Ende bereitet hat. Die Orks werden das Tal nie wieder heimsuchen, denn sie haben ihren Meister gefunden. Sie sind geflohen und werden niemals zurückkehren.«

Wenn Lehen ein vielstimmiges Murren oder einen Schwall von Fragen erwartet hatte, so wurde sie enttäuscht. Die Bewohner des Westends verharrten still und starrten sie unentschlossen an. Selbst Rameus ließ sich zu keiner Reaktion hinreißen. Nur sein durchbohrender Blick, der am Rabenmann klebte, verriet seine innere Aufruhr.

Es war schließlich Damirs Stimme, die das Schweigen brach: »Du willst uns doch nicht ernsthaft erzählen, dass ihr die gesamte Orkschar zur Strecke gebracht habt? Nein, lass mich raten: Nahim hat das im Alleingang bewältigt, er ist ja ein Held!«

Bedächtig schüttelte Lehen den Kopf und ließ Damirs Gehässigkeit an sich abprallen. »Wir sind nur Zeugen des Wunders geworden, genauso wie die Menschen auf den Südlichen Höhen und ihr hier unten im Westend. Gestern Nacht wurde das Tal in ein Licht getaucht, das durch uns hindurchfuhr und uns auf unerklärliche Art berührte. Jeder hat es gesehen, nicht wahr?«

Bewegung kam in die Gesichter, manche nickten, und andere stimmten ihr verhalten zu. Zu ihrer Erleichterung verspürte Lehen die Gewissheit, die Menschen an der richtigen Stelle getroffen zu haben. Sie musste sich zusammenreißen, damit sich kein erleichtertes Lächeln in ihr Gesicht schlich.

Endlich hatte Rameus seinen Blick vom Rabenmann gelöst, der ihn wie im Bann gefangen genommen hatte. Er schüttelte sich kurz und drängelte in Damirs Richtung, der am anderen Ende des Marktplatzes stand. Damir hingegen scherte sich nicht um seinen Freund. Er versuchte, zum Brunnen durchzudringen, scheiterte jedoch an dem dichten Ring der Leiber, der sich gebildet hatte.

»Los, sprich weiter, solange noch Zeit dazu ist«, flüsterte Nahim Lehen zu.

Sie räusperte sich kurz und fuhr dann mit klarer Stimme fort. »Ich kann nicht erklären, was genau geschehen ist. Wenn ich mir vor Augen führe, wie die mit Waffen behängten Orks gestern Nacht über den Pass auf unseren Hof zukamen, dann kann ich es selbst kaum glauben. Aus der Dunkelheit tauchte ein gewaltiger Drache auf, und er jagte die Orkschar vor sich her. Diese Kreaturen haben vor lauter Furcht den Verstand verloren und rannten um ihr Leben.«

Ein ungläubiges Raunen schlug ihr entgegen. Lehen warf Nahim einen verstohlenen Blick zu. Der junge Mann unterdrückte ein Schmunzeln und bedeutete ihr, fortzufahren.

»Der steinerne Pass neben unserem Haus ist eingeschmolzen! Der Drache hat ihn in flüssiges Gestein verwandelt, und nun ist er so glatt wie ein Spiegel. Ihr könnt euch selbst davon überzeugen. Die Orks werden nicht wiederkehren, weil selbst ihr Herr aus dem Westend gegen einen Drachen nichts auszurichten vermag. Aber über die Orks und ihren Herrn kann der Rabenmann euch mehr erzählen, schließlich war er am Aufbau dieser Schreckensherrschaft beteiligt.«

Nun, da der Moment der Wahrheit gekommen war, unternahm Regne einen ungeschickten Fluchtversuch, während er sich den gesamten Weg von der Mühle ins Westend verblüffend gefügig verhalten hatte. Aber Nahim hielt die hinterm Rücken gefesselten Handgelenke fest und verdrehte sie kurzerhand ein weiteres Mal. Augenblicklich gab der Rabenmann jeden Widerstand auf.

»Orks sind viel zu dumm, um selbst einen Überfall zu planen«, krächzte er. »Sie brauchen jemanden, der ihnen sagt, bei wem sich das Räubern lohnt und wie man ins Dorf gelangt, ohne unterwegs von neugierigen Bauern gesehen zu werden. Nur jemand, der sein Leben im Tal verbracht hat, kann das tun. Er muss alle Schwächen kennen. Rameus hat die Orks ins Westend geführt!«

»Du verlogene Ratte, ich werde dir eigenhändig das Rückgrat brechen!« Mit seiner ganzen Körpermasse stemmte sich Rameus gegen die Leiber, die ihm den Weg versperrten. Nur allzu gern wären die verängstigten Westendler zur Seite gewichen, doch sie standen dicht an dicht. Rameus schob, drängte und fluchte, doch er kam kaum voran.

Hektisch flog die Zungenspitze über die Lippen des Rabenmannes, und Nahim musste ihm nicht einmal mehr ansatzweise drohen, damit er mit seinen Anschuldigungen fortfuhr.

»Bislang hatten die Orks immer nur ein paar Ziegen geklaut und gelegentlich den Hirten gleich mitgefressen. Aber plötzlich überschreiten sie alle Grenzen. Warum erobern die Orks jäh den Hang und kennen alle Pfade ins Dorf? Weil ein Verräter unter uns lebt, der sie führt und sie zu seinem eigenen Wohl einsetzt. Ein Volk, das zu feige ist, sich mit einem Feind auseinanderzusetzen, ist leicht zu hintergehen. Keiner von euch weiß die Wahrheit über Orks! Sie sind dumm und unterwerfen sich liebend gern einem starken Herrn. Dieses wertvolle Wissen habe ich mitgebracht, ich, der Rabenmann!«

»Und was glaubst du zu gewinnen, wenn du nun deinen Herrn verrätst?«, fragte Damir. Im Gegensatz zu Rameus war es ihm gelungen, bis zum Brunnen vorzudringen. Seine Arme hingen schlaff herunter, aber Nahim konnte deutlich erkennen, wie er seine Hände zu Fäusten ballte. Eine Schwertscheide schwang an dem Gürtel, der den ledernden Mantel zusammenhielt.

»Ich bin treu!«, brüllte Regne aufgebracht. Sein Gesicht war mit hektischen Flecken übersät, und immer wieder fuhr die rote Zungenspitze über seine Lippen. »Jawohl, treu! Aber Rameus, der hält sich nicht an die Spielregeln, alles soll ihm gehören, er allein bestimmt. Der dumme Rabenmann, der soll gehorchen. Nein, nein, nein, so nicht, der Müller hat sich seinen Fall selbst zuzuschreiben, jawohl! Zu gierig gewesen, sich nicht an die Abmachungen gehalten, so sieht das aus!«

Der Müller schrie erneut auf und zeigte drohend mit dem Finger auf Regne, während er sein Schwert zückte und es hochriss, ohne auf die Menschen um sich herum Rücksicht zu nehmen. Das Raunen schwoll zu einem gefährlichen Murren an, und an den Rändern des Platzes setzten sich die Ostler in Bewegung. Ihre Gesichter kündeten noch von Unentschlossenheit, doch das konnte sich schnell ändern.

Nahim spürte, wie die Situation zu entgleiten drohte. Mit einem flinken Griff packte er Regne im Nacken und schüttelte ihn kurz, aber heftig. Augenblicklich hielt der Rabenmann den Mund. Überrascht schauten die Westendler zu ihnen auf, als der Wortschwall plötzlich versiegte.

Und genau in dem Moment riss Damir das Wort an sich.

»Hier steht also Rameus' Wort gegen das des Rabenmanns. Die Wahl dürfte nicht schwerfallen, vermute ich.«

»Das Wort des Rabenmanns steht nicht allein«, sagte Anisa, und ihr fremdartiger Dialekt hallte über den Platz. Instinktiv rückten die Leute von Anisa, die sich weiterhin an Tevils festhielt, ab. Erste Schneeflocken rieselten herab und verfingen sich in Anisas dunkelbraunem Haar, eine Farbe, die man im Tal nur selten zu sehen bekam. Deshalb spiegelte sich in vielen Gesichtern Wiedererkennen.

»Die Orks haben mich auf Befehl ihres Herrn in der Nacht des Überfalls in die Mühle verschleppt, wo der Müller und der Rabenmann aneinandergerieten, weil sie sich meinetwegen nicht einig werden konnten. Der Rabenmann wollte meinen Tod, den Tod der einzigen Zeugin, doch Rameus hatte andere Pläne.«

»Jawohl!«, brüllte Regne aus Leibeskräften, ehe Nahim ihn daran hindern konnte. »Der Müller hat sich sein eigenes Grab geschaufelt, weil er die Finger nicht von dem Weib lassen konnte, obwohl es ihm verboten war.«

In diesem Moment warf sich Rameus mit aller Kraft nach vorn und durchschnitt die Menge, die noch immer wie eine Barriere zwischen ihm und dem Brunnen lag. Das blanke Schwert vor der Brust, stürmte er voran. Nahim ließ von Regne ab, der mittlerweile völlig von Sinnen war. Er sprang vom Brunnenrand und versuchte, seine eigene Waffe zu ziehen.

Ihm schoss der Gedanke durch den Kopf, dass es ihm nicht mehr rechtzeitig gelingen würde, den Angriff abzuwehren. Dennoch wurde der Ansturm des Müllers kurz vor dem Brunnen gestoppt. Mit fieberndem Blick starrte Rameus den Rabenmann an, der aus lauter Furcht beinahe in den Brunnen gesprungen wäre und nun zitternd Halt an Nahims Schulter suchte. Dann entdeckte Nahim den roten Streifen an Rameus' Kehle, bevor dessen Kopf zur Seite kippte und dumpf auf den Boden schlug.

Damir trat einen Schritt zurück und ließ die blutige Klinge seines Schwertes sinken. Mit einer siegessicheren Bewegung riss er das abgeschlagene Haupt in die Höhe.

Tumult brach auf dem Marktplatz des Westends los.

Dort, wo der kopflose Leib des Müllers in die Menge stürzte, wurden die Menschen von Panik ergriffen und flohen nach allen Seiten. Nahim konnte sehen, wie eine Frau stürzte und unter den wild durcheinanderlaufenden Beinen verschwand. Einige Ostler hatten ihre Waffen gezogen und bezogen Stellung.

Schreie, Heulen und Flüche ergaben ein einziges Getöse,

während Nahim versuchte, Lehen hinter seinem Rücken in Sicherheit zu bringen. Doch sie wurde abgedrängt, so dass er ihre ausgestreckten Arme nicht mehr zu fassen bekam.

Ein alter Mann fiel gegen Nahim, so dass sein Knie schmerzhaft gegen den steinernen Brunnen stieß und er beinahe das Gleichgewicht verloren hätte. Rechtzeitig bekam er den Rand zu fassen, sonst wäre er kopfüber in die Dunkelheit des Schachts gestürzt.

Die grauen Wolkentürme bannten das spärliche Tageslicht, und der plötzliche dichte Schneefall gab Nahim das Gefühl, in einem Nebel aus Chaos und Geschrei zu versinken. Menschen drückten gegen ihn, pressten ihm die Luft aus den Lungen. Er schloss die Augen, kaum noch wissend, wo oben und wo unten war.

Anisa war zusammen mit den beiden Trubur Männern abgedrängt worden und stand nun eingezwängt zwischen der Meute und einer Hausmauer. Verzweifelt versuchte sie, über die Köpfe zu blicken, um ihren Bruder oder Lehen zu erspähen. Währenddessen zerrte Balam an ihrem Arm, der glaubte, seinen Neffen Lasse im Kampf mit einem Ostler erkannt zu haben. Als niemand auf sein Ansinnen reagierte, stürzte er knurrend allein davon, die Sichel kampfbereit, so dass die Leute ihm so viel Platz wie nur möglich machten.

Tevils blieb dicht gedrängt bei Anisa stehen und verschaffte sich eilig einen Überblick über die Lage. Nur deshalb machte er den Mann mit dem Kurzschwert, dessen Blick zielsicher auf Anisa gerichtet war, noch beizeiten aus. Mühsam kämpfte der Ostler sich zu ihnen durch.

Tevils glaubte, einen von Rameus' Getreuen vor sich zu haben, der nichts Gutes im Schilde führte. Es war seine Pflicht, versicherte Tevils sich fiebrig, Anisa zu verteidigen. Trotzdem war er wie erstarrt, seine Hand unwillig, die Waffe blankzuziehen. Bilder von der Mühle stiegen vor seinem inneren

Auge auf, und ein leises Wimmern fand den Weg über seine Lippen.

Tevils war stets ein entschiedener Anhänger der Vorstellung gewesen, dass Helden die boshaften Orks abschlachteten. Aber vor der Mühle war es andersherum gelaufen: Er war an der Seite von Orks in den Kampf gezogen, und es waren Menschen getötet worden. Ihre Köpfe waren zerschmettert und ihre Leiber aufgeschlitzt worden. Verdrehte Kadaver im Schnee, Blut, das sich mit Dreck vermischte. Ihm war noch immer übel.

Im Durcheinander des Überraschungsangriffs hatte Tevils die Waffe in verkrampften Händen vor sich gehalten und versucht zu begreifen, was um ihn herum geschah, als der riesige Blax einen Ostler geschubst hatte und dieser geradewegs in Tevils Klinge gefallen war. Das Gewicht des leblosen Körpers hatte Tevils in die Knie gezwungen, da seine Hände die Waffe nicht freigeben wollten. Der Mann hatte kein Geräusch von sich gegeben, aber er hatte die Schultern so hochgezogen, dass sie beinahe die Ohren berührt hatten. Als er langsam zur Seite glitt, war Tevils nach vorn gekippt und hatte sich mit der Hand auf dem Rücken des Mannes abgestützt. Er hatte gespürt, wie warmes Blut durch die Kleidung drang und seine Handinnenfläche benetzte. Mit einem kehligen Schrei war Tevils wieder auf die Beine gekommen und hatte die Klinge aus dem Leichnam gerissen. Aus der Wunde war ein Schwall Blut gespritzt, der den entsetzten Jungen ins Gesicht und auf die Brust getroffen hatte. Daraufhin hatte Tevils so lange geschrien, bis ihm die Stimme wegblieben war.

Und nun stand er einige Stunden später wieder auf einem Schlachtfeld und sah sich einem Angreifer gegenüber, der sich allerdings nicht weiter um ihn zu scheren schien. Glücklicherweise fand Tevils nicht die Zeit dazu, angemessen beleidigt auf diese Missachtung seiner Person zu reagieren.

Anisas suchender Blick galt immer noch der Ferne, als der Mann bereits neben sie getreten war und zum Stoß auf Lungenhöhe ansetzte. Im letzten Augenblick wurde seine Waffe abgelenkt. Verblüfft schaute er den schlaksigen Jungen neben sich an, der einen nicht minder überraschten Eindruck machte. Gleichzeitig schauten sie auf ihre gekreuzten Klingen.

Ein Schwall Menschen drängte gegen Tevils' Rücken, und er nutzte den Schwung, um den Mann gegen die Wand prallen zu lassen. Anisa, die endlich begriffen hatte, in welcher Gefahr sie schwebte, machte einen Schritt zur Seite, damit Tevils genug Platz für einen Angriff fand. Doch bevor Tevils seinen Gegner entwaffnen konnte, verspürte er das vertraute Reißen an seinen Haaren, und die Luft zum Atmen schien mit einem Mal fort zu sein.

O nein! Nicht jetzt, nicht vor meinem ersten Sieg, schoss es ihm durch den Kopf, während er, wie all die anderen Menschen um ihn herum, zu Boden gedrückt wurde.

Innerhalb eines Moments hielt der Sturm inne, und als die Menschen aus dem Dorf vorsichtig ihre Köpfe hoben, blickten sie auf einen schimmernden Schuppenleib, der regungslos und zum Greifen nah über ihnen verharrte.

Präae interessierte sich zwar nicht für die zusammengekrümmten Leiber auf dem Boden, trotzdem vermied sie eine Landung. Auch wenn sie in der Lage war, mit ihren Schwingen einen Sturm aufkommen zu lassen, so benötigte sie keinen Auftrieb, um in der Luft zu bleiben. Die Drachen in Rokals Lande waren magische Wesen, unbezähmbar, und sie scherten sich nicht um die Gesetze der Schwerkraft. Ein sanftes Brummen drang aus den Tiefen des Drachenleibes, ein Locken, das den Menschen ein Lächeln aufs Gesicht zauberte, während ihre Herzen zugleich vor Furcht rasten.

Unbeholfen stemmte Tevils sich in die Höhe, dann schnappte er sich das Schwert des zusammengekauerten Ostlers, dem jegliche Angriffslust abhandengekommen war, und drückte es einer erstarrten Anisa in die Hand.

»Nun gut, ich komme ja schon«, nuschelte Tevils vor sich hin, während er sich vorsichtig einen Weg zur Mitte des Platzes bahnte. »Wirklich ein ganz dummer Moment, den du dir da ausgesucht hast, meine Schöne. Aber jetzt ist es gut, jetzt herrscht hier Ruhe, und du kannst wieder auf deine Kastanie zurückkehren.«

Noch während die letzten Worte über Tevils' Lippen kamen, hatte Präae seine Leibesmitte mit einer Klaue umschlossen und schwang sich in die Höhe. Tevils' Protest wurde vom Wind fortgetragen, während der Drache in Richtung Osten abdrehte und Trevorims Tal mit wenigen Flügelschlägen hinter sich ließ.

Unentwegt fiel Schnee, überzog Pflaster und Dächer mit einer dichten Decke, so dass alles in reines Weiß getaucht war. Trotz der sternenlosen Nacht schimmerte das Westend, als hätte es nie etwas Böses erlebt. Die Menschen saßen in ihren Häusern, einige stumm vor Trauer und Erschöpfung, andere wild gestikulierend, während sie in einem fort dahinredeten. Aber alle hielten ein Glas Wein oder einen Schnaps in der Hand und hatten einen ungläubigen Ausdruck im Gesicht.

Auch im Schmiedshaus herrschte emsiges Treiben, denn die Ostler hatten sich dorthin zurückgezogen. Zwar war ihre Zahl nicht mehr vollständig – einige von ihnen hatten es offensichtlich vorgezogen, sich im Schutz der Dunkelheit klammheimlich aus dem Staub zu machen –, trotzdem war es gedrängelt voll.

Kurz nachdem Präae zusammen mit Tevils verschwunden war, hatte Lehen einen betäubt wirkenden Nahim beim Brunnen gefunden und ihm auf die Beine geholfen. Sie sahen, wie Anisa eilig aufs Schmiedshaus zulief, noch bevor die meisten

Menschen überhaupt dazu im Stande waren, sich aufzurichten, und folgten ihr.

Schließlich fand sich in Allehes Schlafzimmer die ganze Familie ein, und rasch erfüllte freudiges, teils überdrehtes Geplauder den Raum, gerade so, als hätte es die Stunden der Angst nie gegeben. Nahim rechnete fast damit, dass Bienem gleich ein lustiges Volkslied anstimmen würde. Doch die war viel zu sehr damit beschäftigt, einen vom Kampf lädierten, aber glücklichen Balam anzuhimmeln.

Nahims Blick glitt zu Lehen, die leicht wankend neben ihm stand. Gerade als er ihr einen Arm um die Taille legen wollte, zog Allehe ihre Schwester mit einem kräftigen Ruck zu sich aufs Bett. Dabei war sie umsichtig genug, ihre kleine Tochter, die trotz des Trubels auf ihrem Schoß schlief, nicht zu wecken. Dann umarmte sie Lehen und drückte ihr, ohne ein Wort zu verlieren, laut schmatzende Küsse auf die Wange. Zuerst wandte Lehen sich ab, doch dann ließ sie die Liebkosungen zu. Es schlich sich sogar ein erschöpftes Lächeln auf ihr Gesicht.

Am Fußende des Bettes hatte es sich Anisa mit der anhänglichen Fleur gemütlich gemacht, und sie flüsterten einander Geheimnisse ins Ohr.

Für einen Augenblick gab sich Nahim noch einmal der Wärme und Geborgenheit hin, die diese Runde ausstrahlte, dann wanderte sein Blick zum Nachbarzimmer, dessen Flügeltür weit offen stand.

Damir hatte sich in einem der hochlehnigen Sessel niedergelassen und stierte ins Feuer. Das eine Knie hatte er bis zur Brust hochgezogen und scherte sich offensichtlich nicht darum, dass sein dreckiger Stiefel das Polster ruinierte. Er hatte sich auch nicht die Mühe gemacht, Gürtel und Mantel abzulegen. Nur die besudelte Klinge lag achtlos hingeworfen neben dem Sessel. Konzentriert knabberte Damir an seinem Daumnagel, als Nahim das Zimmer betrat.

»Was wird nun mit Regne geschehen?«, fragte Nahim freimütig. Er spielte mit dem Gedanken, sich ebenfalls in einen der Sessel zu setzen. Er war dermaßen erschöpft, dass seine Knie unaufhörlich zitterten. Aber dann schlenderte er doch zum Kamin und lehnte sich gegen den Sims. So konnte er Damirs Gesicht besser betrachten, denn er wurde nicht schlau aus dem Schmied, der vor einigen Stunden seinen besten Freund hinterrücks geköpft hatte und nun nachdenklich vorm Feuer hockte.

»Ich weiß es noch nicht«, gab Damir mit ausdrucksloser Stimme zur Antwort. »Wir schulden ihm etwas, schließlich hat er den Müller überführt, nicht wahr?«

»Allerdings war Regne der Anstifter zu diesem Betrug. Es wird kaum angehen, dass er – ausgestattet mit einem Proviantbeutel und unseren besten Wünschen – seines Weges geht.«

»Ja, das stimmt wohl«, sagte Damir träge. »Aber weißt du, was mich eigentlich viel mehr interessiert als die Bestrafung des Rabenmanns? Dieser Drache …«

Ach, das beschäftigt dich also, dachte Nahim überrascht.

»Ich verstehe dich nicht, Damir. Heute ist so viel geschehen, und morgen müssen viele Entscheidungen getroffen werden. Warum also zerbrichst du dir den Kopf über einen Drachen, der das Tal längst verlassen hat?«

»Rameus ist tot, und der Rabenmann sitzt eingesperrt im Keller. Es ist ganz schön einsam um mich herum geworden. Vor ein paar Stunden noch war alles klar, alles eindeutig, aber nun … Ein Drache ist ein mächtiges Wesen. Wie hast du ihn dazu gebracht, die Orks in die Flucht zu schlagen?« Damir warf Nahim einen spöttischen Blick zu, als er dessen verblüfftes Gesicht bemerkte. »Bitte, du erwartest doch nicht, dass ich Lehen das Märchen mit dem Wunder abkaufe. Und dann taucht der Drache auch noch in dem Augenblick auf, in dem der Tumult zu eskalieren droht. Es ist nicht sonderlich schwer, Schlüsse daraus zu ziehen.«

Es lag Nahim auf der Zunge zu sagen, dass Präae nur wegen Tevils und dessen Zaubertrank das Tal aufgesucht hatte, stattdessen warf er Damir einen Knochen hin: »Präae ist ein mächtiges Geschöpf, sie wird einen bleibenden Eindruck bei den Westendlern hinterlassen.«

»Das glaube ich auch«, sagte Damir mit einem leisen Lachen. »Sie werden noch Jahrzehnte später von diesem Erlebnis sprechen, und zwar mit demselben Glanz in den Augen und der Frucht in den Herzen wie heute. Das ist eine gefährliche Mischung. Präae also … Wie bändigt man einen solchen Drachen?«

»Das ist ein Geheimnis«, sagte Nahim, bevor er es sich versah. Er glaubte, ein Funkeln in Damirs Augen zu sehen, das er nur zu gut von seinem Vater kannte. So sehen die ewigen Sieger aus, dachte er.

Mit einem lauten Schnauben schüttelte Faneos den Kopf. Schneeflocken flogen von der langen Mähne, und etwas aus den Nüstern des Pferdes traf Nahim am bloßen Handrücken. Augenblicklich ließ er die Zügel los, an denen er Maherinds Pferd führte, und wischte sich mit einem angewiderten Zungenschnalzen die Hand am Mantel sauber.

Lehen, die mit Borif ein Stück vorausgegangen war, drehte sich um und warf ihm ein übermütiges Lächeln zu.

Hier oben im westlichen Gebiet der Südlichen Höhen lag dank der dichten Baumdecke verhältnismäßig wenig Schnee. Nur gelegentlich hörten sie ein Ächzen, gefolgt von dumpf aufschlagenden Schneemassen, wenn irgendwo das Geäst unter der Last nachgegeben hatte.

Der Weg bergan bis zum Waldesrand hatte die beiden viel Kraft und Zeit gekostet, aber Nahim hatte es nicht länger in der Nähe des brütenden Schmieds und seiner Ostlerschar ausgehalten. Außerdem hatte ihm die Sorge um Maherind zunehmend zu schaffen gemacht. Balam und Anisa hatten sie bis zum Trubur Hof begleitet, obwohl Allehe ihren so unverhofft wiedergefundenen Charme eingesetzt hatte, damit sie ihre Abreise verschieben würden. Zunächst hatte Nahim mit dem Gedanken gespielt, Lehen zum Bleiben zu überreden. Aber die Vorstellung an eine erneute Trennung bereitete ihm geradezu körperliche Schmerzen. Außerdem fürchtete er sich vor dem Gedanken, was er auf den Höhen finden würde.

Inzwischen war Nahim zu Lehen aufgeschlossen, der mit Decken und Proviant beladene Faneos trottete hinter ihnen her, dicht gefolgt von Borif. So nah wie möglich baute Nahim sich vor Lehen auf und betrachtete verzückt ihre vor Kälte glänzenden Wangen, die rot gefrorene Nasenspitze und die leicht geöffneten Lippen, denen milchiger Atem entwich. Bevor Lehen auch nur blinzeln konnte, hatte Nahim sie mit einem Griff an der Taille umfasst und mit sich in eine Schneewehe gerissen. Spielerisch versuchte sie, sich noch einen kurzen Augenblick lang zu befreien, gab jedoch sofort auf, als Nahims raue Lippen ihr leichte Küsse auf Wangen, Kinn und Mund gaben.

»Du kratzt …«, hauchte sie ihm ins Ohr, und Nahim schenkte ihr ein schiefes Lächeln, das sie vollkommen aus der Fassung brachte. Als er sie leidenschaftlich weiterküsste, gab sie auch den letzten Widerstand auf.

Trotz der Kälte, die sie schon seit Stunden umgab, breitete sich mit einem Schlag eine ungeahnte Wärme in Lehens Körper aus. Rasch streifte sie sich die derben Fäustlinge ab und warf sie nach Borif, der schwanzwedelnd und kläffend um sie umhersprang. Mit den klammen Fingern bahnte sie sich einen Weg durch den dicken Wollschal, den Nahim sich mehrmals um den Hals geschlungen hatte. Als sie endlich die warme Haut seines Nackens berührte, gab Nahim einen erschrockenen Laut von sich, ohne sich jedoch von ihren Lippen zu lösen. So bestärkt, machte Lehens andere Hand sich eifrig daran, seinen Mantel zu öffnen, wobei der Rest ihrer Vernunft sie unablässig darauf hinwies, dass der Frost schon jetzt mit Eisfingern durch ihre dicke Kleidung am Rücken drang. Eine Kälte, gegen die selbst ihr inneres Feuer auf Dauer nicht ankommen würde.

Plötzlich richtete Nahim sich auf, streifte Schal und Mantel mit einer hastigen Bewegung ab, um sich schon im nächsten Moment wieder eng an Lehen zu schmiegen, ihre Hände unter sein Hemd zu schieben und sie zu küssen. Ermutigt von ihrem ihm entgegendrängenden Körper, langte er hinab zu ihrem Rocksaum.

Gerade als Nahim sich auf die Ellbogen stützen wollte, um seine Hüfte zwischen Lehens Schenkel gleiten zu lassen, wurde ihm bewusst, dass Borifs lebhaftes Bellen nicht mehr zu hören war. Unwillentlich riss er die Augen von Lehens fiebrigem Gesicht los und bemerkte in den Augenwinkeln eine Gestalt. Mit einem leisen Fluch machte Nahim sich von einer verwirrt dreinblickenden Lehen los, verlagerte langsam das Gewicht auf die Knie, darauf bedacht, Lehens Röcke wieder herunterzuziehen.

»Tut mir leid, Junge!«, dröhnte es zu ihnen herüber, wobei die Schadenfreude in der Stimme nicht zu überhören war. »Aber abwartend auf einem Baumstamm vor mich hinzufrieren, wäre sicherlich auch nicht viel anständiger gewesen.«

Schnell schaute Lehen Nahim ins Gesicht, in dem sich bereits Erkennen und Scham abzeichneten, dann war er auch schon auf den Beinen und umarmte im nächsten Moment Maherind, neben dessen Füßen Borif lag und den Bauch zum Kraulen anbot. Der alte Mann schwankte ein wenig unter der stürmischen Begrüßung und tätschelte Nahim umständlich den Rücken.

»Na, na, ich freue mich ja auch. Aber jetzt beruhig dich

wieder und zieh dir schleunigst deine Kleider an, bevor du dir noch den Tod holst. Dass ihr jungen Leute auch so unvernünftig seid!«

Nahim kam nicht umhin, einen leicht neidischen Ausdruck in Maherinds hager gewordenem Gesicht zu erblicken. Liebevoll drückte er seinem alten Herrn noch die Schulter, ehe er nach seinem schneebestäubten Mantel griff. Mit einem Mal war ihm so kalt wie in seinem ganzen Leben noch nie, aber er war viel zu froh, um sich davon ärgern zu lassen.

»Für einen Todgeweihten machst du einen sehr lebendigen Eindruck, Maherind«, sagte Lehen, die sich augenblicklich nicht zu einer herzlicheren Begrüßung durchringen konnte. Mahrind nahm es ihr nicht übel, drückte sie kurz, um dann ausgiebig Faneos mit Zärtlichkeiten zu überhäufen.

»Jetzt tut es mir leid, dass ich so an Tumpes Fähigkeiten gezweifelt habe, denn –«

Bevor Nahim weitersprechen konnte, wurde er von Maherind unterbrochen: »Tumpe? Wer soll das denn sein? Der verdammte Drache hat mich geweckt. Musste wohl nur mal kräftig ausschlafen«, sagte er selbstsicher wie eh und je, während er die Nüstern seines Pferdes streichelte. »Ich möchte meinen alten zerschlagenen Leib jetzt nur noch auf den Hof der Truburs schleppen, und dann werde ich den Platz beim Ofen in diesem Winter nicht mehr verlassen.«

Mit diesen Worten griff er nach Faneos' Halfter und machte sich daran, die Südlichen Höhen hinaufzusteigen.

Epilog

Das Licht der Hallen war erloschen.

Nicht dass die Dunkelheit dem Ork zu schaffen gemacht hätte. Er war ein Geschöpf der Dunkelheit, dafür gemacht, seinen Weg durch die Stollen des Westgebirges zu finden.

Doch es verwirrte Brat, dass die Wirkungsstätte seines verschollenen Meisters nicht vom roten Glühen der Magie erleuchtet war. Zeit seines Lebens war der Grund der Hallen mit flüssigem Gestein gefüllt gewesen, das brodelte und glühende Fontainen emporspie, die so manchen Ork ins Verderben gerissen hatte. Die freigesetzte Magie hatte der flirrenden Luft eine seltsame Note verliehen gehabt …, obwohl die Hallen im Herzen des Gebirges in Flammen standen, war auf der Zunge ein klarer, fast frostiger Geschmack haften geblieben.

Alles hatte sich verändert, seit die Orkmeute vor drei Wintern Hals über Kopf in das grelle Tageslicht geflüchtet war, nachdem ihr Herr im Innersten des Gebirges einen magischen Sturm entfacht hatte. Resilirs Zauber hatte einen Klang im Leib erschallen lassen, als müsse man jeden Augenblick in unzählige Teile zerbersten. Mit letzter Kraft waren die Orks aus Spalten und Gruben ins Freie hinausgetorkelt, zunächst ohne jedes Bewusstsein. Sie hatten sich in den Schatten der Felsen zusammengekauert und vor Angst gewinselt. Doch irgendwann war der Klang erloschen, und zurückgeblieben war das unbestimmte Gefühl, verlassen worden zu sein.

Obwohl die Wege in die Hallen nicht verschüttet oder versiegelt worden waren, hatte die Meute es nicht gewagt, wieder hinabzusteigen. Brat hatte nur darauf gewartet, dass sie einander zu zerfleischen begannen, nun, da kein starker Wille sie mehr beherrschte. Stattdessen hatten sie sich zusammengerauft und Unterschlupf in den Felsspalten gefunden, während andere von Furcht erfüllt das Westgebirge hinabgestiegen waren, in der Hoffung, ein neues Zuhause zu finden.

Bei den meisten Orks verflog die Erinnerung an das Leben in den Hallen schnell, zu sehr waren sie damit beschäftigt, die Veränderungen an ihrem Körper und in ihrem Geist zu bewältigen, die das Leben im Tageslicht, die allgegenwärtige Kälte oder der Mangel an Magie mit sich brachte.

Aber Brat hatte nicht vergessen können. Nacht für Nacht waren die Bilder der feurig schimmernden Hallen zurückgekehrt, hatte ihn der Machthauch seines alten Meisters gestreift. Als die Sehnsucht schließlich zu groß für einen Ork geworden war, war er ohne ein Wort an seine Untergebenen aufgebrochen. Sogar Schwert und Keule hatte er zurückgelassen – falls der Dämonenbeschwörer keine Eindringlinge in seiner verwaisten Heimat wünschte, würde Brat keins von beidem etwas nützen.

Doch Brat fand die Hallen verlassen vor. Gemeinsam mit dem roten Glühen war auch die Hitze aus dem Gestein gewichen: Der Grund war versteinert, das Grau reichte so weit, wie das Auge sehen konnte. Resilir war fort, und die Magie war gewichen. Eigentlich verwunderte es Brat nicht weiter, denn er wusste nur allzu gut, dass alles sich dem Willen seines Meisters zu unterwerfen hatte – auch die Magie, die aus dem Inneren des steinigen Grunds aufgestiegen war, nur um Resilir zu dienen.

Brat sank in sich zusammen und starrte in die Finsternis. Er war ein Ork, sein Verstand war nicht von großem Nutzen, das war gewiss. Daran änderten auch die seltsamen Vorgänge in seinem Kopf nichts, die einige Dinge verständlicher und an-

GOLDMANN

Einen Überblick über unser lieferbares Programm sowie weitere Informationen zu unseren Titeln und Autoren finden Sie im Internet unter:

www.goldmann-verlag.de

Monat für Monat interessante und fesselnde Taschenbuch-Bestseller

Literatur deutschsprachiger und internationaler Autoren

∞

Unterhaltung, Kriminalromane, Thriller, Historische Romane und Fantasy-Literatur

∞

Klassiker mit Anmerkungen, Anthologien und Lesebücher

∞

Aktuelle Sachbücher und Ratgeber

∞

Bücher zu Politik, Gesellschaft, Naturwissenschaft und Umwelt

∞

Alles aus den Bereichen Esoterik, ganzheitliches Heilen und Psychologie

Die ganze Welt des Taschenbuchs

Goldmann Verlag • Neumarkter Straße 28 • 81673 München

GOLDMANN

dere verworrener gemacht hatten. Dennoch beschlich ihn eine Ahnung, die sich nicht in jene Worte fassen ließ, die einem Ork zur Verfügung standen: Diese Hallen waren einst von der Magie von Rokals Lande durchwirkt gewesen, und sie hatten seit Urzeiten Resilir gehört. Diese Ansammlung von Macht … Sie hatte doch nicht einfach verschwinden können, oder?

Brat schnupperte geräuschvoll, doch seine Nase bemerkte lediglich faulendes Holz und eine Spur von Moos und gestauter Nässe. Seine Glieder wurden allmählich steif, da sie die Kälte des Gesteins nur schlecht ertrugen. Doch er rührte sich nicht. Vor seinem geistigen Auge stieg erneut die von Flammen und Magie beherrschte Erinnerung auf und mit ihr das Bild eines zusammengekauerten Menschenwesens. Diese zerbrechliche, zitternde Kreatur, die plötzlich und unerwartet in den Hallen erschienen war, kurz bevor Resilir den magischen Sturm entfacht hatte.

Zum wiederholten Male brachte Brat diese beiden Ereignisse zusammen, und schließlich schlich sich ein Lächeln auf seine zerfransten Lippen. Nein, sein Meister und all die Macht, die ihm gehörte, waren nicht erloschen. Sie waren gewandelt, so wie dieser Mensch. Im einen Augenblick noch hier, im nächsten schon wieder fort. Brat mochte keine Vorstellung davon haben, wohin sein Meister gegangen war, aber er war sich sicher, dass er eine neue Halle bezogen hatte, von der aus er Rokals Lande beherrschte. Eine neue Halle voller glühender Magie.

W0292518

R & L

Frederik Berger

Die Madonna von Forlì

Roman

Rütten & Loening
Berlin

ISBN 3-352-00590-7

1. Auflage 2002
© Rütten & Loening Berlin GmbH, 2002
Einbandgestaltung Henkel / Lemme
Druck und Binden GGP Media, Pößneck
Printed in Germany

www.ruetten-und-loening.de

Für Patricia

Caterina Sforza, signora di Forlì,
impavida col ferro e col fuoco difese la sua rocca,
mirabile esempio di energia e di valore
al tramonto del triste secolo XV.

Caterina Sforza, die Herrin von Forlì,
verteidigte unerschrocken mit Feuer und Schwert ihre Burg,
ein bewundernswertes Beispiel an Tatkraft und Tapferkeit
am Ausgang des traurigen 15. Jahrhunderts.

Gedenkstein an der Rocca von Forlì

TEIL I

Die Schlange und die Rose

1. Kapitel

Caterina war wütend. Soeben hatte die neunte Stunde vom Torturm des Castello Sforzesco geschlagen, Girolamo mußte jeden Augenblick erscheinen. Täglich galoppierte er auf Brutus, seinem Rappen, in den Innenhof des herzoglichen Palasts, sprang mit einem Satz aus dem Sattel, und Caterina mußte an sich halten, ihm nicht in die Arme zu fliegen. Sie liebte ihren lockigen Reitlehrer aus dem alten Mailänder Adelsgeschlecht der Olgiati, weil er stark und sanft war, atemberaubende Kunststücke auf dem Rücken seines Pferdes beherrschte und ihr alle Tricks zeigte, wie sie Maestoso, ihren Schimmelhengst, zu reiten habe.

Heute jedoch hatte ihre sehnsüchtige Vorfreude ein jähes Ende gefunden. Ihr Vater, Galeazzo Maria Sforza, der Herzog von Mailand, hatte ihr verboten, mit Girolamo das Castello zu verlassen und in das angrenzende Parkgelände zu reiten.

»Es ziemt sich nicht für die Tochter eines Herzogs«, hatte er ihr vom Rücken seines Pferdes zugerufen. »Wenn ihr zusammen reiten wollt, dann bleibt im Hof der Zitadelle. Denk daran, daß du kein Kind mehr bist. Irgendwann endet das verantwortungslose Leben.«

Sie verstand ihn nicht. Was war heute anders als gestern? Wäre sie heute fünfzehn Jahre alt geworden und damit ins heiratsfähige Alter gekommen – dann hätte sie ihn vielleicht verstanden. Aber sie war erst dreizehn! Sonst verbot er ihr nie etwas. Er nahm sie mit auf die Jagd und spielte mit ihr *pallacorda*, sie durfte beim Nachtmahl an seiner Seite sitzen und wurde von ihm immer wieder in die Arme genommen. Meist roch er wunderbar nach Zedernbalsam. Zu ihrem zwölften Geburtstag hatte er ihr Maestoso geschenkt. Einen stolzen andalusischen Hengst! Solche Pferde waren rar und teuer. Außerdem wurden Hengste nur von Männern geritten, von erfahrenen Reitern. Aber sie konnte mit Pferden umgehen wie keine zweite, das wußte ihr Vater, und mit einem braven, gutmütigen Gaul mochte sie sich nicht zufrieden geben.

Caterina starrte ihrem Vater nach, wie er, begleitet von ein paar Soldaten, durch das Nordtor verschwand, ohne sich noch einmal umzudrehen. Ungezügelt fuhr sie sich in ihre strenggeflochtenen Haare und stieß einen leisen trotzigen Schrei aus. Warum mußte der Vater ihr gerade heute ihre größte Freude nehmen! Zum ersten Mal war es ihr gelungen, sich beim Reiten auf Maestosos Kruppe zu stellen – und dieses Kunststück wollte sie Girolamo vorführen.

»Ich reite, wann und mit wem und wohin ich will!« rief sie ihrem Vater nach. Natürlich konnte er sie nicht mehr hören.

Als sich Girolamo endlich hinter einer Reihe schwerbeladener Maultiere durch das Tor schob, sah sie bereits an seiner Miene, daß der Vater auch ihm sein Verbot mitgeteilt haben mußte. Caterina sprang ihm entgegen, ihr Herz schlug bis hoch in den Hals. Girolamo, mit Brutus am Zügel, begrüßte sie knapp.

»Wir müssen im Großen Hof reiten. Wie langweilig! Aber Seine Herrlichkeit hat es so befohlen.« In höhnischer Verachtung verzog er seinen Mund. »Also auf, gehorchen wir dem Sohn eines Condottiere und einer illegitimen Visconti-Tochter!«

Caterina überging den Seitenhieb gegen ihren Vater, berührte Girolamo wie unabsichtlich und flüsterte ihm zu: »Ich muß dir heute etwas zeigen.«

Er wirkte wenig neugierig, und sie erfaßte erneut trotzige Wut gegenüber dem väterlichen Verbot. Sie ärgerte sich allerdings auch ein wenig über Girolamos Verhalten.

»Laß uns in den Park reiten«, flüsterte sie ihm ins Ohr. Gleichzeitig schaute sie, ob jemand sie beobachtete. Die Wachen lungerten gelangweilt im Torschatten, die Gärtner harkten die Rabatten, und die Händler ließen ihre Lasten vom Rücken ihrer Maultiere abladen. Bona, ihre Stiefmutter, die morgens gerne am Brunnen des Cortile stickte und sich dabei von Caterinas Musiklehrer schmachtende Lieder vorsingen ließ, war noch nicht erschienen. Niemand beachtete Caterina, und sie sah Girolamo auffordernd an.

»Du weißt doch, daß es dein Vater verboten hat«, sagte er unschlüssig.

Caterina zog verächtlich die Augenbraue hoch. »Du bist ein Feigling!« rief sie leise. »Mein Vater ist längst weg. Der kommt so schnell nicht wieder.«

»Die Torwachen sehen uns …«

»Sie sagen nichts. Und wenn: Ich werde mit meinem Vater schon fertig.«

Girolamo schaute noch immer skeptisch.

»Nur in den Park! Ich muß dir unbedingt etwas zeigen.« Sie schwang sich in den Sattel.

Girolamo folgte ihr.

Ohne sich umzublicken, trabte Caterina durch das Tor. Einige der Wachsoldaten schauten erstaunt, aber keiner rief ihr etwas nach. Kaum lag der letzte Wassergraben hinter ihr, galoppierte sie los, als sei die Armee des Teufels ihr auf den Fersen.

Maestoso flog mit ihr an einer Baumgruppe entlang und durch einen Hohlweg zu einer Lichtung, die von Sonnenstrahlen durchschnitten war. Als sie auf eine freie Wiese hinausstürmte, mußte sie geblendet die Augen schließen. Hinter ihr hörte sie Girolamos Anfeuerungsrufe und die donnernden Hufe seines Wallachs. Dann schloß er auf. Als sie nebeneinander galoppierten, stellte er sich auf Brutus' Kruppe, der auf seinen Befehl hin langsamer wurde. Caterina zügelte Maestoso ebenfalls. Vorsichtig zog sie die Beine an, kniete sich auf den Sattel und stellte sich ebenfalls. Es gelang ihr! Sie juchzte auf.

»Bravo!« schrie Girolamo. »Du bist meine Göttin!«

Beide Pferde bewegten sich fast im Gleichschritt. Girolamo reichte Caterina die Hand. Sie nahm sie, hielt sie fest. Was für ein unglaubliches Gefühl der Leichtigkeit und Unbesiegbarkeit! Sie schwebte, sie flog! Es war, als würden die langmähnigen Rosse des Sonnengottes sie bis in den siebten Himmel tragen.

Vor einer Gruppe von Schirmpinien blendete sie die Sonne, und als sie in den Schatten der Bäume tauchte, sah sie auf einmal nichts mehr und wurde einen Augenblick unsicher. Sie verlor Girolamos Hand, schon taumelte sie. Sie versuchte, sich auf den Sattel zu retten, aber es gelang ihr nicht, ein Wirbel aus Pinienhimmel, Pferdeleibern, Girolamos erschrockenen Augen, und dann ein dumpfer Schlag. Sie sah Sterne. Die Luft blieb ihr weg. Sie konnte nicht atmen. Auch dann nicht, als Girolamos ängstliches

Gesicht über ihr auftauchte. Da erschien Maestoso und stupste sie mit seinem Maul. Sie wollte etwas sagen, stöhnte nur.

»Hast du dich verletzt?« hörte sie von ferne. Girolamo beugte sich nieder, nahm ihren Kopf in seine Arme.

Warum küßt er mich nicht? dachte sie noch, dann wurde ihr schwarz vor Augen.

Irgendwann kam sie wieder zu sich. Sie versuchte zu lächeln. Girolamo schrie auf vor Freude. Er bedeckte ihr Gesicht mit Küssen, drückte ihren Kopf an seine Brust.

»Tut dir etwas weh?«

Sie schüttelte den Kopf. Sie war lediglich ein wenig benommen. Unaufhörlich küßte er sie, auf die Stirn, auf die Augen und schließlich auf die Lippen.

»Ich liebe dich«, flüsterte er und drückte sie so an sich, daß ihr erneut die Luft wegzubleiben drohte.

Schließlich zog er sie an den Stamm der Pinie und lehnte sie an die rauhe Rinde. Ihr ging es schon wieder gut. Es roch wunderbar nach Harz und frischem Gras. In der Nähe mußten Veilchen blühen. Caterina atmete tief durch. Die Pferde rupften zufrieden die Halme, vertrieben mit leichten Schweifschlägen die Fliegen. Ihr war tatsächlich nichts geschehen bei dem Sturz. Daß sie eine Weile nicht atmen konnte, kannte sie aus ihrer Kindheit. Sie war oft gestürzt, nie hatte sie sich etwas gebrochen, lediglich eine Narbe über dem Auge davongetragen.

Bis auf den Tod darnieder lag sie in ihrem bisherigen Leben lediglich einmal, mit einem gräßlich juckenden Ausschlag, hohem Fieber und Kopfschmerzen, daß sie fast aus dem Fenster gesprungen wäre. Immer saß die Großmutter an ihrem Bett, hielt ihre Hand, legte ihr einen nassen Lappen auf die Stirn, sprach leise mit einem Medicus und betete. Manchmal las sie ihr auch Geschichten von griechischen Heldinnen vor. Dann kam sogar ihr Vater von einem Kriegszug zurück. Ihretwegen! »Du darfst nicht sterben!« rief er aufschluchzend aus. »Du bist mein Liebling!« Sie wollte ihn trösten, weil er so mit ihr litt, und gewiß nicht sterben, sondern immer sein Liebling bleiben. Er legte sich sogar zu ihr ins Bett, nahm sie in den Arm und weinte! Es war das einzige Mal, daß sie ihn weinen sah.

Prompt wurde sie wieder gesund.

Jetzt dagegen war gar nichts geschehen. Sie war nur glücklich. Girolamos Lippen näherten sich ihr wieder. Sie kam ihm entgegen, und beide sanken sie auf den Boden. Ihre Körper umklammerten sich, süße, drängende Schauer rasten durch ihr Inneres, sammelten sich im Unterleib, dort, wo die Ehre einer Jungfrau gehütet werden mußte. Ihre Stiefmutter hatte ihr kürzlich flüsternd und stockend erklärt, was geschah, wenn Männer und Frauen sich liebten, und sofort betont, sie, des Vaters Augapfel, müsse auf ihre Jungfräulichkeit besonders achtgeben, weil sie sonst keinen Mann finde, im Kloster lande und dort vertrockne wie eine wurmige Backpflaume, die auf den Boden gefallen sei …

Girolamo hatte seine Zunge zwischen ihre Lippen geschoben. Caterina wollte sie zurückdrängen, sie ließ sich jedoch nicht vertreiben, sondern spielte mit ihrer Zunge. Während sie dieses Spielchen fortsetzten, ergriff Girolamo ihre Hand und führte sie unter den Saum seines Wamses. Da bewegte sich etwas, wurde dick und hart. Er stöhnte auf, wand sich wie vor Schmerzen, und als sie schon glaubte, er hätte sich irgendwie verletzt, warf er sich über sie, preßte sich an sie, zuckte mit den Beinen und sank schließlich kraftlos neben sie. Sie schaute in sein Gesicht. Er hatte die Augen geschlossen, lächelte entspannt und glücklich. Sie bettete ihren Kopf auf seine Brust. Stumm fuhr er mit seinen Fingern in ihre dichten Haare und bedeckte mit ihnen sein Gesicht.

Sie lagen lange reglos unter dem Dach der Pinie, während durch die Zweige die Strahlen der Sonne auf sie fielen, und als Caterina die Augen schloß, bildeten sich orangefarbige Ringe, die ineinanderflossen, sich vereinigten, explodierten und dann wieder zu hellen Punkten schrumpften, während gleichzeitig die Vögel um sie herum ihre Gesänge in den Himmel schmetterten.

Plötzlich hörte Caterina ein dumpfes Dröhnen, das sich ihnen rasch näherte. Sie fuhr auf. Ein Dröhnen von vielen Pferdehufen! Auch Girolamo schreckte hoch. Da donnerten sie heran! Vorneweg ihr Vater, neben ihm Onkel Lodovico. Ihnen folgten Jagdaufseher, Falkner und mehrere Milizionäre. Einen Augenblick hoffte Caterina, sie und Girolamo könnten unentdeckt bleiben. Die Fuchsstute ihres Vaters wieherte, als wollte sie sie warnen, und schon hatte er sie entdeckt. Er riß das Pferd herum, die anderen folgten ihm. Rot vor Wut sprang er aus dem Sattel. Girolamo hatte sich erhoben, half Caterina auf die Beine.

»Wie kannst du es wagen ...?« schrie ihn der Vater an. »Gegen mein Verbot ... Du Ratte!«

Girolamo zuckte zurück, reckte dann stolz den Kopf und funkelte ihn an. Caterina ahnte, was nun geschehen würde. Bevor sie sich dazwischenwerfen konnte, schlug der Vater ihm mit der flachen Hand ins Gesicht, und als Girolamo nicht einen Schritt zurückwich, sondern Augen und Lippen zusammenpreßte, schlug er mit der Faust zu. Die Jagdgesellschaft bildete einen stummen, undurchdringlichen Ring. Girolamos Verhalten reizte den Vater noch mehr, das sah Caterina. Eine falsche Bewegung oder ein falsches Wort – und der Vater würde seinen Dolch ziehen.

Zum Glück warf sich Girolamo auf die Knie und rief: »Verzeiht mir, großmütiger Herzog!« Es klang wie Hohn. Er wiederholte seine Worte mit zitternder Stimme. Der Vater riß einem der Milizionäre einen Degen vom Gürtel und peitschte mit der Klinge auf Girolamo ein.

»Hör auf!« schrie Caterina.

Der Vater hielt inne, warf ihr einen bösen Blick zu, preßte Girolamo die Spitze des Degens unters Kinn, stieß »Wag es noch einmal, elende Ratte!« aus, warf dann den Degen dem Milizionär zu und schwang sich wieder auf sein Pferd. Er winkte seinen Begleitern, und die Gruppe donnerte davon. Der Vater hatte sie keines weiteren Blickes mehr gewürdigt, lediglich Onkel Lodovico drehte sich um und grinste höhnisch. Sie streckte ihm wütend die Zunge heraus.

Girolamo erhob sich langsam. Er zitterte, und sein Gesicht war bleich wie der Tod. Während er sein Wams zurechtzupfte, starrte er der Reitergruppe nach, die nun hinter einem Wäldchen verschwand. Caterina wollte ihn in den Arm nehmen, aber irgend etwas hielt sie zurück. Girolamos Gesichtszüge verzerrten sich. Sie wußte nicht, ob die Wut ihm diese Grimasse ins Gesicht schrieb oder ob er nur ein Aufheulen zu unterdrücken versuchte. Mit marionettenhaften Bewegungen griff er nach Brutus' Zügeln, warf Caterina einen schmerzlich-liebenden, aber auch verwundeten und wütenden Blick zu, sprang in den Sattel und jagte in gestrecktem Galopp davon.

»Warte!« rief sie ihm nach. Er drehte sich jedoch nicht mehr um.

Langsam wandte Caterina sich Maestoso zu. Der Hengst war herangekommen, streckte ihr den Kopf entgegen und schaute sie mit seinen großen Augen an. Sie drückte ihre Wange an seinen Hals, kraulte ihn zärtlich hinter den Ohren und sog den Geruch seines rauhen Fells ein. Die Vögel um sie herum lärmten noch immer, als sei nichts geschehen. Caterina sah Girolamo nun hinter einem Hügel verschwinden.

Langsam stieg sie in den Sattel und trabte weinend zum Castello zurück.

Kaum war sie dort angekommen, erwartete sie bereits der Haushofmeister und bat sie, sich sofort bei der Herzogin zu melden. Sie wischte sich die Tränen aus dem Gesicht und schlich mit gesenktem Kopf zum Empfangsraum ihrer Stiefmutter.

»Wie siehst du aus!« rief ihr Bona entgegen. »Mit aufgelösten Haaren, geröteten Augen, voller Schmutz! So wird dich nie ein Mann heiraten.«

»Ich werde nicht heiraten«, antwortete Caterina trotzig.

Bona lachte sie aus. Die dreifache Perlenkette tanzte auf ihrer hervorquellenden Brust. Sie fühlte, ob ihr Netz noch ordentlich auf den schwarzen Haaren lag, warf das Flohpelzchen zur Seite und streckte Caterina die Arme entgegen.

»Komm her, mein Wildfang!« rief sie, und plötzlich verspürte Caterina ihr gegenüber eine intensive Zuneigung. Als müsse sie Schutz suchen, flog sie an Bonas weichen, nach Nelken und Lavendel duftenden Busen.

»Ich kann mir denken, was ihr angestellt habt. Dein Vater sprach mich bereits auf den jungen Olgiati und eure Ausritte an.« Bona strich ihr beruhigend über die Haare.

Schluchzend erzählte Caterina, was geschehen war.

Bona hörte ihr geduldig zu, nickte immer wieder. Als Caterina schließlich schwieg, nahm sie ihre Hand, schaute ihr in die Augen und sagte leise: »Du darfst deinen Vater nicht reizen, auch wenn du seine Lieblingstochter bist. Wenn sich jemand seinen Befehlen widersetzt – und seine Eitelkeit gekränkt wird … Es sind bereits einige Männer in Mailand eines unnatürlichen Todes gestorben, verstehst du? Dein Reitlehrer muß sich in acht nehmen. Oder möchtest du etwa, daß ihm etwas zustößt?«

2. Kapitel

Caterina sah Girolamos schön geschwungene Lippen und seine dämmergrauen Augen vor sich, mit einem Lächeln beugte er sich über sie – wie nach seinem Sieg beim *Palio*, damals, als sie sich in ihn verliebt hatte …

Langsam wich das süße Traumbild, sie öffnete die Augen. Sterne tanzten, gereiht wie eine Perlenkette, durch ihr Zimmer. Es waren jedoch keine Sterne, sondern Staubkörnchen, die ein scharfer Sonnenstrahl traf.

Noch einmal schloß Caterina die Augen, um Girolamos Antlitz zurückzurufen. Nun umgab sie Schwärze, in die Taubengurren und Dohlenrufe, ja sogar Krähengekrächze drangen. Sie haßte Krähen. Überhaupt alle Aasvögel – im Gegensatz zu Singvögeln, mit denen sie seit ihrer Kindheit spielte und deren Gesang sie mit Hingabe lauschen konnte. Im Nebenzimmer, bei Rosaria, ihrem Kammermädchen, reihten sich mehrere Käfige mit Kanarienvögeln, Zeisigen und Stieglitzen. Wenn sie sich nicht gerade im Lateinunterricht quälte oder mit dem Musiklehrer Lautezupfen übte, nahm sie die weichen Vögelchen aus den Käfigen, ließ sich picken, gab ihnen sogar Küßchen und redete mit ihnen. Dies hatte sie Fra Lauro, ihrem Beichtvater, abgeschaut, der auch die Vögel liebte und heimlich zu ihnen sprach.

Sie setzte sich auf, ließ sich dann zurück in die Kissen fallen. All die Traumbilder von Girolamo hatten sich aufgelöst. Seit Tagen war er nicht mehr im Castello erschienen. Daran trug ihr Vater die Schuld: Er hatte ihn geschlagen und gedemütigt, und nun liebte Girolamo sie vermutlich nicht mehr.

Natürlich hatte sie den Vater auf sein Verbot angesprochen, aber er wollte sich auf keine Diskussion einlassen. Als sie vor Wut schrie, lief er plötzlich dunkelrot an und gab ihr eine schmerzhafte Ohrfeige. Vor lauter Schreck heulte sie auf. Er nahm sie sofort tröstend in den Arm und erklärte schließlich: »Du wirst älter, mein Herz, wir müssen dich auf die Ehe vorbereiten. Auch Bona sagt, daß du zu frei aufwächst, das macht eine unzufriedene, wenn nicht gar unglückliche Ehefrau. Keiner hindert dich am Reiten, du darfst jedoch nicht mehr ohne Aufsicht mit einem jungen Mann gesehen werden. Eine Sforza ist erste Wahl, selbst eine illegitime Sforza. Es gibt genügend ehrgeizige Emporkömmlinge, die mit Hilfe einer reichen Tochter aus bestem Hause ... Den Olgiati mußt du dir auf jeden Fall aus dem Kopf schlagen.«

Caterina wühlte sich in die Kissen. Sie schlug sich Girolamo nicht aus dem Kopf! Hatte ihr Vater sich denn ihre Mutter aus dem Kopf geschlagen, als er Bona heiratete? Und die anderen Geliebten? Obwohl Bona inzwischen vier Kinder auf die Welt gebracht hatte und ein fünftes im Leib trug, besuchte er weiterhin ihre Mutter oder andere Mailänderinnen, die ihm ihre Gunst gewährten.

Er war allerdings ein Mann. Ein Mann mußte sich nicht unterordnen, er nahm sich eine Geliebte, wenn es ihm paßte, ging zu Kurtisanen, wenn ihm danach war, oder fiel ungestraft über irgendeine Küchenmagd her. Seine Ehefrau sollte ein solches Verhalten am besten nicht kommentieren, denn tat sie es, lief sie Gefahr, Prügel einzustecken. So war es doch! Hatte Bona jemals ihr Gesicht verzogen, wenn der Vater morgens in lindgrünem Brokatwams und duftenden Seidenhandschuhen auftauchte? Jeder wußte, daß er dann nicht in die Signoria ritt, sondern Lucrezia Landriani besuchte, die Mutter seiner Tochter Caterina und dreier weiterer Kinder. In die Signoria begab er sich nur in schwarzem Samt und einem Übermantel mit Hermelinbesatz. Bona auf jeden Fall ließ ihn ziehen, setzte sich an den plätschernden Brunnen im Cortile, rief ihre Malteserhündchen herbei, die sich wie weiße Bettvorleger um sie lagerten, strich sich über ihren schwellenden Leib und lauschte der schmelzenden Engelsstimme des Lautespielers.

Caterina verließ das Bett und sprach ihr Morgengebet vor dem Bild der gebenedeiten Jungfrau. Kürzlich hatte ihr Vater neben die Gottesmutter und das Kruzifix noch das Wappen der Familien Visconti und Sforza aufhängen lassen und ihr einen Vortrag über seine Bedeutung gehalten. Seitdem konnte sie nie zu der Madonna oder dem Gekreuzigten aufschauen, ohne daß sie der einäugige Blick eines Drachen bannte, der ein Kind oder einen Sarazenen verschlang, auf jeden Fall ein nacktes menschliches Wesen. Der Drache war genaugenommen eine Schlange, die sich nach oben wand. Das Wappen konnte aber auch bedeuten, daß die Schlange ein Kind herauswürgte, zur Welt brachte, wie der griechische Göttervater Zeus, der seine geharnischte Tochter Athene seinem Kopf hatte entspringen lassen. Caterina entdeckte allerdings keine junge Göttin, sah lediglich ein halb verschlungenes Kind, das um Hilfe schrie.

Caterina tappte zum Nordfenster, um die Läden zu öffnen. Von hier aus überblickte sie den Cortile des herzoglichen Palasts und die Rocchetta, in der ihr Onkel Lodovico und die anderen Brüder des Vaters wohnten. An klaren Tagen erhob sich über den Dächern des Palasts die leuchtend weiße Kette der fernen Alpengipfel. Caterina liebte diesen Blick über alles. Es war, als verspräche ihr der gezackte Horizont eine wunderbare Zukunft, als läge dort ein lächelndes Land, in dem sie wie eine Prinzessin geliebt und bewundert würde.

Inzwischen war Rosaria in ihr Zimmer gekommen und begann, sie zu waschen. Dann ging es an das Auskämmen ihrer lang wallenden, blonden Mähne. Sie haßte das Flechten und Zusammenbinden ihrer Haare, weil sie lange stillsitzen mußte und am Ende so brav aussah. Am liebsten trug sie ihre Haare offen oder nur flüchtig zusammengesteckt, genauso wie sie am liebsten ihr leichtes Reitkleid überzog oder einen einfachen Kittel, der sie kaum von den Mägden unterschied.

»Hast *du* Nachricht von Girolamo?« fragte sie.

Rosaria schüttelte den Kopf.

»Ich werde ihm schreiben.« Sie wühlte ihre mühsam zurechtgelegten Haare durcheinander. »Ich kann ihn nicht vergessen!«

»Caterina, du versteigst dich in etwas. Wer dich einfach sitzenläßt, ist es nicht wert, daß du ihn liebst.«

Caterina fuhr wütend auf und gab Rosaria einen heftigen Stoß. Rosaria hatte ihn offensichtlich erwartet und fing ihn geschickt ab. Als Milchschwester, kindliche Spielgefährtin und langjähriges Kammermädchen war sie Caterinas Vertraute und die einzige unter den Bediensteten, die sich eine solche Bemerkung erlauben durfte. Doch auch als Vertraute durfte sie sich nicht alles herausnehmen.

Noch vor der Morgenandacht setzte sich Caterina an ihr Pult und schrieb Girolamo einen Brief, in dem sie ihm ihre Gefühle gestand und ihn eindringlich bat, mit ihr doch wenigstens im Großen Hof der Zitadelle zu reiten. Sorgfältig versiegelte sie den Brief, übergab ihn Rosaria und schärfte ihr ein, niemandem von diesem Auftrag zu erzählen und den Brief Girolamo Olgiati persönlich zu überreichen.

»Ich bin mir nicht sicher, ob wir beide nicht etwas Falsches und Gefährliches tun.« Unschlüssig schaute ihr Rosaria ins Gesicht. »Warum muß eine Herzogstochter einem Reitlehrer schreiben?«

»Das weißt du genau. Du mußt unbedingt gehen. Ich schenke dir auch meine Bernsteinkette.«

Rosaria schüttelte den Kopf: »Ich will deine Kette nicht.«

Caterina ergriff ihre Hand, sah sie so lange bittend an, bis sich Rosaria wortlos auf den Weg machte.

Tatsächlich erschien am nächsten Tag Girolamo um Schlag neun und tat so, als sei er während der letzten Wochen jeden Morgen im Castello gewesen. Caterina suchte seinen Blick, er wich ihr jedoch aus. Vermutlich quälte ihn sein schlechtes Gewissen. Sie tat so, als sei nichts geschehen, und zog mit ihm und den Pferden zum Großen Hof.

In der Zitadelle, die das Castello zur Stadt hin erweiterte, herrschte der gewöhnliche morgendliche Betrieb. Pferde wurden gesattelt, Zimmerleute bauten an einem der massigen Ecktürme ein Gerüst auf, und irgendwo wurde gehämmert. Die Veteranen ihres Großvaters würfelten, spielten Karten oder streckten ihre gichtigen Glieder in die Sonne. Als seien sie die Söhne von Kriegsgott Mars persönlich, kommentierten sie mit spöttischem Gelächter die Fechtübungen der Milizionäre. Caterina winkte ihnen zu und wurde mit fröhlichen Zurufen begrüßt.

Seit ihrer Kindheit kannte Caterina diese Männer, sowohl die jüngeren, die auf einen neuen Krieg warteten, wie auch die alten zahnlosen Krüppel in ihren verschlissenen Wämsern, die nach säuerlichem Wein, Schweiß und Sekrethaus stanken. Die Veteranen liebten sie, weil sie sich bereits als kleines Mädchen auf jedes Tier hatte setzen lassen, weil sie mit Begeisterung focht, rang und rannte und es im Bogenschießen mit den meisten Männern aufnehmen konnte. Und weil sie sich gerne ihre Kriegsabenteuer erzählen ließ und ihren Lobeshymnen auf den Großvater lauschte, den großen Condottiere Francesco Sforza, der keiner Schlacht ausgewichen sei, die meisten gewonnen und darüber hinaus in seiner ungestümen Männlichkeit acht legitime und mindestens siebzehn illegitime Kinder gezeugt habe.

Aus einem der Tore trat nun der bärtige Glatzkopf Gian Antonio Ghetti, der Hauptmann der väterlichen Milizen, Caterinas bewunderter Fechtmeister und, bis Girolamo auftauchte, ihr Reitlehrer. Auch ihm winkte sie zu, er winkte zurück und kam herbeigestapft.

»Wollten wir nicht reiten?« hörte sie Girolamos ungeduldige Stimme hinter sich.

»Laß mich erst Gian Antonio begrüßen.«

Sie gab Ghetti einen Kuß auf seine bärtige Wange, und er hob sie empor, als wäre sie noch immer ein vierjähriges Kind.

Weil Girolamo schon zur Springstrecke vorgegangen war, sprang sie ihm hüpfend nach und schwang sich dann auf den Sattel. Zu ihrem Erstaunen band Girolamo sein Pferd an einem Karren fest und nickte ihr auffordernd zu.

»Spring!«

»Und du?«

»Ich will zuerst deine Fortschritte sehen.« Ungeduldig schlug er mit der Reitpeitsche gegen sein Bein.

Caterina spürte einen Anflug von Ärger, weil Girolamo seine schlechte Laune offensichtlich nicht überwinden konnte! Sie wollte sich aber ihren Spaß am Reiten nicht nehmen lassen und sprang mit Schwung und Tempo über die Hindernisse. Nach drei Durchgängen hielt Girolamo sie an und kritisierte ihr waghalsiges Anreiten und außerdem die Zügelhaltung. Dann erhöhte er so lange die Hindernisse, bis Maestoso den Sprung verweigerte und Caterina im Sand landete. Girolamo half ihr auf und fragte, ob sie sich verletzt habe. Wütend schüttelte sie den Kopf. Er nahm ihre Hände und zeigte ihr den angeblichen Fehler bei der Haltung der Zügel. Zuerst wollte sie ihn wegstoßen, doch dann begriff sie, daß seine Kritik ein Vorwand war, sie zu berühren und ihr tief in die Augen zu schauen. Ihr Wut verflog, und sie umarmte ihn, ohne daran zu denken, daß jeder sie sehen konnte.

Da die Veteranen auch sofort pfiffen, zogen sie sich hinter mehrere Ochsenkarren zurück und hockten sich nebeneinander auf einen Stapel Baumaterial. Als hätte er schon lange darauf warten müssen, ergriff Girolamo Caterinas Hand, küßte sie, starrte dann plötzlich unsicher auf den Boden und zog mit seiner Ferse mehrere Streifen in den Sand. Wollte er ihr auf diese Weise seine

Liebe gestehen? Er begann jedoch, von ihrem »tyrannischen« Vater zu sprechen, der ihn zutiefst gedemütigt habe. »Unter den Visconti hätte ein solches Verhalten nur mit dem Degen gesühnt werden können. Aber unter den Visconti galt Ehre noch etwas, und unsere Familie war hoch angesehen.«

Was gab es darauf zu antworten? Sie mochte nicht, daß Girolamo ihren Vater beschimpfte, beabsichtigte allerdings auch nicht, ihn zu verteidigen. Überhaupt wollte sie möglichst schnell vergessen, was vor einigen Tagen geschehen war.

Girolamo wechselte das Thema und berichtete von seinem Lehrer und dessen Ausführungen über das Ende der römischen Republik.

Sein Geschichtsunterricht interessierte sie nun noch weniger als das Loblied auf die ehrversessenen Zeiten der Visconti. Nach einem verhaltenen Seufzer zeichnete sie mit ihrer Reitpeitsche ein Herz neben seine geheimnisvollen Striche. Doch Girolamo achtete nicht darauf, sondern erzählte von dem »Freiheitshelden« Brutus, dem »mutigen Kämpfer« gegen den »tyrannischen Caesar«.

Caterina schüttelte heftig den Kopf, weil es ihr reichte. »Ich halte Gaius Julius Caesar für einen genialen Feldherrn und weisen Staatsmann!« rief sie aus. »Dein ehrenwerter Brutus wurde von ihm wie ein Sohn geliebt und gefördert – und wie hat der Verräter es ihm gedankt?«

Girolamo überging ihren Einwurf und betonte, er hasse alle »usurpatorischen« Herrscher. Plötzlich wurde Caterina ganz flau im Magen, und sie zerstörte kurzentschlossen das Herz im Sand.

Mitten im Satz verstummte Girolamo und starrte auf die verwischten Spuren. Ohne Caterina in die Augen zu blicken, nahm er ihre Hand und führte sie an seine Lippen. Aber dann erhob er sich, schaute ihr wehmütig in die Augen, schwang sich auf den Rücken seines Pferds und trabte zum Tor – ohne Erklärung, ohne Abschiedsworte, ohne Wink.

Sie wollte ihm etwas nachrufen, doch kein Laut kam über ihre Lippen. Es war, als würde ihr jemand den Hals zuschnüren. Da saß sie, zwischen Holzstapeln und Karren, rang nach Luft und starrte zum Tor, durch das ihr Geliebter verschwunden war. Ein eigentümliches Gefühl von Endgültigkeit und Unabänderlichkeit ergriff sie, und es dauerte eine Weile, bis sie sich wieder in der

Lage fühlte, Ghetti mit seinen Veteranen, Fra Lauro oder irgendeinem anderen Menschen gegenüberzutreten.

Caterina übergab Maestoso einem Pferdeknecht und suchte ihren Beichtvater auf. Er wirkte nicht überrascht über ihr Erscheinen, im Gegenteil, schien sie sogar erwartet zu haben. Sie küßte ihm den Ring, er strich ihr nach einem prüfenden Blick über die Haare, legte seinen Arm auf ihre Schultern und führte sie schweigend in die herzogliche Kapelle. Hier ließ er sie das *Pater noster* aufsagen. Kaum hatte sie das Gebet mit dem Schlußsatz »und führe uns nicht in Versuchung, sondern erlöse uns von dem Übel« beendet, fügte er ein betontes »Amen!« an und forderte sie auf, noch eine stumme Zwiesprache mit dem Allmächtigen zu führen.

Caterina schloß die Augen. Sie betete allerdings nicht, sondern versuchte, die gemeinsamen Stunden mit Girolamo nachzuerleben. Das Bild seines wortlosen Abschieds wurde zunehmend von dem überwältigenden Gefühl ihrer Liebe verdrängt.

Fra Lauro schien zu spüren, was sie ablenkte; er räusperte sich vernehmlich und erklärte: »Ich muß mit dir reden, mein Kind – bevor du womöglich einen jungen Menschen ins Unglück stürzt.«

Sie öffnete die Augen. Natürlich konnte es sich wieder nur um Girolamo handeln. Obwohl sich ihr Beichtvater offenkundig bemühte, eine ernste und strenge Miene aufzusetzen, ruhte sein Blick gütig und liebevoll auf ihr.

»Warum darf ich nicht mehr mit Girolamo in den Park reiten?« fragte Caterina ohne Umschweife. »Ich liebe ihn!« Sie fuhr sich durch die Haare und merkte selbst, wie trotzig sie klang.

»Weißt du überhaupt schon, was Liebe ist?«

Caterina senkte die Augen. Sollte sie wirklich ihrem Beichtvater sagen, welche Gefühle sie durchstürmten, wenn sie an Girolamo dachte? Bevor sie einen Entschluß fassen konnte, sprudelten bereits die Worte aus ihr heraus: »Wenn ich morgens aufwache und an Girolamo denke, dann kribbelt alles, es wird mir heiß und kalt, mein Herz rast los und scheint dann auszusetzen, und wenn er mich erst küßt …«

»Du bist heftig verliebt«, unterbrach er sie, und es klang, als spreche er von einer gefährlichen Krankheit.

»Am liebsten möchte ich mit ihm auf den weißen Rossen des Helios über den Himmel ziehen.«

Fra Lauro mußte lachen. »Du bist doch keine Göttin.« Nach einer kurzen Pause beugte er sich ihr zu. »Aber du bist eine Sforza. Du wirst den Himmel nicht stürmen können, trotzdem hat dein Vater mit dir Großes vor. Noch bist du sehr jung, dein Vater könnte jedoch bereits an die Zukunft denken, an einen mächtigen Herrn, einen wichtigen Verbündeten – daß Ehen selten aus Liebe geschlossen werden, ist dir sicher bekannt.«

Nun war endlich heraus, was sie schon befürchtet hatte! Sie sollte verheiratet werden – obwohl sie erst dreizehn Jahre alt war.

»Ich bin sicher, daß auch du ein Leben in Luxus einem Leben in ärmlichen Verhältnissen vorziehst – obwohl Reichtum für das Seelenheil gewiß nicht entscheidend ist.«

Es gab keinen Zweifel: Fra Lauro sollte ihr Girolamo ausreden. Unverzüglich regte sich Widerstand in ihr, und sie sah ihren Beichtvater herausfordernd an. »Aber Christus hat Armut gepredigt«, entgegnete sie mit Triumph in ihrer Stimme. »*Selig sind, die da arm sind; denn ihrer ist das Himmelreich*.«

Fra Lauro lachte. »Mein Kind, du hast ein Wort ausgelassen. *Geistlich arm*, sagte unser Heiland, und meinte die Menschen, die sich in Demut ihrer *inneren* Armut bewußt sind. Wir sind alle auf Gottes Gnade angewiesen ...«

»Ihr Franziskaner verzichtet doch auch auf alle *äußeren* Reichtümer. Es muß also gottgefällig sein, wenn man im Vertrauen auf Gottes Gnade die *inneren* Werte bevorzugt ... Girolamos Familie ist zwar nicht reich, aber ihr Ruf ist untadelig, und Girolamos Tugend nicht minder. Sollte es wirklich gegen Gottes Willen sein, einen armen, tugendhaften Mann zu lieben?«

Fra Lauro schüttelte lächelnd den Kopf. »Es geht jetzt ausnahmsweise nicht um Gottes Willen, sondern um den Willen deines Vaters.«

»Der Allmächtige steht über meinem Vater.«

Weil Fra Lauro nun mit einem leisen Kräuseln seiner Augenbrauen schwieg, packte Caterina der Trotz. Für eine Heirat war sie noch zu jung, und daher gab es keinen Anlaß, ihr unbedingt jetzt die Liebe zu Girolamo ausreden zu wollen. Sie wußte selbst, daß sie in ein paar Jahren im Interesse der Sforza-Familie einen mächtigen und reichen Mann zu heiraten hatte. Sie wußte im

Grunde ihres Herzens auch, daß es ihr schwerfallen würde, in Armut zu leben. Sie liebte große Paläste, wie ihr einschüchternd weitläufiges und trutziges Castello hier in Mailand oder den mit Gemälden, Teppichen und Skulpturen ausgestatteten Palast der Medici in Florenz. Sie liebte schöne Kleider, edle Pferde, Perlen, Rubine und Seidenhandschuhe – und dennoch wollte sie von Girolamo nicht lassen. Daß die Olgiati verarmt waren, hatte sie nie bestritten, aber konnte Girolamo nicht eines Tages ein siegreicher Condottiere werden? Und sich dann wie der Großvater Francesco ein Herzogtum erobern?

Fra Lauro beobachtete sie. Er versuchte, ihre Gedanken zu lesen – was ihm vermutlich gelang, denn sie hatte ihm während der letzten Jahre all ihre Taten und Gedanken gebeichtet und noch nicht einmal ihre geheimsten Regungen verschwiegen. Sie hatte ihm gestanden, daß sie gelegentlich eifersüchtig auf ihre pummelige Stiefmutter Bona war, daß sie ihre eigene Mutter zwar immer noch schön, aber auch ein wenig dumm fand, sich selbst dagegen zu dürr und langnasig, daß sie lieber ein Junge wäre und ein legitimes Kind ihres Vaters – in diesem Fall würde nämlich *sie* der nächste Herzog von Mailand und nicht Bonas Ältester Gian Galeazzo, der ihr immer nur blaß und mit verschüchterten Augen begegnete und sich mit seinen sechs Jahren noch nicht auf ein Pony traute. Sie hatte nicht verschwiegen, daß sie von einem zweiten Besuch in Florenz träumte, dem Prunk und Reichtum, den sie dort erlebt hatte, den Turnieren, Banketten und Tanzvorführungen, nicht zuletzt von den eleganten Frauen und lässigen jungen Männern. Sie hatte bis heute nicht Lorenzo *il Magnificos* Bruder Giuliano vergessen, obwohl ihr erster Besuch in Florenz bereits Jahre zurücklag und sie damals sehr jung gewesen war. Vielleicht hatte sie sich in Girolamo Olgiati verliebt, weil er sie an Giuliano de' Medici erinnerte.

Caterina seufzte tief, sprang auf, griff nach Fra Lauros Hand und küßte seinen Ring.

»Und Ihr? Habt Ihr eigentlich nie geliebt?«

Fra Lauro schaute sie erschrocken an. Seine Augen wurden für einen Augenblick ernst. Dann lächelte er schon wieder, weise, abgeklärt, wie man es von einem Beichtvater erwartete.

»Ich liebe Jesus Christus … und den heiligen Franciscus.«

»Und seid Ihr nie von einem jungen, hübschen, *armen* Weib in Versuchung geführt worden?«

Er lächelte gezwungen. »Mein Kind, bleiben wir bei der Versuchung, der *du* zur Zeit zu erliegen scheinst.«

3. Kapitel

Während der nächsten Wochen wurde über Girolamo Olgiati kaum gesprochen. Caterina dachte gelegentlich an die Warnung ihrer Stiefmutter, konnte aber nicht glauben, daß der Vater ihrem Reitlehrer wirklich nach dem Leben trachtete. Ihre Sehnsucht nach ihm wuchs wieder derart, daß sie ihm einen zweiten Brief schrieb, in dem sie ihm mitteilte, wie sehr sie ihn vermisse. Erneut ließ sie Rosaria den Brief überbringen. Rosaria brauchte lange, bis sie zurückkehrte. Mit aufgelösten Haaren und verwirrten Augen huschte sie schließlich in Caterinas Zimmer.

»Was ist denn mit dir geschehen?« fragte Caterina erschrocken, wartete jedoch keine Erklärung ab. »Hast du eine Antwort?«

Rosaria schüttelte den Kopf. »Die Wachen haben mich am Tor abgefangen und ausgehorcht«, berichtete sie stockend. »Sie wollten wissen, wo ich war und wer mich geschickt hat. Als ich schwieg, haben sie mich – ziemlich unsanft angepackt.« Sie sah aus, als würde sie gleich in Tränen ausbrechen.

»Du hast aber nichts verraten.«

Rosaria schüttelte den Kopf.

»Und wird Girolamo mir antworten – oder kommen?«

»Ich weiß es nicht.«

Er erschien weder noch sandte er eine Botschaft. Nachdem Caterina eine weitere Woche gewartet hatte, drängte es sie, ihm einen dritten Brief zu schreiben. Während sie am Pult saß, merkte sie, wie sie sich über sein Schweigen ärgerte, wie tief enttäuscht sie war – und sie zerriß das Papier.

Um sich auf andere Gedanken zu bringen, ließ sie sich täglich bei den Veteranen sehen und übte Fechten mit Ghetti. Manchmal brach sie die Fechtstunden abrupt ab, weil sie an Girolamo denken mußte und ihr zum Heulen zumute war. Ghetti, der wahrscheinlich mit Fra Lauro gesprochen hatte, schien ihren

Stimmungswechsel zu begreifen, denn er knuffte sie sacht und sagte leise: »Du wirst ihn vergessen.«

Caterina schüttelte den Kopf.

Wenige Wochen später ließ ihr Vater sie in sein Studiolo rufen. Er räusperte sich und erklärte ohne Umschweife, ihr stünden wichtige Tage bevor. »Wir bekommen Besuch aus Rom.« Ein schiefes Lächeln huschte über sein Gesicht, dann wurde er wieder ernst. »Von dem Neffen des Papstes, von Girolamo Riario.«

Bei dem Namen *Girolamo* durchfuhr es Caterina heiß, weil sie sofort an Olgiati denken mußte, aber sie ließ sich nichts anmerken, noch nicht einmal, als die Augen ihres Vaters prüfend auf ihr lagen.

»Möchtest du einmal in einem großen Palast leben und die Frau eines einflußreichen Mannes sein?«

Selbstverständlich wollte sie in einem Palast leben. Schließlich war sie eine echte Sforza, das hatte der Vater oft genug betont, und ihre Großmutter hatte ihr einmal zugeflüstert: »Du hast die Stärke und den Adel der Visconti.« Sie vereinigte also die Vorzüge beider Geschlechter …

Der Vater erwartete offensichtlich keine Antwort. »Ich brauche die Verbindung mit Rom, um mich gegen Venedig abzusichern, während der Papst für seine anspruchsvolle Familie reiche Verwandtschaft aus dem Norden sucht«, erklärte er.

Sie wußte es! Der Vater wollte sie mit diesem Riario verheiraten. Deswegen auch sein Verbot, mit Girolamo auszureiten, und Fra Lauros Andeutungen!

Er verzog verächtlich seinen Mund. »Der Vater des nicht mehr ganz jungen Papstneffen war Schuster oder Zöllner, Riario selbst hat in seinen Jugendjahren Oliven und Obst verkauft, irgendwo in Ligurien – mittlerweile sind sie aber ganz oben und werfen mit dem Geld der Gläubigen nur so um sich.«

Caterina beschlich ein ungutes Gefühl, sie wußte jedoch nicht, was sie sagen sollte.

»Warum schweigst du so betont? Dein Mund steht doch sonst selten still.«

Ihre Blicke trafen sich. Sie fühlte den Stolz in diesen dunkelbraunen, immer ein wenig hochmütigen Augen. Plötzlich quollen Tränen unter ihren Lidern hervor, und sie versteckte ihr Gesicht an seinem duftenden Hals.

Er strich ihr über den Kopf. »Du bist meine starke und mutige Tochter, das weiß ich. Wärst du ein Junge, würdest du ein Condottiere Aber du bist ein Mädchen und mußt einen für uns wichtigen Mann heiraten.«

Noch am Abend traf der Besuch aus Rom ein. Caterina hörte Pferdegetrappel, Stimmengewirr, Rufe. Es mußte eine zahlreiche Truppe sein, die den Neffen des Papstes begleitete. Sie brannte vor Neugier, ihn und seine Begleiter zu sehen, war jedoch angewiesen worden, in ihrem Schlafzimmer zu bleiben, weil Bona, ihre Stiefmutter, sie auf die Begegnung mit ihrem zukünftigen Verlobten vorbereiten wollte. Auch ihr Lateinlehrer und Fra Lauro erschienen, außerdem, auf ausdrücklichen Befehl des Herzogs, ihre richtige Mutter Lucrezia Landriani. Caterina flog ihr an den Hals, Bona begrüßte sie mit einem kurzen, zwischen Hochmut und Unsicherheit schwankenden Nicken.

Aus den Truhen wurden die schönsten Kleider der Familie geholt und auf dem Bett ausgebreitet. Gleichzeitig legte ihr der Lehrer eine Textstelle aus Ciceros *De natura deorum* vor, die sie auswendig zu lernen habe. Bona bestand darauf, daß sie zudem ein Sonett Petrarcas vorsingen sollte, und Fra Lauro hielt ein Blatt Papier in der Hand, auf das er säuberlich einige Stellen aus dem *Hohelied Salomos* geschrieben hatte.

Caterina verstand zuerst gar nicht, was von ihr erwartet wurde. »Du mußt morgen einen guten Eindruck machen, sonst überlegt es sich der Papstneffe noch anders«, rief Bona aufgeregt und ruckte am Ausschnitt ihres Kleides, das offensichtlich ihren Bauch und ihre schwellende Brust drückte.

»Ist sie nicht wirklich noch zu jung?« unterbrach sie ihre Mutter. »Schaut sie an, wie hochgeschossen sie ist, und geht es ihr überhaupt schon nach der Art der Frauen?«

»*Dies* ist zur Zeit nicht entscheidend«, antwortete Bona kurzangebunden mit einem Seitenblick auf die beiden Männer im Raum.

»Wenn er nun darauf besteht, die Ehe sofort vollziehen zu wollen?« Die Stimme der Mutter nahm einen weinerlichen Ton an.

Bona versuchte, mit einer heftigen Armbewegung die Einwände beiseite zu wischen. »Ihr solltet froh sein, daß *Eure* Tochter einem solch reichen Mann versprochen wird, dem *Lieblings*neffen des Heiligen Vaters, einem Mann mit großer Zukunft – wer weiß, ob er nicht abspringt, wenn Caterina keinen guten Eindruck hinterläßt.« Sie griff sich ihr Schoßhündchen und rauschte hinaus.

Caterinas Mutter verdrehte die Augen, der Lehrer schaute unsicher auf das Blatt Papier, als müsse *er* etwas auswendig lernen. Lediglich Fra Lauro lächelte und erklärte Caterina, sie werde am nächsten Morgen dem hohen Herrn aus Rom vorgestellt. »Dein Vater hat sich gedacht, daß du schön herausgeputzt den Girolamo Riario begrüßt und dann eine Stelle aus Ciceros Ausführungen über das Wesen der Götter vorträgst. Damit nicht alles so ernst und philosophisch bleibt, wirst du anschließend ein Sonett von Petrarca singen ...«

»Singen? Und wer begleitet mich auf der Laute?« fiel ihm Caterina ins Wort.

»Du sollst dich selbst begleiten.«

»Aber ich kann nicht richtig Laute spielen. Ich würde ihm viel lieber vorführen, wie ich auf Maestosos Rücken stehen kann. Ich könnte mit ihm sogar fechten!«

Fra Lauro mußte lachen, und ihre Mutter verdrehte wieder die Augen.

»Gut, dann lassen wir deinen Musiklehrer dich begleiten«, fuhr Fra Lauro fort. »Zum Schluß trägst du noch ein paar Verse aus dem *Hohelied Salomos* vor. Schöner und gleichzeitig züchtiger kann man einem Herrn aus einer geistlichen Familie nicht auf die Reize ehelicher Liebe hinweisen.«

Noch während des Abends lernte Caterina Ciceros Ausführungen, Petrarcas Verse und die Bibelstellen auswendig, übte mit ihrem Musiklehrer das Singen des Sonetts, und schlief des Nachts sehr schlecht. Am nächsten Morgen mußte sie das Gelernte noch einmal unter Fra Lauros Aufsicht wiederholen und ein wenig gefühlvoller gestalten. Es fiel sogar der Besuch der Heiligen Messe aus. Statt dessen erschien Bona mit einem Gefolge von Näherinnen und Kammerfrauen. Caterina wurde unter ihrer Anleitung gekämmt und mit nach Veilchen duftender Salbe eingerieben, schließlich wurde ihr ein blütenweißes Seidenhemd und ein dunkelgrünes Kleid aus Samt übergezogen. Den Ausschnitt verschloß schmucklos ein brauner Latz. Der Busen mußte ihr tatsächlich noch wachsen. Auch in Hinsicht auf Perlen und Edelsteine solle sie bescheiden auftreten, belehrte sie die Stiefmutter. Ihr natürliches, einnehmendes Wesen habe den zukünftigen Ehemann zu überzeugen, nicht prunkvoller Schmuck, der einem so jungen Mädchen noch nicht anstehe. »Außerdem erwecken zu viele Perlen falsche Vorstellungen und stacheln lediglich Riarios Geldgier an – hat dein Vater gesagt.«

Caterina wollte etwas anmerken, kam aber nicht zu Wort. Ihre Füße wurden in Orangenblütenwasser getaucht und mußten in Pantoffel schlüpfen, auf die mit Goldfäden das Wappen der Sforza-Visconti gestickt war. Caterina fand die Sorgfalt, mit der Bona ihre Füße bekleidete, übertrieben. Die Stiefmutter betonte jedoch: »Die Männer schauen auf unsere Füße. Sie verraten ihnen viel.« Caterina mußte lachen. Ein tadelnder Blick traf sie. Sie wurde wieder ernst und erklärte trotzig, ihr Hals sei viel zu nackt.

»Du hast einen Schwanenhals«, antwortete Bona nicht ohne Spott.

»Ja eben«, Caterinas Stimme wurde lauter, »warum mußt du eine dreifache Kette tragen, während ich halb nackt vor meinen Zukünftigen trete?«

Bona überging ihren Einwand und befahl, ihre blonden Haare streng zu scheiteln und die Zöpfe zu Schnecken zusammenzubinden. An den Schläfen durften sich ein paar Löckchen kringeln.

Schließlich war es soweit. Caterina fühlte eine solche Anspannung, daß ihr Mund ganz trocken wurde, ihr aber gleichzeitig vor Schweiß das Hemd am Körper klebte. Zum Glück durfte wenigstens Fra Lauro an ihrer Seite bleiben, während sie ihrem zukünftigen Gemahl in dem reich geschmückten Empfangssaal entgegenschritt.

Viele Augen richteten sich auf sie. Der Vater lächelnd, stolz, Bona mit ihren vier kleinen Kindern, die Brüder und Schwestern des Vaters, vorneweg Onkel Lodovico, wie immer himmelblau gekleidet, überhaupt der ganze Hofstaat, der Kanzler Cecco

Simonetta, der Erzbischof mit Gefolge, der *podestà* samt Magistrat, Vertreter der *nobili* – und in ihrer Mitte, auf einem geschnitzten Thronstuhl, ein Mann, der ihr Vater hätte sein können. Das Kinn auf eine Hand gestützt, starrte er sie an. Lang herabwallende Haare, die auch die Stirn bedeckten, ein starkes Kinn und kalte Augen.

Gott, wie weibisch sieht er aus, schoß es Caterina durch den Kopf. Was verbirgt sich hinter diesen Augen?

Er bewegte sich nicht, starrte sie nur an.

Plötzlich sprang er auf, ein Grinsen zog über seinen Mund, er eilte ihr entgegen und verbeugte sich übertrieben. Sie wagte kaum einen Blick. »Züchtig mußt du ihn anschauen«, hatte Bona ihr geraten, »Männer mögen Jungfrauen, die tugendhaft und gehorsam wirken.«

Er ergriff ihre Hand, zog sie an seine Brust. Nun wußte sie überhaupt nicht mehr, was sie tun sollte. Sie schaute sich nach Fra Lauro um, der ihr ermunternd zulächelte, warf einen kurzen Blick auf ihren Vater, dessen Mundwinkel sich verächtlich nach unten zogen. Neben ihm Bona, voller Ernst. Um sie herum die feixenden Kinder.

»Ich bin Girolamo Riario«, sagte ihr Gegenüber, »und soll Euch den Segen des Heiligen Vaters übermitteln.«

Die Stimme! Sie war nicht dunkel und nicht hell. Am Anfang schien sie zu krächzen, dann auszugleiten. Riario räusperte sich und schluckte. Caterina konnte nicht *Girolamo* denken, *Girolamo* war der andere ...

Riario verbeugte sich ein zweites Mal, auch vor ihrem Vater und vor Bona, und nahm wieder Platz. Sie jedoch – sie stand da inmitten all der Menschen und glaubte, kein einziges Wort hervorbringen zu können.

Fra Lauro flüsterte ihr »Cicero« zu.

Vor ihr saß der Papstneffe, sein Kinn wieder aufgestützt, und ließ langsam seinen Blick an ihr hinabgleiten.

»Gaius Julius Cicero: *De natura deorum*«, sagte sie mit zittriger Stimme.

Der Römer glotzte regelrecht. Unruhe unter den Zuhörern. Fra Lauro räusperte sich. Dann brach plötzlich ihr mohrenhaft dunkelhäutiger Onkel Lodovico in Gelächter aus, und es war kein Halten mehr. Der ganze Saal bebte vor Gelächter. Sogar der Erzbischof lachte. Und natürlich der Römer. Sie verstand nicht, was so witzig an Ciceros Namen war, begriff allerdings, daß man sie auslachte. Fra Lauro neben ihr berührte beruhigend ihre Hand und flüsterte ihr »*Marcus Tullius* Cicero« zu.

»Marcus Tullius Cicero«, schrie sie in das Gelächter, das sofort verstummte. Lediglich ihre kleinen Geschwister grimassierten noch, wurden aber durch einen strengen Blick des Vaters zurechtgewiesen »*De natura deorum!*«

Caterina war so wütend, daß alle Anspannung von ihr abfiel. Sie schrie dem Römer Ciceros lange, gewundene Sätze entgegen, kein einziges Wort ließ sie aus. Allmählich wurde sie leiser, und sie merkte, daß sie nun auch an den richtigen Stellen Pausen einlegte. Die Augen des Römers zuckten, dann verzogen sich die Mundwinkel spöttisch. Verstand er Ciceros Ausführungen überhaupt? In Ligurien pries man sein Gemüse wohl kaum in lateinischen Drechselsätzen an.

Als Caterina den ersten Text beendet hatte, wurde vorsichtig applaudiert. Auch Riario deutete ein Klatschen an. Caterina gab nun dem Lautenspieler ein Zeichen und sang ein Sonett Petrarcas, das von der Sehnsucht und der Liebe handelte. Nicht immer traf sie den Ton, inzwischen hatte sie jedoch soviel Sicherheit gewonnen, daß sie stolz ihren Kopf reckte, als der Beifall nun deutlich länger und lauter sie einhüllte. Schließlich rezitierte sie noch das *Hohelied*: »Meine Schwester, liebe Braut, du bist ein verschlossener Garten, eine verschlossene Quelle, ein versiegelter Born.« Das hätte eigentlich der Römer sagen müssen. Er hatte jedoch all seinen Spott verloren, schaute sie aus seinen kalten Augen undurchsichtig an. Mit den Worten »Ohne daß ich's merkte, trieb mich mein Verlangen zu der Tochter eines Fürsten« schloß sie und verbeugte sich.

Ihr Vater war aufgesprungen, auch der Römer erhob sich, sie schüttelten sich die Hände. Caterina wollte sich zurückziehen, ihr Vater nahm sie jedoch in den Arm. All die Spannung, die in dem Raum geherrscht hatte, war von den Menschen abgefallen und entlud sich nun in lärmendem Rufen und Schreien. Caterina verstand weder, was ihr Vater, noch, was der Römer sprach. Aber alle schienen sie zufrieden zu sein.

Noch am Nachmittag, während Caterina sich in ihrem Zimmer ausruhen durfte, wurde der Vertrag mit dem Heiratsversprechen unterzeichnet und eine vorläufige Mitgift von zehntausend Dukaten festgesetzt und ausgezahlt. Anschließend holte Bona ihre Stieftochter und führte sie in ihr Gemach, in dem ihr Vater und der Bräutigam warteten. Mit einer generösen Geste wies der Römer auf seine Geschenke: ein Goldbrokatkleid, bestickt mit einer Unzahl großer und kleiner Perlen, dazu eine rote Samtrobe mit einem ärmellosen schwarzen Überkleid, das an den Seitennähten mit Goldstickerei versehen war, eine dreifache Kette, zwei Goldkreuze mit eingefaßten Diamanten und Rubinen, und eine saphirbesetzte Schließe, von der eine riesige, birnenförmige, matt schimmernde Perle baumelte.

Caterina staunte über all diesen Reichtum, der nun ihr gehören sollte. Am liebsten hätte sie augenblicklich eins der Kleider angezogen, aber Bona erklärte, sie müsse erst hineinwachsen, und fügte in leicht neidischem Ton an: »*Mir* würden sie sicher passen, wäre ich nicht in anderen Umständen.«

Als die engere Familie mit dem Gast am späten Abend noch plaudernd vor dem Kamin saß, fiel der Blick des Papstneffen auf das Wappen der Sforza. »Unser Wappen ziert eine Rose«, sagte er bedeutsam zu Caterinas Vater, »die Rose der Liebe, Symbol des von Christus vergossenen Bluts, Zeichen der *ecclesia militans*.« Mit einer schwungvollen Kopfbewegung wandte er sich dann an Caterina: »Du hast heute morgen so wohlgesetzte Worte über die Götter und über die Liebe gesagt, nun verrate mir, was das Wappen der Sforza bedeutet: Ich sehe eine Schlange, die ein Kind verschlingt!«

Es wurde still vor dem Kamin.

»Du wirst es sicher wissen, meine Kleine.«

Caterina ärgerte sich über den herablassenden, gönnerhaften Ton. »Natürlich weiß ich es«, antwortete sie. »Die Schlange *verschlingt* das Kind nicht; im Gegenteil: ihrem Kopf *entspringt* ein Kind – so wie die griechische Göttin Athene dem Kopf ihres Vaters Zeus entsprungen ist.«

Der Römer lächelte spöttisch: »Soso! Ich hätte die Schlange für eine gefräßige Natter gehalten.« Als er sah, wie das Gesicht des Herzogs vereiste, fügte er rasch an: »Aber du hast recht:

Schlangen symbolisieren vielerlei ... Eva und die Schlange, die Schlange des Asklepios ... Eure Schlange soll vermutlich Fruchtbarkeit bedeuten. Ich bin beeindruckt.« Er nickte. »Jeder Mann wird sich freuen über eine Frau, die so klug und kämpferisch ist wie Pallas Athene und so fruchtbar wie ... wie der Göttervater.«

»Und früher, bei den Visconti, das hat mir meine Großmutter erzählt«, fiel ihm Caterina ins Wort, »war die Schlange ein Drachen, der all seine Feinde frißt.« Sie schaute ihren zukünftigen Gemahl triumphierend an.

Als hätte er ihre Worte nicht gehört, trank er einen großen Schluck Wein und ließ seinen Blick lange auf Caterina, dann auf dem Wappen ruhen: »Die Schlange und die Rose, was für eine Verbindung!«

4. Kapitel

Caterina war froh, als sie sich zurückziehen durfte. Nach dem Entkleiden wies sie Rosaria an, ihr die neuen Kleider überzuziehen. Sie ließ sich einen Spiegel aufstellen und betrachtete sich: Tatsächlich mußte sie noch in die schwere Brokat- und Perlenrobe hineinwachsen. Aber ihr Vater und der Papstneffe hatten ja lediglich das Ehe*versprechen* unterzeichnet; erst in zwei Jahren erreichte sie das ehefähige Alter.

Caterina schlüpfte wieder aus ihren Roben und ließ Rosaria sie anprobieren. Rosaria nahmen sie jedoch die Luft, und außerdem schleiften sie über den Boden. Die beiden Mädchen kicherten über den ungewohnten Anblick, falteten schließlich die Kleider sorgfältig zusammen und verstauten sie in Caterinas Truhe. Einen Augenblick standen sie sich im halboffenen Hemd gegenüber, mit nackten Füßen. Rosaria lächelte Caterina an, ein wenig verschämt, ja, schuldbewußt. Obwohl Rosaria nicht älter als sie war, hatte sie bereits den Körper einer richtigen Frau und entwickelte offensichtlich den milchspendenden Reichtum ihrer Mutter, denn ihre Brüste prangten in unübersehbarer Fülle. Dafür war sie nahezu einen Kopf kleiner als sie und noch rundlicher als Bona. Ihre Haare waren so dunkel, wie Caterinas Haare blond waren. Ihre Augen glänzten wie schwarze Knöpfe, Caterinas bernsteinfarbene Augen dagegen zierten nur dunkle Pünktchen.

»Wir dürfen uns nie trennen«, flüsterte Caterina und umarmte Rosaria, »versprichst du es mir?« Sie fühlte eine vertraute Wärme. Früher hatten sie immer gemeinsam in einem Bett geschlafen, aber seit einiger Zeit unterließen sie es, weil sie so etwas wie Scham verspürten.

»Und wenn ich heiraten will?« flüsterte Rosaria zögernd.

»Du wirst schon nicht heiraten!« Caterina löste sich von ihr. »Und wenn, dann bleibst du trotzdem bei mir. Wir kriegen gemeinsam Kinder, und du wirst die Amme!«

Rosaria lächelte, schaute sie trotzdem ganz seltsam an.

Bevor Caterina sich endgültig schlafen legte, kniete sie vor dem Bild der gnadenreichen Jungfrau und betete das *Ave Maria*. Aber sie achtete kaum auf die Worte, denn sie sah die Geschehnisse des Tages noch vor sich. Das Bild des Römers verschwand ständig hinter dem Gelächter über ihren Versprecher. Zur Zeit konnte sie sich nicht vorstellen, mit ihm zusammenzuleben und Kinder zu bekommen. Bevor sie schwanger wurde, mußten sie jedoch die Ehe vollziehen. Genau dies konnte sie sich noch weniger vorstellen. Wie würde er sich ihr nähern? Und wie sie küssen?

Caterina spürte, wie sie errötete, und legte sich ins Bett. Ihr Herz pochte laut, sie sah zerwühlte Kissen vor sich, zerrissene Hemden, schließlich weiche Wiesenplätzchen im Schatten eines blühenden, duftenden Jasminstrauchs ... Sie wollte an *ihren* Girolamo denken, den Duft der Pinie atmen und sein Bild in ihre Arme holen. Es gelang ihr jedoch nicht; immer wieder entschwand ihr Geliebter.

Girolamo Riario schien es in Mailand zu gefallen. Gegen alle Erwartung reiste er nach dem Abschluß der Verlobungszeremonien nicht ab, sondern ging erst einmal mit dem Herzog auf die Jagd. Dann zogen sich die beiden Männer mit Kanzler Simonetta, dem Erzbischof und den Gesandten von Florenz, Mantua und Venedig zurück, um politische Fragen zu erörtern. Caterina waren Reit- und Fechtübungen untersagt und weiblichere Tätigkeiten anempfohlen worden. Der Musiklehrer erschien häufig. Meist kam er, leicht erhitzt, aus den Gemächern ihrer Stiefmutter, der er nicht nur das Lautespiel und das Singen beizubringen versuchte, sondern auch das Spiel an einem neuerstandenen Spinett.

Nach der Musikstunde durfte Caterina mit Fra Lauro im Park spazierengehen. Dabei informierte er sie darüber, daß die Verbindung mit dem Papstneffen weit über ein Heiratsversprechen hinausgehe. »Girolamo Riario wurde die kleine Mailänder Grafschaft Bosco verliehen, er darf sich jetzt *Graf* nennen. In erster Linie geht es aber um die strategisch bedeutende Stadt und Grafschaft Imola an der Via Emilia. Obwohl sie ein Lehen der Kurie ist, hat dein Vater sie seinem Herrschaftsbereich einverleibt und wollte sie für hunderttausend Dukaten an Florenz verkaufen, an seinen alten Freund Lorenzo de' Medici.«

Bei dem Namen *Medici* horchte Caterina auf. Die unvergeßliche Prunkreise nach Florenz! Die Tage voller Gelächter und Spaß, mit all den charmanten Menschen und dem schönen Giuliano!

»Natürlich hat der Papst protestiert, weil er Imola als *sein* Gebiet betrachtet«, fuhr Fra Lauro fort.

Caterina schaute ihn mit wachsender Neugierde an, denn sie vermutete, daß der Beichtvater ihr die politischen Schachzüge des Vaters nicht ohne Grund berichtete.

»Dein Vater wünscht sich eine enge Beziehung zum Heiligen Stuhl, was er soeben durch die Verlobung unterstrichen hat, und möchte daher den Papst nicht vor den Kopf stoßen. Er ist daran interessiert, daß du nicht nur eine Gräfin wirst, sondern daß auch sein Schwiegersohn in der Geschichte Italiens eine wichtige Rolle übernimmt. Kurz, Imola soll für vierzigtausend Dukaten an den Heiligen Stuhl zurückgegeben werden, genauer: an die Familie Riario verkauft. Ja, man denkt bereits weiter: Forlì, das in der Nähe von Imola ebenfalls an der Via Emilia liegt, soll mit Imola vereinigt werden, wenn die dort herrschenden Ordelaffi vertrieben sind. Dann kontrolliert dein zukünftiger Gemahl den Kreuzungspunkt zweier wichtiger Verkehrswege. Dies verspricht politischen Einfluß und Zolleinnahmen.«

Fra Lauro machte eine kurze Pause. »Mein Kind, weißt du, was dies bedeutet?«

Caterina blieb ruhig. »Ich werde einmal Gräfin von Imola und Forlì.«

»Ja, so sieht es aus«, sagte Fra Lauro in einem Anflug von Begeisterung.

»Aber warum gibt mein Vater Imola nicht für hunderttausend

Dukaten an Florenz und verheiratet mich mit Giuliano de' Medici. Das wäre der bessere Handel, außerdem bände er Florenz noch enger an Mailand und seinen Freund Lorenzo an die Familie Sforza. Eine untrennbare Liga zwischen Mailand und Florenz wäre die stärkste Macht in Italien.«

Fra Lauro zog seine Augenbrauen erstaunt in die Höhe. »Ich hatte dich bisher für eine verliebte Amazone gehalten, aber daß du strategisch und gleichzeitig kaufmännisch denkst ...«

»Wenn ich schon irgendeinen Mann heiraten soll, den ich nicht liebe, warum dann nicht einen, den ich bewundere ...«

Fra Lauro schüttelte den Kopf. »Du kennst doch den Medici gar nicht ...«

»Ich kenne ihn sehr wohl! Ich erinnere mich noch gut an unseren Besuch in Florenz. Wir sind mit einem riesigen Troß in die Toskana gezogen. Allein zweitausend Jagdhunde waren dabei, und die Falken ... Überall sprangen Zwerge und Spaßmacher herum und machten ihre Faxen. Ich habe während des Besuchs kaum geschlafen. Einmal habe ich mich übergeben, weil mir die Füllung eines Pfaus nicht bekam, ich mußte im Haus bleiben und sollte auf einen vierjährigen Jungen der Medici aufpassen, Giovanni hieß er, glaube ich, er war ein hübscher Junge, aber ich wurde rasch wieder gesund. Außerdem erinnere ich mich an die Tänze. Giuliano hat mich einmal geführt, obwohl ich noch keine Schritte beherrschte, er trug mich regelrecht über die Tanzfläche ...«

Fra Lauro blieb stehen und schaute ihr forschend in die Augen. »Ich dachte«, sagte er leise, »du liebtest deinen Reitlehrer?«

»Das tue ich auch«, antwortete sie, nicht ohne zu erröten. »Aber warum soll ich meinen Girolamo nicht lieben können und trotzdem einen Mann heiraten, der Mailand viel Geld bringt?«

»Ja, wenn du es so siehst ...« Fra Lauros Stimme wurde rauh. »Die Liebe ... bringt jedoch bisweilen Unglück. Natürlich hast du recht, aber ... Giuliano de' Medici wird bereits einem anderen Mädchen versprochen sein.«

»Wem?« fragte sie mit erhöhter Stimme.

»Ich weiß es nicht.«

Er hatte sich abgewandt und schaute den Weg entlang. Nach einer Weile wandte er sich wieder Caterina zu. »Es ist auch gleichgültig. Du bist soeben mit dem zukünftigen Grafen von Imola und Forlì verlobt worden. Und daran ist nicht mehr zu rütteln.«

Girolamo Riario reiste noch immer nicht ab. Wieder zogen die Männer auf die Jagd. Caterina sah tagelang weder ihren Vater noch ihren Verlobten. Kaum waren die beiden jedoch ins Castello zurückgekehrt, wurde Caterina zu ihrer Stiefmutter gerufen, die ihr mit wirren Worten all das berichtete, was sie bereits von Fra Lauro wußte.

»Aber es geht noch um etwas anderes«, fuhr Bona fort.

Die Art, wie sich die Stiefmutter verhielt, machte Caterina nervös. Schließlich erfuhr sie, was ihr den Atem nahm.

Bevor der Römer, ihr Verlobter, wieder nach Hause zurückkehrte, wünschte er, mit seiner Braut und zukünftigen Gemahlin die Ehe zu vollziehen.

Caterina wollte nicht glauben, daß sie dem Römer bereits jetzt ins Bett gelegt werden sollte.

»Ich bin doch noch viel zu jung!« protestierte sie.

Bona erklärte ihr stockend, daß es eine *consummatio* der ehelichen Bindung auch vor der offiziellen Heirat gebe, eine Art Verstärkung des Eheversprechens von seiten der Brauteltern. »Dein Vater hat sogar mit der siebenjährigen Dorotea Gonzaga, die leider starb, bevor sie fünfzehn wurde und offiziell heiraten durfte, die Nacht verbracht. Du aber bist schon dreizehn.«

Caterina schüttelte nur stumm den Kopf.

»Dein Vater besteht auf dem Vollzug *senza copula*. Ich nehme an, daß Girolamo sich an die Abmachung hält und dich nicht wirklich anrührt.«

»Warum dann überhaupt?« schrie Caterina. Voller Zorn war sie aufgesprungen.

»Nun, du kennst die Männer noch nicht. Sie sind ...«

Caterina fiel ein Ausdruck ein, den Rosaria kürzlich verwandt hatte. »Sind sie wirklich alle *geil wie die Esel*?«

Bona wollte darauf nicht antworten.

Caterina verlor plötzlich allen Halt und fiel ihr aufschluchzend um den Hals. Sie wußte genau, was es bedeutete, wenn Mann und Frau die Ehe vollzogen, schließlich hatte sie gelegentlich beobachten können, wie einer Küchenmagd der Kittel hochgehoben wurde und sie ihre Beine breitmachen mußte …

Abends hatte sie sich wieder beruhigt und erzählte Rosaria, was ihr bevorstehen sollte. Ihre Milchschwester sagte lediglich »Ich verstehe dich« und nickte. Als Caterina sie fragend ansah, ergänzte sie: »Es ist aber nicht so schlimm.«

»Du hast also schon einmal … Bist du keine Jungfrau mehr?«

Rosaria deutete ein Kopfschütteln an.

»Aber wann? Und mit wem? Du mußt mir das ganz genau erzählen.«

Rosaria wandte sich ab. »Es war nur kurz. Ich erzähle es dir später.«

Unzufrieden schickte Caterina sie weg und suchte ihren Beichtvater auf. Fra Lauro wurde bleich, als er von dem Ansinnen des Römers hörte, und wollte unverzüglich mit ihrem Vater sprechen.

Es verging eine weitere Nacht, ohne daß sie in ein anderes Zimmer geführt wurde oder ohne daß der Römer sich zu ihr schlich.

Mit dem Vater konnte sie nicht reden, weil sie ihn nie allein antraf. Sie wollte ihre richtige Mutter um Hilfe bitten, schickte einen Boten mit einem Brief zu ihr, erhielt jedoch keine Antwort.

Abends wurde sie von mehreren älteren Kammerfrauen, die am Hof beschäftigt waren, gebadet und mit Rosenwasser besprengt.

Und dann lag Caterina beim Licht mehrerer Kerzen nackt und zitternd unter der Bettdecke. Als sie noch einmal aufstand, um zu beten, hörte sie ein Geräusch und huschte ins Bett zurück. Draußen vor der Tür entstand ein Getuschel. Rasch löschte sie alle Kerzen und verkroch sich unter die Decke.

Ein kühler Lufthauch und leise Schritte. Plötzlich der aufdringliche Geruch von Moschus. Das leise Atmen eines Mannes. Sie wollte etwas sagen, glaubte, schreien zu müssen. Doch ihr Mund blieb verschlossen. Der Mann, der sich ihrem Bett näherte, sprach ebenfalls nicht. Dann saß er auf der Truhe. Es war so dunkel in dem Zimmer, daß sie lediglich einen Schatten erahnen konnte. Etwas fuhr über die Decke, eine Hand. Der widerlich süßliche Geruch kroch auf sie zu, umhüllte sie. Sie zog die Decke übers Gesicht, und die Hand blieb liegen.

Als der Mann die Decke hob, flüchtete sie an den Rand des Bettes. Nach einem leisen Ächzen lag plötzlich der Römer neben ihr. Sie erstarrte. Er sprach noch immer nicht. Bewegte sich auch nicht. Zuerst glaubte sie, er bliebe einfach neben ihr liegen, die ganze Nacht lang, ohne Berührung. Dies bedeutete wohl *senza copula*.

Dennoch würde sie kein Auge schließen.

Caterina wollte schon aufatmen, als seine Hand plötzlich auf ihrem Bauch lag. Schmerzhaft zogen sich ihre Muskeln zusammen. Sie biß in den Zipfel ihres Kissens, um nicht zu schreien. Die Hand wanderte zu ihren kleinen Brüsten. Sie biß noch fester. Als die Hand ihr Gesicht streicheln wollte, stieß sie an den Stoff des Kissens. Ein leiser Laut des Erstaunens, ein geflüstertes »Komm!« und »Hab keine Angst!« und »Ich tue dir nichts!«. Die Hand wanderte zurück über ihre Brustwarzen zum Bauchnabel. Nein, es war nicht seine Hand, es waren seine Lippen, die Hand lag zwischen ihren Schenkeln. Sie verkrampfte sich so, daß ihre Beine hart wie Stein wurden. Er lachte leise, wälzte sich dann im Bett hin und her. Auch als er seine Hand wegzog, blieb sie starr. Aber er zog sie nur weg, um mit ihren Brustwarzen zu spielen.

Sie hielt die Luft an.

Mit der Zeit bewegten sich seine Finger nicht mehr.

Dann hörte sie leise Schnarchgeräusche.

Caterina lag steif und mit tauben Gliedern im Bett, ohne einen Gedanken fassen zu können, umfangen von diesem süßlich-fauligen Geruch. Sie hörte den nächtlichen Glockenschlag und das wilde Schreien eines Nachtvogels. Vielleicht ein Todesschrei. Ein seltsames Sirren und schwarze Flügelschläge über ihr. Dann schrie eine Frau im Castello, laut und ersterbend.

Plötzlich war Licht im Zimmer. Morgenlicht. Sie lag allein in ihrem Bett. Noch hing der süßlich-schwere Geruch in den Kissen. Aber der Römer hatte sich davongeschlichen. Und sie – sie mußte doch noch eingeschlafen sein.

Caterina befahl Rosaria, den Badezuber in ihr Zimmer bringen zu lassen, und ließ sich von ihr gründlich bürsten. Rosaria hatte intensiv das Bettlaken studiert und sie fragend angeschaut. Eigentlich wollte Caterina ihr alles berichten, ihr Mund blieb jedoch verschlossen.

Sie blieb lange im Wasser liegen, forderte Rosaria auf, Kräuterstäbchen zu verbrennen. Schließlich betete sie inbrünstig zur Jungfrau Maria.

Nach der Mittagsstunde ließ sie Maestoso satteln und umrundete den Großen Hof, vorbei an den Veteranen, die ihr winkten. Vom Fenster des Palazzo Ducale aus schauten ihr Vater und der Römer auf sie herab. Sie gab jedoch vor, sie nicht zu bemerken.

Als ihr Ghetti begegnete, forderte sie ihn auf, mit ihr zu fechten. Sie wirbelte ihre Schwert wie eine unbarmherzige Amazone, attackierte ihn heftig und brachte ihn zum Schwitzen.

Abends war der Römer noch immer nicht abgereist. Nachts schlich er sich erneut in ihr Zimmer. Als seine Hand sich ihr näherte, wehrte sie sich, und es entstand ein wortloser, keuchender Kampf.

Am nächsten Morgen blieb der Papstneffe bis zum Sonnenaufgang im Bett. Gut gelaunt stand er schließlich auf und trällerte ein Liedchen. Sie schaute weg, weil er nackt war.

Am Abend war er samt seinem zahlreichen Troß abgereist.

5. Kapitel

Gloria in excelsis deo!

Ich, Fratre Lauro, ein Mönch aus dem Orden der Franziskaner, der seinen Frieden auf dem heiligen Berg La Verna fand, dann jedoch zurückkehrte an den glänzenden Hof des Herzogs von Mailand, sitze zu später Stunde zu Füßen des gütigen Heilands, entzünde drei Kerzen, spitze die Feder, um Zeugnis abzulegen von meinem Schützling, über den zu wachen mir einst die Herzogin Bianca Maria Sforza-Visconti aufgetragen hat. Die Gemahlin des großen Eroberers Francesco Sforza war uns eine Mutter, doch konnte ich ihren Wunsch erst nach einer langen, schweren Prüfung erfüllen. Der Allmächtige hatte mich verlassen, und es dauerte zahlreiche schlaflose Nächte, qualvolle Stunden der Selbstgeißelung, bis ich den Weg fand, den ER mir zuwies.

Bianca Maria und Francesco Sforzas Lieblingsenkelin Caterina wurde dieser Tage einem Mann versprochen, der aus der Ferne kommt und der sie in die Ferne führen wird – nach Rom, der Ewigen Stadt.

Caterina weiß es, und ich weiß es ebenfalls. Gestern, nach der Beichte, faßte sie meine Hände, schaute mir in die Augen und fragte: »Wirst du mir auch in Zukunft mit Rat und Tat zur Seite stehen und mich von meinen Sünden befreien?«

Ich verstummte. Ich hatte die Frage bereits geahnt und sie gefürchtet. Denn ich weiß, daß ich nun eine Aufgabe übernehmen muß, die meine schwachen Kräfte überfordern könnte.

»Wenn man mich hier nicht braucht ...«, antwortete ich zögernd. »Ich glaube, Rom ist kein Ort für einen einfachen Bettelmönch. Die Versuchungen ...«

»Bitte«, flehte sie mich an, »du darfst mich nicht verlassen.«

Nein, mein Kind, ich werde dich nicht verlassen.

Ob es mir gelingen wird, die mir zugeteilte Aufgabe zu meistern, weiß ich nicht. Auf die Gnade und Hilfe des Herrn werde ich angewiesen sein. Weil ich es als meine Pflicht betrachte, das Leben der mir Anvertrauten nicht im Brunnendunkel zukünftigen Vergessens versinken zu lassen, werde ich versuchen, Zeugnis abzulegen, soweit meine schwachen Hände dazu in der Lage sind.

Ich beginne meinen Bericht mit der Zeit nach der Verlobung Caterinas mit Girolamo Riario, dem frisch ernannten Conte di Bosco, nach der vorzeitigen *consummatio maritale senza copula.* Jeder zartfühlende Mensch mag für sich entscheiden, wie diese »Sitte« zu beurteilen ist, was ein dreizehnjähriges Mädchen fühlen muß, wenn es unvorbereitet einem brünstigen Mann ausgeliefert wird.

Kaum war Girolamo Riario abgereist, versank Caterina für längere Zeit in eine düstere Stimmung. Sie blieb im Bett liegen und erklärte, sie sei krank, ließ aber nicht zu, daß ein Medicus sie untersuchte. Dann stand sie vor Tagesanbruch auf, weckte die Pferdeknechte und trabte bereits mit den ersten Sonnenstrahlen in den Großen Hof, drehte, in sich gekehrt, eine Runde nach der anderen. Selbst die Veteranen des großen Francesco seligen Angedenkens, unseres unvergessenen Vaters, erreichten sie mit ihren Zurufen nicht.

Caterina sprach kaum. Bona, die Herzogin, war nicht in der Lage, sich um sie zu kümmern, weil sie selbst des Trostes bedurfte. Sie hatte vorzeitig ihr fünftes Kind verloren und brauchte lange, bis sie wieder genas. In den Stunden ihrer Trauer hob sie den Kopf selten von ihrer Stickerei, und immer wieder tropften Tränen auf das Werk ihrer Hände. Durfte ich sie reinen Gewissens trösten, daß die Frucht ihres Leibes nun im Reich der Engel sei?

Der Herzog konnte seiner Gemahlin nicht helfen. Um Caterina dagegen bemühte er sich: Er wollte sie mit auf die Jagd nehmen, um ihre Stimmung aufzuhellen. Sie lehnte sein Angebot jedoch ab. Ich war selbst dabei, wie er sie daraufhin schalt.

»Was bedrückt dich denn so? War es vielleicht die Nacht mit dem Papstneffen, die dich derart verändert hat?«

Caterina wollte nicht antworten.

Der Herzog warf mir einen kurzen Blick zu, befand, sie stelle sich an, sie solle an die kleine Dorotea Gonzaga denken, Gott habe sie selig, die sei damals sieben Jahre alt gewesen, er selbst auch noch kein richtiger Mann, es sei nichts Unangenehmes geschehen im Bett. »Sie hat immer nur gekichert.«

Caterinas Mutter, Lucrezia Landriani, schrieb ihrer Tochter zahlreiche Briefe. Caterina gab sie mir kommentarlos zu lesen und forderte mich auf, sie anschließend ins Feuer zu werfen. In ihnen bedauerte Signora Landriani das Los der Frauen, geißelte die unstillbare Wollust der Männer, insbesondere ihre Gier auf Jungfrauen, und ließ nicht ab zu fragen, was während dieser zwei Nächte im einzelnen geschehen sei, ob sich Girolamo Riario, der ja ein erfahrener Mann sei, wirklich an die Abmachung *senza copula* gehalten habe. Wenn nicht, solle der Vater die Mitgift kürzen oder besser: als kleine Entschädigung Smaragdohrringe oder eine Diamantenbrosche fordern.

Caterina zeigte mir auch ihre Antwortbriefe. Sie blieben kurz und enthielten nichts als allgemeine Floskeln.

Lediglich mit Rosaria sprach sie gelegentlich über das, was in der Nacht mit dem Römer geschehen war. Die beiden Mädchen ließen mich jedoch nicht teilhaben an ihrem Geheimnis.

Die langen Nebelmonate von Herbst und Winter, mit ihrer feuchten Kälte, dem Husten und den beißenden Kaminfeuern, strichen vorbei.

Leider fand ich zu dieser Zeit kaum Zugang zu Caterina. Während der Beichte erwähnte sie Riario überhaupt nicht, sie gestand nur vage, daß sie von Rachegelüsten verfolgt werde. Vermehrt betonte sie, sie liebe ihren Reitlehrer noch, es sei ihre Schuld, daß der

Vater ihn so gedemütigt habe, sie müsse dafür büßen. »Gott will mich strafen.«

Ich widersprach heftig. »Mein Kind, unser barmherziger Vater hat dir längst diese kleine Sünde verziehen. Es gibt keinen Grund, daß du dich grämst. Am besten vergißt du, was dich quält. Du bist ein starkes, kluges und schönes Mädchen, bald wirst du eine Gräfin sein, Rom wird dir zu Füßen liegen.«

Ich meinte, was ich sagte. Ich weiß, daß Caterina, wenn sie Gottes Gnade nicht verlustig geht, alle Schicksalsschläge, die sie ereilen könnten, überstehen wird.

Dieses Wissen mag mich bestärken, an ihrer Seite zu bleiben. Der Allmächtige hat in seinem unerforschlichen Ratschluß entschieden, mich und meine Glaubensfestigkeit in den frühen Jahren meines Lebens zu prüfen. ER hat mir das Glück verwehrt, das anderen vergönnt ist. Vermutlich weil ich es selbst verwirkte. Ich will nicht mit IHM rechten. Mein Glaube an SEINE Gerechtigkeit soll nicht schwanken. Der Mensch, den Gott liebt, muß häufig durch ein tiefes und düsteres Tal der Tränen gehen, Hiob gleich. Groß ist unser Herr, und groß ist seine Macht. *Magnus Dominus noster, et magna virtus eius.*

Als die Tage wärmer wurden und der Frühling das Land mit seinen bunten Farben betupfte, hellte sich Caterinas Stimmung auf. Begleitet von Gian Antonio Ghetti und ein paar Veteranen, ritt sie oft aus, spielte mit ihren Geschwistern *pallacorda* und begann wieder zu tanzen. Der Herzog zog mit einem Heer nach Frankreich, um in den Kampf gegen den Burgunderherzog einzugreifen. Die Herzogin hatte inzwischen den Verlust ihres Kindes überwunden, fürchtete aber nun um *sein* Leben. Sie hatte gehofft, erneut gesegneten Leibes zu werden, aber diesmal wartete sie vergebens.

Caterina gestand mir, sie sehne sich noch immer nach ihrem Girolamo. Einmal schrieb sie ihm sogar einen Brief, zerriß ihn jedoch, bevor sie ihn wegbringen ließ. Ich sah selbst, wie sie die Schnipsel in den Wind streute, die Augen voller Tränen ...

Die erste Liebe ist immer die süßeste, die schmerzlichste, und sie verfolgt uns bis ans Ende unserer Tage.

Ich verstehe, warum Caterina Girolamo Olgiati nachweint. Ihr Verlobter war in die Ewige Stadt zurückgekehrt und schwieg. Seit seiner Abreise empfing sie keinen einzigen Brief von ihm. Wahrscheinlich besucht er jede Nacht eine andere Kurtisane oder hält eine Konkubine aus. Der Hof schwirrt von Gerüchten. Ich beteilige mich nicht am Klatsch, aber ich halte meine Ohren offen. Viel zu wissen und zu schweigen ist meine Devise. Mich in die Händel der Welt einzumischen habe ich längst aufgegeben. Der heilige Franciscus wies mir den Weg und gab mir die Kraft loszulassen. Nicht nur irdische Güter, die ich kaum besaß. Sondern das Liebste ...

Ich schweife ab. Ich sprach von Girolamo Riario. Noch ist Caterina nicht mit dem Papstneffen in den heiligen Stand der Ehe getreten, und so muß sie damit rechnen, daß er sich in Rom mit anderen Frauen vergnügt und womöglich auch Spuren seiner Vergnügen hinterläßt.

Als die Abende wieder länger wurden und der Herbst erste Stürme und Regen brachte, saß ich häufig mit Caterina und Rosaria, ihrer Milchschwester, über der Lektüre der weltumspannenden Epen des großen Homer und den tiefen Tragödien des gerühmten Kleisthenes, die Caterina mehr schätzte als Boccaccios Novellen oder gar Dantes *Commedia*. Am meisten liebten die beiden Mädchen jedoch, wenn ich ihnen die Verse deklamierte. Ergriffen verfolgten sie den blutigen Kampf und die Eroberung des stolzen, rossereichen, mauerbewehrten Troja, den Schmerz der Männer und die Rache der Götter. Ich sah sie an der Seite der leidenschaftlichen Amazonenkönigin Penthesilea kämpfen und mir ihr sterben.

»Denn jetzt steig ich in meinen Busen nieder,
gleich einem Schacht, und grabe, kalt wie Erz,
mir ein vernichtendes Gefühl hervor«, las ich mit Pathos. Caterinas Augen blitzten in eigentümlichem Glanz, Rosaria schaute mich erschrocken an, und dieses Erschrecken vertiefte sich, als ich zu den Zeilen gelangte:

»Ach! Wie gebrechlich ist der Mensch, ihr Götter!
Wie stolz, die hier geknickt liegt, noch vor kurzem
hoch auf des Lebens Gipfeln rauschte!«

Rosaria schluchzte, als sie von dem Schicksal der Frauen hörte, die nach Trojas Fall die Beute der Sieger wurden. Caterina jedoch rief aus: »O Gott, warum rächen sie sich nicht!«

»Jeden wird das ihm zugeteilte Los ereilen«, sagte ich und versuchte dann, den beiden Mädchen den Unterschied zwischen der griechischen und der christlichen Schicksalsvorstellung zu erläutern. Rosaria tupfte ihre Tränen ab. Caterina drang darauf, daß ich weiter vorlas, und schaute zufrieden drein, als sie hörte, wie Klytämnestra den Mann, der die eigene Tochter geopfert hatte, nach seiner Rückkehr in die Unterwelt schickte. Als ich den Mädchen in einer anderen Stunde von den schrecklichen Taten der kindermordenden Rächerin Medea berichtete, wirkte Caterina nur kurze Zeit nachdenklich.

»Männer, die ihre Frauen verraten, müssen bestraft werden!« rief sie.

»Aber Medea hat ihre unschuldigen Kinder getötet, nicht den Mann«, entgegnete Rosaria aufgebracht. »Wie konnte sie das nur tun!«

Ich fragte Caterina: »Gibt es nicht Grenzen der Rache und der Grausamkeit?«

Plötzlich blickte sie mich verwirrt an wie ein kleines Kind, das zum ersten Mal in den Abgrund des Bösen schaut. Ich nahm sie in den Arm. Noch lange sprachen wir über die griechischen Mythen, diese blutige Welt aus bedingungsloser Liebe und schrankenloser Machtgier, aus Verrat, Mord und Rache.

»Niemand bleibt ohne Schuld«, sagte ich schließlich. »Laßt uns beten! *Pater noster, qui es in caelis ...*«

Wir alle waren froh, als Caterinas Vater gesund mit seinen Soldaten aus Frankreich zurückkehrte. Der Burgunderherzog war besiegt und tot, so hörten wir. »Wir haben ihn erst am Tag nach der Schlacht gefunden«, berichtete uns Galeazzo Maria Sforza mit nachdenklichem Ernst in der Stimme, »ohne seine Rüstung, nackt im gefrorenen Morast, das blutverkrustete Gesicht halb im Eis. Er war der reichste Herzog und einer der mächtigsten Männer auf Erden, aber die Schweizer Söldner stießen ihn vom Thron der Unbesiegbarkeit. All seine Tapferkeit nützte ihm nichts angesichts der undurchdringlichen Phalanx sich ihm entgegenstreckender Spieße. Zuerst stürzte sein Pferd. Dann stürzte er selbst. Und tausend Füße seiner Gegner schritten über ihn hinweg. Das Glück ist ein grausames Weib. Wen Gott zu lieben scheint, der sollte sich nie zu sicher wähnen.«

6. Kapitel

Während der Adventszeit des Jahres 1476 herrschte eine ruhige, nachdenkliche Stimmung in der Familie des Herzogs. Es wurde gemeinsam gespielt, aber Caterina zog sich auch häufig zurück und träumte vor sich hin. Sie fragte sich, was der Allmächtige ihr wohl für ein Schicksal auserkoren habe. Ob die Glücksgöttin sich ihr gegenüber auch so grausam zeige wie gegenüber dem Burgunderherzog. Oder ob sie, wie einst Penthesilea, untergehen müsse.

Plötzlich verdüsterte sich die Stimmung im herzoglichen Palast. Der Vater nannte selbst den Grund. Der Hofastrologe hatte prophezeit, Herzog Galeazzo Maria Sforza werde keine elf Jahre regieren. Und da Anfang Dezember ein großer Komet am Himmel erschien, fühlte der Astrologe sich in seiner Aussage bestärkt. Er wie auch seine Kollegen deuteten die ungewöhnliche Himmelserscheinung als Vorbote des Unheils.

Caterinas Vater hatte um diese Prophezeiung nicht gebeten und war verärgert, ja wütend über die Frechheit, daß einer der von ihm bezahlten Lakaien es wagte, ihm das baldige Ende seiner Regierung vorherzusagen, obwohl die Mailänder und seine Untertanen in der ganzen Lombardei ihn verehrten, er sich bester Gesundheit erfreute, soeben einen Feldzug siegreich überstanden hatte und von daher auch keine äußeren Feinde zu fürchten brauchte.

Wenn er abends im Großen Saal mit seiner Familie zusammensaß, sprang er immer wieder auf und durcheilte in weiten Schritten den Raum, mit Blick auf die Porträts seines Vaters Francesco, seiner Mutter Bianca Maria und der großen Visconti-Herrscher, stieß Flüche aus, erklärte den Astrologen für unfähig, die Sterne richtig zu lesen, und schwor, ihn angemessen zu bestrafen.

Als der Astrologe seine Prophezeiung auch noch an die Öffentlichkeit brachte, ließ ihn der Vater kurzerhand in den Hungerturm werfen und befahl, ihm ein einziges Brot, einen Hühnerflügel und ein Glas Wein zu geben, bis er gelernt habe, die Botschaft der Sterne genauer zu lesen. Anschließend zog er sich lange mit dem Hofmedicus zurück; verstärkte auch die Wachmannschaft, wenn er in die Stadt ritt. Von dem Astrologen und seiner Prophezeiung sprach er nicht mehr, er wollte auch nicht mehr an ihn erinnert werden. Als Bona ihm eines Morgens von einem Alptraum berichten wollte, unterbrach er sie kurzerhand und verbat ihr, irgendwelche düsteren Träume vor den Ohren der Kinder auszubreiten. Bona schwieg eingeschüchtert, ihre Kleinen schauten den Vater mit großen Augen an. Auch Caterina warf einen forschenden Blick auf ihn.

Er winkte ihr, ihm zu folgen. Es sei nun an der Zeit, erklärte er, sie mit den Aufgaben eines guten und gerechten, von seinem Volk geliebten Herrschers vertraut zu machen. »Diese Aufgaben lernst du nicht durch deine Lehrer, sondern durch ein gutes Vorbild. Deinen Bruder Carlo habe ich an den französischen Hof geschickt, damit er dort Kontakte knüpfen kann, und du sollst als Riarios zukünftige Frau deinen Mann beraten können.« Er legte ihr den Arm auf die Schulter. »Du bist eine Sforza. Du weißt, was du willst, und läßt dich nicht so leicht einschüchtern. Im Gegensatz zu den meisten Weibern gelingt es dir sogar, die Vernunft über die Gefühle siegen zu lassen. Und wenn ich dich reiten sehe ... sogar mit dem Schwert kannst du umgehen ... du wirst Roms ungekrönte Königin werden.«

Es lag so viel Stolz und Liebe in seiner Stimme, daß Caterina sich bis zu Tränen überwältigt fühlte. Sie gab ihm einen Kuß auf seine Wange und straffte ihren Körper. Ja, sie wollte ihren Vater nicht enttäuschen!

Der Vater nahm sie mit zum Kanzler Cecco Simonetta, mit dem er ausführlich die augenblickliche politische Konstellation besprach. Nach dem Friedensschluß von Lodi vor über zwanzig Jahren erlebe Italien eine Zeit des wirtschaftlichen Aufschwungs, der künstlerischen Blüte und der rechtlichen Sicherheit, betonte Simonetta, und jeder gute Herrscher müsse bestrebt sein, diesen Zustand zu erhalten. »Keine verlogenen Ränkespiele, keine Übergriffe auf fremdes Territorium, keine politisch motivierten Morde, keine blutigen Machtkämpfe – wenn uns gelingt, diesen Zustand weitgehend zu erhalten, dann dürften wir der Gnade des Allmächtigen gewiß sein«, fügte er belehrend an. Der Vater stimmte ihm zu und ermahnte Caterina, sie solle sich gut merken, was ein so alter und erfahrener Politiker wie Cecco Simonetta, der lange und selbstlos den Sforza und Mailand gedient habe, ihr mitteile.

Anschließend inspizierte er mit Caterina die Baufortschritte am *ospedale maggiore*. Neben der Verschönerung des Castello lag ihm besonders die Errichtung eines Krankenhauses, in dem die Hospitäler der Stadt zusammengelegt werden sollten, am Herzen. »Die Reichen können sich einen Medicus leisten, aber die Armen krepieren zu Hause oder auf der Straße. Ein guter Herrscher muß sich auch um sie kümmern. Und er braucht Ärzte. Aus diesem Grunde lasse ich ein großes Hospital bauen – für all die, die sich nicht selber helfen können. Wir werden einzelne Abteilungen für Frauen und Männer anlegen und ebenso für verschiedene Arten der Erkrankungen. Italien wird uns preisen für den Fortschritt, den wir der Medizin angedeihen lassen, und viele berühmte Professoren werden nach Mailand kommen. Du wirst sehen, Caterina, wenn ich einmal vor meinen Richter treten muß und mir meine zahlreichen Sünden vorgehalten werden, werde ich auf das schöne Gebäude des *ospedale maggiore* weisen, und ER wird Nachsicht mit mir haben.«

»Das wird ja hoffentlich noch eine Weile dauern«, sagte Caterina lachend.

Ihr Vater nickte, blieb aber ernst.

Während der nächsten Tage begleitete sie ihn auch zu den Gerichtsverhandlungen, bei denen er zu präsidieren beanspruchte. Mehrere Wegelagerer wurden zum Tode durch den Galgen verurteilt. Vorher waren sie eingehend befragt worden. Der Vater lauschte auch geduldig den Entlastungszeugen, und es gab sogar einen jungen Mann, den er freisprach. »Aus Mangel an Beweisen«, erläuterte der Vater im nachhinein. »*In dubio pro reo*, im Zweifel für den Angeklagten, dies haben bereits die alten Römer so gehalten, und ich folge ihnen nach.«

Besonders beschäftigte ihn ein Prozeß, der eine frühzeitig aufgedeckte Verschwörung gegen den Herzog und seine Familie untersuchte. Caterina mußte unwillkürlich an die Prophezeiung des Astrologen denken, und auch der Vater dachte mit Sicherheit an sie, obwohl er sie nicht erwähnte. Aber er wirkte nervös und gab sich gleichzeitig ungerührt. Mit einer Schreibfeder spielend, ließ er die Zeugen berichten, schien jedoch kaum zuzuhören, denn er stellte immer wieder Fragen, die bereits beantwortet waren.

Ein wirrer Mann aus Mantua, ein fehlgeleiteter Priester und zwei bestochene Handwerker, die am Castello arbeiteten, hatten angeblich den Herzog ermorden wollen. Niemand hatte jedoch den Drahtzieher herausfinden können, und auch die Gründe blieben unklar. Als Folter angedroht und durchgeführt wurde, war immer wieder von Freiheit und Unterdrückung die Rede. Die Handwerker erwähnten einen Professor der Rhetorik, der an der Universität lehre, den sie aber nicht verstünden, schon weil er meistens Latein spräche. Der Professor wurde herbeigeschleppt und verhört; er sang ein Loblied auf den gerechten Herrscher, so wie er in Herzog Galeazzo Maria Sforza verkörpert sei und bereits in seinem Vater ... Caterina ließ ihren Blick über die Zuhörer schweifen, die grinsend zuhörten. Plötzlich meinte sie Girolamo Olgiati zu entdecken. Der Mann, den sie liebte und den sie so lange nicht mehr gesehen hatte, saß halb verborgen hinter einem breiten Rücken und trug eine turbanartige Kopfbedekkung, die sein Gesicht veränderte.

Caterinas Herz raste, sie brach in Schweiß aus. Dann wurde ihr plötzlich so kalt, daß sie zitterte.

Der Vater sprach schließlich das Urteil. Der Professor durfte wieder zu seinen Studenten gehen, auch die beiden Handwerker wurden freigelassen, der Priester in die Verbannung nach Venedig geschickt, und der wirre Mann aus Mantua zum Tode durch den Galgen und zur nachfolgenden Vierteilung verurteilt.

Als die Menschen sich zerstreuten, schaute Caterina angestrengt nach Girolamo. Aber sie entdeckte ihn nicht mehr und war sich nicht sicher, ob er wirklich im Saal gewesen war.

Dann reiste der Vater mit ihr und kleinem Gefolge nach Vigévano. Hier glaubte er sich durch eine Wolfsjagd ablenken zu können. Aber da die Wölfe ihm auswichen, blieb sein Jagdglück aus, und er verlor auch jegliche Lust am Aufspüren, Verfolgen und Töten von anderem Wild. Abends kippte er hektisch Wein in sich hinein, verlor seine Schachpartie und starrte lange in die prasselnden Flammen des hochlodernden Kamins. Caterina saß ihm gegenüber, vor sich das Spielbrett. Der Vater machte keine Anstalten, Revanche zu fordern, sondern trank weiter. Caterina mußte an Girolamo denken, den Mann unter dem Turban, dann auch an Riario. Um in sich nicht gleichfalls eine düstere Stimmung aufkommen zu lassen, stellte sie sich vor, wie sie in den perlenbestickten Kleidern durch die römischen Straßen ritt, von der Menge bejubelt, und schließlich dem Papst das Kreuz auf seinen Pantoffeln küßte. Der Heilige Vater hob sie anschließend empor, segnete sie und sprach die Worte: *Du bist unsere gebenedeite Tochter, an der ich Wohlgefallen habe.*

Je näher Weihnachten rückte, desto düsterer wurden die Tage. Es regnete oder schneite nicht, aber die Feuchtigkeit des immer dichter werdenden Nebels durchdrang sogar ihre mit Fell gefütterten Reitmäntel. Nie konnte man die von ihr so geliebte weiß leuchtende Bergkette der Alpen sehen. Caterina vermißte auch die Gespräche mit Fra Lauro und die Fechtübungen mit Ghetti. Und sie träumte davon, mit *ihm* statt mit ihrem Vater auszureiten.

Trotz des schlechten Wetters bestand der Vater weiterhin auf einem täglichen Ausritt. Caterina hatte sich inzwischen an das Wetter gewöhnt, aber seine zunehmende Einsilbigkeit bedrückte sie.

An einem Tag wurde der Nebel so dicht, daß sie sich zu verirren drohten. Der Vater hielt an einem kleinen Hof, ließ sich von den Bauersleuten Brot und ein paar Oliven, dazu einen Krug Wein reichen, schlang das trockene Brot herunter, trank den Wein und streckte sich vor dem Kaminfeuer aus, das seinetwegen angezündet worden war. Bereits nach kurzer Zeit schnarchte er. Die Bauern und ihre Kinder hatten sich in den Stall verzogen, so konnte Caterina noch nicht einmal mit ihnen plaudern. Sie lutschte an den letzten Olivenkernen, spuckte sie in die Flammen und ließ den Blick auf ihrem Vater ruhen. Sie hatte bisher noch nie so deutlich wahrgenommen, wie krumm und langgezogen seine Nase eigentlich war. Wie ein gespannter Bogen beherrschte sie das gesamte Gesicht. Langsam hob und senkte sich sein Brustkorb und mit ihm sein Bauch. Seine kräftigen Beine umhüllte ein feiner, zweifarbiger Wollstoff. Sie stellte sich Girolamo in der gleichen Stellung vor – und empfand ... ach, sie wußte nicht, was sie empfand. Doch, natürlich wußte sie es! Sie träumte wieder von ihrem Geliebten! Wie er sie küßte. Wie er aufstöhnte, als sie seine Schamkapsel berührte.

Warum nur hatte ihr Vater alles zerstören müssen!

Aber Girolamo war arm, das durfte sie nicht vergessen, während Riario vom Papst soeben zum *signore* von Imola ernannt worden war! Und damit würde sie die *signora* sein. Und bald eine Gräfin. Die Vernunft mußte siegen! Sie sah sich hoch auf ihrem Schimmel durch die Menge reiten, die Menschen jubelten ihr zu, die Kinder streuten Blumen, überall Fahnen, aus den Fenster hingen Wappen der Sforza-Riari, mit der Schlange und der Rose ...

Als Ehefrau des Girolamo Olgiati dagegen hätte sie in einem alten, baufälligen Palazzo in der Nähe von Santa Maria Nascente gewohnt oder in einer kleinen Villa auf dem Lande und hätte selbst ihrem Vater oder später einmal ihrem kleinen Halbbruder Gian Galeazzo zujubeln müssen; als Gräfin und Ehefrau des Girolamo Riario jedoch herrschte sie in einem Palast, wahrscheinlich in der Ewigen Stadt, in der Nähe des Vatikans, der Heilige Vater breitete seine Fittiche über sie aus, und die edlen Frauen von Rom, von denen man sagte, sie seien auffallend hochnäsig, beugten vor ihr das Knie.

Ja, sie würde es ihnen allen zeigen! Als eine Art Schwiegertochter des Papstes wäre sie die erste Frau in Rom. Sie wollte jedoch nicht hochmütig sein. Fra Lauro, ihr guter Beichtvater mit seinen Kraushärchen und großen Füßen, ermahnte sie immer, sich nicht abfällig über andere Menschen zu äußern, und vergaß nie hinzuzufügen, Hochmut komme vor dem Fall.

Ihr Vater drehte sich mit einer heftigen Bewegung zur Seite, stieß den neben ihm stehenden Krug Wein um und wachte auf. Er brauchte eine Weile, bis er sich zurechtfand. Das Feuer im Kamin glühte nur noch vor sich hin, schickte manchmal eine einsame Flamme in den grauen Rauch.

»Es ist ja schon fast dunkel«, knurrte er. »Du hättest mich wecken sollen. Jetzt ist es zu spät, um noch zurückzureiten.« Ächzend stand er auf und rief die Bauern herein. »Wir müssen hier bleiben. Habt ihr ein Bett für mich und meine Tochter?« Er kramte eine Reihe von Dukaten aus einem kleinen Beutel und drückte sie ihnen in die Hand. »Schlachtet ein Huhn und macht etwas Anständiges zu essen. Gebt auch unseren Begleitern draußen etwas. Sagt ihnen, sie sollen sich im Stall vor der Kälte schützen.«

Es herrschte bereits lange Dunkelheit, als Caterina sich mit ihrem Vater in das knarrende Bauernbett legte. Weder ihr Vater noch sie hatten sich entkleidet. Der Vater zog die Decke bis zum Kinn, denn es war kalt in dem winzigen Schlafgemach. Trotz der Kälte fühlte Caterina eine schwere Wärme neben sich. Sie selbst schien auch zu glühen, im nächsten Moment schüttelte es sie.

»Du zitterst ja. Frierst du?« fragte er.

Sie fühlte, wie seine Hand prüfend über ihren Körper strich.

Am liebsten hätte sie sich aus dem Bett fallen lassen, nur um dieser Hand zu entgehen.

Dann zog sich die Hand zurück.

»Nein, nein«, sagte sie hastig. »Ich friere nicht.«

Der Vater schwieg eine Weile, und sie glaubte schon, er sei eingeschlafen, aber plötzlich begann er wieder zu sprechen. »Im Gegensatz zu Bona träume ich nie. Und du?«

»Manchmal«, antwortete Caterina zögernd.

»Und glaubst du daran, was der Astrologe von sich gegeben hat? Keine elf Jahre Regierungszeit. Das ist doch lächerlich. Alle stehen sie hinter mir, den Bürgern geht es gut. Ich sorge dafür, daß ihr Fleiß belohnt wird. Auf Mailands Straßen herrscht Ordnung, hier geht es nicht so zu wie in Rom oder Neapel. Ich dulde keine Banditen innerhalb der Mauern meiner Stadt und auch keine Wegelagerer im Umland. Wer unverdient arm oder krank wird, für den sorge ich. Verstehst du, ich bin ein gerechter und mildtätiger Herrscher.«

Ihr Vater hatte sich aufgesetzt und ein Talglicht angezündet. Flackernde Schatten huschten über sein Antlitz. Manchmal, wenn er den Kopf drehte, verschwanden seine Gesichtszüge in der Dunkelheit.

»Glaubst du, daß ich bald sterben werde?«

»Aber Papa, natürlich nicht!«

Im Stall rumpelten die Tiere. Das kleine Kind der Bauern weinte kurz auf, wurde von der Mutter leise getröstet. Dann herrschte wieder tiefe Stille.

»Gerecht zu sein war immer mein Ziel. Mein Vater Francesco – Gott hab ihn selig – ließ sich von seinen Launen leiten. Wen er liebte, den beschenkte er reichlich und förderte ihn, wen er haßte, verstieß er, und wer ihm nützlich werden konnte, wurde hofiert. Schon als er noch lebte, schwor ich mir, gerechter als er zu sein. Ich will nicht, daß Ämter gekauft werden und man den Magistrat bestechen kann. Ob reich oder arm, für jeden gilt das gleiche Recht. Und jeder erhält einen Prozeß, bei dem er sich verteidigen kann. Wenn du einmal *signora* wirst, dann mußt du dich genauso verhalten. Man kann streng sein und Verbrechen unnachgiebig verfolgen. Aber wir dürfen keine Unschuldigen hinrichten.«

Er unterbrach sich plötzlich, als hätte er sich bei einer Lüge ertappt.

»Ich bin ein gerechter Herrscher«, wiederholte er, »und schon gar kein Tyrann. Es gibt immer unzufriedene Menschen, Neider, Aufrührer, Verwirrte.«

Er griff nach ihrer Hand. »Du bist mir der liebste Mensch, sogar noch vor Bona. Falls mir je etwas zustoßen sollte ... Ich wünschte, du könntest Herzogin von Mailand werden.« Er seufzte. »Natürlich geht das nicht. Bonas erster Sohn ist noch sehr jung, und meine Brüder ... Insbesondere Lodovico traue ich nicht ... Nicht zufällig nennen ihn alle *il Moro*. Seine Seele ist dunkel, nicht nur seine Haut.«

Caterina war nicht mehr müde. Die Worte ihres Vaters gruben sich in sie ein, und gleichzeitig schien von seiner Hand Kraft in sie einzuströmen. Sie hätte ihn gern umarmt, fühlte aber gleichzeitig, wie etwas sie davon zurückhielt.

»Bald wirst du heiraten und uns verlassen. Ich werde dich vermissen. Du bist ganz anders als deine Mutter ...«

Mit ihrer Mutter hatte Caterina nie über ihren Vater sprechen können. Vielleicht lag es daran, daß ihr die vier Kinder, die sie dem Vater geboren hatte, sofort nach der Entwöhnung genommen worden waren, damit sie am Hof aufwachsen konnten. Es mochte auch eine Rolle spielen, daß die Liebe des Vaters zu ihr sich abgekühlt hatte. Außerdem mußte ihre Mutter damit fertigwerden, daß sie seit vielen Jahren eine Ehebrecherin war. Sobald das Gespräch auf den Vater kam und gleichzeitig auf ihren Ehemann Landriani, verstummte sie. Caterina fühlte sich dann zurückgestoßen, und einmal hatte sie, um die Mutter herauszufordern, von der Sünde des Ehebruchs gesprochen. Plötzlich stand panische Angst in den Augen der Mutter. Sie wollte etwas sagen, aber ihre Zunge schien wie gelähmt. Caterina entschuldigte sich hastig, küßte sie, und langsam gewann die Mutter ihre Sprache zurück.

Vor einer Weile hatte Caterina sie mit ihren Vater zusammen gesehen: Ein bewunderndes und gleichzeitig anbetendes Strahlen huschte über ihr Gesicht. Der Vater erwiderte den Blick mit einem leisen, ein wenig wehmütigen und gleichzeitig spöttischen Lächeln und berührte ihren Arm leicht. Caterina konnte dieses

Bild nicht vergessen. Es tröstete sie immer, denn sie stellte sich vor, daß Girolamo Olgiati ihr vielleicht nach Imola oder sogar nach Rom folgen könnte und daß sie ... wie ihr Vater ... Frauen war allerdings nicht erlaubt, was Männer als selbstverständliches Recht für sich in Anspruch nahmen. Eine Frau, die ihren Mann betrog, wurde verstoßen – es sei denn, der Liebhaber war ein Herzog. Konnte sich nicht wenigstens eine Gräfin das Recht herausnehmen ...?

»Du kannst auch nicht schlafen, nicht wahr?« flüsterte der Vater.

»Nein.«

»Woran denkst du?«

»An meine Mutter ... und dich.«

Caterina wunderte sich über den Mut, ihren Vater auf sie anzusprechen. Er lud zwar ihre Mutter gelegentlich ein, verlor über sie aber nie ein Wort. Nun begann er sogar zu erzählen.

»Während meiner Jugend war ich heftig in deine Mutter verliebt. Es dauerte nicht lange, bis sie von mir schwanger wurde. Landriani, einer meiner Freunde, übersah diese Liebschaft – zum Glück für ihn. Wahrscheinlich hätte ich ihn beiseite schaffen lassen, wenn er Schwierigkeiten gemacht hätte.« Er schwieg eine Weile, als staune er selbst über sein Geständnis, und seine Augen wirkten traurig.

»Ich war damals sehr aufbrausend«, fuhr er fort. »Ich vergaß immer wieder all meine Ideale von Gerechtigkeit und guter Herrschaft. Deine Großmutter Bianca Maria tadelte mich, vollkommen zu Recht. Als ich bereits Herzog war, warf sie mir sogar vor, ich sei ein skrupelloser Lüstling, und eines Tages werde Gott mich strafen ...«, er stockte, »... für den Tod der Männer, die sterben mußten, weil Ehre ihnen noch etwas galt.«

Seine Gesichtszüge verzogen sich schmerzhaft. Er löschte das Licht und legte sich seufzend zurück. »›Du bist ein ehrloser Schuft‹, das hat sie mir an den Kopf geworfen. ›Aber in deinen Adern fließt ja auch das Blut von Bauern.‹ Als ich sie daraufhin aufforderte, Mailand zu verlassen, hat sie nie mehr mit mir gesprochen. Da zeigte sich wieder der Hochmut der Visconti. Und als wollte sie mich bestrafen, starb sie, noch bevor sie ihren Palazzo in Pavia erreichte. Sofort streuten meine Gegner das Gerücht aus, ich hätte sie vergiftet. Die eigene Mutter! Ich war zwar wütend auf sie, aber wie könnte ich die eigene Mutter vergiften?«

Er seufzte noch einmal tief und flüsterte dann: »Sie war unzufrieden damit, daß ich Herzog wurde. Schon immer liebte sie meine Brüder Lodovico und Ascanio mehr als mich.«

Als ihr Vater nicht mehr weitersprach, sagte Caterina: »Ich erinnere mich noch gut an sie.«

»Dich liebte sie, weil sie sich selber in dir wiederfand. Du hast dich auf den Rücken von Ziegen und Schafen setzen lassen, da konntest du kaum laufen, und schon mit deinem ersten Pony hast du dich auf waghalsige Ritte eingelassen. Daher hast du ja auch deine Narbe. Deine Großmutter hielt ohnehin nichts davon, daß Mädchen immer nur sticken und singen sollten und auf den Mann warten, mit dem sie dann gegen ihren Willen verheiratet werden.«

Der Vater unterbrach sich und schaute Caterina prüfend an. Beide mußten sie kurz lachen.

»Deine Großmutter«, fuhr er fort, »war eine Frau, die sich mit knurrenden Jagdhunden umgab und gern die Pferdepeitsche benutzte, um ihre Söhne im Zaum zu halten. Nur dich schlug sie nie. Am wenigsten hat sie im übrigen gestört, daß du nur meine uneheliche Tochter bist. Schließlich war sie selbst eine illegitime Tochter.«

»Hat es den Großvater gestört?«

»Dein Großvater betete dich an. Und seine Soldaten eiferten ihm nach. Alle hielten dich für eine echte Sforza.«

Der Vater schwieg nun. Caterina nahm seine Hand und drückte sie an ihre Wange.

»Hat Großvater unsere Großmutter nur geheiratet, weil er dadurch Herzog werden konnte?«

»Wahrscheinlich. Sie ließ ihn eine Weile spüren, daß sie eine Visconti war und er bloß der Condottiere aus einem Bauerngeschlecht. Aber mit der Zeit änderte sich das. Später liebten sie sich sehr. Vielleicht weil sie einander ähnlich waren in ihrer Stärke und Entschlossenheit.« Er räusperte sich: »Du weißt ja inzwischen, daß Ehen nicht aus Liebe geschlossen werden. Man muß trotzdem glücklich werden. Es ist ein lebenslanger Kampf.«

7. Kapitel

Am nächsten Morgen brach der Herzog mit einer unausgeschlafenen Caterina und einer verfrorenen Truppe wieder nach Vigévano auf. Als sie am Ticino entlangritten, löste sich langsam der Nebel auf, und die ersten Sonnenstrahlen glitzerten auf dem Wasser. Plötzlich tauchten wie aus dem Nichts schwarze Raben auf, so groß, wie sie Caterina noch nie gesehen hatte, mit schweren Flügelschlägen und langgezogenen Rufen, und umkreisten sie immer wieder. Der Vater tat so, als nehme er sie nicht wahr, aber Caterina versuchte, sie durch Rufe und Klatschen zu vertreiben. Sie ließen sich jedoch nicht stören.

»Schießt sie ab!« befahl der Vater dann einem der sie begleitenden Armbrustschützen.

Der Mann zögerte.

»Was ist? Bist du abergläubisch?«

Der Mann nickte.

»Gib mir deine Waffe!« Der Vater hielt sein Pferd an, ließ sich die Armbrust spannen und legte sie an. Als hätten die Vögel seine Absicht erkannt, stürzten sie sich gemeinsam herab, so daß sein Pferd scheute, schwangen sich wieder empor und verschwanden in dem nebligen Nichts über dem Fluß. Aus der Ferne klang noch ihr Krächzen herüber, fast wie ein höhnisches Rufen.

Sie ritten weiter. Der Vater begann nun, zu traben, dann zu galoppieren. Caterina und die Männer folgten ihm, aber er beschleunigte sein Tempo immer mehr. Schließlich ritt er so weit voraus, daß er sich in dem sich wieder verstärkenden Nebel aufzulösen drohte. Caterina rief ihm zu, er solle warten, aber statt sein Pferd zu zügeln, ließ er es in gestreckten Galopp fallen.

Als sie mit der Begleittruppe Vigévano endlich erreichte, war der Vater bereits abgesessen. Er half Caterina vom Pferd und erklärte, mit seltsam belegter Stimme, er habe soeben erfahren, daß der von ihm in den Hungerkerker geworfene Astrologe gestorben sei, und daher müsse er nach Mailand zurückkehren. »Man weiß nie, was sich da zusammenbraut. Ich reite sofort los, nur mit drei Mann Begleitung, du kommst mit dem Rest nach!« Schon bestieg er ein frisches Pferd und galoppierte davon.

Das Castello Sforzesco empfing Caterina am Abend mit Durcheinander und Unruhe. Überall brannten Fackeln und erleuchteten insbesondere die Gebäude des herzoglichen Palasts. Diener und bewaffnete Soldaten eilten zur Rocchetta und zum Großen Hof, verstärkten die Wache an den Eingängen und besetzten die Wehrgänge und Ecktürme. Lediglich die Veteranen schienen nicht von der Aufregung angesteckt zu sein. Wegen der unangenehmen Temperaturen hockten sie um ein auflodernds Feuer, würfelten wieder und winkten Caterina freundlich zu.

Der Vater war nirgendwo zu sehen. Auch Ghetti nicht. Lodovico, ihr Onkel, begrüßte sie mit den Worten »Es besteht überhaupt kein Grund zur Aufregung« und schickte sie dann zu ihrer Stiefmutter Bona, die sie im Schlafzimmer antraf. Bona, bleich und nicht gekämmt, stand trotz der Kälte am geöffneten Fenster und schaute über den Park. Sie drehte sich noch nicht einmal um, sagte lediglich: »Du mußt mit deinem Vater reden. Auf mich hört er nicht.« Sie wischte sich mit einem Tüchlein über die Augen und fuhr fort: »Überall begegnen mir böse Omen und Vorzeichen des Todes. Seit Tagen kreisen Geier über dem Castello. Schwarze Katzen schleichen über die Treppen. Jede Nacht verfolgen mich Alpträume. Der Drache, der in dem Sforza-Wappen steckt, frißt sich selbst. Du mußt deinen Vater davon abbringen, in Santo Stefano die Heilige Messe zu besuchen. Er will sich mit der gesamten Familie dem Volk zeigen. Er fordert den Allmächtigen heraus, ich spüre es.«

Als Caterina ihren Vater auf Bonas Ängste ansprach, lachte er mit ungewohnt schriller Stimme und rief: »Ich hasse abergläubische Weiber!« Seine Worte klangen wenig überzeugend. »Jedes Jahr besucht die herzogliche Familie nach Weihnachten die Heilige Messe in einer anderen Kirche und verteilt anschließend Almosen. Warum sollen wir dieses Jahr kneifen? Nur weil ein wichtigtuerischer Astrologe abgekratzt ist? In der Stadt herrscht Ruhe. Nirgendwo ist eine aufrührerische Stimmung zu beobachten. Trotzdem habe ich die Wachen verstärkt und Soldaten im Castello zusammengezogen.«

»Aber Bona hat schreckliche Angst«, wandte Caterina ein, »sie hat bereits ihre Kinder und die Kammerfrauen angesteckt …«

Ihr Vater brachte sie mit einem heftigen Abwinken zum

Schweigen. Als er den Raum verlassen wollte, wandte er sich noch einmal Caterina zu: »Hast du ebenfalls Angst?«

Sie schüttelte den Kopf, obwohl sie eine gewisse Beklemmung nicht leugnen konnte. Plötzlich schien eine Maske vom Gesicht ihres Vaters abzufallen.

»Sobald du Angst zeigst, bist du verloren«, sagte er mit leiser, belegter Stimme. »Wenn du zurückzuckst, sehen deine Feinde deine Schwäche, und sie werden über dich wie ein lauerndes Wolfsrudel herfallen. Das hat mich mein Vater gelehrt, und auch du solltest diese Lehre nie vergessen. Bona ist ein ängstliches Weib, du dagegen bist eine Kämpferin. Du jammerst noch nicht einmal, wenn man dir das Liebste nimmt. Und du machst auch kein Geschrei, wenn ein alter Lüstling in dein Bett kriecht. Es tut mir leid, daß der Astrologe gestorben ist – ich wollte ihn lediglich bestrafen. Ich dachte, die Wachen stecken ihm schon einen Becher Wasser zu.« Er flüsterte nun. »Ich bin ein guter, gerechter Herrscher, das weißt du, daran darfst du nie zweifeln.«

Drei Tage später begab sich der gesamte herzogliche Hofstaat zu der Kirche Santo Stefano, um dort, wie geplant, an der Heiligen Messe teilzunehmen. Caterina trug zum ersten Mal bei einem offiziellen Anlaß eins der perlengeschmückten Kleider, das ihr zukünftiger Gatte ihr geschenkt hatte. Da sich über Mailand ein strahlend schöner, aber frostiger Himmel spannte, ließ sie sich noch einen Fellmantel mit Hermelinkragen umlegen. Lange hatte sie sich morgens schminken und ankleiden lassen. Die Haare mußten mehrfach geöffnet und geflochten werden, bis sie unter dem von Goldfäden durchzogenen Netz schön glatt lagen und am Hinterkopf einen geordneten Kranz bildeten.

Der herzogliche Zug bewegte sich, eingerahmt von bewaffneten Hellebardieren, langsam zum Vorplatz der Kirche: Der Herzog – in einem karmesinroten Wams und weißen Stiefeln – ritt auf einem Apfelschimmel voran, die Herzogin folgte in einer Sänfte. Dann der Kanzler Simonetta und die Brüder Ascanio und Lodovico, ebenfalls zu Pferd, sowie die Botschafter von Ferrara und Mantua. Ihnen schlossen sich Caterina und die anderen Geschwister an. Die Kleinen gingen an der Hand der Kindermädchen und der Lehrer, ein Brüderchen wurde von seiner Amme getragen. Es folgten die weiteren Brüder und Schwestern des Herzogs, soweit sie noch im Kastell wohnten, mit ihren Familien. In der Kirche wartete bereits der *podestà* mit dem Magistrat und den Ratsherren, und wo noch Platz war, harrten geduldig die Adelsfamilien aus, die reichen Kaufleute, Vertreter der Handwerkszünfte, außerdem Gesandte aus allen Gegenden Italiens und sogar einige Vertreter des Volks. Der Herzog hatte strenge Einlaßkontrollen befohlen. Viele von den Männern, die ihm dienten, standen in einem Pulk bewaffneter Wachen und beobachteten aufmerksam, wer das Gotteshaus betrat. Waffen zu tragen war natürlich verboten. Gian Antonio Ghetti, der in der Nähe des Weihwasserbeckens stand, wirkte auffallend nervös.

Vor dem Eingangsportal schwang sich der Herzog vom Pferd. Seine Brüder und die beiden Botschafter folgten ihm. Bona, tief verschleiert, entstieg ihrer Sänfte. Caterina, ihren Halbbruder Gian Galeazzo, den Nachfolger des Herzogs, an der Seite, schloß auf. Ihr Vater winkte ihr. Sie sollte den Jungen zu ihm bringen, damit er an seiner Seite in die Kirche treten konnte. Aber nun drängte Bona herbei, nahm den Siebenjährigen an die Hand und winkte auch ihre drei jüngeren Kinder zu sich.

Es herrschte ein heftiges Geschiebe. Der Herzog wollte nicht mehr auf seinen Sohn warten, machte eine ungeduldige Bewegung und betrat den Vorraum der Kirche. Die Frauen hatten sich von den Männern zu trennen, aber weil es so eng war, kam niemand so recht voran. Caterina, die an Bonas Seite und bei ihren Geschwistern bleiben wollte, wurde nach vorne abgedrängt, ganz in die Nähe ihres Vaters. Die Menschen in der Kirche hatten sich herumgedreht und schauten dem Herzog erwartungsvoll entgegen. Viele hatten sich erhoben, um besser sehen zu können. Caterina sah kein einziges finsteres Gesicht.

Nun hörte sie den Chor auf der Empore singen. Sehr getragen, sogar düster. Wenn sie richtig verstand, intonierte er *Sic transit gloria mundi*. Ein unpassender Text, aber wahrscheinlich vom Vater persönlich angeordnet. Er war noch am Weihnachtstag mit einem Abgeordneten des Erzbischofs zusammengetroffen, hatte den Ablauf der Messe besprochen und seine Wünsche geäußert.

Zu Beginn des Mittelgangs standen einige Adlige, Hofleute unter ihnen, und schienen den Herzog zu erwarten. Warum die

Hofleute sich nicht in den Zug einreihten, verstand Caterina nicht. Sie hatten die Kirche nicht vor ihrem Herzog zu betreten!

Plötzlich stockte ihr der Atem. Sie sah, wie ihr Vater stehenblieb, den Kopf zur Seite drehte und einen der Adligen musterte. Sie sah auch, wem sein strenger Blick galt: Es war Girolamo Olgiati. Glühendheiß durchfuhr es sie. Girolamo verbeugte sich tief vor dem Vater, der sich kurz auf ihn zubewegte, als wolle er ihn persönlich begrüßen. Dann schritt er aber doch weiter. Girolamo hob erneut seinen Kopf und schaute mit einer nervösen Bewegung um sich. Seine Augen suchten jemand. Suchten sie. Caterina hätte ihm beinahe gewinkt, aber sie preßte das Tüchlein, das sie in der Hand hielt, nur an ihren Mund.

Sic transit gloria mundi! sang der Chor.

Der Vater drehte sich noch einmal kurz um, wandelte dann auf den Mittelgang zu.

Ghetti war plötzlich nicht mehr zu sehen.

Girolamo gegenüber, auf der linken Seite des Mittelgangs, stand ein anderer Adliger, dessen Gesicht Caterina zu kennen meinte, und ein wenig zurückgesetzt ein Dritter. Die drei warfen sich einen Blick zu, dann nickten sie fast unmerklich.

Caterina erstarrte. Sie wußte genau, was jetzt geschehen würde. Sie wollte schreien, nach vorne stürzen, auf die drei Männer zu, um Hilfe rufen. Aber sie fühlte sich, wie in einem Alptraum, gelähmt und starr. Girolamo trat vor ihren Vater, verbeugte sich tief, der Vater machte eine unwillige Handbewegung. Fast sah es so aus, als wolle Girolamo vor ihm auf die Knie fallen, und einen Augenblick glaubte Caterina, er beabsichtige, ihn um ihre Hand zu bitten. Aber Girolamo fiel nicht auf die Knie. Ein Dolch blitzte auf, bohrte sich in das karmesinrote Wams des Vaters. Der Vater riß den Mund auf, versuchte, Girolamo zurückzustoßen. Blutbeschmiert wurde der Dolch aus seiner Brust gezogen. »Freiheit! Freiheit!« brüllte Girolamo und stieß noch einmal zu, diesmal in die Kehle des Vaters. Nun sprang auch der zweite Mann herbei, stach ebenfalls mit einem Dolch zu, einmal, zweimal, dreimal. »Das ist dein Lohn, du Tyrann!« gellte es durch den Kirchenraum. Der dritte Mann hielt plötzlich einen Degen in der Hand und stieß ihn nach einem Ausfallschritt dem Vater so tief in den Rücken, daß seine Spitze aus der Brust heraustrat.

Ein Schreckensschrei aus Tausenden von Mündern brachte die Kirche fast zum Bersten. Gleichzeitig schienen alle Menschen von diesem Schrei zu Stein geworden. Das entsetzte Schreien ebbte aber nicht ab, wurde noch lauter, schriller und setzte sich fort, und nun geriet die Masse der Menschen in Bewegung, stürzte in den Mittelgang. Caterina war ebenfalls aus ihrer Erstarrung erwacht, versuchte, sich zu ihrem Vater durchzukämpfen. Sie sah ihn zusammensinken. Seine Begleiter wurden von den Flüchtenden mitgerissen und wollten selbst flüchten, fielen über die hinter ihnen Stehenden. Caterina hatte sich wieder aufrichten können. Sie sah ihren Vater nicht mehr, auch nicht die Attentäter. Um sie herum versuchten die Wachen, ihre Hellebarden zu senken, aber im Strom der Fliehenden wurden sie ebenfalls abgedrängt. Die Soldaten zogen ihre Kurzschwerter. Die Flüchtenden schnitten oder stachen sich, ruderten, schlugen und trampelten auf die Ausgänge zu, stießen sich zur Seite, fielen übereinander.

Caterina sah, wie der Mann, der den Vater mit dem Degen durchbohrt hatte, ihn nun einem der Reitknechte in den Bauch stieß. Ein anderer Reitknecht sprang ihn von hinten an, um ihm die Waffe zu entreißen. Da hatte einer der Milizionäre seine Hellebarde senken können und rammte sie dem Attentäter in die Brust. Alle stürzten zu Boden. Gleichzeitig rannten Soldaten mit gezückten Schwertern herbei und schlugen ungezielt um sich.

Caterina duckte sich, um nicht getroffen zu werden, kroch auf allen vieren zur Seite. Mehrfach hörte sie den Namen »Lampugnani« rufen und »er ist tot«. Sie richtete sich wieder auf, schlug mit den Fäusten um sich. Ihr Blick zuckte hin und her. Wo war ihr Vater? Und wo war Girolamo? Sie hörte sich schreien.

Da trug man Bona aus der Kirche. Onkel Lodovico stand plötzlich in ihrer Nähe. Und nun entdeckte sie Girolamo – mitten in einer Gruppe aufgeputzter, kreischender Frauen. Er hatte sich in ihren Schleppen und Schleiern verfangen, schlug in ihre Leiber, zerrte ihnen die künstlichen Haare vom Kopf. Eine Frau stand plötzlich im Hemd da. Girolamo hielt einen Schulterumhang in den Händen, warf ihn einem Soldaten entgegen, der sich auf ihn stürzen wollte, hielt einem Mädchen den Dolch an den Hals, schob es als Schutzschild vor sich her. Beide stolperten sie über einen Mann, der, am Boden liegend, um sich trat. Und plötzlich lag Girolamo, noch immer den Dolch in der Hand, Caterina zu Füßen. Er starrte sie aus irren Augen an. Seine Kleidung, sein Gesicht waren blutverschmiert. Ja, er streckte ihr für einen Augenblick sogar die Hand entgegen. Wieder fühlte sie sich gelähmt. Da klammerte er sich an die Beine einer der an ihm vorbeieilenden Frauen, sie stürzte zu Boden, weitere Personen stolperten über sie. Als sich alle wieder aufgerichtet hatten, war Girolamo verschwunden.

Caterina fand plötzlich Platz, sich zu bewegen. Vor ihr lag ihr Vater. Sie stürzte zu ihm, fiel auf die Knie. Alles war naß vor Blut, ihre Hände, ihr Perlenkleid. Sie rief seinen Namen.

Der Vater antwortete nicht.

Seine Augen waren gebrochen.

Die ganze Kirche geriet ins Schwanken.

Dann eine schwarze Leere, aus der langsam wieder Geräusche an ihr Ohr drangen. Sie mußte ohnmächtig gewesen sein. Nun schien der dumpfe Hall des Kirchenschiffs sie erdrücken zu wollen. Wo befanden sich all die Gläubigen? Wo die Soldaten? Wo war ihre Familie? Draußen auf dem Vorplatz schrien sich Männer Befehle zu. Dumpfe Schläge, die jedesmal in einem schmerzverzerrten Aufschrei zerplatzten. Dann ein tierisches Brüllen, das in einem Röcheln erstarb. Als Caterina hochblickte, ragte der Erzbischof in vollem Ornat vor ihr auf und machte das Segenszeichen. Mönche beugten sich nieder und hoben den Vater auf eine Bahre. Plötzlich stand Fra Lauro neben ihr, zog sie auf die Beine und legte seine Arme schützend um sie. Auf dem Boden lagen noch der Reitknecht und der Mörder, den sie Lampugnani gerufen hatten.

Der Vater wurde in die Sakristei getragen.

Eine Gruppe verdreckter Jungen stürmte in die Kirche, band dem toten Attentäter einen Strick um die Beine und schleifte ihn in die gleißende Helligkeit des Vorplatzes.

Der Reitknecht lag noch immer in seinem Blut.

Als Fra Lauro Caterina aus der Kirche führte, wollte sie, getroffen von dem grellen Licht, um sich schlagen, sie wollte Girolamo mit eigenen Händen erwürgen. Aber nirgendwo sah sie ihn. Sie klammerte sich an Fra Lauro, rief nach ihrem Vater. Dann schwanden ihr erneut die Sinne.

Fra Lauro durfte während der folgenden Tage nicht von Caterinas Seite weichen. Immer wieder wollte sie beichten und erlöst werden von ihrer Qual. Sie war schuld am Tod des geliebten Vaters!

Sie verließ ihr Schlafzimmer nicht, trank lediglich Wasser und verweigerte jegliches Essen.

Ihr Beichtvater versuchte sie zu trösten und verstand nicht, warum sie sich schuldig fühlte. Eine Gruppe von verwirrten Verschwörern, angestiftet von einem nicht minder verwirrten Lehrer der Philosophie, hätte Brutus und Cassius spielen wollen – und wohl viel zu spät begriffen, daß ihr Opfer kein Tyrann war, daß niemand ihnen in ihrem hilflosen Freiheitsgeschrei folgen wollte, weil die Bürger der Stadt zufrieden mit ihrem Herzog waren.

»Lampugnani ist ein undankbarer Lump«, sagte Fra Lauro mit unchristlicher Kälte in der Stimme, »er wurde von deinem Großvater zum Tode verurteilt, von deinem Vater jedoch begnadigt – und dafür hat er sich jetzt gerächt. Er wird ewig in der Hölle schmoren. Der zweite Verschwörer ist ein Visconti aus einer Nebenlinie, der wahrscheinlich glaubt, die Sforza hätten die Herrschaft in Mailand unrechtmäßig an sich gerissen. Und der dritte, Girolamo Olgiati,« – er stockte – »ist ein verirrter Träumer.«

Caterina brach wieder in Schluchzen aus. »Er hat sich für Vaters Tritte und Schläge gerächt. Ich war es, die ... Ohne mich würde Vater noch leben. Ich kann Bona nicht mehr in die Augen schauen und auch nicht meiner Mutter. Ich werde in ein Kloster gehen und bis zu meinem Tode büßen!«

»Ach, Kind, was für dumme Gedanken! Du hast deinen Vater geliebt und warst seine Lieblingstochter.« Fra Lauro reichte ihr ein Tüchlein für die Tränen. »Deine Sünden hat dir der Barmherzige bereits vergeben. Aber die Verschwörer werden bald vor ihren Richter treten und um Gnade betteln müssen.«

Caterina wußte nicht, ob sie Girolamo einen grausamen Tod wünschen sollte, sie wußte noch nicht einmal, ob er gefaßt war. »Sind sie nicht entflohen?«

»Visconti kam nicht weit. Sein Körper hat der Folter nicht lange standgehalten. Jetzt steckt sein Kopf auf dem Turm des *broletto nuovo*.«

Sie wagte nicht nach Girolamo zu fragen.

»Olgiati ist noch flüchtig.«

Die Nächte waren düster und bis zum Morgengrauen schlaflos. Caterina kniete vor dem Kruzifix und sprach die Gebete des Rosenkranz. Rosaria blieb an ihrer Seite und betete mit ihr. Wenn Caterina die Erschöpfung überwältigte, tauchte sie in einen Schlund, in dem ihr der Atem genommen wurde, in dem sie strampelte und kämpfte und immer tiefer sank. Sie wartete auf den Tod wie auf eine Erlösung, doch die Erlösung verschmähte sie. Schließlich stürzte sie hinab durch Feuer und Eis, durch zuckende Messer, die ihre Haut aufrissen, ein haltloses Wirbeln durch die Schwärze eines Brunnenschachts auf einen Boden, gespickt mit langen Spießen. Sie schlug auf und wurde hundertfach durchbohrt. Eine tiefe, rauhe Stimme lachte. Blut floß aus allen Wunden.

Und plötzlich wachte sie auf. Nässe zwischen ihren Beinen. Es mußte Blut sein. Ihr Blut. Sie weckte Rosaria und ließ sich frische Wäsche geben. Zitternd stellte sie sich ans Fenster, riß schließlich die Läden auf. Ein klarer Sternenhimmel flimmerte ihr entgegen, Hunderte, Tausende blitzender Dolchspitzen. Sie lehnte sich so weit aus dem Fenster, daß Rosaria sie erschrocken zurückziehen wollte. Aber sie trat nach ihr. Ihr ganzer Körper zitterte vor Kälte. Unter ihr die schwach glänzende Spitze einer Hellebarde. Ein Mann schaute erschrocken hoch, sie sah lediglich das Weiß seiner Augen und einen hellen Schimmer der Haut.

»Wer bist du?« rief sie hinunter.

»Mach keine Dummheiten!« antwortete eine rauhe Stimme. »Ich bin Ghetti.«

»Wo warst du, als mein Vater ermordet wurde? Warum hast du ihn nicht beschützt?«

Er antwortete nicht.

»Hast du wenigstens den Mörder getötet?«

Ghetti schwieg noch immer. Als Caterina ihre Frage wiederholte, antwortete er leise: »Wir werden ihn finden, und dann muß er sterben.«

Caterina verdrehte ihren Kopf: Über ihr funkelte das Band der Milchstraße. Ein in sich verschlungenes Seidenband, das sie am liebsten heruntergerissen hätte, um sich damit zu erwürgen. Um in den Höllenschlund zu segeln, in dem die große Schlange des Bösen bereits auf sie wartete.

Sie wollte sich vor den messerscharfen Schuldgefühlen in Sicherheit bringen. Ihr Vater lebte nicht mehr, ihr Geliebter war sein Mörder. Ohne sie wären alle glücklich und zufrieden. Sie mußte dem Vater folgen. Sie mußte ihn einholen und ihn um Vergebung bitten. Sie mußte springen.

Unter ihr stand Ghetti. Er hatte seine Hellebarde zur Seite geworfen und streckte ihr die Arme entgegen, um sie aufzufangen.

Rosaria zerrte von hinten an ihrem Schlafgewand, bis es einriß. Caterina lag plötzlich fast nackt im Fenster. Ghetti starrte sie erschrocken an. Sie ließ sich ins Zimmer ziehen und, am ganzen Körper zitternd, ins Bett stecken. Es wurde erst besser, als Rosaria ihr heiße Milch einzuflößen begann.

Am nächsten Tag hörte Caterina, daß Girolamo Olgiati gefaßt sei. Sie wollte zu Fra Lauro eilen, um Einzelheiten zu erfahren. In einem der langen Gänge des Palasts begegnete sie *il Moro*, ihrem Onkel Lodovico, der ihr freudig zurief: »Heute läuten wir das letzte Kapitel ein.« Als sie weiterlaufen wollte, hielt er sie fest: »Deine Stiefmutter, die Regentin, möchte dich sprechen. Auch ich werde dabeisein.«

Caterina befreite sich und rannte zu ihrem Beichtvater.

Tatsächlich wußte Fra Lauro bereits Genaues über Girolamos Flucht. Onkel Lodovico hatte ihn beauftragt, den Attentäter sofort nach seiner Gefangennahme aufzusuchen. Bevor die Folter aus ihm noch die letzten Reste der Wahrheit herauspreßte, sollte er einen Brief an die Herzogin schreiben, ihr die Gründe seines Anschlags darlegen, weitere Verschwörer nennen, den Tathergang und die Flucht schildern – und sie um Gnade bitten. Girolamo hatte sich, stumm und ergeben, niedergesetzt und seinen Bericht ohne Unterbrechung geschrieben.

Da war, so erfuhr Caterina, viel von Freiheit des Vaterlands die Rede, vom Kampf gegen ruchlose Tyrannei, vom ewigen Ruhm; da wurde der heilige Ambrosius angerufen und um Schutz und Gelingen angefleht. Aber der Schutzheilige der Stadt half nicht, das Volk stand nicht auf gegen die Familie des Herzogs, der Attentäter mußte fliehen. Caterina spürte, wie ihr ängstliches

Zittern nachließ. Von ihr war überhaupt keine Rede in dem Geständnis, auch nicht von den Schlägen des Herzogs. Girolamo schilderte, wie er nach der Befreiungstat nach Hause gestürzt sei, verzweifelt darüber, daß das Volk »Duca! Duca!« und »Sforza! Sforza!« schrie und Entsetzen in den Gesichtern der Menschen stand.

Als er sein Zuhause erreichte, den Dolch noch in der Hand, abgehetzt, blutig, mit zerrissenem Wams, stieß er auf eine jammernde Mutter und einen Vater, der ihn verfluchte und dann des Hauses verwies. Seine Mutter begleitete ihn zum Beichtvater der Familie, der ihn mit tiefen Sorgenfalten aufnahm. Kaum hatte die Mutter das Haus des Priesters verlassen, sah Girolamo, wie Lampugnanis unkenntlicher Leichnam von tanzenden Kinder durch die Straßen gezerrt wurde. Er wollte blindlings aus dem Haus stürzen, um ihn aus der Hand der Irrwische zu befreien, aber der Priester hielt ihn zurück und versteckte ihn, als an die Haustür geschlagen wurde, unter seinem Bett. Die Häscher trampelten in alle Zimmer, stießen Hocker zur Seite, rissen Vasen um und warfen sogar eine Heilige Schrift auf den Boden. Die Spitze einer Hellebarde bohrte sich in das Bett, unter dem Girolamo lag, traf ihn jedoch wie durch ein Wunder nicht. Als die Häscher weitergezogen waren, säuberte er sich vom Blut, das noch immer vom Mord an ihm klebte, zog den Kittel eines Knechts an und schleppte auf dem Rücken eine Matratze aus dem Haus. Er kam bis zu dem Palazzo von Freunden, bat um Eintritt und befreite sich schließlich von der Matratze. Ängstliche Gesichter, Unsicherheit, Getuschel. Für ein oder zwei Nächte wollten sie ihm Unterschlupf gewähren, aber dann ... Girolamo blieb eine Nacht, in der er nicht aufhörte, den heiligen Ambrosius um Hilfe, den Gekreuzigten um Verzeihung und den Allmächtigen um Kraft anzuflehen.

Doch schließlich ergriffen ihn die Schergen, legten ihn in Ketten und brachten ihn ins Castello.

Fra Lauro hatte mit flacher Stimme gesprochen und sich dann sorgenvoll die Stirn gerieben. »Kaum hatte Olgiati den Bericht geschrieben, zerrten ihn die Knechte schon zum Verhör, um auch noch die Namen der letzten Mitverschwörer aus ihm herauszuprügeln.«

Caterina, wie gefühllos, fragte: »Was haben sie ihm angetan?«

»Ich weiß es nicht. Ich habe nur seine Schreie gehört.«

Caterina sprang auf. »Ich will zu ihm!«

Fra Lauro hielt sie entschlossen fest. »Das kannst du nicht!«

»Laß mich los!«

Als Fra Lauro keine Anstalten machte, sie freizugeben, trat sie nach ihm. »Ich bin die Tochter des Herzogs!« schrie sie wütend. »Du wagst es …«

Fra Lauro ließ sie los, aber lediglich, um ihr eine heftige Ohrfeige zu versetzen.

Verdutzt starrte sie ihn an. Doch das lähmende Erstaunen hielt nicht lange vor. Wie eine Tigerin sprang sie ihren Beichtvater an. Ehe sie sich versehen hatte, packte er sie und preßte sie mit derartiger Kraft an seinen Körper, daß sie sich nicht mehr bewegen konnte. Als sie ihn beißen wollte, sah sie plötzlich seine Augen: In ihnen standen Trauer und eine stählerne Kraft, gegen die sie nichts auszurichten vermochte. Am liebsten wäre sie vor Scham gestorben. Als sie etwas sagen wollte, versagte ihre Stimme. Fra Lauro ließ sie frei, aber nun klammerte *sie* sich an ihn.

Nach einer Weile sagte er leise: »Es ist gut.«

Noch am selben Abend begaben sich die beiden zu Caterinas Stiefmutter, die tief verschleiert vor ihrem Gebetspult kniete. Als Bona sie erkannte, nahm sie sich den Schleier vom Gesicht. Ihre Augen waren gerötet, ihr Blick war leer.

Caterina fiel vor ihr auf die Knie.

»Ist er tot?« Bonas Stimme klang leblos und flach, als wäre jedes Gefühl aus ihr entwichen.

»Eure Tochter wünscht, daß Ihr ihm eine Gnadenfrist einräumt.«

»Sie ist die Tochter des Herzogs«, sagte Bona und wies auf die Papiere, die am Boden lagen. »Ich habe Olgiatis Bericht gelesen. Ein Wirrkopf. Aber ich vermisse Reue. Fra Lauro, geht noch einmal zu ihm! Lodovico wartet nur darauf, daß ihm die Marter auch noch die letzte Würde nimmt. Ich kann die Schreie nicht mehr ertragen, sie dringen sogar bis in mein Schlafzimmer. Ich will, daß Olgiati nicht länger leidet. Die Quälerei ist sinnlos und unchristlich. Laßt ihn töten.«

Fra Lauro schaute sie mit unbewegtem Ausdruck an: »Ich

kann nicht veranlassen, daß er getötet wird. Es steht nicht in meiner Befugnis. Außerdem sehe ich meine Aufgabe darin, Leben zu retten! Christus hat am Kreuz gesagt: *Vater, vergib ihnen, denn sie wissen nicht, was sie tun.*«

»Dann rettet sein Leben!« schrie Bona plötzlich. Der Schmerz verzerrte ihr Gesicht. »Aber *ich* werde ihm *nie* vergeben!«

Fra Lauro verbeugte sich.

»Bleib du bei mir«, flüsterte sie mit zitternder Stimme zu Caterina. »Ich bin hier so allein. Wir wollen gemeinsam beten und an deinen Vater denken.«

Noch in der Nacht kehrte Fra Lauro mit einem Blatt Papier zurück. »Girolamo Olgiati bittet Euch um Gnade«, erklärte er und wollte Bona das Blatt reichen. Sie zuckte zurück, als sei es vergiftet.

»Lest mir seine Worte vor!«

Fra Lauro las mit belegter Stimme: »Heiligste Jungfrau Maria und gnädigste Herzogin Bona – so sehr ich in Euren Augen als Verbrecher dastehen mag, flehe ich Euch auf zertrümmerten Knien an: Denkt in Eurer Milde und Güte daran, daß auch ich eine Seele habe und laßt meinen elenden Gliedern nur soviel Kraft, als ich brauche, um meine Sünden beichten zu können.«

Bona hatte sich abgewandt und starrte auf das Kruzifix, das neben dem Bild der Muttergottes an der Wand hing. »Habt Ihr seine Zeilen bereits Lodovico gezeigt? Ich nehme an, auch Ihr haltet *il Moro* inzwischen für Galeazzos eigentlichen Nachfolger.«

»Er fing mich ab«, antwortete Fra Lauro. »Ihr seid die Herzogin. Ihr sprecht als Regentin im Namen Eures Sohnes.«

Caterina beobachtete Bona, die ihr Haupt neigte und sich in ihrem weiten Überkleid zu verkriechen schien. »Was sagt er?«

»Ein Mord darf nicht ungesühnt bleiben.«

Bona sank noch mehr in sich zusammen und schwieg lange. Schließlich drehte sie sich Caterina zu und schaute ihr prüfend ins Gesicht. »Wie würdest du dich verhalten?«

Caterina fühlte sich erbleichen. Auch Fra Lauros Blick lag nun forschend auf ihr. Warum wurde ausgerechnet sie gefragt? Sie wußten doch beide, daß sie Girolamo geliebt hatte. Sie wußten auch, daß sie ihren Vater geliebt hatte. Daß ihretwegen Girolamo vom Hof des Herzogs vertrieben worden war. Sie trug die Schuld an seiner Verwirrung und Verirrung. Aber ein Mord …

»Ich würde versuchen, mich gerecht zu verhalten. Mein Vater war ein gerechter Herrscher ...«

»Was heißt das?« unterbrach sie Bona.

»Beendet seine Folter.«

Bona richtete sich auf, warf ihren Schleier zurück und erklärte mit noch immer rauher, aber entschiedener Stimme: »Geht erneut zu ihm, Fra Lauro. Wenn er in eindeutigen Worten seine Reue äußert, dann soll er nicht mehr gequält werden. Und nun laßt mich allein!«

Fra Lauro verbeugte sich und verließ den Raum. Caterina folgte ihm. Kaum waren sie außer Hörweite der Herzogin, flüsterte sie: »Ich will dich begleiten.«

Er zögerte einen Moment und nickte dann. »Du mußt dir aber eine Mönchskutte überziehen. Und verstecke dein Gesicht unter der Kapuze.«

Als Caterina schließlich in dem nach Exkrementen, Schweiß und Blut stinkenden Verlies stand, glaubte sie, die Sinne würden ihr schwinden. Die Wärter hatten Fackeln angezündet und mißtrauisch den Begleiter des Priesters gemustert, sich dann aber doch zurückgezogen. Am Boden bewegte sich etwas, und als Caterina den Fuß vorsetzte, quietschte es auf und huschte zur Seite. In den Ecken und vor dem auf dem Boden liegenden Bündel bewegten sich fette Ratten. Das Bündel am Boden stöhnte leise auf. Fra Lauro bekreuzigte sich und ging einen Schritt darauf zu.

»Es ist Girolamo«, flüsterte er und hob einen blutverschmierten Stoffetzen.

Caterina trat näher heran, griff sich eine Fackel und leuchtete. Schwarzverkrustete Haare. Ein halb abgerissenes Ohr. Das Bündel bewegte sich, ein wimmerndes Stöhnen, das aus der Hölle zu kommen schien. Ein Gesicht. Nein, das war nicht er. Dieses Gesicht konnte nicht jenem Girolamo gehören, mit dem sie durch den Park und die Jagdreviere der Sforza galoppiert war. Dieses Gesicht sollte sich über sie gebeugt haben? Wo waren seine Augen? Diese blutig aufgequollenen Wülste? Und die Nase? Eingedrückt. Es bewegte seine verkrusteten Lippen und gab einen Laut von sich. Sie sah, daß die Vorderzähne fehlten.

»Könnt Ihr mich verstehen?« hörte sie Fra Lauro sagen.

Girolamo nickte. »Wasser«, krächzte er.

Caterina eilte zu den Wachen, ließ sich einen Becher einfüllen. Erneut mißtrauische Blicke. Dann eilte sie zurück und hielt ihn Girolamo hin. Eine fast unversehrte, aber zitternde Hand kam zum Vorschein. Sie half, den Becher an die Lippen zu führen, und flößte ihm langsam die faulig riechende Flüssigkeit ein. Als sie Girolamo unbeabsichtigt berührte, ließ er aufstöhnend den Becher fallen.

»Es geht schon«, flüsterte er heiser.

Fra Lauro beugte sich zu ihm und übermittelte ihm die Forderung der Herzogin. »Sie möchte klare Worte der Reue lesen.«

Girolamo nickte. »Tötet mich!« krächzte er. »Sie haben mir die Knöchel und die Knie zerquetscht und den linken Arm zerschlagen. Nur den rechten, den haben sie verschont.« Er hustete und erbrach Blut: »Ich bin kein Mensch mehr, ich flehe Euch an, laßt mich töten.«

Caterina versuchte, das Zittern, das ihren Körper ergriffen hatte, zu unterdrücken. Aber es gelang ihr nicht. Sie wußte nicht, ob sie überhaupt noch sprechen konnte, ob sie nicht gleich die Fackel fallen ließ und das Bewußtsein verlor. Sie fragte sich, ob es richtig war, Fra Lauro in den Kerker zu begleiten. Sie faßte nicht, daß in dem Gebäude, in dem die große Familie des Herzogs und der gesamte Hofstaat lebten, daß tief unten in seinen Kellergewölben Menschen zu Tode gefoltert wurden. Nein, nicht irgendwelche Menschen, der Reitlehrer Girolamo Olgiati, der Mann aus altem Adelsgeschlecht, in den sie sich zum ersten Mal in ihrem Leben verliebt hatte. *Ihr* Girolamo. Aber ihr Girolamo hatte sich in eine andere Welt geflüchtet, in die Welt der Verschwörer und Attentäter, er hatte vor ihren Augen seinen Dolch in ihren Vater gestoßen und sich in dieses blutige Bündel vor ihr verwandelt.

Caterina hätte am liebsten sofort den Kerker verlassen. Sie lebte in der oberen, der hellen Welt! Sie ertrug dieses Elend nicht.

Noch immer zitterte ihr Körper. Am liebsten hätte sie geschrien über die Kälte in ihr. Hätte sich mit einer Fackel die Haut verbrannt, nur um den Schmerz zu fühlen, den auch er fühlte. Langsam kniete sie sich nieder und beugte sich über ihn. Tatsächlich kam zwischen zwei blauroten Wülsten der Spalt eines Auges zum Vorschein. Girolamo blickte sie an. Sein Mund verzog sich. Er wollte lächeln!

»Caterina!« hörte sie.

»Ich bin an allem schuld!« rief sie.

Er schüttelte den Kopf.

Fra Lauro hatte noch einmal einen Becher Wasser geholt und ihn Girolamo an die Lippen gehalten, ihm ein zweites Mal die Forderung der Herzogin erläutert und ihm schließlich ein Papier auf einem Holzbrett und eine Gänsefeder gereicht.

Girolamo tastete nach der Feder und nahm sie in die Hand.

»Könnt Ihr noch schreiben?«

Er nickte.

»Dann schreibt: ›Allergnädigste und gütigste Herzogin, obwohl kaum noch Leben in mir ist, verzeiht mir um Christi und der Muttergottes willen! Denn ich bereue zutiefst meine Tat …‹ Schreibt!«

Girolamo bewegte zittrig die Feder über das Papier. Fra Lauro fand weitere Worte der Reue, Worte der untilgbaren Schuld und der Qualen. Seine flehenden Bitten hätten jeden versteinerten Tyrannen zum Nachgeben gebracht. Langsam kratzte die Feder Wort an Wort auf das Papier, bis sie schließlich Girolamo aus der Hand fiel. Fra Lauro nahm das Blatt an sich und überflog die Zeilen.

»Was ist das?« rief er entsetzt. »Warum habt Ihr nicht geschrieben, was ich Euch diktierte.«

Girolamo zeigte keine Reaktion.

Caterina riß ihrem Beichtvater das Bittgesuch aus der Hand und las: »Den tausend in Waffen nicht zwangen, Galeazzo Maria Sforza, der Herzog, fiel von einfacher Hand …« Sie überflog die weiteren Zeilen. »Nichts gewährt Schutz dem Tyrannen …« Noch bevor sie zu Ende gelesen hatte, nahm ihr Fra Lauro das Papier aus der Hand, sie schrie auf, glitt auf ihre Knie, riß an den blutverschmierten Kleiderfetzen vor ihr.

»Ich habe dich geliebt, Girolamo, warum schreibst du das? Warum zeigst du keine Reue?«

Nach mehreren Krächzlauten war Girolamos Stimme so deutlich, daß sie ihn verstehen konnte. »Ich bereue nichts«, sagte er, »das heilige Werk, für das ich sterbe, beruhigt mein Gewissen.«

»*De profundis clamavi ad te, Domine*«, begann Fra Lauro zu beten.

Caterina sah sich neben dem stinkenden, entstellten Wesen

hocken, fühlte aber ihre Seele in die Nacht hinausfliegen, empor zu den Sternen.

»Sei stark, Girolamo«, hörte sie den Todgeweihten flüstern, »die Erinnerung an das, was du getan hast, überdauert für immer. Der Tod ist grausam, aber der Ruhm ist ewig.«

Mit schmerzenden Gliedern erhob sich Caterina. Sie wollte nicht mehr hinhören auf diese verwirrten Worte. Ruhm für den Mord an ihrem Vater? Warum quälte ihr Geliebter sie in seinen letzten Stunden?

»*Quia apud te propitiatio est: et propter legem tuam sustinui te, Domine*«, sprach Fra Lauro. »Doch Dein, ich weiß, ist die Vergebung, und Dein Gesetz gibt mir Vertrauen.«

Girolamo hob ein letztes Mal seinen Kopf: »*Stabit votus memoria facti*«, flüsterte er, seine Worte nun in Latein wiederholend, »nie wird man dich vergessen, Girolamo. *Mors acerba, fama perpetua*. Der Tod ist grausam, aber der Ruhm wird ewig bleiben.«

9. Kapitel

Girolamos letzte Worte verfolgten Caterina wie ein Fluch. Sie stürzte in ihr Schlafzimmer, riß sich die Mönchskutte vom Leib, warf sich aufs Bett – *mors acerba, fama perpetua*. Die Worte hallten nach, lauter und schriller klangen sie, und schließlich glaubte sie, daß sie es selbst sei, die sie in den schwach beleuchteten Raum schrie. Stöhnend schlug sie mit den Fäusten auf die Matratze, immer wieder. »Warum hast du mich verlassen?« sprach sie stumm vor sich hin, aber sie wußte nicht, wen sie meinte: den wahrhaftigen, gerechten, liebenden und gleichzeitig strafenden Gott; oder ihren Vater, den ein so plötzlicher, sinnloser Tod ereilt hatte; oder Girolamo selbst, der vielleicht, hätte er Reue gezeigt, gerettet werden können.

Sie zog, weil sie fror, eine Decke über ihren kaum bekleideten Körper und versuchte, an nichts zu denken, nichts mehr zu sehen, zu hören, zu riechen. Es gelang ihr jedoch nicht. Sie roch den kalt-stechenden Gestank des Kellers, sie hörte Girolamos schmerzgequältes Stöhnen, den vielfachen Schreckensschrei in der Kirche, sie sah die aufgerissenen Augen des Vaters, als der

Dolch ihn traf, das Blut, das aus dem Mund quoll … Warum war nicht wenigstens ihr Beichtvater an ihrer Seite und betete mit ihr? Er hatte, nach einem letzten Segenswort, schweigend mit ihr die Kellergewölbe verlassen. Als sie im Erdgeschoß bei dem Verschlag, in dem die Wachen hockten, den Schein einer flackernden Fackel durchschritten, sah sie sein Gesicht. Aus beiden Augen waren ihm Tränen über die Wangen gelaufen, ohne daß er eine Miene verzog.

»Keiner konnte ihm mehr helfen«, flüsterte er.

Caterina blieb stehen, und als er sich nach ihr umdrehte, rannte sie weg, die Gänge entlang, an den schemenhaft auftauchenden Dienstboten vorbei, die Treppen hinab. Sie wollte zu den Kellergewölben, dort, wo Girolamo noch litt, wo er … Ein langgezogener, sich schließlich verlierender Schrei, der wie die Spitze eines scharfen Messers in sie eindrang, brachte sie abrupt zum Stehen.

Sie schlug mit den Fäusten gegen die kalte Wand.

Warum bebte nicht die Erde, erschütterte das Castello in seinen Grundfesten, begrub Girolamo und auch sie und den ganzen Hofstaat unter sich? Warum krachte kein Donner, fuhr kein Blitz wie ein Zeichen der Apokalypse über den Himmel?

Stumm stieg Caterina die Treppe wieder hinauf. Den Blick gesenkt, wandelte sie wie in Trance zu ihrem Zimmer. Sie ließ sich von Rosaria ausziehen, schaute durch sie hindurch, hörte nicht hin, als Rosaria sie zu trösten versuchte.

In der Nacht schloß sie kein Auge.

Noch bevor das erste Tageslicht an diesem grauen Dezembertag die Stadt erhellte, verließ Caterina in dem Mönchsgewand, das sie vor neugierigen Blicken schützen sollte, den Palast. Die Wachen vor der Zitadelle lagen vornübergebeugt oder seitlich verrenkt wie Tote an der Wand – aber sie schnarchten laut. Caterina schlich vorbei. Schwache Lichter zeigten ihr an, wo der Turm des Filarete sich erhob. Sie huschte wie eine gesuchte Verbrecherin am Fuße der Mauern entlang. Plötzlich packte sie eine Faust und riß ihr die Kapuze zurück. Vor ihren Augen die Flammen einer Fackel. Sie starrte in ein unrasiertes Gesicht, das zu grinsen begann. Aus dem nächtlichen Dunkel tauchten immer mehr Gestalten auf, einige in Lumpen gehüllt, andere humpelnd: die Veteranen ihres Großvaters.

»Es ist zu spät«, sagte der Mann, der sie angehalten hatte, mit rauher Stimme. »Oder willst du seinem Kopf nachlaufen?«

Die Männer drängten sich um sie, sprachen durcheinander, manche berührten sie tröstend.

»Wir haben den Henker fortgehen sehen.«

»Dem Kerl zitterten noch die Hände.«

»In einem blutgetränkten Sack trug er Olgiatis Kopf. Bei Tagesgrauen wird man ihn am Turm des *broletto nuovo*, unten an der Piazza Mercanti, aufspießen. Jeder soll begreifen, wie mit Attentätern umgegangen wird.«

»Und den zerschlagenen Körper werfen sie den Hunden zum Fraß vor.«

»Glaubst du?«

»Mein ist die Rache, spricht der Herr.«

Caterina merkte, wie sie erneut zu zittern begann. Die Männer reichten ihr einen Becher mit einem heißen bitteren Getränk. Sie trank ihn leer, weil sie unfähig war, irgend etwas zu sagen. Sie wußte nicht, wie sie den Männern ihr nächtliches Erscheinen erklären sollte. Aber niemand fragte.

Als im ersten Morgenschimmer die schweren Mauern des Kastells sich aus der Schwärze lösten und der Torturm sich wie eine Faust mit ausgestrecktem Finger gegen den rosig übermalten Himmel zu strecken begann, tauchte plötzlich Ghetti auf. Auch er schien zu wissen, was sie im Sinn hatte. Beruhigend legte er den Arm um ihre Schultern.

»Schleuse mich an den Wachen vorbei!« flüsterte sie drängend. »Ich will ihn noch einmal sehen!«

Ghetti zögerte. »Es ist kein schöner Anblick. Du bist noch ein Kind. Hast du überhaupt schon einmal einen Hingerichteten gesehen?«

»Ich bin kein Kind mehr – seit Girolamos Tod nicht mehr. Ich muß ihn sehen. Er wird mir noch etwas sagen. Bitte!«

»Seine Augen sind gebrochen, die Krähen werden bereits bei ihm sein …«

Ghetti strich ihr über die Haare, nickte dann wortlos und zog ihr wieder die Kapuze über den Kopf. Dann geleitete er sie durch das Tor. Caterina wollte sich allein in die erwachende Stadt wagen, doch Ghetti folgte ihr im Abstand einiger Schritte.

Sie schlich durch stinkende Gassen, vorbei an Häusern, aus denen morgendliche Zänkerei tönte, vorbei an Verkaufsständen, die soeben geöffnet wurden. Maulesel stapften schwer bepackt und mit hängendem Kopf neben ihr, an den Füßen zusammengebundene Hühner gackerten. Aber dann sah sie schon den Turm. Und auf dem Turm den aufgespießten Kopf, umflattert von einem Schwarm gieriger Krähen. Kaum einer, der seinen morgendlichen Aufgaben nachging, hob seine Augen, um einen neugierigen, traurigen oder gar mitleidigen Blick auf Caterinas Geliebten zu werfen, der geglaubt hatte, sich durch einen Mord ewigen Ruhm zu sichern.

Bald würden die Krähen die Augen ausgepickt haben und das, was von der Nase übriggeblieben war, bald hackten sie die Haut von den Knochen und ließen lediglich einen kahlen und höhnisch grinsenden Schädel zurück.

Ein Wollkämmer, der sah, wie Caterina hochstarrte, blieb neben ihr stehen und sagte: »Für den braucht Ihr nicht mehr zu beten. Der schmort ewig in der Hölle. Dort kann er seinem Opfer Gesellschaft leisten. Gott mit Euch, Bruder.«

Ohne nachzudenken, zog Caterina die Kapuze zurück, um den Mann besser sehen zu können. Ungläubig starrte er sie an, bekreuzigte sich und drängte sich dann durch die Menge der Marktfrauen, die, kaum bedeckte die Kapuze nicht mehr ihre ungekämmten Haare, sich um sie versammelten. Caterina begriff, daß sie als falscher Mönch, gerade jetzt, nach dem Attentat, Verdacht erregen mußte. Die Marktfrauen bildeten einen immer enger werdenden Ring, und es sah nicht danach aus, als wollten sie sie schützen. Ghetti, der eben noch in ihrer Nähe gestanden hatte, war plötzlich von ihr abgeschnitten und versuchte, sich zu ihr durchzukämpfen. Aber selbst als er grob wurde, gelang es ihm nicht. Die Frauen starrten Caterina an, als würden sie sich gleich auf sie stürzen.

»Was wollt ihr von mir?« rief sie, die Arme schützend vor der Brust verschränkt.

»Warst du sein Liebchen, du falscher Mönch?«

Immer enger zog sich der Kreis zu.

Plötzlich rief eine Frau aus der zweiten Reihe: »Das ist die Tochter der Landriani! Der Bastard des ermordeten Herzogs!«

Und erschrocken, als verstecke sich in ihr der Leibhaftige, wichen die Frauen zurück. Endlich gelang es Ghetti, sich bis zu ihr durchzukämpfen. Rasch ergriff er ihre Hand, zog sie in eine Seitengasse und eilte mit ihr wortlos zum Castello zurück.

Über die Dächer der Stadt flogen Krähen zielstrebig zum Turm des *broletto*. Jeder ihrer krächzenden Rufe schnitt Caterina ins Herz.

»Vergiß ihn!« sagte Ghetti und legte ihr den Arm auf die Schulter.

Sie blieb stehen, schüttelte langsam den Kopf und schaute ihm ins Gesicht. Er wollte erneut etwas sagen, aber sie schnitt ihm das Wort im Munde ab: »Wo warst du, als sich Girolamo auf Papa stürzte? Warum hast du ihn nicht beschützt?« Sie erschrak selbst über die Schärfe in ihrer Stimme.

Er nickte, senkte dann seinen Blick. »Man hatte mich gewarnt und weggelockt. Als ich mißtrauisch wurde, war es zu spät.«

»Wer hat dich gewarnt?«

Ghetti antwortete nicht und zog sie weiter in Richtung Castello. »Vielleicht war alles nur ein dummer, blutiger Zufall. Ich verstehe es nicht. Aber einmal werde ich es herausfinden.«

Niemand im herzoglichen Palast außer Rosaria schien von Caterinas morgendlichem Ausflug etwas bemerkt zu haben, nicht einmal Fra Lauro.

Caterina legte sich wieder auf ihr Bett und erschrak, als plötzlich Rosaria neben ihr saß, sie forschend anschaute und ihre Hand ergriff.

»Er war es nicht wert«, sagte Rosaria leise.

Caterina sprang auf. Nach Ghetti quälte sie nun auch Rosaria mit solch einer Bemerkung. Sie wollte Rosaria anschreien, brachte jedoch lediglich wirre Laute heraus. Erst nach einer Weile war sie wieder in der Lage zu sprechen: »Was meinst du damit? Wie kannst du so etwas sagen!«

Rosaria versuchte, sie tröstend zu umarmen, aber Caterina stieß sie weg.

Plötzlich stürmte ihr kleiner Halbbruder Gian Galeazzo, der offizielle neue Herzog, in ihr Zimmer. Er könne, heulte er, nicht mehr ertragen, schon vor der ersten Mahlzeit vom Priester zum

Schneider und dann weiter zu seinem Lehrer geschickt zu werden. Seine Worte sprudelten nur so aus ihm heraus. »Ich soll eine Rede auswendig lernen, außerdem hat mich Onkel Lodovico zu sich gerufen und mir einen Vortrag über staatsmännisches Auftreten gehalten. Ich verstehe nicht, was er will, ich verstehe überhaupt nichts mehr!«

Als Gian Galeazzo sich ausgeheult hatte, klopfte ein Diener an die Tür und rief ihn erneut gebieterisch zu seinem Onkel Lodovico. Gian Galeazzo bettelte Caterina an, ihn zu begleiten. Plötzlich sah sie in seinen Augen die Augen des Vaters. Es war wie ein Ruf. Als ob der tote Vater sie plötzlich an ihre Pflicht erinnern und sie zu seinem Nachfolger ernennen wollte. Soeben hatte sie noch hilflos und mit quälenden Schuldgefühlen unter dem abgetrennten Kopf ihres Geliebten gestanden und gewartet, daß er ihr etwas sage. Aber das einzige, was sie zu hören glaubte, war das Echo seiner letzten Worte. Ruhmvoll hatte der Tod sein sollen, dabei war er nur erbärmlich. Und ruhmvoll sollte seine Tat sein, dabei war sie nur schändlich. Ihrem Vater gebührte der Ruhm. Daran sollte der eindringliche Blick aus den Augen ihres Bruder, sie erinnern.

Entschlossen nahm Caterina seine Hand und begleitete ihn in die Rocchetta, in der Onkel Lodovico mit seiner *famiglia* wohnte. Er war im Begriff, mit dem Kanzler Cecco Simonetta, den Gesandten von Savoyen, Mantua, Venedig und dem Heiligen Stuhl zu konferieren, und winkte Gian Galeazzo herbei. »Wenn deine Mutter als offizielle Regentin nicht ansprechbar ist, muß *du* eben unterschreiben, kleiner Mann«, rief er in einem Ton, der keinen Widerspruch duldete. »Die Staatsgeschäfte gehen weiter. Der Herzog ist tot, es lebe der Herzog.« Er lachte kurz und hielt dem Jungen mehrere Schriftstücke hin. Dabei tat er so, als sei Caterina gar nicht anwesend.

Sie fand ihren Onkel widerwärtig: sein Lachen und seine braunen, welligen Haare, die bis auf die Schultern fielen und auch die Stirn bedeckten, seine weichlichen Gesichtszüge mit der unnatürlich dunklen Haut, dazu die hochgeschlossene himmelblaue Brokatrobe, auf der eine schwere Goldkette hing. Die selbstgefällige Art, mit der er sich bewegte, die herrische Art, wie er sprach, verstärkten ihren Widerwillen noch.

Er tat so, als nehme er sie erst jetzt wahr, und warf einen mißbilligenden Blick auf sie und die Mönchskutte, die sie noch immer trug. »Mußt du in diesem Aufzug das Kindermädchen für deinen Bruder spielen?«

Caterina fühlte das Blut aus ihrem Gesicht weichen.

Ihr Onkel tauschte mit dem Prälaten aus Rom einen vielsagenden Blick, und die Gesandten aus Venedig und Mantua lächelten spöttisch. Lediglich Cecco Simonetta verzog keine Miene.

Als Caterina nicht antwortete, fragte ihr Onkel barsch: »Was führt dich zu uns?«

Sie begriff, daß nach dem Tod des Vaters in der Familie Sforza ein Machtkampf auszubrechen drohte – zwischen Bona und dem rechtmäßigen Herzog sowie allen, die sie stützten, auf der einen Seite und *il Moro* und einem Teil der Brüder auf der anderen.

Caterina hob ihren Kopf und räusperte sich: »Mein Bruder hat mich gebeten, ihn zu begleiten. Die Regentin …«

»Ich weiß, was mit der Regentin ist, liebe Caterina«, unterbrach sie *il Moro* mit schneidender Stimme. Er zügelte jedoch sofort seinen Ton und sprach in einer falschen Freundlichkeit weiter: »Ich danke dir, daß du deinen kleinen Bruder hergeführt hast – aber nun brauchen wir dich nicht mehr.« Er sah sie erwartungsvoll an.

Sie hatte zu gehen.

Ihr Vater war erst seit wenigen Tagen tot, und schon herrschte seiner Familie gegenüber unüberhörbar ein anderer Ton. *Il Moro* nahm sich Rechte heraus, die ihm nicht zustanden. Sie sah in den Blicken der Männer, die sie erwartungsvoll anschauten, Kälte oder Gleichgültigkeit. Nur bei Cecco Simonetta, dem Kanzler, der bereits dem Großvater gedient hatte, meinte sie einen kurzen Wink der Unterstützung und des Einverständnisses zu erkennen.

Knapp verbeugte sie sich und zog sich wortlos zurück. Ihr kleiner Bruder rief ihr mit jammernder Stimme nach, wurde aber von seinem Onkel zurechtgewiesen und verstummte. Als sie wieder den Palazzo Ducale betreten wollte, fiel ihr Blick auf das Wappen der Visconti-Sforza über dem Eingang. Der Anblick der gnadenlosen Schlange traf sie wie der Anblick eines Basilisken. Sie erstarrte. Da wurde keine geharnischte Göttin geboren. Da wurde ein unschuldiges Wesen zerstört. Ein letztes Mal streckte das Kind hilfesuchend seine Arme aus, bevor es für immer im tödlichen Schlund verschwand.

10. KAPITEL

A porta inferi, erue, Domine, animas eorum. Von der Pforte der Hölle rette, Herr, ihre Seelen. So bete ich täglich, und ich kann lediglich hoffen, daß mich der barmherzige Vater erhört.

Wochen der Trauer liegen hinter uns. Nachdem wir Galeazzo Maria Sforza, den fünften Herzog von Mailand, zu Grabe getragen hatten, herrschte Stille im herzoglichen Palast. Auch in der Stadt waren alle Festlichkeiten abgesagt. Das Volk beweinte einen Herrscher, der trotz seiner menschlichen Schwächen geliebt worden war – ganz besonders von seinen Kindern, deren Liebe er als sorgender Vater erwiderte.

Lautes, manchmal auch hektisches Treiben, sogar Gelächter drang lediglich aus der Rocchetta, wo einige der zahlreichen Brüder und Halbbrüder des Verstorbenen wohnen. Es scheint mir offensichtlich: Lodovico, Galeazzo Marias jüngerer Bruder, möchte die Regentschaft über Mailand übernehmen. Er zieht bereits die Fäden, knüpft die Knoten, wirft die Netze aus. Er ist derjenige, der von dem Attentat wirklich profitiert. Ob er sogar einer der Drahtzieher war, wie Gian Antonio vermutet – ich glaube es nicht. Neid und Mißgunst zwischen Brüdern sind häufig, der erste Mord nach dem Sündenfall war ein Brudermord. Doch ein Nachfolger Kains ist Lodovico nicht!

Aber eins hat er begriffen: Nur *eine* Person würde es wagen, trotz ihres jugendlichen Alters, ihm Widerstand zu leisten: Caterina. Die Trauer hat ihr, so erstaunlich dies klingen mag, Stärke verliehen.

Während der feierlichen Beisetzung ihres Vaters vergoß sie kaum eine Träne. Alle gaben sich in öffentlicher Aufwallung der Trauer hin, sie dagegen verschloß den Schmerz in ihrem Innern.

Während der folgenden Wochen weigerte sie sich zu beichten. Ich wartete geduldig, denn ich kenne den Trotz in der Seele des Menschen, den Aufruhr, die Empörung und Klage, wenn uns das Liebste genommen wird.

Draußen kämpfte die Sonne gegen den Nebel, der das Land seit Wochen wie ein Leichentuch bedeckt hielt. Zum ersten Mal drang wieder Licht in unsere grauen Herzen, und so schlug ich Caterina vor, gemeinsam auszureiten, hinaus in den Park, den sie so liebt.

Die Beichte schien vergessen, Caterina strahlte. Als wir die starren, starken Mauern des Castellos hinter uns gelassen hatten, spannte sich plötzlich ein blaßblauer Himmel über uns. Das Eis, das die Pfützen am Boden bedeckte, knirschte unter den Hufen, der Atem der Pferde dampfte. Sehnsüchtig streckten die weitausladenden Bäume ihre Äste in den Himmel. An ihnen hingen noch Eiskristalle, sie schmolzen im Sonnenschein und glitzerten wie Glassplitter. Wir flogen durch den Park, flogen dem blassen Himmel entgegen, und als wir mit kalter Nase, aber warmem Herzen wieder zurückkehrten, befreit und gestärkt, da hoffte ich, daß Caterina nun bereit sei, sich dem Diener Gottes anzuvertrauen.

»Der Herr sei in deinem Herzen und auf deinen Lippen, damit du alle deine Sünden recht beichtest: Im Namen des Vaters und des Sohnes und des Heiligen Geistes. Amen.«

Während ich das Segenszeichen machte und mich ihr zubeugte, warf sie einen kurzen Blick auf mich, preßte dann hervor: »Ich kann nicht beichten.«

»Warum, mein Kind?«

»Wie konnte ER es zulassen, daß mein Vater ermordet wurde, daß Girolamo Olgiati sich so verwirren ließ – und dann sein schrecklicher Tod! Es gibt überall schlechte Menschen auf der Erde – warum tötet ein guter Menschen einen anderen, der ebenso gut war? Warum wurde nicht Onkel Lodovico ermordet?« Caterina hob noch immer nicht ihren Kopf.

»Versündige dich nicht. Außerdem war dein Vater der Herzog und nicht dein Onkel Lodovico.«

»Aber es ist einfach nicht gerecht. Gott ist nicht gerecht. Er verdient keine Menschen, die sich ihm anvertrauen, die sich sogar in Demut winden. Mein Vater war ein guter, gerechter Herrscher.«

Ich brauchte mich nicht zu wundern, daß die Empörung noch nicht überwunden war. War es mir damals anders ergangen? Wie lange haderte und grollte ich! Wie lange brauchte ich, bis ich mich mit dem Unabänderlichen abgefunden hatte!

Ich erwiderte ihr: »*Wie unbegreiflich sind Gottes Gerichte und unerforschlich seine Wege!* schreibt der Apostel Paulus an die Römer.«

Caterina starrte mich verständnislos an, weil ich in diesem Augenblick nicht in der Lage war, ihr eine Antwort auf die quälenden Fragen zu geben, und mich hinter einen Bibelspruch zurückzog. Dabei fühlte ich doch selbst die Ratlosigkeit vor der Ungerechtigkeit des Allmächtigen.

Caterina bedrängte mich: »Wo war Christus, der alle Sünden der Welt auf sich genommen hat? Und die liebende Maria, die Mutter Gottes, warum hat sie nicht ihre schützende Hand über meinen Vater und Girolamo gehalten? Wo blieben die Heiligen?«

Ich stellte mich ans Fenster, direkt in das sich abschwächende Sonnenlicht. »Du hast recht«, antwortete ich, zu meiner eigenen Überraschung, »sie lassen uns oft allein mit unseren Fragen, mit unserer Trauer, mit unserer Qual. Es gibt keine Gerechtigkeit hienieden.«

Ich spürte, daß ich wieder zurückgefallen war in die Zeit meiner Not. Vielleicht gab mir auch mein Mitgefühl mit Caterina, die meinem Herzen nahesteht wie eine Tochter, diese Worte ein. Der heilige Franciscus hat mich herausgeführt aus dem tiefdunklen Tal, das ich durchschreiten mußte, er gab mir Demut und die Fähigkeit zu leiden – und doch, es gibt Momente, in denen das Unvergeßliche unabweisbar wird und mich wieder überwältigt.

»Ich möchte nicht warten bis nach meinem Tod ... nach Fegefeuer und Jüngstem Gericht ... Mein Vater hat immer gesagt: Gerechtigkeit ist die höchste Tugend des Fürsten.«

Caterina war aufgestanden und hatte sich neben mich gestellt. Ich schloß die Augen und ließ langsam die Knoten meiner Gürtelschnur durch die Hände gleiten. Caterina war mir so nah wie lange nicht, und ich legte ihr den Arm auf die Schulter. Sie schlang ihre Arme um mich, versteckte ihr Gesicht in meiner Kutte.

Tränen traten mir in die Augen. Ich versuchte, sie zu unterdrücken, Caterina sollte sie nicht sehen, aber plötzlich hob sie den Kopf, blickte mich an, ergriff meine Hand und flüsterte: »Was hast du?«

Ich schüttelte den Kopf, sagte dann zögernd: »Ich war nicht immer Mönch.«

Sie sah mich erwartungsvoll an.

»Bevor ich das Gelübde ablegte, war ich Soldat – im Dienste deines Großvaters.«

Ich preßte die Knoten meines Gürtels, bis sie mich schmerzten.

»Ich war sogar verheiratet. Hatte eine junge Frau – eine ehemalige Kammerfrau deiner Großmutter – und ein Kind. Ein Mädchen.«

Meine Stimme verlor ihren Halt, und ich brach mein Geständnis ab.

Caterina wartete geduldig. Als ich sie allein lassen wollte, hielt sie mich fest und zog mich wieder ans Fenster.

»Wie hieß das Mädchen?«

»Bianca Maria, wie deine Großmutter. Sie übernahm damals eine Patenschaft für das Kind.« Ich schüttelte den Kopf. »Aber es hat nichts geholfen. Auch meine Gebete halfen nichts, meine Kasteiungen, meine Gelübde, nie mehr Soldat zu sein, sie konnten sie nicht ins Leben zurückrufen. Ich war nicht in der Lage gewesen, Mutter und Kind zu beschützen. Im Gegenteil: Ich hatte sie auf den Weg geführt, der uns alle ein einfaches, aber glückliches und behütetes Leben versprechen sollte. Und gerade dieser Weg führte ins Verderben.«

Noch nie hatte ich Caterina einen so tiefen Blick in meine Vergangenheit werfen lassen. Ist das Geheimnis erst einmal ausgesprochen, kann es nicht wieder verschlossen werden. Schaue ich in Caterinas Augen, die wie Bernsteine funkeln, sehe ich immer Biancas Augen vor mir – so wie sie heute wären. Denn meine Kleine ist lediglich ein Jahr vor Caterina geboren, sie wären wie Schwestern.

»Kannst du mir erzählen, wie sie gestorben sind?« flüsterte Caterina.

Ich konnte es ihr nicht erzählen, nicht so kurz nach dem sinnlosen Tod unseres Herzogs. Wir alle denken zurück, jeder für sich, und gerade wenn man stark und ruhig sein muß, wie der sichere Hafen im Sturm der Trauer, dann mag der innere Aufruhr am größten sein. So ergeht es nicht nur mir, sondern gewiß auch Gian Antonio, der nun damit fertig werden muß, daß er den Herzog nicht hat beschützen können.

Auch er wird zurückdenken an den ersten nie überwundenen Verlust in seinem Leben, als er noch ein Kind war und zusehen mußte, wie seine Mutter ... Nein, ich mag die Worte nicht schreiben. Es ist, als wiederholten sie die Tat und erniedrigten das Opfer ein zweites

Mal. Er verlor seine Mutter, nicht weil sie starb, sondern weil sie verstoßen wurde. Noch heute sucht er sie. Seine Mutter ist die offene Wunde, die nie heilt.

Wir sind Brüder im Leid. Auch ich verlor meine Mutter. Und meine Mutter verlor mich. Der große Francesco nahm mich ihr weg. Vielleicht tat er recht daran. Er wollte mir den Platz geben, den ich in seinen Augen verdiente. Er wollte mein Glück.

Aber die Suche des Menschen nach Glück ist eitel. Erst wenn wir gänzlich den Anspruch auf unser persönliches Glück aufgegeben haben, werden wir frei, das Glück in Jesum Christum, unserem Heiland, zu finden. O Herr, gib uns die Stärke!

Ich lächelte Caterina an und nahm sie in den Arm. Heute war sie es, die mir die Beichte abgenommen hatte. Ich machte das Segenszeichen: *»In nomine Patris, et Filii, et Spiritus Sancti. Amen.«*

11. Kapitel

Fra Lauro hatte Caterina nach seinem Segen eilig verlassen. Sie blieb noch eine Weile in der Fensternische hocken, weil sie nach seinem Geständnis plötzlich einen anderen Beichtvater vor sich sah. Bisher hatte sie sich nie Gedanken gemacht um seine Herkunft, und er hatte immer den Kummer verborgen, den er in sich trug. Daß er einmal Soldat gewesen war – es brauchte sie nicht zu wundern, denn Fra Lauro war ein hochgewachsener schlanker Mann mit starkem Bartwuchs, und die Haare an den Rändern seiner Tonsur ringelten sich widerspenstig, als wollten sie sich nicht zufriedengeben mit ihrem zurechtgestutzten Schicksal.

Ein Diener riß sie aus ihren Gedanken. Sie müsse sofort, rief er, zum Vorsitzenden des herzoglichen Rats kommen. Caterina überlegte, ob sie sich so herumkommandieren lassen solle, war dann aber neugierig zu erfahren, was *il Moro* ihr mitzuteilen habe. Als sie in den Cortile trat und zu den Fenstern der Rocchetta emporschaute, stand er dort, hielt seinen Blick unbeweglich auf sie gerichtet. Neben ihm befand sich ein Würdenträger in Purpur, wahrscheinlich ein Mann aus Rom. Sie riß sich zusammen, winkte lächelnd, und die beiden Herren hoben knapp ihre Hand.

Ohne daß sie ihn hatte kommen sehen, stand Fra Lauro neben ihr. »Es ist soweit«, hörte sie ihn sagen.

»Was meinst du?«

»Du wirst in ein paar Wochen fünfzehn Jahre alt, das Eheversprechen soll eingelöst werden.«

Sie hätte es sich denken können und sich darauf einstellen müssen. Aber *il Moro* hatte ihr gegenüber bisher kein Wort verloren, daß er in Kontakt mit Riario getreten war, und ihr hatte der Römer nach dem Tod des Vaters nicht einmal geschrieben. Eine Beileidsbekundung aus Rom war eingetroffen, der Papst beschwor die Fortführung der Friedenspolitik – und Riario hatte sich in einem kurzen Zusatz seinem Onkel angeschlossen. Dies war alles, was sie durch Fra Lauro erfahren hatte.

Caterina spürte eine angespannte Neugier und gleichzeitig eine Erleichterung. Denn hier am Hof der Sforza fühlte sie sich nicht mehr wohl: Ihr Vater fehlte ihr. Die Stimmung war gedrückt, Mißtrauen und intrigante Bespitzelei waren an der Tagesordnung. Alle, die Brüder des Vaters bis hin zu den Dienern, schienen zu lügen. Selbst seine verwaisten Kinder stritten mehr als sonst. Bona war nervös, zog sich oft in ihr Zimmer oder gar in ihr Bett zurück und war nicht zu sprechen. Außerdem sah Caterina immer wieder die Dolche in Santo Stefano aufblitzen, sah ihren Vater in seinem Blut liegen und hörte den Todesschrei des gefolterten Girolamo. Es war, als würde er noch einmal in höchster Not nach ihr rufen.

Sie hob erneut ihren Blick zu dem Fenster, von dem die beiden Männer bewegungslos herabschauten. »Ich komme gleich«, rief sie und begab sich in den herzoglichen Palast, um ihre Stiefmutter aufzusuchen. Der Diener lief ihr nach, versuchte, sie am Ärmel festzuhalten: Ihr Onkel erwarte sie umgehend, aus Rom sei hoher Besuch eingetroffen …

Caterina schüttelte ihn mit einer unwilligen Geste ab.

Bona beriet sich mit dem grauhaarigen Kanzler Simonetta und einigen Ratsherren der Stadt. In hochgeschlossener Trauerkleidung, die Haare verschleiert und ohne Schmuck, sprang sie sofort auf, als Caterina ihren Empfangsraum betrat, und zog sie in das Vorzimmer.

»Hoher Besuch aus Rom«, sagte Bona mit gedämpfter

Stimme. »Wo warst du? Wir haben dich suchen lassen. Der Kardinallegat aus Rom hat sich bereits über deine Abwesenheit gewundert, und dein Onkel ist sehr unwillig.«

Caterina fuhr sich durch ihre Haare und richtete die Reitkleidung.

Durch die offen stehende Tür winkte Bona mit einem betont freundlichen Lächeln den Ratsherren zu, die tuschelnd ihre Köpfe zusammensteckten und sich dann ernst verbeugten. Bona hatte sich schon wieder Caterina zugewandt: »Lodovico will dich umgehend verheiraten. Er befürchtet«, sie dämpfte ihre Stimme noch mehr, »daß Girolamo Riario nicht mehr so interessiert an dir sein könnte, jetzt, nach dem Tod deines Vaters.« Ihre Augen zuckten plötzlich ängstlich hin und her. »Riario könnte sogar die Mitgift behalten, sagt Lodovico. Wenn der Papst Mailand nicht mehr für so einflußreich hält und eine Verbindung für verzichtbar … «

Caterina unterbrach sie: »Aber hat nicht der Papst geschrieben, er wolle eine Fortsetzung der Politik …«

Plötzlich öffnete sich die Tür, und Lodovico stand direkt vor ihnen. Bona schreckte auf, und auch Caterina wich unwillkürlich einen Schritt zur Seite. Sein anfangs finsteres Gesicht glättete sich, er reichte in einer gespielt galanten Bewegung Caterina die Hand und tat so, als bemerke er erst jetzt ihr verknittertes Reitkleid.

»So kannst du nicht unter die Augen Seiner Eminenz treten. Und schon gar nicht heiraten.«

»Heiraten?« unterbrach ihn Caterina. »Wo ist denn der Bräutigam?«

Der Onkel runzelte die Stirn. »Du läßt dich jetzt schön machen und ziehst eins der Kleider an, die dir der Riario geschenkt hat. Aber möglichst rasch, denn der hohe Herr aus Rom wartet. Dann kommst du herüber in die Rocchetta. Wir werden dich dort *per procura* vermählen. Bona«, er wandte sich nun an die Regentin, »deine Anwesenheit und die des jungen Herzogs sind ebenfalls erwünscht. Auch Simonetta sollte dabei sein. Anschließend eine Heilige Messe im kleinen Kreis in unserer Kapelle. Und schon bald, liebe Nichte«, er lächelte spöttisch, »wirst du mit großem Gefolge in deine kleine Grafschaft abreisen und, so stellt es sich dein zukünftiger Ehegemahl vor, dich als Landesherrin präsentieren. Der Heilige Vater hat seinen geliebten Neffen zum *signore* von Imola ernannt. Du sollst ihn dort vertreten. Eine verantwortungsvolle Aufgabe für eine Fünfzehnjährige.« *Il Moro* lächelte nun regelrecht höhnisch. »Nachdem du mit deinem jungen Liebreiz alle für die neue Herrscherfamilie eingenommen und ein paar Geschenke verteilt hast, wirst du nach Rom weiterziehen, wo dich dein ungeduldiger Gatte empfangen wird und ihr dann offiziell und vom Heiligen Vater in einer prächtigen Zeremonie getraut werdet.«

»O Kind!« rief Bona gekünstelt aus. »Jetzt naht der große Augenblick im Leben einer Frau.«

Caterina zuckte mit den Schultern.

»Ich weiß, wie dir zumute sein muß.«

»Das weißt du nicht«, antwortete Caterina ärgerlich, denn sie wußte es selbst nicht genau. Und um Zeit zu gewinnen, äußerte Caterina den Wunsch, ihre Mutter um sich zu haben. »Sie kann mich beraten, wenn ich angekleidet werde.«

Il Moro machte eine unwillige Geste. »Wenn es sein muß, aber beeilt euch«, schnarrte er und wandte sich Bona zu. »Kümmere dich um Caterina, die Landriani kann dir helfen, sie hat sicher einige Erfahrung.« Er grinste anzüglich. » Auf jeden Fall darf unsere älteste Bastardtochter nicht aussehen wie ein Zigeunermädchen. Seine Eminenz soll einen guten Eindruck gewinnen.«

Ohne ein weiteres Wort zu verlieren, begrüßte Lodovico nun mit einer großen Geste Cecco Simonetta und die Ratsherren, die mit neugierigen Blicken und gespitzten Ohren im Empfangssaal gewartet hatten, entließ die Ratsherren und geleitete den Kanzler zur Rocchetta, in der die Zeremonie stattfinden sollte.

Kaum waren die Herren verschwunden, gewann Bona ihre Sicherheit zurück. Sie schickte nach Signora Landriani und rief Rosaria und die eigenen Kammerfrauen zusammen. Zuerst wurden Caterinas Haare gründlich nach Läusen abgesucht. Als das Wasser in ausreichenden Mengen zu sieden begann, füllten die Mädchen den großen Badezuber, und Caterina durfte hineinsteigen. Rosaria wusch Haare und Körper mit einer nach Nelken duftenden Seife, während eine der Kammerfrauen ihre Nägel schnitt und feilte. Anschließend wurde Caterina abgetrocknet.

Inzwischen war auch ihre Mutter, leicht erhitzt und gerötet, erschienen, hatte sie umarmt und diskutierte nun mit Bona, welches die richtige Duftmischung für eine Noch-Jungfrau sei.

»Bereits Horaz schwärmte vom zarten Narzissenduft«, erklärte die Herzogin und zitierte den Dichter: »Es duftet erblühend die Jungfrau wie eine weiße Narzisse.«

Caterinas Mutter nickte und schüttelte dann, plötzlich skeptisch geworden, den Kopf: »Wir sollten ein wenig Veilchen hinzutun.« Sie spritzte ein paar Tropfen des Duftwassers auf Caterinas Haut und roch daran. »Und Jasmin. Seiner Süße widersteht niemand.« Sie ergriff ihren Arm und ließ ihn einreiben. »O Jasmin, ich liebe Jasmin!«

»Wir sollten nicht zuviel des Guten tun«, wandte Bona ein. »Heute soll unsere Tochter lediglich den Kardinal überzeugen, damit er einen günstigen Eindruck von ihr nach Rom übermitteln kann. Überzeugen, nicht verführen.«

»Ein schöner Duft wirkt Wunder«, erwiderte die Mutter, »das habe ich bei Galeazzo erleben dürfen.« Kaum hatte sie den Namen von Caterinas Vater ausgesprochen, unterbrach sie sich erschrocken, verschloß mit der Hand ihren Mund. »Oh, entschuldigt, Duchessa, ich wollte Euch nicht verletzen.«

Bona traten kurz Tränen in die Augen; sie ging jedoch auf die Bemerkung der Mutter nicht ein.

Caterina begann zu frieren und ließ sich ein großes Badetuch über die Schultern legen. »Wie wäre es mit einem Schuß Rosenduft?« fragte sie. »Schließlich führen die Riari doch eine Rose in ihrem Wappen.«

Die beiden Frauen schauten sie erstaunt an.

»Nein, ich bleibe bei meinen Veilchen, mit einer unauffälligen Beimischung von Jasmin«, erklärte die Mutter. »Jungfräulich mußt du riechen, mein Kind, noch erwartet dich kein Brautgemach, und Seine Eminenz sollte auf keine falschen Gedanken verfallen.«

»Wie meint Ihr das?« fuhr Bona sie an, und die beiden Frauen begannen erneut, diesmal heftiger, über die Vorzüge der verschiedenen Pflanzendüfte und ihre mögliche Wirkung auf den apostolischen Kardinallegaten zu diskutieren.

Caterina prüfte nun selbst die Mischung der Duftnoten und

wies Rosaria an, sie mit Jasmin zu betupfen und sie schließlich dünn mit Rosensalbe einzureiben. Sie ließ den großen Spiegel richtig stellen und betrachtete ihren eigenen Körper, der nun unausweichlich in den Stand der Ehe geführt werden sollte. Bona und ihre Mutter tauschten, inzwischen wieder ohne Spitzen und beleidigte Untertöne, die Erfahrungen mit tierischen Wohlgerüchen aus. Caterina kam das hochgewachsene Mädchen, das vor ihr stand, fremd vor. Sie verzog ihr Gesicht zu ein paar Grimassen und streckte sich dann die Zunge heraus. Die Kammermädchen kicherten.

»Wir sollten uns beeilen«, rief ihr Bona zu, aber inzwischen hatten die beiden Frauen das Thema ihrer Diskussion auf Schönheitsmittel allgemein ausgedehnt. Sie waren sich einig, daß Kamille zum Bleichen der Haare weniger wirksam sei als Aschendestillat aus entrindeter Buche, das gegen Falten wenig helfe, Eberfett die Haut allerdings geschmeidig erhalte. Dann senkten sie ihre Stimme und erörterten die Frage, ob Ambradüfte oder doch eher Räucherstäbchen aus Aloëholz als Aphrodisiakum zu empfehlen seien.

Caterina hatte zwar bereits von dem Wort *Aphrodisiakum* gehört, aber seine Wirkung konnte sie sich nur sehr ungefähr vorstellen. Als Girolamo sie küßte, hatte sie ein starkes Sehnen, Ziehen und Kribbeln gespürt – vielleicht wirkte ein Aphrodisiakum ähnlich?

Rosaria lächelte, als sie sich so prüfend im Spiegel betrachtete. »Ihr seid schön, Herrin«, flüsterte sie.

»Ach, du dumme Schmeichlerin«, flüsterte Caterina zurück, fand aber, daß Rosaria so unrecht nicht habe. Schöner als Bona war sie auf jeden Fall. Ihr Hals war schlank, ihre Augen blickten geheimnisvoll, mit diesen dunklen Stellen inmitten der Bernsteinfarbe, und ihre Stirn wölbte sich glatt und hoch. Leider war ihre Brust nicht sehr üppig, auch wenn sie während des letzten Jahres an Umfang gewonnen hatte. Am Sforza-Hof gab es so viele Ausschnitte zu sehen, aus denen förmlich die Rundungen quollen, daß sie sich fast unweiblich dürr wähnte. Auch die Ammen und manche der Dienerinnen füllten voller Stolz ihre *camicette* mit schwingenden und wogenden Inhalten. Sie brauchte nur an Rosaria zu denken. Dafür ritten sie auch nicht so häufig und so gut wie sie. Beim Reiten störte eine üppige Brust, beim Fechten nicht minder. Fechten galt ohnehin als unweiblich, so etwas tat eine Edelfrau nicht. Dabei machte es ihr großen Spaß. Mindestens ebenso wie Bogenschießen, *pallacorda*, Hammerball oder Tanzen.

Caterina bemerkte, daß ihre Mütter schon eine Weile schwiegen. Sie drehte sich nach ihnen um und sah, daß die beiden sie beobachteten. Eine leichte Röte zog über ihr Gesicht.

Bona lächelte verständnisvoll.

»Lange, fast blonde Haare«, erklärte sie, erneut an die Mutter gewandt, »die hat sie von Euch, Lucrezia. Riario wird sie mögen.«

»Die Römerinnen dürften vor Neid gelb werden.«

»Erblonden, liebe Lukrezia, *blondieren*.«

Die Mutter schaute Bona verständnislos an. Bona zog die Augenbrauen hoch und lachte spöttisch.

Dann wurde Caterina ein seidenes Unterkleid übergezogen, anschließend die blutrote Samtrobe gereicht. Zum Schluß legte man ihr noch das ärmellose schwarze Überkleid an. Bevor Caterina es zum ersten Mal trug – noch zu Lebzeiten ihres Vaters –, war auf die Goldnähte beider Schultern ein rechteckiger Rubin genäht worden, an dem eine tropfenförmige Perle hing. Ein ähnlicher Rubin mit Perle, diesmal aber ein langgezogener, wurde ihr nun auf den halbgeschlossenen Ausschnitt genäht. Die Haare wurden unter ein Goldnetz mit großen Maschen gesteckt und zusätzlich durch ein Stirnband gehalten. Auch auf dieses Stirnband war alle Handbreit ein Rubin genäht. Ein Perlenhalsband betonte Caterinas schlanken Hals. Die Lippen wurden mit zartem Rot geschminkt, die Augenbrauen leicht ausgezupft.

»Ist sie nicht schön, meine Tochter!« rief die Mutter aus.

»Keinen weiteren Schmuck mehr. So kommt ihre jungfräuliche Unschuld am besten zur Geltung. Perlen und Rubine, roter und schwarzer Samt, Goldfäden, die nicht schwer und protzig wirken – ach Gott, könnte ich noch einmal so jung sein!« Bona seufzte und gab Caterina einen Kuß auf die Wange. Die Mutter tat es ihr nach.

»Warum müssen wir Frauen so rasch altern und uns im Kindbett verschleißen. Dies hat der Schöpfer nicht gerecht eingerichtet.« Sie begutachtete Caterina von allen Seiten, strich eine Falte glatt und roch noch einmal an ihr. »Seine Eminenz wird zufrieden sein, und Riario kann sich freuen.« Sie seufzte erneut. »Warum konnte unser Galeazzo sie nicht persönlich seinem Schwiegersohn übergeben. Er wäre so stolz auf unsere älteste Tochter.«

»*Meine* älteste Tochter«, verbesserte sie die Mutter und warf einen besitzergreifenden Blick auf Caterina.

Bona schaute erstaunt auf, schwieg jedoch. Caterina schämte sie sich für die Bemerkung ihrer Mutter und umarmte Bona, die die Umarmung erwiderte.

Dann begaben sich die drei Frauen, gefolgt von einem Teil des Hofstaats, zur Rocchetta, wo die Hochzeitsgesellschaft bereits wartete. Da der Erzbischof von Mailand krank im Bett lag, sein Stellvertreter ebenfalls, sollte Fra Lauro als Beichtvater der Sforza den christlichen Teil der Trauung *per procura* vollziehen.

Caterina betrat den Empfangssaal der Rocchetta. Stimmengewirr, neugiere Augen, ein allgemeines Raunen. Sie schritt möglichst vornehm und gemessen vor ihren beiden Müttern auf Onkel Lodovico zu, neben dem ein schwergewichtiger Kardinal mißgelaunt schwitzte. Caterina deutete eine Verbeugung an, der Kardinal nickte. Seine Augen lagen kalt, fast ausdruckslos auf ihr. Caterina fühlte sich abgelehnt, ja zurückgestoßen und dachte einen Augenblick daran, so nahe an ihn heranzutreten, daß zumindest ihr wunderbarer Duft ihn erreichen mußte, aber dann spürte sie einen derartigen Widerwillen vor diesem ältlichen Kardinal, daß sie einen Schritt zurücktrat.

Die Heiratsverträge wurden von einem Notar verlesen und dann unterzeichnet. Fra Lauro sprach die Vermählungsformel, dem päpstlichen Legaten wurde auf einem Samtkissen ein Ring gereicht, den er Caterina anstecken sollte. Er winkte sie mit einer knappen Handbewegung zu sich. Sie rührte sich jedoch nicht von der Stelle, bis Bona sie zu dem Kardinal hinschob. Wurstige Finger nahmen den Ring, Caterina reichte ihre Hand. Während der Ring über ihren Finger glitt, traf sie plötzlich der Geruch des Kardinals: Etwas Süßlich-Blumiges umfing sie, durchmischt mit einem Hauch von ranzigem Hammelfett und Kampfer. Caterina kräuselte die Nase und starrte auf den Ring, dessen Sitz der Kardinal umständlich prüfte. Sie schaute in sein Gesicht und begegnete seinem Blick. Erschrocken stellte sie fest, daß in seinen Augen eine unverhohlene Gier aufglomm. Hastig entzog sie ihm ihre Hand, trat einen Schritt zurück, lächelte und verbeugte sich. Die Anwesenden spendeten Beifall, die Kinder umtanzten sie und riefen »Caterina, Caterina!«. Onkel Lodovico schaute stolz, weil einer der Anwesenden »*Moro, Moro!*« gerufen hatte.

Caterina wurde umarmt und geküßt, von ihren Müttern und Geschwistern, von den Onkel und Tanten, von Kanzler Simonetta, dann auch von den anwesenden Mitgliedern des Hofs sowie der Dienerschaft. Es hörte nicht auf. Schließlich erschien auch, angeführt von Gian Antonio Ghetti, eine Abordnung der Milizionäre und Veteranen. Man konnte gerade noch verhindern, daß sie die Braut in ihrem kostbaren Gewand in die Luft warfen.

Die Spannung war gewichen, der Beifall und all die Glückwünsche versetzten Caterina in einen freudestrahlenden Rausch. Sie fiel abwechselnd Bona und ihrer Mutter um den Hals, dann Rosaria und schließlich sogar Ghetti, der neben dem Kammermädchen stand. Als sie sich lachend von ihm löste, entdeckte sie Fra Lauro im Hintergrund. Sie küßte ihn auf beide Wangen, dann kamen ihr die Tränen. Heute morgen war sie noch mit ihrem Beichtvater ausgeritten, nun war sie bereits offiziell verheiratet. Und wenn sie zurückdachte: vor drei Monaten lebte ihr Vater noch, und auch Girolamo …

Fra Lauro strich ihr über den Rücken und reichte sie an Bona. Ihre Mutter drängte sich hinzu. Beide Frauen weinten ebenfalls. Selbst Onkel Lodovico wirkte gerührt und tätschelte ihr die Schulter. Ihr Bruder Carlo, der aus Frankreich zurückgerufen worden war, stand stumm dabei und wußte nicht, was er tun sollte. Kanzler Simonetta hatte sich mit dem Kardinallegaten abgewandt und wärmte sich die Hände vor dem Kamin. Rosaria hatte sich an Ghettis breite Gestalt gelehnt und lächelte.

Caterina begriff nun, daß sie kein kleines, wildes Mädchen mehr sein durfte. Sie war nun eine Gräfin und eine zukünftige *signora*. Wenn auch lediglich von zwei unbedeutenden Städten und einem kleinen Land.

Als Wein und Platten mit Pasteten, Geflügelhäppchen, Obst und Süßigkeiten gereicht wurden und sie sich zum Fenster begab, um ein wenig frische Luft zu schnappen, stieß sie erneut auf ihren Beichtvater, der, von der Gesellschaft abgewandt, sich mit Ghetti unterhielt. Caterina drängte sich zwischen die beiden Männer, nahm Fra Lauros Hand, ergriff auch Ghettis schwielige Pranke und zog sie an ihre Brust: »Ihr beide müßt bei mir bleiben, ein Leben lang, versprecht es mir!«

Fra Lauro schaute sie ernst an und schwieg. Ghetti lächelte.

»Ihr seid mein Leib- und mein Seelenwächter. Ihr müßt mich behüten auf allen meinen Wegen«, flüsterte sie.

Nun huschte auch ein Lächeln über Fra Lauros Lippen.

TEIL II

Das Erwachen der Amazone

12. Kapitel

Zum ersten Mal in ihrem Leben reiste Caterina ohne ihre Familie. Aber sie reiste nicht allein: Weit über hundert Personen begleiteten sie, dreißig Maulesel trugen die Lasten, die Hufe von achtzig Pferden wirbelten Staub auf. Angeführt wurde der Zug von zwei Trompetern, und zu ihren Begleitern gehörten ein Bischof, der *governatore* und mehrere *nobili* von Imola. Ja, sie war diejenige, die die Trompeter ankündigten: Caterina Riario-Sforza, die junge Ehefrau des Papstneffen, verließ ihre Heimatstadt Mailand, um sich Imola als *signora* zu präsentieren und dann weiterzureisen nach Rom, wo ihr Gemahl bereits wartete und wo sie im Zentrum der weltumspannenden Kirche, in der Basilika San Pietro, vom Heiligen Vater noch einmal und ganz offiziell getraut werden sollte. Sie war soeben fünfzehn Jahre alt geworden und trat nun in die große Welt ein.

An diesem Apriltag 1477 hatte die Sonne früh den Nebel vertrieben. Die Sträucher standen im frischen Grün, Veilchen und Narzissen säumten die Straße. Caterina schaute zurück. Mailands Mauern und Türme erwiderten ausdruckslos ihren Blick. Niemand schien zu winken. Lediglich die weiß strahlenden Alpengipfel mit ihren Wolkenkrönchen schenkten ihr ein Abschiedslächeln.

Entschlossen wandte sich Caterina wieder der Straße zu, die sich, gesäumt von einer Pappelreihe, an einem Kanal entlangzog. Wie salutierende Soldaten standen die Bäume. Sie seufzte. Bona, ihre Mutter, die Geschwister – wann würde sie sie wiedersehen? Ihr Vater und Girolamo waren für immer verloren … Unwillig schüttelte Maestoso seine Mähne und wieherte. Er mahnte sie, ihre wehmütige Stimmung zu überwinden und sich auf das Neue zu freuen, das sie erwartete. In der Romagna und in Rom würde sie anderen liebenswerten Männern begegnen … Irgendwann schwände die Erinnerung … Schließlich war sie nicht allein: Fra Lauro, Gian Antonio Ghetti und auch Rosaria begleiteten sie.

Am Straßenrand standen einige Bauern, neben ihnen eine Gruppe Kaufleute und ein paar Scholaren, schauten neugierig, winkten sogar. Caterina winkte zurück und lächelte. Ihre Untertanen und auch die Römer würden sie lieben …

Am ersten Mai näherte sie sich den Toren von Imola. Die Sonne warf ein weiches Licht auf die geschmückten Mauern der Stadt. Nun mußte alles für eine würdige Ankunft vorbereitet werden. Caterina legte ihr Kleid aus Goldbrokat an, streifte die mit Spitze besetzten und mit Lavendelbalsam parfümierten Seidenhandschuhe über und schmückte ihren langen Hals mit der Kette, die ihr Ehemann ihr geschenkt hatte. Der *podestà* schritt ihr entgegen, verbeugte sich und überreichte ihr den Schlüssel der Stadt. Überall Banner an den Häusern, die Schlange der Sforza, die Rose der Riari, Teppiche hingen in den Fenstern. Trompetengeschmettere und Trommelwirbel begleiteten sie. Neugierige, fröhliche Menschen säumten den Rand der engen Straßen und winkten von den Balkonen und Loggien. Die Stadt hatte zwar ihr bestes Kleid angelegt, dennoch wirkte sie ein wenig ärmlich, ja schäbig. Aber welche Stadt konnte sich schon mit Mailand messen!

Vor dem Rathaus begrüßten sie die Frauen der *nobili* und die Vertreter des Magistrats, anschließend wurde sie zu dem Palast der Riari, *ihrem* Palast, geführt. Die Bodenfliesen waren mit Teppichen bedeckt, die Wände mit weißen Damast ausgeschlagen, duftende Wachskerzen brannten, auf den Kredenzen glänzten Silberschüsseln.

Einen Augenblick durfte sie sich ausruhen, Kleid und Haare von Rosaria richten lassen. Sie seufzte und strahlte gleichzeitig. Ihr Herz schlug viel zu rasch. Auch Rosaria strahlte. Ghetti schaute kurz ins Zimmer und fragte, ob alles in Ordnung sei. Sie nickte.

Es folgte das Festmahl. Caterina spürte plötzlich, wie hungrig sie war, und achtete kaum auf die kunstvolle Herrichtung der Speisen. Zwischendurch trugen Kinder Gedichte vor, drei Musikanten spielten eine volkstümliche Weise. Immer wieder fühlte Caterina die forschenden Blicke der Anwesenden auf sich gerichtet. Sie war sicher die jüngste in diesem Raum – und doch die Herrscherin der Stadt. Sie lächelte, lauschte, sprach und spielte, wie sie fand, ganz bravourös die junge Herrin.

Als sie in tiefer Nacht endlich das schwere Brokatkleid ablegen durfte, erfrischte sie ihre Wangen mit kühlem Zitronenwasser, und während Rosaria ihre Haare auskämmte, schrieb sie noch rasch einen Brief an Bona: »Ich bin so glücklich! Es ist, als wenn selbst die Steine sich über mein Kommen freuten.«

Am nächsten Morgen wurde Caterina vom Lärm des Markts geweckt. Als sie erfuhr, daß die Bauern ihr als ehrerbietigen Willkommensgruß Fleisch und Gemüse, Früchte und Wachs überreichen wollten, eilte sie nach draußen und mischte sich unter die Menge. Sie schüttelte Hände und strich den Kindern über den Kopf.

Später ließ sie sich zur Rocca führen. Der neue Kastellan, Tommaso Feo aus Savona, ein Vertrauter ihres Gemahls, geleitete sie in den Großen Saal und erkundigte sich, was sie sehen wolle. Sie ließ sich über die Wehrgänge führen und hinunter in die Verliese, ließ sich die Vorratslager zeigen, die Geschütze und die Unterkünfte der Soldaten. Sie stellte sogar fest, daß die Rocca an einigen Stellen ausgebessert werden müsse, da die Mauern in diesem Zustand einer Kanonade kaum standhalten könnten, und berichtete dem spöttisch lächelnden Kastellan von dem uneinnehmbaren Castello der Sforza in Mailand.

Auch die folgenden Tage ließen Caterina kaum zur Ruhe kommen. Die wichtigsten Familien der Stadt luden sie ein, und alle erklärten, wie glücklich sie über den neuen Herrn seien und insbesondere über die charmante und schöne Herrin, daß in Forlì zwar noch die Ordelaffi herrschten, aber gewiß nicht mehr lange, weil *signore* Girolamo Riario, der Graf von Bosco, ja auch dort die Herrschaft übernehmen sollte. Caterina hörte erneut, daß Imola und Forlì kein zusammenhängendes Gebiet bildeten, sondern zwischen ihnen Faënza liege, in dem die Manfredi herrschten, keine schlechte Familie, im Gegensatz zu den Ordelaffi, die verschlagen und heimtückisch seien und noch nicht einmal vor Mord zurückschreckten. Vor den Ordelaffi müsse die junge *signora* sich stets in acht nehmen.

Caterina nickte leicht ermüdet. In den letzten Tagen war so vieles auf sie eingestürzt, sie hatte so viele neue Gesichter gesehen und Menschen kennengelernt, daß sie sich kaum noch die

Namen merken konnte. Alle waren freundlich zu ihr, doch hörten sie nicht auf, ihre neue *signora* aufzuklären, ja, zu belehren über die Verhältnisse und Sitten in der Romagna.

Inzwischen sehnte sich Caterina danach, weiter nach Rom zu reisen, um endlich mit ihrem Gemahl zusammenzutreffen. Aber Girolamo Riario schien an ihrem Kommen nicht interessiert zu sein. In einer blumigen Botschaft teilte er ihr mit, Rom sei zur Zeit sehr unruhig, außerdem herrsche eine krankmachende Hitzewelle in der Stadt. Sie möge noch eine Weile in Imola ausharren.

Caterina war wütend. Warten, immer nur warten! Die Ehrendamen der Stadt mit ihrem Geschwätz über Brokatkleider, Perlenketten und faule Mägde sowie ihren zunehmend intriganten Seitenhieben gingen ihr inzwischen auf die Nerven. Gerne hätte sie die Rocca noch einmal besichtigt, aber der Kastellan zeigte sich plötzlich wenig entgegenkommend. Sie wußte ja, was an dem Castello in Mailand geändert worden war, sie hatte oft genug dabeigesessen, wenn ihr Vater mit Filarete, dem Architekten, sich beriet – aber Feo, der Kastellan, hielt sie anscheinend für ein dummes kleines Mädchen, das vielleicht von Latein etwas verstand, aber nichts vom Festungsbau. Dabei beherrschte sie Latein nur unzureichend, während sie sich als zukünftige Herrin von Imola sehr wohl für die Gebäude interessierte, die ihrer und der Stadt Sicherheit dienen sollten!

Nach vierzehn Tagen Aufenthalt in Imola ertrug sie das Warten nicht mehr. Ihr Gemahl schien noch immer wenig daran interessiert zu sein, sie in seine Arme zu schließen, dem Heiligen Vater vorzustellen und in die römische Gesellschaft einzuführen. Die Hitzewelle war doch lediglich ein Vorwand! Hitzewellen gab es jedes Jahr. Und die Unruhen auf den Straßen? Seit Jahren wußte sie, daß es in Rom gewalttätiger zuging als in Mailand. Vermutlich konnte sich ihr Girolamo Riario nur nicht von seiner Konkubine trennen ... Den Klatschbasen von Imola war eine Bemerkung über einen Sohn herausgerutscht, über einen gewissen Scipione. Auch wenn sofort mit verdrehten Augen und gespitzten Lippen das Thema gewechselt wurde, hatte Caterina natürlich längst verstanden, was sie verstehen sollte. Kurz: Wenn Girolamo Riario seine junge Gattin nicht abholte, noch nicht einmal zu sich rief, dann ritt sie auch ohne Ruf los!

Genauso tat sie es.

Caterina schickte Boten voraus, um ihre Ankunft anzukündigen, und überquerte den Apennin auf windungsreichen Wegen. Nach siebzehn Tage näherte sie sich der Ewigen Stadt. Von Tag zu Tag wurde sie fröhlicher. Sie stand früh auf und sang sogar, während Maestoso unter ihr unruhig tänzelte. Ihr Musiklehrer hätte seine Freude an ihr gehabt. Fra Lauro und Ghetti tauschten Blicke aus, Rosaria lächelte. Anschließend rezitierte sie laut und vernehmlich: »Meine Schwester, liebe Braut, du bist ein verschlossener Garten, eine verschlossene Quelle, ein versiegelter Born.«

Bald nicht mehr! Und bald war auch das Ewige Rom kein versiegelter Born mehr. Die Hauptstadt der Welt würde ihr zu Füßen liegen.

Natürlich dachte sie, während sie sich der Heiligen Stadt näherte, an die sie erwartende erste Nacht mit dem Römer. Die *dritte* Nacht, um genau zu sein. Die erste *richtige*. *Con copula*. Und sie wußte nicht, ob sie dieser Nacht mit einer gewissen neugierigen Freude entgegensehen sollte oder mit ängstlicher Anspannung.

Dann war es soweit.

In Castelnuovo hieß sie der Bischof von Parma als Abgesandter des Vatikans und zugleich als Vertreter Mailands am Heiligen Stuhl willkommen. Er bereitete sie darauf vor, daß am nächsten Tag, kurz vor dem Ponte Molle, ihr Gemahl sie begrüßen werde.

Für kurze Zeit verlor Caterina ihre fröhliche Laune, aber dann machte sie erneut gute Miene zum Wartespiel. Während der Nacht schlief sie schlecht. Um sie herum hörte sie Männer schnarchen und seltsame Vögel rufen. Wirre Träume von staubigen Wegen und Toten im Straßengraben verfolgten sie. Sehr früh befahl sie den Aufbruch.

Dann war es wirklich soweit.

Im Schatten knorriger Steineichen empfing sie Girolamo Riario, mit einem großen Federbusch auf dem Kopf, umgeben von einem zahlreichen Gefolge. Als sie vom Pferd stieg, durchzuckte sie die Erkenntnis, daß dieser ihr so völlig fremde Mann sie wie Jason in ein fremdes Land, in ein unglückliches Leben führen könnte. Aber er sah vornehm aus mit seinem Federbusch.

Obwohl er versuchte, sich würdevoll zu bewegen, wirkte er müde! Er mußte doppelt so alt sein wie sie. Daran war nichts Besonderes, und doch ... Der schwarze Samt seines kurzen Wamses war von feinster Qualität, die Ärmel aus Atlasseide schimmerten matt, und seine Sporen mußten aus Gold sein! Auch sie war heute in ihrem Brokatkleid geritten – auf einem Damensattel! –, hatte unangenehm geschwitzt, warf nun den eingestaubten Umhang Rosaria in die Arme und verbeugte sich tief. Ihr Mann verbeugte sich ebenfalls, reichte ihr förmlich die Hand und gab ihr dann, ebenso förmlich, einen Kuß auf die Wange. Er roch wieder süßlich. Seine Haut kratzte, vielleicht hatte er sich nicht rasiert. Sie merkte selbst, daß sie sich wie eine Marionette bewegte, staksig, eckig. Warum konnte sie nicht lachen? Warum freute sie sich nicht?

Riario richtete sich auf und begann, sie mit wohlgesetzten Worten willkommen zu heißen, als wäre sie irgendeine offizielle Botschafterin Mailands. Sein Blick glitt unruhig über sie, aber er schaute ihr nie in die Augen. Dann plötzlich endete seine Rede, und alle sahen sie an. Ihr Mund war trocken. Ihr Vater hätte sie in einer solchen Situation einfach in die Arme genommen. Sie begann stotternd seine Begrüßungsworte zu erwidern. Aber weil sie stotterte, wurde sie wütend, und weil sie wütend wurde, begann sie laut zu werden. Fra Lauro flüsterte ihr ins Ohr: »In großer Freude trete ich meinem tugendreichen Gemahl aus der hochwohlgeborenen Familie Riario entgegen ...«

Sie schaute Fra Lauro erstaunt an. Sollte sie wirklich dieses hochgestochene Gefasel von sich geben? Sie leckte sich die trockenen Lippen und merkte, daß ihre eigenen Sätze sich nun von selbst einstellten und längst nicht so gestelzt klangen. Zum Schluß ihrer Rede wünschte sie sich den Segen des Heiligen Vaters, die Vergebung ihrer Sünden und eine fruchtbare Ehe. Weil sie dachte, ein Zitat aus der Bibel könne nie falsch sein, endete sie mit Worten aus dem 45. Psalm, den ihr Fra Lauro vor kurzem zu lesen anempfohlen hatte: »Ich will deinen Namen kund machen von Kind zu Kindeskind; darum werden dir danken die Völker immer und ewig.«

Riario lüftete kurz seinen Federhut und wischte sich den Schweiß von der Stirn.

Zum Glück sollten keine weiteren Reden gehalten werden.

Das Ehepaar Riario werde, so hieß es, am Monte Mario, in der Villa des Kardinals von Urbino, erwartet. Die Trompeter bliesen zum Aufbruch, und erneut schleppte sich die Truppe durch die Hitze der staubtrockenen Straße. Caterina ritt neben ihrem schweigsamen Gemahl. Alle Viertelmeile begrüßten sie ein Prälat oder ein Mitglied der *famiglia* Riario, Würdenträger der Stadt, sogar der Präfekt Roms selbst, ein Vetter von Girolamo, und schließlich verbeugten sich vor ihnen die Gesandten Spaniens und Neapels. Riario hob lässig die Hand, und Caterina winkte freundlich. Trotz der Hitze und des Dursts, die sie quälten, trotz des Staubs, der in ihren Augen brannte, und trotz eines müde dahintrottenden Maestoso schwebte sie auf Wolken. Rom begrüßte sie wie eine Königin! Riario mußte also in der Ewigen Stadt die Rolle des ersten Prinzen einnehmen.

In der Villa auf dem Monte Mario durfte Caterina ein kühles Bad nehmen und ihr Kleid wechseln. Schließlich speiste das Ehepaar Riario unter vier Augen in einem reich mit den Wappen der Familien dekorierten Raum, der direkt an Caterinas Schlafzimmer grenzte. Das Empfangskomitee aus Rom und ihre Mailänder Begleitung aßen und zechten unüberhörbar im Großen Saal, das junge Paar sollte offensichtlich nicht gestört werden am ersten Tag seiner ehelichen Begegnung.

Caterina konnte vor Aufregung kaum etwas essen und pickte sich lediglich ein paar Oliven und magere Hühnerbrüstchen aus dem reichhaltigen Angebot des Empfangsmahls heraus. Noch nicht einmal den Pudding rührte sie an und verschmähte auch jegliches Konfekt. Sie trank viel Wasser und mehr Wein, als sie gewöhnt war. Riario aß und trank kräftig, aber schweigsam. Dann stöhnte er über die Hitze, beklagte die Zustände auf Roms Straßen und fütterte seinen Hund, der bettelnd neben ihm stand. Er kraulte ihn hinter den Ohren, ließ sich von ihm ablecken, lachte unvermittelt, streifte Caterina mit einem kurzen Blick und schob sich Mandelkonfekt in den Mund.

»Ich habe es nicht länger in Imola ausgehalten«, erklärte Caterina schließlich, »ich wollte Euch sehen.« Sie korrigierte sich. »Dich sehen. Aber es war schön in Imola. Alle haben mich umschwärmt.«

»Ach ja«, sagte Riario.

»Ich freue mich, in Rom zu sein.« Sie schaute kurz auf, aber da ihr Gemahl die Wandteppiche zu studieren schien, senkte sie ihren Blick wieder.

»Wie schön«, sagte er.

Erneutes Schweigen. Sie wußte auch nicht mehr, was sie reden sollte.

Plötzlich starrte er sie an, verzog dann seinen Mund zu einem Lächeln. »Ich habe ein schönes Geschenk für dich, kriegst du später.«

»Danke«, sagte sie lächelnd.

Seine Gesichtszüge verfinsterten sich wieder, während er ein Stück Brot zwischen seinen Fingern zerbröselte. »Vor kurzem hat man auf mich ein Attentat verübt. Das ist Rom. Die Stadt ist verrottet. Die Menschen sind zerfressen von Neid und Mißgunst. Wirst du noch merken.«

Caterina schaute ihn erschrocken an. Sie erwartete einen genaueren Bericht, aber Riario starrte auf seinen Teller. Nach einer Weile sprang er auf. »Ich muß ins Bett. Vorher kriegst du noch dein Geschenk.«

Er ließ sich eine Tasche reichen und holte eine kleine Schatulle heraus, gab ihr einen Wink, hinüber ins Schlafzimmer zu gehen und sich auf ihr Bett zu setzen. Caterina wurde es heiß.

»Ich bin kein Mann der süßen Worte, wie mein Bruder Piero es war, der Liebling meiner Eltern und meines Onkels«, sagte er mit belegter Stimme. Langsam öffnete er die Schatulle. »Hier, für deinen ... Schwanenhals.« Ihr schimmerte ein mehrfach gelegtes Halsband aus Perlen und Edelsteinen entgegen.

Caterina wußte nicht, was sie sagen sollte, preßte schließlich »O Girolamo!« heraus.

Er legte es ihr um und betrachtete sie mit stolzer Selbstzufriedenheit.

Sollte sie ihm jetzt um den Hals fallen? Oder die Wange küssen? Mußte sie Rosaria rufen, damit sie ihr beim Auskleiden helfe? Oder würde er ohne viel Federlesens über sie herfallen, ihr das Brokatkleid vom Leib reißen und die Ehe vollziehen?

Er reichte ihr einen Spiegel und bemerkte: »Es hat fünftausend Dukaten gekostet. Jeder soll sehen, daß du nicht die Frau eines Schreibers oder Bauern bist.«

Es war wirklich ein schönes Halsband.

»Wenn ich mal aus dem Tiber gefischt werde, kannst du es versetzen und davon ganz gut leben«, fuhr er sachlich fort und ließ die Perlen durch seine Finger gleiten. Seine Knöchel berührten ihre Haut. Sofort richteten sich alle ihre Härchen auf. Dann glitten seine Finger sogar über ihren Ausschnitt, und er betrachtete mit leicht spöttischem Lächeln ihren Busen.

»Er ist inzwischen gewachsen«, sagte sie hastig, um einer weiteren unpassenden Bemerkung seinerseits zuvorzukommen.

»Kann man sagen.« Er verzog seinen Mund, als würde er sich anerkennend über ein Rassepferd äußern.

»Aber die Größe ist nicht entscheidend«, sagte sie nun nicht ohne Spott in der Stimme. Gleich würde er sie an sich reißen oder sie aufs Bett werfen …

»Ich muß jetzt gehen«, sagte er, »morgen erwartet uns ein anstrengender Tag. Außerdem werden wir ja erst nach dem päpstlichen Segen richtig Mann und Frau.«

Und Caterina befand sich allein in ihrem Schlafzimmer.

Rosaria grinste, als sie ihr beim Ausziehen half. Caterina fühlte sich nicht aufgelegt, mit ihr zu plaudern. Sie war enttäuscht, daß Riario sie allein gelassen hatte. Damals hatte er unbedingt mit ihr nächtigen wollen – und jetzt? Wenn sie ehrlich war, mußte sie zugeben, daß sie ihn kühl fand. Er schien seine Hochzeit wie eine lästige Pflicht hinter sich bringen zu wollen. Und dann die Bemerkung über das Attentat, das auf ihn verübt worden war – vielleicht lag darin der Grund für sein eigentümliches Verhalten. Er hatte Angst. Ja, so mußte es sein. Er hatte Angst vor dem morgigen Tag: In der Menschenmenge versteckt könnte ein Mörder auf ihn warten.

13. Kapitel

Rom leuchtete. Pfingsten in der Heiligen Stadt. Ein azurblauer Himmel spannte sich über die Paläste und Weinberge, Katen und Ruinen. Caterina war wieder früh erwacht, erstaunlich frisch nach einer traumlosen Nacht. Sie zog das dunkelrote, mit weißen Lilien bestickte Atlaskleid an; die geknüpften Ärmel waren aus schwarzem Samt. Trotz der Hitze ließ sie sich auch das Überkleid aus schwerem, mit Granatapfelmustern geschmücktem Brokat anlegen. Und nun schmückte Riarios Geschenk Hals und Ausschnitt. So gefiel sie sich. Die Haare waren zwar zu streng geflochten, aber an den Seiten ringelten sich wenigstens die Löckchen. Darüber ein mit Perlen gesäumtes Haarnetz aus Goldfäden. Jetzt fehlten noch die Ohrringe. Rosaria legte ihr mehrere vor. Caterina nahm das Ohrgehänge aus feinem Gold, das einen Smaragd einfaßte. Es ergänzte Riarios Halsband. Dann streifte sie die mit Rosen- und Nelkenduft parfümierten Handschuhe über und drückte den Ausschnitt ihres Kleides ein wenig tiefer, so daß ihr sanft gerundeter Busen besser zur Geltung kam.

Caterina ging ein paar würdige Schritte, verbeugte sich, kniete sich nieder. Sah man die Lederschuhe, auf die das Sforza-Wappen gestickt war? Eine kleine Schweißperle trat auf ihre Schläfe. Sie wischte sie weg, ließ sich noch Puder auflegen.

»Du siehst wie eine Prinzessin aus«, rief Rosaria, »jeder wird sich in dich verlieben!«

»Es reicht, wenn Girolamo Riario sich in mich verliebt«, antwortete Caterina und fügte mit leichter Ironie in der Stimme an: »Und der Papst kann auch nicht schaden.«

Beide Mädchen lachten.

»Du hast es gut!« rief Rosaria.

Caterina fand, daß ein Funken Neid in den Augen ihrer Milchschwester aufglomm.

Fra Lauro holte sie ab. Im Hof der Villa traf sie auf Riario, der ihr in goldverziertem schwarzem Samt und in hautengen seidenen Beinkleidern entgegentrat. Seinen stolzgereckten Kopf bedeckte wieder der Hut mit den hohen, schwankenden Federn. Aber als sie sich dann den Mauern der Stadt näherten, hatte sich der Stolz verloren, und er hockte müde auf seinem aufwendig geschmückten Pferd.

Bereits von ferne sah Caterina den Erzengel Michael auf dem Turm des Castel Sant' Angelo. Zückte er sein Schwert oder steckte er es ein? Fra Lauro erklärte ihr, das ehemalige Grabmal des römischen Kaisers Hadrian diene den Päpsten als Festung, aber auch als Gefängnis. Der kämpferische Engel zeige den Herrschaftsanspruch des Pontifex maximus über Stadt und Erdenrund.

Der Zug ritt durch die Porta Angelica, und Caterina befand

sich plötzlich im Schatten des bedrückend mächtigen Baus, der uneinnehmbar schien und nicht nur Kaiser Hadrian, sondern auch jedem Eingesperrten das sichere Grab bedeutete.

»Wir reiten durch die Via Sacra«, erklärte Riario in strengem Ton und wies auf eine nicht sehr breite Straße, an deren Seiten sich die Römer drängten. Auch in die Fenster der Paläste preßten sich die Menschen. Und überall die Banner des Papstes, der Familien Riario und Sforza. Jubel, Winken und Vivat-Geschrei.

Vor der Säulenloggia von San Pietro stiegen Riario und Caterina von ihren Pferden und schritten Seite an Seite in den Schatten der Loggia, dann durch den Vorhof an dem riesigen Pinienzapfen vorbei und schließlich in die Basilika. Sie durften sich in die Nähe des Throns setzen, der dem Papst vorbehalten war. Dann erschien der Heilige Vater selbst, Sixtus IV. aus dem Hause della Rovere, in vollem Ornat, umrahmt von seinen Kardinälen. Er war viel kleiner, als sie ihn sich vorgestellt hatte. Kurz warf er einen Blick auf seinen Neffen und sie, ließ sich nieder, schloß die Augen.

Das folgende Pontifikalamt dauerte drei Stunden. Verstohlen beobachtete Caterina den Papst, der meist eingesunken auf seinem Thron saß. Ihr Bräutigam neben ihr schien sich zu langweilen, wirkte aber gleichzeitig angespannt und ließ seinen Blick über die Menge schweifen – als suche er versteckte Attentäter. Aber es würde doch niemand wagen, während der Heiligen Messe, im Beisein des Stellvertreters Christi, den Dolch zu heben …

Caterina mußte nun knien und betete. Sie bewegte die Lippen, atmete tief durch, und gleichzeitig jubelte ihr Herz. All dieser Pomp, diese festtägliche Stimmung, diese neugierigen Menschen ihretwegen! Wie bereits in Imola. Aber die Stadt in der Romagna war unbedeutend. Rom jedoch bildete das Zentrum der Welt, und noch in Jahrhunderten würden die Menschen über diesen großen Pfingsttag sprechen.

Mit dem Ende der Heiligen Messe begann der Höhepunkt des Tages. Kardinal Giuliano della Rovere, ein Vetter Girolamos und einer der zahlreichen Neffen des Papstes, führte Caterina durch den schweren Weihrauchdunst zum Heiligen Vater. Sie hatte ihm die Reverenz zu erweisen: mußte sich dreimal verbeugen und kniend ihm das Kreuz auf seinen roten Samtschuhen küssen. Der Papst segnete sie und sagte dann: »Erhebe dich, mein tugendreiches

Kind, und sei Uns willkommen!« Neben ihr erwies nun ihr Bräutigam seinem Onkel Reverenz. Der Papst segnete jedoch seinen Neffen nur nachlässig und ließ seine Augen weiterhin wohlwollend auf ihr ruhen. Ja, sogar ein Lächeln deutete er an. Schön war er nicht, der Stellvertreter Christi, mit seinen fleischigen Wangen und den Schweinsäuglein unter der fliehenden Stirn, aber er schien sie zu mögen, und sie strahlte ihn an. Wenn sogar der Papst sie mochte, wer würde sie daran hindern, zur *prima donna di Roma* aufzusteigen?

Plötzlich hörte sie Fra Lauro die Stimme erheben. Er hatte sich hinter ihr aufgebaut und sprach Latein. Seine Sätze wollten nicht enden. Länger hätte sie auch Cicero nicht verschachteln können. Aber wozu …? Jetzt begriff sie endlich, daß sie und ihre zahllosen Tugenden gepriesen wurden. O heilige Muttergottes, mußte das sein! Der Heilige Vater lächelte noch immer wohlwollend und ließ seinen Blick über ihr Haarnetz wandern bis hinunter zu der Halskette. Caterina überprüfte kurz den Sitz ihres Ausschnitts. Hätte sie nicht an diesem heiligen Ort ihre Rundungen bedecken müssen? Der Papst schien jedoch Freude an ihrem Anblick zu haben … Fra Lauro fand noch immer kein Ende, ihre Vorzüge zu preisen. So tugendhaft, klug und schön konnte sie doch gar nicht sein! Es klang fast, als sollte sie heiliggesprochen werden. Riario neben ihr räusperte sich vernehmlich, auch die Kardinäle hinter dem Heiligen Vater wurden unruhig. Schließlich beendete Fra Lauro in rhythmisch makellos ausschwingenden Worten seinen Lobpreis.

Dann hatte Girolamo Riario seine Ehegelöbnis zu sprechen. Seine Stimme wirkte gelangweilt. Und nun sie! Vor lauter Aufregung verhaspelte sie sich. Der Heilige Vater half ihr. Riario steckte ihr einen Ring an. Seine Hand wirkte schweißig und kalt.

Als sie ihre Halskette abnehmen sollte, erbleichte sie. Der Heilige Vater forderte sie persönlich auf, das Geschenk des Bräutigams zu entfernen. Rosaria huschte herbei und half ihr. Mit nacktem Hals und mit entblößtem Ausschnitt stand sie nun vor seiner Heiligkeit – und errötete tief.

Der Papst ließ sich ein dunkelblaues Samtkissen reichen, auf dem eine schwere, glitzernde Edelsteinkette lag. Sie hatte sich vorzubeugen, und er legte sie ihr um den Hals. Während Rosaria sie befestigte, streichelte er ihr kurz über ihre Wange. »Ein kleines Andenken an diesen großen Tag, mein liebes Kind; du sollst nicht vergessen, daß dir Unser Wohlwollen gewiß ist. Fünfundzwanzigtausend Dukaten ist diese Kette wert, sie wird dich stets daran erinnern, daß die Gnade des Herrn keine Grenzen kennt.« Er seufzte, dann erhob er wieder seine Stimme: »*Sancti Spiritus, Domine, corda nostra mundet infusio: et sui roris intima aspersione fecundet.* Der Heilige Geist ergieße Sich in unsere Herzen und mache sie rein, o Herr; Er besprenge mit Seinem Tau ihr Innerstes und befruchte es.« Schließlich hob er die Hand zum Segen: »*In nomine Patris, et Filii, et Spiritus Sancti. Amen.*«

Nachdem Caterina auch noch sämtlichen Kardinälen die Hand geküßt hatte und sie ihrerseits versprochen hatten, ihre treuen Diener zu sein, zogen alle in würdevoller Prozession über die Engelsbrücke zum Palast der Familie Orsini, in dem das Hochzeitsbankett stattfinden sollte. Caterina hatte an diesem Tag noch nichts gegessen und getrunken; sie spürte inzwischen heftigen Durst und einen nagenden Hunger. Die Sonne brannte in die mit Duftkräutern belegten Straßen der Stadt, und Caterina begann heftig zu schwitzen. Das päpstliche Geschmeide auf ihrem Ausschnitt schien nach allen Seiten Strahlen auszusenden und die bewundernden Blicke der Menschen magisch anzuziehen.

Riario neben ihr schaute gelangweilt in die Menge.

Und dann das Hochzeitsmahl. Zuerst zehn süße Vorspeisen, dazu vergoldete Orangen und Malvasierwein. Fanfarenstöße kündeten das Hauptmahl an, und eilig wurden die Hände mit Rosenwasser gereinigt. Überall schmückten Blumenschmuck und Marzipanfigürchen die Tische. Das Brot war mit Silber überzogen. Schon wurden die ersten von zweiundzwanzig Gerichten angekündigt! Pfaue, Fasane, Kapaune, Wachteln, Hasen und Kaninchen, ja, auch Rehe und geweihtragende Hirsche wurden lebensecht hereingetragen. Dann klappte man das Gefieder oder das Fell zur Seite, und der Duft der Braten und der Füllungen stieg den in Begeisterungsrufe ausbrechenden Gästen in die Nase. Trotz ihres Hungers konnte Caterina lediglich kleine Häppchen zu sich nehmen. Immer wieder ließ sie sich Wasser und Wein nachschenken.

Zum Glück gab es Pausen zwischen den Gängen; zum Vergnügen der über zweihundert geladenen Gäste tanzten halbverschleierte Mädchen ein Ballett der Liebe und vollführten tollkühne

Gaukler ihre körperverschraubenden Kunststücke. Danach pries ein Sänger mit einer einschmeichelnden Stimme die Schönheit der Braut. Da war viel von der betörenden Venus die Rede, aber auch von der naturliebenden Diana und sogar von Athene, die dem Kopf des Göttervaters entsprungen sei. Anschließend pries in einer pathetischen Rede ein in einer langen Toga gekleideter Römer das Geschlecht der Sforza und der Visconti, die einst die Sarazenen besiegt hätten – daher die einen Sarazenen verschlingende Schlange im Wappen.

Wieder Fanfarenstöße. Eine neue Vorführung. Szenen aus der griechischen Mythologie wurden pantomimisch dargestellt, und Sänger erläuterten, was in ihnen geschah. Ein halbnackter Herkules kämpfte mit einem brüllenden Löwen, Theseus tötete einen nicht minder brüllenden Minotauros, und schließlich erschien sogar Perseus mit dem Haupt der Medusa. Das Publikum schrie in künstlichem Schrecken auf. Die Augen der Medusa und ihr Mund waren aufgerissen, Blut schien noch aus dem abgetrennten Hals zu fließen, und die Haare, die Schlangenhaare, bewegten sich. Es *waren* Schlangen! Caterina wollte es nicht glauben. Riario neben ihr starrte ebenso ungläubig auf das Haupt, das Perseus, das Schwert noch in der rechten Hand, ihnen entgegenstreckte. Da ringelten sich tatsächlich Nattern und Vipern. Auch das Blut war echt, der Kopf soeben abgetrennt … Am hinteren Ende der Tafel wurde gelacht. Riario schob seinen Stuhl zurück, warf ihn fast um. Der Papst verzog seinen Mund zu einem spöttischen Lächeln und legte beruhigend seine Hand auf Caterinas Arm. »Die Schlangen der Sforza«, mit diesen Worten wandte er sich an seinen Neffen, »man sollte sich besser nicht mit diesem Schrecken erregenden Geschlecht anlegen, was, mein Sohn?« Er lachte kurz auf und winkte dann dem Perseus, mitsamt seinem unappetitlichen Medusenhaupt zu verschwinden.

Draußen senkte sich die Nacht herab, im stickigen Bankettsaal brannten überall Fackeln, es wurde noch immer getafelt. Der Heilige Vater war zwischendurch mehrfach eingenickt, ließ sich dann auf einer Sänfte hinaustragen, nicht ohne dem Brautpaar und seinen Gästen befohlen zu haben, weiter zu feiern und das Tanzen nicht zu vergessen. Als schließlich die Reste der Fleischberge und Konfekthügel abgetragen wurden, mußten sich Caterina und ihr Bräutigam zur Übergabe der Geschenke in den Ballsaal begeben. Riarios Augen leuchteten auf, seine schläfrige Wortlosigkeit verschwand nun, und mit gieriger Begeisterung nahm er jedes Geschenk an, das ihm überreicht wurde. Caterina wollte nicht glauben, wie viele wertvolle Gaben sie auch jetzt noch erhielten: Silbergeschirr in allen Ausführungen, Gläser aus Murano, geschnitzte Elefantenstoßzähne, ein Degen, dessen Griff mit Edelsteinen belegt war, Tischdecken aus Damast, perlenverzierte Nautilusmuscheln, sogar kunstvoll geschnitzte Kinderwiegen. Caterina mußte lachen, als anzügliche Bemerkungen über die kommende Nacht fielen, auch Riario brach in Gelächter aus. Sie merkte, daß sie beschwipst war. Eine Truhe, bemalt mit mythologischen Szenen, wurde hereingetragen, Europa auf dem Stier, Danaë unter dem Goldregen, Leda und der Schwan, dann führte ein Reitknecht sogar eine mit goldenem Saumzeug geschmückte neapolitanische Stute in den Saal.

Riario war nun prächtiger Laune. Eingerahmt von seiner Familie scherzte er, brach in immer lautere Rufe des Erstaunens aus. Als einer seiner Vettern Caterina ein vergoldetes Nachtgeschirr überreichte, schlug er sich unter krachendem Gelächter auf die Schenkel, und mit ihm grölten die Vettern.

Schließlich wurde getanzt. Riario schritt mit Caterina in gespielt herrschaftlicher Gravität die Passagiata durch die applaudierende Menge und forderte dann wegen der zweiundzwanzig Gänge, die er in sich hineingestopft habe, eine langsame Pavaniglia. Aber plötzlich quiekten die Flöten auf, die Tamburine wurden rascher geschlagen, der Rhythmus überschlug sich: der Tordiglione, der Wachteltanz, folgte. Riario wackelte zum Vergnügen der Gäste hin und her, sprang und hüpfte, riß, inzwischen kaum noch zu der Musik und dem Rhythmus passend, Caterina an sich. Nach kurzer Zeit gab er schweratmend auf. Wieder eine Passagiata, und dann verabschiedete er sich von den Gästen.

»Eine solche Braut zu haben macht mich zum zufriedensten Menschen der Welt«, rief er noch der Mailänder Gesandtschaft zu. »Bitte berichtet dies dem jungen Herzog, der Regentin und Lodovico, dem Onkel der Braut.«

Während er Caterina die Hand reichte, sah er allerdings wenig zufrieden aus. Dennoch ließ man das Brautpaar hochleben, und unter dem Applaus der Gäste führte er Caterina aus dem Ballsaal.

Und dann begann die Hochzeitsnacht.

14. Kapitel

Caterina war nur noch müde. Was gab sie darum, sich sofort und allein ins Bett fallen lassen zu können!

Sie versuchte, Rosaria möglichst lange in ihrer Nähe zu halten, hoffte insgeheim, Riario sei ebenfalls müde und vor lauter Weingenuß nicht mehr in der Lage … Aber Riario ließ lediglich zu, daß Rosaria ihr beim Entkleiden half, die Edelsteinkette nahm er selbst an sich. Er ließ sich den Wams aufknüpfen und schickte dann auch seine Diener weg.

Das Zimmer duftete stark nach glimmendem Aloëholz. Das Bett war mit Rosen- und Lavendelwasser bespritzt, aber Riarios Moschusduft übertönte alles. Halb ausgezogen ließ er sich aufs Bett fallen und betrachtete sie.

Caterina stand im Seidenhemd vor ihm.

»Zieh dich aus!« befahl er.

Sie zuckte zurück. Ihre Hoffnungen schienen vergebens. Wäre er doch wenigstens mit einer Nacht *senza copula* zufrieden! Sie hatte ihn damals vor zwei Jahren ertragen, seine tastenden Hände, seine aufdringlichen Finger, seinen starken Geruch. Sie würde dies auch heute ertragen und vielleicht sogar darüber einschlafen.

Ostentativ gähnte sie. Auch er gähnte, schloß die Augen und schien tatsächlich wegzudämmern. Bettete sie sich jetzt neben ihn, sah sie seine Hand bereits nach ihr greifen, sich auf ihre Brüste legen … Sie konnte allerdings nicht die halbe Nacht wie eine Venusstatue im Zimmer verharren.

Träge öffnete er wieder die Augen und knurrte: »Ich will dich nackt sehen.«

Verärgert streifte sie ihr Hemd über den Kopf, löste auch den letzten Zopf und schüttelte ihre Mähne, die bis über die Schultern fiel. Da stand sie nun, vor ihr auf dem Bett lag ihr Mann, der mit seinen nach vorne gekämmten Haaren nicht besonders häßlich, aber auch nicht schön war, eher ein wenig weibisch mit seinen weichen Gesichtszügen. Sie hatte ihn heiraten müssen, weil ihr Vater als Mailänder Herzog die Beziehungen zur Kurie verbessern wollte und die Kurie einen reichen Verbündeten im Norden des Landes brauchte, sie mußte nun zulassen, daß er seine Hand auf ihre empfindsamsten Stellen legte, daß er mit seinem Speer in sie eindrang, sie mußte seine Kinder auf die Welt bringen, ihm stets zu Willen sein, wenn ihm nach Kopulation zumute war, oder ohne Liebe auskommen, wenn er ihr seine römischen Kurtisanen vorzog – bis daß der Tod sie schied! Heute hatte ihr tagsüber Rom zu Füßen gelegen, aber jetzt, in später Nacht, stand sie wie eine Sklavin vor diesem Mann, der ihr so fremd war wie jeder Unbekannte auf der Straße.

»Es gibt häßlichere Frauen«, kommentierte er ihren Körper gönnerhaft. Dann winkte er sie zu sich. »Komm her, du Schlangenkind, du sollst jetzt deine Jungfräulichkeit verlieren. Warum schweigst du denn die ganze Zeit? Mit meinem Onkel hast du doch auch zu plaudern gewußt. Der alte Bock hat Gefallen an dir gefunden. Das wird unsere Stellung in Rom noch aufwerten. Alle della Rovere und Riari sind scharf auf Ämter und Pfründe, auf schöne Paläste und eine große Dienerschar, aber es gibt, nachdem mein allseits beliebter Bruder Piero abgekratzt ist, von meinen Vettern lediglich noch Giuliano, den Kardinal von San Pietro in Vincoli, der mir gefährlich werden kann. Er ist ehrgeizig, skrupellos und meist schlecht gelaunt. Er saß beim Bankett weit von uns entfernt. Der Alte kann ihn nicht leiden. Nimm dich trotzdem vor ihm in acht!«

Caterina lehnte sich an den geschnitzten Bettpfosten, während Riario erneut die Augen zufielen. Trotzdem winkte er. »Leg dich zu mir!«

»Können wir nicht heute nacht einfach nebeneinander liegen, ohne …« Sie versuchte, möglichst einschmeichelnd und bittend zu klingen, aber in ihr sträubte sich alles gegen diese Unterwürfigkeit. Dieser Mann mit seinem wieder zusammengefallenen *penis* war ihr unangenehm … Läge jetzt der andere Girolamo vor ihr … Außerdem war ihr schlecht. Sie hatte zu viel gegessen.

»Ich werde dir dein Jungfernhäutchen durchstechen, schon damit niemand mehr die Ehe für ungültig erklären kann und man mich nicht für einen Schlappschwanz hält.« Riario lachte schläfrig.

Caterina fühlte, wie es sie würgte. Rasch holte sie das Nachtgeschirr, das neben dem Bett stand, und übergab sich.

Riario hatte ihr neugierig zugesehen. Sie setzte sich auf den Bettrand, wischte sich mit einem Tuch den Mund ab. Nun fühlte sie sich wohler. Riario kniete sich neben sie, strich ihr über Kopf und Schultern und flüsterte: »Mein kleines Schlangenkind, es war wohl ein wenig zu viel für dich.«

»Girolamo, laß uns schlafen!« bat sie erneut. »Ich bin wirklich todmüde. Wir haben noch so viel Zeit.«

»Soll morgen durch ganz Rom posaunt werden, daß ich vor meiner hübschen Braut in der Hochzeitsnacht versagt habe?« knurrte er. »Du hast es noch nicht begriffen, aber Rom ist nicht das *caput mundi*, sondern die *cauda mundi*. Der Schwanz der Welt, die Fotze, müßte man treffender sagen. Rom ist besiedelt von menschlichem Abschaum, der an den Tiberufern in Trastevere und insbesondere in der Nähe der *cloaca maxima* haust. Überall Huren und in den besseren Vierteln aufgeputzte Kurtisanen, die dich ausnehmen wollen. Außerdem gibt es hier viele gedungene Mörder, Glücksritter aus allen Teilen der Welt, Betrüger, Spieler, Zuhälter und Söldner. Der alte Adel, die Herren Barone und ihre Familien, sind nicht besser. Permanent suchen sie Streit und zücken rasch ihren Degen. Sie halten die Posten der Stadtverwaltung besetzt und haben sich überall in der Kurie eingenistet. Sie sind falsch wie die Schlangen und plustern sich wie die Pfauen. Die Colonna zum Beispiel und die Orsini, ihre Gegenspieler, aber auch die anderen. Und unser Katalane Borgia kennt keine Grenzen, wenn es darum geht, sich Pfründe und Einfluß zu verschaffen. Hinter seinem freundlichen Gesicht lauert der Fuchs, nein, der Wolf, und der Stier in seinem Wappen hat ebenfalls etwas zu sagen. Der Borgia will einmal Papst werden. Er besticht jeden, der Geld nimmt, er durchseucht alle Häuser mit seinen Spitzeln und soll ein sehr wirksames Gift besitzen. Außerdem liebt er die Frauen, besonders die jungen. Vergiß dies nie!«

Riario drückte sie in die Kissen, küßte sie nachlässig und strich ihr mit den Fingerspitzen über den Körper. Seine Männlichkeit hing ihm schlaff zwischen den Beinen. Er nahm schließlich ihre Hand und führte sie zu seinem Glied. Als ihre Hand den weichen Wurm berührte, zuckte er auf, wuchs und wurde hart. Sie hätte beinahe gelacht über dieses seltsame Körperteil, das so beeindruckend wachsen konnte, aber ebenso so rasch in sich zusammenfiel und schrumpfte.

Mechanisch ließ sie ihre Hand über Riarios Glied gleiten. Er stöhnte auf und versuchte grob, ihre Schenkel auseinanderzudrücken. Sie ließ jedoch sein zuckendes Glied nicht los. Er stöhnte noch lauter und ergoß sich über ihre Beine.

All dies kannte sie schon.

Schlaff fiel er zurück, setzte sich dann wieder verärgert auf und wollte in sie eindringen. Aber es gelang ihm nicht.

Caterina begriff, daß sie Macht über seinen Körper besaß; daß nicht nur die Männer mit Gewalt in die Frauen eindringen konnten, sondern daß auch die Frauen über diesen wachsenden und schwindenden Körperteil herrschen konnten – wenn sie es geschickt genug anstellten.

Lächelnd hockte sie sich auf Riarios Oberschenkel. Er fluchte und zog sie zu sich hinunter.

»Ich werde dir viele Söhne machen«, flüsterte er, »noch heute nacht den ersten!«

Sie lachte auf.

Dann war er eingeschlafen. Sie rollte sich zur Seite und ließ sich in ein schwereloses Dunkel fallen.

Im Morgengrauen kam er ein zweites Mal. Caterina hatte von *ihm*, dem jungen, sanften Rossebändiger, geträumt. Sie lag unter den Pinien des Parks, hinter einem Gebüsch versteckt im weichen Gras, und öffnete ihm die Schenkel. Als sie sich bewußt wurde, daß sie nicht mehr träumte, war es zu spät. Riario drang bereits in sie ein. Sie spürte einen spitzen Schmerz, der aber rasch nachließ. Trotzdem hielt sie Riario nicht lange in sich. Sie betrachtete das Blut zwischen ihren Beinen nur flüchtig, weil sie auf ihm reiten wollte. Es wurde ein atemloser Galopp. Sie gab ihm so die Sporen, daß er sich wand. Sie schlug, kratzte und biß ihn. Er wehrte sich nicht, sondern genoß ihre Schläge, forderte sie auf, ihn heftiger zu schlagen. Als sie von ihm ablassen wollte, zerrte Riario sie zu sich herunter. Jetzt kratzte *er* sie. Und weil sie sich zur Seite warf, schrie er wütend auf, packte sie, riß sie empor, biß sie in den Hals, warf sie dann in die Kissen und drehte sie auf den Bauch. Sie versuchte, nach ihm zu treten, aber er trieb seinen

Speer in sie hinein. Zum Glück kam er rasch. Ihr Schmerz ließ nach. Beide lagen sie schließlich völlig erschöpft nebeneinander.

Am späten Morgen ließ Caterina sich den Zuber füllen, nahm ein langes Bad und bat Rosaria, ihre Kratzer und Wunden mit Heilsalbe einzustreichen.

»Ihr wart leidenschaflich heute morgen«, sagte Rosaria vorsichtig, als sie das Bettlaken nach einem kurzen Blick weglegte, um Caterinas blaue Flecken zu untersuchen. »Ich bin davon aufgewacht.«

Caterina nickte nur.

»Und bist du nun glücklich?« fragte sie.

Caterina standen die Tränen in den Augen. Sie biß jedoch die Lippen zusammen und kämpfte schweigend gegen jedes weitere Zeichen der Schwäche.

15. Kapitel

Wie häufig am späten Nachmittag saß Caterina in der Loggia ihres Palazzos direkt neben Santi Apostoli, Plutarchs Lebensbeschreibungen großer Männer auf dem Schoß, lauschte dem Gesang und Gezwitscher der Kanarienvögel in ihren Käfigen und verfolgte mit den Augen das herumturnende Äffchen, das kürzlich ein Pferdehändler aus Nordafrika Riario geschenkt hatte. Dann verlor sich ihr Blick in den sonnenbestrahlten Wolkentürmen, die sich gemächlich über den Himmel schoben.

Schon als sie las, waren ihre Gedanken von den Heldentaten der Griechen und Römer abgeschweift. *So* hatte sie sich ihr neues Leben nicht vorgestellt.

Als sie nach Rom kam, hatte sie geglaubt, sie sei nun die *prima donna*. Während der glanzvollen Tage der Hochzeit lagen ihr alle zu Füßen, die Prälaten, die Adligen und auch die Bürger der Stadt. Beim Turnier stießen die Ritter sich vom Pferd und riskierten ihr Leben – ihr zu Ehren. Den Sieger durfte sie küren und belohnen. Das Volk jubelte ihr zu, die Kardinäle wiederholten ihr Versprechen, auf ewig ihre Diener zu sein, sogar der einflußreiche Vizekanzler, Kardinal Rodrigo Borgia, mit seinen wulstigen Lippen und einem Blick, dem nichts entging, suchte am Turniertag mehrfach ihre Nähe, pries ihre lilienhaft reine, jungfräuliche

Schönheit, die in Rom, das leider nicht ganz zu unrecht als Sündenbabel verschrien sei, ihre süß duftende Blüte möglichst lange bewahren müsse.

Die vornehmen Damen spendeten dem Kardinal Beifall und ließen gleichzeitig überfreundlich lächelnd ihre langen Blicke über Caterina gleiten. Besonders bewunderten sie ihre blonden Haare und fragten nach ihrem Geheimrezept, sie so makellos blond, lang und seidig zu halten. Als Caterina erklärte, sie seien von Natur aus blond, sie verwende lediglich ein wenig Irispuder, um ihren Glanz zu erhöhen, stießen sie kleine Schreie ungläubigen Erstaunens aus und warfen sich beziehungsreiche Blicke zu.

Kaum lagen die Tage der Hochzeitsfeier hinter ihr, spürte Caterina nichts mehr von ihrer Rolle als *prima donna*. Statt jede Woche zu einem Bankett eingeladen zu werden, zu tanzen und sich bei Ausflügen in den Weinbergen zu vergnügen, schien man sie vergessen zu haben. Gelegentlich besuchte sie mit Riario ein Pontifikalamt seines Onkels. Dabei mußte sie sich auf der Seite der Frauen niederlassen, wo man ihr zögerlich, gleichzeitig jedoch mit einem süßlichen Lächeln Platz machte. Beziehungsreiche Blicke wurden ausgetauscht, Gesichter dann hinter Fächern verborgen, Tuscheln und Kichern waren unüberhörbar.

Immerhin hielt ihr nach der Messe der Heilige Vater seinen Ring kurz zum Kuß hin. Riario stand mit seinen kurialen Verwandten in einer Nische der Basilika und sprach hektisch auf sie ein. Caterina wartete auf ihn. Um sie herum ein gravitätisches Hin- und Herschreiten der Prälaten, ein würdevolles Nicken. Manche der Kardinäle übersahen sie völlig. Lediglich Kardinal Borgia begrüßte sie kurz und fragte lächelnd, ohne eine Antwort abzuwarten: »Nun, mein Kind, bist du bereits *benedicta in mulieribus*?«

Dann wurde Caterina doch eingeladen. Riario erkundigte sich nach den Damen, die sich um seine Gemahlin bemühten, nickte zustimmend oder verzog sein Gesicht skeptisch. Jeden Namen kommentierte er mit Ausdrücken wie »nett, aber dumm«, »hochnäsig« oder »ältester Adel, auf absteigendem Ast«.

Adriana del Mila-Orsini, eine nahe Verwandte von Kardinal Borgia, war die erste, zu der sich Caterina begab. Riario hatte sie eine »gefährliche Intrigantin« genannt. Eine schwarzhaarige, hochbusige *donna* mit fleischigen Lippen und riesigen Rubinen an den Fingern begrüßte Caterina mit Ausrufen der Freude und umarmte sie sofort. Um sie durchdringender Ambraduft. Auf Caterina wirkte sie sehr bestimmt, ja, bestimmend. Und sie rollte ihr R so schön hart und lang wie Kardinal Borgia.

Mit ihr waren noch eine Reihe von ebenfalls intensiv duftenden und in schweren Brokat gehüllte Damen eingeladen, die alle ihre Mütter hätten sein können. Bei der Vorstellung fielen Namen wie Caetani-Farnese, Savelli, Colonna und Ruffini. Es wurden neben Marzipan alle möglichen Konfektsorten gereicht, mit Mandeln und Datteln, Feigensirup und bepuderten Rosinen. Zuerst hörte Caterina nur Komplimente, insbesondere über ihre unverbrauchte Jugend und ihre glatte, helle Haut. Als dann schwerem Malvasier zugesprochen wurde, glitt die Unterhaltung in den üblichen Klatsch, dem Caterina kaum folgen konnte, weil sie die Personen nicht kannte, von denen gesprochen wurde.

Sie schien in dem Kreis überhaupt nicht anwesend zu sein, bis Adriana del Mila mit einer heftigen Bewegung das Geschnattere und Gelächter zum Verstummen brachte, sich ihr mit einem durchdringenden Blick aus ihren schwarzen Augen zuwandte: »Und bist du glücklich, mein Kind, in unserem schönen Rom, als Gemahlin eines so bedeutenden Mannes?« Alle Augen richteten sich auf sie. Caterina wußte nicht einmal, ob Adriana del Mila ihre Worte ironisch meinte oder sie gar verspotten wollte, zumal sie einen bezeichnenden Blick über ihren Leib gleiten ließ.

Adriana del Mila schien keine Antwort zu erwarten, denn sie fuhr nach einem kurzen Luftanhalten fort: »*Wir* sind glücklich, wenn unsere *Männer* glücklich sind.« Die Damen nickten zustimmend. »Und wann sind unsere Männer glücklich? Wenn wir ihnen Söhne schenken.« Erneutes Nicken. »Mein Kind, schenke Girolamo Riario Söhne, und deinem Glück wird nichts mehr im Wege stehen.« Ein bedeutender Augenaufschlag unterstrich den Rat. »Und vergiß nicht, jeden deiner Söhne in Edelsteinen aufwiegen zu lassen. Auf diese Weise erhöhst du deinen Wert. Irgendwann sind die Söhne erwachsen, die Männer bei Kurtisanen, aber dir bleibt der Schmuck.«

Erneut glitt ihr Blick über Caterinas Leib, doch Caterina lächelte nur und dachte nicht daran, ihr mitzuteilen, daß sie seit kurzem schwanger war. Adriana wandte sich schroff ab, die Damen blieben beim Thema. Signora Ruffini wäre glücklich, so erklärte sie, wenn sie ihre noch sehr kleine Tochter Silvia einmal möglichst gut verheiraten könne, und warf einen sprechenden Blick auf Signora Orsini, die ihr Glück darin sah, das ehrgeizige Streben ihres Mannes zu unterstützen, nicht nur eine apostolische *condotta* zu erhalten, sondern sogar *gonfalionere* zu werden. »Wie die meisten Männer unserer Familie ist er durch und durch ein Soldat. Im Augenblick sind die Zeiten jedoch friedlich, unsere Männer sitzen zu Hause, langweilen sich und gehen uns auf die Nerven.«

Lachend wurde zugestimmt.

»Und wollen uns unbedingt noch ein weiteres Kind machen.«

Das Gelächter wurde lauter. Dann prosteten die Damen sich zu und ließen sich nachschenken.

»Sie glauben, wir sind auf diese Weise beschäftigt.«

»Mein Kind, höre gut zu, jetzt kannst du etwas lernen!« rief Adriana del Mila Caterina zu.

»Der Geruch nach Hirsch oder Wildschwein ist nicht jedermanns Sache«, meinte Signora Savelli.

»Dann doch lieber nach Weihrauch«, unterbrach sie Signora Farnese-Caetani.

Das Lachen wurde schrill.

»Wahrscheinlich lernt man unter Soldaten, Frauen als Freiwild zu betrachten«, fuhr Signora Farnese-Caetani fort. »Ohne viel Federlesens muß der Gegner zur Strecke gebracht werden, ruck, zuck, da läßt niemand die Glocken läuten.«

Das Gillern nahm kein Ende.

»Und die Kraniche fliegen.«

Caterina hatte sich zurückgelehnt und beobachtete die Damen, die sich allmählich wieder beruhigten. Alle schienen sich einig, daß von den ehelichen Qualitäten ihrer Männer nicht viel zu halten sei, während der geistliche Stand Geduld aufbringe und schöne Worte. Alle hatten in ihren Augen genügend Kinder auf die Welt gebracht und wollten sich jetzt lieber von zahlreichen Dienstboten umsorgen lassen, kostbare Kleider und auffallenden Schmuck tragen. Und wer möglichst lange eine glatte Haut behielt und vom Siechtum verschont blieb, durfte sich glücklich schätzen.

Noch immer trillerten und flöteten die Vögel in ihren Käfigen. Caterina öffnete eine der Türen und nahm einen Zeisig heraus, strich ihm vorsichtig über die Federn. Sie sah, wie sein Herz ängstlich pochte, und öffnete die Hand. Der Vogel duckte sich, aber als nichts geschah, drehte er den Kopf nach allen Seiten und flog zum Rand der Loggia. Caterina warf ihm eine Kußhand zu. Das Äffchen machte es ihr nach. Schon schwang der Zeisig sich in die Luft und war zwischen den Dächern verschwunden.

Caterina stellte sich seufzend an die Brüstung. Unter ihr das Gewirr der Gassen, umhereilende Menschen, Rufe, Schreie. Was hatte sie, als sie noch in Mailand lebte, von Rom geträumt! Sie hatte es sich als ein größeres und schöneres Florenz vorgestellt. Oder als eine Mischung aus Florenz und Mailand. Mit breiten Straßen und weiträumigen Plätzen. Mit in weißem Marmor erstrahlenden Ruinen aus der Zeit der Caesaren. Mit prachtvollen Palästen und Villen. Mit schönen Parks und einem Fluß, an dessen beschattetem Ufer man entlangreiten konnte. Sie wurde heftig enttäuscht. Rom wirkte auf den ersten Blick dörflich, eng und unglaublich verkommen. In ein Gewirr aus verwinkelten Gassen mit schäbigen Hütten hatte man wuchtige Paläste gebaut – und viele Kirchen natürlich. Dann wieder überraschten Flächen, in denen das Unkraut über zerborstenen Säulen wucherte, in denen Ziegen und Kühe weideten. Plötzlich stand man vor riesigen Ruinen, Triumphbögen, dem Colosseum oder den Thermen. Einmal hatte ihr Riario alles gezeigt, nicht ohne Begleitung eines bewaffneten Trupps, und sie sofort darauf hingewiesen, daß in diesen Ruinen, zwischen all dem Marmor, neben Bettlern und Huren verbrecherische Strauchritter hausten, die junge Frauen überfielen und schändeten, dann zu den Türken und Mauren verschleppten und dort als Sklavinnen verkauften. Er spuckte aus.

Am schlimmsten fand Caterina die sommerliche Hitze. Alles schwitzte und stank vor sich hin, die Menschen, die Mauern, die Tiere. Insbesondere im August mußte man sich vor den Miasmen der Stadt in acht nehmen, der *mal aria*, die die Römer mit dem Dreitages- oder dem Viertagesfieber darniederwarf und jedes Jahr eine hohe Zahl an Opfern forderte. Ganz besonders schlimm war es in den ärmeren Vierteln am Tiber. Am besten sei, so klärte sie Riario auf, man bleibe im Haus, halte sich in den oberen Stockwerken oder gleich in der Dachloggia auf.

In diesem Punkt hatte er recht. Sie überstand den Sommer lediglich in der Loggia; diesen schattigen, luftigen Ort liebte sie am meisten. Auch im Winter kam sie an milden Tagen hierhin. Hier konnte sie leichter atmen, und während ihr Blick abwesend über die Dächer glitt, sah sie die schützenden Mauern des Castello Sforzesco vor sich und über ihnen in einem strahlenden Leuchten die schneebedeckte Alpenkette. Heftiges Heimweh überfiel sie.

Glück konnte man diesen Zustand nicht nennen.

Zumal ihr das tägliche Ausreiten fehlte. Sie mochte gar nicht zurückdenken an *ihren* Girolamo, an die Stunden im Park, wenn die Sonne durch den Nebel brach, an den frischen Wind und die fliegenden Haare – sie hatte geglaubt, mit Ghetti durch die Straßen von Rom reiten zu können und durch die Weinberge, die heute weite Teile des alten Rom bedeckten. Aber Riario verbot es ihr, weil es zu gefährlich sei. »Rom ist nicht Mailand!« wiederholte er oft. »Rom ist die Hure Babylon.«

Fra Lauro kommentierte Riarios Anordnungen nicht, und Ghetti schien sein unerschrockener Mannesmut verlassen zu haben.

»Ihr seid Feiglinge!« rief Caterina verärgert aus. »Wenn ich nicht reiten darf, werde ich verrückt.«

Ghetti wandte sich beleidigt ab. Fra Lauro blieb ungerührt. »Du bist schwanger und willst gewiß nicht dein erstes Kind gefährden.«

»Ich gefährde es nicht, wenn ich reite. Und wenn, dann kann ich es nicht ändern.«

»Du weißt«, fuhr Fra Lauro fort, »daß uns dein Mann nicht mag. Er ist sehr mißtrauisch. Ghetti hat er bereits als Sodomiten bezeichnet. Ein solches Gerücht kann rasch tödliche Folgen haben.«

Ghetti warf ihm einen warnenden Blick zu. »Lächerlich!« stieß er aus.

Als auch noch Rosaria sich einmischte und Caterina vom Ausreiten abriet, gab sie es auf. Dafür ließ sie sich zum Campo de' Fiori führen und zur Piazza Navona, die sie vom Turnier her kannte. Die Menschen drängelten, bettelten sie an, wollten ihr etwas verkaufen, schrien und ließen nicht locker, aber niemand bedrohte sie. Schließlich begaben sie sich ins Rione di Ponte, ins Viertel der Geldwechsler und großen Fernhandelshäuser, bis hin zum Tiber. Vor ihr die Engelsbrücke und auf der Brücke eine Reihe Gehenkter, die, umschwirrt von Krähen, im Winde baumelten.

Caterina blieb erstarrt stehen, spürte, wie eine Übelkeit in ihr aufstieg. Dann schob sie die dunklen Bilder und Erinnerungen zur Seite und betrachtete den sich vorwölbenden und gleichzeitig abweisenden Rundbau des Castello Sant' Angelo, auf dessen Turm der Erzengel Michael sein Schwert zückte. Sofort durchfuhr sie auch diesmal der Gedanke: Wer in diesem Bau verschwindet, taucht nie wieder auf. Eine Verteidigungsbastion nach der anderen, klafterdicke Wände, ein inneres Geviert und darauf noch ein Turm. Wie tief führten wohl die Gänge in die Erde? Das Castello Sforzesco in Mailand war viel weiträumiger, aber in dieser römischen Festung konnte der Teufel selbst den himmlischen Heerscharen trotzen. Wer in der Lage war, sich hierhin zurückzuziehen, blieb unüberwindbar. Er richtete seine Kanonen auf den Vatikan, auf die Stadt oder jeden anderen Angreifer, und wer sich ihm näherte, wurde zusammengeschossen.

Als Ghetti und Fra Lauro unruhig wurden, löste sich Caterina langsam von der Faszination, die das alte Grabmal des Hadrian auf sie ausübte. Noch während ihrer Rückkehr in den Palazzo bei Santi Apostoli, sah sie die trutzige Burg vor sich; nun baumelten auch wieder die Gehenkten vor ihrem inneren Auge, die Krähen schwirrten umher, und sie schüttelte sich vor Schauder und Abscheu.

Als Riario hörte, daß sie ohne seine Erlaubnis mit ihrem Beichtvater und ihrem Leibwächter durch Rom gewandert sei, tobte er, drohte sogar, sie zu schlagen. Sie ließ sich nicht einschüchtern und schrie, sie werde das Kind verlieren, wenn er sie schlage. »Ich gehe nach Mailand zurück, wenn du mich anrührst. Du kennst mich noch nicht!«

Sie wunderte sich selbst über die ungehemmte Wut, mit der sie auf Riarios Verhalten reagierte. Vermutlich brach nun die Enttäuschung durch über das eingesperrte und langweilige Leben, das sie führen mußte. Die Enttäuschung über einen Ehemann, der wenig Interesse an ihr zeigte, der bis zu der beginnenden

Schwangerschaft nur noch kurz und grob mit ihr geschlafen hatte und seitdem überhaupt nicht mehr, weil er mit vielen die Meinung teilte, Liebe während der Schwangerschaft bringe Unglück über Mutter und Kind.

Riario strich sich seine Haare zurecht. »Ich meine es doch nur gut mit dir.« Ruhiger geworden, streckte er Caterina seine Hand entgegen. »Es tut mir leid, ich wollte nicht … Ich sorge mich um unseren Sohn.«

Als hätte er ihn gerufen, kam plötzlich der kleine Scipione ins Zimmer gewackelt, hinter ihm das Kindermädchen. Als er Caterina sah, streckte er sofort seine Ärmchen aus, rief »Mama, Mama!« und rannte auf sie zu. Caterina fing ihn auf, nahm ihn auf den Arm und liebkoste ihn. Auch er drückte seine Wange an sie. Riario stand mit einer unglücklichen Miene dabei, wandte sich dann abrupt ab und verließ mit eiligen Schritten das Zimmer.

Die Vögel auf der Loggia sangen noch immer um die Wette. Das Äffchen fiepte, knurrte und streckte ihr seine Hand entgegen. Sie hatte ihm aber bereits all ihre Nüsse gegeben und scheuchte es zur Seite. Unbändig sprang es umher, schimpfte keckernd, balancierte über die vor der Brüstung querliegende Stange und verschwand auf dem Dach. Noch einmal tauchte kurz sein Kopf auf. Caterina mußte lachen und machte eine Bewegung, als wolle sie es fangen. Blitzschnell war es verschwunden.

Auch Scipione spielte gern mit dem Tier. Überhaupt war Riarios kleiner Bastard die einzig wirkliche Freude in den vergangenen Monaten gewesen. Er war ein sonniges, anhängliches Kind, und vom ersten Tag an hatte sie ihn in ihr Herz geschlossen. Sie spielte mit ihm Verstecken, tollte umher oder nahm ihn auf den Schoß und übte mit ihm seine ersten Wörter und Sätze. Als sie ins Haus kam, hatte er kaum gesprochen und wirkte ängstlich, doch dann gewann er rasch Zutrauen zu ihr und lernte schnell. Als ihr Leib immer dicker wurde, erklärte sie ihm, daß in ihrem Bauch ein kleines Brüderchen wachse, und Scipione tat so, als verstünde er, was sie sagte.

Daß Riario während ihrer Verlobungszeit mit einer Kurtisane einen illegitimen Sohn gezeugt hatte, hatte sie nie gestört. Sie fand es lediglich empörend, daß dieser Sohn ihr vom Haushofmeister vorgestellt worden war, nicht vom Vater selbst. Und wenn das Gespräch auf ihn kam, verhielt er sich reichlich seltsam.

Nach einer Heiligen Messe in San Pietro hatte sich ihnen wie gewöhnlich Kardinal Borgia genähert und seine Freude darüber ausgedrückt, daß Caterina ja tatsächlich sehr rasch *benedicta* geworden sei. »Ich habe für dich gebetet, mein Kind«, sagte er väterlich.

Riario grinste spöttisch und erklärte dann, daß der spanische Kardinal als Vater eines siebzehnjährigen jungen Mannes und zweier weiterer Söhne, die noch gestillt würden, ebenfalls *»benedictus«* sei, *»in hominibus«*.

Borgia, der offiziell stets nur von seinen Neffen oder Patenkindern sprach, kniff kurz die Augen zusammen, fiel dann aber in ein überlegenes Lachen und berichtete von seinen beiden jüngsten Patensöhnen Cesare und Juan, die dereinst die Welt in Erstaunen setzen würden. Bereits jetzt sei das fordernde, ja herrische Wesen Cesares zu erkennen und der unwiderstehliche Liebreiz Juans.

»Ganz der Vater«, sagte Riario höhnisch.

»Und welchen Wesenszug hat Euer Scipione übernommen?« fragte der Kardinal. »Den Mut und die edle Gesinnung der Riari?«

Riario suchte nach einer passenden Antwort, und dabei verfinsterte sich sein Gesicht. Währenddessen trat Kardinal Borgia so nah an Caterina heran, daß sie unwillkürlich einen Schritt zurückwich. Er ergriff ihren Arm. »Wenn erst einmal Eure bezaubernde junge Gattin aus dem uralten Löwen-, nein, Schlangengeschlecht der Visconti-Sforza Euch einen legitimen Sohn geboren hat, einen mutigen Kämpfer für die Rose der *ecclesia militans*, dann wird sich ganz Rom freuen über diesen Zuwachs aus edlem Blut.« Der Kardinal drückte Caterina die Hand, zwinkerte ihr zu und ließ Riario einfach stehen.

Wieder zu Hause in ihrem Palazzo, beschimpfte Riario Kardinal Borgia als »geilen Hurenbock«, »schamlosen Wüstling« und »grenzenlos ehrgeizigen Maranen«.

»Aber nett ist er trotzdem«, erklärte Caterina, schon um Riario zu ärgern. »Er könnte Pate werden für unseren ersten Sohn.«

»Ich sehe, daß er dich mit Erfolg getäuscht hat. Weißt du eigentlich, daß er meine gesamte Familie haßt? Weil er unserem

Onkel auf dem Thron der Apostel nachfolgen will – genau wie wir. Verstehst du?«

»Ich bin nicht dumm.«

»Aber grenzenlos naiv.«

»Bist du sicher?«

Statt zu antworten, lachte Riario verächtlich.

Bald darauf verreiste er für längere Zeit, ohne Caterina über das Ziel seiner Reise aufgeklärt zu haben. Immerhin kehrte er kurz vor ihrer Niederkunft nach Rom zurück.

Es war der März des Jahres 1478, es regnete viel, die Luft schimmerte silbrig, die Narzissen blühten bereits.

Zuerst lief das Fruchtwasser aus ihrem Leib, und die Hebamme wurde gerufen. Über den zunehmenden und dann wieder abklingenden Schmerz der ersten Wehen wunderte Caterina sich, freute sich auch. Die Mißhelligkeiten der letzten Monaten waren vergessen, endlich brachte sie ihr erstes Kind auf die Welt, den legitimen Träger der Riario-Linie; Girolamo würde glücklich sein und sein Verhalten ihr gegenüber ändern.

Als die Wehen stärker wurden, hörte sie auf, über die Zukunft nachzudenken. Der Schmerz packte sie, sie wollte es, nach Luft ringend, nicht glauben, er hörte nicht auf, mit unbarmherzigen Foltergriff, schneidend, zerreißend, sie glaubte, das Bewußtsein zu verlieren, stöhnte, schrie …

Als ihr ein dünnes Stimmchen antwortete, wußte sie, daß alles vorbei war. Der Schmerz ebbte ab und war schließlich nur noch ein Widerhall.

»Das ging aber schnell«, bemerkte die Hebamme zu Rosaria. »Sie ist eine Glückliche. Holt den Herrn.«

»Und?« fragte Caterina schwach.

»Ein Mädchen.« Es klang abschätzig.

Caterina ließ ihren Kopf sinken.

Erst als Riario sich über sie beugte, schlug sie die Augen wieder auf.

»Ein Mädchen«, sagte er mit wenig Begeisterung.

Sie nickte. »Es soll Bianca heißen. Wie meine Großmutter.«

»Meinetwegen«, sagte Riario, warf noch einmal einen skeptischen Blick auf das Neugeborene und verschwand.

Als erste beglückwünschten sie Rosaria, Ghetti und Fra Lauro, dem, kaum hatte er den Namen des Kindes vernommen, die Augen feucht wurden. Er machte ein flüchtiges Segenszeichen, wandte sich dann ab und stürzte aus dem Raum.

Caterina konnte bereits kurze Zeit nach der Niederkunft wieder aufstehen und die Schar der Gratulantinnen empfangen. Dennoch vermochte sie die Enttäuschung darüber, daß sie lediglich ein Mädchen auf die Welt gebracht hatte, nicht zu unterdrücken.

»Warum freut Ihr Euch denn nicht?« fragte Rosaria. »Ich wäre froh, wenn ich ein Mädchen hätte. Besser als gar kein Kind.«

»Aber du hast doch keinen Mann«, sagte Caterina.

»Ja, eben!«

Bianca wurde von einer Amme versorgt, die Riario bereits vor der Geburt ausgesucht hatte. Caterina solle, so bestimmte er, sich nicht lange mit Stillen aufhalten, sie solle lieber bald wieder empfänglich sein für ein zweites Kind, für einen Jungen. Sie gehorchte ohne Widerspruch, weil sie das Gefühl hatte, sie sei Riario etwas schuldig geblieben, ein Gefühl, das ihre Gratulantinnen verstärkten.

»Ich hatte zu Beginn unserer Ehe mehrere Fehlgeburten«, erklärte Adriana, »bis ich meinen Orso auf die Welt brachte. Du bist noch sehr jung. Junge Frauen gebären meist schwache Kinder, die bald sterben. Aber beruhige dich, mein Kind, irgendwann wirst du es schaffen.«

Am liebsten hätte Caterina der Hexe ins Gesicht gespuckt. Doch sie lächelte nur gequält.

Inzwischen waren mehrere Wochen vergangen, die kleine Bianca entwickelte sich zu einem ruhigen, gesunden Kind. Riario war erneut verreist, ohne daß Caterina wußte, wohin. Sie selbst verbrachte täglich Stunden in der Loggia, lauschte dem Trillern der Kanarienvögel, schaute in die Sonne und schloß die Augen. Aus den farbigen Wellen, Strudeln und Explosionen erhob sich wieder die weiße, strahlende Alpenkette, das gezackte Band, das in ihre Kindheit führte, der Wink ihrer Heimat – und da tauchte auch ihr Vater auf. Er lächelte und winkte und wurde zunehmend überstrahlt, bis er kaum noch zu erkennen war. »Papa, warum bleibst du nicht bei mir?« flüsterte sie. Sehnsüchtig streckte sie die Arme nach ihm aus, beugte sich vor, um ihn festzuhalten, aber ihr Vater war bereits verschwunden.

Langsam öffnete sie ihre Augen und senkte den Kopf. Die Vögel sangen um die Wette, immer wieder hoben sie an, überboten sich, und das Äffchen balancierte auf der Stange mit einer unglaublichen Leichtigkeit.

Unter ihr die Dächer Roms, in der Ferne die Kuppel von Santa Maria Rotonda, der Turm der Engelsburg. Sogar das Schwert des Erzengels Michael konnte sie in der Sonne glänzen sehen.

Sie sah sich durch den Park beim heimatlichen Castello reiten, auf Maestosos Rücken dahinfliegen – und dann stellte sie sich auf seine Kruppe, ergriff die Hand ihres Geliebten ... Eine wehmütige Trauer durchfuhr sie. Auch Trotz und Wut. Sie raufte sich die Haare, bis alle Zöpfe aufgelöst waren und ihre Mähne locker über die Schultern fiel.

Das Äffchen schaute sie mit einem so erstaunten Gesicht an, daß sie lachen mußte. Plötzlich fühlte sie sich wieder stark. Nein, sie ließ sich nicht unterkriegen. Sie würde nie aufgeben, ihr Glück zu suchen, sie würde darum kämpfen, mit all ihrer Kraft.

16. Kapitel

Im Sommer empfing Riario überraschend viel Besuch. Einige seiner Vettern erschienen, junge Kardinäle und andere Kuriale, verwegen aussehende Soldaten und insbesondere Bankleute. Riario stellte Caterina als »meine überaus geschätzte und liebe Gemahlin« vor. Die Kurialen und Bankiers verteilten ihre Komplimente an sie und verstummten dann. Riario, der einen der Bankleute bereits in eine Ecke gezogen hatte, warf ihr einen ungeduldigen Blick zu und rief unvermittelt aus: »Wie gut haben es die Frauen. Können sich den ganzen Tag ausruhen und müssen lediglich Kinder zur Welt bringen.« Er lachte, seine Besucher schlossen sich ihm an. »Und wir Männer? Stets nur Geschäfte! Politik!« Er seufzte theatralisch und schaute sie auffordernd an.

Als Caterina keine Anstalten machte, zu gehen, schob er sie zur Tür. »Jetzt geh schon! Du langweilst dich ja doch nur.« Bevor sie widersprechen konnte, hatte er die Tür hinter ihr geschlossen.

Verärgert lauschte sie. Riario führte das große Wort. Es ging darum, den Einfluß der Medici einzudämmen und die Macht von

Florenz zu begrenzen. »Überallhin streckt Lorenzo *il Bruto* seine Krakenarme aus, nach Pisa, Siena und sogar über den Apennin nach der Romagna. Aber die Romagna ist seit Urzeiten Lehen der Kurie. Wir müssen ihm einen Riegel vorschieben.«

Eine Weile sprachen alle durcheinander. Dabei fiel der Name Pazzi. Die florentinische Pazzi-Familie hatte vor nicht langer Zeit die Medici als Hauptbankier des Vatikans abgelöst – auf Riarios Wirken hin. Nun ging es darum, soviel konnte Caterina dem Stimmengewirr entnehmen, daß die Pazzi auch in Florenz selbst wieder ihre alte Stellung einnehmen müßten.

Caterina vernahm Schritte im Gang. Als sie sich umdrehte und Ghetti sah, errötete sie. Ihr alter Fechtmeister lächelte nachsichtig. Auch er hatte an diesem geheimniskrämerischen Treffen teilnehmen sollen, sich allerdings verspätet.

»Riario hat mich herausgeworfen«, flüsterte sie ihm zu. »Du mußt mir unbedingt erzählen, worum es geht.« Dann eilte sie die Treppe hinauf, um nach Bianca und Scipione zu sehen. Außerdem nahte die Stunde, in der sie die Bittsteller empfing – eine der Tätigkeiten, die Riario ihr zugestanden hatte.

Geduldig hörte sie den Menschen in Not zu, vertröstete Handwerker und Kaufleute, die auf ihre Bezahlung warteten – Riario war ein äußerst säumiger Zahler –, und empfing junge Männer aus bekannten Familien, die von ihm gefördert und empfohlen werden wollten. Als Caterina anschließend die Empfehlungsschreiben verfaßte, hörte sie Riario mit seinen Besuchern das Treppenhaus hinabsteigen. Sie schienen frohgemut zu sein und überschrien sich gegenseitig. Obwohl es Caterina drängte, sofort Riario oder zumindest Ghetti aufzusuchen, um endlich zu erfahren, was da so Geheimnisvolles verhandelt wurde, hielt sie der Trotz fest. Sie würde mit Riario nicht mehr reden. Sie würde ihn mit Nichtachtung strafen!

Nachdem sie die Korrespondenz erledigt hatte, besprach sie mit dem Haushofmeister, was eingekauft werden mußte, ob man einen Arzt für eine kranke Küchenmagd holen sollte und wann der Schmied für Maestoso bestellt werden müßte. Anschließend ging sie selbst in den Stall, um ihrem Hengst ein paar Möhren zu bringen. Ihr so stolzes Pferd war seit Monaten kaum bewegt worden und schaute sie mit Augen an, in denen sie sich selbst wiedererkannte. Sie beschloß, auch gegen Riarios Widerstand, in den kommenden Tagen mit Ghetti und ein paar bewaffneten Knechten auszureiten.

Am Abend wartete sie vergeblich auf Riario. Auch Ghetti erschien nicht. Fra Lauro schließlich klärte sie darüber auf, daß ihr Mann vermutlich beim Heiligen Vater sei.

Caterina schaute ihn erwartungsvoll an.

»Ich bin lediglich ein kleiner Beichtvater«, erklärte er lächelnd, »mich duldet dein Mann nur in seiner *famiglia*, er hält mich für einen unnützen Fresser. Daher erfahre ich auch nichts – ich halte natürlich meine Ohren offen.«

Caterina wurde ungeduldig. »Was ist denn das für eine Geheimnistuerei! Nun sag mir endlich, was los ist!«

Fra Lauro ließ die Kordel durch seine Hände gleiten. Gerade in dem Augenblick, in dem er antworten wollte, stand Ghetti in der Tür.

»Ich reise mit Eurem Mann in die Toskana«, erklärte er mit wenig glücklicher Miene.

»Und wozu?«

»Eine geheime Mission.«

Caterina hob gereizt die Augenbrauen. »Eine geheime Mission also. Etwas für Männer.«

Als Ghetti noch immer nicht mit der Sprache herausrückte, suchte Caterina kurzentschlossen Riario auf, der bereits dabei war, die Pferde auszuwählen, auf denen er reiten wollte.

»Ich will endlich wissen, was los ist«, herrschte sie ihn an.

»Politik. Davon versteht ihr Frauen nichts. Ich muß wieder verreisen.« Er hörte nicht auf, seine Anweisungen zu geben, und ließ die neapolitanische Stute, das Hochzeitsgeschenk, aus dem Stall führen. »Anordnung meines Onkels. Streng geheim!«

Caterina erschrak. Jetzt wollte er auch noch die Stute mitnehmen, nach Maestoso das wertvollste Pferd im Stall. Dabei hatte er überhaupt kein Gefühl für Pferde; er konnte sie hetzen und peitschen, bis sie zusammenbrachen, und das Schlimme war, daß er darüber nur lachte.

»Nimm ein anderes Pferd, Girolamo!« Caterina versuchte, jede Gereiztheit in der Stimme zu unterdrücken. »Ich wollte die Stute von Maestoso decken lassen.«

Riario beachtete sie nicht.

Wieder überschwemmte sie eine Woge von Wut.

»Ich reite mit nach Florenz«, trumpfte sie auf. »Dort kann ich endlich meine alten Medici-Freunde wiedersehen – während du mit der Signoria deine Geschäfte aushandelst.«

Riario fuhr herum und zischte sie an: »Woher weißt du, daß wir nach Florenz reisen? Das kann dir nur der Sodomit gesteckt haben, dieser Schwätzer. Ich lasse ihn auspeitschen.«

Nun war es Caterina, die ihn nicht beachtete. Sie streichelte die Pferde und tat so, als hätte er zugestimmt. »Bianca geht es gut. Es wird Zeit, daß ich Rom eine Weile hinter mir lasse.«

Riario lief rot an. »Du bleibst hier!« schrie er. »Außerdem reiten wir nicht nach Florenz.«

Auch sie verlor nun die Fassung. »Warum sperrst du mich immer ein? Ich halte es nicht mehr aus!« schrie sie zurück.

»Weil eine Frau ins Haus gehört!« Seine Stimme schnappte über. »Und Söhne auf die Welt bringen soll. Verstehst du – Söhne!«

Caterina ertrug sein wutverzerrtes Gesicht nicht mehr. Mit einem ersterbenden »Dann mach mir doch Söhne!« wandte sie sich ab.

Auf dem Absatz zum *piano nobile* begegnete sie Ghetti, der seine Reiseausrüstung und seine Waffen bereits bei sich trug.

»Es könnte gefährlich werden, womöglich sogar einen Krieg geben«, flüsterte er.

»Du verschweigst mir etwas«, sagte Caterina, inzwischen gefaßter.

Er deutete ein Nicken an, während Riario von unten »Komm endlich!« brüllte.

»Fragt Lauro.«

Doch auch der Beichtvater blieb ihr eine ausführliche Antwort schuldig. Er habe während der letzten Wochen und Monate lediglich bemerkt, daß eine geheimnisvolle Aktion geplant werde. »Ghetti darf nichts verraten. Er hat schwören müssen. Ihm wurde sogar der Tod angedroht.«

Um endlich Klarheit zu gewinnen, versuchte Caterina, nach Riarios Abreise, eine Audienz beim Heiligen Vater zu erhalten. Vergeblich. Mit freundlichen Worten, fadenscheinigen Ausreden wurde sie hingehalten.

Kurze Zeit später war Riario wieder zurück. Sie hörte, wie er im Cortile dem Haushofmeister befahl, alle Portale und auch die Nebeneingänge des Palazzos geschlossen zu halten, Tag und Nacht! Jeder, der um Einlaß bitte, müsse auf Waffen untersucht werden. »Man will mich ermorden!« schrie er mit überschnappender Stimme.

Bald darauf stürzte er in Caterinas Zimmer. »Der Medici will mich ermorden!« wiederholte er und rannte auf und ab. »Warum haben diese verfluchten Priester nur alles vermasselt! Den Erzbischof von Pisa haben die Florentiner aufgehängt wie einen gemeinen Verbrecher, ohne Beichte und alles, am Fensterkreuz der Signoria baumelte er, die anderen haben sie erschlagen, sogar meinen Neffen Raffaele hat Lorenzo ins Gefängnis werfen lassen, die Pazzi tot, es ist der Untergang!«

Er stöhnte auf und vergrub seinen Kopf in Caterinas Schoß. Sie wollte nicht glauben, was sie sah. Er klammerte sich hilflos an sie und zitterte vor Angst, schien sich schließlich jedoch zu besinnen und stürzte aus dem Zimmer.

Während der nächsten Tage herrschte Grabesstille im Palazzo. Riario verließ sein Studio nicht. Da Ghetti nicht von sich aus berichtete, was geschehen war, wollte Caterina ihn auch nicht fragen. Sie konnte sich die Ereignisse zusammenreimen. Ganz offensichtlich hatte man einen Anschlag auf Lorenzo de' Medici geplant, und dieser Anschlag war gescheitert. Nun fürchtete Riario Lorenzos Rache. Fra Lauro bestätigte ihr, was sie vermutete. Riario hatte sich mit den Pazzi zusammengetan, und zwar unter vollem Wissen seines Onkels. Die Pazzi sollten die Macht in Florenz ergreifen, und Girolamo Riario wollten auf diese Weise seinen Einfluß in der Stadt und damit in ganz Italien erhöhen.

»Das ist doch kein Grund, einen Menschen zu ermorden«, rief Caterina aus.

Fra Lauro schaute sie eindringlich an. »Das ist wahrlich kein Grund.« Dann begann er zu erzählen: »Während der Heiligen Messe stürzten sich die Verschwörer auf Lorenzo und seinen Bruder Giuliano. Lorenzo wurde am Hals verletzt und konnte sich, von seinen Freunden geschützt, in die Sakristei retten. Sein Bruder Giuliano jedoch starb unter den zahlreichen Dolchstichen der Mörder. Weil das Volk von Florenz zu den Medici hielt, wurden die Pazzi und ihre Helfer sofort gehängt oder von der Menge erschlagen. Lorenzo, obwohl schwer verletzt, versuchte noch, die Rachsucht seiner Anhänger zu bremsen. Vergeblich. Es wurde ein schreckliches Blutbad …« Fra Lauro wandte sich ab.

Caterina starrte auf seinen gebeugten Rücken. Sie sah den Mord an ihrem Vater vor sich, als sei er gestern geschehen, sie sah das Blut, sah das Durcheinander der Menschen, hörte aber auch den letzten Schrei des Mörders, eines Menschen, den sie geliebt hatte. Nun erfuhr sie, daß der Mann, den sie gern in ihrer kindlichen Schwärmerei geheiratet hätte, umgekommen war – auf die gleiche Weise wie ihr Vater. Und der Anstifter dieser Tat war ihr eigener Mann.

Ein Fluch schien über ihr zu liegen …

»Woher weißt du das alles?«

»Alle wissen es inzwischen. Außerdem war Gian Antonio dabei.«

Caterina erstarrte. »War er etwa beim Mordanschlag dabei?«

»Nein«, beruhigte sie Fra Lauro, »aber er sollte den Rückzug decken. Er hat von Anfang an abgelehnt, sich am Attentat zu beteiligen.«

Nach ein paar Tagen verließ Riario sein Studio wieder, blieb jedoch im Palast. Caterina sah ihn wie verloren durch die Gänge irren und schließlich in den Kellergewölben verschwinden. Er besuchte die Heilige Messe in seiner Kapelle und ließ sich die Beichte abnehmen. Dann jedoch brach unversehens eine ungewöhnliche Hektik aus. Wie Caterina erfuhr, führten als Folge des Attentats Rom und Neapel Krieg gegen das Florenz der Medici. Riario war erneut kaum noch zu Hause. Auch Ghetti mußte wieder aufbrechen, denn er erhielt den Auftrag, eine Hundertschaft leichter Reiter anzuführen.

Caterina war empört. Sie wollte umgehend an Bona und ihren Onkel Lodovico schreiben und sie um Unterstützung für Florenz bitten. Fra Lauro riet ihr heftig davon ab.

»Willst du dich direkt gegen die Politik deines Mannes stellen? Sei vorsichtig!«

»Er ist ein feiger Attentäter«, rief sie.

»Er hält das Attentat für ein legitimes Mittel der Politik.«

»Es ist mir gleichgültig, für was er es hält, er ist ein Mörder! Wir hätten die Medici warnen müssen, um den Mord an Giuliano zu verhindern.«

Caterina fühlte sich in einen Sumpf blutiger Intrigen hineingezogen. Am liebsten hätte sie persönlich Maestoso gesattelt und wäre unverzüglich nach Florenz geritten, um Lorenzo ihr Beileid auszudrücken, um sich für die Tat ihres Mannes zu entschuldigen. Denn natürlich fiel auch ein Schatten der Tat auf sie! Selbst wenn vermutlich niemand annahm, daß sie etwas mit der Planung zu tun hatte. Dennoch: Der Name Riario, *ihr* Name, konnte in Zukunft nur noch gedacht werden in Zusammenhang mit einem feigen Attentat – und sie, die selbst unter einem Attentat hatte leiden müssen, war gebunden an einen Attentäter.

Fra Lauro nahm Caterina in die Arme. »Sei vorsichtig«, wiederholte er, »und unterschätze Riario nicht. Du hast ihm noch nicht einmal einen Sohn geboren.«

Die nächsten Wochen verbrachte Caterina meist auf der Dachloggia, las wieder in Plutarchs Biographien, schrieb an ihre Stiefmutter und hörte von ihr Klagen über den Schwager Lodovico, *il Moro*, wie Bona ihn nur noch nannte. Er mißachtete die Rechte des legitimen Herzogs und seiner Mutter, der Regentin. »Lediglich mit Hilfe unseres treuen Kanzlers Cecco Simonetta gelingt es mir«, schrieb Bona, »*il Moro* davon abzuhalten, uns kaltzustellen. Was den unnötigen und unsäglichen Krieg zwischen Florenz und dem Papst angeht, so gelingt es mir nicht, *il Moro* zu einer wirklichen Unterstützung der Medici zu veranlassen. Ich erinnere mich noch lebhaft an die prächtige Reise nach Florenz, an den großartigen Empfang und die unerschöpfliche Gastfreundschaft, die uns dort zuteil wurde. Im Gegensatz zu Deinem Onkel weiß ich, daß eine tiefe Freundschaft meinen noch immer von mir tief betrauerten Galeazzo Maria, Deinen Vater, und den in seiner Gesinnung edlen und kunstliebenden Lorenzo verband. Aber *il Moro* ist neidisch auf Lorenzos Ruhm. Ein *Moro* wird stets im Schatten eines *Magnifico* stehen. Leider ist auch Simonetta in seiner Haltung schwankend und zögerlich, obwohl nach dem Attentat der Pazzi der Ruf des Papstes und insbesondere Girolamo Riarios in Mailand denkbar schlecht ist. Dies muß ich Dir leider mitteilen. Die zivilisierte Welt spricht mit Abscheu über diese hinterhältige Tat.«

Riario schien sein schlechter Ruf wenig zu kümmern, und auch die Angst vor einem Attentat hatte sich gegeben. Er sprach nur noch von dem Krieg, der sich erfolgreich entwickle, wenn auch die Florentiner und ihr schurkischer Führer Lorenzo de' Medici noch nicht vollständig besiegt seien.

Am Ende des Winters mußte Riario den neapolitanischen König Ferrante aufsuchen, den Verbündeten im Krieg gegen Florenz, und reiste in die Stadt am Vesuv. Im März – man schrieb das Jahr 1479 – kehrte er wieder zurück. Bevor er zu seinem Onkel in den Vatikan eilen mußte, speiste er mit Caterina zu Abend. Seine Laune war schlecht, und er klagte über Zahnschmerzen. Sie besserte sich, als Caterina ihm mitteilte, sie sei wieder schwanger.

Eine Weile ließ er seinen Blick auf ihr ruhen. »Du bist schöner geworden in der letzten Zeit. Die Schwangerschaften scheinen dir gutzutun. Endlich hast du eine weibliche Brust. Gott, wenn ich noch daran denke, was für eine dürre Bohnenstange du warst, als wir den Heiratsvertrag schlossen. Ich dachte damals: Dies magere Hühnchen wird nie anständige Eier legen.« Er lachte über seinen Ausdruck und zog Luft durch die Zähne.

Caterina sah keinen Anlaß, darauf etwas zu antworten, und aß schweigend weiter.

Riario starrte nun mißmutig in sein Weinglas.

»Was hast du eigentlich in Neapel getan?« fragte sie.

»Heißblütige Neapolitanerinnen gefickt«, antwortete er mit einem schmierigen Grinsen, »und mit König Ferrante Karten gespielt.«

Caterina überging kühl die Bemerkung, aus der der ligurische Gemüseverkäufer sprach. »Und hast du gesiegt?«

»Manchmal«, stieß er finster hervor. »Der neapolitanische Schlaumeier bleibt zwar auf unserer Seite, will aber, daß wir uns in einem höheren Maß an den Kosten für den Krieg beteiligen. Dabei ist *er* derjenige, der letztlich bedroht ist, wenn jemand auf die Idee kommt, die französische Karte zu spielen. Dann wird er froh sein, wenn der Papst zu ihm hält. Aber ich wollte unser Bündnis nicht gefährden, und so zahlen wir eben. Dafür müssen unsere frommen Schäfchen tiefer in die Tasche greifen. Hauptsache, ich kann dieses Jahr noch Lorenzo *il Bruto* wie eine Schmeißfliege zerquetschen.« Er preßte seinen Daumen mit einer drehenden

Bewegung auf die Tischdecke. »Im übrigen werde ich in den nächsten Tagen nach Venedig reiten müssen, um die heimtückische *Serenissima* zu einer neutraleren Haltung zu bewegen.« Er spuckte einen Olivenkern auf den Boden. »Immer muß ich die Dreckarbeit erledigen. Alle sehen in mir den Attentäter. Aber wer erfolgreiche Politik treiben will, muß sich manchmal die Hände schmutzig machen.«

»Das hat mein Vater anders gesehen«, entgegnete Caterina kühl.

»Ja, dein Vater war ein besonders guter Mensch. Und daher wurde er auch ermordet.«

Caterina erstarrte. In einer ersten Aufwallung hätte sie Riario am liebsten das Weinglas ins Gesicht geworfen, aber statt dessen traten ihr Tränen in die Augen.

»Das hättest du nicht sagen dürfen«, flüsterte sie.

Er grinste sie schief an, preßte ein »War nicht so gemeint!« hervor und wechselte das Thema: »Außerdem muß ich mich in Imola sehen lassen. Die Stadt soll ihren *signore* nicht vergessen. Und bei den Ordelaffi in Forlì vorbeischauen. Deren Tage sind gezählt. Ich will endlich meine Grafschaft beisammen haben.«

Caterina wollte Riario nicht zeigen, daß er sie an ihrem wunden Punkt getroffen hatte. Sie schluckte und legte dann eine höhnische Verachtung in ihre Stimme: »Wie willst du die Ordelaffi bewegen …? Vielleicht durch ein Attentat wie in Florenz? Dann mußt du aber geschickter vorgehen.«

17. Kapitel

Riario blieb lange auf Reisen, Caterina vermißte ihn nicht. Stundenlang saß sie allein auf der Loggia, sprach zu den Vögeln und dem Äffchen, rief vergeblich nach ihrem Vater und starrte in die Ferne, hinüber zu dem Erzengel Michael, der mit seinem gezückten Schwert über dem Castello Sant' Angelo wachte. Als eines Abends eine Sternschnuppe wie ein geheimnisvolles Versprechen über den schimmernden Himmel zog, entschloß sie sich, einen Astrologen zu konsultieren. Im Gegensatz zu den meisten Menschen hatte sie es seit dem Tod des Vaters abgelehnt, sich Horoskope legen zu lassen oder Prophezeiungen auch nur anzuhören. Dabei hatte der Hofastrologe der Sforza die Katastrophe geahnt und ihre Folgen vorhergesehen – der Vater war aber nicht bereit gewesen, ihm zu glauben. Hätte er es getan, wäre er vielleicht noch am Leben. Sollte sie sich nicht doch darauf einlassen, zu erfahren, was sie erwartete? Selbst wenn es eine schlimme Nachricht war, mußte sie der Zukunft ins Auge sehen: Womöglich konnte sie ein Unglück abwenden.

So beauftragte sie Fra Lauro, einen ihm bekannten fähigen Astrologen kommen zu lassen.

Nach ein paar Tagen erschien ein kleiner Mann in einem grauen, fußlangen Mantel. Auf seinem Kopf trug er ein schwarzes Barett mit breiter Krempe, und sein Gesicht zierte ein Ziegenbart. Seine Augen standen nie still. Sie hüpften von ihr zu den Silberleuchtern auf der Anrichte, sie betrachteten die Schlange der Visconti-Sforza und dann die Rose der Riari, schauten Rosaria, die eine Karaffe mit Wein und außerdem Granatapfelsaft brachte, tief in die halbgeöffnete *camicetta*, hüpften wieder zurück und starrten Caterina, während er seine Utensilien auspackte, ungewöhnlich lange in ihre Augen.

Dann ließ er sich ihre genauen Geburtsdaten geben und begann, in ein großes Quadrat ein kleines zu zeichnen und in den Zwischenraum eine ganze Reihe von Dreiecken. In das innere Quadrat und die Dreiecke schrieb er mehrere Zahlen, Buchstaben und astrologische Zeichen. Schließlich schlug er ein halb zerfleddertes Buch mit zahllosen Tabellen auf und begann murmelnd zu rechnen. Als Caterina ungeduldig wurde, hob er den Kopf.

»Ihr seid eine Widderfrau«, erklärte er mit leiser Stimme, »eine Jägerin und Kämpferin. Eure verschwenderische Lebenskraft kann Euch zur Lichtbringerin und Siegerin machen. Hattet Ihr eine unbeschwerte Jugend?«

Caterina nickte. »Aber sie endete in einem – schrecklichen Ereignis.«

»Das wundert mich nicht, denn Euer Planet ist Mars.« Er dachte kurz nach. »Ich will Euch sagen, was dies schreckliche Ereignis war: Euer Vater starb.« Er fixierte Caterina. »Genauer: Er wurde ermordet – vor Euren Augen.«

Caterina nickte stumm.

Der Astrologe kratzte sich am Kopf und vertiefte sich erneut in seine Zeichnung, murmelte etwas Unverständliches und wandte sich ihr dann wieder zu: »Ein Widder ist erfüllt von der Liebe zum Leben und getrieben von stürmischen Leidenschaften. Sein Element ist das Feuer. Er begeistert sich und ist draufgängerisch. Mars ist ein männlicher Planet, getrieben von entschlossenem Mut sucht er den Kampf, die Herausforderung, aber er ist auch ungeduldig, unvorsichtig und neigt zur Zerstörung. Dies gilt für den männlichen Kampf im Krieg wie für den Kampf zwischen den Geschlechtern. Mars wartet nicht ab, sondern sucht den Menschen – versteht Ihr? Euer Widder steht in Konjunktion mit der Venus: Ihr geht forsch zur Sache, kennt keine falschen Hemmungen, laßt Euch nicht unterkriegen. Das Leben einer Nonne würde Euch nie liegen. Ihr benötigt leidenschaftliche Gefühle, könnt aber Abhängigkeit nicht ertragen.«

Er machte eine Pause und kratzte mit seiner Feder in dem linken Dreieck am Kopf seiner Zeichnung. Caterina wußte nichts zu sagen, zu sehr fühlte sie sich erkannt – und niedergedrückt, weil sie so wenig das Leben einer Widder-Frau führte.

»Eure Sonne steht im zehnten Haus«, fuhr der Astrologe fort, »Ihr seid ein Vaterkind. Ihr habt seinen Ehrgeiz übernommen, seinen Wunsch nach Ruhm.« Wieder machte er eine nachdenkliche Pause. »Übertreibt nur dabei nicht!« Er schaute sie forschend an.

Caterina erwiderte seinen Blick mit einem unsicheren Lächeln.

»Ich bin offen, Madonna, alles andere würde Eure Klugheit beleidigen und die Bezahlung nicht rechtfertigen. Oft wird der Überbringer einer schlechten Nachricht für die Nachricht bestraft ...«

Caterina runzelte die Stirn: »Wo ist die schlechte Nachricht? Ich habe keine gehört.«

»Nun, ich meinte das ganz allgemein. Ihr seid noch jung, Euer Leben liegt vor Euch. Es ist gut, daß Ihr mich rieft. Wenn man jung ist, kann man drohenden Gefahren aus dem Weg gehen. Ein guter Arzt heilt den Kranken, ein guter Astrologe dagegen verhindert, daß der Gesunde krank wird. Versteht Ihr?«

Sie schüttelte den Kopf. »Laßt die wohlfeilen Wahrheiten, werdet konkret!«

Der Astrologe lachte: »Oh, entschuldigt!« Seine Stimme wurde unversehens scharf und kalt: »Geht nie über Leichen!

Wenn Ihr Euren Wankelmut überwindet, wird Euer Gefühl Euch sicher leiten. Euer Aszendent steht im Krebs, das heißt, Ihr haltet Kontakt mit den Strömungen des Lebens, Ihr seid fruchtbar …«

»Da ich fruchtbar bin«, unterbrach sie ihn, »könnt Ihr mir gewiß sagen, ob mein Kind, das ich unter dem Herzen trage, gesund zur Welt kommt, ob es ein Junge oder ein Mädchen wird.«

Der Astrologe ließ seinen Blick an ihr hinabgleiten und trank einen Schluck Wein. Caterina setzte das Glas mit dem Granatapfelsaft an ihren Mund.

»Nun«, er räusperte sich, »Euer Junge wird gesund zur Welt kommen.«

Caterina entlohnte ihn reichlich. Kaum war sie allein, flüchtete sie sich in das Schlafzimmer und kniete sich vor ihr Gebetspult. Aber sie betete nicht. Sie mußte die Gefühle im Zaum halten, die wie eine Herde ungezähmter Pferde losstürmten. Die Worte des Astrologen wirkten wie eine Befreiung auf sie; nicht nur, weil er ihr einen Jungen prophezeit hatte, sondern weil sie sich erkannt fühlte. Die Sterne logen nicht, in ihnen versteckte der Allmächtige den ewigen Lauf der Dinge und das Schicksal der Menschen. Entscheidend war, einen guten Sterndeuter zu finden – und auf seine Deutung zu hören.

Wie nach einem ermutigenden Traum fühlte Caterina sich unerwartet stark. Der Palazzo der Riari in Rom sollte ihr Leben nicht immer begrenzen. Bald würde sie Maestosos Rücken besteigen, durch das düstere Torgewölbe reiten, hinaus auf die offene Straße und eine neue Welt erobern. Und diese neue Welt führte zu weiteren, unbekannten Welten. Doch Girolamo Riario, dieser reich und mächtig gewordene Gemüseverkäufer, würde sie kaum bis ans Ende dieser Welten begleiten. Sie mußte ihn ertragen, solange er Macht über sie besaß, aber eines Tages würde sein Stern sinken – und ihr Stern zu strahlen beginnen.

Caterina spähte kurz zur milden Madonna über ihr und zum Gekreuzigten. Ob die beiden ihre Gedanken belauscht hatten? *Geht nie über Leichen*, hatte der Astrologe sie gewarnt. Was meinte er damit? Glaubte er vielleicht, sie könnte ihren Ehemann vergiften? Oder wie Judith ihm nach einer Liebesnacht den Kopf abtrennen?

Im September gebar Caterina ihren ersten Sohn. Riario eilte herbei, hielt ihn stolz in die Höhe und pries die Fruchtbarkeit seiner Frau. Der Junge wurde Ottaviano genannt und während einer weihrauchgesättigten Messe auf Caterinas Wunsch hin vom Vizekanzler Kardinal Rodrigo Borgia über das Taufbecken gehalten. Caterina stand wieder im Mittelpunkt der römischen Aufmerksamkeit. Auch der Heilige Vater war in San Pietro anwesend, ließ seinen Blick wohlwollend auf dem in Weiblichkeit erblühten Körper der jungen Mutter ruhen. Hinter ihm standen viele Kardinäle, und Abordnungen aller großen Familie umschlossen den Täufling und seine Eltern. Adriana del Mila flüsterte ihr zu: »Denkt an die Edelsteine. Und macht weiter so!«

Kardinal Borgia versprach in seiner kurzen Ansprache, den jungen Ottaviano Riario wie einen eigenen Sohn zu behandeln – wobei er wohlwollend auf seine beiden anderen »Patensöhne« Cesare und Juan herabschaute, die bereits während der Meßfeier ungebührlich gelärmt hatten, jetzt auf allen vieren zwischen den Beinen der hohen Herrn herumkrochen und den Kardinälen an ihren Purpurgewändern zupften. Sein Geschenk, ließ Kardinal Borgia mit wohltönender Stimme verlauten, sei eine alte spanische Bibel, mit Edelsteinen verziert und voll wunderbarer Illustrationen. Sie möge dem jungen Ottaviano für alle Zeiten Leitbild und Richtschnur sein. Das R am Anfang und Ende der *Richtschnur* ließ er beeindruckend rollen.

Borgias Söhne tobten inzwischen derartig laut, daß ihr Vater sie zur Ordnung rufen mußte. Als Cesare seinen jüngeren Bruder daraufhin in den Magen boxte und dieser in gellendes Geschrei ausbrach, wurde die gesamte Meßfeier unterbrochen. Später, während des Banketts im Hause Riario, waren die beiden Jungen noch immer anwesend und hatten Spaß daran, Katzen am Schwanz zu ziehen und Hunde mit Stöckchen zu traktieren. »Cesare ist bereits jetzt ein rechter Racker«, erklärte Kardinal Borgia stolz, umarmte dann Vannozza d'Arignano, die Mutter der Knaben. Ihr Mann, der offizielle Vater und Namensgeber von Cesare und Juan, stand lächelnd daneben.

Caterina bedauerte, daß Bona nicht gekommen war. Onkel Lodovico hatte ein paar gestelzte Worte geschrieben und betont, daß die augenblicklichen Beziehungen zwischen Mailand und dem Heiligen Stuhl durch die kriegerischen Auseinandersetzungen mit Florenz belastet und außerdem die Vorgänge in Mailand bedrohlich seien und seine gespannte Aufmerksamkeit erforderten. Was er damit meinte, war Caterina nicht klar. Sie begriff es erst, als sie einige Tage nach der Taufe von Bona einen langen Brief erhielt, in dem ihre Stiefmutter ihr mitteilte, daß *il Moro* nun mit Hilfe seiner Brüder die Macht in Mailand endgültig an sich gerissen habe. »Mein kleiner Gian Galeazzo, der legitime Herzog, hat nichts mehr zu sagen, auch ich bin kaltgestellt. Ich verlor kürzlich meine letzte Unterstützung am Hof und in der Signoria, unseren alten Cecco Simonetta, der mir gegenüber unverschämt geworden war. Ich konnte und wollte ihn nicht mehr halten, und Deine Onkel konstruierten einen Verratsfall, der ihn in den Kerker brachte, wo er intensiv befragt wurde. Der alte Mann mußte schrecklich leiden.«

Caterina schaute aus dem Fenster. Unten auf der Straße wimmelte es von Menschen. In einer alten Wiege neben ihr schlummerte Ottaviano, während die Amme ihren eigenen Sohn stillte. Scipione spielte mit Bianca. Rosaria, die am zweiten Fenster saß, stickte.

Caterina vertiefte sich erneut in Bonas Brief. Ihre Stiefmutter berichtete ihr von dem Anlaß, der den alten Simonetta bei ihr in Ungnade hatte fallen lassen. Sie hatte sich in ihren Fleischschneider Antonio verliebt, verbrachte die Nächte mit ihm, hörte auch in politischen Fragen auf den jungen Mann mit dem schönen Körper und den sanften Augen und ritt mit ihm sogar zusammen durch die Straßen Mailands. »Du weißt, liebe Caterina, daß ich keine große Reiterin bin. So ließ ich mich auf Antonios Pferd setzen, und er hielt mich fest, damit ich nicht hinunterfiel. Die Bürger von Mailand applaudierten mir und riefen *Bona Cleopatra! Marco Antonio!* Als Simonetta davon hörte, wurde er unverschämt. Ich kann nicht wiederholen, wie er mich nannte. Ich entließ ihn unverzüglich aus all seinen Ämtern. Nun sind all seine Knochen gebrochen. Das kommt davon, wenn man seine Grenzen nicht wahrt. Dennoch befürchte ich, falsch gehandelt zu haben, denn *il Moro* erklärt vor der Signoria ohne Scheu, ich sei nicht mehr zurechnungsfähig. Und niemand widerspricht ihm.«

Caterina ließ den Brief sinken, schüttelte verständnislos den

Kopf. Ein Fleischschneider! Bona hatte sich in einen kleinen Lakaien verliebt! Und zeigte sich mit ihm auch noch in aller Öffentlichkeit! Wie instinktlos und dumm! Jetzt hatte *il Moro* natürlich leichte Hand, sie und damit auch den rechtmäßigen Herzog zu entmachten. Bona hatte endgültig das Erbe des Vaters verspielt, und der alte, treue Simonetta hatte dafür büßen müssen.

»Du wirst mich nicht verstehen, Caterina«, las sie weiter, »so vernünftig, wie Du bist, aber ich bin lediglich ein schwaches Weib, dem man in der Blüte der Mutterschaft den Mann und die Bestimmung genommen hat und das nun entdeckt, daß es in Ehe und Witwenzeit etwas versäumt hat. Antonio, mein Geliebter, ist ein einfacher, wenn auch schöner Junge aus dem Volk, und doch macht er mich so glücklich, daß ich bereit bin, die Pflichten der Herzogswitwe zu vernachlässigen und die Verantwortung der Regentschaft abzugeben. Du wirst mich verurteilen. Aber der Sog des Glücks war zu stark. Ich wollte nicht mehr verzichten, von den süßen Früchten des Lebens zu kosten.«

Caterina starrte auf Bonas letzte Worte. Dann warf sie den Brief ins Feuer.

Riario, dem sie von dem Umsturz in Mailand bei ihrem nächsten gemeinsamen Nachtmahl berichtete, zeigte sich unbeeindruckt. Er wisse bereits lange von den Vorgängen, *il Moro* sei ohnehin seit Jahren der wirkliche Herrscher. »Du magst ihn nicht besonders, oder?« fragte er mit einem falschen Lächeln.

Caterina antwortete nicht.

»Er mag dich auch nicht. Wichtig zu wissen.«

Sie schaute Riario an. Er trank zu viel, schaufelte große Fleischstücke in sich hinein und schluckte sie kaum gekaut herunter. Seine Augen waren dunkel umrandet, seine nach vorne gekämmten Haare waren schütterer geworden und zeigten erste graue Strähnen. Auch seine Haut sah grau aus. Dieser Mann war ihr so fremd geblieben wie irgendein Wasserverkäufer von Roms Straßen, ein Geldwechsler vom Rione di Ponte oder ein Glücksritter aus Sizilien. Aber seit dem Besuch des Astrologen bedrückte sie die Ehesituation nicht mehr so. Sie wußte, daß ihre Zeit noch kommen würde.

»Ich möchte nach Mailand reisen«, sagte sie. »Die Kinder sind gut versorgt, und bevor der Winter endgültig hereinbricht, kann ich wieder in Rom sein. Ich …«

»Kommt nicht in Frage.«

Die Bestimmtheit, mit der Riario ihr die Reise in ihre Heimat verbot, machte sie wütend.

»Und warum?«

»Viele Gründe …«

Tagelang speiste Caterina nicht mit ihm zusammen, mußte ihn aber nachts ertragen, denn ein einziger Sohn gewährleistete noch keinen Fortbestand des Geschlechts. Als sie ihn auf ein ohnehin verspätetes Geschenk für die Geburt des männlichen Erben ansprach, lachte er sie aus.

Nach Weihnachten kündigte er an, er müsse erneut nach Venedig reisen, weil es Lorenzo, dem *Feigling*, gelungen sei, König Ferrante von Neapel zu einem Separatfrieden zu bewegen, ja, ihn sogar zu einem Bündnis zu überreden. »Und ich muß wieder den vertrottelten Dogen der greisen Serenissima beschwätzen, das Bündnis mit Florenz aufzugeben. Außerdem sind die Ordelaffi endgültig dran. Forlì muß fallen. Ich warte nicht länger auf meinen Grafentitel.«

Kaum wurden die Tage länger, war Caterina erneut schwanger. Riario weilte noch in Venedig. Sie erhielt von ihm einen Brief, in dem er ihr stolz mitteilte, die Angelegenheit in Forlì gehe gut voran, auch seine politische Mission sei glücklich verlaufen, er habe sogar eine venezianische *condotta* erhalten. Bitter sei allerdings, daß er Lorenzo noch immer nicht zerquetscht habe wie eine Laus und der Krieg ohne entscheidende Erfolge eingeschlafen sei. In Zukunft werde er häufiger bei seiner Familie weilen.

Während des Sommers war er wieder in Rom. Kurz vor der Geburt ihres dritten Kindes erlebte Caterina einen gutgelaunten und gesprächigen Gemahl. Es gab sogar Tage, an denen er mit ihr ausritt und ein Picknick in den Weinbergen ausrichten ließ. Und sie erfuhr den Grund für seine gute Stimmung: Die Ordelaffi waren aus Forlì vertrieben. Der Heilige Vater hatte Riario endgültig und mit allen Titeln zum Grafen und *signore* von Imola und Forlì ernannt, außerdem zum Generalkapitän und damit zum obersten Feldherrn der Kirche. »Dieses Amt ist besonders gut bezahlt«, betonte Riario. »Endlich kann ich meine taktischen Fähigkeiten auch im Feld unter Beweis stellen.«

»Wollt ihr schon wieder Krieg führen?« fragte sie entsetzt.

»Der Krieg ist bekanntlich der Vater aller Dinge. Ohne Mars' Hilfe kann man nichts gewinnen.« Er lachte selbstgefällig. »Aber du kannst beruhigt sein. Vorerst herrscht Frieden, und du sollst mir einen zweiten Sohn schenken, Madonna, Gräfin von Forlì!«

Caterina lächelte schwach.

Im August 1480, ein knappes Jahr nach der Geburt Ottavianos, kam Caterina mit einem zweiten gesunden Knaben nieder. Riario ließ ihn auf den Namen Cesare taufen. Kaum war Caterina wieder auf den Beinen, erlitt sie einen heftigen Fieberanfall, der sich mehrfach wiederholte. Bisher hatte die *mal aria* sie verschont, doch nun packte die Krankheit sie unerbittlich. Eine Weile glaubte Caterina, sterben zu müssen. In ihren Fieberträumen sah sie bereits ihren Vater, der stumm auf ein offenes Grab deutete, das tief wie ein Brunnen war und in dem Girolamo Olgiati verschwand. Caterina wollte ihm nachspringen, Fra Lauro hielt sie jedoch fest.

Der Tod verneigte sich lächelnd vor ihr und verschwand. Allerdings kränkelte sie noch den langen, feuchten Winter. An der guten Laune ihres Gatten konnte ihre gesundheitliche Schwäche nichts ändern. Er war nun plötzlich stolz auf seine drei Söhne und sogar auf Bianca, die sich alle zu seiner Freude entwickelten. Insbesondere Ottaviano war reichlich von seiner Amme genährt worden, seine Pausbacken rundeten sich. Am liebsten hockte er auf dem Boden und spielte mit Klötzchen, selbst als er bereits laufen konnte.

Scipione saß häufig an Caterinas Bett, während Rosaria der allmählich Genesenden die Schriften der Philosophen und die Verse der Penthesilea-Tragödie vorlas. Er lauschte geduldig, seine Augen unverwandt auf Caterina gerichtet, gleichgültig, ob er Rosarias Vortrag verstand oder nicht.

Im Frühjahr 1481 gesundete Caterina wieder. Riario verkündete, nun sei es an der Zeit, sich als der neue *signore* in Forlì einzuführen. Im Juli werde die Familie in die Romagna ziehen. Er warf sich in die Brust. »Für uns beginnt eine neue Zeitrechnung!«

Caterina wollte kaum glauben, was er sagte. Freudig seufzte sie: »Endlich kann ich wieder ausreiten!« Noch am selben Tag ließ sie Maestoso satteln und galoppierte auf ihm, von Ghetti begleitet, durch die engen Gassen, daß die Hühner, Kinder und Huren kreischend zur Seite sprangen. Zum ersten Mal verließ sie Rom durch die Porta del Popolo in Richtung Norden. Erst als Maestoso müde wurde und Ghetti sie eindringlich zur Umkehr mahnte, lenkte sie ihren Schimmel zurück in die Stadt.

Abends wieder auf der Dachloggia, schloß sie zufrieden die Augen. Der Astrologe hatte recht behalten: Sie hatte nicht nur einem, sondern sogar zwei Jungen das Leben geschenkt, und beide waren sie gesund. Jetzt nahte der Augenblick, auf den sie lange gewartet hatte, das Tor öffnete sich, und sie stürmte als *signora* hinaus. Rom hatte für sie lediglich Erniedrigung und Langeweile bedeutet. *Ihr seid eine Jägerin und Kämpferin*, hatte der Astrologe zu ihr gesagt. Genau dies war sie. *Eure verschwenderische Lebenskraft kann Euch zur Lichtbringerin und Siegerin machen*. Genau dies wollte sie werden! Eine *Lichtbringerin und Siegerin.*

18. Kapitel

Magnificat anima mea Dominum, quia respexit humilitatem ancillae suae. Hochpreist den Herrn meine Seele, denn gnädig blickte ER auf Seine niedre Magd.

Die düsteren Tage der Ewigen Stadt mit all ihren niederdrückenden Ereignissen liegen hinter uns. *Deo gratias.* Girolamo Riario hat als neuer *signore* von Forlì und Imola Einzug gehalten in dem Ort, der uns in Zukunft Heimstatt sein wird. Und ich bin froh darum: Insbesondere für Caterina, die in Rom dahinwelkte wie eine Blume, der das lebensspendende Wasser entzogen wird. Das Licht und der fruchtbare Boden der Romagna mögen sie wieder aufrichten und in ihrer natürlichen Schönheit und Frische leuchten lassen. *O lux, infunde lumen cordibus!* möchte man ausrufen. O segensreiches Licht, ergieße dich in unsre Herzen!

Auch ich kann eine frohgemute Stimmung nicht unterdrücken, weil das Rom der unausweichlichen Ränkespiele, der erdrückenden Macht der Riario-Familie und ihrer kriegstreiberischen Aktionen nun hinter uns liegt.

Ich bete für eine Zeit des Friedens. Ich bete auch darum, daß die vom Papst und seinem Neffen abgesetzten früheren Herrscher von

Forlì, die Ordelaffi, ohne Widerstand und Rachegelüste hinnehmen, daß sie nun ihrer langjährigen Pfründe beraubt sind. Der Barmherzige verzeihe mir, wenn ich mit ihrem Schicksal wenig Mitleid empfinde, denn es ist angefüllt mit Grausamkeiten aller Art. Unser neuer Stadtheiliger Mercuriale wird oft genug in tiefe Seufzer ausgebrochen sein über das Blut, das in dieser Familie geflossen ist. An Tagen, an denen Freude herrschen soll, fällt es schwer, zu erwähnen, daß Pino Ordelaffi, lange Zeit das Oberhaupt der Familie – inzwischen schmort er in der Hölle –, seinen Bruder, seine Frau und schließlich auch noch seine Mutter umgebracht hat. Da er zur gleichen Zeit viele fromme Stiftungen der römischen Kurie zukommen ließ, blieb er unbehelligt, erntete sogar noch das Wohlwollen Seiner Heiligkeit. Schließlich ereilte ihn doch das gerechte Schicksal: Seine Stiefmutter ließ ihn von dem Gift kosten, das er selbst so oft gebraut hatte, und meine Mitbrüder hier am Ort erzählten mir, daß während schwarzer Nächte die Wände des Palasts widerhallten von dem Gebrüll des tödlich getroffenen Mörders. Vermutlich jagten ihn die Furien sehenden Auges ins Fegefeuer.

Ich würde gerne den Mantel des betroffenen Schweigens über diese düstere Geschichte decken. Denn Pino Ordelaffi ist tot. Doch seine Söhne und Enkel leben. Gegen sie hat sich Girolamo Riario mit Hilfe seines Onkels durchsetzen können. Sie mußten zwar die Stadt verlassen, durften jedoch ihre bewegliche Habe mitnehmen. Und ihren Haß. Wo sie Unterschlupf gefunden haben, weiß ich nicht; ich bete, daß ich es auch in Zukunft nicht zu wissen brauche; daß sie nicht Rache schwören und nach Helfern suchen, ihre Rachsucht zu stillen.

Doch bereits die Tatsache, daß Riario trotz mahnender Hinweise seinen Einzug in die Stadt auf die Vesperstunde legte, scheint mir ein ungünstiges Omen zu sein. Denn diese Stunde steht unter dem Zeichen des Mars. Soll man wirklich eine Herrschaft beginnen, während der Kriegsgott sein Szepter schwingt? Müssen wir nicht die Schrift am Himmel lesen, mit der uns der Allwissende warnt?

Und wieviel Prunk, Pracht und Reichtum soll man seinen Untertanen zeigen, wenn man sich als neuer *signore* einführt? Ist es nicht besser, bescheiden aufzutreten und herrschaftliche Tugenden herauszustellen? Gold und Silber glänzen zwar, verblenden aber auch, machen gierig und spiegeln sich allzugern in den grünen Augen des Neids.

Am fünfzehnten Juli anno domini 1481, einem sonnendurchstrahlten Tag, zog Graf Girolamo Riario mit seiner ganzen Familie, mit Dienerschaft und Leibwache in Forlì ein. Was durften da die Forliveser bewundern! Gold- und silberbestickte Schabracken auf den Rücken der schwer beladenen Maultiere und der edlen Pferde, eine in grüne Seide gekleidete Leibwache, die ihre *versilberten* Hellebarden in der Sonne blitzen ließ. Trommler rückten im Rhythmus ihrer Schläge voran, die Posaunen schmetterten, und überall flatterten die Banner mit der Rose und der Schlange im Wind.

Während so der Graf vor das Stadttor zog, zeigte auch die Stadt, daß sie ihn zu ehren verstand. Die Stunde der Begrüßung schlug mit allen Glocken. Die versammelten Musiker setzten ihre Trommelschläge gegen die Trommelschläge aus Rom, sie ließen ihre Trompeten jubeln und Lauten erklingen. Weißgekleidete Kinder schwenkten Palmzweige und riefen gereimte Lobpreisungen. Bischof und Bürgermeister, Magistrat und alle Edlen der Stadt verbeugten sich vor dem neuen Herrn, der *governatore* übergab ihm die Schlüssel, und alle Zuschauer spendeten Beifall.

Riario saß steif auf seinem Braunen. Die Blicke der Forliveser wanderten über seine Wappenrose zu der wirklichen Rose an seiner Seite, zu Caterina, die trotz ihrer Schwangerschaft in natürlicher Anmut mit ihrem andalusischen Schimmel verwachsen zu sein schien. Beide ritten sie durch das Cotigno-Tor, das wie ein Triumphbogen geschmückt war, während von der Stadtmauer herab Jünglinge Verse deklamierten und von den Häuserwänden mit den Wappen der Visconti-Sforza und der Riari bestickte Teppiche und Tücher grüßten.

Es ging zum Duomo Santa Croce. Zu unserem großen Erstaunen wurde der Graf dort unter den Klängen des *Te Deum* auf den Altar gesetzt. Auf den Altar! Riario genoß lächeld die Ehrung. Caterina ließ sich bescheiden auf einem Stuhl zu seiner Linken nieder.

Bischof Numai zelebrierte das Hochamt, und beim Verlassen des Doms sangen drei einheimische Schönheiten, in flatternden Schleiergewändern als Gerechtigkeit, Mäßigung und Tapferkeit verkleidet, einen weiteren Lobgesang auf die Tugenden des Herrschers.

Anschließend bewegte sich der Zug hinüber zur Piazza Grande, die von San Mercuriale, dem Stadtpalast mit dem weithin bewunderten Uhrturm und den schützenden Arkaden sowie dem Gebäude des Magistrats eingerahmt wird. Der Graf, wieder hoch zu Roß, drehte seine drei Runden, um symbolisch die Herrschaft über die Stadt zu ergreifen, schaute sich dabei nach allen Seiten um, winkte und nickte huldvoll, so wie es sein Onkel, der Heilige Vater, zu tun pflegt. Caterina, ein wenig hinter ihm, lächelte. Sie wirkte glücklich. Noch immer ist sie ein junges Mädchen, das sich an Glanz und Glitter freut und das im Jubel der Menge förmlich baden kann. Möge ihr der Allmächtige die Liebe des Volkes erhalten, auch dann, wenn dunklere Wolken über die Romagna ziehen.

Riario drehte sich der Menge zu und rief: »Ich vertraue mich euren starken Armen an!« Und ganz Forlì brach erneut in Jubel aus.

Nach altem Brauch überließ nun der Herrscher dem Volk sein Pferd. Riario stieg ab und reichte einem der in seiner Nähe Stehenden die Zügel. Die jungen Männer der Stadt rissen die Schabracke herunter und zerrten an Zügel und Halfter. Aufgeregt wieherte der Braune.

Ich konnte mich nur wundern. Ich wunderte mich noch mehr, als Caterina zusehen mußte, wie sich unversehens das Volk auf Maestoso stürzte. Das goldene Saumzeug wurde in Stücke gerissen, die Menschen prügelten sich um das Pferd. Verwundete lagen am Boden, Blut floß. Waren nicht soeben Gerechtigkeit und Mäßigung gepriesen worden? Auf einmal herrschte die nackte Gier.

Gian Antonio schüttelte verständnislos den Kopf; es drängte ihn, einzugreifen. Aber bevor er etwas unternehmen konnte, hörte ich Caterina schreien. Sie wollte das Pferd nicht hergeben und versuchte, die Menge wegzuscheuchen. Vermutlich hatte sie diesen Brauch für rein symbolisch gehalten und mußte nun feststellen, daß er wörtlich gemeint war. Sollte sie ihren Augapfel, das Geschenk ihres Vaters, dem Pöbel überlassen?

Einen Augenblick sehe ich sie nicht mehr. Ihr Hengst steigt auf die Hinterbeine und schlägt aus. Noch mehr Verletzte liegen am Boden. Es entsteht heftiger Tumult, Gedränge, Fäuste recken sich. Gian Antonio stürzt hinzu, um Caterina zu helfen.

Da sehe ich sie wieder. Sie reißt sich den mit Perlen und Edelsteinen geschmückten Brokatmantel vom Leib, wirft ihn den jungen Männern zu, die den sich heftig wehrenden Schimmel wegzerren wollen – und schon prügeln sich die Habgierigen um den Mantel, jeder will eine Perle oder gar einen Edelstein ergattern. Caterina ist es gelungen, den ausschlagenden Maestoso zu beruhigen, und ohne sich noch einmal umzudrehen, führt sie ihn hocherhobenen Hauptes in den Palast.

Riario – und auch die Würdenträger der Stadt – hatten hilflos zugesehen.

Quod erat demonstrandum: Mars regiert die Stunde.

Während des Empfangs im Palasts war man wieder unter sich. Der *podestà* flüsterte Bischof Numai etwas zu, die *anziani*, der *Rat der Vierzig*, wie die hiesige Signoria genannt wird, steckten die Köpfe zusammen. Caterina hatte sich niedergelassen, ordnete das zerzupfte Haarnetz, das in dem Gedränge auch einige Perlen verloren hatte, und lächelte. Ihr Lächeln war nun eingefroren und hart.

Der Graf ergriff das Wort: Er tat so, als sei nichts geschehen. Mit seiner wenig wohltönenden Stimme verordnete er einen Gnadenerlaß, der den Eingekerkerten die Freiheit schenkte, und verkündete dann etwas, was all die Mächtigen und Reichen der Stadt mitsamt ihren Söhnen und Frauen vor Erstaunen zum Verstummen brachte. Er erließ den Bürgern einen Großteil ihrer Steuern. In Zukunft muß in Forlì niemand mehr Steuern auf Getreide und Mehl zahlen, keine Abgaben auf Mitgift und Hochzeitsverträge, und auch der Zoll beim Eintritt in die Stadt entfällt. Nicht einmal wer seinen Grund und Boden teilt, braucht eine Gebühr zu entrichten. Der Graf ist so reich, dies war die Botschaft, daß er Einnahmen aus seiner Stadt nicht benötigt.

Kaum hatte er seine Ansprache beendet, brandete Jubel auf, der gar nicht enden wollte. Der Graf winkte generös in die Menge, badete förmlich in dem Vivat-Geschrei. Die Fenster wurden aufgerissen, die Nachrichten hinuntergeschrien, und dann flogen – wohl ebenfalls ein alter Brauch in Forlì – Konfekt und Torten hinab in die Menge, wo sie im Freudentaumel zertreten wurden.

Kennt unsere Verschwendung noch Grenzen? Dies sage ich, ein Bettelmönch, der sich der Armut, der Keuschheit und dem Gehorsam verschrieben hat.

Am späten Abend folgte das Festmahl. Caterina hatte sich umgezogen und trug nach burgundischem Brauch einen hohen Turbanhut, von dem ein perlenbestickter Schleier bis auf den Boden wehte. Gerötet von der Wärme der Kerzen und der Speisen, zeigte sie keine Anzeichen der Ermüdung. Sie schien auch vergessen zu haben, was noch Stunden zuvor geschehen war, und genoß die gefüllten Forellen und die Meeresfrüchte mit der Aalpastete. Als die Süßspeisen aufgetragen wurden, verzichtete sie weder auf die Dattelrolle noch auf die Kürbistorte.

Als der Tanz eröffnet wurde, zeigte sie noch immer keine Ermüdung. Ein rundbäuchiger *maître de plaisir*, wenn mir ein Ausdruck aus dem Land der Franzosen erlaubt ist, schwang sich an ihre Seite. Wie ich vernahm, heißt er Leone Cobelli und ist der hiesige Chronist, ein Verseschmied und Vortänzer, ein Porträtmaler und Liebhaber der Astrologie. Er gab an, der Gräfin die Abfolge der Schritte zeigen zu müssen, und eröffnete auf diese Weise den Reigen der Tänzer. Der Graf ließ ihn gewähren. Und Caterina? Trotz ihres gesegneten Leibes tanzte sie! Sanft und leicht lag sie in den Armen des rundlichen Alleskönners und genoß sichtlich den Tanz. Die beiden schwebten durch den Ballsaal, Bäuchlein an Bäuchlein, so muß man es ausdrücken, und man hätte glauben können, daß Fortuna lächelte.

Am nächsten Morgen zeigte sich Caterina, im Gegensatz zu dem wenig gnädigen Grafen, ausgeschlafen und guter Laune. Sie schien den Angriff auf ihr Lieblingstier vergessen zu haben. Sie strahlte, als man sie zum Turnier führte, das ihr zu Ehren abgehalten wurde und das ganz unter dem Thema der Befreiung des von den Türken besetzten Otranto stand. Schon wieder trug sie ein neues Kleid. Nun aus lindgrüner Seide, bestickt mit Rosen, Lilien und Narzissen. Überall leuchteten und glitzerten die Edelsteine, und an ihrem Hals prangte die Halskette, die der Heilige Vater ihr geschenkt hatte.

Man darf geteilter Meinung sein darüber, ob ein so blutiges Ereignis, ja ein so grausames Glaubensfanal der angemessene Anlaß für ein Volksspektakel sein sollte. Immerhin hatten die ungläubigen Türken kurz zuvor italienischen Boden betreten, Otranto im Süden unseres schönen Landes erobert, zwölftausend Einwohner in die Sklaverei verkauft und zehntausend unter unsäglichen Qualen getötet. Otrantos Bischof und der *podestà* waren bei lebendigem Leib in zwei Teile gesägt worden! Männer, Frauen und Kinder wurden gehäutet, gepfählt, in Stücke zerhackt – der Herr sei ihrer armen Seele gnädig!

Und nun ein Turnier, das unter dem Motto stand: Eroberung von Otranto, Vertreibung der Türken, Kreuzzug gegen die Ungläubigen. Die ritterlichen Söhne der Stadt bestürmten mit ihren Lanzen die weiß-rot bemalte Festung, von den Zimmerleuten der Stadt in fleißiger Arbeit hergestellt, und alles sah leicht aus. Schließlich siegte Antonio Orcioli, der Sohn eines hiesigen Edelmannes, nachdem ihm gelungen war, als erster Otrantos Tor zu durchreiten. Als Preis erhielt er fünf Ellen Samt und vier Dukaten. Ein beschämender Preis, bedenkt man, daß er in der Hitze des Kampfs ein Auge verlor.

Ich höre noch den Schrei des Verletzten. Auch Caterina zuckte zusammen und wurde blaß. Wir dachten in diesem Augenblick wohl an denselben Schrei, der aus brunnentiefer Vergangenheit zu uns drang. Caterina kümmerte sich um den Verletzten, verband ihn persönlich, überreichte schließlich dem notdürftig Verbundenen sein Geschenk und gab ihm einen Kuß auf die Wange, auf der kein Blut klebte. Dann jedoch verschwand sie unverzüglich in ihren Palast.

Erst am nächsten Tag endeten die Empfangszeremonien mit der Besichtigung der Rocca. Der Graf hatte bereits von Rom aus den Kastellan von Imola, seinen alten Freund aus Ligurien, zum neuen Kastellan von Forlì ernannt, und so wurde die gräfliche Familie von Tommaso Feo samt seinem jüngeren Bruder Giacomo, einem hübschen vierzehnjährigen Knaben, begrüßt. Es waren auch einige Bürger der Stadt dabei, der *governatore*, der *podestà* und sogar Leone Cobelli.

Riario wirkte gelangweilt und müde; aber Caterina besichtigte mit großem Interesse das Gebäude, das an die heimatlichen Castelli erinnert, und wünschte sich einen umfangreichen Ausbau, ja, eine große an die Rocca angrenzende Zitadelle. Riario pflichtete ihr zögernd bei.

Als wir auf der westlichen Wehrmauer standen, rief Caterina unvermutet, mit flötender Nachtigallenstimme: »Hier möchte ich wohnen.«

Sie stand neben mir. Ich schaute sie fragend an, sie strahlte und wies auf die Hügelkette des Apennin, die im Dunst der Ferne vor sich hinzuträumen schien. Ich verstand Caterina sofort. Der *governatore* und der *podestà* schwiegen erstaunt. Riario schaute Caterina unwillig an.

Da plötzlich ergriff der Tanzmeister und Chronist Leone Cobelli das Wort. »Euer Wunsch ist nicht unklug, Madonna«, erklärte er mit einer leichten Verbeugung, der man die Bemühung des *uomo gentile* ansah. Riario und Caterina wandten sich ihm neugierig zu.

»Ja«, fuhr er fort und reckte seinen Kopf, weitete seine Brust und legte einen bedeutungsschwangeren Unterton in seine Stimme: »Die Forliveser sind ein wankelmütiges Volk.«

19. Kapitel

Weihnachten war vorbei. Grauer Nebel lag über der Stadt und dämpfte die wenigen Geräusche, die von der Piazza heraufdrangen. Dumpf schlugen die Glocken von San Mercuriale.

Caterina saß mit Fra Lauro und Gian Antonio Ghetti vor dem hochlodernden Kaminfeuer. Auch Rosaria hielt sich bei ihnen auf, warf einen Blick auf die Kinder und legte dann, wie unabsichtlich, den Arm auf Ghettis Schulter. Scipione spielte mit Bianca, Ottaviano stopfte Konfekt in sich hinein, und der kleine Cesare tappte an der Hand der Amme hinter einem bunten Wollball her.

Caterina hatte daran erinnert, daß der Tod ihres Vaters sich dieser Tage zum fünften Mal jähre. Fra Lauro sprach ein kurzes Gebet, Ghetti und Rosaria hielten den Kopf gesenkt und starrten ins Feuer. Lediglich der sechsjährige Scipione, der Caterina so ans Herz gewachsen war, daß sie ihn lieber mochte als ihren dicklichen und wortkargen Sohn Ottaviano, betete mit Fra Lauro, drückte sich anschließend an Caterina und wollte von ihr umarmt werden. Caterina sah genau, daß ihr Beichtvater sie beobachtete, und als auch noch Bianca zu ihr kam, nahm sie das Mädchen hoch, gab ihm einen Kuß, strich Scipione über die Haare und flüsterte: »Was gäbe ich, wenn ich meinen Vater noch hätte.«

»Würde Großvater mit uns spielen?« fragte Bianca, die genau so blond war wie ihre Mutter und die Augen der Großmutter Visconti hatte. Fra Lauro entführte ihr Bianca, nahm sie auf den Arm und sprach auf sie ein. Die Kleine nickte ernsthaft und gab ihm, bevor er sie absetzte, einen Kuß auf die Wange. Gewiß sah er in ihrer kleinen Bianca eine wiedergeborene Tochter, und seine Liebe für das Mädchen würde ihn sicher noch enger an sie, die Mutter, binden. War dies jedoch überhaupt möglich? Nicht einmal Rosaria blickte so tief in ihr Herz wie er.

Überhaupt Rosaria. Ihre Milchschwester hatte ihr einmal mangelndes Interesse an den Kindern vorgeworfen. Caterina versetzte ihr wegen dieser Frechheit eine Ohrfeige und drohte, sie wegzuschicken. Dennoch hatte Rosaria recht. Trotz ihrer dauernden Schwangerschaften – sie stand zum vierten Mal vor einer Niederkunft – konnte sie mit den kleinen unfertigen Wesen, die sie in die Welt setzte, wenig anfangen. Nie hatte sie versucht, eins zu stillen, und das Wickeln, Füttern und Trösten überließ sie ohnehin den Ammen und Kindermädchen. Wie auch Riario achtete sie allerdings sorgfältig auf die Auswahl der Ammen – denn formte sich der Charakter des kleinen Menschen auch nach der Milch, die er trank, war es wichtig, daß eine tugendhafte, starke, ehrliche Frau ihn nährte.

Caterina legte zudem Wert darauf, daß die Kinder keinen unnötigen Gefahren ausgesetzt wurden, daß sie ihren Willen stählten und sich zu beherrschen wußten. Gelegentlich spielte sie mit ihnen, nahm sie bei der Hand und führte sie in die Pferdeställe, erzählte ihnen von ihrem Großvater und den Urgroßeltern aus Mailand. Stets begleitete sie Scipione; er vergaß wenig von dem, was sie erzählte. Er wollte auch ein richtiger Sforza werden, so wie der Condottiere Francesco Sforza mit seinem Gottvaterbart und mit seiner tiefen Stimme, die wie Donnergrollen klang.

Natürlich verwirrte Caterina, daß sie Riarios Sohn mehr mochte als ihre eigenen Söhne. Daher ließ sie ihn in seinem Glauben, sie sei seine Mutter. Scipione war ein zärtliches Kind, und so jung er war, häufig schien es ihr, als verstünde er sie besser als sein Vater.

Caterina strich vorsichtig über ihren gewölbten Leib, in dem das Kind sich bewegte. Jedesmal, wenn das Ungeborene sie trat, freute sie sich, denn bisher hatte es noch nicht viel Temperament gezeigt. Bianca war unruhig gewesen, auch Cesare, Ottaviano weniger, aber am meisten schien die Kleine in ihrem Bauch, ihr viertes Kind, zu schlafen. Seltsam war, daß sie fest daran glaubte, es sei wieder ein Mädchen. Wie konnte sie es wissen? Sie hätte ihren römischen Astrologen befragen müssen. Er war natürlich nicht erreichbar. Riarios Astrologen blähten sich zwar in Selbstüberschätzung, schienen jedoch kaum in der Lage zu sein, Lauf und Lage der Sterne richtig zu lesen, geschweige denn zu deuten. Da konnte sie gleich den dilettierenden Astrologen Cobelli befragen, den Stegreifdichter, der als Chronist der Stadt immer und überall um sie herumtänzelte und sie mit Schmeicheleien überschüttete, die ihr guttaten, Riario allerdings regelmäßig ärgerten.

Nach ihrem Einzug in Forlì hatte Riario jeden Tag neue Gäste empfangen: alle wichtigen Männer der Stadt, dann die *signori* der angrenzenden Herrschaftsgebiete, die Bentivogli aus Bologna, die Manfredi aus Faënza, die Este aus Ferrara und wie sie alle hießen.

Caterina hatte durchgesetzt, daß sie bei den Gesprächen anwesend sein durfte. Es ging um das Einfädeln neuer Allianzen und um die Höhe der Summen, die für einen Wechsel der Seiten gezahlt werden mußten. Man fragte sich, ob eine eheliche Verbindung ausreichte, um freundschaftliche Bande zu halten. Es wurde in unendlichen Palavern die Bündnismöglichkeiten zwischen den fünf großen Mächten in Italien gegeneinandergestellt, die Vorteile und Nachteile abgewogen, die Hilfsrolle der kleinen Herrschaften und ihre Bedeutung durchgespielt und ihre *signori* entweder gelobt oder als unzuverlässig, wenn nicht gar als betrügerisch dargestellt. Natürlich mußten auch Fragen der Erbfolge, der Lehnsverhältnisse diskutiert werden, und schließlich ging es um die Zahl der Söhne und Töchter, um Zeugungskraft und um päpstliche Legitimationen von Bastardkindern. Stets stand im Hintergrund, wer wieviel Geld aufbringen konnte, um einen prächtigen Hofstaat und insbesondere gute Condottieri mitsamt einer großen Anzahl kampfstarker Söldner zu bezahlen. Angedeutet wurde, wo und wie besondere Mittel der Politik angewandt würden oder werden müßten. Caterina verstand, daß es dabei um Attentate und Giftmorde ging. Spätestens an diesem Punkt der Gespräche lehnten sich die Besucher mit undurchsichtiger Miene zurück, während Riario in höchster Erregung, aber gleichzeitig mit unterdrückter Stimme ausrief, für wie gefährlich, skrupellos, rachsüchtig und außerdem bombastisch eitel er Lorenzo de' Medici halte und daß seine endgültige und unwiderrufliche Exkommunikation durch den Heiligen Vater in Rom lediglich eine Frage der Zeit sei.

Die Besucher verzichteten auf einen Kommentar, schauten sich beziehungsreich an und machten Caterina ein Kompliment über ihr kostbares Gewand. Sie nahm die Komplimente lächelnd entgegen und führte die Gäste dann zum Bankettsaal, in dem erst einmal im Glanz ihres Silbers diniert wurde. Anschließend tanzte man, und Caterina war natürlich trotz ihrer Schwangerschaft dabei. Danach wurde bei den Klängen einer kleinen Kapelle über allerlei geplaudert. Meist drohte die gelockerte Stimmung sich rasch wieder zu verkrampfen, weil Riario nicht über *allerlei* plaudern konnte. Er konnte mit seinen Gesprächspartnern lediglich die Köpfe zusammenstecken und Intrigen anzetteln. Wenn die Besucher nicht mehr über politische Allianzen oder Kräfteverhältnisse sprechen wollten, fiel unweigerlich eine Spitze über Lorenzo. Ging niemand darauf ein, versuchte Riario, mit einem Seitenblick auf Caterina, *il Moros* politische Weitsicht in Zweifel zu ziehen. Oder er machte sich über Bona, ihre Stiefmutter, lustig, die noch immer in ihren Fleischschneider verliebt sei. Dieser Mann müsse den geringen Verstand, den eine Frau ohnehin nur besitze, dem savoyischen Pummelchen säuberlich aus dem Kopf geschnitten haben. Irgendwann hatte Riario dann so viel Wein getrunken, daß er in die Gossensprache seiner ligurischen Herkunft verfiel. Spätestens zu diesem Zeitpunkt endete die Plauderstunde, und man begab sich zu Bett.

Zwei Monate nach der Ankunft in Forlì waren der Graf und die Gräfin von Forlì nach Venedig gereist, zu ihrem Antrittsbesuch bei dem mächtigen Nachbarn. Riario war aufgetreten wie der Herrscher Roms. Der Doge und alle Würdenträger der Stadt verhielten sich überaus höflich, verwöhnten sie mit einem Fest nach dem anderen, bei dem sie den Reichtum der Serenissima so deutlich auftischten, daß Riario, der *Conte* von seines Onkels Gnaden, gelegentlich nachdenklich wurde und aufhörte, seine bösen Bemerkungen über Lorenzo, *il Moro* oder den König von Neapel zu machen. Er bemühte sich sogar, beim Essen weniger zu schmatzen. Dennoch gelang es ihm nicht, den Dogen aus der Reserve zu locken. Venedig sollte als Verbündeter gewonnen werden, nicht nur im Kampf gegen die türkischen Antichristen, auch als Garantiemacht der Riari-Herrschaft in der Romagna gegen die ungebührlichen Übergriffe, die von Florenz ausgehen könnten. Nicht zuletzt sollte die Serenissima den Heiligen Vater und seinen Neffen im Kampf gegen Neapel unterstützen, damit Girolamo Riario – dies war sein großes Ziel – nach dem Sturz des Aragonesen Ferrante selbst König von Neapel werden konnte.

Aber der Doge und die Senatoren ließen sich zu nichts verpflichten, scherzten und tanzten lieber mit der fröhlichen Caterina, bis Riario, eifersüchtig und wütend über die schönen, aber inhaltsleeren Worte der Venezianer, mit ihr nach Forlì zurückreiste. Immerhin konnte er im Gepäck einen venezianischen Adelstitel und das Bürgerrecht der Stadt mitnehmen.

Kaum saßen sie wieder in ihrem kleinen Palast in der romagnolischen Provinzstadt, begriff Caterina, daß die Hoffnungen auf ein zufriedenes Leben als Gräfin zu zerplatzen drohten. Sie mochte täglich ihre Kleider wechseln und von all den Menschen, denen sie begegnete, Schmeicheleien hören, sie konnte sich geliebt und geachtet fühlen – nicht zu übersehen war die Tatsache, daß Riario keine gute Figur machte, ja, daß er unbeliebt war in der Stadt. Er hatte auf Steuereinnahmen verzichtet, er ließ der Stadt ihren *podestà* und den einflußreichen *Rat der Vierzig*, er beschäftigte Handwerker mit dem Ausbau von Ravaldino und bezahlte sie ungewöhnlich pünktlich, er gockelte als generöser Herrscher auf allen Festen umher – dennoch liebte man ihn nicht.

Und auch er selbst haßte die Stadt und ihre Menschen, obwohl er es Caterina gegenüber nie aussprach. Er sehnte sich nach Rom zurück, nach seiner Familie, die ihm Sicherheit gab. Dort, im Herrschaftszirkel seines Onkels, konnte er mit viel mehr Machtfülle intrigieren. Hier in Forlì traf er auf Menschen, die in ihm den Fremden sahen, der zwar reich war, aber dennoch aus dem gemeinen Volk stammte.

Als Caterina Fra Lauro und Ghetti darauf ansprach, zögerten die beiden, offen ihre Meinung zu sagen.

»Riario hat die Forliveser bestochen«, sagte Fra Lauro schließlich. »Das freut sie zwar, aber sie verachten ihn dafür. Er gilt als feiger Ränkeschmied. Sie gönnen ihm nichts, noch nicht einmal seine junge schöne Frau.«

Caterina errötete, weil Fra Lauro sie für einen Augenblick wie ein Mann, nicht wie ein Mönch anschaute.

»Unser Fratre hat recht«, erklärte Ghetti. »Cecco Orsi, den der Graf zum Hauptmann der Leibwache ernannt hat, hat alle Hände voll zu tun, die Machenschaften der Ordelaffi zu unterdrücken. Es gibt viele, die sie zurückwünschen.«

»Wird sich das nicht geben?«

Die beiden Männer schauten sich an, und Ghetti schüttelte den Kopf. »Wir haben mehrere Verschwörungen frühzeitig entdeckt und im Keim erstickt. Es steckt noch jemand hinter ihnen, der mächtiger ist als die Ordelaffi.«

»Lorenzo de' Medici?«

Er nickte.

»Ich kann es ihm noch nicht einmal verdenken«, sagte Caterina leise. Eine plötzliche Angst schnürte ihr den Hals zu. Sie sah ihren Vater vor sich, wie er in seinem Blut vor ihr lag, sie stellte sich Giuliano de' Medici vor, wie er vor dem Altar von Dolchen durchbohrt wurde. Nun bestand die Gefahr, daß Girolamo Riario, der die Attentäter gegen die Medici geschickt hatte, selbst zum Opfer der Medici wurde. So sahen es offensichtlich alle. Auch Riario selbst. Sie wußte, daß er immer wieder vor Angst nicht schlafen konnte und die Zimmer wechselte.

Sie brauchte sich nichts vorzumachen, sie liebte ihren Mann nicht, sie achtete ihn noch nicht einmal – aber er war ihr Mann, er hatte sie zur Gräfin gemacht, und sie war die Mutter seiner Söhne. Dies war ihr Schicksal – das Gefängnis ihres Lebens.

Caterina richtete sich auf und schaute sich um. Ottaviano und Cesare waren mitsamt ihrer Amme und den Kindermädchen vor dem Feuer eingeschlafen. Bianca lag schläfrig in Scipiones Armen. Er schien ihr etwas zu erzählen. Auch Rosaria hatte nun erreicht, daß Ghetti seinen Arm um sie legte, und sie schmiegte sich an ihn. Noch hatte Caterina ihrem Kammermädchen verboten, ihn zu heiraten. Sie brauchte die beiden Vertrauten in ihrer Nähe. Außerdem verfügte Rosaria über keinerlei Mitgift, ihr Vater war unbekannt, die Mutter bereits in frühen Jahren nach einer Fehlgeburt gestorben. Es gab noch nicht einmal einen Onkel, der ihr etwas hätte geben können. Sie, ihre Herrin, mußte ihr also die benötigte Mitgift schenken. Natürlich würde sie dies tun, doch alles zu seiner Zeit.

Aber war der graubärtige, glatzköpfige Gian Antonio überhaupt an dem gefühlvollen, armen Mädchen interessiert? Manchmal sah Caterina in ihm lediglich den knorrigen Hagestolz, der sich nicht behängen wollte mit Weib und Kindern, der lieber mit seinen Soldaten zusammenhockte und trank. Dabei hatte sie ihn nie betrunken gesehen. Er sprach auch nicht viel. Einmal hatte sie ihn auf seine Herkunft angesprochen, auf seine Eltern und seine Freundschaft zu Fra Lauro. Zuerst antwortete er nicht, aber als er ihrem forschenden Blick nicht länger ausweichen konnte, erklärte er, sie wisse ja, daß Lauro als junger Mann – wie er auch – Soldat unter ihrem Großvater gewesen sei. Gemeinsam hätten sie das Handwerk des Kämpfens gelernt, gemeinsam seien sie in den Krieg gezogen. »Aber das ist lange her. Dein Großvater half mit seiner Armee dem französischen König gegen die aufständischen Fürsten. Wir zogen in Richtung Provence. Im Piemont geriet Lauro in Lebensgefahr. Ich half ihm.«

»Du hast ihn vor feindlichen Soldaten gerettet?«

Ghetti zögerte mit seiner Antwort: »Es waren die eigenen.«

»Die eigenen?«

»Wir hatten noch keine Gegner gesehen, doch wir plünderten ein Dorf in einem der Alpentäler. Ihr wißt ja, was geschieht, wenn eine Soldatenhorde durch die Landschaft zieht.«

Caterina wurde ungeduldig: »Gian Antonio, was geschah denn nun?«

»Lauro konnte nicht ertragen, wie alles ausgeraubt und niedergebrannt wurde. Wer sich wehrte, wurde niedergestochen. Frauen und Mädchen waren Freiwild. Lauro versuchte, eine Bauernfamilie vor den Soldaten zu beschützen, und als ihm dies nicht gelang, wenigstens die überlebende Tochter in Sicherheit zu bringen – plötzlich mußte er um sein eigenes Leben kämpfen.«

»Und du hast ihm geholfen.«

Ghetti nickte. Offensichtlich wollte er nicht weitererzählen, was mit dem Mädchen geschehen war, ob sie es gerettet hatten vor der Schändung durch die Soldaten. Die Vergangenheit der Männer war manchmal so düster, daß man lieber nicht nachforschte.

In manchen Punkten war der alte Fechtmeister ihr bis heute ein Geheimnis geblieben. Riario beschimpfte ihn regelmäßig als Sodomiten – eine Bezeichnung, die gewiß nicht zutraf.

Wenn Rosaria und Ghetti nun aber gegen ihren Willen heirateten und wegzogen?

Dann blieb ihr nur noch Fra Lauro!

Leise rief sie nach ihrem Beichtvater.

Er schaute sie mit einem traurigen Blick an.

»Du darfst mich nie verlassen«, flüsterte sie.

Fra Lauro nickte kaum merklich.

In diesem Augenblick platzte Riario, gehetzt und atemlos, in den Raum. Er fuchtelte mit den Armen und schrie: »Wir reisen nach Rom.«

Die Kinder schreckten auf.

»Woher kommst du?« fragte Caterina.

»Von Cecco Orsi und dem *bargello*. Sie haben wieder eine Verschwörung aufgedeckt. Es fiel der Verdacht auf den ältesten Bruder von Cecco. Natürlich streitet er jegliche Beteiligung ab. Sein Vater, der alte Orsi, ist von seinen Landgütern herbeigeeilt, wollte die Hand für seinen Sohn in jedes Feuer legen und drohte mir sogar mit einem Aufstand der Bauern. Ich bin es endgültig leid! Dieses Kaff ist durchsetzt von falschzüngigen und heimtückischen Nattern. Außerdem gibt es Nachricht von den Venezianern. Sie sind nun doch bereit, mit dem Papst gegen Neapel zu ziehen. Sie stellen ein Heer und vermutlich den Condottiere Roberto Malatesta. Er ist der fähigste Soldat in Italien. Da hat Ferrante keine Chance.« Einen Augenblick blitzten seine Augen auf. »Mein Onkel meint ebenfalls, ich sollte nach Rom kommen. Schließlich bin ich oberster Befehlshaber der päpstlichen Truppen. Was muß ich mich mit diesen undankbaren Verrätern abgeben! Ich erlasse ihnen die Steuern, und sie trachten mir nach dem Leben. Schuld daran ist nur Lorenzo. Er besticht die Menschen, schickt bezahlte Mörder in die Romagna, kungelt mit den Ordelaffi.«

Nun wachte auch der kleine Cesare auf und begann zu weinen. Bianca klammerte sich an Scipione.

Caterina versuchte, die Kinder zu beruhigen und gleichzeitig nachzudenken. Das Gefühl, in der Gefahr eines drohenden Attentats zu leben, hatte sich während der letzten Zeit verstärkt und belastete auch sie. Obwohl sie so viel Hoffnung in ihre Grafschaft gesetzt hatte, heimisch geworden war sie bisher in Forlì nicht. Aber hatte sie sich etwa in Rom heimisch gefühlt? In Rom würde sie wieder zurückfallen in die Rolle der eingesperrten Frau, die Söhne zu gebären hatte. Nein, Rom war noch schlimmer als Forlì – und außerdem …

»Ich stehe kurz vor der Niederkunft«, erklärte sie so ruhig wie möglich. »Ich fühle mich diesmal nicht so stark wie bei den beiden Jungen. Jetzt im Winter über den Apennin reisen – das kann ich nicht!«

Riario baute sich vor ihr auf, reckte seinen Kopf und warf sich in die Brust. »Dann bleibst du mit der Brut alleine hier. Ich reite. Und zwar bald. Mit der gesamten Leibwache. Aber zuvor werde ich der feigen Bürgermannschaft noch den Gedanken an einen Aufstand versalzen. Ich werde Geiseln mitnehmen, die wichtigsten Familien müssen einen Sohn stellen, mit dem ältesten Orsi fange ich an.« Er hielt kurz inne, warf einen Blick auf Ghetti, dann auf sie: »Wenn du willst, laß ich dir deinen Fechtmeister da.«

Noch einmal protestierte Caterina, doch viel zu schwach, wie sie selbst merkte. »Es geht um unser Kind! Laß uns im Frühjahr reisen!«

»Ich reise umgehend!« rief er wütend. Mit Hohn in der Stimme fügte er an: »Bist du nicht eine Sforza? Ihr seid nicht totzukriegen. Du schaffst es auch mit einem dicken Bauch.«

Caterina hatte eine wirre Angst erfaßt. Das Kind bewegte sich kaum, sie fühlte sich schwach wie nie und verspürte eine ungewöhnliche Furcht vor der Reise im tiefen Winter. Wenn sie nun tatsächlich mit ihren Kindern hier blieb? Kam sie nicht auch ohne Riario zurecht? Vielleicht verhielten sich die Forliveser ihr gegenüber anders?

Doch die Angst verstärkte sich. Würde nicht sofort ein Aufstand ausbrechen, wenn Riario mit seiner Miliz abgezogen war? Könnte man nicht auch sie und die Kinder als Geiseln nehmen?

20. Kapitel

Noch nie war es Caterina so schwergefallen, einen Brief zu schreiben. Sie hatte in ihrem bisherigen Leben Hunderte von Briefen verfaßt, noch immer erledigte sie für Riario die Korrespondenz mit den Bittstellern, aber dieser Brief, den sie nun auf den Weg bringen wollte, quälte sie bereits seit Wochen, ja Monaten. Im Grunde hatte sie sich entschlossen, ihn zu schreiben, als sie sich im Troß der Riariofamilie über den winterlich verschneiten Apennin quälte.

Ein Jahr lag diese Reise zurück. Ein langes, düsteres, kriegerisches Jahr, das Caterina die letzten Illusionen über ihren Gemahl genommen hatte, den *signore* von Forlì und Generalkapitän des Heiligen Mutter Kirche.

In einem ersten Anlauf hatte sie Lorenzo de' Medici mit *magnifice vir* angeredet und versucht, im Duktus der Diplomaten zu schreiben. Schmeicheleien und gewundene Aussagen hatten sich so ineinander verwoben, daß kaum zu erkennen war, was sie mit dem Brief bezweckte. Dabei war es ganz einfach: Lorenzo sollte keine Attentäter mehr auf Girolamo Riario ansetzen. Als sie dieses Ziel in schön verschnörkelte Worte verpackt hatte, wußte sie selbst nicht mehr, ob Lorenzo sie überhaupt verstehen konnte – und was sie dem Medici dafür als Ausgleich anzubieten in der Lage war. Sich bei Riario und dem Heiligen Stuhl für Florenz einzusetzen? Darüber würde Lorenzo lediglich lachen. Ihr wurde immer klarer, daß sie ihm nichts wirklich Vorteilhaftes bieten konnte. Und weil sie sich in ihren langen Sätzen heillos verheddert hatte, zerriß sie den Brief und warf ihn in das Kaminfeuer.

Umständlich ordnete Caterina die Kerzen an ihrem Pult neu und stellte eine weitere hinzu. Sie spitzte die Gänsefeder, ließ sich neue Tinte bringen, glättete das Papier. Vermutlich war es am besten, klar, direkt und einfach zu schreiben, wie an einen guten Bekannten, den man lange nicht gesehen hatte. War nicht Lorenzo ein enger Freund ihres Vaters gewesen? Verband nicht die Sforza und die Medici eine lange politische Allianz? Was hatte sie, Caterina Sforza-Riario, mit der Pazzi-Verschwörung zu tun? Sie hatte nichts davon gewußt und sie stets verurteilt.

Vielleicht erinnerte sich Lorenzo sogar noch an das kleine Mädchen, das vor vielen Jahren in seinem Palast gewohnt, das ihm damals bereits ihre Kunststückchen auf dem Rücken der Ponys vorgeführt hatte – was würde sie darum geben, über die Stadt am Arno nach Mailand zu reisen, mit Lorenzo und mit *il Moro* zu reden, um Unterstützung zu bitten und womöglich ein Ende der Kämpfe zu erreichen! Die Menschen würden sie als Friedensengel verehren, und Cobelli hätte endlich einen Grund, eine Hymne auf sie zu dichten. Sie könnte Bona wiedersehen und ihr womöglich die peinliche und nicht ungefährliche Liebelei mit dem Fleischschneider ausreden; sie würde ihre Mutter und ihre Geschwister in die Arme schließen – statt hier in Rom zu hocken, in dem neuen Palast zwischen Trastevere und dem vatikanischen Borgo, zwischen Unkrautwüsten, verwilderten Olivenhainen und kleinen Weinbergen am Fuße des Gianicolo, in einem Palast, in dessen unterirdischen Teilen es zu spuken schien.

Ja, hier herrschte nicht mehr so viel Straßenlärm, dafür hörte sie immer wieder Rufe und Schreie, glaubte, von *ihrem* Girolamo zu träumen und wachte schweißnaß auf. Ohne Rosaria zu wecken oder gar Ghetti zu rufen, eilte sie dann durch die nächtlichen Gänge des Palasts, stieg, lediglich mit einer kleinen Leuchte in der Hand, zu den Kellergewölben hinab. Nein, sie träumte nicht, sie hörte Stöhnen und Schreie ... Es mußte einen Gang geben, der angeblich bis unter den Tiber führte, und einen zweiten zum Borgo ... Aus Gründen der Sicherheit, wie Riario ihr gegenüber einmal stolz erwähnt hatte. Er traue den Römern nicht, ebenso wenig wie den Romagnolen, er traue überhaupt keinem Pöbel. Und den arroganten Baronen schon gar nicht.

Caterina tappte durch eine kalte, feuchte und stinkende Vorhölle, und plötzlich stand ein Mann in einer Rüstung vor ihr. Sein Gesicht war hinter einem drohenden Visier mit schmalen Augenschlitzen verborgen. Er sprach nicht, er versperrte ihr einfach den Weg. Sie wich langsam zurück. Der Mann rührte sich nicht von der Stelle, verfolgte sie auch nicht. Am nächsten Tag war er verschwunden, noch nicht einmal den Weg in die Gewölbe fand sie mehr.

Hatte sie alles nur geträumt?

Auch Ghetti entdeckte die Gewölbe nicht, weder tagsüber noch nachts. »Aber es kann durchaus sein«, erklärte er, »daß es Geheimtüren zu alten Gängen gibt, die noch aus der Römerzeit stammen. Vielleicht führen sie in die Katakomben. Dies ist eine geheime Welt, die wir am besten nicht erkunden.« Und er bekreuzigte sich.

»Du hast recht«, sagte sie und bekreuzigte sich ebenfalls. Sie tat es nachlässig, weil sie an die Sagen von unerlösten Seelen, von Blut trinkenden Jungfrauenmördern und von Teufelsmessen, die in den Katakomben stattfinden sollten, nicht recht glaubte – und weil sie neugierig war, die Wahrheit über diese dunkle, unterirdische Welt herauszufinden.

»Und wenn Riario dort unten die Geiseln aus Forlì gefangenhält?«

Caterina hatte diesen Verdacht nie ganz aufgegeben, obwohl Riario stets behauptete, die Geiseln seien in ihrem alten Palazzo nahe Santi Apostoli untergebracht, und es gehe ihnen »verdammt gut«.

»Ich habe bereits einmal nachgeschaut und niemanden entdeckt. Was soll ich jetzt noch suchen und mir wieder Ärger mit Riario einhandeln? Roms Katakomben sind angefüllt mit Toten.«

Caterina beobachtete Ghetti. Seine beklommene Abwehr übertrug sich auch auf sie, und sie fühlte sich erschauern vor den labyrinthischen Tiefen, in die Rom, diese drachenartige Stadt, hinabreichte. Mailand und Florenz dagegen waren Städte des Lichts, der Kunst und des Bürgerfleißes. Sie sehnte sich danach, mehr denn je, Rom zu verlassen. Ach, endlich wieder den leuchtenden Schnee der Alpenkette sehen, die wuchtigen und uneinnehmbaren Mauern des heimatlichen Castellos, die alten Veteranen umarmen …

Aber sie hatte eine Strafe abzubüßen. Fra Lauro konnte ihr so oft, wie er wollte, sein *ego te absolvo* zuflüstern – Gott strafte sie. Sie hatte das Kommende bereits gespürt, als Riario vor einem Jahr, mitten im Winter, unbedingt nach Rom aufbrechen mußte. Ungeachtet ihrer Ängste, wollte sie der Bestrafung trotzen. Daher ritt sie noch auf den ersten Meilen in den Apennin hinein. Die Schmerzen in ihrem Unterleib nahmen zu, und man bettete sie in einen abgefederten Korb, der auf einer Kutsche befestigt wurde. Sie schwang heftig hin und her. Ein Schneesturm fegte über die Truppe und ließ sie fast erfrieren. In der Nähe des Lago di Trasimeno wurden sie sogar überfallen. Vermutlich war es Ghetti, der sie rettete. Wenigstens erzählte Rosaria von seiner Wache, der rechtzeitigen Warnung und seinem blutigen Schwertkampf. Er zog sich eine leichte Verletzung zu, Rosaria verband ihn hingebungsvoll und kroch während der folgenden Nächte zu ihm.

Manchmal beneidete Caterina ihre Milchschwester, überhaupt die Frauen aus dem Volk. Sie durften eher als ihre Herrinnen ihre

Gefühle zeigen, ihnen nachgeben, den Mann, den sie liebten, umgarnen.

Caterina schüttelte sich vor Kälte. Sie hatte in ihrem Korb auf der Kutsche bleiben müssen, sollte sich möglichst nicht bewegen. Neben ihr wachte eine zähneklappernde Hebamme. Riario hatte sich alle noch verfügbaren Decken geben lassen und in sein Zelt zurückgezogen.

Irgendwann erreichten sie Rom, steif vor Kälte, hustend, fiebrig. Die Schmerzen im Unterleib hatten zugenommen, und nur noch selten spürte Caterina ihr Kind. Der neue Palast in Rom begrüßte sie dumpf und feucht. Sie ließ in ihrem Schlafzimmer den Kamin so einheizen, daß man bereits befürchtete, der ganze Palast könne abbrennen. Aber sie fühlte sich dermaßen erschöpft, daß ihr alles gleichgültig war. Sie wollte endlich wieder warm werden und schlafen, nichts als schlafen und schließlich das Kind gesund zur Welt bringen.

Es dauerte nicht lange, da setzten die Wehen ein, ungewohnt heftige Wehen, Folterschmerzen, Qualen über einen Tag und eine Nacht hin und einen weiteren Tag. Dann war das kleine Mädchen auf die Welt gebracht. Es atmete kaum, so daß es Fra Lauro unverzüglich zu taufen hatte. Caterina nahm es in die Arme, drückte es an ihre Brust, während Rosaria weinend neben ihr saß. Schließlich spendete Fra Lauro dem Kind die Sterbesakramente. Es lief blau an und verschied.

Caterina fühlte sich sterbenselend.

Wo war der Vater des Kindes?

Er besprach mit seinem Onkel, dem Pontifex maximus, dem Stellvertreter des friedliebenden Heilands, die nächsten Eroberungsziele und Kriegszüge. Er nahm, als er von dem Tod des Mädchens hörte, das Ereignis kommentarlos hin. Lediglich eine Bewegung seiner Hand und das Hochziehen der Augenbraue zeigten, was er davon hielt.

Caterina wurde nur allmählich gesund. Selbst als der Frühling sich in strahlendem Licht über die Stadt legte und sie stark genug war, den Palazzo verlassen zu können, zog sie eine tiefe Melancholie hinab, eine ungetröstete und trostlose Stimmung, die sich an jede ihrer Bewegungen mit Bleigewichten hängte.

Erneut strich sie das Papier vor sich glatt. Noch immer, ein Jahr nach dem Tod des Neugeborenen, fühlte sie sich gelähmt, wenn sie daran dachte. Ihre ersten drei Kinder hatte sie leicht, fast wie nebenbei, auf die Welt gebracht. Sollte sich jetzt auch dies geändert haben? War sie vielleicht unfruchtbar geworden? Oder würde sie bei der nächsten Geburt sterben?

»Lieber Lorenzo«, schrieb sie, »eine traurige, ja verzweifelte Caterina Sforza-Riario schreibt Dir, die Tochter Deines alten Freundes Galeazzo Maria – hör mich an! Lege das Papier nicht sofort zur Seite. Niemand weiß von diesem Brief, und mein Gemahl würde mich verstoßen, erführe er davon. Aber ich möchte Frieden. Mehr noch: Deine Freundschaft. Seit unserem Besuch in Eurem Palazzo an der Via Larga vor vielen Jahren sehne ich mich nach Florenz. In meiner Seele ist Deine Stadt der Ort, an dem ich Frieden finden möchte, das himmlische Jerusalem ...«

Caterina setzte die Feder ab. Sie übertrieb maßlos und drückte sich zudem falsch aus. Sie wollte ja nicht in Florenz sterben und beigesetzt werden. Und *himmlisches Jerusalem* – das war doch reine Rhetorik. Lorenzo würde ihr nie glauben. Außerdem entblößte sie sich ... Wieder zerriß sie das Papier und warf die Schnipsel ins Feuer, sah dem kurzem Hochflackern der Flammen nach.

Was würde Riario sagen, wenn er sie an dem Schreibpult ertappte, vor sich die ungeschriebenen Blätter?

Zum Glück konnte Riario nicht kommen. Der Generalkapitän der pästlichen Truppen mußte einen neuen Krieg vorbereiten.

Caterina ordnete noch einmal die Kerzen und versuchte zu beten. Das *Ave Maria* schmeckte bitter auf ihrer Zunge. *Benedictus fructus ventris tui*. Da war kein Segen, da verfolgte sie ein Fluch. Sie hatte nicht nur das Kind verloren, sondern auch die letzte Achtung vor ihrem Ehemann.

Die Kirche hatte vergangenes Frühjahr ihre Truppen südlich vor Rom versammelt, so daß sie in den Kampf mit Neapel ziehen konnten. Zuerst geschah gar nichts. Der Generalkapitän Girolamo Riario weilte mit seinen Hauptleuten vor der Basilika San Giovanni in Laterano, dem Hauptquartier der päpstlichen Truppen, und würfelte, spielte Karten mit Virginio Orsini, dem *gonfalionere* – um Geld natürlich.

Zu Hause in dem neuen Palast, bei seiner Frau, ließ er sich

nicht blicken. Ghetti berichtete ihr, was draußen im Kampfgebiet geschah, während sie noch versuchte, ihre alte Kraft wiederzugewinnen – und zu büßen.

Die Soldaten lungerten vor den Mauern der Stadt, und weil sie keinen Sold erhielten, begannen sie, die Dörfer zu plündern. Eine Delegation der betroffenen Bauern zog zum Heiligen Vater, beklagte sich, das Korn werde gestohlen, ihre Habe geraubt, ihre Frauen und Töchter würden verschleppt und geschändet ... Der Heilige Vater versprach Hilfe, erließ ihnen jedoch nicht die Abgaben, die wegen des Kriegs leider erhöht werden müßten, sprach sie aber von allen Sünden frei und segnete sie, erteilte sogar ihren Töchtern und Ehefrauen im voraus Absolution für das unzüchtige Geschehen.

Es wurde Sommer. Inzwischen bekämpften sich die römischen Geschlechter der Colonna und Orsini. Zu einer Schlacht mit den Neapolitanern war es noch nicht gekommen. Dafür begann in Rom das Brot knapp zu werden. Es gab im ganzen Umland kein Getreide mehr. Es war systematisch von den Soldaten des päpstlichen Generalkapitäns eingesammelt worden, teilweise billigst eingekauft, teilweise entschädigungslos konfisziert.

Wo war es? Es wurde plötzlich auf den römischen Märkten angeboten: zu einem Wucherpreis.

Caterina wollte nicht glauben, was sie hörte. »Willst du mir sagen, Gian Antonio«, fragte sie Ghetti, »daß Riario den Bauern und Müllern Getreide und Mehl stiehlt, auf diese Weise eine künstliche Knappheit erzeugt, damit er es dann teuer verkaufen kann? Er wird doch von dem Erlös die Soldaten bezahlen! Er wird ihn nicht in die eigene Tasche stecken!«

»Die Soldaten haben noch immer keinen Sold erhalten. Euer Gatte hat viel Geld verloren. Täglich spielt er in San Giovanni ...«

Caterina spürte, wie ihr das Blut aus dem Gesicht wich. »Gian Antonio, du weißt, was du sagst!«

Ungerührt fuhr Ghetti fort: »... in der Basilika San Giovanni, der Bischofskirche des Heiligen Vaters. Er sitzt dort auf dem Altar, genauer: auf dem Reliquienschrein, und würfelt mit Virginio Orsini. Es geht um Tausende von Dukaten.«

»Auf dem Reliquienschrein? Das ist ja schlimmer als Blasphemie!«

»Ich berichte lediglich, was ich mit eigenen Augen gesehen habe.«

»Und was sagt der Heilige Vater dazu?«

Ghetti hob die Schultern. »Ich begleite Euren Gatten nicht in den Vatikan.«

»Nenn ihn nicht *Gatten*. Riario ist ein mieser, geldgieriger Gauner.« Ihre Hand zuckte vor ihren Mund, und sie unterdrückte jedes weitere Wort. Als sie sich wieder in der Gewalt hatte, sagte sie: »Vergiß meine Worte! Der Graf wird wissen, was er tut, auch wenn wir es nicht gutheißen. Nach einem Sieg gegen die Neapolitaner werden die Schäden sicher ersetzt. Andere müssen dafür bluten.«

»Die Colonna vermutlich.«

»Warum die Colonna?«

»Der Graf möchte doch König von Neapel werden, und wenn ihm das nicht gelingt, dann soll ihm der Papst wenigstens die Burgen und Ländereien der Colonna geben.«

»Aber sie müssen erst erobert werden.«

»Richtig.«

Caterina schaute in das leicht gerötete Gesicht des Graubarts, schaute in seine Augen. Dort sah sie ihre eigene Verachtung wie in einem Spiegel.

»Sollen wir ohne seine Erlaubnis nach Mailand abreisen?« fragte sie leise.

»Das wäre Flucht. Flucht paßt nicht zu einer Sforza. Außerdem zieht Roberto Malatesta mit einem venezianischen Heer heran. Es wird bald eine Entscheidung fallen.«

Als Caterina allein war, bedrängten sie erneut das Gefühl, büßen zu müssen, und eine abgrundtiefe Scham. Sie war die Frau eines skrupellosen, gotteslästerlichen Verbrechers und steckte in einem Sumpf aus Geldgier und Gewalt. Aber Ghetti hatte recht: Auf eigene Faust nach Mailand zu reisen hätte Flucht bedeutet, sie würde sich in *il Moros* Hand begeben, wäre von seiner Gunst abhängig, könnte von ihm als Faustpfand, ja, als Geisel verwendet werden – Mailand gehörte zur Allianz der päpstlichen Gegner …

Caterina begann von diesem Tag an, begleitet von Rosaria und Ghetti, in einem einfachen Hauskleid zu Fuß von Kirche zu Kirche zu gehen und Almosen an die Armen zu verteilen. Je mehr sie verteilte, je mehr Hände sich ihr entgegenstreckten, je mehr sie durch die glühenden Gassen der Stadt wanderte, desto stärker fühlte sie sich. Den Schaden, den Riario anrichtete, konnte sie nicht ausgleichen, aber sie konnte ein Zeichen setzen – und sie sah in den Gesichtern, daß man sie verstand und liebte. Gelegentlich nahm sie sogar Scipione und Bianca mit und ließ die Kinder den Armen die Münzen in die Hand drücken. Sie sah ausgemergelte Gesichter, vor Fieber glühende Augen, Krüppel, aber auch Kinder mit aufgeblähten Bäuchen, apathisch im Staub der Straße liegen …

Nachts konnte sie kaum schlafen. Die Augusthitze wollte nicht aus den Räumen weichen. Die ganze Stadt stank. Das Ungeziefer nahm überhand, die Moskitos, die Ratten. Sie hörte auch wieder Schreie. Sie rief nach Fra Lauro, damit er mit ihr bete. Als er nicht erschien, ging sie zu ihm. Er fieberte. Auch ihn hatte die Krankheit erfaßt, die aus dem mephitischen Gestank der *cloaca maxima* hervorkroch. Schweiß stand auf seiner Stirn, und gleichzeitig fror er. »Der Allmächtige will noch nicht, daß ich zu ihm komme, er hat noch einige Aufgaben für mich«, flüsterte er und versuchte zu lächeln.

Er behielt recht.

Inzwischen war das venezianische Heer aufmarschiert. Vor San Giovanni in Laterano wurde ein letztes Mal die Aufstellung geübt, wurden die Schwerter und Hellebarden geschliffen, die Lanzen gespitzt, die Kanonen gesäubert. Schwitzende Helfer verluden die Munition auf schwere Ochsengespanne.

Bald darauf lieferte das Heer, angeführt von Roberto Malatesta, den Neapolitanern unter dem Herzog von Kalabrien auf dem Campo Morto, dem verseuchten Sumpfgebiet südlich von Rom, eine siegreiche Schlacht. Riario, der Generalkapitän der päpstlichen Truppen, war in seinem Zelt im Hauptquartier vor San Giovanni geblieben. Er fühle sich nicht wohl, ließ er verlauten, er sei ein bescheidener Mensch und wollte dem soldatischen Genie des alten Haudegens Malatesta den verdienten Ruhm eines großen Sieges überlassen.

In Rom brach Jubel aus. Die eigenen Truppen, so verbreiteten es die städtischen Ausrufer in den Straßen, hätten unter dem päpstlichen Generalkapitän Girolamo Riario und dem in venezianischen Diensten stehenden Condottiere Roberto Malatesta gesiegt.

Malatesta aber hatte das Fieber bereits ergriffen, und wenige Tage später raffte es ihn dahin. Nun gab es lediglich noch einen Sieger: Girolamo Riario, der Graf von Forlì, zog in einem Triumphzug zum Vatikan und vor die Stufen der Benediktionsloggia. Der Papst segnete ihn im Namen der *ecclesia militans*, der gerechten Sache und des dreieinigen Gottes und versprach ihm reichliche Belohnung.

Im Herbst jedoch rückte der geschlagene Herzog von Kalabrien erneut gegen Rom vor. Die venezianischen Söldnertruppen hatten sich nach dem Tod ihres Führers und dem Ausbleiben des Solds aufgelöst und waren marodierend abgezogen. Der Papst war des andauernden Kampfes in der Nähe des Vatikans überdrüssig. Zu viele Klagen belästigten ihn, ein Teil der Kardinäle stand zudem auf seiten der Neapolitaner. Sein Neffe Riario hatte an Reichtum gewonnen, sein Ziel, König von Neapel zu werden, allerdings nicht erreicht. Der Winter nahte. Die Söldner hatten die Campagna ausbluten lassen. Auch der Vatikan spürte nun die Knappheit an Brot und Fleisch und die dadurch entstandene Teuerung.

So schloß der Papst einen Friedensvertrag mit Neapel, und sein Neffe handelte eine neue Allianz aus: Diesmal sollte es gemeinsam gegen Venedig gehen. Die Serenissima drohte zu mächtig zu werden.

Caterina, noch immer an ihrem Schreibpult, wollte soeben ein zweites Mal *Lieber Lorenzo* schreiben, als sie ein Geräusch in den Gängen hörte. Sie eilte zu ihrem Bett und kramte unter dem Kopfkissen einen Dolch hervor. Als von draußen keine weiteren Geräusche mehr hereindrangen, legte sie ihn neben die Schreibfeder, setzte sich wieder an ihr Pult und stützte das Kinn auf die Hände. Sie wußte nicht, ob sie Riarios geldgierige und skrupellose Feigheit mehr verachten oder ob sie seine geschickten Ränkespiele mehr bewundern sollte. Er wechselte seine Fronten schneller als seine Kleidung. Alles, was er anfaßte, wurde zu Gold. Natürlich, König von Neapel war er noch nicht, aber vielleicht würde er auch dieses Ziel erreichen – durch geschicktes Spiel mit den Herrscherfiguren auf dem italienischen Schachbrett. Angreifen, sich zurückziehen, sich verstecken, andere opfern, zuschlagen – und plötzlich sah es nach Sieg aus. Während sie, die Tochter der Sforza, mit ihren Kindern in einem einsam gelegenen und von Spuk heimgesuchten Palazzo ihr Leben fristete, zog der ehemalige Gemüseverkäufer aus Ligurien wie ein Triumphator durch die Straßen der Ewigen Stadt und füllte von Tag zu Tag seine Geldtruhen. Vielleicht war es tatsächlich nur noch eine Frage der Zeit, daß er den Besitz der Colonna als Lehen erhielt und nach dem Königsthron von Neapel greifen konnte. Sie spürte bei dem Gedanken, sie könnte womöglich sogar Königin von Neapel werden, eine innere Aufwallung, eine Hitze, die ihren ganzen Leib erfaßte.

Sollte sie wirklich Lorenzo schreiben? Er war mittlerweile Riarios offizieller Verbündeter gegen Venedig. Vielleicht würden die beiden Männer sich versöhnen? Dann wäre ihr Schreiben auch kein Verrat, im Gegenteil, sie konnte ihren Mann unterstützen. Sie brauchte nicht mehr als Bittstellerin aufzutreten. Die neue Allianz konnte ihr als Anlaß dienen, die persönlichen Unstimmigkeiten zwischen Riario und Lorenzo auszuräumen. War sie nicht vielleicht doch eine *Lichtbringerin*?

In diesem Augenblick hörte sie erneut Schritte und die Stimmen mehrerer Männer auf dem Gang. »Halt!« rief jemand. Das konnte nur Ghetti sein. Und eine überschnappende Stimme brüllte: »Aus dem Weg, Sodomit! Ich laß dich hängen!«

Es war Riario! Er riß die Tür auf und stand vor ihr. Er hatte getrunken. Seine Augen stierten sie an, und um seine Lippen spielte ein höhnisches Lächeln. Ihr war klar, was er von ihr wollte.

21. Kapitel

Während des Winters besuchte Riario sie jede Nacht. Häufig roch er nach Wein, manchmal ergänzte seine Moschusausdünstung ein nicht ganz so fauliger Geruch. Vermutlich kam er von einer Kurtisane.

Meist fertigte er Caterina kurz und bündig ab, verschwand

dann wieder, und sie lag noch stundenlang wach, enttäuscht und voller Sehnsucht. Gelegentlich mußte er sich mühen oder schlief ein. Dann wieder würgte und biß er sie. Einmal hatte sie ihm sogar mit einer Pferdepeitsche eins überziehen müssen. Anschließend entstand ein Kampf, wie so häufig.

Rosaria kümmerte sich kommentarlos um sie, berichtete ihr aber, daß der Herr Graf sich entgegen seinen früheren Gewohnheiten gelegentlich über eine Dienstmagd im Haus hermache. »Vor kurzem hat er mich sogar in sein Schlafgemach zerren wollen. Als ich begriff, was er wollte, wehrte ich mich.«

Caterina starrte sie entgeistert an. »Er hat dich … er hat mit dir …«

Rosaria nickte. »Aber das machen doch fast alle Herren.«

Caterina wandte sich ab. »Ja, natürlich – woher sollen sonst auch all die Bastarde kommen. Und? Was ist geschehen?« Sie fuhr sich nervös durch die Haare.

»Gian Antonio hat mir geholfen und mich befreit. Der Herr Graf war unglaublich wütend und drohte, ihn vierteilen zu lassen.«

Caterina wandte sich wieder Rosaria zu. »Warum erfahre ich erst jetzt davon?«

»Es ist nichts geschehen. Gian Antonio hat behauptet, ich sei mit ihm verlobt, wir hätten bereits Euer Einverständnis und Euren Segen. Er wollte, daß die Ehre und Unschuld seiner zukünftigen Braut nicht angetastet würden.«

»Und Riario hat sich davon abhalten lassen …«

Rosaria schaute ihr direkt in die Augen. »Gian Antonio blieb ruhig, legte lediglich seine Hand an den Schwertgriff; da ließ der Graf von mir ab. Jetzt habe ich Angst um Gian Antonio. Ich hätte dem Graf zu Diensten sein sollen.«

»Nein, das hättest du nicht!« rief Caterina unwillkürlich. Dabei war sie sich nicht sicher. Im Gegenteil, sie fühlte, wie sie etwas verwirrte. Hatte sie ein Anflug von Eifersucht erfaßt, Eifersucht auf ihre gefühlvolle *Schwester*, die ihr bisher so selbstlos gedient, die sogar das Heiratsverbot hingenommen hatte? Oder Neid? Neid auf ein sich entfaltendes Glück? Offensichtlich war nicht nur Rosaria in Ghetti verliebt, auch Ghetti hatte sie insgeheim zu lieben gelernt. Falls er wirklich Männer den Frauen vorzog, so schien er bei Rosaria eine Ausnahme zu machen. Am meisten wunderte sie aber, daß Riario sich gefallen ließ, von Ghetti wie ein Lakai abgefertigt zu werden, womöglich sogar vor weiteren Zeugen. Rosaria hatte recht: Ghetti schwebte in Gefahr. Riario würde ihm diese Demütigung nie vergessen. Und womöglich würde er zu einem günstigeren Zeitpunkt erneut über Rosaria herfallen.

Vorerst geschah nichts. Riario sprach nicht über den Vorfall, auch Caterina erwähnte ihn nicht, wenn er mit ihr speiste oder sie nachts besuchte.

Seine Besuche blieben nicht ohne Folgen. Als das Frühjahr in voller Blüte stand, spürte sie die gewohnten Veränderungen ihres Körpers. Sie war erneut schwanger. Gleichzeitig rüstete ihr Mann, der Generalkapitän, gegen die mächtige Sippe der Colonna und tauchte nur noch selten in ihrem Palazzo auf.

Eine unruhige Leere erfaßte Caterina. Sie wollte daher wenigstens ihre Kinder häufiger sehen und achtete darauf, daß sie abends zusammen aßen. Scipione war mittlerweile sieben Jahre, Bianca fünf, Ottaviano wurde im Sommer vier und Cesare drei. Riarios Bastard verhielt sich wie ein kleiner *uomo gentile*, insbesondere Bianca gegenüber. Mit ihr, seiner Stiefmutter, suchte er wie ein Alter das Gespräch. Seltsame Dinge beschäftigten ihn. Ob der Tod sie schrecke, fragte er eines Abends. Caterina schaute ihn erstaunt an. Wie kam er darauf? Welcher seiner Lehrer besprach mit ihm solche Themen? Sie schaute fragend nach Fra Lauro, der die Unterrichtung der Kinder beaufsichtigte und der nun mit leiser Stimme erwähnte, einer der Hauslehrer sei kürzlich an Schwindsucht gestorben. »Ich nahm Scipione und auch die Kleinen mit auf das Begräbnis.«

Scipione nickte. »Bianca hat mich gefragt, warum der Lehrer in einen Sarg gelegt und eingegraben würde. ›Er kommt doch in den Himmel‹, hat sie gesagt. Und Ottaviano hat geweint, weil es so dunkel im Sarg ist, und gefragt, ob man nicht wenigstens ein Guckloch öffnen kann. Ich habe ihm von der unsterblichen Seele und den Engeln erzählt.«

Während Scipione sprach, schaute Bianca sie mit ihren großen grauen Augen an. Cesare, der gefüttert wurde, schien nicht zuzuhören, und Ottaviano träumte vor sich hin. Vielleicht dachte er auch nur über den Sarg, das Guckloch und die unsterbliche Seele nach.

Caterina traten Tränen in die Augen, die sie hastig wegwischte. »Von dem Fegefeuer, der Hölle und dem Jüngsten Gericht hast du nichts erzählt?«

»Nur die bösen Erwachsenen kommen in die Hölle.«

»Wer sagt das?«

Scipione schaute auf den Boden und antwortete nicht mehr. Sie strich ihm über den Kopf, und er drückte sich an sie. Lange Zeit blieben sie so stehen und rührten sich nicht, und Caterina wurde plötzlich klar, daß sie sich noch immer viel zu wenig um ihre Kinder kümmerte. Nun wurde sie zum fünften Mal Mutter, aber nach der Geburt gab sie ihre Kinder an Ammen, Kindermädchen und später Lehrer ab und erwartete, daß sie sich zu ihrer Zufriedenheit entwickelten. Warum spielte sie nicht mit ihnen? Warum unternahm sie nicht wenigstens mit ihnen eine Ausflug in die Weinberge? Das hatte ihr Vater doch auch mit ihr und ihren Geschwistern getan!

Noch einmal strich sie Scipione über den Kopf und nahm dann Bianca auf den Arm. Da starb einer der Lehrer, und sie erfuhr nicht einmal davon. Warum hatte ihr niemand etwas gesagt? Oder hatte sie nur nicht hingehört, weil es sie nicht interessierte?

Als Caterina spätabends in ihrem Schlafzimmer vor dem Spiegel saß und die leise vor sich hin summende Rosaria ihre Haare auskämmte, ging ihr noch immer die Frage durch den Kopf, warum sie nicht mehr Zeit für ihre Kinder fand. Obwohl sie ununterbrochen beschäftigt war – mit der Leitung ihres großen Haushalts, mit Bittstellern und der Korrespondenz, mit Pferdezucht und der eigenen Garderobe –, fühlte sich wesenlos und unbedeutend.

Manchmal nahm sie sich ein Buch, las die Tragödie der Penthesilea und der Medea oder vertiefte sich in die Schriften von Tacitus über die Verschwörung gegen Caesar. Natürlich mußte sie an ihren Vater denken und den armen Girolamo. Vielleicht hatte er wirklich geglaubt, mit dem Mord eine gerechte oder zumindest zu rechtfertigende Tat zu vollbringen. Was, so fragte sie sich, hatte Girolamo bewogen, in ihrem Vater einen Tyrannen zu sehen? Doch nicht nur diese demütigende Szene nach ihrem Reitausflug! Konnte es nicht auch sein, daß Girolamos Ruhmsucht seine Rachsucht bis ins Tödliche gesteigert hatte? *Fama perpetua*, das hatte er kurz vor seinem Tod noch ausgerufen.

Nein, ihr Vater war kein Tyrann gewesen. Nicht einmal ein ungerechter Herrscher. Der Heilige Vater selbst verhielt sich weitaus ungerechter und tyrannischer. Seit seiner Wahl zum Pontifex maximus achtete er kaum noch Recht und Gesetz. Sie brauchte nur an den Versuch zu denken, mit Hilfe der Pazzi Lorenzo de' Medici aus dem Weg zu räumen. Oder an Oddone Colonna, der kürzlich erst als Bittsteller bei ihr gewesen war – immerhin ein apostolischer Protonotar, ein hoher Prälat!

Natürlich hatte sie ihn empfangen. Als er allein mit ihr war, verlor er alle Würde, kniete vor ihr nieder, küßte ihre Hand.

»Ich soll den Heiligen Vater verraten haben«, schluchzte er, »gemeinsame Sache mit dem Feind machen, ein Mordkomplott gegen Euren Gemahl planen. Dabei ist es umgekehrt. Man trachtet mir nach dem Leben. Ihr müßt mir helfen.«

»Wie soll ich Euch helfen? Wer trachtet Euch nach dem Leben?«

»Sprecht mit Eurem Gemahl. Legt beim Heiligen Vater ein Wort für mich ein. Ich bin unschuldig. Ich weiß nicht, wer mich verleumdet hat, warum überhaupt ...« Vor lauter Schluchzen konnte er nicht mehr weiter sprechen.

Caterina entwarf einen Brief an den Heiligen Vater, doch bevor sie ihn endgültig formuliert hatte, berichtete ihr Fra Lauro, Oddone Colonna sei eingesperrt und befragt worden. »Weil er nichts gestehen wollte, da er nichts zu gestehen hatte, unterwarf man ihn der Folter. Dann gestand er. Alle Vorwürfe seien wahr. Ohne viel Federlesens ließ man ihn hinrichten. Der Palast der Colonna in Rom wurde gestürmt und geplündert, sein Besitz eingezogen. Nun zieht der Generalkapitän Girolamo Riario mit den päpstlichen Truppen gegen die Colonna-Burgen in der Campagna. Cave wurde bereits erobert und geplündert, als nächste soll Paliano folgen.«

So sah die Politik ihres Mannes aus.

Er zettelte immer wieder einen Krieg an und ließ Männer, die ihm im Wege standen, foltern und hinrichten. Er bestahl die Bauern und Bürger und verspielte die Abgaben der Gläubigen. Und dieser Mann wollte König von Neapel werden!

Am nächsten Tag ging das Abendessen wie gewöhnlich zu Ende. Die Kindermädchen führten die Kleinen und Bianca in ihre

Zimmer, nachdem sie sich mit einem Kuß von Caterina verabschiedet hatten. Scipione schlang seine Arme um ihren Hals und drehte sich in der Tür noch einmal um, bevor er mit seinem Lehrer verschwand. Er schaute sie seltsam an – als fordere er sie auf, etwas zu tun. Sie bat Fra Lauro, beichten zu dürfen. Er nickte. Aber als sie dann beichten wollte, verschlossen sich ihre Lippen. Auch dies verstand er.

Während sie schweigend neben ihm kniete, begriff sie, daß eine Entscheidung fallen mußte. Sie mußte beginnen zu handeln. Sonst trennte sie sich endgültig von ihren eigenen Wurzeln und verlor sich selbst.

Am nächsten Morgen wachte sie mit dem Entschluß auf, den Palazzo zu verlassen und Riario nachzureisen. Sie wollte anwesend sein, wenn er Paliano belagerte und eroberte. In ihrem Stadtgefängnis blieb sie nicht länger. In der Campagna konnte sie trotz ihrer Schwangerschaft ausreiten und auf Falkenjagd gehen. Noch fühlte sie sich stark. Sie war eine Sforza. Sie war die Enkelin eines Condottiere. Sie beobachtete lieber die Soldaten beim Fechten und Laufen, Bogenschießen und Lanzenstechen als die Mägde beim Polieren des Silbers und beim Entlausen der Kinder.

Sie wollte Riario auch wegen Oddone Colonna zur Rede stellen. Schließlich war sie von der Unschuld des Protonotars überzeugt. Ein Geständnis durch Folter zu erpressen hatte nichts mit Wahrheitsfindung zu tun, eine Hinrichtung aufgrund eines solchen Geständnisses nichts mit Gerechtigkeit. Sie wollte sehen, ob Riario noch immer so viel würfelte und Karten spielte. Sie wollte die Kurtisanen und Huren von seiner Seite scheuchen und verhindern, daß er wieder Soldaten, Bauern, Handwerker und Händler betrog. Sie wollte mit keinem reichgewordenen ligurischen Gauner verheiratet sein, sondern mit einem Mann wie ihrem Vater.

Während Caterina, begleitet von Ghetti und ein paar Pferdeknechten, die Via Casilina entlangritt, sah sie mit eigenen Augen die Folgen der Kämpfe: ausgebrannte Bauernhöfe, zertrampelte Felder. Ein Geruch aus kaltem Rauch und Verwesung lag über der Landschaft. Als sie Paliano erreichte, traf sie ihren Mann beim Würfeln mit Virginio Orsini an. Da er nach einer Serie von Gewinnen gut gelaunt war, nahm er ihr unerwartetes Erscheinen ohne aufzubrausen hin. Er erklärte ihr, als verantwortliche Feldherren der Kirche hätten sie sich entschlossen, Paliano auszuhungern und gleichzeitig mit Bombarden sturmreif zu schießen. »Währenddessen sammeln wir unsere Kräfte.«

Caterina schaute sich um, was er unter *Kräftesammeln* verstand: In dem Zeltlager der päpstlichen Truppen wimmelte es vor Huren, fliegende Händler priesen lauthals ihre Waren an, die Soldaten würfelten, spielten Karten, tranken und suchten Streit, der dann schließlich blutig ausgetragen wurde.

Ohne die Erklärung ihres Mannes zu kommentieren, ließ sie sich ein Zelt mit einer Pritsche und ihrer Truhe aufstellen.

Während der nächsten Tage war sie anwesend, wenn die Gesandten des Papstes empfangen wurden; darüber hinaus inspizierte sie mit Ghetti genauer das Heerlager, die Belagerungsformationen und die Aufstellung der altmodischen Bombarden. Von *Sturmreifschießen* konnte keine Rede sein, denn es fehlte an ausreichender Munition. Außerdem stockte die Versorgung. Die letzten Rinder, Schweine und Ziegen waren den Bauern gestohlen worden und längst geschlachtet. Der Generalkapitän forderte von Rom Fleisch und Brot, Soldgelder, Munition und neue Waffen.

Aber die Ewige Stadt zeigte sich ungeduldig und zunehmend unwirsch. Die Kämpfe in der Campagna dauerten ihr zu lange, auch in Rom wurden Getreide und Fleisch knapp und teuer. Bauern, denen allein der Kittel geblieben war, strömten in die Stadt und erzählten von geplünderten Speichern und verschleppten Frauen. Pilger wurden zunehmend belästigt und blieben aus – all dies schob man dem Ehrgeiz und der Gier des Papstneffen in die Schuhe, der nicht einmal in der Lage war, ein kleines Dorf samt Burg einzunehmen.

Außerdem vermehrten sich die Stimmen, die für die Colonna sprachen. Diese Sippe gebe es bereits seit Jahrhunderten in der römischen Campagna und in Rom selbst, die Riari und della Rovere dagegen erst seit ein paar Jahren. Wenn der Generalkapitän unbedingt glaube, die Festungen der Colonna erobern zu müssen, solle er die Kosten alleine tragen und nicht dauernd die Bevölkerung zur Kasse bitten, zumal er den Gewinn für sich allein einstreichen wolle.

Riario winkte ab, nachdem er sich die Berichte angehört hatte.

»Dann hungern wir Paliano eben aus. Zum Kämpfen ist es sowieso zu heiß. Die Zeit arbeitet für uns. Irgendwann geben die Colonna auf, und ich kassiere ihre Besitzungen ein. Einige ihrer lautesten römischen Anhänger werden auf dem Campo de' Fiori baumeln. Dann ist auch dort Ruhe, und es wird lediglich eine Frage der Zeit sein, bis ich König von Neapel bin.«

Er winkte mit dem Würfelbecher Virginio Orsini herbei, der sich anfangs zierte zu spielen, weil er während der letzten Tage über tausend Dukaten verloren hatte. Als Riario ihm eine Stundung der Schulden versprach, setzte er sich doch wieder zu ihm.

Caterina wandte sich ab. Sie hatte es inzwischen aufgegeben, etwas gegen die Spielsucht ihres Mannes zu unternehmen. Sie glaubte auch nicht mehr, daß die Soldaten irgendeiner Disziplin zu unterwerfen seien. Noch nicht einmal über Oddone Colonna hatte sie mit Riario sprechen können. Er reagierte einfach nicht, wenn sie ihn auf den getöteten Protonotar ansprach.

Ghetti fragte sie eines Morgens, ob die Hitze und die Unbequemlichkeiten des Lagerlebens das Richtige für eine Frau in ihrem Zustand sei und ob sie nicht wieder nach Rom zurückkehren wolle.

Jeder konnte sehen, daß sie im sechsten Monat schwanger war. Die Hitze, der Staub und der Schmutz quälten sie, aber sie war in der Lage, alles zu ertragen. In Rom drückte sie die Hitze noch mehr nieder. Das Gefängnis Rom betrat sie nicht ohne ihren Mann. Am liebsten würde sie es gar nicht mehr betreten.

Sie schaute Ghetti in die Augen. »Bleib bei mir, Gian Antonio, auch wenn du dich nach Rosaria sehnst. Ich brauche dich noch.«

Im Monat Juli besuchte sie unerwartet der Heilige Vater persönlich. Es hieß, er wolle sein Heer inspizieren und sich von den Fortschritten der Belagerung überzeugen. Er sei die sinnlosen Kämpfe im Umland der Stadt leid, das Volk von Rom murre bereits so gefährlich laut, daß er es vorziehe, sich auf sein Landgut in den Albaner Bergen zurückzuziehen. Außerdem setze ihm dieses Jahr Roms moskitoverseuchte Glut besonders zu.

Am späten Nachmittag, als die Sonne sich schon dem Horizont zu nähern begann, erreichte Sixtus das Heerlager. Die Pferde und Maultiere ließen vor Hitze und Erschöpfung den

Kopf hängen, die persönliche Leibgarde des Papstes rief schwitzend und fluchend nach Wasser. Der Heilige Vater wurde in einer geschlossenen Sänfte herangeschleppt und dann unsanft abgesetzt.

Caterina wie auch Riario eilten herbei, um ihn begrüßen. Als seine Kammerdiener die Sänfte öffneten, um den Papst auf die Beine zu stellen und zu stützen, erschrak Caterina heftig. Der Heilige Vater konnte sich kaum aufrecht halten, seine Hände zitterten, und sein Rücken war gebeugt wie bei einem Buckligen. Sie fiel vor ihm auf den Boden, um ihm die Füße zu küssen, er befahl ihr jedoch sofort, sich zu erheben, und hielt den Ring zum Kuß hin. Nach dem Kuß ließ er seine zitternde Hand an Caterinas Wange vorbeigleiten, als wolle er sie streicheln, und sie hätte ihn am liebsten in den Arm genommen. Dieser alte Mann, dessen Ende so offensichtlich nahte, strahlte eine Würde aus, die sie damals, während der Trauung, nicht wahrgenommen hatte.

Riario konnte seinen Ärger über das Erscheinen seines Onkels nur mühsam im Zaum halten. Er ließ eine Gruppe von Soldaten antreten und die Trompeter zur Begrüßung blasen. Die Soldaten standen lümmelnd herum, neugierige Huren und ihre Kinder kamen herangelaufen und feixten über die falschen Töne. Wasserträger reichten dem Oberhaupt der Christenheit und seinen Begleitern ihre Becher.

Sixtus hob mühsam seinen Kopf, um nach der Festung Paliano zu schauen. Aber da ihn sein Gefolge und die Soldaten umringten, konnte er sie nicht sehen.

»Wieweit seid ihr?« fragte er mit rauher, brüchiger Stimme.

»Letzte Nacht haben sie einen Ausfall gemacht«, sagte Virginio Orsini, als Riario, der Generalkapitän, nicht antwortete. »Aber wir konnten sie ohne bedeutende Verluste zurückschlagen.«

Ein weiteres Mal hob der Papst mühsam seinen Kopf und spähte zu seinem Neffen hinüber.

»Noch dieses Jahr werden die Colonna vernichtet sein«, stieß Riario zwischen den Zähnen hervor.

»Du hast deine Chance nicht genutzt. Bald wird es zu spät sein«, erklärte Sixtus.

Riario sprang auf und wollte heftig protestieren, als der Papst ihn mit einem Ausdruck grenzenloser Verachtung anschaute.

»Wir haben auf dich in politischen Fragen gehört«, sagte er nun mit festerer Stimme, wenn auch sehr leise. »Wir haben dich zum Grafen ernannt, Wir würden dich sogar zum König von Neapel machen – aber sag Uns eins: Was haben Uns die von dir angezettelten Kriege und Verschwörungen eigentlich gebracht? Die Menschen verfluchen Uns und Unsere ganze Familie.«

22. Kapitel

Kurze Zeit später, Anfang August des Jahres 1484, reiste Sixtus aus dem Lager ab. Er fühlte sich zu schwach, um sich wie geplant in die Albaner Berge zu begeben, und kehrte nach Rom zurück.

Caterina wußte, daß dies kein gutes Zeichen war. Sie versuchte, Riario die Lage zu erklären. »Wenn der Heilige Vater stirbt …«

»Der alte Sack stirbt noch nicht«, unterbrach er sie verärgert, »nicht so lange ich ihn brauche. Wir Ligurer sind zäh. Der kränkelt jeden August.« Er schob Caterina zur Seite und trat aus dem sanften Licht des Zelts in die gleißende Helligkeit der Campagna. »Bei der Hitze dösen die Verteidiger von Paliano«, rief er Virginio Orsini zu. »Laßt uns heute mittag, zur Siesta-Zeit, einen Sturmangriff wagen. Ich will endlich Erfolge sehen, bevor der alte Narr im Vatikan etwas Dummes tut, sich vielleicht sogar mit den Colonna aussöhnt.«

Orsini schüttelte den Kopf. »Aussichtslos. Wir müssen erst eine Bresche geschossen haben. Außerdem haben unsere Soldaten keine Lust, sich bei der Hitze eine blutige Nase zu holen – es sei denn, du zahlst ihnen eine Sonderprämie und besteigst als erster die Leiter. Dann folgen sie dir – vielleicht.« In gutmütigem Hohn lachte er.

Auch Caterina lachte. Riario warf ihr einen wütenden Blick zu. Sie beachtete ihn nicht, sondern wandte sich an Orsini. »Ich habe mir, seitdem ich hier bin, angeschaut, wie ihr die Burg beschießen laßt. Mal da, mal dort, wohin eine Kanone zufällig trifft. Aber so werdet ihr gar nichts erreichen. Ihr müßt mit allen Kanonen immer nur auf eine Stelle zielen, und dies Tag und Nacht, damit niemand die Schäden ausbessern kann. Nach kurzer Zeit werden die Mauern zusammenfallen, und über den Schutt könnt ihr dann hineinstürmen.«

Riario stieß einen unartikulierten Hohnschrei aus, während Orsini ruhig blieb. »So dumm ist das gar nicht, was sie sagt«, bemerkte er.

»Weibergeschwätz!« fuhr Riario ihn an. »Schaff' erst einmal die Munition heran!«

Caterina ließ sich nicht beirren. »Habt ihr schon nach Männern gesucht, die in den Befestigungsanlagen beschäftigt waren? Meist gibt es irgendwelche Schwachstellen oder versteckte Geheimgänge, Fluchtwege. Wenn ihr sie ordentlich bestecht, werden sie euch alles verraten. Dann wird es ein leichtes sein, die Burg mit nur geringen Verlusten zu erobern.«

»Ich kann das klugscheißerische Geschwätz nicht mehr hören«, schrie Riario jetzt. »Ich glaube, ich höre meine Mutter. Die hat auch immer alles besser gewußt und war hinter uns her wie der Teufel hinter der armen Seele. Laß uns endlich würfeln!«

»Caterina hat recht, Giralomo. Noch heute abend werde ich jemanden losschicken, der in den Dörfern herumfragt.« Unentschlossen stand Orsini neben Caterina.

Riario knurrte und machte eine Handbewegung, die ihn zum Würfeln aufforderte.

»Also gut!« rief Orsini. »Dann würfeln wir noch eine Runde!« Er folgte Riario in sein Zelt.

Caterina schloß sich ihm an, und als die ersten Würfel auf das mit Samt ausgelegte Holzbrett fielen, griff sie nach ihnen. Mit einem Wutschrei sprang Riario auf und wollte ihr die Würfel entreißen. Sie versteckte sie jedoch hinter ihrem Rücken, ohne einen Schritt zurückzuweichen, und er blieb direkt vor ihr stehen, die Hand zum Schlag erhoben.

»Schlag, du ehrenwerter Graf aus Ligurien, schlag eine Schwangere, schlag deine eigene Frau!«

Riario riß den Arm zurück, als wolle er ausholen.

Verächtlich verzog sie ihren Mund und warf die Würfel nachlässig Orsini zu, der sie geschickt auffing.

Riario stand noch immer vor ihr. Langsam ließ er seinen Arm sinken. Sie starrte ihm so lange in seine dunkel umrandeten, von der Hitze und dem Staub entzündeten Augen, bis er seinen Blick senkte und sich wieder ächzend auf seinen Klappstuhl fallen ließ.

»Hör zu, Girolamo«, sagte sie so beherrscht wie möglich,

»vermutlich ist ohnehin alles zu spät. Fra Lauro ist soeben aus Rom gekommen. Die Stadt ist voller Unruhe. Die Anhänger der Colonna rüsten zum Gegenschlag, die Stimmung ist aufgepeitscht, weil überall Brot, Fleisch und Wein fehlen oder nur noch zu Wucherpreisen zu haben sind. Jeder weiß, daß der Papst nicht mehr lange lebt. Stirbt er, bricht die Anarchie aus.«

»Ich habe eine Armee. Solange in der Armee keine Anarchie ausbricht, bin ich der mächtigste Mann in Rom. Notfalls beschieße ich die Stadt.« Er forderte mit einer Handbewegung Orsini auf, die Würfel zu werfen.

Orsini jedoch widersprach ihm. »Caterina hat auch in diesem Punkt recht. Wir müssen Vorkehrungen treffen.«

Riario schüttelte gereizt den Kopf. »Der Alte übersteht den Sommer, ich kenne ihn. Wenn wir Paliano erobert haben, marschieren wir in Rom ein und knüpfen alle Anhänger der Colonna auf.« Er wandte sich höhnisch an Caterina: »Wir wissen ja jetzt, wie wir es anstellen müssen. Du kannst inzwischen in die Stadt reiten und unsere Paläste sichern.«

»Die Römer machen dich für die Preissteigerungen und die Knappheit an Lebensmitteln verantwortlich. Sie hassen dich!«

»Haßt du mich auch, Sforza-Bastard?«

Beinahe hätte Caterina ihn geschlagen. Aber sie griff lediglich nach seinem Wams und drückte ihn mit aller Macht auf seinen Stuhl, so daß er beinahe umgekippt wäre. »Es geht nicht um Haß, Girolamo, sondern ums Überleben. Wenn du wieder nach Savona in deinen Gemüseladen zurückkehren willst, dann mach so weiter! Ich will auf jeden Fall, daß wir unseren Grafentitel behalten, daß Ottaviano einmal ein geachteter Herrscher wird. Wir müssen handeln!«

Er befreite sich von ihrem Griff und fragte in gepreßter Ruhe: »Und was sollen wir in deinen Augen tun?«

»Das möchte ich auch wissen«, sagte Orsini. »Wir können doch nur abwarten und die Colonna in die Knie zwingen.«

Caterina richtete sich auf und strich über ihren gerundeten Leib. »Ich werde Fra Lauro mit den Kindern nach Forlì schicken. Dort scheinen sie mir sicherer als in Rom zu sein. Außerdem werde ich einen Boten nach Mailand senden und meinen Onkel Lodovico bitten, unsere Grafschaft vor dem Zugriff der Veneziander zu schützen ...«

»Vor den Medici, das ist viel wichtiger«, unterbrach sie Riario.

»Dann brauche ich einige dir treu ergebene Soldaten, die mit Ghetti in die Stadt reiten, damit sie im Notfall unsere Paläste verteidigen.«

»Ich traue diesem Sodomiten nicht. Außerdem brauche ich jeden Mann für die Eroberung von Paliano.«

»Ghetti ist kein Sodomit. Er untersteht mir, und ich werde ...«

»Caterina hat nicht unrecht«, unterbrach sie Orsini. »Ich kann mich notfalls auf unsere Burg in Bracciano zurückziehen, zudem beherrschen die Orsini weite Gebiete von Lazio und halb Rom. Aber die Riari – Ligurien ist weit. Forlì nicht minder. Und hast du wirklich zuverlässige Anhänger in Rom?«

Riario starrte nachdenklich auf das Würfelbrett. Dann verzog er den Mund und schüttelte den Kopf. »Ghetti kann meinetwegen mit ein paar Forlivesern abhauen. Aber jetzt laß uns würfeln.»

Ohne ein Wort des Abschieds verließ Caterina das Zelt, eilte zu Fra Lauro und Ghetti, die in ihrem Zelt auf sie warteten. Sie besprach mit ihnen noch einmal die Lage und schickte beide in die Stadt. Fra Lauro sollte sofort mit den Kindern, den wichtigsten Wertsachen und einem Großteil der *famiglia* nach Forlì aufbrechen.

»Und was ist mit Rosaria?« fragte Ghetti.

Caterina hatte ihr Kammermädchen bereits zu lange vermißt. Irgendwelche zweifelhafte Frauen aus dem Troß mußten sie bedienen, ihr beim Ankleiden helfen und das Nachtgeschirr ausleeren.

»Rosaria soll herauskommen. Ich brauche sie.«

Ghettis Gesicht wurde abweisend.

»Hier bei mir ist sie sicherer als in der Stadt. Laß sie von ein paar zuverlässigen Männern begleiten, Gian Antonio, und sorge dafür, daß unsere Paläste nicht geplündert werden.«

Bevor der Heilige Vater seinen letzten Atemzug tat, brachen die Unruhen aus. Seine Diener ließen sich nicht davon abhalten, den Papstpalast zu plündern, als er noch in den letzten Zügen lag. In der Stadt tauchten plötzlich überall Bewaffnete auf, die Colonna-Anhänger fielen über die Orsini-Anhänger her, diese bewaffneten sich und holten Verstärkung aus dem Umland. Auf den Straßen und Plätzen strömten die Menschen zusammen, viele mit Dolchen und rostigen Schwerten, Äxten und Knüppeln. Alte Rechnungen sollten beglichen werden. Aber im Wirklichkeit ging es lediglich um eins: das Joch der verhaßten Papstfamilie, das Joch der päpstlichen Neffen und Günstlinge, der raffgierigen und Verderben bringenden Ligurer abzuschütteln. Berichte von dem Reichtum, der im Vatikan angesammelt worden war, während das Volk horrende Preise für Brot zahlen mußte, drangen zu den Menschen, die sich überall versammelten. Im Castello Giubileo lagerten Unmengen von Getreide, so hörte man, und außerdem warteten Hunderte, ja Tausende von Stück Vieh darauf, die fette und raffgierige Papstfamilie zu ernähren, während die Bürger Roms bereits Katzen schlachteten und ihre eigenen Singvögel fraßen.

Es dauerte nicht lange, da stürmte der hungrige und gierige Pöbel vor den Stadtpalast der Riari neben Santi Apostoli. Die schweren Türen des Portals wurden eingeschlagen, und der Palast geplündert. Wer sich in den Weg stellte, dem rammte man einen Dolch in den Bauch oder schlug einen Knüppel über den Kopf. Das Silbergeschirr, die Murano-Gläser und Majolika-Teller, die wertvollen Teppiche, die Truhen voller Brokatkleider und goldbestickter Wämser, die edelsteinbesetzten Reliquienschreine verschwanden als erste. Dann schleppte man die Möbel aus dem Haus und leerte den Wein- und Vorratskeller.

Auch der Palast jenseits des Tibers wurde gestürmt. Doch hier gab es wenig zu holen. Kaum noch ein Diener fand sich in ihm, die Wertsachen waren mitgenommen, die Dukaten ohnehin, das Silber, die Roben der Gräfin. Kein einziges Pferd stand mehr im Stall. In aufschäumender Wut wurden die Möbel kurz und klein geschlagen. Als sich aus unerfindlichen Gründen eine Geheimtür öffnete, strömten die Plünderer in entsetzlich stinkende Gewölbe und in die Tiefe führende Gänge. Das erste Skelett, auf das man stieß, konnte die vor Gier rasende Menge nicht abhalten, noch weiter vorzudringen. Man zerrte Leichen aus rattenverseuchten Verliesen, stieß auf Katakomben und weitere Skelette – aber auf keine einzige Münze, auf kein Silber und Gold. Schließlich brannte der Palast, und manch einer, der sich nicht rechtzeitig ins Freie hatte retten können, erstickte oder verbrannte erbärmlich.

Die Menge stürmte auch noch das Castello Giubileo und

stürzte sich auf die verängstigten und kaum versorgten Tiere. Sie wurden auf der Stelle abgestochen und zerlegt. Die Weinkeller wurden aufgebrochen, die Brotspeicher leergeräumt. Bis zum Erbrechen fraßen sich die Menschen voll, bis zur Volltrunkenheit ließen sie den Wein in sich hineinlaufen, fielen in geschlechtlicher Gier übereinander her und raubten sich schließlich gegenseitig die Beute.

Am nächsten Tag, nach dem Rausch, strömte der Pöbel in die Stadt zurück. Es gab noch andere Paläste der Papstfamilie. Es gab überall Ligurer, die, allein weil sie Ligurer waren, als Ausbeuter galten und ihren Preis zahlen mußten. Es gab überhaupt den fetten Klerus, der das Volk aussaugte und nun für seine unersättliche Gier zu büßen hatte.

Trotz der chaotischen Zustände sollten die Exequien für den verstorbenen Papst stattfinden. Aber kaum einer der Kardinäle und hohen Würdenträger fand sich in San Pietro ein. Sie alle hatten ihren Paläste in Festungen verwandelt, Soldaten geheuert, so welche zu finden waren, ihre Knechte mit Waffen versorgt. Giuliano della Rovere, der Kardinal von San Pietro in Vincoli, hatte sogar eine Kanone aufstellen lassen, um die herandrängenden Menschenmassen in Schach zu halten.

Inzwischen strömten immer mehr bewaffnete Anhänger der römischen Barone in die Stadt. Sie lieferten sich blutige Kämpfe in den Straßen, und wer sich ihnen in den Weg stellte, wurde einfach niedergestochen. Roms Bürger mußten schleunigst ihre Beute vor ihnen in Sicherheit bringen.

Nach einigen Tagen fiel die Anarchie in sich zusammen. Zwischen manchen Stadtvierteln waren Barrikaden aufgebaut, und die Bewaffneten belauerten sich gegenseitig.

Von den Vorgängen in der Ewigen Stadt hatte Ghetti Caterina in allen Einzelheiten berichtet. Fra Lauro war es gelungen, mit den Kindern und allen Wertsachen die Stadt rechtzeitig zu verlassen. Als die Unruhen ausbrachen, sah Ghetti, daß die Paläste der Riari nicht zu schützen waren, zumal viele der eigenen Knechte nicht daran dachten, ihr Leben für ihre Herrschaft einzusetzen. So verließ er, bevor der Sturm auf die Paläste begann, mit einigen treu ergebenen Dienern die Stadt und begab sich mit Rosaria nach Paliano.

Caterina, die den trinkenden und jammernden, manchmal auch prahlenden Riario kaum noch ertrug, fühlte, wie sich in ihr etwas vorbereitete, das sie aus dem unerträglichen Elend des Zuschauens herausführen konnte. Sie blickte Ghetti und Rosaria an, denen die Sorge im Gesicht stand, aber auch die Erleichterung darüber, daß sie der Bedrohung entronnen waren.

»Glaubt ihr wirklich, die Kinder sind in Forlì sicher?« fragte sie ein zweites Mal.

»Ihr wißt doch, daß Lauro die Kinder auch mit der Waffe verteidigen kann. Notfalls wird er sie in einem Nonnenkloster unterbringen«, erwiderte Ghetti und lachte über die Vorstellung eines solchen Verstecks.

Caterina nickte. Es war ohnehin zu spät, etwas anderes zu unternehmen, zumal sich im Heer die ersten Auflösungserscheinungen zeigten.

Am Abend kam Riario in ihr Zelt gewankt, nachdem Ghetti auch ihm von den Vorgängen in Rom berichtet hatte. »Es ist alles vorbei«, rief er weinerlich, »ich kann Zollschreiber in Savona werden. In Rom werden sie mich umbringen.«

Caterina starrte an die Decke des Zelts. »Wir müssen etwas unternehmen, wir müssen das Gesetz des Handelns bestimmen.«

»Großartig«, jaulte er auf, »da spricht die Enkelin des Condottiere. Und wie stellst du dir das vor? Die Stadt ist ein Hexenkessel, sie haben unseren Besitz ruiniert, und wer weiß, wer jetzt Papst wird. Der Borgia vielleicht oder gar mein Vetter Giuliano, der mich haßt wie kein anderer. Ich werde mich davonschleichen können wie ein geprügelter Hund, Imola und Forlì werden sie mir nehmen, mir die Einnahmen streichen – wir werden verhungern!«

Er hockte sich neben ihrer Pritsche auf einen Schemel, suchte ihre Hand und lehnte seinen Kopf an ihren Leib. Fast tat er ihr schon leid.

»Unser viertes Kind«, seufzte er, während seine Hand über ihren Bauch strich.

»Das fünfte«, korrigierte sie ihn.

»Das eine Mädchen war doch bereits fast tot, als es auf die Welt kam. Wir müssen uns an die Lebenden halten.«

»Richtig«, sagte sie bestimmt. »Die Lebenden werden einen

neuen Papst wählen. Für uns ist es entscheidend, daß dieser Papst unser Freund ist.«

»Ich habe keine Freunde.«

Riarios weinerliche Stimme konnte sie rasend machen. Mühsam beherrscht fuhr sie fort: »Wir müssen dafür sorgen, daß nicht der falsche Papst gewählt wird.«

»Glaubst du, die Kardinäle lassen sich von mir vorschreiben, wen sie wählen. Noch nicht einmal meine Vettern und Neffen hören auf mich.«

»Du hast das Heer. Wer dem Heer befiehlt, hat die Macht.«

»Sie nehmen mir den Oberbefehl über das Heer. Dann stehe ich schutzlos da. Jeder Straßenräuber, jeder Colonna-Anhänger wird mich umbringen können.«

»Du mußt in die Höhle des Löwen und den Kardinälen zeigen, wer die wirkliche Macht hat.«

Riario reagierte nicht.

»Denk an Caesar: *Alea iacta est!* Überschreite den Rubikon und marschiere in die Stadt!«

Riario fuhr sich fahrig mit seinen Fingern durch die Haare. »Mich unterstützt ohnehin niemand, nicht einmal Borgia, der Taufpate unseres Ältesten. Selbst wenn er es täte, würde er mich bei der ersten Gelegenheit verraten. Er ist so falsch wie Judas.«

»Dann sieh zu, daß die Kanonen dich unterstützen.«

»Welche denn? Unsere Bombarden hier brauchen Tage, bis sie nach Rom gekarrt sind.«

»Und was ist mit den Kanonen in der Engelsburg?«

»Ja, wie? Soll ich sie gegen den Vatikan richten?«

Riario jammerte weiter, trank noch einige Gläser und torkelte schließlich aus dem Zelt, um sich neben den Wachen zu übergeben. Caterina hörte ihn fluchen, auch noch, als er in seinem eigenen Zelt angekommen war und sich krachend auf die Pritsche fallen ließ.

In der Nacht hatte sie einen überraschenden Traum. Sie sah sich auf einem spiralförmigen Weg immer tiefer in die Erde hinabschreiten. Die Wände erinnerten sie an die Wände der Villa, in denen die Toten gefunden waren, an ihr eigenes Haus. Manchmal leuchtete eine Fackel oder auch ein kleines Öllicht. Ihre Kinder folgten ihr eine Weile, blieben dann zurück. Schließlich war sie ganz allein, die Lichter erloschen, vor ihre eine schwarze Wand. Sie hörte sich selbst stöhnen, ja, schreien, wie bei der letzten Geburt. Dann lag die schwarze Wand hinter ihr, sie schaute in ein Nonnenkloster, das aber gleichzeitig ein Stall war, in dem Esel und Kühe friedlich frisches Heu fraßen. Auf Stroh lag ein kleiner Junge, der nicht nackt wie der neugeborene Heiland war, sondern eine Rüstung trug. Er streckte ihr die Arme entgegen, und sie wollte ihn auf den Arm nehmen. Er lief jedoch vor ihr her, führte sie den spiralförmigen Weg aus dem Gewölbe heraus. Sie wußte jetzt, daß es ein Grabmal war, das sie wie ihr eigener Geist verließ. Sie dachte noch: In einem Grabmal ist man doch tot, man kann es nicht verlassen, da wachte sie auf.

Draußen dämmerte der Tag; es herrschte bereits ein lärmendes Treiben. Neben ihr, auf dem Boden, lag Rosaria, halbnackt. Sie schien noch zu träumen, ein glücklicher Ausdruck huschte über ihr Gesicht. Vermutlich träumte sie von Ghetti, dem Graubart.

Caterina schaute an die hell schimmernde Decke des Zelts. Schatten bewegten sich auf und ab, als nickten sie. Sie hatte vom Tod geträumt, von dem Übergang in eine andere Welt. Ein kleiner Engel führte sie hinaus, ins Licht. Und zum Schluß, so meinte sie sich zu erinnern, krönte er wie der Erzengel Michael mit gezücktem Schwert die Engelsburg. Der barmherzige Vater im Himmel mußte ihr verziehen haben. Der Tod verlor seinen Schrecken. Er erlöste sie noch im Jenseits. Ein warmes Gefühl der Freude und Stärke durchströmte sie, das jäh durch Riario unterbrochen wurde. Sie hörte zuerst seine aufgeregte Stimme, dann brach er ohne Umschweife in ihr Zelt. Rosaria schreckte auf.

»Das Heilige Kollegium hat befohlen, die Belagerung von Paliano aufzugeben, mir aber verboten, in die Stadt zu marschieren. Wir sollen bei dem Ponte Molle unser Lager aufstellen und auf weitere Befehle warten. Womöglich ist dann bereits der neue Papst gewählt.«

Caterina setzte sich langsam auf und strich ihre wallenden Haare nach hinten. Kopfschüttelnd schaute sie Riario an. »Du hast es noch immer nicht begriffen. Kümmere dich nicht um ihre Befehle! Du hast von dem verstorbenen Papst den Oberbefehl über das Heer erhalten, und lediglich ein neuer Papst kann dich abberufen. Die Kardinäle können dir gar nichts befehlen. Du darfst jetzt nicht zögern: Führe das Heer in die Stadt, besetze alle wichtigen Plätze, insbesondere im Borgo, und sorge dafür, daß ein Papst gewählt wird, der dir paßt. Deine Familie hat die meisten wichtigen Ämter in Rom inne, der Kastellan der Engelsburg ist dein Freund …« Sie unterbrach sich selbst, weil ihr plötzlich die Lösung eingefallen war. »Du brauchst gar nicht die Stadt zu besetzen …«

»Das ist eine deiner verrückten Sforza-Ideen. Die Stadt besetzen. Die Soldaten laufen mir davon. Die Colonna werden mich ausliefern, und dann wird man mir wie Oddone Colonna die Knochen zerschlagen und mich schließlich vierteilen.« Seine Stimme war plötzlich wieder weinerlich geworden, und sein Blick flackerte vor Angst. »Nein, ich ziehe mit Orsini zum Ponte Molle und warte ab. Wenn das Heer beisammen bleibt, habe ich noch einen Trumpf in der Hand.«

»Das sage ich doch! Du mußt ihn nur ausspielen.«

»Ich muß ihn in der Hinterhand behalten!« Er verzog seinen Mund zu einer Grimasse. »Was verstehen Frauen schon vom Kartenspiel – und von politischer Taktik!«

Caterina schüttelte ihren Kopf. Langsam erhob sie sich. Das Kind in ihrem Leib trat nach ihr und schien Purzelbäume zu schlagen. Sie spürte ein Gefühl der Freude und der Kraft. Und der Verachtung für ihren Mann, der dabei war, ihr Leben zu verspielen – weil er den einzigen Trumpf, der ihm geblieben war, nicht rechtzeitig auszuspielen wagte. Aber sie war eine Sforza. Sie verstand jetzt auch, daß der Traum sie dorthin geführt hatte, wo die Rettung lag: ins Castello Sant' Angelo, in die Burg des kämpfenden Engels.

23. Kapitel

Es war wie eine endgültige Befreiung. Wie eine Stimme, die ihr den Weg wies. Wie eine Erleuchtung, die ihr alle Zweifel nahm. Die letzten Jahre hatten aus ihr eine hilflose Magd gemacht, eine an sich und der Welt zweifelnde Zuschauerin der politischen Ränkespiele und der feigen Attentate. Sie stand am Abgrund, und Riario würde sie hinabziehen. Sie mußte ihn halten und retten. Dies war ihre einzige Chance.

Ohne Riario noch eines Blickes zu würdigen, warf Caterina sich ihren hochgeschlossenen Seidenmantel um und eilte zu Ghetti, der im Begriff war, die ersten morgendlichen Fechtübungen zu absolvieren.

»Gian Antonio, rufe ein paar zuverlässige und uns treu ergebene Männer zusammen, die kämpfen können. Wir reiten noch heute morgen nach Rom.«

Ghetti mußte lachen. »Seid Ihr die Stimme Eures Herrn?«

»Wärst du nicht mein Schutzengel, so würde ich dir jetzt mit der Peitsche eins überziehen.« Sie packte Ghetti an seinem gefütterten Lederwams. »Ja, ich bin die Stimme Unseres Herrn. Mit dem Generalkapitän können wir nicht mehr rechnen. Daher besetzen wir beide mit einer schlagkräftigen Truppe die Engelsburg. Ich kenne den Kastellan: Er ist einer unserer Männer. Wir igeln uns dort ein, richten die Kanonen auf den Vatikan und ziehen erst dann ab, wenn das Konklave einen Papst gewählt hat, der uns wohlgesinnt ist und Riario in seinen Ämtern bestätigt.«

Ghetti lachte noch lauter: »Ihr seid verrückt. Eine Schwangere erobert Rom ...«

Bevor er weitersprechen konnte, verschloß ihm Caterina den Mund. »Ich meine es ernst«, zischte sie ihm zu, »und wenn ich hundertmal schwanger bin. Die Zeit des Zögerns ist vorbei.«

»Ihr seid wirklich verrückt«, wiederholte Ghetti; nun klang in seiner Stimme Bewunderung mit. »Aber ist Euch auch klar, daß Ihr alles verlieren könnt, Eure Kinder, sogar Euer Leben?«

»Die Kinder wird niemand anrühren, der nicht den Fluch des Allmächtigen auf sich ziehen will, und vor einem ehrenvollen Tod habe ich keine Angst. Der Ruhm wird mich überleben.«

»Ich höre Euren Großvater sprechen. Ihr seid jedoch eine Frau und kein Condottiere. Die Soldaten werden Euch auslachen, und die Kardinäle werden Euch hereinlegen. Was Eure Kinder angeht: Wißt Ihr nicht, daß man stets auch die Kinder töten muß, wenn man einen Gegner auf Dauer unschädlich machen will? Sonst bestehen in den Söhnen die Rechte des Getöteten fort, und die ungestillte Rachsucht kann als mächtige Antriebskraft wachsen. Ihr geht ein hohes Risiko ein – und alle, die Euch begleiten, nicht minder.«

Einen Augenblick wurde Caterina unsicher. Sie sah sich plötzlich in der Engelsburg, umgeben von lauter Soldaten, niederkommen. Sie sah ihre Kinder in Ketten gelegt, Henkersknechte beugten sich über sie und schnitten ihnen, so wie man eine Ziege tötete, die Kehle durch.

Nein, der Allmächtige würde sie schützen! Ihr war ein Engel erschienen.

Ghetti befreite sich von ihr und nahm Rosaria, die ins Zelt getreten war und bereits eine Weile zugehört hatte, in den Arm. »Was soll ich tun?« flüsterte er.

»Ich werde euch beide begleiten«, antwortete Rosaria und küßte ihn auf den Mund.

In der größten Mittagshitze brachen sie auf. Ghetti hatte eine Truppe von über hundert Mann zusammengerufen, unter ihnen einige Mailänder, die er noch aus alten Zeiten kannte, auch Bogenschützen und Kanoniere. Es entstand eine große Unruhe. Riario verstand nicht, was vor sich ging, er brüllte die stumme Zeltwand an, stritt sich dann mit Orsini, dem er Verrat vorwarf, und stürmte schließlich zu Caterina, die ihm kühl ihren Entschluß mitteilte. Sein Mund blieb offenstehen. Dann wandte er sich fluchend ab, weil er Caterinas Mitteilung für einen Trick hielt, ihn zum Handeln zu bewegen. Aber als Caterina ihren Schimmel bestieg, Ghetti an ihrer Seite, und die schwerbewaffnete Truppe zum Aufbruch blies, schien er zu begreifen, daß sie es ernst gemeint hatte.

»In Rom sehen wir uns wieder«, rief sie ihm zu und winkte. »Ich besetze in deinem Namen die Engelsburg und richte die Kanonen auf den Vatikan. Wir wollen sehen, ob die Herren Kardinäle nicht Einsicht zeigen.«

Riario starrte sie ungläubig an. »Das Heer marschiert zum Ponte Molle«, rief er mit wegbrechender Stimme.

Caterina, in einer euphorischen Stimmung, ließ Maestoso ein paar Schritte rückwärts gehen, bis der Schimmel schnaubend neben Riario stand. Sie schaute auf ihren Ehemann hinab: »*In hoc signo vinces*«, sagte sie höhnisch und wies auf das Wappen der Sforza, das als Schabracke auf beiden Seiten die Flanken des Pferdes bedeckte. »Die Schlange vertilgt den Ungläubigen – den Ängstlichen, den Zaudernden. Die Geharnischte entspringt dem Haupt ihres Vaters. Erinnerst du dich noch, du Rose der kämpfenden Kirche?« Sie winkte und gab Maestoso einen leichten

Klaps, so daß er sofort in Galopp fiel. Als sie sich noch einmal umdrehte, verschwand Riario in einer Wolke aus Staub.

Unbehindert ritt die Truppe, Caterina vorneweg, östlich an Rom vorbei und betrat durch die Porta del Popolo die Ewige Stadt. Auch hier hielt sie niemand auf. Der Kastellan der Engelsburg ließ sie mitsamt den Soldaten ein. Die in der Augusthitze dösenden Wachen starrten sie wie eine Geistererscheinung an. Caterina übernahm sofort das Kommando. Wer von den Wachen feixte oder allzu lässig auf den Wehrgängen oder den Höfen herumlungerte, hatte die Burg sofort zu verlassen. Der Kastellan stotterte nur noch und schien keinen klaren Gedanken fassen zu können. Er lief ihr nach und fragte ununterbrochen nach dem Generalkapitän. Kurzerhand wurde auch er aus der Engelsburg hinausgeschoben. Dann gab Caterina den Befehl, das Tor zu schließen und sich zu versammeln. Ghetti sollte alle Soldaten erneut auf ihre Zuverlässigkeit überprüfen und fragwürdige Gesellen abschieben. Eigenhändig schloß sie die stinkenden und rattenverseuchten Kerker auf und ließ die Gefangenen frei. Schließlich überprüfte sie die Magazine. Vorräte und Munition waren ausreichend vorhanden, ebenfalls Dukaten. Sie hatte einen Teil der noch nicht geplünderten Kriegskasse entdeckt. Dann wurden die Kanonen sorgfältig auf den Vatikanspalast gerichtet.

Während der nächsten Tage erschien Caterina in einem weiten Atlaskleid mit bis auf den Boden herabreichenden Ärmelschleppen. Auf dem Kopf trug sie einen riesigen schwarzen Samthut mit langen Federn. Auf Brust und Rücken hatte sie sich das Wappen der Sforza nähen lassen. Jeder konnte sehen, daß sie im siebten Monat schwanger war. Wie ein Zeichen des zu erwartenden Sieges trug sie den sich vorwölbenden Leib. Ihre Augen leuchteten, ihre Stimme war laut und bestimmt, sie scheute sich nicht, trotz ihrer weiblichen Bekleidung immer wieder Befehle zu brüllen und die Soldaten zur Disziplin aufzurufen. Schließlich schnallte sie sich einen breiten Militärgürtel um und befestigte an ihn einen Krummsäbel und einen Sack voller Münzen.

In den Augen der Soldaten sah Caterina eine Mischung aus Bewunderung und Belustigung aufschimmern. Die Haltung der Männer zeigte Entschlossenheit, für sie zu kämpfen, zumal Gian Antonio Ghetti nie von ihrer Seite wich. Der glatzköpfige Graubart schien während der letzten Tage noch imposanter geworden zu sein. Die Soldaten wußten, daß er bereits unter Francesco Sforza gedient hatte, sie hielten ihn für unbesiegbar im Schwertkampf, stark wie einen Bären und gleichzeitig besonnen.

Nach ein paar Tagen erschienen die ersten Unterhändler des Vatikans und auch die Boten, die Ghetti zur Erkundung der Lage in die Stadt geschleust hatte. Die Unterhändler wurden abgewiesen. Die Boten berichteten, das Heer lagere nun tatsächlich nördlich von Rom, die Stadt wirke wie ausgeblutet und sehne sich nach einem starken Papst, der Ordnung schaffe. Die Kardinäle trauten sich wieder vorsichtig auf die Straße, und vermutlich werde in absehbarer Zeit das Konklave zusammentreten.

Caterina ließ an einem Morgen einen Kanonenschuß auf den Vatikans abfeuern, um ihre Entschlossenheit wirkungsvoll zu unterstreichen, und empfing anschließend Kardinal Borgia und ihren Onkel Ascanio Sforza, der vor nicht langer Zeit zum Kardinal ernannt worden war. Als er ihr ernst, jedoch nicht unfreundlich entgegentrat, fühlte sie sich einen Augenblick lang zurückversetzt in das heimatliche Castello in Mailand. Sie sah ihren Vater, aber auch *il Moro* vor sich, die Veteranen, die sie jubelnd in die Luft warfen. Fast hätte sie Ascanio umarmt. Ihr junger Onkel wirkte ängstlich, als fürchte er, von ihr eigenhändig erstochen zu werden, und zog sich hinter Kardinal Borgia zurück.

»Ich übergebe die Engelsburg einem rechtmäßig gewählten Papst«, erklärte Caterina, nachdem sie sich gesetzt hatte, die Kardinäle aber stehen ließ, »einem Papst, der unsere Rechte bestätigt und Gewähr bietet, daß dies auch in Zukunft so bleibt. Versteht Ihr mich?«

Kardinal Borgia räusperte sich und lächelte dann undurchsichtig. »Vertreter des Heiligen Kollegiums haben mit dem Generalkapitän verhandelt und ihm zugesichert, er behalte sein Amt als oberster Heerführer der Kirche. Niemand hat jedoch Einfluß darauf, wer zukünftiger Pontifex maximus wird. Allein der Allmächtige weiß …«

Caterina lachte ihn aus, und Kardinal Borgia unterbrach sich geduldig. Auch Ghetti neben ihr grinste spöttisch. »Wer hat die besten Chancen, gewählt zu werden? Ihr selbst vielleicht?

Riarios Vetter Giuliano della Rovere? Oder gar ein Colonna-Anhänger? Nie werde ich einen Feind der Riari zulassen, versteht Ihr, nie! Eher schieße ich den Borgo zusammen.«

Kardinal Borgia zog mit Ascanio Sforza unverrichteter Dinge ab.

Eine Weile schien nichts zu geschehen. Aus der Stadt hörte man immer wieder Kampflärm, an manchen Stellen flammten Brände auf. Die Geheimboten berichteten, das Kardinalskollegium habe mit Riario Verhandlungen aufgenommen.

Erneut erschien eine Delegation unter der Führung von Kardinal Ascanio Sforza, diesmal ohne den Vizekanzler.

»Das Heilige Kollegium hat beschlossen«, erklärte er, diesmal bestimmter und sicherer, »Girolamo Riario, deinen Gemahl, in seinem Posten als Generalkapitän zu bestätigen, die Schäden, die durch die Plünderung eurer Paläste entstanden sind, zu ersetzen, ihn erneut mit Imola und Forlì zu belehnen und ihm eine Geleittruppe zuzugestehen, die ihm auf seiner Reise in die Romagna Schutz gewährt.«

Caterina sah ihn abwartend an. Das Kardinalskollegium dünkte sich besonders klug, aber was es Riario anbot, war kaum mehr als das, was er besaß. Gleichzeitig schickten sie ihn weg. Sie ließen ihm die beiden kleinen Provinzstädte und einen leeren Titel.

»Außerdem erhält der Generalkapitän, wenn er abzieht und du die Engelsburg bedingungslos räumst, achttausend Dukaten. Wenn nicht, dann stellt ihm die Kirche keinen Geleitschutz, und er erhält die achttausend Dukaten nicht.«

Caterina begann laut zu lachen. »Ihr wollt uns billig loswerden, obwohl wir das Heer befehligen und von der Engelsburg aus Rom beherrschen. Ihr glaubt doch nicht im Ernst, daß …«

»Caterina!« unterbrach ihr Onkel sie und ergriff ihre Hand. »Sei vernünftig! Du hast auf die Dauer keine Chance. Du stehst allein. Es ist ein ehrenvolles Angebot, das wir euch beiden unterbreiten …«

Caterina entzog ihm ihre Hand. »Ich lasse den Borgo zusammenschießen, wenn ihr nicht …«

Ascanio Sforza hielt ihr plötzlich einen Brief hin. »Dein Gemahl hat bereits den Vertrag unterzeichnet. Hier schreibt er dir, daß auch du ihn unterschreiben sollst.«

Caterina nahm zögernd den Brief, schaute auf Riarios Siegel und riß ihn auf. Sie las windige Erklärungen und üble Beschimpfungen, die ihr galten! Wütend stampfte sie mit dem Fuß auf und zerriß das Papier.

»Denk an das Kind, das du unter dem Herzen trägst, Caterina!« Kardinal Sforza näherte sich ihr, schien sogar vor ihr niederknien zu wollen. »Du bist eine Frau, kein Soldat. Du hast alle gegen dich. Die Venezianer bedrohen eure Herrschaft in der Romagna, selbst Florenz, und zwar Lorenzo de' Medici persönlich, hat angeboten, die Kurie gegen unbotmäßige Erpressungen zu unterstützen. Mein Bruder Lodovico dagegen sicherte mir zu, er werde euch gegen die Venezianer und gegen Florenz Beistand leisten, wenn ihr euch nach Forlì zurückzieht. Für eine Usurpatorin der Engelsburg dagegen könne er nichts tun.«

Caterina begriff, daß Riario sie verraten, ja verkauft hatte. Es war ein Gefühl, als würde der Boden unter ihr nachgeben. Doch im Grunde brauchte sie sich nicht zu wundern: War etwas anderes von Riario zu erwarten? Sie hatte sich für ihn in die Bresche geworfen, und er verhandelte hinter ihrem Rücken mit ihren Feinden. Lächerliche achttausend Dukaten war sie ihm wert. Die ganze Verachtung der italienischen Welt würde er auf sich ziehen. Ein Generalkapitän, der seine Waffen freiwillig abgab, der den Schwanz einzog, wenn man ihm androhte, den Geleitschutz zu verweigern.

Sie sah, daß ihr Onkel sie beobachtete und ihre Gedanken zu lesen versuchte. Sie legte jegliche Verachtung, derer sie fähig war, in ihren Gesichtsausdruck. Nein, sie ließ sich nicht umstimmen. Sie war eine Jägerin und Kämpferin, wie der Astrologe gesagt hatte, sie wollte sich bis zum letzten Blutstropfen wehren …

Noch einmal griff Kardinal Sforza nach ihrer Hand, und diesmal ließ sie ihn gewähren. »Ganz Rom, ja ganz Italien bewundert dich, Caterina. Selbst deine Feinde erkennen deinen unerschrockenen Mut an und achten dich. Unter uns Kardinälen ist nur noch von der *virago intrepida* die Rede, und die Humanisten sprechen von der *mutigen Amazone*. Aber bist du nicht auch eine kluge Frau, die weiß, daß sie den Bogen nicht überspannen darf. Bereits Heraklit sagte: Das Leben ist wie ein Bogen. Man kann ihn spannen, aber wenn man ihn überspannt, bricht er. Und das Leben bricht ebenso.«

»Ein Bogen soll den Tod bringen. Aber mein Leben will lediglich den Mut und den Stolz der Sforza bewahren. Wir sind zum Herrschen geboren, nicht zum Dienen …«

»Das sage ich doch: Dein Leben ist darauf ausgerichtet, Leben zu spenden, nicht zu vernichten. Denke an deine Kinder. Ottaviano kann einstmals *signore* von Forlì werden. Wenn du dich allerdings gegen die ganze Welt stellst – wirst du untergehen. Und keiner kann sagen, ob die Kinder den Fall ihrer Mutter überleben werden.«

»Du drohst mir, Onkel Ascanio?« Ihre Stimme wurde wieder schärfer, und sie wollte ihm den Arm entziehen.

Aber er hielt sie fest. »Denk an deinen Vater …«

Caterina riß sich los und schickte Kardinal Sforza fort. Sie versprach jedoch, ihn am nächsten Tag erneut zu empfangen.

Bis spät in die Nacht hinein besprach sie mit Ghetti die Lage und die Konsequenzen ihres Tuns. Rosaria hockte an ihrer Seite und bat um Gnade für die Kinder, die lebenden und die zukünftigen. Auch in Ghettis Augen stand unausgeprochen der Rat, sie solle kapitulieren.

Die schwüle Nachthitze ließ jede ihrer Bewegungen zur Qual werden. Rosaria massierte ihre Beine, vorsichtig auch ihren Leib. Caterina hoffte darauf, in einem Traum zu erfahren, wie sie sich entscheiden solle. Sie fiel auch immer wieder in wirre Träume, die sich auflösten in einem Durcheinander von männlichen Wesen. Sie sah sich mit dem Schwert kämpfen, sah die weißmähnigen Rosse des Helios über den fernen Himmel ziehen, doch niemand saß im Wagen.

Als sie morgens mit dem ersten Lichtstrahl aufstand, schien das Kind in ihrem Leib sie hinabzuziehen. Ihr wurde so schwindelig, daß sie sich setzen mußte. Als sie keine Bewegungen spürte, erfaßte sie panische Angst. Ihr letztes Mädchen hatte sich auch während der letzten Wochen kaum noch gerührt. Nicht wieder ein Kind, das starb!

Der erste Blick in Ghettis Augen verriet ihr, daß er ihren Kampf als verloren ansah. Er sprach aus, was auch sie fühlte: »Dein Mann hat dich verraten. Er hat in deinem Namen gehandelt. Wenn du weiter auf Gewalt setzt, wird man irgendwann die Burg aushungern oder stürmen, du wirst als Verräterin verurteilt und … Dein Glück liegt nicht in Rom«, fügte er flüsternd hinzu.

Noch am selben Tag handelte Caterina mit Kardinal Ascanio Sforza freies Geleit aus. Trotz der sie quälenden Schwangerschaft saß sie auf ihrem Schimmel und führte die Soldaten an, die ihr schweigend folgten. Die Straße bis zur Porta del Popolo und darüber hinaus säumten Tausende von Römern. Manche winkten ihnen zu. Die meisten starrten nur stumm.

Bevor die Engelsburg aus ihrem Blickfeld verschwand, schaute Caterina sich noch einmal um: Der Engel, das Schwert in der Hand, leuchtete in der Sonne, als wolle er ihr einen letzten Gruß zusenden. Der mächtige Rundbau mit seinen quadratischen Turmaufbauten lag wie ein trauriger, besiegter Drachen hinter ihr. Sie schwor sich, nie wieder freiwillig diese Stadt zu betreten.

Als sie nach vorne schaute, hinein in die undurchdringliche Masse stummer Gesichter, sah sie in einer Sänfte einen fetten Kardinal sitzen. An seiner Seite standen zwei Knaben, vielleicht acht und neun Jahre alt, auf seinem Schoß saß ein dreijähriges Mädchen. Der jüngere Knabe zog eine Grimasse nach der anderen, der andere streckte ihr die Zunge heraus und machte eine obszöne Handbewegung. Das Mädchen winkte ihr. Jetzt erkannte sie den Kardinal: Es war Rodrigo Borgia, der Unterhändler, der Pate ihres ältesten Sohnes. Sie meinte, ein feines Lächeln erkennen zu können und die Andeutung eines anerkennenden Nickens. Aber der ältere Junge neben ihm, es mußte Cesare sein, hörte nicht auf, ihr die Zunge herauszustrecken und seine schmutzige Geste zu wiederholen.

TEIL III

Die Tochter der Sforza

24. Kapitel

Die Reise nach Forlì verlief schweigsam. Die Sonne brannte aus einem bleiernen Augusthimmel, die Hufe der Pferde und Maultiere wirbelten Staub auf, und die Gräser und Blumen am Wegrand waren vertrocknet. Während der heißesten Stunden des Tages lagerte man im Schatten von Schirmpinien oder Eichen.

Caterina bestieg, kaum hatten sie die Mauern Roms hinter sich gelassen, die Korbsänfte, die auf einer Kutsche hin und her pendelte. Sie fühlte sich durch ihre fortgeschrittene Schwangerschaft so geschwächt, daß sie nicht mehr reiten mochte. Der eigentliche Grund war jedoch ein anderer: Sie konnte nicht ertragen, an der Seite des Mannes zu reiten, der sie verraten und verschachert hatte. Zu tief fühlte sie sich verletzt und gedemütigt.

Nach einer Weile verursachte ihr das Geschaukel des Korbs eine unangenehme Übelkeit. Zudem fühlte sie sich an die letzte Reise erinnert: Nach der Ankunft eine schwere Geburt und ein Kind, das keinen Tag alt wurde. Käme sie jetzt vorzeitig nieder, womöglich noch am Wegesrand oder in einer überfüllten und verwanzten Herberge, erginge es auch diesem Kind nicht anders. Und ob *sie* die Geburt überlebte, war fraglich. Das wäre dann, mit zweiundzwanzig Jahren, das Ende eines hochfliegenden Gräfinnenlebens.

Sie schaute durch die Maschen des Korbgitters. Schräg vor ihr ritt Riario, der abgeschobene Generalkapitän der Kirche ... Wie konnte sie in Zukunft an seiner Seite leben, ihm Kinder gebären? Mußte sie ihn nicht verlassen? Aber wohin sollte sie gehen? Nach Mailand zurück, zu *il Moro*? Das ertrug sie nicht. Womöglich nähme sie ein fernes Kloster am Fuße der Berge auf – was geschähe dann mit ihren Kindern? Sollte sie sie Riario überlassen? Und sollte sie ihre Hoffnungen, Pläne, Ziele für immer aufgeben? In einer dumpfen Zelle betend dahinvegetieren? Nein, das Schicksal hatte sie mit eiserner Kette an Riario geschmiedet, von ihm erlösen könnte sie nur der Tod. *Sein* Tod. Verdient hätte er ihn, er, der selbst mehr als einmal Attentäter losgeschickt hatte, der sogar in den Gewölben seiner eigenen Villa Gefangene verhungern oder vergiften ließ.

Riarios Reitmantel wirkte stumpf vor Staub, die Feder auf seinem breitkrempigen Hut war abgeknickt, sogar die goldenen Sporen sahen lediglich wie billiges Messing aus. Als er sich umschaute, mit leerem Blick und zusammengepreßten Lippen, zog Caterina sich noch mehr in ihre Tragesänfte zurück – obschon er sie ohnehin nicht durch das Korbgitter erkennen konnte. Er mußte allerdings ihre grenzenlose Verachtung spüren ...

Natürlich würde sie ihm nie Gift ins Essen mischen oder Ghetti beauftragen, ihn ins Jenseits zu befördern. Aber was würde geschehen, wären einmal Lorenzos Rächer erfolgreich? Der unmündige Ottaviano würde *signore* von Forlì und sie an seiner Statt Regentin. Eine Weile ließ Caterina diese Vorstellung auf sich wirken. Auf jeden Fall verhielte sie sich nicht so wie ihre Stiefmutter Bona! Im Gegenteil. Sie sah sich als gerechte Herrin, geachtete Gräfin, geliebte Madonna von Forlì. Die Stadt blühte auf. Ihr Ruhm verbreitete sich über ganz Italien: Caterina Sforza, *la prima donna d'Italia*. Die Erinnerung an ihre Heldentat nach Sixtus' Tod erhöhte außerdem noch ihren Ruhm. Die Chronisten würden der staunenden Nachwelt berichten, was in der Ewigen Stadt geschehen war, was der Erzengel Michael gesehen hatte – und eines Tages fand sich ein Dante, der ihre Geschichte in Verse goß. War es dann Zeit, daß sie vor den allerhöchsten Richter trat, starb sie im Gefühl, unvergessen zu bleiben. Ihr Tod wäre ein süßes Hinübergleiten in den Tempel des Ruhms. *Mors dulce, fama perpetua!*

Während Caterina sich diesen Gedanken hingab, knirschte zwischen ihren Zähnen der Staub, und ihre ausgedörrte Kehle brannte.

Abends zog ein Gewitter auf. Ein kräftiger Regen ließ die Männer und Pferde aufatmen. Anschließend brach die Sonne durch, in den Zweigen glitzerten tausend Tropfen; die schwüle Hitze hatte nachgelassen, ein weiches Licht ließ die Landschaft verheißungsvoll leuchten. Nachts lagerten sie im Freien. Caterina verfolgte mit ihren Augen den Schleier der Milchstraße und suchte lange nach ihrem Schicksalsstern.

Um sie herum schnarchte, schnaubte und säuselte es. Die Feuer waren heruntergebrannt und glühten vor sich hin. Manchmal flackerte eine Flamme empor, und Nachtdämonen schienen durch die Dunkelheit zu springen. Rosaria hatte neben ihr schlafen sollen, war jedoch zu Ghetti gekrochen, der väterlich seinen Arm um sie legte, aber wie fast alle anderen Männer ebenfalls schnarchte.

Caterina seufzte leise. Sie gönnte den beiden ihr Glück, insbesondere Ghetti, ohne den sie die Eroberung der Engelsburg nie hätte wagen können. Ruhig hatte er mit ihr das alte Grabmal verlassen, ohne ein Wort zu verlieren über ihre Niederlage. Nicht einmal ein Wort der Verachtung über Riario hatte er verloren. Ghetti gegenüber war sie zu tiefem Dank verpflichtet – er war der Engel, der über sie wachte. Sie konnte lediglich beten, daß er auch in Zukunft an ihrer Seite bliebe.

Um sie herum eine gespenstische Dunkelheit. Ein Hund schlug an, andere Hunde antworteten, sie bellten und heulten langgezogen. Caterina drehte sich nach Riario um. An einen Baumstamm gelehnt, lagerte er in der Nähe einer Feuerstelle. Es sah so aus, als starre er in die Ferne, in die Leere – als sei er tot. Caterina erschrak einen Augenblick. Aber dann bewegten sich seine Augäpfel, er schaute zu ihr herüber, ihre Blicke trafen sich. Er konnte ebenso wenig schlafen wie sie. Die Angst verfolgte ihn, er sah vermutlich überall Furien lauern, die sich an seine Fersen geheftet hatten, um sein Leben zur Qual werden zu lassen. Er war während der letzten Jahre alt geworden, mit tiefen Furchen im Gesicht. Und wie so oft fühlte Caterina, daß ihr dieser Mann fremd geblieben war.

Nach fünfzehn Tagen erreichten sie Forlì. Die Bürger der Stadt starrten sie überrascht an. Als erster begrüßte sie Tommaso Feo, der Kastellan von Ravaldino, dann der von Riario eingesetzte *governatore*. Ihr Palazzo an der Piazza Grande, gegenüber von San Mercuriale, wirkte verwahrlost. Aber mit Freudeschreien eilten ihnen ihre Kinder entgegen, gefolgt von Fra Lauro, und Caterina vergoß Tränen. Sogar Riario zeigte sich gerührt und nahm die Kinder in den Arm.

Schließlich tauchten, allerdings ohne Trompeten und Begrüßungsreden, ohne Lobgesänge und Kniefälle, Vertreter des *Rats des Vierzig* auf.

Man trauere um den Stellvertreter Christi, der stets ein Wohltäter Forlìs gewesen sei, erklärte Lodovico Orsi, der *podestà* der Stadt. Sein Bruder Cecco schloß sich ihm mit einer besonders überzeugenden Trauermiene an.

Riario nickte müde und schwieg.

»Und wann dürfen wir unsere Brüder begrüßen?« fragte Lodovico nicht ohne Anspannung in der Stimme.

Riario wollte die Frage übergehen, besann sich aber. »Eure Brüder haben sich in Rom gut eingelebt«, antwortete er mit einem beziehungsreichen Lächeln, »sie konnten sich nicht von der Ewigen Stadt trennen.«

Die beiden Orsi schauten sich an und wußten darauf nichts zu sagen.

Auch Leone Cobelli sprach vor und erwähnte den ungünstigen Stand der Sterne, betonte jedoch, er hoffe, die Bürger der Stadt stünden treu und ergeben zu ihrem *signore* und der bezaubernden wie klugen *signora*.

Caterina erwiderte, eine Stadt, die einen so vielseitigen und sprachgewandten Chronisten in ihren Mauern beherberge, könne sich glücklich schätzen. »Eine Grafenfamilie nicht minder. Denn in wohlgesetzten wie wahren Worten werdet Ihr, verehrter Cobelli, als der Poet und Künstler, der Ihr seid, unsere Geschichte der Nachwelt übermitteln und dadurch Unsterblichkeit erlangen.«

Cobelli streckte sich, tänzelte ein paar Schritte auf sie zu und verbeugte sich dann tief. »Madonna, verehrte Gräfin aus dem großen Geschlecht der Sforza, Ihr werdet es sein, der unsterblicher Ruhm zufällt. Ich bin lediglich das bescheidene Sprachrohr, dem die Worte ersterben ob des Glanzes, der mich umgibt.« Zufrieden mit seiner Formulierung strich er über seinen rundlichen Bauch und zwinkerte nervös mit dem linken Auge.

»Ihr habt einen fast so schönen Leib wie ich.« Caterina strich ebenfalls über ihren Bauch. »Aber meiner wird nicht mehr lange so bleiben. Es ist bald soweit. Ihr solltet den neuen Erdenbürger mit einer Ode begrüßen. Ich freue mich bereits darauf, lieber Leone.«

Geschmeichelt verbeugte Cobelli sich erneut und ergriff sogar Caterinas Hand, um sie mit seinen weich geschwungenen Lippen zu berühren.

»Und bald gebt Ihr mir wieder Tanzunterricht«, fuhr sie fort. »Einen größeren Meister habe ich selbst in Rom nicht gefunden.«

»Ah, Roma stupenda, Roma aeterna, caput mundi, Stadt der Ruinen, Hort der Paläste, da formt schon der Klang den Mund zum Gedicht.« Cobelli breitete seine Arme aus, als wolle er aus dem Stegreif eine Hymne singen, und blickte sie mit einem gespielten Ausdruck treudummer Anbetung an.

»Ihr seid zum Hofpoeten ernannt«, rief sie lachend und schaute nach Riario, um seine Zustimmung einzuholen. Er hatte den Saal bereits verlassen. Caterina wandte sich wieder Cobelli zu: »Ich werde Euch in Zukunft nur noch Leone *Laureatus* nennen. Ihr seid mir stets willkommen.«

Cobelli verneigte sich noch einmal tief und verabschiedete sich, nicht ohne vor dem Ausgang zu katzbuckeln und dann in einem federnden Sprung den Raum zu verlassen.

Während der nächsten Tage wurde der Palast gründlich hergerichtet und geschmückt. Neue Teppiche bedeckten den Boden, und die Ledertapeten wurden ausgetauscht. Ein mildes Herbstlicht lag über Stadt und Umland, als Riario Caterina mit einem Ausflug in die sanften Hügel bei Terra del Sole überraschte.

Er wirkte ungewohnt aufgeräumt und war gesprächig wie seit langem nicht. »Wir müssen sie gewinnen, die Bürger der Stadt und auch das Landvolk, sie müssen uns lieben«, erklärte er.

Caterina stimmte ihm zu.

»Ich beginne Rom bereits zu vergessen«, fuhr er fort, »all die Neider dort, die skrupellosen Feinde, die dir nach dem Leben trachten, den Kampf aller gegen alle. *Homo homini lupus est*, dies gilt besonders für die Ewige Stadt. Stets nur Politik und Kriege führen … Ich bin froh, daß wir in unsere kleine Grafschaft zurückgekehrt sind.« Er legte sich auf den Rücken und schaute in die Zweige des Olivenbaums über ihm. »Wir werden auf die Jagd gehen oder mit den Kindern ausreiten. Ich sage dir, alles wird gut.«

Caterina hatte sich auf ihren Ellenbogen gestützt und schaute ihn an. Sein durchfurchtes Gesicht wirkte entspannt. Plötzlich ergriff er ihre Hand, küßte sie und blickte sie an, als bedauere er das Geschehene, als wolle er einen Funken ehelicher Liebe in ihr entzünden.

Sie legte sich auf den Rücken und starrte in den Himmel. Nun bettete er sogar seinen Kopf zwischen ihre Brüste und ihren Bauch. Sie hielt den Atem an. Sie wollte ihn wegstoßen – und konnte es doch nicht. Warum verzieh sie ihm nicht? Sie mußte ihm verzeihen, wenn sie gemeinsam weiterleben und ein ruhiges, friedliches Leben führen wollten, ohne Abenteuer, ohne Intrigen, ohne Kriege. Riario erhielt noch seine Bezahlung als Generalkapitän der Kirche, dies war vertraglich zugesichert, davon müßten sie leben können. Natürlich waren sie nicht in der Lage, ihren bisherigen Lebensstil aufrechtzuerhalten, es sei denn, Riario würde die der Stadt erlassenen Steuern wieder einführen. Aber wie sie ihn kannte, hatte er aus Rom nicht nur die achttausend Dukaten für den Abzug erhalten, sondern auch noch Tausende aus seinen Geheimschatullen mitgenommen. Ein wenig Bescheidenheit täte ihnen dennoch gut. Ein friedlicheres Leben – war das ihr Traum für die Zukunft?

Caterina spürte Riarios Hand auf ihrem Bauch. Das Kind bewegte sich. Ein Windhauch fuhr durch die Locken an ihrer Schläfe. Nicht weit entfernt hörte sie das mehrstimmige *Mäh* einer Schafherde und einen Schäferhund bellen.

Ihre vagen Wünsche gründeten auf idyllischen Träumen. Auch Riario mußte klar sein, daß ihr kleines und noch nicht einmal zusammenhängendes Herrschaftsgebiet abhängig war vom Papst und vom Wohlwollen Venedigs und Florenz'. Und somit vom Gleichgewicht der Kräfte. In Rom hatte das Konklave nicht Rodrigo Borgia und auch nicht Riarios Vetter, Kardinal della Rovere, gewählt, sondern Giovanni Battista Cibò, der sich nun Innozenz VIII. nannte. Er war eine Marionette della Roveres, wie alle wußten, und Giuliano della Rovere haßte Riario. Auch das wußten alle.

»Ich weiß, was du denkst«, sagte Riario. »Du traust dem Frieden nicht. Du verachtest die Bürger von Forlì, du glaubst nicht, daß ich ein gerechter Herrscher sein kann. Aber ich werde alles besser machen: Ich werde mir die Gunst der Bürger sichern, indem ich den Steuererlaß bestätige, den ich vor Jahren verfügt habe. Wir veranstalten ein großes Fest, mit Turnier, Bankett und Tanz, damit die wichtigen Familien von Forlì erkennen, daß wir uns ihnen zugehörig fühlen, als *primi inter pares* sozusagen. Sie sollen die Ordelaffi endgültig vergessen. Cecco Orsi wird Hauptmann der Leibwache bleiben. Die Orsi sind die wichtigste Familie in der Stadt. Wenn sie uns unterstützen, stehen auch die anderen hinter uns. Die *nobili* sollen das Gefühl haben, daß wir ihnen vertrauen. Verstehst du?«

»Ich verstehe«, antwortete sie ohne Überzeugung. »Und was ist mit den Geiseln?«

Es dauerte eine Weile, bis Riario antwortete. »Ich habe die Geiseln längst in Rom freigelassen. Sie waren mir zu nichts mehr nütze. Was weiß ich, wohin sie sind. Ich bin nicht für sie verantwortlich.«

»Dann bin ich ja beruhigt«, sagte sie nicht ohne Sarkasmus in der Stimme, denn sie wußte, daß er log.

»Das kannst du auch sein.«

Es geschah so, wie Riario angekündigt hatte. Ein großes Fest wurde gefeiert, alle wirkten fröhlich und zuversichtlich. Riario verhielt sich so aufgeräumt, wie Caterina ihn selten erlebt hatte. Zu später Stunde dann, als die Flöten zu schwächeln, die Saiten der Lauten zu jaulen begannen und kaum noch einer tanzte, konnte Leone Cobelli nicht mehr an sich halten, er sprang vor, hob die Arme und rief in den Saal: »Hört nur die Dithyrambe!

Die Freude, sie wohnt nur in unserem Saale,
O füllet mit Nektar, o reicht mir die Schale!«

Caterina wollte aufstehen und ihm ein Glas mit rotfunkelndem Wein reichen. Aber ein heftiger Schmerz ließ sie aufschreien und niedersinken. Das Glas fiel zu Boden, zerschellte, der Wein zerfloß in einer blutroten Pfütze. Wie von der Faust eines Riesen wurde ihr Unterleib zusammengepreßt. Stöhnend sank sie in Rosarias Arme. Ghetti und Fra Lauro sprangen herzu. Caterina sah nur noch aufgerissene, erschrockene Augen.

25. Kapitel

Lucis creator, tetrum chaos illabitur, audi preces cum fletibus. Des Lichtes Schöpfer, jetzt, da das Dunkel wieder droht, sei unserm Flehen zugewandt.

Der Allmächtige weiß seine Geschöpfe zu prüfen, und manchmal kann er unbarmherzig sein in der Härte und Länge der Prüfung. Wie sehr wurde Caterina gedemütigt durch Rom und insbesondere durch den Mann, an den sie gefesselt ist, bis daß der Tod sie scheide! Nachdem ich sie hier in Forlì gesund an Leib und Leben begrüßen durfte, sah und fühlte ich ihren tiefen seelischen Schmerz. Doch vermochte sie kaum darüber zu sprechen. Manche Abgründe bleiben besser unausgelotet. Manche Wunden kann man nicht heilen, man kann lediglich versuchen, sie zu vergessen.

Caterina strebte nach ihrer Rückkehr in ihre Grafschaft einen Neuanfang an, auch mit Riario, und ich will ihm nicht absprechen, daß er das gleiche Ziel verfolgte. Er unternahm Ausflüge in die Berge mit seiner Familie, er feierte Feste mit den *nobili* von Forlì, und der milde Herbst wurde gekrönt durch die Geburt seines dritten Sohnes im Oktober anno domini 1484. Trotz aller überstandenen Widrigkeiten kam Caterina nieder, ohne sich lange quälen zu müssen, und der gesunde Junge wurde von mir auf den Namen Giovanni Livio getauft.

Hätten wir nicht zufrieden sein können? Doch rasch zogen neue düstere Wolken auf. Ein Mann wie Girolamo Riario zieht das Unglück an – oder handelt es sich lediglich um den gerechten Zorn eines Gottes, der sich nicht ungestraft durch Worte und Taten verhöhnen lassen will? Auf jeden Fall war des Grafen gute Stimmung bald nach der Geburt seines Sohnes verflogen. Während des gemeinsamen Nachtmahls brütete er düster vor sich hin, und sprach ihn Caterina auf seine finstere Miene an, so brach es aus ihm heraus: Die Bürger hielten nur die Hand auf, von überall her drängten Bittsteller herbei, die Handwerker, die an Ravaldino bauten, bestünden auf Bezahlung, aber aus Rom habe er noch keinen einzigen Dukaten erhalten. »Mein Vetter Giuliano ist ein vertragsbrüchiger Schuft. Die Kardinalsbande wollte mich loswerden – und jetzt zahlt sie nicht.«

»Und was ist mit den achttausend Dukaten – für meinen Abzug?« fragte Caterina, und ihre Narbe über dem Auge färbte sich rot.

»Alles schon ausgegeben. Ich weiß nicht, wie es weitergehen soll, wenn Rom mir meinen Sold nicht zahlt. Ich habe bereits einen Boten zum Vatikan gesandt. Sie haben ihn erst gar nicht vorgelassen. Ohne Geld hast du keine Freunde, und deine Gegner können dir wieder die Mörder auf den Hals schicken.«

Caterina warf mir einen kurzen Blick zu, und ich sah, wie sie nachdachte. »Und wenn du die venezianische *condotta* annimmst, die man dir damals angeboten hat?« fragte sie. »Die Serenissima ist reich, du kannst eine hohe Summe verlangen und hast wieder eine Aufgabe. Für eine Weile komme ich hier alleine zurecht.«

Der Graf machte eine unwillige Handbewegung. »Ich heiße nicht Malatesta oder Sforza. Ich bin ein Mann der *politischen* Taktik. Soll ich etwa den *capo* einer Söldnertruppe spielen? Ich kenne diese Glücksritter. Du gibst ihnen einen Befehl, und sie glotzen dich an, weil sie deine Sprache nicht verstehen. Nur wenn es um Geld, Beute und Frauen geht, dann kriegen sie alles mit.« Er sprang auf, warf sein Mundtuch zu Boden. »Außerdem: Während ich mit den Söldnern im Dreck hocke, wittern die Ordelaffi Morgenluft. Und du hier allein ...« Er warf einen kurzen Blick auf Caterina und wandte sich zur Tür.

»Dann mußt du schleunigst die Steuern wieder einführen.«

Er reagierte nicht.

»Hast du mich verstanden?« fuhr sie ihn in äußerster Schärfe an.

Er drehte sich langsam um, ohne sie jedoch anzuschauen. »Du stellst dir das zu leicht vor. Ich muß den *Rat der Vierzig* fragen.«

»Bist du der *signore* von Forlì oder der Befehlsempfänger der Orsi, Orcioli, Numai und wie sie alle heißen? Hast du überhaupt schon einmal mit dem *podestà* und dem Magistrat gesprochen? Hast du dem *Rat der Vierzig*, der lediglich durch dein Wohlwollen seine Befugnisse ausüben darf, unsere Lage klargemacht? Und hast du nicht eine starke Leibwache, mit Cecco Orsi an der Spitze? Warum sollen sich die Bürger nicht überzeugen lassen, daß sie ihren *signore* unterstützen müssen? In allen Städten werden Steuern und Abgaben erhoben.«

Der Graf starrte ins Leere. »Ich habe keine Lust, mich vor dem geizigen Lumpenpack zu erniedrigen«, sagte er schließlich mit schwacher Stimme. »Ich verliere mein Gesicht.«

Caterina lachte ihn aus. »Was gibt es da noch zu verlieren!«

Der Graf sank in sich zusammen. »Willst du wirklich, daß man mich ermordet?« Er war kaum zu verstehen. »Es wird einen Aufstand geben!« Er warf einen kurzen, regelrecht flehenden Blick auf Caterina, fuhr sich dann übers Gesicht und straffte seinen Oberkörper. »Ich brauche die Orsi und die anderen einflußreichen Familien der Stadt. Die Ordelaffi haben noch immer nicht aufgegeben. Der

Medici auch nicht. Erst kürzlich wieder wurde eine Verschwörung aufgedeckt – stets führen die Spuren nach Florenz.« Er beugte sich von hinten über Caterina und griff nach ihren Händen. »*Il Bruto* läßt nicht locker, bis er mich zur Strecke gebracht hat. Willst du das? Und dich mit deiner Brut wird er auch davonjagen. Dann kannst du dich bei deinem dunkelhäutigen Onkel in Mailand einquartieren und dort dein Gnadenbrot verzehren.«

Caterina befreite sich von seinem Griff und antwortete kalt: »Das wäre nicht die schlechteste Lösung. In Mailand wäre zumindest für unser Auskommen gesorgt.«

Selten habe ich den Grafen derart hilflos und schwach erlebt. Es sah fast aus, als wollte er vor Caterina auf die Knie fallen. Sie hatte sich abgewandt, ihre Lippen zitterten. Eine quälend sich dehnende Zeitspanne verharrten beide in dieser verlorenen Haltung. Dann jedoch kam wieder Riarios alter Adam zum Vorschein: Er lief rot an, ballte die Faust, stieß einen unverständlichen Laut aus und stürmte fluchend aus dem Raum.

Caterina sank kraftlos in die Fensternische. Ich setzte mich zu ihr. »Er wird uns alle noch zugrunde richten«, flüsterte sie, den Blick in die Ferne gerichtet. »Aber ich werde kämpfen, und ich werde ihn besiegen. Ich werde sie alle besiegen.«

Während der nächsten Wochen und Monate wurden Teile der Dienerschaft entlassen, die soeben wieder aufgenommenen Bauarbeiten an der Rocca von Ravaldino eingestellt und der Stadt die Kosten für die Leibgarde auferlegt. Dennoch leerte sich die gräfliche Kasse weiter. Die tägliche Schlange der Gläubiger zog sich zunehmend in die Länge, der Graf brach in einen Wutanfall aus, wenn er sie nur sah. Caterina jedoch ließ sich nicht aus der Ruhe bringen. Als wäre sie die Regentin, empfing sie an Stelle des Grafen die Gläubiger, gab ihnen kleine Abschlagszahlungen und vertröstete sie. Sie betonte, die Ausstände, die die Kurie dem Grafen schulde, versetzten sie bald in die Lage, alle Schulden auf einen Schlag zurückzuzahlen. Gleichzeitig bat Caterina die reichsten Bürger von Forlì zu sich und lieh sich bei ihnen Geld. Noch erhielt sie die Darlehen ohne Pfand und Sicherheiten. Sie mußte allerdings stets auf die Liebe des Grafen zu seinem Volk verweisen, auf die Steuerfreiheiten, die ungewöhnlichen Vergünstigungen, die den Bürgern gewährt würden und die im Falle der Not zu widerrufen seien. Außerdem trug sie ein Kleid, dessen Überrock vorne offen war und das auf diese Weise ihren gewölbten Leib wirkungsvoll zur Geltung brachte. Denn sie war inzwischen zum sechsten Mal guter Hoffnung, und einer *madonna benedicta* schlug man ungern einen Wunsch ab.

Als der Graf einer Jagdeinladung Galeotto Manfredis ins nachbarliche Faënza folgte, schickte Caterina Gian Antonio und mich mit einem Großteil ihres heimlich aus dem Studiolo ihres Ehemanns entwendeten Schmucks nach Bologna, um ihn dort als Sicherheit für einen umfangreichen Kredit zu verpfänden. Darüber hinaus verkaufte sie einige ihrer Brokatroben. Mit dem Geld bezahlte sie, noch bevor der Graf zurückkehrte, einen Teil der Schulden. Außerdem wollte sie endlich eine Versöhnung mit Lorenzo de' Medici herbeiführen und schrieb den bereits lange geplanten Brief an ihn. Gerade jetzt, während ihrer Schwangerschaft, sei der Zeitpunkt günstig, erklärte sie mir, als sie mir ihre Zeilen zu lesen gab. Sie glaube im übrigen nicht mehr daran, daß Lorenzo ihrem Mann wirklich noch nach dem Leben trachte. »Riario ist einfach nicht mehr wichtig genug. Er ruiniert sich selber. Lorenzo braucht lediglich zu warten.«

In ihrem Brief bat Caterina den Herrn über Florenz, die Patenschaft für ihr nächstes Kind zu übernehmen. Falls *il Magnifico* nicht persönlich anwesend sein wolle – aus Gründen, die sie verstehe –, könne er einen Stellvertreter schicken. Am Ende ihres Briefes beschwor Caterina die alte Freundschaft zwischen ihrem Vater und Lorenzo und distanzierte sich unumwunden von der Politik ihres Mannes. Sie bat Lorenzo aber auch inständig, von der Unterstützung der Ordelaffi oder anderer Attentäter abzusehen, schon um ihr, seiner Verehrerin, und ihren Kindern ein weiteres Leben in Angst zu ersparen.

Caterina saß mit Gian Antonio und mir während dieser Zeit häufig zusammen, und wir besprachen die finanzielle Lage, die sich auch nach dem Versetzen des Schmucks und dem Zurückzahlen einiger Schulden erneut zuspitzte. Uns liefen bereits die Lehrer für die Kinder davon, und ganz Forlì tuschelte über den »armen« Grafen, nicht ohne Häme und Hohn – ohne allerdings von sich aus Anstalten zu machen, an der Lage seines *signore* etwas zu ändern. Im Gegenteil. Caterina stieß bei ihrer demütigenden Bettelei um Darlehen vermehrt auf kalte, abweisende Augen oder auf berechnendes

Grinsen, so zum Beispiel bei Melchiore Zocho, dem neuen Kastellan von Ravaldino, den Riario ernannt hatte, weil er »ein alter Freund aus Savona« sei. Tommaso Feo hatte wieder nach Imola ziehen müssen, wo er erneut und ohne zu murren seinen alten Posten besetzte.

Nach einer Weile kehrte der Graf von seinem Jagdausflug mit den Manfredi nach Forlì zurück. Zu unserer Überraschung erschien er nicht allein, sondern in Begleitung eines leicht humpelnden Mannes, der auf den ersten Blick wie ein gepflegter Kaufmann aussah, mit engstehenden, listigen Augen. Er verbeugte sich tief vor Caterina. »Cassio Pansechi«, stellte ihn der Graf vor, »ein guter Freund der Orsi und zudem ein Kumpan aus alten Zeiten. Ich traf ihn nach langen Jahren zufällig in Faënza wieder. Und da er zur Zeit nach einer Aufgabe sucht, habe ich ihn gleich mitgebracht und Cecco Orsi als stellvertretenden Hauptmann der Leibwache an die Seite gestellt.«

Der Graf lächelte so selbstgefällig, daß sich mir ein ungutes Gefühl aufdrängte. Ich warf einen kurzen Blick auf Gian Antonio, der erschrocken, ja, bestürzt auf den Begleiter des Grafen starrte.

Caterina hatte Pansechi die Hand gereicht und wandte sich dann sofort wieder an den Grafen: »Aber wir haben doch überhaupt kein Geld für einen solchen Posten.«

Erneut verbeugte sich Pansechi vor Caterina und erklärte mit einschmeichelnder Stimme: »Madonna, als alter Freund Eures Gemahls verzichte ich vorerst auf eine Bezahlung. Seid unbesorgt!«

Dann zogen die beiden *Kumpane* lachend ab.

Kaum waren wir allein, brach es aus Gian Antonio heraus: »Ich kenne diesen Cassio Pansechi. Er war bei dem Attentat der Pazzi auf Lorenzo de' Medici dabei. Er ist der einzige, der Lorenzos Rache entkommen konnte. Er ist ein Berufsmörder.«

Caterina starrte Gian Antonio ungläubig an. »Bist du sicher?«

»Ganz sicher.«

»Und was sollen wir jetzt tun?«

Gian Antonio hob die Schultern. »Der Graf braucht uns nicht um Erlaubnis zu fragen, mit wem er sich umgibt. Wir müssen nur doppelt wachsam sein. Wir haben einen Feind im Haus.«

Voretst geschah jedoch nichts Ungewöhnliches. Tatsächlich richtete sich Pansechi im Palazzo ein und wich nur selten von der Seite des Grafen. Gian Antonio blieb im Hintergrund und widmete sich häufiger als früher seiner geliebten Rosaria. Die Schulden vermehrten sich, und mit ihnen vermehrte sich die schlechte Laune des Grafen.

Im Frühling erreichte Caterina eine Einladung aus Mailand zu der Hochzeit ihrer Schwester Stella. Mit großer Freude zeigte sie mir den Brief und erklärte sofort, sie wolle trotz ihrer fortgeschrittenen Schwangerschaft reisen, dies sei ein willkommener Anlaß, das trübe Forlì mit all seinen Sorgen hinter sich zu lassen. Gian Antonio, Rosaria, auch ich – wir alle freuten uns mit ihr. Leider mußte ich sofort unsere Freude dämpfen: »Sollen wir die Kinder mitnehmen?« fragte ich. »Wenn nicht«, fuhr ich fort, »werde ich bei ihnen in Forlì bleiben.«

»Nein, sie kommen mit«, rief Caterina. »Alle. Ich muß sie Bona vorführen und meiner ganzen Familie. Sie sollen meine Heimat sehen.«

Natürlich mußte sie auch den Grafen fragen, ob er mitzureisen beabsichtige.

»Du bist verrückt«, brauste er auf. »Woher sollen wir das Geld nehmen?«

»Das gleiche habe ich dich gefragt, als es um deinen Pansechi ging – einen Mann mit zweifelhafter Vergangenheit.«

Der Graf starrte sie und Gian Antonio mißtrauisch an. »Was weißt du schon von Pansechi – eines Tages wirst du ihm dankbar sein. Ich werde auf jeden Fall nicht nach Mailand reisen. Soll ich wie ein Bettler dastehen? Und überhaupt: Wenn ich mich hier entferne, werden sich umgehend die Ordelaffi häuslich einrichten.«

Caterina sah ihn mit versteinertem Gesicht an. Er ließ erneut einen mißtrauischen Blick über mich und Gian Antonio gleiten. »Aber du kannst meinetwegen ziehen. Vermutlich suchst du ohnehin nur nach einem Grund, dich abzusetzen. Die Ratten verlassen das sinkende Schiff. Wenn dein Mann verhungert oder die Klinge des Mörders trifft, hast du dich in Sicherheit gebracht.«

Der Graf ließ sich auf einen Stuhl fallen und stierte, als müsse er einen bedrohlichen Gedanken abwehren, vor sich hin.

Ich beobachtete Caterina. Am liebsten hätte sie ihn mit einem Faustschlag zu Boden gestreckt. Aber sie ließ ihn einfach sitzen, eilte trotz ihres schweren Leibes zur Tür und gab uns ein Zeichen, ihr zu folgen. In ihrem Zimmer wies sie Rosaria erregt an, unverzüglich ihre noch verbliebenen Seidenkleider und Brokatroben, Hauben und Schleier auf dem Bett auszubreiten. Gian Antonio schaute ernst zu, und auch ich befürchtete einen baldigen Stimmungsumschwung.

Noch bevor Rosaria alle Kleider hingelegt hatte, griff Caterina nach einem von ihr so geliebten Dufthandschuh und hielt ihn an die Nase. Angeekelt reichte sie ihn mir: Er roch muffig, ja moderig, der Duft nach Narzissen und Rosen, Veilchen oder Jasmin war nur noch eine ferne Erinnerung.

»Ins Feuer damit!« rief sie.

»Willst du auch den übriggebliebenen Schmuck noch sehen?« Rosaria schaute Caterina verzweifelt an.

Caterina antwortete nicht, und Rosaria holte einige wertlose Stücke aus der Truhe.

Ich bin lediglich ein armer Bettelmönch und mag mir nicht vorstellen können, wie gern Frauen sich schmücken und im Glanz ihrer Roben und Edelsteine erstrahlen. Doch über so viel Einbildungskraft verfüge ich, daß ich erahnte, was Caterina durch den Kopf ging: Sie sah sich umgeben von mailändischem Reichtum, der himmelblaue, lilienübersäte Lodovico, die unter Perlen ächzende Bona und die seidenschimmernden Schwestern warfen lange, prüfende Blicke auf sie – sie selbst mußte sich nackt, arm und häßlich fühlen.

»Ohne meinen Schmuck reise ich nicht!« Caterina versuchte, ihre Stimme zu dämpfen. Ohne Erfolg. »Ich ertrage es einfach nicht, Bonas falsches Mitleid, die traurigen Augen meiner Mutter und meiner Schwestern, die neugierigen Fragen der anderen, Lodovicos Hohn ... Da kommt sie herangekrochen, die stolze Caterina, die Lieblingstochter ihres Vaters, *la prima donna di Roma*, die Eroberin der Engelsburg, mit nacktem Hals, als müsse sie den Richtblock besteigen, das werden sie denken ...«

Sie warf die restlichen Handschuhe in die Ecke, fegte die ausgebreiteten Kleider vom Bett.

»Caterina, du bist auch ohne Schmuck eine Königin!« Rosaria versuchte sie zu beruhigen.

»Ihr werdet nicht wegen Eurer Kleider geachtet, Madonna.« Gian Antonio pflichtete Rosaria bei.

Auch ich wollte aufmunternde Worte sagen, doch Caterina hörte überhaupt nicht mehr hin. »Ich muß raus! Ich werde ausreiten!«

»Denk an dein Kind! Laß dich zumindest von Gian Antonio begleiten.«

Gian Antonio und ich unterstützten Rosarias Warnung.

Caterina schrie nur noch: »Ich werde allein reiten. Ich ertrage dieses Leben nicht mehr!«

Wir versuchte sie zu halten, aber Caterina riß sich los und wollte aus dem Raum stürzen. Da stand plötzlich der Graf in der Tür. Sie versuchte, ihn zur Seite zu schieben, er jedoch stieß sie unsanft zurück. In der Hand hielt er einen Brief.

»Setz dich, ich habe mit dir zu reden!« fuhr er sie an.

Für einen Augenblick verlor sie alle Kontrolle über sich. »Ich setze mich, wenn ich mich setzen will, ich lasse mir von dir diesen Ton nicht gefallen ...«

Ihre Stimme schnappte über, da schlug er zu. Der Graf hatte sie kurzerhand geohrfeigt. Gian Antonios Hand zuckte zum Heft seines Degens.

Caterina erstarrte einen Augenblick, dann duckte sie sich wie eine Tigerin vor dem Sprung. Wenn sie einen Dolch oder einen Degen in der Hand gehabt hätte, hätte sie ihren Mann auf der Stelle durchbohrt. Aber so, ohne Waffe, stürzte sie sich mit bloßen Händen auf ihn.

Der Graf wich zurück, ich hielt Caterina fest.

»Das Kind! Ihr werdet es verlieren!« rief Rosaria.

Caterina hielt inne und verlor plötzlich jede Kraft. Für einen Augenblick barg sie ihr Gesicht an meiner Brust, dann reckte sie ihren Kopf in die Höhe. Sie schob mich zur Seite und ging einen Schritt auf den Grafen zu.

»Was willst du?« fragte sie ihn kalt.

»Hier!« Er wedelte mit dem Brief. »Du kannst nicht reisen.«

»Ich reise ohnehin nicht. Ohne meinen Schmuck reise ich nicht. Ich mache mich als verarmte Caterina Riario-Sforza nicht zum Gespött der Mailänder.«

»*Dein* Schmuck? *Mein* Schmuck! *Mein* Geschenk! Das Geschenk *meines* Onkels! Was ist mit dem Schmuck?«

»Versetzt! Von irgend etwas müssen wir ja leben, Graf von Forlì!«

»Du hast meinen Schmuck versetzt, ohne mich zu fragen?«

»Es war *mein* Schmuck, und ich habe ihn versetzt, weil du nicht mehr in der Lage bist, genügend Geld heranzubringen, weil ich wenigstens einen Teil der Gläubiger zufriedenstellen wollte, weil ich mich schäme, so ärmlich bettelnd dazustehen. Es ist so erniedrigend ...«

Caterina mußte sich setzen und bedeckte ihre Gesicht mit den Händen. Rosaria drückte ihr ein Tüchlein in die Hand. Sie schneuzte sich und ließ dann tastend ihre Finger über die glühende Wange gleiten.

Der Graf zeigte noch immer kein Anzeichen von Bedauern.

»Das wirst du mir büßen, du Schuft«, stieß sie flüsternd aus. »Verschwinde endlich!«

Der Graf wedelte noch einmal mit dem Brief, aber als niemand reagierte, zog er sich zurück.

Wir alle schwiegen.

Als Caterinas Tränen versiegt waren, wollte sie etwas sagen, ließ es dann aber, erhob sich und schritt durch den Raum. Sie stellte sich ans Fenster und schaute über den Markt auf der Piazza. »Jeden Montag muß ich das Geschrei der Händler und Bauern ertragen«, sagte sie leise. »In den folgenden Tagen stinkt der verrottende Fisch bis hier herauf, und der Platz ist voller Krähen. Ihr wißt, wie ich Krähen hasse. Im Sommer ist es am schlimmsten. Es ist stickig und eng in dieser Stadt. Viel lieber würde ich in der Rocca von Ravaldino leben, mir dort einen kleinen Palast bauen lassen, mit Blick auf die fernen Hügel, wie in Mailand – die schneeglänzenden Berge, erinnert ihr euch?«

Sie klang so voller Wehmut und Trauer.

»Was soll ich tun? Sagt es mir!«

Sie hatte sich wieder umgedreht und schaute uns drei fragend an.

»Reist nach Mailand – und bleibt dort«, sagte Gian Antonio mit ruhiger, sicherer Stimme.

»Er hat recht, Caterina, verlaßt den Grafen! In Mailand werden wir alle schon ein Plätzchen finden.« Rosaria hatte sich an Gian Antonio gehängt und lächelte ihn verliebt an.

Caterinas Augen lagen ernst und forschend auf mir. Ich zögerte, einen Rat zu geben.

Vor keinem weltlichen und auch keinem kirchlichen Gericht wird eine Ohrfeige als Grund für eine Scheidung anerkannt. Ein Mann darf seine Frau schlagen, und es gibt viele Männer, die körperliche Züchtigung für ein gesundes Mittel halten, Ehefrauen zu erziehen oder sie, wenn nötig, in ihre Grenzen zu verweisen. Auch Schulden können nicht als Grund für das Verlassen des Mannes anerkannt werden. Caterinas reiche Mitgift hatte der Graf längst ausgegeben, und noch nicht einmal der Schmuck war ihr geblieben. Wie stünde sie in Mailand da? Würde *il Moro* seine in seinen Augen starrsinnige, aber gleichzeitig bettelarme Nichte überhaupt aufnehmen? Entscheidend war jedoch, daß Caterina ihre Kinder nicht dem Vater wegnehmen konnte. Sie standen ihm zu. Die Erziehung seiner Söhne und Erben lag in seinen Händen. War Caterina wirklich bereit, sich für immer von ihren Kindern zu trennen?

Diese Gedanken gingen mir durch den Kopf, und schließlich äußerte ich sie.

Caterina schaute mich nachdenklich an, strich sich dann über ihren gerundeten Leib. »Nun erwarte ich bereits wieder ein Kind – ich bin gesegnet.« Sie lächelte schwach. »Aber ich lebe auch unter einem Fluch ...«

»Geh wenigstens eine Weile nach Mailand!« sagte Rosaria.

Gian Antonio nickte. »Haltet Euch so lange in Eurer alten Heimat auf, bis der Graf hier die Steuern wieder eingeführt hat. Zwingt ihn auf diese Weise zum Handeln.«

Caterina schaute mich erneut forschend an. Gian Antonios Vorschlag schien auch mir vernünftig zu klingen, doch bevor ich ihm zustimmen konnte, ergriff Caterina das Wort: »Ich bin eine Sforza. Ich fliehe nicht feige. Ich werde kämpfen.«

26. Kapitel

Als Caterina am nächsten Tag Riario begegnete, zog er erneut den Brief aus seiner Tasche und streckte ihn ihr entgegen. »Willst du den Brief endlich lesen?«

»Was ist das für ein Schreiben?« fragte sie abweisend.

»Na endlich wirst du wieder vernünftig.« Riario seufzte übertrieben auf. »Mein alter Kamerad Virginio Orsini besucht uns in Begleitung eines französischen Heerführers. Wer weiß, in welchen Diensten Virginio jetzt steht. Vielleicht wollen die beiden lediglich erkunden, ob Italien reif für eine französische Eroberung ist. Das könnte eine neue Chance sein ...«

»Ich verstehe nicht, was du sagen willst«, unterbrach sie ihn.

»Ich sag's ja, daß Frauen nichts von politischer Taktik verstehen. Ein neuer Verbündeter, neue Aufgaben ...« Er schaute

Caterina grinsend an, winkte dann ab. »Sie bleiben lediglich eine Nacht. Aber er würde uns gerne wiedersehen, schreibt Virginio. Möglicherweise sucht ja der französische König einen Gesandten oder jemanden, der von italienischer Politik etwas versteht – kapierst du?«

»Nein.« Caterina sah ihn verächtlich an.

»Es könnte was für uns herausspringen. Der Franzose ist ein Baron und heißt Yves d'Alègre. Er soll gut Italienisch sprechen.«

»Was soll denn für uns herausspringen? Willst du etwa deine Gäste anbetteln? Oder sie bezahlen lassen für einen prunkvollen Empfang?«

Riario machte eine wegwerfende Bewegung und verzog seinen Mund. »Du begreifst auch gar nichts.«

»*Du* begreifst nichts! Wir haben noch nicht einmal mehr genügend Bedienstete, sie anständig unterzubringen, und kein Geld, sie zu bewirten. Sie müssen in der *osteria* vor der Stadt nächtigen.« Caterina hatte erwartet, Riario würde protestieren und sofort nach Wegen suchen, wie er trotz aller Schulden und des inzwischen ebenfalls versetzten Silbergeschirrs die Ehre des gräflichen Gastgebers wahren konnte, zumal er sich einen Auftrag von den Besuchern versprach. Aber er zuckte nur mit den Achseln.

»Dann verbringt der Heerführer des französischen Königs eben eine Nacht im verwanzten Gasthaus.«

Caterina schüttelte nur den Kopf. »Du weißt, daß ganz Italien und vermutlich auch halb Frankreich von unserer Lage erfahren werden. Kannst du diese Erniedrigung ertragen?«

»Rom zahlt mir meinen Sold ums Verrecken nicht, das weißt du genau. Was soll ich tun?«

Caterina durchfuhr blitzartig eine Idee. Riario sollte seine Hoffnungen auf einen Gesandtenposten ruhig nähren. Sie wollte diesen Besuch nutzen, ihre verzweifelte finanzielle Lage zu lösen. Aber ganz anders, als Riario sich dies vorstellte. Sie wußte auch schon, wie. Sie ließ Riario stehen und eilte zu Fra Lauro und Ghetti, um sie in ihren Plan einzuweihen und ihnen Anweisungen zu geben.

Einige Wochen später tauchte die kleine Truppe um die Condottieri vor den Toren der Stadt auf und ließ sich in der Nähe des

Schiavonia-Tors nieder. Die beiden Heerführer wurden von Cecco Orsi und Cassio Pansechi begrüßt und dann zum gräflichen Palast geführt. Keine Fahnen an den Häusern, keine Trommelwirbel und Posaunenfanfaren, keine winkenden Kinder, lediglich mißtrauische Gesichter auf der Piazza Grande. Weder der *podestà* noch ein Vertreter des Magistrats ließen sich sehen, was Caterina zeigte, daß man Mißtrauen den Gästen gegenüber hegte. Sie wollte diese Geste grober Unhöflichkeit – einer der Gäste war immerhin ein Vertreter des französischen Königs – jedoch übergehen, um ihren im Grunde ganz einfachen Plan nicht zu gefährden. Kaum näherten sich die beiden Heerführer dem Palazzo, deutete sie dem überraschten Riario ihren Plan an und schickte Ghetti und Fra Lauro mit einer Einladung zu einem großen Bankett zu allen, die irgendeine Rolle in Forlì spielten oder glaubten, spielen zu müssen.

Riario, dem keine Zeit mehr blieb, Einwände gegen Caterinas Plan zu erheben, ging dem alten Mitkämpfer und seinem Begleiter unter den Arkaden des gräflichen Palasts entgegen. Caterina empfing sie im kühlen Innenhof.

Sie hatte sich das kostbarste der übriggebliebenen Kleider anlegen lassen. Sein schwarzer Samt legte eine gedämpfte Stimmung, wenn nicht gar Trauer nahe. Die Haare waren streng gescheitelt, bis auf kleine Löckchen an den Schläfen zu langen Zöpfen zusammengebunden und am Hinterkopf befestigt. Den Ausschnitt trug sie geschlossen, auf Perlenketten und Ohrgehänge mußte sie verzichten. Ihr schwerer Leib gab ihr ein unförmiges Aussehen, aber sie versuchte erst gar nicht, ihn durch einen bauschenden Übermantel zu verbergen. Im Gegenteil. Sie setzte ein Lächeln auf, das den fehlenden Pomp beim Empfang vergessen machen sollte.

Virginio Orsini schaute sie bei der Begrüßung erstaunt an und fragte, ob ihr die Schwangerschaft zusetze. Sie sehe so mitgenommen aus. Sie lächelte trotz dieser Bemerkung weiter. Baron d'Alègre hüstelte und betonte, er müsse dem Grafen von Bracciano widersprechen. »Contessa, Ihr strahlt eine ernste, ja würdevolle Schönheit aus, und Euer Lächeln ist dazu angetan, jeden Mann sein Haupt neigen zu lassen.«

Er sprach tatsächlich ein makelloses Italienisch, dieser junge bärtige Franzose mit seinen langen tiefschwarzen Haaren, seinen auffallend schlanken Fingern, an denen ein wunderbarer Smaragd glänzte. Er verbeugte sich tief und drückte seine Lippen auf ihre Hand. Sein Blick glitt dann nahezu unmerklich über Riarios Brokatmantel, der deutliche Spuren der Abnutzung zeigte. Ein Hauch spöttischer Verachtung huschte über sein Gesicht.

Riario entschuldigte sich mit gewundenen Worten über die bescheidene Kost, die sie zu erwarten hätten, und die Zumutung, in einer *osteria* vor den Mauern der Stadt nächtigen zu müssen.

Weder Orsini noch Yves d'Alègre gingen auf seine Worte ein, warfen sich jedoch einen kurzen Blick zu.

Caterina geleitete die Herren in den Empfangssaal, der im Hause wegen der Fresken an den Wänden nur Nymphensaal hieß. Heute bedeckten die Wappen der Gastgeber weitgehend die freizügig entblößten Körper der mythologischen Wesen.

Die Gäste überreichten ihre Geschenke: einen spanischen Dolch für den Grafen und Generalkapitän der Kirche und ein goldenes Ohrgehänge für die Gräfin. Caterina konnte einen kleinen Freudenschrei nicht unterdrücken, und sie winkte Rosaria herbei, ihr den Schmuck sofort am Ohr zu befestigen.

»Und was Eure Männer angeht –«, begann Riario zögernd.

Caterina fiel ihm ins Wort: »– sind wir unglücklicherweise nicht in der Lage, sie angemessen und kostenlos zu versorgen, so sehr unsere Ehre darunter leidet. Die Bürger von Forlì sind nicht gewöhnt, von ihrem Wohlstand etwas abzugeben. Eure Begleiter werden für ihre Verpflegung mit Wein, Brot, Fleisch und anderen Bequemlichkeiten bezahlen müssen.« Sie setzte wieder ihr charmantes Lächeln auf.

»Ich bedauere dies wirklich sehr«, erklärte Riario, »zumal ich selbst Soldat bin.« Seine Miene verfinsterte sich plötzlich. »Aber glaubt ihr, ich habe, seit ich Rom verlassen mußte, einen einzigen Dukaten von der Kurie erhalten? Ich bin ihr oberster Feldherr, doch sie zahlen einfach nicht! Dahinter steckt mein Vetter Giuliano, das intrigante Schwein. Sie lassen mich hier verhungern. Krepieren. Die ganze Bande von Kardinälen. Zusammenschießen hätte man sie damals sollen!«

»Lassen wir das Thema!« schnitt ihm Caterina kalt das Wort ab und erlaubte den Gästen, sich frisch zu machen und umzuziehen.

Zum Bankett zu Ehren der hohen Gäste strömten die Eingeladenen mitsamt ihren Gattinnen nahezu vollzählig herbei. Caterina, noch immer in ihrem schwarzen Samtkleid, begrüßte alle persönlich: Monsignore Luffo Numai und den *podestà* Lodovico Orsi, seinen Bruder Cecco, den Kapitän der Leibwache, und mit ihm Cassio Pansechi. Als Leone Cobelli sich tief vor ihr verbeugte, rief sie »Welche Freude, unser Laureatus!«, ließ sich von ihm die Hand küssen und lachte laut, als er unverzüglich seine Dithyrambe in den Saal posaunte. Hinter ihm strahlte ihr der einäugige Orcioli-Sohn entgegen, der unvergessene Sieger des Türken-Turniers, eingerahmt von seinen Eltern. Ihm schloß sich Niccolò Ilsecco an, der Notar der Stadt, einflußreiches Mitglied des *Rats der Vierzig*. Er verbeugte sich tief und flüsterte ihr dann zu: »Ich weiß, was Euer Gnaden und der Herr Graf planen. Ich werde Euch zur Seite stehen. Die Armut der gräflichen Familie schreit gen Himmel, und unser Geiz ist zutiefst unehrenhaft.«

Er grinste verschwörerisch, und Caterina lächelte auch ihn an, allerdings ohne seine Vertraulichkeit zu erwidern. Sie suchte Fra Lauros Blick. Er deutete ein Nicken an. Schon stand der nächste Gast vor ihr: Melchiore Zocho, der Kastellan von Ravaldino. Als er sie mit kaum gedämpfter Stimme an ihre Schulden bei ihm erinnerte, hätte sie beinahe ihre freundliche Haltung verloren. Einige der Gäste hatten seine Worte verstanden und warfen sich einen Blick zu. Riario neben ihr lief rot an, und seine Hand zuckte, als wolle er zum Dolch greifen.

Noch endete die Schlange der Gäste nicht. Caterina begrüßte Tommaso Feo, den Kastellan der Rocca von Imola. Er hatte seinen fünfzehnjährigen Bruder Giacomo mitgebracht, einen bezaubernden jungen Mann mit großen Augen und einem süßen Mund, der offensichtlich geübt hatte, ihr die Hand zu küssen. Denn er berührte sie mit seinen weichen Lippen, und ein eigenartiges Gefühl der Freude durchströmte sie. Die Vertreter der Handwerksgilden küßten ihr nicht die Hand, aber sie verbeugten sich so tief, daß ihre Köpfe beinahe ihren Bauch berührt hätten. Ihnen folgte ein Botschafter der Arnostadt! Er sei auf der Durchreise nach Venedig, erläuterte er, er zögere nicht, die besten Wünsche der Signoria von Florenz zu übermitteln. Caterina spähte zu Riario hinüber, der den Mann anstarrte, aber nicht recht wußte, wie er reagieren sollte. Schließlich lächelte er gezwungen.

Während sie den nächsten Gästen die Hand schüttelte, versuchte Caterina, sich die Begrüßung des florentinischen Gesandten noch einmal vor Augen zu führen. Irgend etwas war ungewöhnlich, ja ungehörig gewesen. Jetzt wußte sie es! Sein betonter Blick auf ihren Bauch. Er schien sich vor ihm sogar verbeugen zu wollen. Nicht vor dem Bauch, vor dem Kind in ihrem Leib. Er mußte von Lorenzo geschickt worden sein. Eine Nachricht auf ihren Brief bringen. Jetzt war ihr alles klar. Er sollte ihr mitteilen, daß *il Magnifico* bereit sei, Pate ihres noch ungeborenen Kindes zu werden.

Sichtlich erlahmend begrüßte Riario den letzten Gast. Caterina überließ ihrem Gemahl, die beiden Condottieri vorzustellen. Er hob ihre Bedeutung in Kriegs- wie in Friedenszeiten hervor, deutete eine wichtige politische Aufgabe an, ohne sie näher zu erläutern, und wand sich dann bei der Erwähnung der Tatsache, daß die Gäste zu seiner großen Schande in der *osteria* bei der Rocca nächtigen müßten, weil der *signore* von Forlì auf Grund fehlender Steuereinnahmen und Soldzahlungen nicht in der Lage sei, seine alten und neuen Freunde angemessen unterzubringen. »Dennoch versuchen wir, gute Gastgeber zu sein …«

»Nun laßt uns zum Bankett schreiten!« unterbrach ihn Caterina lächelnd. »Der Hunger ist groß, der Worte sind genug gewechselt.« Sie wollte nicht, daß Riario ihr den Überraschungseffekt nahm.

Eingerahmt von dem französischen Baron und Virginio Orsini, begab sie sich in den benachbarten Raum. Hinter ihr Riario und der große Pulk der Gäste. Mit einer generösen Geste wies sie auf die Tische. Gelang ihr die Überraschung? Die Forliveser hatten sicher protzig gedeckte Tische erwartet, und nun blickten sie auf einen Abendimbiß, den sich jeder Waffenschmied oder Schneidermeister hätte leisten können. Die Tischplatten hatte Caterina selbst mit einzelnen Rosen geschmückt, aber bereits auf Marzipanfigürchen verzichtet. Nur wenige Zinnplatten mit einer Fischpastete als Vorspeise, mit gebratenen Hühnchen und Weinbeeren auf Zwieback verteilten sich auf den einfarbigen Tischdecken. Dazu wurde der Wein der Gegend gereicht, einfaches

Brot angeboten. Salz und Pfeffer zum Würzen und eine Auswahl an eingelegten Oliven standen bereit. Mehr nicht! Den beiden Ehrengästen hatte man Murano-Gläser gedeckt, dazu zwei der letzten Silberteller; die restlichen Gäste blickten auf Holzuntersetzer und irdene Schalen, und den Wein sollten sie aus Zinnbechern trinken.

Riario erklärte in das anschwellende Stimmengewirr hinein, die Musiker des Hauses lägen leider alle mit hohem Fieber im Bett. Aber Caterina unterbrach seine Ausreden und erklärte mit dem selbstverständlichsten Lächeln und mit so lauter Stimme, daß alle sie verstehen mußten: Der Graf und die Gräfin von Forlì seien so arm wie die berühmten Kirchenmäuse und könnten sich zur Zeit noch nicht einmal eine Musikkapelle leisten. Trotzdem sollten es sich alle schmecken lassen.

Dann nahm sie Platz, und das Stimmengewirr schwoll wieder an.

»Euer Liebreiz, Madonna, macht die Musik wett«, sagte Yves d'Alègre neben ihr. »Ein Soldat kann auf Völlerei verzichten, auf Gefidel ohnehin, er begnügt sich mit einem harten Bett – die größte Freude ist für ihn die Anwesenheit einer schönen und klugen Frau.«

»Ihr seid ein Schmeichler, Yves«, entgegnete Caterina und legte ihm die Hand auf seinen Arm. »Als Soldat, der bereits oft dem Tod ins Auge blicken mußte und dessen Tapferkeit wie Umsicht sogar in Italien gerühmt wird, könnt Ihr auf Äußerlichkeiten verzichten, auf Prasserei und Prahlerei. Ihr helft mir, unser Los zu ertragen. Ich danke Euch!«

Orsini brach in Gelächter aus und wandte sich Riario zu. »Dann können wir ja noch nicht einmal würfeln – oder soll ich dir deine ganze Grafschaft abluchsen. Aber in diesem Fall müßte ich ja das geizige Pack, das sich hier vollfressen wollte, gleich mit übernehmen. Das wäre ein schlechter Gewinn.« Er schlug Riario auf die Schulter. »Goldene Zeiten, als wir die Colonna jagten, was? Gott, was hast du dich damals beim Würfeln gesundgestoßen!«

Riario lächelte gequält, der Franzose zog seine Augenbrauen hoch, Caterina schenkte ihm ein Lächeln.

Nach einer Weile – die Hühnchen waren bereits verspeist – wurden die Kinder hereingeführt und vorgestellt. Die Forliveser lächelten verunsichert.

»Sackerment, wie die Orgelpfeifen!« Orsini brach erneut in Gelächter aus. »Ich habe stets gedacht, die Orsini seien ein fruchtbares Geschlecht, aber ihr seid ja noch besser. Bravo!« Er klatschte den Kindern zu. Auch die Forliveser klatschten nun. Die Kinder verbeugten sich und zogen unter der Führung von Scipione und der Amme des kleinen Giovanni Livio wieder ab.

»Kinder sind der größte Reichtum, den ein freigebiger und barmherziger Gott seinen Dienern schenken kann«, rief Caterina laut, worauf Leone Cobelli in Beifall ausbrach: »Ein Dichter hätte es nicht schöner sagen können.« Und Niccolò Ilsecco, der Notar, ließ vernehmen, Geiz sei die schlimmste aller Sünden, dies gelte auch für den Geiz dem eigenen *signore* gegenüber.

Auf manchen Stirnen bildeten sich Falten, Köpfe neigten sich zueinander, es wurde getuschelt und gegrinst.

Dann nahm man sich eine Olive und ließ sich den Becher Wein füllen.

Das Gespräch am Kopf des Tisches drehte sich nun um Pferdezucht, als hätte niemand das Thema Freigebigkeit und Geiz angeschnitten. Man war sich einig, daß die Neapolitaner neben den Spaniern die besten Pferde züchteten.

»Ich habe meinen andalusischen Hengst mit einer neapolitanischen Stute gekreuzt«, erklärte Caterina. »Die Fohlen sind wunderbar. Aber ich denke, ein wenig Berberblut sollte hinzukommen, um sie robuster zu machen.«

Yves d'Alègre hing an ihren Lippen – nicht nur aus Höflichkeit, wie Caterina spürte. Sie merkte auch, daß die Aufmerksamkeit der Gäste, verstohlen oder ganz offen, sich ihr zugewandt hatte.

»Ihr züchtet Pferde?« fragte er.

»Gewiß. Ich würde die Zucht gern ausweiten, aber zur Zeit ... Ich würde nie von den Bürgern von Forlì erwarten, sie sollten Steuern zahlen, damit ihre *signora* ein paar schöne Pferde im Stall hat.« Sie konnte den Hohn in ihrer Stimme nur mit Mühe mildern.

Der Franzose schien die Forliveser an beiden Seiten der Tisches überhaupt nicht wahrzunehmen. Er neigte sich Caterina vertraulich zu: »Soll ich Euch eine Berberstute schenken? Ich denke wie Ihr, man sollte die besten Eigenschaften aus allen Rassen herausholen. In meinem Stall stehen einige ganz besonders schöne Exemplare. Für Eure Gastfreundschaft ... Ihr würdet mir eine große Freude bereiten ...«

»Ihr verspottet mich, lieber Yves. Gastfreundschaft! Wir können Euch noch nicht einmal in unserem kleinen Palast unterbringen, und Ihr wollt mir eine Berberstute schenken.«

»Sogar bis zu uns Franzosen ist gedrungen, daß Ihr eine begeisterte Reiterin seid und es auf dem Rücken eines Pferdes mit jedem Mann aufnehmen könnt. Einer solchen Frau gebührt das beste Pferd im Stall.«

Orsini brach erneut in Gelächter aus, hob dann sein Weinglas und prostete Caterina zu. »Und in ganz Italien weiß man, wie bienenfleißig und sparsam die Romagnolen sind.« Offensichtlich hatte er begriffen, um was es Caterina ging, und tönte besonders laut.

Als auch die letzten Oliven vertilgt waren, sprach man weiter dem Wein zu. Einige der Forliveser waren aufgestanden, andere bereits gegangen. Lodovico Orsi, der *podestà*, stand mit Niccolò Ilsecco und anderen Mitgliedern des Rats zusammen. Der Notar redete heftig auf sie ein, und Caterina verstand, daß er ihre Sache vertrat. Orsi ließ nicht erahnen, was er dachte, die meisten der anderen jedoch schauten skeptisch.

Ganz in ihre Nähe hatte sich Leone Cobelli niedergelassen. Mit glänzenden Augen schaute er auf sie, und sie lächelte ihm freundschaftlich zu. Orsini hatte inzwischen sein krachendes Gelächter abgelegt, und Riario wirkte nicht mehr so verkrampft. Yves d'Alègre gab sich nachdenklich. Caterina fühlte sich wohl im Kreis der sie umgebenden Männer, die nun wie *cortegiani* über die Tugenden der Herrscher plauderten. Insbesondere der Franzose hatte es ihr mit seinen charmanten und gleichzeitig tiefgründigen Augen angetan. Sie spürte, daß auch er ihr Gefühl erwiderte. Lange hatte sie dieses feurige Gefühl nicht mehr erleben dürfen. Ohne daß sie etwas dagegen tun konnte, sah sie seinen im Reiten, Fechten und Laufen geübten Körper vor sich und fühlte seine Hände zärtlich über ihre Haut streichen.

Von einer plötzlichen Erregung abgelenkt, bemühte sie sich, sich auf das Gespräch zu konzentrieren: »Großzügigkeit, *magnanimitas*, ist eine der Haupttugenden des Fürsten, dies hat mich mein Vater gelehrt«, erklärte sie den Gästen. »Aber sie muß sich natürlich mit *prudentia* verbinden. Großzügig kann man lediglich aus einer Position der Stärke heraus sein, auch aus einer Position der finanziellen Stärke.« Wie unabsichtlich ließ sie ihren Blick über die Forliveser gleiten und vermied dabei, ihrem Mann in die Augen zu schauen.

Die Gäste pflichteten ihr bei, und Leone Cobelli rief: »Sehr wahr, man denke nur an Caesar!«

Orsini, der nun doch schon viel Wein getrunken hatte, schlug mit der Faust auf den Tisch und rief: »Zuerst mußt du sie striezen und anschließend streicheln, dann fressen sie dir aus der Hand, und du brauchst nie zu befürchten, sie könnten dich beißen. Dies gilt für Hunde, Soldaten und das Volk. Und für Pferde: Zuerst die Peitsche, dann das Zuckerbrot!«

»Bei allen Göttern Griechenlands, diese wunderbare *alliteratio*!« Cobellis Stimme überschlug sich nahezu. »*Striezen und streicheln*, das muß ich mir merken.«

Yves d'Alègre nickte. »Ich muß meinem Freund zustimmen. Ein guter Herrscher muß sich am Anfang seiner Herrschaft Achtung verschaffen. Das tut er nicht durch Geschenke an seine Untertanen, sondern durch eine gewisse Härte. Natürlich braucht er auch Einnahmen, damit er sie zum Wohl seiner Untertanen verteilen kann. Wer sich anbiedert, verliert nur die Achtung des Volkes und gewinnt nie seine Liebe.«

Caterina warf einen Blick auf Riario. Ihr Gemahl starrte in sein Weinglas und schwieg.

Als die Gäste zu der *osteria* aufbrachen, wurden sie von *podestà* Lodovico Orsi, dem Notar Ilsecco und vielen anderen begleitet. Caterina schaute ihnen aus dem Fenster des Palasts nach und winkte noch einmal, als sich der Franzose umdrehte. Hinter ihr stand Riario und hatte seine Hand auf ihre Hüfte gelegt.

»Sie sind alle hungriger aufgestanden, als sie gekommen sind«, sagte er.

»Das hoffe ich«, antwortete ihm Caterina und wandte sich ihm zu. »Ich glaube, der Abend war ein voller Erfolg.«

»Davon habe ich nichts gemerkt. Ich dachte, die beiden hätten mit mir etwas zu besprechen. Aber nun wird ganz Italien über mich lachen.«

»Und wenn schon?«

Riario starrte sie verständnislos an.

Caterina schob ihn beiseite: »Morgen werde ich vor dem *Rat der Vierzig* sprechen. Und dann wird sich in dieser Stadt etwas ändern!«

27. Kapitel

Als der *Rat der Vierzig* unter dem Vorsitz von Lodovico Orsi zusammentrat, erschien Caterina ohne den Grafen. Er lasse sich aus Krankheitsgründen entschuldigen, erklärte sie und schaute in ungläubige und betretene Gesichter. Tatsächlich hatte ihn noch in der Nacht ein Anfall von Dreitagesfieber ergriffen, und er konnte sich mit schlotternden Gliedern nicht aus dem Bett erheben. Caterina ließ ihm ein Getränk aus mildem Essig und römischer Minze verabreichen und begab sich in ihrem schwarzen Samtkleid allein in das Rathaus, das an den Palast der Riari grenzte.

Lodovico Orsi, der offensichtlich nur wenig geschlafen hatte, schaute auf, suchte den Blick seines Bruders und eröffnete mit leiser Stimme die Sitzung. »Die Stadt Forlì hat«, erklärte er ohne Umschweife, »die hohen Gästen des Grafen wenig gastfreundlich empfangen. Unser unehrenhaftes Verhalten wird in ganz Italien bekannt, und die Freundschaft des Königreichs Frankreich haben wir uns auch nicht erworben.« Er senkte seinen Blick. »Mit Bestürzung mußte ich – wie wir alle – erkennen, daß der Großmut des Grafen zu einer beschämenden Armut geführt hat.«

Seine letzten Worte gingen in aufgeregten Zwischenrufen und anschwellendem Lärm unter. »Speichellecker!« hörte Caterina, »Heuchler!« und »Lügner!« Die Gesichter der Zwischenrufer verzerrten sich. »Hast du deinen Bruder vergessen?« rief einer. Andere schauten stumm vor sich hin oder beobachteten Caterina mit zusammengepreßten Lippen.

Sie stand auf, strich sich die Haare aus der Stirn und hob die Hand. Bis Ruhe eingekehrt war, versuchte sie, jedem einzelnen der vierzig *anziani* in die Augen zu schauen. Schließlich sprach sie mit klarer Stimme:

»Bürger von Forlì, Vertreter Eurer Stadt, Edelste Eures Geschlechts – wenn ein Fürst seinen Untertanen in Stunden der

Not hilft, dann verlangt die Gerechtigkeit, daß auch die Untertanen dem Fürsten helfen, so er ihrer Hilfe bedarf.« Sie unterbrach sich, um die Wirkung ihrer Worte zu prüfen. Dann fuhr sie mit fester Stimme fort, die bis zur Selbstaufopferung bürgerfreundliche Politik des Grafen zu preisen. Als sie eine Pause einlegte, glaubte sie fast selbst an das, was sie gesagt hatte. »Wer anderer Meinung ist, erhebe seine Stimme!« rief sie den Räten zu.

Sie streckte ihren Körper und blickte ihre Zuhörer an. Es gab untergründiges Gemurmel, aber keinen Widerspruch. Mit einer knappen Handbewegung brachte sie den Rat zum Verstummen und fuhr fort: »Um unser Volk nicht zu belasten, haben wir unser Silber verkauft, meine Kleider, schließlich sogar die Juwelen versetzt. Den Kindern fehlen die Lehrer, auch gegen Anfeindungen und Gefahren von außen können wir uns und unsere Bürger nicht wirksam schützen. Und dies alles, weil die Bürger von Forlì bis heute – im Gegensatz zu allen anderen Staaten und Städten – keine Steuern und Abgaben zu zahlen brauchen.«

Sie gab den *anziani* einen Augenblick zum Nachdenken und rief dann nicht ohne Pathos: »Wo hat es das in der Geschichte gegeben! Wir hofften, vom Sold, der dem Generalkapitän zusteht, in wohltätiger Bescheidenheit leben zu können. Denn nicht der Reichtum macht den guten Herrscher, sondern eine Gerechtigkeit, die fest ist ohne Wankelmut und trotzdem milde. Doch Rom zahlte den uns zustehenden Sold nicht. Meine Kinder, die bereits geborenen und die noch zu erwartenden,« – sie strich sich wirkungsvoll über ihren Leib – »sehen einer ungewissen Zukunft entgegen und leben in unehrenhafter Armut. Daher ist der Zeitpunkt gekommen, daß Gerechtigkeit wieder geachtet wird in Forlì, daß Freigebigkeit und Milde nicht länger vergolten werden mit Geiz und Hartherzigkeit. Weil mein Gemahl, dem das Wohlergehen seiner Bürger so am Herzen liegt, daß das Fieber ihn letzte Nacht schüttelte, nicht selbst den Steuererlaß widerrufen möchte, bittet er den *Rat der Vierzig*, nach gründlicher Beratung die Wiedereinführung der Steuern zu beschließen. Ihr könnt uns glauben, daß uns diese Bitte schwerfällt, und wir versprechen, daß wir all unsere Kraft für das Wohl der Stadt einsetzen werden. Auf daß uns Frieden und Wohlstand erhalten bleiben! Ich danke Euch.«

Caterina setzte sich und tupfte mit einem Tüchlein die

Schweißperlen von der Stirn. Sie sah, daß einige Ratsmitglieder nachdenklich geworden waren oder zumindest Nachdenklichkeit vortäuschten. Ser Ilsecco, der Notar, nickte ihr zu und begann, ostentativ Beifall zu spenden. Lodovico Orsi und auch sein Bruder Cecco schlossen sich ihm an. Leone Cobelli rief: »Bravo! Welch tapfre, bewegende Rede, eines Cicero würdig!«

Caterina erhob sich wieder, nickte lächelnd in die Runde und verabschiedete sich hocherhobenen Hauptes, weil sie, wie sie erklärte, niemanden durch ihre Anwesenheit beeinflussen wolle.

Am nächsten Tag erfuhr sie, daß nach langer und hitziger Debatte der *Rat der Vierzig* mehrheitlich beschlossen habe, die vom Grafen ausgesetzten Steuern und Abgaben wieder einzuführen. Riario, vom Fieber geschwächt, lächelte zufrieden, als Lodovico Orsi, sein Bruder Cecco, der Notar Ilsecco und Leone Cobelli ihm das Ergebnis offiziell mitteilten. Sie waren diejenigen gewesen, die, wie sie ohne Umschweife erklärten, von Anfang an die Sache des Grafen unterstützt und in mühsamer Überzeugungsarbeit die Ratsmitglieder umgestimmt hatten.

Caterina dankte ihnen und wollte sie entlassen. Riario hingegen winkte die Männer zu sich und kündigte mit tiefliegenden Augen an, die zu vergebenden Pfründe sofort zu verteilen. Caterina wollte ihn von dieser unnötigen und in ihren Augen unangebrachten Eile abhalten, eine herrische Bewegung ließ sie jedoch verstummen. Die Orsi-Brüder und der Notar drängten sie regelrecht zur Seite und scharten sich um den Grafen. Cobelli stand unschlüssig an der Tür.

Am liebsten hätte Caterina die nach Belohnung lechzenden Speichellecker eigenhändig hinausgeworfen. Aber konnte sie nach dem Sieg, den sie soeben erfochten hatte, durch einen vor aller Augen inszenierten Skandal die Früchte dieses Sieges wieder gefährden? Sollte sie sich öffentlich vor den mächtigsten Männern Forlìs mit dem Grafen streiten? Sollte sie sie vor den Kopf stoßen und damit riskieren, daß sie gegen sie intrigierten?

Sie preßte ihre Lippen zusammen und schwieg.

Und Girolamo Riario verteilte seine Geschenke.

Da Lodovico Orsi aufgrund seines Amtes als *podestà* keine Steuerpacht übernehmen wollte, wurde sein Bruder Cecco besonders reichlich bedacht. So erhielt der Hauptmann der gräflichen

Leibwache die Pacht auf die Fleischsteuer und auf die Zölle, die an den Stadttoren erhoben wurden. Caterina war klar, daß Riario diese Wohltat für einen besonders klugen Schachzug hielt. Mit der Orsi-Familie im Rücken durfte er sich sicher fühlen.

Auch der Notar ging nicht unbelohnt nach Hause. Für sich und seine Familie erhielt er die Pacht auf die Getreideabgaben. Ein Dichter wie Leone Cobelli, so befand man, eigne sich kaum für so prosaische Geschäfte wie das Eintreiben von Steuern. Daher wurde er zum offiziellen Chronisten des gräflichen Hofes und zum Hauptzeremonienmeister ernannt.

Bevor Riario seine neuen Steuerpächter entließ, drängte er sie, ihm sofort, am besten noch am heutigen Tage, einen nicht zu knapp bemessenen Vorschuß zu bringen. Tatsächlich erhielt er am Abend die ersten Gelder. Caterina, die sich in ihr Zimmer zurückgezogen hatte, mußte sich wieder zu ihm begeben, und er ließ vor ihren Augen lustvoll die Dukaten und Fiorini durch seine Finger gleiten, bildete Stapel aus Goldmünzen und zählte sie einzeln in seine Geldtruhe.

Caterina schaute ihm wortlos zu. Triumphierend blickte er auf, widmete sich dann erneut seinen Münzen. Als er die Geldtruhe verschlossen hatte, versank er in nachdenkliches Schweigen. Seine Gesichtszüge verhärteten sich. Nach einer Weile lehnte er sich zurück und sagte: »Ich habe gewonnen! Jetzt ändern sich die Zeiten. Das geizige Pack soll mich kennenlernen. Ich habe stets nur nachgegeben. Ein Herrscher aber muß Härte zeigen können, sonst wird er nicht anerkannt.« Zustimmung heischend schaute er sie an.

»Härte, wo sie angebracht ist. Aber Achtung und Anerkennung gewinnt der Herrscher durch Gerechtigkeit und durch Hilfe, und zwar dort, wo sie benötigt wird. Liebe erringt er, wenn er sich milde zeigt und volksnah.« Caterina hatte nicht ganz ohne Herablassung gesprochen, und Riario reagierte sofort.

»Weibergeschwätz!« rief er in hervorbrechender Wut.

»Du geldgieriger Emporkömmling!« zischte sie ihm an.

Er sprang auf. »Du Bastardtochter wagst es, mich einen Emporkömmling zu nennen!« Er hob die Hand zum Schlag.

Caterina wich keinen Schritt zurück, schaute ihn nur voller Verachtung an.

Mit einer nervösen Geste strich er sich seine grau werdenden Haare nach vorne. »Ich habe dich und deine Überheblichkeit so satt. Am liebsten würde ich dich …« Er wandte sich ab. »Weißt du eigentlich«, sagte er wie zu sich selbst, »wie viele ungesühnte Morde dein Vater, der geile Bock, auf sich geladen hat? Und durch welche blutige Skrupellosigkeit dein Großvater, der berühmte Condottiere aus einem Bauerngeschlecht, an die Macht gekommen ist? Die Sforza sind geborene Mörder, und du bist eine Sforza.«

Wieder in ihrem Zimmer, fühlte Caterina sich wie betäubt. Die Freude über ihren Sieg im *Rat der Vierzig* war verflogen. Sie hatte alles klug kalkuliert, und der Erfolg schien ihr Recht zu geben. Daß Riario sich nun wieder einmischte und die Früchte des Erfolgs für sich einstreichen wollte – hatte sie etwas anderes erwarten können? Diesmal hatte sie noch *für* ihn gesiegt, irgendwann einmal würde sie *über* ihn siegen!

Sie starrte in die Flamme der Kerze und dann auf das Kruzifix auf ihrem Pult. Plötzlich kamen ihr Zweifel an der Wirksamkeit dessen, was sie getan hatte. Konnte es nicht sein, daß das ärmliche Bankett, die beschämende Behandlung der Gäste die Bürger der Stadt kaltgelassen und ihre Rede kaum jemanden überzeugt hatte? Womöglich hatten die Orsi bereits seit geraumer Zeit die Fäden gezogen – weil sie genau wußten, daß die Wiedereinführung der Steuern früher oder später unumgänglich war. Vielleicht hatten sie sogar heimlich mit Riario das Vorgehen abgesprochen. Und sie, die Gräfin, war vorgeschoben worden – und letztlich die Betrogene?

Caterina legte sich auf ihr Bett. Sie hatte Rosaria zu Ghetti geschickt und Fra Lauro zu den Kindern – nun aber fühlte sie sich allein. Sie flüsterte ein wirres Hilfsgebet an die Jungfrau Maria. Dann erhob sie sich entschlossen. Ihr Zimmer kam ihr wie ein Gefängnis vor. Nein, wie eine Grabkammer!

Sie begab sich in das Vorzimmer und schließlich in den Nymphensaal. Niemand begegnete ihr. Sie begann, den langen Korridor des ersten Stocks abzugehen und in jeden Raum zu schauen. Im ersten Kinderzimmer stieß sie auf Scipione, der mit Bianca zusammensaß und ihr etwas vorlas. Stets traf sie ihre beiden Ältesten zusammen an, und manchmal wirkten sie wir ein junges glückliches Liebespaar. Scipione stürzte ihr entgegen, umarmte sie und wollte das Ungeborene in ihrem Bauch ertasten. Bianca schloß sich ihm an. Aber das Kind schien eingeschlafen zu sein. Ottaviano und Cesare saßen im Nachbarzimmer mit Fra Lauro zusammen und lernten lesen. Beide waren sie ungewöhnlich dicke Kinder, eine Folge ihres maßlosen Marzipangenusses. Außerdem drückten sich beide vor dem Reit- und Fechtunterricht. Cesare hatte obendrein die schlechte Eigenschaft, sich beim Ringen stets sofort auf den Boden fallen zu lassen und außerdem ganz offensichtlich zu lügen.

Caterina winkte ihnen ermunternd zu, schloß dann rasch die Tür. Wieder im Gang, ging ihr durch den Kopf, daß Ottaviano als zukünftiger Graf bisher wenig herrscherliche Anlagen zeigte. Und sein Bruder Cesare übertraf ihn keineswegs. Vielleicht entwickelte sich der kleine Giovanni Livio zu einem Sforzakind. Als sie seinen Raum betrat, lag er gerade an der Brust seiner Amme und ließ sich nicht stören.

»Heute hat er seine ersten Schritte ohne Hilfe gemacht«, rief ihr die Amme begeistert zu. »Morgen früh werden wir zu Euch kommen und Euch zeigen, was wir schon können.« Als Caterina nicht antwortete, fügte sie noch an: »Er trinkt gut, weint kaum, aber er hat so eine durchscheinende Haut. Und im Gegensatz zu seinen Brüdern … seine Ärmchen und Beinchen sind immer noch ganz dünn. Meine Kleine dagegen … Entschuldigt, aber das interessiert Euch nicht.«

Caterina hatte kaum zugehört. Sie starrte auf den wenig behaarten Kopf des Jungen, der da an der fülligen Brust seiner Amme lag, und sagte sich, daß dieses Wesen ihr eigenes Kind sei. Nach einem richtigen Sforza sah er allerdings nicht aus.

»Doch, doch«, sagte sie abwesend.

Die Amme schwieg verunsichert, und Caterina schloß die Tür.

Als sei sie auf der Suche nach einem erlösenden Fund, wanderte sie durch den Palast. Im Erdgeschoß begegnete sie zwei Stallburschen, die stumm würfelten, und in der Küche saß eine Magd an eine Wand gelehnt und schlief. Ein schwitzender Handwerker brachte mehrere Bretter in den Hof, und der Haushofmeister befahl einem Diener, die Fackeln anzuzünden. Er verbeugte sich vor ihr, sie deutete ein Lächeln an und öffnete die Tür zu den Kellergewölben. Vor ihr gähnte ein schwarzes Loch. Langsam tastete sie sich die Stufen hinab. Der Knecht folgte ihr mit einer Fackel in der Hand. »Herrin«, hörte sie den Haushofmeister rufen, »wohin wollt Ihr?« Sie nahm dem verdutzten Knecht die Fackel aus der Hand und stieg weiter die Treppe hinab. Zu ihrer Linken lag der Weinkeller, rechts der Vorratsraum.

Sie stieß die Tür zum Waffenlager auf und ergriff ein kunstvoll verziertes Schwert. Es war leicht. Wie für sie geschaffen. Sie wehrte trotz ihres hinderlichen Bauches den Angriff eines eingebildeten Gegners ab, schlug nach links und rechts, stieß schließlich zu und durchbohrte ihn. Da sah sie ihn für immer fallen und in seinem Blut liegen.

Caterina spürte noch immer den Stich, den ihr Riario versetzt hatte durch seine Verunglimpfung ihres Vaters und Großvaters. Sie preßte die Lippen zusammen, legte das Schwert zur Seite und nahm einen Bogen in die Hand. Obwohl sie eine Frau war, hatte sie die Engelsburg erobert und die Kardinäle in die Knie gezwungen. Dann jedoch mußte sie sich von ihrem Mann verraten und verkaufen lassen! Sie vermied möglichst, an diesen allerschwärzesten Augenblick ihres Lebens zu denken, es gab allerdings Momente, da sah sie sich wieder vor sich, wie sie die Engelsburg verließ, kurz vor ihrer Niederkunft, niedergerungen, aber unbesiegt, sie sah die bewundernden Blicke der Menschen am Wegrand. Da hockte Kardinal Borgia mit seinen beiden Söhnen und ließ zu, daß der Ältere, Cesare, noch ein Kind, ihr die Zunge herausstreckte und nicht aufhörte, diese widerliche Geste zu machen: *Ich fick' dich, ich fick' dich*. Dies hatte sie alles ihrem Mann zu verdanken.

Behutsam befestigte sie die Sehne an den Bogenenden, legte einen Pfeil ein und spannte ihn. Wann hatte endlich diese Geschichte ein Ende? Warum ließ sie überhaupt noch zu, daß Riario sich zwischen ihre Schenkel klemmte und seinen Speer in sie hineinschob. Hatte sie ihm nicht bereits genug Söhne geboren? Womöglich brachte sie bald noch einen vierten zur Welt. Das war mehr, als die meisten adligen Frauen überlebten. Als Riario sie damals durch die eisige Winterkälte von Forlì nach Rom gepeitscht hatte, da wäre sie beinahe gestorben. So starb allein ihr Kind. Wäre sie erfroren oder bei der Geburt irgendwo im Schnee verreckt, dann hätte er mit den Schultern gezuckt und sich ein neues Mädchen gesucht. Dabei noch eine schöne Mitgift eingestrichen. Aber sie tat ihm diesen Gefallen nicht! Er würde vor ihr sterben!

Caterina zielte sorgfältig auf den Holzklotz in der Ecke des Raums. Es war ein wunderbares Gefühl. Mit aller Kraft spannte sie den Bogen. Dann ließ sie den Pfeil abschwirren. Mit einem dumpfen *Plopp* blieb seine Spitze im Holz stecken. Zufrieden strich sie mit der Hand über das glatte Holz des Bogens. Nach der Geburt ihres Kindes würde sie sich Riario verweigern. Sollte er zu irgendwelchen Huren gehen. Sie nahm sich vielleicht sogar einen Liebhaber – einen jungen Mann wie Yves d'Alègre. Schon deswegen sollte sie in die Festung von Ravaldino ziehen. Dort geschah wenigstens nicht alles vor den neugierigen Augen der Spießbürger von Forlì. Sie würde sich auch viel heimischer fühlen, von Mailand träumen, vom Großen Hof mit den Veteranen, der Rocca, dem Blick auf die Alpenkette. Unter den Milizionären gab es gewiß einen jungen, kräftigen, ehrgeizigen Mann, einen göttlichen Reiter – ihn würde sie sich ins Bett holen.

»Herrin, Herrin?« hörte sie den Haushofmeister rufen. »Was macht Ihr dort unten? Sucht Ihr etwas?«

Ohne ihm zu antworten, wanderte sie mit der Fackel in der Hand zum nächsten Raum, in dem lediglich Gerümpel lag. Er roch unangenehm modrig, über den Boden huschten Ratten, und überall an den Wänden hingen Spinnweben. Die nächste Tür, die sie aufstieß, fiel aus den Angeln. In dem Mitte des Raums stand ein Bett. Vorsichtig setzte sich Caterina auf seinen Rand. Es brach nicht unter ihr zusammen, die Decken waren noch nicht einmal so zerfressen, wie sie erwartet hatte. Mit der Fackel suchte sie seine Pfosten ab, und tatsächlich entdeckte sie an einer Stelle das Wappen der Ordelaffi. Ob es einmal der Ehefrau des Pino Ordelaffi gehört hatte, die von ihrem Mann umgebracht worden war? Caterina mußte an die Gewölbe in ihrem römischen Palast denken, an die Skelette, an den Geruch von Tod und Verwesung, an den Mann in seiner Rüstung, der die Unterwelt bewachte. Vermutlich hatte Riario dort die armen Geiseln aus

Forlì verhungern und verrotten lassen. Bis heute waren diese Morde ungesühnt geblieben.

Caterina starrte auf das Wappen. Pino Ordelaffi hatte seinen Bruder, seine Mutter, seine Frau umgebracht. Womöglich sogar auf diesem Bett. Unbeobachtet, ungehindert. Wer würde ihr helfen, käme Riario plötzlich die Treppe herunter geschlichen, mit einem Dolch in der Hand? Sein Haß und seine Niedertracht …

»Caterina!« Wieder schrie jemand. Es war *seine* Stimme. »Caterina!« Riario brüllte in dumpfer Wut. »Was machst du dort unten? Verdammtes Weibsbild! Ich werde dich holen!«

So flink sie sich bewegen konnte, eilte sie in die Waffenkammer und griff sich den Bogen. Er sollte nicht wagen, sie zu bedrohen!

28. Kapitel

Caterina schreckte auf, weil sie glaubte, ungewöhnliche Geräusche gehört zu haben, ein Kratzen an der Tür, leise Schritte, das Klirren von Waffen. Einen Augenblick fühlte sie sich wie gelähmt, überschwemmt von panischen Ängsten. Sie lag starr im Bett, wagte sich nicht zu rühren, als müsse sie befürchten, jegliche Regung könne den Mörder in ihrem Zimmer veranlassen, sich auf sie zu stürzen. Ihr Herz hämmerte, als wolle es das Gefängnis ihrer Brust sprengen. Eine Gegenwehr, eine Flucht war nicht mehr möglich, die Zeit schien sich ins Unendliche zu dehnen, wie im Traum sah sie alles kommen, ohne es verhindern zu können, und dann zuckte tatsächlich die Hand unter dem Mantel, der Dolch wurde gezückt, die Gesichtszüge des Mörders verzerrten sich, die Spitze der Waffe drang durch die Kleidung und durch die Haut in das weiche Fleisch. Der Schmerz zerriß den Körper, und die Augen des Mörders lösten sich auf in einer blutroten Wolke, tauchten hinein in schwarze Schlieren, sie fiel, stürzte hinab in ein verschlingendes Dunkel. Dann hörte sie einen Schrei, es war ihr eigener, der sich vielfach brach, der Schrei der entsetzten Messegänger am Tag des heiligen Stephan. Noch einmal tauchte das Gesicht des Mörders auf, in einer unirdischen Klarheit, wie im Heiligenschein der Liebe: das Gesicht des Girolamo Olgiati.

Sie fühlte Blut im Mund. Ihr Herz raste gegen eine erstickende Atemlosigkeit an.

War sie im Schlaf ermordet worden? Fühlte sich so das Sterben an?

Sie konnte sich noch bewegen.

Und das Blut?

Sie hatte sich auf die Lippe gebissen.

Hatte sie auch selbst geschrien?

Der Schrei war ganz nah gewesen.

Noch immer schlug ihr Herz in einer wilden Hetzjagd, Schweiß stand auf ihrer Stirn. Vorsichtig griff sie nach dem Dolch unter dem Kopfkissen. Leise rief sie nach Rosaria, die im Nebenzimmer schlafen mußte.

Und wenn der Mörder in der Schwärze des Zimmers nur wartete, daß sie sich verriet?

Trotzdem erhob sie sich langsam, noch immer atemlos vor Angst.

Diese nächtlichen Anfälle bedrängten sie, seitdem Riario sie aus dem Keller hatte holen wollen und sie den Pfeil auf ihn richtete. Sie war in diesem Augenblick kalt und beherrscht gewesen und hätte den Pfeil abgeschossen, wäre Riario einen Schritt weiter auf sie zugegangen. Sie sah seine tiefliegenden Augen voll aufflackernder Angst, abwehrend hob er seine Hände.

»Was machst du da?« rief er mit brüchiger Stimme. »Tu's nicht!«

Sie ließ den Bogen sinken. »Ich dachte, du wolltest mich …« preßte sie hervor.

Stimmlos lachte er auf.

»… schlagen.«

Noch immer hielt sie den Bogen in der Hand.

»Du hast mich in eine Falle gelockt«, krächzte er und schob sich langsam rückwärts.

Sie warf den Bogen zur Seite, nahm aber einen Dolch und das Schwert aus der Waffenkammer mit sich. Riario war bereits verschwunden, als sie wieder in den Gang trat. Kaum hatte sie das Licht des Cortile erreicht, wurde ihr schlecht, sie taumelte. Ghetti und Rosaria kamen herangeeilt, stützten sie, führten sie in ihre Zimmer.

»Wo ist Fra Lauro?« fragte sie leise.

Ghetti und Rosaria schauten sich an. »Er trifft sich mit dem Gesandten aus Florenz«, flüsterte ihr Ghetti zu.

Als sie schließlich auf ihrem Bett lag, brach sie in ein Schluchzen aus, das ihren Körper schüttelte und ihr plötzlich unerträgliche Schmerzen bereitete. Sie wußte nicht, was mit ihr geschah, die Anspannung der letzten Monate, ja, Jahre schien sie wie eine fremde Macht zu ergreifen. *Das Kind*, schoß ihr durch den Kopf. Sie schrie ihre Ängste heraus: »Das Kind!«

Rosaria hatte bereits begriffen, was geschah. »Hole die Hebamme! Rufe auch noch den Medicus!«

Die Schmerzen verschwanden ganz plötzlich, das Schluchzen ließ nach, ihr Körper wurde gefühllos leer. Zwischen ihren Beinen war es naß.

Sie wußte, was mit ihr geschah. Die Geburt begann. Mindestens vier Wochen zu früh.

Caterina tastete sich durch das dunkle Zimmer zur Tür, die in den Raum führte, in dem Rosaria schlief und aus dem, wie sie nun glaubte, der Schrei gekommen war. Mit jeder Bewegung wurde sie ruhiger. Nach der Geburt war sie wesentlich schneller als befürchtet wieder zu Kräften gekommen. Sie hatte sofort Maestoso bestiegen, war bis zur Erschöpfung galoppiert und gesprungen, ließ ihren Hengst hochsteigen und ausschlagen, um die eigene Achse drehen und scharfe Wendungen ausführen. Ghetti, der sie täglich begleitete, war begeistert, daß sie so rasch wieder all das beherrschte, was sie als Mädchen gekonnt hatte. Sie übte sich auch im Bogenschießen. Außerdem focht sie mit Ghetti. Sie ließ sich eine Schutzkleidung aus Leder und einen leichten Brustpanzer anlegen und steigerte sich bisweilen in eine Kampfeswut, die sogar ihren alten Fechtmeister zurückweichen ließ.

Wie nah sie dem Tod gewesen war, wußte allein der Barmherzige, der sie und sogar das Kind erneut verschont hatte. Diese letzte Geburt quälte sie nicht, zog sich auch nicht hin, doch sie verlor viel Blut. Der Junge war so klein, daß er kaum lebensfähig schien – die Hebamme und der Medicus glaubten, nach kurzer Zeit würde er bei den Engeln sein, an der Seite seiner kleinen

Schwester. Caterina ließ ihn sofort von Fra Lauro auf den Namen Galeazzo taufen, auf den Namen ihres Vaters. Als Taufpaten hatte sie tatsächlich Lorenzo de' Medici gewinnen können, der sich durch den seit geraumer Weile in Forlì weilenden Emissär Puccio Pucci vertreten ließ. Erstaunlicherweise hatte Riario kein einziges Wort über die Anwesenheit des Gesandten und über den Paten geäußert.

Fra Lauro traten Tränen in die Augen, als er Galeazzo segnete, diesen Winzling, der über dem Taufbecken zum ersten Mal seine Augen öffnete und in die Welt hinein blinzelte. Die Amme hielt ihn Tag und Nacht an ihrem Körper, und wenn sie vor Erschöpfung einschlief, löste Rosaria sie ab. Immerhin trank Galeazzo und behielt die Milch auch bei sich. Jeder Tag in seinem Leben war ein neues Wunder, jeden Morgen betete Caterina für ihn, und nach zwei Wochen barg auch sie ihn an ihrem Körper. Er suchte die Brust, weil er trinken wollte, doch ihre Milch war versiegt. Ein bisher nie gekanntes warmes Gefühl der Liebe und Fürsorge für dieses kleine Wesen durchströmte sie, und sie schwor sich, das nächste Kind selbst zu stillen. Doch es würde kein nächstes Kind geben, zumindest kein Kind von Riario. Sie hatte ihre Pflicht erfüllt. Diesen Mann ließ sie nicht mehr in ihr Bett.

Als sie ihm ihren Entschluß mitteilte, schaute er sie nur ungläubig an und schickte die Bediensteten hinaus. Dann krächzte er mit gebrochener Stimme: »Willst du es nicht selber? Du genießt doch, wenn man dich hart hernimmt. Jedesmal willst du dich ficken lassen, bis mir der Schwanz abfällt. Auch dann gibst du noch keine Ruhe. Dir sollte man einen Trupp ausgehungerter Soldaten ins Zimmer schicken.«

Sie schaute ihn nicht an. Sie konnte Riarios widerliches Grinsen und seine schmutzige Sprache nicht mehr ertragen.

»Was seid ihr Riari doch für eine Rattenbrut«, entgegnete sie tonlos. »Und so etwas ist Papst, Kardinal und Graf geworden. Ihr stammt aus der Gosse, und da gehört ihr hin. Wenn du so weitermachst, wirst auch du in der Gosse enden. Im Dreck der Gosse. Die durch dein Blut noch dreckiger wird.«

»Übst du deswegen den Umgang mit dem Schwert? Damit du mich wie Judith im Schlaf ermorden kannst?«

»Ich werde dich nie mehr schlafen sehen – weil ich nie mehr mit dir schlafe.«

»Das wird sich zeigen.«

Caterina tastete sich weiter an ihrem Pult entlang. Alles war so undurchdringlich schwarz, daß sie ebenso gut blind hätte sein können. Aus dem Nebenraum hörte sie nun unterdrücktes Stöhnen, Scharren auch, es klang, als würden zwei Menschen miteinander ringen. Ein Mann und eine Frau. Vielleicht hatte Rosaria nur nicht geantwortet, weil sie sich soeben Ghetti hingab? Ihre Milchschwester sehnte sich seit langem nach erfüllter Liebe und einem Kind. Ob es allerdings Ghetti wirklich ernst mit ihr meinte, war zweifelhaft. Caterina hatte ihn kürzlich direkt angesprochen: »Liebst du Rosaria?«

Ghetti versuchte, ihre Frage abzuwehren: »Ist jetzt der Augenblick, über die Liebe eines Kammermädchens zu einem alten Mann zu sprechen?«

»Wenn ich es will, ja!«

Er strich sich durch den Bart und räusperte sich: »Ich bin nun siebenundvierzig Jahre alt, habe stets nur Waffen getragen und nie an das Glück in einer Ehe geglaubt. Soldaten machen die Frauen unglücklich – aber wenn eine junge Frau wie Rosaria einen alten Haudegen wie mich so liebt …«

»Setz dich zu mir ans Fenster, Gian Antonio!« forderte sie ihn auf, und beide schauten sie eine Weile stumm auf die Piazza. Mehrere Frauen standen um den Brunnen, schauten gelegentlich zu den Fenstern des Palazzos empor.

»Ich möchte euch beide nicht verlieren, Gian Antonio, wenn ihr heiratet. Ich will eurem Glück nicht im Wege stehen, dazu habt ihr zu viel für mich getan, du und Rosaria, aber ohne euch …«

Ghetti nahm plötzlich ihre Hand. »Ich werde Euch bis in den Tod dienen, Caterina. Das habe ich bereits Eurem Großvater und Eurer Großmutter versprochen, als Ihr noch ein kratzbürstiger kleiner Wildfang wart.« Er zeigte auf die Narbe an ihrer Stirn. »Da – ich konnte gerade noch Schlimmeres verhindern. Aber Ihr wolltet unbedingt auf dem Rücken des Ponys knien.«

Caterina lächelte. »Später konnte ich sogar auf dem Rücken meines Pferdes stehen. Das hat mir Girolamo Olgiati beigebracht.«

»Er war kein Mann für Euch«, antwortete Ghetti ungewöhnlich scharf, »sondern ein unreifes, selbstsüchtiges Jüngelchen, das die falschen Lehrer hatte und die falschen Bücher las. Eine junge Frau braucht einen starken Mann, der die Welt kennt – und die Frauen nicht mißbraucht.«

»Dann darf sich Rosaria ja glücklich schätzen«, sagte Caterina spitz. Sie fand, daß sich Ghetti zu viel herausnahm. Sie hatte ihn zwar gebeten, sich neben sie zu setzen, hatte ihm sogar ihre Hand überlassen, aber sie hatte ihn nicht gebeten, ihre erste Liebe zu verunglimpfen.

»Ich bin mir nicht sicher, ob ich Rosaria heiraten werde«, sagte Ghetti nach einer Weile leise. »Ich bin zu alt für sie und habe zu viele schreckliche Dinge erlebt. Im Rausch der Eroberung werden Soldaten zu Tieren. Da kann ein Hauptmann nicht viel ausrichten. Ich werde nie das niedergebrannte Dorf in den Bergen des Piemont vergessen, die Gesichter der geschändeten Frauen, die verstümmelten Körper der Kinder. Trotzdem bin ich Soldat geblieben. Lauro wurde Mönch. Womöglich tat er das Richtige. Aber ich bin nicht dafür geschaffen, barfuß in einer Kutte herumzulaufen, Liebe und Vergebung zu predigen – in mir ist noch zu viel Haß.«

Als hätte er sich zu sehr entblößt, ließ er ihre Hand los und wandte sich ab.

»Haß auf wen, Gian Antonio?«

»Auf meinen Vater.« Er sprach nun wie zu sich selbst.

»Lebt dein Vater noch? Du hast nie über deine Familie gesprochen.«

Er zuckte mit den Achseln. »Vielleicht lebt er noch. Vielleicht lebt auch meine Mutter noch.«

»Gian Antonio, erzähle mir von deinen Eltern!«

Er schüttelte schroff den Kopf, stand abrupt auf und ließ sie allein.

Als Caterina erneut nach Rosaria rufen wollte, um ihr Zeit zu geben, sich aus ihrer Umarmung mit Ghetti zu lösen, hörte sie unten im Erdgeschoß männliche Stimmen. Seitdem die Steuern wieder eingeführt waren, gab Riario das Geld mit beiden Händen aus. Insbesondere stellte er Leibwachen ein, mitunter sehr zweifelhafte Männer, die sie lieber am nächsten Galgen hätte baumeln sehen. Warum sie diese Männer so verabscheute, wußte sie nicht. Ihr gegenüber verhielten sie sich höflich, auch gegenüber den Mägden, den Wäscherinnen und Kammermädchen kam es zu keinen ernsthaften Übergriffen. Natürlich mußte die eine oder andere Magd gelegentlich mehr oder weniger freiwillig die Beine breit machen, aber meist schleppten die Männer ein paar Huren heran und vergnügten sich lauthals mit ihnen. So etwas mußte man als Herrin dulden. Trotzdem waren ihr die Männer zuwider. Vielleicht lag es auch nur an der falschen Unterwürfigkeit, überhaupt am verlogenen oder abweisenden Ton, der spätestens seit Wiedereinführung der Steuern im Hause herrschte und überall dort, wo sie mit Menschen zusammentraf.

Spazierte sie montags über den Markt, wurde sie kaum noch mit Gaben beschenkt. Die Marktweiber verbeugten sich stumm, die einkaufenden Frauen wichen zurück. Manchmal zeigte sie sich sogar mit ihrer ganzen Kinderschar, den dicken Ottaviano, den zukünftigen Grafen, zur Rechten, Cesare zur Linken, hinter ihr Scipione, wie immer Hand in Hand mit Bianca. Giovanni Livio mußte natürlich noch getragen werden. Sogar den Winzling Galeazzo führte sie mit sich. Sie hätte erwartet, daß zumindest die Kinder ein Geschenk erhielten. Aber nein! Trat sie an einen Stand mit Singvögeln oder kleinen Kaninchen, die ihre Aufmerksamkeit auf sich zogen, so wurde ihr sofort ein viel zu hoher Preis entgegengeschleudert. Und zahlte sie nicht umgehend, brachte man ihr nie ihre Einkäufe in den Palast. In Mailand hatten sich die Marktfrauen oder ihre Männer darum gerissen, ihre Waren persönlich vorbeizubringen, und sie wie ihre Geschwister konnten sich nie retten vor Stieglitzen, Kätzchen, Küken oder samtweichen Kaninchen. Aber in diesem Hinterwaldnest? Wie lange war es nun her, daß sie mit festlicher Begeisterung empfangen worden war, daß das ganze Land sich herbeidrängte, um Geschenke zu überreichen?

Einmal hatte sie ihren Laureatus Cobelli darauf angesprochen, nachdem er sein schmuckvolles Preisgedicht auf Galeazzo, den neuen Erdenbürger, mit wohltönender, vibrierender Stimme vorgetragen hatte. Er nickte und kratzte sich am Kopf, wagte nicht, ihr in die Augen zu schauen. »Auch ich bin Anfeindungen ausgesetzt, weil ich für Euch sprach. Der Haß überrascht mich … doch sagte ich Euch bereits, die Bürger von Forlì sind *wankelmütig*, sie denken lediglich an sich. Glaubt Ihr etwa, mich würden sie angemessen entlohnen? Ihr seid da anders, Ihr seid eine wahre Gräfin, aber …« Er unterbrach sich, weil Cassio Pansechi, Riarios rechte Hand, in den Saal humpelte. Als Riario erschien, wurde der Dichter noch wortkarger und verabschiedete sich bald.

Die beiden Männer warfen einen langen Blick auf Caterina, der sie auffordern sollte, sich in ihre Gemächer zurückzuziehen. Als sie nicht reagierte, stellten sie sich ans Fenster und begannen, die Köpfe zusammenzustecken. Sie hatte jedoch ein gutes Ohr. Sie verstand genau, worum es ging. Pansechi sollte heimlich nach Florenz reisen, um »das Problem Lorenzo endgültig zu lösen oder lösen zu lassen.« Riario sprach von »Notwehr« und dem »entscheidenden Schritt auf eine neue Sicherheitslage hin«. Pansechi nickte und forderte dann eine Unsumme für sich und die Helfer, die er in Florenz anheuern müsse. Riario runzelte kurz die Stirn, versprach sie jedoch.

»Du weißt, daß ich wieder knapp bei Kasse bin«, fuhr er fort. »Die Steuern sind zwar eingeführt, aber die Lage hat sich kaum geändert. Cecco Orsi schuldet mir noch mehrere Pachtzahlungen.«

Pansechi warf die Lippen auf. »Vermutlich wirtschaftet er in die eigene Tasche. Seitdem er die letzten Verschwörer von den Fenstern des *broletto* hat baumeln lassen und sein Bruder vom Amt des *podestà* zurückgetreten ist, ist er als *capitano* der Leibwache unzuverlässig geworden. Überhaupt traue ich den Orsi nicht, habe ihnen nie getraut.«

»Ich dachte, sie seien deine Freunde.«

Pansechi winkte verächtlich ab.

»Ist auch gleichgültig«, ergriff Riario wieder das Wort. »Wir mußten hart durchgreifen und jeden Widerstand im Keim ersticken. Ich bin diese ewigen Verschwörungen leid. Entweder schicken die Ordelaffi oder das Medici-Schwein irgendwelche *bravi* los, oder die Bürgerschaft murrt und plant einen Umsturz. Wir mußten die Anführer sofort hinrichten lassen …«

»Das mußtet Ihr, und es war gut so, daß Ihr die Orsi die Verurteilung und Hinrichtung durchführen ließet. Die angesehenste und reichste Familie der Stadt hat zur Zeit einen schweren Stand. Sogar Andrea, der alte Orsi, kam kürzlich von seinen Landgütern in die Stadt gereist und hat heimlich mit seinen Söhnen etwas ausgeheckt. Ihr müßt die Augen offen halten.«

»Aber Cecco ist der offizielle Anführer meiner Leibwache. Glaubst du, ich darf ihm nicht mehr trauen? Ich kann ihn unmöglich entlassen. Dazu sind die Orsi zu einflußreich. Ohne sie kann ich mich nicht halten in der Stadt. Wenn die Bürgermiliz ihre Waffen gegen mich erhebt und mich in diesem verdammten Palazzo belagert ... Ich lasse schon mit aller Kraft Ravaldino ausbauen. Wenn wir erst dort wohnen, sieht die Lage günstiger aus. Ich richte die Kanonen auf die Stadt, und wenn die Leute nicht kuschen, schieße ich ihre Häuser zusammen.«

»Seid Ihr sicher, daß Melchiore Zocho, Euer Kastellan, Euch treu ergeben ist?«

»Wieso fragst du? Hast du Anlaß zu zweifeln?«

»Nun, in Zeiten leerer Geldtruhen beginnt die Treue rasch zu verblühen.«

»Das hast du schön gesagt. Aber er hat mir Geld geliehen ... das bindet ihn an mich. Wenn er Schwierigkeiten macht, erhält er keinen einzigen Soldo.«

Riario lachte selbstgefällig auf und schaute kurz zu Caterina. »Ich denke ohnehin«, fuhr er fort, »wir sollten erneut Tommaso Feo aus Imola herholen. Ich kenne ihn seit meiner Jugend. Er hat mich noch nie um etwas für sich und seine Familie gebeten. Das ist echte ligurische Treue. Konnte man sich in Rom nie vorstellen. Tommaso ist auch ein guter Soldat, und wenn er einen Auftrag erfüllt, dann läßt er sich eher in Stücke hauen, als daß er dich verrät. So jemanden brauchen wir als Kastellan, wenn wir erst einmal in Ravaldino leben. Das Dumme ist, ich muß Zocho erst auszahlen, bevor ich ihn loswerde, dazu brauche ich mehr Steuergelder.«

»Und wenn Ihr Zocho der Verschwörung bezichtigt? Ich kenne einen seiner Hauptleute, einen Stiernacken aus Padua, der haßt ihn. Ich glaube, Zocho hat ihn einmal beim Würfeln betrogen. Wenn ich den Stiernacken schmiere, wird er in unserem Sinne singen. Ihr laßt Zocho hinrichten, seid Eure Schulden los und könnt Tommaso Feo nach Forlì holen.«

Riario schien einen Augenblick nachzudenken, warf dann einen flüchtigen Blick auf Caterina und anschließend einen mißtrauischen auf Pansechi.

Pansechi hob stolz den Kopf. »Es war lediglich eine Idee. Für den Notfall.«

Riario winkte Caterina herbei. »Nachdem du so zurückhaltend gelauscht hast, darfst du jetzt deine Meinung äußern. Was hältst du von Pansechis Idee?«

Caterina rührte sich nicht von der Stelle, hob verächtlich die Augenbraue. »Sieht man davon ab, daß dies ein sehr unchristliches Verhalten wäre – aber das dürfte dich als Neffen eines ehemaligen Papstes nicht stören –, könnte es natürlich auch sein, daß dein Plan verraten wird und Zocho, durch die Mauern von Ravaldino geschützt, dich unter Druck setzt. Zum Beispiel, indem er dich nicht mehr hineinläßt, bis du bezahlt hast.«

»Dazu ist dieser Lakai nicht fähig«, rief Riario.

»Das würde er nie tun. Es wäre sein sicheres Todesurteil«, bestätigte Pansechi.

»Ich halte es ebenfalls nicht für wahrscheinlich«, sagte Caterina, »aber ich habe trotzdem ein schlechtes Gefühl bei diesem Plan. Du solltest auch an deinen Ruf denken, Girolamo. Ein schlechter Ruf verschließt die Herzen und die Geldbörsen, sagt man in meiner Heimat.«

Riario lachte auf. »Wie wahr! Unangenehm sind vor allem die verschlossenen Geldbörsen.«

»Verschlossene Herzen können schlimmer, vielleicht sogar tödlich sein. Zum Beispiel, wenn man auf Hilfe angewiesen ist. Bei einem Aufstand, einem Attentat, im Exil.«

Caterina sah genau, daß sie Riarios Ängste angesprochen hatte. Mit einer fahrigen Bewegung versuchte er ihre Bemerkung wegzuwischen und schaute sie wütend an.

Sie lächelte. »Das ist Politik, lieber Girolamo!«

Abrupt wandte er sich ab.

»Und was den erneuten Versuch angeht, Lorenzo zu ermorden, so bin ich entschieden dagegen, mehr noch, ich werde ihn zu verhindern wissen.«

Riario fuhr herum und zischte sie an: »Wage nicht, dich in meine Angelegenheiten zu mischen. Ich weiß, daß Lorenzo hinter all den Attentatsversuchen gegen mich steht. Daher muß er sterben – entweder er oder ich. Und wenn du dich auf seine Seite stellst, wirst auch du sterben!« Caterina sah in seinen Augen, daß er es ernst meinte. Pansechi neben ihm grinste. Nun grinste auch Riario: »Im übrigen habe ich mit Geld jedes noch so verschlossene Herz geknackt. Die Menschen sind geldgierig und kennen keine Treue.«

Wieder drang lautes Stöhnen aus Rosarias Zimmer. Caterina umfaßte den Griff des Dolchs fester und tastete sich bis zur Tür, um sie vorsichtig einen Spalt zu öffnen. Zwei Kerzen brannten, eine dritte lag erloschen am Boden neben Rosarias Gebetspult. Was sie sah, ließ Caterina den Atem stocken. Riario preßte Rosaria auf das Pult und hielt ihr mit einer Hand den Mund zu. Mit der anderen versuchte er, das leichte Leinengewand, das sie trug, über ihre Brust zu schieben. Rosaria wehrte sich mit aller Kraft. In diesem Augenblick öffnete sich die Tür zum Gang, und Ghetti trat ein.

»Man wollte mich nicht zu dir lassen …«, sagte er, und in diesem Augenblick erkannte er, was geschah. Mit einem Sprung war er bei Riario, riß ihn an seinen Haaren nach hinten und stieß ihn mit solcher Wucht zur Seite, daß Riario der Länge nach zu Boden stürzte. Bevor er sich wieder aufrichten konnte, stellte Ghetti den Fuß auf seine Brust und hielt ihm die Spitze seines Degens an den Hals.

»Wenn Ihr Rosaria noch einmal anrührt, sterbt Ihr«, sagte Ghetti, erstaunlich ruhig. Dann ließ er Riario frei.

Riario erhob sich stöhnend, wischte sich den Staub von seiner Kleidung. Mit verzogenem Kopf humpelte er einen Schritt zur Gangtür und versuchte, sich zu fassen. Ghetti verfolgte ihn nicht, sondern nahm Rosaria in den Arm.

»Ist dir klar, daß du soeben dein Todesurteil unterzeichnet hast?« sagte Riario mit gepreßter Stimme. »Ich werde dich vierteilen lassen, und zwar bei lebendigem Leib.«

Caterina verbarg den Dolch in ihrem Nachtkleid und trat in das Zimmer.

»Das wirst du nicht tun«, sagte sie bestimmt.

Riario zuckte zusammen. Für einen Augenblick irrten seine Augen von einem zum anderen. »Was wollt ihr eigentlich? Ich war auf dem Weg zu meiner Gemahlin, um ihr ehelich beizuwohnen, das Luder stand halbnackt am Gebetspult, öffnete ihre Schenkel und winkte mir …«

Rosaria wollte protestieren, doch Ghetti legte ihr die Hand auf die Lippen. Er schüttelte den Kopf, beobachtete Riario genau. Riario löste sich von der Tür und kam Caterina mit unsicheren Schritten entgegen, griff sich eine Kerze und drängte sie, ohne Ghetti und Rosaria eines weiteren Blickes zu würdigen, in ihr Zimmer.

»Ich habe dir bereits gesagt«, sagte Caterina, kaum hatte er die Tür hinter sich geschlossen, »daß ich dich nicht mehr in mein Bett lasse.« Sie stellte sich hinter ihr Bettgestell und umklammerte den Griff des Dolchs wieder fester.

Riario blieb lauernd stehen. »Was hältst du in deiner Hand? Eine Waffe? Willst du fortsetzen, was dir im Keller nicht gelungen ist?« Mit zusammengezogenen Schultern und schmalen Lippen hielt er ihr die Kerze entgegen. Unsicher schaute er sich um, ob ihm jemand gefolgt war.

Caterina legte den Dolch auf ihr Kopfkissen. »Was schleichst du dich des Nachts zu Rosaria? Gibt es nicht genug Frauen in Forlì, die lediglich darauf warten, daß der Graf sie von ihrer Sehnsucht erlöst? Ghetti hätte dich umbringen können.«

Riario machte eine fahrige Bewegung. »Er wird dafür zahlen müssen … Aber lassen wir diesen Sodomiten und die Hure. Ich wollte zu dir. Ich will noch einen Sohn. Dein letzter wird nicht lange leben, und der vorletzte scheint mir kränklich zu sein. Die ersten beiden sind faul und fett, ängstlich und dumm. Sie taugen gerade mal zum Kirchendienst.« Er lachte kurz auf. »Ich will einen Sforza als Sohn, verstehst du, einen zweiten Francesco.«

Caterina mußte sich beherrschen. »Wie kannst du so verächtlich über deine Söhne reden!«

»Ich spreche lediglich aus, was auch du denkst. Oder bist du etwa stolz auf Ottaviano und Cesare?«

Caterina schwieg.

»Ich habe jedenfalls noch nicht viel von deiner Mutterliebe bemerkt. Auch du wartest noch auf ein Kind, das dir und den Männern deiner Sippe ähnelt.«

Für einen Augenblick wurde Caterina unsicher. Was sie nie

recht gewagt hatte, sich einzugestehen, sprach Riario offen aus. Unter ihren Söhnen gab es tatsächlich noch keinen richtigen Sforza. Wie sollte auch ein Riario einen Sforza zeugen! Er war der allerletzte, der sich das Recht herausnehmen konnte, abfällig über ihre Söhne zu reden.

Mit einer einschmeichelnden Bewegung näherte Riario sich ihrem Bett und streckte seine Hand aus. »Ich will noch einen letzten Sohn von dir.«

29. Kapitel

»Nein«, sagte Caterina.

»Und wenn ich dich zwinge?« Riario versuchte, die Drohung durch einen freundlich klingenden Ton abzumildern.

Sie griff wieder nach dem Dolch. »Versuche es, und du wirst diesen Raum nicht lebend verlassen.«

»Es ist deine Pflicht als Ehefrau.«

Caterina lachte auf. Vorsichtshalber behielt sie den Dolch in der Hand. Sie setzte sich auf einen Stuhl und beobachtete Riario, der verunsichert wirkte. Er hockte sich ihr gegenüber auf eine Truhe, und sie starrten sich eine Weile lauernd an. Gian Antonio Ghetti hatte ihn zu Boden gestoßen und tief gedemütigt. Riario würde alles daran setzen, sich zu rächen, und dies bedeutete letztlich das Todesurteil für Ghetti, falls er in Forlì blieb. Sie brauchte ihn jedoch zu ihrem Schutz, und Rosaria würde ihn kaum gehen lassen, ohne ihm zu folgen. Sie brauchte auch Rosaria. Daher mußte sie verhindern …

»Laß uns vernünftig miteinander reden, Girolamo!«

Er verzog verächtlich seinen Mund. »Ich will nicht reden, ich hasse Weibergeschwätz. Schon meine Mutter hat uns alle mit ihrem Geschwafel genervt. Und mein Bruder Piero, der Hurenbock, hat dir jedes Wort im Mund herumgedreht. Ich will noch einen legitimen Sohn.«

»Ich will heute nicht mit dir schlafen, ich kann ohnehin nicht, weil ich meine unreinen Tage habe.«

»Heißt das, daß du in den nächsten Tagen bereit bist?«

Caterina wollte sich nicht festlegen, aber sie stellte eine eindeutige Bedingung: Riario durfte Ghetti nichts tun.

Riario zögerte nur kurz. »Ghetti ist ein guter Soldat, wenn auch ein aufbrausender Charakter. Er hätte den Tod verdient, ich will ihm jedoch ein letztes Mal verzeihen – wenn er mir unbedingte Treue schwört.«

Nachdem Riario gegangen war, rief Caterino Rosaria und Ghetti sowie Fra Lauro zu sich und berichtete ihnen, was sie mit ihm verabredet hatte.

»Ich will nicht, daß Ihr Euch für mich verkauft«, brummte Ghetti in seinen Bart. »Ich werde mit ihm schon fertig. Meine Männer stehen hinter mir, nicht hinter ihm.« Er wirkte allerdings nachdenklich und legte nur nachlässig den Arm um Rosaria, die sich an ihn drückte und den Kopf schüttelte.

»Er hat noch nie sein Wort gehalten, und er haßt dich, Gian Antonio. Du mußt Forlì verlassen, wir beide …« Rosaria schaute ihn bittend an, ihre Augen füllten sich mit Tränen. »Laß uns nach Mailand zurückgehen und heiraten. Ich will Kinder von dir. Ich will endlich glücklich sein.«

Caterina erschrak, schwankte zwischen Mitgefühl und der Furcht, in diesen Zeiten von ihren Vertrauten und Helfern verlassen zu werden. Hilfesuchend schaute sie Fra Lauro an, der auch keine Lösung wußte. Rosaria schluchzte verzweifelt, und nach einer Weile ergriff Caterina wieder das Wort.

»Ich brauche dich, Rosaria! Ich brauche euch alle! Ihr dürft mich nicht alleine lassen.«

Rosaria hob ihren Kopf und wischte sich die Tränen aus dem Gesicht. Plötzlich blitzte in ihren Augen Widerstand auf, Widerstand gegen ihre Herrin – irgendwann, das erkannte Caterina jetzt, waren Rosarias Treue und Opferbereitschaft aufgebraucht, würden sich womöglich in Aufruhr und Haß verwandeln. So weit durfte sie es nie kommen lassen.

»Ich weiß, daß ihr heiraten wollt, und ich will euch nicht daran hindern, im Gegenteil, ich möchte, daß ihr glücklich werdet«, erklärte sie möglichst sachlich. »Aber wartet noch so lange, bis die Lage sicherer ist. Dann gebe ich dir eine anständige Mitgift, Rosaria, die euch beiden helfen wird, ein Haus zu kaufen oder einen kleinen Hof – und wenn ich meine letzten Juwelen versetzen muß.«

Ghetti wie Rosaria wollten dieses Versprechen abwehren, doch

Caterina ließ sie nicht zu Worte kommen. »Für Gian Antonio ist die Lage zur Zeit sehr gefährlich. Selbst wenn ich mich Riario wieder hingebe und er eine Weile stillhält, werden seine Rachegefühle kaum schwinden. Daher mußt du, Gian Antonio, Forlì verlassen. Ich schicke dich zuerst mit einem Geheimauftrag nach Florenz. Du mußt unbedingt Lorenzo de' Medici, Galeazzos Paten, warnen, daß Riario wieder ein Attentat auf ihn plant. Du weißt schon, durch wen. Und frage ihn, ob er mir und meinen Kindern, falls man uns aus Forlì verjagt, Unterschlupf gewährt. Begib dich anschließend nach Mailand und Bologna. Finde heraus, wie sich mein Onkel Lodovico und die Bentivogli verhalten werden, falls es hier zu einem Aufstand kommt.«

Ghetti hatte ruhig zugehört und nickte.

»Der Graf hat Pansechi bereits nach Florenz geschickt«, bemerkte Fra Lauro. »Gian Antonio könnte zu spät kommen.«

Ghetti verzog verächtlich den Mund. »Pansechi kommt nicht so leicht an Lodovico heran. Er braucht Helfer, denn Lodovico hat seine Mörderfratze nicht vergessen. Ich werde den Mord zu verhindern wissen.«

»Am besten brichst du morgen früh auf«, sagte Caterina.

Ghetti schaute sie an und dann Rosaria. Er nickte wieder, doch unversehens schien ihn eine niederdrückende, verzweifelte Trauer zu ergreifen.

Rosaria stürzte zu ihm. »Versprich mir, daß wir nach deiner Rückkehr heiraten, Gian Antonio!« Sie hatte ihre Hände wie zu einem Bittgebet zusammengelegt. Ihre Stimme blieb so leise, daß sie kaum zu verstehen war.

Ghetti nickte, schüttelte dann jedoch den Kopf. »Ich kann dir nichts versprechen, Rosaria«, sagte er mit belegter Stimme. »Wir werden erst heiraten, wenn … wenn ich mein Gelübde erfüllt habe.«

»Was für ein Gelübde?« rief Rosaria in hellem Schrecken.

»Mach es mir nicht so schwer, Rosaria, ich komme zurück … wir werden …« Er straffte seinen Körper, als hätte er einen militärischen Befehl erhalten. »Ich werde noch heute nacht aufbrechen. Schreibt mir eine Vollmacht«, wandte er sich an Caterina, verbeugte sich knapp und verließ den Raum.

Eine Weile herrschte hilfloses Schweigen. Tonlos stieß Rosaria aus: »Er wird nie zurückkommen. Er liebt mich nicht. Vermutlich ist er bereits verheiratet.«

Fra Lauro räusperte sich: »Vielleicht sieht er nur die letzte Möglichkeit, seine Mutter zu suchen.«

Ungläubig starrte ihn Rosaria an. »Er hat noch eine Mutter?«

»Er hat mir nicht erlaubt, darüber zu sprechen, aber ich möchte nicht, daß du dich quälst. Gian Antonios Mutter wurde bei der Eroberung von Bergamo ... Nun, du weißt, wie es Frauen ergeht, wenn eine Stadt erobert wird. Gian Antonio hat als Kind alles mitansehen müssen. Sein Vater war damals unterwegs in Deutschland. Als er zurückkehrte und von dem Unglück erfuhr, verstieß er seine Frau. Sie mußte Bergamo verlassen, und er lebte dann mit einer Mohrin, seiner früheren Sklavin, zusammen. Gian Antonio hat dies seinem Vater nie verziehen. Er kehrte Bergamo den Rücken, als er noch ein Junge war, und stieß zu der Söldnertruppe des Francesco Sforza – wo wir uns kennenlernten und befreundeten. Francesco wurde ein zweiter Vater für ihn. Gian Antonio schwor damals vor Gott und der Heiligen Jungfrau, nicht zu heiraten, bevor er nicht seine Mutter wiedergefunden hat.«

»Aber er hat doch während der letzten Jahre nie nach seiner Mutter gesucht«, sagte Caterina. »Vermutlich ist sie längst tot. Außerdem hat das eine mit dem anderen nichts zu tun. Er hätte versuchen können, einer Frau die Liebe zu geben, die seine Mutter so bitter benötigte.«

Fra Lauro hob seine Schultern. »Männer reagieren womöglich anders. Außerdem mußte er ein Versprechen erfüllen, das ihm der alte Francesco abgenommen hat: Stets an der Seite der kleinen Caterina zu bleiben und sie zu schützen, auch vor Männern, die ...«

Caterina lachte bitter auf. »Und warum hat er mich nicht vor Riario bewahrt – oder vor ihm geschützt?«

»Wie konnte er? Riario ist dein Ehemann. Hat dein Vater geahnt, in welches Unglück er dich stoßen würde?«

Rosaria, die zusammengesunken auf dem Boden hockte, flüsterte das *Ave Maria* vor sich hin.

Als Caterina später wieder allein war, hatte sich das Wort *Unglück* wie mit Widerhaken in ihr festgesetzt. Im Grunde hatte ihr Fra Lauro nichts Neues gesagt, sie lebte seit langem im Unglück, spürte es täglich, ihr Leben zersetzte sich im Unglück … Warum fand sie, die Tochter der Sforza, nicht endlich die Kraft, ihm ein Ende zu bereiten. Warum war sie nicht in der Lage, den gordischen Knoten zu durchschlagen, sich ihres Mannes zu entledigen, um im Namen ihres ältesten Sohnes die Regentschaft zu übernehmen?

30. Kapitel

Riario schlich während der Nacht zu ihr. Die Fieberanfälle der letzten Monate hatten ihn noch hagerer werden lassen, die Augen lagen tief in den Höhlen.

Caterina ließ mehrere Öllichter und Kerzen brennen, obwohl Riarios Anblick sie abstieß. Sie fühlte sich jedoch in totaler Dunkelheit schutzlos. Er schaute sich im Zimmer mißtrauisch um, suchte unter ihrem Kopfkissen nach ihrem Dolch, und als er ihn fand, lachte er höhnisch auf, legte ihn dann weit vom Bett entfernt auf das Gebetspult.

Sie ließ es zu, daß er ihr das Nachtkleid vom Körper streifte. Seine Bewegungen wurden geduldig, und sie legte sich zurück, öffnete ihre Schenkel, um seinen Versuch, noch einen Sohn zu zeugen, möglichst rasch hinter sich zu bringen.

Riarios Finger wanderten langsam über ihren Bauch. Sie schloß die Augen, wollte an nichts denken. Seine Hände berührten ihre Brüste und legten sich um ihren Hals. Als sie einen leichten Druck spürte, riß sie die Augen auf: Über sie beugte sich ein grinsender Totenkopf. Für einen Augenblick erstarrte sie. Brachte er es tatsächlich fertig, sie erwürgen zu wollen? Schrie sie jetzt, würde er zudrücken. Oder wollte er sie lediglich warnen? Brauchte er das Gefühl, Herr über Leben und Tod zu sein, um überhaupt noch aus diesem kraftlos gewordenen Körper seinen Speer wachsen zu lassen?

Es geschah nichts. Nur dieses Grinsen, die Hände sanft um ihren Hals gelegt, das flackernde Licht der Kerzen.

Es war eigenartig: Die Angst, die sie soeben noch hatte erstarren lassen, war verschwunden. Sie traute Riario durchaus zu, Lust zu verspüren, wenn er sie während der geschlechtlichen Vereinigung erwürgte, aber gleichzeitig hielt sie es für unwahrscheinlich, daß er es tat. Würde er sie ermorden, war sein Tod besiegelt. Außerdem glaubte sie sich Riario auch körperlich überlegen. Die Fieberschübe, die ihn häufiger erfaßten als sie, hatten seinen Körper ausgelaugt, während sie nach Galeazzos Geburt viel geritten war, gefochten und sogar Steine gestemmt hatte. Drückte er zu, würde sie ihn aus dem Bett schleudern und sofort nach dem Dolch greifen, dem zweiten, den sie tiefer im Bett versteckt hatte.

Plötzlich strich Riario über ihr Gesicht. Er küßte ihre Stirn. Ihr fiel auf, daß er nicht mehr nach abgestandenem Moschus roch, sondern nach etwas anderem, das sie an früher erinnerte, an längst vergangene Zeiten …

Eine Weile geschah nichts, er ließ seine Lippen über ihren Hals fahren, über ihre Brüste, und nun drängte es sie, ihn aufzunehmen. Er hatte noch nie ihre Brüste geküßt, er hatte sie lediglich geknetet, sie einmal sogar blutig gebissen.

»Du bist meine starke Sforza-Frau – die ich liebe«, flüsterte er. »Ich möchte dich bis in den Tod hinein ficken.«

Verwundert über seine Worte, die erst einschmeichelnd, dann drohend geklungen hatten, versuchte Caterina, sich aufzusetzen. Riario hockte halb über ihr, sein männliches Glied in wenig bedrohlicher Haltung, und stieß nur noch »ficken, ficken« aus. Er starrte auf sie wie ein ausgemergelter Wolf und schien sich Kraft zusprechen zu wollen.

Sie verlor endgültig die Stimmung, in die sie sich mühsam gebracht hatte, und hätte ihn am liebsten weggeschickt. Er jedoch griff ihren Kopf und drückte ihr Gesicht auf sein schlappes Gemächt.

Sie stieß ihn weg. »Du weißt, daß ich auch das nicht mag. Wenn du nicht kannst, dann laß mich jetzt schlafen.«

Er heulte auf und begann sie zu würgen. Sie trat nach ihm, so daß er von ihr abließ, und versuchte, das Bett zu verlassen. Er umklammerte sie jedoch so, daß sie ihn nicht mehr treten konnte. Nun kam ihm plötzlich wieder seine Kraft. Es war das alte Spiel. Eine Weile wehrte sie sich, dann gab sie auf. Aufstöhnend klammerte er sich an sie und begann, seinen Bauch gegen sie zu pressen, als hinge sein Leben davon ab. Sie fühlte kaum etwas. Die vielen Schwangerschaften hatten ihre Öffnung so geweitet, daß sich Riario in ihr verlor. Sie kam sich wie eine Hündin vor, die am Straßenrand von einem zitternden Köter besprungen wurde.

So rasch, wie sie gekommen war, hatte ihn seine Kraft wieder verlassen.

Mit einem Ruck stieß sie Riario zurück, so daß er auf sein faltiges Hinterteil fiel. Da zuckte der Speer des großen Kriegers doch noch in die Höhe. Sie hätte nach dem Messer greifen können. Von dieser Vorstellung erregt, drückte sie Riarios sich aufrichtenden Oberkörper in die Kissen und begann, in die flackernde Nacht hinein zu reiten.

Riario gab stöhnend allen Widerstand auf. Seine Hände glitten über ihre Hüften zu ihren Brüsten. Die Spannung in ihrem Körper steigerte sich. Unter ihr lag Girolamo, *ihr* Girolamo, und berührte sie sanft.

»Ich liebe dich, ich liebe dich!« flüsterte er.

Auch sie liebte ihn und galoppierte mit ihm in das leuchtende Grün des Parks. Sonnenstrahlen trafen sie wie Pfeile, die ihren Körper durchdrangen, sie peitschte das Pferd, es schlug mit seinem Schweif, die Mähne berührte ihr Gesicht, als wolle sie sie mit hundert Händen streicheln, sie schloß die Augen, und sie flogen davon.

Caterina wußte nicht, wie lange sie sich geliebt hatten. Riario lag reglos neben ihr. Sie fühlte sich durchströmt und gleichzeitig ausgelaugt und wußte, daß sie ihren Kampf gewonnen hatte.

Bald spürte Caterina die ersten Anzeichen der Schwangerschaft. Als sie es Riario mitteilte, brauchten sie kein Wort mehr darüber zu verlieren, daß ihre nächtlichen Ritte nun ein Ende finden mußten. Es gab auch vermehrt andere Sorgen. Als Riario und Caterina die Baufortschritte von Ravaldino begutachteten, versammelten sich die Handwerker, die das Bauwerk um eine Zitadelle erweitern, die Mauern und Rundtürme befestigen und einen kleinen Palast in die westliche Mauer der Rocca bauen sollten, und forderten lauthals Bezahlung ihrer Arbeit. Melchiore Zocho, der Kastellan, wies mit schiefem Mund darauf hin, daß der Nachschub an Holz, Steinen und Mörtel stocke, weil keine Rechnung beglichen worden sei. »Viele unserer Milizionäre haben sich bereits davongemacht. Außerdem habe auch ich noch eine beträchtliche Forderung an den Herrn Graf.«

Der anklägerische Ton war unüberhörbar.

»Ich traue ihm nicht«, erklärte Caterina beim gemeinsamen Nachtmahl.

»Ich traue ihm auch nicht«, sagte Riario, nahm sich einen Hühnerschenkel und ließ mit ungewohnter Wehmut den Blick über seine Söhne gleiten, die brav am Tisch saßen.

»Wir wollten im Sommer, noch bevor ich niederkomme, dort einziehen«, fuhr Caterina fort. »Auch ich fühle mich hier in der Stadt nicht sicher.«

Riario nickte, nagte das Fleisch von einem Knochen und ließ sich Wasser zum Reinigen der Finger reichen. »Daraus wird nichts.« Seine Stimme wurde ärgerlich. »Alle wollen Geld, doch keiner will Steuern zahlen. Die Orsi schulden mir seit langem die Steuerpacht, angeblich, weil sie selber auf die Zahlungen der Bürger warten. Pansechi hat von mir eine Menge Geld erhalten, als er nach Florenz abreiste. Die Situation ist langsam so wie früher.«

»Die Stimmung ist schlechter«, erklärte Fra Lauro. »Die bisherige Verurteilung von Aufrührern und denunzierten Verschwörern hat sie angeheizt. Außerdem sind die nach Rom verschleppten Geiseln noch nicht vergessen. Man glaubt allgemein, daß sie ermordet wurden.«

Riario sprang vom Tisch auf, warf seinen Löffel auf die Platten. Fluchend stieß er den herbeieilenden Diener zur Seite. Der kleine Galeazzo begann vor Schrecken zu weinen, Giovanni Livio schloß sich ihm an, und Bianca sah mit aufgerissenen Augen nach ihrem Vater. Scipione rückte an sie heran, als wolle er sich zu ihrer Verteidigung bereitmachen. Lediglich Ottaviano und Cesare aßen ungerührt weiter.

»Ich lasse alle auspeitschen, die solche Gerüchte ausstreuen«, schrie Riario. »Ich lasse sie hängen! Beweise! Wo bleiben die Beweise für solche Behauptungen?«

Caterina war ruhig geblieben. »Wir müssen Fra Lauro dankbar sein, daß er sein Ohr überall hat.«

»Ja, ja!« stieß Riario aus, setzte sich wieder, nahm einen großen Schluck Wein. »Wem muß ich noch dankbar sein! Das ist kein Leben mehr in diesem verfluchten Kaff. Wir leben wie die Tagelöhner. Die Orsi sind mit Sicherheit reicher als wir. Ich spüre regelrecht, wie die Ordelaffi alle aufhetzen und ihre Attentäter schicken.« Er sah Caterina mißtrauisch an. »Mir ist klar, warum du Ghetti weggeschickt hast. Aber warum kommt er nicht zurück? Hat er noch immer Angst vor mir? Oder hat er eine andere Frau gefunden?« Seine Stimme klang höhnisch.

Caterina schaute nach Rosaria und machte ein beruhigendes Zeichen.

»Ghetti hat von mir nichts zu befürchten. Was ein Riario verspricht, das hält er.« Er blähte seine Brust auf. »Wir brauchen hier jeden Mann. Außerdem wollte er doch heiraten. Ich habe nichts dagegen. Der Mann ist wahrhaft alt genug, eine Familie zu gründen. Ausreichend Geld dürfte er ebenfalls angehäuft haben.«

»Er hält sich in Mailand auf«, sagte Caterina.

»In Mailand, soso. Bei der Familie Sforza. Dem guten, reichen *Moro*. Warum läßt dein Krösus Lodovico nicht einmal ein paar tausend Dukaten springen. Ich verleihe ihm auch einen Titel.«

Caterina lachte spöttisch. »Dein Onkel Sixtus ist tot, Girolamo, die alten Zeiten sind vorbei. Immerhin hat Lodovico mir militärische Unterstützung und Hilfe versprochen – falls ich sie benötigen sollte.«

Riario schob seinen Teller zur Seite.

»Dir?«

»Mir.«

»Verstehe. Soweit sind wir schon.« Er starrte eine Weile ins Leere, fügte dann düster an: »Manchmal möchte ich aufgeben. Mir fehlt die Kraft … Stets nur kämpfen – und nie sein Ziel erreichen … Womöglich habe ich einmal einen Fehler begangen – oder mehrere … Ich brannte vor Ehrgeiz, mir war jedes Mittel recht.« Er hob seinen Kopf, ohne Caterina in die Augen zu schauen. »Aber wenn du einen Bruder hattest, der stets alles besser konnte, dem alles in den Schoß fiel, Anerkennung, Erfolg, Geld, dem die schönsten Frauen zuflogen, eine Mutter, die nur an dir herumnörgelte, wenn dich ein Leben lang Neider und Verräter umgeben …«

Er verstummte und bedeckte seine Gesicht mit den Händen.

»Du verfällst in Selbstmitleid, Girolamo. Du warst selbst ein Meister im Verrat.«

»Es gibt nur einen Treuen, und das ist mein alter Jugendfreund Tommaso«, sprach Riario dumpf in seine Hände und fuhr unvermittelt fort. »Ich werde Zocho als Kastellan absetzen. Ich glaube, er ist ebenfalls ein Verschwörer. Er hat zwar die Zitadelle ausbauen lassen, aber unseren Palast keinen Schritt vorangebracht – weil er nicht will, daß wir nach Ravaldino ziehen. Ich werde Tommaso Feo aus Imola herbeirufen. Er soll hier erneut Kastellan werden. Seine Treue hängt nicht von der Höhe des Lohns ab.«

Er schien sich gefangen zu haben. »Was meinst du dazu?«

Caterina nickte. »Zocho abzulösen ist sicher richtig. Wir könnten auch Ghetti zum Kastellan ernennen.«

Rosaria sah sie erstaunt an.

Riario winkte ab. »Ghetti ist *dein* Mann. Er wird mich umlegen, wenn es darauf ankommt.« Seine Augen verengten sich unversehens. »Du willst mich doch nicht aufs Kreuz legen? Noch bin *ich* der *signore*. Ich werde Feo rufen. Nein, ich werde ihn persönlich holen. Ich muß ihm die Lage schildern und werde mich in Imola umschauen. Wenn uns da auch Ärger droht …«

Am nächsten Tag beabsichtigte Riario zwar noch immer, nach Imola zu reiten, schien es jedoch nicht mehr so eilig zu haben. Er wolle ein weiteres Mal mit Zocho verhandeln und außerdem mit den Orsi-Brüdern sprechen und sie davon überzeugen, daß die Geiseln, die er damals mit nach Rom genommen habe, auf dem Heimweg ermordet worden sein müßten. Er habe sie sogar reichlich mit Geschenken und Geld versorgt. Außerdem erwarte er eine Nachricht von Pansechi.

Caterinas Schwangerschaft schritt voran.

Im Sommer drängte Caterina auf eine Entscheidung. Riario solle endlich Feo herbeirufen oder ihn selber holen. Sie wies auf ihren sich rundenden Leib. »Ich möchte unser letztes Kind in Sicherheit auf die Welt bringen.«

Es war Juli, die Hitze glühte in den Gassen der Stadt, hatte die Mauern des gräflichen Palasts aufgeheizt und ließ auch nachts kaum einen ruhigen Schlaf zu.

Riario brach endlich mit einer kleinen Schutztruppe nach Imola auf.

Kaum hatte er Forlì verlassen, erschien Ghetti wieder. Er hatte in Bologna gewartet, von Rosaria und auch Caterina mit Nachrichten versorgt, bis ihm die Lage sicher erschien. Was er bereits vorher durch verschlüsselte Briefe angedeutet hatte, bestätigte er jetzt: *Il Moro* habe für den Notfall Hilfe versprochen, auch die Bentivogli im benachbarten Bologna würden sich für Recht und Gesetz einsetzen und gegen alle Formen des Aufruhrs und des Umsturzes Beistand leisten. Lorenzo de' Medici habe er warnen können. »Aber *il Magnifico* wirkte nicht überrascht. Er halte Pansechi bereits lange im Auge, erklärte er mir. ›Früher und später erwischt jeden Attentäter die gerechte Strafe‹, fügte er noch mit Nachdruck hinzu.«

Am nächsten Morgen entschloß sich Caterina, die Baufortschritte an dem Palazzo in der Rocca von Ravaldino selbst zu überprüfen. Sie hatte ihre letzten Juwelen versetzt, um die Handwerker zu bezahlen und zur Arbeit zu bewegen. Inzwischen mußte auch weitergebaut worden sein. Außerdem hielt sie es in dem vor Hitze glühenden Palast inmitten einer vor Hitze gelähmten Stadt nicht mehr aus. Im Cortile, bereits auf Maestosos Rücken, begegnete sie einem hübschen jungen Mann, den sie schon einmal gesehen haben mußte. Er hatte sein Pferd am Zügel in den Hof geführt, aber weil es ihm offensichtlich schwerfiel, zu ihr aufzuschauen, schwang er sich derartig leicht in den Sattel, daß Caterina ihm unwillkürlich ein »Bravo« zurief. Der junge Mann mit seinen großen Augen und seinen halblangen, lockigen Haaren war ausnehmend hübsch. Er nahm lächelnd ihr *Bravo* entgegen und ließ sein Pferd ohne Scheu einige Schritte zurückgehen, um sich dann direkt neben sie zu stellen. Merkte er nicht, wie ungehörig er sich gegenüber einer Gräfin verhielt? Schon daß er wieder den Rücken des Pferdes bestiegen hatte, war frech. Er ritt eine schlanke Fuchsstute mit einer schönen Sternblässe, hielt mit sehr feinen, langen Fingern die Zügel.

»Gräfin …?«

Er entblößte gleichmäßige, perlmuttern schimmernde Zähne, fast zu weiblich für einen jungen kräftigen Mann. Die Stute schlug nun unwillig mit dem Schweif und schüttelte wiehernd den Kopf. Beruhigend tätschelte er ihren Hals. Caterinas Blick glitt über seinen Körper: Er trug seinen Reitkittel halb geöffnet, auch die Beine waren bis zu den Stulpenstiefeln nackt.

»Wer seid Ihr?«

Er richtete sich auf und lächelte sie an.

»Ich bin Giacomo Feo, der Bruder von Tommaso Feo, dem Kastellan ...«

»Daher kenne ich Euch ... Ihr bringt Nachricht von dem Grafen, nicht wahr?«

Feo zog einen versiegelten Brief aus seinem Kittel und reichte ihn ihr. Ihre Finger berührten sich kurz. »Der Graf ist leider krank ...«

Caterina riß den Brief an sich und starrte auf das Papier. Einen Augenblick lang hatte sie Freude bei dem Gedanken gespürt, Riario könnte ...

»Er hat wieder sein Dreitagesfieber. Bei der Hitze sterben viele Menschen daran.« Feo sprach in leichtem, fröhlichem Ton.

O Gott, er ist ja noch so jung, dachte Caterina. »Was sagen die Ärzte?«

»Er muß sich schonen.«

»Wie alt bist du?« Caterina konnte ihren Blick von dem jungen Mann nicht abwenden. Er schaute ihr offen und freundlich in die Augen, senkte nicht den Blick, wie es sich gehört hätte. Sie konnte es ihm nicht übelnehmen, mit diesen großen dunkelbraunen Augen.

»Achtzehn Jahre, bald werde ich neunzehn.«

Maestoso wieherte ungeduldig und ging bereits einige Schritte vor. Mit einer leichten Bewegung ließ sie ihn zurückgehen. Feos Fuchsstute tänzelte erwartungsvoll neben ihr, und ihr Reiter glich die Bewegungen des Pferdes mit traumwandlerischer Sicherheit aus.

»Was willst du einmal werden?«

»Graf.« Feo reckte sich und verzog seinen Mund zu einem spöttischen Lächeln. »Oder zumindest Baron. Könnt Ihr mir nicht einen solchen Titel verleihen, Madonna?«

Caterina lachte laut. »Und was erhalte ich dafür? Wir benötigen zur Zeit viel Geld.«

»Ich diene Euch bis zu meinem Tod.«

Caterina lachte noch lauter. »Diener habe ich genug.«

»Ja, dann ...«

»Was dann?«

»War nur ein Scherz.«

Beide lachten nun gleichzeitig und sahen sich dabei in die Augen.

»Laß dich bewirten und ruhe dich ein wenig aus. Ich reite jetzt zur Rocca. Aber heute abend darfst du mein Gast sein, junger … Diener!«

Feo verbeugte sich, so tief er konnte, und sprang dann aus dem Sattel. Caterina schaute noch immer hin, fasziniert von seinen leichtfüßigen und sicheren Bewegungen. Als er merkte, daß sie ihn anschaute, verbeugte er sich ein zweites Mal, er beugte sich über ihren Fuß und küßte ihn! Sie hätte ihn treten oder ihm mit der Peitsche eins überziehen müssen. Aber sie tat es nicht. Sie lachte nur, schüttelte den Kopf und gab Maestoso einen leichten Druck mit den Waden. Das Pferd setzte sich in Bewegung.

Als sie aus dem Toreingang auf die Piazza galoppierte, spürte sie einen stechenden Schmerz im Unterleib, und dieser Schmerz erinnerte sie daran, daß sie hochschwanger war. Sie ließ Maestoso in Schritt fallen, atmete tief durch. Der Schmerz wiederholte sich nicht, und sie mußte lächelnd an den Auftritt des frechen, aber wirklich hübschen jungen Boten denken.

31. Kapitel

Das Lächeln verging ihr, als sie Riarios Brief las. Er jammerte und klagte. Der letzte Fieberanfall hätte ihn nahezu sterben lassen. Tommaso Feo sei natürlich bereit, ein zweites Mal Kastellan in Forlì zu werden, es sei ihm eine Ehre. Damit Caterina möglichst bald wisse, daß er, Riario, vorerst nicht zurückkehren könne, schicke er den jungen Feo, der zuverlässig sei. Er habe bereits Essig mit Minze getrunken, aber die Arznei habe nichts gebracht. Überhaupt seien die Ärzte in Imola der letzte Dreck. Wollten ihn lediglich zur Ader lassen. Er habe sich jedoch geweigert.

Caterina überflog die weiteren Zeilen, steckte den Brief ein und vergaß sofort sein nichtiges Geschwätz.

Als sie in die Straße einbog, die zum Ravaldino-Tor führte, kam Ghetti ihr nachgaloppiert. »Warum habt Ihr mich nicht gerufen?« rief er, sich den Schweiß von der Stirn wischend. »Ihr seid einfach losgeritten. Ihr sollt doch nicht allein …«

Sie hatte ihn tatsächlich vergessen.

»Ich war in Gedanken, Gian Antonio.« Sie lächelte ihn an. »Du bist eine treue Seele. Aber ich kann schon auf mich alleine aufpassen.«

Er blieb ernst.

»Ist Rosaria glücklich?« fragte sie, um das Thema zu wechseln. »Was ist mit deinem Gelübde? Hast du es erfüllen können?« Sie versuchte, das Gewicht der Frage durch einen möglichst leichten Ton abzuschwächen.

Ghetti antwortete nicht.

»Darf man dir diese Frage nicht stellen? Schließlich hast du vor unser aller Ohren von deinem Gelübde gesprochen – und Rosaria verzweifelt zurückgelassen. Du weißt, daß sie dich liebt.«

Er schaute sie gequält an. »Nein, ich habe es nicht erfüllt, werde es vermutlich nie erfüllen.«

Sie ritten schweigend weiter, passierten bald das Ravaldino-Tor und standen vor der Rocca.

Die Zugbrücke war hochgezogen! Trotz mehrfacher Rufe und Befehle wurde sie nicht herabgelassen. Oben auf den Wehrgängen deuteten ein paar Wachen durch hilflose Gesten an, sie könnten nichts tun …

Da erschien plötzlich Melchiore Zocho neben dem noch immer verschlossenen Tor.

»Laß die Gräfin herein!« rief Ghetti.

»Der Graf schuldet mir noch fünftausend Dukaten, ohne die Zinsen«, antwortete der Kastellan. »Bevor ich das Geld nicht in der Tasche habe, betrachte ich die Festung als meinen Pfand und lasse niemanden herein, noch nicht einmal den Grafen oder die Gräfin. Wo ist überhaupt der Graf?«

Caterina glaubte ihren Ohren nicht zu trauen. Sie hielt Zochos Äußerung für einen unverschämten Scherz, der sie an die Schulden erinnern sollte, und winkte mit einer herrischen Geste, die Zugbrücke sofort herunterzulassen.

Der Kastellan stellte sich breitbeinig und mit abgewinkelten Armen vor die Seitentür und reagierte nicht. Neben ihm erschien ein kleiner Mann in Rüstung und sprach auf ihn ein, deutete auf Caterina und die Brücke. Zocho wies ihn barsch ab, stieß ihn schließlich unsanft zurück.

»Erst das Geld, dann die Festung. Dies ist mein letztes Wort.«

Vor aufschäumender Wut konnte Caterina überhaupt nichts denken. Hätte Zocho neben ihr gestanden, sie hätte nach Ghettis Schwert gegriffen und ihm mit einem Streich den Kopf abgeschlagen. Sie starrte auf den Mann mit den herausfordernd in die Seite gestemmten Fäusten und wollte noch immer nicht glauben, was hier geschah. Dann fiel ihr ein, daß sie selbst bereits einmal Riario vor einer solchen Möglichkeit gewarnt hatte, und sie versuchte, die Ruhe zurückzugewinnen.

Sie rief dem Kastellan zu: »Melchiore Zocho, ich setze Euch hiermit im Namen und mit Vollmacht des *signore* von Forlì ab. Verlaßt sofort die Rocca und übergebt mir die Schlüssel. Ich werde Euch in Gewahrsam nehmen. Wenn Graf Riario aus Imola zurückkehrt, werdet Ihr Euch vor ihm rechtfertigen können.«

»Nicht drohen«, flüsterte ihr Ghetti zu, »versprecht ihm die Zahlung des Geldes!«

Zocho lachte. Er lachte sie aus! »Erst das Geld, dann die Festung. Und vorher die Zusicherung freien Geleits.«

Mit undurchschaubarer Miene rief nun Ghetti: »Wir können über alles verhandeln. Aber laßt uns zuerst ein!«

Zocho winkte ab, wiederholte seine Worte ein drittes Mal und verschwand, nicht ohne die Seitentür heftig zuzuschlagen. Wieder spürte Caterina einen ziehenden Schmerz im Unterleib. Es war die Aufregung, eindeutig die Aufregung. Sie fühlte sich wie damals, kurz bevor sie mit Ghetti und seinen Soldaten die Engelsburg gestürmt hatte. Aber damals folgten ihr die Soldaten, und sie konnte handeln. Heute blieb sie ohnmächtig. Kein Geld, kaum Bewaffnete, der offizielle *signore* von Forlì abwesend, und in der Stadt eine durch und durch feindselige Stimmung.

Während sie langsam durch die Gassen zurück zu ihrem Palazzo an der Piazza Grande ritten, versuchte Caterina, in Ruhe nachzudenken. Aber es gelang ihr nicht. Sie sah lediglich dieses aufrührerische, rotnasige Nichts vor sich, dessen Widerstand sie nicht brechen konnte.

»Gian Antonio, du mußt Zocho aus dem Weg räumen, und zwar noch bevor Riario aus Imola zurückkehrt. Ich werde verrückt, wenn ich länger warten muß. Ein aufgeblasener Söldner wagt es …« Vor Wut und Erregung konnte sie nicht weitersprechen.

»Madonna, ich werde Euch bis in den Tod verteidigen, aber ich bin kein Mörder. Außerdem: Wie soll ich in die Rocca gelangen?«

»Verweigerst du meinen Befehl?« Ihre Stimme war scharf und viel zu laut.

Ghetti blieb ruhig. »Zocho kann sich nicht ewig in der Festung halten. Wir hungern ihn einfach aus, ihm wird der Prozeß gemacht, und dann wird ihn der Graf schon aufhängen lassen.« Er fuhr sich langsam mit der Hand durch den Bart. »Wir sollten vorsichtig die Lage erkunden. Zocho wird nicht ohne Rückendeckung handeln. Sprecht nicht über den Vorfall. Ich will nicht, daß es Unruhen gibt, wenn sich herumspricht, daß der Graf nicht reisefähig ist. Vielleicht glauben manche, er wird sterben. Wir haben kaum Männer unter Waffen. Für Eure Feinde ist der Zeitpunkt günstig ...«

Am nächsten Tag begannen sich die Ereignisse zu überstürzen.

Caterina ließ Lodovico und Cecco Orsi eine Nachricht mit der unmißverständlichen Aufforderung zukommen, unverzüglich im gräflichen Palast zu erscheinen und die ausstehende Steuerpacht zu bezahlen. Die Brüder ließen sich abends melden und erklärten, aufgrund der säumigen Zahlung der abgabenpflichtigen Bürger sehe Cecco sich nicht in der Lage, die ausstehenden Summen zu entrichten.

»Dann greift in Eure Privatschatulle. Ihr seid Forlìs reichste Familie. Ich lasse bei weiterer Verzögerung Euer Vermögen konfiszieren und werfe Euch in den Kerker.«

Caterina versuchte, möglichst ruhig zu sprechen, aber ihre Stimme zitterte vor unterdrückter Wut. Fra Lauro warf ihr einen warnenden Blick zu.

»Aus dem wir dann ebenfalls nicht wieder auftauchen sollen?« Uneingeschüchtert ließ Lodovico seinen Blick auf ihr ruhen. »Wie unser ältester Bruder?«

Caterina machte eine fahrige Geste.

»Außerdem steht mein Lohn als Hauptmann der gräflichen Leibwache noch aus«, fügte Cecco an. Auch er in einer eisigen Ruhe.

Caterina setzte den Brüdern Orsi eine Frist von drei Tagen. Falls sie bis dahin dem gräflichen Hof nicht die Steuerpacht abzüglich des Lohns für Cecco gezahlt hätten, würde Cecco seines Amtes enthoben und in Gewahrsam genommen, außerdem der Palast der Orsi samt der beweglichen Habe konfisziert. Die beiden Brüder verbeugten sich mit einem höhnischen Lächeln und verabschiedeten sich ohne weiteren Kommentar.

»Das gefällt mir überhaupt nicht«, sagte Ghetti, als sie gegangen waren. »Das ist offener Aufruhr.«

Caterina wandte sich an Fra Lauro. »Finde heraus, ob sie mit Zocho unter einer Decke stecken!«

Ihr Beichtvater seufzte. »Ich werde langsam zum Spion. Die Menschen in Forlì vertrauen mir, ich möchte ihr Vertrauen nicht mißbrauchen …«

»Bitte! Du weißt, was für uns auf dem Spiel steht. Du spürst doch selbst, daß sich etwas anbahnt – was auch dich treffen wird.«

Ghetti versuchte am nächsten Tag erneut, Zocho zur Herausgabe von Ravaldino zu bewegen. Der Kastellan erschien betrunken an der Zugbrücke, wie Ghetti Caterina berichtete, erbrach sich in den Wassergraben und brüllte dann etwas einem Mann in der Toreinfahrt zu. Auf den Wehrgängen waren keine Wachen mehr zu sehen.

Ghetti schlug vor, einen der Handwerker zu bestechen und ihn in die Rocca zu schleusen. »Wenn Zocho schläft, soll er die Brücke herunterlassen, und ich überrumple mit ein paar zuverlässigen Männern die Besatzung. Ich glaube nicht, daß die Soldaten für einen übergeschnappten Kastellan ihr Leben riskieren.«

Caterina nickte. Genau so sollte es geschehen. Hatte man wieder Ravaldino in den Händen, würde man sich die Orsi vorknöpfen. »Was immer die Orsi Riario vorzuwerfen haben und selbst wenn die Bürger nicht zahlen, so bleibt es ihre Pflicht, die Pacht pünktlich zu entrichten. Ich möchte unter keinen Umständen erneut in die Situation vor der Wiedereinführung der Steuern geraten.«

Es fand sich ein Zimmermann, der wußte, wo die Mauer der Rocca nur vorläufig geflickt worden war. Man müsse mit einem Boot an ihren Fuß paddeln, einige lose aufeinandergeschichtete Ziegel entfernen und könne dann in einen Gang kriechen, der direkt in die Waffenkammer führe. Diese Kammer sei zwar bewacht, aber meist schliefen die Wachen oder seien betrunken …

Ghetti ließ sich die Stelle genau beschreiben, und mit einigen Milizionären, auf die er sich verlassen konnte, gelangte er während der Nacht an die Mauer. Währenddessen wartete Caterina mit einer Gruppe weiterer Männer, unter denen sich auch der hübsche Bote aus Imola befand, im Schatten einer Kastanie, um sofort in die Rocca stürmen zu können, war erst die Zugbrücke heruntergelassen.

Caterina sah Ghettis Schatten in der Mauer verschwinden. Auch die drei anderen Männer, die im Boot gesessen hatten, schienen sich aufzulösen. Mit angehaltenem Atem wartete sie auf Waffenlärm oder Rufe. Eine Weile geschah jedoch nichts. Dann plötzlich ratterte die Brücke nach unten. Caterinas Männer stürmten voraus, sie folgte, so schnell ihr mächtiger Leib es erlaubte.

»Zocho ist tot, Zocho ist tot«, hörte sie rufen.

Das Tor füllte sich mit Männern, die »Contessa Caterina!« riefen, ihre Waffen zur Seite warfen und vor ihr auf die Knie fielen. Alle sprachen gestikulierend durcheinander. Caterina verstand lediglich »Zocho« und »gezwungen«.

Da erschien Ghetti, sein Schwert in der Hand. Ohne Wunden, auch ohne Blut an der Klinge. Ihm folgte der kleine, breitschultrige Mann, der neben Zocho an der Zugbrücke gestanden hatte, und rief mehrfach: »Er wollte mich betrügen, er hat mich immer schon betrogen.«

Die Soldaten schleppten einen Holzbock heran, auf den sich Caterina setzen konnte, umringten sie und Ghetti, der nun berichtete, was er erlebt hatte.

»Ich schlich an schnarchenden Männern vorbei bis zu der Kammer, in der ich den Kastellan vermutete ...«

»Ist er nun tot?« unterbrach ihn Caterina.

Ghetti nickte. »Ich fand ihn mit durchschnittener Kehle und mehreren Stichen in der Brust. Jemand muß ihn, kurz bevor ich kam, getötet haben.«

»Er wollte mich betrügen.«

Nun erfuhr Caterina von dem breitschultrigen Mann, daß es während der letzten Nacht beim Würfeln zum Streit gekommen sei. »Da hab ich ihn abgestochen. Auch weil er den Grafen verraten hat. Ich bin ein treuer Diener ...«

»Wie heißt Ihr?«

»Ronchi, Giuseppe Ronchi, ich bin ein treuer Diener …«

»Ich will Zeugen hören. Wer kann bestätigen, daß es sich so zugetragen hat …«

Sofort drängten sich mehrere Männer herbei und sprachen alle gleichzeitig auf sie ein. Melchiore Zocho, so ihre übereinstimmenden Äußerungen, sei ein brutaler Schinder gewesen, ein geldgieriger Betrüger, ein Aufrührer gegen den Grafen, der alle gezwungen habe, ihm zu gehorchen. »Jeden Widerspruch hat er im Keim erstickt, einen von uns hat er sogar eigenhändig in den Wassergraben gestoßen.«

Für den Streit beim Würfeln gab es allerdings keinen Augenzeugen.

Ronchi rief immer nur: »Ich bin ein treuer Diener.« Als schließlich alle Männer vernommen waren, baute er sich vor Caterina auf und erklärte: »Der Herr Graf wird sich gewiß erkenntlich zeigen.«

Caterinas Augen brannten vor Müdigkeit, so daß sie sich unwillkürlich übers Gesicht wischte. Ronchi grinste sie in unverhohlenem Triumph und gleichzeitig erwartungsvoll an.

Inzwischen graute der Morgen, die Wachen des Stadttors waren, vom Lärm geweckt, neugierig herbeigelaufen. Caterina konnte kaum noch die Augen offenhalten. Das Kind in ihr trat schmerzhaft gegen die Bauchdecke. Sie überließ Ghetti die Sicherung der Festung und ritt, begleitet von dem jungen Feo und ein paar Soldaten, zum Palazzo zurück, wo sie Rosaria ängstlich empfing. Auch Fra Lauro eilte herbei.

»Alles ist gut«, flüsterte sie aufstöhnend, ließ sich in ihr Zimmer führen, fiel aufs Bett und war bereits eingeschlafen.

Am nächsten Morgen schreckte sie auf und erhob sich unverzüglich. Während sie sich von Rosaria waschen und ankleiden ließ, versuchte sie sich an das wilde Durcheinander der Träume zu erinnern. Sie hatte sich die Engelsburg stürmen sehen, aber es handelte sich um die Rocca von Ravaldino, und sie mußte zwischen den hohen Mauern kämpfen, ja, trotz ihrer Schwangerschaft das Schwert schwingen, und wurde von Giacomo Feo gerettet. Bevor sie aufwachte, bedeckten Hunderte von toten Männerleibern den Boden, ihr Blut bahnte sich einen Weg in den

Wassergraben und färbte ihn so rot, als bestünde er aus dem Wein der Romagna.

Ein düsterer Traum, daran gab es keinen Zweifel, und ein schlechtes Omen?

Als sie sich bereit machte, die Heilige Messe zu besuchen, wurde sie von Fra Lauro aufgehalten, der wortlos aus dem Fenster wies. Caterina schaute auf die Piazza, die vor aufgeregt hin und her rennenden Menschen summte. Dabei war kein Markttag. Überall standen größere und kleinere Gruppen zusammen. Selbst hier im *piano nobile* konnte sie Rufe verstehen. Immer häufiger drang der Name *Ordelaffi* an ihr Ohr, außerdem deuteten die Menschen nach Nordosten.

Fra Lauro konnte ihr lediglich berichten, daß die Orsi heute noch einmal vorsprechen wollten und daß es offensichtlich weit vor den Toren der Stadt Zusammenrottungen von Bauern gebe. »Laßt die Stadttore schließen!«

Rosaria kam herbeigestürmt und riß mit schreckgeweiteten Augen an Caterinas Ärmel. »Wo ist Gian Antonio? Ich finde ihn im ganzen Palast nicht.«

»Er wird in Ravaldino sein«, erwiderte Fra Lauro.

Dann sprach Ronchi vor, der Mörder des Kastellans, und erinnerte Caterina daran, daß er Lohn für seine mutige Tat erwarte.

»Noch keine Nachricht vom Grafen?« rief Caterina in die Runde, aber keiner der Anwesenden antwortete ihr.

Immer mehr Männer versammelten sich im Nymphensaal. Der halbe *Rat der Vierzig* stand ungerufen herum und wartete, daß Caterina sich ihm zuwende. Auch Leone Cobelli befand sich darunter. Als er ihr mit einer tiefen Verbeugung die Hand schütteln durfte, rief er aus: »Oh, Mars regiert nun die Stunde!«. Dann wurde er zur Seite gedrängt, die Ratsherren fragten sie immer wieder nach dem *signore* und dem Geschehen in der Festung.

Sie äußerte sich lediglich vage und schickte sie nach Hause.

Mittags erschien Ghetti und berichtete, die Rocca sei bis auf kleine Stellen gut im Schuß, aber der Bau des gräflichen Palasts sei kaum vorangekommen. Wohnen könne dort niemand. Außerdem seien ihm Zusammenrottungen von Bauern zu Ohren gekommen, man müsse wachsam sein. Bis Tommaso Feo den Befehl übernehmen könne, wolle er in Ravaldino bleiben und dort auch die verbliebenen Wachmannschaften und Soldaten für einen möglichen Kampf üben lassen.

»Glaubst du, es gibt einen Aufstand in der Stadt? Oder weswegen ...«

Ghetti zuckte mit den Schultern. Rosaria hängte sich an ihn, wollte ihn unter Tränen nicht fortlassen.

Das Durcheinander nahm zu.

Die Orsi erschienen nicht, weder am Nachmittag noch am Abend. Dafür verdichteten sich die Gerüchte über einen Bauernaufstand, der von den Ordelaffi angezettelt worden sei.

Während der nächsten Nacht schlief Caterina nur sehr kurz. Am Morgen schien sich die Lage zu beruhigen. Ser Ilsecco war erschienen, hatte seine Pachtgelder abgeliefert und Caterina mit großer Geste sogar noch einen Vorschuß überreicht. Ghetti kaufte sofort Vorräte und Waffen für die Männer in der Rocca, heuerte junge Freiwillige in der Stadt an. Dann rief er die Pferdeknechte und Hausdiener zusammen und bestimmte, wer von ihnen ein Schwert oder eine Hellebarde erhielt und beauftragt wurde, im Notfall den Palast, die Gräfin und die Kinder gegen Eindringlinge zu verteidigen.

Abends erschien der *bargello* und warnte vor unbekannten Elementen, die in die Stadt geschleust worden und auch bei einigen adligen Familien untergekommen seien.

Worauf Caterina nach einer weiteren Nacht noch immer vergeblich wartete, war eine Nachricht von Riario. Vergebliches Warten konnte sie jedoch um keinen Preis mehr ertragen. Daher entschloß sie sich, umgehend selbst nach Imola zu reiten und nach ihrem Mann zu sehen. Er mußte trotz seiner Krankheit nach Forlì kommen, Tommaso Feo ebenfalls. Falls wirklich Gefahr von außen drohte, galt es, die Kräfte zu bündeln.

»Und wenn Ihr auf dem Weg nach Imola abgefangen werdet?« wandte Fra Lauro ein. »Laßt mich reiten.«

Caterina wollte nicht mehr nachdenken. »Der junge Feo begleitet mich. Wir können ohnehin nicht über Faënza reiten, sondern müssen die Bergpfade nehmen. Ich werde mich als Mönch verkleiden. Ghetti soll Ravaldino halten, du, Lauro, sorgst für Ordnung hier im Palast und verteidigst ihn, wenn nötig. Denk an die Kinder!«

Fra Lauro schüttelte heftig den Kopf. »In Eurem Zustand werdet Ihr Imola nie erreichen. *Ihr* solltet an Eure Kinder denken!«

Caterina wischte seine Einwände beiseite. »Weißt du nicht mehr, in welchem Zustand ich die Engelsburg gestürmt habe?«

Auch Rosaria, die herbeigeeilt war, griff nach Caterinas Hand. »Herrin, Fra Lauro hat recht! Ihr müßt bei Euren Kindern bleiben.«

Caterina ließ sich nicht mehr umstimmen. Sie schlüpfte in eine Mönchskutte, versteckte einen Dolch in einer Gepäcktasche, befestigte sogar ein Kurzschwert am Sattelknauf und verließ mit Giacomo Feo und ein paar Bewaffneten Palast und Stadt.

Die Menschen verstummten, als sie in dem Mönch die verkleidete Gräfin erkannten, starrten ihr nach und bekreuzigten sich.

32. Kapitel

Kaum hatte Caterina das Stadttor hinter sich gelassen, schlug sie die Kapuze zurück und löste die streng geflochtenen Zöpfe auf. Hier draußen zwischen den Weinbergen und den Gemüsegärten, den Getreidefeldern und Obstbaumhainen wehte ein angenehm frischer Wind, und sie ließ ihre Haare fliegen. Wie lange hatte sie dies nicht tun dürfen!

Sie drehte sich nach Giacomo Feo um, der sie sofort anlächelte, als er ihren Blick bemerkte. Sie erwiderte sein Lächeln, schaute jedoch sofort wieder nach vorne. Sie war eine Gräfin und er ein unbedeutender, wenn auch hübscher Junge ... Trotzdem tat ihr sein Lächeln gut. Die Anspannung, die in Forlì herrschte, löste sich allmählich auf, denn hier im sanften Hügelland schien überhaupt keine Gefahr zu bestehen. Die wenigen Bauern, denen sie begegneten, schauten verwundert und neugierig, grüßten freundlich, manche boten ihr sogar Obst an und einen Schluck kühlen Wassers.

Noch nicht einmal der Gedanke, Riario könne mit dem Tod kämpfen, erschreckte sie. Sie wollte an eine Wendung zum Guten glauben, und während sie aus dem Schatten eines Hohlwegs heraus in die strahlende Helligkeit der Sonne ritt, verstärkte sich ihre Zuversicht. Sie würde auch ein gesundes Kind auf die Welt bringen und selbst gesund bleiben.

Caterina winkte Giacomo, neben ihr zu reiten. Während er aufschloß, ließ sie Maestoso in einen verhaltenen Galopp fallen. Herrlich wehte der Wind durch ihre Haare, er drang sogar durch die Kutte und schien ihre Haut zu streicheln – aber dann erinnerte das Kind in ihrem Leib sie doch daran, daß es galt, das Schicksal nicht herauszufordern.

Giacomo Feo neben ihr ließ seine Stute im gleichen Rhythmus laufen, die Köpfe der Pferde beugten sich vor und zurück, die Körper der Reiter schwangen auf und ab – am liebsten hätte Caterina gesungen. So unglaublich es war, sie fühlte sich wunderbar …

Auch Giacomo neben ihr schien sich wohl zu fühlen. Dabei mußte er, so jung wie er war, in ihr eine reife Frau und Mutter sehen. Dazu eine verarmte Gräfin, die um ihre Herrschaft kämpfte. Und wie empfand er ihren schweren Leib? Als häßlich?

Giacomos große Augen leuchteten. Sein Lächeln, sein freies, unbekümmertes Lächeln, zog sie hinein in einen Kreis aus Frohsinn, Tanz und Liebe. Giacomo mußte ein glücklicher Mensch sein. Wie er die Eroberung von Ravaldino genommen hatte! Wie ein spannendes Abenteuer.

»Wirst du mit nach Forlì ziehen, wenn dein Bruder Kastellan wird?«

Giacomo lachte. »Wünscht Ihr es denn?«

»Kluge junge Männer mit guten Manieren haben wir stets gern um uns.« Obwohl sie eigentlich ernst und würdevoll schauen wollte, konnte sie nicht anders, als ihn gewinnend anzulächeln.

Am späten Nachmittag erreichten sie Imola. Tommaso Feo begrüßte sie und half ihr vom Pferd. Sein Bruder zwinkerte ihm zu. Tommaso blieb jedoch ernst. Die Fieberschübe des Grafen seien noch nicht vorbei, erklärte er, er wirke sehr schwach.

Als Caterina an Riarios Bett trat, streckte er ihr wie ein Sterbender seine Finger entgegen. »Endlich kommst du. Ohne dich …« Ein Hustenanfall schüttelte ihn. Seine Hand war heiß, sein fahles Gesicht glühte, die gelben Augen schienen sich in einer trüben Flüssigkeit aufzulösen.

Caterina setzte sich auf den Bettrand und schaute ihn an. Da lag ihr Mann, ein unbedeutender, verarmter Graf, der einmal in der Hauptstadt der Christenheit der ungekrönte Herrscher nach dem Papst gewesen war, der Kriege vom Zaun gebrochen und

Attentate angezettelt hatte – ein Mann, nach dem Tod und Teufel ihre Krallen bereits ausstreckten. Sie wurde plötzlich von solcher Müdigkeit überwältigt, daß sie wortlos aufstand, in ihr Zimmer wankte, sich auf ihr Bett warf und sofort einschlief.

Am nächsten Morgen fühlte sie sich schwach, niedergedrückt und gleichzeitig unruhig. Riarios Fieber dagegen war über Nacht verschwunden. Wenn es ihn nach einem weiteren Tag nicht wieder überfiel, konnte man womöglich gemeinsam zurückreisen. Er hatte die Nachricht von Zochos Ungehorsam und Ermordung ruhig, fast apathisch aufgenommen, aber nun drohte er allen Aufständischen und Aufrührern mit dem Tod. »Milde und Nachsicht versteht das Volk nicht. Es achtet dich nur, wenn du es knechtest. Auch Pferde wollen die Peitsche spüren, sonst werfen sie dich ab.«

»Maestoso braucht keine Peitsche«, widersprach Caterina.

»Frauen muß man ebenso prügeln, sonst erlauben sie sich zu viel. Sie wissen nicht mehr, wer Herr im Haus ist.«

»Sieh lieber zu, daß du gesund wirst«, fertigte sie ihn ab und ließ ihn allein.

Sie setzte sich zu Giacomo unter einen Feigenbaum. Der junge Mann spielte Laute und sang. Er hatte eine helle, aber gleichzeitig sanfte Stimme, und seine schlanken Finger hüpften geschickt über die Saiten.

Dann begannen ganz plötzlich die ersten Wehen.

Caterina hatte sie nicht erwartet und war auf sie nicht vorbereitet. Da sie am Ort keine Hebamme kannte, mußte sie sich auf irgendeine Unbekannte verlassen. Es gab noch den Medicus, der Riario betreute und der stets einen Chirurgus im Schlepptau mit sich führte, einen Mann mit dem Ausdruck und den Händen eines Schlachters. Rosaria, die ihr bisher bei all ihren Geburten beigestanden hatte, war in Forlì geblieben!

Der Medicus wies den Chirurgus mit bedeutendem Gesicht an, eine Hebamme zu holen. Caterinas Zimmer wurde hergerichtet. Frische Laken aufgezogen, der Boden ausgekehrt und mit frischen Kräutern bestreut, heißes Wasser hereingetragen. Ein Geburtsstuhl fehlte im Haus, aber ihn würde die Hebamme vermutlich mitbringen.

Am liebsten wäre es Caterina gewesen, der junge Giacomo

hätte ihr Beistand geleistet. Männer durften jedoch bei einer Geburt nicht anwesend sein, im Notfall der Medicus oder sein Gehilfe – der für die grobe Arbeit zuständig war und bei Gefahr für Mutter und Kind eingriff. Zum Glück war sie stets nur mit einer Hebamme ausgekommen, hatte allerdings von genügend Frauen gehört, bei deren Geburten die Hebamme nicht mehr weiter wußte, weil das Kind nicht von alleine kommen wollte, und die in ihrer Hilflosigkeit nach einem Chirurgus riefen. Dann wurde es blutig.

Als nach einer der ersten Wehen die Schmerzen nachließen, schaute Riario in ihr Zimmer. Er schleppte sich an ihr Bett, ein wenig wackelig auf den Beinen, aber fieberfrei. »Ich habe das Schlimmste überstanden!« erklärte er. »Am liebsten würde ich mit Tommaso sofort reiten. Wer weiß, ob nicht doch noch ein letzter Schub mich wieder ans Bett fesselt. Aber jetzt muß ich wohl auf dich warten.« Er machte eine kurze Pause. »Und auf unseren Sohn. Den echten Sforza. Den Stolz seiner Mutter.«

Weil Caterina nicht antwortete, stand er unzufrieden seufzend wieder auf.

Erneut griffen die Schmerzen nach ihrem Unterleib. Sie schloß die Augen, versuchte, ruhig und tief zu atmen, aber es gelang ihr nicht. Sie wollten nicht nachlassen … So mußte sich Folter anfühlen, Preßfolter, Zerquetschen der Gliedmaßen, des Leibes … Eine Weile wußte Caterina nicht mehr, wo sie war, weil die Wellen des Schmerzes immer rascher über sie hinwegschlugen, sie gleichzeitig umherwirbelten, ihr die Luft nahmen … Da war wieder eine Stimme … Sie versuchte, die Augen zu öffnen, es verschwamm alles … Riarios Stimme und die der anderen …

»Ich will einen Sohn.«

»Nur der Allmächtige …«

»Versteht Ihr, rührt ihn nicht an!«

»Hat sie bisher nicht schon viele gesunde Kinder auf die Welt gebracht?«

»Es wird alles gutgehen.«

»Und wenn nicht?«

Caterina versuchte, den Schmerz niederzuringen und etwas zu sagen. Es gelang ihr nicht. Immer wieder verschwanden die Stimmen, tauchten wieder auf …

»Wenn das Kind falsch liegt, müssen wir eingreifen. Sonst sterben beide.«

»... Gottes Wille ...«

»... die Mutter retten ...«

»... entweder das Kind zerstückeln oder die Mutter aufschneiden ...«

Noch einmal versuchte Caterina, gegen die Schmerzen, die ihren Leib zerrissen, anzukämpfen. Sie sollte nun pressen ...

»Ich will das Kind lebend! Versteht Ihr, das Kind!« Es war eindeutig Riarios Stimme.

Irgendwann hörte sie einen Schrei, dann tauchte sie ab in eine Schwärze, die sie befreite von jeder Qual.

Als Caterina aus ihrer Ohnmacht auftauchte, schaute sie in strahlende Gesichter.

»Es ist ein Junge«, hörte sie.

Dann mußte sie weinen vor Freude und Erleichterung.

»Ich lebe?« schluchzte sie.

»Natürlich lebt Ihr, aber es war keine leichte Geburt. Ihr habt Euch dagegen gesträubt, als wolltet Ihr Euren Sohn nicht hergeben.«

»Er soll Francesco heißen, wie mein Großvater. Er wird einmal ein Sforza.«

»Noch ist er lediglich ein kleiner Sforza, ein *Sforzino*.« Eine männliche Stimme, weich und einschmeichelnd.

»Raus hier, junger Herr!«

»Laßt ihn!«

Giacomo Feos lächelndes Gesicht beugte sich über sie. »Gratuliere. Ein prächtiger Junge.« Er strich ihr mit einer knappen, zärtlichen Geste die Haare aus der Stirn, richtete sich wieder auf und trat vom Bett zurück.

»Wo ist der Graf?«

»Er liegt erneut mit einem Fieberschub im Bett«, sagte die Hebamme, während sie begann, Caterina zu waschen. »Jetzt endgültig raus!« rief sie Feo zu.

Caterina erholte sich rasch von der Geburt. Der kleine Francesco, den auch sie nur *Sforzino* nannte, war gesund, und eigentlich wollte sie ihn stillen. Es stand jedoch schon eine Amme bereit.

Die Madonna solle warten, bis sie wieder in Forlì sei, riet ihr die Hebamme, die Aufregung, die Unruhen seien nicht gut für die Milch …

»Was für Unruhen?« fragte sie, hellhörig geworden.

Die Amme verschwand, dafür erschienen Tommaso und Giacomo Feo.

»Was sind das für Unruhen, von denen die Hebamme gesprochen hat?« wiederholte Caterina.

»Die Ordelaffi sollen mit einer Horde Bauern versucht haben, Forlì zu erobern«, erklärte Tommaso. »Mit Bauern«, rief er empört, »soweit sind wir bereits gekommen, mit Mistgabelschwingern!«

Caterina fühlte, wie sich ihre Muskeln anspannten. Obwohl sie lediglich ein seidenes Wöchnerinnenkleid trug, schob sie sich entschlossen aus dem Bett.

»Wißt ihr etwas von Ghetti und meinen Kindern?«

»Ghetti soll von Ravaldino aus die Aufständischen bekämpfen – über Eure Kinder haben wir nichts gehört.«

»Morgen reiten wir«, erklärte sie mit entschlossener Stimme, »mit oder ohne Riario. Ich überlasse Forlì nicht kampflos den Ordelaffi und schon gar nicht irgendwelchen Bauernhorden. Außerdem muß ich meine Kinder in Sicherheit bringen. Wir nehmen alle Männer mit, die wir auftreiben können. Den kleinen Sforzino und die Amme lassen wir hier. Sie sollen mit Riario nachkommen.« Einen Augenblick überlegte sie. »Wir reiten in der Nacht und überraschen die Aufständischen im Morgengrauen. Einen Tag habt ihr Zeit, eine kleine Truppe zusammenzustellen.«

»Und die Bezahlung der Bewaffneten?«

»Die holen wir uns bei den Bauern … oder bei den Orsi, falls sie uns verraten haben.«

33. Kapitel

Bevor Caterina mit den Brüdern Feo und fünfzig Bewaffneten aus Imola aufbrach, ließ sie sich noch im Schein der Fackeln einen Brustpanzer anpassen. Sie erhielt einen leichten Schild und einen Helm. Tommaso und Giacomo Feo lächelten fein, als sie Caterina in ihrem kämpferischen Aufzug betrachteten.

Als sie aufsitzen wollte, drückte ihr ein unbekannter Bürger einen reich verzierten Bogen in die Hand. Sie bedankte sich, nahm einen Pfeil aus dem Köcher, spannte den Bogen und zielte auf eine Haustür. Die Männer umringten sie neugierig. Der Pfeil schwirrte ab und traf genau in die Mitte der Tür, blieb zitternd im Holz stecken. Bravo-Rufe und Jubel. Während sie die Hand zum Zeichen des Sieges hob, suchte sie den Blick des jungen Giacomo. Seine Augen leuchteten. Sie winkte den Männern, und los gings im Galopp.

Diesmal ritten sie über die Via Emilia. Faënzas Tore waren während der Nacht verschlossen, und die Wachen schlugen Alarm, als sie die Mauern der Stadt passierten. Sie hatten alle Fackeln gelöscht, und die Dunkelheit der Nacht war so undurchdringlich, daß niemand auch nur einen Pfeil auf sie abschoß, geschweige denn, sich aus dem Schutz der Mauern herauswagte.

Kaum hatten sie Faënza hinter sich gelassen, lockerte sich die Bewölkung. Die lediglich schwach leuchtende Sichel des Mondes versank hinter dem Horizont; über ihnen begann der sternenübersäte Himmel zu flimmern. Kaum einer der Männer sprach, nur das Getrappel der Hufe war zu hören. Noch bevor das erste Licht den Osthimmel heraufkroch, tauchten vor ihnen die Umrisse der wuchtigen Porta Schiavonia auf, und sie stiegen ab. Die Stadt selbst lag in totaler Schwärze hinter ihren Mauern, man hörte nichts außer entferntem Hundegebell und dem Ruf von Käuzchen.

Zuerst mußte die Lage erkundet werden. Da sich keiner der Bewaffneten in Forlì auskannte, auch Tommaso Feo nicht, entschloß sich Caterina, sich selbst auf den Weg zu machen. Tommaso sollte unbedingt bei der Truppe bleiben.

»Nehmt Giacomo mit, er sieht gut und bewegt sich wie eine Katze«, riet er ihr und lachte leise auf.

»Ich beschütze Euch«, flüsterte sein Bruder.

Caterina nickte, legte ihren Brustpanzer und den Helm ab, damit sie sich leichtfüßiger bewegen konnte und nicht so leicht zu entdecken war, und schlich mit Giacomo bis unter die Porta Schiavonia. Sie versuchten, Wachen auf den Wehrtürmen auszumachen, konnten aber niemanden erkennen. Das Tor war verschlossen. So schlichen die beiden geduckt die Mauer entlang, mußten sich durch Gestrüpp kämpfen, einmal einen Tümpel umrunden. Caterina wäre beinahe ins Wasser gerutscht, wenn nicht Giacomo rasch ihre Hand gegriffen und sie gehalten hätte. Er ließ sie nicht los, auch als sie wieder fest auf ihren Beinen stand.

»Ich möchte nicht, daß Ihr ein zweites Mal strauchelt.«

»Sei nicht albern, Giacomo, paß lieber auf dich selber auf!«

Tatsächlich wäre er fast über einen Ast gestolpert, wenn nun sie ihn nicht gehalten hätte. Beide kicherten sie leise und schlichen weiter.

Bald schoben sich die Mauern der mächtigen Rundtürme von Ravaldino in den Himmel. Hier zirpten die Grillen noch kräftig, obwohl die Nacht bereits weit fortgeschritten war. Sie hörten die Wachen auf den Wehrgängen entlanggehen und miteinander sprechen.

Caterina erinnerte sich an den Käuzchenruf, den ihr die Veteranen in Mailand als Erkennungszeichen beigebracht hatten. Sie übte ihn ein paarmal leise, schickte ihn dann zu den Wehrgängen hoch. Zuerst reagierte niemand, zu echt klang er. Aber als sie ihn unablässig wiederholte, entstand eine leichte Unruhe, und die Männer hörten auf, miteinander zu sprechen. Schließlich vernahm sie gar nichts mehr.

»Die sind eingeschlafen«, flüsterte Giacomo und berührte wie unabsichtlich ihren Arm.

Caterina stieß wieder mehrfach den Käuzchenruf aus.

Plötzlich wurde er erwidert.

Das konnte nur Ghetti sein.

Als sie ein leises Plätschern hörte, begann ihr Herz zu rasen. Ein Knirschen, Rascheln von Gras, ein Schatten richtete sich auf. Giacomo wollte bereits mit gezücktem Schwert losspringen, aber Caterina hielt ihn zurück.

Es war Ghetti.

Sie lagen sich kurz in den Armen. Dann informierte Ghetti sie über die Lage in der Stadt.

Kaum war Caterina nach Imola abgereist, hatte das Gerücht die Runde gemacht, der Graf sei gestorben, und alle Versuche, diesem Gerücht entgegenzutreten, blieben vergeblich. Die ersten *Ordelaffi-Ordelaffi*-Rufe erklangen in den Straßen, und als dann unbekannte Männer die Wachen der Porta San Pietro überwältigten und das Tor noch während der Nacht öffneten, holte Ghetti Caterinas Kinder mit dem gesamten Hof in die Festung von Ravaldino. Alle Männer, die dem Grafen ergeben waren, wurden mit Waffen versorgt, und mit ihnen zog Ghetti tagsüber durch die Stadt, um für Ruhe zu sorgen und etwaige Aufständische zu bekämpfen. Niemand trat ihm jedoch entgegen, die Bürger zogen sich in ihre Häuser zurück. Als er die Orsi, insbesondere Cecco, den Hauptmann der gräflichen Leibwache, aufforderte, sich ihm anzuschließen, wurde er ausgelacht. Die Orsi hatten ihren Palazzo verriegelt und ließen ihn nicht ein.

»Du hast mir nichts zu befehlen, Mann«, rief Cecco vom Fenster über dem Portal. »Außerdem verstehe ich nicht den Aufmarsch dieser lächerlichen Truppe, Herr Söldner. Die Stadt ist doch ruhig.«

Ghetti wies ihn auf die getöteten Wachen der Porta San Pietro hin. Cecco lachte höhnisch und schlug die Fensterläden zu.

Die wenigen Menschen der Stadt, denen Ghetti noch begegnete, schauten ihn mißtrauisch und feindselig an, verweigerten jegliche Antwort. Nirgendwo zeigte sich direkter Widerstand.

Bis dann auch die Porta Cotogni von einem Haufen bewaffneter Bauern gestürmt wurde. Ghetti war sich nicht sicher, ob es tatsächlich Bauern waren oder verkleidete *bravi*, er hörte ebenfalls *Ordelaffi-Ordelaffi*-Rufe, und als er die Porta wieder in seine Gewalt bringen wollte, kam es zu einem regelrechten Straßenkampf mit mehreren Toten und Verletzten.

»Es waren gewiß Bauern dabei, aber die meisten kämpften zu gut«, erklärte Ghetti. »Ich glaube, die Ordelaffi versuchen, Forlì in ihre Hand zu bekommen.«

»Hast du sie denn zurückschlagen können?« fragte Caterina aufgeregt.

»Sie haben sich in den Befestigungen der beiden Stadttore verschanzt. Das heißt, sie kontrollieren sie und können jederzeit Nachschub in die Stadt schleusen. Tagsüber kommt es mit unseren Männern zu kleineren Kämpfen; es ist mir jedoch noch nicht gelungen, die Stadttore wieder in unsere Gewalt zu bringen. Ich glaube, die Verschwörer werden jeden Tag stärker.«

»Wie verhalten sich die Bürger? Haben wir nicht eine Miliz, die bei Gefahr die Stadt verteidigen soll?«

Ghetti lachte verächtlich auf.

»Und die Orsi? Sie scheinen die Ordelaffi unterstützen zu wollen. Das wäre Verrat und offener Aufruhr!«

»Sie warten ab, wer die Oberhand gewinnt. Solange nicht einmal sicher ist, ob der Graf überhaupt noch lebt, bleiben sie in ihrem schönen Palazzo und schauen zu.«

»Waren sie es vielleicht, die die Wachen von San Pietro überwältigten?«

Ghetto zuckte mit den Achseln. »Könnte sein.«

Caterina versuchte, die aufkeimende Wut in sich zu bekämpfen. »Ich werde sie alle hängen lassen«, stieß sie aus. Dann fragte sie nach ihren Kindern.

»Es geht ihnen gut. Fra Lauro ist bei ihnen und natürlich auch Rosaria. Die Kleinen sind gesund. Oje!« rief er aus. »Ich hätte beinahe vergessen zu fragen, wie Ihr die Geburt überstanden habt und ob Ihr einen Jungen … Und wie es dem Grafen geht.«

Während das Frühlicht den östlichen Himmel überzog und die Sterne verblaßten, berichtete ihm Caterina das Geschehene. Zum Schluß stellte sie ihm Giacomo Feo vor. Ghetti reichte ihm freundlich die Hand und näherte sich ihm neugierig, um sein Gesicht besser erkennen zu können.

»Du bist sehr jung.«

Giacomo blickte ihn kalt, ja, von oben herab an. »Und Ihr seid ziemlich alt!«

Ghettis Augen verengten sich, seine Gesichtszüge wurden hart. »Paß auf, was du sagst, Junge!« zischte er ihn an und baute sich drohend vor ihm auf. Giacomo wich keinen Schritt zurück.

»Schluß! Ihr seid wohl verrückt!« Caterina zerrte die beiden Männer auseinander.

Ghetti hatte sich rasch wieder im Griff, und Giacomo strich sich über seinen Kittel, lächelte sie um Verzeihung bittend an.

Ohne auf dieses in ihren Augen lächerliche Männergehabe einzugehen, erklärte sie Ghetti, mit wieviel Mann und welcher Bewaffnung ihre Truppe vor der Porta Schiavonia lagere, und dann überlegte man sich gemeinsam einen Kampfplan. Trotz des anbrechenden Tages sollte Caterina mit ihren Soldaten die Stadt bis zur Porta Cotogni umrunden und dort darauf warten, daß Ghetti mit seinen Leuten das Tor von innen angreife. Gleichzeitig hatte sie einen Trupp bereitzustellen, der feindliche Verstärkung daran hindern sollte, die Stadt zu erreichen.

»Mit Euren fünfzig Mann dürften wir es schaffen, sie zu besiegen.«

Ghettis Plan wurde in die Tat umgesetzt. Caterina, wieder in ihrer Rüstung, wartete mit den Feo-Brüdern vor dem Cotogni-Tor, in sicherer Entfernung, damit sie nicht von Pfeilen getroffen werden konnte. Sie schritt auf und ab, zog immer wieder blitzschnell das Schwert und reagierte auf einen eingebildeten Angriff. Die Soldaten schauten sie halb spöttisch, halb bewundernd an. Auch sie konnten ihre Anspannung nicht verbergen.

Plötzlich öffnete sich knirschend das Tor, und unter Gebrüll kamen bewaffnete Bauern herausgerannt. Sie hielten inne, als sie begriffen, daß ihnen zahlreiche Gegner gegenüberstanden. Caterina gab den Befehl, sie sofort anzugreifen. »Attacke!« brüllte Tommaso Feo.

Wie alle anderen bestieg Caterina ihr Pferd und ließ Maestoso losgaloppieren. Den Verteidigern war es nicht mehr gelungen, in die Stadt zu flüchten und das Tor zu schließen. Die Pferde kamen sich in der engen Öffnung in die Quere, Spieße und Hellebarden schoben sich ihnen entgegen. Einige von Caterinas Männern schossen einen Pfeil ab, sprangen dann, um im Stehen zu kämpfen, aus dem Sattel. Ein Pfeil schwirrte an ihrem Kopf vorbei, und die glänzende Spitze einer Hellebarde kam Maestosos Brust gefährlich nahe. Caterina ließ ihn zurückweichen und sprang dann ebenfalls ab. Er durfte unter keinen Umständen … Neben ihr Giacomo Feo, inzwischen auch zu Fuß. Caterina schützte ihren Körper mit dem Schild und hielt ihr Schwert angriffsbereit. Vor ihr die Rücken der eigenen Männer. Wo war eine Lücke, durch die sie schlüpfen konnte, um einen Feind zu stellen? Ihr schoß durch den Kopf, daß sie noch vor nicht langer Zeit ein Kind geboren hatte, daß sie kaum die Kräfte und die Ausdauer für ein Gefecht aufbringen konnte, daß sie als Mutter von sechs Kindern in Lebensgefahr schwebte. Das Aufblitzen der Waffen, das Aufeinanderprallen der Klingen und das Gebrüll der Männer stellten keine Kampfübung dar, hier wurde wirklich gekämpft. Vor ihr spritzte Blut aus einem Körper, ein Mann brach in die Knie. Ein Stoß mit dem Fuß ließ ihn in den aufgewühlten Staub stürzen, und nun senkte sich die Spitze einer Klinge in seine Kehle.

Caterina begriff, daß es einer ihrer Männer war, der da getötet wurde. Wieder spritzte Blut auf, und die Klinge fuhr ein zweites Mal auf den Mann nieder. Da sprang sie mit der Wut einer Tigerin auf den Mörder zu, traf sein Lederwams, ihr Schwert glitt ab, aber der Mann stolperte über einen Gegenstand, der hinter ihm lag, und sie hob die Waffe, um ihm, noch während er fiel, den Kopf zu spalten. Der Mann rollte blitzschnell zur Seite, und das Gedränge wurde plötzlich so groß, daß sie nicht mehr zuschlagen konnte. Die Kämpfer verkeilten sich ineinander, es zuckten aufgerissene Augen, entblößte Zähne, Fäuste und blitzende Klingen durch ihr Gesichtsfeld. Sie stieß mit dem Schild einen Mann zur Seite, weil sie sich kaum noch bewegen konnte. Um sie herum lediglich die eigenen Leute – plötzlich ließ das Schlagen, Hauen und Stechen, das Brüllen und Stöhnen nach.

Einige der Bauern rannten nach allen Seiten davon, während andere noch fochten, als hätten sie ihr Leben nichts anderes getan. Caterina sah plötzlich Ghetti, der sich bis zu ihr durchgekämpft hatte. »Bringt Euch in Sicherheit!« rief er ihr zu. »Wir schaffen es allein ...«

Tatsächlich wurde in ihrer Nähe kaum noch gekämpft. Die Gegner waren zum Teil verwundet und niedergeschlagen, zum Teil getötet. Einige hatte man auch bereits gefesselt. Immer mehr flüchteten.

Der Kampf an der Porta Cotogni war zum Erliegen gekommen. Auf dem Pflaster Blutlachen. Dort lag sogar eine abgehackte Hand, und der Mann, dem sie gehörte, hielt den Arm brüllend in die Luft und sprang wie ein Irrwisch umher. Kleine Blutfontänen schossen in die Höhe. Einer von Feos Männern schlug ihm ein weiteres Stück des Arms ab und versenkte dann sein Schwert in seinem Oberkörper. Röchelnd sank der Mann zu Boden.

Caterina wurde plötzlich schlecht. Schon war Giacomo neben ihr und stützte sie.

Da galoppierte aus den Gassen ein Trupp Schwerbewaffneter heran. Tommaso Feo zückte sein Schwert, doch Ghetti hielt ihn zurück. Cecco Orsi führte die Gruppe an. Die meisten Männer kannte Caterina nicht, einige gehörten zur gräflichen Leibwache, andere waren die Söhne der *nobili*.

»Riario, Conte Riario!« schrie Orsi. »Tod den Verrätern!«

Die Hufe seines Pferdes stemmten sich in den Boden, er sprang aus dem Sattel, verbeugte sich tief. »Wir haben die Porta San Pietro erobert und von den Aufrührern gesäubert«, rief er atemlos.

Ghetti schaute ihn finster an.

Die Lage schien Caterina undurchsichtig zu sein. Ihr war nun nicht mehr schlecht, die kurze Atempause hatte ihr neue Kräfte verliehen.

»Euer treuester Diener, Gräfin.« Noch einmal verbeugte sich Orsi. »Wo ist der Graf? Lebt er? Ist er gesund?«

»Er ist vollkommen gesund. Er wird bald aus Imola zurück sein und den Ordelaffi eine Lektion erteilen, die sie nie mehr vergessen werden. Keiner der Verschwörer wird seiner Strafe entgehen.«

Cecco Orsi wirkte verunsichert und rief noch einmal, diesmal mit zittriger Stimme: »Tod den Verrätern! Conte Riario!«

»Forderst du dein eigenes Todesurteil?« fragte ihn Ghetti, noch immer mit finsterer Miene.

»Ich?« Orsis Stimme überschlug sich. »Ich habe mein Leben für den Grafen eingesetzt, mit eigener Hand gekämpft, wir haben San Pietro …«

»Halt's Maul, dir wird das Handwerk schon noch gelegt!« rief ihm Ghetti zu.

Bevor die Sonne den Zenit erreichte, hingen die ersten Verschwörer an den Fensterkreuzen, die die Piazza Grande umgaben. Die Glocken von San Mercuriale läuteten. Aus den Kellern des *broletto* hörte Caterina die Schreie der Gefolterten. Sie befahl, ihr in dem Hauptturm von Ravaldino eine Schlafstätte herzurichten, und gab Ghetti den Auftrag, zusammen mit Tommaso Feo und dem *bargello* die Aufrührer nach den Hintermännern und den Anstiftern zu befragen und mit ihnen dann nach Recht und Gesetz zu verfahren.

»Was soll mit Cecco Orsi geschehen?« fragte Ghetti.

»Und mit der Bezahlung unserer Männer aus Imola?« fragte Tommaso Feo.

»Später!« wehrte Caterina ab und zog sich in die Rocca zurück. Dort schloß sie ihre Kinder in die Arme. Noch bevor sie

Rosaria und Fra Lauro berichten konnte, was im einzelnen geschehen war, verließen sie die Kräfte: Sie mußte sich hinlegen und endlich schlafen.

Am nächsten Morgen wachte sie nach einer langen, traumlosen Nacht gestärkt wieder auf. Sie wollte ein Bad nehmen, aber in der ganzen Rocca von Ravaldino fand sich kein Zuber. So ließ sie sich von Rosaria gründlich waschen, salben und pudern. Während die Haare ausgekämmt und in Zöpfe gelegt wurden, holte eine Dienerin ein Seidenkleid aus dem Palazzo.

Ghetti erschien und berichtete ihr, ein weiterer Teil der Verschwörer sei hingerichtet worden, insbesondere die Rädelsführer, die meisten von ihnen tatsächlich Bauern, die aus den nördlichen Landesteilen stammten und von den Ordelaffi bestochen und mit Waffen versehen worden seien. Sie hätten ihre Nachbarn mitgebracht, außerdem Knechte und Tagelöhner. »Die meisten der Männer, die die Porta San Pietro besetzt hielten, sind uns entwischt.«

»Wer unterstützt die Ordelaffi? Venedig? Oder gar Florenz?« fragte Caterina.

»Das ist mir ein Rätsel. Wir werden es jedoch herausfinden. Wichtiger scheint mir zu sein, ihre fünfte Kolonne in Forlì zu stellen und unschädlich zu machen.« Er hielt inne und schaute Caterina in die Augen. »Zur Zeit spielen sich Cecco und sein Bruder Lodovico als große Verteidiger des *rechtmäßigen signore* von Forlì auf, also von Eurem Mann. Sie waren sich nicht zu schade, einen Teil der Gefangenen eigenhändig zu töten. Einen anderen Teil hat Cecco laufen lassen, vor allem die, die von dem Land stammen, das seinem Vater gehört. Gleichzeitig hat Cecco mir und Tommaso Feo Geld für die Bezahlung der Imoleser gegeben. ›Geliehen‹, wie er sagte, ›bis ich endlich mit dem Grafen abrechnen kann.‹ Ihr versteht, in meinen Augen klingt dies alles äußerst verlogen. Er will den Verdacht von sich ablenken.«

»Wir reiten zusammen in die Stadt«, erklärte Caterina entschlossen. »Ich werde persönlich den Vorsitz bei der Aburteilung der Verschwörer übernehmen. Und dann spreche ich auch mit Cecco und seinem Bruder. Treiben sie wirklich ein doppeltes Spiel, werden sie sich verraten – oder man verrät sie. Wenn Geld winkt, werden viele schwach, und wenn die Folter droht, noch mehr.«

Erstaunt schaute Ghetti sie an.

»Es muß endlich Schluß sein mit den Attentaten, Verschwörungen, Angriffen. Mein Vater war ein guter Herrscher, auch ich will … Laßt uns aufbrechen!«

Als Caterina durch die Gassen der Stadt ritt, winkten die Bürger von Forlì ihr aus den Häusern zu. Viele hatten die Wappen der Riari-Sforza unter ihre Fenster gehängt. Auch an den Fassaden der Piazza Grande flatterten die Wappen der gräflichen Familie. Gleichzeitig hackten Hunderte von Krähen und Raben, begleitet von einem höllischen Gekrächze, auf die Gehängten ein. Und es stank! An manchen Stellen waren die Stricke gerissen, an denen man die Verschwörer aufgeknüpft hatte, die Toten lagen mit verrenkten Gliedern, von den Hunden angefressen, auf dem Pflaster.

Noch nie hatte Caterina so viele Gehenkte und Tote gesehen, und es überfielen sie heftige Zweifel. Hatte man sie wirklich alle töten müssen? Die meisten waren gewiß nur Mitläufer, Verführte, Abenteurer. Vielleicht hätte man sie auspeitschen sollen und dann ins Exil schicken – oder brandmarken – oder ihnen eine Hand abhacken. Sicherlich mußte man die Anführer hinrichten – aber die Ordelaffi, die eigentlich Schuldigen, die nie Ruhe gaben, waren erneut unerkannt entkommen. Sie tauchten auf und verschwanden wie die rächenden Geister der Vergangenheit, dabei wußte sie so gut wie nichts von ihnen. Riario hatte die Söhne des mörderischen Pino Ordelaffi aus Forlì vertrieben. Einer von ihnen mußte inzwischen gestorben sein. Aber der andere lebte noch, und die Enkel des Pino waren bereits erwachsen genug, zusammen mit dem Vater die Herrschaft in Forlì zurückerobern zu wollen. *Sie* hätten hier an der Piazza hängen müssen.

Caterina ließ sich, ohne einen weiteren Blick auf die Leichen zu werfen, in den Gerichtssaal führen, wo einem der letzten Verschwörer der Prozeß gemacht wurde.

Vor ihr stand ein armer Wicht, dem man einen Arm gebrochen und die Zähne ausgeschlagen hatte. Er war kaum zu verstehen, und doch mußte er Caterina noch einmal in aller Ausführlichkeit berichten, daß die jungen Ordelaffi mit viel Geld und Waffen gekommen seien, um sie dazu zu bewegen, Forlì von der Familie des falschen *signore* zu befreien.

Der Mann erzählte stockend, was er zu sagen hatte, kratzte

sich dabei das geronnene Blut aus dem Gesicht und brach immer wieder in Winseln aus. Berührte ihn einer der Wachen, schrie er vor Schmerzen auf. Er wirkte so hilflos und verwirrt, daß er Caterina schon leid tat. Sie wollte von ihm wissen, ob auch die Familie der Orsi mit den Ordelaffi unter einer Decke steckte. Ghetti flüsterte ihr zu, daß er diese Frage bereits zigmal gestellt habe. Manche hätten sie bejaht, andere verneint. Nun erhob sich Cecco Orsi und protestierte gegen die Unterstellung, seine Familie könne an der Verschwörung beteiligt sein. »Auch an dieser Stelle muß ich mit allem Nachdruck Euch der Treue unserer Familie versichern.«

Caterina bedeutete ihm zu schweigen. Das Gekrächze der Raben und Krähen, der Gestank, der durch alle Ritzen ins Innere des Gebäudes drang, und die brütende Hitze waren kaum noch zu ertragen. Vor ihr stand dieser halbtot geprügelte, vor Todesangst zitternde Bauer, den man mit Geld geködert hatte und der eigentlich gar nicht wußte, zu was er mißbraucht worden war.

Caterina konnte ihn nicht zum Tode verurteilen. Er war bereits gestraft genug. Und die Galerie der Gehenkten draußen hatte den Kampf um die Herrschaft in Forlì zu einem grausamen Ende gebracht. Riario lag noch immer krank in Imola. Vor aller Welt verantwortlich für das Geschehen war *sie*: für den Sieg über die Angreifer, aber auch für die Strafe an den Besiegten. Sie wollte eine gerechte Herrscherin sein und für das Wohlergehen der Bürger sorgen, sie wollte geliebt und verehrt werden, aber in Zukunft würden die Bürger in ihr lediglich die mit Blut besudelte Amazone sehen.

Mit einer herrischen Gebärde brachte Caterina alle Menschen im Raum zum Verstummen. »Laßt den Mann laufen!« rief sie, erhob sich und strebte, ohne sich umzuschauen, dem Ausgang zu.

34. Kapitel

Laudabo Deum meum in vita mea. Loben will ich meinen Gott mein Leben lang.

Froh war ich, als ich erkannte, daß Caterina nach dem Aufstand, der ihrer Herrschaft ein Ende setzen und ihre Familie womöglich auslöschen sollte, noch zu einer Geste der Gnade und Barmherzigkeit fähig war. Sie erwies sich während der vergangenen schweren Wochen nicht als *furia*, sondern als *signora*, die sich durch Tapferkeit, Entschlossenheit, Klugheit und Mäßigung auszeichnete. Die Rachsucht ergriff nicht Besitz von ihr, und dafür danke ich dem Allmächtigen. Rachsucht – wie Leidenschaft – macht maßlos, besessen und führt zur Raserei. Das Elend, das Raserei erzeugt, pflanzt sich fort und fort.

Dominus diligit justos, Dominus erigit elisos. Der Herr liebt die Gerechten, der Herr hebt die Gebeugten auf.

Kaum lagen die Tage, in denen wir um unser Leben fürchten mußten, hinter uns, kehrte eine angespannte Ruhe ein. Caterina versuchte sich auf ihre von dem Herrn zugewiesene Rolle als Mutter zu besinnen. Sie war ja nicht nur eine *virago potens*, eine mächtige Kämpferin, sondern auch eine *mater divinae gratiae*, eine Mutter, der die Gnade zuteil geworden war, bisher sechs gesunde Kinder geboren zu haben.

Zum ersten Mal in ihrem Leben versuchte sie nun, eins ihrer Kinder zu stillen. Da Riario noch keine Anstalten machte, nach Forlì zurückzukehren, ließ sie Sforzino, wie sie den kleinen Francesco nennt, mit seiner Amme aus Imola holen. Er sollte sich endlich an der Milch der Gebärerin laben dürfen. Die Milch war Caterina während der Kampftage versiegt und kam nun leider nicht wieder, obwohl Caterina ihren Jüngsten geduldig an die Brust legte. Sie scheute sich nicht, dies auch in meiner Gegenwart zu tun, und bat um göttlichen Segen. Ich gewährte ihn ihr, aber Sforzino sog dennoch erfolglos, begann enttäuscht zu schreien, so daß Caterina ihn der triumphierend lächelnden Amme in den Arm betten mußte. Die Amme tröstete den Kleinen betont mütterlich, und da ihre Milch reichlich floß, nuckelte Sforzino nach kurzer Zeit zufrieden vor sich hin und schien seine richtige Mutter bereits vergessen zu haben.

Caterina erhob sich enttäuscht und forderte mich und ihre älteren Kinder auf, sie bei einem Rundgang über die Wehrgänge der Rocca zu begleiten. Ottaviano und Cesare blieben maulend sitzen, lediglich Scipione sprang freudig auf, mit Bianca im Schlepptau, suchte Caterinas Hand und wollte sie nicht mehr loslassen.

Oben auf der Plattform eines der Ecktürme angekommen, zeigte sie Scipione die Baustelle des neuen Palasts. »Damit wir alle sicherer leben können«, erklärte sie, »soll hier ein Palazzo in die Wehrmauer gebaut werden. Außerdem möchte ich einen schönen Garten mit vielen bunten Blumen anlegen, einen Park mit hohen Bäumen und einen mit Seerosen übersäten Teich. Im Park könnt ihr dann Hammerball spielen und toben, euch verstecken, sogar reiten. Vielleicht lasse ich sogar noch ein kleines Jagdhaus bauen. Was hältst du davon?«

Scipione hatte aufmerksam zugehört, aber statt zu antworten, fragte er: »Mußt du wieder kämpfen?«

Caterina schaute ihn verwundert an: »Ich hoffe, daß ich mir nie mehr eine Rüstung anlegen muß.« Sie strich Scipione über den Kopf.

»Männer kämpfen, Frauen kriegen Kinder«, warf Bianca mit ernster Miene ein.

Caterina lachte und blickte kurz zu mir herüber. Auch ich konnte ein Schmunzeln nicht unterdrücken.

»Hat sie das von dir?«

Ich deutete ein Kopfschütteln an.

»*Ich* habe Bianca die Aufgaben von Männern und Frauen erklärt«, sagte Scipione. Er schaute Caterina in einer Mischung aus Stolz und Schüchternheit an, und sie umarmte ihn. Weil Bianca etwas unglücklich dabei stand, zog sie auch ihre Tochter an sich.

»Manchmal«, so belehrte sie die Kinder, »müssen auch Frauen kämpfen. Wir Frauen sind gar nicht so schwach, wie die Männer stets sagen. Wir können sehr tapfer sein. Versteht ihr?«

Scipione und Bianca nickten.

»Lernen sie eigentlich gut?« fragte Caterina mich.

Bereitwillig gab ich ihr Auskunft. »Scipione liest gerne Rittererzählungen von dem tapfren und treuen, aber auch verliebten Orlando und träumt dann vor sich hin. Er reitet ordentlich, rennt gern und kann bereits ein wenig fechten. Sein Latein ist dagegen nicht herausragend. Eure Tochter hängt sehr an ihm. Sie ist ein lieber Mensch. Sie liest auch ein wenig, läßt sich jedoch lieber von ihm die Abenteuer des Orlando oder der Ritter um König Artus erzählen. Latein wird sie wohl nicht beherrschen. Aber im Sticken ist sie geschickt. Vor Pferden hat sie Angst.«

Bianca sah ihre Mutter furchtsam-forschend an, und Caterina erwiderte ihren Blick strenger, als sie sollte.

»Eure anderen Kinder, Ottaviano insbesondere, der künftige *signore* ...«

»Berichte es mir ein andermal«, unterbrach sie mich, »ich sehe, daß er kein Sforza ist.«

Ich seufzte ostentativ, aber nicht, um ihr beizupflichten, sondern um sie an mehr Toleranz, auch ihren Kindern gegenüber, zu erinnern. Tatsächlich entwickelt sich Ottaviano nicht zu einem Draufgänger; ein gewisser Hang zur Bequemlichkeit läßt sich nicht übersehen, und auch sein jüngerer Bruder Cesare ist im Gegensatz zu dem, was sein Name anzudeuten scheint, eher ein Junge, dem ein frommer Zug eigen ist. Ich glaube, er wird einmal ein Sohn der Kirche.

Caterina runzelte die Stirn. »Da ist ja eher Scipione ...« Sie unterbrach sich, weil ich sie mit einer raschen Augenbewegung warnte. Noch immer weiß unser Scipione von seiner mütterlichen Herkunft nichts. Bisher haben weder Caterina noch sein Vater es für nötig befunden, den Jungen aufzuklären. Einmal jedoch muß man es ihm sagen. Ich nehme an, mir wächst diese schwere Aufgabe zu. Der Herr gebe mir dereinst die Worte, die die Wahrheit aussprechen, ohne die junge Seele zu verletzen.

Eine Weile ließ Caterina ihren Blick über die Mauern der Zitadelle schweifen.

»Weißt du, daß ich oft an unser großes Castello in Mailand denken muß?« Sie sprach sehr leise, ohne sich mir zuzuwenden. »An meine Kindheit, meinen Vater. An die Veteranen. Sogar an meine Großmutter. Auch an Bona muß ich denken und ihre Leidenschaft für Antonio, den Fleischschneider ... Manchmal glaube ich sogar, sie verstehen zu können ... Dann sehe ich Girolamo Olgiati vor mir.« Sie flüsterte nun fast. »Ach, wenn ich doch nach Mailand reisen könnte!« Ein Trauerflor legte sich über ihre Augen. »Ich kann nicht einmal den kleinen Sforzino stillen.«

»Ihr habt andere Aufgaben. Überlaßt das Stillen der Amme. Ihr werdet Eurem Mann beim Regieren helfen müssen.«

Caterina schaute zu Boden, als horche sie etwas Untergründigem nach. »Wieso sagst du *Ihr*? Früher hast du mich doch immer geduzt. Sind wir uns so fremd geworden?«

Darauf wußte ich nichts zu sagen. Einer *signora* muß auch derjenige, der ihr nahe steht, Respekt zollen.

»Nimmst du mir heute abend die Beichte ab? Mich quält noch immer, was geschehen ist.«

Ich warf einen kurzen Blick auf Scipione, der aufmerksam

zuhörte, entgegnete dann leise: »Du weißt, daß ich stets für dich da bin. Was immer geschieht.«

»Wirklich?«

Sie blickte mich mit den dankbaren Augen eines Kindes an.

Es hätten die Augen meines Kindes sein können.

Auch wir Männer sind nicht aus Stein. Gelegentlich überfällt uns das Mitleid wie eine verborgene Macht.

Deus sanat contritos corde: et alligat contritiones eorum. Der Herr heilet, die gebrochenen Herzens sind, und verbindet ihre Wunden.

Caterina suchte während der nächsten Tage die Nähe und Wärme ihrer Kinder. Die Sorgen, die sie quälten, waren nach der Niederschlagung des Aufstandes geringer geworden, doch nicht verschwunden. Das Kinderlachen ließ sie in einem weniger bedrohlichen Licht erscheinen, verlieh ihnen jedoch gleichzeitig mehr Gewicht.

Sie drängte darauf, daß die Baumaßnahmen an der Rocca und dem Palazzo beschleunigt fortgesetzt wurden. Die Zahlungen von Niccolò Ilsecco, dem Notar, und die nachfolgenden der Orsi gaben ihr dazu die finanziellen Möglichkeiten. Caterina fühlte sich in dem städtischen Palast an der Piazza Grande nicht wohl. Wir hätten jetzt wieder dorthin ziehen sollen, aber sie befürchtete, in einer Falle zu sitzen, falls die Bürger von Forlì sich doch gegen sie wenden sollten. Den wahren Grund verriet sie mir unter vier Augen: Sie befürchtete, die schwarzen Totenvögel könnten noch überall auf den Dächern der Stadt hocken, der Leichengestank könnte sich in allen Räumen und Ritzen eingenistet haben und sie zu jedem Augenblick des Tages an die Gehenkten unter den Fenstern erinnern.

Außerdem beschäftigte sie, daß Riario noch immer nicht von Imola nach Forlì zurückgekehrt war – obwohl sie die Nachricht erhalten hatte, daß das Dreitagesfieber bereits eine Weile nicht mehr aufgetreten sei.

»Im Grunde brauchen wir ihn nicht«, erklärte sie mir, nicht ohne verächtliche Härte in ihrer Stimme. »Tommaso Feo hat als neuer Kastellan von Ravaldino für Ordnung und Disziplin gesorgt. Täglich werden Kampf- und Verteidigungsübungen abgehalten. Außerdem hat er alle Weibspersonen hinausgeworfen und sogar den Müll im Wassergraben versenken lassen. Er ist ein guter Mann, auch wenn er aus Riarios Ligurien stammt.«

Ich stimmte ihr zu.

»Und sein junger Bruder stand ihm hilfreich zur Seite. Er hat während der Eroberung der Porta Cotogni tapfer gekämpft. Überhaupt ...«

Caterina schaute träumerisch in die Ferne.

Ich hatte während der letzten Zeit mehrfach beobachten können, wie Giacomo Feo ihr häufig wie zufällig begegnete. Dabei setzte er ein Lächeln auf, das dazu angelegt war, ein Frauenherz gewogen zu stimmen. Dies kann selbst ein Mönch wie ich erkennen. Dann bedachte er Caterina mit Komplimenten.

»Du Schmeichler!« entgegnete sie ihm und wies ihn an, seine Aufgaben zu erfüllen. Er wagte sogar, ihr zuzuwinken und eine Kußhand anzudeuten. Caterina drohte ihm lächelnd wie einem unartigen, aber liebenswerten Kind.

Eines Tages machte sie sich unerwarteterweise bereit, mit dem jungen Feo auszureiten. Wie gewöhnlich wollte Gian Antonio sie begleiten. Er warf einen langen, regelrecht sehnsüchtigen Blick auf den Bruder des Kastellans, lächelte scheu, dann jedoch zog ein unsicherer Grimm über sein Gesicht. Er nestelte an dem Halfter seines Pferdes. Als Caterina ihm erklärte, sie wollte allein mit dem jungen Feo ausreiten, starrte er erst sie, dann Feo ungläubig an. Wut blitzte in seinen Augen auf, obwohl er sich zu beherrschen versuchte. Zurück blieb unverhohlene Bestürzung.

Nachdem Caterina und der junge Feo die Rocca verlassen hatten, stand er noch immer am Tor, und dann entdeckte er mich. Er grinste schief, regelrecht schuldbewußt, gleichzeitig voller Zorn. Ich kannte ihn kaum wieder. Er wirkte so verwirrt, wie ich ihn seit Jahrzehnten nicht erlebt hatte, wie früher vielleicht, als wir beide noch Soldaten waren. Ich legte ihm die Hand tröstend auf den Arm. Er starrte in das Dunkel des Tors, in dem Caterina und der junge Feo verschwunden waren, als wollte er sie wieder zurückzwingen. Hinter seiner Stirn sah ich förmlich die Gedanken rasen, und ein Gewittersturm an Gefühlen tobte hinter seinen Augen.

Dann nahm er meine Hand. Zuerst glaubte ich, er wollte sie wegschleudern, aber nein, er riß mich an seine Brust, stöhnte, und ich meinte sogar, ihn aufschluchzen zu hören. Schließlich löste er sich wieder von mir und eilte davon, ohne ein weiteres Wort zu verlieren, ja ohne mich überhaupt nur anzusehen.

Noch während ich am Abend, nach dem *completorium*, auf Caterina wartete, um mit ihr das väterliche Beichtgespräch zu führen, beschäftigte mich Gian Antonios Reaktion und Caterinas Wunsch, allein mit dem jungen Feo auszureiten, gerade in der augenblicklichen Situation, in der ein Bauernaufstand niedergeschlagen worden war. Sie schien sich zwischen den Feldern und Hecken sicher zu fühlen. Oder suchte sie etwas anderes? Ein Echo womöglich aus früheren Zeiten?

Et ne nos inducas in tentationem. Und führe uns nicht in Versuchung.

Gian Antonios Verhalten dem jungen Feo gegenüber war während der letzten Tage zwiespältig zu nennen. Immer wieder raunzte er ihn an, und wenn Feo ihm frech zu widersprechen wagte, wurde er laut. Dann hinwiederum suchte er seine Nähe, sie sprachen freundlich über Pferde und Waffen. Es gab auch Momente, in denen sie Fechtübungen abhielten. Sie rangen sogar. Zuerst befürchtete ich, sie könnten ernsthaft aneinandergeraten sein, bald jedoch begriff ich, daß es ein freundschaftliches Ringen war, ein Abtasten, ein Kräftemessen.

Auch mit mir hat Gian Antonio, als wir noch in der Blüte unserer Jugend standen, gern gerungen. Da er der Stärkere war, ich jedoch der Behendere, siegte er nicht immer. Stets lagen wir zum Schluß eine Weile neben- oder aufeinander und lachten. Erst als unser großer Vater Francesco uns scherzhaft zurief: »He, ihr seid doch keine Sodomiten!« erschrak ich und vermied in Zukunft möglichst die Ringkämpfe.

Sed libera nos a malo, so gilt es zu sagen. Und erlöse uns von dem Übel.

Ich bin abgeschweift. Zurück in eine Vergangenheit, in der das Unglück dem Glück auf dem Fuße folgte. Caterina ließ mich warten. Vielleicht weil sie noch mit dem jungen Feo ein Scherzwort wechseln mußte; weil sie Gian Antonio beruhigen wollte – oder weil Rosaria sie aufhielt mit ihren Sorgen. Ich sehe Caterinas Milchschwester und treue Dienerin häufig mit geröteten Augen, und ihr stummes Leiden greift mir ans Herz. Sie hat nicht verdient, so in Ungewißheit zu schweben, nachdem das Glück in greifbare Nähe gerückt schien.

Wir haben den Feind, der von außen kam, besiegt. Der Feind in uns erhebt nun wieder seine teuflische Stimme.

Als Caterina schließlich an meiner Seite saß und wir ein gemeinsames Gebet sprachen, wirkte sie nachdenklich. Sie beichtete mir, während der letzten Tage des öfteren an den Tod des Grafen gedacht zu haben. »Ich war nicht traurig darüber.« Als ich schwieg, fügte sie noch an: »Wißt Ihr, Vater, daß er während der Geburt den Chirurgus beauftragte, mich zu töten und das Kind zu retten, falls es nötig sein sollte?«

Ich schüttelte den Kopf.

Ein Ausdruck von Verbitterung zog über ihr Gesicht.

»Gian Antonio verhält sich während der letzten Tage so eigenartig, und ...«

Sie wechselte erneut das Thema: »Rosaria haßt mich. Sie würde mich am liebsten noch heute verlassen.«

»Gewiß nicht«, entgegnete ich ihr.

»Manchmal weiß ich nicht, wem ich noch trauen darf.«

Ich schwieg.

»Wenn erst Riario wieder auftaucht ...«

Sie warf mir einen forschenden Blick zu. »Warum habt Ihr mir eigentlich nie von Euren Eltern erzählt? Eure Vergangenheit verliert sich im undurchdringlichen Nebel. Ich weiß noch nicht einmal, wann Eure Eltern gestorben sind und woran. Dabei seid Ihr der Mensch, dem ich am meisten von mir preisgegeben habe.«

»Es ist nicht die Aufgabe eines Beichtvaters, seine Schäfchen mit den Geschichten aus den eigenen Kinderzeiten zu unterhalten«, versuchte ich zu scherzen.

»Gian Antonio muß Euch das Leben gerettet haben. Er hat einmal etwas von einem jungen Mädchen erzählt. Ihr habt gekämpft – und diesem Mädchen die Ehre und das Leben gerettet. Warum habt Ihr Eure Frau und Eure Tochter nicht retten können?«

Mußte Caterina mich so quälen? Welcher Gott lenkte ihr die Worte, damit sie sie scharf wie ein Schwert in meine Wunde senken konnte.

Noch jetzt, während ich darüber zu berichten versuche, frage ich mich, ob sie mich quälen oder ob sie mich zu einem Geständnis bringen wollte, um mich trösten zu können.

Ich brach das Beichtgespräch ab.

Man muß vergessen können.

Caterina hörte Lärm an der Zugbrücke, sah Tommaso Feo zum Tor eilen und folgte ihm. Riario kehrte aus Imola zurück: Begleitet von Pansechi, ritt er auf einem unruhig tänzelnden Pferd in den Hof. Da war auch Ronchi. Eine Reihe von Bewaffneten sprangen aus dem Sattel und machten sich lärmend breit.

Riario sah mager aus, hatte allerdings an Gesichtsfarbe gewonnen und wirkte gutgelaunt. Er umarmte sie kurz und begann, ihr einige Phrasen des Dankes zu sagen, unterbrach sich schließlich selbst und ließ sich von Tommaso Feo die Sicherheitslage erklären und die Baumaßnahmen zeigen.

Beim Abendessen waren Riarios Begleiter noch alle anwesend; man sprach über die Jagdeinladung, zu der sich die Manfredi in Faënza verpflichtet gefühlt und bei der ihre Falken erfolgreich die Hühnergeier der Umgebung gejagt hatten. Kein Wort über die Ordelaffi, den Aufstand und seine blutige Niederschlagung, die Krankheit des Grafen und seinen jüngsten Sohn, über Steuern und Schulden – nichts, lediglich Klatsch über die Familie der Gastgeber.

Als sich Caterina bereits in ihr Zimmer zurückgezogen hatte, erschien Riario ohne Anmeldung und unerwartet. Sie schickte Rosaria hinaus und schaute ihn neugierig, wenn auch abweisend von ihrem Bett aus an.

»Du weißt, daß die Zeiten vorbei sind …«

Riario winkte ab. Er wollte hören, wie es zu dem Mord an Melchiore Zocho gekommen sei und warum Ronchi von ihm Geld verlange.

Caterina berichtete in groben Zügen die Auseinandersetzung mit dem Kastellan, fragte dann nach Pansechi. Wo er sich aufgehalten, was er mit dem Geld getan habe und warum er so plötzlich in Imola, nicht in Forlì aufgetaucht sei.

Riario wollte ablenken, aber Caterina, noch mißtrauischer geworden, wiederholte ihre Frage.

»Er hat von meinen Sorgen gehört und eilte mir zu Hilfe.« Riario reagierte leicht verärgert auf ihr insistierendes Nachfragen. »Er war in Florenz.«

»Das weiß ich. Was hat er dort erreicht?«

Riario winkte ab.

Caterina hob nun ihre Stimme. »Was – hat – er – in Florenz erreicht?«

»Nichts!« fuhr er sie an. »Das ist es ja eben. Er hat viel Geld erhalten und nichts erreicht. Und jetzt fordert er noch mehr Geld. Aber ich will, daß er seinen Auftrag erfüllt. Geld hat er bereits genug erhalten.«

»Das ist mit Sicherheit richtig.«

Riario ging nicht auf ihre Bemerkung ein, fragte statt dessen: »Wie schätzt du die Orsi ein? Tommaso hat berichtet, sie hätten sich eine Weile nicht sehr eindeutig verhalten.«

»Ich traue ihnen überhaupt nicht. Ich würde ihnen sogar die Steuerpacht entziehen.«

»Immerhin haben sie jetzt einmal gezahlt, schleichen um mich herum, schmeicheln mir ...«

»Schmeichler sind stets gefährlich.«

»Dem Ronchi werde ich übrigens keinen einzigen Soldo zukommen lassen. Ich glaube ihm seine Geschichte nicht.«

Riario ließ seinen Blick über die nackten Wände des Raums gleiten. »Morgen ziehen wir in unseren Palazzo. Ich fühle mich in der Rocca wie im Kerker, und der Winter naht. Ich friere leicht, da brauche ich gute Kamine.«

Er umfaßte seinen Oberkörper, als sei ihm kalt. »Ich hasse dieses Kaff hier«, sagte er leise. »Ich hasse die Menschen.« Er blickte auf, seine Augen waren leer und ausdruckslos. »Manchmal denke ich, ich hätte in Savona bleiben sollen. Oliven und Trauben verkaufen. Vielleicht wäre ich dann glücklicher geworden.«

Während der Wintermonate verlief das Leben gleichmäßig und geregelt. Trotz Caterinas Widerwillen hatten sie wieder den Palazzo gegenüber von San Mercuriale bezogen. Sforzino gedieh auf Grund der reichlichen Milch seiner Amme prächtig. Caterina sprach jeden Abend mit Fra Lauro über die Kinder, über ihre Lernfortschritte, ihren Charakter, ihre Spiele. Regelmäßig begutachtete sie auch die Bauarbeiten in Ravaldino, die ihr nicht rasch genug vorangingen. Es war, wie stets, eine Frage des Geldes, das nun wieder zäher floß. Ihr Wunsch, einen Teil ihrer Juwelen und Perlenketten auszulösen, wurde von Riario brüsk zurückgewiesen.

Ein kleines Wunder war, daß sie alle weitgehend gesund blieben. Riario nahm sogar zu. Sie selbst nahm ebenfalls zu und fand, betrachtete sie sich im Spiegel genauer, daß leider auch ihre Falten zunahmen und ihre Haut rauher wurde. Ghetti und Rosaria lebten nach einer lautstarken und tränenreichen Auseinandersetzung wie ein Paar zusammen. Rosaria wartete sehnlichst auf die ersten Zeichen einer Schwangerschaft, bisher allerdings vergeblich.

Manchmal begegnete Caterina dem jungen Giacomo Feo. Sie ertappte sich dabei, wie sie den Blick länger auf ihm ruhen ließ, als es sich für eine Gräfin ziemte. Giacomo erwiderte ihren Blick lächelnd, fast spöttisch. Dann verbeugte er sich tief. Später ließ sie sich von ihm zur Baustelle begleiten. Während sie über Steine und Gerüste kletterte, reichte er ihr die Hand. Eigentlich hätte dies Riario tun müssen, aber der Graf war mit dem Baumeister verschwunden. Er studierte ohnehin lieber Zeichnungen als den Fortschritt vor Ort. Giacomo ließ ihre Hand auch nicht los, als sie wieder sicheren Halt gefunden hatte. Obwohl sie ihn erstaunt ansah, zog er die Hand an seine Brust und senkte seine Lippen auf die Finger. Rasch zog sie die Hand zurück. Sie hätte ihn ohrfeigen müssen, aber sie tat es nicht. Lange noch brannte die Berührung seiner Lippen auf ihrer Haut. Abends kniete sie sich vor ihr Gebetspult, rief die Jungfrau Maria um Hilfe an und dachte lange nach über Versuchung und Widerstand.

Am Ende des Winters wartete Riario vergeblich auf die Pachtzahlungen von Cecco Orsi. Es war das alte Spiel, und Riario erging sich in Caterinas Anwesenheit in wüsten Beschimpfungen. Seine Laune verschlechterte sich jeden Tag, den er warten mußte; näherte sich ihm jemand mit Geldforderungen, brach aus ihm ein ungezügelter Zorn.

Als die Tage wärmer wurden, begann Caterina wieder, täglich auszureiten. Sie beauftragte Giacomo Feo – entgegen Ghettis ausgesprochenem Willen –, sie zu begleiten. Aber sie achtete darauf, daß er in gebührender Entfernung hinter ihr ritt. Mit Ghetti übte sie sich täglich im Fechten, außerdem verbesserte sie ihre Technik im Bogenschießen. Natürlich spielte sie auch *pallacorda*, ebenfalls wieder mit Giacomo. Er war der einzige ernstzunehmende Gegner. Ghetti liebte das Schlagspiel nicht. Hinter einem Ball herzurennen und ihn über ein Hindernis zu knüppeln, fand er albern. Riario war viel zu langsam, er wurde bereits nach wenigen Bewegungen hochrot im Gesicht. Und Fra Lauro erinnerte an seine Priesterwürde.

Caterinas Ausritte dehnten sich von Tag zu Tag aus. Wenn Riario schon keine Feste mehr feierte, wenn schon nicht mehr getanzt wurde, dann brauchte sie wenigstens Maestosos Rücken, auf dem sie sich austoben konnte.

Im April des Jahres 1488 setzte der Graf Cecco Orsi ein Ultimatum. Würde er nicht bis Ende des Monats zahlen, wollte er ihm die Steuerpacht entziehen, ihn von seinem Posten als Hauptmann der Leibwache entbinden und seinen Palazzo konfiszieren. »Und die anderen geldgierigen Betrüger jage ich eigenhändig aus der Stadt, wenn sie noch einmal die Hand aufhalten«, erklärte er Caterina finster.

Seit Tagen bereits war er kaum ansprechbar.

Caterina hatte morgens nach dem Besuch der Heiligen Messe einen langen Ritt unternommen und nachmittags das Hochziehen einer Mauer in Ravaldino besichtigt. Den Abend wollte sie wieder mit ihren Kindern verbringen und außerdem mit Ghetti und Rosaria sprechen. Fra Lauro sollte ebenfalls anwesend sein. Nachdem Riario ein Gespräch über mögliche Sparmaßnahmen mit der Bemerkung abgebrochen hatte, *er* sei der *signore*, er sei es satt, sich von ihr stets vorschreiben zu lassen, was er zu tun habe, gedachte sie nun, im Kreis der alten Vertrauten das Nötige zu besprechen.

Nach dem Nachtmahl schickte Caterina ihre Kinder in das Spiel- und Aufenthaltszimmer voraus, das sie für sie hatte einrichten lassen. Riario säuberte sich die Zähne, während die Diener abräumten.

»Heute abend erscheinen noch die Orsi«, erklärte er nicht ohne Genugtuung. »Lodovico hat um ein Gespräch gebeten. Meine Drohung hat Wirkung gezeigt. Sie rücken den Zaster heraus.«

Caterina war überrascht. »Ich wollte soeben mit Ghetti und Fra Lauro über Sparmaßnahmen sprechen.«

Riario lachte selbstgefällig. »Sprich nur! Aber ich werde den Orsi-Brüdern die Hose runterziehen. Saftige Zinsen werden sie bezahlen müssen. Und Ceccos Lohn werde ich ebenfalls kürzen. Pansechi wird *capitano* der Leibwache. Die Orsi müssen spüren, was es heißt, den *signore* herauszufordern. Ich bin inzwischen sicher, daß sie mit den Ordelaffi gekungelt haben, Pansechi hat mir so einiges gesteckt …«

»Hielt sich nicht Pansechi in Florenz auf und sollte einen Auftrag erfüllen, den er dann nicht erfüllt hat?«

Riario wischte sich mit einem Tuch übers Gesicht. »Du magst Pansechi nicht, nicht wahr?«

»Ich mißtraue ihm.«

Caterina war aufgestanden und versuchte nachzudenken. Sie hatte unversehens ein schlechtes Gefühl. Riario plante etwas, was sie noch nicht erfahren hatte. Und irgendwie richtete sich sein Plan gegen sie. Oder er würde zumindest nicht ihre Zustimmung finden.

Riario grinste spöttisch.

»Was hat dir Pansechi genau *gesteckt*?« fragte Caterina in scharfem Ton.

Riario antwortete nicht, nahm sich noch eine Olive und lutschte sie genüßlich.

»Nun, dann werde ich mir anhören, was du den Orsi mitzuteilen hast, und werde mich freuen, wenn sie den *Zaster* herausrücken.«

»Freuen kannst du dich, aber ich will alleine mit den Orsi reden.«

Caterina ging einen Schritt auf Riario zu und beugte sich zu ihm hinunter. »Weißt du eigentlich, wer dir dein verdammtes Forlì gerettet hat?«

»Daran waren viele tapfere Männer beteiligt.«

Sie war nahe daran, ihn mit der bloßen Hand ins Gesicht zu schlagen.

Riario behielt seine höhnische Ruhe. Er schaute sich im Raum um, als wäre eine größere Menschenmenge versammelt, ging dann zum Fenster und winkte zur Piazza hinunter. Ein Hauch von Ärger zog über sein Gesicht. »Was will denn der Ronchi schon wieder!« stieß er aus. Er drehte sich um und wies auf Fra Lauro. »Einen Zeugen kann ich gebrauchen. Am besten den Mönch. Ihr anderen stört nur.« Er deutete auf Ghetti und sie.

»Girolamo!« schrie Caterina. Sie konnte die hochschießende Wut nicht mehr unterdrücken. Sie hätte Riario am liebsten erwürgt. Er war und blieb ein Dreckskerl. Warum war er in Imola nicht an seinem Fieber verreckt!

»Ich will dir etwas sagen, du tapfere Sforza-Tochter«, Riario blieb ruhig, was sie noch mehr reizte. »Du hast mich verraten.«

»Ich – habe – dich – verraten?«

»Glaubst du etwa, ich wüßte nicht, warum dieser Gesandte aus Florenz hier erschien, warum Lorenzo *il Bruto* Pate unseres Sohnes werden sollte? Du hast dich hinter meinem Rücken mit meinem ärgsten Feind verbündet.«

»Du machst dich lächerlich. Ich wollte endlich Frieden. Du warst ja nicht in der Lage, dich mit Lorenzo auszusöhnen.«

»Du hast mich hintergangen und verraten, ich weiß alles!«

Diese Diskussion war einfach zu dumm. Und auch sinnlos vom Zaun gebrochen. Dahinter mußte noch ein anderer stecken. Pansechi vermutlich. Oder Riario war vom Wahn befallen. Oder er plante, die Orsi zu ermorden. Aber das konnte er doch nicht hier im Palast tun. Sogar mit Fra Lauro als Zeugen. Unmöglich! Oder doch? Vielleicht wollte er sie so provozieren, daß sie sich zu einer unbedachten Handlung hinreißen ließen. Er handelte dann in Notwehr. Sein Pansechi würde ihm helfen. Und Fra Lauro brauchte er als glaubwürdigen Zeugen, der nicht, wie Ghetti, eingriffe. Ihr traute er natürlich zu, sie könnte das ganze schön eingefädelte Komplott stören. Die Männer hielten sich stets für besonders klug, mit ihren Ränkespielen und heimtückischen Attentaten, aber in Wahrheit waren sie plump und dumm, außerdem viel zu sehr von sich eingenommen, und das machte sie noch dümmer.

»Komm, Gian Antonio!« Sie gab ihm einen Wink. »Wir lassen den Herrn Grafen bei seiner *Unterredung* allein.«

Fra Lauro wollte sich ihr wortlos anschließen. Aber sie stellte sich ihm in den Weg. »Bleib du ruhig da und höre dir an, was die Herren beschließen.«

»Das gefällt mir nicht«, flüsterte ihr Fra Lauro zu. »Man munkelt bereits eine Weile in der Stadt, daß etwas geschehen wird. Ich möchte nicht …«

»Du bleibst!« Caterina duldete keinen Widerspruch. Sie hörte Riario höhnisch lachen. Dann ließ sie Ghetti vorausgehen und warf die Tür hinter sich zu.

In ihren Gemächern angekommen, trommelte sie aufschreiend mit den Fäusten gegen die Wand. Die Kinder starrten sie entsetzt an. Sforzino begann zu weinen. Ghetti flüsterte Rosaria etwas ins Ohr. Caterina nahm Sforzino aus den Armen der Amme und küßte ihn. »Vergiß deinen Vater, du bist ein Sforza.« Sie hielt ihn in die Luft, schüttelte ihn, und nach einem Moment des Schreckens juchzte er auf vor Freude.

Dann ein Schrei, kurz nur, und sofort ein zweiter, langgezogener. Caterina reichte das Kind der Amme und lauschte, während Ghetti zur Tür stürzte und sie aufriß. Ein lautes Stöhnen und ein Gerumpel, als fiele ein schwerer Gegenstand zu Boden. Caterina fühlte sich wie zu Stein geworden. Es war Riario gewesen, der geschrien hatte, und sie ahnte, nein, sie wußte, was geschehen war.

36. Kapitel

Der Augenblick des Schreckens und der Lähmung schien sich ewig zu dehnen, wenn er auch nur einen Wimpernschlag gedauert haben konnte. Ghetti wollte in den Nymphensaal stürzen, doch Caterina hielt ihn zurück. Sie wußte, daß jegliche Hilfe zu spät kam, und sie ahnte, daß Riario die Orsi in eine Falle hatte locken wollen, aber selbst in eine Falle geraten war.

»Zu Hilfe, Mörder!« schrie eine Männerstimme in höchster Panik. Es war Fra Lauro. Als hätte sie auf diesen Ruf gewartet, brach eine Menschenmenge unten auf der Piazza in Begeisterungstoben aus und brüllte: »Nieder mit dem Grafen!« Ein erster Stoß mit einem schweren Gegenstand ließ das Haus erzittern. Ghetti, der sich nicht mehr hatte zurückhalten lassen und bereits in Richtung Nymphensaal gestürmt war, blieb stehen und lauschte.

Wieder ein schwerer Schlag, dann hörte man das Holz des Portals splittern. Die Tür zum Nymphensaal wurde aufgerissen, und Fra Lauro kam herausgerannt.

»Zurück!« rief er. »Verriegelt sofort die Tür! Bewaffnet die Diener! Ein Attentat auf den Grafen!«

Und wieder dieser Stillstand. Caterinas Blick fiel in den Nymphensaal. Da lag Riario auf dem Boden, verrenkt, mit offenem

Mund, seine Brust tiefrot, und neben ihm standen Cecco und Lodovico Orsi, jeder mit einem Langdolch in der Hand, reglos, wie versteinert, und da standen auch Cassio Pansechi und Giuseppe Ronchi, beide ebenfalls mit einer blutverschmierten Waffe. Sie starrten auf Riario, der nun zuckte und röchelte und Blut erbrach.

In diesem Augenblick war der lähmende Stillstand vorbei. Caterina hatte noch einen Blick Pansechis eingefangen, einen Blick aus kalten Augen, und warf die Tür zu. Aber es gab keinen Schlüssel. Den Gang entlang kamen die Diener herbeigelaufen.

»Greift euch eine Waffe und versperrt den Mördern den Weg!« rief sie.

»Der Palast wird gestürmt!«

»Bringt die Attentäter um, sofort, es ist keine Zeit zu verlieren.«

Die Diener wirkten verwirrt und schrien nur noch durcheinander.

Caterina sprang zurück in ihr Zimmer. Die Kinder starrten sie entsetzt an, die Kleinen begannen zu weinen, auch die Ammen schrien. Ghetti und Fra Lauro schoben eine schwere Anrichte vor die Tür und wuchteten zwei Truhen darauf.

»Es ist ein abgekartetes Spiel«, stieß Fra Lauro keuchend aus. »Draußen warten noch andere. Die halbe Stadt will ihren Spaß haben, will plündern und Tote sehen.«

Caterina hörte den Lärm, der jetzt den Palast füllte, das Gebrüll aus vielen Mündern, klirrende Waffen, umstürzende Vasen, splitternde Türen, Schmerzensschreie. So gelähmt sie soeben noch schien, so klar und kaltblütig war sie jetzt.

»Gian Antonio«, sagte sie, »verlaß sofort das Haus durch den Verbindungsgang zum Duomo, da ist eine Tür zur Sakristei, und von dort kommst du ins Freie. Laufe zur Rocca und sage Tommaso Feo, er soll Ravaldino unter keinen Umständen übergeben – bis Hilfe kommt. Verstehst du, unter *keinen* Umständen. Er soll sich nicht erpressen lassen und auf keinen Trick hereinfallen.«

Ghetti nickte. Rosaria, die neben ihm stand, starrte Caterina an, als habe sie soeben sein Todesurteil verkündet.

»Und dann«, fuhr Caterina hastig fort, »reitest du, so schnell du kannst, nach Bologna und weiter nach Mailand, zu meinem

Onkel. Berichte von dem Aufstand und dem Mord am Grafen, sage Lodovico, Riarios ältester Sohn lebe noch, und ich würde kämpfen. Die Rocca ist in unserer Hand. Sie sollen sofort ein Entsatzheer schicken und uns befreien. Wir warten auf sie, wir schaffen es!«

Ghetti umarmte Rosaria, umarmte auch sie, berührte Fra Lauro und verschwand in Caterinas Schlafzimmer.

Inzwischen knüppelten bereits die ersten Männer gegen die Tür, versuchten, sie aufzustemmen. Fra Lauro, Rosaria und auch Caterina drückten dagegen, bis ein Schlag mit einer Axt das Holz splittern ließ.

»Maria Muttergottes, steh uns bei!« flüsterte Rosaria und zog sich zu den Kindern zurück. Fra Lauro wollte Caterina den Dolch aus der Hand nehmen, aber sie weigerte sich, ihn herzugeben.

»Wehr dich nicht, sonst bringen sie dich sofort um! Wir müssen Zeit gewinnen!«

Schwer atmend ließen sie nun ab, sich gegen die Anrichte und die Truhen vor der Tür zu stemmen.

Unter Gebrüll wurde die Tür aufgeschoben und mit Axthieben zerschlagen, die Truhen polterten von der Anrichte, und dann standen die Orsi-Brüder, Pansechi, Ronchi vor Caterina. Hinter ihnen johlte der Pöbel. Fleischermesser, Äxte und Knüppel wurden über die Köpfe geschwungen. Offene Münder, blutgierige Augen.

Als Pansechi sich auf Caterina stürzen wollte, zückte sie blitzschnell ihren Dolch. Er riß seinen Krummsäbel aus der Scheide, doch Lodovico Orsi hielt ihn zurück.

»Laß sie! Wir haben sie alle.«

»Der Graf ist tot«, brüllte Cecco Orsi, und Ronchi versuchte, Caterina ins Gesicht zu spucken.

Das Jubeln und Johlen nahm zu, die ersten Gegenstände hörte man auf die Piazza krachen. Eine Gruppe von Männern riß das Silber an sich, das sich im Nymphensaal befand.

Caterina, noch immer den Dolch in der Hand, richtete sich auf und trat Lodovico Orsi entgegen. »Das ist die Treue eines Ehrenmannes.« Mit einer verächtlichen Geste zeigte sie auf Cecco. »Und da steht der Mann, der geschworen hat, sein Leben zu opfern für die Sicherheit des Grafen.«

»Schluß mit dem Gefasel!« schrie Pansechi. »Fesselt sie und führt sie ab!«

Als er erneut nach Caterina greifen wollte, um ihr den Dolch zu entwinden, zischte sie: »Rühr mich nicht an!« Tatsächlich zuckte er zurück. In diesem Augenblick schlug ihr Ronchi die Waffe aus der Hand.

»Ich ergebe mich«, sagte Caterina, so ruhig sie konnte. »Ich gehe mit Euch. Aber laßt meine Kinder in Ruhe. Ihr seht doch, wie klein sie noch sind.«

Als Antwort höhnisches Gelächter.

Lodovico versuchte, sich Gehör zu verschaffen, während sein Bruder mit den Armen fuchtelte.

»Stecht die Söhne des Grafen auch gleich ab!« rief eine Stimme aus dem Hintergrund, Ronchi wedelte mit seinem Degen, und Pansechi hob seinen Säbel.

»Sie kommen in Gewahrsam, allesamt!« rief Lodovico.

»Und was ist mit dem Mönch?«

Die beiden Orsi steckten die Köpfe zusammen und flüsterten sich etwas zu.

»Ich bleibe bei der Gräfin«, sagte Fra Lauro so klar und bestimmt, daß Lodovico nur noch mit den Schultern zuckte.

Caterina vorneweg, dann Rosaria mit den großen Kindern, schließlich die beiden Ammen mit den Kleinen und am Ende Fra Lauro, so wurden sie durch den Nymphensaal zur Treppe geführt. Vor lauter Menschen konnte Caterina ihren ermordeten Mann nicht sehen. Kaum schritt sie die Stufen hinab, brach die Plünderung erst richtig los. Sie drehte sich um und versuchte, die Kindern zu beruhigen. Die Kleinen schrien, Ottaviano und Cesare tappten mit aufgerissenen Augen hinter ihr her, als würden sie traumwandeln. Sie faßte Biancas und Scipiones Hand. Fra Lauro hatte Giovanni Livio auf den Arm genommen, und die Ammen drückten den halbjährigen Sforzino und den zarten Galeazzo an ihre Brust.

Als sie auf die Piazza traten, war der ganze Platz schwarz vor Menschen. Aus den Fenstern flogen Truhen, Teppiche, Kleider. Die Glocken von San Mercuriale läuteten Sturm. Fäuste schlugen auf den *bargello* ein, bis er zusammenbrach und leblos auf dem Pflaster liegenblieb. Einen Augenblick lang schienen die Menschen, die ihn niedergeschlagen hatten, sich nicht mehr um ihn zu kümmen. Doch dann sprang plötzlich ein Junge von vielleicht zwölf Jahren herbei und trat nach ihm, der nächste tat es ihm nach, der dritte versuchte, dem *bargello* auf den Kopf zu springen, und nun stürzten sich die Umstehenden wie eine Horde hungriger Wölfe auf den Körper. Klingen blitzten auf.

Caterina schaute weg. Vor ihr die Orsi-Brüder. Neben ihr mit seinem Säbel Pansechi. Auf der anderen Seite Ronchi. Er griff nach Bianca, faßte ihr an die Brust – da schlug Caterina ihm so fest ins Gesicht, daß Blut aus der aufgeplatzten Lippe spritzte. Ronchi zog seinen Dolch und wollte sie auf der Stelle töten. Cecco stieß ihn gewaltsam zurück, trat ihm in den Bauch. Die Menge brüllte vor Lachen.

Finger wiesen plötzlich auf die Fenster des Palasts.

Da wurde Riarios blutige Leiche über den Sims geschoben. Sie bekam Übergewicht und fiel auf das Pflaster vor den Arkaden. Wieder brüllten die Menschen begeistert auf und rissen dem Leichnam die Kleider vom Leib. Sie tanzten mit den blutigen Fetzen in der Hand über den Platz, hielten sie wie eine Trophäe in die Luft, warfen sie sich zu und wischten sich mit ihnen über das Gesicht.

Caterina wollte einen letzten Blick auf Riario werfen, ihren Mann, der nichts anderes mehr war als ein Klumpen aus blutigem Fleisch und verrenkten Gliedern, aber die Orsi-Brüder zerrten sie weiter. Pansechi hatte Ronchi abgedrängt.

Die Menge ließ eine Gasse entstehen, und je weiter sie schritten, desto mehr verstummte das Geschrei. Sogar die Kinder hatten aufgehört zu weinen. Lediglich der aufgeregte Lärm der Glocken übertönte alles.

Schließlich erreichten sie den Palazzo der Orsi und wurden dort in einen Raum mit vergitterten Fenstern gesperrt. Ein paar Strohsäcke flogen hinterher, Krüge mit Wasser wurden hereingereicht, dann wurde die Tür verriegelt.

Kein Jammern, kein Geschrei. Caterina umarmte ihre Kinder. Sie fiel auf die Knie. Auch Fra Lauro schloß sich ihr an. Sie bildeten eine Gruppe sich aneinanderschmiegender Körper, in der Mitte der kleine Sforzino. Mit großen Augen schaute er zu Caterina empor. Sie gab ihm einen Kuß, streichelte ihn und küßte dann alle ihre Kinder. Schließlich betteten sie sich auf die Strohsäcke, die Ammen gaben den beiden Kleinen die Brust. Niemand sprach.

Als die Nacht fortschritt, fielen die Kinder in einen unruhigen Schlaf. Die beiden Ammen, die eine Weile gejammert hatten, streckten sich aus und schlummerten ein. Caterina war hellwach, auch Fra Lauro und Rosaria schlossen kein Auge.

»Zum Glück hat Gian Antonio noch entwischen können«, flüsterte Caterina ihnen zu. »Ravaldino wird sich halten, bis mein Onkel uns befreit.«

Fra Lauro antwortete nicht. Im Licht der schwachen Ölfunsel, die man ihnen gelassen hatte, sah sie sein Gesicht in tiefe Falten gelegt.

»Womöglich kann Feo uns sogar mit ein paar tapfren Männern hier herausholen und in die Festung bringen. Wenn die Forliveser begreifen, daß ihnen eine schwere Bestrafung droht, werden sie sich gegen die Orsi wenden.« Auf keinen Fall wollte Caterina irgendwelchen Forderungen nachgeben, sich erpressen lassen oder aus Forlì abziehen. Und die Vorstellung, daß Riario nicht mehr lebte … Plötzlich standen wieder die Bilder des Toten vor ihren Augen … wie er da auf dem Pflaster vor den Arkaden des eigenen Palazzos lag …

»Was ist Euch?« fragte Fra Lauro und wollte sie stützen.

»Es geht schon wieder«, flüsterte Caterina. »Ich mußte lediglich an den Grafen denken, an … an seinen Tod.«

Sie strich sich durch die Haare und richtete sich auf. »Was ist eigentlich im Nymphensaal geschehen?« fragte sie nach einer Weile.

Fra Lauro räusperte sich und begann dann zu erzählen. »Als die vier Männer in den Saal traten, hat der Graf sofort zu toben begonnen. Er schrie Ronchi an, er erhalte kein Geld für einen feigen Mord, er solle sich gefälligst trollen. Dann wandte er sich an Cecco Orsi, hielt die Hand auf und fuhr ihn an: ›Wo ist das Geld?‹ Cecco verbeugte sich höhnisch, und an seiner Stelle antwortete Lodovico: ›Ihr erhaltet, was Euch zusteht.‹ Dabei warf er Pansechi einen kurzen Blick zu. Ich konnte das Verhalten der Männer genau beobachten, weil ich im Hintergrund stand – zu meinem Glück, sonst hätten sie mich ebenfalls erstochen. Aber helfen konnte ich dem Grafen nicht.«

Fra Lauro sah Caterina an, als wollte er sich entschuldigen. Sie hatte jedoch nie daran gedacht, daß er vielleicht hätte eingreifen können, er trug ja noch nicht einmal eine Waffe bei sich.

»Und wie ging es weiter?«

»›Ich will von Euch eine Summe von zwölftausend Dukaten‹, rief der Graf den Orsi-Brüdern zu, ›sonst konfisziere ich Euren Palazzo. Ich habe die Nase voll von Euren Ausreden. Außerdem setze ich hiermit Cassio Pansechi zum Hauptmann meiner Leibwache ein, auf deine Dienste, Cecco, werde ich in Zukunft verzichten.‹ Der Graf hielt inne und wollte die Wirkung seiner Worte beobachten. Lodovico lachte ihn aus, Cecco machte ihm eine obszöne Geste, und Pansechi grinste breit. Ronchi stand im Hintergrund wie eine Kampfhund, der lediglich darauf wartet, auf seinen Gegner losgelassen zu werden. Der Graf verstand gar nichts mehr. Verzeih, Caterina, wenn ich das so sage: Er glotzte nur blöde. Dann stürzte er sich voller Wut auf Cecco, packte ihm am Wams und schrie: ›Ich will mein Geld, du Betrüger!‹ Von diesem Augenblick an ging alles so schnell. Cecco antwortete noch: ›Du erhältst jetzt, was du verdienst, du ligurische Ratte!‹ Und bevor der Graf reagieren konnte, zog Cecco seinen Dolch und stieß ihm die Klinge in die Brust.«

Fra Lauro sah Caterina forschend an: »Willst du wirklich hören, wie sie ihn umbrachten?«

»Ich will insbesondere hören, wer ihn umbrachte«, antwortete sie tonlos.

Fra Lauro bekreuzigte sich und schloß kurz die Augen. »Der Graf schrie auf, Cecco zog die Klinge aus seiner Brust und starrte dann auf den Taumelnden. Gleichzeitig zogen die anderen drei ihre Waffen und stachen auf den Grafen ein. Insbesondere Pansechi stieß immer wieder zu, wie im Rausch …«

»Ich verstehe nicht, warum gerade Pansechi …«, unterbrach ihn Caterina. »Steckte er nicht mit dem Grafen unter einer Decke, wollten sie nicht die Orsi entmachten?«

»Pansechi ist ein Mann, der für Geld alles tut. Das hat er bereits beim Pazzi-Attentat gezeigt.«

»Glaubst du, daß er sich so lange in Florenz aufhielt, weil er Lorenzo umbringen sollte?«

»Allerdings. Doch Lorenzo war geschickter als der Graf, und

vor allem reicher. Ich denke, er hat Pansechi umgedreht und auf den Grafen angesetzt. Die alte Rechnung mußte endlich beglichen werden.«

Caterina bedeckte ihr Gesicht mit der Hand und schüttelte den Kopf. Sie dachte nur: Seine eigene Mörderhand hat ihn getroffen. Trotz seines Mißtrauens fiel er auf einen gedungenen Attentäter herein. Hätte es ihm nicht zu denken geben müssen, daß Pansechi in Florenz nichts erreicht hatte? Wie konnte Riario sich nur in dieser falschen Sicherheit wiegen ... dabei wollte er besonders gerissen sein!

»Was ist mit den Orsi. Warum ...?«

»Der eigentliche Grund für ihr Attentat liegt ebenfalls weit zurück. Als der Graf zu Boden sank, zischte Lodovico ihm zu: ›Das ist für unseren Bruder, für alle Geiseln ...‹ Cecco rief noch: ›Freiheit! Freiheit für Forlì! Tod dem Tyrannen!‹« Fra Lauro lachte bitter auf. »Ja, die *Freiheit* führen alle Attentäter im Mund, damit schmücken sie sich und erleichtern ihr Gewissen.«

Caterina sah ein anderes Attentat vor sich, sah ihren Vater in der Kirche liegen, hörte Girolamos Todesschrei ... *Mors acerba* ... Wie ein Fluch ...

Die Nacht schritt fort. Die Kinder schienen von Alpträumen verfolgt zu werden, bewegten sich heftig, schrien, schreckten auf und weinten. Caterina versuchte sie zu trösten.

»Müssen wir jetzt alle sterben?« fragte Scipione leise.

»Nein, mein Liebling. Sie werden uns freilassen müssen.«

Auch Ottaviano war aufgewacht und hatte ihre letzten Worte verstanden. »Werden wir uns rächen?« fragte er.

Cesare jammerte nach einem Stück Marzipan.

»Ich finde, wir sollten sie alle töten. Am besten vierteilen, bei lebendigem Leib«, erklärte Ottaviano.

Cesare fragte: »Wenn unser Vater tot ist, wer wird dann *signore*? Einer von den Orsi?«

Caterina schüttelte entschieden den Kopf. »Niemals! Niemals lasse ich dies zu. Dann müssen sie uns schon alle töten.«

Fra Lauro hob warnend den Kopf, aber sie verstand nicht, warum.

»Ottaviano ist der neue *signore*, und ich werde mit Zähnen und Klauen dafür sorgen, daß er es bleibt«, stieß sie aus.

Scipione starrte sie erschrocken und ungläubig an. Es dauerte eine Weile, bis sie begriff, daß er sich für den Nachfolger seines Vaters hielt. Halten mußte. Denn niemand hatte ihn bisher aufgeklärt.

Er fragte leise: »Warum Ottaviano?«

»Warum ich?« schloß sich ihm Ottaviano an und schien keineswegs begeistert zu sein über seine neue Würde.

»Weil du der erste legitime Sohn deines Vaters bist«, antwortete Caterina. Rasch fügte sie hinzu: »Scipione, du weißt, wie ich dich liebe, aber du bist nicht mein Sohn. Du bist …«

Scipione senkte seinen Kopf. »Ich bin ein Bastard«, flüsterte er.

»Wie ich! Ich bin doch auch nur ein Bastard. Eine illegitime Tochter.« Sie flüsterte ebenfalls.

Scipione schaute sie an, als hätte sie ihn verraten, verstoßen, dem Untergang preisgegeben, dann senkte er seinen Kopf und wandte sich ab. Er legte sich nicht mehr neben Bianca, sondern ließ sich auf den letzten unbenutzten Strohsack fallen. Caterina kniete sich neben ihn, nahm seine Hand. Er drückte sie an sich und starrte ins Leere.

37. Kapitel

Irgendwann in der Nacht erlosch das blakende Lichtchen, das im Kerkerzimmer stand, und eine undurchdringliche Schwärze hüllte Caterina und ihre Kinder ein. Trotzdem konnte sie nicht schlafen, noch nicht einmal die Augen schließen. Sie saß neben Scipione, der eingenickt sein mußte, denn seine Finger umklammerten ihre Hand nicht mehr. Unruhiger und ungleichmäßiger Atem umgab sie. Sie fühlte sich wie die Mutter einer zum Tode verurteilten Familie. Zum Glück hatte die Erschöpfung wenigstens die Kinder einschlafen lassen. Das Gejammere der Großen und das Geschrei der Kleinen trieb sie in den Wahnsinn, und der Gedanke an ihre Wiederkehr füllte ihren Kopf mit diffusen Fluchtgedanken.

Caterina zwang sich zum Nachdenken. Was sollte sie in dieser Situation tun? Versuchen, die Orsi zu überreden, sie freizulassen und ihnen dafür Straffreiheit zuzusichern? Darauf würden sie nie eingehen, denn sie besaßen zur Zeit die Macht in der Stadt, zudem wußten sie, daß ein solches Versprechen niemanden ernsthaft verpflichtete. Auf den Grafentitel für Ottaviano verzichten und ihn den Orsi anbieten? In diesem Fall mußte ihre Herrschaft vom Papst offiziell anerkannt werden, sie hatten sich mit den Ordelaffi auseinanderzusetzen und sich gegen Mailand oder Florenz zu behaupten. Immerhin hatten sie den Generalkapitän der Kirche und einen vom Papst eingesetzten Lehnsträger und Grafen ermordet – ob man ihnen das in Rom einfach so nachsah? Und in Rechnung stellen müßten sie auf jeden Fall, daß sie, die Gräfin, nach ihrer Freilassung den Verzicht widerrief und sich ihrem ungestillten Rachedurst hingab.

Caterina schloß die Augen. Ja, Rache ... für die Bedrohung, die Demütigung, für den Mord an Riario. Sie lauschte in sich hinein, auf die Stimmen hinter der Wut. Sie weinte ihrem Mann nicht nach. Es hatte früher oder später so kommen müssen, das Attentat war Folge und Fluch der eigenen bösen Taten. Caterina wollte nicht an eine höhere Gerechtigkeit denken, auch nicht daran, daß die Langmut des Allmächtigen offensichtlich aufgebraucht war.

Der Gedanke an Gottvater brachte die Wut zurück. Warum mußte ER ihr und ihrer Familie dies antun? Warum mußte ER dieses Verbrechen zulassen? Was hatte sie getan, daß sie so bestraft wurde? Und was hatten ihre Kinder verbrochen? Gerechtigkeit auf Erden, Glück, Frieden waren Ziele, welche die Menschen sich selbst schaffen mußten: Der allmächtige Gott verfolgte sie mit Krieg, quälendem Unglück, schreiender Ungerechtigkeit.

Caterina faltete die Hände, aber kein Wort des Gebets kam über ihre Lippen. Riario – nein, sie weinte ihm wirklich nicht nach. Es bestand nun die Möglichkeit, daß sie an seiner Stelle regierte, als Regentin, wie damals Bona – und sie wollte es besser machen als ihre Stiefmutter. Sich nicht wie ein schwaches, von Leidenschaften getriebenes Weib der Lächerlichkeit preisgeben, sie wollte ihrem Vater nacheifern, das einlösen, was er nicht erreichen konnte, weil auch er ...

Mors acerba, fama perpetua ... Wie würde Riario in die Geschichte eingehen? Würde man ihn möglichst rasch vergessen wollen, weil er auch in seinem Grafenkostüm nichts anderes blieb als ein kleiner ligurischer Gauner, oder würde man ihn noch den Kindeskindern nennen als ein *exemplum* von Feigheit und Niedertracht? Und sie? Würde ihr Name stets verbunden sein mit diesem von vielen Menschen so verfluchten Papstneffen? Oder würde man sich ihrer als einer Sforzatochter erinnern, die sich mutig und kämpferisch dem Schicksal stellte, die noch in tiefster Not Stärke zeigte und tatsächlich eine *Lichtbringerin* wurde?

Plötzlich erschien Caterina wieder alles aussichtslos. Die Orsi mußten sie umbringen, sonst könnten sie sich gleich selbst das Schwert in die Brust stoßen. Sie lauschte. Draußen, jenseits ihrer Kerkermauern, auf den Straßen der Stadt, sangen, johlten, tanzten und tranken die Bürger der Stadt. Manchmal glaubte Caterina auch Rufe wie *Freiheit!* oder *Nieder mit dem Grafen! Nieder mit der Gräfin!* vernehmen zu können. Der Pöbel hatte sich am Blut berauscht, er reagierte wie ein ausgehungertes Wolfsrudel ...

Stimmen! Das Klirren von Ketten – oder Waffen ... Jetzt kamen sie ... im ersten Morgenschein ... Die Riegel krachten zurück ... die Henker brachen herein ... Die Kinder schreckten auf und weinten. Sforzinos Amme schrie nach der Muttergottes, Scipione klammerte sich an sie, seine Mutter. Fackeln leuchteten in den Raum, blendeten sie, wurden herumgeschwenkt, die Klingen mehrerer Schwerter blitzten ... Vor ihnen bauten sich Cecco und Lodovico Orsi auf, hinter ihnen mit Pansechi eine ganze Mannschaft schwerbewaffneter Männer, als müßten sie sich gegen eine Armee verteidigen – dabei stand ihnen lediglich ein unbewaffnetes Weib gegenüber.

»Wir werden deinen Kindern nacheinander die Kehle durchschneiden, und du darfst zuschauen«, lallte Ceccos Stimme. Seine blutunterlaufenen Augen tränten. Er wollte nach ihr greifen, aber sie stieß ihn so heftig zurück, daß er taumelte. Lodovico, offensichtlich nüchtern geblieben, fing ihn auf.

»Was wollt ihr von mir?« Caterina sprach laut und deutlich. Die schreienden Kinder ließen sie keinen klaren Gedanken fassen. Am liebsten hätte sie Cecco ein paar Ohrfeigen versetzt, ihm das Schwert aus der Hand gerissen ...

»Ihr werdet alle sterben«, hörte sie ihn grölen, »ihr ausbeuterisches römisches Pack!«

»Du mieser Trunkenbold!« fuhr ihn Caterina an. »Du heimtückischer Verräter! Ich bin eine Sforza, in Mailand geboren, falls du das vergessen hast, und meine Familie wird dich erschlagen wie ein Ratte und den Hunden zum Fraß vorwerfen.«

Cecco schlug sich in brüllendem Gelächter auf die Schenkel.

Caterina ging einen Schritt auf Lodovico zu, der ihr nun die Fackel so nah ans Gesicht hielt, daß sich ihre Haare vor Hitze kräuselten.

»Euer Kastellan öffnet Ravaldino nicht«, sagte er. »Er will sich nicht ergeben. Dadurch macht er alles nur noch schlimmer.«

Caterina glaubte, eine Spur von Unsicherheit in seiner Stimme zu spüren.

»Dann holt ihn her, ich werde ihm den Befehl geben, euch, die edle Verräterfamilie Orsi, einzulassen.«

»Ich werde ihr die Kleider vom Körper reißen«, brüllte Cecco, der nun von Pansechi gestützt wurde.

Caterina zog verächtlich die Augenbrauen hoch.

»Du bist dir noch immer deiner Lage nicht bewußt«, sagte Lodovico mit wesentlich schärferer Stimme. »Wir können dich und deine Kinder töten. Und damit alle Erben auslöschen.«

Sollte er es wirklich ernst meinen? Seine Stimme zitterte … Lodovico war kein kaltblütiger Mörder … Wenn jedoch sein betrunkener Bruder die Kontrolle verlor … Sie gönnte den Attentätern nicht den Triumph, sie ihre Fassung verlieren zu sehen. Aber wenn Cecco wirklich über sie herfiele, um sie sich gefügig zu machen und seine tierische Gier zu befriedigen? Wie Judith würde sie kämpfen und ihm mit seiner eigenen Waffe den Kopf abtrennen …

»Lodovico, ich glaube, die Stimme der Vernunft ist in dir noch nicht ganz erloschen.« Caterina hielt kurz inne, um die Wirkung ihrer Worte abzuschätzen. Sie sah Funken der Angst in Lodovicos Augen aufglimmen, obwohl *sie* doch die Gefangene war. »Was wollt ihr eigentlich?«

»Dich und deine Brut töten«, brüllte Cecco.

»Die Zeit der Riari in Forlì ist vorbei«, erklärte Lodovico, ohne auf seinen Bruder einzugehen. »Übergebt Ravaldino, dann kann man darüber reden, ob man nicht vielleicht …« Er schaute sich nach Cecco und Pansechi um.

»Gut, ich werde mit Tommaso Feo sprechen«, sagte sie.

Lodovico nickte zufrieden, winkte den Bewaffneten, und wortlos zog die Truppe ab. Die Riegel knallten. Im Gang begannen dann alle durcheinanderzuschreien.

Inzwischen dämmerte es draußen. Irgend jemand mußte mehrere Krüge mit Wasser und zwei Eimer im Zimmer gelassen haben; die Kinder, dann auch die Erwachsenen tranken gierig und mußten sich anschließend entleeren.

Nach kurzer Zeit stank es quälend.

»*Clamavi ad te, Domine, intende ad deprecationem: quia humiliatus sum nimis*«, betete Fra Lauro mit den großen Kindern. »O Herr, ich ruf zu Dir, hab acht auf meine flehentliche Bitte, denn ich bin tief gebeugt.«

Sforzino und Galeazzo tranken an der Brust der Ammen, Giovanni Livio weinte vor sich hin. Rosaria hatte ihn auf den Arm genommen und zu trösten versucht, dann aber plötzlich abgesetzt. Noch einmal rannte sie zu einem der Eimer, hob ihr Kleid und stöhnte laut. Nach einer Weile stand sie wieder auf und flüsterte: »Mir ist schlecht vor Angst.«

Caterina reagierte nicht, strich Giovanni Livio über den Kopf, versuchte erneut darüber nachzudenken, wie sie sich am besten verhalten sollte.

»*Libera me a persequentibus· quia confortati sunt super me*. Errette mich von meinen Feinden, denn gar mächtig sind sie über mich geworden.« Ottaviano und Cesare sprachen Fra Lauro nach, Scipione und Bianca knieten neben ihm, die Hände gefaltet, den Kopf gesenkt.

»Und wenn sie uns nun töten?« In Rosarias Augen stand eine flirrende Angst. Ihre Lippen zitterten, und sie krallte die Hände zusammen.

»Sie werden dich nicht töten«, sagte Caterina, so ruhig sie vermochte.

»*Educ de custodia animam meam ad confitendum nomini tuo*. Führ aus dem Kerker mich heraus, so will ich preisen deinen Namen.« Fra Lauro sprach nun lauter und intensiver. »*Portio mea, Domine, sit in terra viventium*. Mein Anteil bist du, Herr, im Land der Lebenden.«

»Amen!« stieß Cesare mit schriller Stimme aus, und sein älterer Bruder Ottaviano schloß sich ihm an.

»Doch, sie werden uns alle töten, ich sehe es voraus, sie wissen nicht mehr weiter. Ich spüre schon die Klinge an der Kehle.« Rosaria faßte mit beiden Händen an ihren Hals, wie um ihn zu schützen

»*Benedictus Dominus, Deus meus*. Gepriesen sei der Herr, mein Gott«, betete Fra Lauro mit Nachdruck.

»Nun beruhige dich!« flüsterte Caterina.

Rosaria begann jedoch, am ganzen Körper zu zittern und zu schreien. » Wir werden hier verrecken, und du bist schuld! Du bist schuld, daß ich noch nicht verheiratet bin, daß ich noch keine Kinder habe, du hast Gian Antonio weggeschickt! Ich hätte längst davonziehen sollen, in Mailand wäre ich jetzt glücklich. Aber du wolltest mich nicht ziehen lassen. Stets war ich an dich gekettet, habe dich gewaschen, dir den Topf geleert, dich versorgt, wenn du krank warst, mein Leben habe ich dir geopfert – ich will nicht mehr, auch ich habe ein Recht darauf, glücklich zu sein.«

Die Kinder starrten sie an. Fra Lauro wollte sie in die Arme nehmen, sie stieß ihn von sich und stürzte sich auf Caterina, begann, mit ihren Fäusten auf sie einzuschlagen. Caterina versetzte ihr eine heftige Ohrfeige. Rosaria schien den Schlag gar nicht zu merken. Wie eine Wahnsinnige schlug sie um sich, und selbst mit vereinten Kräften vermochten Caterina und Fra Lauro sie nicht zu bändigen. Sie trat nach dem Mönch, stieß Caterina an die Wand, sprang dann zu der Amme, die Sforzino stillte, und entriß ihr das Kind. Sofort begann der Kleine zu schreien. Sie zerrte sich ihr Hemd auf, preßte sein Gesicht an ihre nackte Brust.

»Ich wollte auch immer meine Kinder stillen, statt dich mit Rosenöl einzuschmieren, ich wollte einen kleinen Jungen, der nur mir gehört. Faß mich nicht an!« kreischte sie in höchster Erregung.

Caterina ergriff plötzlich die Angst, Rosaria könnte das Kind fallenlassen oder an die Wand werfen, und sie schlug ihr mit voller Wucht die Faust ins Gesicht. Rosaria taumelte zurück. Die Amme griff Sforzino. Fra Lauro fing Rosaria auf. Caterina wollte ein zweites Mal zuschlagen, aber eine schützende Bewegung des Beichtvaters ließ sie zurückzucken. Rosaria wirkte wie erstarrt. Ihre Augen aufgerissen, mit blutenden Lippen, hing sie in Fra Lauros Armen. Er ließ sie langsam zu Boden gleiten. Rosaria fuhr sich über ihren Mund und betrachtete das Blut auf der Hand, schmierte es sich über ihre nackte Brust.

In diesem Moment wurden die Riegel wieder zurückgerissen, und Cecco Orsi stand mit einem Dolch in der Tür. Die Kinder und die Ammen schrien auf. Er schwankte noch immer, aus seinem Mund floß der Speichel, seine Augen waren unnatürlich geweitet.

»Jetzt mach ich euch kalt!« stieß er undeutlich hervor. »Zuerst die Kinder, eins nach dem anderen.«

Caterina trat ihm entgegen, wich geschickt dem vorschnellenden Dolch aus und stieß Cecco so heftig zurück, daß er taumelte und stürzte. Sie trat auf seine Hand, er brüllte auf vor Schmerzen, umklammerte aber noch den Griff des Dolchs. Plötzlich wirkte er viel nüchterner. Er versuchte, ihre Füße zu greifen, um sie zu Fall zu bringen. Als sie ihm auswich, streckte er ihr wieder die Spitze der Klinge entgegen.

»Cecco! Cecco!«

Es war Lodovicos Stimme. Er bog um den Gang, hinter ihm andere Männer.

»Laß sie in Ruhe! Wir brauchen sie noch!«

Cecco erhob sich langsam, fuchtelte mit dem Dolch in der Luft herum. »Ich mache sie kalt, die Brut«, stieß er aus. »Und die Hure werde ich zu Tode schleifen lassen.«

38. Kapitel

»Was soll ich tun, Lauro?«

»Du mußt versuchen, die Kinder zu retten. Dann dich. Und dann uns andere.«

»Aber ich kann sie nur retten, wenn ich euch verlasse. Wenn es mir gelingt, die Orsi aus der Festung heraus unter Druck zu setzen. Bis mein Onkel da sein wird, müssen wir noch aushalten. Dann ist der ganze Spuk vorbei. Die Orsi sind sich nicht einig. Sie wagen nicht wirklich, die Herrschaft zu übernehmen.«

»Sie haben Monsignore Savelli aus Cesena, den päpstlichen *governatore*, herbeigerufen. Ohne die päpstliche Unterstützung muß ihr Vorhaben scheitern.«

»Savelli wird nicht erlauben, daß man den Kindern etwas antut. Daher kann ich sie ihnen als Sicherheit überlassen.«

Caterina warf einen kurzen Blick auf die Kinder, die, nun die zweite Nacht in Gefangenschaft, vom Schlaf übermannt worden waren. Immerhin hatte man ihnen die Eimer geleert und frisches Wasser gebracht, dazu Brot und Oliven und ein paar harte Käsestücke. Sogar Windeln für die Kleinen. Aber nun drohte Sforzinos Amme die Milch zu versiegen, Galeazzos Amme mußte aushelfen, die beiden Jungen hatten lange geschrien.

»Trotzdem bin ich dagegen, daß du uns hier alleine zurückläßt.« Fra Lauro versuchte, mehr Nachdruck in seine Stimme zu legen, ohne lauter zu sprechen. »Wenn die Orsi zuviel Angst haben und dich daher nicht in die Festung lassen, erübrigt sich die Frage. Wenn sie aber darauf bauen, daß du die Kinder keiner Gefahr aussetzen wirst und sie dich jederzeit zwingen können, nach ihrem Willen zu handeln, mußt du ohnehin tun, was sie wollen, das heißt zurückkehren …«

»Ich werde mich nie freiwillig in ihre Fänge begeben. Mit der Hilfe meines Onkels werde ich die Stadt dem Erdboden gleichmachen und die Orsi bis ins siebte Glieder verfolgen …« Caterina spürte, wie eine Vernichtungswut sie überkam, der sie freien Lauf lassen mußte, sonst hätte sie nur noch geschrien.

»Du kannst und wirst den Orsi nichts tun, solange sie deine Kinder in ihrer Gewalt halten. Verstehst du denn nicht? Sie sind ihr Druckmittel, ihre Trumpfkarte.«

»Sie werden die Kinder nicht umbringen.«

»Warum bist du dir so sicher?«

»Ich fühle es. Außerdem wird der Bischof es nicht zulassen.«

»Und wenn sie einen einzigen töten, Ottaviano vielleicht, um dir und deinem Onkel zu zeigen, wie ernst sie es meinen.«

»Wenn sie auch nur einem meiner Kinder ein Haar krümmen, werde ich sie zu Tode martern lassen … Sie sitzen in der Falle.«

Fra Lauro schüttelte heftig den Kopf und griff ihre Arme. Er wartete, bis sie ihm in die Augen sah. »Caterina, *du* sitzt in der Falle! Selbst wenn sie dich in die Festung lassen, ist noch gar nichts gewonnen.«

»Die Bürger werden sich gegen sie erheben, spätestens wenn mein Onkel naht. Sie sind *wankelmütig*, sie sind eine feige Rattenbrut …«

»Wenn die Orsi mit dem sicheren Tod rechnen, töten sie deine

Kinder, schon aus Rache. Ich glaube allerdings, daß sie versuchen, zuerst mit ihnen als Geiseln zu fliehen – und du kannst gar nichts unternehmen, es sei denn, du bist bereit, die Kinder zu opfern.«

»Glaubst du wirklich, ich könnte meine Kinder opfern?« fuhr Caterina ihn an.

Fra Lauro wandte sein Gesicht ab und schwieg.

»Du vertraust mir nicht mehr«, sagte sie leise.

»Ich verstehe dich manchmal nicht«, antwortete er ebenso leise.

Caterina stellte sich an das kleine Fenster, das in den Innenhof zeigte, und starrte in die Nacht, in den Himmel mit seinen flimmernden Sternen. Wo stand ihr Sternzeichen, der Widder? Und wo war Mars, der es regierte? Die Venus mußte untergegangen sein. Die Venus – hatte ihr die Göttin der Liebe bisher überhaupt schon einmal zugelächelt? Damals, in ihrer Jugend vielleicht … Am liebsten wäre sie eingeschlafen, hätte sich in ihren Träumen zurückbegeben zu Olgiati, zu ihrer Großmutter und ihrem Vater – und wäre nie mehr aufgewacht. Aber der Schlaf wich vor ihr zurück, als traue er ihr nicht, er umarmte sie nicht – so wie Fra Lauro vor ihr zurückgewichen war. Sie konnte sich nicht trösten lassen, sie mußte sich entscheiden, ob sie bereit war, die Kinder allein zu lassen und sich in die Festung Ravaldino zu begeben.

Gestern hatte sie sich von den Orsi zur Zugbrücke führen lassen und Tommaso Feo aufgefordert, die Rocca zu übergeben. Natürlich hatte er es abgelehnt. Die Orsi-Brüder tobten vor Wut, Pansechi warnte die beiden, dies sei nichts als ein abgekartetes Spiel. Zum Glück hörten sie nicht auf ihn.

Caterina erklärte ihnen, sie müsse mit Tommaso Feo unter vier Augen sprechen. Nur so könne sie ihm klarmachen, wie die Lage aussehe. Nach drei Stunden kehre sie wieder zurück.

»Und das sollen wir glauben?« fragte Lodovico.

»Laß sie nur gehen«, höhnte Cecco. »Kommt sie nicht zurück, schneide ich den Kindern eigenhändig den Kopf ab und werfe ihn über die Mauer. Jede Stunde einen Kopf. Was glaubst du, wie sie angekrochen kommt.«

»Cecco hat recht«, sagte Caterina ungerührt, »ihr habt meine Kinder und damit alle Trümpfe in der Hand.«

Wieder mischte sich Pansechi warnend ein, und die Orsi beschlossen, eine Nacht darüber zu schlafen. Caterina wurde zu ihren Kindern zurückgebracht, wo sie ihren Plan durchdenken konnte. Trotz Fra Lauros Einwänden sah sie in ihm die einzige Chance, den Verschwörern das Heft aus der Hand zu schlagen, es sei denn, sie wartete wie ein Opferschaf mit ihren Opferlämmern auf das Schlachtbeil. Noch immer war ihr nicht klar, was die Orsi eigentlich mit ihrem Mord bezweckten. Rache zu üben für den toten Bruder, nach so langer Zeit, ohne sicheres Wissen darüber, daß Riario die Geiseln hatte ermorden lassen – dies reichte nicht aus. Vermutlich kannten sie das Ziel ihrer Tat selber nicht. Auch die Bürger der Stadt hatten sich hinreißen lassen, den fremden und ungeliebten *signore* zu töten, seinen Palast zu plündern und *Freiheit* zu grölen, aber jetzt wußten sie nicht weiter. Offensichtlich wünschten sie sich auch nicht mehr die Ordelaffi herbei. Mit ihnen tauschte man lediglich den Teufel gegen den Beelzebub aus. Genau diese Unsicherheit war ihre, Caterinas, Chance. Ermöglichte ihr, die Verschwörer in die Defensive zu drängen. Allerdings mußte sie ein großes Risiko eingehen.

Und Fra Lauro war dagegen.

In ihrem Leben hatte sie stets auf ihn gehört. Er wagte, in ihre Abgründe zu schauen; womöglich ahnte er, mehr sogar als sie selbst, wozu sie fähig war.

Jemand berührte sie. Caterina schaute sich um. Scipione drückte sich an sie. »Hast du mich trotzdem lieb?«

»Du darfst nie daran zweifeln, daß ich dich liebhabe«, flüsterte sie.

Er sah sie an und nickte.

»Wirst du auch nicht zweifeln, wenn ich euch allein lasse?«

Er schüttelte den Kopf, und sein Blick drückte eine Liebe aus, die sie noch bei keinem ihrer eigenen Kinder gespürt hatte. Er vertraute ihr, sogar wenn sie fortging, und gab ihr die Kraft, ihre Kinder alleinzulassen. Ja, falls die Orsi sie zu Feo in die Rocca gehen ließen, würde sie nicht mehr zögern, alles auf eine Karte zu setzen. Es gab lediglich diesen einen Trumpf!

Caterina schlief die Nacht nicht mehr. Sie starrte durch das kleine Fenster in den Himmel, und langsam leerte sich ihr Kopf von allen Gedanken. Sie wurde ruhig. Durch den Hof flatterten

Fledermäuse, wie die Seelen Verstorbener. Dann meinte sie auch, Krähen krächzen zu hören. Krähen mitten in der Nacht? Sie lauschte den Geräuschen: Waffengeklirr unten im Torhaus, in dem die Wachen nächtigten; Hunde bellten, andere antworteten; und da riefen auch Käuzchen aus einem Mauerloch. Mit dem ersten Licht begann eine Nachtigall zu singen. Ja, Ende April begann ihre Zeit …

Als die Riegel mit einem scharfen Klacken geöffnet wurden, zuckte Caterina zusammen. Die Kinder wachten jammernd auf. Einer der Wachmänner stand in der Tür und winkte ihr zu. Um nicht erneut schwankend zu werden, schaute sie nicht mehr zurück, warf lediglich einen Blick auf Scipione, der ihren Blick erwiderte, als sähe er sie nie wieder.

Vor der Rocca erwarteten sie die Orsi-Brüder. Cecco schaute nur finster. Lodovico bemühte sich um eine drohende Haltung.

»Drei Stunden geben wir dir. Wenn du dann nicht herauskommst, um uns die Rocca zu übergeben, wird jede Stunde einer deiner Söhne sterben. Wir beginnen mit dem neuen *signore*, mit Ottaviano …«

»Verflucht, ich werde den Bastard persönlich töten«, brummte Cecco. »Und die anderen auch.«

Auch seine Stimme klang nicht sehr bestimmt.

Caterina wurde von Tommaso Feo in die Festung gelassen. Sie fiel ihm um den Hals. Hinter ihm stand sein Bruder Giacomo, der junge, schöne, liebenswerte Giacomo, und auch ihm fiel sie um den Hals. Er drückte sie an sich. Es mußte die Freude über das Wiedersehen sein, über den Schimmer der Hoffnung, daß er sie unziemlich in den Arm nahm. Rasch befreite sie sich und erklärte den Brüdern die Situation.

Noch hatte sich kein Geheimbote mit einer Botschaft von *il Moro*, Ghetti oder den Bentivogli in die Rocca schleichen können, man hatte in der Ferne auch keine Zeichen eines heranrückenden Heeres gesehen.

»Wir müssen Zeit herausschinden«, sagte Tommaso Feo. »Wenigstens ein paar Tage. Solange könnt Ihr sie hinhalten. Sie werden den Kindern nichts tun.«

Caterina überfiel plötzlich eine derartige Müdigkeit, daß sie sich auf einer Pritsche ausstrecken mußte, während Tommaso noch sprach. »Ich habe zwei Nächte nicht geschlafen«, flüsterte sie. »Laßt mich einen Augenblick ruhen!«

Kanonenschüsse dröhnten in ihre Träume. Sie blinzelte. Sie hatte davon geträumt, wie sie von der Engelsburg den Vatikan beschoß. Es tat ihr wohl. Sie sah die Kanonenkugeln durch die Luft fliegen und in die päpstlichen Gemächer einschlagen. Und in die von Sixtus neugebaute Kapelle, in der das Konklave tagte.

Schon wieder ein Schuß. Die Burg schien zu beben. Caterina fuhr hoch. Nein, sie träumte nicht mehr, es wurde geschossen. Ihr Onkel! *Il Moro* beschoß die unbotmäßige Stadt, er befreite sie!

»Giacomo!« rief sie. »Was ist das?«

Wieder ein Schuß.

Die Rocca wurde beschossen! Die Orsi versuchten, die Festung mit Gewalt zu nehmen. Wie lange hatte sie geschlafen? Waren die drei Stunden herum? Wo befanden sich Tommaso und Giacomo Feo? Hatten die Orsi etwa begonnen, ihren Kinder Gewalt anzutun?

Caterina erhob sich, taumelte zur Tür. Ihre Haare flogen durcheinander, als sie in den zugigen Gang trat. Während ihres Schlafs mußte etwas Wichtiges geschehen sein. Warum hatten Giacomo oder Tommaso sie nicht geholt?

Noch immer konnte sie sich nicht richtig auf den Beinen halten. Erneut donnerte ein Schuß.

»Was ist geschehen?« rief sie einem Mann in voller Rüstung zu. «Wo sind die Feo-Brüder?«

Da kam Tommaso ihr entgegen. »Sie haben doch tatsächlich das Torhaus beschossen«, rief er bereits von weitem. »Unsere Antwort hat allerdings nicht auf sich warten lassen. Wir riefen ihnen zu, Ihr würdet die Rocca nie übergeben, und dann haben wir gefeuert!«

Caterina stürzte an ihm vorbei die Treppe hoch auf den Wehrgang. Unten, jenseits des Grabens, standen die Orsi und brüllten etwas. Neben ihnen richtete eine Feldschlange ihr Rohr auf die Rocca.

Giacomo stand hinter einer Zinne und lachte. »Mit dem kleinen Ding richten sie nicht viel Schaden an, während wir mit unseren schweren Kanonen die ganze Stadt in Schutt und Asche legen können.«

»Bist du sicher?« fragte Caterina. »Haben wir genug Munition? Wie lange habe ich geschlafen.«

Giacomo und sein Bruder grinsten. »Lange genug, um die Orsi zur Raserei zu bringen.«

Caterina fuhr sich durch die Haare. Sie stand tatsächlich mit ungekämmter Mähne vor all diesen Männern. Die drei Stunden mußten längst verstrichen sein. Unten, am Rand des Wassergrabens, brüllte Lodovico Orsi ihr erneut mit hochrotem Kopf etwas zu. Dann zeigte er in die Stadt. Da zerrten Cecco und seine Männer auch schon die Kinder herbei. Ottaviano und Cesare mußten laufen, die Ammen und Rosaria wurden gestoßen, damit sie sich rascher bewegten. Fra Lauro trug Giovanni Livio. Und da war auch Scipione, mit Bianca an der Hand – er winkte ihr.

Einen Augenblick wurde Caterina unsicher. Sie wollte zu ihren Kindern stürzen und sie in die Arme schließen. Sofort die Rocca übergeben.

Sie erstarrte, als sie sah, wie Cecco, kaum standen die Kinder keuchend am Wassergraben, seinen Dolch aus der Scheide zog und ihn Ottaviano an die Kehle setzte. In diesem Augenblick wußte sie, daß sie sterben mußten: die Kinder, die Ammen, Rosaria und Fra Lauro, ermordet von dem Attentäterpack. Doch dann mußten auch die Mörder sterben und alle, die ihnen geholfen hatten, die ganze Stadt. Sie würde zusammengeschossen und in Flammen aufgehen. Sie, die Furie, die Rächerin, vernichtete, was ihre Kinder vernichtet hatte. Sie sah die Stadt brennen – und gab sich dann selbst den Tod. Es war das unvergeßliche Ende einer echten Sforza. Ein neuer Dante würde sie in einem großen Epos besingen: *Caterinas Rache*.

Lodovico fuchtelte mit den Armen, schrie: »Kommt zurück, laßt die Zugbrücke herab, übergebt die Festung. Sonst stirbt Euer Ältester!«

»Mama!« rief Ottaviano. Die Kleinen brüllten, die Ammen heulten auf. Lediglich Scipione schaute zu ihr empor und rührte sich nicht.

Caterina hörte sich selbst lachen. Ein höhnischer Schrei drang aus ihrer Brust und verzerrte ihr Gesicht. Sie schüttelte sich vor Gelächter und stieg dann auf die Zinnen. Einen Augenblick lang war sie versucht, diesem Wahnsinn ein Ende zu bereiten. Lachend würde sie hinabspringen. Aber sie sprang nicht, sondern raffte ihr Kleid, hob es bis zur Brust.

»Ihr Bastarde«, rief sie und deutete mit ihren Fingern auf ihren Unterleib, »könnt ihr euch nicht vorstellen, daß ich noch weitere Kinder auf die Welt bringen kann? Seht her, ich bin wieder schwanger. Dies ist das letzte Geschenk des Grafen. Es ist sein letzter Erbe. Wenn ihr meinen Kindern auch nur ein Haar krümmt, werden wir euch bis ins letzte Glied ausrotten, eure Häuser zerstören, eure Ernten vernichten, die Hunde, Krähen und Geier werden eure Kadaver zerreißen, und niemand wird jemals wagen, euren Namen in den Mund zu nehmen.«

Sie ließ ihr Kleid wieder fallen und atmete schwer.

Der Platz vor der Rocca füllte sich mit Neugierigen, die aufgeregt auf sie und die Kinder wiesen. Die Orsi und ihre bewaffnete Truppe hatten alle Mühe, sie von den Gefangenen fernzuhalten, sich überhaupt verständlich zu machen.

»Bürger von Forlì«, rief Caterina den Herbeigeeilten zu. Tatsächlich verstummten die meisten. »Ich verspreche jedem von euch tausend Dukaten, dem es gelingt, einen der Verschwörer zu töten. Auch nach dem Tod des Grafen werde ich im Namen meines Sohnes weiterregieren. Ich verspreche euch eine gute Regierung. Daher tötet die Aufrührer, erschlagt sie wie tollwütige Hunde und rettet meine Kinder. Ihr wißt, die Kinder haben niemandem etwas getan, sie stehen unter dem Schutz des Allmächtigen, und ER wird alle belohnen, die ihre Hand schützend über sie halten. Bald wird das Heer meines Onkels Lodovico Sforza vor den Toren der Stadt stehen. Wer jetzt nicht meine Partei ergreift und mir hilft, wird alles verlieren. Er wird unerlöst zur Hölle fahren. Niemand wird ihm die Sterbesakramente spenden und ihm die Sünden vergeben.«

Caterinas Stimme wurde heiser, und sie gab den Befehl, einen Kanonenschuß abzugeben. Tatsächlich erreichte die Kugel fast die Piazza und schlug in ein Haus ein, das einem der Ratsherren gehörte.

Als der Kanonendonner sich gelegt hatte, herrschte eine gespannte Stille. Cecco hielt noch immer die Klinge an Ottavianos Hals und schaute sich unsicher um. Alle starrten zu Caterina empor.

Caterina wußte, daß der Augenblick gekommen war, der über Sieg und Niederlage entschied. Würde Cecco ihrem Ottaviano die Kehle durchschneiden, hatte sie verloren. Dann starben auch die anderen Kinder. Zögerten die Orsi jedoch, bestand noch Hoffnung …

Lodovico sagte etwas zu Cecco.

Cecco ließ tatsächlich das Messer sinken.

Caterina hätte am liebsten einen Schrei des Triumphes ausgestoßen.

Die bewaffneten Helfer der Orsi schlossen die Kinder ein, zückten ihre Schwerter, hoben die Schilde und zogen sich langsam mit ihren Geiseln in die Stadt zurück.

Caterina gab den Befehl, weitere Kanonenschüsse abzufeuern, zwischendurch mit Flugblättern, die die Bürger der Stadt erneut aufforderten, sich gegen die Orsi und die anderen Verschwörer zu erheben.

Am Abend stand lediglich noch Lodovico Orsi am Wassergraben. Caterina ließ sich ihren Bogen reichen, zielte sorgfältig und schoß den Pfeil so genau, daß er vor Orsis Füßen ins Wasser traf. Orsi trat einige Schritte zurück und rief zu ihr empor: »Habt Ihr wirklich keine Angst um Eure Kinder?«

»Nein!« schrie sie mit überschnappender Stimme.

»Ihr seid der Teufel!«

»Keineswegs – ich bin Gottes rächender Engel!«

39. Kapitel

Während der folgenden Tage schien die Zeit stillstehen zu wollen. Lodovico Orsi war schweigend abgezogen, gebeugt, wie Caterina fand, und tauchte ebenso wenig wie sein Bruder wieder auf. Einen Tag lang befürchtete Caterina, ein Bote könnte den Kopf eines ihrer Kinder vor die Zugbrücke legen – aber als nichts dergleichen geschah, glaubte sie nicht mehr daran, daß die Orsi ihre Drohung wahrmachten. Wenigstens nicht, solange sich die Dinge nicht dramatisch gegen sie wendeten. Man sah auch kaum noch Bürger der Stadt oder Bauern durch das Ravaldino-Tor ziehen. Caterina überlegte ernsthaft, ob sie nicht mit der Besatzung von Ravaldino einen Angriff auf die Stadt wagen sollte – um ihre Kinder zu befreien. Doch Tommaso Feo riet ihr dringend davon ab: Zum einen hätten die Orsi eine Menge Bewaffneter zusammengezogen, sogar *bravi* geheuert und unberechenbares Verbrechergesindel aus der Umgebung; zum anderen bestünde bei einem erfolgreichen Angriff die Gefahr, daß die Orsi, im Angesicht ihres sicheren Todes, doch noch die Kinder töteten.

»Laßt uns einfach warten. Euer Onkel muß bald eintreffen, und wenn er nicht kommt, dann muß den Orsi etwas einfallen. Uns hungern sie so schnell nicht aus. Notfalls bestreichen wir die Stadt jeden Tag mit einigen Salven aus unseren Kanonen. Womöglich finden sich doch einige Bürger, die dem Verschwörerspuk ein Ende bereiten.«

Tommaso Feo winkte ein paar seiner Männer herbei, mit denen er würfeln wollte. Caterina starrte auf seine Nackenwülste. Auf die schweren Ringe an seinen Fingern. Weil ein plötzlicher Widerwille gegen diesen Mann, gegen alle Männer, die würfelten, in ihr hochstieg, verließ sie umgehend den Raum.

Sie wanderte die Wehrgänge entlang. Aus einem der Türme wurden Abfälle in den Graben geschüttet. Lautes Gelächter drang aus den Hauptturm in der Mitte der Rocca; wahrscheinlich würfelten die Männer dort ebenfalls oder spielten Karten, flickten ihre Wämser, pflegten ihre Waffen. Keiner rechnete mit einem Angriff, und so hielten die Soldaten es offensichtlich nicht für nötig, sich im Schwertkampf oder Bogenschießen zu üben. Vermutlich setzten auch sie Fett an. Waren sie wirklich bereit, ihr Leben für sie, die Gräfin, und ihre Kinder zu opfern?

Es war früher Abend, die Sonne senkte sich über den Bergen, die sich im dunstigen Gegenlicht aufzulösen schienen. Caterina schaute in den noch immer blendenden Sonnenball und mußte die Augen schließen. In dem Gestrüpp, das den Wassergraben einfaßte, begann nun wieder die Nachtigall zu singen, der sie bereits während der letzten Tage gelauscht hatte. Sie flötete und trillerte, setzte zu neuen Melodien an, die sie fortführte bis zu einem süß ausklingenden Ende.

Caterina hielt die Augen geschlossen. Ihr war gleichgültig, was die gelangweilten Wachen auf den Wehrgängen von ihr dachten – die Gräfin von Forlì stand allein, ganz allein an den Zinnen ihrer

Burg, die sie nicht nur schützte, sondern auch einschloß wie ein Gefängnis. Was niemand wußte: Sie lauschte dem Gesang einer Nachtigall, um den Tag und seine Stunden, die nagenden Zweifel, das Bangen und Warten überhaupt ertragen zu können. Die Nachtigall flötete und begann dann von neuem, eine Melodie aufzubauen. Ein leiser Wind strich über Caterinas Haut. Über den geschlossenen Augenlidern lag ein Meer aus Orangenglut, bildeten sich flüssige Feuerstrudel. Bereits als Kind hatte sie gerne ihre Augen in die Sonne gehalten, die Lider geschlossen und dem Farbenspiel nachgeträumt, das sich so einfach erzeugen ließ.

Die Nachtigal verstummte plötzlich, weil eine Krähe über die Burg hinwegkrächzte, gefolgt von anderen, einem ganzen Schwarm, der wie aus dem Nichts aufgetaucht war und Caterina mit seinem häßlichen, aufgeregt zerhackten Lärm umhüllte. Es war, als stürzten sich alle auf sie. Caterina riß die Augen auf. Direkt über ihr stob das Geflatter auf die Stadt zu, zur Piazza Grande, wie damals, als die Verschwörer an den Fensterkreuzen hingen.

Konnte es sein, daß diesmal ihre eigenen Kinder den Krähen zum Fraß vorgeworfen wurden? Der Gedanke war so schrecklich, daß Caterina davonstürzen, sich irgendwo verstecken wollte. In dieser Rocca gab es jedoch keinen Raum, in den sie sich hätte verkriechen können, ohne sofort von noch schlimmeren Alpträumen verfolgt zu werden. Die Wände waren kahl, kalt und feucht, in vielen Räumen stapelten sich Gerümpel, Unrat und stinkende Strohballen.

Während sie auf das Heer ihres Onkels aus Mailand wartete, hatte sie ihre Kinder in der Gewißheit zurückgelassen, daß niemand wagen würde, ihnen etwas anzutun. Aber wenn das Heer nun nicht erschien, was dann? Und wenn es erschien? Was würden die Orsi mit den Kindern tun?

Nach diesen Fragen stellte sich eine betäubende Leere ein. Eine undurchdringliche Dunkelheit umgab sie, die sie daran hinderte, weiter zu denken. Dabei galt es, auf alles vorbereitet zu sein. Vielleicht würde sie erneut handeln, ohne nachzudenken – wie damals, als sie die Engelsburg besetzte. Spontan konnte sie aber nicht handeln, wenn ihr Onkel mit seinem Heer vor Ravaldino stand und sie ihr Gefängnis verlassen durfte. Sollte sie ihm nahelegen, Forlì zu stürmen? Kam es dazu, entging die Stadt nicht der

Plünderung, die Frauen wurden geschändet, die Häuser abgefackelt. Hungersnot folgte und dann die Pest.

Und was geschah währenddessen mit ihren Kindern? Es war stets dieselbe Frage, vor der sie scheiterte.

Caterina versuchte, ruhig zu atmen. Würde ihr Onkel sie befreien, verlangte er dafür sicher einen Preis. Zum Beispiel die Plünderung der Stadt. Oder noch mehr: die Oberhoheit über Imola und Forlì. *Il Moro* hatte bereits ihren Bruder Gian Galeazzo, den rechtmäßigen Herzog von Mailand, entmachtet: Das Land seiner Nichte würde er gewiß gerne annektieren. Er ließ einen Teil seiner Armee hier und degradierte sie zu seiner Befehlsempfängerin. Es war stets gefährlich, wenn ein kleines Land ein großes zu Hilfe rief: Gar zu leicht verlor es seine Unabhängigkeit.

Aber bis es soweit war, mußten ihre Kinder aus den Krallen der Orsi gerettet werden.

Caterina hielt sich an den Zinnen fest, ließ ihren Blick über die Dächer der Stadt wandern, über die qualmenden Schornsteine, die Türme von Santa Croce und San Mercuriale, die herumflatternden Krähen. Sie haßte die Stadt und ihre mißtrauischen, aufrührerischen und geizigen Bürger. Warum mußte das Schicksal sie, die *Kämpferin und Lichtbringerin*, in diesen Winkel Italiens verschlagen! Hätte sie nicht mehr Glück finden können an der Seite Girolamo Olgiatis? Sein Tod war grausam gewesen, aber hatte sein Ruhm wirklich Bestand? War er nicht längst – außer von ihr – vergessen?

Die Sonne begann den Horizont zu berühren. Ihre Strahlen waren mittlerweile so schwach, daß Caterina auf den erlöschenden und versinkenden Feuerball schauen konnte. Diesem quälenden Nachmittag würde eine quälende Nacht folgen, mit schlaflosen Stunden, wirren, gewalttätigen Träumen, einem unruhigen Körper, der brannte, vor Kälte zitterte und sich nach Wärme sehnte.

Sie sei wieder schwanger, hatte sie den Orsi zugerufen. Das war ihr letzter Trick. Ihre Kinder zu töten reichte nicht. Man mußte auch das Kind in ihr töten. Aber sie war nicht schwanger. Sie hatte Riario geschworen, ihm ihre Pforte für immer zu verschließen. Und daran hatte sie sich gehalten.

Als die Sonne versunken war, schaute Caterina in den Hof hinunter. Da winkte ihr der hübsche Bruder des Kastellans, und sie winkte ihm zurück. Schon verschwand er in einem der Ecktürme, und ehe sie sich versah, stand er neben ihr, außer Atem, wagte sogar, seine Hand auf ihre Schulter zu legen. Sie fühlte seinen Blick, den intensiven Blick aus seinen großen Augen, sie fühlte seine Nähe: Etwas, was sie erfüllte, erfreute, beglückte, strömte herüber – nein, sie wollte diese Nähe nicht, aber sie war nicht in der Lage, den jungen Mann von sich zu stoßen.

»Ich bewundere Euren Mut und Eure Stärke«, sagte Giacomo mit seiner hellen, weichen Stimme. »Die Kraft, mit der Ihr die Qual des Wartens übersteht, die Angst um Eure Kinder. Wenn es einen Menschen gibt, den ich verehre, dann seid Ihr es.«

Caterina preßte sich an den kalten Stein der Zinnen.

»Laß es gut sein, Giacomo. Du hast mir beigestanden, ich werde das nie vergessen. Und daß du versuchst, mir jetzt Mut zu machen …«

Am liebsten hätte sie ihn in den Arm genommen. Sie hatte lange die Wärme eines Körpers vermißt. Aber Giacomo war viel zu jung, war nichts als der Bruder eines Kastellans aus Savona …

»Ich würde alles für Euch tun.«

Seine Stimme klang einschmeichelnd.

Sie nickte.

»Auch sterben.«

Abrupt wandte sie sich von ihm ab. »Bitte, Giacomo, sprich nicht vom Sterben! Wer weiß, ob die Orsi nicht längst … Ob wir nicht alle morgen sterben müssen …«

Er legte seinen Kopf auf ihre Schulter und ergriff ihre Hände.

Sie hätte ihn zurückstoßen müssen. Aber sie tat es nicht.

Er lehnte sich so leicht an sie, daß er sie kaum berührte. Es war, als fügte man zwei Tonscherben wieder zusammen. Sie ließ sogar zu, daß ihre Finger sich verschränkten. Sie spürte einen unglaublichen Trost. Und neue Hoffnung.

40. Kapitel

Es war am 29. April des Jahres 1488, als einer der Wachen, die vom Hauptturm der Rocca aus nach Nordwesten schauen sollten, zu schreien und mit den Armen zu fuchteln begann. Tommaso Feo keuchte die Treppen hinauf, sein Bruder Giacomo überholte ihn, Caterina eilte hinterher. Tatsächlich stieg in der Ferne Rauch in den Himmel.

»Die Mailänder!« brüllte der Wachsoldat. Immer mehr Männer erschienen auf den Ecktürmen und versuchten, mit zusammengekniffenen Augen etwas zu erkennen.

»Aber ein Feuer macht noch kein Heer. Irgendeine Scheune wird brennen«, bemerkte Tommaso skeptisch, während er sich den Schweiß vom Nacken wischte. »Morgen früh wissen wir mehr.«

Caterina starrte in die Ferne, sah aber nichts Ungewöhnliches.

»Sobald es dunkel zu werden beginnt, werde ich die Rocca verlassen und schauen, ob wirklich das Entsatzheer naht«, sagte Giacomo mit leuchtenden Augen.

Tommaso schüttelte den Kopf. »Warum willst du dich in Gefahr begeben? Die Orsi lassen uns ununterbrochen beobachten. Sie fangen dich ab und hängen dich an den nächsten Baum – oder an das Ravaldino-Tor, damit wir deine blaue Zunge auch schön bewundern können.«

»Tommaso hat recht«, mischte sich Caterina ein. »Warum sollten wir noch ein Risiko eingehen? Morgen sind wir frei, und die Orsi werden hängen. Womöglich erreicht uns heute nacht bereits eine Botschaft.«

Giacomo kniete sich theatralisch vor Caterina, ergriff ihre Hand und bedeckte sie mit Küssen. Sie mußte lachen, entzog sie ihm und drohte ihm scherzhaft. Auch als Tommaso ihn anknurrte, er solle keine Faxen machen, in den nächsten Tagen würde es ernst, begann Giacomo nun, einen Lautenspieler nachzuahmen und Caterina schmachtend anzuschauen. »Ich bin Euer *trobadore*, Madonna, ich ziehe für Euch in den Krieg, ich singe von meiner vergeblichen, aber nie verglimmenden Liebe …«

»Schluß jetzt!« fuhr ihn sein Bruder an.

Caterina strich ihm die Haare aus dem Gesicht.

»Da!« schrie der Wachsoldat erneut. »Ein zweites Feuer! Die Mailänder stecken die Bauernhöfe in Brand!«

Tatsächlich schien sich ein Heer an Faënza vorbei auf Forlì zuzubewegen. Immer wieder flammten Brände auf, in der Nacht leuchtete ihr Schein meilenweit. Da begannen die Sturmglocken der Stadt zu läuten, Fackeln wurden auf der Stadtmauer geschwenkt, Männer rannten hin und her, schrien sich Befehle zu. Auch in der Rocca machte man sich nun bereit, die Hilfstruppen zu empfangen.

Caterina ließ wieder Flugblätter in die Stadt schießen. »Bürger von Forlì! Aus Mailand naht ein Heer, um der Gräfin und ihrem Sohn zu Hilfe zu eilen. Die Verschwörer sehen ihrem gerechten Schicksal entgegen. Noch ist Zeit, die Orsi und ihre Helfer zu töten oder sie dem rechtmäßigen Herrn von Forlì auszuliefern. Vor allem aber: Rettet die Kinder! Wenn auch nur *ein* Kind stirbt, wird die Stadt dem Erdboden gleichgemacht!«

Um dem Aufruf Nachdruck zu verleihen, ließ Caterina noch mehrere Salven schwerer Steinkugeln in die Stadt schießen. Das Krachen der einbrechenden Dächer machte deutlich, daß sie ihr Ziel trafen.

Als der Tag zu dämmern begann, erschien eine erste Vorhut des mailändischen Heers, angeführt von Gian Antonio Ghetti. Ohne die Gefahr zu beachten, von der Stadtmauer herab beschossen zu werden, stürzte Caterina ihm entgegen. Die Freude, ihren Befreier zu sehen, ließ sie förmlich fliegen.

Ihr alter Fechtmeister sprang vom Pferd und schloß sie in die Arme, trat dann unruhig zurück. »Wieso seid Ihr in der Rocca? Wo ist Rosaria, wo sind die Kinder?« Er warf einen Blick auf die Milizionäre, die neugierig von der Stadtmauer herabschauten.

»Endlich seid ihr gekommen«, rief Caterina. »Wieviel seid ihr?«

»Euer Onkel hat ein Heer von zwölftausend Mann zusammengetrommelt. Einige Abteilungen kommen aus Bologna. Er hat es sich nicht nehmen lassen, das Heer selbst anzuführen. Noch heute morgen wird es die Stadt einkesseln und, wenn nötig, stürmen. Ihr seid frei. Aber wo ist Rosaria?«

»Sie ist mit den Kindern in der Stadt, als Gefangene der Orsi. Wir müssen sofort zu den anderen drei Stadttoren eilen und verhindern, daß die Orsi mit ihren Geiseln fliehen.«

Ghetti schaute Caterina bestürzt an. »Die Kinder und Rosaria sind in Gefangenschaft, während Ihr hier seid?« fragte er stammelnd. »Und Lauro? Aber das ist doch nicht möglich!«

Caterina sah, wie der starke, besonnene Ghetti beinahe zusammenbrach, und in die Freude über die Befreiung hinein fuhr die beunruhigende Erkenntnis, daß nun die eigentlich gefährliche Stunde nahte, die Stunde, die über Leben und Tod entschied – wenn nicht bereits längst über den Tod entschieden war und sie nur noch die Nachricht vom Mord an den Kindern erreichen mußte.

Zeit zum Nachdenken und Diskutieren gab es keine mehr. Die Kinder zu retten war das oberste Ziel.

Caterina erteilte Giacomo Feo den Befehl, mit den besten Kämpfern aus der Rocca zu den drei anderen Toren der Stadt zu reiten, aus sicherer Entfernung, am besten versteckt, jede Bewegung zu beobachten und einen Fluchtversuch der Orsi zu vereiteln oder, falls sie die Kinder mit sich führten, ihnen zu folgen. Ghetti hatte inzwischen die Lage begriffen und wollte den jungen Feo nicht allein mit seinen Leuten reiten lassen. Immerhin gab es drei Stadttore, die Soldaten benötigten verantwortliche Führer. Also sollte auch Tommaso Feo ein Tor beobachten. Caterina wollte persönlich die Porta Ravaldino sichern und, sobald das Mailänder Heer angelangt war, stürmen.

Es dauerte nicht lange, da erschien ihr Onkel auf einem reich geschmückten Pferd mit himmelblauer Schabracke, in einer glänzenden Rüstung mit Helm und hohem, buntschillerndem Federschmuck. Mit ihm kam der Hauptmann der bolognesischen Abteilung. Die leichte Kavallerie dröhnte als erste heran, hinter ihr schnaubten die Rösser der schwerbewaffneten Ritter. Die Staubwolke in der Ferne zeigte die Infanterie. Mit ihr mußten auch die Ochsengespanne mit den Kanonen heranrumpeln.

Il Moro stieg nicht vom Pferd, wegen seiner schweren Rüstung, wie er anmerkte, sondern begrüßte seine Nichte von oben herab. Er machte einen Scherz über ihr Aussehen. Seit Tagen hatte sie niemand gekämmt, und ihre lange Mähne flog im Wind. Außerdem trug sie lediglich ein einfaches Hauskleid. Auch wenn sie aussah wie eine Magd, so hinderte sie ihr Aufzug doch nicht daran, reiten zu können. Sie ließ sich eins von Feos Pferden holen. Kaum saß sie im Sattel, umrundete sie ihren Onkel, galoppierte dann zur Porta und schrie: »Öffnet das Tor!«

Wachen waren auf der Stadtmauer keine mehr zu sehen. *Il Moro* ließ seine Truppen Aufstellung nehmen und beriet sich mit dem Hauptmann aus Bologna. Da plötzlich öffnete sich die kleine Tür des Seitenturms, und mit vorgestreckten Händen erschienen Leone Cobelli und Niccolò Ilsecco.

»Die Stadt ergibt sich und huldigt der Gräfin. Sie ist zu jeder Buße bereit«, rief Cobelli. »Die Bürger wurden verführt und gezwungen …«

Während er sprach, knarrte langsam das Ravaldino-Tor auf, und Caterina konnte in eine leere Gasse schauen, über die ein paar verlorene Hunde streunten. Aus manchen Fenstern hingen die Wappen der Riari und der Sforza.

»Wo sind meine Kinder?« schrie Caterina.

Cobelli baute sich vor ihr auf und verbeugte sich dann tief. Zögernd begann er zu sprechen. »Ihr wißt, daß wir Ratsmitglieder stets treu zu Eurer Hoheit standen, aber der Volkszorn, angestachelt und angeführt von den Brüdern Orsi, Brutus und Cassius gleich …«

»Meine Kinder?« wiederholte Caterina in höchster Erregung.

Am liebsten wäre sie allein losgaloppiert. All die Wachsoldaten aus der Rocca waren mit den Feo-Brüdern und Ghetti verschwunden, und sie konnte ja nicht mit einem Heer aus zwölftausend Mann ihre Kinder suchen.

Da flog wieder Ghetti heran, hochrot im Gesicht. »Auch die anderen Tore sind offen …«

Caterina brauchte nicht lange nachzudenken. Sie winkte ihrem verdutzten Onkel zu, rief noch: »Baut Euer Lager in der Burg und der Zitadelle auf, oder vor dem Stadttor, wenn der Platz nicht reicht!« Schon galoppierte sie mit Ghetti in die Stadt. Sie spürte keine Angst, obwohl sie unbewaffnet war und ohne jeglichen Schutz. Jeder Bogenschütze hätte sie aus einer Seitengasse oder einem Fenster mit einem Pfeil treffen können. Nirgendwo war jedoch eine Menschenseele zu sehen.

Die Piazza Grande gähnte ihnen menschenleer entgegen. In den Arkaden des gräflichen Palasts huschten ein paar Schatten hinter die Pfeiler. Sie hatten bald den Palast der Orsi erreicht, sprangen vom Pferd. Ghetti zog sein Schwert, und als er erkannte, daß Caterina unbewaffnet war, warf er ihr seinen Langdolch zu.

Die Eichentür des Portals war angelehnt. Ghetti drückte sie vorsichtig auf, stürzte in das Eingangsgewölbe und wirbelte sein Schwert einmal um die Achse. Noch immer war niemand zu sehen. Caterina eilte zum Treppenhaus, stürmte die Stufen hoch. Nirgendwo ein Mensch. Überall die Spuren eiligen Aufbruchs.

Als sie vor dem Raum standen, in dem Caterina mit ihrer Familie gefangengehalten worden war, hielten sie kurz inne. Ghetti trat die Tür auf. Der Raum war leer. In der Ecke stank noch das Nachtgeschirr vor sich hin, daneben lagen schmutzige Windeln.

Aber nirgendwo Spuren von Blut.

Caterina schaute Ghetti an.

»Sie sind bereits weg«, flüsterte er.

»Sie haben die Kinder mitgenommen.« Caterina lehnte sich an die Wand, starrte Ghetti an, der, totenbleich, seinen Kopf gesenkt hielt, als suche er den Boden ab. Plötzlich schüttelte es seinen Körper. Er fiel auf die Knie, ließ sein Schwert fallen, verbarg sein Gesicht. Er kämpfte gegen das Schluchzen an, aber es übermannte ihn. Auch Caterina schnürte sich der Hals zu. Sie ließ sich neben Ghetti auf den Boden gleiten, legte die Arme um seine Schultern, und eine Weile schluchzten beide wie hilflos verlorene Kinder.

Doch bald standen sie wieder auf, wortlos, und begannen, wie auf Befehl, einen Raum nach dem anderen abzusuchen. Unter dem Dach trafen sie den ersten Diener an, zerrten ihn in den Hof und fesselten ihn. In den Gewölben unter der Erde stießen sie auf eine ganze Gruppe vor Angst zitternder Küchenmägde, die alle durcheinander sprachen und heulten, nichts war zu verstehen. Der Diener schwieg verstockt. Ghetti schlug mit der flachen Klinge auf ihn ein, aber erst als Caterina ihn packte und seinen Kopf mit voller Kraft gegen eine Arkadensäule stieß, öffnete er seine Lippen.

Caterina verstand lediglich »San Pietro«.

San Pietro mußte das nördliche Stadttor meinen, die Porta San Pietro.

Caterina und Ghetti schwangen sich auf ihre Pferde und galoppierten durch die Gassen zum Tor. Noch immer schien jegliches menschliche Leben in der Stadt ausgestorben zu sein. Nur Hunde, Katzen und Tauben waren zu sehen, ein paar angebundene Esel dämmerten ungerührt vor sich hin – und über den Dächern warteten Krähenschwärme darauf, sich auf Aas stürzen zu können.

An der Porta San Pietro war bereits Giacomo Feo mit etwa zwanzig Mann angelangt. Er hatte das Tor offen gefunden und sofort die Räume in den Türmen und die Wehrgänge, auch die

Kellergewölbe untersucht. Auch hier mußte ein überstürzter Aufbruch stattgefunden haben: zu finden war niemand.

»Er hat uns belogen, der verfluchte Kerl«, stieß Caterina aus. »Und das Kloster?«

Sie sahen sich an. Natürlich! Es gab noch das Kloster San Pietro! Womöglich hielt sich dort einer der Orsi versteckt. Obwohl Caterina nicht daran glaubte, die Kinder und ihre Begleiter hier lebend anzutreffen.

Bereitwillig wurde ihnen die Klosterpforte geöffnet.

Da plötzlich hörte sie helle Stimmen.

Der Dominikaner, der ihr geöffnet hatte, trat zurück, und der einäugige Antonio Orcioli, der Sieger des Türkenturniers, stand vor ihr. Er lächelte.

Helle Kinderstimmen.

Caterina stieß ihn zur Seite und rannte bis zum Kreuzgang. Da spielten sie. Scipione sah sie zuerst. Bianca hielt das Gesicht an eine Säule gelehnt, zählte. Ottaviano und Cesare duckten sich hinter die Brüstung. Auf einer Steinbank saßen die beiden Ammen mit den Kleinen, neben ihnen Rosaria, zwischen ihren Knien Giovanni Livio an hochgestreckten Ärmchen haltend. Und da stand auch Fra Lauro und beobachtete die Kinder.

Caterina schrie. Fast wären ihr die Sinne geschwunden. Die Gesichter der Kinder wandten sich ihr zu. Caterina stürzte ihnen entgegen und wurde augenblicklich umarmt von den Großen. Da war Giovanni Livio in ihren Armen, klein und zart, noch dünner geworden, mit seiner durchscheinenden Haut.

Es dauerte lange, bis sie aufstehen konnte. Noch immer klammerten sich die Kinder an sie. Galeazzo grinste, Sforzino wußte nicht, ob er weinen und lachen wollte. Ihr Blick glitt über Rosaria, die ihr Gesicht an Ghettis Brust geborgen hatte. Fra Lauro betete, die Augen geschlossen.

Später saßen sie mit dem Prior des Klosters zusammen, mit Orcioli, einem jungen Mann aus der Marcobelli-Familie und einem Vetter der Orsi-Brüder. Orcioli berichtete, was geschehen war. Es habe wohl einen Streit zwischen Monsignore Savelli als dem Vertreter des Papstes und der Orsi-Familie gegeben, außerdem einen Streit zwischen Lodovico auf der einen und Cecco sowie Cassio Pansechi auf der anderen Seite. Schließlich habe sich noch der alte Andrea Orsi, das Oberhaupt der Familie, eingemischt, und seine Söhne beschimpft. Am Ende hätten sich aber Monsignore Savelli und Lodovico durchgesetzt, die Gefangenen seien in das Kloster San Pietro gebracht und sie drei als ihre Wachen abgestellt worden.

Fra Lauro schaute auf seine gefalteten Hände.

»Vergangene Nacht begann plötzlich das Sturmläuten. Wir wußten, daß die Orsi verloren hatten. Schon standen sie am Kloster und befahlen, eingelassen zu werden. Sie wollten die Kinder der Gräfin holen. Ich weiß nicht: um sie mitzunehmen oder zu töten …«

»Gewiß nicht töten«, unterbrach ihn der Vetter der Orsi. Auch Marcobelli schüttelte den Kopf.

»Auf jeden Fall weigerten wir uns, im übrigen auch gebeten von dem Prior und den Mönchen, die Kinder herauszugeben. Die Orsi schlugen gegen das Portal, doch das Eichenholz hielt. Ihr könnt noch die Spuren sehen. Schließlich, vor der Frühmesse, zogen die Orsi mit schwerem Gepäck und vielen Maultieren ab. Ich nehme an, daß auch Cassio Pansechi sie begleitete und eine Reihe anderer Verschwörer. Der Herr wird sie strafen.« Er bekreuzigte sich, die anderen schlossen sich ihm an.

Fra Lauro nickte bestätigend.

»Ihr habt meine Kinder gerettet«, sagte Caterina tonlos.

»Seid Ihr sicher, daß alle Orsi die Stadt verlassen haben?« fragte Ghetti. »Es ist doch eine große Familie, ich glaube, sieben Kinder hat der alte Orsi.«

»Ich habe die Stimme von Cecco und Lodovico gehört. Die Nacht war sehr dunkel, und sie hatten ihre Fackeln gelöscht. Wer letztlich davongeritten ist, weiß ich nicht. Kutschen waren keine dabei … die Frauen mit den Kindern … ich weiß es nicht.«

Caterina schaute Ghetti an. »Die kriegen wir noch«, stieß sie aus, »dann gnade ihnen Gott.«

41. Kapitel

»Es ist kaum zu glauben, wie mild du plötzlich geworden bist, liebste Nichte«, erklärte *il Moro* mit großer Geste. »Dein Gemahl wurde feige ermordet, du bist mit deiner gesamten Kinderschar haarscharf dem Tod entronnen, die Attentäter sind noch nicht gefaßt, und doch willst du die Bürger, die dich verrieten, die deinen Palast plünderten und die jetzt wieder feige zu Kreuze kriechen, vor der Plünderung bewahren? Ich kann es nicht glauben. Du bist doch eine Sforza, eine Enkelin des großen Francesco, der sich nicht gerade durch Milde seinen Feinden gegenüber auszeichnete.«

Caterina saß mit ihrem Onkel, mit dem Bologneser Hauptmann, mit Gian Antonio Ghetti, Tommaso Feo und auch Fra Lauro zusammen, um das weitere Vorgehen nach der Flucht der Orsi-Brüder zu beraten. Das Heer aus Mailand hatte sein Lager in der und um die Rocca von Ravaldino aufgeschlagen, mit wappengeschmückten Zelten, bunten Wimpeln und nächtlichen Feuern. Auch der Troß war inzwischen eingetroffen. Während *il Moro* in seinem Zelt, dessen Boden schwere Teppiche bedeckten, ein bequemes Bettlager hatte aufstellen lassen, hauste Caterina mit ihrer Familie notdürftig im Hauptturm der Rocca. Rosaria sorgte für mehr Sauberkeit und schaute dann im Palast an der Piazza Grande nach, was an Truhen und Kleidern, Geschirr und Teppichen noch zu finden und zu gebrauchen war.

Caterina fühlte sich so glücklich über die Rettung ihrer Kinder, daß das unbequeme Hausen inmitten eines ganzen Heeres sie kaum berührte. Sie störte weder der Lärm der Soldaten noch ihre abendliche Trunkenheit, weder das Gekreische der Huren noch die Rufe der fliegenden Händler; sie übersah die Haufen von Unrat und versuchte, den Gestank des zur Kloake verkommenen Wassergrabens als vorübergehende Belästigung hinzunehmen.

Abends sprach sie mit Ottaviano, Cesare, Bianca und Scipione, ließ sich erzählen, was sie tagsüber getan hatten, nahm sie schließlich in den Arm und küßte sie, und dann herzte sie den kleinen Sforzino und holte auch Galeazzo und Giovanni Livio zu sich. Galeazzo drängte sich neben Sforzino auf ihren Schoß, Giovanni Livio dagegen erzählte von den Kätzchen, mit denen er im Hof der Rocca gespielt habe.

Eigentlich hatte Caterina auch mit Rosaria und den Ammen über deren ausgestandene Ängste sprechen wollen, war aber bisher noch nicht dazu gekommen, weil sie alle Hände damit zu tun hatte, ihren Onkel und sein Heer daran zu erinnern, daß *sie* die *signora* von Forlì sei und noch immer bestimme, was in und um die Stadt herum zu geschehen habe und zu unterlassen sei.

Auch über das gefährliche Spiel, das sie gewagt hatte, konnte sie nicht in Ruhe nachdenken. Ihre kurzen Nächte blieben traumlos und stumm. Beim ersten Licht wachte sie auf. Dann horchte sie kurz in sich hinein. Ihre Ängste waren verschwunden. Sie fühlte sich sogar erleichtert. Als Regentin von Forlì und Imola wollte sie eine gute Herrscherin sein und ohne dauernde Angst vor Anschlägen leben.

Wenn Rosaria sie ankleidete, kamen ihr jedoch bereits die ersten Zweifel. Kämpfte sie sich an den Zelten vorbei zu *il Moro* durch und sah sie die ungeduldigen, ja gierigen Augen der Soldaten, verstärkten sich die Zweifel, ihre Befürchtungen wuchsen, und saß sie dann ihrem Onkel in seiner perlenbestickten himmelblauen Seiden-, Samt- und Brokatkleidung gegenüber, überfiel sie sogar die Angst, die große Rechnung könnte ihr überhaupt erst noch präsentiert werden.

»Eine eintägige, also streng begrenzte Plünderung der Stadt würde mir die Kosten ersetzen, denn Sold müßte ich in diesem Fall nicht bezahlen. Außerdem würde der Stadt eine Lektion erteilt. Sie wird nie mehr irgendwelche Aufrührer unterstützen. Schon die Dankbarkeit, die du mir ohne Zweifel entgegenbringst …«

»… ist übergroß, liebster Onkel, und durch nichts aufzuwiegen, schon gar nicht durch Geld. Ich verstehe, daß ein Heerzug Kosten verursacht, aber der reichste Herrscher von ganz Italien wird in seiner Staatskasse kaum einen Verlust spüren, zumal das Heer sich auf dem Weg hierher an den Bauern schadlos gehalten hat. Entscheidend scheint mir allerdings zu sein, daß die Nachricht von deiner selbstlosen Hilfsbereitschaft ganz Italien durcheilt und deinen Ruhm erhöht, daß du außerdem möglichen Feinden Mailands gezeigt hast, wie rasch und entschlossen du zu reagieren vermagst. Was unsere Nachbarstadt Bologna angeht, so weiß ich der Familie Bentivoglio größten Dank und bin natürlich bereit, diesen Dank durch eine ähnliche Hilfeleistung unter Beweis zu stellen, falls dies jemals, was Gott verhüte, nötig wäre. Doch Geld kann, wenn Leben, Ehre und Ruhm auf dem Spiel stehen, kaum eine entscheidende Rolle spielen. Der Ruhm Mailands und Bolognas leuchtet am italienischen Himmel, das Leben der Sforzatochter und ihrer Söhne ist gerettet – und nun gilt es, die Ehre der Jungfrauen, der Ehefrauen und Nonnen in Forlì zu wahren. Als erfahrener Heerführer, liebster Onkel, weißt du, daß bei Plünderungen tapfere Soldaten zu hemmungslosen Tieren werden, und als zukünftiger Ehemann und Vater liegt dir sicher ebenso wie mir am Herzen, die Schande und Schändung der Frauen zu verhindern.«

Der Streit um die Plünderung Forlìs, der mit wohlgesetzten Worten und unter Wahrung aller Regeln der Höflichkeit ausgefochten wurde, dauerte einen halben Tag. Caterina wurde immer klarer, daß ihr Onkel seinen kleinen Feldzug nicht nur ohne Kosten bestreiten wollte, sondern daß er ein weitergehendes Ziel verfolgte. Nach einer Plünderung wäre die Stadt für eine Weile nur mühsam lebensfähig, der junge *signore* und die Regentin könnten mit keinen Steuereinnahmen, lediglich mit geringen Wegzöllen rechnen, und das bedeutete erneut erniedrigende Armut und Schutzlosigkeit. Ohne Zweifel ergäben sich hieraus schwerwiegende Folgen: Die Grafschaft Forlì und Imola verlöre ihre Unabhängigkeit, *il Moro* würde nach dem Sohn seines Bruders auch die Tochter des Bruders entmachten und auf diese Weise das Herrschaftsgebiet Mailands vergrößern. Es war kaum wahrscheinlich, daß der Papst wegen zweier so kleiner Streifen Lands einen teuren Krieg führen würde. Und wen konnte Caterina sonst noch als Bundesgenossen gewinnen? Lorenzo de' Medici womöglich, der sich nun endlich an Riario hatte rächen können? Aber Florenz war selbst an Forlì interessiert. Dies bedeutete, daß das mächtige Florenz *Hilfe* versprach und die Hilfsbedürftige dann einfach schluckte. Caterina wollte aber in ihrer Grafschaft weder die Satrapin von *il Moro* noch von *il Magnifico* werden.

Hinzu kam, daß die Abwehr der von den Forlivesern als Strafaktion erwarteten Plünderung die Stadt nicht nur zahlungsfähig erhielt, sondern auch Dankbarkeit erzeugen mußte. Die Gräfin rächte sich für den Tod ihres Mannes und dem ihr zugefügten Leid *nicht*, sondern bewies unerwartete Milde und gewährte unverdiente Gnade. Als Fundament einer zukünftig ungefährdeten Herrschaft konnten Dankbarkeit und Wohlstand gewiß eher dienen als Armut und die Erfahrung brutaler Gewalt.

Caterina war dabei, ihrem Onkel durch die Zusage unverbrüchlicher Allianz das Versprechen, Forlì zu verschonen, abzuringen, als Nachrichten eintrafen, die bestätigten, daß sich sämtliche Orsi-Brüder mit Geldtruhen und dem Silber der Familie in alle Winde zerstreut hatten. Ihre Frauen und Schwestern sowie ihr alter Vater waren jedoch nicht bei den Flüchtenden gesichtet worden. Es wurden Männer hereingeführt, die behaupteten, sie hätten Andrea, das fünfundachtzigjährige Familienoberhaupt der Orsi, nach dem Attentat in der Stadt gesehen. Caterina ließ Leone Cobelli und Ser Niccolò Ilsecco holen und befragen.

»In der Stadt wuchern die Gerüchte, tapfere Gräfin, gnädige Madonna, liebreizende *signora*.« Cobelli wiegte seinen rundlichen Körper in einem Tanzschritt vor und zurück. »Genährt werden sie durch die Angst, welche die Forliveser kaum noch schlafen läßt. Ich allerdings wandele umher und beruhige die Bürger. ›Unsere seelenstarke Gräfin, das Vorbild weiblicher *virtus*‹, betone ich, ›läßt sich nicht, wie die bis aufs Blut gereizte Tigerin, hinreißen zu rachegeleiteten Taten…‹«

Il Moro sprang auf und versuchte, mit einer heftigen Armbewegung den Sprecher der Stadt zum Schweigen zu bringen. Cobelli glitt federnd zurück, verbeugte sich tief, sprach jedoch mit leiser Stimme weiter. »Was die Familie Orsi angeht, so sah ich selbst den alten Andrea, einer männlichen Niobe gleich, die Hände schützend über seine Töchter halten. Hier in der Stadt.« Seine Stimme wurde so leise, daß er kaum noch zu verstehen war. »Noch nach der Flucht seiner Söhne.«

»Aha!« rief *il Moro*.

»Was sagt Ihr dazu, Messer Ilsecco?« fragte Caterina.

»Leider muß ich die Aussagen unseres verehrten Hofpoeten Cobelli bestätigen und hinzufügen, daß Andrea Orsi, obwohl er nicht dem *Rat der Vierzig* angehört, in einer der Ratssitzungen nach dem Attentat das Wort ergriffen und eine radikale, das heißt unwiderrufliche Lösung des ›Problems Riario-Sforza‹ gefordert hat.« Der Notar verbeugte sich ebenfalls tief, als müsse er sich für seine Aussage entschuldigen.

»Ich verstehe nicht ganz …«, sagte Caterina.

»Ich verstehe sehr wohl«, unterbrach sie *il Moro*. »Du siehst, liebe Caterina, daß man mit falschverstandener Milde nichts erreicht. Wir müssen den Alten und den Rest der Familie Orsi suchen und sie einer *radikalen Lösung* zuführen. Sie verstecken sich noch in der Stadt wie eine unerkannte Pestbeule, die ausgebrannt werden muß. Meine Soldaten sollen Haus für Haus durchkämmen, und dann wird Gericht gehalten!«

Caterina wurde plötzlich schwankend. Womöglich hetzten noch immer ihre Widersacher gegen sie, lauerten Attentäter in der Stadt. Sollte *il Moro* recht behalten? Sie schaute sich hilfesuchend nach Fra Lauro um, der ihr ins Ohr flüsterte: »Bewirke einen Aufschub von einem Tag.«

Es wurde eine letzte Nacht zum Nachdenken beschlossen. Murrend entließ *il Moro* seine Nichte und betonte, morgen früh falle eine Entscheidung, notfalls treffe er sie allein.

Als Caterina mit Fra Lauro und Ghetti durch das Heerlager zur Rocca stapfte, vorbei an saufenden und würfelnden Soldaten, entschlüpfte plötzlich einer Gruppe betrunkener Soldaten ein Mädchen von vielleicht zwölf Jahren und stürzte ihr zu Füßen mit einem nahezu stimmlosen Schrei höchster Not. »Helft mir, Herrin, helft mir!« verstand Caterina. Die Soldaten torkelten mit gezücktem Dolch hinter der Kleinen her, einige fluchten in einer Sprache, die Caterina nicht verstand. Mit einer herrischen Bewegung hinderte sie die Männer daran, das verdreckte und blutverkrustete Mädchen wie ein in Todesnot strampelndes Tier abzuschleppen.

»Was ist das für ein Mädchen?« fragte sie streng.

»Hure! Drecksfotze!« verstand sie in dem Männergebrüll.

Ghetti stieß einen der Soldaten zur Seite und gab einem anderen einen kräftigen Tritt, zückte dann blitzschnell sein Schwert und hielt es einem dritten unter das Kinn. Das Mädchen klammerte sich an Caterina. Nur noch ein zerrissener Fetzen bedeckte ihren Körper. Ihre vor Leid brennenden Augen trafen Caterina so tief ins Herz, daß sie ohne weiteres Nachdenken den Männern zurief: »Das Mädchen bleibt bei mir!« Sie legte ihren Arm schützend auf seine zitternde Schultern und ging weiter.

Ghetti hielt die Söldnergruppe noch einen Moment in Schach und folgte Caterina dann. Sie warf einen kurzen Blick zurück. Zum Glück waren die Soldaten zu betrunken, um für die ihnen entrissene Beute zu kämpfen, und ihre Kameraden schauten lediglich kurz und höhnisch feixend auf, bevor sie weiter würfelten und tranken.

Im Turm der Rocca angekommen, beauftragte Caterina Rosaria, das Mädchen zu versorgen, zu waschen und die Wunden zu verbinden sowie ihm neue Kleidung zu geben. Anschließend wollte sie mit ihm reden. Aber im Grunde gab es nicht viel zu reden. Sie wußte genau, was mit ihm geschehen war. Wenn sie das dem Wahnsinn nahe Kind betrachtete, das kaum ein verständliches Wort stammeln konnte, dann begriff sie einmal mehr, warum sie die Plünderung Forlìs verhindern wollte. Ihr Onkel mit seinen feisten Wangen mochte in der Lage sein, über ihre Folgen hinwegzusehen, sie als Frau war dazu nicht fähig.

Ghetti und Fra Lauro schauten dem Mädchen nach, das mit der beruhigend auf sie einsprechenden Rosaria verschwand.

»Habt Ihr bereits an das Kloster von San Domenico gedacht?« fragte Fra Lauro unvermittelt. »Es liegt ganz der Nähe des Palasts der Orsi, und Klöster sind, wie wir gesehen haben, gern gewählte Verstecke. Selbst wenn man entdeckt wird, so hindert doch die Weihe des Orts die meisten an einer augenblicklichen Bluttat. Häufig gibt es auch Schlupflöcher für gewisse Gäste, die ungesehen ein- und ausgehen.«

Caterina verstand, was Fra Lauro meinte. Sie ließ den jungen Feo rufen und mit ihm weitere Männer. Ghettis Murren überhörte sie geflissentlich. Giacomo gab sich ganz militärisch, lächelte Caterina gleichzeitig vertraulich an und ließ seinen Blick unangemessen lang auf ihr ruhen. Sie konnte nicht anders, als seinen Blick zu erwidern. Das Blut schoß ihr in den Kopf.

Dann brachen alle zu dem Kloster auf.

Die Pforte öffnete man ihnen nur zögernd. Im Kreuzgang sprangen keine Kinder umher. Dies brauchte niemanden zu wundern, denn es war inzwischen Nacht, und nur wenige kleine Öllichter brannten. Caterina gab Befehl, Fackeln anzuzünden. Angeblich gab es keine im gesamten Kloster. Als sie, zunehmend ungehalten, damit drohte, in der Mitte des Kreuzgangs die Mönchspritschen anzuzünden, fanden sich zufällig doch einige Fackeln. Auf Schritt und Tritt folgten ihnen die Mönche und öffneten für sie ihre verschlossenen Zellen.

Fra Lauro hörte sich den Protest des Abtes an und versuchte, ihm die Lage darzulegen. Ghetti ließ Giacomo Feo mit seinen Männern die Zellen absuchen, schließlich in die Kirche eindringen. Caterina beobachtete die Mönche genau. Es fiel ihr auf, daß immer wieder bestimmte Zellen nicht geöffnet wurden, und auf ihre Frage hin, warum dies geschehe, hieß es, sie seien nicht bewohnt. Plötzlich hörte man ein kindliches Husten aus einer verschlossenen Zelle. Sie wurde aufgebrochen, und in einem weißen Hemd stand eine junge Frau an der Wand, zitternd, bleich, zwei Kinder an ihrer Seite. Wortlos ließ Caterina sie in den Kreuzgang treten. Rasch wurden alle noch nicht geöffneten Zellen aufgebrochen: Insgesamt sieben vor Angst zitternde Frauen zerrte man heraus, alle mit ihren Kindern, größeren und kleineren. Ein Heulen und jammerndes Flehen um Schonung brach aus, das Caterina nicht ertragen konnte. Sie griff sich eine Fackel und begab sich in die Kirche. Andrea Orsi mußte ebenfalls hier im Kloster sein, daran zweifelte sie nicht mehr. Ihn vor allem suchte sie. Die Frauen waren hilflose Opfer ihrer feigen, verachtenswerten Männer, die sie einfach mit den Kindern zurückgelassen hatten, um die eigene Haut zu retten.

Die Sakristei war leer. Sie stieg in die Krypta hinab. Unter einem schweren Gewölbe ruhten mehrere Sarkophage. Ghetti folgte ihr und leuchtete. Plötzlich entdeckten sie eine Tür, die in eine Gruft führte. Hier reihten sich mehrere Sarkophage mit römischen Inschriften. Zwischen ihnen stand ein Altar, den das Relief einer Opferszene schmückte. Ein Stier wurde zum Altar geführt, daneben eine Priesterin und ein Mann mit einer Doppelaxt.

»Ich glaube, das stammt noch aus vorchristlicher Zeit«, flüsterte Ghetti. »Ich habe in Rom ähnliche Altäre gesehen.« Er fuhr mit seiner Hand über den Stein, betrachtete die Sarkophage.

»Es riecht seltsam hier«, flüsterte sie.

»Wie in einer Gruft eben. Vermutlich sind noch nicht alle Leichen verwest.«

»Ich höre etwas!«

»Ihr hört unseren Atem. Vielleicht gibt es auch Ratten.« Ghetti ging weiter.

Caterina stieß auf einen zerbrochenen Sarkophagdeckel.

Tatsächlich ließ sich der kleinere Teil bewegen. Ein schmaler Spalt öffnete sich.

»Hier unten gibt es lediglich Tote.« Ghetti bekreuzigte sich.

Noch einmal forderte Caterina ihn auf, sich ruhig zu verhalten, und beide lauschten. Aber nun war nichts mehr zu vernehmen. Trotzdem schob sie den Deckel ein wenig zurück und hielt die Fackel an den Spalt.

Sie prallte zurück. Im Sarkophag lag eine kaum verweste Leiche.

»Kommt, laßt den Toten ruhen. Ihr beschwört einen Tod herauf, wenn Ihr einen Sarg öffnet.«

»Woher weißt du das?«

»Das wissen alle.«

Während Ghetti bereits die Treppe zur Krypta hochstieg, legte Caterina ihre Fackel ab, um den Deckel mit beiden Händen zur Seite zu schieben. Als der Spalt breit genug war, leuchtete sie erneut hinein. Sie zuckte zurück, ein glühender Schreck durchfuhr sie. Die Leiche eines uralten, weißbärtigen Mannes war deutlich zu erkennen. Eingefallene Wangen, geschlossene Augen. Der alte Mann mußte Andrea Orsi sein. Vielleicht hatten ihn seine Söhne umgebracht, oder er war vor Angst und Schrecken gestorben. Ihn hatte auf jeden Fall sein Schicksal ereilt, und die Mönche hatten seinen Leichnam hier versteckt.

Caterina schaute genauer hin. Irgend etwas stimmte an diesem Leichnam nicht.

Caterina rief Ghetti. Plötzlich schrie sie auf.

Der Tote hatte sich bewegt.

42. Kapitel

Caterina triumphierte. Sie hatte den wie ein Pferdeknecht fluchenden Patriarchen der Verschwörerfamilie Orsi aus seiner Gruft kriechen lassen und im tiefsten Kerker der Rocca eingeschlossen. Die sieben Frauen der Familie waren durch Ghetti und Fra Lauro verhört und später in ihren Palazzo entlassen worden, der allerdings streng bewacht wurde. Keine von ihnen durfte Forlì verlassen oder irgendeinen Besucher empfangen. Leider hatte das Verhör nichts ergeben. Die Frauen wußten entweder nichts oder gaben vor, nichts zu wissen. Ein verschärftes Verhör wurde erwogen, dann jedoch fallengelassen. Caterina wollte keine Frauen foltern lassen. Es galt, erst einmal abzuwarten, was der alte Orsi zu seiner Verteidigung vorzutragen hatte.

Ihrem Onkel gegenüber ließ sie keinen Zweifel aufkommen, daß sie eine Plünderung der Stadt nun nicht mehr dulden würde. Sie hatte versucht, mit dem kleinen Mädchen zu sprechen, das sich zu ihr geflüchtet hatte und dessen Namen sie noch immer nicht wußte, aber das Kind brachte kaum ein Wort heraus. Rosaria hatte Caterina von den Verletzungen berichtet, die ihm zugefügt worden waren, und dies bestärkte Caterina in ihrem Entschluß.

Il Moro konnte seine Wut nur schwer unterdrücken. Seine Söldner schwärmten täglich in die Umgebung aus und plünderten all diejenigen Bauernhöfe, bei denen noch etwas zu holen war. Immer wieder loderten in der Ferne Feuer auf, und Rauchwolken standen tagelang über den Feldern und Ansiedlungen. Bevor die Ernte des Sommers gänzlich vernichtet wurde, mußte Caterina das Heer ihres Onkels loswerden. Sie beschwerte sich in aller Deutlichkeit bei ihm über das gesetzlose Treiben seiner Soldaten. *Il Moro* mußte an sich halten, um nicht loszubrüllen. Der bologneser Hauptmann erhielt den Befehl, mit seinen Truppen abzuziehen. Die Unruhe unter den verbliebenen Soldaten nahm bedrohliche Formen an.

Caterina traf erneut mit ihrem Onkel zusammen und erklärte, wenn die Brandschatzerei in der Umgebung endlich aufhöre, würden die Kosten des Heereszugs ihm ersetzt. Die Bürger der Stadt müßten sie übernehmen. »Dies ist nur recht und billig. Die Verantwortlichen sollen da bluten, wo es sie am meisten schmerzt: am Geldbeutel.«

»Das erste vernünftige Wort von dir seit langem«, knurrte *il Moro*.

Aber als es dann um die Höhe der Kostenerstattung ging, stritten sie sich wieder. Caterina lehnte seine Forderung rundweg ab, rechnete ihm die Verluste an Vieh, Getreide und bäuerlichem Besitz vor und bot ihm dann eine so niedrige Summe an, daß der Zorn ihn abermals übermannte.

Natürlich hatte sie viel zu wenig angeboten, damit sie noch draufsatteln konnte, um ihm das Gefühl zu geben, er hätte sie zum Nachgeben überredet und sei also der Sieger im Streit um das Geld. Auf diese Weise erreichte sie ihr Ziel, und er konnte sein Gesicht wahren. Sie erhöhte »um des lieben Friedens willen« ihr Angebot, man feilschte eine Weile, und zum Schluß gelangte man dorthin, wohin Caterina von Anfang an hatte kommen wollen.

Während der nächsten Tage sollte Andrea Orsi der Prozeß gemacht werden. Caterina entschied, selbst den Vorsitz zu übernehmen. Sie war sich noch nicht im klaren darüber, wie sie verfahren wollte, und besprach sich daher mit Fra Lauro, Ghetti und Tommaso Feo. Auch Tommasos junger Bruder saß bei den Besprechungen dabei, lächelte Caterina an, machte einen Vorschlag, verstummte aber rasch, weil seine Bemerkung Ghettis Unmut hervorrief. Caterina verstand nicht, was Ghetti an dem Bruder des Kastellans so mißfiel. Sie mußte eine angemessene Antwort auf die blutige Verschwörung der Orsi finden und damit das Fundament für ihre zukünftige Herrschaft legen, sie befand sich also in der wichtigsten Phase ihrer beginnenden Regentschaft, und da störte jede Eifersüchtelei zwischen ihren Beratern.

Tommaso Feo sprach sich dafür aus, Andrea Orsi für die Verschwörung seiner Söhne haften zu lassen, es sei denn, sie stellten sich. Er war sogar dafür, die Töchter und Schwiegertöchter so lange einzusperren und ihnen den Tod anzudrohen, bis ihre Männer gefaßt seien.

»Dann können wir lange warten«, sagte Caterina und schüttelte den Kopf.

Ghetti und Fra Lauro wollten unter allen Umständen die Frauen geschont sehen. Sie seien weder gefragt noch unterrichtet worden, sie seien, wie so viele Frauen der *nobili*, zum Gebären der männlichen Nachkommen da und könnten nicht bestraft werden für die Taten ihrer Männer.

»Bisher haben wir noch nicht einmal die eigentlichen Anstifter und Mörder getötet«, erklärte Caterina. »Wir haben ihre Frauen geschont, die Kinder ohnehin. Der Mord an dem Grafen aber schreit nach Vergeltung, und da die Mörder sich feige davongestohlen haben, müßte die Familie für sie geradestehen. Ich will jedoch den Teufelskreis von Gewalt und Rache, von Mord und Vergeltung durchbrechen, versteht ihr?« Sie schaute sich in der Runde fragend um.

»Vielleicht heilt die Zeit ja doch die Wunden ...«, unterstützte sie Fra Lauro.

Es herrschte nachdenkliches Schweigen.

Tommaso Feo erklärte schließlich: »Das Schlimme ist, daß uns alle vier Haupttäter entwischt sind. Wir müssen uns an dem alten Orsi schadlos halten und an ein paar Plünderern. Selbst wenn wir sie hängen, ist die Tat noch nicht angemessen gesühnt.«

»Und wenn sich herausstellt, daß der alte Orsi mit dem Mord gar nichts zu tun hat?« fragte Caterina.

»Ist er nicht erst nach dem Attentat nach Forlì gekommen?« warf Fra Lauro ein. »Nach meinen Informationen wußte er von nichts, obwohl er nie das Verschwinden des als Geisel genommenen Sohnes verwunden hat. Dieser Sohn war sein Liebling.«

»Andrea Orsi wird ohnehin alle Anschuldigungen abstreiten«, bemerkte Tommaso Feo, »sonst kann er gleich sein Todesurteil unterschreiben. Wir werden ihn also foltern müssen. Aber foltere mal einen Fünfundachtzigjährigen. Der stirbt bereits bei der ersten Daumenschraube.«

Caterina stand auf und wanderte im Raum auf und ab. »Viel wichtiger als die Rache an den Orsi ist für mich, daß wieder Frieden in Forlì einkehrt«, erklärte sie. »Riario ist tot. Ottaviano, der neue *signore*, ist nicht einmal zehn Jahre alt. Ich werde also noch lange Zeit an seiner Stelle regieren müssen.« Sie unterbrach sich kurz und sprach leiser weiter: »Ich möchte es besser machen als Riario und endlich Aufruhr und Attentate beenden. Als eine gute und gerechte Herrscherin strebe ich Wohlstand und Sicherheit an. Ich habe so viele Pläne für die Stadt: Ein großes Hospital soll entstehen, so daß die Armen im Krankheitsfall versorgt sind und wir bei Pestfällen rasch reagieren können. Ich will Ravaldino ausbauen und für mich und meine Familie endlich den Palazzo fertigstellen. Dazu einen schönen Garten. Ich möchte wieder auf die Jagd gehen können und Pferde züchten. Ich will auch einen *monte di pietà* für Forlì gründen, eine Pfandleihanstalt für die Armen und Bedürftigen. Bei uns in Mailand hat man Reis angepflanzt. Ich denke, dies können wir hier ebenfalls. Und Maulbeerbäume für die Seidenraupenzucht. Wir liegen an einer der wichtigsten Kreuzungen in Italien, daher brauchen wir anständige und saubere Wirtshäuser. Dann übernachten die Kaufleute hier, wir können ihnen unsere Waren anbieten und ihre kaufen, außerdem vergrößern sie den Ruhm unserer Stadt. Es gibt so viel Wichtiges zu tun.«

Sie schaute ihren Beratern in die Augen. Womöglich hatte sie nicht so begeisternd gesprochen, wie sie es hätte tun müssen. Ein guter Redner riß seine Zuhörer mit. Aber Begeisterung spürte sie keine. Tommaso Feo legte seine Stirn in skeptische Falten und erklärte: »Ihr habt vergessen, daß wir eine gute Miliz brauchen, die jederzeit einsetzbar sein muß. Ohne Waffenstärke kein Frieden.«

»Ihr habt recht«, sagte Caterina.

Fra Lauro nickte zustimmend, blieb aber ernst. Lediglich Giacomo Feo lächelte sie an, bewundernd, liebevoll. Der süße Junge linderte allein durch sein Lächeln die Qual dieser Stunden!

Caterina seufzte. »Also hören wir erst einmal, was der alte Orsi zu sagen hat, und sehen zu, daß der undisziplinierte Söldnerhaufen aus Mailand verschwindet.«

»Was machen wir mit Monsignore Savelli, dem Vertreter der Kurie und damit unseres Lehnsherrn?« fragte Fra Lauro. »Wir halten ihn noch immer gefangen. Dabei brauchten wir ihn als Verbündeten und Fürsprecher in Rom.«

Fra Lauro hatte recht. An den Prälaten hatte sie überhaupt nicht mehr gedacht.

»Entlaß ihn sofort aus der Haft, drücke ihm mein Bedauern aus, lade ihn ein, an dem Prozeß teilzunehmen, oder laß ihn nach Cesena zurückkehren, wenn er dies vorzieht.«

»Du solltest ihm selbst dein Bedauern ausdrücken. Vergiß nicht, daß der Papst Ottavianos Herrschaft und damit auch deine bestätigen muß. Verweigert er dies ... Du kannst nicht wieder die Kanonen auf den Vatikan richten.«

Caterina lachte auf, aber ihr Lachen klang gequält.

Noch am selben Tag kam es zu einem freundschaftlichen Gespräch zwischen ihr und Monsignore Savelli, dem gegenüber Caterina ihr tiefstes Bedauern ausdrückte über die unglücklichen Vorgänge, die sogar zu seiner Festsetzung geführt hätten, die aber nichts als eine reine Vorsichtsmaßnahme gewesen seien.

Bischof Savelli, bleich und noch immer voller Angst, gleichzeitig erleichtert und sogar geschmeichelt, drückte seinerseits ein tiefes Bedauern über den Tod des Grafen aus, erklärte, seine Rolle als angeblicher Bundesgenosse der Orsi lediglich ungern, ja gezwungen gespielt zu haben, versicherte Caterina seiner tiefempfundenen Verehrung, wünschte ihr Gottes Beistand für den anstehenden Prozeß, an dem teilzunehmen er leider nicht in der Lage sei, und reiste umgehend nach Cesena ab.

Caterina war es recht. Was er dem Papst in Rom über die Vorgänge in Forlì mitteilen würde, konnte sie nicht mehr beeinflussen. Sie hoffte lediglich, sich ausreichend demütig und schmeichlerisch, gleichzeitig aber entschieden und stark gegeben zu haben. Während sie in die Rocca zurückeilte, fragte sie den sie begleitenden Fra Lauro, ob sie wirklich in der Lage sei, all die Aufgaben, die auf sie einstürmten, erfolgreich und zufriedenstellend bewältigen zu können.

»Ihr könnt es, Gräfin. Jetzt erst seid Ihr frei geworden, Euren Weg zu gehen. Ihr werdet eine gute und gerechte Herrscherin. Euer Ruhm wird den Ruhm vieler Männer überstrahlen.« Fra Lauro hatte mit Ernst und Würde gesprochen. Caterina sah ihm forschend in seine Augen und fand Güte und Vertrauen.

Würde es ihr, der *Kämpferin*, nun endlich gelingen, zur *Lichtbringerin* zu werden?

Wenige Tage später kam es zu dem Prozeß gegen Andrea Orsi als dem einzig Anwesenden der Familie Orsi, außerdem gegen einige Bürger, die von mehreren Zeugen bei der Ermordung des *bargello* gesehen worden waren, und gegen diejenigen, die den Grafen aus dem Fenster geworfen hatten. Caterina, eingerahmt von ihren Beratern und von ihrem Onkel, führte den Vorsitz. Richter, Ankläger und Verteidiger aus Forlì hatten für den geregelten und rechtmäßigen Ablauf des Prozesses zu sorgen. Der *Rat der Vierzig*, soweit er nicht in Verdacht stand, mit den Orsi zu sympathisieren, sollte anwesend sein, ebenso der Magistrat, Vertreter der *nobili* und der Handwerker, natürlich auch Bischof Numai und die Retter der Kinder, insbesondere der einäugige Antonio Orcioli.

Zuerst ging es um die Mörder des *bargello* und die Helfershelfer.

Die Zeugen traten vor und wiederholten ihre Aussagen. Sie stimmten in dem, was sie berichteten, weitgehend überein. Die meisten Angeklagten bekannten sich schuldig, bevor die Folter sie zu einem Geständnis zwang, wurden zum Tode verurteilt und sollten am nächsten Tag in den frühen Morgenstunden an der Piazza Grande gehängt werden.

Caterina hatte das Urteil über sieben Männer und eine Frau gesprochen. Einen Augenblick herrschte regloses Schweigen in dem Gerichtssaal. Sie ließ ihren Blick auf den Verurteilten ruhen, die voller Reue, taub vor Angst oder auch trotzig vor ihnen standen. Plötzlich taten sie ihr leid. Dann aber tauchten wieder die Bilder vom Mord an Riario auf, vom Pöbel in seiner Blutgier, von der blinden Zerstörungswut und der Habsucht der Menge. Diese Menschen hatten sich wie Wölfe auf einen wehrlosen Mann gestürzt und ihn mit bloßen Händen regelrecht zerrissen. Einfach nur aufgehängt zu werden war noch eine milde Strafe dafür. *Auge um Auge, Zahn um Zahn* hieß es in der Bibel. Sie hätte die Übeltäter auch bei lebendigem Leib vierteilen oder rädern lassen können. Sie waren nicht einmal gefoltert worden, wie damals ihr Girolamo.

Erst als Caterina abends ihre Kinder in den Arm nahm, dachte sie nicht mehr an das Urteil, und als sie dann auf ihrer Pritsche lag und einzuschlafen begann, fühlte sie plötzlich Giacomos Nähe. Sie wußte nicht, ob sie träumte oder ihn sich nur herbeiwünschte oder ob er sich hereingeschlichen habe. Sie hob ihre Hand, er küßte sie, hielt sie, und bevor sie endgültig wegdämmerte, warf sie noch einen Blick auf ihren Besucher, und sie sah Scipione, den kleinen Scipione, ihre Hand halten. In seinen Augen standen Tränen.

Am nächsten Morgen wachte sie vor Sonnenaufgang auf. Sie konnte keinen Gedanken mehr an das eigenartige Traumbild verschwenden, mit dem sie eingeschlafen war – oder hatte sie doch jemand besucht? Irgendwann wollte sie Scipione fragen. Sie rief Rosaria und ließ sich ankleiden. Das kleine Mädchen, das noch immer keinen Namen hatte, half ihr dabei. Caterina strich ihm über die Haare, und es deutete ein dankbares Lächeln an.

Im Lager herrschte Unruhe. Der Aufbruch stand kurz bevor, es war jedoch noch immer kein Sold bezahlt worden. Bis in den

Turm hinein spürte Caterina die Spannung. Sie hatte Cobelli und Ilsecco Bescheid geben lassen, daß die Stadt die Kosten des mailändischen Heerzugs zu bezahlen habe, und zwar unverzüglich. Je rascher die ausgehandelte Summe übergeben würde, desto rascher verschwinde das Heer. Es bestehe durchaus die Gefahr, daß insbesondere bei Verzögerung der Auszahlungen die Söldner doch noch über die Stadt herfielen – und dann ergehe keine Gnade vor Recht. Außerdem sei es selbstverständlich, daß das Beutegut wieder an sie, die Gräfin, zurückgegeben werde, von der Silberschale bis zum Brokatkleid und zum gräflichen Bett.

Am Ende des ersten Prozeßtages hatte Ilsecco angekündigt, das Geld werde nach der Verhandlung gegen Andrea Orsi ausgezahlt werden. Die Bürger seien schuldbewußt, plünderten ihre Ersparnisse und begännen Caterinas Milde bereits jetzt zu preisen. »Und was das Beutegut angeht, so bin ich dabei, in Eurem Stadtpalast alles Geraubte zusammentragen zu lassen. Die Forliveser verraten sich gegenseitig ... Wie sagte doch unser verehrter *Laureatus*: Sie sind *wankelmütig*.«

Am nächsten Morgen drängten sich viele Bürger Forlìs vor den *broletto* an der Piazza Grande, in dem der Prozeß stattfand. Sie schienen sich nicht an den acht Gehenkten zu stören, die von den Fenstern des gräflichen Palasts herabbaumelten, umflattert von Krähen und Raben. Die meisten Bürger konnten nicht eingelassen werden, weil schon die offiziellen Teilnehmer den Gerichtssaal nahezu füllten. Außerdem warnte Ghetti, der für die Sicherheit aller Beteiligter verantwortlich war, vor möglichen Ausbrüchen der Sympathie für den alten Orsi, vor nicht mehr beherrschbaren Tumulten oder gar vor Angriffen auf die Gräfin.

Ilsecco, der auf der rechten Seite des Gerichtssaals saß, wies, als er Caterinas Blick auf sich lenken konnte, betont auf mehrere Säcke, die er neben sich gestapelt hatte. *Il Moro* verzog seinen Mund zu einem höhnischen Lächeln, dann starrte er abwesend vor sich hin. Caterina unterdrückte ein erneutes Gefühl des Triumphes. Sie hatte ihren Willen durchgesetzt, hatte ihre Unabhängigkeit bewahrt und letztlich auch das Fundament für eine gute Herrschaft gelegt.

Andrea Orsi wurde hereingeführt, weißhaarig, unsicher auf

den Beinen, mit finsterstem Blick. Bevor er sich auf der Anklagebank niederließ, schaute er sich um und spuckte verächtlich aus. Einer der Wachen gab ihm einen heftigen Stoß, so daß er fast gefallen wäre. Der Alte schleuderte ihm wütend ein paar Worte ins Gesicht, die Caterina wegen des herrschenden Lärms nicht verstehen konnte. Der Wachsoldat wollte ihn erneut schlagen, aber Ghetti, der daneben stand, hielt ihn davon ab und drückte Orsi auf die Bank.

Caterina hoffte, daß der Alte zu dem ihm zur Last gelegten Vorwurf, den Mord an dem Grafen mitgeplant zu haben, Stellung beziehen würde, daß er Reue zeige, sie um Milde bitte. Träten dann noch Entlastungszeugen auf, die bestätigten, daß er an der Planung und Durchführung gar nicht beteiligt gewesen war, würde sie ihn womöglich sogar mit einer hohen Geldstrafe ziehen lassen. Leider machte der Fünfundachtzigjährige keine Anstalten, sich ihrem Wunsch entsprechend zu verhalten.

Zu Beginn seiner Befragung blieb er sitzen, gab vor, taub zu sein, und schwieg beharrlich. Die Ratsherren rutschten unruhig auf ihrer Bank hin und her, das Volk, das eingelassen worden war, begann ihn zu beschimpfen, gleichzeitig aber auch zu lachen.

Nach einer Weile drehte sich der Richter hilfesuchend nach Caterina um. Laut und vernehmlich erklärte sie nun, wenn der Angeklagte weiterhin schweige, werde man ihn unverzüglich in den Keller führen und der Befragung mehr Nachdruck verleihen.

Da sprang Andrea Orsi auf, plötzlich erstaunlich kräftig, und schrie mit haßverzerrtem Gesicht: »Ihr wollt mich foltern lassen?«

»Ja, ich lasse Euch foltern«, antwortete Caterina ruhig, »und zwar so lange, bis ihr zu reden bereit seid oder nie mehr reden werdet.«

»Wißt Ihr, wie alt ich bin?« Noch immer schrie Orsi in höchster Erregung.

»Alter schützt vor Torheit nicht«, antwortete Caterina. »Alter schützt auch vor dem Anzetteln von Verschwörungen nicht.«

Orsi wirkte nun wieder so, als verstehe er nichts, als wollte er zusammensacken. Es war still geworden im Saal; lediglich die Totenvögel draußen krächzten, und durch die mit Blei eingefaßten blinden Fenster konnte man ihre Schatten vorbeiflattern sehen.

»Alter macht offensichtlich auch nicht mutiger – die Söhne fliehen, lassen ihre Frauen im Stich, der Vater verkriecht sich in einen Sarkophag ...« Caterina sprach noch immer ruhig, doch langsam schlich sich ein höhnischer Ton ein. Im Grunde könnte der weißhaarige Alte dich an deinen eigenen Großvater erinnern, dachte sie, er könnte womöglich sogar deine Sympathie gewinnen, trotz der Taten seiner Söhne. Aber so, wie er sich verhält, bringt er dich noch dazu, ihn foltern zu lassen, damit überhaupt ein Urteil zustande kommen kann. Und er muß wissen, wie dieses Urteil lauten wird.

Plötzlich starrte ihr der Alte direkt in die Augen. Seine Hände krallten sich um die Barriere, die vor ihm aufgestellt worden war. Er rüttelte daran und stieß einen unartikulierten Schrei aus. Das Volk lachte auf, aber Orsi schrie noch lauter, und das Lachen verstummte.

»Wollt Ihr endlich ...«, begann Caterina erneut zu sprechen.

»Ich rede, wann und was ich will«, schrie Orsi mit überschnappender Stimme. »Du römische Hure, du Bastard eines Muttermörders, was glaubst du, wie ich den gräflichen Betrüger, diesen Gernegroß, verachtet habe. Dabei war er mir so gleichgültig wie die Hundescheiße auf der Straße.«

Er hielt kurz inne, weil die Stimme ihm versagte. Caterina sah Ghettis Blick, der sie stumm fragte, ob er den Alten zum Schweigen bringen sollte, und sie überlegte, ihn auf der Stelle zu dem kleinen Balkon führen zu lassen, den Strick um den Hals, um ihn von dort hinabzustoßen. Gleichzeitig erfaßte sie eine Neugier auf das, was der Alte noch herauszuschreien hatte. In seiner Erregung sprach er endlich die Wahrheit aus, *seine* Wahrheit ...

Orsi sprach mit erregter, rauher Stimme weiter: »Nicht gleichgültig war mir aber Cesare, mein Ältester, mein Lieblingssohn. Ihn hat Riario, der Lump, nach Rom verschleppt und dort verrecken lassen. Dafür mußte er sterben, und es geschah ihm recht. Aber meine Söhne waren zu dumm, reinen Tisch zu machen. Sie haben mich noch nicht einmal gefragt, wie sie sich rächen sollten, nicht einmal benachrichtigt. Ich hätte ihnen nämlich befohlen, nicht nur die gräfliche Ratte abzustechen, sondern auch den Söhnen die Kehle durchzuschneiden und die Hure aus Mailand in den nächstbesten Brunnen zu werfen. Nur so entledigt man sich seiner Feinde – oder man läßt es gleich. Man zuckt nach dem ersten Mord nicht vor dem zweiten zurück, man läßt sich nicht an der Nase herumführen von einem weiblichen Bastard, man stiehlt sich dann nicht davon. Ich forderte vor aller Ohren den Tod der Kinder – da sitzen sie doch, die es gehört haben …« Orsi wies mit seinen knochigen Fingern auf die *anziani*. »Aber sie holten den Pfaffen aus Cesena und ließen die Kinder im Kloster von unsicheren Kandidaten bewachen – das war so unsäglich dumm, so ein Fehler wäre Cesare nie unterlaufen. Wer siegen will, muß auch Blut sehen können. Ich verfluche die Bastarde, die meine Lenden gezeugt haben, ich verfluche sie genauso wie dich, du Hure des Satans, du wirst nicht glücklich werden in dieser Stadt, ein Racheengel wird dich auf die Knie zwingen, er wird sein Schwert in dich versenken, er wird dich zur Hölle schicken …«

»Schluß jetzt!« rief Caterina so scharf, daß Andrea Orsi zusammenzuckte. Bleich und außer Atem sackte er auf seinem Sitz zusammen. Er griff sich ans Herz, und einen Augenblick glaubte Caterina, er würde sterben. Doch dann faßte er sich wieder und hob seinen Kopf.

»Wir haben das Geständnis des Andrea Orsi gehört, und ich verkünde hiermit die Urteile.« Caterina erhob sich, und alle im Saal folgten ihr. Allein der alte Orsi blieb sitzen und starrte sie an. Sie sprach nicht laut, nur bestimmt, und sie brauchte auch nicht nachzudenken. Die Worte ergaben sich von selbst. Sie wollte endlich diesem quälenden Schauspiel ein Ende bereiten, sie wollte zu ihren Kindern, sie wollte schlafen, sie wollte Giacomos Lächeln sehen, sich unter einen blühenden Obstbaum legen und in den Himmel schauen …

»Erstens: Wer sich unrechtmäßig das Gut des Grafen angeeignet und es nicht bis morgen abend zurückgebracht hat, wird, falls etwas bei ihm gefunden wird, auf der Stelle am Türstock seines Hauses aufgehängt. Zweitens: Die Bürger der Stadt tragen die Kosten, die der Herzog von Mailand, Lodovico Sforza, mein verehrter Onkel, aufbringen mußte, um sein Entsatzheer aufzustellen und nach Forlì zu führen. Offensichtlich ist die Summe bereits aufgebracht und kann nach dem Prozeß übergeben werden. Drittens: Die Töchter und Schwiegertöchter der Familie Orsi, die im Kloster San Domenico aufgegriffen wurden, sind frei. Sie dürfen Forlì allerdings nicht verlassen und werden in Zukunft gezwungen sein, sich ihren Unterhalt selbst zu verdienen oder betteln zu gehen. Denn das gesamte Vermögen der Familie Orsi wird hiermit konfisziert. Der Palast soll vor den Augen des Andrea Orsi bis auf die Grundmauern zerstört werden. Ist dies geschehen, soll Andrea Orsi an ein Pferd gebunden und so lange vor aller Augen um die Piazza Grande geschleift werden, bis er seinen Geist aufgegeben hat und seine Seele zur Hölle gefahren ist.«

Caterina warf einen letzten Blick auf den alten Orsi, der sie aus aufgerissenen Augen anstarrte. Aber sie konnte dem Blick standhalten.

Kaum hörbar stieß Orsi seine letzten Worte aus: »Hure, der Satan wird dich zu Tode ficken!«

TEIL IV

Auf den Balsambergen

43. Kapitel

Eripe me, Domine, ab homine malo; a viro iniquo eripe me. Erlöse mich, o Herr, von bösen Menschen; vom frevelhaften Manne rette mich. So mag Caterina jede Nacht gebetet haben, und auch ich bat den Allmächtigen, uns endlich von den Verfolgungen der Niedertracht und Mordlust zu befreien. Ein Leben, das stets nur im Schatten der Angst geführt werden kann, wird bitter, mißtrauisch und grausam. Es verliert den Glanz der Liebe, das hellste Licht in der Dreieinigkeit göttlicher Tugenden. *Omnia vincit amor*, über alles siegt die Liebe, dichtete bereits der Römer Vergil. Mag er auch für Caterina, für jeden von uns, ein prophetisches Wort gesprochen haben.

Nach dem Tod ihres Gatten verhielt sich Caterina wie eine echte Sforza: unerschrocken, überlegt und bestimmt. Wut und Rache, Gefühle, die bei ihr wie bei den meisten Sforza stets kaum gezähmt zum Ausbruch drängen, ließen sich diesmal von politischer Weisheit und menschlichem Mitgefühl im Zaum halten. Caterina verschonte die untreue und wankelmütige Bevölkerung der Stadt vor Strafe. Sie hätte wohl auch Andrea Orsi am Leben gelassen, hätte er sie nicht in Worten geschmäht, die wiederzugeben mir der Anstand verbietet.

So kam der Tag, als der Weißhaarige, gekleidet in ein grobes Büßergewand, zusehen mußte, wie man den Palast seiner Familie bis auf die Grundmauern schleifte. An seiner Seite standen seine Töchter, Schwiegertöchter und all die Enkel. Es brach das Dach, es stürzten die Mauern, das Zeichen stolzen Reichtums ging dahin. Stunde für Stunde bedeckte der Staub des niedergerissenen Besitzes sein Haupt. Und dann, in der Stunde des Mars, band man ihn an den Schweif eines Rappen, dessen Rücken eine Schabracke mit dem Wappen der Sforza bedeckte: Der Drache verschlingt seinen Feind. Die Bürger von Forlì, so sie nicht bereits zuvor aus Schaulust sich versammelt hatten, wurden zur Piazza Grande getrieben, auf der sie einen undurchdringlichen Ring zu bilden hatten, um dem Schauspiel tödlicher Strafe beizuwohnen.

Andrea Orsi hatte morgens noch finstere Flüche ausgestoßen. Das Wehklagen seiner Töchter ließ ihn verstummen. Er wollte sich abwenden, als die Mauern brachen. Doch man zwang ihn zuzuschauen. Und zur Stunde des Kriegsgotts schlug ihm dann die *hora ultima*: Einer der Barmherzigen Brüder nahm ihm die Beichte ab und erteilte ihm Absolution. Dann ließ man den Rappen frei. Das Tier bewegte sich lediglich wenige Schritte auf den Brunnen der Piazza zu, Andrea taumelte hinterher. Die Glocken von San Mercuriale dröhnten, als seien sie willens, seine Todesschreie zu übertönen, die Krähen hockten bereits auf dem Dach des gräflichen Palasts. Die Menge verharrte stumm. Kein Rufer feuerte den Rappen an, keine der Frauen klagte. Das Pferd schaute in den Brunnen, schnaubte, schüttelte unschlüssig seine Mähne und schien geduldig warten zu wollen.

Da schrie der Weißhaarige mit all der Kraft, die ihm seine letzte Stunde ließ: »O Herr, laß mich in Frieden sterben!« Er sank auf die Knie, rief, bereits mit ersterbender Stimme: »Barmherzige Madonna, erlöse mich!«

War sein Flehen an die Muttergottes gerichtet oder an Caterina? Würde ihn die Heilige Jungfrau erlösen, oder starb er einen langsamen, grausamen Tod? Die Glocken dröhnten weiter, aus der Menge vor dem gräflichen Palast löste sich plötzlich, wie eine Abgesandte der Unterwelt, Caterina, ihre Haare offen, barfuß wie eine Büßerin, in dem einfachen Kleid einer Dienstmagd. Voller Wucht schlug sie mit einer Peitsche dem Rappen auf die Flanke und rief gleichzeitig dem Todgeweihten zu: »Fahr zur Hölle!«

Das Tier machte einen Satz nach vorne, riß den alten Orsi um, und wir hörten ihn ein letztes Mal aufschreien. Es klang, als würde er »Cesare!« rufen. Das Pferd, scheu geworden, rannte zur entgegengesetzten Seite der Piazza, und weil die Menschen dort befürchteten, es könne sie umrennen, fuchtelten sie schreiend mit den Armen. Abrupt wendete der Rappe, galoppierte zurück, direkt auf Caterina zu. Wie eine Furie hob sie erneut ihre Peitsche. Das Pferd bog rechtzeitig ab und drehte eine Runde um die Piazza, als suche es nach einem Weg, durch den es entfliehen könne. Überall jedoch stand die Mauer aus stummen Menschen, die Augen aufgerissen vor Schrecken.

Wir sahen Andrea Orsis Körper auf das Pflaster aufschlagen und herumwirbeln. Fast schien das Pferd ihm bei seinen Schwenks die Arme ausreißen zu wollen. Bald lagen die blutigen Kleiderlumpen im Staub, und es dauerte nicht mehr lange, da hinterließ der hin und her schleudernde Körper eine blutige Spur. Ich betete zu dem Barmherzigen, daß die Seele des Geschundenen seinen Körper doch verlassen möge. Der Alte schien sich jedoch immer wieder mit letzter und allerletzter Kraft aufbäumen zu wollen. Es dauerte lange, bis der Rappe, schweißüberströmt, mit zitternden Flanken stehenblieb. Hinter ihm lag etwas auf der Piazza, was kaum noch als ein menschlicher Körper, als Gottes Ebenbild, zu erkennen war, direkt vor dem Eingang des gräflichen Palasts, nicht weit von der Stelle entfernt, wo der Leichnam des Grafen hinabgeworfen worden war.

Caterina war inzwischen verschwunden. Allmählich zerstreute sich die Menge. Die Glocken von San Mercuriale erstarben, die Totenvögel flatterten herbei. Noch bevor sie die Überreste des Andrea Orsi entweihen konnten, schritten die Barmherzigen Brüder, ganz in Schwarz, mit einer Bahre herbei. Ich zwang mich, zuzuschauen, wie sie den Leichnam auf die Bahre betteten und mit ihm schließlich im Schattendunkel einer Seitengasse verschwanden, um ihn an einem unbekannten Ort außerhalb der Stadtmauern nach einem letzten Gebet zu verscharren.

Pulvis et umbra sumus, Staub und Schatten sind wir. So dichtete Horaz.

Ich bekreuzigte mich, aber meine Lippen blieben stumm. Langsam verließ ich die Piazza. Hatten sich soeben noch Tausende auf dem Ort der Strafe gedrängelt, so herrschte plötzlich eine Menschenleere wie zu Zeiten tiefster Siesta. Ausgestorben die Piazza, gemieden der Palast der Gräfin.

In Gedanken versunken, wandelte ich durch den Arkadenschatten des Cortile, mich fragend, wie wohl Caterinas Kinder den grausamen Tod des alten Orsi aufgenommen haben mochten. Da huschte unvermutet das Wesen herbei, das Caterina aus den Fängen der Soldateska befreit hatte. »Vater, ich möchte beichten«, flüsterte sie, sich niederkniend. Mir standen noch immer die Bilder der letzten Stunden vor Augen, und ich beabsichtigte, mich zurückzuziehen, um Zwiesprache mit dem Heiland zu halten. Als ich jedoch die Augen des Mädchens sah, wußte ich, daß ich ihm beistehen mußte. Es gibt Augenblick im Leben eines Beichtvaters, da sieht er die Wundmale des Gekreuzigten vor sich, den Spiegel der Schrecken, die die Märtyrer zu erleiden hatten.

Caterina hatte dem Mädchen den Namen *Argentina* gegeben, weil es nicht verriet, wie seine Mutter es gerufen hatte. Vermutlich wollte es, daß sein mißbrauchter Körper und seine geschundene Seele mit dem alten Namen verschwanden. Man kann den Namen, die Kleider, die Orte wechseln, der Schmerz jedoch wird bleiben. Lediglich die Gnade des Herrn kann ihn lindern.

Ich führte Argentina in die gräfliche Kapelle. Dort fand ich Caterina, verschleiert vor dem Altar kniend, in stummes Gebet vertieft. Ich wollte mich wieder zurückziehen, doch Caterina schien uns bereits wahrgenommen zu haben, denn sie erhob sich und winkte uns zu sich an den Altar. Sie lüftete kurz den Schleier, und mit Tränen in den Augen drückte sie Argentina wie ein trostbedürftiges Kind an ihre Brust.

»Vater, rettet sie aus den Fängen der unvergeßlichen Qual, gebt ihr wieder den Frieden und die Kraft, die sie zum Leben braucht!« flüsterte sie mir zu, bevor sie uns verließ.

Meinte sie mit ihren Worten nicht auch sich selbst?

Im Beichtstuhl betete ich mit Argentina, und allmählich löste sich ihre Zunge. Sie sprach so leise, daß ich sie nur mühsam verstand. Ich erfuhr, was ich vermutet hatte: Argentinas Mutter war ein Troßweib im Heer des mailändischen Herzogs gewesen, eine der armen Frauen, die sich im Umfeld grober und gewalttätiger Männlichkeit durchschlagen müssen. Auf dem Weg von Mailand nach Forlì verstarb sie an einer Krankheit, die sie bereits seit langem mit einem abstoßenden Ausschlag gequält hatte. Kaum war sie verstorben, machten sich die Soldaten ein Vergnügen daraus, die elfjährige Tochter ihrer Unschuld zu berauben und sie nächtelang ohne Unterlaß zu mißbrauchen.

Daß Caterina sie rettete, werden wir ihr nie vergessen.

Inzwischen sind, auch dank Rosarias Pflege, die äußeren Wunden verheilt. Argentinas Augen jedoch, der Spiegel ihrer Seele, zeigen eine von den Qualen der Erinnerung gezeichnete brunnenschwarze Trauer. Des Mädchens Körper ist so schmal und zerbrechlich wie der Körper eines Menschen, den der Hungertod bedroht. Man könnte glauben, Argentina wolle sich selbst auslöschen – denn sie ißt kaum, wie mir Rosaria berichtete. Dennoch sah ich jetzt, während wir beide in Demut knieten, einen Funken der Hoffnung aufglimmen, und als ich sie wieder zu Rosaria begleitete, huschte ein zartes, dankbares Lächeln über ihre Lippen.

Ich eilte in mein Zimmer, warf mich zu Boden und rief unaufhörlich den Herrn an, nur um die Tränen zurückzuhalten, die Begleiter der Erinnerungen, die mich überwältigten. An diesem Tag hatte ich den alten Orsi sterben sehen, im gnadenlosen Staub des eigenen eingerissenen Hauses; dann mußte ich Argentinas Geschichte hören und die ihrer Mutter – die Geschichte meiner eigenen Mutter.

Domine, ad adjuvandum me festina. Herr, eile mir zu helfen.

Der Barmherzige hat die Erlebnisse des Jungen, der ich einmal war, gnädig dem Vergessen anheimgegeben. Ich erinnere lediglich ein Gefühlsecho, den Klang einer warmen, weichen Stimme, eine verlorene Heimat ... Wer mein Vater war – ich weiß es nicht. Stets habe ich mich nach einer Familie gesehnt.

Der große Francesco nahm mich aus den Armen meiner Mutter, holte mich aus dem schmutzigen Zelt einer Frau, die tagsüber Schnallen, Gürtel und Knöpfe feilbot und nachts auf ihrer Pritsche für ein paar Soldi ihren Körper verkaufte. Er kümmerte sich um mich wie um einen Sohn.

Ich spüre eine schmerzhafte Leere dort, wo anderen das liebevolle Bild ihrer Mutter vor Augen steht. Wie Gian Antonio habe ich sie gesucht – aber nicht als Frau aus Fleisch und Blut, sondern als Verkörperung der Liebe. Und als ich sie dann in der Liebe meiner Beata wiederfand, stellte sich der strenge Francesco ein zweites Mal zwischen uns: Er gestand mir nicht zu, das Kammermädchen seiner eigenen Frau Bianca Maria zu heiraten – obwohl er, wie alle, Beata sehr mochte. Denn sie war ein Engel. Ein glücklicher, stets lachender Engel. Er, der mich aufgezogen hatte, plante für mich Größeres. Ich sollte ein erfolgreicher Condottiere werden – oder zumindest eine Frau aus reicher Familie heiraten. Es ist stets dieselbe Geschichte, die uns Menschen ins Unglück stürzt.

Ich liebte den großen Francesco. Beate jedoch war der Glücksengel an meiner Seite. Es kam zum Zerwürfnis.

Hätte nicht die Herzogin zu mir gehalten, ich hätte meinen Ziehvater verlassen. Ich hätte den Staub Mailands von meinen Stiefeln geschüttelt, mit Beata, meinem fröhlichen Engel, und mit Bianca, unserer gemeinsamen Tochter. Aber dann schaute der große Francesco in die Augen des Kindes – und verzieh mir.

Hätte er mich doch davongejagt! Beata und Bianca würden heute noch leben.

Fratres: Si linguis hominum loquar et Angelorem, caritatem autem non habeam, factus sum velut aes sonans, aut cymbalum tinniens. Brüder, wenn ich die Sprache der Engel und Menschen redete, hätte aber die Liebe nicht, so wäre ich ein tönendes Erz und eine klingende Schelle. Es ist die Liebe, die mich am Leben hielt, die mich an Caterina bindet und an ihre Kinder. Es ist die Liebe, die mir Argentina ans Herz wachsen ließ, so wie damals, in dem Tal des Piemont, das fremde, zur Waisen gewordene Mädchen mein Herz ergriff.

In der Liebe spricht Gott zu mir.

Denn Gott ist die Liebe.

Während der nächsten Monate sprach ich oft mit Caterina über die Zukunft ihrer Grafschaft, über die Gefährdungen der Macht und die Versuchungen der Liebe. Paulus verwendet in seinem Brief an die Korinther das Wort *caritas*, Horaz dagegen spricht von *amor*. *Caritas* ist die zärtliche, die sorgende, die himmlische Liebe, *amor* jedoch ist ein unberechenbarer, besessen machender Gott. Ich verstehe, daß der Anblick von Giacomo Feos jungem, schönem Körper Caterina wie der Pfeil des Amor traf. Den Wirkungen des süßen Gifts sollte sie nachgeben; aber verhindert werden muß, daß es sie blendet oder zu unbedachten Taten treibt.

Berieten wir uns im Nymphensaal, saß Gian Antonio häufig dabei. Im Gegensatz zu mir wollte er Caterinas Weg, über den Verlust des Grafen hinwegzukommen, nicht hinnehmen. Er fand deutliche Worte über das »unreife Jüngelchen«, das Caterina »den Kopf verdrehe« und legte ihr nahe, statt dessen Galeotto Manfredi, den *signore* von Faënza, zu heiraten. »Dann könnten wir endlich der unseligen Teilung unserer Herrschaftsgebiete in Imola und Forlì ein Ende bereiten; dann sind wir militärisch stärker und können besser dem Druck von Florenz und Venedig standhalten und uns leichter der Umarmung von *il Moro* entziehen.« Gian Antonio sprach laut und erregt und ließ sich von Caterina nicht unterbrechen, deren Blick sich zunehmend verdüsterte. »Als Mutter des legitimen *signore* und Regentin habt Ihr eine Verantwortung. Es geht um die Zukunft Eurer Herrschaft und um die Zukunft Eurer Kinder. Sinnliche Begierden können nicht der Maßstab sein, nach dem sich eine Gräfin richtet. Denkt nur an Bona, Eure Stiefmutter!«

Ich versuchte, Gian Antonio ein Zeichen zu senden, er möge seine Worte mäßigen, denn ich sah, wie Caterinas Antlitz versteinerte. Er achtete jedoch nicht auf mich.

»Ehen werden nicht aus Liebe geschlossen, sondern aus politischen Erwägungen. Ehen sollen *legitime* Nachkommen hervorbringen, welche die Rechte und den Reichtum erben und womöglich vermehren. Die quälenden Befehle fehlgeleiteter Fleischeslust dürfen uns nicht den Verstand vernebeln ...«

»Jetzt ist Schluß!« unterbrach ihn Caterina mit schriller Stimme. »Ich bin die Gräfin, ich muß mir von niemandem *fehlgeleitete Fleischeslust* nachsagen lassen.« Als Gian Antonio, nicht minder erregt als sie, antworten wollte, brachte sie ihn mit einer wütenden Handbewegung zum Schweigen. Ich sah, wie das Blut der Erregung ihre Narbe zum Glühen brachte, und dies war ein Zeichen dafür, daß sie sich zu vergessen begann. Mit messerscharfer Stimme fuhr sie fort: »Gian Antonio Ghetti, denkt an den Kanzler Cecco Simonetta und sein Ende. Er ließ sich zu Äußerungen hinreißen, die ihm zuerst die Folter einbrachten und schließlich sein Leben kosteten.«

Ich hob die Arme, um die beiden, die sich tödlich ineinander zu verbeißen drohten, zum Schweigen zu bringen und zur Vernunft. Mit Gottes Hilfe und Gnade durften wir den äußeren Feind besiegen, auch wenn Riarios Opfer zu beklagen war – nun gilt es, daß kein innerer Feind die Herrschaft übernimmt. Die Zukunft zu meistern fordert Einigkeit und all unsere gebündelten Kräfte.

»Ich flehe euch an«, rief ich, »mäßigt eure Worte!«

Beide wandten sich nun voller Zorn gegen mich. Ich blickte in Gian Antonios Augen und glaubte zu verstehen, was ihn trieb. Was er womöglich noch nicht einmal selbst verstand. Zum Glück erkannte er, daß er zu weit gegangen war. Er murmelte eine Entschuldigung und stürzte aus dem Saal.

Zurück blieben die noch immer zornige, aber auch ratlose Caterina und ich, nicht minder ratlos. Kurz verbarg sie ihr Gesicht hinter ihren Händen, eine Geste der Scham, der Verzweiflung oder lediglich der Versuch, sich zu beherrschen? Ihre Stimme war rauh, als sie zu sprechen begann: »Warum hat er das gesagt? Er darf so etwas nie wieder sagen.«

Hätte ich Caterina aufklären sollen über Gian Antonios leidenschaftlichen Haß, mit dem er Giacomo Feo verfolgt und den ich selbst nur unvollständig verstehe? Hätte ich sie hinweisen sollen auf Gian Antonios eigene *Fleischeslust*, die er bekämpfen muß? Ich weiß es nicht. Ich antwortete lediglich: »Gian Antonio ist unglücklich darüber, daß die Suche nach seiner Mutter erfolglos blieb und er sein Gelübde gebrochen hat.«

Caterina schüttelte den Kopf. »Ich verstehe ihn nicht, seine Mutter ist sicher längst tot. Ich gab ihm und Rosaria meinen Segen, Rosaria erhielt von mir eine anständige Mitgift. Nun sind sie glücklich verheiratet. Gian Antonio ist mein oberster Soldat und einer der engsten Berater. Ich verdanke ihm unser Leben und liebe ihn seit meiner Kindheit – was will er eigentlich?«

»Womöglich ist seine Liebe zu Rosaria mit einem Opfer erkauft.«

Caterina schaute mich fragend an. »Du glaubst, er ist ... eifersüchtig ... oder, nein, er ist ...?«

»Auf jeden Fall hat er mit Rosaria das Glück gefunden, das er verdient. Ich bin sicher, daß er seine Vergangenheit vergißt«, erklärte ich. Caterina schaute mich noch immer fragend an. »Er wird auch Rosaria glücklich machen«, sagte ich mit Nachdruck, erhob mich und trat ans Fenster. Gian Antonio verließ soeben den Palazzo, vermutlich, um zur Rocca zu reiten. Sogar von hier oben sah man ihm noch seine Anspannung an. Ihm begegnete – ein unnötiger Zufall – Giacomo Feo. Die beiden Männer blickten sich an. Feo setzte eine triumphierende Miene auf, Gian Antonio, dessen Gesicht ich nicht erkennen konnte, ließ seine Hand kurz nach dem Schwert greifen.

»Verstehst wenigstens du mich, Lauro?« Caterina war hinter mich getreten und legte ihre Hand auf meine Schulter. Ich zuckte zusammen. Ich verfolgte ihren Blick, der auf Gian Antonio geheftet blieb. Hatte auch sie den jungen Feo gesehen?

»Ich verstehe dich sehr gut, Caterina«, antwortete ich ihr. Sie schien mich jedoch nicht zu hören, sie starrte noch immer auf Gian Antonios Rücken. Ihre sonst so weichen Lippen nahmen einen harten Zug an. Dann fuhr sie sich tastend über ihre Brust, und der harte Zug um ihren Mund löste sich auf, ein glückliches Lächeln huschte über ihr Antlitz.

»Auch ich ...« Ich brach den Satz ab. Was interessierte sie meine so erlösend innige Liebe zu einem Weibe!

»Warum sind sie gestorben?« fragte sie unerwartet.

»Wer?«

»Deine Frau und deine Tochter?«

Über Beata und Bianca zu sprechen quält mich. Lediglich mir selbst gegenüber und der gnadenreichen Jungfrau wage ich, meine Schuld auszusprechen. Caterina sah mir forschend in die Augen, ergriff sogar meine Hand.

Ich zwang mich, mich meiner Vergangenheit zu stellen.

»Nach dem Feldzug, der uns in die Provence führte«, begann ich zu erzählen, »wußte ich, daß ich nicht mehr Soldat bleiben durfte. Ich hatte vorher bereits Tote gesehen, Männer im Kampf getötet, auch Verwüstungen, Plünderungen erlebt – doch nach dem Überfall auf das Dorf, nach diesem sinnlosen Morden, das mich beinahe selbst das Leben gekostet hätte, war eine Entscheidung gefallen. Eine Stimme hatte zu mir gesprochen. Als wir nach Mailand zurückkehrten, war der Herzog gestorben. Ein Grund mehr, das Soldatenhandwerk aufzugeben. Mit Beata und Bianca wollte ich in die Bergtäler des Piemont ziehen, dorthin, wo ich der jungen Frau begegnet war. Ich beabsichtigte, nicht nur das Soldatenleben hinter mir zu lassen, sondern auch das Leben am Hof, das von Neid, Hohn und Ränkespielen geprägt war. Gerade ich, der ich ein Kammermädchen geheiratet hatte, fühlte mich nun dem hochmütigen Spott der legitimen Herzogssöhne ausgesetzt. Beata litt unter ihrer Verachtung. Lediglich Bianca Maria, Caterinas Großmutter, hielt zu uns. Ich hatte mich entschieden, ein Leben zu führen, das einfach war, glaubensstark, voller Liebe, ich wollte die junge Frau wiedersehen, sie in meine Familie aufnehmen ...«

»Das Mädchen, das du gerettet hast?«

»Ja, es gehörte einer kleinen Sekte an, die sich die *Armen Christi* nennt. Ihr Gründer Petrus Waldus aus Lyon hatte wie der heilige Franciscus auf seinen Reichtum verzichtet und das apostolische Leben der frühen Christen geführt. Aber ich erreichte nie den Piemont. Wir wurden überfallen, von ganz gewöhnlichen Wegelagerern, ich hatte meine Waffen in Mailand gelassen ...«

Ich brach mein Geständnis ab.

Caterina bettete ihren Kopf an meine Brust. Stumm verharrten wir in dieser Haltung.

Erst als draußen eine helle Stimme erklang, fuhr Caterina auf.

Sie gab mir einen flüchtigen Kuß auf die Wange und verließ leichtfüßig den Nymphensaal.

Ich stand noch lange am Fenster.

Dominus det nobis suam pacem et vitam aeternam. Der Herr schenke uns Seinen Frieden und das ewige Leben. Amen.

44. Kapitel

Caterina saß in ihrem tief ausgeschnittenen Seidenunterkleid vor dem Spiegel und blickte sich in die Augen. Sie lächelte sich an und spitzte die Lippen. Dann beugte sie ihr Gesicht vor und strich über die Narbe und die Haut um die Augen. Dort zogen sich bereits die ersten Fältchen zum Haaransatz. Auch die Haut war nicht mehr so makellos wie noch vor Jahren. Die Lippen dagegen rundeten sich voll und in einem sanften Rot, nicht einmal die Zähne, die sie geduldig jeden Tag mit Hilfe von Mastixharz und pulverisiertem Marmor säuberte, hatten etwas von ihrem Schmelz verloren. Die Haare fielen lockig und dicht über die Schultern. Regelmäßige Spülung mit Nesselsamenwasser erhielten ihren seidenen Glanz. Obwohl insbesondere die Römerinnen Caterinas blondes Haar bewundert hatten, hatte sie kürzlich viel Mühe darauf verwandt, es in ein sattes Braun umzufärben, mit Einsprengseln von naturblonden Locken.

Rosaria hatte ihr heftig davon abgeraten, aber Giacomo liebte dunkelbraune Haare, er fand Caterina mit ihrem Naturblond zu blaß, er wünschte sie sich üppig, weich mit samtener Haut und großen Augen. Rosaria schüttelte den Kopf, als sie ihr helfen mußte, mit Pulver aus Hennablättern die Haare dunkler zu färben. Alle Frauen suchten Rezepte, wie man sie aufhellen konnte, auch Rosaria selbst, obwohl für die Zuneigung des glatzköpfigen Ghetti die Haarfarbe keine Rolle spielte; Caterina dagegen, *Madonna la Contessa*, wie sie Giacomo gelegentlich lächelnd nannte, wünschte sie sich zur Zeit dunkelbraun, mit einem leichten rötlichen Schimmer. Daher durften lediglich Henna*blätter* benutzt werden, keine Henna*zweige*. Sonst sah sie plötzlich aus wie eine Circe, die Männer in Schweine verwandelte, ja, verschlang. Die Schlange der Sforza! Caterina mußte lachen. Eine weitere Bedeutung ihres Wappens!

Erneut strich sie mit ihren Fingern über die Gesichtshaut und über ihre Brüste. Voll und üppig waren sie in der letzten Zeit geworden, sie wölbten sich regelrecht Giacomo entgegen, wenn er, sie kaum berührend, mit seinen Lippen über sie strich, sie flüsternd mit der Rundung von Pfirsichen, mit der Süße von Weintrauben verglich. Seine Zunge umspielte ihre Brustwarzen, die sich hart und begehrlich aufrichteten, während der Honigtopf zwischen ihren Beinen weich und sämig wurde und es kaum erwarten konnte, daß die Zunge ihren Weg bis zum ihm fand und zu naschen begann.

Sie hatte alles getan, um ihre Haut weiß und glatt zu halten, sie hatte den Sommersprossen den Kampf angesagt, jegliches unbotmäßige Haar ausgezupft und ihre tägliche Pflege so lange ausgedehnt, bis Rosaria davon sprach, daß selbst Venus allmählich neidisch würde. Rosaria konnte zwar spotten, ließ sich dann aber dankbar ein wenig Talkumpulver aus Zypern schenken, dessen verführerische Kraft von Venus stammen sollte, die bekanntlich auf Zypern das Licht der Welt erblickt hatte.

Caterina war sich nicht sicher, ob die antike Göttin der Schönheit und der Liebe wirklich noch soviel Einfluß ausüben konnte; daher verließ sie sich lieber zusätzlich auf altbewährte wie neue Rezepte, die sie gewissenhaft aufschrieb, damit sie nicht in Vergessenheit gerieten: Eine Salbe aus Eberfett hielt ihre Brüste samtweich; gerötete und trockene Hautstellen rieb sie mit einer Mischung aus Öl, Wachs, Hühnerfett und Mastixharz ein. Außerdem probierte sie ein Rezept aus, das ihr Bona in einem ihrer letzten Briefe mitgeteilt hatte: Zweiundzwanzig kleingeschnittene Zitronen mußten eine Woche in Weißwein liegen, der Sud wurde anschließend destilliert, mit zwanzig Eiklar vermischt und schließlich mit drei Körnern Moschus parfümiert. Im Grunde haßte sie Moschus, weil es sie zu sehr an Riario erinnerte, aber Giacomo schien den Geruch zu mögen, drängte er nicht alle anderen Düfte beiseite. Sie liebte noch immer die Pflanzenaromen: Sie besprengte sich und ihr Bett mit Rosenwasser und vergaß auch die Düfte von Jasmin, Hyazinthen und Lilien nicht. Sie pflegte sich sogar mit Bergamotteölen.

Regelmäßig tauschte sie ihre Rezepte mit Bona aus, mit der sie nach langer Unterbrechung wieder korrespondierte. Noch immer ließ sich Bona von ihrem Antonio verwöhnen, wenn auch die anfängliche Glut ein wenig an Hitze verloren hatte und sie nicht mehr mit ihm gemeinsam auf einem Pferd durch Mailands Straßen ritt. Sie trat mit ihm überhaupt nicht mehr vor dem Hof und in der Öffentlichkeit auf, zeigte sich mit ihm auch nicht vor ihren Kindern. Er sollte ihr *lockiger Adonis* bleiben, ihr *Lautenspieler auf den Saiten der Lust*, ihr *unermüdlicher Arbeiter am Weinberg der Liebe* – Bona fand viele Bezeichnungen für ihren Geliebten.

Caterina seufzte und badete nun noch ihre Augen in Rosenwasser, schminkte sie sorgfältig mit Kohlepulver, das sie mit Spuren von Tollkirschensalbe vermischt hatte. Diese Salbe vergrößerte die Pupillen und machte die Augen noch ausdrucksvoller. Giacomo konnte sich regelrecht in den schwarzen, von einem Bernsteinring umgebenen und in klarer Sanftmut glänzenden Augensternen spiegeln, er durfte auch durch die geweitete Pupille wie in einen Brunnen sehen, hinabsteigen in ihre Seele, so wie er seine Zunge hinabsteigen ließ in die nach Ingwer und Rosen schmeckende Höhle ihres Mundes oder in die honigsüße Grotte zwischen ihren Schenkeln, die ihn zudem lockte mit einem feinen Ambraduft, dem sie Veilchenaroma beimischte. Giacomo stieß leise Laute des Erstaunens aus, wenn er wieder eine neue Duft- oder Geschmacksvariante entdeckte, so wie er nicht ablassen konnte, jedes Grübchen, jedes Härchen und jedes Fältchen zu umkreisen, zu besprechen, abzuschmecken, bis ihr Körper sich wand wie ein Fisch, den man aus dem Wasser nahm und der mit geöffnetem Mund nach dem erlösenden Element lechzte.

Erneut fuhr Caterina über ihre Brüste. Waren sie nicht gewachsen während der letzten Wochen? Sie spürte auch ein leises Ziehen, ein bereits häufig von ihr erlebtes untrügliches Anzeichen. Vor Freude sah sie sich erröten. Die Narbe am Auge zeigte ihre Gefühlsaufwallung. Früher war dies nicht so deutlich gewesen, aber seit Giacomo sie beglückte, verstärkte sich dieses Zeichen. Gelegentlich verdeckte sie die Narbe mit Schläfenlocken. Da sie sich jedoch häufig durch die Haare fuhr, lag sie bald wieder frei. Nicht nur Giacomo hatte gelernt, die Botschaften ihres Körpers zu lesen. Auch Fra Lauro schaute zuerst auf die Narbe und dann in die Augen, wenn er ihre Stimmung erkunden wollte.

Ob Fra Lauro ihr die Verwirrungen nachsah? Sie hatten während der vergangenen Monate über so viel gesprochen, auch über die Liebe. Im Gegensatz zu Ghetti verstand er ihre Leidenschaft, obwohl sie sich für eine Gräfin nicht ziemte. Mit Ghetti hatte sie sich heftig gestritten, er war unverschämt geworden, so wie einst Cecco Simonetta, der alte Vertraute ihres Vaters, Bona gegenüber unverschämt geworden war. Sie, Caterina, hatte ihm drohen müssen, um ihn in seine Schranken zu weisen – seitdem war nichts mehr so wie früher. Ein bitterer Hauch des Verrats und der Untreue hatte sich eingeschlichen und sie an die Umstände denken lassen, unter denen ihr Vater ermordet worden war. Auch Rosaria verhielt sich anders als früher: Sie trat die meisten ihrer Aufgaben an Argentina ab. Als Ghettis Ehefrau glaubte sie offenbar zu dem Graubart halten zu müssen.

Obwohl sie alle allmählich aus dem Schatten heraustraten, mit dem Riario und die Attentate ihr Leben verdüstert hatten, obwohl ihre Vertrauten die wichtigsten Stellen besetzten, so war Caterina dennoch einsamer geworden. Rosaria hatte sich längst zu ihrem knurrigen Ehemann zurückgezogen, Argentina war von ihr ins Bett geschickt worden, und ihr Beichtvater suchte sie zu dieser späten Stunde – schon aus Gründen der Schicklichkeit – nicht mehr auf.

Caterina zündete Räucherstäbchen aus Aloë- und Zypressenholz an. Ihre Sinne wußten: Wenn dieser Duft in ihre Nase stieg, dann nahte die Stunde, in der das Haus sich zur Ruhe legte und sich Giacomo zu ihr begab.

Caterina zog sich einen Seidenumhang über ihre Schultern, weil sie fröstelte. Heute würde sie es Giacomo sagen – aber erst nachher, nach dem Himmelsritt, wenn er sie wie Morpheus zärtlich in seinen Armen hielt und sie beide wegzudämmern begannen. In diesem Moment konnte sie die Toten vergessen, die ihren Lebensweg bisher gesäumt hatten.

Sie freute sich bereits auf diesen Augenblick, der sie noch enger aneinander binden würde. Aber heute ließ Giacomo sie ein wenig warten.

Vielleicht sollte sie noch rasch einen Brief schreiben. An Bona, um ihr für das letzte Rezept zu danken und sie um die Vermittlung eines berühmten Alchimisten zu bitten, der sich zur Zeit in Mailand aufhielt. Als Gräfin war Caterina nicht nur an Schönheitsrezepturen interessiert oder an Heilmitteln für sich, ihre Familie und den Hof, sondern insgeheim auch an der Möglichkeit, Goldmünzen mit einer anderen, billigeren Legierung herzustellen. Sie hoffte sogar, wie so viele Fürsten in ganz Europa, endlich den Stein der Weisen zu finden, den *lapis philosophorum*. Bisher hatte sie lediglich mit Giacomo darüber gesprochen, nicht einmal mit Fra Lauro, der ihren Wunsch womöglich mißverstanden hätte. Sie würde ihm erklären müssen, daß sie zwar auch das Geheimnis des Lebens suche, stets gesucht habe und bis an das Ende ihrer irdischen Tage suchen werde, daß der Stein der Weisen ihr aber in erster Linie ermöglichen solle, Gold künstlich herzustellen. Mit einem Schlag könnte sie ihre Schulden bezahlen, müßte nicht mehr mit Ser Ilsecco, dem neuen *podestà*, um die Höhe der Steuern feilschen und wäre in der Lage, Giacomo einen Titel zu kaufen und endlich alle ihre Pläne zu erfüllen: Ravaldino fertigzustellen, ein *ospedale* zu bauen, ihren großen Park anzulegen und nicht zuletzt ihr *paradiso*, das Refugium für sich und Giacomo, mit Blick auf die Berge.

Sie wollte im übrigen schon lange an *il Moro* schreiben, der ihren Bruder, den rechtmäßigen Herzog von Mailand, in den Hintergrund gedrängt hatte. Sie hatte sich entschlossen, ihm ein Geschäft anzubieten: Sie wolle seine Herrschaft über Mailand anerkennen, falls er ihren kostbaren Schmuck für sie auslöse.

Nachdem er mit seinem Entsatzheer mürrisch, doch finanziell entschädigt und einigermaßen versöhnt aus Forlì abgezogen war, hatte sie den Eindruck, daß er in ihr nicht mehr nur die aufmüpfige Tochter seines Bruders sah, sondern eine kluge Regentin, deren Macht zwar begrenzt war, deren unerschrockener Mut sich aber in Italien herumgesprochen und ihr eine gewisse Anerkennung verschafft hatte. Ihr Bruder war ohnehin kränkelnd und schwach, kein Mann, ein Herzogtum wie Mailand zu regieren. Insofern störte es sie nicht mehr, daß *il Moro* regierte, zumal er sie und ihre Familie gerettet hatte – aus welchen Motiven auch immer. Wenn sie daher für die Anerkennung seiner Herrschaft eine Gegengabe erhielt – um so besser!

Caterina öffnete gedankenverloren die Schreibplatte ihres Pults. Dort lagen all die Briefe, auf die sie noch antworten mußte, obenauf die Zeilen von Lorenzo de' Medici persönlich. Endlich konnte sie mit ihm offen korrespondieren und ihm für sein Versprechen danken, solange er lebe, würde er ihr und ihren Kindern Schutz gewähren. In Zeiten der Not, hatte er ihr versichert, könne sie Florenz als ihr Exil wählen, und es sei vorstellbar, daß einer ihrer Söhne einmal eine florentinische *condotta* erhalte oder sein Sohn Piero Caterinas Tochter Bianca heirate.

Sie hatte bereits mehrere Dankesschreiben an ihn entworfen, war aber mit keinem zufrieden, weil es ihr nicht gelang, Lorenzos Rolle bei der Ermordung Riarios anzusprechen – oder zumindest auf sie anzuspielen – und aus ihr eine noch größere Verpflichtung Florenz' abzuleiten. Sie wollte nicht heucheln und die untröstliche Witwe spielen, aber hier ging es nicht um private Gefühle, sondern um einen versteckten Akt politischer Gewalt. Allerdings mußte sie zugeben, daß Lorenzo nicht aus Mutwillen gehandelt hatte, sondern aus einem Rachegefühl heraus, dem sie die Berechtigung nicht absprechen wollte. Darüber war sich *Il Magnifico* natürlich im klaren, denn sie hatte ihn vor einem letzten Attentatsversuch Riarios warnen lassen. Da sie wußte, daß *il Magnifico* nicht nur ein Mann der Tat, sondern auch des Wortes war, empfand sie die Formulierung taktisch kluger Sätze als eine äußerst schwierige Aufgabe. Zu dieser späten Stunde fühlte sie sich kaum in der Lage, sie zu bewältigen.

Caterina schloß wieder ihr Pult und starrte auf den Rauch der Dufthölzer. Sie zog den Seidenumhang noch fester um ihre Schultern. Warum ließ Giacomo sie so lange warten! Was tat er überhaupt zu dieser Zeit? Sie hatte sich für ihn schön gemacht, doch er erschien nicht, und ihre Gedanken führten sie hinweg zu den vielen Aufgaben und Schwierigkeiten, die sie als *signora* zu bewältigen hatte. Dabei war sie so glücklich wie in ihrem ganzen Leben noch nicht, sie liebte einen jungen Mann, der sie umschwärmte und den sie anschwärmen durfte, als wäre sie dreizehn. Jede Nacht schwebte und galoppierte sie über den Himmel, häufig sogar mehrfach – und dennoch war ihre Lage keineswegs leichter geworden. Sie trug die Verantwortung nicht nur für ihre Familie und den Hof, sondern für eine ganze Grafschaft – in einer Zeit, die von Frieden und Wohlstand geprägt schien, in der aber dennoch der Absturz in Armut wie Bedeutungslosigkeit, sogar Umsturz- und Mordversuche allgegenwärtig waren. Und sie war eine Frau! Ein Wesen, dem die Männer in erster Linie gefühlsbetonte Schwachheit, unverständige Hilflosigkeit oder teuflische Hexerei nachsagten. Ein Wesen, das kein Heer führen, sondern lediglich Kinder auf die Welt bringen konnte. Dabei hatte sie vor fünf Jahren gezeigt, daß sie sogar fähig war, die Engelsburg zu besetzen.

Was wohl Kardinal Borgia und sein dreister Sohn Cesare mittlerweile über sie dachten? Und Giuliano della Rovere, der starke Mann im Vatikan? Ihr Onkel Ascanio Sforza, mit dem sie damals verhandelt hatte? Immerhin hatte der Papst nach Riarios Ermordung und der Niederschlagung des Orsi-Aufstandes ihren Sohn Ottaviano als zukünftigen *signore* von Forlì und Imola und sie als Regentin ganz offiziell anerkannt – obwohl sie Monsignore Savelli ins Gefängnis hatte werfen lassen. Der Papst zahlte zwar seine Schulden an sie nicht, aber er forderte auch seine Lehnsgelder nicht ein. Dies alles zeigte, daß sie in Rom wohlgelitten war. Die Ordelaffi fanden auf jeden Fall keine Unterstützung mehr, und daher schienen sie ihre Umsturzpläne aufgegeben zu haben. Die einzige Macht, die sie nicht einzuschätzen wußte, war Venedig. Die Serenissima warf womöglich ein Auge auf die strategisch wichtige Grafschaft in der Romagna. Aber da sie als eine Sforza mit Mailand und Florenz verbündet war, würde sicher auch Venedig sich zurückhalten mit seinen begehrlichen Blicken.

Caterina hörte ein Geräusch aus dem Vorraum. Sie warf ihre Seidenstola von den Schultern. Es mußte Giacomo sein! Die Tür wurde leise geöffnet, und tatsächlich, da war er. Er lächelte regelrecht spitzbübisch, und noch bevor sie ihn wegen seiner Verspätung tadeln konnte, hatte er sie um die Hüfte gefaßt und trug sie zum Bett.

»Da bin ich, dein junger Hirsch auf den Balsambergen«, flüsterte er und senkte seine Lippen auf ihre Lippen.

Während sie, auf dem Rücken liegend, ihm in die Augen blickte, richtete er sich auf und rief leise: »Wende dich hin, wende dich her, o Caterina, daß ich dich schaue …«

Er zog sie auf die Füße und streifte ihr mit einem sicheren Griff das Seidenhemd vom Körper.

»Wie schön ist dein Gang, du Fürstentochter.«

Er trat einen Schritt zurück, hob ihren Arm und drehte sie.

»Dein Hals ist wie ein Turm von Elfenbein, die Rundung deiner Hüfte ist wie ein Halsgeschmeide, dein Schoß ein runder Becher, dem nimmer Getränk mangelt, dein Leib ein Palmbaum, umsteckt mit Lilien …«

Caterina mußte lachen. »Ein Palmbaum, Giacomo? Willst du mir damit schmeicheln. Bin ich so groß und mächtig?«

Er nahm sie in den Arm, und sie begann, sein Wams aufzuknöpfen. Schon lagen sie wieder auf dem Bett, und sie öffnete die zahlreichen Schleifen und Bänder. Sie hätte ihn sofort in sich aufnehmen können, er ließ jedoch erst seine Finger und seine Lippen suchend über ihren Körper gleiten, er schnupperte und kostete, er leckte und schmeckte, und sie mußte Augen und Mund schließen, um nicht aufzuschreien. Langsam glitt er über sie, küßte ihre Augen und flüsterte: »Du bist die Göttin der wahren Lust, deine Anmut siegt über ungeschlachte Wildheit, du bist die Göttin der Liebe. Ich bringe dir meine Seele als Opfer dar, läutere sie in der lebendigen Flamme deiner Umarmung, und wir werden aufsteigen zum Tisch der Engel, wo wir uns an Nektar und Ambrosia laben können …«

Noch während er sprach, tastete er sich langsam in ihre warme, weiche, süße Höhle, sie lockte ihn wie einst Kalypso den Odysseus, und dann, während sie sich auf goldgelben Sand betteten, rauschte das aufschäumende Meer heran, brachen Brandungswellen über ihre Körper …

»Wir finden das glückselige Ende unserer Sehnsucht, die wahre Rast von den Mühen, wir finden den glatten Hafen, der uns nach den wirbelnden Stürmen des tobenden Meeres aufnimmt. Amen.«

Seine Stimme glitt über ihre Haut, berührte ihre Lippen, strich über ihre Augen.

»Du Abendstern und Morgenstern, du Pforte des Himmels, du geheimnisvolle Rose …«

»Ja«, schrie sie leise auf, »erlöse mich, du darfst mich nie verlassen, ich sterbe für dich.«

45. Kapitel

Im Jahr 1490 heiratete Caterina ihren Geliebten Giacomo Feo – heimlich, damit ihr erlaubt war, weiterhin Regentin zu bleiben. Bald nach der Hochzeit brachte sie einen Sohn zur Welt, den sie

Carlo nannte. Sie verzichtete auf eine pompöse Tauffeier und auf ein Fest zu Ehren des neuen Erdenbürgers. Giacomo maulte, weil er sich erhofft hatte, nun endlich nicht nur Anlaß zum Klatsch zu geben, sondern vor ganz Forlì offiziell die Rolle des Gräfin-Geliebten spielen zu dürfen – zumal er jetzt ihr geheimer Gemahl war. Aber trotz aller Liebe zu ihm erinnerte sich Caterina noch zu gut daran, wie sich Bona ohne Not der Lächerlichkeit preisgegeben hatte. Fra Lauro kommentierte Caterinas Entscheidung, zufrieden nickend, mit dem geflügelten Wort: *vestigia terrent*.

Caterina hatte eine Weile überlegt, ob sie ihr achtes Kind nicht stillen sollte. Und während der ersten Tage seines jungen Lebens stillte sie Carlo auch. Eine ungewohnte Freude und Zärtlichkeit dem Kleinen gegenüber erfüllte sie. Als sie Giacomo davon erzählte, maulte er nicht nur, sondern verlor seine gute Laute. »Du weißt, daß deine schönen vollen Brüste dann wie halbleere Getreidesäcke herunterhängen werden, und dein Arsch …«

Er unterbrach sich, als Caterina ihm einen überraschten und unwilligen Blick zuwarf. Sie liebte so sehr seine Fähigkeit, sie wie ein schwärmerischer *Salomo* zu preisen und umgarnen, aber sie haßte nichts so sehr wie die ligurische Gossensprache, in die Riario immer wieder verfallen war und die offensichtlich auch Giacomo beherrschte.

Dann jedoch gab sie seinen Einwendungen nach, weil ihr eine wunderbare Idee gekommen war. Rosaria war endlich mit ihr schwanger geworden, und einige Tage vor ihr hatte sie einen Sohn auf die Welt gebracht. Sie war so glücklich, daß sie ihn selbst stillen wollte, und auch Ghetti, der konvertierte Hagestolz, blähte seine mächtige Brust, während er den Stolz seiner Lenden seiner *signora* vorführte.

Caterina schlug ihr vor, als Amme ihren Carlo zu nähren, so daß die Kinder, wie ihre Mütter, als Milchgeschwister aufwachsen könnten. Rosaria wich ihrem Blick aus und sagte nach kurzem Zögern: »Nein.«

Caterina war so überrascht, daß sie lediglich ein »Und warum nicht?« herausbrachte.

Rosaria schaute hilfesuchend nach Ghetti, der ihr den Säugling in den Arm legte und sich umständlich räusperte. »Es ist wegen des Vaters«, erklärte er schließlich stockend. »Ich, wir wollen nicht – dieses Jüngelchen …«

Ein langes Schweigen entstand.

Caterina fühlte sich verraten und gedemütigt. In ihren Augen war dieses Angebot ein Zeichen der Zuneigung und des Vertrauens, auch ein Versuch, die Risse in ihrer Verbindung zu kitten. Sie verstand nicht, warum Ghetti Giacomo so verabscheute, und schon gar nicht, warum Rosaria sie so schnöde abwies.

Rosaria strich ihrem Säugling über den Kopf, sagte schließlich: »Ich glaube, ich habe nicht genug Milch.«

»Lüg nicht!« fuhr Caterina sie an.

Ghetti wollte etwas sagen, aber Rosaria gab ihm ein Zeichen zu schweigen. »Ich will auch nicht«, erklärte sie nun trotzig. »Ein Leben lang war ich Eure Dienerin und erst an zweiter Stelle die Milchschwester, ich will nicht erneut zur Dienerin werden, diesmal Eures … Eures Kindes.« Als Caterina nicht antwortete, fügte sie noch an: »Versteh mich doch, Caterina, ich liebe dich, auch Gian Antonio liebt dich, viel mehr, als du ahnst, ich weiß das, ich hab das stets gewußt – aber wenn ich jetzt deinen Carlo stille …«

»Ist gut«, sagte Caterina knapp. Sie versuchte, Rosaria zu verstehen, aber im Grunde vermochte sie es nicht, sie fühlte sich zu sehr zurückgestoßen. »Reden wir nicht mehr darüber.«

An diesem Tag wollte sie niemanden mehr sehen, noch nicht einmal Giacomo. Sie schrieb einen Brief an Bona sowie an ihre Mutter Lucrezia Landriani und bat sie um die Vermittlung einer guten Amme. Den Forliveserinnen traue sie nicht, die hätten alle einen schlechten Charakter, und dann lud sie ihre Schwestern Chiara und Stella ein, sie endlich in Forlì zu besuchen, Giacomo und natürlich den kleinen Carlo kennenzulernen und gleich die Amme mitzubringen.

Als Caterina am nächsten Tag Giacomo von Rosarias Absage erzählte, noch immer tief gekränkt und voller Empörung, verzog er seinen Mund zu einer verächtlichen Grimasse. »Dieser Sodomit haßt mich – vermutlich ist er eifersüchtig auf dich, weil ich dich ficke und mich nicht von ihm ficken lasse, und gleichzeitig auf mich, weil du mich …«

»Ich habe dich verstanden, Giacomo«, unterbrach ihn Caterina mit lauter Stimme.

Giacomo blickte erstaunt auf, zog sie dann entschuldigend an sich, küßte sie auf ihre Narbe und flüsterte ihr ins Ohr: »Du weißt schon, wie ich es meine, meine mondschöne Fürstin. Soll dich dein junger Hirsch auf die Balsamberge tragen?« Seine Hand glitt zwischen ihre Schenkel. Sie wollte ihn von sich stoßen, brachte es jedoch nicht fertig. Schon zog er sie auf seine Beine, öffnete seine Schamkapsel, und während er, an ihrem Busen herumschnüffelnd, von »ambrosischen Düften« schwärmte und von »Nektarlabsal«, hob sie ihren Rock und nahm ihn in sich auf.

Am nächsten Tag sprach sie mit Fra Lauro über Rosarias Verhalten und darüber, was Giacomo angedeutet hatte.

»Giacomo ist ein hübscher Junge«, erklärte Fra Lauro, »Gian Antonio hat womöglich noch einmal eine Anwandlung aus früheren Zeiten verspürt.«

»Du meinst, er war wirklich ein – Sodomit?«

»Dies ist ein schmutziges und gefährliches Wort.«

»Aber Giacomo meinte, Ghetti sei auch auf ihn eifersüchtig?«

»Gian Antonio hat dich stets geliebt.«

»Aber doch nur wie ein Vater.«

»Auch die Liebe eines Vaters kann verzehrend und besitzergreifend sein.«

Caterina begann, sich plötzlich unwohl und eingeengt zu fühlen. Jetzt, während alles sich zum Besseren fügte, fühlte sie sich nicht nur ungewohnt einsam, sondern auch als Ziel unausgesprochener Ansprüche, die sie nie befriedigen konnte.

»Ist deine Liebe zu mir auch – besitzergreifend?« Sie schaute Fra Lauro in die Augen, um einen plötzlich auftauchenden Verdacht auszuräumen.

Sein Blick blieb geheimnisvoll, undeutbar traurig. »Ich glaube, sie hat eher von mir als von dir Besitz ergriffen.«

Caterina spürte, daß auch diese Unterhaltung auf einen absonderlichen Weg führte.

»Und wen verzehrt sie, dich oder mich?« fragte sie.

»Ich glaube nicht, daß sie dich verzehrt.«

»Also verzehrt sie dich?«

Caterina hatte gelegentlich bemerkt, daß Fra Lauro sie nicht wie ein Beichtvater, noch nicht einmal wie ein Vater anschaute, sondern wie ein Mann – nein, sie wollte nicht durchdenken, was dies womöglich bedeutete. Sie glaubte nicht daran, daß sowohl Ghetti als auch Fra Lauro …

»Ich hoffe nicht, daß sie mich verzehrt. Womöglich brauchst du mich noch«, sagte er schließlich.

»Ich brauche dich«, flüsterte sie flehend, »ich brauche dich jeden Tag, meine Kinder brauchen dich, du darfst uns nie verlassen – und dich auch nicht *verzehren* lassen.«

Plötzlich mußte sie lachen – dieses seltsame Wort: *verzehren*! Fra Lauro lachte ebenfalls. Sie lachten sich alle Mißverständnisse und beunruhigenden Gefühle von der Seele.

Nach einigen Wochen erfüllte sich Caterinas Wunsch. Chiara und Stella, ihre Schwestern, erschienen zu Besuch in Forlì, die jüngere melancholisch lächelnd mit tiefgründig großen Augen und einem mächtig gewölbten Ausschnitt, die ältere, bereits verwitwet, stets lachend, kichernd und schnatternd, mit fliegenden Haaren und hektischen Bewegungen. Sie hatten eine willige Amme mitgebracht, deren Tochter gesund und bestens genährt erschien und die sich sofort mit großer Selbstverständlichkeit des kleinen Carlo annahm. Caterinas Milch versiegte rasch, die letzten Tropfen leckte ihr Giacomo von der Brust.

Ihre Schwestern beneideten sie, wie Caterina ihren Augen ansah, wenn sie sich abends mit Giacomo zurückzog, und Stella kicherte am nächsten Morgen noch mehr und überhäufte sie mit Anspielungen, die das Geschehen der Nacht umkreisten.

»Hat er nicht noch einen Bruder?« fragte Stella. »Wir wollen auch so glücklich sein wie du, nicht wahr, Chiara?« Chiara schwieg, schaute sie aus sehnsüchtig großen Augen an.

Caterina lachte. »Ja, er hat einen Bruder, den Kastellan von Ravaldino, er ist jedoch älter als Giacomo, hat Nackenwülste und kommt schnell außer Atem.«

»Oh!« rief Stella. »Dann ist er eher etwas für Chiara, ich brauche einen flinken Jäger mit Haaren wie Samson und Muskeln auf der Brust.«

Chiara schlug die Augen nieder, und als dann Giacomo den Nymphensaal betrat, errötete sie. Stella lachte und errötete ebenfalls. Caterina konnte nicht umhin, mit einem spöttischen Lächeln und einer generösen Geste auf ihre beiden Schwestern zu zeigen. »Du hast zwei Verehrerinnen, Giacomo«, sagte sie.

Er lächelte geschmeichelt, verbeugte sich mit gespielter Verehrung vor den jungen Frauen und küßte nacheinander ihre Hände. Beide waren sie verstummt, ihr Erröten vertiefte sich, und dann zogen alle los zu einem Hammerballspiel auf einer Wiese, die Caterina vor der Rocca von Ravaldino hatte anlegen lassen und die an den neu zu schaffenden Paradiesgarten grenzen sollte.

Bei der Rocca angekommen, schickte Caterina nach Tommaso Feo, um ihn ihren Schwestern vorzustellen und ihn aufzufordern, ihnen beim Hammerballspiel Gesellschaft zu leisten. Tommaso erschien in nachlässiger Militärkleidung, die Augen leicht verquollen, bemühte sich, als er begriff, daß zwei junge Damen ihn in Augenschein nehmen sollten, um stramme Haltung und bat, sich rasch umziehen zu dürfen. Bald darauf erschien er in einem leuchtend roten Seidenwams, das über seinem Bauch ein wenig spannte, und mit einer breitrandigen schwarzen Mütze, auf der eine in schillernden Farben changierende Pfauenfeder hin und her schwankte.

Man ließ sich Wein und Konfekt reichen, schlug die Bälle und lachte viel. Selbst Chiara entblößte beim Lachen ihre ein wenig schief gewachsenen Zähne, und Stella konnte nicht umhin, immer wieder Giacomos Schlägerhaltung korrigieren zu wollen und ihn dabei zu berühren.

Caterina beobachtete die Feo-Brüder ebenso wie ihre Schwestern und fand das stolzierende Gockeln, das Gekicher und Geschnatter durchaus vergnüglich. Abends ließ sie den kleinen Carlo holen, der dann eine Weile zum willigen Spielzeug ihrer Schwestern wurde, schließlich aber doch ermüdete und zu schreien begann. Die Amme nahm ihn Stella resolut aus dem Arm, reichte ihn noch einmal seiner Mutter, die ihn küßte und an seinen Vater weiterreichte, der ihn ebenfalls küßte und mit der Zunge so lange die Öhrchen kitzelte, bis Carlo zu schreien aufhörte und griente. Dann gab er ihn der Amme zurück, die beim Verlassen des Nymphensaals bereits ihre Brust freilegte und Carlo mit einem Spritzerchen Milch zum Spitzen seiner kleinen Lippen brachte.

Tommaso hatte sie in den Palast begleitet, und man plauderte noch bis in die Nacht hinein. Stella erzählte viele Anekdoten von Bona und ihrem *Marco Antonio*, ließ dann aber auch Chiara zu

Wort kommen, die berichtete, daß *il Moro* sich zur Zeit nach einer Frau umsehe und daß die noch sehr junge und allseits wegen ihrer Klugheit und Kunstliebe gerühmte Beatrice aus dem ferraresischen Haus der Este die besten Chancen habe. Dabei errötete sie.

Nachts ließ sich Caterina wieder von ihrem salomonischen Schmeichler über die Balsamberge tragen.

Als sie einzuschlafen begann, überraschte Giacomo sie mit der Feststellung, demnächst würden die gräflichen Räume in der Bastion einzugsbereit, Tommaso habe Fett angesetzt, sein Bruder müsse endlich heiraten, und er, Giacomo, habe eine glänzende Idee.

Caterina schnurrte vor schläfrigem Wohlsein und vertröstete ihn auf den nächsten Morgen. In ihren nächtlichen Träumen sah sie sich mit Giacomo vereint, und als sie aufwachte, begriff sie, daß die Wirklichkeit des Morgens sich in den Traum geschlichen hatte wie Giacomo in ihren Körper. Seine Zunge leckte die Schweißperlen auf ihrem Rücken, während sein vorwärts drängendes Organ sich seinen Weg zwischen den Schenkeln hindurch bis zu ihren Moosgärten suchte.

Er beendete dann seine Suche durch ein heftiges, sich rasch verzehrendes Feuerwerk, und als sie sich umdrehte, um ihn in die Arme zu schließen, küßte er sie lediglich nachlässig, setzte sich auf und kam wieder auf seine glänzende Idee zu sprechen.

»Ich höre«, seufzte sie.

»Mein Bruder Tommaso wird nicht nur zu fett, er fühlt sich auch zu unentbehrlich und beginnt sich wie einst Zocho als unumschränkter Herr von Ravaldino zu fühlen. Ich dagegen muß mich von allen Männern, die sich in dieser Stadt etwas Besseres dünken, als dein Gespiele verhöhnen lassen. Als wäre ich dein Schoßhündchen.«

Caterina mußte lachen. »Das bist du doch auch, mein Liebling.« Sie strich ihm zärtlich durch sein Haar und schob sein Gesicht über Brüste und Bauch bis zu ihrem Schoß. Er richtete sich aber unwillig auf: »Ich meine es ernst!«

Manchmal war er wirklich ein süßer, ungezogener Junge.

»Neulich bin ich erst wieder dem einäugigen Orcioli begegnet. Er grüßte mich höhnisch, und als er vorbei war, hörte ich noch, wie er mich den *ligurischen Möchtegerngrafen* nannte. Und ich sehe auch die Blicke der Marktfrauen und Milizionäre, der Händler und Handwerker, ich sehe ein spöttisches Lächeln um ihren Mund spielen. Sie verachten mich – weil ich lediglich dein Liebhaber bin und nichts mehr.«

»Du bist mein *trobadore*, edler Giacomo …« Caterina versuchte, ihn wieder zu streicheln, aber er entzog sich ihr erneut. »Also gut, was ist dein Vorschlag?«

»Ich möchte Kastellan von Ravaldino werden, der Herrscher über deine feste Burg. Wenn der Palazzo in der Rocca demnächst fertig ist, wird Tommaso ihn dir vor der offiziellen Einweihung zeigen. Es ist Sommer und warm. Kleide dich locker, laß deine Arme frei und zeige deinen schönen Busen. Tommaso ist sehr empfänglich für weiche, weiße Haut und insbesondere für deine Rundungen. Mache ihm schöne Augen, schmeichle ihm, danke ihm überschwenglich – und wenn ihr euch dann den Schlafgemächern nähert, wo bereits das neue Bett der Gräfin steht, flüstere schmachtend seinen Namen.«

Caterina mußte lachen. »Du solltest Komödiendichter werden, Giacomo!«

Er blieb ernst.

»In diesem Augenblick schlägt Ghetti, von mir gewarnt, zu. Du wirst ihm vorher berichtet haben, Tommaso verfolge dich mit unsittlichen Anträgen, gleichzeitig spiele er sich als Herrscher von Ravaldino auf, du wolltest ihn ablösen, aber da er ein so treuer Diener gewesen sei … Erzähl Ghetti irgend etwas, versprich ihm vor allem, er selbst, der treue *Orlando* Ghetti, solle Kastellan von Ravaldino werden. Darauf ist der alte Sodomit ausgesprochen scharf. In dem Augenblick dann, in dem Tommaso glaubt, er könne mit dir auf dein neues Bett sinken und schon dabei ist, seinen Schwanz herauszuholen, legt ihm Ghetti die Hand auf die Schulter und verhaftet ihn im Namen des jungen *signore* und der Regentin. Du wirst dich erstaunt und entsetzt geben über die Hoffnungen, die der geile Tommaso sich machte, über den Verrat am Bruder, über den Mißbrauch seiner Stellung. Natürlich wird er sich winden und dir Treue schwören. Du gibst zu, daß du nie an seiner Treue zu zweifeln Anlaß hattest, aber was geschehen ist, ist geschehen, Ghetti war Zeuge. Wir alle kommen zusammen, um zu beraten, niemand will einen Skandal. Du betonst noch einmal, daß Tommaso schon immer der treue Diener der Riari war, daß jetzt wohl seine allseits bekannte stürmische Männlichkeit mit ihm durchgegangen sei, du wollest ihm noch einmal verzeihen, aber als Kastellan von Ravaldino sei er nicht mehr zu halten. Tommaso wird protestieren und um meine Fürsprache bitten. Ich werde mich nachsichtig und gleichzeitig sachlich geben und vorschlagen, Tommaso solle wieder Kastellan von Imola werden. Als edelmütiger Bruder bitte ich dich um eine Geste des Großmuts. Und dann spreche ich als politisch denkender Mensch und schlage vor, ihm als Zeichen deiner Nachsicht und auch als Zeichen der Dankbarkeit für früher geleistete uneigennützige Taten eine deiner Schwestern, am besten Chiara, zur Frau zu geben. Auf diese Weise fängst du seine brünstige Gier ein und bindest ihn auch weiterhin an dich.«

»Du bist nicht nur Komödiendichter, sondern auch ein Ränkeschmied«, unterbrach ihn Caterina. »Glaubst du, irgendeiner wird uns diese Geschichte abnehmen? Jeder wird sofort die Intrige wittern, und außerdem weiß ich nicht, ob es für dich so angenehm ist, statt Tommaso nun Ghetti als Kastellan vorzufinden.«

»Warte, ich war noch nicht fertig. Wie ich Tommaso kenne, wird er dein Angebot annehmen und mit niemandem darüber reden. Die Geschichte wird ihm doppelt peinlich sein: Er erscheint als geiler und gleichzeitig einfältiger Esel. Er wird sich aber auch gerecht behandelt fühlen, sogar belohnt: Deine Schwester hat schöne Augen und einen reifen Arsch, außerdem bleibt er Kastellan. Und was Ghetti angeht: Ich werde ihm für seinen entschlossenen Dienst an der Ehre der Gräfin einen Sack voller Dukaten in die Hand drücken, in deinem Namen natürlich, und dann selbst Kastellan von Ravaldino werden. Ghetti bleibt *capitano* der gräflichen Milizen und kann sich weiterhin seinem liebendem Weibe widmen. Und alle sind wir glücklich.«

Caterina schüttelte den Kopf. »Du bist verrückt«, sagte sie, »aber ich liebe dich verrückten Komödienerfinder.« Erneut fuhr sie durch Giacomos Haare und zog ihn zu sich heran.

»Bist du also einverstanden?« hauchte Giacomo, umspielte eine ihrer Brustwarzen mit seiner Zunge und drückte sanft ihre Schenkel auseinander.

»Es wird nicht klappen. Alle Welt lacht uns aus, Ghetti wird toben und mich verlassen, Rosaria gleich mitnehmen, dein Bruder wird sich hereingelegt fühlen und uns ebenfalls verlassen ...«

Sie war schon wieder bereit, Giacomo aufzunehmen; doch nun zögerte er.

»Wenn du unbedingt willst, kann ich mit Tommaso reden, ihm meine Schwester versprechen, falls er freiwillig wieder nach Imola geht, mit Chiara reden ...«

»Und wer wird Kastellan von Ravaldino?«

Caterina versuchte nachzudenken, aber es gelang ihr nicht, der Gott der Lust stand direkt vor ihrer Grotte, er mußte lediglich eintreten, sie würde ihn wie eine gehorsame Dienerin empfangen und sich von ihm erlösen lassen. Sie winkte und wollte ihn führen ...

»Wer wird Kastellan von Ravaldino?« flüsterte Giacomo nun nahe an ihrem Ohr. Seine Zunge umspielte das Ohrläppchen, und ganz langsam trat nun Eros vor, der Unbesiegbare, das Schwert in der Hand; sie wollte ihn umschließen, er zögerte jedoch, schien sich wieder zurückziehen zu wollen...

»Also gut, du wirst Kastellan von Ravaldino ...«

»Versprochen?«

»Versprochen. Aber es wird nicht klappen.«

»Es wird klappen!«

46. Kapitel

Giacomo forderte schmeichelnd und drohend Caterinas Versprechen ein. Tatsächlich schien alles nach seinem Plan zu klappen.

Tommaso gockelte um sie herum, während sie sich von ihm in offenherziger Kleidung durch den neuen Palast führen ließ, und als sie sich dann den privaten Gemächern der Gräfin näherten und Caterina ihm mit einem verführerischen Lächeln für seine nie wankende und nicht mit tausend Dukaten aufzuwiegende Treue dankte, begann er tatsächlich, von ihrer Schönheit zu stottern und davon, daß die Gunst einer so begehrenswerten Herrin Gefolgschaft bis in den Tod bedeute. Gleichzeitig drängte er sie zu ihrem Schlafraum. Alles lief wie einstudiert, und Caterina kam der Gedanke, auch Tommaso spiele lediglich Theater. Als sie die Türschwelle überschritt, griff er sich tatsächlich an sein Gemächt.

In diesem Augenblick trat Ghetti hinter der Tür hervor und rief, er verhafte Tommaso Feo im Namen des *signore* und der Regentin. Tommaso schrie »Da hat mich jemand reingelegt!«, protestierte und bedachte Ghetti mit dem schmutzigsten Vokabular seiner Heimat. Ghetti wirkte unsicher, reagierte wütend, als Tommaso ihn so beschimpfte, und wäre fast handgreiflich geworden. Aber dann ließ sich Tommaso ohne weiteren Widerstand abführen.

Auch die folgenden Geschehnisse liefen so ab, wie Giacomo es geplant und vorhergesehen hatte. Keiner der Milizionäre oder der Diener hatte den Vorfall beobachtet, und statt den Angriff auf die Ehre der Gräfin publik zu machen, setzte sich Caterina mit ihren Vertrauten und mit Tommaso zusammen, um eine angemessene Antwort auf seine unziemliche Annäherung zu finden. Tommaso zeigte sich zerknirscht, gleichzeitig aber von seiner Unschuld überzeugt. Die Anwandlung sei über ihn gekommen, nie und nimmer hätte er sich jedoch zu einer unsittlichen Tat gegen den Willen der Gräfin hinreißen lassen.

Caterina erwies sich in ihren Ausführungen als nachsichtig. Ihr Geliebter Giacomo betonte die Anstrengung, die es ihn koste, seine Eifersucht zu unterdrücken, seine brüderliche Liebe allerdings dämpfe den Ruf nach Strafe und Vergeltung. Ghetti hielt sich schweigsam im Hintergrund, auch Fra Lauro schien wenig geneigt, sich an dem Austausch leicht tadelnder Worte und gegenseitiger Lobeshymnen zu beteiligen.

Tommaso erklärte sich bereit, den Posten des Kastellans von Forlì zu räumen und nach Imola zu gehen, und als ihm sein Weggang noch versüßt wurde durch den Vorschlag, die gräfliche Schwester Chiara zu ehelichen, floß er über vor Dankbarkeit. Auch Chiara schien Gefallen an dem Gedanken gefunden zu haben, Ehefrau des zukünftigen Kastellans von Imola zu werden.

Schließlich drückte Giacomo Ghetti einen nicht übermäßig prall gefüllten Sack Dukaten in die Hand.

Ghetti nahm ihn eher widerwillig und dankte der Gräfin. Er habe lediglich seine Pflicht erfüllt, betonte er, er denke an seine Familie, daher nehme er das Geld, aber bekanntlich sei er nicht käuflich …

»Wir danken dir für deine treuen Dienste«, unterbrach ihn

Giacomo mit einer gebieterischer Geste, »Gold kann Treue natürlich nie aufwiegen.«

Ghetti verbeugte sich knapp und voller Grimm.

»Und nun möchte die Gräfin den neuen Kastellan von Ravaldino ernennen und ihm den Schlüssel überreichen«, fuhr Giacomo mit breitem Grinsen fort.

Ghetti, noch immer grimmig, trat einen Schritt vor.

Giacomo kniete sich geziert vor Caterina und beugte sein Haupt, damit sie ihm die Kette mit dem Schlüssel umlegen konnte.

Caterina fühlte sich zunehmend unwohl. Es war ein elendes Spiel, das Giacomo da eingefädelt hatte, und sie schämte sich, es mitzuspielen. Es wäre auch nicht nötig gewesen. Tommaso Feo hätte vermutlich freiwillig auf Ravaldino verzichtet. Wofür sie sich aber am meisten schämte, war der verlogene Trick, mit dem Ghetti hereingelegt worden war. Ghetti hatte sich zwar ihr gegenüber während der letzten Jahre Freiheiten herausgenommen, die ihm nicht zustanden, sie hatte jedoch stets offene Worte einer schmeichlerischer Lüge vorgezogen. Und nun hatte Giacomo sie dazu gebracht, bei dieser Intrige, in der Ghetti wie ein betrogener Einfaltspinsel dastand, die Hauptrolle zu spielen.

»Aber *ich* war doch vorgesehen ...« brüllte Ghetti auf und stieß Giacomo zur Seite. Dieser wich ihm aus und richtete sich dann neben Caterina, den Schlüssel von Ravaldino auf seine Brust pressend, in voller Größe auf.

Ghetti schaute zuerst sie, dann Giacomo, schließlich Tommaso und die anderen an. Tommaso grinste, Chiara verstand offenkundig überhaupt nichts mehr, Fra Lauro trat vor, hob die Hand, als wolle er um die Erlaubnis zu sprechen bitten.

»Ach so ist das«, preßte Ghetti hervor, »dieser ligurische Fischersknecht hat mich reingelegt!«

Caterina wollte etwas sagen, aber Giacomo legte ihr die Hand auf den Arm. »Warte, Liebste.«

Tatsächlich ließ sie Giacomo reden.

»Es tut mir leid, hochverehrter *capitano*, daß ich Euch vorschnell, das heißt, ohne mit der Gräfin zu sprechen, die Schlüsselgewalt über Ravaldino versprach, und ich entschuldige mich aus tiefstem Herzen. Ich schätzte wohl Eure Treue falsch ein.

Gewiß hättet Ihr meinen fehlgeleiteten Bruder auch ohne das Versprechen einer Belohnung verhaftet. Da jedoch die Gräfin es für besser hält, daß ein ihrem Herzen Nahestehender Kastellan von Ravaldino wird, während Ihr weiterhin für die Sicherheit der Stadt und den Schutz der Grafenfamilie vor Attentaten sorgen sollt, muß ich mich ihr fügen. Ich verstehe, daß Ihr verärgert seid. Aber ich glaube auch im Namen der Gräfin zu sprechen, wenn ich Euch jetzt zum *gonfalionere* von Forlì ernenne.«

Caterina reizte das ganze Theaterspiel nicht mehr zum Lachen. Es erschien ihr inzwischen so quälend verlogen, daß sie am liebsten die Intrige aufgedeckt hätte. Giacomo beugte sich erwartungsvoll zu ihr herunter, aber sie reagierte nicht. Sie sah lediglich Fra Lauros ungläubige Augen auf sie gerichtet und das vor Zorn verzerrte Gesicht Ghettis.

»Steck dir deinen *gonfalionere* in den Arsch, du Dreckskerl!« fuhr Ghetti Giacomo an. »Für diesen miesen Trick wirst du büßen!« Ohne ein weiteres Wort zu sagen und ohne Caterina eines Blickes zu würdigen, stürzte er aus dem Saal.

Es herrschte betroffene Stille.

»Tja«, sagte Giacomo nach einer Weile, nicht unzufrieden.

Tommaso reichte Chiara, die ihre großen Augen fragend auf Caterina heftete, seine Hand und führte sie hinaus.

»Ich danke Euch für Eure weise Zurückhaltung!« Giacomo verbeugte sich leicht vor Fra Lauro und schaute ihn erwartungsvoll an.

Der Beichtvater reagierte nicht auf diesen Versuch, auch ihn zum Rückzug zu veranlassen.

»Die Gräfin möchte allein sein«, sagte Giacomo ungeduldig.

Caterina konnte die Situation nicht länger ertragen. Am liebsten hätte sie alles wieder rückgängig gemacht. Der Gedanke jedoch, Giacomo könnte ihr in diesem Fall seine Liebe entziehen, erschreckte sie und verschloß ihr den Mund.

Fra Lauro bedachte Giacomo mit einem Blick tiefer Verachtung. »Ich verstehe nicht alles, was hier gespielt wurde«, sagte er leise, nicht ohne unterdrückte Empörung in der Stimme, »aber ich werde es sicher erfahren. Ich kann jetzt allerdings bereits sagen, daß eine grobe Dummheit begangen wurde, auch eine Tat unverzeihlicher Undankbarkeit.«

Caterina spürte genau, daß Fra Lauro recht hatte. Gleichzeitig ärgerte sie sich darüber, daß er begann, sie abzukanzeln, und sprang auf. Viel lauter, als sie beabsichtigte, rief sie: »Ich verzichte auf Belehrungen. *Ich* bin die Gräfin, und ich kann zum Kastellan von Ravaldino ernennen, wen ich will!«

Fra Lauro schaute sie reglos an. Dann zog er kaum wahrnehmbar eine Augenbraue hoch, drehte sich um und verließ den Raum.

Mit Giacomo allein, sank Caterina auf ihren Thronstuhl.

Er bedeckte ihr Gesicht mit Küssen. »Du warst großartig«, flüsterte er. »Ich liebe dich! Du bist meine Fürstin. Du bist unser aller Herrin. Du bist die beste Herrscherin, die ich mir vorstellen kann. Heute hast du deinen größten Sieg errungen.«

Sie lächelte ihn an – und schüttelte den Kopf.

47. Kapitel

Erhofft, aber unerwartet schien das Glück Caterina zuzulächeln. Jeden Morgen und jeden Abend, während sie noch in Giacomos Armen lag, flüsterte er, daß sie Italiens *prima donna* sei, die nach langen Jahren des Kampfes und der Bedrohung nun die Früchte ihres Bemühens ernten dürfe, und daß er sie bis in den Tod hinein liebe. Auch ihr schien, daß lediglich der Tod sie trennen könnte, so selig fühlte sie sich in seinen Armen.

Der Palast in der Rocca von Ravaldino war fertiggestellt, und insbesondere in den Sommermonaten bewohnte ihn Caterina, zusammen mit ihrem Geliebten und ihrem jüngsten Sohn. Die Amme versorgte den Kleinen, und Argentina half ihr nicht nur bei der sorgfältigen Körperpflege, sondern stellte sich auch gelehrig an, wenn es darum ging, neue Rezepturen für Hautsalben zu ersinnen und auszuprobieren. Allerdings sprach sie noch immer kaum.

In Anschluß an ihren Schlafzimmervorraum hatte sich Caterina ein eigenes Bad einrichten lassen mit einer in die Wand eingelassenen Wanne für ihre Duft- und Entspannungsbäder, mit einem großen, sehr teuren Spiegel aus Murano, vor dem sie sich schminken und pflegen konnte und einer kleinen Alchimisten-

und Destillierabteilung. Dort reihten sich Glasröhren, Flaschen, Tiegel, Phiolen, häufig brannte ein Brennkolben, und in den Regalen befanden sich alle Sorten von Kräutern, getrockneten Blumen, edlen Hölzern, speziellen Wässern, Ölen, Salben und Pulvern. Neben schneckenartig eingedrehten Nautilusmuscheln und abgenutzten Büchern mit geheimnisvollen Zeichen und Zeichnungen lag ein Klistier, das Caterina gelegentlich benötigte, um sich Erleichterung zu verschaffen. An der Außenwand hatte sie sich eine Vorrichtung bauen lassen, durch die sie ihre wenig blumig duftenden Sekrete und Ausscheidungen mit einem Schwall Wasser in den Burggraben leitete.

Im tiefsten Gewölbe ihres neuen Palazzos hatte sie ein weiteres Alchimistenlaboratorium einrichten lassen, und dort ging es nicht um Salben, sondern um Metalle. Gute Alchimisten zu finden war allerdings schwer, und die Zutaten, die man brauchte, um endlich den Stein der Weisen zu finden, belasteten den Haushalt des Hofs. Dennoch scheute Caterina keine Mühen und Kosten. Ein zottelhaariger Mann, unterstützt von einem humpelnden Gesellen aus dem hohen Norden, werkelte vor sich hin, erzeugte Gestank und kleine Explosionen, die Flüssigkeiten blubberten und zischten, es wurde geklopft, gestanzt, gerieben, dazu murmelte man zauberwirksame Sprüche – ein Erfolg jedoch wollte sich nicht einstellen.

Caterinas ältere Kinder bewohnten mit Fra Lauro, ihren Lehrern und Kinderfrauen den Palazzo an der Piazza Grande. Sie bedauerte, ihre Kinder nicht regelmäßig in ihrer Nähe zu haben, aber für den gesamten Hofstaat war ihr *Paradiso* zu klein, und weder die Jungen noch gar Bianca liebten die schweren, kühlen Mauern der Verteidigungsanlage. Caterina mußte sich zudem eingestehen, daß die Kinder sich nicht so gut mit Giacomo verstanden, wie sie es sich gewünscht hätte, und auch Giacomo … So zärtlich er ihr gegenüber sich verhielt, so barsch konnte er ihre Kinder anblaffen, insbesondere die Älteren. Scipione schürzte dann verächtlich die Lippen, legte seinen Arm um Biancas Schultern und führte sie aus dem Raum. Ottaviano und Cesare allerdings nahmen Giacomos herrisches Verhalten nicht einfach hin.

»*Ich* bin der *signore*, und wer bist du?« hatte ihm Ottaviano einmal bei einem gemeinsamen Nachtmahl geantwortet. Als

Caterina ihrem Ältesten einen bösen Blick zuwarf und Giacomo eine drohende Haltung einnahm, stand Ottaviano abrupt auf, mit ihm Cesare, sie warfen ihre Stühle um und strebten dem Ausgang zu. Noch bevor sie die Tür erreichten, ließen die beiden ihrem Unmut über Giacomo freien Lauf. Obwohl sie leise sprachen, konnte Caterina doch eindeutig verstehen, wie Ottaviano ihren Geliebten einen *ligurischen Beschäler und Silberdieb* und Cesare ihn einen *Haufen Eselscheiße* nannte. Giacomo lief rot an, auch Caterina spürte, wie heftiger Zorn in ihr hochstieg – dennoch legte sie begütigend die Hand auf seinen Arm. Schließlich hatte er die Auseinandersetzung provoziert, als er den Jungen unter Hinweis auf ihre schwabbeligen Fettpolster die Sahnetorte entzog.

Fra Lauro saß mit leidender Miene dabei und widmete sich ostentativ den Kleinen. Insbesondere Sforzino ließ sich noch immer gerne von ihm füttern und auf den Schoß nehmen. Ghetti, der ebenfalls beim Essen anwesend war, weil er mit Caterina die neueste politische Lage besprechen wollte, legte seinen Löffel betont neben den Teller, erhob sich, verbeugte sich steif vor ihr und erklärte, er müsse sich um die Jungen kümmern, um schlimmeren Ärger zu verhindern. Caterina nickte ihm zu, und das Nachtmahl ging schweigend, lediglich von dem Geplapper der Kleinen begleitet, zu Ende.

Natürlich war gelegentlicher Streit unvermeidbar, wenn nach dem Tod des Vaters sich die Mutter einen Liebhaber und heimlichen Ehemann nahm. Caterina gab sich da keinen Illusionen hin. Die Kinder zeigten Eifersucht, außerdem waren gerade ihre beiden ältesten Söhne seit geraumer Zeit in einer schwierigen Phase. Genau genommen, seit Riarios Tod und der Geiselhaft durch die Orsi. Scipione, der nun ein richtiger Mann wurde, schaute sie immer wieder mit tiefgründigen, verschleierten Augen an, und sie wußte nicht, was sie von diesen Blicken halten sollte. Er und Bianca bildeten mehr denn je eine Einheit, womöglich eine Einheit über alle Schicklichkeit hinaus, aber erstaunlicherweise wirkten sie nicht glücklich dabei.

Was Giacomo anging – leider verhielt er sich nicht immer sehr diplomatisch. Von daher war es sicher gut so, daß während der Sommermonate die Familie mitsamt ihren Vertrauten nicht in einem einzigen Palazzo wohnte. Wieder konnte sie Fra Lauro nicht dankbar genug sein. Er kümmerte sich nicht nur aufopferungsvoll um die Kinder, er beriet sie nicht nur sachlich und klug in allen politischen Fragen, ihm war es auch gelungen, Gian Antonio Ghetti in Forlì zu halten.

Nach dem Streit mit Giacomo um den Posten des Kastellans von Ravaldino hatte Ghetti sich entschieden, aus Caterinas Dienst auszuscheiden und mit Rosaria und ihrem Jungen die Stadt zu verlassen. Zu tief kränke ihn das Vorgefallene, er fühle sich, so berichtete Fra Lauro, erniedrigt und beleidigt, und Rosaria bestärke ihn in seinem Gefühl. Wochenlang bekam Caterina ihn nicht zu Gesicht, monatelang sprach er nicht mit ihr. Als sie ihn einmal, ohne daß er sie bemerkte, im Cortile des Stadtpalasts beobachtete, erschrak sie über seine tiefen Gesichtsfalten, die in einem auffallenden Gegensatz zu der gesunden Hautfarbe standen. Worüber sie noch mehr erschrak, waren seine hektischen Bewegungen, seine grimmige Laune und der unangemessene Wutanfall, nachdem einer der Pferdeknechte sein Reittier nicht rechtzeitig gesattelt hatte.

Bald wurde Rosaria, obwohl sie ihren ersten Sohn noch stillte, erneut schwanger. Dies schien Ghettis Stimmung zu bessern, denn Fra Lauro gelang es nun, seinen Groll so weit zu dämpfen, daß er sich entschied, in Forlì zu bleiben und sogar im Stadtpalast zu wohnen. Als Rosaria dann einem zweiten Sohn das Leben schenkte, strahlte er wieder und schien Giacomos Ränkespiel vergessen zu wollen. Caterina war glücklich darüber und bedachte den Säugling wie seine Mutter, im Grunde die ganze Familie Ghetti mit einem kostbaren Korallenamulett, das ihre Großmutter Bianca Maria ihr geschenkt hatte und das gegen den bösen Blick und gegen Dämonen schützen sollte.

Weder Rosaria noch Ghetti wollten das Geschenk annehmen.

»Es ist zu kostbar«, erklärte Rosaria.

»Womöglich werdet Ihr es noch brauchen«, ergänzte Ghetti.

»Ach, ich bin zur Zeit so glücklich!« rief Caterina aus. »Sicher hätte auch meine Großmutter, die Rosaria ebenso mochte wie mich, euch das Amulett geschenkt. Und ich bin euch zu tiefstem Dank verpflichtet.«

Als Caterina abends Fra Lauro begegnete, war sie noch ganz

erfüllt von Rosarias und Ghettis Freude über ihr Geschenk, und dankte ihm überschwenglich für seine Treue und seinen guten Einfluß auf den alten Freund. Weil sie glaubte, daß nun der rechte Zeitpunkt gekommen sei, auch mit ihm über Giacomos bereits eine Weile zurückliegende Intrige zu sprechen, zog sie ihren alten Beichtvater in eine Fensternische.

»Ich weiß, daß du damals mein Verhalten mißbilligtest …«, sagte sie.

Bisher hatte Fra Lauro die Vorgänge um den Kastellansposten von Ravaldino mit keinem Wort erwähnt. Es war ihm auch stets gelungen, auszuweichen, wenn das Gespräch auf die Brüder Feo kam. Sie wünschte sich, daß er ihr verzeihe – nicht nur als Beichtvater, sondern auch als ihr oberster Ratgeber und Kanzler. Sie wollte nicht, daß nur das kleinste böse Gefühl zwischen ihnen stand, zumal Giacomos komödienhafte Intrige mit ihrem Bild von einer guten Herrscherin nicht in Einklang zu bringen war.

Eine Weile hatte sie sich damit getröstet, daß auch ihr Vater kein Engel gewesen war, daß seine Liebe für schöne Frauen nicht nur Bona, sondern ebenso manche ehrenwerte Männer Mailands in Unehre und Leid gestürzt, daß sie sogar manchem dieser ehrenwerten Männer das Leben gekostet hatte – glaubte man den Gerüchten, die noch immer in der Stadt kursierten. Wenn auch niemand ohne Fehler war, weder ihr Vater noch sie oder Giacomo, noch nicht einmal Fra Lauro, so nagte doch an ihr, daß ihr Beichtvater, der ihr bisher stets bereitwillig alle Sünden verziehen hatte, ihr kleines Vergehen totschwieg.

»Es war sicher falsch von mir – und von Giacomo«, fuhr Caterina fort, als Fra Lauro sie geduldig anschaute.

»Und unnötig«, sagte er.

Sie hoffte, er würde nun endlich ein verzeihendes Wort sagen, er schwieg jedoch.

»War es wirklich ein so schweres Vergehen?« begann sie erneut.

»Nein, es war kein schweres Vergehen, und der Herr hat es Euch längst verziehen, aber …« Er schaute ernst aus dem Fenster.

»Aber? Aber Gian Antonio noch nicht.«

»Gian Antonio kann schlecht vergessen, die Wohltaten nicht und auch nicht die Wunden. Ich denke allerdings, daß sie mit der

Zeit vernarben. Dennoch ist mir unwohl. Alles scheint im Augenblick zufriedenstellend zu verlaufen, nach all den schlimmen Jahren mit Riario auch wohlverdient. Und Eure Liebe zu Giacomo Feo – womöglich kann ich sogar diese grenzenlose Leidenschaft verstehen. Eure Kinder allerdings … und Ghetti …« Er unterbrach sich eine Weile, fuhr dann fort: »Früher kamen die Bedrohungen von außen, Attentate und Aufstände ließen nicht nach. Heute jedoch könnten die Bedrohungen von innen kommen. Versteht Ihr, was ich sagen will?«

»Nein«, antwortete Caterina, «nein, ich verstehe Euch nicht.« Sie spürte einen Unwillen, gleichzeitig eine tiefe Traurigkeit, und auch ihrem Beichtvater schien es so zu ergehen.

»Es darf zwischen uns keine Mißverständnisse geben«, flehte sie ihn an.

Er schüttelte den Kopf und nahm sie wie ein Vater in den Arm. Sie drückte sich an ihn. Fra Lauro war stets so stark gewesen, so sicher und eindeutig. In diesem Augenblick erlebte sie ihn jedoch unsicher und hilflos.

»Du mußt mir verzeihen«, flüsterte sie.

»Ich habe dir längst verziehen.«

Aber es blieben ihr Zweifel, ob wirklich alles ausgesprochen und verziehen war.

Von einer Person fühlte sich Caterina allerdings verstanden: von ihrer Stiefmutter Bona. Noch immer führte sie mit ihr einen regen Briefwechsel: über die neuesten Rezepte gegen Falten und rissige Haut, glanzlose Haare und Empfängnisverhütung, über Aphrodisiaka, besonders wirksame Liebestechniken und nicht zuletzt über den neuesten Klatsch vom Mailänder Hof. *Il Moro* hatte Anfang 1491 die fünfzehnjährige Beatrice d'Este aus Ferrara geheiratet, reichlich spät, wie man allgemein in Mailand befand, denn er näherte sich seinem vierzigsten Lebensjahr. Bona schilderte in allen Einzelheiten die prunkvolle Hochzeit, die perlenübersäte Braut und den Bräutigam, der trotz seiner himmelblauen, mit Lilienmustern reichlich bestickten Samtkleidung nun wirklich wie ein Brautvater und nicht wie ein Bräutigam aussah.

»Er soll heftig in die junge Beatrice verliebt sein«, schrieb Bona, »was nicht schwer ist, denn ihr bezaubernder und ausnehmend kluger wie gebildeter Charakter vibriert vor Lebendigkeit und glühender Leidenschaft – zur Kunst. Ich weiß nicht, ob ich *il Moro* die kleine Beatrice gönnen soll, denn seine ränkeschwarze Seele hat das frische Engelchen nicht verdient. Wenn ich die beiden beobachte –Beatrice hat mich zu ihrer Beraterin erkoren, was *il Moro* gar nicht recht ist –, so wirkt unser dunkelhäutiger Herzog sprunghaft, hektisch und ohne Weitsicht, während sie neben ihrem Kunstverstand auch noch einen gesunden Menschenverstand ihr eigen nennt. Eine Schwäche hat Beatrice allerdings: Sie neigt wie ihr Gatte zur Prunksucht. Nichts ist ihr gut genug. Lediglich die besten Maler, die bedeutendsten Architekten will sie um sich sehen. Jeden Tag trägt sie eine neue Robe, immer größere Perlen und glitzernde Diamanten zieren ihre Haut und ihre Haare.

Gelegentlich fällt dann auch für mich ein Brosamen aus Brokat oder Edelstein von ihrem Tisch ab.

Man kann es nicht anders sagen: *Il Moro* und sein Mailand schwimmen im Reichtum. Gerade deswegen denke ich stets an Krösus oder auch an den Ring des Polykrates, von dem uns Herodot berichtet: Zu viel Glück erweckt den Neid der Götter. Mit Beatrice habe ich sogar bereits einmal über Krösus gesprochen. Natürlich nicht ohne Anlaß, denn *il Moro* schwebt vor, eine Allianz mit dem französischen König zu bilden: Der Franzose soll die Aragonesen aus Neapel vertreiben, und er selbst will Herr über das restliche Italien werden. Als Beatrice mir dies erzählte, konnte ich nicht umhin, mit dem delphischen Orakel zu unken: Du wirst ein großes Reich zerstören, wenn du deinen Grenzfluß überschreitest. Beatrice wollte ›mein‹ Orakel *il Moro* übermitteln. Ich habe ihr davon abgeraten, denn Männer lassen sich von uns Frauen ohnehin nichts sagen, und was sie sich einmal in den Kopf gesetzt haben, das führen sie auch durch, bis ans bittere Ende.

Du wirst Dich wundern, wieso ich mich so in der griechischen Geschichte auskenne, und lachen, wenn ich Dir den Grund nenne: Er heißt Antonio und weiß nicht nur geschickt das Fleisch zu schneiden und ein Weib glücklich zu machen; seitdem wir uns lieben, hat er Latein gelernt und vertieft sich seit geraumer Zeit sogar ins Griechische. Die Geschichte politischer Umstürze und Umwälzungen interessiert ihn besonders, und er kann dir sofort viele Herrscher aufzählen, die einem Attentat zum Opfer fielen. Manchmal fühle ich ein intensives Befremden – weil ich mich an meinen unvergessenen Galeazzo Maria erinnert fühle –, dann hinwiederum empfinde ich Antonios Interesse und Bemühen als ein Zeichen der Liebe. Er möchte mit mir alt werden, sagt er, mit mir unter dem Schatten eines alten Baumes sitzen, wie Philemon und Baucis, und wenn wir dann nicht mehr so viel Freude an körperlichen Genüssen verspüren, dann sollten wir uns, die Hände haltend, an den unerforschlichen Wegen der Geschichte erfreuen, die sich durch die felsigen Hochebenen des Leids und die blumigen Wiesen des Glücks schlängelten.«

Caterina legte Bonas Brief nachdenklich zur Seite. Er beschäftigte sie lange, und sie gab ihn sogar Giacomo zu lesen. Giacomo runzelte die Stirn, während er ihn studierte, und reichte ihn ihr schließlich mit einer unwilligen Geste zurück. Sie schaute ihn erwartungsvoll an. Er bequemte sich zu einer Bemerkung: »Ich beherrsche zwar kein Griechisch, wie dieser *trancheur*, dafür aber Französisch, schließlich komme ich aus dem grenznahen Savona … Und soll ich mich durch staubtrockene Bücher quälen? Nein – was mich mehr interessiert als blutige Attentate ist ein anständiger Titel für mich.«

»Ich habe dich doch bereits zum Kastellan ernannt.«

»Was ist schon ein Kastellan! Am liebsten wäre ich der Graf von Forlì. Im Augenblick bin ich nichts anders als der Graf deines Schlafzimmers«, sagte er mißgelaunt.

»Irgendwann werde ich für dich eine Baronie oder einen Grafentitel finden.«

»Ich bin kein Antonio Schöngeist. Laß dir das gesagt sein!«

»Das weiß ich doch, Geliebter. Warum bist du so böse?«

Giacomo antwortete nicht mehr. Seine Laune besserte sich während des ganzen Abends nicht, und schließlich war er sogar zu müde für die Liebe. Caterina schlief schlecht. Am nächsten Morgen jedoch schien Giacomo alles vergessen zu haben. Trotz einer drängenden Verabredung mit einem Architekten aus Florenz, einem Professor aus Bologna und einem Abgesandten der Medici-Bank konnte sie nicht aufstehen, weil seine Liebeskraft nicht erlahmen wollte.

Sie entschuldigte sich vielmals, als sie endlich die drei Herren begrüßte. Fra Lauro hatte sie bereits über die Pläne der Gräfin in Kenntnis gesetzt. Der Mediziner sollte sie beim Bau eines *ospedale* beraten, das außerhalb der Stadt für die Pestkranken zu errichten war. Caterina stellte ihm in Aussicht, es später sogar leiten zu dürfen. Dem Architekten war die Aufgabe zugeteilt, es zu entwerfen und die Bautätigkeit zu überwachen. Außerdem sollte er in der Stadt ein Pfandleihhaus bauen, ein *monte di pietà*, wie sie zur Zeit in Italien an vielen Orten entstanden. Auch die Stadtmauer mußte regelmäßig überprüft und ausgebessert werden.

Inzwischen war Giacomo aufgetaucht, hatte die Herren nachlässig begrüßt und mischte sich sofort ins Gespräch: »Die Gräfin plant, in ihrem Land Maulbeerbäume anpflanzen zu lassen, um die Herstellung von Seide zu ermöglichen. Was halten die Herren davon?«

Die Besucher erklärten sich, was die Landwirtschaft angehe, für nicht zuständig.

»Und hast du an die Pferdezucht gedacht, Caterina?« ergriff Giacomo wieder das Wort. »Und an unseren *jardin d'amour*? Wir wollten doch neben Ravaldino einen großen Garten anlegen, mit Rosenlauben, mit mächtigen Zedern, unter die man sich setzen kann wie einst Philemon und Bau… Bau…«

»Baucis«, ergänzte ihn Caterina.

Ein kurzer Schatten des Ärgers huschte über sein Gesicht, dann lächelte er wieder gewinnend und schaute die Herren erwartungsvoll an. Sie erwiderten seinen Blick, ohne zu lächeln, und als er nichts weiter zu sagen hatte, wandten sie sich erneut Caterina zu.

Der Bau des *ospedale* wurde bald in Angriff genommen, die Stadtmauer instandgesetzt und der Garten um Ravaldino angelegt. Es fügte das Glück, daß ein aus Neapel vertriebener Gartenbaukünstler auf seiner Flucht nach Norden bei ihr Station machte und von ihr sofort engagiert wurde. Tagelang saß sie mit ihm zusammen über Entwürfen und ließ sich nicht einmal von Giacomo stören, der mit ihr auf die Jagd gehen wollte. Neben dem Garten mit den Gewürzen und aromatischen Heilkräutern lag ihr der Ziergarten am Herzen, den sie in vier Teile zu gliedern wünschte, nach den vier Gesichtern der Liebe. Der Gartenkünstler zeigte sich begeistert. Endlich eine Aufgabe, die seine Einbildungskraft herausforderte.

»An welche Formen der Liebe denkt Ihr, Madonna la Contessa?«

»An die zärtliche …«

»Herzen aus Buchs, zartrosa bis rote Blütenflammen je nach Jahreszeit, Rosen natürlich, Adonisröschen, dazu blaue Akeleien …«

»An die tragische …«

»Schwerter und Dolche, dazu Mohn, intensive Farbe des Bluts, verblüht rasch …«

Giacomo, der dabeisaß, mußte laut auflachen, aber weder Caterina noch der Gärtner ließen sich stören.

»An die verbotene …«

»Wie wäre es mit Hörnern und Fächern? Dunkelglühende Blüten, violett, purpurfarben – schwierig, schwierig, Knabenkraut zum Beispiel, Veilchen, Fingerhut, bittersüßer Nachtschatten …«

Caterina nickte, und Giacomo brach erneut in Gelächter aus.

»Und nun fehlt noch die leidenschaftliche Liebe.«

Der Gärtner dachte nach. »Ein Blitz vielleicht? Gelbe Farben …«

Caterina war sich nicht sicher. Giacomo ahmte den Gärtner nach: »Ein Blitz ist gut. Ein Blitz aus Buchs! Oder ein Pfeil. Schickt nicht Eros Pfeile ab? Ein Pfeil aus Buchs, die Pfeilspitze aus roten Rosen – wie das vergossene Blut.«

»Giacomo, wir meinen es ernst«, rief Caterina.

Giacomo war aufgesprungen. »Ich hab's: ein zerbrochenes Herz! Das ist die leidenschaftliche Liebe. Sie sprengt das Herz, sie kennt keine Grenzen und kein Maß.«

Wie ein Harlekin hampelte er durch den Raum und sang: »Eine leidenschaftliche Liebe, ein gebrochenes Herz.«

Caterina ließ sich durch seine Albernheiten nicht aus der Ruhe bringen. Sie sah regelrecht den Garten vor sich: die Heilkräuter nahe an Ravaldino, den Gemüsegarten zum Stadttor hin, den Liebesgarten an ein Rosen-Tempelchen grenzend. Jeder Teil ein Viereck, das Ganze in der Form eines Dreiecks, und im Zentrum ein großes Rund mit einem Teich, mit Springbrunnen, überfließenden Schalen, und in der Mitte ein Amor aus Bronze. Die Wege unter Rosenspalieren, an den Wegscheiden Marmornymphen … Sie konnte gar nicht aufhören, sich dieses wunderbare

Fleckchen Erde vorzustellen. Als sie dann am nächsten Tag Fra Lauro von ihren Plänen berichtete, geriet sie derart ins Schwärmen, daß sie ihn mit ihrer Begeisterung ansteckte. Allerdings meinte er sie dann an die Kosten erinnern zu müssen. All die Bautätigkeiten, die in Angriff genommen worden seien, die Materialien für die Alchimisten, die neuen Kleider, das Glas aus Murano …

»Wir haben Frieden, der Wohlstand in der Stadt wächst, die Steuern werden pünktlich gezahlt … ach, Lauro, laß uns einfach den Tag genießen und glücklich sein!«

Ghetti war hinzugetreten, er verbeugte sich steif und blieb ernst.

»Jetzt verdirb mir bitte nicht meine gute Stimmung!« rief Caterina.

Er flüsterte Fra Lauro etwas zu, worauf dieser abwinkte.

»Was ist denn?« fragte Caterina ungeduldig.

»Es wird seit geraumer Zeit eine Menge Tafelsilber gestohlen.«

»Hast du nichts Wichtigeres? Finde die Schuldigen, Küchenmägde vermutlich, laß sie auspeitschen und jage sie davon!«

»Es gibt einen Verdacht, der sich seit geraumer Zeit verdichtet hat.« Ghetti war sehr ernst geworden.

»Er muß mir die Stimmung verderben«, seufzte Caterina und setzte sich. »Sag schon, wer ist es?«

Fra Lauro bedeutete Ghetti zu schweigen.

Caterina wußte plötzlich, wen er nennen würde. Am liebsten wäre sie aufgesprungen. Ghetti wollte sich lediglich rächen, das war es.

»Wen verdächtigst du?« rief sie mit schriller Stimme.

In diesem Moment tänzelte Giacomo in den Raum. Er hatte bei Leone Cobelli einen neuen Tanz gelernt, drehte sich um die eigene Achse, promenierte vor und zurück, überkreuzte die Füße, ergriff dann Caterinas Hand, hob ihren Arm und zog sie an sich.

Caterina mußte lachen, aber als sie Ghettis versteinertes Gesicht sah und Fra Lauros gerunzelte Stirn, verging ihr endgültig die gute Stimmung.

»Ich weiß etwas, was ihr nicht wißt«, rief Giacomo.

Noch nicht einmal Caterina ging auf seine Bemerkung ein. Sie wollte aber auch nicht hören, wen Ghetti nun als Dieb verdächtigte. Unversehens überfiel sie eine düstere, bleierne Müdigkeit; noch nicht einmal der Gedanke an Giacomos Zärtlichkeiten konnte sie ablenken.

»Erzähl es uns morgen, Giacomo.«

Sie rief nach Argentina, raffte ihre lange Robe und eilte zur Tür. »Laßt mir doch meinen Tag!« sagte sie leise, wie zu sich selbst. »Es wird ein schöner, ein wunderschöner Garten.«

48. Kapitel

Manchmal konnte Caterina kaum glauben, daß es ihr gelungen war, ihren Liebesgarten und den angrenzenden Park anlegen zu lassen sowie die Bauprojekte erfolgreich in die Wege zu leiten – ohne kriegerische Auseinandersetzungen, Hungersnöte oder Pestepidemien. Keine Dürre kam über das Land, kein Erdbeben erschütterte die Städte, kein Unwetter verwüstete die Weinberge, Obst- und Maulbeerhaine. Die Steuern flossen reichlicher denn je, die Bankleute gaben willig neue Kredite. Caterina selbst und auch die Kinder blieben von tödlichen Krankheiten verschont. Selbst der schmächtige Giovanni Livio mit seiner durchscheinenden Haut wuchs zu einem stillen Jungen heran.

Es war ihr sogar gelungen, Mißstimmungen in ihrer engsten Umgebung zu dämpfen, Verdächtigungen im Keim zu ersticken oder einfach nicht anzuhören. Hinzu kam, daß die Ordelaffi ihre Attentatspläne endgültig aufgegeben hatten; zu Caterinas nicht geringer Verwunderung erreichte sie sogar ein Heiratsantrag von Antonio Maria Ordelaffi, dem Enkel des mörderischen Pino. Der Ruhm ihrer Schönheit und entschlossenen Klugheit, schrieb er, werde auf allen Marktplätzen Italiens verkündet, und wenn nach dem so bedauernswerten Ableben des Grafen die alten Herrscherfamilien Forlìs sich vereinten, bräche ein goldenes Zeitalter für Stadt und Umland, ja, für die ganze Romagna an.

Caterina lachte nur und schrieb ihm eine überaus höfliche Absage.

Auch Forlì selbst schien sich mit ihrer Herrschaft angefreundet zu haben. Ser Ilsecco blieb ein willfähriger *podestà*, und die *nobili* der Stadt, allen voran die Familien Orcioli und Marcobelli, erwiesen Caterina häufig ihre Reverenz. Bischof Luffo Numai pries in seinen Predigten das Glück einer gerechten Herrschaft – und hatte damit ganz offensichtlich sie, die Madonna von Forlì, im Auge. Daß allerdings die Adligen und Alteingesessenen der Stadt von Giacomo Feo, dem Kastellan von Ravaldino, nicht viel hielten, war ein offenes Geheimnis.

Caterina dachte gelegentlich, wenn sie vor ihrem Pult kniete und in ein tiefes Gebet versank, daß der Allmächtige nun einen Ausgleich schaffe für die düsteren und quälenden Jahre mit Riario.

Man schrieb inzwischen das Jahr 1494. Bereits vor längerer Zeit, damals, als Ghetti ihn unausgesprochen des Silberdiebstahls verdächtigt hatte, hatte Giacomo berichtet, er wisse aus zuverlässiger Quelle, die Franzosen planten einen Einfall in Italien. Doch geschehen war nichts. Geschehen waren andere Ereignisse von größerer Bedeutung, ohne daß sie auf die Grafschaft von Forlì und Imola Auswirkungen zeitigten. Papst Innozenz VIII. war 1492 gestorben, ihm war Rodrigo Borgia, Ottavianos Pate, als Alexander VI. auf den Stuhl Petri gefolgt. Die Lehnsverträge wurden erneuert, nichts schien sich zu ändern. Sein größter Gegner, Riarios verhaßter Vetter Giuliano della Rovere, mußte Rom verlassen, hielt sich eine Weile in Bologna auf, ohne Caterina zu besuchen, ging dann nach Frankreich an den Hof von König Charles VIII.

1492 war auch Lorenzo *il Magnifico* gestorben. Dies schmerzte sie, obwohl sie Lorenzo während seiner letzten Lebensjahre nicht persönlich begegnet war. Dennoch sah sie in ihm einen Freund, Florenz blieb seit ihrer Kindheit die Stadt ihrer Träume, und sie hoffte, daß Lorenzos schwacher und gleichzeitig hochfahrender Sohn Piero die ihr freundlich gesinnte Politik fortsetzen würde.

Geheiratet hatte nicht nur *il Moro*, sondern auch ihre älteste Halbschwester, Bonas Tochter Bianca Maria, und zwar den deutschen Kaiser Maximilian. Eine bessere Verbindung konnte man sich nicht vorstellen. Den Habsburger wollte man zwar möglichst nicht in Italien sehen, aber immerhin war er neben dem französischen König der mächtigste Herrscher in Europa, und einen solchen Mann zur Familie zu zählen konnte nur Vorteile bringen.

Il Moro hatte Caterinas Schmuck ausgelöst, dafür hatte sie ihn als Herzog anerkannt. Was sie wunderte, war die Tatsache, daß er sie während der Jahre immer wieder ohne Not aufforderte, ihm eine unverbrüchliche Allianz zuzusichern. Schließlich habe er ihr Leben und Herrschaft gerettet. Es bedurfte zahlreicher blumiger Briefe voll unverbindlicher Versprechen, um ihn hinzuhalten.

Im Frühjahr 1494 plötzlich stürmte Giacomo in Caterinas Zimmer und rief: »Ich wußte es! Jetzt ist es soweit: Die Franzosen fallen in Italien ein. Gerufen hat sie *il Moro*, dein Onkel, und sie wollen Neapel erobern.«

Caterina rief beunruhigt ihre Berater zusammen. Es galt, die Lage zu klären, notwendige Entscheidungen zu fällen und sich militärisch zu wappnen. Giacomo triumphierte noch immer, weil er den Frankreichkontakten seiner alten Freunde aus Savona vertraut und die Invasion vorhergesehen hatte. »Jetzt gilt es, die richtige Partei zu ergreifen. Wir müssen uns eindeutig für Mailand und die Franzosen erklären.«

Ghetti wies mit abweisender Miene darauf hin, daß Rom ihr Lehnsherr und gleichzeitig Verbündeter Neapels sei, auch Florenz sich gegen Mailand und die Franzosen stelle. »Wir können uns nicht gegen sie verbünden«, erklärte er. »Wir hätten dann in jedem Fall, bei Sieg oder Niederlage, den Preis zu zahlen. Siegen die Franzosen, wird uns Mailand schlucken. Siegen die Neapolitaner im Verein mit dem Papst, wird uns die Herrschaft über die Grafschaft genommen, und wir müssen sogar mit Exilierung rechnen.«

Fra Lauro nickte. »Wir befinden uns in einer ungünstigen Lage. Wie Gian Antonio halte ich von einer eindeutigen Parteinahme nichts.«

Giacomo sprang auf. »Wir werden uns nicht heraushalten können. *Il Moro* kann uns zwingen, außerdem sind wir ihm zu Dank verpflichtet. Wenn wir uns gegen ihn stellen, werden die Franzosen Forlì abfackeln. Wohin sollen wir dann? Nach Florenz? Rom? Neapel? Die Franzosen werden uns von Stadt zu Stadt jagen.«

Ghetti schritt unruhig im Raum auf und ab. Schließlich

wandte er sich, ohne Giacomo anzuschauen, Caterina zu: »Neapel zieht mit einem Heer von Südosten heran. Das ist inzwischen bis zu uns gedrungen, und nun wird auch klar, was der Aufmarsch bezwecken soll. Die Neapolitaner wollen Mailand an seiner Südostflanke schwächen und uns auf ihre Seite zwingen. Wir müssen schleunigst Söldner anheuern, unsere Burgen und Stadtmauern sichern, sonst werden wir zum Spielball der Kriegsparteien.« Düster fügte er noch an: »Der Frieden ist vorbei. Wenn die Franzosen es wirklich ernst meinen und nicht ein Wunder geschieht, werden alle Auseinandersetzungen der letzten Jahrzehnte wie harmlose Familienstreitereien aussehen.«

»Unsinn«, widersprach ihm Giacomo. »Die Franzosen werden wie ein reinigendes Gewitter über Italien hereinbrechen und klare Verhältnisse schaffen. Anschließend herrschen sie im Süden, und Mailand dominiert den Norden. So sieht es auch *il Moro* …«

»Woher willst du so genau wissen, was *il Moro* denkt und plant?« unterbrach ihn Ghetti. »Bist du vielleicht seine rechte Hand?« Seine Stimme wurde scharf. »Oder hat er dich als Spion hier eingeschleust?«

»Nimm das zurück!« schrie Giacomo wütend und griff nach seinem Dolch.

Ghetti, der ebenfalls seinen Dolch gezogen hatte, stieß zwischen den Zähnen hervor: »Es wird Zeit, daß dir das Handwerk gelegt wird.«

»Schluß!« schrie Caterina. »Seid ihr verrückt? Wir müssen jetzt zusammenhalten.«

Unwillig steckten die beiden Männer ihre Waffe ein.

»Unsere *signora* hat recht«, erklärte Fra Lauro. »Wir müssen unsere Kräfte bündeln und dürfen keinen Fehler begehen. Ich bin für strikte Neutralität. Ob sie uns gelingen kann, weiß ich nicht. Wir müssen zwischen Skylla und Charybdis hindurchsegeln …«

»Zwischen was?« rief Giacomo.

Caterina trat ans Fenster, schaute auf die starken Ecktürme von Ravaldino. Obwohl es für sie feststand, erst einmal eine Neutralitätspolitik zu betreiben, hatte sie sich bisher nicht an der Diskussion der Männer beteiligt – weil sie nicht vor jeglicher Abwägung der Argumente Giacomo widersprechen wollte und weil ihr panikartige Angst den Hals zuschnürte. Die vergangenen Jahre, die ihr so viel Glück gebracht hatten, schienen nun unvorhergesehen und abrupt zu enden. Womöglich hatte sie sich zu wenig um die politischen Entwicklungen gekümmert, hatte keine Gesandte in die befreundeten Städte und Länder geschickt – aber Einfluß hätte sie ohnehin nicht ausüben können. *Il Moro* ließ sich nicht in seine Politik hereinreden, der Borgia-Papst schon gar nicht, Piero de' Medici war ein unreifer Junge, die Serenissima …

Sich auf keine Seite zu stellen ließ noch immer auf den geringsten Schaden hoffen. Als militärische Macht spielte Forlì keine Rolle, als Objekt beutegieriger Soldaten und expansionslüsterner Potentaten aber durchaus. Bisher hatte sie versucht, eine Politik des Ausgleichs, des friedlichen Zusammenlebens zu führen, keine Intrigen anzuzetteln oder sich von Eroberungsträumen leiten zu lassen. Sie hatte sich damit abgefunden, daß die Manfredi in Faënza saßen und ihr Land durchschnitten, sie hatte sogar hingenommen, daß die Malatesta aus Rimini einfach Grenzgebiete usurpierten – nichts anderes tat im übrigen Florenz, das sich doch zu ihren Freunden zählen sollte. Eins jedoch war ihr während der letzten Jahre klargeworden: Sich in kleinlichen Streitereien zu verzetteln und zu schwächen schadete ihr nur, ja, konnte sogar dazu führen, daß auf sie Attentäter losgeschickt wurden.

Nun schien ihr der französische König mit seinen Eroberungsgelüsten einen Strich durch die Rechnung zu machen. Gezogen und gedrängt von ihrem schon immer ungeliebten Onkel Lodovico mit der dunklen Haut und der schwarzen Seele, dem womöglich noch nicht einmal klar war, was er anrichtete. Wer seine Grenze überschritt … Könnte es womöglich sogar sein, daß derselbe Mann, der sie einmal gerettet hatte, sie nun ins Verderben stürzte?

Caterina sah die drei Männer wie durch einen Nebel. Sie fühlte ihre Narbe glühen, zu atmen fiel ihr schwer … *il Moro*, der dunkelhäutige Usurpator – womöglich hatte er damals doch hinter dem Attentat auf ihren Vater gesteckt, hatte Girolamo benutzt … Sie sah ihn vor sich in seinem himmelblauen Samt, seinen langen, weich fallenden Haaren, den runden Wangen, dem weibischen Mund … War er nicht letztlich ein Bruder Riarios? Warf er nicht bereits seit ihrer Jugend einen dunklen Schatten auf ihr Leben?

Eine plötzliche Müdigkeit zwang sie, sich hinzulegen. Ihre drei Berater schauten sie besorgt an. »Wir sind sowohl Mailand wie Rom verpflichtet«, erklärte sie mit schwacher Stimme. »Wir bestehen auf unserer Neutralität.«

Il Moro drängte dennoch auf eine Entscheidung für Mailand und wünschte sich eine militärische Abordnung aus Forlì; sie wies sein Drängen zurück. Die wenigen Männer, die sie unter Sold hielt, brauchte sie für die Verteidigung ihres eigenen Landes. Denn tatsächlich näherte sich eine neapolitanische Armee der Romagna von Südosten. Ihr Heerführer, der Herzog von Kalabrien, schickte den Bischof von Cesena zu Caterina, um sie zu veranlassen, sich eindeutig für ihren Lehnsherrn und Neapel zu erklären, ansonsten würden ihre Ländereien geplündert, die Burgen erobert und geschleift und die Städte der Brandschatzung preisgegeben. Caterina ließ die Tore aller Befestigungen schließen und beharrte auf ihrer Neutralität. Das neapolitanische Heer zog an Forlì vorbei und lagerte bei Imola. Um nichts unversucht zu lassen, lud sie den Herzog von Kalabrien zu einem üppigen Mahl ein, erklärte sich bereit, das neapolitanische Heer zu ernähren. Der Herzog versprach, als Gegengabe, die Plünderungen möglichst zu unterbinden.

Einige Tage später empfing Caterina den Gesandten *il Moros*, der sie erneut dringend aufforderte, sich für Mailand zu entscheiden. Ottaviano, ihr ältester Sohn, könne eine *condotta* erhalten, womöglich sogar auch Giacomo Feo, der ihr, so spreche es sich herum, sehr am Herzen liege, obwohl er lediglich ein Fischerssohn aus Ligurien sei. Noch einmal wurde sie an ihre Verpflichtung ihrem Onkel gegenüber erinnert, und schließlich drohte man ganz unverhohlen, die Franzosen könnten, wäre Caterina ihnen nicht willfährig, die ganze Romagna überrennen.

Aber noch lagerte das neapolitanische Heer bei Imola und ließ ihr wenig Entscheidungsspielraum.

Täglich saß Caterina mit ihren Vertrauten zusammen, auch mit den einflußreichen Männern der Stadt. Ser Ilsecco plädierte für Neutralität, die Orcioli und Marcobelli sprachen sich für Rom und Neapel aus. Insbesondere Antonio Orcioli, der einäugige

Retter der gräflichen Kinder, vertrat die Sache des Heiligen Stuhls, er drohte sogar damit, ihr die Unterstützung seiner Familie zu entziehen, und führte eigenmächtige Verhandlungen mit dem Herzog von Kalabrien und dem Bischof von Cesena. Caterina, wütend über sein Verhalten, ließ ihn für eine Nacht ins Gefängnis werfen, setzte ihn dann aber wieder auf freien Fuß, weil sie sich ihm zu sehr zu Dank verpflichtet fühlte, bat ihn um Unterstützung, die er ihr schließlich versprach, und sandte noch einmal Giacomo zu ihm – was allerdings, wie ihr sehr schnell zu Ohren kam, die Stimmung wieder verschlechterte. Giacomo und Antonio Orcioli hatten sich angeschrien, waren beinahe handgreiflich geworden, und Caterina mußte zuerst Ghetti, dann noch Fra Lauro zu den Orcioli schicken, um die Wogen zu glätten.

In der Zwischenzeit drohten die Neapolitaner die ersten Befestigungen um Imola zu erobern, und der Herzog von Kalabrien forderte Caterina ultimativ zu einer eindeutigen Unterstützung auf. Dem massiven militärischen Druck gab sie nach. Ein gute Nachricht erreichte sie: Der französische König war an Pocken erkrankt, und sie hoffte, daß nach seinem Tod die Franzosen abziehen würden. Doch ihre Hoffnung erfüllte sich nicht. Der allerchristlichste französische König gesundete und schickte eine Abordnung seines Heers in die Romagna, um die Neapolitaner zu bekämpfen. Diese stellten sich aber keinem Kampf, sondern zogen sich wenige Meilen zurück. Die Franzosen begannen, einige von Caterinas Festungen zu belagern. Insbesondere Mordano leistete Widerstand, der auch nicht nach der Aufforderung ehrenvoller Kapitulation aufgegeben wurde. Die französische Artillerie schoß eine Bresche in die Befestigungen, die Soldaten stürmten und plünderten den Ort und machten jeden nieder, der sich ihnen in den Weg stellte. Mordanos Artilleriehauptmann wurde bei lebendigem Leib in Stücke gehackt. Noch immer war der Durst nach Blut und Beute nicht gestillt. Die Stadt brannte. Die Soldaten konnten nur mit Mühe davon abgehalten werden, die Kirche anzustecken, in die sich die Frauen und Kinder geflüchtet hatten.

Als Caterina die Nachricht von der Zerstörung Mordanos hörte, tobte sie vor Wut. Denn das verbündete neapolitanische

Heer hatte nichts getan, die Franzosen an der Eroberung der Stadt zu hindern. Es wich weiterhin jeder Konfrontation mit dem Feind aus und schaute zu, wie er das Land verwüstete.

Ihre Wut führte Caterina nur allzu deutlich vor Augen, wie hilflos sie war. Am liebsten hätte sie sich an der Spitze ihrer Soldaten den Franzosen entgegengestellt – aber dies wäre reine Selbstaufgabe gewesen, Selbstmord womöglich. Sie stampfte wütend mit dem Fuß auf, als Giacomo auch noch triumphierte, er habe sich schon immer für eine Allianz mit den Franzosen und gegen die feigen und heimtückischen Neapolitaner ausgesprochen und wieder recht behalten.

Sie schrie ihn an, wie sie ihn noch nie angeschrien hatte: »Deine Rechthaberei nützt uns überhaupt nichts!«

Er schwieg beleidigt. Auch Ghetti schwieg. Fra Lauro fuhr sich über die aufmüpfigen Härchen seiner Tonsur und wußte ebenfalls nichts zu sagen.

Caterina entschloß sich zu einem Wechsel der Front. Sie bat einen der französischen Hauptleute zu sich und war freudig überrascht, als ihr Yves d'Alègre gegenübertrat. Der Baron hatte seinen Charme nicht verloren, erinnerte sich auch noch gut an das frugale Bankett in Forlì und die Nacht in der *osteria*, betonte sogar, das ehemals versprochene Geschenk, die Berberstute, demnächst endlich abliefern zu wollen. Anschließend wurde er ernst und versicherte, nicht verantwortlich zu sein für die blutige Eroberung Mordanos. »Doch muß ich der verehrten Gräfin unmißverständlich mitteilen, daß mein König entschlossen ist, jeden unbotmäßigen Widerstand mit allen Mitteln zu brechen.«

Caterina erklärte sich zur Verbündeten Mailands und damit der Franzosen. Nach Komplimenten über ihre Klugheit verabschiedete sich Yves d'Alègre, ohne Zeit zu finden für ein gemeinsames Mahl.

Kaum war ihre Entscheidung verkündet, zog sich das neapolitanische Heer in Richtung Cesena zurück und hinterließ verbrannte Erde. Die Franzosen rückten nach und versuchten, aus den halbtoten Besitzern der abgefackelten Höfe noch den allerletzten Rest an Geld, Vieh und Getreide herauszupressen. Wer sich vor dem einen wie dem anderen Heer hatte retten können, war mit Weib und Kind, Sack und Pack, Vieh und Dienerschaft hinter den Schutz der Mauern von Forlì geflüchtet. Die Franzosen umfluteten die Stadt. Aber Forlì hatte die Tore geschlossen und wehrte jeden Versuch, in sie einzudringen, ab. Caterina, die sich mit ihrer Familie nach Ravaldino zurückgezogen hatte und zusehen mußte, wie ihr schöner Garten zertrampelt wurde, wandte sich an Yves d'Alègre und erinnerte ihn als Mann der Ehre daran, daß sie Verbündete seien. Der Franzose versprach Besserung.

Giacomo, der unablässig versuchte, sich zum Verhandlungsführer aufzuspielen, hatte eine großartige Idee. Er wollte mit den Lebensmitteln und Gütern, die sich in der Stadt häuften, einen Markt vor der Porta Schiavonia errichten, auf dem die Soldaten des französischen Heers sich versorgen könnten. Ghetti hielt diese Idee für unglaublich dumm, gefährlich zudem, Caterina jedoch, von Giacomo mit allen Mitteln bestürmt, ließ ihm freie Hand.

Vor Sonnenaufgang wurde der Markt aufgebaut.

Aber dann mußten sie alle von dem Wehrgang der Porta zusehen, wie die Soldaten den Markt stürmten, die Stände kurz und klein schlugen, die Verkäufer verprügelten und alles abschleppten, was sie gebrauchen konnten – natürlich, ohne einen einzelnen Soldo zu zahlen. Giacomo, der vor den Soldaten hatte flüchten müssen, war ein paar Tage sehr kleinlaut, und Ghetti mußte erneute Versuche der Franzosen, in die Stadt einzudringen, mit allen verfügbaren Milizionären abwehren.

Dann stand unversehens die Vorhut des gesamten französischen Heers vor Forlì, angeführt vom König persönlich. Trompeten schmetterten, Trommelwirbel allerorten, Fahnen flatterten im Wind. Caterina empfing die Nachricht, der allerchristlichste König, seine Majestät Charles von Frankreich, der Achte seines Namens, wünsche, seiner neuen Verbündeten, der tapferen Caterina Sforza-Riario, Gräfin von Forlì und Imola, die Aufwartung zu machen. Er entschuldige sich für die Plünderung des Marktes, die leider von den verantwortlichen Hauptleuten nicht hätte verhindert werden können.

»Ich wußte es!« Giacomo war aufgesprungen, als Caterina die Nachricht des Königs bei der täglichen Lagebesprechung übergeben wurde. »Charles ist anders als die heimtückischen Italiener. Er wird uns entschädigen. Er ist ein französischer Ritter!« Er ballte triumphierend die Fäuste.

Ghetti schaute kopfschüttelnd Fra Lauro an, während Caterina lachen mußte. »Nun übertreib nicht, Liebling!« rief sie.

»Ich will dein Botschafter sein«, fuhr er fort und schlang die Arme von hinten um ihren Hals, küßte sie auf den Kopf. »Ich werde den französischen König persönlich einladen, wir werden ihm ein Bankett vom Feinsten richten, mit all unserem Silber. In der Stadt wimmelt es von Schlachtvieh, wir werden sie abfüttern, bis ihnen die Lendenstücke wieder hochkommen, und dann werden sie zufrieden und dankbar abziehen. Ich sag es euch: Wir werden nur Vorteile von den Franzosen haben.«

»Du hast wohl Mordano vergessen. Und übersiehst, wie verwüstet unser Land ist«, erwiderte Ghetti mit Sarkasmus in der Stimme.

Caterina wollte nicht an Mordano denken. Bisher hatte sie lediglich die Feuer in der Ferne und die Rauchschwaden gesehen, hatte nur Berichte gehört, nicht die Schreie der Gefolterten, der geschändeten Frauen. Allerdings meinte sie immer wieder den Geruch von verwesenden Leichen zu riechen. Und riesige Krähenschwärme zogen über das Land.

Giacomo winkte ab. »Mordano wird wieder aufgebaut, nächstes Jahr wächst uns eine neue Ernte heran, das Vieh wird Junge werfen, und die Frauen ebenso ...« Er flüsterte Caterina ins Ohr: »Auch ich werde einen Samen in deine fruchtbare Furche legen.« Mit beiden Händen kraulte er ihren Hals, küßte ihr Ohrläppchen. »Ich reite sofort los, lade den König mitsamt den Hauptleuten in schönstem Französisch für morgen abend ein.«

Kaum war er verschwunden, schüttelte Ghetti wortlos den Kopf, und Fra Lauro flüsterte: »Das Land ist voller Leichen, und wir sollen uns den Bauch vollschlagen! Wenn nur erst der Alptraum vorbei wäre!«

Am nächsten Tag erschien, von Giacomo in seinem karmesinroten Wams geleitet, der französische König mit seinem Anhang vor der festlich geschmückten Ziehbrücke von Ravaldino. Caterina schritt ihm entgegen. Die Franzosen stiegen von ihren Pferden, der König verneigte sich knapp vor ihr, sie beugte tief ihr Haupt und wollte niederknien, aber Charles ergriff ihre in Seidenhandschuhe gehüllte, nach Rosen und Veilchen duftende Hand, führte sie an seinen Mund.

Caterina mußte sich zwingen, ihm ihre Hand zu lassen. Noch nie hatte ein so pockennarbig häßlicher und gnomenhaft kleiner Mann ihre Hand zu seinem Mund geführt. Diese Knollennase unter tranigen Augen! Diese wurstigen Finger! Neben ihm die schönen, großen, starken französischen Ritter, unter ihnen wieder Yves d'Alègre. Alle lächelten – und alle schauten ihr auf ihren perlengeschmückten offenherzigen Ausschnitt. Mehrere Stunden hatte sie sich mit Argentinas und schließlich mit Rosarias Hilfe schön gemacht, gesalbt, eingeduftet, ihr neuestes Hemd aus hellem Atlas, ihre lilienbestickte und perlenübersäte Robe angezogen, darüber einen offenen Mantel aus lindgrünem Brokat. Nicht nur ihren Busen wollte sie freizügig zeigen, sondern auch ihre braun gefärbten Haare mit den bernsteinfarbenen Locken, die über die Schultern wallten – so wie man es sonst nur bei römischen Kurtisanen sehen konnte. Caterina gab sich majestätisch – und lächelte gleichzeitig verführerisch.

Sofort sah sie, wie hingerissen Charles von ihr war. Er leckte sich die Lippen und wollte ihre Hand nicht loslassen. Während sie ihn in den Bankettsaal geleitete, umfaßte er sogar ihre Hüfte. Sie schaute auf ihn herab und lächelte noch immer. Er verzog seine Lippen, warf sie auf, stülpte sie vor, und dann brach ein Schwall französischer Sätze aus seinem Mund.

Giacomo übersetzte. Mit hoher, singender Stimme äußerte der König eine Schmeichelei nach der anderen, versprach anschließend, die entstandenen Schäden zu ersetzen. Kaum hatte man Platz genommen, wurden die ersten Gänge hereingetragen, und die Franzosen stopften sich den Mund voll, als hätten sie seit Monaten nichts Anständiges mehr gegessen. Sie schütteten den Wein wie Wasser in sich hinein, und es dauerte nicht lange, da zeigten sich die ersten Folgen. Der König machte keine Ausnahme. Seine Augen wurden glänzend, auf seine Stirn traten Schweißtropfen, er sprach ohne Unterlaß, nun aber zunehmend undeutlicher, so daß Giacomo Mühe hatte, ihn zu übersetzen und auch noch Caterinas Antworten zu übermitteln.

Sie erfuhr neben all den Schmeicheleien, daß das französische Heer sich in den nächsten Tagen Florenz zuwenden wolle, um dann nach Rom zu ziehen und schließlich Neapel zu erobern, daß man sie als treue Verbündete betrachte – wie auch ihren Onkel Lodovico, der lediglich Gutes von ihr berichtet habe.

Erneut mußte sie mit Charles anstoßen. Giacomo neben ihr blickte den König an, als wollte er ihm jedes Wort von den Lippen reißen. Charles schlug ihm gönnerhaft auf die Schultern, zwickte ihm in die Wange und erklärte, die Madonna von Forlì habe einen wirklich schönen Heißsporn als Liebhaber. »Wir Franzosen können das beurteilen«, lallte er.

Caterina ließ sich von Giacomo auf die Wange küssen, und Charles tat es ihm nach, sein heißer weindunstiger Atem strich an ihren Lippen vorbei. Er sagte etwas in ihren Ausschnitt hinein, unterdrückte einen Rülpser, wiederholte seine Worte und tippte Giacomo mit dem Zeigefinger auf die Brust.

»Der junge Mann hat einen Wunsch frei«, übersetzte Giacomo und flüsterte ihr dann sofort »Sag ihm, ich hätte gerne einen Adelstitel« ins Ohr. »Sag einfach *titre nobiliaire*.«

Caterina beugte sich zu Charles und flüsterte ihm die beiden Worte zu.

Sie war ihm erneut sehr nahe gekommen, und er erstarrte einen Augenblick, die Augen voller Gier. »Oh, quelle fragrance!« stieß er aus. »Quelle odeur ravissante! Quelle femme séduisante! Et elle parle français!«

Mühsam erhob er sich und verlieh Giacomo Feo den Titel eines *baron français*. Die französischen Hauptleute lachten und klatschten.

Der König setzte sich nicht mehr. Am nächsten Morgen müsse man aufbrechen, um den uralten Rechten der Anjou in Neapel wieder Geltung zu verschaffen, daher verabschiede er sich jetzt von seiner bezaubernden Gastgeberin. Die Hauptleute ließen ihn hochleben. Caterina mußte wieder zwei Wangenküsse über sich ergehen lassen.

Leicht wankend zogen die Franzosen, ihr König in der Mitte, zur Brücke. Caterina winkte ihnen nach. Yves d'Alègre drehte sich noch einmal um. Neben ihr hüpfte der strahlende Giacomo und konnte nicht aufhören, dem König alles mögliche nachzurufen.

Als die Franzosen schließlich in der Nacht verschwunden waren, drückte Giacomo sie an sich und führte sie zurück in die Rocca. Hinter ihnen quietschte die Ziehbrücke empor.

»Ich bin glücklich«, flüsterte er ihr ins Ohr. »Jetzt bin ich ein französischer Baron, bald werde ich ein italienischer Graf, und du wirst stolz auf mich sein.«

49. Kapitel

Dies irae, dies illa, solvet saeclum in favilla: teste David cum Sibylla? Tag der Rache, Tag der Sünden, wird das Weltall sich entzünden, wie Sibyll und David künden?

Schwüle, drückende Sommerhitze liegt über unserem Land, das sich erst allmählich von den Verwundungen und Verwüstungen erholt, die ihm die Heimsuchung der fremdländischen Heere vor knapp einem Jahr zugefügt hat. Die Menschen draußen, jenseits der Stadtmauern, die am meisten leiden mußten, gehen unermüdlich daran, die Sommerernte einzubringen und Vieh einzukaufen. Notdürftig haben sie wieder ihre Behausungen errichtet. Aber Schulden drücken sie, und es hilft ihnen nur wenig, daß die Gräfin sie von allen Abgaben befreit hat. Wenn wir auf dem Weg in die Berge, wo gejagt und unter schattenspendenden Bäumen gescherzt wird, den hohlwangigen Männern, den dürren Kindern und gebeugten Frauen begegnen, dann erfaßt mich ein quälendes Mitleid, verstärkt durch die Bilder, die aus meiner Zeit als Soldat hochsteigen. An den Rändern der Felder, bewacht von ihren älteren Schwestern, liegen die Säuglinge, die unseligen Früchte der Männer, die wie eine der sieben Plagen über Italien herfielen. Den Müttern steht ihr unauslöschliches Leid ins Gesicht geschrieben. Viele haben ihre Kinder wie die Kätzchen ersäuft oder von ihren Männern erschlagen lassen, manche wurden von der Familie verstoßen und hocken nun, die erbarmungswürdigen Kleinen an ihrer Brust, bettelnd in den Straßen von Forlì. Diejenigen, die Schändung und Schande nicht überleben wollten, stürzten sich in die Flammen ihrer brennenden Häuser oder hängten sich auf. Für sie gab es nicht einmal ein christliches Begräbnis.

Und wir, die wir mit den Mördern an einem Tisch saßen, reiten in unseren Seidenwämsern durch das Land, als sei nichts geschehen. Auch ich bin Teil des gräflichen Gefolges, ein beobachtender Begleiter, der nur selten spricht. Was nicht schwer ist, denn Giacomo

Feo, *le baron français*, führt das große Wort. Meist habe ich meine Mönchskutte abgelegt, trage wie alle bequeme Jagdkleidung. Doch lasse ich Caterina und ihren französischen Baron alleine die Falken und Sperber in die Luft werfen. Ich bleibe bei den Kindern, die teils noch zu klein sind für die Jagd, teils, wie Ottaviano und Cesare, nur wenig Spaß an diesem Zeitvertreib finden.

Scipione, inzwischen ein junger Mann mit traurigen Augen, meidet wenn möglich Giacomos Gegenwart, obwohl er sich gleichzeitig in Caterinas Nähe aufhalten möchte. Zuweilen frage ich mich, wann er sich endlich aufrafft, Forlìs Staub von den Füßen zu schütteln. In Rom leben noch immer genügend einflußreiche Mitglieder seiner Familie, die ihm Beschäftigung und Auskommen verschaffen könnten. Er könnte sich sogar als Condottiere verdingen – unter Gian Antonios Anleitung hat er sich seit dem Einfall der Franzosen im Fechten, Reiten und Bogenschießen geübt –, aber ich glaube nicht, daß ihm eine solche Tätigkeit liegt, auch wenn er sich geschickter anstellt, als ich vermutete. Er ist ein kleiner Philosoph, der Platon, Seneca, Epikur liest, insbesondere, seitdem Caterina ihre Tochter von ihm fernhält.

Ich bin nicht glücklich über Caterinas Mißtrauen. Sie hat nach dem Abzug der Franzosen erneut Kontakt mit den Manfredi von Faënza aufgenommen, um ein Heiratsversprechen zwischen dem jungen, erst zehnjährigen Astorre Manfredi und unserer Bianca zu arrangieren. Der Vertrag wurde unterschrieben, doch Gelder sind bisher nicht geflossen, und unsere inzwischen siebzehnjährige Älteste hat ihren Bräutigam noch nie gesehen. Gleichwohl hielt es ihre Mutter für nötig, Scipione den Umgang mit ihr zu verbieten – was ihn in eine heillose Trauer stürzte und seine Fechtübungen verstärkte.

Ich schrieb bereits, daß ich ihn aufforderte, Forlì zu verlassen und sein Glück in Rom oder an einem anderen Ort zu suchen.

»Ich suche kein Glück«, antwortete er mir, ohne zu zögern.

»Das wahre Glück erwartet uns erst im Jenseits ...«, erklärte ich, um ihn ein wenig herauszufordern.

Er nickte, als stimme er meiner zwar frommen, aber für uns Diesseitige kaum befriedigenden Aussage zu, und erwiderte: »Das wahre Glück liegt in der *selbstlosen* Liebe – im Opfer.«

Er sagte es fast fröhlich, zumindest ohne düsteren Trauerton in der Stimme, doch zeigten seine Augen unmißverständlich, was er fühlte.

»Scipione«, antwortete ich und nahm seine Hände, »Bianca ist deine *Schwester.*«

»Meine *Halb*schwester, ich weiß.«

»Dein Vater ist tot, deine Mutter liebt einen anderen Mann ...«

»Der nur wenig älter ist als ich ...«

»Du bist erwachsen! Geh fort von hier. Hier quälst du dich nur. Geh nach Rom ...«

»In dieses Nest falschzüngiger Nattern? Nie!«

»Dann verdinge dich als Condottiere. Du bist der Sohn eines Grafen ...«

»Der Bastard eines Emporkömmlings bin ich, der Bastard eines zurecht Ermordeten, ich fühle mich wie der Sohn eines Verbrechers.«

»Er war dein Vater! Hast du das Recht zu richten?«

»Er hat mich nie wie seinen Sohn behandelt. Caterina war eine Mutter zu mir, und du bist mein Vater ...«

Ich muß gestehen, daß mir in diesem Augenblick Tränen in die Augen traten.

Ohne seine Stimme zu heben, fuhr Scipione fort: »Und was die Vorstellung, Condottiere zu werden, angeht: Bist *du* Soldat geblieben? Hast du nicht selbst erleben müssen, was es heißt, als Soldat durch die Lande zu ziehen? Mußten wir nicht erst kürzlich in unserer eigenen Heimat das Wüten der Soldateska hinnehmen?«

»Aber die Franzosen und ihr König sind doch soeben in Fornovo geschlagen worden und haben Italien verlassen. Die Heimsuchung ist vorbei. Sie werden ihre Lektion gelernt haben.«

»Bist du sicher? Sie werden zurückkehren – mit einem noch stärkeren Heer.«

Scipione mochte recht haben. Charles VIII. hatte zwar Florenz, Rom und Neapel erobert und war, nachdem *il Moro* unversehens eine Allianz gegen seinen früheren Verbündeten geschmiedet hatte, aus Italien vertrieben worden. Doch schon erhebt Charles' Vetter und möglicher Nachfolger Louis Anspruch auf den Herzogsthron von Mailand, weil Visconti-Blut in seinen Adern fließt. Die Franzosen könnten neue Kräfte sammeln.

»Und haben sie nicht den *morbo gallico* hinterlassen?« fuhr Scipione fort. »Die Krankheit hat inzwischen Forlì erreicht. Die Pest wird sie begleiten ...«

»Scipione, wir müssen dem Barmherzigen vertrauen ...«

Ich mußte ihm widersprechen, weil wir gerade in düsteren Zeiten Mut und Hoffnung brauchen, aber Scipione ließ sich nicht beirren. Er sprach weiter, und seine Stimme begann zu zittern: »Sagst du das auch den Frauen und Mädchen, die ihre Kinder getötet haben, weil sie die Franzosenbastarde nicht ertragen konnten? Und was antworten dir dann diese Frauen? Singen sie vielleicht *Gloria in excelsis deo*? Als du damals mit Ghetti im Piemont warst und eure Soldatenhorde das Dorf überfiel, als du zusehen mußtest, wie sie sich über das Mädchen hermachen wollte, nachdem sie bereits den Vater und die Brüder an die Scheune genagelt, die Mutter in der Jauchegrube ertränkt hatte, da hast du auch nicht auf den barmherzigen Vater vertraut, denn dieser barmherzige Vater griff nicht ein – du hast an seiner Statt gehandelt und das Mädchen gerettet – und dich hat Gian Antonio gerettet ...«

Ich nickte stumm. Dazu gab es nichts zu sagen. Die Zweifel sind stets geblieben. *Credo quia absurdum*. Ich wurde Mönch, obwohl der Glauben an einen barmherzigen Gott gegen alle Erfahrung spricht – und dennoch überzeugte mich das Vorbild des heiligen Franciscus. Sein Verzicht auf weltliche Güter, seine Liebe zur einfachen Kreatur, seine Achtung vor der Schöpfung. Damals lernte ich zu verstehen, daß der Glaube für sich steht, daß er keine Antwort braucht, daß die Liebe auch dann stark sein kann, wenn sie kein Echo findet.

Scipione reichte mir seine Hand und fügte leise an: »Womöglich werde ich in ferner Zukunft mich und diejenigen, die ich liebe, verteidigen müssen, aber für Geld in den Krieg ziehen, Menschen töten ... nie!«

Nach diesem Gespräch versuchte ich erneut, Caterina zu überreden, Scipione und Bianca nicht länger durch eine erzwungene Trennung zu quälen. Die beiden verband nur eine keusche Liebe, das mußte sie wissen; ich erinnerte sie an ihre erste große Leidenschaft zu ihrem Reitlehrer Olgiati und daran, wie sie reagiert hatte, als ihr Vater ihr verbot, mit ihm auszureiten.

Caterina schaute mich einen Augenblick nachdenklich an; dann huschte ein sehnsüchtiges und gleichzeitig verlorenes Lächeln über ihr Gesicht.

Natürlich mischte sich wieder Giacomo Feo ins Gespräch. Ohne ihn trifft man sie nicht mehr an.

»Inzest ist eine noch größere Sünde als Sodomie«, sagte er mit einem schmierigen Grinsen. »Wenn die Manfredi hören, wie sehr dieser Riario-Bastard Bianca tätschelt und küßt, dann werden sie das Verlöbnis umgehend lösen – und Bianca kann gleich ins Kloster gehen.«

»Giacomo hat recht« erklärte Caterina schließlich. »Scipione sollte Forlì verlassen, besser früher als später.«

»Aber er liebt auch dich«, brach es aus mir heraus, »er kann sich nicht von dir losreißen.«

Erneut schaute mich Caterina nachdenklich an – dabei hatte ich ihr wirklich nichts Neues mitgeteilt.

»Ich sag es doch«, rief Giacomo auftrumpfend, »er liebt die Schwester, er liebt die Mutter! Wir sollten den Bastard wegschicken, er macht irgendwann noch Ärger. Gerade die Stillen im Lande ...«

Caterina unterbrach ihn mit einer herrischen Geste. »Ich will nicht weiter über Scipione reden. Wir haben andere Sorgen!«

Gewiß beschäftigten Caterina trotz aller Jagdausflüge andere Sorgen. Obwohl das Land schwer unter den Heeren der Invasoren gelitten hatte, gab es dieses Jahr in jeder Hinsicht eine gute Ernte. Der Hunger des entsetzlichen Winters war vorbei; Caterina dachte an die Zukunft und ließ Getreidespeicher anlegen für den Fall, daß die nächste Ernte nicht wieder so reichlich ausfallen würde. Auf die Nachricht von der tückischen Lustseuche, die, von dem eroberten Neapel ausgehend, in Windeseile Italien heimsuchte, reagierte sie, indem sie das während der letzten Jahre entstandene *ospedale* fertigstellen ließ und eine Reihe von Ärzten nach Forlì berief. Sie befürchtete, daß auch die Pest, die bereits dieses Jahr an vielen Stellen Italiens ihr höhnisches Haupt erhoben hatte, sich noch weiter ausbreiten könnte. Für diesen Fall wollte sie gewappnet sein. Nachdem sie nicht in der Lage gewesen war, weder den Neapolitanern noch den Franzosen mit einer nennenswerten Armee entgegenzutreten, beauftragte sie Gian Antonio, die städtischen Milizen zu verstärken und eine zahlenmäßig kleine, aber gut ausgebildete Truppe aufzustellen. Sie kümmerte sich selbst um die Befestigungen in ihrem Land, die sie auf Schwachstellen untersuchte. In erster Linie baute sie Ravaldino aus, bestückte es mit Kanonen, und es kam vor, daß sie in einem Brustharnisch, das Schwert gegürtet, den Bogen geschultert, die Milizionäre und Söldner antreten ließ, um sich von ihrer Kampfesstärke zu überzeugen.

Während sie den Alchimisten, der bei dem Herannahen der Heere nach Venedig geflohen war, nicht ersetzte, widmete sie sich sofort wieder ihrem Garten. Zu ihrer Zufriedenheit war die Liebeslaube, in die sie sich gern mit Giacomo zurückzog, nicht abgefackelt worden.

Fand sie noch Zeit, besuchte sie die Ställe, in denen mit gutem Erfolg Andalusier und Neapolitaner mit Araber-, insbesondere mit Berberpferden gekreuzt wurden. Tatsächlich hatte ihr Yves d'Alègre die versprochene Stute geschickt. Caterina kaufte darüber hinaus kräftige Pferde aus der Normandie, aus Deutschland und England, und wenn wir am späten Abend zusammensaßen und plauderten – falls Giacomo ein *Plaudern* zuließ –, dann sprach sie gerne über ein Idealpferd, das die Vorzüge aller Rassen vereinen müsse.

»Falls ich alt werde, könnte ich mit meinen Zuchterfolgen einmal zufrieden sein«, bemerkte sie.

»Du bist noch immer jung und außerdem erfahren wie eine Rassestute«, warf Giacomo mit einem Augenaufschlag ein.

Caterina lachte gutmütig. »Was verstehst du schon von Rassen und Stuten.«

Giacomo, der abrupt seine gute Laune verlor, murmelte: »Ich weiß, daß ich nicht mit Pferden aufgewachsen bin, sondern unter Fischern – aber dafür verstehe ich etwas vom Fischen.«

Caterina gab ihm einen einschmeichelnden Kuß. »Du süßer Menschenfischer!« flüsterte sie. »Du Frauenfischer ...«

Als ich den Raum verlassen wollte, um die beiden nicht weiter zu stören, hielt mich Caterina fest. »Bleib bei uns, du Seelen- und Sündenfischer! Erzähle mir, wie meine Kinder vorankommen. Lernen sie fleißig? Was machen ihre Reitkünste? Ich ritt bereits in Carlos Alter mein eigenes Pony.«

Ich will nicht verschweigen, daß Caterina auf mein Drängen hin gute Lehrer einstellte, damit ihre Kinder mehr Fertigkeiten beherrschten als nur reiten, Konfekt essen und die Bibel auswendig lernen. Immerhin können Ottaviano und Cesare inzwischen das neue Testament in Latein lesen und auch Caesars Schriften, die sie allerdings langweilen. Cesare träumt von einem hohen Amt in Rom, Ottaviano war so ehrlich zuzugeben, an den Aufgaben eines *signore* sei er wenig interessiert. Seine Mutter könne ohnehin alles besser, am liebsten würde er, wie Cesare auch, Erzbischof. Dann sei sein Auskommen gesichert, erklärte er, während er mit seinen gepflegten Fingern seinem Bologneser Hündchen Ricciutello durch das weiße Fell strich, niemand trachte ihm nach dem Leben, er könne morgens lange schlafen, gut essen und trinken und sich mit schönen Kurtisanen umgeben. Er müsse noch nicht einmal nach Rom ziehen und sich dort mit Ränkeschmieden herumschlagen.

Nur wenn Ottaviano und Cesare auf Giacomo zu sprechen kommen, verlieren sie alle Arglosigkeit. Beide hassen sie den Geliebten ihrer Mutter, den sie den *französischen Beschäler* nennen oder auch den *ligurischen Fischerknecht*. Ich überhörte einmal sogar ein Gespräch zwischen beiden, in dem sie Giacomo Feo den Tod ihres Vaters wünschten. Dabei fiel auch der Name des Antonio Orcioli, mit dem Ottaviano seit der Geiselnahme befreundet ist, obwohl beide ein gehöriger Altersunterschied trennt. Ihr Gespräch begleitete allerdings ein resignatives Achselzucken, und dies zeigt mir, daß bereits ihre Bequemlichkeit sie daran hindert, etwas gegen Giacomo zu unternehmen. Es ist ihnen auch zu wünschen, denn ihre Mutter liebt ihren *trobadore* – so traurig mich diese Aussage stimmt – mehr als ihre eigenen Kinder. Mehr sogar als Carlo, ihr gemeinsames Kind. Mit seinen großen Augen und blonden, langen Locken ist er ausnehmend hübsch, er zeigt gute Charaktereigenschaften, ist willig, lernbereit. Zuweilen überkommt ihn ein Schreianfall, ein wütendes Toben – aber wundert das, wenn man ein Sforza-Nachkomme und der Jüngste unter vielen Geschwistern ist?

Eine gute Herrschaft kostet viel Geld. Dies spüren wir wieder ganz besonders in diesem Jahr 1495. Den Bauern wurden die Abgaben erlassen; ihren Anteil mußten die Einwohner der Städte schultern: die Handwerker und Kaufleute, aber auch die *nobili*, die bisher weitgehend geschont worden waren. Caterina nahm großzügige Kredite bei ihren Bankiers in Florenz und Bologna auf. Sie lieh sich Geld von ihrem Onkel Lodovico. *Il Moro* war nach seinen Siegen mit und über die Franzosen in Spenderlaune, er brüstete sich, ganz Italien sei ihm untertan, der deutsche Kaiser sein Freund und Bruder, der Papst sein Kaplan, der französische König sein Condottiere und Befehlsempfänger. Caterina schmeichelte ihm, lobte sein diplomatisches Geschick – sie diktierte mir die Briefe –, versprach ihm Treue, nährte auch die Hoffnung, er könne eines Tages die Vorherrschaft über Forlì gewinnen. Auf diese Weise gelang es ihr, beträchtliche Summen aus dem überbordenden Reichtum Mailands für sich abzuzweigen.

Dennoch reicht das Geld, das Caterina benötigt, bei weitem nicht. Zumal sie wie in lange zurückliegenden Zeiten den Prunk schöner Kleider, kostbarer Edelsteine liebt, gern Feste feiert und Besucher mit üppigen Banketten bewirtet. Giacomo Feo ist ihr Finanzminister, will man ihm die Ehre dieser Amtsbezeichnung zugestehen. Durch seine Hände läuft alles Geld. Seltsam genug, er beklagt unaufhörlich die Löcher im Haushalt. Er wittert überall Diebe und besteht daher darauf, das inzwischen wieder reichhaltige Tafelsilber in der Rocca unter Verschluß zu halten. Seitdem essen wir im Palazzo an der Piazza Grande von Zinntellern und Holzbrettchen.

Erst kürzlich sprach ich mit Gian Antonio über die Situation am Hof. Gian Antonio und Rosaria sind glücklich mit ihren beiden Jungen, aber unglücklich darüber, daß Forlì von einem *Jüngelchen* beherrscht wird.

»Der Silberdieb hat unsere Caterina völlig in seiner Hand«, schnaubte Gian Antonio. »Es ist ein Unglück.«

Ich zuckte mit den Achseln.

»Warum nimmst du es nur so einfach hin?« fuhr er erregt fort. »Jeder Bittsteller muß sich erst an ihn wenden, sogar der *podestà* und auch die Orcioli und Marcobelli, die angesehensten Familien der Stadt. Wenn sie etwas mit der Gräfin zu besprechen haben, müssen sie vor dem ligurischen Knaben einen Kniefall machen, und er behandelt sie von oben herab, als wäre er der Türkenhäuptling persönlich.«

Wir führten dieses Gespräch, als wir uns in die Rocca begaben, um mit Caterina die Politik gegenüber dem Heiligen Stuhl zu erörtern und insbesondere ein Bankett zu planen. Es war hoher Besuch aus Rom angemeldet: der Neffe unseres verstorbenen Grafen, der zum Kardinal von San Giorgio aufgestiegene Raffaele Riario.

Vor ihm wollte Caterina sich nicht kleinlich zeigen. Sie erhoffte von ihm Fürsprache bei Ottavianos Paten, dem Heiligen Vater Alexander VI. Borgia: Der Sold, der dem verschiedenen Grafen als Generalkapitän zugestanden hatte, war bisher weder ihm noch seiner Witwe oder seinem Sohn und Erbe ausgezahlt worden. Caterina hatte diese Schulden der Kurie nicht vergessen und glaubte sie jetzt, nachdem die Franzosen geschlagen und abgezogen waren, einfordern zu können. Zu diesem Zweck suchte sie zuverlässige Verbündete in Rom. Also wurde zu Ehren des Kardinals ein prächtiges Bankett geplant, mit acht Gängen, Musik, Tanzvorführungen und Pantomimen. Um zu zeigen, wie beliebt die Gräfin und ihre Familie in Forlì seien, sollte alles, was Rang und Namen in der Stadt hatte, eingeladen werden.

Feo, unser *Finanzminister*, äußerte unvermutet und zudem mißgelaunt Bedenken. Caterina brauche sich gar nicht bei dem Kardinal einzuschmeicheln, er wisse, daß dieser Riario wie alle Riari lediglich an Geld, Weibern und Würfelspiel interessiert sei und im Vatikan kaum Einfluß besitze. Wahrscheinlich fresse er sich hier nur fett und mache sich dann an anderen Höfen über die Gräfin von Forlì und ihren *Baron Frankreichs* lustig. Caterina runzelte die Stirn, antwortete lediglich: »Wenn du dich nicht selbst zum Narren machst, macht sich auch niemand über dich lustig«, und setzte sich über Feos Bedenken hinweg.

Als Gian Antonio und ich nun die Rocca betraten und uns zum Palazzo begaben, in dem das Bankett im einzelnen geplant und die Reden entworfen werden sollten, hörten wir bereits, als wir die Treppe zum *piano nobile* hochschritten, erregte Stimmen. In der letzten Zeit gab es zwar gelegentlich Meinungsunterschiede und leichte Verstimmungen zwischen der Gräfin und ihrem ersten Mann am Hof, in der Regel jedoch turtelten die beiden, wenn ich so sagen darf, mit Blicken, Gesten und zärtlichen Benennungen.

»Du hast gewagt, heimlich das Silber aus dem Versteck zu holen – das ich zur Sicherheit vor weiteren Diebstählen und Plünderungen eingerichtet habe?« Giacomo Feo schrie die Gräfin so schrill und laut an, wie ich ihn noch nie gehört habe.

»Allerdings!« Caterinas Stimme war leiser, doch äußerst scharf. Ich begriff sofort, daß sie in höchstem Grade erregt war, sich jedoch um jeden Preis beherrschen wollte. »Einmal habe ich bei einem Bankett die Bettlerin gespielt«, fuhr sie fort. »Dies war lange vor deiner Zeit, und die Umstände waren nicht zu vergleichen. Heute muß ich mich als Gastgeberin generös zeigen: Raffaele soll schließlich etwas für uns tun.«

»Darum geht es nicht!«

»Sondern worum geht es?«

»Ich kämpfe darum, daß am Hof nichts verschwendet und vergeudet wird, und du mißtraust mir, du spionierst mir nach, du stellst mich vor der Dienerschaft bloß – dabei weißt du genau, daß dein alter Sodomit Ghetti lediglich darauf wartet, mich entmachten zu können. Alle schauen sie mich voller Neid an, gönnen *uns* unser Glück nicht ...« Feos Stimme blieb zwar laut, nahm aber einen weinerlichen Tonfall an.

Gian Antonio und ich hatten inzwischen die Tür zum Empfangssaal erreicht, traten jedoch nicht ein. Es war nirgendwo ein Diener zu sehen. Gian Antonio hielt die Hand an den Mund und machte ein Zeichen zu warten. Auch ich wollte nicht in diese für das Liebespaar peinliche Szene hineinplatzen.

»Liebling, du irrst dich.« Caterinas Stimme wurde plötzlich weich. »Niemand mißtraut dir, und ich stelle dich schon gar nicht bloß, im Gegenteil, obwohl du ... nein, ich halte zu dir, habe sogar die Intrige gegen Ghetti und deinen Bruder mitgespielt.«

»Warum hast du mich nicht um die Herausgabe des Silbers gebeten?« Auch Feo hatte seine Stimme gesenkt und klang nun schmollend.

»Muß ich dich um die Hausgabe *meines* Silbers bitten?«

Eine kurze Pause trat ein.

Dann wieder Feo: »Täglich putze ich es, damit du deine sanfte Schönheit noch besser in ihm spiegeln kannst, du Traum aller Männer.«

Ich habe ihn schon immer dafür bewundert, wie rasch er Stimmung und Ton seiner Stimme wechseln kann. Er spielte erneut den *trobadore*.

Caterina lachte auf. Obwohl sie inzwischen eine reife Frau von dreiunddreißig Jahren ist, kann sie noch wie ein junges Mädchen lachen.

Ich wollte nun eintreten, doch Gian Antonio hielt mich zurück.

Eine längere Pause folgte, und wir hörten schmatzende Geräusche, langgezogenes Seufzen und Stöhnen.

»Wir können nicht länger warten«, flüsterte ich.

»Er ist schon wieder dabei, sie zu bespringen, der geile Bock«, antwortete Gian Antonio.

»Du Schmeichler und Bösewicht!« hörten wir. Caterina kicherte.

»Man müßte dir deinen süßen nackten Arsch versohlen ...«

»Laß uns unten im Hof warten!« forderte ich Gian Antionio auf.

Er schüttelte den Kopf und lauschte mit zusammengepreßten Lippen.

»Versuch es doch!« Caterinas Stimme.

Wir vernahmen Knurr- und Grunzlaute, dazwischen helles Auflachen.

»Jetzt hab ich dich!«

Ein Stuhl fiel polternd um, Gläser zerbrachen. Wieder lachte Caterina auf.

Dann ein heftiger Schlag und ein Geräusch, als wäre jemand zu Boden gestürzt und hätte sich dabei die Kleidung eingerissen.

»Du tust mir weh!« rief Feo, während Caterina triumphierend lachte. Dann lachte auch er, stöhnte auf, knurrte wieder.

»Komm her, du süßer Arsch!«

Ich wollte endgültig gehen, weil ich dieses Lauschen für unserer unwürdig erachtete. Und ich schäme mich auch, daß ich das, wozu wir unfreiwillige Zeugen wurden, nicht mit einem Satz übergehe. Als Diener Gottes habe ich längst fleischlichen Begierden entsagt, selbst wenn es gelegentlich schwerfällt, denn regelmäßig schickt der Satan seine Versuchungen. Es gibt weibliche Reize, die auf mich noch immer unwiderstehlich wirken, zum Beispiel Leid und Unschuld vereint ...

Ich breche mein Geständnis ab, denn es geht nicht um mich, sondern um Caterina; meine mir selbstgesetzte Aufgabe ist es, den Vorfall zu schildern, der sich bald darauf im Nymphensaal ereignete und der das ganze Elend zeigt, in dem sich unser Hof inzwischen befindet.

Plötzlich ein Schrei aus Caterinas Munde. Dann Feos drohende Stimme. Er rief etwas wie: »Jetzt werd ich es dir zeigen!« Vielleicht auch: »Jetzt werd ich dich reiten!« Ich empfand seine Stimme zumindest als drohend. Gian Antonio erging es ebenso.

Schon riß er die Tür auf, seinen Dolch in der Hand. Ich folgte ihm. Die Gräfin und Giacomo Feo knieten auf dem Boden, halbnackt, hintereinander – ich will mich aller Vergleiche enthalten –, seine Hände hatten sich um ihren Hals gelegt und schienen sie würgen zu wollen. Caterina stieß ihn von sich, Feo fiel auf sein Hinterteil, starrte uns mit offenem Mund an, seine Männlichkeit steil aufgerichtet zu einem Symbol obszöner priapischer Macht.

»Raus!« kreischten beide.

Gian Antonio und ich zogen uns rasch zurück.

Als wir in die Stadt zurückritten, sah ich, wie es in Gian Antonio arbeitete. Wir sprachen jedoch nicht über den Vorfall. Auch Caterina und ihr *Finanzminister* erwähnten ihn nicht, obwohl ich beim nächsten Treffen ihre Augen kurz aufblitzen sah. Womöglich spiegelte sich in ihnen lediglich das glänzend polierte Silber, das unsere Bankett-Tafel überbordend schmückte.

Ich habe mich von dem Geschehen mitreißen lassen und seine Schilderung länger ausgedehnt, als es sich für mich geziemt hätte. Nun will ich mich einer strengeren Sprachzucht befleißigen. Es gibt Geschehnisse, die besser ungeschildert bleiben, weil unsere Einbildungskraft sie ohnehin ausmalt. Bedrängt uns nicht häufig eine Versuchung, uns an Wollust, Völlerei und Prunksucht zu ergötzen? Daher unterlasse ich, die Gaumenreize zu benennen, mit denen Caterina ihre Gäste verführte, den Augenschmaus zu schildern, zu dem sie sich selbst geschmückt hatte, nicht zuletzt den Akkord der Wohlgerüche zu umschreiben, mit denen sie uns einlullte.

Kardinal Raffaele Riario schien zufrieden. Das Gespräch plätscherte in fröhlicher Stimmung dahin, helles Frauengelächter sprang wie ein klarer Brunnenstrahl empor – und doch sah ich auch verkniffene Mienen, aufblitzenden Haß in den Augen, heimliche Verständigungen. Giacomo Feo verschwand zwischen zwei Gängen und erschien dann erneut, stolz wie ein Pfau, in einem Schmuckharnisch, der ebenso poliert war wie das Silber auf dem Tisch.

Alle spendeten Beifall, weil Feo ein so schönes Pfauenrad schlagen konnte.

In den letzten Klatscher hinein bemerkte überraschend Antonio Orcioli zu seinem Bruder Bartolomeo, leise zwar, doch deutlich zu verstehen: »Wie sagt man so treffend in unserer Heimat? Der vergoldete Zaum macht das Pferd nicht besser.«

Sein Bruder und auch die Marcobelli lachten, ebenso Gian Antonio und unser Ottaviano. Leone Cobelli, der natürlich bei diesem Bankett nicht fehlen durfte und der bereits die Deklamation einer Dithyrambe angekündigt hatte, rief, um der Bemerkung die Spitze zu nehmen: »Ja, des Volkes Stimme ist voller Weisheiten! Sie sagt auch: Ein feuriges Pferd ist der Schmuck jedes Reiters.«

Er erreichte nicht sein lobenswertes Ziel, denn Feo rannte wütend aus dem Saal, Caterina schaute verärgert um sich, lächelte dann gezwungen Kardinal Riario zu, der ihr Lächeln nicht ohne leisen Spott in den Mundwinkeln erwiderte.

Nach einer Weile kehrte Feo zurück, nun in seinem karmesinroten Lieblingswams. Ohne die Orcioli eines Blickes zu würdigen, nahm er neben Caterina Platz. Eine Weile wollte das Gespräch nicht wieder in Gang kommen, doch dann löste der gute Wein der Romagna unsere Zungen. Caterina hing bewundernd an den Lippen des Kardinals, der von der gemeinsamen römischen Vergangenheit schwärmte und nicht umhin konnte, mit gewichtigem Augenaufschlag seine kurze Kerkerzeit in Florenz nach dem Pazzi-Attentat zu erwähnen.

»Wißt Ihr eigentlich, Eminenz ...«

»Nun nenn mich doch Raffaele, Caterina, du bist schließlich meine Tante ...«

»Du bist lieb, Raffaele – ich wollte dich lediglich fragen, ob du eigentlich weißt, daß *ich* es war, auf deren Intervention Lorenzo dich damals so rasch aus dem Gefängnis entließ. Ich schickte ihm unverzüglich einen Eilboten, sobald ich von deiner Einkerkerung hörte, ließ ihm sagen: Unser Raffaele ist erst sechzehn, er ist ein liebenswürdiger, unschuldiger, gottesfürchtiger Junge, er hatte keine Ahnung, in welch blutiges Attentat er während der Messe verstrickt werden sollte.« Caterina ahmte seinen gewichtigen Augenaufschlag nach und schaute ihn treuherzig an.

»Da muß dein Bote aber schnell geritten sein.« Kardinal Riario lachte. »Geflogen regelrecht.«

Caterina lachte ebenfalls. »Ich gab ihm Maestoso, er ist schnell wie der Wind.«

Ich tauschte mit Gian Antonio einen kurzen Blick aus.

Auch Feo lachte nun, zu laut allerdings und zu spät.

Es folgte ein kurzes Schweigen, in das hinein Antonio Orcioli, eine Silberschale in die Höhe hebend, erklärte: »Was für ein wunderbares Stück. Die Madonna sollte darauf achten, daß es nicht verschwindet. Es wäre zu schade, wenn es in den Wassergraben der Rocca fiele.«

Da er weder Caterina noch einen anderen Gast angesprochen hatte, überhörten alle die Bemerkung, auch Feo. Lediglich Ottaviano und Cesare kicherten. Und Antonios Bruder Bartolomeo Orcioli antwortete: »Dann fischt unser Fischer das gute Stück wieder heraus.«

Antonio Orcioli warf einen Blick auf Feo, doch dieser beachtete ihn nicht. Feo erstarrte allerdings, als Antonio fortfuhr: »Fischen ist ein schöner Beruf. Ist man jung, fängt man Fische, nachher Weiber, und zum Schluß fischt man Würden, Adel und Vermögen.«

Alle hielten den Atem an, und der einäugige Orcioli, der sich soviel Verdienste um die Familie Riario-Sforza erworben hatte, genoß die Wirkung seiner Bemerkung. Ich verstand in diesem Augenblick nicht, warum er Feo so direkt angriff – später hörte ich, Feo habe ihn mehrmals wie einen Lakaien behandelt und damit die Ehre des Edelmanns tief verletzt.

Ottaviano und Cesare hätten beinahe losgeprustet, Scipione schaute ernst, sogar Bianca hatte verstanden, daß hier eine heftige Entgleisung stattgefunden hatte.

Wieder versuchte Cobelli, der Bemerkung die Spitze zu nehmen. »Auch die Apostel waren Fischer, es ist ein ehrwürdiger Beruf. Sie holten die Seelen der Ungläubigen ins christliche Netz.«

Caterina warf ihm einen dankbaren Blick zu, doch ihre Narbe lief rot an und ihre Lippen zitterten. Feo stierte vor sich auf den Teller. Der Kardinal schaute nun von einem zum anderen und erklärte: »Ich glaube, nach der delikaten Mahlzeit würde uns allen ein kleines Würfelspiel nicht schaden. Dann können ja die beiden Herren, die hier unbedingt einen Strauß ausfechten wollen, Fortuna entscheiden lassen, wem der Sieg zusteht.«

»Ich will keinen Strauß ausfechten, Eminenz«, knurrte Feo.

Antonio Orcioli lachte gepreßt und sagte: »Der heilige Petrus war zwar ein Fischer, aber er stahl nicht.«

Offensichtlich beabsichtigte Orcioli, es zum Äußersten kommen zu lassen. Nun mußte Feo reagieren. Er sprang auf und zog seinen Dolch. Die Frauen am Tisch schrien auf. Der Kardinal erstarrte. Gian Antonio erhob sich, ganz langsam, vermutlich weil er Orcioli nicht veranlassen wollte, ebenfalls eine Waffe zu ziehen.

Caterina dagegen blieb sitzen; sie rief nur laut: »Wache!« Noch glühte ihre Narbe, aber ihre Stimme hatte zu meinem Erstaunen seine Anspannung verloren, ohne an Entschiedenheit eingebüßt zu haben.

Als vier Hellebardiere eintraten, befahl sie ihnen: »Legt Antonio Orcioli sofort in Ketten und bringt ihn ins Kastell von Brisighella, wo er« – dies nun an den Einäugigen gerichtet – »eine Weile über gutes Benehmen seiner Herrin und ihrem ersten Berater gegenüber nachdenken kann.«

Orcioli warf den Wachen höhnisch lachend seinen Dolch zu und streckte ihnen die Hände entgegen.

Nun mischte sich auch Feo ein. Man sah, daß er Orcioli am liebsten geschlagen hätte. Womöglich mißverstand er Gian Antonios Aufstehen. Oder er ärgerte sich über sein zufrieden lächelndes Gesicht. Auf jeden Fall rief er: »Ghetti, unser oberster Leibwächter, soll ihn begleiten.«

Caterina schaute ihn fragend an, und Gian Antonio, Bestürzung und Wut in den Augen, war nahe daran, sein Schwert zu ziehen.

»Als Wächter natürlich, nicht als Gefangener.« Feo ließ seiner Klarstellung ein gehässiges Lachen folgen.

»Madonna«, rief Gian Antonio, »ich bin weder Diener dieses Herrn noch Euer Oberhellebardier. Wenn Ihr unbedingt den Retter Eurer Kinder für seine unbedachte und ungehörige Bemerkung ...«

Orcioli lachte höhnisch auf. Nun mischte sich auch einer der Marcobelli ein: »Antonio hat zu viel getrunken, Madonna, er wußte nicht, was er sagte. Er steht wie wir alle loyal zu Euch, das wißt Ihr ...«

Es entstand ein Stimmengewirr. Alle versuchten, Caterina davon abzuhalten, Orcioli in Ketten zu legen.

»Ich will, daß Ghetti ihn nach Brisighella bringt und dort bewacht«, überschrie Feo die Stimmen. »Du gehst mit ihm«, brüllte er Gian Antonio an.

Caterina beugte sich nun zu mir herüber und flüsterte: »Sag Ghetti, daß er den Orcioli begleiten soll, ohne Ketten. Sie schlafen eine Nacht in Brisighella und kehren dann wieder zurück.«

Ich nickte und tat, wie mir geheißen war. Gian Antonio und Antonio Orcioli zogen mit den Wachen ab, ohne eine weitere Bemerkung. Das Bankett verlief anschließend sehr einsilbig, und am nächsten Morgen reiste der Kardinal ab. Caterina konnte ihn erst während der Verabschiedung darum bitten, sich für sie und die Zahlung des ausstehenden Soldes stark zu machen. Er nickte, versprach jedoch nichts. Ich kann mir nicht vorstellen, daß er in Rom in ihrem Sinne handeln wird.

Das Bankett hat auch Außenstehenden wie dem Kardinal Riario gezeigt, daß Caterina Sforza-Riario durch ihre Leidenschaft für einen jungen Mann aus dem Volk ihre eigene Herrschaft untergräbt. Wenn eine starke Frau wie sie sich einem ehrgeizigen und unerfahrenen

Emporkömmling unterwirft, darf sie sich nicht wundern, wenn die Ereignisse in ihrer Umgebung außer Kontrolle geraten.

Was ich bald nach dem Bankett, zum Glück ohne Zuschauer außerhalb der *famiglia*, erleben mußte, läßt Düsteres ahnen.

Wir saßen im Nymphensaal zu einem Nachtessen zusammen, Caterina mit all ihren Kindern. Feo fehlte noch. Er verspätet sich gern. Vielleicht war es nicht ungünstig, weil dadurch Gian Antonio offener sprechen konnte. Allerdings sollte sich herausstellen, daß gerade Feos Verspätung das unglückliche Geschehen auslöste.

Während wir aßen, war die Stimmung ernst. Denn Gian Antonio bat Caterina um seine Entlassung. Durch den Vorfall mit Antonio Orcioli sei ihm endgültig bewußt geworden, daß am Hof in Forlì für ihn wie für den engsten Berater der Gräfin kein gemeinsamer Platz sei und er daher weiche, bevor noch etwas Unbesonnenes geschehe. Seine Frau Rosaria unterstütze ihn. Sie habe sich bereits seit geraumer Zeit aus der Nähe der Gräfin zurückgezogen, weil sie die Anwesenheit eines bestimmten Menschen nicht ertragen könne. Sowohl er als auch Rosaria würden Caterina sehr lieben und alle Opfer für sie bringen, doch die Person, deren Namen er nicht nennen wolle, stelle eine fortgesetzte Demütigung für ihn dar.

Vermutlich hätte Gian Antonio gegen seine Gewohnheit noch eine Weile gesprochen und Feo irgendwann persönlich angegriffen, aber Caterina unterbrach ihn, sehr berührt, mit Tränen in den Augen, und bat ihn zu bleiben. Sie empfinde sein Gehen »wie ein Todesurteil«. Dieser Ausdruck stand im Raum. Die Kinder schauten sie erschrocken an, auch Argentina, die neben mir saß und sich um Carlo kümmerte. Da ich bereits lange von Gian Antonios Plänen wußte, wunderte ich mich lediglich über den Zeitpunkt seines Entlassungsgesuchs.

Die Kinder, allesamt, baten Gian Antonio zu bleiben. Über Caterinas Wangen liefen tatsächlich Tränen. Immer wieder glitt ihr Blick unruhig zur Tür. Schließlich gelang es ihr, Gian Antonio zu einem Überdenken seiner Entscheidung zu bewegen. Sie versprach, in Zukunft ihren »Berater und Freund« Giacomo Feo zurechtzuweisen, falls es ihm erneut einfalle, Gian Antonio zu demütigen.

In diesem Augenblick erschien Feo. Ich gehe davon aus, daß er an der Tür gelauscht hatte. Ohne ein Wort zu sagen, schlurfte er zu der Tafel, und während er hinter Ottaviano vorbeiging, übersah er dessen Lieblingshund Ricciutello, der bettelnd hinter seinem Herrchen schwänzelte. Er trat ihn, Ricciutello jaulte vor Schmerz auf, und Feo trat verärgert ein zweites Mal nach ihm, und zwar so heftig, daß der Hund bis zur Wand flog und herzzerreißend winselte. Ottaviano stürzte zu dem weißen Fellknäuel, nahm den Hund auf den Arm, streichelte ihn tröstend. Feo war herausfordernd stehengeblieben. Ottaviano schaute ihn haßerfüllt an, wollte sich wieder setzen, wurde aber vom Zorn derart übermannt, daß er Feo »du mieser, ligurischer Beschäler« entgegenschleuderte und dann, noch immer verzerrt vor unterdrückter Wut, herauspreßte: »Du magst in deinem Fischernest lediglich Umgang mit Straßenkötern gehabt haben, aber Ricciutello ist ein Rassehund und mehr wert als zehn deinesgleichen.«

Feo hörte sich Ottavianos Zornesausbruch an und gab ihm, immerhin dem legitimen *signore*, der kurz vor der Vollendung seines sechzehnten Lebensjahrs stand, eine schallende Ohrfeige. Außer Caterina waren alle aufgesprungen.

Ottaviano, bis in die Haarwurzeln rot angelaufen, gezeichnet von dem Schlag, reichte seinem Bruder Cesare den Hund, der heftig zu bellen begann, und baute sich vor Feo auf.

»Willst du noch eine Ohrfeige?« Feo lachte ihn höhnisch aus und ließ sich dann neben Caterina nieder.

Alle starrten Caterina an. Der Zeitpunkt der Entscheidung war gekommen, das mochten selbst die kleinen Kinder spüren. Giacomo Feo, der Liebhaber der Mutter, nahm sich Rechte heraus, die immer unerträglicher wurden, er schlug sogar den Grafen, der inzwischen in einem Alter war, in dem andere junge Männer bereits einen Staat leiteten. Nun *mußte* die Mutter Feo in seine Schranken weisen und ihn womöglich vom Hof verbannen. Diese oder ähnliche Gedanken mochten allen im Raum durch den Kopf gehen. Sogar ich, der ich ein ausgleichender Mensch bin und bis zu einer gewissen Grenze Caterinas Liebesleidenschaft, die zuweilen einem Wahn gleicht, verstehen kann, befand, daß unsere Madonna sich nun eindeutig vor ihren Sohn stellen mußte.

Sie, die soeben noch Tränen vergossen hatte, wirkte versteinert. Die Narbe über ihrem Augen leuchtete blutrot, aber sonst war sie bleich. Nur kurz zuckten ihre Wimpern, ihre Lippen zitterten, kein Wort jedoch kam über diese Lippen.

Feo stopfte sich ein Stück Fleisch in den Mund. »Was ist, ihr Ölgötzen«, rief er schließlich mit vollem Mund, »habt ihr noch nie einen Hund getreten? Und gesehen, wie ein Rotzlöffel geohrfeigt wird?«

»Mutter!« schrie Ottaviano.

Seine Mutter blieb jedoch versteinert am Tisch sitzen.

Feo warf einen mißtrauischen Blick zu Gian Antonio, der ihm gegenüber an der anderen Seite der Tafel stand.

Ich weiß nicht, wie lange diese Situation sich hinzog. Vermutlich nur ein paar Herzschläge.

Einen Augenblick glaubte ich sogar, Ottaviano könnte sich auf Feo stürzen. Er preßte jedoch lediglich noch ein »Das wirst du mir büßen, du Ratte!« heraus und wandte sich zur Tür.

Feo lachte höhnisch auf. Caterina rührte sich noch immer nicht. Ihr Blick irrte hektisch umher.

Cesare, den Hund auf dem Arm, folgte seinem Bruder.

»Kommt, Kinder«, sagte Ghetti, »laßt uns gehen!«

Argentina faßte Carlos Hand, und der Kleine rutschte von seinem Stühlchen. Giovanni Livio, Galeazzo und Sforzino verließen, von Gian Antonio wie von einem Schäfer geführt, den Raum.

»Carlo, bleib hier!« schrie Feo.

Carlo zuckte zusammen, aber Argentina nahm ihn auf den Arm, und schon waren beide draußen.

Nun standen lediglich noch Scipione, Bianca und ich an der Tafel. Bianca schaute ängstlich zu Scipione, Scipione suchte meinen Blick, und ich hoffte verzweifelt auf ein eindeutiges, entscheidendes Wort von Caterina. Es war noch nicht zu spät.

Caterina schwieg jedoch.

Ich gab Scipione, dem wie auch Bianca Tränen in den Augen standen, einen Wink. Vor der Tür legte ich ihnen den Arm auf die Schulter. In der Tür drehten wir uns noch einmal um.

»Mama!« flehte Scipione.

Caterina reagierte nicht.

Leise schloß ich die Tür.

O Herr, warum verwirrst Du so die Herzen derer, die dich lieben?

50. Kapitel

Caterina zwang sich, das Nachtmahl mit Giacomo zu beenden, sprach aber kein Wort. Giacomo dagegen schien sie mit seinem unaufhörlichen Reden vom Nachdenken, vom Reagieren, von einer Zurechtweisung abhalten zu wollen. Er berichtete von der Reparatur der Stadtmauer, bei der er persönlich die Maurerkelle geschwungen habe, von dem Zwang, ein neues Darlehen einzuholen, von einem Plan, bald wieder mit der ganzen Familie einen Jagdausflug zu unternehmen – um unnötige Unstimmigkeiten aus dem Weg zu räumen.

»Das möchtest du doch auch, meine süße Gazelle, oder?« Er beugte sich zu Caterina, küßte ihre Hand, zog sie dann an sich, um auf die Wölbungen ihres Ausschnitts seine Lippen zu drükken. »Oh, diese samtweiche Pfirsichhaut, die Milch der Erlösung, ich könnte mich an ihr laben.«

Caterina legte ihr Messer neben das Holzbrett. Giacomos Hand hob den Saum ihres Kleids, schob sich an ihren Schenkeln entlang. Unwillig wehrte sie ihn ab.

»Bleibt meine Königin wirklich kalt?«

»Giacomo, es ist nicht die Stunde.«

Nein, es war wirklich nicht der Augenblick für Zärtlichkeiten. Noch nie war es zu einer solchen Konfrontation zwischen Giacomo und ihrer Familie gekommen: Ihr Geliebter hatte Ottaviano geohrfeigt – und sie hatte geschwiegen. Der Mund hatte sich ihr verschlossen, sie fühlte sich unfähig, angemessen zu reagieren. Plötzlich hatte sie die Angst erfaßt, Giacomo zu verlieren, diese Angst hatte sie erstarren lassen – obwohl sie sich gleichzeitig über Giacomos fortwährendes Zuspätkommen ärgerte, über seine unbekümmerte Art wie über sein zunehmend herrisches Wesen. Womöglich hatte sie auch deswegen geschwiegen, weil sie befürchtete, *zu* heftig zu reagieren.

Während der letzten Zeit hatte sich Ärger angestaut. Doch immer wenn sie Giacomo auf sein unangemessenes Verhalten hinwies, begann er, den *trobadore* zu mimen und sie zu einem Liebesspiel zu verführen – dem sie dann erlag. Ohne die Nächte mit ihm würde sie verwelken, eintrocknen, hart und rissig werden, wahrscheinlich auch herrisch und unbeherrscht. Dann würden alle

Salben und Aromen nichts mehr nützen. Giacomo hielt ihr Feuer am Leben, hielt ihre Rose am Blühen – nein, ohne ihn würde sie nie und nimmer leben können!

Dennoch hätte sie ihn zurechtweisen müssen. Er durfte sich nicht herausnehmen, den jungen Grafen zu schlagen, zumal er im Unrecht war. Nur Lakaien traten nach Tieren, nur Emporkömmlinge wie Riario ritten edle Pferde zuschanden. Giacomo entstammte einer Familie von Fischern, war als Bruder eines Kastellans in die Romagna gekommen, hatte diesen Bruder durch eine mittlerweile allgemein bekannte Intrige aus Forlì verdrängt, hatte sich von einem fremdländischen Eroberer einen nichtssagenden Titel verleihen lassen – all dies müßte ihn veranlassen, mit den Menschen seiner Umgebung ebenso charmant, höflich und liebenswert umzugehen wie mit ihr. Alle würden ihn lieben. Womöglich könnte er dann sogar eine richtige Grafenwürde erlangen.

Caterina seufzte, versuchte, Giacomo wegzuschieben und auf sein schmachtendes Plappern und singendes Schmeicheln nicht einzugehen.

Doch sie konnte ihm nicht böse sein.

Wenn sich Ottaviano wenigstens richtig gewehrt hätte! Statt Giacomo zu beschimpfen, hätte er zurückschlagen sollen! Ein Mann ließ sich nichts gefallen, das erforderte schon seine Ehre. Ein Mann kämpfte, selbst wenn er der Schwächere war. Aber Ottaviano war bequem und fast so dick wie sein marzipanverliebter Bruder Cesare. Beide träumten sie von einer gemütlichen kirchlichen Pfründe, nicht von der gefährlichen Aufgabe, eine Grafschaft zu regieren. Eine Armee führen, diplomatisch denken, Allianzen schließen, für Gerechtigkeit und Wohlstand unter den Bürgern sorgen – all dies interessierte ihren Ältesten nicht. Scipione wäre dazu womöglich in der Lage – aber Scipione war lediglich Riarios Bastard.

»Giacomo, laß mich, es ist wirklich nicht der Zeitpunkt. Jeden Augenblick kann jemand hereinkommen …«

»Du möchtest es doch auch, du bist bereit, mir zu verzeihen, du möchtest mit mir über die Balsamberge reiten …«

Schließlich ließ sie sich von ihm mit nachlassendem Widerstand in das Schlafzimmer führen, und dort ritten sie wieder gemeinsam durch den Park ihrer Freuden bis zu den Bergen. Caterina streckte sich entspannt, wohlig und schläfrig, während ihr schöner Liebhaber neben ihr auf dem Rücken lag wie ein befriedigter Faun. Ottaviano würde sich wieder beruhigen. Er war viel zu bequem, auf Rache zu sinnen. Dennoch mußte sie irgendwann mit Giacomo ein ernstes Wort reden …

Es war merkwürdig. Sie dachte an Girolamo Olgiati. Ob er sie auch so zärtlich besungen und umschlungen hätte wie Giacomo? Besungen sicher nicht, umschlungen womöglich schon. Doch konnte sie damals die Liebe bereits so genießen wie heute? Mit Riario mußte sie um die Vorherrschaft ihrer Körper kämpfen, er war ein Schwächling, aber gleichzeitig brutal; ohne Schmerzen zu fühlen und ihr zuzufügen, konnte er seinen Ritt nicht genießen. Er brachte sie dahin, daß sie ihn ebenfalls quälte, daß sie ihn besiegen wollte, ja, daß auch für sie Schmerz und Lust zusammenfielen. Dabei verlor sie ihre Seele. Giacomo hatte ihr die Seele zurückgegeben. Verließ er sie, würde sie rasen, sie würde verrückt. Womöglich ginge sie sogar in ein Kloster.

Caterina stützte sich auf ihren Ellenbogen und schaute Giacomo in sein schlafendes Gesicht. Auch mit geschlossenen Augen, auch ohne seinen jungenhaften Charme war er schön. In den letzten Jahren waren seine Gesichtszüge sogar feiner geworden, markanter. Sie mußte einen Bildhauer finden, der ihn in Marmor schlug. Zumindest einen Maler, der ihn porträtierte. Nie würde er dann altern – wie Girolamo Olgiati, der in ihrer Erinnerung für immer jung und strahlend auf seinem feurigen Wallach saß, oder wie ihr Vater, den sie nur als machtvollen Herrscher in seinem lindgrünen Wams erinnerte.

Sie legte sich wieder auf den Rücken und starrte an den Baldachin ihres Bettes. Der ungute Streit während des Nachtessens entglitt immer mehr ihrem Bewußtsein. Ihre Söhne waren eifersüchtig auf Giacomo, allesamt, das brauchte niemanden zu wundern. Dennoch würden alle Streitereien irgendwann vergessen sein. Das war das Gute an der menschlichen Seele: Sie vergaß. Allmählich verschwanden die Erinnerungen, selbst die schmerzhaften Gefühle quälten einen nicht mehr. Man wußte, daß die Qual groß gewesen war, aber nach einiger Zeit spürte man nur noch eine angenehme Leere. Oder sogar ein Glücksgefühl über das Verschwinden des Schmerzes. Aus diesem Grunde sah sie ihren Vater als gerechten, nachsichtigen Herrscher, als einen Mann, den alle Frauen liebten – nicht etwa als Toten in Santo Stefano. Dieses schreckliche Bild war lediglich eine verschwommene Erinnerung. Nicht einmal Riarios toten Körper sah sie vor sich – schon gar nicht, wenn sie dem schlafenden Giacomo ins Antlitz schaute. Obwohl das Attentat auf ihn erst gut sieben Jahre zurücklag, empfand sie all die bedrohlichen Ereignisse von damals wie zu einer anderen Person gehörig – als hätte eine der fahrenden Theatergruppen ein blutrünstiges Spektakel aufgeführt.

Womöglich liebte sie an Giacomo auch, daß er sie an die schönen Seiten ihrer frühen Jugend denken ließ, die unbekümmerten Jagdabenteuer und Spiele, die wilden Ritte auf den Ponys, die Kette der strahlend weißen Berge im Hintergrund. Unversehens tauchte das Bild ihrer geliebten Großmutter auf: Es war wie ein Duft, der durch einen Schleier herbeiwehte. Sogar ihren Großvater hörte sie zärtlich grummeln und grollen. Dann sah sie sich auf Maestoso stehen, neben sich ihren Girolamo, sie sah sich die Arme ausgestreckt und juchzend vor Freude durch den Park fliegen und weit über den Himmel ziehen.

Einige Wochen später, an einem schönen Spätsommertag des Jahres 1495, hatte Caterina Giacomo und ihre ganze Familie dazu bewegen können, zu einem Jagdausflug in die Berge zu reiten. Sie hatte die Falken mitgenommen, die Rebhühner und Reiher greifen sollten, aber nirgendwo waren Vögel zu entdecken, und die Falken schienen keine besondere Jagdlust zu entfalten. Auch die Treiber, die sie in das waldige Gelände vorausgeschickt hatten, erreichten nicht viel. Entweder hatten sie ihre Aufgabe zu leicht genommen, oder es hielt sich tatsächlich kaum Wild in der Gegend auf, auf jeden Fall gab es wenig zu jagen, lediglich hakenschlagendes Kleingetier, schließlich dann doch einen Rehbock, dessen Verfolgung Caterina und Giacomo, Scipione und ihre beiden ältesten Söhne aufnahmen. Maestoso freute sich, endlich wieder richtig galoppieren zu können, und stürmte voran. Giacomo, der eine scheckige Araberstute ritt, folgte nicht weit hinter ihr. Ein kurzer Blick zurück zeigte, daß ihre beiden

Söhne bereits aufgaben. Lediglich Scipione hielt noch mit; er bog jedoch zur Seite ab, weil er ihnen entweder den Rehbock zutreiben wollte oder hoffte, sie könnten ihn in seine Richtung jagen.

Es war ein wunderbares Gefühl, so dahinzufliegen. Einen Augenblick träumte sie davon, sich wieder auf Maestosos Rükken zu stellen. Sie hörte, wie Giacomo hinter ihr seine Stute zu peitschen begann, weil sie ihm offensichtlich nicht schnell genug ritt. Caterina hielt Maestoso ein wenig zurück, damit Giacomo aufschließen konnte. Sie ertrug nicht, wenn er so wenig einfühlsam mit dem Pferd umging. Sie näherten sich einem Waldstück, und plötzlich war der Rehbock verschwunden.

»Scheißtier!« fluchte Giacomo und brachte seine Stute zum Stehen. Caterina folgte ihm. Scipione verschwand mit den Hunden in einer Lichtung. Giacomo stieß weitere Flüche aus und spannte seinen Bogen, obwohl kein Tier zu sehen war. Als plötzlich Scipione, dem der Rehbock offensichtlich entwischt war, am Waldrand auftauchte, rief Giacomo lachend »Ein Bastard weniger« und zielte auf ihn.

Als Scipione den Pfeil auf sich gerichtet sah, zuckte er kurz zusammen, ritt weiter auf Giacomo zu und stieß aus: »Das ist dir zuzutrauen.«

»Giacomo!« schrie Caterina.

Giacomo riß den Bogen empor und ließ den Pfeil in den Himmel sausen. »War nur ein Scherz. Ich tue deinem Lieblingsbastard schon nichts!«

Scipione ritt an Giacomo vorbei, ohne ihn eines Blickes zu würdigen. Die Hunde versammelten sich hechelnd um den Meuteführer.

Caterina war die Lust an der Jagd vergangen. Sie schaute Scipione nach, der es eilig zu haben schien, zu seinen Brüdern zurückzukehren. Giacomo lachte sie weiterhin entwaffend an und warf ihr eine Kußhand zu. »Es war wirklich nur ein kleiner Scherz, sei nicht böse!«

Sie schüttelte den Kopf, lenkte Maestoso zurück. Weil sie den aufkeimenden Ärger abklingen lassen wollte, ließ sie das Pferd im Schritt dahintrotten. Giacomo, ein Lied trällernd, folgte ihr.

Als sie wieder ihre Familie erreichte, hatte Argentina inzwischen mit Giovanni Livio und Galeazzo die Körbe ausgepackt, während Carlo mit Ricciutello spielte. Ihre beiden ältesten Söhne lagen auf dem Rücken, steckten sich langsam Weintrauben in den Mund und spuckten die Kerne in die Luft. Sforzino mußte entscheiden, wer sie am höchsten spucken konnte. Einige der Jagdhunde balgten sich bellend, die Jagdhüter machten es sich bequem.

Caterina sprang vom Pferd, ließ sich von Carlo umarmen, gab dann auch Sforzino einen Kuß und setzte sich neben Argentina. Giacomo stieg ebenfalls ab, warf einen unwirschen Blick auf die Jagdhüter und schickte sie mitsamt den Hunden und Falken nach Forlì zurück.

Caterina schaute stirnrunzelnd auf, weil Giacomo sich wieder aufführte, als sei er der Graf. Er beachtete sie jedoch nicht, schlug einen Purzelbaum, stieß seinen kleinen Sohn mit seinem Kopf freundschaftlich um, packte ihn dann, um mit ihm zu balgen und ließ sogar Ricciutello gewähren, der bellend um die beiden herumsprang, weil er sich offensichtlich an der Balgerei beteiligen wollte.

Caterina entdeckte Scipione nicht und fragte Argentina, wohin er verschwunden sei.

Das Mädchen zuckte mit den Schultern.

Ohne sich beim Spucken zu unterbrechen, erklärte Ottaviano: »Er murmelte etwas von üblen Scherzen eines gewissen französischen Barons und verschwand dann in Richtung Forlì. Ich nehme an, er hatte die Lust an unserem Ausflug verloren.«

»Ottaviano hat gewonnen«, rief Sforzino, »er kann am höchsten spucken.«

Ricciutello bellte, Carlo juchzte auf.

»Wenn man auch *zum Spaß* umgebracht werden soll«, sagte Cesare und blies mit aller Kraft seine Backen auf.

»Ach Kinder!« seufzte Caterina und suchte Argentinas Blick. Argentina wich ihr nicht aus, im Gegenteil: in ihren Augen standen Verständnis und Mitgefühl. Am liebsten hätte Caterina sie in den Arm genommen. Aber Argentina sprach nicht nur wenig, sondern schreckte noch immer vor jeder körperlichen Berührung zurück.

Der Tag im Grünen wurde schließlich doch noch sehr friedlich – und fröhlich. Giacomo warf seinem Sohn einen Ball zu, anschließend der Mama. Carlo kugelte sich über sie, und als sein Vater gleich hinterher kugelte, gab es viel zu lachen.

Die Sonne näherte sich allmählich dem Horizont. Caterina lag entspannt auf dem Rücken, wurde von Giacomo mit Trauben und Feigen gefüttert. Zwischendurch küßte er sie vorsichtig auf ihre Narbe.

Ihre beiden ältesten Söhne spielten mit Bianca Karten.

Caterina hörte sie wiederholt von Scipione sprechen. »Er kommt sicher zurück. Er hat es mir versprochen«, sagte Bianca.

»Der kommt nicht mehr«, antwortete Ottaviano. »Für den ist ein gewisser Baron gestorben.«

»Mausetot«, ergänzte Cesare. »Spiel endlich aus, Bianca!«

»Meint ihr?«

»Rattentot«, flüsterte Ottaviano und kicherte.

Als der Abend nahte, gab Caterina den Befehl zum Aufbruch. Sie schickte alle Diener und auch die beiden bewaffneten Milizionäre voraus und schwang sich ohne Hilfe auf Maestoso. Ihre drei kleinen Jungen kletterten auf ihre Ponys. Argentina bestieg mit Carlo auf dem Arm eine Kutsche. Ottaviano und Cesare saßen bereits ungeduldig im Sattel und warfen einen verächtlichen Blick auf Giacomo, der sich noch im Bogenschießen zu üben schien. Er zielte auf den Stamm eines Kirschbaums und schrie jedesmal begeistert auf, wenn er sein Ziel traf. Da Caterina wußte, daß es Giacomo nicht mochte, wenn man ihn antrieb, machte sie sich mit ihrer Familie auch ohne ihn auf den Weg.

Kaum tauchten die Türme von Forlì auf, begegnete ihnen Gian Antonio Ghetti mit einem kleinen Trupp Bewaffneter. »Ich erhielt ein anonymes Flugblatt, das ein Attentat auf den jungen Grafen und seine Mutter ankündigt«, rief er Caterina zu. »Vermutlich ein Schmierfink, der sich einen Spaß erlaubt. Zur Sicherheit reiten wir die Wege ab.«

Caterina wunderte sich, weil sie keinen von Ghettis Begleitern kannte.

»Ihr werdet hinter uns noch den Feo treffen«, rief ihm Ottaviano zu, »verwechselt ihn nicht mit einem Attentäter, auch wenn er mit dem Bogen auf Euch schießt. Er will Euch lediglich zum Spaß töten.«

Cesare lachte laut auf.

»Dies ist kein Witz«, fuhr Caterina Cesare an und dann ihren Ältesten: »Kannst du nicht endlich aufhören, gegen Giacomo zu sticheln.« Und weil sie sein patziges Gesicht noch mehr reizte, schrie sie: »Ich ertrage euren Streit nicht mehr. Wenn das so weitergeht, muß einer Forlì verlassen.«

Ottaviano war bleich geworden. »Das kann nur der Feo sein«, antwortete er mit zusammengepreßten Lippen. »*Ich* bin der *signore*.«

Caterina ärgerte sich über ihre unnötige Drohung und Ottavianos aufmüpfiges Verhalten. Sie ärgerte sich aber auch über Giacomo, der wieder trödelte, statt an ihrer Seite in die Stadt zu reiten.

Ghetti drehte sich noch einmal herum. Caterina winkte ihm zu. Auch Ottaviano und Cesare winkten. Schweigend trotteten sie weiter. Als sie die Porta Schiavonia durchquerten, schaute Caterina sich erneut um. Giacomo war noch immer nicht zu sehen. Irgend etwas beunruhigte sie, ohne daß sie sagen konnte, was. Über das Wegbleiben ihres Geliebten brauchte sie sich nicht zu wundern. Die Kinder zeigten unversehens beste Laune, Cesare hatte ein heimatliches Lied angestimmt – er hatte die schönste Stimme unter ihren Kindern –, Ottaviano brummte mit, und die Kleinen versuchten sich gegenseitig an Lautstärke zu übertreffen. Argentina hatte Carlo auf den Schoß genommen, er hatte seine Ärmchen um ihren Hals gelegt und schmiegte sich an sie. Caterina wurde von einigen Bürgern ehrerbietig gegrüßt. Nichts war ungewöhnlich, und doch verstärkte sich die Unruhe in ihr. Da die beiden Milizionäre zum Palazzo vorausgeritten waren, zog sie mit all ihren Kindern schutzlos durch die Gassen. Vermutlich hatte sie zu viele Attentate abwehren, aber auch miterleben müssen, um nicht gelegentlich von Angst erfaßt zu werden.

Noch einmal drehte sie sich um.

Ein junger Bauernbursche hetzte sein Maultier durch das Tor und fuchtelte mit den Armen. Sie zügelte Maestoso. Der Bursche meinte sie. Von ferne hörte sie ihn schreien: »Ein Mord! Draußen ist ein Mord geschehen!«

Schon flog sie den Weg zurück. Ihre Unruhe hatte sie nicht getrogen. Ghetti war durch ein Flugblatt gewarnt worden. Doch die Drohung galt ihr und Ottaviano! Kaum hatte sie die Porta Schiavonia durchquert, riß sie die Zügel hoch, um Maestoso abrupt zum Stehen zu bringen. Sie war in eine Falle getappt. Mitten durch das Tor schob sich eine Gruppe Kaufleute mit ihren Kutschen und Waren, versperrte jegliches Durchkommen. Sie hatte ihre Kinder alleine gelassen, ihre bewaffneten Diener stiegen vermutlich soeben im Palazzo von ihren Pferden, sie selbst trug lediglich ihren Jagdbogen mit sich und einen Langdolch. Ihr Blick fiel auf das Wappen der Riario-Sforza über dem Tor: Die Rose und die Schlange, die das Kind oder den Feind oder wen auch immer verschlang. Das Wappen sprang sie förmlich an, es warnte sie. Irgend jemand befand sich in höchster Lebensgefahr!

Sollte sie zu ihren Kindern zurückgaloppieren? Sollte sie sich allein in die Rocca flüchten? Sollte sie Schutz bei Giacomo suchen, der auch nur einen Bogen trug? Er mußte doch jeden Augenblick auftauchen! Und wo befand sich Ghetti mit seinen Männern? Die Kinder warteten schutzlos auf sie, eingeklemmt in der Menschenmenge, die sich durch die Straße schob.

Panikartig ließ Caterina ihren Hengst um die eigene Achse drehen, bis Maestoso aufwiehernd den Kopf hochwarf, unerwartet nach vorne sprang und sie beinahe abgeworfen hätte.

Er galoppierte los. Vom Tor weg. Zurück. Giacomo entgegen.

Caterina wußte, daß etwas geschehen war. Ein erneuter Mord. Sollte jetzt ein Pfeil aus dem Hinterhalt auch sie treffen? Und ihre Kinder?

Maestoso galoppierte weiter. Es war das erste Mal in ihrem Leben, daß er ihren Befehlen nicht gehorchte. Er rannte auf die Brücke zu, über die sie soeben geritten waren. Mehrere Menschen standen im Graben und beugten sich nieder. Zwischen ihnen leuchtete etwas Rotes auf. Zuerst sah Caterina lediglich seine roten Beinkleider mit den Stulpenstiefeln. Dann sein karmesinrotes Wams. Sie riß so gewaltsam an den Zügeln, daß Maestoso stand, sprang auf den Boden, stolperte vor, die Menschen wichen zurück.

Alles war rot: die enganliegenden Beinkleider, das Wams, das Gras, sogar das Wasser. Da lag eine bis zur Unkenntlichkeit entstellte Leiche im Graben. Caterina stürzte zu ihr.

Es konnte nur Giacomo sein!

Einen Augenblick schienen ihr die Sinne zu schwinden. Die Menschen schrien alle gleichzeitig. Sie richtete sich auf, schaute auf ihre Hände: blutig. Ihr Jagdkleid: blutig. Sie mußte sich helfen lassen, um aus dem Graben zu kriechen. Wieder glaubte sie, ohnmächtig zu werden.

»Bringt den Toten in die Rocca von Ravaldino«, stieß sie tonlos hervor. »Wer hat das getan?«

Noch immer schrien die Menschen durcheinander. Die verzerrten Gesichter, die verzerrten Stimmen drangen auf sie ein, als suchten sie das nächste Opfer. Mit letzter Kraft schwang sich Caterina auf Maestoso. »Nach Ravaldino«, rief sie und galoppierte zurück.

Als sie über die Zugbrücke dröhnte, kamen ihr bereits die ersten Wachen entgegen. »Was ist geschehen?« hörte sie. »Ein Attentat auf den Grafen?«

Da eilte Argentina herbei. »Die Kinder sind in Sicherheit. Ich habe sie hierher gebracht. Ottaviano und Cesare wollten zum Palazzo in der Stadt …«

Caterina saß noch im Sattel. Plötzlich verschwand die Panik, die sie bisher getrieben hatte. Sie sah die Menschen vor sich, das Tor von Ravaldino, die blitzenden Hellebarden, den Schweiß auf Maestosos Hals. Argentinas fragende Augen. Nun eilten auch ihre kleinen Söhne herbei.

»Ein Attentat auf Giacomo Feo«, rief sie. »Man wird ihn hierher bringen. Bahrt ihn in der Rocca auf und schließt das Tor. Bewacht die Kinder. Zwanzig Mann in Waffen kommen mit mir in die Stadt. Ich will zu Ottaviano, meinem Sohn. Womöglich ist auch er überfallen oder gefangengesetzt …«

»Wo ist Ghetti?« hörte sie einen Mann rufen. »Er ist für Eure Sicherheit zuständig, Madonna.«

»Ich traf ihn vor den Toren der Stadt. Er wurde vor einem Attentat gewarnt. Vielleicht hat man ihm eine Falle gestellt. Oder nur weggelockt.«

Die Männer schienen nicht begreifen zu wollen.

»Ich brauche jetzt keinen Ghetti!« schrie sie. »Wir reiten in die Stadt. Ich muß den Grafen in Sicherheit bringen.«

Sie jagte los, die Männer folgten ihr.

In den Straßen herrschte geschäftiges Treiben. Rücksichtslos ritt sie durch die Menschen, die sich zur Seite werfen mußten. Schreie, Flüche, aufwiehernde Pferde. Auch über die Piazza schoben sich mehr Menschen als gewöhnlich, hektisch wichen sie zurück, eine Mutter konnte gerade noch ihr Kind in Sicherheit bringen. Rosaria! Caterina vernahm einen kaum verständlichen Fluch. Schon tauchte sie in das Dunkel des Torbogens und stand im Cortile des Palasts. Fra Lauro eilte die Treppe herunter.

»Wo sind Ottaviano und Cesare?« rief sie ihm entgegen. »Ein Attentat auf Giacomo!« Sie fiel fast vom Pferd. Fra Lauro fing sie auf. »Nein, ich ertrage es nicht! Nicht schon wieder.« Hilflos schluchzte sie an seiner Brust auf, doch dann spürte sie die Kraft zurückkehren, die Klarheit, die Kälte. Sie löste sich von ihm. »Wo sind meine ältesten Söhne? Leben sie noch?«

Fra Lauro blieb ruhig. »Die beiden kamen aufgeregt in den Palast geritten, erwähnten einen Mord. Offensichtlich hatten sie auf der Piazza die Orcioli-Brüder getroffen. Sie glaubten im Palazzo nicht sicher zu sein und wollten bei ihnen Zuflucht suchen, bis die Lage sich beruhigt hat.«

In Caterinas Kopf arbeitete es fieberhaft.

»Was ist geschehen?« fragte Fra Lauro, noch immer aufreizend ruhig. Begriff er nicht, was die Attentäter getan hatten? Daß ihre Dolche nicht nur Giacomos Körper entstellt, sondern auch sie mitten ins Herz getroffen hatten?

»Wo ist Scipione?«

»Er kehrte während der Vesperstunde zurück und betet seitdem in der Kapelle.«

Maßlose Verdächtigungen überfielen Caterina: eine Verschwörung, angezettelt im Innersten ihres Hofes, in ihrer eigenen Familie. Daher ließ sich auch alles, was sie bisher gehört hatte, nicht zusammenreimen. Das Unvorstellbare war eingetreten. Der Schoß ihrer Familie hatte eine giftige Natter geboren … aber nein, unmöglich, Ottaviano brachte es nie fertig, und Scipione schon gar nicht – und Ghetti? Ihr treuer Ghetti? War es möglich, daß ihre Treuesten sie verrieten? Sie wurde rasend bei diesem Gedanken. Nein, es war nicht vorstellbar. Sie wußte nur, daß ihr Geliebter nicht mehr lebte, sein unkenntliches Gesicht zuckte kurz vor ihrem Auge auf. Sie schrie, riß sich eine Locke aus.

Der Schmerz brachte sie wieder zur Besinnung. Sie starrte auf die Haare zwischen ihren Fingern. Langsam berichtete sie, was geschehen war. Fra Lauros Gesicht wurde immer ernster.

Caterina ließ sich die Treppe hochführen. Kaum saßen die beiden am offenen Fenster des Nymphensaals, trabte Ghetti mit seiner Truppe auf die Piazza und rief den Menschen zu: »Ein Attentat konnte abgewehrt werden, Giacomo Feo plante ein Attentat auf den Grafen Ottaviano! Schützt ihn, schützt die Gräfin und ihre Kinder! Contessa Caterina! Conte Ottaviano!«

Die Menschen auf der Piazza umringten Ghetti und seine Männer, so daß sie auf ihren Pferden nur noch langsam vorankamen. Sie schoben sich am Palazzo vorbei zum Haus des *podestà*, aus dem nun der *bargello* trat. Die Milizionäre der Rocca bestürmten Ghetti mit Fragen.

Erneut rief er: »Giacomo Feo plante ein Attentat auf den Grafen. Wir konnten es zum Glück verhindern.«

Caterina wollte nicht glauben, was sie hörte. Sie öffnete ihren Mund, um Ghetti der Lüge zu bezichtigen, sie brachte jedoch keinen Laut heraus.

»Warte einen Augenblick«, flüsterte Fra Lauro.

Ghetti sprach nun auf den *bargello* ein, der ihn ungläubig anstarrte. Die Piazza brodelte vor lautem Schreien und heftigen Diskussionen, die Menschen strömten hin und her. Ghettis Männer zogen plötzlich ihre Schwerter, die Milizionäre der Rocca fühlten sich bedroht und senkten die Hellebarden.

»Wer sind diese Kerle?« hörte Caterina einen der Milizionäre rufen, während er auf Ghettis Begleiter zeigte.

»Conte Ottaviano!« rief Ghetti noch einmal, regelrecht verzweifelt. »Wir haben den Grafen gerettet, Giacomo Feo …«

»Nein!« schrie Caterina nun vom Fenster hinunter. »Du Lügner!« Sie konnte sich nicht mehr zurückhalten. Der Name ihres Geliebten in Ghettis Mund … Die Gesichter der Menschen drehten sich zu ihr um und starrten sie mit aufgerissenen Augen und Mündern an. Ein paar Stimmen riefen »Contessa Caterina!«, aber sie stürzte bereits aus dem Saal, die Treppe hinunter, auf die Piazza. Die Menschen wichen zurück, bis sie vor Ghetti stand.

»Du lügst«, schrie sie Ghetti an, »Giacomo Feo hat nie ein Attentat auf den Grafen geplant, *du* hast Feo ermordet, du hast dich gegen mich verschworen …«

Sie bemerkte, wie Fra Lauro hinzutrat, sah den *bargello* verwirrt von einem zum anderen schauen. Ghetti kniete vor ihr nieder. Das Geschrei um sie verstummte. Die Menschen starrten auf den gebeugten Graubart.

»Du hast ihn ermordet«, wiederholte Caterina mit ersterbender Stimme.

»Ich mußte dich retten«, preßte Ghetti hervor. »Er war ein Usurpator, er plante einen Umsturz …«

»Du bist ein elender Mörder«, flüsterte sie.

Sie glaubte zu sterben. Sie wünschte einen Blitz herbei, der Ghetti und seine Bande mit einem Schlag auslöschte und sie mit ins Jenseits nahm.

Es fuhr kein Blitz hernieder. Die Abendsonne warf lange Schatten über die Piazza und tauchte den Turm von San Mercuriale in ein überirdisches Leuchten. In diesem Augenblick begannen die Glocken zu dröhnen. Die Menschen drehten sich um. Sandte Gott ein Zeichen?

»Madonna, ich tat es für Euch. Ich bin Euch treu bis in den Tod.« Ghettis Stimme, rauh geworden, erstarb. Sie sah seine niedergeschlagenen Augen, seinen eisgrauen Bart, die tiefen Falten um die Mundwinkel.

»Caterina …« Fra Lauro wollte etwas sagen, sie ließ ihn jedoch nicht zu Wort kommen. Es gab für Ghetti nur eine Strafe, nur einen Weg aus dieser Schandtat.

»Legt die Männer in Ketten und tötet ihn!« schrie sie und trat nach Ghetti.

Einen Augenblick geschah nichts. Ghetti nahm den Tritt hin. Dann rief der *bargello* nach seinen Wachen und ging ohne Waffe auf Ghetti zu, faßte ihn an der Schulter und sagte etwas zu ihm, was Caterina nicht verstand. Währenddessen zogen die Milizionäre den Ring ihrer vorgereckten Hellebarden enger um Ghettis Begleiter. Die Menge rückte näher, Fäuste wurden geschüttelt, plötzlich blitzten Messer auf.

Fra Lauro versuchte, sich schützend vor Ghetti zu stellen. »Im Namen des Herrn«, rief er, »gewährt ihm einen gerechten Prozeß!«

»Tötet ihn!« schrie Caterina.

In diesem Augenblick stürzten Ghettis Männer mit gezückten Schwertern auf die Hellebardiere und versuchten, sich gewaltsam der Festnahme zu entziehen. Auch Ghetti war aufgesprungen, hielt bereits die Waffe in der Hand.

»Hundert Dukaten für den, der ihn tötet!«

Caterina begriff, daß sie selbst in höchster Lebensgefahr schwebte. Ghetti hätte sie durchbohren können. Aber ihr alter Fechtmeister, ihr Vertrauter, der Verräter, schaute sie nur an. Es war zu spät.

Fra Lauro riß Caterina aus dem Getümmel, das nun entstand. Die Hellebardiere und Wachen kämpften mit Ghettis Männern, Ghetti selbst mußte sich gegen die Umstehenden wehren, die ersten Verwundeten brüllten auf.

»Hundert Dukaten!« schrie Caterina noch einmal.

Fra Lauro versuchte, sie in den Palazzo zu ziehen, sie wehrte sich jedoch. Sie wollte zusehen, wie er getötet wurde.

Ghetti kämpfte wie einer, der Unrecht erleiden mußte und der nicht bereit war, unehrenhaft zu sterben. Selbst als seine Mitverschwörer verletzt und gefesselt am Boden lagen, wehrte er sich mit letzter Kraft. Er mußte nur gegen Fäuste, Knüppel, Messer und Äxte kämpfen, denn keiner der Milizionäre und Wachen, denen er jahrelang Hauptmann und Vater gewesen war, hob die Waffe gegen ihn.

»Caterina! Ich tat es für dich!« rief er in höchster Bedrängnis, und plötzlich sah es so aus, als würden die Milizionäre sich ins Getümmel stürzen, um ihn zu schützen.

»Hundert Dukaten!« schrie Caterina zum dritten Mal.

Da warf sich Ghetti ihr zu Füßen und reichte ihr sein Schwert. »Töte du mich!« sagte er mit ersterbender Stimme. Bevor sie reagieren konnte, traf ihn die schwere Axt eines Schlachters. Sie spaltete seinen Schädel bis zum Brustbein, Blut spritzte Caterina ins Gesicht. Die Menschen schrien vor Entsetzen auf. Dann war kein Halten mehr. Die Gefesselten wurden in den Kerker des *broletto* geschleift, der Pöbel stürzte sich auf Ghettis Leichnam, um ihn zu zerreißen. Caterina wandte sich ab. Stumm schritt sie durch die Arkaden zum Portal des Palazzo. Die Menschen wichen vor ihr zurück. Hinter ihr Fra Lauro wie ein Schatten, der sie nie mehr verlassen würde.

Die Glocken von San Mercuriale dröhnten so laut, als müßten sie ihren Kopf zersprengen.

51. Kapitel

Non vosmetipsos defendentes carissimi, sed date locum irae. Scriptum est enim: Mihi vindicta, ego retribuam, dicit Dominus. Rächet euch selber nicht, meine Lieben, sondern gebet Raum dem Zorn Gottes; denn es steht geschrieben: ›Die Rache ist mein; ich will vergelten, spricht der Herr.‹ Dies schreibt der heilige Paulus an die Römer, und ich, der ich meinen Freund und Bruder so grausam und unwürdig sterben sah, wiederholte seine Worte, als ich Gian Antonios Blut aus Caterinas Gesicht wusch. Ob sie mich verstand, ob sie mich überhaupt hörte, kann ich nicht sagen. Ihre Tränen vermischten sich mit dem Blut. Sie riß sich ihren Jagdkittel vom Leib, bis sie kaum bekleidet vor mir stand. Sogar ihr Hemd war von Blut durchtränkt. Ich gab den Befehl, Argentina aus Ravaldino herbeizurufen, doch sie widerrief ihn sofort: »Ich reite selbst in die Rocca, hier bleibe ich nicht!«

»Laß uns warten, bis es dunkel ist!«

Sie nickte und riß sich auch noch das Hemd vom Leib. Daß sie nun nackt vor mir auf dem Bett lag, trotz der Wärme zitternd, schien sie nicht wahrzunehmen. Ich bedeckte ihren Körper mit einer Decke, und während ich es tat, zog sie mich an sich, bis ich ihren heißen Atem spürte.

»Ich habe Angst«, flüsterte sie.

»Ich werde dich beschützen«, antwortete ich leise – obwohl ihre grausame Stimme noch in meinen Ohren klang, obwohl ich nie Gian Antonios Tod vergessen werde, obwohl die dunklen Locken nun ein Gorgonenhaupt umschlängelten, vor dessen Anblick ich zu versteinern drohte.

De profundis clamavi ad te, Domine. Herr, aus Abgrundtiefen schrei ich zu Dir.

Aber beginnt nicht erst der Absturz? Wie tief können wir noch fallen?

»Ich habe Angst vor mir selbst.«

Ich erschrak. Caterina schien kaum noch bei sich, und ich fürchtete, der Wahnsinn könne sie ergreifen.

»Denn jetzt steig ich in meinem Herzen nieder,
gleich einem Grab, und hole, kalt wie Erz,
mir ein vernichtendes Gefühl hervor.«

Ihre Augen waren starr an die Decke gerichtet, während sie die Zeilen aus der Tragödie wie ein Gelübde vor sich hin sprach, und ich blieb ratlos. Ich wollte sie nicht allein lassen, denn ich befürchtete, sie könnte sich etwas antun, und gleichzeitig hielt ich es in ihrer Nähe nicht aus. Außerdem bedurfte es einer vernehmlichen Stimme der Vernunft. Caterina befand sich in einem Zustand, der Schlimmstes befürchten ließ, Ottaviano hielt sich versteckt, draußen tobte der Mob, und vermutlich begannen bereits die Folterknechte, die Wahrheit aus den Gefangenen herauszupressen.

Als die Dunkelheit sich über die Stadt senkte, wurde es auf der Piazza ruhiger. Kein Diener ließ sich sehen, ich mußte selbst die Kerzen anzünden. Ich wachte an Caterinas Bett, die wirre Worte stammelte, immer wieder Giacomo Feos Namen nannte und die Menschen rief, die sie verloren hatte: ihren Vater, Girolamo Olgiati, sogar Riario.

»Ich habe dich zu wenig gerächt«, rief sie. »Deine Mörder sind noch unter uns. Ich wollte gerecht und milde sein, aber dies ist nun der Lohn.« Sie schluchzte auf und verfluchte den Herrn mit Worten, die wiederzugeben die Gotteslästerung nur noch vergrößern würde.

Ich versuchte sie zu beruhigen. Ich flehte sie an, sich nicht ohne Not zu versündigen. Tatsächlich hörte sie auf mich, bat um Vergebung, zog mich mit solcher Kraft auf ihr Bett, daß ich mich nicht wehren konnte, und flüsterte: »Wirst wenigstens du mich nicht verraten?«

Ich versprach es ihr, und sie preßte mich an sich, ihre Tränen benetzten meine Wangen.

Als ich hörte, daß der *bargello* unten im Cortile nach der Gräfin verlangte, befreite ich mich und eilte zu ihm, um ihn von Caterinas Zustand in Kenntnis zu setzen, ihn nach der Lage in der Stadt und nach dem Aufenthaltsort des jungen Grafen zu befragen.

Kaum hatte er mir berichtet, die Aufrührer lägen sicher in Ketten, schwebte Caterina, bleich, mit wirren Haaren und starrem Blick, die Treppe herunter. Sie hatte sich ein leichtes Hauskleid übergeworfen, die nackten Füße in Pantoffeln, auf die das Wappen der Visconti-Sforza in Goldfäden gestickt war. Ihren Leib umschlang ein Gürtel mit dem Schwert, das Feo gehört hatte.

Der *bargello* verbeugte sich tief vor ihr. »Es ist alles geschehen, was nötig ist, damit das Verbrechen gesühnt werden kann«, erklärte er. Er nahm mit einer Entschuldigungsmiene seine Kopfbedeckung ab. »Ich bin ein alter Mann, Madonna, und auf uns alle wartet eine schreckliche Aufgabe. Mir zur Unterstützung habe ich Salvatore Mongiardini aus Imola hergebeten, er ist dort Hauptmann der Stadtwache und erfahren in der Befragung von Gefangenen. Auch als Henker zittert seine Hand nicht ...«

»Ich will«, unterbrach ihn Caterina, »daß Tommaso Feo mit mindestens fünfzig ihm bedingungslos ergebenen Soldaten nach Forlì kommt. Er soll das Verschwörernest ausräuchern. Auf Ghettis Leute kann ich mich nicht verlassen. Holt mir mein Pferd und begleitet mich nach Ravaldino. Dort werde ich meine Befehle geben.«

Caterina hatte sich in den wenigen Minuten, die ich sie alleingelassen hatte, in eine beherrschte Frau zurückverwandelt, in eine Herrin, die abzuwägen weiß, was zu tun ist. Lediglich ihr Blick blieb starr. Sie schaute mich nicht mehr an.

Als wir Ravaldino erreichten, stürzten ihr die Kinder entgegen. Alle schluchzten sie. Im Hof lag Feo aufgebahrt. »Bringt ihn in den Großen Saal!« befahl sie. Ihren Kindern strich sie nur kurz über den Kopf. Argentina wollte ihr den kleinen Carlo reichen, aber der Junge weinte, und Caterina wandte sich ab.

Wir versammelten uns im Großen Saal. Caterina schien etwas sagen zu wollen, brachte jedoch keinen Laut heraus. Dafür riß sie die rote Brokatdecke, die Feos Leichnam bedeckte, zur Seite. Die Kinder schrien auf. Argentina barg das Gesicht des kleinen Carlo an ihrer Schulter. Alle wandten sich ab, lediglich Caterina starrte auf den blutigen Klumpen, der einmal Giacomo Feos Kopf und Gesicht gewesen war.

Immer mehr *nobili* aus Forlì erschienen nun, um Caterina ihr Beileid auszudrücken und ihrer Unterstützung zu versichern. Ser Niccolo Ilsecco, der *podestà*, war herbeigeeilt, an seiner Seite Leone Cobelli. Der Dichter kniete mit großer Geste vor Caterina, wollte etwas sagen, fand aber keine Worte. Schließlich stieß er doch noch «O Barmherzigkeit!« aus. »Er war ein so hübscher Junge. Was für eine grausame Tat!«

Es erschienen Monsignore Luffo Numai, alle Marcobelli, sogar die Töchter des Andrea Orsi, die noch in Forlì geblieben waren, verhärmt und bleich, die Mitglieder des Magistrats, Vertreter der Handwerker.

Ich beobachtete aufmerksam die Tür, stellte mich so weit ans

Fenster, daß ich die von Fackeln beleuchtete Zugbrücke überschauen konnte. Denn ich befürchtete, Rosaria könnte, mit ihren beiden Jungen an der Hand, die Rocca betreten. Ich hatte mich gewundert, daß sie uns nicht im gräflichen Palast begegnet war – vermutlich hatte Gian Antonio sie rechtzeitig in Sicherheit bringen lassen. Dies hoffte ich, und es sah so aus, als sei es geschehen. Ich fürchtete mich vor der Begegnung der beiden Frauen.

Caterina zwang alle Besucher, den grausam entstellten Leichnam anzuschauen. Den Anblick konnte niemand lange ertragen.

Der Allwissende allein durchschaut die Beweggründe der Mörder. O Herr, hilf mir, daß ich die richtigen Worte finde, daß ich niemandem Unrecht zufüge. Warum hat Gian Antonio ihn töten müssen? Warum hat er zugelassen, daß Feo so entstellt und verstümmelt wurde? Warum hat er sich immer wieder von Caterina überreden lassen, in Forlì zu bleiben? Er hätte sie verlassen können, dann hätte sich sein Haß nicht so angestaut. Und warum hat er mir seine Nöte nicht gebeichtet? Ich hätte ihn von seiner Tat abgehalten.

Womöglich beging er sie tatsächlich in dem Glauben, Caterina retten zu können – und zu müssen. Womöglich hatte sich tatsächlich Feo verschworen – gegen Ottaviano? Das ergibt keinen Sinn, denn an die Stelle des Grafen hätte er nie treten können. Und gegen Caterina selbst? Gegen seine Geliebte? Ohne sie war er ein Nichts. Auch dies ergibt keinen Sinn. Nein, Gian Antonio hat Caterina von dem Usurpator an ihrer Seite befreien wollen. Von dem Mann, der ihre Kinder ungestraft schlug, der den legitimen *signore* zur Seite drängte wie *il Moro* Caterinas jungen Bruder. Dies allein ergibt Sinn.

Diese Gedanken gingen mir durch den Kopf, nachdem ich die Gebete gesprochen hatte. Auch heute, Tage später, verstehe ich kaum mehr. Und mußte so viel erleben, was ich nie für möglich gehalten hätte.

Caterina ließ schließlich zu, daß ich Feos Leichnam gnädig bedeckte. Alle erwarteten, daß die Gräfin sich erklärte, Anklage erhob, Fragen stellte. Aber jeder von uns sah auch, daß ihre beiden ältesten Söhne fehlten. Es fehlten zudem Scipione und Bianca. Es fehlte die Familie Orcioli. Natürlich entstand ein schrecklicher Verdacht.

Caterina schickte alle Trauergäste am späten Abend nach Hause, ohne gesprochen zu haben. Ich sah, wie sie immer starrer wurde, sich kaum noch auf den Beinen halten konnte. Kaum war sie allein, mußten Argentina und ich sie stützen und in ihr Zimmer geleiten. Dort fiel sie wie ohnmächtig auf ihr Bett.

Wir beide saßen neben ihr. Ich wollte sie nicht alleine lassen, denn ich befürchtete weiterhin, Caterina könne sich in ihrer Verzweiflung etwas antun. Zum Glück war sie in tiefen Schlaf gesunken. Argentina neben mir schluchzte auf, lehnte sich an mich, und ich nahm das Kind in den Arm. Sie ist jedoch längst kein Kind mehr. Argentina hat sich zu einer blühenden jungen Frau entwickelt, nie ohne Trauerblick, nie ohne Scheu, die Haare streng unter einer Haube versteckt, stets bemüht, nicht von einem Erwachsenen berührt zu werden. Die Kinder dagegen herzt und küßt sie liebevoll wie eine Mutter.

In diesem Augenblick sah ich das Mädchen vor mir, das ich gerettet hatte, ich sah auch Beata vor mir, meine geliebte Frau, die das Schicksal, durch mich herausgefordert, mir von der Seite gerissen hatte – und ich küßte sie. Ich drückte meine Lippen auf Argentinas reine Stirn, und als sie den Kopf hob, küßte ich sie auf den Mund. Sie schlang die Arme um meinen Hals und küßte mich ebenfalls.

O Herr, vergib mir, wenn ich sündigte! O heiliger Franciscus, sieh mir nach, wenn ich gegen das Gebot der Keuschheit verstieß! Sowohl über Argentina wie über mich war eine Macht gekommen, die jeden Widerstand zu brechen vermochte. Doch zog sie sich rasch wieder in das Dunkel der Zukunft zurück.

Es dauerte nicht lange – weit vor der Zeit für die Frühandacht –, da wachte Caterina auf. Sie lächelte uns an, als sie erkannte, daß wir an ihrer Seite gewacht hatten, doch rasch versteinerte ihre Miene wieder. »Ich habe von Rabenschwärmen geträumt, von schwarzen Vögeln, größer als Geier«, sagte sie mit tonloser Stimme. »Beim letzten Mal habe ich meine Rachegefühle überwunden, nun melden sie sich mit Macht zurück. Einmal habe ich Frauen und Kinder geschont – und den Dank dafür erhielt ich jetzt. *Mein ist die Rache*, spricht der Herr – aber er hat sich an mir gerächt und nicht an den Schuldigen. *Mein* ist die Rache, schleudere ich ihm entgegen – und allen Schuldigen.«

Der Herr möge Caterina ihren Aufruhr verzeihen!

Am frühen Morgen ließ sich Tommaso Feo von dem Rücken

eines schweißüberströmten Pferdes gleiten. Caterina empfing ihn und seinen grobschlächtigen Begleiter Salvatore Mongiardini. Kurz darauf hörten wir auch das Getrappel von zweihundert Hufen. Kaum ging die Sonne auf, erschien der *bargello*.

Caterina verschwand und ließ uns eine Weile warten. Dann erschien sie in einem karmesinroten, perlenübersäten Brokatkleid, die Haare sorgfältig gekämmt, nicht jedoch zusammengebunden oder von einem Schleier bedeckt. Sie hatte versucht, die Spuren der Tränen zu verbergen, ihre Augen gebadet und schließlich schwarz umrandet. Die starre, bleiche Trauerschönheit, mit der sie vor uns trat, ließ mich erschaudern. *Gorgo Medusa*, dachte ich. Stumm betete ich, die Rache möge nicht die Herrschaft über sie ergreifen.

Caterina befahl mit kalter, vor Beherrschung zitternder Stimme, aus Gian Antonios gefangenen Begleitern die Wahrheit herauszufoltern. Alle von ihnen genannten Personen sollten sofort eingekerkert werden. Dazu die Familie Ghetti mit sämtlichen Verwandten, die in letzter Zeit so zahlreich nach Forlì gezogen waren. Ebenso die Familie Orcioli. »Die Eltern, die Söhne mit Frauen, die Kinder, alle!«

Der *bargello* warf mir einen hilflos-gequälten Blick zu, und ich wagte zu fragen: »Madonna, gibt es einen konkreten Verdacht gegen die Familie Orcioli, den ich noch nicht kennen sollte?«

Caterina fuhr herum, ihre Augen funkelten mich an, dann wurden sie sofort wieder kalt und starr und schauten an mir vorbei: »Erinnerst du dich nicht mehr an das Bankett? Damals haben sie sich gemeinsam gegen Giacomo verschworen.«

»Gibt es für die Verschwörung Hinweise?« wendete ich ein.

»Wir holen sie uns«, fuhr sie mich an.

»Mein ist die Rache, spricht der Herr.« Ich gab noch immer nicht auf.

»Du hast recht.« Sie hatte die Stimme gesenkt. »Aber ich bin Seine rechte Hand.«

Ich versuchte, ihre Hände zu greifen. »Caterina, dein Schmerz macht dich rasend. Du bist nicht Gottes Werkzeug.«

»Ich werde Tränen säen und Tod über sie bringen und sie ausrotten bis ins siebte Glied.« Sie sprach so leise, daß nur ich sie verstand. Mir schauderte vor ihrer Entschlossenheit.

Salvatore Mongiardini, der Folterknecht und Henker, machte sich ans Werk. Rasch stellte sich heraus, daß Gian Antonios Begleiter zwei gefallene Priester waren, dazu ein Berufsmörder und ein entfernter Verwandter, dessen Geist als arm bezeichnet werden muß. Der eine Priester gab alles zu Protokoll, was Caterina zu wissen wünschte. Auch die Familie Orcioli, insbesondere Antonio, der Einäugige, sei eingeweiht gewesen, habe sich aber schließlich vom Attentatsplan zurückgezogen, weil er keinen Mord begehen wollte. Von den Marcobelli sei nie die Rede gewesen. Ein weiterer Mittäter aus Mailand habe sich sofort nach der Tat abgesetzt, seine Frau und drei Kinder jedoch in Forlì gelassen.

Caterina befand sich selbst im *broletto*, als Feos Männer die Familie Orcioli herbeischleppten, auch die Frau des flüchtigen Mailänders mit ihren Kindern. Ich sah Antonio Orcioli in schweren Ketten, Spuren heftiger Schläge im Gesicht, aber stolz und ungebrochen.

»Madonna!« rief ich. »Er hat Euren Kindern das Leben gerettet. Er war nicht direkt beteiligt. Ihr könnt ihn nicht verurteilen.«

Caterina war an diesem ersten Tag nach dem Attentat wie in einem Rausch. Voller Haß blickte sie auf die mißhandelten Menschen, und ich bin mir nicht sicher, ob sie meine Worte überhaupt vernahm. Auch der *bargello* und der *podestà* sprachen sich für Antonio Orcioli und seine Familie aus, völlig unschuldige Frauen und Kinder seien dabei, sie sei doch selbst Mutter vieler Kinder ... Vergebens.

Mittags hing an den Fensterkreuzen um die Piazza das, was von Gian Antonio übriggeblieben war, und außerdem die Mörder, die die Folter nicht überlebt hatten. Der gefallene Mann Gottes, der gestanden hatte, wurde am Schweif eines Pferdes bis zum Ort seiner Tat geschleift. Weil er dort noch immer lebte, erlöste ihn einer der Soldaten in einem von Caterina unbeobachteten Augenblick. Auch er hing bald an einem der Fensterkreuze.

Ich hatte gehofft, der blutige Rausch der Rache würde nachlassen, als keiner der am Mord Beteiligten mehr am Leben war. Aber ich täuschte mich. Bald stieß Mongiardini Gian Antonios Verwandte mit Stricken um den Hals aus den Fenstern. Manche Stricke waren nur kurz, und die Armen zuckten sich langsam zu Tode.

Als die Nacht des ersten Rachetages sich herabsenkte, war der Himmel über der Piazza angefüllt mir Krähengekrächze. Überall hockten sie, dazu die Raben, die Geier der Umgebung, auf den Dachfirsten, auf den Fenstersimsen, sie stürzten sich auf die Gehenkten und hielten dort ihr düsteres Mahl.

Wir leben in einer grausamen Zeit. Wir haben die abstoßende Zurichtung unserer Piazza bereits mehrere Male gesehen, und doch empört sich kaum einer von uns. Auch die meisten Forliveser schlenderten abends vorüber, warfen einen neugierigen Blick auf diejenigen, die noch baumelten, gleichzeitig angeekelt vom Gestank, tauschten dann in Grüppchen ihre Erfahrungen aus, beklagten den Verlust des guten Rufs, den Forlì nun erneut erleide, und sprachen über Geschäfte.

Caterina zog sich in der zweiten Nacht in die Rocca zurück, war für niemanden zu sprechen, nicht einmal für mich. Ich wunderte mich, von Stunde zu Stunde mehr, daß sie bisher nicht nach ihren Söhnen gefragt hatte und auch Bianca nicht suchen ließ.

Spät in der Nacht eilte ich in den Palast an der Piazza, in dem ich einen betenden Scipione und eine sich an ihn klammernde, vor Angst zitternde Bianca antraf. Scipione fragte nach Ottaviano und Cesare.

»Ich vermute, sie sind aus dem Haus der Orcioli geflohen und verstecken sich irgendwo in der Stadt«, erklärte ich. »Noch heute nacht werde ich nach ihnen suchen.«

Scipione nickte. Bianca weinte.

Nach einer Weile sagte er: »Feo war ein Bastard, er hat uns die Liebe unserer Mutter gestohlen, aber niemand hatte das Recht, ihn umzubringen, auch Ghetti nicht.« Scipione sprach mit fester Stimme. Ich begriff, daß er während der letzten Tage zum Mann gereift war. Bianca, unser ältestes Kind, nicht ohne ein tief fühlendes Herz, hing an Scipiones Seite, als wäre sie seine Frau. Doch spürte ich in diesem Moment, daß nichts Sündiges an ihrer Liebe war. Und meine Seele suchte Argentina.

Ich ließ meinen Blick über die beiden gleiten, dann fragte ich Scipione direkt: »Hast du von dem Mordplan bereits vorher erfahren? Und sei es durch eine Andeutung?«

Scipione schaute Bianca an und antwortete, ohne zu zögern: »Bianca hat wenig mitbekommen während der letzten Zeit. Du weißt ja, wie sie eingesperrt wurde. Ich hätte es mir denken können, aber ich hielt es nicht für möglich. Ottaviano und Cesare stießen immer wieder Drohungen aus, wenn wir allein waren. Außerdem ist Ottaviano seit der Verschwörung der Orsi ein guter Freund Antonio Orciolis. Antonio mußte mit Ghetti nach Brisighella ziehen, und auf diesem Weg entstand vielleicht der Entschluß zu handeln. Ghetti ertrug die Situation nicht mehr – er liebte unsere Mutter zu sehr. Und er haßte Feo aus unergründlich tiefem Herzen. Unaufhörlich dachte Ghetti darüber nach, wie unsere Mutter von ihm befreit werden könnte. Ottaviano verstärkte ihn in seinem Haß. Ich will nicht sagen, daß Ottaviano ihn zum Mord anstiftete – einig waren sich die beiden jedoch in der Überzeugung, daß Feo unser aller Unglück sei.«

»Warum habe ich nie etwas davon erfahren?«

»Weil du nichts erfahren wolltest ...?«

Ich protestierte. »Ich war stets Gian Antonios bester Freund. Er hat mir in unserer Jugend das Leben gerettet. Ich hätte mein Leben für ihn gegeben.«

Scipione blickte auf. »Vielleicht deswegen. Er wollte dich heraushalten. Lauro, wir alle brauchen dich. Er wollte nicht, daß du ihn zu überreden versuchst, von seinen Plänen abzulassen. Du bist der Beichtvater unserer Mutter, du bist der Vater von uns Kindern, der einzige, den wir haben.«

Scipione legte mir seine Hand auf den Arm. Auch Bianca drückte sich an mich. Ich mußte die Tränen niederkämpfen.

»Ich muß dir noch eins sagen.« Scipione schaute mich kurz an und senkte dann seinen Kopf, als müsse er mir eine Sünde gestehen. »An dem Tag, an dem er ermordet wurde, richtete Feo einen Pfeil auf mich – aus Spaß, wie er sagte, vielleicht auch, um mir Angst einzujagen. Ich konnte diesen ›Spaß‹ nicht ertragen und ritt alleine nach Forlì zurück. Außerdem war ich wütend, weil mich Feo ›Lieblingsbastard‹ unserer Mutter genannt hatte. Als ich Ghetti hier im Palazzo begegnete, sah er mein wütendes Gesicht, und ich erzählte ihm den Vorfall ... Womöglich habe ich ihm den Anlaß gegeben, bin ich schuld daran, daß ...«

Ich schüttelte entschieden den Kopf. Die Tat mußte lange vorher geplant worden sein, denn Gian Antonio hatte sie ja nicht alleine begangen.

Ich stand auf, um meine Suche nach Ottaviano und Cesare fortzusetzen. »Sag mir noch eins«, wandte ich mich beim Verlassen des Raums an Scipione. »Weißt du, wo sich Rosaria mit ihren Kindern aufhält?«

»Im Haus ist sie nicht mehr. Ich denke, Ghetti hat sie rec aus der Stadt gebracht.«

Ich eilte während der tiefsten Nacht, mehrfach von den Wachen des Tommaso Feo angehalten, zu dem Palazzo der Orcioli. Das Haus war geplündert worden und besetzt. Die Diener waren geflohen, die Mägde hatten den Soldaten zu Diensten zu sein, in jeder Hinsicht. Zum Glück kannte mich der Anführer des Trüppleins, das hier hauste. Er prahlte mit der »ganzen Arbeit«, die er geleistet habe. Ich verabschiedete mich rasch wieder, und es gelang mir unter dem Vorwand, eine der Mägde für meine Bedürfnisse zu benötigen, sie dem widerwärtig grinsenden Anführer aus den Händen zu winden.

Kaum befanden wir uns in sicherer Entfernung, fragte ich die Magd nach dem Verbleib des jungen Grafen und seines Bruders. Sie bestätigte, daß sie nach dem Attentat hierher geflüchtet seien, sich aber rechtzeitig abgesetzt hätten. Wohin, wußte sie nicht.

Mir war inzwischen ein Gedanke gekommen. Im Kloster San Pietro, dort, wo sie bereits einmal eingesperrt und gerettet worden waren, fand ich sie, schlaflos, bleich, hungrig und zitternd vor Angst. Ich erfuhr, daß sie von Gian Antonios Plan gewußt und ihn gebilligt hatten. Inzwischen war die Nachricht von der mörderischen Wut ihrer Mutter bis zu ihnen gedrungen.

»Du mußt dich jetzt zwischen ihr und mir entscheiden«, sagte Ottaviano zu mir. »Ich bin der *signore* und alt genug, um selbständig zu herrschen. Meine Mutter ist lediglich die Regentin. Sie darf mir nichts tun.«

»Sie wird dir nichts tun«, antwortete ich. »Und ich hoffe nicht, daß eine Entscheidung nötig sein wird.«

Am nächsten Tag begegnete ich Caterina bereits im Morgengrauen vor dem *broletto*. Sie war kaum ansprechbar. Ihr Haß schien noch nicht gestillt zu sein, im Gegenteil, die Stunden der Nacht hatten ihn genährt.

»Ich möchte den Eingekerkerten Mut zusprechen«, erklärte ich. Als Caterina nicht antwortete, fügte ich an: »Die meisten sind unschuldig. Kinder sind dabei, Frauen. Du weißt, wie sie sich fühlen.«

Einen Augenblick lang glaubte ich, meine Worte könnten Caterina erreichen. Über ihr kämpften mehrere Krähen um die Reste der Gehenkten, beunruhigt schaute sie empor.

»Meine Tochter, bestrafe die Schuldigen, doch verschone die Unschuldigen. Sei eine gerechte Herrscherin. Denk daran, was dein Vater dir mit auf den Lebensweg gab!«

»Ich bin nicht deine Tochter, und meinen Vater haben sie ebenso niedergestochen wie meinen ersten Mann und meinen zweiten. Ich muß ein für allemal den Geist des Aufruhrs ausrotten, mit Stumpf und Stiel.«

Caterina schaute mich nicht an. Sie fuhr sich durch ihre wallende Mähne. Wieder trug sie ihr karmesinrotes Kleid, vermutlich, um Feos Lieblingsfarbe zu gedenken. Sie sah aus, als gehe sie zu einer Bluthochzeit.

»Ich bin dein geistlicher Vater«, sagte ich.

Doch alle Worte waren vergebens.

An diesem Tag starb Antonio Orcioli, der Retter unserer Kinder. Er wurde zu Tode gemartert. An diesem Tag starb seine gesamte Familie, erwürgt, erstochen, aufgehängt an der Fensterreihe des gräflichen Palasts. An diesem Tag starben auch die dunkelhäutige Frau des verlorenen Priesters und ihre drei Kinder, nachdem es zu einem heftigen Wortwechsel zwischen den beiden Müttern gekommen war. Am Abend war der Rausch des Tötens noch nicht zu Ende. Neue Verdächtige wurden herbeigeschleppt, der Folter unterworfen. So schnell, wie sie starben, gelang es mir kaum, ihnen Absolution zu erteilen. Caterina hatte sich in die Rocca zurückgezogen, wohl weil sie die Schreie der Gequälten und das Gekrächze der Raben nicht mehr ertragen konnte.

Und dann, nach der Vesper, begannen die Glocken von San Mercuriale zu läuten. Die Glocken von San Domenico und Santa Croce fielen ein. Alle Glocken der Stadt folgten. Das Dröhnen drang durch die Wände, drang in unsere Glieder, die zu zittern begannen. Es war, als solle der Untergang der Stadt eingeläutet werden. Die Menschen strömten zur Piazza, versammelten sich vor dem Palazzo und dem *broletto*. Der *podestà* hatte seinen Rücktritt erklärt, der *bargello* war zusammengebrochen, Salvatore Mongiardini und Tommaso Feo jedoch erfüllten weiter die Befehle der Madonna.

Nachts leuchteten überall Fackeln in den Straßen und auf der Piazza, auch vor der Rocca. Die Bürger von Forlì begaben sich nicht mehr nach Hause, die Glocken ließen nicht ab, wie Gottes Stimme das Ende der Rache herbeidröhnen zu wollen. Ich fand auch diese

Nacht keinen Schlaf, eilte zu Scipione und Bianca, dann zu Ottaviano und Cesare. Mehrfach versuchte ich, Einlaß in die Rocca zu erhalten. Er wurde nun sogar mir verwehrt.

Schließlich brach der dritte Tag der Rache an. Fast fünfzig Menschen hatten inzwischen ihr Leben gelassen. Caterina mußte zu Bewußtsein kommen. Unablässig läuteten die Glocken der Stadt, und Tommasos Soldaten brauchten ihre Waffen, um sich den Weg durch die Menge zu bahnen.

Da stand sie plötzlich vor uns, *Gorgo Medusa*, in einem Brustpanzer, umringt von Soldaten. Der Himmel war schwarz vor Totenvögeln. Caterina gab den Soldaten den Befehl, nach San Pietro zu ziehen und ihre Söhne zu holen. Ich weiß nicht, wer ihr den Aufenthaltsort verraten hatte. Wir alle folgten den Soldaten, um Schlimmstes zu verhindern. Verwünschungen wurden ausgestoßen. Die Menge versuchte, die Soldaten am Eintritt in das Kloster zu hindern, es gelang ihr jedoch nicht. Gefesselt wurden Ottaviano und Cesare herausgeführt und zur Piazza, vor ihre Mutter, gestoßen.

Ich versuchte, Caterina zu erreichen, aber die Soldaten drängten mich zur Seite. Als wir uns am herzoglichen Palast vorbeischoben, eingedeckt vom sinnlosen, quälenden Lärm der Glocken, standen plötzlich Scipione und Bianca vor dem Portal, Hand in Hand, wie zwei verlorene Kinder. Caterina sah sie und schrie auf. Ich verstand nicht, was für einen Befehl sie gab. Erneut versuchte ich, mich zu ihr durchzudrängen, doch die nackte Klinge eines Soldaten hielt mich in Schach. Bianca klammerte sich an Scipione, als er von ihrer Seite gerissen werden sollte. Ein Schlag mit einer schweren Eisenkette ließ ihn straucheln, und dann hieb eine Hellebarde nach seinen Knöcheln, so daß er zu Boden stürzte. Sofort wurde er in Ketten gelegt und Bianca weggezerrt.

Den Eingang zur Rocca versperrten die Bürger. Sie machten Anstalten, die Kinder der Gräfin zu befreien, und die Soldaten mußten rücksichtslos ihre Waffen einsetzen, um sich den Weg hinter die schweren Mauern freizuschlagen. Die Brücke wurde hochgezogen. Caterina ließ sogar mehrere Kanonenschüsse über die Köpfe der Menge abgeben.

Stumm zerstreuten sich die Forliveser. Plötzlich hörten auch die Glocken auf zu läuten. Nacheinander erstarben sie. Vergeblich hatten sie nach der Hilfe des Herrn gerufen.

Zum Glück war es mir gelungen, mit Caterina und ihren Söhnen in die Rocca zu gelangen. Ich stand dabei, wie die Mutter sie verhörte. Sie saß in ihrem blutroten Kleid auf ihrem Thronsessel, starrte voller Verachtung Ottaviano und Cesare an. Neben den beiden kniete mit schmerzverzerrtem Gesicht Scipione. Man hatte ihm einen Knöchel zerschmettert und trotzdem die Fußfesseln nicht abgenommen. Ich wollte nicht glauben, was ich sah. Niemand kannte Caterina so gut wie ich. Solange sie lebte, war ich für sie und ihre Kinder dagewesen. Nun glaubte ich mich unter Fremden zu befinden.

Nein, ich muß Scipione ausnehmen. Er preßte die Lippen vor Schmerzen zusammen und schaute Caterina, die Mutter, die er so liebte, mit Augen an, aus denen diese Liebe noch immer nicht gewichen war.

Ottaviano jammerte und winselte. Cesare beschuldigte, wer ihm einfiel. Vor allem Gian Antonio und Antonio Orcioli. Er habe von nichts gewußt, erst als er Ghetti mit der Mördertruppe sah, sei ihm plötzlich klar geworden, daß tatsächlich ein Attentat bevorstehe.

»Und warum hast du es mir nicht sofort gesagt?« fragte ihn Caterina. »Dann hätten wir es noch verhindern können.«

Erschrocken schwieg er, deutete plötzlich auf mich und rief: »Alle haben es gewußt, sogar er!«

In diesem Augenblick wurde mir klar, daß auch ich in Gefahr schwebte. Sollte ich diesen aus Angst geborenen Verdacht empört von mir weisen? Sollte ich Cesare der Lüge bezichtigen? Nein, ich brauchte mich nicht zu verteidigen, und ich würde mich auch nicht verteidigen. Aber ich will zugeben, daß mich für eine kurze Zeit sogar der Gedanke erfaßte, Caterina könnte diejenigen töten lassen, die ihr am allernächsten standen. Denn sie war nicht mehr sie selbst. Der Fieberwahn der Rache hatte sie erfaßt und trieb sie in ein mörderisches Delirium. Die Vergangenheit war ausgelöscht, die Zukunft nicht mehr vorstellbar, und die Gegenwart nur noch ein tobendes Gefühl ohne Bewußtsein dessen, was geschah. Die Frage war, wann Caterina erwachte.

»Lüge!« schrie Scipione, und Ottaviano schloß sich ihm an.

Ich sagte lediglich einen Satz zu Caterina: »Töte mich, wenn du nur einen Augenblick glaubst, ich hätte dich verraten.«

Ich trat vor, und sie preßte ihren Körper in den Sessel, als müsse sie vor mir zurückweichen. Mir schien, als werde ihr die Lage bewußt, in der sie sich befand.

Mit schwacher Stimme befahl sie den Wachen, die drei Söhne, jeden für sich, in einen der Kerker der Rocca zu sperren. »Nun laßt mich allein. Ich muß mit meinem Beichtvater sprechen.«

Hoffnung erfaßte mich und der gerechte Zorn, als ich Scipione vor unterdrückten Schmerzen aufstöhnen hörte. »Mama!« rief er voller Verzweiflung, als ihn die Wachen durch die Tür zerrten.

Ich spürte, daß meine Stunde gekommen war, daß ich, selbst auf die Gefahr hin, ebenfalls im Kerker zu landen, Caterina aus ihrem Wahn reißen mußte.

Doch der Allmächtige zeigte noch immer kein Erbarmen.

Vom Hof der Rocca drang Lärm empor, Rufen, Schreie. Es war dunkel geworden, und eine Anzahl von Fackeln beleuchteten notdürftig den Platz zwischen den erdrückenden Mauern. Caterina eilte zum Fenster. Hatte sie wie ich eine der Stimmen wiederkannt, dann verstand ich ihre Eile. Unten, im flackernden Lichtschein, stand Rosaria, an jeder Hand einen ihrer Söhne, und starrte empor.

Während Caterina nach unten schaute, machte sich auf ihrem Antlitz Bestürzung breit, als würde ihr plötzlich die Tragweite ihrer Rache bewußt, als müsse und könne sie jetzt noch, in einem letzten Akt der Gnade und Milde, alle überbordende Grausamkeit rückgängig machen.

Caterina stürzte die Treppe hinunter, durch das Portal und auf den Hof. Ich eilte ihr nach. Neben dem Brunnen hielt Tommaso Feo Rosaria am Arm, während einer seiner Soldaten die Jungen von ihrer Seite zerren wollte. »Die haben uns noch gefehlt!« rief der Kastellan triumphierend. »Jetzt können wir das Kapitel Ghetti abschließen.« Er machte die Geste des Halsabschneidens.

»Laß sie los!« fuhr ihn Caterina an.

Zögernd ließ er Rosaria frei. Dafür packte er sich einen der Jungen und hielt ihm ein Messer an die Kehle. »Zur Sicherheit«, rief er, auf Rosaria weisend, »damit diese Furie nichts anstellt.«

Tommaso Feo hatte sich von Caterinas Rachefieber anstecken lassen. Salvatore Mongiardini mochte die Folterarbeit verrichten, Tommaso Feo ließ es sich nicht nehmen, den Henker zu spielen.

Aus Rosarias Augen blitzte ebenso der Wahnsinn wie aus Caterinas Augen. Die beiden Schwestern standen voreinander, als wären sie zu Stein erstarrt. Ständig fuhr ein leichter Wind in die Flammen der Fackeln, so daß die riesigen Schatten ihrer Körper an den Wänden tanzten.

Rosaria öffnete den Mund, um etwas zu sagen, sie brachte jedoch keinen Laut hervor. Caterinas Augen verfolgten ihre Bemühungen. Schließlich ergriff sie das Wort, sprach langsam und deutlich, aber leise. Ich schöpfte erneut Hoffnung, weil der Bann gebrochen zu sein schien. »Ich mußte Gian Antonio töten lassen, weil er mir den Liebsten genommen hat. Auch du hättest meinen Tod gefordert, hätte ich dir deinen Ehemann grundlos und heimtückisch ...« Caterina suchte ein Wort für Giacomos Sterben, sie fand kein angemessenes und schloß den Satz mit »getötet«.

Rosarias Lippen zitterten. Schließlich brachte sie heraus: »Er hat es für dich getan, aus Liebe zu dir, zu dir und deinen Kindern – weil er nicht mehr ertragen konnte, wie ihr gedemütigt wurdet ...«

»Ich kann nicht mehr hören, wenn ein Mord mit Liebe begründet wird«, unterbrach sie Caterina. Ihre Stimme war lauter geworden, blieb aber noch immer beherrscht.

Jetzt, im nachhinein, denke ich, in diesem Augenblick hätte ich eingreifen müssen. Ich weiß nicht wie. Vielleicht hätte ich versuchen können, sie gemeinsam in Caterinas Privatgemach zu führen, zwei Mütter im Kreis ihrer Kinder, es hätte ihre Herzen erweicht.

Es ist zu spät.

Rosaria ging einen Schritt auf Caterina zu, und als einer der Wachen sie halten wollte, gab ihm Caterina ein Zeichen, Rosaria loszulassen.

»Er hat dich geliebt wie eine Tochter und eine unerreichbare Geliebte, ich mußte ihn stets mit dir teilen. Wie oft hat er mich *Caterina* genannt. Und noch eine Person stand zwischen uns: dein Giacomo ...«

»Nimm seinen Namen nicht in den Mund!« schrie Caterina sie an.

»Du wirst mich nicht mehr herumkommandieren, Schwester«, erwiderte Rosaria, leise, zitternd, aber nun sehr nahe vor Caterina stehend, »ich habe vor dir keine Angst, ich lebe nur noch für meine beiden Söhne, und diese Söhne sind aus dem Stamm der Sforza geschnitzt, obwohl kein Blut der Sforza in ihren Adern fließt. Sie werden einmal Ruhm erwerben, wenn deine Söhne längst vergessen sind, weil sie sich totgefressen haben oder von ihrer Mutter erdrückt wurden. Meine Söhne werden den Namen Ghetti in alle Welt tragen, wenn man an die Sforza nur noch mit Schaudern denkt ...«

»Hör auf!« Caterina versuchte ihre Abrechnung zu unterbrechen, sie hob sogar die Hand, bereit zuzuschlagen, doch Rosaria wich keinen Fingerbreit zurück.

»Du mußt mir schon die Zunge herausreißen, *signora*, Madonna, du mußt mich töten lassen, wenn du mich mundtot machen willst. Aber meine Söhne werden ihre Mutter rächen. Ich habe stets den Mund gehalten, auch wenn mir mein Herz überfloß, wenn ich dich haßte, weil ich deine Dienerin war und nicht ich selbst, weil du in mir lediglich die Dienerin sahst und nicht deine Schwester, weil ich mir sogar Gewalt antun lassen mußte – für dich und nur für dich, weil er dich nicht kriegen konnte, weil er glaubte, die Botin der Geliebten könne man ohne Umstände entjungfern, wenn die Geliebte zu fern ist. Ein geiler Esel war dein Geliebter ...«

»Von wem redest du, Schlampe?« Caterinas Stimme schnappte über. »Ich dachte, Ghetti hätte dich vor Riario beschützt. Und ich habe mich damals für Ghetti geopfert ...«

»Ich spreche nicht von deinem Riario ...«

»Giacomo hat dich nicht angesehen ...«

»Ich spreche auch nicht von deinem Beschäler. Ich spreche von Girolamo Olgiati ...«

Caterina prallte regelrecht zurück. Sie wollte nicht begreifen ... »Ich werde dich wie alle anderen töten lassen, Hure. Du hast ihn verführt, du hast mir meinen Geliebten nehmen wollen ...«

Es war zu spät. Meine Hoffnung war begraben. Ich konnte lediglich stumm zuschauen, wie das Schicksal seinen Lauf nahm.

»Jetzt verstehe ich erst. Er suchte den Tod, daher ...« Caterina versagte die Stimme.

Rosaria lachte höhnisch auf. »Er war nichts als ein geiler Eselsschwanz, dein kleiner Reitlehrer ...«

»Du wirst sterben, noch heute abend wirst du sterben ...«

»Töte mich! Meine Söhne werden mich rächen, sie werden der Welt sagen, was für eine liebestolle und wahnsinnige Furie Caterina Riario war ...«

»Tötet sie! Tötet sie sofort!« Caterina sprang vor und wies auf die Kinder. Ich wollte nicht glauben, was ich sah. Jetzt frage ich mich, warum ich so erstaunt, ja, gelähmt war. Hatte Caterina nicht auch die anderen Kinder der Ghetti- und Orcioli-Familien töten lassen? Hatte sie nicht während ihres Rachewahns alles menschliche Maß verloren? Ich frage mich auch, warum Rosaria sie so provozieren mußte, warum sie dabei ihre Söhne so herausstellte, als seien sie unverwundbar.

Und finde keine Antwort.

Tommaso Feo und die Wachen, die die Kinder hielten, zögerten.

Erst jetzt schien Rosaria die Gefahr zu begreifen. Sie schrie in unmenschlicher Angst und sprang Caterina an. Caterina war schneller und stärker. Mit einem Hieb schlug sie ihr so heftig ins Gesicht, daß Rosaria niederstürzte. Ich versuchte einzugreifen, fiel Caterina in die Arme, bevor sie erneut zuschlagen konnte. Sie stieß mich jedoch mit derartiger Kraft zurück, daß ich taumelte, und kreischte: »Werft sie in den Brunnen! Stoßt sie hinab!«

Handlanger des Schrecklichen finden sich stets. Salvatore Mongiardini packte Rosarias Jüngeren, schlug den Kopf des sich wehrenden Kindes an den Brunnenrand und stieß ihn hinab. Zwei Wachen hatten den Älteren hochgehoben und ließen ihn, der starr vor Schreck war, hinterher fallen.

Der Brunnen der Rocca ist sehr tief. Die Todesschreie der Jungen drangen wie aus der Hölle an unser Ohr. Bevor auch nur einer von uns reagieren konnte, war Rosaria aufgesprungen, hatte Caterina zur Seite gestoßen – und schon stürzte sie kopfüber ihren Kindern nach in die Schwärze des Schachts.

In diesem Moment kam Caterina zur Besinnung.

Aber es war endgültig zu spät.

»Rosaria!« schrie sie und beugte sich über den Brunnenrand. »Nein!«

Ihr eigenes *Nein* hallte ihr von unten entgegen.

Ich griff ihren Arm. Plötzlich war auch Argentina da. Sie nahm Caterinas anderen Arm. Wir mußten sie halten. Sonst wäre auch sie gesprungen.

Vater, vergib ihr, denn sie wußte nicht, was sie tat!

TEIL V

Das Schwert des Engels

52. Kapitel

Noch immer gab es Nächte, in denen Caterina schweißnaß aufwachte. Sie starrte auf die Öllichter, die während der gesamten Nacht in ihrem Schlafzimmer brennen mußten, und vor ihr stand der düstere Katafalk, auf dem ihr Geliebter ruhte, bedeckt von einer karmesinroten Goldbrokatdecke. Nein, sie sah sein entstelltes Gesicht nicht mehr, auch der Katafalk löste sich in den schweren Schatten des Zimmers auf. Die Bilder des Traums hatten nicht weichen wollen. Nie würden sie weichen; sie verfolgten Caterina mit der erbarmungslosen Hartnäckigkeit der Furien, so wie sie mit erbarmungsloser Härte Schuldige wie Unschuldige verfolgt hatte. Drei Tage lang peitschte die mörderische Rachsucht sie vorwärts, bis Rosaria und ihre Kinder in den Brunnen gestürzt waren. Mitten in der Rocca, die nun zu ihrem immerwährenden Grabmal geworden war, zur Burg der gestürzten Engel. Jede Nacht traten sie an ihr Bett, als letzte einer ganzen Reihe von Gequälten und Gehenkten, umringten sie, stumm, umflattert von Krähen und Raben, umdröhnt von den Glockenschlägen, die wie die Posaunen von Jericho die Paläste, Wehrmauern, Städte zum Einsturz brachten. Und aus der fast vergessenen Ferne, wie ein letztes Echo, durchdrang die Stimme einer Nachtigall das Getöse.

Caterina hatte ihrem Geliebten eine pompöse Begräbnisfeier zugedacht. Keiner wagte es, sich ihrem Befehl zu widersetzen, und so zog sich der Trauerzug von der Rocca bis zur Piazza. Sie selbst saß auf Maestoso, gefolgt von ihren Kindern. Vor ihnen trugen drei Berberhengste, deren Silbergeschirr im frühherbstlichen Morgenlicht schimmerte, Giacomos goldene Sporen, die einmal Riario gehört hatten, seinen Prunkharnisch und schließlich sein Schwert. Ganz Forlì hatte dem Toten die letzte Ehre zu erweisen. Sämtliche Soldaten aus ihrer Grafschaft sorgten für Ordnung und dafür, daß niemand auf falsche Gedanken kam.

Caterina hatte den Befehl gegeben, jeglichen Widerstand sofort zu ersticken und jeden, der den Namen einer der Verschwörer zu rufen wagte, unverzüglich in Ketten zu legen.

Zuvor mußte die Piazza befreit werden von den Resten der Gehenkten, von den Knochen, an denen die Hunde nagten, von den Totenvögeln, die in Erwartung weiterer Nahrung noch auf den Firsten und Simsen hockten. Sie ließen sich nur schwer verscheuchen, kehrten stets zurück. Überhaupt nicht vertreiben ließ sich der Gestank, soviel Weihrauch auch eingesetzt wurde, soviel Zedernholz vor sich hin qualmte.

Da Giacomo San Mercuriale verabscheut hatte, ließ Caterina ihn in San Biagio beisetzen, in einer eigens für ihn geschaffenen *cappella*. Dort sollte Giacomo Feos Porträt für alle Zeiten prangen und seine ruhmvolle Schönheit verkünden. Bischof Luffo Numai war nicht in der Lage, die Exequien zu leiten: Er fühlte sich dem Tode nahe, weil der Henker auch einen seiner Verwandten hingerichtet hatte. Sein Stellvertreter bemühte sich, Feos Tugenden in leuchtenden Wortfarben darzustellen, seinen Tod aber hinter lateinischen Ruhmesversen zu verstecken.

Als Caterina hinter dem Katafalk in die Kirche schritt, spürte sie ihre Kräfte schwinden. Sie wagte nicht, aufzuschauen, auf die blutigrote Decke, die ihn, den sie so bedingungslos geliebt hatte, verhüllte; sie wagte schon gar nicht, den zur Trauer Gezwungenen ins Antlitz zu schauen; nicht einmal ihren eigenen Kindern – den Kleinen, denn die drei ältesten Söhne fehlten. Auch Fra Lauros Miene blieb versteinert. Ihm waren die Worte des Trostes, des Erbarmens und Verzeihens im Mund verdorrt. Nicht einmal zur Verdammung sah er sich nach dem Tod von Rosaria und ihren Kindern in der Lage. Am liebsten hätten alle, ja, alle sie allein gelassen, mit Ausnahme von Tommaso Feo vielleicht – und Trauergäste aus den angrenzenden Herrschaftsgebieten, aus Faënza, Bologna und Ferrara, waren erst gar nicht gekommen.

Als das *dies irae* erklang, glaubte Caterina, in Ohnmacht zu sinken. Sie hoffte sogar, nie mehr aufzuwachen. Doch sie fiel nicht in Ohnmacht, sie folgte Giacomo auch nicht in eine bessere Welt nach. Sie sah sich umgeben von Abgesandten der Hölle, die alle das *dies irae, dies illa, solvet saeclum in favilla* sangen, krächzten und höhnten.

Caterina warf sich aufstöhnend auf die Seite, fuhr sich durch ihre wieder erblondeten Haare, suchte nach einem Tuch, mit dem sie den Schweiß von ihren Gliedern und milchschweren Brüsten wischen konnte. Nahezu drei Jahre lag nun Giacomos Tod zurück, drei Jahre quälte sie die Reue, suchte sie Buße. Aber nie konnte sie die Schuld abtragen, die sie auf sich geladen hatte, und eines Tages würde derjenige sie strafen, der die Rache für sich beanspruchte. *Mihi vindicta. Ego retribuam.*

Noch einmal stöhnte Caterina auf. Konnte wirklich niemand sie erlösen?

Sie betrachtete das ruhige, noch junge, doch bereits schmerzgeprüfte Antlitz des Mannes, der mit ihr das Bett teilte, den sie heimlich geheiratet hatte und der nun der Vater ihres jüngsten Sohnes geworden war. Ein Jahr nach Giacomos Tod hatte er ihr in ritterlicher Höflichkeit seine Liebe gestanden. Anfangs hatte sie seinen Worten nicht glauben wollen. Er war aus dem darbenden und hungernden Florenz gekommen, um Getreide einzukaufen. Sie feilschten um Preise und Mengen. Er blieb länger als notwendig und erschien bald ein zweites, ein drittes Mal. Die Signoria ernannte ihn zu ihrem offiziellen Gesandten und zum Beauftragten der östlichen, an die Romagna grenzenden Landesteile der Toskana. *Giovanni Popolano*. So nannte er sich, obwohl er eigentlich Giovanni de' Medici hieß. Aber nach dem Umsturz in Florenz, nach der Vertreibung Pieros, des unglücklichen und unfähigen Sohns des großen Lorenzo, wurde ein Medici in der Stadt am Arno nicht mehr geduldet. Giovanni entstammte zum Glück der jüngeren Linie und gab sich unverzüglich einen neuen Namen; daher durfte er in der Stadt bleiben. *Giovanni Popolano*. Caterina mußte lächeln. Für sie war er ein Medici. Es grenzte an eine wundersame Schicksalsfügung, daß ihre kindliche Sehnsucht nach einem schönen und reichen Mann aus der Familie Medici sich so spät und nach einem so tragischen Ereignis noch erfüllt hatte. Schön war er, ihr Giovanni, fast so schön wie Giacomo, und einige Jahre jünger als sie. Er war reich, von ausgesucht vornehmen Manieren und hatte sich von dem düsteren Ruhm der *tigressa di Romagna* nicht abschrecken lassen.

Erst Monate nach ihrem ersten Zusammentreffen hatte Caterina begriffen, daß sie diesen Giovanni de' Medici bereits kannte.

»Ich kann es nicht fassen«, rief sie lachend. »*Du* bist der hübsche Vierjährige, den ich vor bald dreißig Jahren in dem Palazzo an der Via Larga betreuen durfte ...« Sie war unabsichtlich in das *Du* verfallen, griff seine Hand und drückte sie an ihre Brust. »Kannst du dich erinnern? Die prunkvollen Feste deines Onkels Lorenzo und meines Vaters, die Spiele und Tänze, die Jagden, die Ausritte. Du mußtest noch zu Hause bleiben, und mir war nicht gut. Daher sollte ich auf dich aufpassen. Du warst so lieb damals ...«

Giovanni trat, halb von ihr gezogen, einen Schritt näher an sie heran, und sein Lächeln zeugte plötzlich nicht mehr nur von dem Charme des *uomo gentile*, von der Selbstsicherheit eines schönen Mannes aus alter, reicher Familie, der gebildet war in all den Fertigkeiten und Künsten, die man im verwöhnten Florenz pflegte; es zeugte von warmer Zuneigung, mehr noch, von der jähen Erkenntnis eines gemeinsamen Gefühls. In seinem Lächeln versteckte sich ein verliebtes Erschrecken.

Er führte ihre Hand langsam zu seinem Mund, um sie galant zu küssen. Sie verstand, daß gerade diese Galanterie ihr alle Freiheit ließ. Natürlich schaute er ihr in die Augen, und sie erwiderte seinen Blick. Blaßblau zog sich der Irisring um eine geweitete Pupille, in der sich das Licht des Fensters spiegelte und in diesem Licht ihre eigenen Konturen.

So nah waren sie sich bisher nie gekommen. Fast hätte sie Giovanni in die Arme geschlossen. Er trat lächelnd zurück. Sie wußte, daß dies der Beginn einer neuen Liebe war.

Sollte der Barmherzige doch noch Gnade vor Rache ergehen lassen?

Die Öllichter erlaubten ihr, die Gesichtszüge ihres schlafenden Geliebten zu betrachten. In diesem Flackerschein sah er Giacomo ähnlich. Beide trugen sie lange, wellige Haare. Während Giacomo seine Haare oft frech in die Stirn hatte fallen lassen, achtete Giovanni auf die strenge Linie seines Mittelscheitels. Aber seitwärts wallten seine braunen Haare in gefälligen Locken bis auf die Schultern. Im Gegensatz zu Giacomo trat sein Kinn kräftig hervor und deutete trotz des neckischen Grübchens auf einen kriegerischen Charakter hin, den sie allerdings bisher nicht in ihm entdeckt hatte. Seine Lippen formten den weichen, ja, üppigen Schwung eines Mannes, der zärtlich zu küssen verstand.

Seine Nase war kräftig, doch nicht fleischig oder breit. Und was verrieten seine blaßblauen Augen? Im Schlaf geschlossen und stumm, wiesen sie den forschenden Frauenblick ab.

Caterina warf sich wieder auf den Rücken und starrte an den Baldachin des Bettes. Die Angst vor dem Tod hatte sie ergriffen. Giovannis antwortlose Augen, die Marmorfarbe der Haut, wie ein aus Stein gehauener Römerkopf … Es war absurd – neben sich sah sie einen Toten liegen. Alle Männer, die sie geliebt hatte, mußten sterben. Dies war der Fluch, den sie über sie brachte. Ihre verzehrende Liebe rief den grausamen Tod herbei. *Mors acerba*. Jeden Tag begab sie sich zur *cappella Feo*, betete unter dem fertiggestellten Fresko, bat den Barmherzigen um Gnade. Seitdem Giovanni an ihrer Seite schlief, sprach Giacomo nicht mehr zu ihr. Hatte sie ihn und sein Andenken verraten? Nein! Ihre Trauer hatte sich in einen Alptraum verwandelt. Und dieser Alptraum kroch in alle Ritzen ihres Andenkens, ihrer Erinnerungen, wie Wasser, das der winterliche Frost gefrieren ließ, so daß das Eis dann die Steine sprengte. Versuchte sie, das unzerstörte Bild Giacomos zu betrachten, das der Maler an die Wand der Kapelle gezaubert hatte, so dauerte es nicht lange, da entstiegen dem Brunnenschacht der Vergangenheit ihre Milchschwester Rosaria mit ihren Söhnen, der Graubart Gian Antonio Ghetti und der einäugige Antonio Orcioli, mit ihnen all die anderen, die dem Racherausch zum Opfer gefallen waren. Einmal, als in einem solchen Augenblick die Glocken zu dröhnen begannen, war sie schreiend aus San Biagio gestürzt. Ihre Leibwache zückte bereits die Waffen. Aber nur sie, die Rächerin, *la tigressa*, fühlte sich umzingelt von einem Gegner, gegen den kein Schwert und kein Harnisch halfen.

Kaum waren die Begräbnisfeiern für Giacomo Feo, den *baron français*, mit ihrem Trauerpomp beendet, verwandelten sich die Stadt, die Rocca, die Paläste in eine stumme, versteinerte Welt. Jeder wich Caterina aus, und wen sie ansprach, der antwortete einsilbig und zog sich sofort zurück. Selbst ihre Kinder, unter Argentinas und Lauros Aufsicht, lachten nicht mehr und mieden ihre Nähe. Tommaso Feo hatte sich mit seinen Soldaten nach Imola zurückgezogen. Leone Cobelli dichtete und tanzte nicht. Keiner aus den alteingesessenen Adelsfamilien wollte sich zum *podestà* wählen lassen. Der *bargello* hatte um seinen Abschied gebeten und war in die Dienste der Manfredi getreten.

Ihre Schwester Chiara war nicht zu Giacomos Begräbnis erschienen und schrieb nur wenige, nichtssagende Zeilen des Bedauerns. *Il Moro* mahnte – wie zum Hohn – Gerechtigkeit, Barmherzigkeit und politische Weitsicht als Tugenden der Sforza an und erinnerte sie daran, daß Ottaviano inzwischen in einem Alter sei, in dem er die Herrschaft übernehmen könne. Bona sprach Caterina ihre tiefe Anteilnahme aus und beschwor dann ihre Ängste, daß auch *ihr* Antonio sterben könne; sie erzählte, er sei inzwischen dick geworden, sie nicht minder, gleichwohl könnten sie sich weiterhin voller Wonnen lieben.

Caterina verbrannte all diese Briefe. Sie ließ ihre ältesten Söhne frei. Entschuldigen konnte sie sich nicht vor ihnen, und sowohl Ottaviano als auch Cesare zogen sich wortlos in den Palazzo an der Piazza Grande zurück. Anschließend ließ sie Scipione aus dem Kerker holen. Als sie ihn herbeihumpeln sah, sein Gesicht eingefallen und vom Schmerz gezeichnet, traten ihr die Tränen in die Augen. Scipiones Augen füllten sich ebenfalls mit Tränen.

Er sagte nur: »Warum hast du das getan?«

Caterina schluchzte auf, weil sie den Anblick dieses zerstörten Gesichts, dieses gebeugten, humpelnden Körpers nicht zu ertragen vermochte. Sie wollte vor ihm auf die Knie fallen, ihn um Verzeihung bitten, eine unüberwindliche Macht hielt sie jedoch in steinerner Erstarrung.

»Du mußt Forlì verlassen«, sagte sie, um sich und ihn noch mehr zu quälen.

Er nickte. »Ich werde nach Venedig gehen. Vielleicht kann man dort meine Dienste brauchen.«

»Dein Vater hatte das Bürgerrecht und eine *condotta* …«

»Ob sie einen verkrüppelten *capitano* brauchen …?« Auf Scipiones Lippen lag der Anflug eines schmerzlichen Lächelns.

Als Caterina bald darauf die Manfredi daran erinnerte, daß ihre Bianca dem jungen Astorre versprochen sei, und fragte, ob die Verbindung nicht offiziell vollzogen werden könne, erhielt sie nicht einmal eine Antwort.

Das Jahr nach Giacomos Tod, 1496, brachte Dürre und Hungersnöte in weiten Teilen Italiens und eine Ausweitung der Pest, Gottes Strafe und die Folgen des verheerenden Krieges, mit dem der französische König das Land überzogen hatte. Die Romagna war von der Dürre zum Glück weniger betroffen, und Caterina betrieb mit eiserner Strenge eine Vorratshaltung, insbesondere an Getreide. Niemand wußte, was die Zukunft bringen würde. Sie ließ die Pestkranken in dem außerhalb Forlìs gelegenen *ospedale* isolieren und bemühte sich um die besten Ärzte von ganz Nordostitalien. Mutige Priester und teuer bezahlte Bestatter hatten sich um die Sterbenden und Toten zu kümmern und sie umgehend aus der Stadt zu schaffen. Die Stadttore wurden geschlossen, Lebensmittel verteilt. Tatsächlich hielt sich der Todeszoll in Grenzen. Trotz der Nöte gelang es Caterina, den zerstörten Paradiesgarten am Rande der Rocca wieder anlegen und sogar die Brunnen plätschern zu lassen. Rücksichtslos erhöhte sie die Steuern in der Stadt und verschuldete sich. Die Menschen murrten nicht einmal. Es wurden kaum Feste gefeiert, aber die Kirchen waren so voll wie lange nicht.

Sie wurden noch voller, als ein Steinregen niederging, den ein zürnender, strafender Gott geschickt haben mußte. Hatte man jemals so etwas erlebt? Die Menschen hielten die Himmelsgeschosse staunend und sich bekreuzigend in ihren Händen. Caterina befahl, ihr die Steine zu bringen, berührte und wog sie. Nicht einmal Fra Lauro vermochte eine Erklärung zu finden. Der Alchimist, den sie einst beschäftigt hatte, hätte womöglich aus diesen Steinen eine magische Kraft gewinnen können, doch er arbeitete längst für eine andere Herrschaft.

Caterina zweifelte nicht daran, daß Gottvater sie strafte und ihr Sendboten des Untergangs schickte. Und in der Tat starb nach dem Steinregen ihre Halbschwester Chiara, Tommaso Feos Frau, im Kindbett. Die Bürger von Imola hatten sie als stillen, stets ein wenig traurigen Engel der Armen verehrt. Bald darauf starb auch Caterinas zartester Junge, ihr zwölfjähriger Giovanni Livio, mitten im Sommer – nicht an der Pest, nicht an dem Dreitagesfieber oder an einer Verletzung. Sie wußte nun, daß endgültig die Strafe begann, mit der ihre Racheorgie gesühnt werden sollte. Giovanni Livio mit seiner durchscheinenden Haut war eines Morgens mit ihr durch den Garten spaziert, beide hatten sich am Blühen der roten Rosen erfreut und am Blau der Astern. Caterina hatte sich nicht einmal über seine Blässe gewundert. Giovanni Livio war immer blaß. Er schaute sie an, als müsse er sich für etwas entschuldigen. Ihm sei nicht gut, flüsterte er, er fühle sich plötzlich so unendlich schwach.

Abends empfing er von Fra Lauro die Letzte Ölung und schloß die Augen für immer.

»ER will mich vernichten«, sagte Caterina zu ihrem Beichtvater, während sie Totenwache neben dem aufgebahrten Jungen hielten. »Meine Verfehlungen sind zu groß. ER wird mir all meine Lieben von der Seite reißen und zum Schluß mich selbst auslöschen.«

Fra Lauro sah sie an, als könnte er ihre Prophezeiung nicht gänzlich von sich weisen. »Jesus Christus ist für uns am Kreuz gestorben. Er hat all unsere Sünden auf sich genommen.«

Caterina schüttelte den Kopf. »Meine Sünden kann niemand auf sich nehmen.«

»Wir müssen auf Gottes Gnade vertrauen. Du darfst nicht hochfahrend im Bewußtsein deiner Sünden sein. Es wäre eine weitere Sünde. Mehr Demut …«

Caterina schaute ihn aus brennenden Augen an. Seit Giacomos Tod war sogar er ein anderer geworden. Er hatte sie nicht verlassen, wie auch Argentina nicht, sie konnte jedoch nicht mehr die Nähe finden, die sie gewöhnt war.

»Ich hätte eine *Lichtbringerin* werden können, das hat mir ein Astrologe geweissagt. ›Aber geh nie über Leichen‹, warnte er mich. Ich bin über Leichen gegangen.«

Fra Lauro sagte etwas ganz Einfaches. Gleichwohl erschien es ihr wie eine Erleuchtung. »Dein Leben ist noch nicht zu Ende. Versuche, die Zeit, die dir bleibt, so zu leben, wie du es vor dir, vor deinem Vater und vor unser aller Vater verantworten kannst.«

Plötzlich fühlte Caterina eine Hand. Erschrocken drehte sie sich um. Sie war so in Gedanken versunken gewesen, daß sie nicht bemerkt hatte, wie Giovanni neben ihr aufgewacht war und sie nun fragend anschaute. Am liebsten hätte sie sich weinend an seine Brust geworfen. Er wußte, wie es um sie stand, ohne daß sie ihm viel erklären oder gar selbstmitleidig jammern mußte. Dabei machte er um sein eigenes Leiden kein Aufhebens. Obwohl er noch jung war, quälten ihn immer wieder schwere Gichtanfälle. Einmal hatte sie einen solchen Schub miterleben müssen. Giovanni, grau vor Schmerzen, hatte sich auf einen Holzsessel geschleppt und blieb dort bewegungslos sitzen. Die herbeigerufenen Ärzte wollten ihn zur Ader lassen und ihn ans Feuer setzen. Ein heißes Bad sollte Linderung bringen. Ein Aufenthalt in einer der Bäder in der Nähe von Lucca wurde empfohlen. Giovanni hatte alles bereits versucht, nichts hatte langfristig geholfen.

Sie durfte ihn dann des Nachts nicht einmal in ihre Arme schließen und durch ihren Körper wärmen. Erst als die schlimmste Phase nachließ, streichelte sie ihn vorsichtig und genoß seine Zärtlichkeiten. Selten fanden sie zusammen wie Mann und Frau. Selbst wenn seine Schmerzen ihn nicht quälten, stürmte er nicht über sie wie ein junger Stier. Er blieb sanft, einschmeichelnd, fast kindlich. Gelegentlich, ganz unerwartet, schlüpfte er in sie hinein, als wolle er sich in ihr verstecken; er bewegte sich kaum, erfüllte sie jedoch mit einer ungewohnten Form erlösender Zuneigung. Es gab keine Kämpfe wie mit Riario, keine wortreichschmeichelnde Annäherung wie durch Giacomo, keine hochschäumenden Wellen der Lust oder atemlose Ritte über den Himmel. Nein, sie fügten die Körper aneinander wie zwei zerbrochene Teile, trieben dahin, verloren sich in einer stummen, warmen, ja, körperlosen Weite.

Um so mehr wunderte es Caterina, daß sie unversehens wieder schwanger wurde. Aber sie freute sich, und als sie Giovannis stolzes Strahlen sah, fühlte sie mehr als Freude: ein Glücksversprechen. Sie hoffte, daß der Barmherzige ihr doch noch verzeihen könne, daß die Furien verschwinden und die Träume beruhigender würden. Und sie wünschte sich, daß Italien in ihr nicht mehr die entfesselte Kindermörderin sah, sondern die büßende Madonna, die gefehlt hatte, durch unermüdliche Sorge für das Wohl ihrer Untertanen, ihrer Kinder und ganz Italiens jedoch Gnade fand.

Caterina und Giovanni de' Medici, genannt Popolano, heirateten heimlich. Noch wollte Caterina auf die Regentschaft für ihren Sohn nicht verzichten, und Ottaviano, der sie immer wieder anbettelte, ihr eine reiche kirchliche Pfründe zu verschaffen, war nicht reif genug, die Herrschaftsgeschäfte zu übernehmen. Ob er jemals dazu in der Lage sein würde, bezweifelte sie.

Überhaupt sah sie in keinem ihrer Söhne den Nachfolger einer großen Tradition. Unter ihren Söhnen gab es keinen Sforza. Nicht einmal der kleine Carlo, Giacomos hübscher Sohn, ein sonniges, wenn auch leicht verschüchtertes Kind, zeigte das Temperament eines Draufgängers.

Nun hatte sie ihr neuntes Kind auf die Welt gebracht, den kleinen Giovanni, den sie nach seinem Vater genannt hatte, einen Popolano-*Medici*. Aus ihm, das hatte sie sich, ihm und seinem Vater versprochen, wollte sie einen Sforza machen, einen Kämpfer und Lichtbringer, einen Herrscher und Helden. Bereits kurz nach der Geburt schauten seine Augen aufmerksam umher, seine Stimme krähte kräftig, und er wehrte sich heftig dagegen, gewickelt und geschnürt zu werden. Daher ließ Caterina zu, daß er mit seinen Armen und Beinen herumfuchteln konnte, und es gelang ihr sogar, ihn selbst zu stillen, trotz ihres Alters und obwohl es das erste Mal war. Er sog kräftig. Wenn er schließlich satt war, patschte er mehrmals an ihre Brust, als wolle er sie loben für ihren nahrhaften Trank, für ihre Mühe, Sorge und Liebe – und schlief zufrieden ein. Caterina selbst schaukelte seine Wiege. Auch sein Vater gesellte sich zu ihnen, lächelte sie und seinen Sohn an, nahm ihn hoch, küßte ihn, drückte ihn an sein Herz. Nie hatte sie einen glücklicheren Mann gesehen.

Caterina hörte ein paar quäkende und quiekende Laute, dann ein kräftiges Schreien. Der kleine Giovanni forderte lautstark sein Recht ein, genährt und gesäubert zu werden. Rasch stand sie auf und holte ihn ins Bett, legte ihn zwischen sich und seinen Vater und entblößte ihre Brust. Zufrieden trank der Kleine. Sie lächelte ihn an, lächelte auch seinen Vater an, der ihm die Wange streichelte. Alle Alpträume fielen von ihr ab. Sie hoffte nicht nur, sie wußte, daß in diesem kleinen Wesen die Zukunft lag.

53. Kapitel

Si iniquitates observaveris, Domine: quis sustinebit? Quia apud te propitiatio est. Wenn du nachtrügest, Herr, die Sünden, wer könnte da bestehen? Doch Dein, ich weiß, ist die Vergebung.

Knapp drei Jahre sind vergangen seit dem blutigen Sommer, der unser aller Leben hier in Forlì in ein düsteres Abendrot tauchte. Die Geister der Toten weilen noch unter uns, das Bewußtsein der Schuld läßt sich nicht vertreiben. Caterinas Regentschaft ist seit dem Tod ihres Geliebten umsichtig und untadelig, und doch blüht nur selten ungetrübte Freude. Seitdem ich meinen alten Freund und Bruder Gian Antonio verloren habe, bin ich einsamer denn je geworden. Zuweilen hadere ich mit dem Herrn, daß er uns solche Prüfungen auferlegt, dann vertraue ich wieder der Kraft seiner Vergebung und dem Sieg seiner Liebe.

Caterina hatte ihre Söhne bald aus dem Kerker entlassen; aber wann wird sie von ihnen Vergebung erwarten können – und selbst vergeben? Wann werden die Forliveser vergessen haben, was in den Sommertagen des Jahres 1495, schlimmer als eine Feuersbrunst, wütete? Selbst ich erschaudere gelegentlich, wenn ich in das noch immer schöne Gesicht der *Madonna Medusa* schaue, einer Frau wie Medea, einer Kämpferin wie Penthesilea. Ich liebte sie. Sie war mir anvertraut. Was habe ich falsch gemacht, daß sie im rasenden Wahn ihrer Rache das menschliche Maß der Sünde so überschreiten konnte? Warum sah ich lediglich zu, statt mich zwischen ihr Schwert und die Opfer zu werfen? Warum gab mir der Herr nicht mehr Kraft? Mußte ich ihm nicht bereits das Glück meines Lebens opfern?

Und liebe ich sie nicht noch immer?

Pest und Lustseuche zogen, die Sense in der Hand, auf ausgemergelten Kleppern durch die Romagna und forderten ihren Tribut. Caterina gab nicht auf, sich ihnen entgegenzustellen; tatsächlich waren in unserem Herrschaftsgebiet weniger Opfer zu beklagen als in Venedig oder Ferrara. Sengende Winde strichen über die Flure Italiens und verdorrten die Halme. Dank vorsorgender Bewässerung und gnädiger Regengüsse konnten wir uns einer besseren Ernte erfreuen als die Toskana. Selbst der Steinregen, ohne Zweifel ein Zeichen des Herrn, richtete mehr Schrecken als Schaden an.

Zu ihrem und zu unser Glück schien Caterina ihren Giacomo Feo, für uns alle so unseligen Angedenkens, vergessen zu wollen: Zwei Jahre nach dem Tod des Geliebten heiratete sie erneut heimlich, diesmal einen Mann aus dem Geschlecht der Medici, einen sanftmütigen Botschafter aus einer fernen Sehnsuchtswelt, die zerschlagen worden war von dem zürnenden Prediger Girolamo Savonarola und seinen fanatischen Jüngern.

Caterina ist mir wie eine Tochter. Die Liebe ist unzerstörbar, selbst wenn man die Geliebte und ihr Tun nicht mehr versteht.

Doch ich muß mir selbst widersprechen: Als ich sah, wie weich Caterina unter den zärtlichen Blicken des Mannes aus Florenz wurde, glaubte ich zu verstehen, daß ihre fortwährende Suche nach einer Liebe, die ihr einmal genommen worden war, nun einen neuen Weg eingeschlagen hatte. Aber ist dieser Weg der richtige? Kann Giovanni de' Medici, genannt Popolano, sie hinführen zu Frieden und dauerhaftem Glück?

Inzwischen wurde sie erneut *benedicta*. Dürfen wir hoffen, daß auch die Frucht ihrer Liebe, ihr siebter Sohn, *benedictus* ist? Sie selbst schenkt ihm die Milch ihres Leibes. *Dein, Herr, ist die Vergebung. Daher laßt uns hoffen!*

Ich bemühte mich, nach dem Blutrausch mich wieder der mir zugewiesenen Aufgaben zu widmen. Ich berate Caterina, wenn es um Staatsgeschäfte geht und sie mit mir das Für und Wider einer Entscheidung besprechen will. Sie weiß mittlerweile, wie man Härte und Milde im Handeln erfolgreich verbindet. Ich kümmere mich um ihre Kinder – mehr denn je. Mit Scipione verbindet mich eine rege Korrespondenz: Über alles, was am Hof seiner Mutter geschieht, muß ich ihn unterrichten. Trotz der Verkrüppelung seines Fußes wurde er *capitano* in Diensten Venedigs. Auch mit Bianca korrespondiert er regelmäßig. Sie scheint dem Gedanken, in ein Kloster einzutreten, nicht abgeneigt zu sein. Ich spüre, daß sie weiterhin an Scipione hängt; soll ich ihn daher verstärken? Obwohl eine Heirat Biancas mit Astorre Manfredi trotz des bereits eine Weile zurückliegenden Versprechens bisher nicht zustande kam, möchte ihre Mutter durch eine eheliche Verbindung eine der politischen Allianzen befestigen: wenn nicht mit den Manfredi, so womöglich mit den Bentivogli oder den Este. Doch die Zeit vergeht, Bianca ist mittlerweile zwanzig Jahre alt, längst reif, ihre Bestimmung zu finden und nicht nur im Schatten ihrer fruchtbaren Mutter dahinzudarben.

Ottaviano wie Cesare unterwies ich in den Grundlagen unseres christlichen Glaubens und bestallte aus Bologna einen Lehrer, der sie kanonisches Recht lehrte. Ich hatte gehofft, Cesare würde mir gegenüber Abbitte leisten für seine falsche Anschuldigung – doch vergeblich. Er scheint alles, was damals über seine Lippen kam, vergessen zu haben. Beide Jungen sind, mehr denn je, an Süßigkeiten und dem Gleichklang des Wohllebens interessiert. Ihre Körper sind schwer geworden. Nicht einmal das weibliche Geschlecht scheint sie aus ihrer Lethargie herausreißen zu können. Einmal habe ich beobachten müssen, wie sie nacheinander bei derselben Magd ihre Gelüste befriedigten, grob und hastig zugleich, ohne Rücksicht auf die Würde des Wesens, das ihnen zu Diensten war. Zum Schluß verhöhnten sie es noch, schlugen es gar – um auf diese Weise ein zweites Mal männliche Stärke zu gewinnen. Sollten sie ihrem Vater ähnlicher sein, als ich bisher glaubte?

Zum Glück hatten sie sich nicht Argentina für ihre »Vergnügungen« ausgewählt. Ich hätte es auch nicht zugelassen. Argentina ist bis heute gezeichnet von den Tagen der Qual, der sie nach dem Tod ihrer Mutter ausgesetzt war. Häufig sehe ich sie in die Heilige Schrift vertieft, oder sie bittet mich um die Lebensgeschichten unbeugsamer Märtyrerinnen. So unermüdlich sie Caterina dienen kann und so aufopferungsvoll sie sich um Carlo kümmert, so zerbrechlich wirkt sie. Der Glorienschein ausgestandener und unüberwindbarer Qualen umgibt sie und läßt eine Annäherung kaum zu. Dabei spüre ich, daß sie im Kern ihres Wesens ein fröhliches und dem Leben zugewandtes Mädchen ist.

Ach, Argentina! Ich habe an diesem Abend, an dem ich die Feder zwischen den Fingern halte, ein wenig mehr als gewöhnlich vom heimatlichen Wein genossen. Auch wenn ich wie der heilige Franciscus ein Keuschheitsgelübde abgelegt habe, so bin ich zweifelsohne ein Mann, der männliche Gefühle nicht immer vor sich und seinem Gott verleugnen kann. Als Argentina und ich an Caterinas Bett wachten, fanden unsere Lippen unerwartet zusammen. Bis heute kann ich diesen keuschen Kuß nicht aus meinem Herzen drängen, und wenn nach dem *completorium* unsere Blicke sich treffen, weiß ich, daß auch Argentina ihn nicht vergessen hat. Lege ich ihr väterlich die Hand auf ihren Arm, zuckt sie zurück, um anschließend tief zu erröten und sich bei mir stammelnd zu entschuldigen. Sie hält ihren Blick gesenkt. Doch wenn sie sich unbeobachtet wähnt und ich sie dann durch eine unerwartete Wendung meines Körpers überrasche, schaut sie mich so sehnsüchtig an, daß es mich heiß überläuft und gleichzeitig friert. Am liebsten möchte ich in diesem Augenblick mit ihr beten: *Et ne nos inducas in tentationem!* Und führe uns nicht in Versuchung!

Allein in meiner Kammer, nehme ich, wie so häufig, das Evangelium zur Hand und lese, was der Apostel Paulus, der auf die Ehe verzichtete, in seinem ersten Brief an die Korinther über die Liebe schrieb: *Omnia suffert, omnia credit, omnia sperat, omnia sustinet.* Sie verträgt alles, sie glaubet alles, sie hoffet alles, sie duldet alles.

Möge dies für uns alle gelten, die wir unter SEINEM Schirm stehen: für Argentina und ihre Herrin, ihren tapfren neuen Ehemann, aber auch für unsere Kinder, die zum Teil keine Kinder mehr sind. Caterina scheint drei Jahre nach den düstersten Stunden ihres Lebens erneut ein Liebesglück gefunden zu haben. Doch wissen wir, ob nicht ein unversöhnter Gott ihr weitere Prüfungen auferlegen wird?

Sie empfing vor wenigen Tagen ein *breve* des Heiligen Vaters, der ihr Lehnsherr ist und gleichzeitig Ottavianos Pate. Aufgeregt eilte sie zu mir, um mir mitzuteilen, was das Oberhaupt der Christenheit veranlaßt hat, sich an sie zu wenden. Papst Alexander VI. aus dem Hause Borgia möchte, daß unser Ottaviano seine Tochter Lucrezia heiratet. Als Überbringer seiner Botschaft schickt er den Kardinal von Santi Cosma e Damiano, Alessandro Farnese, nach Forlì; dieser soll ihm Caterinas Antwort vermelden.

Bald saßen wir zusammen, Caterina, auch Giovanni, natürlich Ottaviano und ich, um über das Angebot aus Rom, über unsere Antwort und die möglichen Folgen zu beraten. Caterina hatte soeben ihren Säugling gestillt und trug ihn im Arm; Giovanni, der Vater, in feinste dunkelblaue Seide gekleidet, schien lediglich Augen für seinen Sohn zu haben, und Ottaviano schaute mißmutig auf den Boden.

Caterina waren ebenso wie mir Bedeutung und Tragweite dieses Angebots bewußt. Nach mehreren Jahren, während derer wir die Wunden, die wir uns selbst geschlagen hatten, heilen durften, brach nun plötzlich wieder der Vorbote einer fremden Macht in unser von Bedrückung und stillem Glück geprägtes Leben ein. Es war wie eine heftige Bö, die einen Gewittersturm ankündigt.

Wir alle, auch Ottaviano, kennen die Gerüchte, die vom Hof des Heiligen Vaters ausgehen und die gläubige Welt nicht mit Freude erfüllen. Im Vatikan herrscht der Nachfolger der Apostel wie ein selbstherrlicher weltlicher Fürst, umgeben von seiner in Sünde gezeugten Familie. Insbesondere sein Sohn Cesare, getrieben von Ehrgeiz und Machtgier, scheint die Gebote Gottes als für ihn nicht gültig zu betrachten. Nachgesagt wird ihm, er habe vergangenes Jahr seinen eigenen Bruder Juan ermorden lassen, eine schreckliche Kainstat, die nicht ungesühnt bleiben wird, ist sie denn wahr. Früh von seinem Vater zum Kardinal ernannt, bemüht er sich zur Zeit, sich seiner geistlichen Würden entbinden zu lassen, um ungehemmt den Krieger und Herrscher spielen zu können, für den er sich offenkundig hält. Sein Vater, der Stellvertreter Christi auf Erden, tut alles, um die Macht und den Reichtum seiner Familie zu mehren. Nach diesem Prinzip scheint er auch seine Tochter Lucrezia zu verheiraten, die nach allem, was man von ihr berichtet, eine gebildete, schöne und lebenslustige junge Frau sein soll. Bis letztes Jahr war sie mit Caterinas entferntem Verwandten Giovanni Sforza, dem Conte di Pesaro, ehelich verbunden. Sie wurde von ihm durch ihren Vater geschieden aufgrund des angeblichen Nichtvollzugs der Ehe – dies bei einem Mann, der bereits Kinder in die Welt gesetzt hat. Giovanni flüchtete aus Rom, weil er einen Mordanschlag Cesares fürchtete.

Zur Zeit ist Lucrezia also wieder »frei« für eine neue Verbindung – obwohl sie soeben einen Jungen geboren hat, der von Volk und Vatikan nur *infans romanus* genannt wird, da niemand seinen Erzeuger kennt. Man munkelt, der Vater des Kindes könnte der Vater der Mutter sein, also der Heilige Vater selbst. Blutschänderisches Treiben im Schoße unserer Mutter Kirche? Kann man dies glauben? Kann dies ein gerechter Gott zulassen, ohne mit Schwefel und Feuer wie einst auf Sodom und Gomorrha niederzufahren? Doch Fra Girolamo Savonarola, der Rom anprangerte als eine zweite Hure Babylon, starb kürzlich auf dem Scheiterhaufen, und der Kriegszug des französischen Königs, der die sündige Stadt heimsuchte, hat im Vatikan keine Wende der Besinnung gebracht.

Mögen manche Gerüchte übertrieben sein, sicher schien uns, die wir in ernster Stimmung beisammen saßen, daß eine Einheirat in die päpstliche Familie uns nicht nur Segen bringen würde.

Ottaviano maulte, und seine Stirn durchzogen gleichzeitig ängstliche Falten. »Lucrezia ist eine nimmersatte Hure! Unser Vetter Giovanni aus Pesaro hat mich bereits gewarnt, insbesondere vor ihrem mörderischen Bruder Cesare. Muß ich nach der Hochzeit zu meiner Gemahlin nach Rom übersiedeln? Was soll ich dort tun? Auf den

Bastard aufpassen oder mit meinem Schwager auf Jagd gehen und übersehen, wie der Vater zur gleichen Zeit die Tochter besteigt?«

Caterina mahnte ihren Sohn in mildem Ton, auf seine Wortwahl zu achten. Dann blickte sie mich fragend an.

Ich schaute meinerseits Giovanni auffordernd an.

»Ottaviano ist nicht mein Sohn ...«, erklärte er zögernd, um entschlossener fortzufahren: »Kann man ein solches Angebot überhaupt abschlagen, wenn man nicht so mächtig und unabhängig ist wie zum Beispiel dein Onkel Lodovico? Die Papstfamilie hat sich Ottaviano Riario als neuen Gatten ihrer Tochter ausgewählt – was verspricht sie sich davon?«

»Richtig«, bestätigte ich seine Worte. »Dies ist die entscheidende Frage. Bei allem Respekt für unseren Sohn: Ottaviano ist lediglich der *signore* eines kleinen Landes, ähnlich wie der Conte di Pesaro, und bringt der Papstfamilie weder besonderen Reichtum noch Machtzuwachs. Im Gegenteil: Sie müßte eine ansehnliche Mitgift bezahlen, schon um den Makel des geheimnisvollen Kindes auszugleichen. Auf der anderen Seite hätte Ottavianos Heirat mit Lucrezia zur Folge, daß er die Herrschaft über Forlì und Imola selbst ausüben müßte.«

Eine heftig protestierende Armbewegung Caterinas unterbrach mich. Ottaviano stieß einen Unmutslaut aus. Ich wollte Caterina das Wort überlassen, aber sie ließ mich weitersprechen.

»Ein unerfahrener *signore* jedoch, vielleicht sogar gezwungen, in Rom zu residieren, würde bedeuten, daß Caterina ihre Machtbefugnisse verlöre; zudem könnte eine Heirat zur Folge haben, daß die Borgia-Familie die Macht hier in der Romagna an sich risse. Selbst wenn Lucrezia zu uns nach Forlì zöge, um sich hier ernsthaft ihrer Bestimmung als Ehefrau zu widmen, hätten wir zwar die augenblickliche Gunst des Papstes gewonnen, unsere politische Handlungsfreiheit jedoch aufgegeben.«

Ich brauchte die Vor- und Nachteile des Angebots nicht länger darzulegen.

»Ich will diese römische Hure nicht heiraten«, maulte Ottaviano erneut.

Verärgert wies ihn seine Mutter zurecht: »Du heiratest, wen *ich* will!«

Ottaviano duckte sich, unterdrückte Wut und Abscheu in seinem

Gesicht, beugte sich dann vor, um nach einem Stückchen Konfekt zu greifen, und stieß aus: »Cesare Borgia wird mich ermorden, wenn es ihm paßt, und anschließend selbst die Herrschaft in Forlì übernehmen.«

»Mein Guter – du mußt Lucrezia ja nicht heiraten.« Caterina versuchte nun, mütterliche Fürsorge in ihre Stimme zu legen.

Ottaviano grinste zufrieden, stöhnte gleichzeitig auf, weil die Süßigkeit ihm an seinen schwarzen Zähnen Schmerzen verursachte.

»Die Borgia schrecken vor keinem Mittel zurück«, fuhr Caterina fort, zuerst mich, dann ihren heimlichen Ehemann anschauend. »Jetzt will der Katalane seine mannstolle Tochter an einen Dummen verhökern, um ihm anschließend seinen Besitz zu nehmen. Daran ist kein Zweifel. Als erste habe *ich* das Feld zu räumen. Kommt nicht in Frage! Wir lehnen ab.«

»Du weißt, was dies bedeutet«, sagte Giovanni. »Eine schwere Beleidigung seines Stolzes, eine offene Kränkung der Ehre. Dies vergißt ein Spanier nicht, schon gar nicht, wenn er Papst ist.«

Ich nickte. »Wir müssen zwischen Skylla und Charybdis hindurchsegeln.«

Caterina nahm ihren kleinen Jungen aus der Wiege, küßte ihn, pustete ihm seine Härchen aus der Stirn und lachte mit ihm.

Ottaviano hing in seinem Stuhl und schaute seine Mutter angewidert an.

Caterina reichte den Säugling seinem Vater, der ihn kitzelte und mit hoher Stimme auf ihn einsprach. Wieder ernst geworden, erklärte sie: »Wir Sforza haben auch unsere Ehre und unseren Stolz, und ich sage nein.«

»Ich bin kein Sforza«, unterbrach sie Ottaviano.

Caterina überging seinen Einwurf: »Wir können dem Boten des Papstes erklären, Lucrezia sei eine zu hohe und daher unannehmbare Ehre für einen Riario – oder wir nennen als Mitgift eine Summe, die der Borgia nicht zahlen will. Zuallererst fordere ich den weiterhin ausstehenden Sold für Riario, das sind inzwischen fast sechzigtausend Dukaten.«

»Du wirst dir trotzdem die Feindschaft der Borgia zuziehen. Sie verstehen sehr wohl, was du ihnen sagen willst, gleichgültig, wie du es verkleidest«, erklärte ich.

Eine Weile schwiegen wir alle. Insbesondere Caterina war nun sehr ernst geworden. Die Narbe über ihrem Auge lief rot an, gleichzeitig trat eine tiefe Trauer in ihre Augen. Sie nahm ihrem Mann den kleinen Giovanni ab, drückte ihn an sich und legte ihn in die Wiege, wo er noch ein wenig strampelte, schließlich jedoch einschlief.

»Und wenn wir sie hinhalten? Wenigstens eine Weile.« Caterina schaute mich fragend an.

»Aber wie?«

»Ottaviano muß erst ein Mann werden, bevor er sich in die Höhle des Borgia-Stiers begibt – und der spanischen Nattern. Am besten ein Soldat. Wie sein Vater. Das ist Familientradition. Ottaviano soll *condottiere* werden.« Caterina konnte den Sarkasmus in ihrer Stimme kaum unterdrücken.

Ottaviano protestierte.

»Ich könnte versuchen, ihm in Florenz eine *condotta* zu verschaffen. Wir ziehen zur Zeit ohnehin gegen Pisa zu Felde, und du wolltest deine Verbindung zu meiner Heimatstadt seit langem vertiefen.« Giovanni blickte Caterina fragend an. »Ottaviano übernimmt die Führung eines berittenen Trupps von hundert Mann, die wir anwerben und ausrüsten. Da kann er sich seine Sporen verdienen.«

»Ich bin ein schlechter Reiter«, rief Ottaviano, »kann auch nicht fechten und schon gar nicht mit der Armbrust schießen oder die Lanze anlegen. Ich will in den Kirchendienst ...«

»Du sollst ja nicht kämpfen, dummer Junge! Begreifst du nicht, daß du sonst die Borgia-Tochter heiraten mußt – oder nie eine Pfründe erhalten wirst?«

Voller Verachtung schaute Caterina auf ihren Ältesten.

»Ich könnte Ottaviano begleiten«, erklärte Giovanni zögernd, »und auf ihn aufpassen. Ich bin zwar mit meiner Gicht auch kein Achill, eine Rüstung kann ich mir jedoch anlegen lassen. Als militärischen Anführer stellen wir ihm Tommaso Feo zur Seite. Außerdem glaube ich nicht, daß Pisa sich noch lange halten kann. Wir sind der Stadt weit überlegen.«

»Das würdest du tun, Liebling?« Caterina traten die Tränen in die Augen.

»Ich täte es für dich – für uns alle. Wir würden auf jeden Fall Zeit gewinnen, wenn wir erklären: Ottaviano muß sich erst bewähren, sonst ist er der Papsttochter nicht wert.«

Caterina umarmte ihren Giovanni. Vorsichtig nahm er ihr die Haube ab, löste die Zöpfe und strich ihr dann mit geschlossenen Augen über die Haare. Caterina ließ es geschehen. Ottaviano beobachtete die beiden, wandte sich schließlich mir zu, und ich sah Angst und Scham in seinen Augen. Er drückte sich aus seinem Stuhl und verließ schlurfend den Saal.

Giovanni fuhr Caterina durch ihre langen, wallenden Haare. Noch immer zierte sie eine Mähne, wie sie jedem Löwen zur Ehre gereicht hätte. Die *Tigerin*, wie das Volk sie nannte, hatte ihr Gesicht an der Brust ihres heimlichen Ehemanns versteckt.

»Ich liebe dich so, Giovanni«, hörte ich sie flüstern, »du bist meine letzte Rettung.«

Nunc autem manent, fides, spes, caritas: tria haec, maior autem horum est caritas. Nun aber bleibet Glaube, Hoffnung, Liebe, diese drei; aber die Liebe ist die größte unter ihnen.

54. Kapitel

Der Sommer war strahlend. Caterina trug am frühen Morgen ihren kleinen Giovanni durch den Park, ließ ihn an den Rosen riechen, kitzelte ihn mit den Blütenständen vertrockneter Gräser und zog sich, zeigte er Hunger, in eine Rosenlaube zurück, um ihm die Brust zu reichen. Anschließend übergab sie ihn Argentina und einem Kindermädchen, die ihn zu versorgen und mit ihm zu spielen hatten, denn der Kleine schlief wenig und forderte lauthals Zuwendung. Seine Brüder hatten, wie die Mumien verpackt, fast nur geschlafen und getrunken, insbesondere die Ältesten, ihr Jüngster jedoch schaute bereits mit seinen wenigen Monaten wach in die Welt, lächelte gern, krähte, strampelte und zeigte ein ungestümes Temperament.

Caterina liebte ihn mehr, als sie ihre anderen Kinder geliebt hatte. Er war ihr neuntes Kind, neun war die vollkommene Zahl, drei mal drei, und diesem Omen vertraute sie. In neun Monaten vollendete sich auch das Wunder weiblicher Fruchtbarkeit. Giovanni war nicht nur ein Medici, von schönem und reichem Geschlecht, sondern auch ein Sforza, ein Draufgänger, ein Kämpfer, ein Sieger und Lichtbringer. Wie sie selbst war er im Zeichen des Widders geboren, und dies versprach Kraft, Entschlossenheit und Mut. In ihm lag die Vollendung ihres Lebenstraums, nach all ihren Siegen und Niederlagen, nach den düsteren Stunden des Verrats und der Rache, nach der reichen Ernte des Todes in ihrem Leben. Giovanni würde einst als strahlender Stern über Italien stehen, ein zweiter Francesco, ein zweiter Lorenzo, ein *magnifico*.

Lange hatte sie mit Kardinal Alessandro Farnese zusammengesessen, all ihren weiblichen Charme aufgewandt, um ihm verständlich zu machen, daß Ottaviano und seine Mutter sich zwar zutiefst geehrt und glücklich fühlten über das Angebot, Lucrezia, die Tochter des Heiligen Vaters, in die eigene Familie aufnehmen zu dürfen, daß aber Ottaviano trotz seiner achtzehn Jahre sich erst bewähren müsse als *condottiere*, wie es die Tradition seines Vaters Riario und seines Urgroßvaters Sforza gebiete. Und die Bewährung stünde schon bald bevor. Gegen Pisa wolle er ziehen, im Solde der Signoria von Florenz, an der Spitze einer Hundertschaft bewaffneter Reiter, er wolle zum Manne reifen, um sich anschließend tief vor dem Heiligen Vater zu verneigen, seinen Segen und die Hand seiner Tochter zu empfangen.

Kardinal Farnese versprach, undurchsichtig lächelnd, diese Botschaft Seiner Heiligkeit zu übermitteln, und verabschiedete sich.

Caterina war auf jeden Fall zufrieden mit dem erzielten Aufschub. Und Raffaele Riario, der Kardinal von San Giorgio, ihr angeheirateter Neffe und Vertrauter in Rom, hatte bisher nicht von einer spürbaren Verstimmung des Papstes berichtet. Er selbst würde sogar großzügig auf das Amt des Erzbischofs von Pisa verzichten, schrieb er, falls der Heilige Vater bereit sei, es Cesare Riario zu geben, ihrem zweitgeborenen Sohn, von dem er wisse, daß er seinen Lebenssinn im Schoß der Mutter Kirche zu erfüllen trachte.

Caterina saß unter einem Rosenbogen, vor ihr der Brunnen mit den Nymphen und neckischen Eroten, und träumte in der höher steigenden Morgensonne vor sich hin. Ein zarter Duft umgab sie, eine sanfte Wärme hüllte sie ein. Ihr Blick fiel auf die Blütenpracht der vier Liebesformen, folgte den Buchsbaumhecken bis hin zu den Zypressen, die wie letzte Säulen eines zerstörten Tempels in den Himmel ragten. Im Hintergrund wuchteten sich die Mauern der Rocca gegen den Horizont. In ihrem Schutz würde sie jedem Angreifer widerstehen können. Aber zur Zeit drohte keine zweite Invasion aus Frankreich, und Venedig, das sie seit geraumer Zeit mit Gebietsansprüchen und umhervagabundierenden Söldnern belästigte, brauchte sie nicht ernsthaft zu fürchten. Die Serenissima wußte, daß Florenz, ging es ums Ganze, Caterina beistehen würde und gewiß auch ihr Onkel Lodovico, der sich zur Zeit in seinem Ruhm sonnte und sich ohnehin als Schutzmacht der Romagna fühlte. Außerdem hatte Florenz Ottaviano die *condotta* gegeben und Caterina mit ihrer ganzen Familie das Bürgerrecht verliehen. Mit einer bestens ausgerüsteten und gesicherten Rocca im Rücken und mächtigen Freunden als westlichen Nachbarn fühlte sie sich sicher.

Das Wasser, das aus den Brüsten der Nymphen sprudelte, plätscherte leise in den Brunnen. Sie sah Argentina mit dem kleinen Giovanni auf dem Arm über die Kieswege tanzen, begleitet von ihrem treuen Beichtvater, dem sie in letzter Zeit auffallend häufig in Argentinas Nähe begegnete. Trat sie hinzu, überzog Argentinas Gesicht eine tiefe Röte. Außerdem pflegte sie sich seit geraumer Weile mehr als früher, ließ sich Schönheitssalben geben und achtete auf die Reinlichkeit ihrer Kleidung. Allerdings blieb sie dürr wie eh und je. Aber Fra Lauro und Argentina? Ihr unübersehbar faltiger Beichtvater und das junge Mädchen?

Caterina stellte sich vor, wie die beiden sich nackt gegenüberstünden: das busenlose Geschöpf mit dem Hinterteil eines Knaben und der grauhaarige Tonsurträger mit seinem kleinen Bäuchlein und seinen großen Füßen. Sie führte sich vor Augen, wie sie selbst mit Giovanni im Bett gelegen hatte in der letzten Nacht, bevor er mit Ottaviano, Tommaso Feo und den Soldaten abgezogen war. Ihr Geliebter war wieder von Gelenkschmerzen geplagt, versuchte sie mannhaft zu unterdrücken. Doch quälten sie ihn so, daß er sie, seine starke Caterina, nur im Arm halten konnte, ohne daß die Kraft seiner Männlichkeit in sie hineinwuchs. Sie streichelte ihn, und er schnurrte wie ein Kater. Als er mit seinen Lippen ihre Brust berührte, tropfte tatsächlich Milch aus ihren Brustwarzen. Er lachte auf, leckte sie ab und flüsterte dann: »Der reine Nektar. Zu süß für mich.«

Sie holte den kleinen Giovanni zu sich, legte ihn an ihre Brust. Schläfrig nuckelte er. Irgendwann waren sie alle drei eingeschlafen. Sie träumte wirr, bedrohlich. Plötzlich war sie wieder wach. Auch die beiden Giovanni öffneten die Augen. Erneut stillte sie das Kind. Gleichzeitig hielt sie der große Giovanni im Arm.

Nie würde sie diese wortlose, warme und lächelnde Einheit vergessen. Sonne, Mond und der kleine sich tapfer behauptende Morgenstern verschmolzen zu einem sich vertiefenden Leuchten, das ihr selbst in der tiefsten Nacht noch den Weg weisen und Kraft verleihen würde.

Als Caterina am späteren Morgen die gewöhnlichen Bittsteller, Gläubiger und Handwerker empfing, meldete sich auch eine abgerissene Gruppe von Armbrustschützen aus der Hundertschaft ihres Sohnes. Sie waren von ihm ausgerüstet und besoldet worden und hatten Pisa zu erstürmen – was suchten sie hier? Caterina erschrak. Von einer Niederlage florentinischer Truppen hatte sie nichts gehört. Einen Augenblick lang sah sie sich wieder einer neuen Strafe ausgesetzt: Ihr ältester Sohn, Graf Ottavianio Riario, fiel bei der Eroberung Pisas. Nervös strich sie sich über ihr Haarnetz, richtete ihr Kleid, zwang sich zur Ruhe und fragte die Soldaten mit strenger Miene, was sie ihr zu berichten hätten.

Sie mußte sich eine wirre Geschichte von heftigen Kämpfen und hohen Verlusten anhören, vom tapferen, ja, todesmutigen Einsatz ihres Sohnes vor Pisa. Caterina konnte sich kaum einen tapferen Einsatz ihres Sohnes vorstellen und fragte nach Giovanni Popolano und Tommaso Feo. Die Soldaten schauten sich bedeutsam an, wollten jedoch nicht so recht heraus mit der Sprache. Caterina spürte, wie eine Welle der Angst sich ihr näherte. Die Männer erklärten übereinstimmend, daß der die Truppe begleitende Getreidehändler sich rasch abgesetzt und in Sicherheit gebracht habe.

»Tommaso Feo dagegen hat gekämpft wie ein Löwe« rief der Wortführer der Armbrustschützen. »Der hat zehn Schweizer Söldnern zuerst die Spieße aus der Hand geschlagen und sie dann eigenhändig geköpft.«

»Ja«, fiel ihm sein Begleiter ins Wort, »wir sprangen vor und richteten unsere Pfeile auf die Gegner. Jeden Harnisch durchschlugen unsere Geschosse. Wir mähten sie nur so dahin.«

»Und mein Sohn Ottaviano, eurer *capitano*, was tat der?«

Die Männer schauten sich an. Der Wortführer rief aus: »Er ritt, von uns beschützt, mitten in das Spießgewirr der Schweizer. Sie stachen sein Pferd zu Tode. Er stürzte, stand sofort wieder auf und kämpfte mit dem Schwert …«

»Tötete viele Schweizer …«

»Wie der Teufel kämpfte er …«

»Und wir immer an seiner Seite …«

»Aber dann traf ihn doch der Streitkolben eines Hünen …«

»Er fiel …«

»Wir schützten ihn mit unseren Leibern …«

»Schleppten ihn in Sicherheit …«

»Retteten ihm das Leben …«

»Ja und?« unterbrach sie Caterina erneut. Sie sprang auf, stellte sich direkt vor die Männer, die erschrocken zurückwichen. »Was ist mit ihm? Ist er verwundet? Habt ihr gesiegt? Habt ihr eine Nachricht von Tommaso Feo oder meinem Sohn? Kann er nicht einmal mehr schreiben?«

»Wir haben ihm das Leben gerettet …«

»Und sind zu Euch geeilt, Madonna, um Euch zu benachrichtigen …«

»Tommaso Feo schickt uns …«

»Ja, er schickt uns, weil Euer Sohn, der tapfere Graf Ottaviano …«

Caterina packte einen der Soldaten an seinem aufbauschenden Brustlatz: »Ist er tot? Nun sprecht doch endlich klar!«

»Nein, tot nicht, aber …«

»Schwer verletzt …«

Mehr war aus den Schützen nicht herauszuholen. Als Caterina ihnen dankte und sie wegschicken wollte, wurde deutlich, daß sie Geld erwarteten. Der Sold sei nicht ausbezahlt worden. Sie hätten dem Grafen das Leben gerettet. Caterina ließ jedem ein paar Fiorini geben, schickte die noch wartenden Bittsteller weg und eilte zu Fra Lauro, der mit Argentina und dem kleinen Giovanni sich im Schatten eines Granatapfelbaums niedergelassen hatte. Kaum sah sie der Kleine, streckte er ihr seine Ärmchen entgegen und wollte trinken. Caterina reichte ihm die Brust, wurde jedoch ihre Unruhe nicht los. Sie berichtete von den Nachrichten, die sie soeben empfangen hatte.

Der Kleine krähte unzufrieden, weil sie so aufgeregt war. Sie übergab ihn Argentina und eilte mit Fra Lauro in die Rocca.

»Du könntest einen Boten schicken …«, schlug er vor.

»Ich reite selbst!«

Die Angst hatte sie endgültig eingeholt. Sie sah Ottaviano im Blut liegen, verletzt, mit dem Tode ringend. Die Soldaten mochten übertrieben haben, sie konnte sich diesen Kampfgeist bei ihrem Ältesten nicht vorstellen, aber womöglich war er in einen Hinterhalt geraten …

Fra Lauro hielt sie fest. »Das ist Wahnsinn. Du kannst deinem Sohn nicht helfen, außerdem glaube ich nicht …«

»Und was ist mit Giovanni? Vielleicht ist er ebenfalls tot? Ich kann mir nicht vorstellen, daß er geflohen ist oder wegen irgendwelcher Geschäfte Ottaviano alleingelassen hat …«

»Laß uns eine Nachricht von Tommaso Feo abwarten!«

Caterina riß sich los. Panik hatte sie erfaßt. Weil sie sich heute morgen glücklich gefühlt hatte, griff unverzüglich der rächende Gott ein und bedrohte ihren Ältesten mit dem Leben. Und schlimmer noch: ihren Geliebten. Oder sollte sich Giovanni davongestohlen haben, um nicht nur Ottaviano, sondern auch sie zu verlassen?

Caterina hörte nicht auf die beruhigenden Worte Fra Lauros. Ein letztes Mal stillte sie den kleinen Giovanni, wies Fra Lauro und Argentina an, nach einer Amme Ausschau zu halten oder ihm Ziegenmilch zu geben. Auf der Reise werde sie die Milch abstreichen, sie brauche Hilfe, eine zuverlässige Frau, die gut zu Pferd sei.

Am nächsten Morgen brach Caterina auf. Sie mußte sich auf schmalen Pfaden durch die Berge schlagen, um nicht venezianischen Marodeuren zu begegnen. Erst auf toskanischem Gebiet benutzte sie die Straße. Zum Glück hatte der Septemberregen noch nicht begonnen. Die Wege staubten zwar, ließen sie aber gut vorankommen. Nachts schlief sie ohne Zelt unter einem Sternenhimmel, der sich auf sie herabsenkte und mit dem verschlungenen Band der Milchstraße umfing. Wie lange hatte sie nicht mehr im Freien genächtigt! Wann hatte sie sich das letzte Mal in diesem Himmelsschleier verloren? Dort oben saßen Giacomo und ihr Vater … Girolamo Olgiati … und wer noch?

Als Caterina sich Florenz näherte, hatte sie kaum Augen für die Stadt. Bereits vor den Stadttoren erfuhr sie, daß Pisa besiegt sei. Von verlustreichen Kämpfen wußte niemand etwas. Sie ließ sich in der Signoria den Sieg über Pisa bestätigen und bemühte sich, etwas über den Standort der Truppen zu erfahren. Ein Kanzleisekretär mit Namen Niccolò Machiavelli versuchte höflich, ihre aufgeregten Fragen zu beantworten. Genaues wußte auch er nicht. Von ihr hatte er allerdings schon gehört und kannte Giovanni Popolano. Die Stadt und ihre Bürger seien ihr überaus dankbar für die großzügigen Getreidelieferungen, die Hunger und Aufstände verhindert hätten.

»Wißt Ihr, wo Giovanni Popolano sich zur Zeit aufhält?«

Machiavelli wußte es nicht.

Am nächsten Tag ritt sie weiter, an Prato vorbei durch das Tal des Arno in Richtung Pisa. Sie hoffte, die besiegte Stadt noch am Tag zu erreichen, und schonte den alten Maestoso nicht. Ihre Begleiter kamen kaum mit. Ihre schweren Brüste schmerzten. Sie mußte anhalten und die Milch herausdrücken.

Nach der Vesperstunde erreichte sie die Heerlager vor Pisa und fragte unverzüglich nach der Truppe des *condottiere* Ottaviano Riario. Man wies sie durch die Zeltgassen. Von Verwundung sprach niemand. Vielleicht ging es ihm schon wieder besser. Tot schien er nicht zu sein. Mitten zwischen den neugierigen Soldaten fühlte sie sich heimisch. Wie sie hochschauten, pfiffen, sie anstarrten und obszöne Gesten machten! Die Veteranen ihres Großvaters hatten genauso gepfiffen.

Dann erreichte sie die Truppe ihres Sohnes.

Sie traf ihn essend in seinem Zelt an. Dick wie eh und braungebrannt, fiel er fast von seinem Faltstuhl, als sie ohne Anmeldung vor ihn trat. Von Verletzung keine Spur. Dafür jede Menge Marzipan.

»Mama!«

Sie spürte nicht einmal Erleichterung darüber, ihn unverletzt anzutreffen. Sie hatte von Anfang an nicht glauben wollen, daß er wie ein echter Sforza sich ins Getümmel warf …

»Wo ist Giovanni?« herrschte sie ihn an.

»Der hatte wieder einen Anfall … Aber, Mama, was machst du hier?«

»Was für einen Anfall? Ist er verletzt?«

»Seine Gicht, die kennst du doch.«

In diesem Augenblick trat Tommaso Feo ein, lachte auf und rief: »Penthesilea die Große kommt zu spät. Troja liegt darnieder! Madonna, was treibt Euch zu uns? Ist die Liebe so groß?«

»Wie bitte?« Ihr Stimme war äußerst scharf.

Feo ließ sich jedoch nicht abhalten, sich sehr amüsiert zu zeigen über ihr besorgtes Gesicht und ihre Aufregung.

»Der Herr Getreidehändler hat sich nach San Piero in Bagno begeben, seine Glieder schmerzten ihn zu sehr, er muß sich pflegen.«

Einen Augenblick kam sich Caterina lächerlich vor. Hatte sie sich tatsächlich von den Armbrustschützen an der Nase herumführen lassen, war sie unnötig in Panik verfallen, hatte sie den ganzen gefährlichen Weg nach Florenz und Pisa umsonst angetreten? Ihr Sohn fraß Marzipan, andere hatten vermutlich für ihn gekämpft, Giovanni streckte seine Glieder in den warmen Bädern von San Piero aus, von zarten Händen umsorgt …

Sie forderte Ottaviano auf, ihr sein Zelt und seine Pritsche zu überlassen und bei Tommaso Feo zu schlafen. »Ich muß mich jetzt unbedingt ausruhen!«

Feo zog lachend ab, Ottaviano folgte ihm murrend.

Caterina fiel in einen unruhigen und düsteren Schlaf. Im Traum verfolgte sie Feos Gelächter wie das Gelächter des Teufels. Giovanni lag in dampfendem Wasser, die Augen geschlossen, wie in Marmor gemeißelt.

Am nächsten Morgen spürte sie die Folgen der anstrengenden Reise. So leicht wie früher ritt sie nicht mehr. Sie war schwerer geworden, älter ohnehin. Sie mußte erneut die Milch aus ihren Brüsten streichen. Schließlich hörte sie sich Feos Bericht an, den der alte Haudegen nicht ohne spöttisches Lächeln vortrug.

»Wir mußten eigentlich gar nicht kämpfen. Einmal stellten wir uns auf, weit hinten, und Ottaviano blieb noch weiter hinten. Der Getreidehändler hatte sich wegen eines Anfalls entschuldigen lassen. Dann setzte heftiger Regen ein, das Schlachtfeld vor den Mauern der Stadt weichte wie Kuhscheiße auf, die mißgelaunten Soldaten standen naß und krumm wie die Pißbögen herum, keine Kanone schoß mehr, weil das Pulver ebenfalls naß war – und plötzlich erreichte uns die Nachricht: Es wird verhandelt. Übergabe. Pisa besiegt, Krieg zu Ende. Verluste gering.«

Caterina hatte sich den Bericht ohne Kommentar angehört. Sie dachte an Giovanni.

»Ich will wieder nach Hause«, erklärte Ottaviano, »jetzt kommt der Herbst, dann der Winter, zu tun gibt es nichts, ich bin ohnehin kein richtiger *condottiere* …«

»Ich reite nach San Piero in Bagno!« unterbrach ihn Caterina und erhob sich.

Es wurde ein mühsamer Ritt. Hier in der Nähe des Meeres war es schwül, ein Gewitter drohte. Die Straße quoll über vor Menschen, Tieren und Fuhrwerken. Caterina fragte sich, warum sie auch diese Strapaze noch auf sich nahm. Ihre Glieder waren müde und schwer. Statt zwischen Rosensträuchern zu sitzen und den kleinen Giovanni zu stillen, quälte sie sich und Maestoso vorwärts über eine verstaubte Straße der Toskana, hungrig, schmutzig, von Flöhen geplagt – sie hatte ihren Sohn einfach zurücklassen …

Warum tat sie das?

Die Furien umgaben sie wieder, verhöhnten sie, trieben sie vorwärts.

Als Caterina San Piero erreichte, fand sie ihren Geliebten nicht in den Bädern. Er hatte eine große Villa bezogen, die ein Medici vor ihm hatte bauen lassen. Es dauerte eine Weile, bis sie an sein Bett treten konnte: Vor ihr lag ein leichenblasser Mann, dessen Arme, von dunkelvioletten Stellen gezeichnet, verbunden waren. Man hatte ihn offensichtlich mehrfach zur Ader gelassen. Caterina beugte sich zu ihm nieder.

Ein kurzes Leuchten flog über sein Gesicht, er lächelte schwach. »Ich bin so unendlich müde«, flüsterte er.

Sie vermochte vor Angst und Sorge nicht zu sprechen, griff nach seiner eiskalten Hand und drückte sie an ihre Wange.

»Deinem Sohn geht es gut, es bestand nie eine Gefahr für ihn.« Giovanni war kaum zu verstehen.

»Was ist mit dir?« Caterina flüsterte ebenfalls, bettete ihren Oberkörper neben ihn.

»Die Schmerzen, du weißt ja, wieder ein Anfall. Hier versuchen sie alles, was sie tun können, mit Macht. Viele heiße Bäder, Aderlässe ... Die Schmerzen sind besser, aber ich fühle mich sterbensschwach.«

Er versuchte zu lächeln. Schweiß stand ihm auf der Stirn, obwohl seine Hand weiterhin eiskalt war.

»Wie geht es dem kleinen Giovanni? Kannst du ihn nicht mehr stillen?«

Caterina öffnete ihr Kleid und hielt ihm ihre Brust hin, hielt sie direkt an seine Lippen.

»Zu süß für mich«, flüsterte er und schloß die Augen.

»Du darfst nicht sterben!« Caterina hob seinen Kopf und drückte ihn an ihre Brust.

»Ich sterbe nicht«, antwortete er leise, »ich bin nur so unendlich müde.«

Am nächsten Morgen war Giovanni tot.

55. Kapitel

Caterina saß Stunden um Stunden an Giovannis Totenbett, stumm, tränenlos, leer. Sie aß tagelang nichts, trank kaum. Ein Bote, den sie zu Ottaviano geschickt hatte, berichtete ihr, die Truppe ihres Sohns habe sich aufgelöst, der junge Graf sei mit Tommaso Feo in die toskanische Hauptstadt geritten. Inzwischen erschienen auch Mitglieder der Familie Popolano-Medici in San Piero, um Giovannis Leichnam nach Florenz zu überführen und dort zu bestatten.

Aber er war ihr Ehemann gewesen!

Dies schien niemand zu ahnen. Man behandelte sie als Madonna von Forlì, als Verbündete der Arnostadt, als Mutter eines jungen Condottiere. Man fragte nicht, wieso sie an Giovannis Totenbett wachte, und wußte vermutlich nicht, daß sie ihm ein Kind geboren hatte.

Bevor Caterina ihren dritten Ehemann endgültig verlassen mußte, warf sie noch einen Blick auf sein bleiches Antlitz. Sie glaubte, ein leises Lächeln erkennen zu können, ein Lächeln der Erleichterung, aber auch ein Lächeln der Liebe. Es war sein letzter Gruß. Er beendete eine bisher nie erlebte Zeit der Harmonie.

So sehr Giovanni unter seiner Gicht gelitten haben mochte, er starb in Frieden, in ihren Armen, er starb nicht durch die Dolche und Degen von Verrätern, nicht durch Foltermaschinen und Henker. Sie erwiderte sein Lächeln und bedeckte langsam mit einer tiefblauen Seidendecke, auf die das Wappen der Medici, aber auch das Wappen der Visconti-Sforza gestickt war, seinen Leichnam.

Dann brach sie auf. In Florenz traf sie ein zweites Mal auf Niccolò Machiavelli, der ihr mit ernstem Gesicht seine Anteilnahme ausdrückte zu dem Verlust des Geliebten. Sie wies ihn auf Giovannis Erben hin und erinnerte daran, daß Florenz ihr zu Dank verpflichtet sei. Machiavelli betonte, selbstverständlich gelte das Bürgerrecht für sie und ihre Kinder weiterhin, und er wolle sich bei der Signoria dafür einsetzen, daß sie militärische, zumindest finanzielle Unterstützung gegen die Venezianer erhalte. Was das Erbe des kleinen Giovanni Medici-Popolano angehe, so werde er nicht zögern, seine Ansprüche anzumelden.

»Ein illegitimes Kind allerdings«, erklärte er, seinen Kopf zur Seite neigend, »hat kaum Ansprüche.«

»Es ist nicht illegitim«, entgegnete Caterina beherrscht und schaute Machiavelli herausfordernd an.

»Es ist nicht bekannt …«

»Das weiß ich«, unterbrach sie ihn, lächelte ihn an. »Dennoch … Ihr versteht … Es gibt Gründe, die es untunlich erscheinen ließen …«

»Ich verstehe. Ich will sehen, was sich tun läßt – diskret …«

»Ich danke Euch!«

Als sie den Apennin überquerte, fegten bereits die ersten Herbststürme über die Berge. Maestoso, schmutzig und altersschwach, schleppte sich vorwärts. Zuweilen glaubte sie, er lahme, obwohl er nicht gestrauchelt war. Ob die Rachegöttinnen beabsichtigten, auch ihn ihr jetzt zu nehmen? Er war neben Fra Lauro der beständigste Begleiter in ihrem Leben, und der Hals schnürte sich ihr zu, wenn sie daran dachte, daß er sie verlassen müsse.

Bald erreichte sie Forlì; ihr Garten begrüßte sie in leuchtenden Herbstfarben. Sie schickte ihre Begleiter in die Rocca, ihre Ankunft zu melden, und wanderte allein zu dem Nymphenbrunnen, setzte sich auf die Bank unter den Rosenbogen, der sich noch mit seinen letzten, tiefroten Blüten schmückte, bevor er in graue Winterstarre fiel.

Caterina konnte nicht weinen. Daß sie auch ihren dritten Ehemann verloren hatte, machte sie stumm. Was in ihrem Herzen einstürzte, riß die Trauer mit sich in die Tiefe. Vor ihr die vier Gesichter der Liebe, fast verblüht. Herzen und Flammen – das Gesicht der zärtlichen Liebe. Dies war Giovanni gewesen. Keine Aufwallungen, kein Zerbrechen, keine Rache. Trost und Linderung für den Schmerz der leidenschaftlichen Liebe, die mit Giacomo dahingegangen war. Giovanni hatte nichts gefordert, hatte nur gegeben.

Und doch konnte sie auch Giacomo nicht vergessen, nicht den Wahnsinn der Verschmelzung, nicht seine unbekümmerte Jugendlichkeit, die Süße seiner schmeichelnden Worte. Giacomo war untergegangen in einem Ausbruch von Gewalt, deren Wunden sie seitdem wie ein offenes Geschwür quälten. Im Traum vor allem standen die Toten auf, Ghetti, Rosaria, sogar Antonio Orcioli, der Retter ihrer Kinder – wie Zypressen standen sie stumm und anklagend, wie die Zypressen, die überall die Hügelkuppen zierten mit Totenstelen, Trauerbäumen.

Natürlich holte sie die Vergangenheit wieder ein: Sie sah das schiefe Grinsen Riarios vor sich. Vor zehn Jahren war er ermordet worden: Auch dieses Attentat gehörte zu ihrem Leben, und zudem die Jahre der Armut, die Jahre des Eingeschlossenseins in Rom, die Eroberung der Engelsburg. Die Rundtürme der Rocca vor ihr erinnerten sie unmißverständlich an das Castel Sant' Angelo – ihre Schicksalsburg, die sie nie wiedersehen wollte, nie!

Caterina versuchte, die strahlende Bergkette der Alpen zu sehen. Es gelang ihr nicht. Immer mächtiger bauten sich die ziegelroten Rundtürme der Rocca vor ihr auf. Hinter ihnen fühlte sie sich sicher – wie in dem Grabmal des Hadrian, über dem der Erzengel Michael sein Schwert zückte.

Caterina erhob sich, trat zu dem Brunnen und hielt ihre Hand in den Strahl, der aus der Brust der Nymphe floß. Ihre eigenen Brüste schmerzten. Sie mußte die Milch abstreichen – oder den kleinen Giovanni anlegen. Sie mußte sich auch dem Sog in die Vergangenheit entziehen, dem schwarzen Sog der Brunnentiefe, in der man zerschmettern konnte.

Caterina hörte Schritte auf dem Kies. Sie erkannte sie sofort. Zu oft hatte sie auf seine großen Füße geschaut, die Schritte vernommen. Da drang schon Argentinas Rufen an ihr Ohr. Sie trug den kleinen Giovanni auf dem Arm. Er war gesund, und er ließ sich sofort an ihre Brust legen.

Fra Lauro versuchte, ihr Worte des Trosts zu spenden. Sie hörte nicht hin, weil alle Worte hohl klangen. Sogar Gottes Worte waren leer. Ohne Sinn und Hilfe. Es gab keinen Gott, es gab nur einen bösen Dämon, der die Menschen erhob, um sie anschließend um so tiefer stürzen zu können, der den Menschen die Fähigkeit zu lieben schenkte, um ihnen dann die Geliebten zu nehmen.

Argentina drückte sich schweigend an sie. Fra Lauro legte seine Hand auf ihren Kopf und küßte sie auf die Stirn. Dieser Kuß ersetzte hundert Worte des Trosts.

Leise berichtete sie den beiden, was sie erlebt hatte. Ihre Kinder kamen hinzu und fragten nach *Onkel* Giovanni. Caterina wußte, daß er bei ihnen sehr beliebt war, weil er sie mit großzügigen Geschenken verwöhnt und gern bereit gewesen war, mit ihnen zu spielen, wenn es seine Schmerzen zuließen.

Es wurde ein langer trüber Abend vor dem Kamin. Caterina spürte den Schmerz über den Verlust ihres Geliebten, doch sie fühlte sich auch von ihren Kindern umgeben und beschützt – am liebsten hätte sie ihre Regentschaft abgegeben, an Ottaviano oder an einen Vertreter der Kurie, und sich zurückgezogen in eine Villa in den Bergen. Dort würde sie inmitten ihrer Kinder leben, ausreiten, die Blumen pflegen und auf ihr Ende warten. Fra Lauro bliebe bei ihr, Argentina ebenfalls, Giovanni wüchse heran zu einem starken, wilden, mutigen Jungen, zu einem Condottiere, zu einem echten Sforza …

Sie seufzte. Erneut waren während ihrer Abwesenheit venezianische Söldnertruppen im Osten ihres kleinen Landes eingefallen. Tommaso Feo mußte gegen sie vorgehen. Dieser unsinnige und kräftezehrende Kampf gegen einen übermächtigen Feind, der sich nicht erklärte …

Einige Tage später kehrte Ottaviano aus Florenz zurück. Der Frage nach seiner *condotta* wich er aus. Schließlich erklärte er, nun habe er den Geschmack des Kriegshandwerks kosten können und festgestellt, daß er es für ungenießbar halte. Er wolle unbedingt

Bischof werden wie Cesare. In diesem Fall müsse er auch die geile Papsttochter nicht heiraten.

Caterina tauschte mit Fra Lauro einen Blick aus und schwieg. Dafür antwortete ihr Beichtvater: »Der Heilige Vater hat für Lucrezia bereits einen anderen Mann gefunden: den Neapolitaner Alfonso von Aragon. Es heißt, daß die beiden sich wirklich lieben.«

»Dann ist es ja gut«, murmelte Ottaviano und machte Anstalten, den Raum zu verlassen.

»Und wer wird in Zukunft unsere Grafschaft regieren?« rief Caterina ihm nach.

Er drehte sich um. »Du! Du willst doch ohnehin nicht die Macht aus den Händen geben. Außerdem habe ich ja mehrere Brüder.«

Ja, er hatte recht. An einen Sohn wie ihn konnte man die Herrschaft nicht abgeben. Schwache Söhne waren der Fluch ihrer Eltern. Sie waren fast noch schlimmer als mißratene ... Caterina fühlte Fra Lauros Blick auf sich ruhen. Sie wußte genau, was ihm durch den Kopf ging.

Caterina ließ von ihm eine Messe in Angedenken an Giovanni de' Medici, genannt Popolano, lesen. Darüber hinaus unterband sie weitere Trauerbekundungen. Auch sich selbst verbot sie jegliche Trauer. Der Schmerz, der sie erfaßt hätte, würde weitere Fundamente in ihr zerstören. Er saß zu tief. Sie wollte sich jedoch nicht zerstören lassen.

Unerwartet erreichte sie die Nachricht aus Rom, Cesare Riario erhalte vom Heiligen Vater das Amt des Erzbischofs von Pisa, auf das Raffaele Riario, der Kardinal von San Giorgio, verzichtet habe. Der Borgia-Papst schien ihr tatsächlich die Zurückweisung seines Heiratsangebots nicht übelgenommen zu haben. Während Ottaviano voller Mißgunst maulte, strahlte Cesare die höhnische Freude des »Ich wußte es ja schon immer« aus. Caterina bestand darauf, daß sie während der ersten Zeit seiner bischöflichen Würde die Vormundschaft über ihn behielt.

Cesare zuckte mit den Schultern. »Hauptsache, mir fließen die Benefizien zu. Die Messe lasse ich von einem Vikar lesen.«

»Und was ist mit deinem Glauben? Hast du nicht auch ein Ziel im Leben?« fragte Fra Lauro leise.

Cesare schaute ihn an, als verstünde er ihn nicht. Dann zuckte ein Zug der Verachtung über seine Lippen.

Am Abend konnte sich Caterina nach dem Stillen überhaupt nicht von dem kleinen Giovanni trennen. Er spuckte ein wenig, dann schlief er ein. Sie drückte ihn immer wieder an sich. Cesares Worte und seine verächtliche Reaktion auf Fra Lauros Frage verfolgten sie. Es beschäftigte sie ebenfalls, daß Ottaviano es ablehnte, *signore* zu werden; daß er ihr vorwarf, sie würde die Herrschaft nicht abtreten wollen. Die beiden ältesten Jungen liebten sie nicht, daran gab es keinen Zweifel. Bianca wurde immer schüchterner und kümmerte dahin. Von der Heirat mit Astorre Manfredi war längst keine Rede mehr. Vielleicht war es gut so, denn zur Zeit machte ihm sein Vetter Polidoro den Anspruch auf die Herrschaft in Faënza streitig. Polidoro war zu alt für Bianca, paßte eher für sie selbst. Sie mußte ihn einladen. Vielleicht gelang es ihr doch, eine Verbindung der beiden Familien herbeizuführen. Gemeinsam konnten sie eher Venedig entgegentreten, zumal die Serenissima den Streit in der Familie Manfredi schürte. Außerdem plante sie, an Scipione zu schreiben und ihn zu bitten, ein Wort bei dem Dogen für sie einzulegen, damit endlich die Nadelstiche gegen ihr Territorium ein Ende fänden. Sie sei jederzeit bereit, sich mit Venedig zu arrangieren, soweit es ihre Bindungen an Florenz und Mailand zuließen.

Am nächsten Tag schrieb sie tatsächlich an Scipione. Während sie die Feder über das Papier gleiten ließ, kam ihr ein Verdacht, der ihre Hand erstarren ließ: Wenn ausgerechnet der venezianische Condottiere Scipione Riario es war, der die Serenissima zu ihren Übergriffen auf das Gebiet von Forlì anstachelte – was dann? Konnte es nicht sein, daß ihr Scipione gar die venezianischen Söldner befehligte und sich auf diese Weise an seiner Stiefmutter rächte für die Zeit im Kerker, für den verkrüppelten Fuß?

Caterina zerriß den Brief. So mußte es sein: Scipione, der sie so anhänglich geliebt hatte, haßte sie nun. Mehr noch: Er verfolgte sie heimlich und ruhte nicht eher, bis sie vernichtet war.

56. Kapitel

Als Caterina die versiegelte Bulle des Papstes in ihren Händen hielt, schwante ihr nichts Gutes. Sie brach das Siegel vorerst jedoch nicht, weil sie Roms Mitteilungen in Ruhe und abendlicher

Zurückgezogenheit lesen wollte. Der Morgen war zu angefüllt mit Tätigkeiten, die ihre Aufmerksamkeit erforderten: Sie stillte den kleinen Giovanni, besuchte mit ihren Kindern Fra Lauros Morgenandacht. Verließ sie die Kapelle, warteten bereits zahlreiche Bittsteller, häufig auch der *podestà*, Handwerker, der Gärtner. Am Nachmittag empfing sie Gesandte aus Mailand, Bologna oder anderen Städten, Vertreter von Banken und großen Handelshäusern, ließ sich anschließend ihren leichten Brustharnisch anlegen, bestieg den altersmüden Maestoso, besichtigte ihre Truppen und leitete den täglichen Drill. Sie fühle sich oft in den Großen Hof des Castello Sforzesco zurückversetzt, sah die Veteranen ihres Großvaters vor sich und hätte viel darum gegeben, Ghetti an ihrer Seite zu haben. Doch wenn sie den Soldaten ihre Befehle zubrüllte, durfte sie sich nicht ablenken und schon gar nicht fallenlassen in Trauer und Schuldgefühle.

Sie hatte als Herrin eines kleinen Landes nicht das Geld, Tausende von Söldnern zu bezahlen; was sie aber benötigte, waren neben Wachmannschaften eine gut ausgebildete, schlagkräftige Truppe, insbesondere leichte Reiterei, Armbrustschützen, natürlich auch Pikeniere und Hellebardiere, die nach dem Vorbild der Schweizer Karrees sich schwerer Kavallerie entgegenstellen konnten. Täglich mußte gefochten werden, die Schützen hatten ihre Treffsicherheit zu erhöhen, und die Infanterie mit ihren Spießen und Hellebarden die Aufstellung in Verteidigung und Angriff zu üben. Dies forderte besondere Disziplin, weil andernfalls die Soldaten durcheinandergerieten, sich gegenseitig mit ihren langen, schweren Waffen behinderten, verletzten und dann natürlich leicht überrannt werden konnen. Caterina focht selbst täglich, übte mit Langbogen und Armbrust und ließ sich von ihren Kanonieren sogar die Grundzüge der Artilleriekunst zeigen. Abends besprach sie mit ihrem Architekten, wie Ravaldino ausgebaut werden könne, um noch besser Angriffe und Belagerungen zu überstehen.

Nach Giovannis Tod waren die Tage düster geworden. Cesares Ernennung zum Erzbischof änderte daran wenig. Zwar freute sie sich täglich an dem Liebreiz des kleinen Giovanni und sah seine Temperamentsausbrüche mit Vergnügen, doch sobald sie sich einen Augenblick zurückzog, versank sie in Sorgen und Befürchtungen. Die Venezianer ließen nicht locker, sie zu bedrängen, und für sie gab es inzwischen kaum noch einen Zweifel, daß Scipione die treibende Kraft war. *Il Moro*, ebenfalls Witwer geworden – seine junge Beatrice war an einer Totgeburt gestorben –, sah die politische Lage Mailands plötzlich nicht mehr in triumphalem Licht wie nach der Vertreibung des französischen Königs. Der Grund war: Charles VIII. hatte das Zeitliche gesegnet, und sein Vetter Louis von Orléans, der als Louis XII. den Thron bestiegen hatte, reklamierte Ansprüche auf die Herrschaft in Mailand, weil er angeblich ein Nachkomme der letzten Visconti sei. Dies mochte eine neue Invasion bedeuten, Rache zudem für die Niederlage von Fornovo und die schimpfliche Vertreibung aus Italien.

Während des Winters hatte Caterina versucht, die Enklave Faënza als Bundesgenossen zu gewinnen. Sie erinnerte erneut an die noch ausstehende Hochzeit von Bianca Riario und Astorre Manfredi. Als aber Astorres Vater ihre Annäherungen ignorierte, offen die Venezianer unterstützte und Caterinas Truppen die Durchquerung seines Herrschaftsgebiets untersagte, sah sie sich gezwungen, ihre Politik zu ändern. Sie unterstützte nun Astorres Vetter Polidoro Manfredi, der seinen Onkel aus Faënza vertreiben wollte. Sie empfing ihn mit allen Ehren, und weil er ein schöner und charmanter Mann war, ging sie mit ihm auf die Jagd, und nach der Jagd nahm sie ihn sogar mit in ihr Bett.

Sie löschte die Kerzen, bevor sie zuließ, daß er kraftvoll, wenn auch ein wenig hektisch in sie eindrang. Sie stellte sich vor, Giovanni sei es, der sie liebe, und umarmte Polidoro leidenschaftlich. Doch erst als sie sanft, aber bestimmt seiner Hektik ein Ende bereitete, gelang ihr der Absprung, der Ritt in den Himmel.

Polidoro schlief erschöpft ein, während sie lange wach lag. War es ein Verrat an ihrer unvollendeten Liebe zu Giovanni, daß sie so rasch nach seinem Tod einem anderen Mann ihre Pforte öffnete? Hatte sie sich etwa von Polidoro lieben lassen, um Giovanni zu vergessen? Wollte sie ihre Bundesgenossen und Helfer enger an sich binden und setzte dabei Mittel ein, die bereits Kleopatra mit Erfolg an Caesar und Marcus Antonius erprobt hatte? Oder konnte sie lediglich nicht ertragen, abends in ein kaltes Bett zu steigen?

Sie hatte Giovanni nicht vergessen. Nein, sie schlief mit Polidoro, gerade weil sie die Erinnerung an Giovanni ertragen wollte. Es war nicht nur Giovanni, der sie während ihrer nächtlichen Träume und während der langen Phasen der Wachliegens besuchte. Hinter ihm reihten sich die anderen und grinsten sie an, als hätten die Furien sich eine Maske übergezogen. Warum grinste Giacomo Feo, den sie bis zur Selbstaufgabe geliebt hatte? Warum verbündete er sich mit Riario, sogar mit Girolamo Olgiati? Keiner sprach sie an, keiner tröstete sie, sprach ihr Mut zu. Aber es zeigte auch keiner Eifersucht. Was unbegründet wäre, denn sie liebte Polidoro nicht. Er war ein schöner Mann mit charmanten Umgangsformen, der angenehm duftete und ihren hungrigen Körper zufriedenstellte. Lieben jedoch – was war lieben? Wer sie liebte, mußte sterben.

Gegen Ende des Winters versiegte ihre Milch; sie mußte Giovanni einer Amme übergeben. Es störte ihn nicht: Er sog gierig an der Ammenbrust, trank außerdem Ziegenmilch und aß vorgekautes Gemüse. Selbst die Krankheiten, die im Winter alle belästigten und quälten, überstand er ohne Gefahr für sein Leben.

Caterina hatte Polidoro nach Florenz geschickt, damit er sich die Unterstützung der Signoria sichere, und ihm dringend nahegelegt, eine kleine Schutztruppe mitzunehmen. Polidoro jedoch sah keine Gefahren auf den Wegen durch den Apennin. Er lachte sogar, als sie ihn auf die Reihe der Männer hinwies, die sie geliebt hatten und die alle einem Attentat zum Opfer gefallen waren, und rief: »Bist du die Tochter der Rachegöttin?«

Sie schaute ihn an. Er verstand nicht, was er sagte. Er war ein sorgloser Mann, der das Leben wie ein Spiel nahm. Ein Spielzug bestand darin, seinem Vetter die Herrschaft in Faënza streitig zu machen, durch einen anderen eroberte er die Madonna von Forlì. Mißlang ihm eine Aktion, ging die Welt auch nicht unter. Dann verdingte er sich dem Meistbietenden als Condottiere. Vielleicht lag es an dieser spielerischen Sorglosigkeit, daß sie ihn in ihr Bett genommen hatte.

»Nein«, antwortete sie leise, »ich war sie selbst – und bin jetzt ihr Opfer.«

Polidoro winkte ab und umarmte sie. »Ich habe keine Angst und kann mich verteidigen. Unsere letzte Stunde steht ohnehin in den Sternen, mein Astrologe hat mir ein weites Herz und ein langes Leben prophezeit. Das weite Herz habe ich bereits gefunden …«

»Komm wieder!« flüsterte sie ihm ins Ohr.

Er kam jedoch nicht wieder. Er wurde in eine Falle gelockt und ermordet. Vermutlich hatte sein Onkel aus Faënza einige *bravi* geschickt, um den Konkurrenten aus dem Weg zu räumen. Caterina verbot sich erneut jegliche Trauer. Sie setzte aber eine hohe Summe für die Ergreifung der Attentäter aus und schickte eine Truppe los, die die Mörder fangen und hinrichten sollte. Als der letzte Schnee in den Bergen schmolz, brachte man ihr mehrere abgetrennte Köpfe und strich die Belohnung ein.

Abends stach Caterina plötzlich wieder das Siegel des Papstes ins Auge. Langsam brach sie es und faltete das Schreiben auseinander. Bevor sie eine Zeile gelesen hatte, begann ihr Herz zu rasen, und sie schloß die Augen, um sich zu beruhigen. Kürzlich hatte sie nach langer Zeit wieder einen Astrologen aus Bologna kommen lassen, einen anderen als den, der Polidoro in den Untergang geschickt hatte, ohne ihn zu warnen. Ihr Astrologe, eine Empfehlung ihres Onkels Lodovico, ein feister Mann in einer langen schwarzen Robe mit Hermelinbesatz und Goldstickereien, hatte darauf hingewiesen, daß Mars und Venus im Quadrat zueinander stünden, in einer äußerst ungünstigen Konstellation also, daß zudem der Stier sich gegen den Widder wende, wenn man das so ausdrücken dürfe … Sie hatte den Astrologen, bevor er seine Ausführungen beenden konnte, weggeschickt, sie brauchte nicht noch mehr schlechte Nachrichten.

Der Stier der Borgia gegen den Widder, in dessen Zeichen sie und ihr Giovanni geboren waren?

Sie öffnete ihre Augen. Als erstes las sie *Tochter der Bosheit*. Es konnte kein Zweifel darüber bestehen, wer damit gemeint war. Voller Widerwillen zwang sie sich, die päpstliche Bulle vom Anfang bis zum Ende zu lesen. Ja, der Papst nannte sie *Tochter der Bosheit*, sie sei ihrer Pflicht nicht nachgekommen und habe ihre Lehnsgelder während der letzten Jahre nicht gezahlt, dreitausend Dukaten insgesamt; ihr Sohn Ottaviano als der *signore* von Forlì und Imola sowie sie selbst als Vormund und Regentin seien daher abgesetzt. An ihre Stelle trete Cesare Borgia, der Herzog von Valence, als der vom kirchlichen Lehnsherrn rechtmäßig ernannte *signore* all der Riario-Besitztümer.

Caterina ließ das Papier fallen. Sie mußte sich beherrschen, es nicht sofort in das lodernde Kaminfeuer zu werfen. Sie schlug mit der Faust gegen die Ledertapete an der Wand und fuhr sich wütend durch die Haare, bis der Schmerz sie wieder zur Besinnung brachte.

Der Borgia-Papst, der erst vor ein paar Monaten ihren Zweitgeborenen zum Erzbischof ernannt hatte, sagte ihr nun offen den Kampf an. Was er beabsichtigte, begriff jedes Kind: Er wollte für seinen skrupellosen Bastard eine italienische Grafschaft ergaunern.

Caterina eilte zu Fra Lauro, den sie nicht allein antraf. Argentina saß an seiner Seite, und beide schienen sie sich am Kamin zu wärmen. Argentina errötete und zog sich wortlos zurück. Caterina warf Fra Lauro das päpstliche Schreiben zu.

»Lies!« rief sie. »Der unheilige Vater hat es nicht einmal für nötig befunden, einen ranghohen Boten zu schicken. Ich bin plötzlich die *Tochter der Bosheit*! Abgesetzt!«

Fra Lauro studierte die Bulle, während sie einen verächtlichen Blick auf das Kruzifix warf.

»Was jetzt?«

Fra Lauro schien sich nicht von den Zeilen des Papstes trennen zu wollen.

»Dein Gott hat es offensichtlich auf mich abgesehen«, brach es aus ihr heraus, während sie erneut den Gekreuzigten anstarrte, »der alles verzeihende Heiland, der für uns gestorben ist, um all unsere Sünden auf uns zu nehmen. Ha! *Du bist meine Tochter, an der ich kein Wohlgefallen habe*. Wegen lächerlicher dreitausend Dukaten. Dabei schuldet mir die päpstliche Kasse weiterhin Riarios Sold, sechzigtausend Dukaten. Das ist das Zwanzigfache.«

»Der Vorwand ist offensichtlich«, erklärte Fra Lauro.

»Was soll ich tun?«

»Schicke umgehend einen zuverlässigen Mann, Ser Ilsecco vielleicht, mit den ausstehenden Lehnsgeldern nach Rom. An der Reaktion der Kurie werden wir ablesen können …«

Caterina ließ Fra Lauro nicht ausreden. »Ich werde ihnen die

Gegenrechnung aufmachen! Raffaele muß sich für uns einsetzen! Und Onkel Ascanio. O Gott, warum habe ich die Verräterbande damals nicht von der Engelsburg aus zusammengeschossen! Dann wäre ich wirklich eine *Tochter der Bosheit* gewesen und in Ehren gestorben.« Sie hielt inne und deutete auf den Gekreuzigten. »So wie der werde ich nicht sterben.«

»Du versündigst dich.«

»Ich sterbe lieber in Sünde, als daß ich dem *Vater der Bosheit* zu Kreuze krieche.«

»Caterina!«

Jäh von Verzweiflung ergriffen, nahm sie Fra Lauros Hand. »Du mußt mir helfen, ich hab doch nur dich!« flehte sie ihn an.

»Ich bin zu schwach, um dir wirklich helfen zu können.«

Ser Ilsecco eilte mit den ausstehenden Lehnsgeldern nach Rom; er wurde nicht einmal empfangen. Dann erfuhr Caterina durch einen Gesandten ihres Onkels Lodovico von der neuen Allianz zwischen Rom, Venedig und Frankreich. Sie tobte und verfluchte den heimtückischen Borgia, die eiskalte Serenissima und den eroberungsgierigen Franzosenkönig. Aber natürlich wußte sie, daß ihr Toben sinnlos war und ihre Flüche ungehört verhallten.

Häufig saß sie mit Fra Lauro zusammen, über dessen Stirn sich eine tiefe Sorgenfalte zog. Beiden war klar, was diese Allianz bedeutete: Der Ring zog sich immer enger um sie zusammen. Und nicht nur um sie: auch um *il Moro* und sein vor Reichtum strotzendes Mailand. Der Franzose würde sich an Mailand mästen wollen, während der Papst und sein Sohn die Romagna schluckten. Und Venedig? Es ging gegen Florenz vor und nahm ihm Pisa ab, suchte dabei vermutlich einen Brückenkopf, um Genua auszuschalten, die Herrscherin der westlichen Handelsrouten und unliebsame Konkurrentin.

Soweit ihr Gelder zur Verfügung standen, ließ Caterina ihre Grenzbefestigungen ausbauen, Nachschub und Munition nach Ravaldino und in die Rocca von Imola bringen; sie heuerte zusätzliche Soldaten an. Sie war entschlossen, ihr Lebenswerk nicht aufgrund eines verlogenen Schachzugs des Papstes aufzugeben.

Die venezianischen Truppen hatten nach der Ermorderung Polidoro Manfredis eine feste Garnison in Faënza erhalten, schwärmten von dort aus und versuchten, den Weg nach Florenz zu besetzen. Nun half, daß Caterina ihre kleine Armee gut ausgebildet hatte. Unter Tommaso Feos Führung hielt sie die Venezianer in Schach. Als schließlich ein Hilfskontingent aus Florenz aufmarschierte, den Apenninpaß freikämpfte und die venezianischen Truppen entscheidend schlug, kehrte unerwartet trügerische Ruhe in der Romagna ein.

Es war Sommer, man schrieb das Jahr des Herrn 1499.

Caterina spielte häufig mit dem kleinen Giovanni, der bereits ein Steckenpferd durch die Gänge schleppte, sich sogar mit den Hunden balgte und einen Streich nach dem anderen ausheckte. Es erfüllte sie mit zunehmendem Stolz, daß sie einen charmanten Wildfang auf die Welt gebracht hatte. Schon seinetwegen durfte sie nicht aufgeben, falls der Papst sie ernsthaft aus Forlì vertreiben wollte.

Und dann überschlugen sich die Ereignisse.

Der französische König Ludwig XII. drängte mit einem mächtigen Heer über die Alpenpässe, marschierte direkt auf Mailand zu. Die Stadt kapitulierte rasch. Lediglich das Castello Sforzesco verteidigte sich noch eine Weile, fiel jedoch bald durch Verrat.

Lodovico Sforza flüchtete mit dem Goldschatz und den Juwelen zu seinem Schwager Maximilian, dem deutschen Kaiser, um eine neue Armee auszuheben und Mailand zurückzuerobern. Mehrere Brüder Caterinas suchten bei ihr Schutz, mit ihnen Giovanni da Casale, einer der Condottiere ihres Onkels, ein nicht mehr ganz junger, aber kräftiger und gut aussehender Mann, gepflegt und angenehm nach Zedernbalsam duftend. Ihn ernannte sie zum Oberbefehlshaber ihrer Truppen in Forlì.

Sie erfuhr, daß Cesare Borgia, der Herzog von Valence, *Valentino* genannt, als Verbündeter des französischen Königs mit von der Partie war. Nach der Eroberung Mailands stellte ihm der Franzose ein Kontingent seiner Truppen zur Verfügung, mit deren Hilfe Cesare die Romagna erobern durfte. Nachdem sich die Bentivogli in Bologna an seine Seite gestellt hatten, war sein erstes Ziel Caterinas Grafschaft. Somit gab es keinen Zweifel mehr über die Lage.

Caterina mußte mit einem direkten Angriff des Borgia-Sohns rechnen, falls sie nicht kampflos ihre Grafschaft räumte, sich nach Florenz in Sicherheit brachte und dort bessere Zeiten abwartete, das hieß: das Ende der krakenartigen Herrschaft der Papst-Familie. Oder gleich auf alle Rechte verzichtete.

Mittlerweile war offenkundig, daß Florenz ihr zwar Unterschlupf gewährte, sie aber nicht weiter aktiv unterstützte. Verzweifelt sah sie sich nach Hilfe um – vergeblich. Sie stand allein. Sie konnte fliehen – oder sie mußte kämpfen.

Einmal in ihrem Leben war sie kampflos, von einem Verräter verschachert, abgezogen. Damals hatte sie sich geschworen: Nie wieder! Eher das Leben ehren- und ruhmvoll verlieren. Genau darum ging es heute: Leben in Schande oder Sterben in unvergänglichem Ruhm. Caterina Sforza, ein Weib, aller Unterstützung beraubt, trotzt dem Pontifex maximus und seinem mörderischen Sohn, kämpft bis zum letzten Atemzug und stirbt als Heldin wie einst Penthesilea.

Aber mußte Kämpfen zwangsläufig den Tod bedeuten? Gab es nicht eine Hoffnung, der sie schon einmal vertraut hatte? Diese Hoffnung hieß *il Moro*. Obgleich sie ihren Onkel nie gemocht hatte, hatte er sie doch nach Riarios Tod und dem Orsi-Aufstand gerettet. Zur Zeit hielt er als einziger zu ihr. Gelang es ihm, rechtzeitig in Deutschland eine Armee zusammenzuziehen und nach Norditalien zurückzukehren, war auch jetzt eine Rettung möglich. Mit frischen Truppen würde er die Franzosen schlagen und mit ihnen Cesare Borgia, den Stier aus Rom. Alle Bannflüche des unheiligen Vaters würden verhallen. Die Sforza-Familie stieg auf zu den Sternen.

57. Kapitel

Noch bevor die letzten Blätter von den Bäumen gefegt waren und bevor ein französischer Soldat den Boden ihrer Grafschaft betreten hatte, spürte Caterina, wie der Mut sie zu verlassen begann.

Sie blickte auf den Hof der Rocca hinunter, auf dem die Soldaten sich im Fechten, Lanzenstechen und Bogenschießen übten. Sogar Ottaviano nahm teil. Er geriet allerdings sofort ins Schwitzen und Keuchen, außerdem bewegte er sich so langsam, daß er nie einen Kampf lebend überstehen würde. Ihr Sohn Cesare, der Erzbischof, war zum Glück bereits nach Pisa abgereist. Die anderen Kinder rannten zwischen den Soldaten umher, schwangen Holzschwerter und betrachteten das hektische Treiben als großen Spaß. Bianca hielt den kleinen Giovanni an der Hand und achtete darauf, daß er nicht zwischen die Beine der Fechter geriet oder einem der Pferde zu nahe kam. Schließlich setzte sie sich auf den Brunnenrand und nahm ihn auf den Schoß.

Caterina wollte ihr zurufen, sie solle sofort aufstehen und mit Giovanni hochkommen – aber der Hals hatte sich ihr zugeschnürt. Sie sah vor sich, wie Rosarias Kinder hinabgeworfen wurden – immer wieder drängten sich ihr diese Bilder auf –, und nun sah sie, wie Cesare Borgia ihren Giovanni in die Höhe riß, ihn hohnlachend über das schwarze Brunnenloch hielt und fallen ließ.

Und sie – würde sie wie Rosaria ihm nachspringen?

Nein, sie mußte kämpfen! Sie mußte noch intensiver die Verteidigungsvorbereitungen ihres Landes voranpeitschen, um sich möglichst lange halten zu können. *Il Moro* brauchte nur rechtzeitig mit einem Heer zurückkehren! Kam er zu spät, würden die Wellen der Angreifer an die wehrhaften Mauern der Rocca branden ... Sie mußte den Angreifern widerstehen!

Und trotzdem: Ihre Kinder vor Augen, verließ sie der Mut.

Als Fra Lauro sich zu ihr gesellte, fragte sie ihn flüsternd: »Was soll ich tun? Soll ich aufgeben?«

Er schaute sie erstaunt an.

»Was würdest du tun? Was hätte Ghetti getan?«

In diesem Augenblick erschien Giovanni da Casale. »Das französische Heer hat in Bologna Quartier bezogen«, erklärte er. »Cesare Borgia holt die letzten Befehle seines Vaters ein; er wird nicht mehr bis zum Frühling warten. Bald müssen wir zeigen, ob wir Männer sind.«

»Sollen wir wirklich kämpfen?« fragte Caterina.

Casale sah sie erstaunt an. »Willst du – wollt Ihr etwa aufgeben, Madonna? Eine Sforza?«

Caterina warf Fra Lauro einen hilfesuchenden Blick zu.

»Wir sollten die Kinder so bald wie möglich nach Florenz schicken«, erklärte er. »Giovanni hat dort die Villa in Castello von seinem Vater geerbt, die Familie hat das Bürgerrecht. Die Kinder dürfen nicht erneut als Geiseln dienen – oder gar ...«

Er unterbrach sich.

Caterina hing an seinen Lippen. »Du glaubst also nicht, daß wir uns lange halten können?«

Casale reckte die geballte Faust in die Höhe. »Wir trotzen ihnen Monate. Sogar die Städte sind stark genug, sich zu verteidigen. Die Franzosen werden keine Lust auf einen verlustreichen Sturmangriff verspüren, selbst eine erfolgreiche Attacke käme sie so teuer zu stehen, daß sie für weitere Eroberungen zu schwach wären. Wir müssen nur die Nerven behalten.« Er schaute streng auf Caterina, lächelte dann aber und legte ihr den Arm auf die Schulter.

Sie erwiderte kurz sein Lächeln und entzog sich seiner Umarmung. Vermutlich hatte er recht. Warum sie plötzlich so verzagt war, verstand sie nicht. Sie konnte sich glücklich schätzen, daß Casale in ihren Diensten blieb, sogar ohne Sold. Aber als Liebhaber der Gräfin mußte er sich an sie gebunden fühlen. Er verteidigte ihre Besitzungen und den Besitz ihres Körpers. Im Gegensatz zu Tommaso Feo, den noch ein altmodischer Ehrbegriff trieb und der trotz seines Alters die Rocca von Imola vermutlich bis in den Tod halten würde, verkaufte ein Condottiere wie Casale seine Dienste an den Meistbietenden. Doch auch er kannte die Botschaft ihres Großvaters: Heirate eine Herzogstochter oder gar eine Herzogin, und du kannst selbst Herzog werden. Von Anfang an machte er ihr auf seine ungeschlacht soldatische Weise den Hof und merkte nicht einmal, wie sie ihn einfing. Im Bett verhielt er sich nicht minder ungeschlacht. »Ich bin Soldat«, grunzte er, »ich fackele nicht lange.«

Fra Lauro mochte ihn von Anfang an nicht, ohne ihn seine Abneigung spüren zu lassen. Sogar als er begriff, daß Casale ihr Liebhaber geworden war, verzichtete er auf jeglichen Kommentar.

»Caterina, schicke die Kinder nach Florenz«, bedrängte er sie erneut. »Auch Ottaviano, den *signore*.«

»Die Sforza sind nicht feige«, rief Casale.

»Mut ohne Klugheit … Caterina, du weißt, daß Cesare Borgia alle Erben Riarios in seine Gewalt bringen muß, sonst wäre ein Sieg nur die Hälfte wert. Falls er die Rocca erobern sollte, sind die Kinder sein Faustpfand. Verzichtest du dann nicht auf die Herrschaft, wird er sie vor deinen Augen quälen – und er ist kein Orsi. Hat er sein Ziel erreicht, wird er die Riario-Söhne ohne Skrupel töten, damit alle Ansprüche erlöschen.«

Caterina deutete ein Nicken an.

»Schickst du die Kinder weg, wird dies als ein Zeichen der Schwäche gewertet«, widersprach Casale. »Krieg ist auch ein Spiel, in dem man Nervenstärke zeigen muß. Das lehrte uns der große Francesco Sforza.«

Caterina hatte die Entscheidung bereits gefällt.

Am nächsten Tag verließ, begleitet von einem Trupp Soldaten, Ottaviano Riario mit all seinen Geschwistern die Rocca. »Mutter, du kannst dich auf mich verlassen«, rief er Caterina zu. »Alles wird gut.« Erleichterung stand ihm ins Gesicht geschrieben.

Bianca und die jüngeren Buben reisten in einer Kutsche. Der kleine Giovanni streckte, von seiner Amme gehalten, weinend die Arme nach seiner Mutter aus.

Caterina wurden die Augen feucht, als sie ihre Kinder ziehen sah. Die Vorstellung, sie könne sie nie wiedersehen, zerriß ihr Herz. Sie unterdrückte jedoch alle Tränen und winkte der dahinrumpelnden Kutsche nach. Als sie aus ihrem Gesichtsfeld verschwunden war, fühlte sie neben dem Schmerz über die Trennung eine große Erleichterung. Nach dem Nachtmahl ließ sie aufspielen und wollte tanzen. Sogar Cobelli wurde aus der Stadt herbeigerufen.

Der Tanzmeister und Chronist, der sich lange nicht hatte bei Caterina sehen lassen, wirkte verunsichert, zeigte dann jedoch große Freude, seine Herrin führen zu dürfen. »Die Stadt ist ruhig und bereit«, flüsterte er, während er mit ihr eine *passagiata* schritt. »Die Bürger werden zu Euch stehen und Euch mit aller Macht verteidigen. Der Herzog von Valence wird sich die Zähne an der Romagna ausbeißen und hier sein Philippi erleben!«

»Seid Ihr sicher, verehrter Leone? Habt Ihr nicht die Bürger von Forlì selbst als *wankelmütig* bezeichnet?«

Cobelli lächelte geschmeichelt über die vertrauliche Anrede, wurde jedoch rasch wieder ernst. »Der Ruf des Papstsohns ist nicht gut. Er gilt als grausam.«

»Ihr meint, er ist noch schlechter als *mein* Ruf?«

»Madonna …«

»Seid ehrlich, Leone!«

»Die Alten sagten: ›Im bekannten Übel läßt sich überleben.‹«

Während der folgenden Nacht verhielt sich Casale besonders

einfallslos. Caterina starrte an die Decke, während er sich abmühte und knurrte: »In deinem Loch versäuft man ja.« Bald ließ er sich zur Seite fallen und begann zu schnarchen.

Sie fand keinen Schlaf. Unablässig fragte sie sich, warum sie nicht ihren Kindern nachfolgte. Warum erwartete sie von sich, wie ein Mann zu kämpfen und womöglich zu sterben? Sollte doch der großmäulige Casale die Rocca so lange halten, bis *il Moro* die Franzosen und ihren päpstlichen Günstling vertrieb! Dann kehrte sie, ungeachtet der päpstlichen Absetzung, aus Florenz zurück.

Ihr kleiner Giovanni brauchte sie!

Gleichzeitig verstand Caterina ihre Anfälle von Verzagtheit und Wankelmut nicht. Hatte sie nicht in ihrem Leben schon bedrohlichere Gefahren überstanden? War nicht ihre Grafschaft so gerüstet wie noch nie? Und konnte sie nicht auch Cesare Borgia von einer anderen Seite her besiegen? Man sagte ihm nach, er sei männlich, stark und verwegen. Die Frauen flögen ihm zu, weil er so unbändig sei wie ein Stier.

Warum versuchte sie nicht, Cesare bei seiner Ehre zu packen? Wollte er wirklich gegen ein Weib kämpfen, sollte er sich ihr im Zweikampf stellen. Sie würde ihm Widerstand leisten, wie einst Penthesilea dem Achill. Gab er auf, sie im Schwertkampf zu besiegen, konnte sie versuchen, ihn wie Kleopatra zu umgarnen. Nicht nur sie kannte seinen Ruf, auch er kannte ihren, und dieser Ruf mußte ihm wie einem brünstigen Hirsch in der Nase kitzeln. Sie lockte ihn wie Kleopatra – und griff dann nach der Klinge wie Judith. Sie brauchte sich lediglich daran zu erinnern, wie die Orsi alle Entschlossenheit verloren, als sie vor ihnen ihren Leib entblößte. Eine Frau mußte einen Mann dort angreifen, wo er sich stark wähnte, in Wirklichkeit jedoch schwach war. Und diese Stelle kannte sie gut!

Casale neben ihr schnarchte auf, säuselte dann und schmatzte.

Während der nächsten Tage erreichten Caterina Berichte, daß die ersten Truppen – Horden ohne italienisches Blut, Barbaren aus Spanien, Frankreich und der Schweiz – in ihrem Herrschaftsgebiet eingefallen seien und sich auf Imola zuwälzten. Nun galt es, eine Entscheidung zu fällen. Abgesandte von Forlì erschienen bei ihr und versicherten sie der Verteidigungsbereitschaft der Bürger. Lebensmittel wurden in die Stadt gebracht, so daß sie mindestens vier Monate einer Belagerung trotzen konnte, die letzten Schwachstellen der Mauern ausgebessert und Verteidigungsmaterial auf die Wehrgänge geschafft. Jeder Bürger mußte seinen Beitrag leisten.

Caterina überwand ihre Zweifel. Ein letztes Mal schritt sie schweren Herzens durch ihre noch nicht auf den Winter vorbereiteten Gärten. Sie stand vor der traurigsten Entscheidung der letzten Wochen: Ihr farbenprächtiges und duftendes Erinnerungswerk, Symbol der Liebe und des Friedens, mußte zerstört werden.

Plötzlich stand Scipione vor ihr. Vor Schreck mußte sie sich setzen. Er kniete vor ihr und bedeckte ihre Hände mit nassen Küssen. Sie hatte während der letzten Wochen nicht mehr an ihn denken wollen, weil sie glaubte, er habe die Venezianer auf sie gehetzt, aber nun ... Er erhob sich und umarmte sie; als sie sich befreien wollte, preßte er sie noch fester an sich.

»Mama, ich bin zurückgekommen«, stieß er aus. »Bis zu meinem letzten Atemzug werde ich dich verteidigen.« Er riß nun die Stola von ihren Schultern und küßte ihre Brust. »Ich habe versucht, die Venezianer davon abzuhalten, dich zu bedrängen, ich bat den Dogen inständig, dich wie die Manfredi und die Malatesta unter den Schutz der Serenissima zu stellen – vergeblich! Aber ich lasse dich nicht allein, ich lasse nicht zu, daß der ruchlose Borgia-Stier über dich herfällt. Bevor er dich anrührt, muß er mich töten.«

Endlich konnte sich Caterina von ihm befreien und ihm in die Augen schauen. Scipione wischte sich die Tränen aus seinem hager gewordenen Gesicht. Die tiefliegenden Augen starrten sie unnatürlich geweitet an. »Freust du dich, daß ich gekommen bin?« Seine Stimme war rauh und drängend. »Ich werde dein Ritter sein. Wir werden kämpfen, bis das letzte Sforza-Blut vergossen ist.«

»Wir werden uns wehren, Scipione. Die Städte verteidigen sich, die Rocca ist stark, Onkel Lodovico wird Cesare Borgia und die Franzosen vertreiben.«

Scipione schien gar nicht hinzuhören. Er brach eine nicht

mehr erblühte Rosenknospe ab, riß sich dabei eine kleine blutende Wunde und fragte so leise, daß Caterina ihn kaum verstand: »Ist Bianca in Sicherheit?«

»Sie befindet sich mit ihren Geschwistern auf dem Weg nach Florenz. Dort wird der römische Bastard sie nicht erreichen.«

Scipiones Blick verlor sich in der Ferne. Nach einer Weile humpelte er voll stummer Trauer zur Rocca. Caterina folgte ihm. Im Hof begegneten sie Fra Lauro, der über Scipiones Auftauchen kaum Überraschung zeigte, sowie Casale, der ihn mißtrauisch beäugte und sich schließlich an Caterina wandte: »Wann gibst du endlich den Befehl, daß wir Sicht schaffen?«

»Bald«, antwortete Caterina und starrte auf den Brunnenrand.

Am Abend kam die Nachricht, die Bürger von Imola hätten sich Cesare Borgia kampflos ergeben. Allein die Rocca werde weiterhin von Tommaso Feo gehalten und einige Befestigungen in der Umgebung. Die Manfredi in Faënza würden von Borgias Gesandten ausgesucht höflich behandelt und reagierten ihrerseits nicht minder höflich. Der Herzog von Valence sowie die beiden französischen Heerführer seien zu einem großen Bankett eingeladen. Gleichzeitig verwüsteten die Barbarenhorden Caterinas Land.

Am nächsten Tag, in aller Frühe, gab Caterina den Befehl, die Bäume ihres Gartens und Parks zu fällen, die Büsche herauszureißen, die Rosenlauben und Springbrunnen zu entfernen, die Katen der Gärtner und die Gewächshäuser niederzubrennen und einen Teil des Geländes unter Wasser zu setzen. »Nirgendwo darf ein Angreifer Schutz finden oder sich unbemerkt nähern können.«

Dann wandte sie sich ab. In Scipiones Augen standen Tränen, Fra Lauro schaute düster. Casale entblößte seine Zähne, spuckte aus. »Wir werden dem Hurensohn seinen Kriegszug versalzen, *il Moro* wird ihn zertreten wie einen Skorpion.«

Bevor das Heer nahte, kippte die Stimmung in Forlì. Cobelli kam zu Caterina geeilt und teilte ihr mit, daß die entscheidenden Familien, insbesondere die Numai, Widerstand gegen eine Belagerung für sinnlos, ja, selbstzerstörerisch hielten und man sich schweren Herzens für den Stärkeren entscheiden müsse, schon um Menschenleben zu schonen. Die Gräfin möge der weisen Entscheidung der *anziani* folgen.

»Ich habe verstanden. Was sagt der alte Numai noch?« fragte Caterina, äußerlich ganz beherrscht.

»Seine Rede kann ich nicht wörtlich wiedergeben, er griff weit zurück und erwähnte die Geiseln, die Euer dahingegangener Gatte ...«

»Gut«, unterbrach ihn Caterina, »dann werde ich meinem dahingegangenen Gatten nacheifern und mir ebenfalls Geiseln holen.«

»Ihr wißt, daß ich stets loyal zu Euch stand, Madonna, und auch diesmal gegen den Verrat stimmte – obwohl ich ein Mann der Feder bin und nicht des Schwertes.« Cobelli versuchte sich an einer tänzerisch eleganten Verbeugung, wirkte jedoch nur hilflos.

Sie ergriff seine Hand: »Leone Laureatus, vergeßt nicht, was ich für Euch tat. Wenn Ihr schon nicht mit dem Schwert für mich kämpft, so greift zur Feder! Seid ein zweiter Dante! Tragt meinen Kampfesmut in alle Welt! Schreibt ein Gedicht über die Tochter der Sforza, die der Übermacht nicht wich. Mein Ruhm wird auch Euer Ruhm sein.«

Cobelli schaute sie mit überraschter Begeisterung an. »Ja, ich werde von Eurem Ruhme singen, Madonna, von der tapfersten Amazone, die unsere italienische Flur hat wachsen lassen, von ihrem blendenden Aufstieg, dem tragischen Fall und ihrem letzten, alles überstrahlenden Triumph. Ich werde Euch in den Götterhimmel heben, Ihr werdet in meinen Versen über das Firmament ziehen!« Schon begann er zu deklamieren:

»Ungeheuer ist viel,
doch nichts ist ungeheurer als ein Weib,
das sich zu wehren versteht.
O hilf mir, Muse, singe von ihrem Zorn,
singe von ihrem Leid und laß ihren Ruhm
erstrahlen über alle Jahrhunderte hinweg!«

Nachdem Cobelli sie verlassen hatte, schickte Caterina einen Soldatentrupp in die Stadt. Sie forderte von jeder der wichtigen Familien einen Sohn oder Mann, der mit ihr die Rocca verteidigen mußte. Sie ließ weitere Waffen, Munition und Vorräte in die Zitadelle bringen.

Als Weihnachten vor der Tür stand, rückte das Heer des Papstsohns heran. Die Zugbrücke der Rocca senkte sich nicht mehr. Caterina beobachtete, wie Bischof Luffo Numai, der Anführer der Verräter, mit Cesare Borgia vor der Porta Ravaldino verhandelte. Eine einzige Nacht gelang es den Bürgern, die heranflutenden Soldaten außerhalb der Stadtmauern zu halten. Dann jedoch mußten sie die Tore öffnen. Während der zweiten Nacht zogen betrunkene, grölende Soldaten durch die Straßen, Türen splitterten. Brände flackerten auf. Die Schreie der gepeinigten Frauen drangen bis in die Burg.

Caterina befahl, die ersten Kanonenkugeln auf die Stadt abzufeuern, und ließ auf das Haus der Numai zielen. Boten, die durch einen Geheimgang hereinschlichen, berichteten ihr von dem Treiben der Barbaren. Abordnungen von Bürgern zögen zu Cesare Borgia und den beiden französischen Heerführern, betonten, die Stadt habe sich kampflos ergeben, habe Cesare Borgia als neuen *signore* anerkannt – dennoch hausten die Soldaten wie die Türken.

»Es geschieht den Bürgern recht«, stieß Caterina hervor und gab Befehl, die Stadt und das Heerlager der Franzosen weiterhin zu beschießen. Sie legte sich nicht hin, um Schlaf zu finden, sondern marschierte in voller Rüstung über die Wehrgänge und jubelte, wenn sie eine Kanonenkugel einschlagen sah. Dann schrie sie in die Nacht hinaus: »Zeig dich, du Hurensohn, zeig mir, daß du ein Mann bist!«

58. Kapitel

Der Ring um Ravaldino hatte sich geschlossen. Die französische Artillerie war in Stellung gebracht worden und beschoß tagsüber die Festung, ohne nennenswerten Schaden anzurichten. Die beschädigten Mauerstücke wurden während der Nacht wieder repariert. Noch immer gelangten Boten durch den Geheimgang zu Caterina und berichteten, daß die Stimmung in der Stadt sich nun gegen Cesare Borgia und seine Barbarenhorden wende. Kaum ein weibliches Wesen war der Vergewaltigung entgangen, nicht einmal die Nonnen, die Familien waren ihrer Geldtruhen, Juwelen und Silberwaren beraubt. Die Soldaten betranken sich an dem Wein, den sie vorfanden, sie schlachteten das Vieh, das in die Stadt gebracht worden war, und wer sich ihnen in den Weg stellte, wurde niedergemetzelt.

Caterina berichtete den Geiseln aus den Adelsfamilien, was sie gehört hatte, und wies sie nicht ohne Hohn darauf hin, sie könnten sich glücklich schätzen, geschützt und gut genährt in der Rocca ausharren zu dürfen, bis der Spuk des gottlosen Papstsohns vorüber sei. Um die Belagerer zu verhöhnen, ließ sie abends Musik spielen, trat anschließend auf einen der Ecktürme und forderte Cesare Borgia zu einem Tänzchen auf. »Wo bleibst du, schöner Katalane?« rief sie. »Reich mir die Hand, mein Leben!« Und: »Warum wagst du es nicht, römischer Ritter, oder bist du ein Eunuch?«

Fra Lauro zog Caterina wieder in den Großen Saal des Hauptturms, wo die Musik spielte. Sie lachte laut, trank ein Glas roten Wein in einem Zug aus und tanzte mit Casale mehrere Runden. Dann wünschte sie sogar mit Fra Lauro zu tanzen. Er rührte sich jedoch nicht von der Stelle. Im Halbdunkel des Hintergrunds sah sie Scipione neben Argentina stehen und sie beobachten. Sie eilte zu ihnen, zerrte beide auf die Tanzfläche, stieß Argentina in Fra Lauros Arme und reichte Scipione die Hand. Auch ihre drei Brüder sollten sich eins der weiblichen Wesen, die sie bedienten, greifen, die Geiseln aus der Stadt sollten die Küchenmägde rufen und mit ihnen tanzen. Die Mägde kreischten auf vor Lachen. Jeder der Tänzer und Tänzerinnen mußte auf Caterina anstoßen, die Musik begann, einen Saltarello zu spielen, wildes Hüpfen und Laufen, Stolpern und Fallen war die Folge.

Caterina wirbelte an Scipiones Seite, der tapfer versuchte, sein Humpeln zu unterdrücken. Sie drehte sich und sprang. Ihre Haare lockerten sich und flogen nach allen Seiten. Es war wie ein Rausch. Kurz zog Casales Gesicht an ihr vorbei, verbissen, grimmig, dann wieder sah sie die leuchtenden Augen Scipiones, und beinahe wäre sie über eins ihrer Kammermädchen gefallen, das bereits auf dem Boden lag und vor lauter Lachen nicht mehr aufstehen konnte. Sein Kleid war hochgerutscht und entblößte die nackten Schenkel bis in die Scham. Einer ihrer Brüder beugte sich über sie, in seinen Augen stand die reine Gier.

Durst plagte Caterina, und sie löschte ihn mit weiteren Gläsern Wein. Obwohl sie seine Wirkung längst spürte, wollte sie sie noch erhöhen. In dieser Nacht zwei Tage vor Weihnachten suchte sie Taumel und Vergessen. Womöglich tanzte sie zum letzten Mal in ihrem Leben. Sie wies die Musiker an, eine *pavaniglia* zu spielen. Ständig fiel sie in Scipiones Arme, bis plötzlich Casale vor ihnen stand und ihn zur Seite drängte. Einen Augenblick schien Scipione nach seinem Dolch greifen zu wollen, doch dann erlaubte er Casale, sie wegzuführen.

»Diese Nacht mußt du mich glücklich machen«, flüsterte sie Casale zu.

»Du bist betrunken«, antwortete er unwirsch.

Erneut fiel sie in einen schwebenden Rausch, sah die Lichter und die aufbauschende Kleidung an sich vorbeiwischen. Ihr Körper bewegte sich wie von allein. Um sie herum verstärkte sich das Gelächter, das Springen und Gleiten, Fallen und Rennen. Abermals stürzte eine Gruppe zu Boden, diesmal leuchtete Caterina ein nacktes Hinterteil entgegen, und für einen Augenblick fühlte sie sich ernüchtert. Die Männer verloren jegliche Hemmung, die Mägde schienen nun bereit, sich jedem, der sie packte, hinzugeben. Während in der Stadt die Soldateska sich die Frauen mit Gewalt gefügig machte, opferten sich hier in der Rocca die Bacchantinnen dem Gott des Weins aus freiem Willen.

Casale faßte unerwartet eine ihrer Brüste. Caterina gab ihm einen Stoß, er ließ sich jedoch nicht zur Seite drängen, sondern riß sie mit aller Kraft an sich und küßte sie. Sie ließ sich küssen. Über seinen Kopf hinweg spähte sie in eine halbdunkle Ecke des Raums. Dort standen Fra Lauro und an seiner Seite Argentina. Er hatte ihre Hand wie zu einer *passagiata* gefaßt, sie wiegte verloren ihren Körper, er lächelte – lächelte sie voller Liebe an. Dann barg sie ihren Kopf an seiner Brust, er strich ihr sanft über die Haare, und im seligen Glück erstrahlte ihr Gesicht.

Casale zerrte Caterina zum nächsten Tanz. Sie trank noch mehr. Scipione war nicht zu sehen. Als einer Magd von zwei Männern die Röcke gehoben wurden, flüsterte sie Casale zu: »Ich will jetzt, daß du mich liebst« und zog ihn aus dem Raum. Sie stolperten durch die dunklen Gänge in ihr Schlafzimmer. Draußen schimmerte eine kühle Winternacht. Sie öffnete die Fenster und sog den fauligen Geruch über dem Wassergraben ein. In der Ferne konnte sie die Bergkette erahnen. Diese Stelle der Rocca hatte Cesare Borgia häufig beschießen lassen, und von hier hatte sie ihn mehrfach gesehen, mit seinem rötlichen Bart, mit den weißen Federn auf dem Barett, den breiten Schultern in einem glänzenden Harnisch, über den ein halblanger purpurroter Umhang fiel. Er bewegte sich in der Tat wie ein junger Stier in voller Kraft. Warum mußte er nur ihr Feind sein! Warum konnte er ihr nicht als Gesandter seines Vater die Aufwartung machen! Sie wären auf die Jagd gegangen, hätten üppig gespeist, geplaudert und getanzt – und womöglich hätte sie auch seine Manneskraft auf die Probe gestellt.

»Komm ins Bett«, krächzte Casale und räusperte sich, spuckte dann durch das Fenster. »Hier ist mir zu kalt.«

Caterina konnte keinen klaren Gedanken fassen. Sie hatte zu viel Wein getrunken, sie spürte die wilde Gier ihres Körpers und den Haß auf Cesare Borgia und die Angst, bald könnte sie tot sein – wie ihr Vater, wie Riario und Giacomo Feo.

»Ich will, daß du mich hier im Fenster liebst«, flüsterte sie Casale mit heißer Stimme ins Ohr.

»Du bist betrunken!«

Schon umklammerte sie seinen Körper mit ihren Beinen. »Ich will, daß der Katalane uns sieht, ich will ihn verhöhnen, während er sich die Zähne an unserer Festung ausbeißt.«

Casale zeigte wenig Neigung, ihren Wünschen nachzukommen.

»Los, fick mich hier!«

»Was sind das für Worte aus deinem Mund! Spricht so eine Gräfin?« Er versuchte, sich aus ihrer Umklammerung zu befreien.

Sie hörte sich kreischend auflachen, spürte einen unbändigen Drang zwischen den Schenkeln, der um jeden Preis befriedigt werden mußte, sah Casale seine Schamkapsel aufreißen und raffte ihr Kleid so hoch, daß ihre nackten Beine in die Nacht hinein leuchteten. Um nicht nach hinten zu fallen, mußte sie sich in den Fensterrahmen stemmen. Casale packte ihr Hinterteil. Sie griff in seine Haare, riß sein Gesicht an ihre Brust. Er machte es grob und mechanisch, stöhnte auf wie ein sterbender Krieger, während sie sich ihre Lust aus dem Leib schrie. Kaum sank Casales Kraft in sich zusammen, hätte sie sich am liebsten fallengelassen. Er hielt sie jedoch fest und zog sie schließlich in den Raum, zerrte sie zum Bett. Sie fiel auf den Bauch, versteckte ihr Gesicht zwischen den Kissen. Ihr ganzer Körper bebte und zitterte – warum starb sie jetzt nicht!

Ein heftiger Schuß aus einer Bombarde ließ die Mauern erzittern. Zuerst begriff sie nicht, was geschah. Meldete sich der unbarmherzige Gott, der die kleinen Sünder strafte und die großen Sünder zu Päpsten erhob, mit donnerndem Getöse und höhnischen Paukenschlägen mitten im Winter, zwei Tage vor der geheiligten Geburtsnacht seines Sohnes?

Ein zweiter Schuß. Die schwere Kugel hatte getroffen, die ganze Bastion bebte. Nein, es war kein zorniger Gott, sondern der Mann, den sie hatte verhöhnen wollen. Und es war ihr gelungen. Nun ließ er sogar des Nachts seine Kanonen ihr sinnloses Werk vollbringen. Caterina drehte sich langsam, mit schmerzenden Gliedern herum. Als sie begriff, daß Casale verschwunden war, stemmte sie sich auf ihre Ellenbogen. Ein dritter Schuß traf fast das Fenster, Mauerteile und Mörtel spritzten herein. Sie taumelte zum Fenster, riß das Kleid von einer ihrer Brüste und schrie mit schwerer Zunge: »Hier ist mein Herz. Töte mich, du Bastard! Oder soll ich dir meine Brust reichen? Du vergreifst dich an einer Mutter, du gottloser Hurensohn!«

Sanft wurde sie vom Fenster gezogen. Sie schloß die Augen und ließ sich fallen. Alles war aus. Sie wurde zerschmettert. Zwei Arme fingen sie auf, führten sie, trugen sie zum Bett. Es war Giovanni, ihr kranker, von Schmerzen geplagter Giovanni. Er hatte sie nicht vergessen und war zurückgekehrt. Der Himmel hatte ihn freigegeben. Für eine Stunde, für eine Nacht. Sie hatte ihm nie gesagt, wie sie ihn liebte. Erst jetzt verstand sie seine Sanftheit. Er traf die verborgene Stelle ihres Herzens. Aber sie hatte ihn weggeschickt. Sie hatte ihn sterben lassen. Hätte sie ihn gehalten, genährt, gepflegt, wäre er nicht gestorben. Sie war schuld, sie allein.

Caterina spürte seine Wange. Eine Hand strich ihr über die Augen. Nur Giovanni faßte sie so weich an. Warum fielen sie nicht beide in eine unendliche Seligkeit, aus der sie nicht mehr erwachten!

Sie öffnete die Augen: kein Gesicht, lediglich der samtrote Himmel über dem Bett. Von draußen flackerte Feuerschein durch das Fenster. Vorsichtig hob sie den Kopf, der sich an sie drückte.

Es war Scipione.

Mit rasender Geschwindigkeit näherte sich ihr wieder der klingenscharfe Zustand der Nüchternheit. Kein Giovanni, sondern der Sohn des Riario. Der Junge, den sie am meisten geliebt hatte, den sie von sich stoßen mußte. Nun lag er neben ihr wie ein Liebhaber, der jeden Augenblick in sie eindringen konnte. Wie zu Stein geworden lag Caterina auf dem Rücken, starrte auf die Schatten, die, vom Feuer in den Raum geworfen, sich umtanzten und einander verschlangen. Konnte sie Scipione nicht geben, was er begehrte, wofür er wahrscheinlich bereit war zu sterben? Auch sie würde bald sterben. Sie drückte Scipiones Wange an sich. »Mein Junge!« flüsterte sie, er hauchte »Mama!«. Sie bettete sein Gesicht auf ihre Brust. Seine Finger strichen über ihre Lippen und blieben über ihren Augen liegen. Es wurde dunkel, die Zeit zerfiel.

Nach einem heftigen Stoß und lautem Geschrei öffnete Caterina wieder die Augen. Im Zimmer herrschte eine graue Helligkeit, nasse Kälte kroch durch das geöffnete Fenster. Sie lag allein auf dem Bett.

Scipione mußte sie verlassen haben.

Ihr Kopf schmerzte, Übelkeit und heftiger Durst quälten sie. Die zurückliegende Nacht erschien ihr wie ein Eintauchen in eine andere Welt. Sie rief nach Argentina. Das Mädchen erschien mit einer Wasserkanne und Tüchern.

»Sie richten die Kanonen auf die Palastmauer«, sagte Argentina, ohne ihr ins Gesicht zu schauen. »Ihr seid hier nicht mehr sicher.«

»Ich will, daß du mich wäschst, puderst und meine Haare gründlich kämmst. Ich möchte nach Nelken und Rosen duften, nach Narzissen wie eine Jungfrau. Dann lege ich die Rüstung um.«

»Madonna, es ist kalt hier. Ihr werdet krank …«

»Mir ist nicht kalt. Im Grab ist es kalt, hier nicht. Noch leben wir. Was hast du heute nacht getan?«

Argentina antwortete nicht, entfernte ihr mit einem Schwamm den getrockneten Schweiß zwischen den Brüsten.

»Argentina, was ist heute nacht geschehen?«

»Wir haben getanzt und gefeiert.«

Als Caterina im Brustharnisch auf den Hof trat, den Bogen

über die Schulter gelegt, das Schwert gegürtet, und die Augen der Soldaten auf sich gerichtet sah, erfaßte sie wieder ein unerschrockener Kampfgeist. Die Veteranen blickten sie an. Ihr Großvater Francesco stand hinter ihr. Sie griff nach dem Bogen, nahm einen Pfeil aus dem Köcher, zielte langsam auf einen Schild, der an einer Mauer lehnte. Stumm traten die Soldaten zur Seite. Der Pfeil sauste los und traf in die Mitte des Schilds. Jubel brach aus. Caterina war bereit zu kämpfen.

59. Kapitel

Am Morgen beschossen die Kanonen des Belagerungsheers nur lustlos die Festung. Caterina wies ihre Kanoniere an, zurückhaltend mit der Munition umzugehen und lediglich die Gegner zu attackieren, die sich dem Graben näherten. Die Soldaten des Cesare Borgia hielten sich jedoch zurück, und am Tag vor Weihnachten schlief der Artilleriebeschuß gänzlich ein.

»Sie wollen den Tag des Herrn nicht entweihen«, bemerkte Fra Lauro. »Weihnachten ist das Fest der Liebe und Versöhnung.«

»Vielleicht geben sie auf«, sagte Scipione. »Das Wetter ist kalt und regnerisch, sie waten im Schlamm, und in der Stadt scheint sich Widerstand zu regen. Wenn jetzt noch das Fieber um sich greift ...«

»Der Papst hat reichlich Soldgelder geschickt, außerdem wurde die Stadt gründlich geplündert«, unterbrach ihn Casale. »Das Barbarengeschmeiß suhlt sich im Gold. Kalt ist es überall. Sie werden sich hier einrichten. Und wenn die Gicht in ihren Knochen kracht, hocken sie sich ans Feuer oder wärmen sich in den Betten der Weiber.« Er lachte. »Die werden ihre neuen Beschäler jede Nacht herbeisehnen ...«

»Wir haben verstanden, was Ihr sagen wollt, Casale«, unterbrach ihn Caterina mit schneidender Stimme.

Als er sie erstaunt anschaute, strafte sie ihn mit Verachtung im Blick. Langsam zog er seine Lippen zu einem schiefen Grinsen breit, in seinen Augen jedoch blitzte Wut auf.

Nachmittags zog sich Caterina in ihre Gemächer zurück. Casale folgte er ihr, ohne daß sie ihn aufgefordert hatte. Das Feuer brannte im Kamin, sie wärmte sich die Hände, öffnete dann das Fenster, um ihren Blick über die Artilleriestellungen hinweg in die Ferne, zu den Bergen, wandern zu lassen. Es dunkelte bereits, und der Nebel bedeckte wie ein Leichentuch den zerstörten Park, die Gärten der zärtlichen, der leidenschaftlichen, verbotenen und tragischen Liebe. Mitten zwischen ihnen sprudelte das Wasser aus den Brüsten der Nymphen. Dort hatte sie unter dem Rosenbogen gesessen, hatte den kleinen Giovanni gestillt, war von dem großen Giovanni geküßt worden. Die Tauben gurrten, die Singvögel zwitscherten und flöteten. Überall hatte sie Käfige mit Kanarienvögeln aufstellen lassen, die miteinander wetteiferten um den Preis des lieblichsten Sängers. Im Frühling flöteten die Nachtigallen, die Liebesboten, sie trillerten und schluchzten. Sie konnte mit Giovanni ganze Abende lang im Duft der Blüten und Kräuter sitzen und ihnen lauschen. Worte benötigten sie beide nicht. Sie hielten sich lediglich im Arm. Im Hintergrund des Gartens bewegte sich ein Schatten in einer langen Kutte. Fra Lauro sprach zu den Vögeln. Und manchmal hing über den Bergen ein rosa Leuchten, wie ein letzter Wink des Schöpfers.

»Schließ endlich das Fenster!« hörte sie Casale rufen. »Ich will dich – wie sagtest du doch gestern?«

»Laß mich allein!« unterbrach sie ihn, ohne sich herumzudrehen. »Ich muß mich ausruhen.«

»Ich werde deine Ruhe versüßen.«

»Hast du nicht verstanden? Ich will allein sein.«

Sie warf einen Blick über ihre Schultern und sah Casale mit bösartig verkniffenem Mund das Zimmer verlassen.

Caterina versuchte zu beten, aber ihre Lippen brachten keinen Laut hervor. Den ungerechten Gott und seinen schwachen Sohn vermochte sie nicht anzurufen. Sie hatte den Glauben verloren. Warum sollte sie wie ein Kind vor ihnen auf die Knie fallen? War nicht wenigstens die gnadenreiche Gottesmutter fähig zur Versöhnung? *»Mater admirabilis«*, flüsterte sie, »kümmere dich um meine Kinder in der Fremde, laß sie Sicherheit finden, auch über meinen Tod hinaus!«

Caterina sah den kleinen Giovanni vor sich. Nein, sie wollte nicht sterben. Ihr Jüngster brauchte sie. Sie wollte noch nicht einmal auf die Regentschaft verzichten. Der Borgia-Papst selbst hatte Ottaviano als Lehnsträger bestätigt, sein machtgieriger Sohn durfte sie und Ottaviano nicht einfach vertreiben!

Doch warum hatte der Valentino seinem Beschuß eingestellt?

Am Abend hielt Fra Lauro eine Messe für alle, die die Rocca verteidigten. Auch Caterina nahm tief verschleiert teil. Neben ihr knieten Scipione, ihre Brüder und Argentina. Casale stand hinter ihr mit versteinertem Gesicht. Sein Blick schien ihren Schleier durchdringen zu wollen. Ob sie ihm nun Sold anbieten sollte?

Am Weihnachtstag schwiegen die Kanonen noch immer. Dafür kündigten Trompeten einen hochrangigen Verhandlungsführer an. Caterina schaute neugierig vom Turm über der Zugbrücke hinab und stieß einen erstaunten Ruf aus: Es war Cesare Borgia selbst, der sich in einem weißen Hermelinmantel, unter einem weißen Busch aus Straußenfedern und in weißen Stulpenstiefeln der Rocca näherte. Unter dem Mantel glänzte der Brustharnisch hervor, und ein edelsteinbesetztes Schwert hing an seiner Hüfte. Seinen Rappen zierte eine Schabracke mit dem Stier der Borgia und den Lilien der französischen Krone.

Fra Lauro, Casale, Scipione und ihre Brüder hinter sich, zeigte sich Caterina an den Zinnen, hob wie ein römischer Imperator ihre Hand zum Gruß. Cesare Borgia tat es ihr nach und rief: »Salve, Madonna!«, fügte, nicht ohne einen Anflug von Hohn, gleich an: »Salve, Regina!«

Caterina wartete. Der Papstsohn verbeugte sich, so daß der Federbusch heftig schwankte, warf sich in die Brust und schickte ein spöttisches Lächeln zu ihr hoch. Sie blieb ernst.

»Wir feiern die Geburt des Herrn. Alleluja!« rief er, und als sie nicht antwortete, fügte er an: »*Der Herr ist König, mit Hoheit hat Er Sich umhüllt; dem Herrn dient Heldenkraft als Kleid und Macht als Gurt.* So steht es im Psalm.«

Caterina schaute sich kurz nach Fra Lauro um, der ihr zuflüsterte: »Es spricht der ehemalige Kardinal. Er ist falsch wie ein Pharisäer. Geh nicht auf seine Worte ein, frage, was er will.«

»Er hat jetzt bereits genug von der Belagerung«, warf Casale ein. »Dem knallen wir einen Schuß vor den Bug.«

Caterina hob die Hand, um ihn zum Schweigen zu bringen, und wandte sich wieder Cesare Borgia zu: »*Licht leuchtet heut über uns; denn geboren ist uns der Herr. Sein Name ist Friedensfürst,*

Vater der Zukunft, Sohn der Gerechtigkeit. Was wünscht Ihr, Cesare Borgia, Duc de Valence, usurpator Romaniae.«

Cesare lachte auf, reckte seinen Kopf. »Mein Name ist tatsächlich *Friedensfürst, Vater der Zukunft, Sohn der Gerechtigkeit*, und ich möchte Euch Frieden bringen.«

»Dann zieht ab!«

»Nein, schöne Madonna, Tochter der großen Sforza, wir ziehen nicht ab. Ihr solltet dem Friedensfürst gehorsam die Rocca übergeben. Dann wird kein Blut mehr fließen. In Ehren lassen wir Euch gehen, Ihr dürft Euch in den Mauern der Ewigen Stadt niederlassen. Ihr erhaltet eine großzügige Rente, für die sich der Heilige Vater verbürgt. Er gewährt Euch sogar für die Grafschaft Ersatz und erlaubt Euch, weiterhin den Titel *Gräfin* zu tragen.« Cesare nannte noch einige Vorbilder aus der Geschichte, die sich für die Vernunft rechtzeitigen Rückzugs entschieden hatten, und bat sie dann, nicht halsstarrig das Leben vieler Menschen zu riskieren, sondern sich klug in das Unvermeidliche zu fügen. Die französischen Hauptleute würden für ihre Sicherheit bürgen.

Caterina hatte ungeduldig auf das Ende von Cesares Rede gewartet. Seine verlogenen Worte drehten ihr den Magen um. Gleichzeitig faszinierte sie dieser junge Mann, der seinem verfetteten, wulstlippigen Vater so gar nicht ähnelte. Im Gegenteil: Seine schmalen Lippen lagen aufeinander wie zwei Klingen, während sich sein Kinn unter einem glatt geschnittenen Bart verbarg. Die Augen standen nie still, selbst von hier oben wirkten sie kalt und unberührbar wie die von Echsen. Gleichzeitig sah Cesare mit seinen breiten Schultern und der mächtigen Brust wie ein römischer Gladiator aus; dieser Mann, so war die Sage bis zu ihr gedrungen, vermochte einem Stier mit einem Schwertstreich den Kopf abzutrennen. Er mußte also auch die Kraft eines Stiers haben. Und doch wagte sie, ihm Widerstand zu leisten. Nicht nur hinter den uneinnehmbaren Mauern von Ravaldino.

»Ich habe gelernt, Valentino, einem Borgia nicht zu trauen. Warum soll ich dann Euren Befehlsempfängern trauen?« rief sie Cesare zu. »Mein Großvater hat mich gelehrt, daß allein die Tapferen siegen werden, die Feigen und Lügner jedoch, die Hinterlistigen und Heimtückischen, diejenigen, die sich mit fremden Federn schmücken und hinter fremden Heeren verstecken, eines

Tages dahinrotten und von Hunden gefressen werden. Meine Mauern sind stark, die Vorräte reichen lange, mir folgen zahlreiche entschlossene, todesmutige Männer. Warum sollte ich Euch Ravaldino übergeben? Weil allerdings auch mir daran gelegen ist, Blutvergießen zu vermeiden, schlage ich Euch vor: Meßt Euch in einem Zweikampf mit mir. Kämpft, starker Sohn aus dem Geschlecht des Stiers, gegen ein Weib, das wagt, Euch die Stirne zu bieten.«

Casale zischte ihr »Bist du verrückt?« zu, auch Fra Lauro wollte sie mit Angst in der Stimme zurückrufen. Aber sie hatte sich genau überlegt, was sie tat. Sie forderte Cesare Borgia heraus. Diesen Kampf würde sie auf jeden Fall gewinnen, selbst wenn sie sterben sollte. *Mors dulce, fama perpetua.* Dies könnte sie noch im Sterben ausrufen und somit ewigen Ruhm ernten. Sie berauschte sich regelrecht an der Vorstellung, wie sie, die unerschrockene Penthesilea, diesen heimtückischen Achill zum Zweikampf forderte. Sie schlug ihn mit ihren wie mit seinen Waffen. Schnelligkeit gegen Kraft, der Pfeil gegen das Schwert, die List gegen den Hochmut. Außerdem triumphierte sie bereits jetzt, denn sie hatte Cesare in eine Falle gelockt: Gegen ein Weib anzutreten hieß, sich ehrlos zu verhalten; vor einem Weib zurückzuweichen war schmachvoll; sich gar von einem Weib besiegen oder überlisten zu lassen bedeutete ewige Schande!

Cesare schien es die Sprache verschlagen zu haben. Er zähmte sein unruhig tänzelndes Pferd, schaute empor. Caterina spürte regelrecht die Wut, die in seinen Adern kochte. Bereits dieser Sieg ließ sie triumphieren.

»Wagst du es, mutiger Cesare? Oder ziehst du den Schwanz ein wie ein vatikanischer Eunuch?«

»Caterina!« riefen Casale und Fra Lauro gemeinsam.

»Du glaubst, Hure, mich provozieren zu können«, antwortete Cesare mühsam beherrscht. »Du hältst dich für besonders gerissen. Du weißt genau, daß ich nicht gegen dich, ein Weib, kämpfen kann. Soll ich die Welt über mich lachen lassen?«

»Ich wußte, daß du ein Feigling bist, Maulheld Cesare, Sohn eines Herrn d'Arignano, Beischläfer deiner Schwester.«

»Schluß jetzt – Madonna!« brüllte Cesare.

»Wir werden ihn besiegen!« hörte sie plötzlich nah an ihrem Ohr. Scipione sprach zu ihr und griff, wie unbeabsichtigt, nach seiner Armbrust. »Tritt auf der Zugbrücke gegen ihn an. Er wird seine Heimat nie wiedersehen.«

Caterina wandte sich ihm zu und flüsterte ihm ihren Plan ins Ohr. Er nickte heftig.

»Caterina, du bist verrückt!« Casale schob Scipione ruppig zur Seite. »Warum willst du unbedingt in den Heldenhimmel eingehen? Wir haben doch die besseren Trümpfe in der Hand.«

»Du treibst ein gefährliches Spiel.« Fra Lauro unterstützte Casale mit eindringlicher Stimme. »Wenn dein Onkel mit seinem Heer naht, muß der Borgia weichen.«

Caterina wurde nur einen Augenblick schwankend. Dann sah sie erneut diesen überheblichen jungen Mann vor sich. Sie wollte alles gewinnen. Sie wollte ihn so tief in Morast und Kot stoßen, daß er nie wieder auf die Idee kam, sich an ihr zu vergreifen.

»Was ist, Feigling?« rief sie. »Willst du wirklich kneifen? Warte, ich komme zu dir!«

Caterina hastete die Treppe hinab und gab den Befehl, die Zugbrücke herunterzulassen.

Die Lager kreischten, Ketten rasselten, und schon schlugen die Bohlen auf. Cesares Pferd scheute, nur mit Mühe konnte er es zügeln. Caterina stand im Torbogen. Hinter ihr versammelten sich ihre Männer. Cesare wich einige Schritte zurück, sprang dann vom Pferd. Hinter ihm drängten sich die beiden französischen Heerführer durch die Hellebardenträger. Einer von ihnen war Yves d'Alègre! Dies gab ihr zusätzlich Hoffnung, auch wenn sein Gesicht versteinert schien. Und da stand der junge Kardinal Farnese in der Kleidung eines Kriegers! Alle starrten sie an, als stünde die geharnischte Pallas Athene vor ihnen.

»Hier bin ich, schöner Eroberer!« rief Caterina. »Kämpfe wie ein Mann, zieh dein Schwert!« Sie trat vor bis an den Rand der Zugbrücke.

Cesare schaute sich kurz nach seinen Männern um, lachte unsicher auf und machte eine abwiegelnde Geste. »Du weißt doch, Caterina, daß ich nicht gegen eine Frau die Waffe heben kann. Selbst wenn du hier die Amazone spielst. Es ist Weihnachten. Mein Friedensangebot ist ernst gemeint. Übergib mir die Rocca, und du darfst abziehen, ohne belästigt zu werden. Sogar mit dem Staatsschatz, mit deinem Silber und deinen Juwelen. Ich erlaube dir auch, dich nach Florenz zu begeben, wenn du dich dort sicherer fühlst. Mein Vater wird dir die sechzigtausend Dukaten auszahlen, die dir zustehen. Denk daran, was auf dem Spiel steht! Das Leben deiner Männer, dein Leben, das Leben deiner Kinder. Ihr alle erhaltet freies Geleit!«

Cesare streckte seinen Arm zu einem Friedensangebot aus. Caterina wich zurück. Er folgte ihr einen Schritt, bis sein Fuß auf die Kante der Zugbrücke trat. Nun nahte der entscheidende Augenblick. Ließ Cesare es wirklich auf einen Schwertkampf ankommen, würde sie ebenfalls ihr Schwert zücken, aber sofort zurückweichen. Während sie zurückwich, sollte Scipione mit der Armbrust einen Schuß auf Cesare abfeuern und auf diese Weise seine Attacke aufhalten. Gleichzeitig nahm sie ihren Bogen von der Schulter und richtete den Pfeil gegen ihn. Sie würde ihn mitten zwischen die Augen treffen. Gelang dies nicht, ließ sie sich fallen und lockte Cesare auf die Brücke. Sobald er auf den Bohlen stand, sollte sie hochgezogen werden. Mit ihr zusammen stürzte er in den Portalbogen. Ihre Männer warfen sich auf ihn, entwaffneten und fesselten ihn.

»Kämpfe, Feigling!« Caterina zog langsam ihr Schwert. »Es ist deine letzte Chance. Du weißt wie ich, daß *il Moro* aus Deutschland heraneilt, mit einem Heer so zahlreich wie die Sandkörner in der Wüste, und dich zerschmettern wird.«

Cesare wich einen Schritt zurück.

Caterina blieb stehen. Sie durfte ihn nicht vertreiben. Sie mußte ihn heranlocken. Sie schüttelte ihre Haare, die sich inzwischen gelöst hatten, streckte ihren Körper und hielt ihm ihre Linke entgegen. Cesare schielte kurz zu den Zinnen empor, schien jedoch nichts Verdächtiges wahrzunehmen. Caterina wagte nicht mehr, sich umzudrehen. Sie hielt ihren auffordernden Blick starr auf Cesare gerichtet.

»Wenn du nicht kämpfen willst, dann komm herein in die Rocca und verhandele mit mir«, rief sie mit gesenkter Stimme. »Auch ich gebe dir mein Wort, dich ziehen zu lassen, falls wir uns nicht einigen. Wort gegen Wort, Herzog von Valence!«

Cesare hielt seine Hand auf dem Schwertgriff, so daß er es jederzeit ziehen konnte. Vorsichtig schob er seinen Fuß einen Schritt vor. Jetzt mußte sie langsam zurückweichen, mußte ihn mitziehen. Sie wollte ängstlich auf ihn wirken. Sein daraus entstehendes Überlegenheitsgefühl sollte ihn unvorsichtig machen. Er mußte sich bereits als Sieger fühlen. Sie warf einen knappen Blick zurück, Scipione hielt, halb versteckt, die Armbrust in der Hand. Neben ihm stand Casale, erregt, ja, zitternd.

Cesare streckte ihr nun ebenfalls seine Hand entgegen. Sie sprachen nicht mehr, schauten sich nur lauernd und kampfbereit an. Mittlerweile standen sie sich zu nahe, als daß Scipione mit der Armbrust hätte schießen können. Es bestand die Gefahr, daß Cesare sie zu überwältigen, sie über die Trennlinie zu zerren versuchte ... Nein, dieses Risiko durfte sie nicht eingehen ... Sie wippte mit ihrem Schwert, fuhr sich gleichzeitig durch ihre Haare. Sie begriff erst, was sie tat, als sie Cesares Blick sah. In ihm glommen Bewunderung und Gier auf. Der Stier in ihm war erwacht. Seine Lippen zuckten, ihm schwoll der Kamm, ihm schwoll sein Gemächt. Dort konnte sie ihn packen. Ihr schossen provozierende, beleidigende, schmeichelnde Sätze durch den Kopf – welcher Satz traf den Valentino am ehesten, welcher war mit Widerhaken bewehrt und würde ihn auf die Brücke zerren und dann ...

Gerade als Cesare einen Schritt auf sie zu gehen wollte, schwankte der Boden unter ihr. Jemand zog die Brücke hoch – viel zu früh! Hinter ihr Geschrei, Cesare sprang zurück und schleuderte sein Schwert auf sie. Es traf sie, glitt jedoch an ihrem Harnisch ab, ohne sie zu verletzen.

»Du verdammte Hure, ich hätte es wissen müssen!« schrie er.

Seine Männer stürmten vor, Pfeile, Wurfspieße flogen hin und her. Caterina ließ sich fallen, rutschte auf den Bohlen zurück, rollte über den Boden. Scipione und Fra Lauro fingen sie auf. Ihre Männer brüllten wild durcheinander. Casale hielt seine Hand an dem Kettenrad.

»Dafür wirst du sterben!« hörte sie Cesare noch rufen.

60. Kapitel

De profundis clamavi ad te, Domine: exaudi vocem meam. Aus Abgrundtiefen schrei ich, Herr, zu Dir: Erhör mein Rufen.

Die Zweifel des Glaubens, das Erlöschen der Liebe, die Leere der Hoffnung – diese unheilige Dreieinigkeit droht inzwischen Besitz zu ergreifen von meiner Seele, die doch in Frieden zu dem Barmherzigen aufsteigen möchte.

In den Gewölben des gräflichen Palasts an der Piazza Grande hocke ich, als Gefangener des Cesare Borgia, eingekerkert, geschlagen, durstig – und müde. Gelegentlich höre ich Schreie. Die Mauern sind dick, sie dämpfen viel, aber es gibt Schreie, die alles durchdringen, in denen jeder menschliche Schmerz sich bündelt, bevor er in einem erstickten Röcheln verstummt. Dann herrscht jäh die Stille des Grabes. Durch einen Luftschlitz höre ich das erbarmungslose Krächzen der Raben, die bereits warten, daß der Henker, ihr bester Freund, ihnen wieder Nahrung verschafft.

Tagelang hat man mich nicht schlafen lassen, um mir alles zu entlocken, was der Herzog von Valence wissen wollte – und dennoch vermochte ich ihm kaum etwas Wichtiges mitzuteilen. Unzufrieden mit dem, was er von mir erfuhr, ließ er mir die Instrumente zeigen. Schließlich verhörte er mich persönlich. Noch immer glaubt er nicht, daß die Söhne des Girolamo Riario und der Caterina Sforza Forlì längst verlassen haben. An den Erben des Grafen ist ihm gelegen. Er will sie aus dem Weg räumen, damit alle Rechte erlöschen. Ich weiß, daß er nicht zögern wird, mir die Daumenschrauben anzulegen, mich der Seilfolter zu unterziehen, mir die Knie zu zerquetschen – um mich am Ende doch ruchlos töten zu lassen.

O Herr, gib mir Kraft, die Leiden zu überstehen, selbst in der Todesqual Stärke zu zeigen und Dir zu vertrauen. O neig Dein Ohr in Gnaden meinem lauten Flehen!

Man hat mir in meinem Verlies Kerzen gelassen, sogar Papier, Feder und Tinte. Der Borgia hofft vermutlich, daß mir in Stunden der Angst ein Geständnis aus der Feder fließt. Aber was soll ich verraten, was ich nicht bereits gestanden habe? Daß die Kinder sich in Florenz aufhalten? Er weiß es längst! Sein Ziel hat der Papstsohn erreicht. Was will er noch?

Mehr denn je drängt es mich, Zeugnis abzulegen darüber, was wir erleben mußten, obwohl die Niederschrift mich gleichzeitig quält, weil ich unser Unglück ein zweites Mal durchleide. Doch die Qual der Wiederholung lindert gleichzeitig die Marter des Wartens auf den Tod. Über der Höllenpforte in Dantes *Commedia* steht der Vers: *Nessun maggior dolore che ricordarsi del tempo felice nella miseria.* Es gibt keinen größeren Schmerz, als sich im Unglück an glückliche Zeiten zu erinnern. Unser größter Dichter umschrieb einen Gedanken des weisen Boëthius, der, fälschlich des Hochverrats bezichtigt, im Kerker von Pavia auf den Tod wartete und uns ein Zeugnis hinterließ vom Trost der Philosophie. Trotzdem möchte ich beiden widersprechen: Erinnerungen, die im Glückslicht erstrahlen, erleichtern uns die Stunden des Unglücks. Selbst die Erinnerungen an das Unglück geben uns einen Hauch des Lebens zurück, wenn wir sein Ende nahen sehen. Greift schließlich der Tod nach uns und zerfallen die Gebete wie getrocknete Blätter in einem alten Buch, dann windet sich die letzte Flamme des erlöschenden Lebens aus der erkaltenden Glut des Gedächtnisses und verlischt.

Warum, frage ich mich unablässig, hat Caterina so waghalsig Cesare Borgia in die Rocca locken wollen? Warum mußte sie ihn bis zur weißglühenden Wut reizen? Womöglich hätte ihr Plan, den Papstsohn zu überlisten, gelingen können, wenn nicht ihr Heerführer und Geliebter die Zugbrücke einen Augenblick zu früh hochgezogen hätte. Scipione versuchte Casale noch in den Arm zu fallen – vergeblich. Casale behauptete, er habe Caterina retten wollen. Sie strafte ihn mit einem vernichtenden Blick, und er verstummte.

Eins jedoch steht fest: Keiner hat Caterina retten können. Die Rachsucht des Cesare Borgia wird unser aller Ende sein.

Bald nach der mißglückten Begegnung zwischen Caterina und Cesare sandten die Bombarden und Falkonetten ihre Zerstörung bringende Botschaft aus Stein und Eisen. Insbesondere Caterinas Palazzo war ihr Ziel. Die oberen Geschosse stürzten ein. Es gelang uns stets, die Schäden so weit zu reparieren, daß Wassergraben und Mauern jeden Angriff sinnlos erscheinen ließen, und unsere Waffen suchten diejenigen heim, die sich zu nah an die Rocca wagten.

Den Übergang zum Heiligen Jahr 1500 erlebten wir unter heftigem Bombardement. Die Artillerie hatte begonnen, Tag und Nacht zu schießen. An Schlaf war kaum noch zu denken. Die Mauern bröckelten. Manchen der Verteidiger sank der Mut, aber Caterinas Kampfgeist war ungebrochen, sie riß die Verzagten mit.

Unversehens ließ der Beschuß nach. Casale, noch immer ihr oberster Befehlshaber, jubelte, weil er glaubte, *il Moro* nahe mit seinem Heer, die Franzosen müßten ihm ihre Soldaten entgegenwerfen und daher abziehen. Caterina blieb skeptisch. Sie sprach von einer neuen Taktik des Valentino. Und sie sollte recht behalten.

Bald darauf richtete sich ein Großteil der Kanonen auf eine Stelle im Nordwesten der Rocca. Caterina wurde bleich. Auch mir war klar, was dies bedeutete: Verrat. Sie zielten auf eine Stelle der Mauer, die erst kürzlich notdürftig gerichtet worden war. Dem Papstsohn mußte dies einer der Maurer oder Handwerker aus Forlì verraten haben. Ihnen war der Mörtel ausgegangen, so daß die Ziegel lediglich lose aufeinanderlagen. Als die schweren Geschosse dieses Mauerstück trafen, brachen die Zinnen ein und stürzten in den Wassergraben, große Löcher entstanden, und es dauerte nicht lange, bis ein Teil der gesamten Mauer in sich zusammenbrach und den Graben füllte. Entsetzt schauten wir vom Hauptturm auf die Lücke in der Verteidigungsanlage. Ein paar weitere Treffer und der ganze Schutt hatte den Graben so weit gefüllt, daß die feindlichen Soldaten zur Bresche strömen konnten.

Wir schrieben den zehnten Januar. Jedem von uns war nun klar, daß der Sturmangriff kurz bevorstand. Caterina, die während der letzten Wochen Momente der Mutlosigkeit hatte überwinden müssen, war von einem heiligen Durchhaltefieber ergriffen. »Wir kämpfen bis zum letzten Mann«, rief sie den vor Erschöpfung schwer gezeichneten Soldaten zu. Sie verteilte die restlichen Dukaten, schenkte ihnen edle Stoffe, auch Silber. »*Il Moro* wird uns retten, wie er uns schon einmal gerettet hat. Wir richten unsere Kanonen auf den Steg, der zur Bresche führt, und schießen jeden in Stücke, der es wagt, sich der Rocca zu nähern. Jeder Turm soll ein eigenes Bollwerk werden. Es ist die Kraft unseres Glaubens, die uns hilft.«

Trotz Caterinas Durchhalteparolen und all ihrer Geschenke war das Murren der Verteidiger unüberhörbar. Sogar ihre Brüder steckten mit besorgten Blicken ihre Köpfe zusammen. Scipione wich nicht mehr von ihrer Seite. Ich forderte Caterina auf, mit mir um den Beistand des Allmächtigen zu bitten, aber sie wies mich zurück. »Nimm lieber ein Schwert in die Hand, Lauro, und stirb mit mir wie ein Held!«

In diesem Augenblick verstand ich, daß sie mit ihrem Leben abgeschlossen hatte. Ich glaube sogar, sie wollte sterben. Hätte sie sich jetzt noch Cesare Borgia ergeben, womöglich hätte sie den freien Abzug der Männer aushandeln können. Viel Blutvergießen wäre verhindert worden. Hätte sie darüber hinaus noch auf ihre Grafschaft verzichtet – wer weiß, ob nicht der Papstsohn trotz seiner angestauten Wut sie hätte gehen lassen.

Während die französische Artillerie die Bresche verbreiterte, schleppten die Angreifer Holzschilde heran, die sie vor Pfeilen schützen sollten, und Sandsäcke, die den Wassergraben zusätzlich füllten. Caterina ließ im Gegenzug einen Teil unserer leichten Artillerie so aufstellen, daß die Kanonen kreuzweise die Bresche bestrichen. Den angreifenden Soldaten sollten schwere Verluste zugefügt werden.

Am zwölften Januar frühmorgens begann der letzte Akt der Tragödie. Ob sich dereinst ein Homer finden wird, der sie in dunkel schwelenden Versen beschwört?

Sing' von der rachsüchtgen Wut der Amazone, o Göttin,
singe vom Widerstand gegen das wildwütige Schicksal,
von den Erinnyen geschickt ...

Die Kanonen verstummten, und mit mörderischem Gebrüll stürzten aus dem Nebel die Angreifer. Sie stürmten über die Aufschüttungen direkt auf die Bresche zu. »Feuer!« hörte ich Caterina schreien. Von den Mauern zischten die Pfeile nach unten, und die Handbüchsen aus dem Ecktürmen schossen. Einige der Angreifer stürzten zu Boden oder ins eisige Wasser, die Masse jedoch drängte weiter. Bald standen sie in der Bresche. Die Männer erwarteten wohl, daß sich ihnen die geballte Macht der Verteidiger entgegenwerfen oder daß Caterina aufgeben würde; auf jeden Fall machten sie kurzen Halt, wie witternde Raubtiere, die ihre Opfer ins Auge fassen wollten.

Spätestens in diesem Moment hätten unsere Kanonen feuern müssen. Sie hätten unter den vordersten Reihen der Angreifer ein Blutbad angerichtet. Aber sie schwiegen. Caterina hatte den Befehl zum Feuern gegeben. Casale, ihr Kommandant, wiederholte den Befehl jedoch nicht. Die Kanoniere schauten sich hilflos um. Casale war plötzlich nicht mehr zu sehen. Caterina schrie »Feuer!« Doch die Fackeln senkten sich nicht auf das Pulver. Entweder war Verrat im Spiel, oder die Panik ließ die Männer kopflos reagieren. Die Angreifer erkannten ihre Chance, rannten brüllend auf die Kanoniere los und machten sie nieder.

Was anschließend geschah, vermag ich nicht mehr aus der hohen Warte des Hauptturms zu schildern, auf dem ich mit Caterina stand. Sie schoß mit dem Langbogen, Scipione neben ihr tötete mit der Armbrust mehrere Feinde. »Verräter!« schrie sie in höchster Erregung, warf den Bogen zur Seite, zog ihr Schwert und rannte zur Treppe, um sich in das Kampfgetümmel zu stürzen. Scipione folgte ihr trotz seines verkrüppelten Fußes. Auch ich schloß mich ihnen an. Aus dem obersten Stockwerk des Turms hörte ich Angstschreie: Die wenigen Frauen, die in der Rocca geblieben waren, bangten um ihr Leben und ihre Ehre. Ich eilte zu ihnen. Unter ihnen mußte Argentina sein. Plötzlich stand sie vor mir. Wir schauten uns an; ich glaube, der Heiland hat selten einen Blick zärtlicherer Liebe gesegnet. Argentina zitterte wie eine Märtyrerin, die unter dem Gebrüll der Plebs den hungrigen Löwen ins Auge sieht. Selbst ich zitterte, ich will es nicht verschweigen. Ich sah in ihrer Hand ein Messer aufblitzen.

»Tu es nicht!« flüsterte ich. »Du mußt überleben!«

»Wenn du stirbst, werde auch ich sterben.« Sie drückte sich an mich. Meine kleine Argentina, meine späte Liebe!

»Bleibt ihr alle hier oben!« rief ich den Frauen zu. Sie wimmerten voll panischer Angst. Ich wiederholte meine Worte und entledigte mich meiner Kutte. Vorsorglich hatte ich mir ein Lederwams angezogen und ein Schwert umgegürtet.

Noch einmal drückte ich Argentina an mich. Ihr Blick gab mir selbst in diesem hoffnungslosen Augenblick Halt und Mut. Ich sah, daß diese junge Frau den Tod nicht fürchtete, daß sie mich unter keinen Umständen überleben wollte und nicht mehr bereit war, Schande und Schändung hinzunehmen. Für mich gab es nur noch ein Ziel: der hoffnungslosen Lage zu trotzen. Die Mönchskutte richtete nichts mehr aus, das Stoßgebet ging im Kampfeslärm unter, allein das Schwert half, Caterina in ihrem letzten Aufbäumen beizustehen.

Jetzt, während ich in dem feuchtkalten Keller sitze und auf ein Ende in Schmerzen und Qual warte, sehe ich die Stunden des zwölften Januar bereits aus weiter Entfernung an mir vorbeiziehen. Nicht daß sie lange vergangen wären. Doch die Angst treibt einen Keil zwischen das Gestern und Heute. Dennoch schreibe ich auf, was ich fühlte, was ich hoffte, was mich trieb.

Als der Kampf unter mir tobte, war mir kaum bewußt, was in mir vorging. Es reißt dich hinein. Du treibst auf Stromschnellen zu, auf Kaskaden, aufschäumende Gischt. Du schlägst um dich, um deinen Kopf über Wasser zu halten, du schnappst nach Luft, du strampelst, du kämpfst um dein Leben.

Ich stürzte die Treppe hinab, schaute einem Armbrustschützen über den Kopf, um die Lage abschätzen zu können.

Immer mehr Soldaten des Cesare Borgia strömten durch die Bresche in die Rocca. Im Hof stießen sie auf verzweifelte Gegenwehr. Es war ein Kampf Mann gegen Mann, ein blutiges Durcheinander von Freund und Feind. Schließlich entdeckte ich Caterina und an ihrer Seite Riarios Sohn. An der Linken einen leichten Schild, in der Rechten ein Schwert, so kämpften sie. Ich entdeckte auch ihre Brüder, sogar Casale, der sich vor den Zugang zu einem der Ecktürme geflüchtet hatte. Als eine Gruppe Gascogner auf ihn zustürmte, verschwand er im Turm, und sie folgten ihm. Da sah ich plötzlich, wie Casale den Turm durch ein Fenster wieder verließ. Als ich mich abwandte, um in den Hof zu eilen, bebte die gesamte Rocca. Der Eckturm, den Casale soeben verlassen hatte, explodierte.

»Das Munitionslager mit seinem Geschützpulver!« rief der Armbrustschütze vor mir und duckte sich, auch ich stürzte zu Boden, und Mauerstücke prasselten an die Wände des Hauptturms und flogen in unsere Schießscharte. Kaum vermochte ich wieder den Kopf zu heben, hatte sich das Chaos im Hof noch vermehrt: Ein Turm mit klaffender, rauchender Öffnung, überall zerfetzte Leiber, ein unglaubliches Brüllen und Schreien.

Ich halte ein, weil mir der Atem stockt. Weil die Worte dem Geschehen nicht mehr folgen können. Weil sie nicht in der Lage sind, die Hölle eines blutigen Gemetzels zu schildern. Und weil ich selbst nicht mehr überschaute, was in den folgenden Stunden geschah. Ich stürzte mit gezogenem Schwert in den Hof, um mich zu Caterina durchzukämpfen. Was ich erlebte und was mir später, nach der Gefangennahme, berichtet wurde, enthält manche Widersprüche.

Im Hof wütete Cesare Borgia wie der Stier, der sein Wappen ziert. Unablässig versuchte er, an Caterina heranzukommen, blieb jedoch erfolglos. Caterina geriet, ganz in meiner Nähe, in arge Bedrängnis. Ich stürzte zu ihr.

So schwer es mir fällt, es zu gestehen: Ich tötete einen der Angreifer. Es war nicht der erste Mensch, den ich im Kampf tötete, jedoch der erste, den ich als Diener Gottes niederstreckte. Caterina sah mich, schrie mir etwas zu, was ich nicht verstand. Sie war lediglich einen Augenblick abgelenkt, und dieser Augenblick hätte ihren Tod bedeutet, wäre nicht Scipione dazwischengegangen. Ihn selbst traf die Spitze einer Hellebarde in den rechten Arm, so daß er, vor Schmerz aufschreiend, seine Waffe fallen ließ. Ich sprang zu ihm und zerrte ihn zum Eingang des Hauptturms. Caterina und der noch kämpfende Kern der Verteidiger hatten sich ebenfalls in unsere Nähe retten können.

Der Schlußakt des Kampfes ist rasch erzählt. Die Franzosen stürmten nun auch die Zitadelle, und deren Verteidiger kapitulierten. Wir, die wir den Hauptturm als letzte Bastion hielten, wollten bereits die Waffen strecken, als wir erkennen mußten, was mit denen geschah, die sich ergaben. Sie wurden ausnahmslos niedergemacht. Die Eroberer rissen ihre Waffen an sich, zerrten die Kleider von ihren Körpern, stachen und schlugen auf sie ein. Die Worte versagen sich mir, wenn ich schildern soll, was sie noch mit ihnen taten. Das Blut floß in Strömen. Überall Leichen und Leichenteile. Und schließlich das Ende.

Einem Schweizer Soldaten war es gelungen, ungehindert hinter Caterinas Rücken zu gelangen, und gerade als sie einen Schlag abgewehrt hatte und ihre Arme nahe am Körper lagen, umfaßte er sie, hob sie empor wie Herakles den Antaeus. Caterina strampelte und tobte, andere Soldaten nützten unverzüglich unsere Verwirrung und stürzten sich auf sie, schlugen ihr die Waffe aus der Hand, griffen nach ihren Beinen, rissen ihr Haarlocken aus. Ihr Schwert lag im blutigen Sand, und so sehr sie sich wehrte, sie war bald gefesselt. Wir ergaben uns. Wer, wie Scipione und ich, wie Caterinas Brüder und noch eine kleine Anzahl weiterer Soldaten, im Portal des Turms sich befand, hatte das Glück zu überleben. Wir zogen uns zurück und wehrten letzte Versuche ab, uns zu töten. Die anderen jedoch, die sich an die Mauern der Rocca hatten drängen lassen oder sich in den drei nicht zerstörten Türmen aufhielten, wurden gnadenlos abgeschlachtet. So muß man es nennen.

Um Caterina entstand ein Tumult. Die beiden französischen Hauptleute, Yves d'Alègre und der Bailli von Dijon, standen bei ihr und befahlen den Schweizern, sie abzuführen. Cesare sprang hinzu und beanspruchte sie für sich. Er wurde sogar von einem Schweizer angegriffen und tötete ihn. Dabei rettete er einem seiner Begleiter das Leben, einem Mann, den ich zu kennen glaubte. Er erinnerte mich an den römischen Kardinal Alessandro Farnese, der uns das Heiratsangebot des Papstes für seine Tochter Lucrezia überbracht hatte.

Ich frage mich jetzt: Ist es möglich, daß an der Seite des Cesare Borgia ein römischer Kardinal, auch wenn er als junger Mann im Vollbesitz seines jugendlichen Ungestüms ist, mit dem Schwert in der Hand die Rocca von Forlì erstürmt? Sollte auch er, wie Cesare, seinen Kardinalsrock abgelegt haben? Ich werde es wohl nie erfahren. Doch habe ich nicht ebenfalls meine Kutte abgeworfen? Ist Alessandro Farnese, falls ich ihn wirklich erkannte, nicht ein Bruder im Geiste?

»Sie gehört mir!« hörte ich Cesare Borgia schreien.

Die beiden französischen Hauptleute schauten sich an.

»Wohl kaum, Monsieur le Duc«, antwortete der Bailli von Dijon.

»Ihr habt vergessen, welches Heer Euch die Städte eroberte«, ergänzte Yves d'Alègre nicht ohne Herablassung.

»Mein Onkel, der König von Frankreich ...«, trumpfte Cesare auf.

»... hat uns klare Anweisungen gegeben«, unterbrach ihn der Franzose. »Wir führen keinen Krieg gegen Frauen. Wir sind Ritter!«

Bevor Caterina von den Franzosen abgeführt wurde, spuckte sie Cesare ins Gesicht. Dann beschimpfte sie ihn mit Worten, die wiederzugeben mir der Anstand verbietet. Die stolze Amazone befand sich in der Gewalt ihrer Gegner. Vielleicht wäre sie lieber im Kampf gefallen, denn sie mußte erahnen, daß sie nichts Gutes erwartete. Doch sie hatte Glück: Noch beschützte sie die Ritterlichkeit der Franzosen, von denen einer immerhin unser Gast gewesen war.

Ich fing Scipiones Blick auf: Wir ergaben uns in unser Schicksal. In lebensmüder Gleichgültigkeit ließen wir uns fesseln und abführen. Unser Glück war, daß die Heerführer sich in der Nähe befanden. Ich warf einen letzten Blick in die dunklen Ecken der Rocca: Dort wurden unsere Mitkämpfer ausgeweidet. Als hätten die Soldaten Edelsteine verschlucken können! Während wir über die Zugbrücke gezerrt wurden, hörte ich das Schreien der Frauen. Die Eroberer hatten sie entdeckt. Ich brach in die Knie, wurde getreten, wäre beinahe in den Graben gefallen. Vor mir sah ich Caterina stehen. Sie trug ihren Kopf so hoch und stolz, daß ich mich wie ein Schwächling fühlte. Ich raffte mich auf. Ich wußte, daß Argentina sich nicht abermals schänden ließ. Ihr letzter Gedanke würde mir gelten.

Auch ich werde sterben in Gedanken an sie – und an Caterina: Die Folterknechte werden meine Knochen brechen können, doch nicht meine Würde. Der Herr stehe mir bei! Amen.

Erneut muß ich das Wort aufnehmen, denn bisher hat mich der Allmächtige vor einem Martyrium verschont. Ich werde im Gefolge des Cesare Borgia nach Rom geschleppt. Caterina und Argentina sind in meiner Nähe, allerdings habe ich sie nicht sehen können. Doch erfuhr ich durch einen meiner Confratres im Gefolge des Papstsohns, was während der letzten Tage geschah. Caterina hatte den Kampf um ihre letzte Bastion, um ihre Macht verloren, Zufall oder Fügung hatten es gewollt, daß ein Soldat, der Yves d'Alègre unterstand, sie gefangennahm. Damit war sie eine Gefangene des französischen Königs. Dennoch gelang es Borgia, sie in seinem Quartier in der Stadt unterzubringen, mit dem Versprechen, sie ihrer Stellung gemäß zu behandeln.

Zuvor jedoch ließ er die Rocca und die angrenzende Zitadelle bis in die tiefsten Winkel und Verliese hinein nach Caterinas Kindern, insbesondere nach Ottaviano, durchsuchen. Als er sie nicht fand, war sein Toben grenzenlos, und er ließ es auch mich spüren. In der Nacht rächte er sich dafür, daß Caterina ihn angespuckt und beschimpft hatte. Er stürzte sich in brünstiger Gier auf das besiegte Weib und ließ sie das erleben, was so viele Frauen und Mädchen über sich ergehen lassen müssen und ihr Leben nie vergessen. Am nächsten Morgen brüstete er sich sogar damit, Caterina Sforza habe ihre Festung besser verteidigt als ihre Ehre.

Kaum erfuhr Yves d'Alègre von dem unritterlichen Geschehen, stellte er Cesare Borgia zur Rede, und es kam zu einer heftigen Auseinandersetzung, die schließlich dahin führte, daß Caterina in die Obhut der Franzosen überwechselte. Dies rettete mir das Leben und – ich will es sogleich anfügen – ebenso Argentina, die gegen meine Befürchtungen sich nicht entleibt hatte. Denn Caterina, die trotz der ausgestandenen Qualen die Kraft der Vernunft behielt, forderte die Anwesenheit ihres Beichtvaters und zumindest eines Kammermädchens. Argentina war rasch gefunden, während man nach mir suchen mußte. Ich wurde schließlich halb verdurstet entdeckt und wieder mit der Kutte des heiligen Franciscus bekleidet. Doch bevor ich zu Caterina geführt werden konnte, hörte ich Geschrei. Befehle wurden gebrüllt, Soldaten rannten hin und her. Erneut wurde ich eingesperrt. Dann plötzlich schleppte man mich in Ketten aus dem Verlies und überließ mich der Überwachung einer mißgelaunten Horde römischer Soldaten. Ich hatte gehört, der nächste *signore*, dessen Herrschaft gebrochen werden sollte, sei Giovanni

Sforza, der in Pesaro regiert. Er ist bekanntlich Cesares ehemaliger Schwager, der seiner Ermordung knapp hatte entrinnen können. Nun sollte sich sein Schicksal besiegeln.

Doch unerwartet hieß Rom unser Ziel. Das Heer, das dorthin aufbrach, war ein kleiner Haufen. Die Franzosen mit ihren Schweizern, Spaniern, Deutschen und Gascognern marschierten bereits in Eilmärschen über die Via Emilia nach Nordwesten. Lodovico Sforza, *il Moro*, Caterinas Onkel, hatte tatsächlich mit Hilfe seines Schwiegervaters, des deutschen Kaisers, und seiner prall gefüllten Geldtruhen eine Armee aufstellen können und war nach Italien zurückgekehrt. Der französische König brauchte nun jeden Mann, um sich ihm entgegenzuwerfen.

Auf diesen Augenblick hatten wir seit Wochen gewartet. Hätten wir noch einige Tage länger Ravaldino halten können, wäre Caterina gerettet gewesen. O tragisches *Hätte!* Welcher Hohn des Schicksals! Welch bittere Folgen des Verrats! Oder müssen wir in dieser Fügung die Strafe des Allmächtigen erblicken, der nicht geleugnet werden will, selbst wenn ER sich nicht zeigt? Seine Gerechtigkeit ist nicht immer offensichtlich; dennoch dürfen wir unglückliche Menschenkinder sie nicht in Frage stellen.

Die französischen Heerführer beabsichtigten, Caterina mit sich zu führen. Cesare, in dessen Gewahrsam sie sich noch befand, weigerte sich, sie herauszugeben. Beinahe wäre es zu einer blutigen Auseinandersetzung gekommen. Schließlich schlossen die drei Offiziere eine Abmachung: Caterina blieb offiziell unter dem Schutz des französischen Königs, durfte aber für den Preis von dreitausend Dukaten von Cesare Borgia nach Rom überführt werden. Dort sollte sie so lange ihrer Stellung entsprechend unter dem Schutz des Papstes leben dürfen, bis der französische König über ihr Schicksal bestimmt hatte. Als Caterina hörte, daß sie erneut für Geld verschachert worden war, daß es nach Rom ging, in die Stadt, in der sich ihr Schicksal schon einmal entschieden hatte, verlor sie die Fassung. Sie schrie und zerrte an ihren Fesseln, sie beschimpfte Cesare Borgia und auch die Franzosen, sie verfluchte den Allmächtigen in Worten, die nur zu denken ich nicht wage.

Es nützte nichts. Cesare grinste höhnisch, und während der folgenden Nacht holte er sie sich wieder in sein Schlafgemach.

Domine, miserere nostri et exaudi orationem meam! Erbarme dich unserer, Herr, und erhöre mein Gebet!

61. Kapitel

Caterina saß, wie jeden Tag, bereits vor Sonnenaufgang im Fenster des Belvedere, und beobachtete, wie sich der Glutball aus dem Dunst über der Engelsburg erhob. Es gab einen Augenblick, in dem das Schwert des Erzengels Michael aufglühte und ihr einen Strahl zusandte. Auf diesen Augenblick wartete sie, und jetzt im Mai verhinderten selten Wolken diese Botschaft. Er würde ihr helfen, der Engel, der *Wer ist wie Gott?* hieß, der Luzifer in die Hölle gestürzt hatte, der Moses die Gebote Gottes gebracht und der Abraham abgehalten hatte, seinen Sohn zu opfern. Er bestimmte, wer in den Himmel aufsteigen durfte und wer hinab in das Reich der Finsternis gestoßen wurde. Er war es, der einst dem Papst das Ende der göttlichen Strafe verkündet hatte.

Seit ihrer Ankunft in Rom hatte Caterina das Beten wieder gelernt. Fra Lauro hatte ihr Absolution für ihre Sünden erteilt, und doch glaubte sie nicht daran, daß der Allmächtige, der im gerechten Zorn vernichtende Gott, ihr die Erlösung für ihre Taten gewährte. Dennoch flehte sie ihn an, Cesare Borgia und seinen Vater hinab in die glühenden Marteröfen der Hölle zu schicken und sie aus ihren Klauen zu befreien.

Stieg die Sonne höher und sandte ihre sengenden Strahlen auf die in der Ferne lärmende Stadt, löste sich der Engel im Flimmern der Hitze fast auf. Caterina schritt in ihren Räumen auf und ab, von Wand zu Wand. Als Gefangene des Heiligen Vaters durfte sie den Belvedere-Palast nicht verlassen. Der französische König hatte sie längst vergessen. Nahezu täglich sah sie Cesare Borgia unter seinem weißen Federbusch über den Hof reiten, der sich zwischen Vatikanspalast und Gefängnis erstreckte, und einen Blick hochwerfen, einen höhnischen und gleichzeitig finsteren Blick. Jede Nacht mußte sie damit rechnen, daß er abermals in ihre Gemächer drang und sie erniedrigte; jeden Tag fürchtete sie, von ihm vergiftet zu werden. Wer an dem langsam wirkenden Gift der Borgia starb, zeigte keine Spuren des Anschlags. Starb sie, gäbe es Gerüchte – und achselzuckend ginge der allerchristlichste König der Franzosen, ihr angeblicher Schutzherr, zur Tagesordnung des Krieges über. Die Borgia hätten triumphiert. Sie hatten ihren Willen nicht brechen und sie nicht zum freiwilligen Verzicht auf ihre Grafschaft zwingen können, aber sie ließen sie sterben. Anschließend kauften sie Ottaviano seine Herrschaft mit Hilfe einer billigen Bischofspfründe ab.

Ihr Ältester hatte nichts anderes im Sinn, als sich mit einem Prälatengewand zu verkleiden und die Gelder einzustreichen, die mit seiner Stellung verbunden waren. Er würde sie für Marzipan, warme Bäder, schweren Wein und Sklavinnen ausgeben, die ihn mit Öl einrieben und sich schließlich auf ihn legten. Caterina wollte nicht glauben, daß ihr ältester Sohn kein ehrenwertes Ziel anstrebte, sondern sein Glück im Dahindämmern fand. Sie wußte nicht einmal, ob er auf die Jagd ging. In seinen Briefen jammerte er ihr, die sie in einem Gefängnis saß, die Ohren voll, sie solle sich beim Heiligen Vater, seinem Paten, für ihn einsetzen und endlich auf das vermaledeite Forlì verzichten. Nie werde er dorthin zurückkehren, selbst wenn ein Papst ihm sein Lehen offiziell erneuere. Und dann, am Ende des Briefes, las sie, daß ihre starrsinnige und herrische Art noch immer nicht gebrochen sei, daß sie ohnehin nur Scipione geliebt habe und natürlich ihren Jüngsten, den Giovanni, der sich überhaupt nicht mehr an sie erinnere.

Caterina ließ den Brief sinken. Ottaviano verstand sie zu quälen. Ihr fehlte jedoch die Kraft, ihn schriftlich mit scharfen Worten zurechtzuweisen und ihm weitere Schreiben solcher Art zu verbieten. Sie mußte büßen. Es reichte dem Allmächtigen nicht, daß Cesare sie besiegt und ihren Körper erniedrigt, mißbraucht und anschließend nach Rom geschleppt hatte wie eine Beute, die man im Triumphzug vorführen konnte – was ihr allerdings im letzten Augenblick erspart geblieben war. Aber nun saß sie im goldenen Käfig, und die Quälerei setzte sich fort durch ihren ältesten Sohn. Würde er ihr wenigstens von den anderen Kindern etwas berichten! Insbesondere von ihrem Jüngsten, dem Sforza-Kind, das dereinst den Ruhm der Mutter in alle Welt tragen sollte. Ihre beiden Ältesten hatte sie längst aufgegeben, Giovanni Livio mit seiner durchscheinenden Haut war gestorben, Galeazzo wuchs zu einem Mann heran, Sforzino folgte ihm – es waren nette Kinder, ihre mittleren, nie aufdringlich, nie fordernd, sie spielten, verstummten, wenn sie zu ihnen trat, saßen einfach da und schauten sie an. Und dann Carlo – der kleine Sohn ihrer leidenschaftlichen Liebe, die das Unglück ausgelöst hatte! Er hatte große hübsche Augen, lächelte sie an …

Es war eigenartig: Wenn sie zurückdachte und versuchte, ihre Geliebten zu sich zu holen, vergaß sie unverzüglich die Tränen. Giovanni löste sich aus dem Nebel der Vergangenheit, stumm, aber zärtlich. Giacomo Feo jedoch zierte sich zu erscheinen. Bisweilen tauchte eine Stimme auf, die sich beklagte. Schlimm war, wenn sie, Caterina, einen Granatapfel aufschnitt. Das, was einmal Giacomos schönes Gesicht gewesen war, starrte ihr plötzlich blutig entgegen. Sie warf die Frucht sofort weg, begann zu zittern, und erst in Argentinas oder Fra Lauros Armen vermochte sie sich wieder zu beruhigen. Gelegentlich träumte sie auch von Girolamo Olgiati. Wachte sie dann frühmorgens auf, stürzten die Ereignisse ihrer Kindheit an ihr vorbei, sie wurde regelrecht überschwemmt von Bildern aus dieser Zeit, hineingerissen in die Ehe mit Riario, die unweigerlich in die Engelsburg führte …

Mit Fra Lauro hatte sie sich kürzlich über das Verweilen in der Vergangenheit unterhalten. Er hatte Dante zitiert, dem großen Dichter jedoch widersprochen. »Sich an glückliche Zeiten zu erinnern hilft uns, das Unglück zu ertragen«, betonte er.

Eine Weile hatte sie darüber nachgedacht und glückliche Zeiten gesucht. Am ehesten waren ihr noch die Ritte mit Girolamo Olgiati eingefallen, durch den großen Park in Mailand. Sie sah sich auf Maestosos Kruppe stehen. Oder sie spürte die Arme der Veteranen, die sie in die Luft warfen und sicher auffingen. Vielleicht gehörte die Hochzeitsmesse in San Pietro zu den glücklichen Momenten. An ihren Vater dachte sie mit Liebe und Bewunderung. Ihre Großmutter war nur noch ein Schemen, ein warmes Gefühl, eine rauhe Stimme. Wenn sie sich bemühte, konnte sie sogar das Donnergrollen ihres Großvaters hören, seine gottväterliche Stimme, die ihre Zuneigung verbergen mußte. Zum wiedererinnerten Glück gehörten auch die Stunden der frisch aufkeimenden Liebe zu Giacomo Feo, sein *trobadore*-Zauber. Er hüllte sie ein mit seinen schmeichelnden Worten, streichelte sie mit ihnen, sie drangen in sie ein und ließen den ganzen Körper vibrieren. Aber jedem ihrer Geliebten drohte ein grausames, unerbittliches Ende. Sogar das verräterische Großmaul Casale war seinem Schicksal nicht entgangen: Cesare Borgia hatte ihn aufhängen lassen, für einen adligen Condottiere eine schmachvolle Art zu sterben.

»Wenn ich das Glück zu erinnern suche, ende ich stets im Unglück«, sagte sie zu Fra Lauro. »Alle Männer, die ich geliebt habe, mußten sterben ...« Sie unterbrach sich selbst, während sie ihm erschrocken in die Augen sah.

»Was hast du?« fragte er.

Sie versuchte, den Gedanken zu verscheuchen, mußte sich setzen, weil ihr schwarz vor Augen wurde.

»Ist dir nicht gut? Soll ich einen Arzt rufen?« Fra Lauro beugte sich besorgt über sie.

»Nein, keinen Arzt! Die Borgia warten nur auf eine solche Gelegenheit. Wenn sie mich nicht vergiften, dann läßt mich ein Arzt zur Ader, und ich blute aus wie ein Tier.« Sie klammerte sich an Fra Lauro. »Du mußt mich verlassen.«

Er legte den Arm um sie. Sie stieß ihn von sich und starrte aus dem Fenster. Unter ihr schwarze Kutten, Aasgetier, das Geschmeiß des Vatikans, das vor dem Vater Borgia und seinem Sohn im Staub umherkroch.

Fra Lauro hatte sich ihr gegenüber gesetzt. »Was quält dich?«

»Alle Männer, die ich liebe, müssen sterben. Du bist der letzte, der noch lebt ...« Sie wagte ihre Gedanken nicht zu beenden – um nicht Fra Lauros Tod zu beschwören.

»Ich bin nicht abergläubisch«, erwiderte er lachend. »Ich glaube nicht an den bösen Blick, nicht an Verwünschungen. Der Herr entscheidet, wann er mich abberufen will.« Schließlich fügte er zögernd hinzu. »Ich bin jederzeit bereit.«

»Und Argentina?« Caterina bereute sofort, ihren Namen genannt zu haben. Als sei eine Maske von seinem Gesicht gefallen, sah Fra Lauro plötzlich grau und alt aus.

»Sie braucht dich«, sagte Caterina.

Er nickte.

»Wenn sie ihr Kind zur Welt bringt, braucht sie dich um so mehr.«

Er bedeckte sein Gesicht mit den Händen. Vorsichtig ergriff Caterina sie und drückte sie an ihre Brust. »Du mußt für Argentina und das Ungeborene sorgen. Geh mit ihr nach Florenz, kümmere dich um meine Kinder, insbesondere um Giovanni. Du warst ihnen stets ein Vater, und sie brauchen einen Vater. Dann erfahre ich auch endlich, wie es ihnen geht. Außerdem soll meine Bianca einem Mann gegeben werden. Kein Edelmann wird sie mehr heiraten, aber womöglich ein reicher Tuchhändler aus Florenz. Ich habe noch genügend Edelsteine, um eine anständige Mitgift aufzubringen.« Sie holte ein Tüchlein aus einem Ärmelschlitz und tupfte sich über die Augen. »Der kleine Giovanni hat vergessen, wie seine Mutter aussieht. Vor einem halben Jahr zog er mit seinen Geschwistern nach Florenz ... Die Borgia werden mich nicht lebend freilassen«, flüsterte sie schließlich. »Lauro, verlaß mich mit Argentina und sei meinen Kindern ein Vater! Die Borgia werden mir eine ihnen willfährige Kammerfrau geben. Dann geht alles rascher.«

Ihr alter Beichtvater schüttelte schweigend den Kopf. »Wir müssen die Borgia überleben. Eines Tages wird sie ihr Schicksal ereilen – sie haben zu viele Feinde.«

Caterina glaubte seinen Worten nicht. Zu oft hatte sie sich nach der Gefangennahme eingeredet, sie müsse und werde die Mörderfamilie überleben. Immer häufiger spürte sie jedoch, wie ihre Kraft sich aufbrauchte.

»Du liebst Argentina, nicht wahr?« Sie blickte in die Ferne, an dem Engel des Kampfes und der Gerechtigkeit vorbei. »Sie liebt dich ebenfalls, mehr als ihr Leben«, fuhr sie fort, »und das Kind ...« Sie wagte Fra Lauro nicht anzuschauen, weil sie nicht wußte, ob er der Vater von Argentinas Kind war oder ob nach der Eroberung von Ravaldino die Männerhorde ... Sie durfte nicht daran denken, weil sie sich sofort in den stählernen Armen des Valentino sah, weil sie noch spürte, wie Michelotto, Cesares Hilfsgeselle und Henker, sie niederdrückte, weil sie noch hörte, wie Cesare Alessandro Farnese, einen Kardinal, zwingen wollte, sie zu schänden. Nein, diese Bilder mußte sie verscheuchen. Die Erinnerungen im Unglück riefen beharrlich Bilder des Unglücks herbei. Nie mehr wollte sie in ihrem ganzen Leben darüber sprechen, was Cesare ihr angetan hatte. Sie mußte es im tiefsten Brunnen ihres Gedächtnisses versenken.

Fra Lauro hatte wie sie in die Ferne geschaut; er erklärte, ohne ihr sein Gesicht zuzuwenden: »Ich liebe sie wie meine Frau und meine Tochter. Ich habe mein Leben jedoch der Nachfolge des heiligen Franciscus geweiht – obwohl ich nicht lebe wie ein Bettelmönch. Aber ich vertraue auf den Allmächtigen. Er führt uns dorthin, wo wir unsere Aufgaben zu erfüllen haben. Ich werde so lange bei dir bleiben, wie du Gefangene des Papstes bist, und anschließend werde ich dich nach Florenz zu deinen Kindern führen. Auch Argentina wird dich nicht verlassen.«

»Und das Kind?«

»Sie wird es hier zur Welt bringen.«

Caterina erhob sich und ging zur Tür, während Fra Lauro im Fenster sitzen blieb. Sie kehrte um und stellte sich vor das Kruzifix an der Wand. Neben dem Gekreuzigten hing ein Bild der Gottesmutter, die liebevoll auf den Jesusknaben schaute. Für Caterina gab es keinen Zweifel, daß Fra Lauro Argentinas Kind annehmen und lieben würde, als wäre es sein eigenes. Vielleicht war er tatsächlich, wie Argentina behauptete, sein Vater. Doch sollte sie dem Mädchen glauben? Zu unwahrscheinlich klang ihre Behauptung, sie sei verschont worden. Und Lauro liebte sie zwar, aber hatte er wirklich sein Keuschheitsgelübde übertreten? Zuweilen war ihr Beichtvater und Berater ihr unheimlich – er besaß eine übermenschliche Kraft, zu verzeihen, zu leiden, sich für andere zu opfern. Er verlor nie seine Beherrschung, zeigte kaum Angst, klagte nicht. Sie hatten ihn geschlagen, fast verdursten lassen, dennoch schien er Cesare Borgia nicht wirklich zu hassen. Er hatte nicht einmal seinen Glauben verloren, als Frau und Kind ihm von der Seite gerissen wurden. Benötigte er wirklich keine Zeichen des allmächtigen Vaters, daß ER ihn liebe?

Caterina blickte auf den Jesusknaben, der zu lächeln schien. Er erinnerte sie an den kleinen Giovanni, dem sie die Brust gereicht hatte. Erst ihr letztes, neuntes Kind hatte sie stillen können – in Nachfolge der Gottesmutter. Neun galt als die Zahl weiblicher Vollendung. Giovanni war ihr Stolz, er würde endgültig den Ruhm der Sforza in alle Welt tragen.

Caterina wischte sich die Tränen aus den Augen. Sie liebte nicht nur ihren Jüngsten, sondern auch Scipione – der nicht einmal ihr Sohn war und den sie gequält hatte. Trotzdem war er zurückgekehrt und hatte ihr beim Kampf um Ravaldino das Leben gerettet. Obwohl der Borgia ihn mit einer Geste höhnischer Großzügigkeit freigelassen hatte – »als Bastard meines Vorgängers und Vorbilds Girclamo Riario«, wie er sagte –, begab Scipione sich nicht wieder in die Dienste der Serenissima, sondern blieb in ihrer Nähe, suchte Kardinal Raffaele Riario und ihren Onkel Ascanio Sforza auf, um sie um Unterstützung für seine Stiefmutter zu bitten. Es gelang ihm sogar, bis zu ihr in den Belvedere-Palast vorzudringen und ihr von seinen Versuchen zu berichten. Sie blieb stumm vor Dankbarkeit, während er sie leidend anschaute. Später sah sie ihn über den weiten Platz zwischen den vatikanischen Palästen humpeln. Er beabsichtigte sogar, Cesare Borgia und den Heiligen Vater aufzusuchen. Er hörte nicht auf, für sie zu kämpfen.

Und was tat ihr ältester Sohn Ottaviano – für den sie ihr Leben in die Waagschale geworfen hatte?

Ihre Tränen waren versiegt. Caterina spürte selbst, wie sie die Lippen zusammenpreßte und die Narbe über dem Auge zu glühen begann. Sie drehte sich nach Fra Lauro um, der noch immer im Fester saß und in die Ferne starrte. Was sah er? Die weißglänzende Kette der Alpen, die ferne Freiheit …?

Warum verzichtete sie nicht für sich und ihren Sohn auf die Herrschaft von Forlì? Warum hielt sie so starr an etwas fest, was zu tiefster Qual geführt hatte und ihr das Leben kosten würde? »Warum?« Sie rief ihre Frage der Muttergottes und dem Gekreuzigten zu. Keiner antwortete, auch sie selbst fand keine Antwort mehr. *Il Moro* vermochte sie nicht zu befreien, Florenz hatte nie ernsthaft einen Finger für sie gerührt – und war sie nicht in ganz Italien als gnadenlos rächende *tigressa* verschrien? Solange sie nicht auf Forlì und Imola verzichtete, kam sie nicht frei. Es war sinnlos, was sie tat. Und sie tat es auch nicht für Ottaviano. Sie tat es für sich.

Sie sei eine *Kämpferin und Lichtbringerin*, hatte ihr der Astrologe prophezeit. Ja, sie hatte gekämpft. Aber wem hatte sie Licht gebracht? Nicht den Forlivesern. Nein, dem Namen der Sforza! Alle waren sie untergegangen. Sogar ihr Onkel – endgültig und nicht einmal in einer Entscheidungsschlacht. Er hatte trotz seines starken Heers nicht verhindert, daß die französischen Verbände sich vereinigten, und als es schließlich zum Kampf kommen sollte, ließen ihn seine Schweizer Söldner im Stich: Sie weigerten sich, gegen ihre Landsleute unter dem französischen

Oberbefehl anzutreten. *Il Moro* verließ der Mut. Als Schweizer Söldner verkleidet, versuchte er zu fliehen – und wurde entdeckt. Eine erbärmliche Niederlage. Die Franzosen verschleppten ihn in ihr Land und ließen ihn eingesperrt auf seinen Tod warten. Dem ehemals mächtigsten Mann Italiens erging es nun wie ihr. Doch warum hatte *il Moro* sein Ende nicht im Kampf gesucht? Dann hätte sein Ruhm wie der eines trojanischen Helden strahlen können. Feige und käufliche Herrscher und Condottieri gab es genug. Irgendwann ereilte sie das Schicksal, sie starben so unwürdig, wie sie gelebt hatten, und der Staub der Erinnerung verwehte über ihren Gräbern.

Caterina starrte auf den Gekreuzigten. Auch Jesus Christus war gestorben, obwohl er nicht hätte sterben müssen. Er verlor selbst in der Qual seines bitteren Todes nicht seine Würde – und wurde so zum Lichtbringer. Zum Heiland. Durch sein Sterben gewann er die Macht, die er nie zuvor besessen hatte. Sein Ruhm überstrahlte den Hügel von Golgatha, sprengte die Felsen vor seinem Grab und nahm dem Tod seine Wirkung. Sein Ruhm verbreitete sich über das Erdenrund, die Menschen vergaßen ihn nicht, sie folgten ihm nach, starben für ihn und wurden dadurch noch mächtiger.

Caterina riß das Kruzifix von der Wand, bedeckte den Gekreuzigten mit Küssen und drückte ihn schließlich an ihre Brust. *Mors acerba, fama perpetua* hatte Girolamo Olgiati vor seinem Tod ausgerufen. Dies würde auch ihre Antwort sein, wenn die Schergen des Cesare Borgia kamen oder wenn das heimtückische Gift seine Wirkung entfaltete. Mochte der Tod grausam sein, ihr Ruhm währte ewig!

62. Kapitel

Quaesumus, Domine, mentis et corporis defende periculis. Wir bitten dich, O Herr, schütze uns vor allen Gefahren des Leibes und der Seele.

Mehr bleibt mir nicht, als für uns den letzten Schutz des Herrn zu erflehen. Denn nun, so glaube ich, naht unwiderruflich unser Ende. Einen strahlenden Frühling lang und einen heißen Sommer lebten wir auf dem *monte vaticano*, als Gefangene zwar, doch versorgt und mit Ausblick auf die Ewige Stadt. Caterina befürchtete das Gift der Borgia, aber sie blieb stark im Geist des Widerstands. Sie wollte nicht verzichten auf ihre Rechte, obwohl ihre Fürsprecher unter den Kardinälen und zudem ihr undankbarer Ottaviano sie bedrängten, ihre und seine Ansprüche aufzugeben.

Caterina ließ sich von mir seine Briefe vorlesen. Ich fühlte mich veranlaßt, seine Worte abzumildern, doch sie weiß genau, wie Ottaviano sich auszudrücken pflegt: fordernd und herrisch. Im Laufe der Zeit begann er, Geld von ihr zu verlangen. Giovannis Onkel Lorenzo Medici *Popolano* verhalte sich immer geiziger, schrieb er, er habe sogar davon gesprochen, der Mutter seines kleinen Neffen die Vormundschaft zu entziehen.

Als ich diese Briefstelle vorlas, blickte ich erschrocken auf. Caterina war bleich geworden. Lediglich ihre Narbe leuchtete feuerrot. Sie rang nach Worten, sprang auf und schlug mit ihren Fäusten gegen die Wand. Es dauerte lange, bis ich sie beruhigen konnte. Ich mußte ihr versprechen, nach Florenz zu reisen, sobald ich die Erlaubnis erhielt – um diese Bedrohung ihres geliebten Giovanni abzuwenden.

Im sanften Licht des September gebar unsere Argentina eine Tochter, die ich auf die Namen Beata Bianca taufte. Von unseren Bewachern mußte ich mich als Sündenpriester verhöhnen lassen, ich überhörte jedoch ihre Worte und erbat – mit Erfolg – Windeln, sauberes Leinen und Salben für die Wöchnerin und den Säugling. Ja, man brachte sogar eine Wiege. Caterina kümmerte sich um Argentina, versorgte das Kind – es war ein rührendes Bild, wie die Gräfin in stolzer Hilfsbereitschaft Mutter und Kind bediente. In Betreuung der beiden vergaß sie sogar die Angst vor dem Gift der Borgia, und weil sie sich vor Sehnsucht nach ihrem Giovanni verzehrte, gab es Momente, in denen sie bereit war, auf die Regentschaft von Forlì zu verzichten.

Aber sie sah mich mit zunehmender Besorgnis noch in Rom.

»Du mußt in Florenz nach dem Rechten sehen, Lauro«, drängte sie mich.

Ich nahm die kleine Beata Bianca auf den Arm, ließ meinen Finger von dem Händchen des Säuglings umklammern. Die Kleine wollte mich nicht freigeben. Auch Argentinas Augen – die stets mehr gesprochen hatten als ihre Lippen – baten mich zu bleiben.

»Ich verstehe, daß du dein Kind nicht alleinlassen willst«, fuhr Caterina fort, »um so mehr mußt du mich verstehen.«

Sollte der Barmherzige mich wirklich in meinen späten Jahren, in so auswegsloser Lage, ein zweites Mal mit einem Kind gesegnet haben? Ich muß gestehen, daß ich diese Möglichkeit nicht ausschließen kann – diese eine Nacht, in der der Gott des Weins regierte, in der uns, umtobt vom Taumel der Bacchanten, eine heilige Zärtlichkeit erfaßte und ein Wunder geschah: Argentinas verschlossene Liebesfähigkeit öffnete sich, einer erblühenden Nachtkerze gleich, ihr trotz der nicht vernarbenden Wunden jungfräulicher Körper floß in anschmiegsamer Weichheit zu mir hin, und aller Wille zur Keuschheit vermochte nicht zu verhindern, daß ich Argentina erkannte.

Dennoch – wir alle wissen, was am Tage der Eroberung von Ravaldino geschah. Wer kann die Schreie vergessen, die an die Ohren derer drangen, die der Tod verschonte.

Bevor ich versuchen konnte, durch Bestechung oder Bitte um Entlassung aus unserem Gefängnis die Möglichkeit zu erlangen, nach Florenz zu reisen, stürzten wir unerwartet noch tiefer hinab in den Abgrund der Prüfungen, die uns der Allmächtige aufzuerlegen beschlossen hat. Eine stinkende, brutale Gruppe von Wachen brach die Türen zu unseren Gemächern im Belvedere auf und zerrte Caterina mit sich, die wütend aufschrie. Als ich Einspruch erhob, trafen mich ein Tritt in den Magen und dann ein Faustschlag ins Gesicht, der mich aus einem Auge nichts mehr sehen ließ. Argentina, die dabei war, die kleine Beata Bianca zu stillen, wurde ebenfalls hochgezerrt. Als ich mich auf die Männer werfen wollte, traf mich ein weiterer Faustschlag, und plötzlich fühlte ich die Spitze eines Dolchs an meiner Kehle. Zwei der Wachen packten mich. »Nageln wir ihn an die Wand und schneiden ihm den Schwanz ab, dem Kuttenficker, oder treiben wir ihm die Klinge in den Arsch?« Sie brüllten auf vor Lachen.

Vermutlich wollten sie sich lediglich an meiner Angst weiden, denn nach einem weiteren Schlag in den Magen stießen sie mich vorwärts, Caterina und Argentina nach.

Ich stolperte durch einen langen dunklen Gang, versuchte, meine Würde als Diener Gottes zurückzugewinnen. Einmal stellten mir die Männer sogar ein Bein, so daß ich vornüber fiel.

Nach einer Weile hörte ich Caterina aufschreien. »Was soll ich in der Engelsburg?«

»Das wirst du schon sehen, Hure.«

»Wir werden Vergnügen miteinander haben.« Erneut entmenschtes Gelächter.

»Schaut mal, ein Dolch! Her damit!«

»Müssen wir dich wirklich fesseln?«

»Finger weg, ihr stinkende Eselscheiße!«

»Oh, die Madonna spricht unsere Sprache.«

Die Wände hallten wider von dem, was manche Menschen Lachen nennen, was jedoch aus dem Schlund der Hölle hätte dringen können. Trotz der Schmerzen in meinem linken Auge versuchte ich, Argentina zu erreichen. Als sie mein Gesicht sah, schrie sie auf.

»Madonna, wenn Ihr noch ein paar Dukaten habt oder sich einer Eurer machtlosen Beschützer freigebig zeigt, dann werden wir Eure Fotze nicht täglich stopfen.«

Wir stolperten die Treppe zu den tiefsten Verliesen der Engelsburg hinab. Als wir eine schwere eisenbeschlagene Tür erreichten, hielt Caterina tatsächlich ein paar Dukaten in der Hand. Die Männer entrissen sie ihr und stießen uns dann in einen Raum ohne jegliches Licht. Es stank wie in einer Kloake. Schwer atmend lehnte ich mich an die Tür und berührte mit der Rechten Argentina, mit der Linken Caterina. Ein Wunder war, daß unsere kleine Beata Bianca nicht weinte. Ich glaube sogar, Argentina gab ihr die Brust.

»Das ist unser Ende«, sagte Caterina mit dumpfer Stimme. »Sie haben mir meinen Dolch abgenommen, wir können nicht einmal in Würde sterben.«

Ich versuchte, irgend etwas zu erkennen, es war jedoch so dunkel, daß ich nicht einmal die hellen Gesichter der beiden sah, die sich lediglich einige Handbreit von mir entfernt befanden. Mein Auge schmerzte heftig und schien zu bluten. Als ich den Psalm *De profundis* zu rezitieren begann, unterbrach mich Caterina mit einem wütenden Aufschrei.

»Ich kann dein Gebetsgeleiere kaum mehr ertragen. Dein *Herr* verhöhnt unser Flehen. Er kennt kein gnädiges Erbarmen, und die Fülle des Heils ist schon gar nicht bei ihm. Oder glaubst du wirklich, hier unten könnte dich der Engel hören, der die Glaubensstarken schützen soll? Oder gar der dreieinige Gott in seinem unerreichbar fernen Himmel? Er will mich strafen bis ins siebte Glied, bis zur neunten Folter! Warum verrecke ich nicht endlich!«

Caterina rutschte an der Wand entlang und schien sich auf den Boden zu setzen. Ich wandte mich Argentina zu, nahm ihren Kopf in meine Hände, küßte sie auf die Stirn, küßte auch den Kopf des Kindes. »Es wird alles gut«, flüsterte ich.

»Nie wollte ich die Engelsburg wiedersehen.« Caterinas Stimme zitterte. »Zuerst erlebte ich hier meinen größten Triumph, dann stürzte ich in tiefste Erniedrigung, nun wird sie mein Grab.«

»Ich kann kaum atmen«, sagte Argentina leise.

Mir erging es nicht anders. Der stechende Gestank biß in unsere Lungen. Trotzdem verwirrte mich etwas. Bei allem Würgen, das ich verspürte, kam mir irgend etwas bekannt vor. Genau in dem Augenblick, als ich dachte: Es ist noch jemand in diesem Verlies, stieß Caterina aus: »Wir sind nicht allein.«

Als hätte ein fremdes Wesen unsere Vermutungen belauscht, hörten wir ein leises Stöhnen.

»Da muß jemand liegen«, rief Caterina in höchster Anspannung, »und ich weiß auch, wer.«

In diesem Moment wußte ich es ebenfalls.

»Scipione!« schrie Caterina auf.

Ich hörte sie über den Boden kriechen.

Es war Scipione.

Erneut stöhnte er auf. »Faß mich bitte nicht an«, krächzte er, »Cesares Henker hat mir die Knochen gebrochen.«

»Scipione, Liebster, warum haben sie ...?«

»Sie werfen mir vor, dem Papst einen vergifteten Brief geschickt zu haben«, verstand ich nun. »Wenn sie dich foltern, gibst du zum Schluß alles zu, was sie hören wollen. Dabei bat ich ihn lediglich um deine Freilassung. Sie suchen einen Vorwand ...«

»Bleib bei uns, mein Junge«, flehte Caterina, »du bist mein liebstes Kind ...«

»Giovanni ist dein liebstes Kind.« Scipione rang nach Luft. »Er ist ein Lichtkind, er wird dir ersetzen, was wir dir nicht geben konnten ...«

»Scipione!« Caterina schluchzte auf. »O Gott – warum hilft niemand?«

»Mama ...« hauchte er.

Dann hörte ich nur noch Caterina schluchzen. Auch Argentina neben mir weinte.

»Er ist tot!« rief Caterina. Dann preßte sie einen Schrei aus ihrer

Brust, der die Mauern dieses Grabmals sprengen und bis zu unserem fernen, erbarmungslosen Gott dringen mußte.

Als hätte tatsächlich ein Gott uns gehört, drangen ein Krachen und ein fern hallendes Gelächter an unser Ohr.

Die Wachen kehrten zurück.

Auch unser Ende nahte.

Stimmen näherten sich, Schlüssel klirrten.

Es waren die Wachen. Mit ihnen hörten wir eine andere, eine stählern-kalte Stimme. Cesare Borgia.

Der erste Fackelschein drang durch den Türschlitz. Zum Glück vermochte ich mit einem Auge zu sehen.

»Holt sie hoch. Wenn der giftige Krüppel noch lebt, macht ihn endgültig fertig.« Die Stimme des Siegers.

Die Riegel krachten zurück. Das helle Fackellicht blendete mich. Eine Weile sah ich nichts mehr. Dann stand Caterina neben mir, stumm, mit irren Augen – und vor uns der grinsende Borgia.

»Madonna«, er verneigte sich. »Gebt mir die Ehre.« Caterina brach zusammen. Cesare fing sie auf, doch sie versuchte, ihn wegzustoßen.

Argentina wurde von meiner Seite gerissen, ich erhielt einen Tritt.

»Oh, was hat denn der Mann Gottes für ein unschönes Auge!«

Ich wollte mich nach Argentina und dem Kind umdrehen, aber ein weiterer Tritt ließ mich vorwärts stolpern.

Dann standen wir vor dem Heiligen Vater, Papst Alexander VI. Borgia persönlich. Den Kopf auf seine wulstigen, ringbewehrten Finger gestützt, blickte er uns an. Cesare stellte sich hinter ihn, seine Hand herrisch auf die Rückenlehne gestützt. Neben ihm hockte ein Schreiber, dem ein Sekretär etwas zuflüsterte. Im Hintergrund sah ich im Schatten einer Säule ein purpurrotes Gewand. Der Papst machte einem der Wachsoldaten ein Zeichen, und dieser stellte einen Scherensessel hinter Caterina. Sie fiel hinein. Mir wurde ein Hocker hingeschoben, aber ich reichte ihn Argentina. Das weinende Kind an die Brust gedrückt, setzte sie sich. Leise sprach sie auf Beata Bianca ein, und tatsächlich beruhigte sich unser Mädchen wieder.

»Anna selbdritt mit Joseph.« Mit regelrecht gutmütigem Hohn schaute der Papst auf uns herab und drehte dann leicht den Kopf seinem Sohn zu: »Ist Riarios Bastard dahingegangen?«

Cesare deutete ein Nicken an.

Caterina, zitternd, hielt ihren Kopf gesenkt.

Die Augen des Papstes wanderten langsam von einem zum anderen, bis sie schließlich auf Caterina ruhten. Sein Blick war weder haßerfüllt noch verächtlich, eher neugierig und nachdenklich. »Ich sehe dich noch vor mir, meine Tochter, als du die Zwingburg der Päpste verließest, auf hohem Roß und doch gebrochen. Die stolze, schöne Caterina Sforza, verschachert von ihrem feigen, geldgierigen Ehemann. Ich fragte mich damals, ob ich sie jemals wiedersehen würde – und nun sehe ich dich wieder, ohne Stolz und auch nicht mehr ganz so schön, durch die Hände vieler Männer gegangen. Sogar mein Sohn durfte sich deines Körpers erfreuen. Er hat mir von deiner leidenschaftlichen Liebeskraft so anschaulich erzählt, daß ich neugierig wurde. Ich überlegte sogar, ob ich dich nicht zu mir rufen lassen sollte, um ebenfalls einen Samen in deine Ackerfurche zu legen.«

Caterina hob langsam ihren Kopf, während ihre Finger das Holz ihres Stuhls umklammerten. Sie richtete einen Blick wortloser Verachtung auf den Papst.

»Tochter der Bosheit, Tochter der Sünde«, fuhr er fort, spöttisch lächelnd, »wie rasch kann daraus eine Tochter in Christo werden. Wie geht es im übrigen meinem Patensohn Ottaviano? Er liegt mir am Herzen. Gern möchte ich ihn zum Bischof von Viterbo ernennen – ein junger Mann jedoch, der auf seinen Grafentitel nicht verzichten darf, weil seine starrsinnige Mutter es so will ...«

Der Papst und Caterina schauten sich jetzt in die Augen, und keiner erlaubte sich auszuweichen. Es war ein Kräftemessen, das Caterina, wie ich sie kannte, unter keinen Umständen verlieren wollte. Cesare flüsterte seinem Vater etwas ins Ohr, aber dieser winkte ab.

»Wenn ich ehrlich sein will, so schätze ich dich, mein Kind ...«

»Ich bin nicht Euer Kind.« Caterina fehlte die Kraft, ihre Stimme zu heben.

»O doch, du bist mein Kind in Christo, du bist aus dem heiligen Geist, der auch uns beherrscht. Schön wäre, wenn du als Cesares Schwester uns einen Nachkommen hinterließest, er würde Alexander und Caesar übertreffen, er wäre ein Achill, ein Göttersohn ...«

»Ich kann es ja noch einmal versuchen«, unterbrach ihn Cesare und strich sich über sein Gemächt.

Caterina bewegte ihre Lippen, ohne daß ich ihre Worte verstand.

»Was wolltest du uns mitteilen, mein Kind?«

Caterina bewegte noch immer lautlos die Lippen, ihre Augen geweitet. Ich befürchtete, ihre Kraft könnte nun erlöschen und ihr Gemüt sich verwirren. Ich schaute mich nach Argentina um, die das Kind an ihre Brust hielt, ihre Wange seinem Köpfchen zugeneigt. Trotz dieser düsteren Zustände umgab sie die Wahrheit der Madonna ...

»Höre, meine Tochter, ich will dir unser letztes Angebot unterbreiten. Du verzichtest in Ottavianos Namen auf die Grafschaft Forlì und Imola, die mein Sohn Cesare erobert hat und die in Zukunft Kernland seines Königreichs wird. Wir lassen dich frei und schenken dir eine bequeme Villa am Rande Roms. Ottaviano wird Bischof von Viterbo, Cesare darf Erzbischof von Pisa bleiben. Wenn du willst, darfst du sogar mit deinem Beichtvater und deinem Kammermädchen samt Bastard nach Florenz reisen, um dort deine Kinder in die Arme zu schließen. Wenn du dich allerdings noch immer störrisch zeigst, werdet ihr alle die Engelsburg nicht lebend verlassen. Du hast mit Hilfe deines Stiefsohns Scipione Riario ein Giftattentat auf mich verüben lassen, so werden Wir verkünden, er hat es vor Zeugen zugegeben, Wir haben also jegliches Recht, sogar vor dem französischen König, dich in die Engelsburg einzuschließen und dem Tode zu übergeben. Hast du verstanden?«

Der Papst wirkte nun barsch und ungeduldig, sein Sohn bleckte die Zähne.

Caterina nickte schwach, und ich glaubte bereits, sie würde endgültig nachgeben.

Sie erhob sich langsam, reckte ihren Körper, fuhr sich mehrfach durch die Haare. Sie fixierte den Papst, seinen Sohn, der versuchte, seine Überlegenheit durch eine höhnische Miene unter Beweis zu stellen. Seine Augen straften seinen Hohn jedoch Lügen. Aus ihnen sprachen Faszination und gleichzeitig Wut, Gier und, kaum verborgen, Bewunderung.

»Ich bin eine Sforza.« Caterinas Stimme klang dunkel und gebrochen, aber noch immer voller Stolz, und ich wußte, daß meine Hoffnung vergeblich sein würde. »Ihr wißt ebenso wie ich, daß der Versuch, mir einen Giftanschlag unterzuschieben, so haltlos wie lächerlich ist. Ihr bleibt Gefangener Eurer eigenen mörderischen Logik. Ihr denkt, weil Ihr unbequeme Menschen mit Gift aus dem Weg räumt, kann man es anderen ebenfalls unterstellen. Vielleicht hätte ich nachgegeben und auf Forlì verzichtet. Weil Ihr jedoch meinem geliebten Scipione seine letzte Würde genommen und ihn zu Tode gefoltert habt, werde ich keinen Drohungen und noch weniger Euren haltlosen Versprechungen nachgeben. Dann sterbe ich lieber wie Scipione. Ihr könnt weder meine Würde brechen noch meinen Ruhm verhindern. Ich habe meinen Namen beschmutzt durch gnadenlose Rache für den Tod meines Geliebten. Damals starben Unschuldige, Frauen, Kinder. Ich kann mir dies nie vergeben. Ihr jedoch, der Stellvertreter Christi, der Heilige Vater und sein unheiliger Sohn, Ihr mordet und raubt aus Machtgier, aus Eifersucht und gekränkter Eitelkeit, wie eine schmierige Krake überzieht Ihr Rom und Italien mit Euren blutsaugenden Machenschaften. Ihr zieht den Namen des dreieinigen Gottes in den Schmutz. Ihr zeugt mit Eurer eigenen Tochter ein Kind, und Euer Lieblingssohn vögelt die Schwester und die Schwägerin, er ermordet den Schwager, wie er bereits den Bruder ermordet hat. Ihr seid der Abschaum und die Ausgeburt des Satans, der Erzengel Michael über uns ist mein Zeuge: Die Hölle, aus der Ihr hervorgekrochen seid, wird sich eines Tages auftun und Euch verschlingen.«

Cesares Lippen verzerrten sich, und seine Hand zuckte mehrfach, als wolle er zum Dolch greifen. Sein Vater starrte in lächelnder Faszination auf Caterina, die nun zurücksank auf ihren Stuhl. Er zog die Augenbrauchen hoch und schüttelte den Kopf. »Schade«, flüsterte er vor sich hin, »du hast es so gewollt.«

Langsam erhob er sich, winkte Cesare und seinen Begleitern. Ich hörte, wie er seinen Sekretär anwies: »Kein Protokoll!«

Dann fielen die schweren Türen ins Schloß, und wir befanden uns mit unseren Wachmännern allein.

»Wohin mit der Bande?« fragte einer.

In diesem Augenblick löste sich der Mann im Hintergrund aus dem Schatten der Säule. Er war in der Tat ein junger Kardinal. Sollte er uns in den Tod begleiten? Sollte er das Kreuz hochhalten über unserem Sterben. Ich starrte ihn an. Ich kannte ihn. Auch Caterina kannte ihn. Er winkte den Wachen.

Laut rief ich: *Ad te, Domine, oculi mei: ad te speravi, non auferas animas nostras.* Meine Augen, Herr, sind auf Dich gerichtet. Auf Dich vertraue ich, raffe uns nicht dahin.

Das kleine Öllicht unter dem Kruzifix beleuchtete schwach die Zelle. Caterina hob langsam den Kopf und ließ ihren Blick von der schwarzglänzenden Decke über die schmierigen Wände gleiten. In der Ecke stand der ungeleerte Eimer. Es mußte unglaublich stinken in dem fensterlosen Loch, in dem sie hausten. Aber sie roch nichts mehr, fühlte kaum noch Kälte oder Wärme. Sie störte sich nicht einmal an der Ratte, die an der Brotrinde nagte. Auch die Flohstiche und Wanzenbisse spürte sie nicht mehr. Die Haare waren ihr büschelweise ausgefallen, ihre nässende Haut war von Rötungen und Pusteln überzogen. Gelegentlich begann sie derart quälend zu jucken, daß Caterina sich bis aufs Blut kratzte.

Warum lebte sie noch? Warum gab dieser Körper nicht auf, wenn das Viertagesfieber ihn schüttelte und ihren Geist verwirrte? Dann begab sie sich auf eine Reise, durchbrach alle Mauern bis hoch in den nächtlichen Himmel. Doch der sanfte Schleier der Milchstraße umhüllte nicht ihre entschwindende Seele, damit sie sich in Seligkeit auflöste, nein, sie stürzte mitten hinein in blitzende Klingen und blutverschmierte Gesichter.

Das Fieber verließ sie irgendwann, sie starrte in das Lichtchen, auf die Wände des Grabverlieses, und die Stille sog sie hinweg, bis die Stimme der Großmutter sich tröstend über sie senkte, im Hintergrund der gutmütige Donner des Großvaters grollte und der sanfte Hauch des Vaters sie streichelte.

Aber sie lebte noch. Und dort, an der Wand, auf der harten Pritsche, eingeschlagen in schmutzige Decken, lebte Argentina, in ihren Armen das kleine Mädchen. Selbst das Mädchen lebte – mit großen dunklen Augen, die alles durchdrangen. Es trank an der Brust seiner Mutter, deren Milch bisher nicht versiegt war, und war gewachsen. Obwohl es dreckig, verschorft und von der Krätze geplagt war, lachte und strahlte, krähte und juchzte es. Dies war das größte Wunder von allen.

Weil ihr Kind lachte, durchdrang Argentina ein heiliger Überlebenswillen. Seit sie aus den Fängen der Soldateska befreit worden war, hatte sie nicht viel gesprochen, aber hier im Kerker, wenn sie ihr Mädchen in den Armen hielt, sprudelten die Worte nur so. Fra Lauro, fast zugewachsen von seinem grauen Bart, lächelte. Er hatte sich von seinem Strohsack in dem Nebenverlies erhoben und verfolgte mit seinem tief in der Höhle liegenden gesunden Auge das Spiel von Mutter und Kind. Das verletzte Auge war blind geblieben. Keiner spürte Hunger und Durst, sie hockten sich nebeneinander auf die Pritsche, Argentina mit der Kleinen in der Mitte, und Beata Bianca hielt eine graue Stoffpuppe und ein kleines Holzpferdchen in der Hand.

Caterina mußte an Giovanni denken, der in einer großen Villa aufwachsen durfte, längst sprechen konnte, der wahrscheinlich bereits auf die ersten Ponys gesetzt wurde, der ein Holzschwert schwang und sich raufte mit anderen Jungen – im fernen, schönen Florenz, unter Rosen und Flieder, Granatapfelbäumen und blühenden Kirschen. Die Kinder hielten sie am Leben, in den Kindern lag ihre Zukunft, der Ruhm der Sforza, der Stern, der am Firmament leuchten würde wie Herkules und Perseus, wie Andromeda und ihre Mutter Cassiopeia.

Mit ihren Hoffnungen und ihrer letzten kleinen Freude hockten sie im tiefen Verlies des Castello Sant' Angelo und beklagten nicht mehr ihr Schicksal. Wenn jedoch durch die Stille der unaufhörlichen Nacht die Wachen sich näherten, die scharfen Geräusche der sich öffnenden Riegel auf ihre Ohren schlugen, dann packte sie alle drei die Angst, doch noch erwürgt, erdolcht oder einfach mit einem Knüppel wie eine Ratte erschlagen zu werden.

Die Borgia hatten sich nicht mehr blicken lassen. Die Wachen versorgten ihre Gefangenen unwillig mit Wasser und Brot, gelegentlich mit einem Stück Fleisch, sogar einem Apfel oder Gemüse; sie leerten den Eimer, brachten Windeln und alle Ewigkeiten auch frische Leinenkleidung oder eine Decke.

»Grüße vom Kardinal«, knurrten sie.

Ab und zu erschien Alessandro Farnese selbst. Caterina kannte ihn: Er war derjenige gewesen, der ihr den päpstlichen Vorschlag überbracht hatte, Ottaviano solle Lucrezia heiraten. Später hatte er bei der Eroberung von Ravaldino an Cesares Seite gekämpft, sich allerdings geweigert, an ihrer nächtlichen Erniedrigung teilzunehmen.

»Warum lassen Euch die Borgia zu mir, Eminenz?« fragte sie ihn. Als er nicht antwortete, wiederholte sie die Frage.

Schließlich lächelte er bedauernd. »Der Herzog von Valence

glaubt, ich würde mich an Eurer Ehre vergehen. Ich lasse ihn in seinem Glauben.«

Caterina brauchte eine Weile, bis sie diese Nachricht, ohne ins Zittern zu fallen, aufnehmen konnte. Mit Macht drängten sich die Bilder der Nächte auf, in denen Cesare ihren Körper seiner Würde beraubt hatte. Sie sah auch plötzlich Farneses Augen vor sich. Sein Gesicht wurde neben ihres gepreßt, sie flehte ihn wortlos an, sie aus ihrem Los zu befreien. Er konnte sie damals nicht retten, doch heute half er ihr. Er hatte immerhin die Stärke besessen, dem Willen des Borgia-Sohns zu widerstehen.

»Warum verschontet Ihr mich damals …?« fragte sie ihn.

Er hatte sich neben sie gesetzt und zögerte mit einer Antwort. Sie ergriff unwillkürlich seine Hand und küßte seinen Ring.

Vorsichtig strich er ihr die Haare aus dem Gesicht. »Ich bewundere Euch.«

»Warum habt Ihr Euch damals geweigert …?« wiederholte sie ihre Frage.

»Ich mußte eine Prüfung bestehen.« Alessandro Farnese erhob sich, strich mit seinem Finger über die schimmlige Wand und betrachtete, was an seinen Fingerspitzen hängengeblieben war. Schließlich schaute er nach Argentinas Kind, das unter einem Leinenumhang an der Brust seiner Mutter lag. »Ich habe eine kleine Tochter, die nicht bei mir leben darf. Sie heißt Costanza, *Standhaftigkeit*. Darin liegt das Geheimnis und der Glaube, versteht Ihr? Wir müssen durchhalten. Im Kampf um das Glück benötigen wir einen langen Atem.«

Als Alessandro Farnese das nächste Mal erschien, brachte er der Kleinen das Spielzeug. »Es ist Weihnachten. Ich habe meiner Costanza auch eine Puppe und ein Pferd geschenkt.«

Eine Weile saßen sie zusammen, ohne zu sprechen.

Caterina blickte ihn schließlich flehend an: »Wißt Ihr etwas von meinen Söhnen? Von Giovanni, dem Jüngsten? Er ist meine letzte Hoffnung. Wenn ich ihn nicht hätte …«

Kardinal Farnese strich ihr über die Haare. »Ich werde Euch helfen, den Kerker zu überleben, soweit es in meinen Möglichkeiten steht. Überdies läßt auch mein Kollege Raffaele Riario Euch grüßen. Ihr müßt wissen: Die Franzosen haben Italien noch immer nicht verlassen.«

Caterina schaute auf. Er wies mit einer kurzen Augenbewegung auf die Wachen. Sie verstand. Er mußte vorsichtig sein.

Als Alessandro Farnese bereits in der Tür stand, um sie zu verlassen, berichtete er wie nebenbei: »Der Bruder meiner Mutter, ein Kardinal, starb vor nicht langer Zeit ebenfalls hier unten. Ihm hatte die Kraft gefehlt, diese Verliese zu überstehen. Vor fünfzehn Jahren wurde sogar ich in die Engelsburg gesperrt, allerdings nicht in diese Grabkammern, sondern in den Turm. Ich war damals ein achtzehnjähriger *scriptor* und erfüllte in den Augen des Heiligen Vaters meine Pflicht nicht zuverlässig genug. Außerdem sollte meine Familie unter Druck gesetzt werden. Ihr versteht, man nimmt kurzerhand eine Geisel und sperrt sie ein. Nebenbei: Ein wirksames Mittel, sich lebenslang Feinde zu schaffen. Wenn ich mich recht erinnere, lag Eure Eroberung der Engelsburg bereits hinter uns. Eine junge, dazu noch schwangere Frau ertrotzt sich die Macht in Rom, bietet dem Heiligen Kollegium die Stirn. Keiner von uns, die wir damals junge Leute waren, wird diese Heldentat je vergessen.«

Caterina lachte auf. »Ich verlor die Engelsburg rasch wieder, von dem eigenen Mann verraten und verkauft! Und seht, was aus dieser jungen Frau geworden ist! Sie mußte zurückkehren an den Ort ihres trotzigen Aufstands, besiegt, gestürzt und erniedrigt. Aber sagt mir, wie Ihr dem Kerker entkommen seid.«

Jetzt lachte der Kardinal, leise und ein wenig stolz. »Ich seilte mich vom Turm ab, mit Hilfe zusammengebundener Bettlaken. Ihr seht, manchmal hilft der Allmächtige sogar den Unwürdigen.«

Dieses Gespräch hatte Caterina erneut Kraft gegeben.

»Hast du verstanden, was er mir sagen wollte?« Sie wandte sich Fra Lauro zu, der die kleine Beata Bianca auf seinen Armen wiegte. »Die Franzosen, unter deren Schutz ich stehe, könnten benachrichtigt werden und uns hier herausholen.«

Es geschah allerdings nichts.

Eine Weile hatte Caterina versucht, mitzuzählen, wie oft die Wachen ihnen frisches Wasser brachten, um die Anzahl der Tage zu schätzen, doch bald gerieten ihr die Zahlen durcheinander, die Tage zerflossen in ein dahindämmerndes Einerlei, lediglich unterbrochen von Träumen, in denen sie mit Giovanni im Paradiesgarten spielte, in denen sie die Schmerzen der Geburten wiedererlebte und der Gesang der Nachtigallen alle Schmerzensschreie übertönte. Häufig wußte sie nicht mehr, ob das, was sie vor sich gesehen hatte, nur Traumbilder waren. Häufig kehrten ihre Großmutter und ihr Vater zurück, ihre Ehemänner tanzten miteinander eine Pavane, dann würgte Girolamo sie, sie schlug ihn dafür und ritt auf ihm, bis ihm stöhnend die Sinne vergingen und seine Augen brachen. Anschließend warf sie ihn aus dem Fenster.

Am meisten litt sie, wenn Gian Antonio Ghetti und an seiner Hand Rosaria vor ihr standen.

»Wo sind meine beiden Jungen?« fragte Rosaria, und der Graubart fügte an: »Du hast sie vor uns versteckt, denn sie können nicht sterben.«

Caterina sah sich selbst den Kopf schütteln und stumm auf den Brunnen von Ravaldino zeigen.

»Sind sie in der Burg der Engel? Wir können sie nicht finden.« Rosaria umfaßte ihre Knie.

Ghetti deutete auf die unaufhörlich blutenden Wunden, die seinen Körper entstellten. »Bin ich nicht für dich gestorben?«

»Ja, ja«, schrie Caterina.

»Warum springst du nicht in den Brunnen?«

Fra Lauro beugte sich über sie. Zwei Augen, davon das eine wie vom Nebel der Heimat durchzogen. Das andere erschrokken, doch auch wissend wie das Auge Gottes. Neben dem Beichtvater stand Argentina und hielt ihre Hand. Warum hielt sie Giovanni nicht auf ihrem Arm.

»Du hast geträumt«, sagte Fra Lauro.

Caterina setzte sich auf. Waren nicht ihre beiden Ankläger lediglich in die Wand zurückgetreten und starrten sie wie Marmorstatuen mit leeren Augen an?

»Ich habe von Rosaria und Ghetti geträumt. Da stehen sie noch immer, eingemauert, und wollen mich nicht verlassen.«

Fra Lauro nahm ihre Hand. »Du phantasierst, Caterina, wir sind allein, Rosaria und Gian Antonio sind längst tot.«

»Ja, ich habe sie umgebracht.«

Sie starrte auf die Wand. Die beiden Abgesandten ihrer Schuld waren verschwunden. Zitternd setzte sie sich auf, während Argentina ihr eine Decke um die Schultern legte.

Fra Lauro berührte ihre Stirn. »Hast du wieder Fieber?«

Sie schüttelte den Kopf. »Ich träume häufig von ihnen. Sie wollen mich sterben sehen.« Als er ihr widersprechen wollte, fiel sie ihm ins Wort: »Sag nichts. Sie sind bei uns. Sie haben Kardinal Farnese weggeschickt. Es gibt keine Hoffnung mehr. Nie werden die Franzosen uns befreien. Ich erwarte das Henkersbeil. Blut muß fließen, mein Blut. *Mors acerba*. So hat es Girolamo Olgiati gesagt.«

Sie hörte auf zu essen. Fra Lauro schaute sie besorgt an. Argentina reichte ihr das Kind, das mit ihr spielen wollte. Aus der Wand starrten sie wieder Rosaria und Ghetti an. Beata Bianca juchzte.

»Da sind sie!« Caterina reichte Argentina das Kind zurück. »Sie geben nicht auf.«

Fra Lauro stellte sich vor die Wand. »Sie wollen dir verzeihen und endlich in Frieden leben.«

»Sie können mir nicht verzeihen.« Kopfschüttelnd starrte sie auf ihre krätzigen Hände. »Ich verstehe bis heute nicht, warum Ghetti meinen Giacomo getötet hat.«

Er schwieg.

»Und Rosaria – warum hat sie mir meine liebende Erinnerung an Girolamo zerstören wollen?«

»Sie hat nichts zerstören wollen, sie wollte nur nicht ein zweites Mal lügen.«

»Woher weißt du …?«

»Ich war auch *ihr* Beichtvater.«

Caterina legte die Stirn auf ihre Hände. Sie glaubte weinen zu müssen, doch ihre Augen blieben trocken. »Girolamo Olgiati hat also …? Obwohl er mich liebte …?« Ihr Atem ging schwer. »Ich kann nicht mehr länger leben. Vielleicht könnte ich den Kerker überleben, nicht jedoch meine Schuld und die zerstörte Wahrheit meiner Liebe.«

»Ach, Caterina, die Wahrheit deiner Liebe liegt in dir. Keiner wird sie zerstören. Die Erinnerung an ihr Glück kann dir über das Unglück hinweghelfen.«

Sie schüttelte den Kopf.

»Mehr Demut, Caterina! Du hast zahlreiche unschuldige Menschen töten lassen. Davon kannst du dich nicht freikaufen. Du hast einen jungen Mann geliebt, der es womöglich nicht wert war. Liebe jedoch folgt weder der Moral noch der Vernunft. Du willst etwas erzwingen, was sich nicht mit Gewalt erreichen läßt. Du mußt auf die Gnade Gottes vertrauen. Sie verspricht nichts, sie garantiert nichts, mit ihr kann man nicht rechnen. Aber man kann auf sie hoffen. Solange man hofft, ist man nicht verloren. Du hast Kinder, die dich brauchen, auch wenn sie nicht alle so geworden sind, wie du erhofftest. In deinem Jüngsten hast du dich jedoch wiedergefunden. Gib ihm die Möglichkeit, unter dem Schutz einer liebenden Mutter zu wachsen.«

Caterina nickte kaum merklich.

Sie begann erneut zu essen.

Sie übte mit der kleinen Beata Bianca die ersten Schritte, wiegte sie auf dem Schoß und erzählte ihr von dem großen Francesco Sforza und ihrem liebevollen Vater, von ihrer Großmutter und den Bergen mit den Türmen aus Eis. Ihre erste Tochter hieß Bianca, und ihre letzte hieß ebenfalls Bianca. Sie würde einmal eine *beata*, eine glückliche, werden.

Als sich Argentina neben sie setzte, fragte Caterina sie, leise, damit Fra Lauro ihre Frage nicht verstand: »Liebst du ihn?«

Argentina nickte.

»Sein Leiden ist stumm – wie deins. Er darf uns nicht verlorengehen – wir müssen ihn noch erlösen.«

Lange schwiegen sie.

Dann drangen plötzlich Schritte in die Stille – die Wachen kamen. Wie jeden Morgen oder Abend. Diesmal jedoch waren sie von einem Stimmengewirr begleitet. Ob Cesare mit seinen Henkern nahte? Oder Kardinal Farnese mit einem weiteren Geschenk? Oder mit der Nachricht, die Franzosen seien abgezogen?

Die Riegel krachten zurück. Das Fackellicht blendete.

Ein bärtiger Mann stand in der Tür, nicht Kardinal Farnese, nicht Cesare Borgia. Sie kannte die Stimme. Ghetti! Es traf sie wie ein Schlag, und sie stürzte zu Boden. Ghetti erschien, um sie zu holen, er kam, sie mit dem Schwert des Engels zu töten.

»Madonna …«

Sie schrie auf. Es war nicht Ghetti. Nein, es war der Abgesandte des französischen Königs, Yves d'Alègre. Da stand er in schimmernder Rüstung. Wie der Engel, der den Grabstein zur Seite schob. Sie stand unter dem Schutz eines Ritters. Ihre Qualen fanden ein Ende. Sie durfte wiederauferstehen.

Caterina verlor ihr Bewußtsein. Einer der Wärter schüttete ihr einen Schwall Wasser ins Gesicht.

Der französische Baron beugte sich über sie. »Verzeiht, Madonna, daß ich so spät komme. Aber wir hatten Krieg zu führen, gegen Euren Onkel, wie Ihr vermutlich wißt. Jetzt marschieren wir erneut gegen Neapel. Auf eine geheime Botschaft hin eilte ich sofort nach Rom, um Euch aus dem Kerker zu befreien.«

»Die Borgia …« Caterina versagte die Stimme.

»Ja, es gibt eine Bedingung. Ohne Verzicht auf Forlì und Imola will der Heilige Vater Euch nicht freilassen.«

»Ich bin eine Sforza«, hauchte Caterina, dann wurde ihr wieder schwarz vor Augen.

64. Kapitel

Tief verschleiert trat Caterina in das erste Sonnenlicht. Es sei Frühherbst, hörte sie, also mußte sie ein Jahr in der Vorhölle zugebracht haben. Soldaten schrien, Waffen klirrten. Ein Windhauch trug den Geruch des Tibers herüber. Wasser! Und klare Luft! Sie meinte, Reinheit, Morgenlüfte riechen zu können. Nun begrüßte sie eine Stimme, die sie kannte. Sie hatte in ihren Träumen viele Stimmen vernommen. Diese mußte Raffaele Riario gehören, dem Kardinal von San Giorgio. Sie hob ihren Schleier ein Stück, doch die Helligkeit schmerzte so in den Augen, daß sie ihn wieder fallen ließ.

»Du siehst erbarmungswürdig aus, Caterina, aber du lebst. Dies ist ein Wunder.«

»Dies ist die Tat des französischen Königs, dessen Schutz sie genießt.« Auch ihr Befreier Yves d'Alègre schien noch an ihrer Seite zu stehen.

»Raffaele, was weißt du von meinen Kindern?« fragte sie.

»Alle sind wohlauf. Sie leben in der Villa Castello nahe Florenz. Die Villa gehörte einst Giovanni de' Medici-Popolano, dem Vater deines jüngsten Sohnes. Allerdings …«

Jemand faßte sie am Arm und führte sie wie eine Blinde über den unregelmäßigen Boden.

»Allerdings?«

»Lorenzo, der Onkel deines Sohnes, verwaltet das Vermögen des Kindes …«

Caterina blieb stehen, nahm trotz der Schmerzen vorsichtig den Schleier von ihrem Gesicht und blinzelte in das gleißende Licht. Sie war umgeben von einer neugierigen Menge. Raffaeles Lächeln wich einer bestürzten Miene; ähnlich erschrocken wirkte der Franzose. »Madonna, die Gefangenschaft ... hat Euch nicht gutgetan.«

Caterina ließ den Schleier wieder sinken.

Sie wurde mit ihren Begleitern an der Engelsbrücke in eine Kutsche gesetzt und zum Palazzo des Kardinals von San Giorgio gebracht. Hier sollte sie, so hieß es, zu Kräften kommen.

Kaum hatte sie das Innere des Palasts betreten, befreite sie sich, wie auch Fra Lauro und Argentina, vom Schleier. Nun erst erkannte sie richtig, wie erbärmlich sie alle drei aussahen, wie hohlwangig, verdreckt, kaum Menschen gleich. Ihre Haut, die sie stets mit Salben und Pudern gepflegt hatte, war zerstört. Mitleidvolle Augen blickten sie an, die Diener verbeugten sich tief, die Mädchen knieten vor ihr und wollten von Fra Lauro gesegnet werden. Argentina löste sich nicht von seiner Seite, als habe sie Angst, jemand könne sie entführen.

»Ein Bad!« rief Caterina. »Ich möchte ein Bad nehmen, mit allen aromatischen Kräutern.«

»Madonna!« Yves d'Alègre, der sich im Hintergrund gehalten hatte, wandte sich an sie: »Bevor ich mich für heute verabschiede, benötige ich noch die Unterschrift. Ihr versteht, der Heilige Vater wartet auf sie. Sie wird Euch von allen Fesseln befreien – auch von den Fesseln der Verantwortung. Denkt an Eure Kinder, sie warten auf Euch.«

Caterina schaute den Franzosen lange an. »Erinnert Ihr Euch noch an Eure Besuche in Forlì?« fragte sie mit einem leisen Lächeln.

Yves d'Alègre erwiderte ihr Lächeln und nahm ihre Hand.

»Wie kann ich Euch danken – Ihr habt mein Leben gerettet«, flüsterte sie.

»Es gab andere ...« Auch er hatte seine Stimme gesenkt. »Es war meine Pflicht als französischer Ritter.« Langsam beugte er seinen Kopf und deutete einen Handkuß an. »Ich bewundere Euch, Madonna, Ihr seid – wenn ich es so sagen darf – unter all den Feiglingen und Intriganten, denen ich in Italien begegnet bin, der einzig wirkliche Mann. Der Ruhm in meiner Heimat wird Euch gewiß sein.« Ein weiteres Mal verbeugte er sich.

Caterina ließ sich die Verzichtserklärung geben und setzte sorgfältig ihren Namen darunter. Forlì, Imola – dahin. Ihr Kampf – zu Ende. Sie spürte nicht einmal mehr Bedauern. Sie hatte beinahe ihr Leben geopfert für eine ungeliebte Stadt. Nein – nicht für die Stadt, sondern für die Ehre der Sforza. Doch selbst diese Ehre bedeutete ihr nichts mehr. Der Kerker hatte sie gebrochen. Die Sforza waren vertrieben, gefangen oder tot, ihre Macht war verloren, ihr Ruhm jedoch würde überdauern und in ihrem Giovanni weiterleben.

Sie übergab Yves d'Alègre die Erklärung.

Er nahm sie wortlos in Empfang und reichte ihr zum Abschied ein kleines, in Seide eingeschlagenes Geschenk. Sie schlug die Seide zurück: Vor ihr lag auf einem Samtkissen ein Medaillon mit dem Bildnis ihres jüngsten Sohnes. Er lächelte sie erwartungsvoll an, ein hübscher, übermütiger, frecher Junge voll kindlichem Liebreiz. Caterina schossen Tränen in die Augen.

»Ich stehe untilgbar in Eurer Schuld!« Sie verabschiedete sich ein letztes Mal von dem Franzosen.

Dann ließ sie sich mit Argentina und der Kleinen in einen Baderaum führen. Nebenan wurde für Fra Lauro ein Zuber vorbereitet. Er wirkte abwesend und betete leise vor sich. Argentina preßte ihr Kind an sich.

Caterina konnte noch immer nicht fassen, daß sie nun frei waren.

Während der nächsten Tage rissen die Besucher nicht ab. Als erster erschien Kardinal Ascanio Sforza, ihr Onkel, der ihr von dem traurigen Schicksal seines in französischem Gewahrsam dahindämmernden Bruders Lodovico berichtete. Während er ihr seine Aufwartung machte, stürzte Kardinal Riario herein, der Hausherr, trotz der Würde erfordernden Robe in solcher Hektik, daß er beinahe gestolpert wäre, und überbrachte Caterina eine Botschaft Seiner Heiligkeit. »Er nennt dich *Tochter in Christo*, ich weiß es, und sendet dir seinen Segen, er möchte dich in seine Arme schließen. Caterina, endlich! Alles wird gut!«

Caterina nahm das *breve* des Papstes und legte es zur Seite. Ihr

Herz schlug hoch bis in den Hals. Sie warf einen kurzen Blick Fra Lauro zu, der verächtlich die Augenbraue hob.

Am selben Tag erschien auch Niccolò Machiavelli als Gesandter der Signoria von Florenz und begrüßte sie, die Bürgerin der Stadt, in wohlgesetzten Worten. Er freue sich, daß sie endlich ihre Freiheit wiedererlangt habe und nun vermutlich nach Florenz übersiedle. Ihre Kinder befänden sich noch immer in der Obhut des Lorenzo Popolano, der bekanntlich die Besitztümer seines Neffen, des jungen Giovanni Popolano, verwalte und die Vormundschaft über den Jungen beantragt habe. Machiavelli betonte jedes Wort.

Caterina zuckte zusammen. »Was soll das heißen?«

»Nun, Madonna, es heißt, was es heißt. Ich, dem das unvergeßliche Privilegium beschieden war, Euch in glücklicheren Tagen kennenlernen zu dürfen, bin mit meiner Signoria und auch der Familie Popolano in höchstem Maße froh darüber, Euch wieder unter uns zu begrüßen. Wenn ich meine persönliche, unmaßgebliche Ansicht äußern darf, so würde ich sagen, daß die Übersiedlung nach Florenz – um die Kinder in die Arme zu schließen – nicht allzu lange aufgeschoben werden sollte. Die Gerichte in Florenz sind zweifelsohne unabhängig und unbestechlich, doch – man hat Freunde und ist dem einen wie dem anderen verpflichtet, man steht in gegenseitiger Schuld … zumal die Verwaltung und Vermehrung von Vermögen nicht jedermanns Sache ist.«

Caterina schaute Machiavelli prüfend an. Der Mann lächelte fein. Mit seinen schmalen Lippen und den engstehenden Augen wirkte er wie ein typischer Vertreter seiner Zunft, der gelernt hatte, das Entscheidende nur indirekt und schön verpackt mitzuteilen.

»Ihr wollt uns also sagen, Messer«, ergriff Fra Lauro das Wort, »daß Madonna unverzüglich nach Florenz übersiedeln sollte, weil ihre Angelegenheiten nicht in den besten Händen liegen.«

»O Monsignore …«

»Ich bin kein Monsignore, ich bin ein einfacher Fratre …«

»Wie dem auch sei, *Fratre*, eine solche Aussage würde ich nie treffen. In der Republik von Florenz herrscht das Recht, das noch über der gewählten Signoria steht.«

Fra Lauro runzelte die Stirn und hob leicht seine Stimme:

»Wollt Ihr damit andeuten, daß in Rom, Neapel oder *Forlì* das Recht nicht die oberste Instanz ist, sondern sich der Tyrannei der Herrschenden und Eroberer beugen muß?«

»Verehrter Fratre, gern führte ich mit Euch einen Disput über das Verhältnis von gewählter Stadtvertretung und dem Fürsten, wiewohl es im Falle Roms, da hier kein Fürst herrscht, sondern der Stellvertreter Christi, schwierig sein dürfte für einen einfachen Gesandten wie für einen einfachen Franziskaner, die über die Jahrhunderte gewachsenen Rechtsverhältnisse zu beurteilen. Ich denke jedoch, daß Madonna sich an einer *disputatio politica* wenig delektieren dürfte. In Forlì – um Euer Insinuieren zu befriedigen – herrscht der Herzog von Valence, der tugendreiche Sohn des Nachfolgers der Apostel, ein Fürst von messerscharfem Verstand und ebenso scharfer Klinge, der weiß, wie eine neue Herrschaft installiert werden muß. Auch Madonna als Tochter eines ehemals so mächtigen wie klugen Geschlechts weiß dies.«

Niccolò Machiavelli war ernst geworden. Er preßte seine ohnehin schmalen Lippen zusammen und verbeugte sich vor Caterina: »Ich muß mich für heute verabschieden, Madonna, meine Verehrung ist Euch gewiß. Kommt nach Florenz, um deren Hügel sanfte Winde wehen und in deren Hainen der Frieden seine Heimstatt und Ruhestätte findet. Bedauerlicherweise sieht sich die Signoria nicht in der Lage, Euch eine Schutztruppe für Eure beschwerliche Reise von Rom nach Florenz zur Verfügung zu stellen. Nicht alle Straßen in Lazio sind so sicher wie die in der Toskana. Die Wegelagerei ist ein altes Übel, und dann die fremden Heere ...« Nach einer neuerlichen Verbeugung verabschiedete Machiavelli sich.

Kaum war Caterina mit Fra Lauro allein, brach es aus ihm heraus. »Der Mann ist gerissen wie ein Fuchs und außerdem ein Anhänger Cesare Borgias. Der Valentino als der *tugendreiche Sohn des Nachfolgers der Apostel*! Ha!«

»Will er nun, daß wir nach Florenz zurückkehren, oder rät er uns davon ab?« unterbrach ihn Caterina.

»Ich kann es nicht sagen.«

»Auch ich kann es nicht sagen. Ich spüre jedoch, daß mir jemand das Vermögen meines Mannes, ja, sogar meinen jüngsten

Sohn nehmen will.« Caterina strich sich über ihre sorgenvoll gefurchte Stirn. »Am wenigsten sicher fühle ich mich hier in Rom. Die Franzosen haben Cesare Borgia seine Gefangene genommen. Der Valentino kann sich zwar an meinem Verzicht auf Forlì und Imola erfreuen, aber noch bin ich am Leben. Vielleicht fürchtet er meine Rache oder die Wahrheit über seine Taten. Ich kann mir nicht vorstellen, daß Cesare bereit ist, mich laufen zu lassen.« Caterina mußte sich setzen. »Das Jahr in der Engelsburg hat mir meine Kraft geraubt, ohne die Furien vertrieben zu haben. Schau mich an: Meine Haut erholt sich nur allmählich, die Augen sind stumpf. Und was hast du meinetwegen alles erleiden müssen! Es muß ein Ende haben. Ruf Argentina, damit sie mich in mein Zimmer begleitet. Ich bin entsetzlich müde. Ich will nur noch meine Kinder in die Arme schließen und dann in Ruhe sterben.«

Am nächsten Tag meldete sich weiterer Besuch: Adriana del Mila in Begleitung von Giulia Orsini-Farnese.

Caterina verdrehte seufzend die Augen und überlegte, ob sie eine Krankheit vortäuschen sollte. Vermutlich hätte sie dann jedoch die alte Hexe aus dem Borgia-Geschlecht erst recht am Hals, die sicher nichts anderes beabsichtigte, als sie auszuhorchen, sich gleichzeitig zu weiden an dem Anblick einer tief gefallenen, gebrochenen Frau.

Caterina verbot sich jede Schwäche und empfing die beiden Damen.

Adriana, scharf und faltig geworden, behängt mit Perlenketten und Edelsteingeschmeide, umduftet von schwerem Moschus, rauschte herein in ihrer schweren Brokatrobe, streckte Caterina die Arme entgegen und ergriff ihre Hände, ohne sie zu umarmen. Der Mund in ihrem Vogelgesicht verzog sich zu einem Lächeln, die Augen blieben starr und kalt. »Meine Liebste, wie freue ich mich, dich wieder in unserer Mitte begrüßen zu dürfen – nach den schweren Prüfungen, die du durchstehen mußtest. Doch der Barmherzige ist gnädig, mein guter Rodrigo, unser Heiligster Vater, hat ein weiches Herz, du weißt, wie er dich liebt, auch wenn höhere Mächte ihn manchmal zwingen, gegen die Stimme seines Herzens zu handeln. Tränen hat er vergossen, Tränen der Freude darüber, daß du endlich in die Freiheit gelangen durftest.« Schwungvoll deutete sie auf Giulia Farnese-Orsini, die noch immer, so mußte Caterina neidlos anerkennen, eine schöne Frau war.

»Meine Freundin Giulia«, stellte Adriana sie vor. »Die Gattin meines Sohnes Orso, die Freundin meines guten Rodrigo – und weißt du, Caterina, was euch beide verbindet?«

Caterina reichte der Papstgeliebten die Hand.

»Meine Mutter erzählte voller Hochachtung von Euch, von Euren mutigen Taten«, sagte Giulia mit einer weichen, einschmeichelnden Stimme. Ihr Lächeln wirkte echt und voll bedauernder Sympathie.

Adriana schob sie ein Stück zur Seite und wandte sich wieder an Caterina. »Man sagt dir mutige Taten nach und zahlreiche Söhne, von mehreren Männern, so hörte ich, ein fruchtbarer Schoß, meine liebe Caterina. Ich bewundere dich, auch die Stärke deiner Leidensfähigkeit, Cesare erzählte, du habest sogar wie ein Mann gekämpft, mit dem Schwert in der Hand.« Sie lachte auf, als fände sie diese Vorstellung besonders komisch. »Doch er bewundert ebenso deine weiche Art, o ja!«

Caterina wollte sie unterbrechen, aber Adriana fuhr ihr sofort über den Mund: »Ich weiß, meine Liebe, was du in deiner Bescheidenheit sagen willst, ich weiß alles, nicht nur Cesare erzählte von dir, auch Alessandro Farnese, Giulias Bruder, pries dich und deine Tapferkeit, deine Schönheit im Harnisch, er sah in dir eine wahre Amazone, voller Leidenschaft ... Du erinnerst dich doch an Alessandro Farnese?«

Caterina sah, wie Giulia Farnese zurücktrat, ihr gleichzeitig einen Blick zuwarf, den sie nur als Warnung verstehen konnte, und antwortete in gespieltem Gleichmut: »Verehrte Adriana, die düsteren Zeiten liegen hinter mir, die Gnade des Herrn hat sie aus meinem Gedächtnis getilgt ...«

»Aber sicher erinnerst du dich noch an den französischen Baron, diesen wahren *uomo gentile*, Ivo d'Alegro – Giulia hat dir bisher nicht erzählt, daß euch dieser Baron verbindet. Er nahm sie vor sieben Jahren gefangen und führte sie nach Rom, und dich nahm er ebenso gefangen; unter seinem Schutz gelangtest du hierher, und jetzt befreite er dich, wie er auch damals Giulia die Freiheit schenkte und sie meinem lieben Rodrigo übergab, natürlich nicht ohne ein kräftiges Lösegeld zu fordern, das ja auch diesmal unser Cesare bezahlen mußte. Du siehst, meine Liebe, wie die Fäden des Schicksals …«

Caterina vermochte nicht mehr zuzuhören und wankte zur Fensternische. Giulia stützte sie, ihre Augen voller Mitleid, während das Geiergesicht der Spanierin aus dem Borgia-Geschlecht unaufhaltsam ihre R's über sie rollen ließ.

»O Gott ja, wir gehen schon, du Arme, so schwach bist du noch, ich werde täglich nach dir sehen, und wenn du endlich bei Kräften bist, solltest du nach Florenz aufbrechen, deine Söhne in die Arme schließen, du weißt, die Söhne sind der Schatz jeder Mutter …«

Kaum waren die beiden Damen verschwunden, setzte sich Fra Lauro zu Caterina. »Ich habe mir erlaubt zuzuhören.«

»Ich halte es in dieser Stadt nicht länger aus«, stieß Caterina haßerfüllt hervor und hielt sich ihre Ohren zu. Krächzende Vögel flogen plötzlich über den Marktplatz und ließen sich auf den Leichen nieder. Granatäpfel fielen aus den Fenstern des Palasts und platzten auf, zahlreiche Brunnen standen wie Grabstelen im Weg und versperrten den Blick.

»Ich werde hier verrückt.« Caterina wollte aufschreien, ihr fehlte jedoch jegliche Kraft. »Überall umschwirren dich die Totenvögel. Ich kann die Menschen nicht mehr ertragen. Laßt keinen Besuch mehr zu mir, Lauro, ich bin krank, ich habe Fieber …«

Während der nächsten Wochen schlief Caterina viel und spielte häufig mit der kleinen Beata Bianca. Gelegentlich sprach sie mit Fra Lauro über ihre Jugend in Mailand.

Sie saß lange Stunden am Fenster und schaute auf die herbstlichen Farben des Himmels, der sich während der Dämmerung blutrot färbte. Kleine Wölkchen zogen heran, wie Armeeteile, leichte Kavallerie und die Karrees der Schweizer, dann die dunkel donnernden Ritter und die Bogenschützen mit ihrem zischenden Pfeilregen. Nachts beleuchtete das erste Gewitter den Himmel, ließ scharfe Konturen aufzucken, Zedernwipfel, halbzerfallene Türme, und entlud sich schließlich in platzendem Krachen und einem anschwellenden Rauschen. Feiner Tröpfchennebel wehte durch das Fenster herein. Caterina fuhr sich in die Haare und öffnete ihren Ausschnitt. Die Tröpfchen legten sich in beruhigender

Kühle auf ihre Haut. In der Nähe fuhr ein Blitz nieder, und der gleichzeitige Donnerschlag ließ die Bleiglasfenster des Palast klirren. Die ganze Nacht tobte das Gewitter. Caterina blieb am Fenster sitzen und genoß das Niederrauschen der Sintflut. Der Blitz hatte ein Feuer entfacht, der Regen hatte es jedoch bald gelöscht. Menschen liefen durch die Straßen und schrien sich etwas zu. Manche Gassen standen bereits unter Wasser. Es kümmerte sie nicht.

Mit dem Frühlicht vergrummelte sich das Gewitter. Schwere, bauchige Wolken schoben sich über den Himmel, runde Köpfe und Gesichter. Sie wartete auf eine Botschaft.

Wenige Tage später fühlte Caterina sich gestärkt, auch die Alpträume waren verschwunden. Nun drängte es sie, nach Florenz aufzubrechen. Falls es stimmte, was Machiavelli angedeutet hatte, wurde es höchste Zeit. Daß in der Stadt am Arno Gefahr für sie und ihre Kinder drohen könnte, wollte sie nicht einsehen. Ihr letzter Mann, der Vater des kleinen Giovanni, war reich gewesen, sein Vermögen ernährte sie alle, und kein Gericht würde wagen, ihr, der Madonna von Forlì, die Vormundschaft über ihre Kinder zu entziehen.

Kurz vor ihrem Aufbruch nach Florenz ließ sich eines späten Abends Alessandro Farnese melden. Da Raffaele Riario nicht zu Hause war, führte Fra Lauro den Kardinal in ihr Schlafzimmer. Erstaunt schaute sie auf.

»Hier sind wir allein«, flüsterte ihr Fra Lauro zu.

Caterina küßte Kardinal Farnese den Ring und blickte ihn neugierig an. Ein paar Jahre jünger als sie war er, vermutlich so alt, wie Giacomo jetzt sein würde oder Giovanni, ein einnehmendes Lächeln … Schwache Erinnerungen überkamen sie, eine letzte, fast traurige Lust darauf, neben einem solchen Mann zu liegen …

»Madonna, Ihr müßt so bald wie möglich aufbrechen«, erklärte Farnese mit gesenkter Stimme. »Schickt eine Truppe mit einer verhängten Kutsche auf dem Landweg nach Florenz, Ihr allerdings müßt einen anderen Weg wählen. Als Mann verkleidet, begebt Ihr Euch morgen in aller Frühe zum Porto di Ripa Grande. Von dort bricht ein Lastkahn nach Ostia auf. Die Männer auf dem Schiff wissen Bescheid, sie bringen Euch in die Hafenstadt, wo ein Schiff ankert, das nach Livorno segelt und Euch mitnimmt. Heute noch schicke ich einen Boten nach Florenz, der Eure Kindern benachrichtigt, damit sie Euch in Livorno abholen und sicher nach Florenz geleiten können. Jetzt muß ich schleunigst fort, das Konsistorium tritt zusammen. Ich darf mich ein wenig verspäten, nicht jedoch fehlen. Ihr versteht, Verräter leben in dieser Stadt gefährlich.« Alessandro Farnese ergriff ihre Hand und küßte sie. »Der Herr wird Euch schützen.«

Kaum hatte sie der Kardinal verlassen, schauten sich Caterina und Fra Lauro fragend an.

»Meinst du, es ist eine Falle?« Fra Lauro fuhr sich über den Kopf.

Unruhig schaute sie in sein trübes und in sein klares Auge. »Er will mich retten. Er befürchtet, Cesare ...«

Fra Lauro starrte auf den Boden, faltete dann die Hände und bewegte seine Lippen. »Ich werde in der Kutsche reisen«, erklärte er bestimmt. »Vorher bringe ich dich, Argentina und unser Kind zu dem Lastkahn. Viel zu packen hast du nicht. Ich werde dir Männerkleidung bringen lassen und Argentina benachrichtigen. Und jetzt ruhe dich noch ein wenig aus.«

Noch vor Tagesanbruch brachen sie auf. Caterina in dem Aufzug eines Kaufmanns, begleitet von einer jungen Frau mit Kind. Sie bestiegen wortlos den Kahn. Als der Kapitän das Kind sah, wollte er sie wieder wegschicken. Ein schreiendes Kind ... Caterina ließ sich auf keine Verhandlungen ein. Sie verabschiedete sich von Fra Lauro.

Er drückte sie fest an sich. »Wir sehen uns in Florenz wieder.« Caterina merkte, wie er versuchte, das Zittern seiner Stimme zu unterdrücken.

»Du hast Angst – warum reist du nicht mit uns!«

»Farnese wird seinen Grund haben, auf einer Kutsche zu bestehen.«

»Laß sie leer sein!«

Fra Lauro zögerte.

»Ohne den Mann da!« Der Kapitän war mürrisch zu ihnen getreten. »Schon das Kind ist zuviel. Der Mann ist nicht bezahlt und erhöht das Risiko.«

»Die Würfel sind gefallen«, sagte Fra Lauro leise.

Es war noch so dunkel, daß Caterina sein Gesicht kaum erkennen konnte. Sie umarmte ihn und gab ihm einen Kuß auf die Lippen. »Denk daran, daß wir dich immer brauchen werden«, flüsterte sie. Dann riß sie sich los und folgte dem Kapitän, um Fra Lauro die Möglichkeit zu geben, sich von Argentina zu verabschieden.

Sie mußte sich unter eine Plane legen und sollte auf keinen Fall auftauchen, bevor der Kapitän sie holte.

Es dauerte eine Weile, bis Argentina mit der Kleinen auf dem Arm zu ihr kroch. Kaum hatte sie sich neben sie gekauert, gab sie dem Mädchen die Brust.

Am Abend hatten sie Ostia erreicht, und während der Nacht brachte sie der Kapitän zu dem Schiff, das am nächsten Morgen nach Livorno aufbrechen sollte. Man wies ihnen einen schmutzigen Verschlag zu. Als sie sich dann auf offener See befanden, durften sie an Deck. Ein klarer, ruhiger Spätherbsttag begrüßte sie. Caterina stellte sich mit Argentina und dem Kind an die Reling und schaute nach vorne, lauschte den aufrauschenden Wellen, die der durch das Wasser pflügende Bug des Schiffs erzeugte. Die Sonne wärmte ihren Rücken, der Wind streichelte ihr Gesicht. Sie öffnete ihre Haare und ließ sie fliegen. Argentina lehnte sich an sie. Das Kind schwenkte seine Puppe wie zum Gruß der Ferne und krähte fröhlich vor sich hin.

In Livorno wurden sie von einem unbekannten Mann empfangen, der sich als Bote des Erzbischofs von Pisa vorstellte und sie zu seinem Herrn begleiten sollte. Außerhalb des Hafens stehe eine Kutsche bereit. Der Mann hatte ihr offensichtlich keine schriftliche Botschaft zu überbringen, machte keine Anstalten, sich auszuweisen, und behandelte sie auch nicht wie eine Gräfin.

In Caterina keimten neue Ängste auf. Sollte sie jetzt, so kurz vor der Rettung, noch in einen Hinterhalt gelockt, von den Häschern des Cesare Borgia gefangengenommen und ermordet werden? Er brauchte lediglich ein paar gekaufte *bravi* zu schikken, ein Raubüberfall auf den Straßen war nichts Besonderes. Sie überwand ihre Ängste und folgte dem Boten, denn es gab keine Alternative. Sie besaß nicht einmal so viel Geld, einen eigenen Führer nach Pisa oder Florenz zu heuern. Die wenigen Dukaten, die ihr Raffaele Riario zugesteckt hatte, hatte der Kapitän eingefordert.

Sie erreichten Pisa jedoch ungehindert und standen wie Gestrandete vor dem Palast des Erzbischofs.

Caterinas zweiter Sohn Cesare, noch feister geworden, empfing sie in vollem Ornat. »Wie sehe ich aus, liebe Mutter?« fragte er zur Begrüßung. »Mir geht es gut – und dir scheint es ebenfalls gut zu gehen. Mager bist du geworden – und blaß. Ein Kind habt ihr auch dabei. Morgen kommt Ottaviano und begleitet dich nach Florenz.«

Caterina konnte sich nicht freuen. Sie spürte nicht einmal die Erleichterung darüber, daß sie ihr Ziel nun – fast – erreicht hatte. Sie fror trotz der angenehmen Temperaturen. Cesare sprach mit ihr wie mit einer entfernten Verwandten, nicht wie mit einer Mutter, die nur durch ein Wunder dem Tod entronnen war, berichtete von seinem bequemen, wenn auch langweiligen Leben und von den Einnahmen, denen er meist nachlaufen müsse.

Abends speisten sie ausgiebig. Cesare trank viel und konnte nicht aufhören, sich Fleisch vorlegen zu lassen und im Anschluß daran einen Marzipankuchen mit Kürbisschnitzeln zu vertilgen.

»Meinen Brüdern geht es nicht gut im reichen Florenz. Lorenzo Popolano, der Onkel deines jüngsten Sohnes, hält sie knapp. Ottaviano vermutet, daß er Giovannis Vermögen, zumindest den größten Teil, durchgebracht hat und sich nun die Vormundschaft über seinen Neffen zusprechen lassen will. Dann kann er auch den Rest verprassen. Ich hoffe nur, du besitzt noch ein paar wertvolle Perlenketten oder Edelsteine …«

Caterina schnürte es den Hals zu, während Cesare vor sich hin schmatzte.

Sie war noch nicht am Ziel. Womöglich stand ihr das Schlimmste erst bevor. Sollte man ihr tatsächlich den kleinen Giovanni nehmen …

Am nächsten Tag erschien Ottaviano nicht, auch nicht am Tag darauf. Erst am dritten Tag konnte sie ihn in die Arme schließen.

»Hast du mir einen Bischofshut aus Rom mitgebracht?« fragte er.

Sie wollte hören, ob sie gesund seien, wie sie in Florenz lebten, wie es Giovanni gehe …

»Wir leben wie die Bettler in der Villa Castello. Kaum Diener, keine Lehrer für die Kleinen, keine Jagd, keine Frauen. Lorenzo behauptet neuerdings, die Villa gehöre gar nicht Giovanni, sondern ihm ...«

Caterina wollte umgehend aufbrechen, doch Ottaviano und Cesare lachten sie aus. Der Abend war zum Essen da, die Nacht zum Schlafen, Zeit spielte keine Rolle, es geschah ohnehin nichts.

Am nächsten Morgen setzte sie durch, daß sie kurz nach Sonnenaufgang aufbrachen.

Seit langer Zeit saß sie wieder auf dem Sattel eines Pferdes! Eine lahmende Stute trug sie geduldig. Wo ihr getreuer Maestoso wohl weidete? Ob er noch lebte? Ob ihn womöglich sogar Cesare Borgia mit all ihren Pferden gestohlen hatte?

Argentina hatte man auf ein Maultier gesetzt. Sie wollte Beata Bianca nicht in einem Korb transportieren lassen.

Der Staub der Straße brannte Caterina in den Augen.

Doch dann erhob sich in der Ferne der Campanile und neben ihm die Kuppel des Doms. Florenz, ihre letzte Zuflucht!

Die Villa Castello wirkte ungepflegt, der Garten verwildert. Caterina ließ sich vom Pferd gleiten. Oben auf der Terrasse sah sie zuerst Bianca stehen. Neben ihr Galeazzo mit Giovanni auf dem Arm. Sforzino und Carlo. Sie alle winkten und riefen. Ein plötzlicher Stich im Herzen nahm ihr derart den Atem, daß sie glaubte, jetzt, in diesem Augenblick, in diesem glücklichsten Augenblick ihres Lebens, sterben zu müssen. Sie flog jedoch an den ungeschnittenen Buchsbaumhecken vorbei zu dem Teich unterhalb der Terrasse. Die Kinder stürzten die Treppen herab, rannten ihr entgegen. Ihr wurde schwindelig, alles drehte sich. Sforzino fing sie auf. Sie mußte sich auf die Stufen setzen. Der kleine Giovanni stand neben ihr, größer geworden, aber sonst so, wie sie ihn erinnerte: wilde Haare, lebendige Augen, Schalk in seinen Grübchen, Neugier. Doch er starrte sie wie eine Fremde an, er erkannte sie tatsächlich nicht mehr. Sie wollte ihn an sich reißen, zögerte ... Carlo hatte sich schon an ihren Hals gehängt, Galeazzo küßte ihre Hand. Bianca kniete neben ihr, lachte und schluchzte abwechselnd.

»Was ist mit Fra Lauro?« fragte Galeazzo. »Uns hat jemand berichtet, er sei überfallen worden. Ist er etwa tot?«

Argentina, die zu ihnen getreten war, zuckte zusammen.

»Was ist denn das für ein süßes Mädchen?« fragte Bianca. »Mama, hast du in Rom noch ein Kind …?«

Caterina verschwamm alles vor Tränen. »Fra Lauro müßte längst hier bei Euch sein«, sagte sie mit zitternder Stimme. »Überfallen? Wer sagt das?«

»Warum ist er nicht mit dir gekommen?« fragte nun auch Sforzino, und Carlo wiederholte seine Frage.

Die Ahnung, Fra Lauro könnte auf dem Weg nach Florenz an ihrer Stelle ermordet worden sein, preßte wie ein eiserner Ring ihre Brust zusammen. Doch bevor sie sich dem Undenkbaren stellte, mußte sie ihren Jüngsten begrüßen, ihr Leben, ihre Hoffnung, ihre Zukunft.

Caterina streckte ihre Arme nach Giovanni aus. »Mein Kleiner, erkennst du deine Mama nicht mehr?«

Langsam, mit großen Augen, aber lächelnd näherte er sich ihr.

65. Kapitel

Ego sum via, et veritas, et vita. Ich bin der Weg, die Wahrheit und das Leben. Amen.

Versinkt die Sonne über den Bergen des Apennin, lasse ich mich regelmäßig von einem meiner jungen Confratres über die steingrauen Wege zum großen Kreuz von La Verna führen und schaue mit meinem schwach gewordenen Auge über Gottes Schöpfung. Unter mir stürzt der Fels hinab, um uns täglich von neuem daran zu erinnern, wie hoch wir steigen, wie tief wir fallen können; in der Ferne jedoch leuchten die Bergketten auf wie eine späte Verheißung. Die Sonne schwindet, der Himmel färbt sich blutrot, so wie unser Leben war, oder läßt seine Silberfarbe verdämmern in einem durchsichtigen Blau, das schließlich von der Schwärze der Nacht verschluckt wird. Ich bete, daß sich mir noch in meinen späten Tagen die Wahrheit erschließe, nachdem ich den Kreuzweg eines dienenden Lebens gegangen bin.

Was ist Wahrheit? Wir wissen alle, daß Pilatus keine Antwort erhielt, und so befürchte ich, meinen letzten Weg antreten zu müssen ohne Gewißheit. Doch möchte ich nicht vergebens gelebt haben. Nie war ich stolz auf meine Taten, im Gegenteil, schwere Schuld lud ich auf meine Schultern: Meine Frau und mein kleines Kind führte ich in den Untergang, und es gelang mir nicht, meinen Lebensretter und Bruder Gian Antonio vor dem Tod zu bewahren und die rächende Raserei meiner Tochter Caterina zu verhindern. Nicht einmal das Martyrium, mit dem mich der Herr in der düstersten Stunde meines Weges zeichnete, ließ mich aus meiner Demut heraustreten. Die Schmerzen, die mir in der *imitatio* unseres Heilands zugefügt wurden, sind keine Auszeichnung, wenn sie auch die unvergeßlichen Spuren eines Blutmals hinterließen.

Der heilige Franciscus, an dessen *hortus clausus* ich, nun vierundsiebzig Jahre alt, die letzten Jahre meines gebrechlich gewordenen Lebens verbringe, war mein Vorbild: Er zeigte mir, wie man die Fesseln eines unwürdigen und sündigen Lebens abschütteln kann. Doch da ich mich nicht lösen konnte von den Menschen, die ich liebte, verließ ich seine Spuren, um jetzt erneut auf ihnen zu wandeln am Ende meines Weges.

Heute diktiere ich die letzten Zeilen meines Berichts. Meine gezeichneten Hände sind nicht mehr in der Lage, die Feder zu führen. Auch mein rechtes Auge kann kaum noch die Buchstaben auf dem Papier unterscheiden. Leider wird das, was ich zu überliefern habe, Fragment bleiben. Denn die Furie des Krieges entweihte sogar unsere heilige Einsiedelei. Als ich den durchziehenden Soldaten meine Hände entgegenhielt, gewillt, eher zu sterben als die Zerstörung dieses von Gott geadelten Ortes hinzunehmen, schreckten sie in der Tat zurück. Sie glaubten, in den Wundmalen stecke die Macht eines bösen Blicks, der sie verfolgen könne für ihre Freveltat. Dennoch warfen sie Fackeln, bevor sie abzogen, und einige Klosterzellen gingen in Flammen auf. Menschenleben waren keine zu beklagen, dies ist das Entscheidende, aber ein Großteil meiner Aufzeichnungen über Caterina ging verloren. So wird ein anderer die Lücken füllen müssen, die der Brand hinterließ.

Ja, meine Wundmale – sind sie Zeichen der Strafe, sind sie Zeichen der Gnade?

Was ist die Wahrheit?

Auf meinem Weg von Rom nach Florenz – damals vor dreizehn Jahren, als es Caterina gelang, sicher ihre letzte Zufluchtsstätte zu erreichen – lauerte meiner Kutsche eine Bande geheuerter *bravi* auf. Cesare Borgia hatte unsere Caterina nicht lebend entkommen lassen wollen. Die Mörderbande machte einige meiner Begleiter nieder und schlug den Rest in die Flucht, stürmte dann in die Kutsche. Als die Männer lediglich mich in meiner Mönchskutte und nicht Caterina entdeckten, heulten sie vor Wut auf. Sie wußten, daß ihnen nun ein Teil ihrer Bezahlung entging. Und so stürzten sie sich auf mich, zerrten mich aus der Kutsche, schlugen mich. Ein Messer blitzte auf. Ich rief den Heiland um Hilfe an. Da kam ihnen unerwartet ein gotteslästerlicher Gedanke. Sie prügelten mich wieder in die Kutsche und banden meine Hände und Füße an die Längsbalken. Ich lag da wie auf einem Andreas-Kreuz. Sie suchten nach Nägeln. Da sie keine fanden, nahmen sie zwei Dolche, trieben sie mir durch die Handflächen und schlugen die Klinge mit einem Stein in dem Balken fest. Für die Füße wollten sie keine weiteren Dolche opfern, und so schnitten sie mir nur ein Kreuz in die Haut.

Fast ohnmächtig vor Schmerzen, hörte ich die Männer lachen. »Jetzt kannst du dich fühlen wie dein Heiland. Und bestelle deiner Herrin: Wenn wir sie erwischen, schlitzen wir sie von unten bis oben auf.«

Ich verlor mein Bewußtsein, sollte jedoch noch nicht vor den höchsten Richter treten. Caterina und ihre Kinder, Argentina und mein Töchterchen warteten auf mich. Eine Gruppe jüdischer Händler entdeckte mich, erlöste mich und brachte mich zur Villa Castello, wo meine Reise in einem tränenreichen Empfang ihr Ende fand. Selbst noch von der Kerkernacht gezeichnet, pflegten Caterina und Argentina mich gesund. Wieder bei Kräften, mußten wir gemeinsam den letzten Kampf um Giovannis Vermögen und Vormundschaft gegen den raffgierigen Onkel des Kindes ausfechten – und gewannen. Recht ging vor Macht.

Wir blieben zusammen, solange Caterina in der Villa Castello ihre letzten Jahre in zunehmendem Frieden mit sich und ihrem Schicksal verbrachte. Ihre Tochter Bianca ehelichte den Grafen von Santo Secundo, Troylus de' Rubeis. Ottaviano wurde Bischof von Viterbo. Galeazzo zog nach Rom und heiratete in die Familie della Rovere ein. Giuliano della Rovere, Riarios verhaßter Vetter, war nach Borgias Tod zum neuen Pontifex maximus gewählt worden. Er nannte sich nach seinem Vorbild Caesar Julius II. Ihm gelang es, Cesare Borgia zu entmachten und nach Spanien abzuschieben, wo Caterinas tödlichster Feind noch vor ihrem Ableben unter ungeklärten Umständen den Tod fand.

Im Jahre des Herrn 1509 erlosch nach einem schmerzhaften Rippenleiden Caterinas Lebenslicht. Wir begruben sie, ihrem Wunsch entsprechend, im Kloster der Armen Schwestern von Santa Maria delle Murate, in das nun auch Argentina eintrat. Für Caterinas jüngere Kinder sollte eine Schwester Lorenzo *il Magnificos* die Vormundschaft übernehmen. Ich mußte ihnen, meiner späten Liebe Argentina und meiner Tochter Beata Bianca Gottes Segen wünschen und Lebewohl sagen. Meine letzte Wanderung auf Erden sollte mich zurück nach La Verna führen.

Alte Männer erinnern sich gern. Wir mildern auf diese Weise die Mühsal des Weges, der auf den Tod zuführt. Ich schlafe nur noch wenig, bete häufig, aber man kann nicht alle Stunden des Tages mit Gottes Wort verbringen. Auch die Erinnerungen sind stille Gebete unserer Seele. Ich diktiere meinem geduldigen *scriptor* diese Zeilen, während ich über die Berge und Hügel in die untergehende Sonne schaue; ich lausche den Vögeln, die hier draußen im Frühling ein versöhnliches Konzert aufführen. Ich spreche zu ihnen, und sie hören mir zu. Ich lausche dem süßen Gesang der Nachtigall und verliere mich in Zeiten, in denen ich liebte. O meine Beata! Ein Wesen, das nur nächtlich mich besucht. Sie trägt wie die *mater divinae gratiae* unser Kind auf dem Arm, sie breitet den Mantel aus, unter dem wir Schutz finden können, und verwandelt sich in Argentina, mein letztes vergängliches, doch unzerstörtes Glück. Mir ist ein Kind geblieben. Meine Tochter ist nun vierzehn Jahre alt, ein Wesen von ansteckender Fröhlichkeit und quirligem Leben. Täglich bete ich, daß sie, anders als ihre Mutter, anders als ich oder Caterina, ihr Glück finden möge in der Liebe, die zu geben sie begnadet ist.

Kürzlich besuchte Giovanni mich mit ihr, um mir die triumphale Nachricht seiner ersten *condotta* zu überbringen.

Es ist der Herbst des Jahres 1514, und ich hörte, die Franzosen seien besiegt und hätten Italien verlassen müssen. Vielleicht kehrt nun Friede ein in unserem schönen, noch immer reichen Land.

Doch Giovanni wollte nichts von Frieden wissen. »Das Schwert wird mir Ruhm bringen, den Ruhm meiner Mutter, den Ruhm der Sforza«, rief er mir zu und lachte. »Ich werde mich ins Leben stürzen. Ich bin ein hochaufloderndes Feuer, das weit leuchten wird. Ich bin ein Lichtbringer!«

»Und wenn es dich verzehrt?« entgegnete ich.

»Die Menschen werden die Flammen nicht vergessen, selbst wenn ich in ihnen untergehe.« Er hob mich alten Mann hoch wie ein Kind und küßte mich auf die Wange. »Guter Lauro, bete für mich!«

»Dies will ich tun«, erwiderte ich mit meiner rauh gewordenen Stimme.

Meine Tochter Beata Bianca stand im Hintergrund. Ihr Antlitz wurde von dem kleinen Fenster meiner Zelle erhellt wie das Antlitz eines Engels. Könnte sie nicht Giovannis Schutzengel werden? Sie hat die Augen ihrer Mutter: In einem spärlich beleuchteten Raum wirken sie wie Brunnenschächte, deren Tiefe man lediglich erahnen kann. Im Licht des Tages zieht sich die Pupille zusammen, und die Augen werden groß, hell, durchdringend und unheimlich in ihrer Macht.

Ich streckte die Hand nach ihr aus, und sie setzte sich neben mich. Mein Kind saß an meiner Seite, und vor mir reckte sich der junge Held. Sie ergänzen sich wie sanfter Frohsinn und kecker Übermut. Mein Mädchen und Giovanni gleichen zerbrochenen Tonscherben, die zusammenfinden werden. Und irgendwann hat unser Vater im Himmel ein Erbarmen.

Caritas congaudet autem veritati: omnia sustinet, omnia suffert, omnia credit, omnia sperat. Die Liebe freuet sich aber der Wahrheit; sie erträgt alles, sie duldet alles, sie glaubet alles, sie hoffet alles.

Nachwort

Die Stimmen sind verklungen. Lediglich ihr fernes Echo ist noch zu hören.

Bereits zu Lebzeiten galt Caterina Sforza, die Madonna von Forlì, ihren Gegnern als *la tigressa*, ihren Bewundern als *la prima donna d'Italia*. Jahrhunderte unvergessen blieb ihre Racheorgie nach dem Tod ihres obsessiv geliebten zweiten Ehemanns Giacomo Feo, unvergessen aber auch der heroische Widerstand gegen Cesare Borgia, der nur durch äußerste Brutalität gebrochen werden konnte und der die düsterste Periode ihres Lebens einleitete.

Bis ins 19. Jahrhundert sagte man in Forlì mehreren Brunnen nach, in ihnen bleichten noch die Knochen derjenigen, die durch sie zu Tode gekommen seien. Überall in der Romagna erzählte man sich, unerlöst wandle Caterina Sforza nachts durch die Räume ihres Palazzos und suche die Seelen ihrer Opfer, um Mitternacht schaue sie zu ihrem Stern, um ihm die Geheimnisse der Zukunft zu entlocken. Und immer wieder reite sie auf einem uralten Schimmel, in einen Schleier gehüllt, zum deutschen Kaiser, um Hilfe zu erflehen.

Das nahe Florenz gelegene Kloster Santa Maria delle Murate, in dessen Oratorium man sie beigesetzt hatte, wurde im Jahre 1835 zu einem Gefängnis umgebaut, und dabei entdeckte man zufällig ihre in Vergessenheit geratene letzte Ruhestätte. Was von ihren Gebeinen übriggeblieben war, warf man zum Bauschutt. Die Rocca und die Zitadelle von Forlì stehen dagegen heute noch. Die Zitadelle ist ebenfalls ein Gefängnis und für Besucher gesperrt; die angrenzende, trutzig vor sich hin dämmernde Rocca zeigt an der Stelle, an der die Kanonen Cesare Borgias die Bresche geschossen hatten, das Wappen des Eroberers. An der gegenüberliegenden Mauer wurde ein Gedenkstein aus Marmor angebracht, der an Caterina Sforzas »unerschrockene«, wenn auch letztlich vergebliche Verteidigung der Festung erinnert.

Ihre gut dokumentierte und biographisch mehrfach erschlossene Lebensgeschichte liest sich bunt wie ein Roman, düster wie eine Tragödie und burlesk wie manche Operette, bisweilen sogar unglaublich wie ein Schauermärchen. Die Einbildungskraft des Erzählers brauchte nicht viel zu erfinden. Das historisch überlieferte Bildnis der Caterina Sforza zeigt eine zutiefst ambivalente Persönlichkeit; sie war eine *virago* (»Heldenjungfrau« übersetzt das Lexikon), deren Fruchtbarkeit erstaunlich, deren physische Stärke bewundernswert und deren Zähigkeit unglaublich waren. Ihr erotischer Hunger galt bereits den Zeitgenossen als Ziel spöttischer Anmerkungen. Doch ebenso hob man ihren Sinn für Gerechtigkeit, ihre Klugheit, ihre Schönheit und ihren Charme hervor.

Mögen kritische Historiker manche Ereignisse ihres Lebens zur Legende erklären, so ist das meiste, selbst wenn es unwahrscheinlich klingt, von unbestechlichen Augenzeugen und Chronisten ihrer Zeit überliefert, so zum Beispiel von Leone Cobelli in seiner Chronik der Stadt Forlì oder auch von Niccolò Machiavelli. Caterina selbst hat zahlreiche Zeugnisse hinterlassen, Briefe sowie ihre »esperimenti«: Aufzeichnungen über Schönheitsrezepte, Heilmittel gegen Krankheiten und Anleitungen für die Alchimistenküche.

Ihr letzter, größter Sieg über ihre Widersacher erfüllte sich erst lange nach ihrem Tod. Ihr jüngster Sohn Giovanni de' Medici, genannt Giovanni *dalle bande nere*, entsprach dem Wunschtraum seiner Mutter. Er wuchs zu einem unzähmbaren jungen Mann heran und wurde früh Soldat. Sein unerschrockener Wagemut, sein militärisches Geschick und seine charmante Überzeugungskraft machten aus ihm den letzten großen italienischen Condottiere, den Liebling seiner Landsleute und Schrecken seiner Gegner. Der *gran diavolo* wurde nicht alt: Mit achtundzwanzig Jahren fiel er vor Mantua. Er hinterließ jedoch einen Sohn Cosimo, der als erster Großherzog der Toskana in die Geschichts- und Kunstbücher einging. Seine Enkelin Maria de' Medici, von Rubens in mächtigen Bildfolgen verewigt, heiratete Heinrich IV. von Frankreich und wurde somit zur Mutter der Bourbonen und der Stuarts. Der Sonnenkönig Ludwig XIV. ist ihr Urenkel, und ihre genetischen Spuren finden sich in den meisten europäischen

Herrscherhäusern. Caterina Sforza wurde also durch ihren jüngsten Sohn zur Ahnfrau ruhmreicher Könige »von Gottes Gnaden«, in ihren Augen gewiß ein später Triumph ohnegleichen.

In unseren Augen mag die dynastische Karriere ihrer Nachkommen weniger beeindrucken, weil Caterina Sforza selbst uns fasziniert: In ihrer Mischung aus Penthesilea und Kriemhild, Johanna von Orleans und Mutter Courage sprengt sie den Rahmen, den feinsinnige Renaissancefürstinnen vorgeben. Als Kämpfende und Rächende, Liebende und Leidende ist sie eine der schillerndsten Frauengestalten, die Europa hervorgebracht hat. Das eigentlich Fesselnde an ihr bleibt jedoch ein Geheimnis. Dieses Geheimnis versucht der Roman *Die Madonna von Forlì* erzählend zu erkunden.

Frederik Berger

Frederik Berger

Die Geliebte des Papstes

Roman

Originalausgabe

568 Seiten

Band 1690

ISBN 3-7466-1690-5

Italien im ausgehenden 15. Jahrhundert.

Der römische Adlige Alessandro Farnese, dem seine Familie eine kirchliche Laufbahn zugedacht hat, befreit in einem blutigen Kampf die junge Silvia Ruffini aus der Hand von Wegelagerern. Doch die Liebe, die zwischen beiden aufkeimt, wird jäh unterbrochen. Alessandro wird wegen einer Unbotmäßigkeit vom Papst in den Kerker geworfen. Erst drei Jahre später trifft er Silvia wieder. Sie liebt Alessandro noch immer, muß aber zusehen, wie er sich auf ein Ränkespiel einläßt, um Kardinal zu werden, das nicht nur sein eigenes, sondern auch ihr Leben in Gefahr bringt.

Nach seinem Bestseller »Die Provençalin« erzählt Frederik Berger die aufregende Geschichte der Silvia Ruffini, die dem Papst Paul III. vier Kinder gebar und zu einer der schillerndsten Frauengestalten der Renaissance wurde.

AtV

Aufbau Taschenbuch Verlag

Frederik Berger
Die Provençalin
Roman

Originalausgabe

704 Seiten
Band 1599
ISBN 3-7466-1599-2

Die Provence im 16. Jahrhundert: Die schöne Madeleine wird von vielen Edelmännern umworben – auch von Jean Maynier, dem stolzen Baron von Oppède. Als sie ihn zurückweist, beginnt er sie mit seinem Haß zu verfolgen. Die tragische Verstrickung zweier Adelsfamilien nimmt ihren Lauf. Jean Maynier wird als Heerführer gegen die Waldenser zum Schrecken der Provence. Sein Sohn Pierre verliebt sich ausgerechnet in Madeleines Tochter, doch Jean Maynier versucht mit aller Macht, die Liebe seines Sohnes zu zerstören – und macht sich Madeleine endgültig zu seiner gefährlichsten Gegnerin.

AtV
Aufbau Taschenbuch Verlag

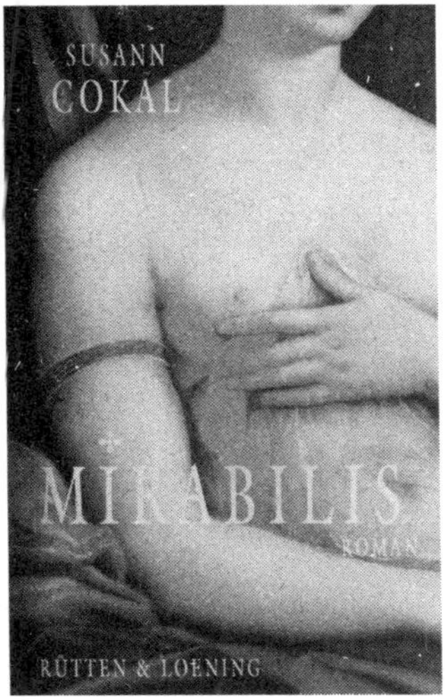

Susann Cokal

Mirabilis

Roman

Aus dem Amerikanischen von
Andrea Voss

489 Seiten. Gebunden. Leseband
ISBN 3-352-00580-X

Frankreich im 14. Jahrhundert. Als Bonne Mirabilis zwölf Jahre alt war, mußte sie mit ansehen, wie ihre Mutter geopfert wurde, um die Stadt von der Pest zu befreien. Seither wird ihre Mutter von manchen als Heilige verehrt, während Bonne sich als Amme verdingen muß. Doch auch der Tochter eilt bald der Ruf des Wunderbaren voraus: am hellichten Tage rettet sie ein Kind aus einer Bärengrube. Die geheimnisvollste und schönste Frau der Stadt wird auf Bonne aufmerksam und bietet ihr eine Anstellung. Obwohl die reiche Kaufmannswitwe im Verdacht steht, eine Hexe zu sein, freunden sich die beiden ungleichen Frauen miteinander an und rebellieren so gegen Ignoranz und Aberglauben ihrer Zeit.

»Keine Frauengestalt hat mich in den letzten Jahren mehr beeindruckt als Bonne Mirabilis. Ein magisches, wunderbares, überraschendes Buch.«

Donna Cross, »Die Päpstin«

Rütten & Loening

Marc Levy

Solange du da bist

Roman

Aus dem Französischen von Amelie Thoma

277 Seiten
Band 1836
ISBN 3-7466-1836-3

Was tut man, wenn man in seinem Badezimmerschrank eine junge hübsche Frau findet, die behauptet, der Geist einer Koma-Patientin zu sein? Arthur hält die Geschichte für einen Scherz seines Kompagnons, er ist erst schrecklich genervt, dann erschüttert und schließlich hoffnungslos verliebt. Und als er eines Tages begreift, daß Lauren nur ihn hat, um vielleicht ins Leben zurückzukehren, faßt er einen tollkühnen Entschluß.

Marc Levys wundervolle Lovestory, für die sich Steven Spielberg die Filmrechte sicherte, wurde in 28 Sprachen übersetzt und verkaufte sich allein in Deutschland 100 000 mal.

»Eine körperlos leichte Liebesgeschichte.«

Cosmopolitan

»Zwei Stunden Lektüre sind wie zwei Stunden Kino: Man kommt raus und fühlt sich einfach gut, beschwingt und glücklich und ein bißchen nachdenklich.«

Focus

AtV
Aufbau Taschenbuch Verlag

Literarische Spaziergänge mit Büchern und Autoren

Das Kundenmagazin der Aufbau Verlagsgruppe
Kostenlos in Ihrer Buchhandlung

Aufbau-Verlag | Rütten & Loening | Aufbau Taschenbuch Verlag | Gustav Kiepenheuer | Der >Audio< Verlag

Oder direkt: Aufbau-Verlag, Postfach 193, 10105 Berlin
e-Mail: vertrieb@aufbau-verlag.de
www.aufbau-verlag.de